冒廣生 編纂
魏小虎 陳才 點校

上册

上海古籍出版社

本書得到2019年度國家古籍整理出版專項經費資助

冒廣生（1873—1959），字鶴亭，號甌隱，亦號疚齋，蒙古族。著有《冒鶴亭京氏易三種》、《管子集校長編》、《冒巢民年譜》、《小三吾亭文》、《小三吾亭詩集》、《小三吾亭詞集》、《小三吾亭詞話》、《疚齋雜劇》等，輯刻《如皋冒氏叢書》、《永嘉詩人祠堂叢刻》、《永嘉高僧碑傳集》、《至順鎮江志》、《楚州叢書》等多種家族文獻、地方文獻。

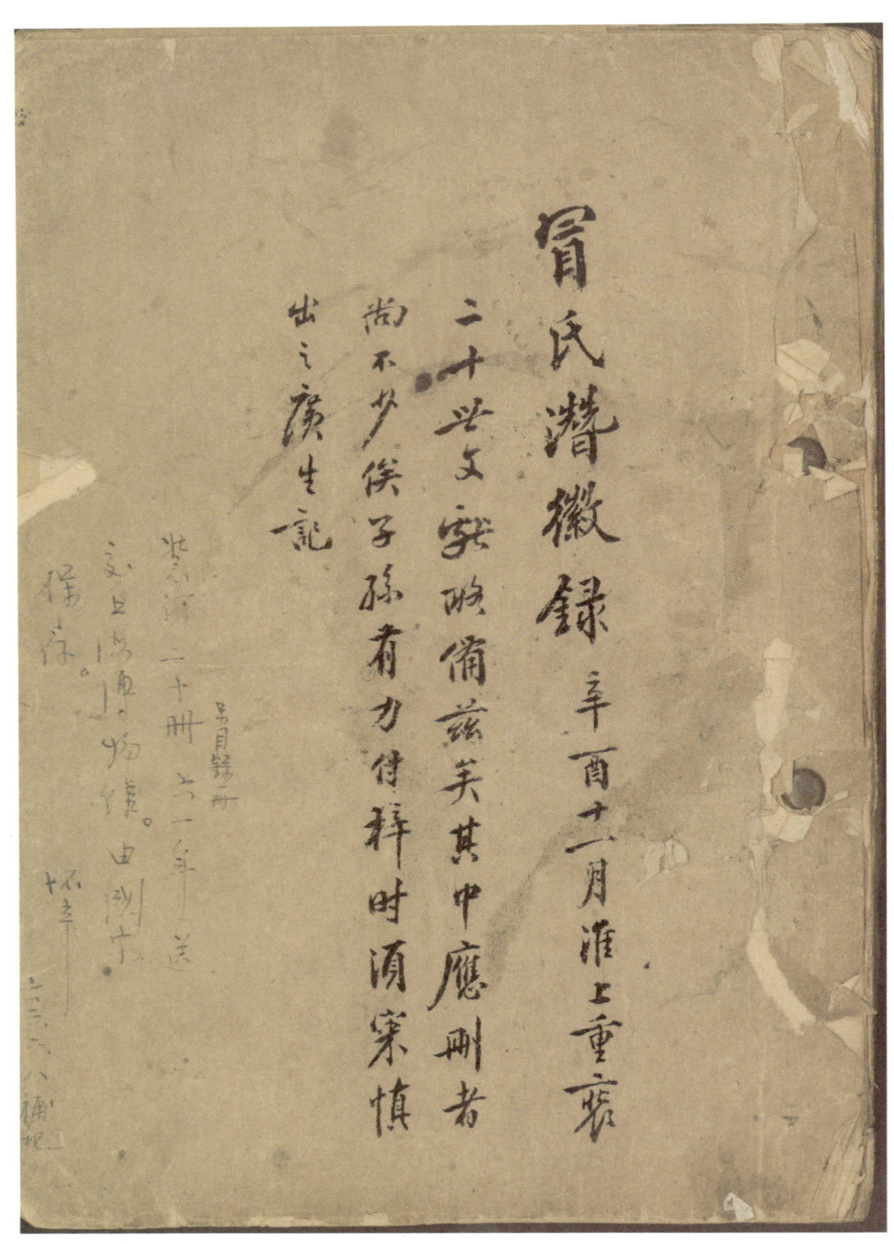

《潜徽録》書影一

潛徽錄以每頁廿行每行廿四字計約一千三四百頁可裝十六本字數約六十餘萬每字刻工二厘約需銀元一千四百元左右

《潛徽録》書影二

重輯如皋冒氏先世潛徽録

襄[illegible]

明末國初先嵩少憲副巢民父子有潛徽録之作，其書既不可見，並體例亦不知云何。廣宦京朝，欲搜藏國朝人集至二千餘種，恨於有遺山埜史之志，[illegible]。[illegible]日富生所娛，因撿閱於家乘，其隨手編次，以成是書。錫來溫州所得共此耳。

甲寅十月疚齋志書衣

《潛徽録》書影三

重輯如臯
冒氏先世
潛徽錄

《潛徽録》書影四

冒氏先世潛徽錄原叙

中憲大夫山東按察司副使督理上江漕儲道冒起宗撰

粤若我冒自運丞公力辭妥督丞相之封版歸化國占籍晉賈大夫之邑代奉皇輿有劉隱君載萬卷而欲上於朝擬邱成子分一宅而同居於野值其病隕曲致周旋更掃搆乎岑樓用珍藏其遺籍有孫永宗綽有父風克承祖訓中官捧購書之詔傾獻所藏御史下賓禮之旌勸仕不就羣稱潛德世有隱操逮都憲支析於海陵甲科崛起而少參頗脱於江縣令望嗣昭先朝之實録具存且有温宗伯之表近代之獻徵兼釆實經焦太史之編猥稱詩禮之家敢侈冠裳之族顧前徽弗耀則後責奚辭

《潛徽録》書影五

渡揚子江上揚州懷故人冒襄及十弟適 茗齋集

彭孫貽

揚子江頭浪卷沙海門截出波中霞遙看鐵甕僅斗大還撫金
焦成席牙斬王戰地險蹊網縱吳根石臺懸巴帆遠蘇山風腳
斜交呼水纜牽浮槎只過揚子渡不上揚子驛問有負情懷揚
子橋頭住只到揚州莫浪遊瓊花近日已堪愁看花還上揚州
去名花不在花多妄邗溝曲波將花枝盡向何橋過垂縈江干
懷舊友冒襄今健否別來歲序其秋冬如皋尺鯉訊無從舊時
二十四橋月照君三十六芙蓉我家十弟多文好新詞傳遍吳
斂草蕪城才子閒筆看曲江歌伎銜箋惱孫郎枝蔚今去無今

《潛徽録》書影六

大清一統志有冒起宗傳須補刻此文前

拾遺

陳維崧

皐行有日矣聞冒母劉孺人之訃乃遽行至哭之極哀劉孺人者吾友冒無譽爰及之生母也禮事朋友之母即若母孺人矧又天下之賢母也雖欲不哭余烏得而不哭哭又烏得而不哀也耶憶余十二年前以通家子訪巢民先生於東皐先生館余宅東之留耕堂留耕堂者蓋先是憲副公所築以居其仲子無譽者也後築一堂曰愛日則李子爰及居之余讀書兩堂之間無譽才十五六爰及甫數歲耳二子既以兄事余相友愛每至寒夜篝燈雖深更漏下三鼓酒醪粢醢諸物不呼悉具或時已假寐無譽輒闖之曰得毋寒耶潛

如皋冒氏叢鈔

《潛徽録》書影七

整理説明

《潛徽録》，顧名思義，即將先人潛而未顯的美德偉績表而出之。冒氏自元末始祖冒致中定居如皋，六百餘年斯文不墮，文采斐然。據統計，明清兩代，如皋冒氏有著述行世者四十六人，其著述多達二百四十種。早在明末清初，冒起宗、冒襄父子曾編次《潛徽録》一部，惜此舊編未得傳世。至民國初，冒廣生再續先人遺緒，遍檢群籍，耗時四十載，始竟其功，故名《重輯如皋冒氏先世潛徽録》。

冒廣生(1873—1959)，字鶴亭，號甌隱，亦號疚齋，蒙古族。著有《冒鶴亭京氏易三種》、《管子集校長編》、《冒巢民年譜》、《小三吾亭文》、《小三吾亭詩集》、《小三吾亭詞集》、《小三吾亭詞話》、《疚齋雜劇》等，輯刻《如皋冒氏叢書》、《永嘉詩人祠堂叢刻》、《永嘉高僧碑傳集》、《至順鎮江志》、《楚州叢書》等多種家族文獻、地方文獻。

此稿本二十册，目録一册，今藏上海博物館。鈔録所用多爲版心印有"如皋冒氏叢鈔"的紅格紙，字迹工整者爲冒廣生親筆，亦有少量他人代鈔，另見有後增入的部分用白棉紙所鈔，則多出自冒廣生孫冒懷蘇之手，詳見顧音海《稿本〈冒氏潛徽録〉及相關諸問題》(載《上海博物館集刊》第七期)。

全書前十五册按文體次序，分作詔、諭祭文、疏、策揭、公文書、事實册、贈序、序、跋、書後、題詞、題圖、題像、題跋、題書、釋、引、書事、記、賦、銘、上梁文、箴、偈、考、字説、例言、贊、書、啟、乞言、壽序、祭文、哀辭、誄、傳、行狀、事略、行述、墓誌銘等约四十類，計一千餘篇(包括同題多篇)，作者三百餘名，後五册爲詩詞曲，一千六百餘首(包括同題多首)，作者五百餘名(與文章作者多有重複)。

其中冒氏家族作者群並不僅僅限於男性或如皋本支，女性如冒德娟等，旁支中的才学之士如冒褒等，也均有作品收録。至於數以百計的家族以外的作者，如李東陽、王守仁、董其昌、陳繼儒、王思任、錢謙益、陳維崧、吴偉業、王士禎、朱彝尊、鄭燮、洪亮吉、俞樾、孫詒讓、吴昌碩等，則幾乎涵蓋了五百餘年間，特别是明末清初與清末民初時期江南地區的名流俊彦，他們與冒氏共同組成了複雜交錯的交遊網絡，研經究史，品物鑒古，題贈唱和，蔚然大觀。與同爲冒廣生匯編的家族著作總集《如皋冒氏叢書》

相比,《潛徽録》雖只是詩文選本,但因收入大量族外人士的作品,顯然已超出了家族文學的範疇,尤其是書中不乏一些並非以詩文著稱的作者,如知名畫家戴本孝等,以及輯自今已罕傳的詩文集的作品,都彌足珍貴,直可視爲如皋冒氏研究乃至江南社會史、思想史研究的一部基本史料集。

此次標點整理,凡鈔録致誤或有疑問之處,盡量根據引文出處核對原文,並出校語,主要參考了《同人集》、《拙存堂逸稿》、《東皋詩存》、《冒氏宗譜》、《冒襄全集》等。原稿中異體字、舊字形等,在不影響文意的前提下,統一改作正體。書前附書影及《冒氏世系表》,供讀者參考。

由於此書輯録時間跨度長,其間歷經多次增補、裝訂,實際所收篇目與書前目録出入較多,本次整理也對照正文現狀,將原目録作了全面的核對修訂。

本次整理標點由魏小虎、陳才負責。

目　録

第二册・序

第三册・序

第四册・跋

第五册・書後、題記

第六册・題記、引、記

第七册·記、賦、銘、贊

第八册・書

第九册·書、啓

第十册・乞言、壽序

第十一册・壽序、祭文、哀辭、誄

第十二册・傳

第十三册・行狀、事略

第十四册·墓誌銘

第十五册・墓誌銘

第十六册・詩詞曲

第十七册·詩詞曲

第十八册・詩詞曲

第十九册・詩詞曲

第二十册·詩詞曲

如皋冒氏世系簡表

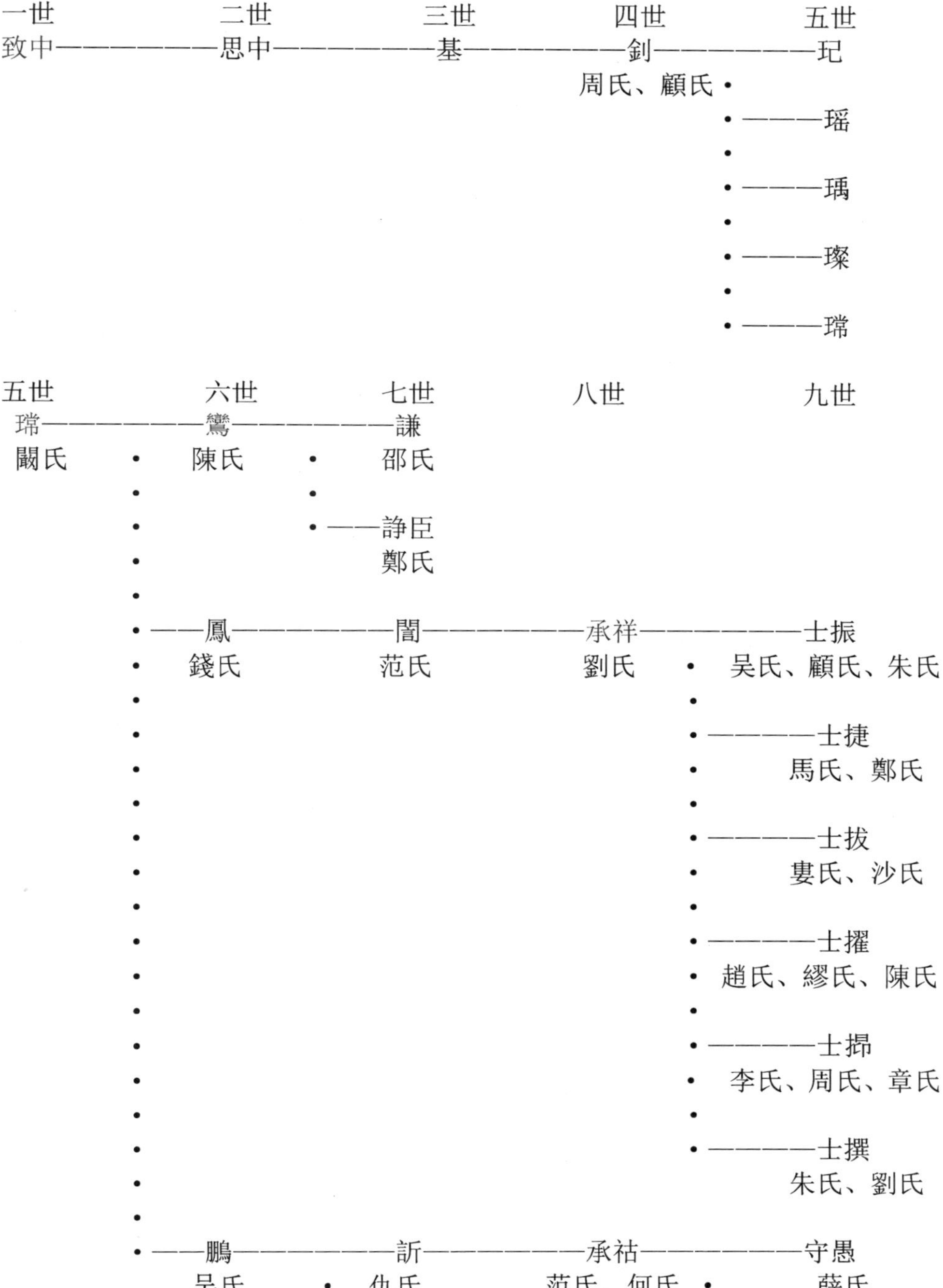

一世 二世 三世 四世 五世
致中——思中——基——釗——玘
周氏、顧氏
——瑶
——瑀
——璨
——瑞
五世 六世 七世 八世 九世
瑞——鸞——謙
闞氏 陳氏 邵氏
——静臣
鄭氏
——鳳——誾——承祥——士振
錢氏 范氏 劉氏 吴氏、顧氏、朱氏
——士捷
馬氏、鄭氏
——士拔
婁氏、沙氏
——士擢
趙氏、繆氏、陳氏
——士掄
李氏、周氏、章氏
——士撰
朱氏、劉氏
——鵬——訢——承祜——守愚
吴氏 仇氏 范氏、何氏 薛氏

·
·———守魯
叢氏
·——儲————————承禋
·
·——承祈
·——諶————————承禎————————守約
張氏
·——守仁
·——守義
·——守信
·——守健
·——守位
·——詠————————承福————————守忠
·——承祀————————守業
·——承袍————————守成
·——守志
·——承祧
·——調————————承禕————————愈昌
·——承禰————————愈明

九世 十世 十一世 十二世 十三世
士振————————夢鶴————————起亮
張氏
·——起皋
·——起京————————麟生
·——鴻————————如陵
·——起賡
·——頓孫
·——隆徵

•——隆祺
•
•——隆祚
•
•——隆祉
•
•——隆化
•
•——隆祐

•——夢豸————起南
張氏 •
•——起泰

•——夢龍————起應
石氏 •
•——起世
•
•——起姓
•
•——起經
•
•——起綸
•
•——起縉
•
•——起紳
•
•——起穎
•
•——起清

•——夢璧

十三世 十四世 十五世 十六世 十七世
隆徵————雲階————簠————鈺————芬
沈氏 楊氏 賈氏、卜氏

十七世 十八世 十九世 二十世
芬————溶
•
•——澄
張氏、陸氏
•

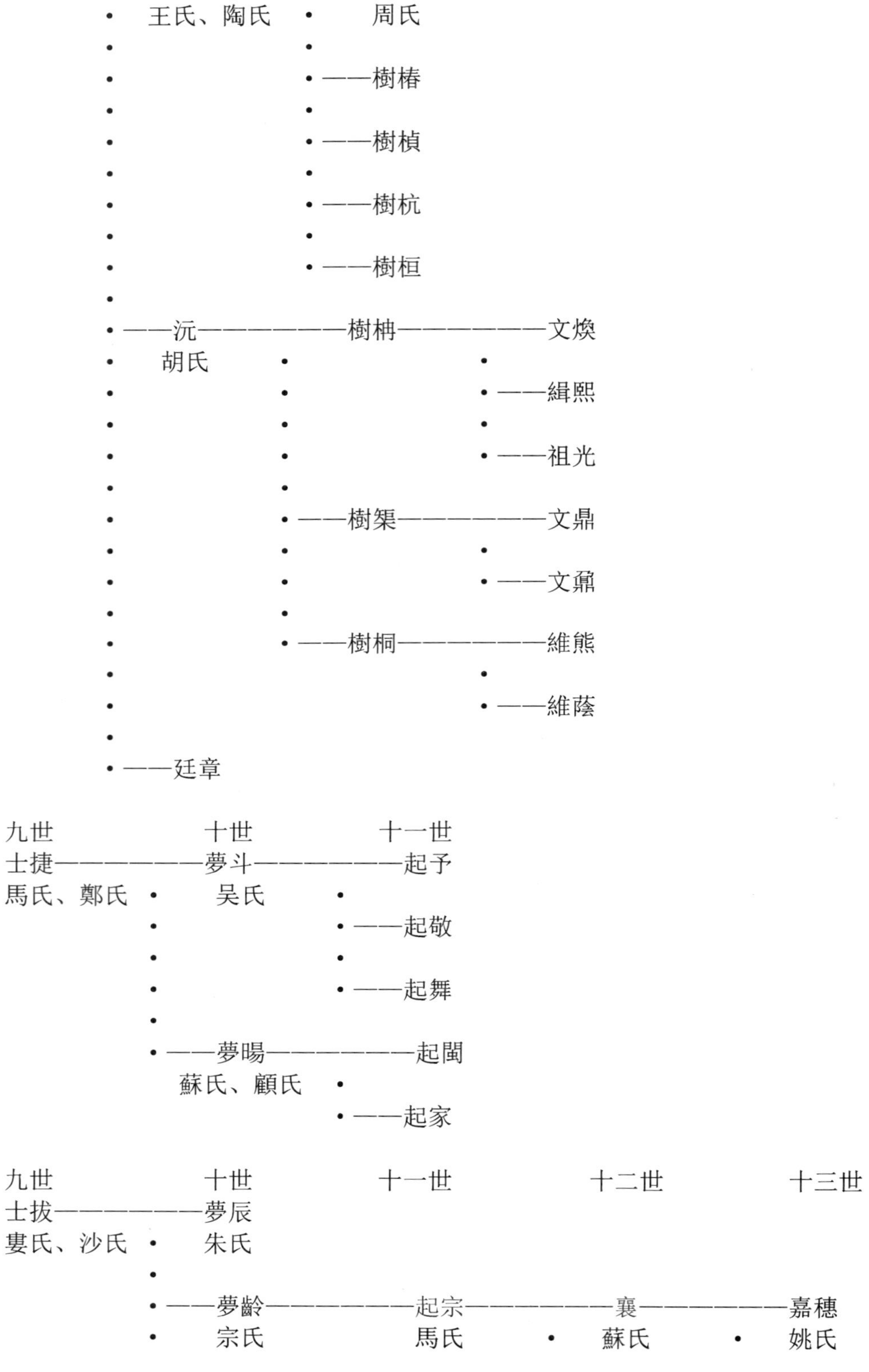
保泰
王氏、陶氏
樹楷
周氏
廣生
樹椿
樹楨
樹杭
樹桓
沅
胡氏
樹枏
文煥
緝熙
祖光
樹椝
文鼎
文鼐
樹桐
維熊
維蔭
廷章
九世
十世
十一世
士捷
馬氏、鄭氏
夢斗
吴氏
起予
起敬
起舞
夢暘
蘇氏、顧氏
起闓
起家
九世
十世
十一世
十二世
十三世
士拔
婁氏、沙氏
夢辰
朱氏
夢齡
宗氏
起宗
馬氏
襄
蘇氏
嘉穗
姚氏

——丹書
蘇氏

——京

——偕

——褒——虞書
宮氏

——禹書

——殷書

——福書

——裔——金書
宗氏　吴氏

——錦書

——夢珠——起安——袞——寶書
章氏

——裏——洛書

——河書

——鴻書

——孔書

——袠——玉書
入繼起臨

——麟書

——聖書

——龍書

——車書

——漢書

——起臨
入繼夢辰

九世　十世　十一世

士擢——————夢周——————起渭
趙氏、繆氏、 盧氏
陳氏
——夢伊
許氏
——夢傅——————起戬
丁氏
——夢曾——————起鴻
——起辛

九世 十世 十一世
士掃——————夢蟾——————起聲
李氏、周氏、 盧氏、朱氏
章氏
——起明
——起建
——起旦
——夢鯉——————起莘
繆氏
——起蛟
——起邦
——夢豹——————起宲
謝氏
——起徵
——起淮
——夢鰲——————起易
——起書
——起戴
——起紀
——起芬

九世　十世　十一世　十二世　十三世

士撰——————夢璋——————起巘
朱氏、劉氏•　張氏　•　許氏
•　•
•　•——起貞
•　•　石氏
•　•
•　•——起雲
•　•
•　•——起泰
•　•
•　•——起詮
•
•——夢雷——————起宏
•　沈氏、滿氏•徐氏、劉氏、
•　徐氏、石氏
•　•
•　•——起實
•　•　朱氏
•　•
•　•——起霞
•　佘氏
•
•——夢星——————起宇
•　石氏　•　張氏
•　•
•　•——起賓
•
•——夢鼎——————起英
•　范氏　•
•　•——起佼
•　•
•　•——起德
•　•
•　•——起聖
•
•——夢相——————起瑞——————與晉
李氏　•　李氏、陳氏、•
錢氏、蔣氏　•——與謙
•　•
•　•——與觀
•　•
•　•——與麟

——與喬
——與奇
——與仕
——起蒙——————與恆——————繼祖
劉氏　　　　袁氏　　　　石氏
——有聲
程氏
——繩祖
高氏
——有明
袁氏
——有臨
——與潔——————有齡
佘氏、陳氏
——有翼
——與學——————有本
叢氏、劉氏　　　　曹氏
——與時——————有穀
姜氏
——有堂

九世　　十世　　十一世　　十二世
守愚——————日乾——————繇衷——————泰然
盧氏　　顧氏　　佘氏
——孚衷——————儼然
石氏　　佘氏
——偉然
許氏
——修然

• • ——肖衷
•
• ——日益————————印衷
• 薛氏
•
• ——秉衷

九世 十世 十一世
守魯————————日觀————————象衷

九世 十世 十一世
守仁————————日宏————————頌
• 蔡氏、章氏 •
• • ——讚
• 許氏
•
• ——日新————————溶
叢氏 朱氏

十三世 十四世 十五世
嘉穗————————溥————————維機
• 范氏
•
• ——渾————————維樞
丁氏

丹書————————泓————————維楫
宗氏、丁氏

冒氏先世潛徽録原敘

中憲大夫山東按察司副使督理上江漕儲道冒起宗撰

粤若我冒，自運丞公力辭妥督丞相之封，版歸化國，占籍晋賈大夫之邑，代奉皇輿。有劉隱君載萬卷而欲上於朝，擬郈成子分一宅而同居於野。值其病隕，曲致周旋，更搆構乎岑樓，用珍藏其遺籍。有孫永宗，綽有父風，克承祖訓。中官捧購書之詔，傾獻所藏；御史下賓禮之旌，勸仕不就。群稱潛德，世有隱操。逮都憲支析於海陵，甲科崛起；而少參穎脱於江縣，令望嗣昭。先朝之實録具存，且有温宗伯之表；近代之獻徵兼采，實經焦太史之編。猥稱詩禮之家，敢侈冠裳之族。顧前徽弗耀，則後責奚辭。起宗用是惴惴焉無敢隕越，爲兹汲汲者，略籍表章。自家乘所遺及名集、攸集，蒐羅成帙，繕寫授梨，用綿文脈書香，緬懷水源木本，傳之世世，應有同心，余一人顧足重哉！

第一册

詔、諭祭文、疏、策揭、公文書、事實册、贈序、序

明太宗徵書詔永樂八年 家譜

詔曰：西漢下獻書之詔，舊編悉萃中朝；後唐有鐫板之行，副本盡傳通邑。太常博士，掌録司官；石室蘭臺，積書爲府。典午時，率歸江介初收之籍；開元中，曾借民間未見之書。藝滿六街，何妨謀野；名標四庫，不厭兼城。爾處士冒基廣爲裒集，大有縹緗。朕特詔蒐羅，可無獻納。曹倉杜庫，莫任蠹蝕長生；奎璧靈文，直附龍光上達。自有酎縑之典，將旌稽古之勛。欽哉！

敕廣西道監察御史冒檜文 東陳冒氏家譜

敕曰：朕惟匡襄輔弼，賴治理之得人；宣化承流，乃熙朝之重職。苟非聞望之素優，安能鴻鉅之是寄？爾冒檜才宏學博，不忝經濟之儒；德懋行修，大是輔重之器。兹人也，列之經筵，可以善明君德；授之御史，用能澤庇生民。拾遺補闕，國家自是得人；尊主庇民，宗社於焉有託。朕將拭目以望隆平，抑且虚位以待政績。爾其欽哉！洪武二十二年八月。

諭都察院右副都御史冒政祭文 海陵冒氏家譜

維正德十六年歲次辛巳十一月丁酉朔越二十六日甲戌，皇帝遣揚州府知府彭大治諭祭於致仕都察院右副都御史冒政曰：

惟爾器識宏深，才猷通敏，蜚英甲第，振美郎曹。出守名邦，功多撫字，歷陞方伯，績著旬宣，晋陟都臺，撫巡邊徼。中遭讒構，落職閑居，誣罔既申，官階仍復。薦膺推論，任用有期，何遽淪亡，良可傷悼。特兹諭祭，庸示卹恩，載命有司，爲營葬域。爾靈不昧，尚克歆承。

告城隍神疏 同人集

陳秉彝

江南揚州府泰州如皋縣知事陳秉彝爲邑紳舍身救荒，染疫九死，懇賜回生，以勵善行事。

秉彝承乏負罪，上天降怒，連年荒旱相仍。前奉上行賑粥，耑力拯救。夙知本邑冒紳襄三世居官居鄉，救荒德厚。辛巳爲諸生，曾活臯城内外數萬衆，鄉黨咸稱。秉彝造門拜請，遂身任西廠，最遠最難，飢民日盈四千。稽覈精詳，無苦不恤，仁術畢殫。每晨水米不沾，便凌風雪。給粥之外，多帶家僮，躬查遠近，瘞死亡，扶老幼，拯病危。傾屢歲家食之粮，散數百金娶媳之聘，罄竭施濟，任勞三月有餘，延救難計其數。忽然染疫，已絶生理，現今就木，而隨賑垂死者十六人。目前凡染疫者，雞犬不存。若冒襄者，父母既老，二子甚幼，即冥數已盡，亦當鑑其救人血心，延紀益算。况襄半生孝友，文名德澤，中外共稱，此人若死，是無天道。且秉彝不德，貽患厲民，又至累拯救萬民者染疫身死，是就死者賴之以生，而救人者莫必其命，秉彝推心，何以自解，并不能爲福善禍淫之理解。

今同其父原任上江漕儲道副使冒起宗合辭哀籲，伏乞體上帝好生之仁，昭積善延年之理，立賜回生。庶爲善之報，如影隨形，感應之誠，直通呼吸矣。秉彝幸甚，億萬飢民幸甚。謹疏。

母病祝天疏 家譜

冒國柱

蓋聞父母俱存，君子最樂，生人快事，半在家庭。臣荷上天降鑒，使臣二親康寧，兄弟無故，人所深願而不可必得者，臣獨得之，天待臣厚矣。

顧臣不德，弗克仰答上蒼玉我心，以致上干天怒，用降割於我家。去秋則貽累於父，抱痾累月，幸天允臣請，俾得安全，而臣母以心力交瘁，復成劇疾。極人世之顛沛患難，未若臣之甚也。夫臣罪貫盈，即宜身膺誅譴，何忍貽累及母。若謂臣母或有不善，但臣母之養臣祖何其孝，事臣父何其敬，撫臣等人何其慈，即今日之病，亦以臣父疾篤過勞而成。今臣父邀天眷，而奉事過勞者復病，臣不能爲福善之理解也。況臣母一身所關匪小，臣祖未葬，非臣父一人之任，賴臣母以佐之任，臣父暮年，賴臣母調羹以奉之，臣雁行六人，俱未成立，皆賴臣母撫育而顧復之。脱有不虞，將疇助吾父以葬親，疇奉吾父娱老，臣等幼稚，何所依恃？區區私情，天地神祇，得毋顧而惻然乎？夫烏鳥尚母覆翼而子反哺，羔羊尚母肥字而子跪乳，在物類猶有母子歡，臣獨不能享天倫樂乎？興言及此，腸寸寸斷矣。

用是焚香哀號，泥首請命，天地神明，共聽臣言。臣母之疾，臣乞以身代，如臣母天禄將終，乞減臣年以益母算。使母得優遊宴安，克享餘年，則臣雖庸劣，猶能作善，以報天心。若天意不可回，臣母不能生，是天以臣罪爲必不可宥也，臣願以身代死。蓋臣母多材多藝，能相夫子，以事天地，敬神明，奉宗祖，教子孫，爲一家必不可少之人。至如臣罪貫盈，以致貽累慈幃，則臣雖生也，不如死之久矣。況臣有弟三人，皆能事親，臣非獨子比，且臣與母形影相依，母若不保，臣生何爲，子代死而母獲生，臣且含笑入地矣。此非臣虚言也。臣之寸心，天地鬼神，實式憑之。天其憐我乎，其許我乎？臣知天自念臣母素行之善，憫臣一念之誠，必有以默佑之也。瓣香致敬，片紙陳情，謹拜手稽首，以俟天庥。惟天地神祇，鑒而憐之。謹疏。

薦高陽縣冒守愚調安肅疏

張鹵

今天下方域皆有衝僻繁簡之不同，而此地之所謂衝繁則與他方異。故臣自待罪地方，必爲地擇人，既經徧察四府之屬，已踰一歲之久，於官常民隱頗悉其略。如保定所該縣安肅、高陽，其里社田糧雖均當下，然在安肅之輪蹄輻集，賦役繁興，其煩難雖數高陽不足以當之。而知縣馬廷荆則力不從心，才不逮志，聽斷苦曲直之無分，錢糧益催征之可慮。民方作慝，吏益舞文，及今不易，則終於廢墮之易，而振興之難方來，固有大可爲廷荆慮者。在高陽之民稱蘇息，地方静僻，其事功半於安肅，即可治之。而知縣冒守愚則年力强壯，動中機宜，里中無偏累之艱，錢糧滴侵没之弊，凡有興革，俱已完成。即其見事，固可必其盤措皆宜，振興有望，固不宜終於高陽已者。況廷荆之在任，尚未及一年，不無可惜，守愚之在任，已將三年，正宜歷試。臣會同巡按御史于鯨，欲將守愚、廷荆更相調用，斯彼此皆宜。伏乞敕下吏部，覆請聖裁，合無將冒守愚調安肅，馬廷荆調高陽，庶器使得全而地方有賴矣。

殿試策崇禎戊辰科三甲第八名

冒起宗

臣對。臣聞帝王之首開泰運也，必先聚朝野豪傑之精神，使畢注於分内，而後無抑鬱結轖之虞；必嚴課内外臣僚之職業，使各守其官方，而後無諉托曠瘝之弊。精神何以聚，聚之以和。謀斷欲其兼資，張弛不妨互濟，期造社稷生靈之福，不爲功名爵禄之圖，如所稱同心一德者是也。職業何以課，課之以實。宏巨可展其全略，纖瑣亦選其微長，各殫心思手足之勞，無貽叢脞惰窳之誚，如所稱熙載亮工者是也。惟精神攝於職業，則内顧而思付畀之匪輕，外顧而懲憒矜之易敗，何嫌何疑，而不化水火，乃尋口角之干戈，不破藩籬，乃構臆間之營壘？惟職業域其精神，則欲釋肩而有極明之功令，欲分咎而無遞厝之規猷，何推何諉，而敢傳舍其官，如匠斲之代操，敢弁髦其事，如農耕之越畔？昔中天肇千載之治統，總之從寅恭協，相成承天弼帝之功，暨三代綿有道之昌期，不過以翼贊劻勷，奏丕冒咸和之烈。媲闢門張羅之盛事，繼疇咨訪落之遺休，端有待於今日矣。

欽惟皇帝陛下孝友天植，明斷性成。龍潛已探功德之淵源，天飛遂羅古今之盛美。覽章奏於乙夜，耳目兼收；公枚卜於昊天，凝丞特簡。召對與經筵並舉，論道而勤圖治之思；仁愛將節儉同昭，却貢而切軫民之慮。除權奸而撤鎮守，不動聲色而震雷離電鼓盪區中；旌方正而豁株連，無假歲時而坎雨巽風播沾甸外。伸敢言之氣，真如父母之待子，雖戆直偶乖乎意旨，必曲諒其矢念之忠貞；廣彙征之途，一似天地之因材，縱品格間涉於異同，務直覈其立身之本末。仰頌至德，累牘雖窮，然已足凌邁往哲，範圍萬禩矣。乃聖慮周詳，厲精上理，進臣等於廷，俯賜清問。首舉聖主賢臣相得之因，次述唐虞三代設官任人之效，而終策以經文緯武之偉略，詰兵理財之要圖，豈以臣等感奮氣新，顧畏情薄，務令披無回無邪之腹心，佐采葑采菲之萬一耶？

夫臣等服皇上在三之義，則無所逃；沐皇上首科之榮，則何忍負？用是敢率葵傾之性，抒藿食之愚，惟皇上垂聽焉。嘗聞人君一天也。天以一元統萬化，必藉五行以轉終始之輪；君以一人御八荒，必藉百官以連承宣之轂。然令五行不居其宫，循其次，紛然雜處陰陽之位，則天定有參錯之氣機；令百官不按其局，分其曹，囂然躐踞幹濟之班，則國寧有畫一之治法？故工農水火臚其任，即温涼寒燠之咸宜；兵刑錢穀殊其司，即風雪露雷之各擅。所以唐虞百其官以理萬機，人因位限，似乎馳驅之路患其狹，然正惟專且一而展布宏；夏商周倍其官以凝庶事，位與人繁，似乎考課之格隣於苛，然又以裕且暇而稱塞便。夫官既以恪守恪遵爲定業，則罄竭其膽力智謀，懼難完實際之毫末，何暇雌黄他氏之短長？上既以無侵無怠爲官箴，則力振其因循委靡，恐未免意外之糾彈，何敢營築無因之城府？以故文武和於廷，將士奮於閫。筦九賦九式之籥者，自能酌盈濟虚，澄貪汰侈，閭閻無剥膚剜肉之慘，而處處士飽馬騰；伸專征專伐之威者，自能蒐乘除器，簡卒練兵，封疆無鴟張狼突之形，而在在風清煙熄。此繇太和蒸洽於堂陛，而沴戾之害氣陰消；人心渾化於蕩平，而甲兵之餘毒盡洗。近稽遠遡，率是道耳。

我太祖高皇帝重光日月，再造乾坤，一時濟濟峨峨，靡非鷹揚豹變。乃其諭侍臣有曰："天地交泰以成庶類，君臣相須以成庶功。"誠哉，發堯舜所未發。又以任人比之任器，任重任輕，各相其可，是誼同魚水，交叶風雲。文則宋濂、劉基輩經綸焕雲漢之章，武則中山、開平輩撻伐掃腥羶之穢。鼎建煩興，度支不憂匱乏；衛所環列，黔□鬱積有素。胸中尚有格格未盡吐者，敢不避枝駢之議，爲皇上悉陳之。

孟子曰："君正莫不正。"宋臣朱熹亦曰："其本不在威强而在德業。"則召和保泰，惟在好學力行，爲親賢遠佞，柔遠寧邇之地耳。然求其廣大悉備，法戒聿彰者，莫如《皇明祖訓》一書。臣願皇上精心披繹，鋭意奉行，而更以清真恬澹養性，以戰兢惕勵勑幾，默提衡鑒於睹聞聲色之先，洞燭忠佞於毁譽是非之外。沖和醖釀於純一，而元黄之戰平；精詳淵濬於虚公，而異同之畛破。小廉大法，群工無不獻之才猷；文德武功，奕世載無前之謨烈。行見四夷弭伏以來王，國祚奠安而永固。儻蒙皇上留神省覽，俯納蒭蕘，固臣一時知遇之極榮，實宗社生靈之厚福也。草野微臣，不識忌諱，干冒天威，不勝戰懷隕越之至。臣謹對。

戊辰通榜公請覃恩揭 拙存堂文剩

冒起宗

爲龍御適乘元歲，虎榜幸值首科，合懇特廣錫類宏恩，用光盛典事。

竊惟仁波浩蕩，綸褒無間崇卑；孝治昭敷，華衮均霑内外。推罔極於一本，固人子水木之至情；徼寵慶於九天，尤人臣茅茹之盛會。邇者陰氛迅掃，多士彙征。堯天舜日之表，人人仰鄭臚傳；管窺蠡測之言，一一親經乙覽。是某等之受知沐寵，真千載一時，而昭代屢科以來所希遘也。即捐糜頂踵，猶恐莫報高深，何敢妄有陳請。

兹蓋緣覃恩隆典，曠被普天，不獨内外文武官員，給有應得誥命，即如丁卯鄉試副榜，名未列賢書，而有准與優選之渥旨，今歲授選郡邑等官，足未履治境，而有准給誥勑之殊榮，此皆舊例所未經行，咸仰新恩而成浩大。故雖落孫山之外者，欣欣氣壯風雲；捧毛義之檄者，弈弈光分綸綍。今某等登作人之首科，際建隆之元歲。黄甲竊依光日月，與半收之乙榜迥殊；青雲附驄履星辰，豈需次之鄉貢可比？期間或應授京秩而身列班行，或應任司牧而符分郡邑，咸抱移孝作忠之志，誰無事君及親之思？伏乞俯念泰運之初，允附覃恩之末，先選者准與先給，假回者准與執照。則某等幸而具慶，獲生色椿萱；即不幸而永感，亦無悲風木矣。

某等初沾一第，望敢逾涯。但念已叨元造，而不免雨露有偏遺；幸入虞門，而不與圭組同一體。是又某等所踴躍翹瞻，合辭披瀝，萬不敢居諸人後也。

爲此除具題外，理合具揭。

先中丞請謚揭 拙存堂文剩

冒起宗

南京吏部考功司郎中冒起宗，爲懇乞俯鑒清議，仰據實録，照例易名，以勵臣節事。

竊惟國家勸忠褒直，顯微闡幽，自遜國諸賢，以及建言立功，摧奸獨行之士，凡可節以壹惠者，皆博訪定謚，昭示來兹，洵從前未有之盛事。若夫煜耀策書，無容擬議者，尤屬良史之確見，非家乘稗記可同語也。

職先臣都察院副都御史冒政，歞歷邊腹四十餘年，勞勣皆有紀志，名宦兩薦馨香，當日定力崇功，鑿鑿史册，職謹恭書《實録》并歷官表志，俾後之聞風作忠者有攸賴焉。

職莊誦《武宗實録》，正德十四年二月内載："右副都御史冒政卒。政字有恒，直隸泰州人。成化乙未進士，授南京户部主事，歷員外郎中。弘治庚戌，陞武昌知府，守正奉公，多所興革。尋升山東左布政，分守東兖，弛南旺湖禁，以食貧民。又分守遼陽。正德丙寅，繇遼東陞江西右布政使。將發，以所餘餉銀千兩歸於代者，毫髮無所取。奉新飢盜起，政賑卹有方，遂晏然。丁卯，陞右副都御史，巡撫寧夏。劉瑾以政前在遼陽，軍儲有虧耗，逮治，罰米三千餘石。累歲事方竟，褫職以歸。瑾敗，復職致仕。至是卒，賜祭葬如例。政爲人質直坦易，居官廉正，卒後家無餘資，其子稱貸襄事，士論重之。"職讀竟稽首頓首曰："此皇皇信史，一字之嚴，榮逾華衮者。"

職復按宦履，更録其大都，以備垂采焉。先臣觀政户部時，奉檄盤糧陜西，著聲諳練。尋授南户部四川司主事，委視諸倉出納惟謹。時暴雨漂糧，先臣豫爲之計，獨無患，都御史袁公凱亟賞之。六七年間，京倉諸弊剗革殆盡。侍郎侯公瓚每令兼攝他曹，裕如也。儹運江右，有萬安令袖金爲餽，適大參劉公喬聞之，曰："觀此君行事，殆不可貨取。"後先臣果大叱之，欲寘諸理，聲聞列郡，自守令以下竦然集事，無敢有私交者。尋出守武昌。劉時右轄楚，得報，示僚屬曰："此卻金郎也。"武昌號劇郡，先臣受事，積案立剖，疑獄冰釋，感虎開石，人頌神君。楚城西當漢漾之衝，隍址時嚙，爲省會大累。先臣甃石厲鍛，纍數十重，博數丈許，至今池漢水矣。郭外有洲名金沙，東連吴會，西通巴蜀，爲古沙羨，濟者恆苦溺。先臣思成梁，顧無材。間見巨艘十數陸沉水中，屬耆老訊之，知爲洪武間楚藩入朝所泛，遂請改爲浮梁，民利涉，稱冒公橋，比之蔽芨云。又酌驛役，準糧徵銀，楚供億畫一，自先臣始。立孝子孟宗祠，改建江夏學宫。

於鳳凰山陽鑿井，得甘泉，人名之曰冒公井。又郡城災及蒲圻素多虎，先臣爲文告之，悉弭焉。尋擢山東左參政。有重臣建議洸水故流原與汶、泗、沂合出濟寧，永樂中，始疏一支出分水河，多損民田，復之便。時廷議以事關漕運，命某公往視。先臣分守斯地，測量水平，自濟距分水百餘里，高下逾五仞，河無上游，恒易涸。故設法遵水分流于南北以濟國通漕，利甚溥，復之非便，事遂寢。又弛南旺湖諸禁，聽民采取，時饑民賴以生活。禁谷亭略賣，男女奸風立息。改守遼左，緩催科，慎刑獄，尋陟江西右轄。將發，覈庫貯餘糧，得數千金，移會餉部郎中王公，藎充軍需。王公拜曰："給軍羨前此希覯而僅有者，吾輩師也。"奉新大祲，徵全活甚衆，不減稚圭、彦國。奉勑撫寧夏。先臣至，閱士馬，稽芻粟，皆匱，上疏力請整飭。又預選驍桀籍、尺籍以代更番者，糧省而軍實無虞。涖鎮四閱月，築黑山營，嚴茶馬市，選將訓士，次第就緒。值逆瑾竊國柄，先是，先臣謝恩疏，久不通饋，瑾已心銜之。又見糧馬疏剴直，語人曰："寧夏舊無巡撫官耶?"會户部主事莊襗首倡查盤之議，以博瑾喜，已而查奏遼東諸衛各倉場糧料草束浥爛虧折之數，因劾先臣曾爲分守參政，職掌錢穀，失於鈐束，與原任巡撫張公鼎等俱有罪。瑾矯詔令緹騎捕逮，送鎮撫司鞫問，此正德二年十月十四日事也。先臣謂其子孝廉良曰："吾以不通餽致此，此行寧有還期，直俟命耳。"明年三月二十一日，械送先臣於遼東，令該鎮巡等官監追糧草，趣其納畢，仍解送鎮撫司，奏請處治。蓋因先臣等奏乞容家屬還鄉鬻産償納，而躬赴任所監候，事乃可竣也。是年十月，以鎮守遼東右都督等官毛倫等會奏，各官監禁日久，艱苦萬狀，乃准都御史張鼐、冒政等未納糧草，依遼東時值折銀上納。未及一月，而承望瑾風旨者，又查奏遼東倉庫各年濫費那移等項，并劾張公鼐、馬公文升、顧公佐、佀公鍾、韓公文及先臣等三十餘人，復請提問，得旨："政等現在追賠糧草，待事完以聞。"當是時，瑾以參官而納賄重者爲稱職，且與陞級，一時縉紳競相吞噬，衣冠化爲豺虎。四年正月十三日，户部覆奏，查盤寧夏固原等處糧草布疋等項，并劾節年巡撫都御史，請治先臣失於督理覺察之罪。詔以該管官員法當重治，但年遠人衆，姑准罰米贖罪。是年四月十七日，逢瑾惡者又指查盤延經寧夏倉庫，歷年草料多支虚出拖欠那移等項，劾楊公一清以及先臣，得旨："都御史冒政緣他事逮問，俟獄具以請。"幸遼左諸公慷慨重風義，自都督張公椿而下，咸謂先臣分守時纖塵未染，安忍坐視，捐貲代完罰米三千餘石。瑾意猶未慊，俾革職回籍爲民。凡此，皆以守正忤璫而得之，其誣辱備嘗之狀，亦皆詳載《實録》中也。瑾敗，而先臣始復職，予致仕。後兩推鎮撫秦、滇，竟中沮齎志以殁。徼恩賜祭葬，白骨再肉。然歷仕四十年，子登賢書，貧不能葬，其清白益定於蓋棺矣。至若風雨雞鳴，不欺暗室，孝感誠通，符於閭里，未敢一二枚贅，謹述所未盡者，俾有所憑，以定易名之典。

職載稽當年立傳諸臣，如先臣之書官書卒，用《春秋》大書法，出處存没，備列崇褒，終其身絶，無訾議者，實不多見。褒于信史而遺于易名，此亦清議所必欲伸也。伏祈即據《實録》所載，續入訪單議謚，庶廉正之臣不至與門祚同悲。於以闡幽風遠，未必無小補矣。

襄陽請告文 拙存堂文賸

冒起宗

分巡下荆南道整飭鄖襄兵備監軍、湖廣布政使司右參議冒起宗，爲久病萬分難支，亟懇代題允致，無悮危疆事。

照得職稟賦素弱，重遠難肩，筮仕至今，屈指一十五載。初繇使署轉南銓問署，猶堪藏拙。繼巡兖西，失岵恃，苫塊四易春秋，服闋病深，迄未赴補。己卯五月，忽有嶺西分巡之推。祇畏簡書，兼程就道，炎獠蒸灼，目疾益增，此原任兩廣總督今陞左司馬張公所目擊也。庚辰二月，推陞上湖南兵巡道。蒞任以來，兼攝守篆，拮据陪巡，按臺目擊阽危，允以少頃代籥，而倏調襄陽巡道矣。

維時襄城淪陷，如蹈湯火，職若仍以病辭，或求保留舊地，是規避也。五月初六日，聞報。廿八日，盡遣家累，單騎登途，星馳于酷暑泥淖者二千餘里。六月廿二日，入襄受事，實在府廳各官之先。收拾荒殘，料理守禦，呻吟而入，扶曳而出，肢體如削，失血如注。以一身而支撑於上下軍民間，種種憔悴不堪之狀，又奉命之三欽使親臨，節制之諸院臺所深憐也。然職猶謂狡寇在門，哀鴻在野，雖瀕九死，未敢側離。自去冬闖曹破宛圍汴，轉折而趨唐、鄧、棗陽，壤接境連，鴟張豕突。職遵奉憲檄，登陴效守，騎坐不任，繼以徒行，自朝及昏，惟力是視。乃十年目疾，畏風如虎，内滚蒸砂，外流冷淚，强視不耐塵土，羞明難閲文書，加以周身攣痛，貫骨徹髓，胸背沉重，起坐艱難。徧延醫官彭搏九、高進忠、王宗正、陳世忠等胗治，方藥疊投，一症未消，一症復起，今日如此，明日如彼，樊城藥行現價買辦之數，可按而稽也。不期根本既摇，外邪直入，自四月十八日至今，感冒風邪，屢解屢復，脾敗粒食不化，肺傷痰湧如泉，内喘外蒸，氣息奄忽。諸醫相顧駭嘆，咸謂病久且深，参苓罔效，非卻掃杜門，必無生理，其言危而中矣。今日襄陽何地何時，雖精明强固者，猶恐力盡意弛，豈五日三病之夫可以優遊卧理？若循尋常請假之例，豈勝千瘡百孔之虞，職之一身何足惜，以疏玩而斷送危疆，雖死莫贖矣。

職歷任外藩，處處認真任怨，雖才最綿，性最拙，凡畏難飾苦、苟且塞責之事，皆非其所敢出，調襄一期，心血瀝盡。無奈日甚一日，痊可無期，且人之諸病可托，惟目難掩。目既不明，五官皆廢，況又益之以衆病乎？此又士紳軍民所共見，毫無推卸者。仰懇洪慈，特准題請，立行罷斥，速簡賢能。詎惟重地幸免疏虞，職得生入里門，何莫非生成之賜乎？

調任分守下湖南道再請告文 拙存堂文牘

冒起宗

爲目疾身病交深，調補亦難勉赴，即日離任就醫，再懇代題允致事。

照得職目眚十載，身病叢侵，叨轉衡永，終日以藥代糧。再調襄陽，有如以雪投火。夫襄陽寇禍燎原，兵機呼吸，開口言病，便涉畏難，職隱忍一十二月，籲苦累千萬言，終未敢具文請告，恐以疏曠滋罪戾也。入夏以來，病勢日異，時不同藥餌百進百不效，周身攣痛不待言，而兩目赤爛于外，昏矇其中，對人若霧花，視字如隔紙，勉撑强起，委實技窮，不得已於本月十四日具久病萬分難支一詳。旋奉治院王批："該道任事危疆，苦心拮据，一身兼勞瘁之務，地方受豢養之恩。正同舟遇風，舵師得力，本院實賴以共濟焉。積勞稱病，固所目擊而深知者，暫假調理，恐未可遽萌去志也。此繳。"奉此。

纔越四日，忽於邸抄中見吏部有調任本省參議，已奉俞允之報矣。自聞報以後，病勢益增，重以怔忡噎脹，眩暈沉綿，童僕相對彷徨，醫人束手太息，不惟文移沉閣，即飲啖櫛沐都廢矣，視具詳之狀又一變矣。雖地方未曾明注，屈指楚省中，豈更有至危極苦如襄陽道者？使職名心纖毫未冷，孱骨分寸可支，沿途調理，暫歸候憑，循仕途故事，亦可少存視息，今斷斷乎不能矣。且職在殘破之襄陽而言病，猶謂身肩重擔，恐致疏虞，今離兵荒之襄陽而亦病，則其勢必爲不可挽之勢，情爲必不容已之情，台臺推情覈實，可信其非避苦非借端矣。報國之念，豈綿謭獨無，而膏肓之症，即盧扁袖手，三楚何地，誰無剥膚之災，再作勞薪，益乖衛生之計。萬一不自絶決，既因病以曠官，又因曠而速病且速之斃，爲地方計，爲一身計，胥失矣。反覆思維，惟有一歸，可以兩全，惟有亟賜速題，則歸者可終遂其歸，而缺者可早補其缺。功名亦人所愛，性命非力可延，自非回環籌度，計無復之，斷不出此，此職所爲望家園而魂飛邗水，控崇階而淚灑漢江也。伏枕垂危，恐不及待臺批之至矣。儻謂職居官泯泯無聞，素餐有辜簡命，竟與之褫斥，以爲疆吏不職之戒，皆職所甘受而無辭者也。

調任分守下湖南道三請告文 拙存堂文牘

冒起宗

爲目病身病交深，調補亦難勉赴，即日還鄉就醫，懇賜代題離任事。

本月十七日，奉撫治都察院王批："據本道覆詳告病緣由，奉批仰候移咨兩院，會題行，繳。"奉批。該本道看得，職病扶掖不起，久荷本院之矜憐。若治臺近在同城，朝夕與居，自非目擊阽危，詎肯直批允放。但職已調任湖南，非鄖、襄耑轄之官，伏乞本院徑賜具題，免行兩司察議，以釋職惟恐捐舍之憂，慰職恨不插翅之願，從此不即登鬼録，不惟起白骨而肉之，且令岌岌危疆，去鉛刀易利器，所裨安攘者，非淺鮮矣。

請委署下荆南道印務文 拙存堂文牘

冒起宗

爲印務事。本道於六月十八日接邸報，内開五月初三日吏部一本，湖廣分守下湖南道缺參議，推職以原銜調補矣。

照得襄陽殘破之餘，職當久病偃卧之日，兵馬充斥，協勦方殷，本道告病實情，已具前詳，豈因調任，復有轉念？今已擇七月初三日離任，所有印務，急需管理，伏乞憲批，速行委署，以安地方。按故事，凡司道陞轉，印信應繳本司，以憑另文詳請。但襄陽寇在門庭，關繫重大，沿途潰兵梗道，齎護維艱。今將本道所司分巡下荆南印信一顆並傳勅二道封貯襄陽府庫，聽候批署。多事孔亟之秋，難拘往昔一成之例，且守巡互攝，原繫舊規，而就近移送，更免稽閡，揆諸事勢，尤屬長便，非敢徑行而直遂也。

督漕事竣請告文 拙存堂文牘

冒起宗

督理上江廬鳳江廣等處漕儲道、山東提刑按察司副使兼參議冒起宗，爲漕務拮据勉竣，舊疾横發難支，懇乞代題休致以沐生全事。

職稟受單弱，少壯已然，艱苦備嘗，精力盡耗。自崇禎元年通籍以來，歷使署銓曹，轉外藩以至今官，凡一十八載，勉圖報效，罔問升沉。衹因兖西八月防河，遂傷兩目，苫塊四稔，夢斷春明。尋補炎瘴之嶺西，旋移卑濕之湖南，復調任於破陷之荆南，又一年而再調之寶慶，以致目病身病，日就阽危。節經湖廣三院代題回籍，醫不離門，藥不離口者，又三載矣。雖值時事孔艱，憂辱與共之日，自愧已成廢人，鼯技久窮，灰心仕進。

去冬吏部以儹運缺官，蒙本院指名薦補，立登啓事。然積勞成病，原疏中曾明言之，職與本院十年隔面，聞問未通，故止云前疴聞亦平復，不知其尚無起色也。運期急迫，勢不能辭，且轄地寥闊，鞭長難及，戎馬輻輳，四顧紛紜。以委頓之官，率疲玩之員役，逐項分頭，曉夜程督，手腕欲脱，筆舌俱敝。凡解京解外之不等，漕遼本折之分科，檄催守催不可數計。仍復鼓櫂兼程，臨次驗允，衝風戴雨，足如車輪。又值人無固志，法難盡行，郵遞廢倒，差遣裹足之際，苦心設法，處處料理，在廬屬之實徵者，一一催完解足矣。上江之二十一萬有零，除派撥交納於各撫標各鎮標而外，其餘入京者，已開允開幇矣。江廣糧充，鎮餉無所容催，止有部單開新安衛王永清運廬陵等之三縣，節次守催，頃又奉就近交皖撫之檄矣，則職分管上江之職掌畢矣。漕道隨時報滿，不拘歲月，見於頒給之敕書，已經督令書吏儹造清册，齎報總漕、倉場、部院、漕院，獲有批回在案。

但職每任一事，必認真蹠實，不肯苟且塞責，不假手於幕客掾胥，即夜深就枕，有披衣復起，挑燈執筆之時，力薄才綿，不知顧惜，一生大病，實種於此。今又以久敝極孱之軀，肩千頭百緒之事，心神殫竭，風濕淫蒸，舊時目眚，一時横發，兼以衄血失血，心、脾、肝、肺諸經無不受傷，視在襄陽時，更加深錮。數日前扶掖强起，痰眩仆地，竟夕始甦。自抵任以來，遍延京口醫官何應元、黄金章，蕪湖高淳醫官閔士元、水有瀾等，更番胗視，皆謂病深十禩，年逼六旬，根本久摇，勞傷相繼，徒籍草根、樹皮，延風燭之性命，必不得之數也。蓋有窺其深者矣。夫久病見奏薦之疏，非屬托詞，戴星任催儹之勞，既已竣事，此外别無職掌，非有規托情由。總之，職勉出在二豎未退之餘，今益加于蚉負難勝之後，每日開門，購藥多而市米少，初猶忍痛理事，而今實偃卧不起矣。此不惟内外人人所共見，尤台臺所目擊而心憐也。伏懇垂念漕事勉竣，真病難痊，批行謝務調理，祇候代題。從此不即填溝壑，皆台臺所再造也。

謝授上大夫文 永嘉日記

冒廣生

呈爲敬陳下悃事。年月日，奉策令，冒廣生授爲上大夫，此令。等因，奉此。

伏念廣生孤露餘生，溝洫下士，毛義共知其有母，王晞久熟夫要官。兹乃再命躬膺，九能備選，自維塵露，豈有涓埃？咏鵜鳥之在梁，深慚章服；等鮎魚之上竹，猶戀江湖。頂踵知恩，神明抱疚。官錢歲耗，稍酬烏鳥之私；時事方艱，莫竭駑駘之力。所有廣生感愧下情，理合具文陳謝。

伏祈鈞鑒，謹呈大總統。

覆齊撫萬督軍王鐵珊省長書 堊室日記

冒廣生

本日奉豪電，録示會銜呈大總統並致國務院、財政部電文，伏讀感泣，長官之待遇屬吏情義已周。惟不孝下忱，尚有未蒙體諒者。

寒家自有明以來五百餘年，科名仕宦未嘗中斷。不孝六歲失父，先慈苦節四十四年。當析箸時，遺産僅二百六十金。先慈辛苦艱難，支持門户，追思微日，日食不過百錢或六十錢，對於寒家，實中興之賢母。民國章制，誠如尊電，並無丁憂解職之文，不孝返諸寸心，難安難忍。平時嘗謂做官時少，做人時多，做人時少，做鬼時多，今若稍事沈吟，生爲不孝之人，死爲永永不孝之鬼，義非金革，何取奪情？一俟復電到時，仍懇據情代求開缺，勿再保留。不孝敢爲一至堅決之言，無論總統、總理、總長，現皆平昔熟人，無論淮關、銅山、金穴，不孝義無不去，此身已如運河入江，無再返淮之理。若鈞座垂念不孝居官事上尚無過失，將來先慈靈柩回如皋原籍，飭令地方官吏沿途稍事照料，並以先慈節行請予褒揚，其爲感恩，且矢之子孫世世矣。此書到日，如中央尚未簡放人員，即請鈞座會銜先行派委，毋使不孝多居一日之官，多負一日之罪。

涕泣待命，伏維矜鑒。

再請開缺終制呈文 㲹室日記

冒廣生

呈爲再請開缺終制事。

竊廣生于一月十四日丁母憂，經於寒電呈報鈞座，懇請開缺終制在案。伏念廣生六歲而孤，終鮮兄弟，中更憂患，宦情已絶，徒以有老母在，不得不求禄養。當初之甌海任，即已誓之祖墓之前，此身此官，與吾母爲進退，皇天后土，實鑒其衷。母在，吾望公等維持吾官以養親，母歿，吾求公等維持吾志以終制，譬諸運河南下，不復返淮。除呈國務院、財政部暨江蘇省長外，所有淮安關監督員缺，仰懇迅即簡員交代，迫切待命。

伏維矜鑒，謹呈大總統。

呈文上後，得財政部總務廳朱君延昱函言，部長以借重長才、成全大節，二者權衡，尚難解決。適江蘇督軍齊撫萬燮元、省長王鐵珊瑚會銜電呈大總統，保留開缺之請，遂爲閣置。棘人附識。

三請開缺終制文 㲹室日記

冒廣生

呈爲三請開缺終制事。

竊廣生現丁母憂，經於一月十四、二十九日兩次呈請開缺終制在案。本月六日，忽奉江蘇督軍、省長鈔示保留之電，飭以勉抑哀思，毋再固辭。不孝即於是日復函堅謝，略謂做官時少，做人時多，做人時少，做鬼時多，今日若稍稍沈吟，生爲不孝之人，死爲永永不孝之鬼，矢之以此身如運河入江，無再返淮之理。並請中央未簡放以前，由省先行派代，毋使不孝多居一日之官，多重一日之罪。而内外寂然，未聞命下，是不孝誠不足以感人也，有自摑而已。

君子愛人以德，不以姑息，義非金革，何取奪情？民國即無丁憂解職之條文，亦無丁憂不准解職之規定，大總統夙以仁孝治天下，不妨聽百執事，各行其心之所安。廣生自失母以來，精亡魄喪，亦實實不能再起任事。所有淮安關監督員缺，迅即簡放，俾廣生得終三年之制。

除呈國務院、財政部外，迫切哀鳴，伏維矜鑒，謹呈大總統。

呈文上後，奉財政部指令："内開呈悉，該監督在任數年，整理税收，成績昭著，本難遽易生手。惟據堅請終制，至再至三，孝思純篤，亦未便過拂。應即准予開缺，俾成其志。除原缺遴員請簡外，合行令仰遵照。此令。"棘人附識。

查取鄉紳冒襄事實册文 冒襄事實看語

奉天 張登選

分巡淮揚等處地方兼理漕務海防河道鹽法屯田事務、江南提刑按察使司副使張爲欽奉恩詔事。

案奉恩詔開載一款，凡有山林隱逸之士，據實保舉等因，欽遵轉行在案，未見該縣查訪保舉前來。但本道廉得該縣鄉紳冒襄，行表名立，久爲鄉國所傳聞，德重品高，已經前憲之獎舉，合行確查，以應恩典。爲此票仰如皋縣官吏查照來文事理，即查鄉紳冒襄所行居鄉實事，是否符合恩詔所開山林隱逸才品優長德望隆重情由，即行保舉，據實詳道，以憑核明，通詳會題。毋得遲違未便，速速須至票者。

康熙十一年十二月十五日。

申送鄉紳冒襄事實册加具印結文 冒襄事實看語

李文秀等

江南揚州府泰州如皋縣，爲欽奉恩詔事。

奉淮揚道張批，據本縣申詳鄉紳冒襄居鄉實事。緣由前事，蒙批仰縣再一確查，具結報繳。奉此。遵依轉行儒學確查事實，與前申報公呈相符，並無抗糧違礙等情。取據該學師生、親族、鄰里各印結，牒呈到縣。准此，該卑縣備加印結，同原奉批詳擬合粘連繳報。爲此卑縣理合具申，伏乞照驗施行。計申送本縣儒學師生、親族、鄰里印結一套。

康熙十二年二月初一日，知縣李文秀，典史沈。

捐修韶州府昭忠祠呈文 雲門吏牘

冒　沅

竊照咸豐二年，職父前署乳源縣，任内因逆匪滋事，剿捕被戕，奉前督撫奏准，入祀昭忠祠，飭行知照在案。

本年十月内，職赴郡前往設祭，見祠宇坍塌，牌位移往附近之社官廟内供奉，且原祠地基甚低，據該處士人僉稱，每遇河水漲發，即被淹浸等語。查看情形，心骨交悲。現與胞兄署番禺縣知縣冒澄捐備廉銀，在曲江縣屬南門外寶林寺側購得地基一段，深十丈零五尺，寬八丈七尺，該處地勢稍高，可無水浸之患，擬即鳩工庀料，將郡城昭忠祠移建該處，即奉職父神牌及以前奏准入祠各文武營弁牌位，送赴新祠供奉。其原祠地基可否仍歸新建之祠，作爲祭祀田畝，以垂永久，稟請察核示遵，並請札飭曲江縣備案。

再，原昭忠祠内准入祠各文武員弁牌位一無遺存，此事如蒙恩准，并求憲臺札飭中營守備，查明行知韶屬各難員家屬將死事及准入祀案由，稟報中營彙總，俟該祠落成，以備同時擇日入祀，庶免遺漏而昭慎重。

是否有當,伏乞察核。

建立開平縣冒公專祠呈文 枕干録

冒　沅

爲呈明建立故令冒邑侯專祠,以彰治績而著遺愛事。

竊以有功則祀,禮垂祭法之篇;至善不忘,傳闡新民之義。遐稽往牒,歷著明徵。東海建龔遂之祠,旁圖賣劍;西蜀立文翁之室,並繪揮絃。良以百年魂夢,朱司空仍戀桐鄉;萬古英靈,羊太傅惟憑峴首。賢父母渺其謦欬,愚小民報以馨香。同此義也,誰無情乎?

伏惟原任開平縣知縣冒公,家傳治譜,人有儒風。筮仕嶺南,屢膺劇職。勇於任事,吏民共號無苛;儉以持躬,閭井悉稱勿擾。憶自道光二十三年補授開平縣知縣,邑界東接鶴山,南毗新會,岩回溪曲,地曠村稀,白梧得以宵横,緑林因而夕聚,居民苦盜,莫敢誰何。而令涖任後,倣陽明詰奸之法,用張咏治盜之方,行未數月,先後購渠魁張大椿等十餘名,咸置之法。由是萑苻歛迹,胠篋無虞,地方静而人賴以安。邑之赤墈鄉有司徒姓、關姓争鬬,案積纍纍,連年莫結。令於丙午年由都引見回任,道過其鄉,傳彼衿耆,反覆曉諭,立釋猜疑,永消蠻觸之兵,重敘朱陳之好。又長沙鄉梁、譚兩姓仇釁屢深,訟籐靡息,令片言折獄,兩造樂從,以故闔室奉包,生兒名賈,且欲建生祠於其地。令立止之,命改爲步鹿書院,以教育人材,至今絃誦之聲達於四境,英髦之選盛於昔時,此皆其政之卓卓昭著者也。其餘勤求民隱,清畏人知,敬耆老而奬寒儒,抑豪强而恤孤寡,悉殫心力,靡間人言。惜借寇未能,瞻韓無自,留去思於蒼步,旋遇難於乳源。

嗟乎,馮公一去,大樹尚覺飄零;召伯不還,甘棠能無愛護。雖朝廷賜以祭葬,入祀昭忠,在令受四品之榮封,自息九原之遺憾。惟是婦孺聞其歿,幾至輟舂;父老念其恩,猶爲飲淚。似此一代之循良,宜享千秋之俎豆。紳等於殉難之餘,即議設栖神之所,嗣以紅巾騷擾,客匪侵陵,朝夕靡遑,衷懷莫遂。今幸仁憲愛日遥臨,登春共慶,當四境肅清之際,正百爲興舉之時,所以群情踴躍,詢謀僉同,擬擇邑之城内地,爲令建設專祠,塑遺像而奉祀,紓群黎之隱衷,出自至誠,非存私見,用特聯名環叩,據實呈明。伏乞仁臺大人俯順輿情,迅賜批准,一面詳情具題,以褒忠藎而表賢良。行見瞻此日之榱題，即可動後人之慨慕，於吏治人心，不無裨補矣。

切赴作主施行。

建立乳源縣冒公專祠呈文 枕干録

張人鳳

爲賢令陣亡，聯請建立專祠，以闡幽光而彰忠藎事。

竊惟國家有殉難之臣，朝廷懋旌忠之典。我前任縣主冒芬，於咸豐元年涖乳源縣任，下車伊始，念切民生。清白爲懷，飲水方其操潔；忠勤自矢，戴星不憚身勞。乃因湖南髮逆竄入境内，勾結土匪，率勇往剿，歿於行陣，一時士民悲傷，如失慈母。大憲以其事上聞，於咸豐三年奉上諭，乳源縣知縣冒芬，著入祀郡城昭忠祠，給予世襲。朝廷恩垂獎卹，歿有餘榮，而屬邑迹著忠貞，猶留遺愛。乃昔遭多故，未遑修俎豆之儀，今際昇平，僉議舉蒸嘗之典。表節義以維風化，在官可以勸忠；有功德而報馨香，在民可以寄慕。

爲此合邑紳耆等擬請於乳邑城内建立專祠，崇祀冒主。庶神靈有託，潛德並著幽光；式禮無愆，小民少伸報答。

行知薦舉人才文

周亮工

欽差整飭揚州海防兵備兼理河道糧餉鹽法江南承宣布政使司右參議兼按察司僉事周，爲薦舉人才事。

蒙按院姜批，該本道呈詳，前蒙批冒紳材品擅美，候具題繳，蒙此。案照先據理刑廳呈報如皋縣貢生冒襄事實緣由到道，該本道看得揚州府如皋縣未選推官副榜貢生冒襄，英姿卓品，博學宏才，孝友無間於人言，施濟立回乎夭札。出救荒之策，道無殣殍之遺;嚴思患之防,邑鮮萑苻之警。仁心義問,到處周流;内聖外王,通國共許。蓋本生負才名二十餘年,海内名宿無不欽重,誠黌宫之巨擘,鼎運之鴻儒也。新例鄉紳起送停止,而真才仍許薦揚,若冒襄者,威鳳祥麟,海宇何由多覯,所當特薦王廷,羽翼盛治者也。等因。呈詳本院,蒙批前因,擬合知會。爲此,牌仰該縣官吏,即便遵照憲批,仍候具題施行,毋違未便。須至牌者。

順治三年七月二十九日。

行知鐫送匾額文

孫在豐

欽命監修下河經筵講官工部右侍郎兼翰林院學士加一級支二品俸孫,爲禮儀事。

照得如皋縣大徵君原授文林郎推官冒襄,四海耆舊,魯殿靈光,學駕區中,才蜚甸外。群奉珠槃之譽,咸尊牛耳之盟。本部院心慕數十年,兹承督河之命,尚遠諸葛之廬。其令子翰林院考選鍾王書法貢監生冒嘉穗,督撫交聘纂修《江南通志》;廪貢生候選同知冒丹書,家學淵源,才華濟美,尤堪羡慕。本部院未遂式廬之私,先賁旌門之典,仰揚州府照頒"蘭臺世學"題額,前書本部院官銜,後列冒紳父子名職,即行如皋縣官吏速鐫代送本宅。名賢所萃,司牧增光,毋致遲誤。須至牌者。

康熙二十六年四月初一日。

行知奏請建立專祠文 枕干録

瑞　麟

兵部尚書都察院左都御史兩廣總督部堂瑞,爲奏准建立專祠事。

照得本部堂於同治八年四月初二日,會同廣東巡撫部院李,附驛片奏請,准乳源縣紳耆張人鳳等,於乳源縣城内建立已故縣令冒芬專祠,以順輿情緣由。除俟奉到諭旨，恭録咨行外，所有片稿，合就抄録札知等因。計粘抄一紙。又於五月十六日，奉督憲札准，兵部火票遞回片，奏請將乳源縣紳耆張人鳳等於乳源縣城内建立已故縣令冒芬專祠以順輿情一摺，軍機大臣奉旨，着照所請，該部知道，欽此。咨行欽遵查照等因。

鄉紳冒襄事實看語册 冒襄事實看語

陳大計

以下至前朝揚州府推官湯看語止，俱係崇禎末年冒襄爲諸生時，奉總漕部院史、巡漕察院霍指名，到縣學特取薦舉事實，及學院宗應詔薦舉入雍存學舊案。

計開：如皋縣冒襄年二十八歲，身中，面白微鬚，本縣安定鄉玖都壹圖軍籍，習《易經》。前朝天啓七年，蒙陳院科考，取第一名入學。前朝崇禎三年，蒙李院科考，一等六名，補增。四年十一月歲考，一等十五名。崇禎五年九月，蒙甘院歲考，一等一名，補廩。六年五月科考，一等六名。八年十二月，蒙倪院歲考，一等六名。九年四月科考，一等二名。十一年四月，蒙亓院歲考，一等十二名。十二年四月科考，一等八名。十二年七月，蒙張院覆科，取一等一名。十三年四月歲考，一等五名。十四年九月，蒙張院科考，一等九名。十五年七月，蒙宗院覆考，一等六名。本年八月，中式應天鄉試副榜。爲人志勵千秋，學崇六德。澹泊寧静，好古不求人知；卓犖淹通，屢試皆叨首列。文章闡天人性命之奥，行詣提忠孝廉恥之綱。濟困扶危，直痌瘝疾痛之在體；救荒拯溺，雖傾囊破産而不辭。事無大小，入手遊刃有餘；慮及時艱，抵掌經綸在握。即其品行才識之能兼擅，合於宗族鄉黨之無閑言，誠有臚揚之不能盡者矣。

一、本生幼稟異姿，少所奇行。十歲侍其大父官虔蜀，即能問俗采風，稱詩作賦。雲間董宗伯、陳徵君以王右丞、王子安相屬，序其詩以傳。著聲名場有年，督學十五試，皆冠軍高等。壬午闈中，已擬上卷，復列副榜。耑治《易》而旁通五經，闡理學而特擅經濟，此海内耳而目之，共指爲麐鳳者也。崇禎十六年，奉道府申請，學臺宗以應薦舉入雍之典。

一、本生歷試受持達之知於上臺，天下鴻公鉅卿莫不傾動。曾無貢高我慢之氣，能損所有以周人，而一介不取物色者，每罕得見其面，即有欲爲膏火之助者，斬然謝絶。愛其高才，尤重其真品。

一、本生體父心而孝養望八之祖父母，其父奉使四方，敭歷中外，其祖父鄉賢公，剛方正直，御家嚴峻。本生志養色養，一意承歡，殫力殫心，十年盡瘁。歿後哀毁備至，五日必躬禮墓，松楸自掃，出入跪告，八年不衰。且推祖愛而迎養七旬無兒之祖姑於家，六年病痢，朝夕侍藥數十日，參朮手進，殯葬成禮。此尤恒情所難。

一、本生萬里省親，衽席兵革，積勞成疾，獨支一榻，半年不入寢室。有勸之者，曰："父在殘疆，勞與病誰爲儔也。"其最異者，壬午春，忽夢神并其祖告以其母將有危疾，不可救，且示以期。本生每夜焚香痛哭，審禱上帝，誓以身及兩兒請代，又力行萬善，其舍己救人，隨事利濟，不可殫述。至於雪奇冤，完夫婦，贖子女，以及患難危病之人，救活實多。至期，長子暴以痘死，次子死而復生，其母乳岩危症，不藥而愈。其報應顯異最多，本生秘不肯語，此事之最奇異者，莫不傳述，武塘錢相國之文可據。

一、本生遵行睦族之家教，凡族中不能舉火，老而無告者，必曲爲之繼粟加帛，輟食分暖，更於貧不能婚嫁及嫠婦孤稚之餒且弱者，尤加倍恤助。呼之立應，屢索不厭，人莫不義之。

一、本生自楚奉母歸，前朝崇禎十四年六月初五日，舟至鄱陽，石尤阻渡，飄泊湖心一晝夜，群盜四起。本生挺身挾矢，鼓勵健卒，禦以火器，盜不能近，而殺掠他舟最慘。本生又義激勇士潛江撈救，得生全被害十六人，解衣調治。翌日，舟至瑞虹，詢其人，量其地，皆吴越、楚閩、金壇等處客商，各給重費，送還故土，不止七八十金。後受恩還家者，率其子弟，千里來謝，一無所受，曰："此吾常事，久已忘之矣。"

一、前朝崇禎十三年，旱蝗肆虐城鄉，屍相枕籍。本生家業僅中人，而毅然出穀鬻産，兼以典衣質物，四門分設粥廠，敦請耆民庠友各主其事。自本年臘月朔起，至來年四月終麥熟止，計日按名，賑過數十餘萬人。又捐金五百餘兩，勸募米麥五百三十餘石，更備藥餌，製衣棉棺衾，以濟城内之不屑就食者及病不起者。而城外若丁堰、雙店、汊河、馬塘、掘港、芹湖諸場堡鄉鎮等處，皆凌霜履冰，勸賑倡助之地也。曾奉漕撫軍門史、巡漕察院霍憲牌采訪特薦。

一、本生每年結施棺施藥之會，雖窮鄉亦沾，雖獄囚亦及之。偶應試金陵，年饑民窮，嬰孩之拋棄道上者不勝數，初猶能啼哭，轉眼未幾，蠅蚋攢體，化異物矣。本生念客邸不能蓄，躊躇無計，因捐數十金急付一老僧，市糕糜育之。本生不時過其庵省視，置之懷，若所生，然今已活其六，不知爲誰家子也。事見吴橋范大司馬疏。

蓋取士必先程才，本生恥於恢張而長於利濟，則其才爲經常達變之才，力學必求實用，本生愛及民物而始於親親，則其用爲本立道生之用。秀才能任天下，上之何忝古人；讀書不負君親，從兹可覘異日矣。卑學遵奉漕撫軍門史、巡漕察院霍憲牌行查，不敢不據實開報。爲此確舉亟籲轉由，蒙前湯推官看得，江北地方奇荒疊見，崇禎十三年旱蝗肆虐，絶粒無收，蒙上臺動支倉庫米穀，捐助贖銀，鄉紳孝廉捐助煮粥，各保境土，民賴生全。維時如皋縣一邑，縣缺正官，吏胥俱不奉行如法，然嗷嗷餓莩，情景可憐。南鄉有婦懷五餅歸寧，道遇三饑民，殺而攫之。北鄉有十五饑民沿村求食，夜宿車篷内，天明，自縊死者七，凍飢而死者五，蹣跚而去者僅三人。甚有病削若鬼者，有朝群食而夕群死者。嗚咽啼號之衆循牆而行，一仆即不能起，四門日死千人，屍相枕籍。有人獨行，則群攫而煨食之。生員冒襄目擊心傷，毅然發賑。以所設粥廠言之，北門於接官廳，南門於地藏廟，親設兩大廠，各可容千餘人，每日需米麥三石，而薪火之費七錢。自臘朔至四月麥熟始止，計日按名，獲沾被者三十六萬餘人。又勸募米麥五百三十餘石，城内不屑就食者，按日手自分給之。又捐金相贈者五百餘金。或以銀錢，或以藥餌，或以衣棉棺衾，或贖貧人男女，使之父母夫妻復得完聚。北門之耆民徐守仁、吴應選、錢守仁、葛之臣，南門許應科、陳垣洪、都王鎮，而又總監之以親族儒士馬珽、冒起皋、冒尊三，生員劉愈炤，皆其隆禮敦請之人也。丁堰、雙甸、汊河、馬塘、掘港、二場、謝家店、下堡、芹湖、煙莊各鄉村鎮堡，皆其凌霜履冰，躬自勸賑倡助之地也。至如贍族，則六十金之分贈，各有差等，不使其下同於飢民也。入郡有賑，則六十五金之捐助，自附於鄭、姜諸孝廉之後也。本生家承清白，始而出租稻，繼而鬻田産，甚且典衣囊鬻及杯鑪等物，好施之念出於性成，而恤災之心凜諸庭訓，不望報於人，而且不求知於衆。寇驚則儲備火器，城守争先；就荒則拮据内外，破産不惜。居秀才，便以天下爲己任；視凍餒，不啻痌瘝之切身。首倡義舉，克濟時艱。救全萬命，既允協夫輿情；弭盜安民，更保全夫一邑。以青衿而立大志，行不囿於凡庸；以厚德而遠時名，事可聞於朝宁。道關激勸，理合轉聞。以上舊案

令該本縣知縣殷應寅看得，冒襄天授奇才，性成醇德。童年作賦，聲名已著雲間；弱歲冠軍，經濟蚤標海内。養祖母曲盡孝敬，賑鄉閭備極思勤。仁心到處洽流，而贍族尤爲篤至；義氣隨時激發，而輸國更見急公。誠哉翼運鴻儒，允矣救民良佐，理合轉聞。

前件該理刑廳陳大計看得，冒襄學已飽腹，才又空群。慷慨好義，誠哉任俠之流；孝友性生，允矣仁人之侣。德行多端，縣開甚確。

前件該本道周亮工看得，揚州府如皋縣候選推官副榜貢生冒襄，英姿卓品，博學宏才，孝友無間於人言，施濟立回乎夭札。出救荒之策，道無殣殍之遺；嚴思患之防，邑鮮萑苻之警。仁心義聞，到處周流，内聖外王，通國共許。蓋本生負才名二十餘年，海内名宿無不欽重，誠黌宫之巨擘，鼎運之鴻儒也。新例鄉紳起送停止，而真才仍許薦揚，若冒襄者，威麟祥鳳，海宇何由多覯，所當特薦王廷，羽翼盛治者也。等因，呈詳按院姜，蒙批：冒紳才品擅美，候具題繳。順治三年案

鄉紳冒襄事實看語册 冒襄事實看語

張大心

江南揚州府泰州如皋縣儒舉，爲欽奉恩詔事。

承准本縣信票，奉淮揚道憲票，案奉恩詔開載一款，凡有山林隱逸之士，據實保舉等因，欽遵轉行在案。未見該縣查訪保舉前來，但本道廉得該縣鄉紳冒襄，行表名立，久爲鄉國所傳聞，德重品高，已經前憲之奬舉，合行確查，以應恩典。爲此仰縣即查鄉紳冒襄所行居鄉實事，是否符合恩詔所開山林隱逸才品優長德望隆重情由，即行保舉，據實詳道，以憑核明，通詳會題。等因行縣仰學，奉此。該本學隨經行據通學廩增附生員胡邦貢等，令據各生呈爲遵旨遵憲，據實公舉，欽奉恩詔一款，遴舉山林隱逸才品優長德望隆重之士，檄府行縣，皋邑遵行，齊集士民，于儒學明倫堂公議。衆口一詞，咸以前授推官冒襄久孚盛典，確議具聞。時緣冒紳以九旬老母奉養難離，苦拒堅辭，未獲申請。今奉欽差整飭淮揚道張大宗師指名行縣察舉冒紳，此真碩德不終淪棄，宏才克備大用之時，敢不據實直陳，以光盛舉。

竊有鄉紳冒襄，中前壬午科副榜，由恩貢欽授推官。孝友性成，長厚夙著，英才卓犖，早擅文壇，詞藻繽紛，屢冠多士。憲副公易簀之時，書以勉孫曰爾父天生孝子；陳邑侯請禱之際，疏以告神云此公闔邑仁人。親族欽其亮節，戚黨仰其高風。頃值地方水旱頻仍，民不聊生，冒紳躬爲十邑之倡，賑救百出，私破千金之産，全活萬人。即此一端，當今罕匹。他如助喪代葬，完娶恤孤，種種懿行，難以枚舉。按院姜推其才品，兵道周稱爲鳳麟。薦辟屢行，難移孝養，斯人不出，如蒼生何。倘使致身螭陛，定爲王國之楨；如獲躡迹鴛班，允美熙朝之瑞。伏乞據呈申縣，俯洽輿情，仰籲憲天，特昭隆典等情到學。據此，該本學訓導張大心看得，本紳冒襄宏才偉抱，貫徹天人，義問賢聲，流滿鄉國。屢蒙各憲徵薦，顧以孝養難移；誠使濟世匡時，竚見皇猷黼黻。據此，通學公呈申請，未敢擅便。爲此，學司今將前由並事實揭帖，理合牒呈，伏乞照驗轉達施行。須至牒呈者。

康熙十一年十二月二十二日。

計開：

一、本紳名冒襄，字辟疆，前壬午科副榜，由恩貢特用考授推官。隱居孝養，鄉國推尊。

一、本紳於前朝部院史漕院霍、學院宗應詔薦舉，皆辭未就。

一、本紳於順治三年蒙巡院按察院姜指名特取，批稱才品擅美，仰候具題，奉行在案。

一、本紳蒙兵備道周開揭特薦，稱其英資卓品，博學宏才。孝友無間於人言，施濟立回乎夭札。出救荒之策，道無殣殍之遺；嚴思患之防，邑鮮萑苻之警。仁心義聞，到處周洽，所云威鳳祥麟，難以多覯者也。奉行在案。

一、本紳因救荒染疫，死經三日，邑侯陳焚疏籲神，略云："冒紳生平孝友，闔邑仁人，今以賑濟身死，是無天道。且就死者賴之以生，而救人者莫必其命，推心莫解，並不能爲福善禍淫之理解。"疏焚立生，海内稱異。

一、本紳因父憲副公勤勞王事，體父之心而孝事望八之祖父母，志養色養，一意承歡，殫力殫心，十年盡瘁，遠近推頌。

一、本紳於憲副公病篤，每夜告神，願以身代。憲副公易簀之時，大呼取紙，書十字付兩孫曰："爾父天生孝子，不可不學。"闔邑欣傳。

一、本紳近因水荒，流民遍野，實有己饑己溺之意，多爲移民移粟之圖。捐助不啻千金，全活奚止億萬。此種德器，古今鮮儔。

一、本紳凡遇貧窮有喪，無不匍匐往救，至親族之無棺代措，朋友之無歸代殯。此又其力行不倦，允堪表揚。

一、本紳於皋邑之數代未葬者，靡不陰爲經營，秘不告人，屈指多家，群沾厚澤。

一、本紳於房族親戚之單寒者，有子代娶，有女代嫁，有讀書者送塾讀書，邑稱圣德。

以上數則係彰明較著者，至其濟困扶顛，育孤恤寡，排難解紛，舍己救人，不能盡述。

該本縣知縣李文秀覆看得：冒紳碩望崇高，長才宏博，早年文譽不讓機、雲，晚歲儀型何殊厨、顧。盡倫常而孝友無間於内外，廣施濟而真誠直動乎神人。宇内聲華，久矣蒼生屬望；胸中經濟，允爲廊廟良謨。當前憲薦辟屢行，惟願承歡菽水；值今日旬宣特舉，豈容抱道巖阿？盛代棟梁，于焉是賴，熙朝霖雨，舍此安求？查與恩詔相符，所當亟薦，以副盛典者也。爲此卑縣令將前由開具書册，理合具申。伏乞照詳，明示奉行。一立案，一申淮揚道。

故乳源縣知縣冒公事實册 枕干録

韶州府乳源縣儒學，今將故署乳源縣知縣冒芬治行事實開列清册，呈送察核施行。

計開：

一、故署令姓冒名芬，江蘇如皋人。嘉慶二十一年，由監生遵豫東例，報捐從九品，籤掣廣東。歷署馴雉、鹿步、五斗口、金利、黄鼎各巡檢，補松柏司巡檢，以軍功賞戴藍翎，擢補廣州府經歷，調補海豐縣縣丞，升補開平縣知縣。咸豐元年，調署乳源縣事。

一、冒故令甫抵乳邑，適仁化、樂昌逆匪滋事，警報一日數至，民間警惶遷徙。冒故令急招附城紳民，諭以大義，儲器械，修城垣，爲戰守計。部署少定，即親赴各鄉，相地度宜，令民舉行團練，倣堅壁清野法，使各阨險自守。每面諭紳耆，語皆肫切，民情感動，始有固志。咸豐二年八月，逆匪由湖南郴州竄入縣境，冒故令預募敢死士，得胡佳等三百餘人，益以鄉團之精鋭者自將之，設伏於湯盤水。賊果大至，伏起夾擊，自辰至午，斬獲數百，賊稍稍引退。明日，復集團丁，擊賊於槨本橋，連破數壘，賊乃遁。是役也，承平日久，民不知兵，人人自危，微冒故令先事籌防，出奇制勝，邑幾不守，而非冒故令不避艱險，以身率民，亦不能守也。民之愛令，自此始矣。

一、二年九月，賊復由郴州回竄粤境，仁化、樂昌皆陷。乳源與樂昌連界，勢甚危。冒故令復率紳民，力任戰守，民知令爲可倚，罔不踴躍用命。賊屢撲境，俱爲我兵擊退，邑賴以安。

一、是年冬，賊知我有備，渠魁黄滿等潛伏曲江之龍歸墟，勾結土匪爲應，謀暗合仁樂大股，由間道突攻乳源。冒故令偵得其情，不分畛域，星夜率兵勇疾馳入墟，出其不意，擒黄滿等十三人，將帶回縣城，嚴鞫黨羽。有奸民邱標、邱義等通於賊，賊以大隊邀截於曲江羅坑山寺前墟。冒故令道出其地，與賊遇，鏖戰數時，衆寡不敵。衆欲退，冒故令毅然曰："忘軀報國，此其時矣。"揮衆戰愈力，殺賊甚衆。而冒故令自首以下，數受重傷，遂殞命。士紳聞之，涕泣相弔。經前督撫院奏，奉諭旨賜卹在案。當是時，黄滿等欲以内應得志，幸冒故令破其計，使不得逞，乳邑實受其福。傳曰：以死勤事，又曰爲民捍災禦患，冒故令有焉。冒故令亡後，賊於四年六月兩陷縣城，民皆謂冒故令若在，當不至此蹂躪，故思之至今不衰。

一、冒故令潔己愛民，不妄取民間一文，允稱廉吏。

一、冒故令勤於聽斷決獄，多所平反，大小詞訟，皆應時判結，不使民間有守候之苦，閭閻感戴。

一、冒故令培養士子，按月課文，擇尤親加獎勵，諄諄以端士習、振文風爲勸。

一、冒故令子孫並無現任九卿者。

贈冒廷和序 家譜

諸 讓

竊惟天之生物厚於人，而付畀同，故人之德性未有不備，而氣質所賦，則不能無清濁無美惡焉。苟人之生獨得氣之清、質之美，是又天之加厚於斯人，而不能無意焉者。然必知天之生不能無意，而求不失吾付畀之重，斯無負於天之所以加厚於我矣。

余同年向君九霄作令如皋，留意學校，每政暇則坐明倫堂，親爲諸生講解。時冒氏子鸞從厥父瑺居庠舍，治舉子業。九霄一見，大奇之，曰："是不可以尋常待也。"乃以禮幣聘充弟子員。鸞爲余同年地官有恒族子，時未及成童，氣甚清，質甚美，經傳書史，輒成誦不忘。九霄因築室於公舍傍，擇士之傑者，得馬繼祖進之室中，授以《禮經》，蓋使承其家學也。

今年甫踰成童，適當朝廷賓興賢能之歲。先期奉勑，提學侍御婁公克讓，遍歷郡邑，擇才應科，而鸞實與優等。九霄仍議厥父，以書遣至有恒官邸，謬以師席見推於余。就講數月，觀其議論製作，諸侍席者未能或之先。余心奇之，曰："冒子年雖甚少，終當有大就，其捷科特餘事耳。"迨三試棘圍畢，予扣之，文理春容，筆力老健，且有渾厚和平氣象，果擢高等。凡士大夫國人，莫不羨仰而矚目焉，且曰："此子天固私厚其生也，不然安能具此氣質，而成此才藝之美耶?"是可以驗天之加厚於鸞，而鸞亦無負於天矣。雖然，捷科以文藝末也，天之所以加厚之者，殆不在是。

昔唐王勃、楊炯之流以文章號爲四傑，而所謂本者無取，獨裴行儉不許其遠到，且謂士之致遠，先器識後文藝，四子訖如其言。行儉非神也，而能料人如許，其必有見乎？由是知科舉取士，雖專在文藝間，然由文藝進者，必宏器識，實德行，求不失其付畀之重，斯可致遠大之地，而功業聲譽可垂之不朽。鸞領茲鄉書，自是上春官對大廷，而登庸有日，要當思天之所以加厚於我之意，深體予言，以宏其器識，以實其德行，以求其不失付畀之重。必如此，然後遠大可致，且無負向君作養勸駕之盛心，予輩之奇之望舉無負矣。余於鸞有師生義，故於其行不以歆艷而特書此致深意云。

時成化十六年庚子重陽日。

送冒自新歸冠縣序 家譜

嚴 怡

夫自小學廢而家道壞，於是父子德色，婦姑勃谿，兄弟鬩牆，夫妻反目者不勝其夥矣。自《周官》小史之職廢，於是繫世弗奠，昭穆弗辨，視其宗人不翅行路，問其字行而莫知誰何，信若沮溺之言，滔滔者天下皆是也。怡因是切有感於冒氏之事。

冒姓故希僻，其族之散處於列郡者亦不數家。若海陵之中丞公族，與吾邑少參公族本同高祖。今家山東冠縣者，則少參公族也。少參公有伯叔祖行永助先生者，少舉於吾鄉，教授於冠，繼室冠之某姓女，因占冠之籍家焉。少參公官北駕部時，冠之族亦得免於徭役。逮少參公歸林下，復爲族譜，以聯宗人，遂往來不絶。十年前，冠有族子談者，曾儒服來吾皋，訪求諸宗人，且展視其祖之邱壠而去。少參公仲子諍當爲諸生時，亦嘗以觀游海岱，取道過冠之族而還。今自新君即談若翁也，以客冬來吾皋，諸宗人相與留連累月，乃得言歸。

少參公伯子謙謁怡言贈别。怡因嘆世教陵夷，俗日偷薄，同室之人至尋仇讐房闥之外，奚啻千里。今冒氏兩族别籍累世，相去且二千里，乃往來若同堂奥，恩禮相接，歡然燦然，俾夫肝膽胡越者，旁觀增愧赧，自非其先世詩禮之澤沉浸不竭，詎至是耶？使吾人於天屬若冒氏之後，比屋而居者，皆興起於冒氏仁讓之風，吾知王道之易易也。或者乃謂人情於遠者或勉爲斯須之敬，近者易狎轉踈，久益厭憎，至相劘刃，世之人往往如此。怡謂爲此説者，亦賊夫人之情矣。姑以怡之意書之，爲自新君贈。

贈冒玉華游南雍序 林東城文集

泰州 林 春東城

冒玉華先生以選貢來京師，上春官試大廷，制也。將遊南雍，東城子雅在鄉曲，寧無言以贈其行乎？

蓋天之生才不甚相遠，人之自遠，每失其初，故才者自見其才，抑或爲才所使，竟成技藝之小而能自養者，則又就其才之所近者從而裨益補綴，以文其才，以發其粹。若將曰本吾心之所有者，從而直攄之，因載籍之所傳，吾惟精進之耳，庸何傷？況美愛可傳，言文行遠，在大賢亦所不免，何在其爲非學乎？噫，古人立言與今人之用心可窺矣。昔孔子論文曰“辭達而已矣”，非臨文脩詞，以緝其事而寫其情也。蓋事在言前，意因文顯，故有孝親之心者，言自藹然，有忠君之心者，言自愷切。言發於心，意足於養，不求其達意足而文自流，不求其文言文而道自載，如水之來，其源不竭，其流自長。其流既長，其積必大，汪洋充溢，風過文生，天光雲影，相爲照媚，而生色變態，隨感順應，有不可以盡藏者矣。是孰使之然哉？氣聚而不散，力振而不衰，神顯而不藏，渢乎穆如，莫知其妙，故曰“逝者如斯夫，不舍晝夜”，此文之則也。若徒摘前人之言，以發在我之藴，意不融而詞不達，中無主而氣不攄，殆不免於牽合比擬，力索强探，精神之感發，旨意之紓徐，不能使人聽之心融，見之色受也。豈其降才之殊哉，養之不同耳。

玉華先生幼負儁才，長而能文，及其養而有成也，父兄多賢，《詩》《書》奕世，故才成有本，養必以道，不徒文而足以顯其身，大其遇者，有可必矣。今而之南也，豈無所自見，以大其養乎？余嘗游南雍矣，見其分甚嚴，其禮甚肅，謁國子先生於堂下而莫敢接詞，其道甚尊。然後知高才多下，盛德若愚，氣概一世者，亦將自歉而且藏也。蓋東南之賢咸聚於此，人文之化實始於南，君子親師取友以大其養者，不容不卑以受也，故名世之賢輩出，君子之游亦奇。玉華之往也，得無撫時慶幸，少同於予，況才而且美，於此益粹其和，養而能成，於此益增其大，行將望重鄉閭而子弟從，待用銓司而上下服，豫養之文，於是大顯。若夫一第之榮，則係遇不遇者，數也，何計乎？況又將來科第不斳玉華之遊，而夙成遲發，又造化之厚待吾人者也，而君子之自養則又不盡囿於天者，是惡足爲玉華勉乎？

贈冒坦齋序 家譜

詹仕

予昔領檄，分教如皋學。越明日，皋之縉紳先生咸枉顧於官邸。又明日，國相冒敬甫氏亦枉顧，言簡而文，貌恭而弗飾，予已默識其爲人已。繼是，欲常常而見之，遂爲定交。

一日留飲醉邵亭，酒酣，因質以别號敬甫，初號恪齋本字義也。予因辨之曰："恪與敬一也。既敬矣，而復恪焉，無乃爲贅詞耶?"敬甫起曰："惟先生命。"予僭易之曰"坦齋"，敬甫請叙之。

予惟敬之爲義，收斂身心，整齊嚴肅之謂也。而其蔽，易至於着意；才着意，則難久而病生，此子程子之言也。余慮夫敬甫之難，久而病生，故以坦易之。是故古之君子之爲學，寬以濟嚴，和以節禮，安以制恭，蓋欲其樂學不倦，以求底於大中至正之域而後已。不然，則身勞而目瘁，人將憚之而不爲矣，烏在其能敬耶？且聞敬甫宦家子也，其先成齋先生以官顯於時，爲臯之望族，而未嘗以凌物，克承先業，增益其所未至，致萬金之富，而未嘗以驕人。讀書明大義，通達世故，而未嘗自以爲是。居下不援，在醜不争，教子孫課農之外，一切世味泊如也。居第之後，構桂森亭，暇則種花養魚，雅歌投壺以自樂，其樂此與坦爲最合，而號以坦，不亦宜乎？雖然，敬易失之拘，坦易失之肆，肆與拘皆非也。敬甫盍於斯二者而調停之，庶幾爲有益。否則，并其所謂敬者而忘之，是予言之過也。爰書以告敬甫，遂作《坦庵卷》。

嘉靖乙亥夏六月吉旦。

坦齋卷序 家譜

嚴　怡

《易·坎》之初六曰："習坎，入於坎窞，凶。"上六則曰："係用徽纆，寘於叢棘，三歲不得，凶。"坎於德險，故始終以凶言之。九二云"坎有險，求小得"，六四言"納約，无咎"，九五言"不盈，无咎"，是可見險雖有得，得亦甚小，故險不可用也。納約、不盈，猶得无咎，否則不得且咎隨矣。然其始焉既險，終歸於凶，故初六、上六終始以凶言之也。怡見世之人，險於言則唇齒矛戈也，險於心則肺腸陷穽也，險於事則注措機械也，推其心將以徼幸且禍人，卒無所得而且蹈於禍，其有幸而成者，亦多不旋踵而敗。若是者往往而然，則人亦何以險爲哉？

吾友冒君題其所寓之齋曰坦，而因以自號，得無前聞於坎險之説耶？坎之爲凶，則坦當爲吉，故《履》之九二曰："履道坦坦，幽人貞吉。"履道坦坦，平以易矣，幽人守貞，不動於險邪矣。若是而弗吉者，天之道不若是之悖也。敬甫其知之乎？平易於言，則人樂聞，平易於心，則見聽於神，平易於事，則足以善其後而不至於有屯。若是者可以保身，可以盡年，可以有其恒業以利後之人。故余爲坦之説，先徵之坎險之凶，而次及乎履坦之吉，嘉先生之號爲知所擇，因爲之歌曰："坦乎坦乎，以名其齋兮，居而不遷，吉慶大來兮。嗟世之人，走嶮巇兮，履道之安，孰與其爲危兮。坦乎坦乎，聊與子同歸兮。"

乙丑正月，校刻本《石谿文集》校改，第二十世孫廣生時年七十七。

贈冒會川序 家譜

山陰 張思聰

我國家稽古建官，分有百職，遠宗唐虞，敷奏明試之典而折衷之，是故有朝覲之定期，必有課賞之實政，賢而且能，善最殊異者，不但榮之車服而表及民之功已也。又必越俗超遷，以風勵有位。是以朝覲之禮一行，而尊尊賢賢之義兩得之矣。躬遇我聖天子龍飛御極，君臨萬邦，爕和天下，今日又當萬國朝賀之期，大小臣工，莫不載計簿，飭舟車，翩翩就道。會川先生以暨之少尹當行，深山父老具壺漿，候送於浣江之滸，諸文學屬予序以贈之。

予惟以草野之臣，守一方之土，羈迹於遐陬，一旦得與盛典，王公鉅卿、冠裳之末，以入覲於内，近聖天子之耿光而拜舞於下，以申嵩祝愛戴之私，則是行也，人情之所深美而致願者也，亦已榮矣。然使敷奏鮮可述之職，明試非可紀之功，寧無歉於心乎？以會川之賢且能，涖暨方二載，政教宣於民人，譽望隆於當道，今兹入覲，豈特率臣慶賀之常例乎？將見徵之計簿，考之銓曹，則愷悌慈祥，存於愛民者，可以觀德；廉靖剛方，奉法不撓者，可以觀守；興利除弊，扶良鋤奸，百度修舉，可以觀政。一明試敷奏之間，賢能之殊，善最之卓，可以藉手矣。其越格超遷，以風勵有位，舍會川其誰歸哉？雖然，愷悌君子，民之父母，以子弟惓惓於父母之望，殆不容一日去吾暨也。則是行也，庶幾其復來賢父母久任，以終東南之惠，或者朝廷之意，實暨士民之情也。併述之以侑行者。

時隆慶庚午冬十一月上浣吉旦。

奉贈光禄雙橋冒公序 雙橋圖册

王大用檗谷

蓋皋以賈大夫而開，以胡安定、王龍圖而顯，以冒氏而融。開，啓也，是明之始啓也。辟則曲阿，然顯則加著，其在層業衡陽間乎？至於融而明，斯極矣，乃所稱中天之運而千載一時者已。故冒氏雖盛於我明乎，然有兩家，不可無冒氏也。余蓋習如皋以真州，而習冒氏以參藩、别駕兩公者云。憶在釋褐而謁得庵於省署也，凝然玉立君子也，至房卿接中丞之躅而函别駕之刀，翩翩乎佳公子矣，余未嘗不心豔兩公。曁履之君儼然見造，而習其從孫於參藩、猶子於别駕也，又未嘗不嘆多賢也。

乃履之間以雙橋號請，而余始爲之譚六合内外。夫烏鵲效靈於渡河，秦皇侈心於填海，天臺標異於方廣，而黄石幻化於老人，固其鉅麗不常，神留而形往者哉。君曰："有之，魁然大矣，然渺茫而不經也。"則進而與之譚經濟。夫輿梁料理於周公，道塗致嘆於單父，彩虹高揭於太白，而青龍中見於少陵，斯不亦章明較著，王政必先，而詞人樂道者哉？君曰："可謂近之，然非雙橋旨也。"

余曰："噫嘻，其爲君譚。君之鄉，夫後龍圖、安定而起者，君乎？堂構東南，翬飛鳥革，仰窺青漢，俯瞰長河，介在兩先賢，而右瞻安定，左顧集賢者，君之家乎？毋乃雙橋所爲號也。"君始前致謝曰："得之矣。雖不能至，然心嚮往之。"

而余復暢其旨：夫橋所以濟也，巖險路艱，水深河廣，馮夷、鬼伯，厲吻伺人，故曹盱女邯鄲之篇，霍里妻箜篌之引，以不橋則不濟也。雙橋所以兼濟也，四達兼趨，九衢輻輳，此顧彼失，東德西讎，故乘輿不能以兩利，匏葉未免於褰裳，以橋不雙則濟不廣也。誠有意於雙橋，且得無意於兼濟乎哉？君自其大父、父素饒於貲，而君蓋修業而息之，其道以詘爲盈，以勤勝惰，雞鳴而起，足未離閫而聲已徹於堂庑之外，凡繇田宅以及米鹽漿削，靡匪其蓬心而思，蒿目而視者。以故甲第干雲，阡陌連野，穀千鍾，薪千車，船千丈，木千章，竹竿千箇，僮手千指，與素封等。兼丈夫子五，多而且賢，君乃以其身爲光禄而入貲乎其子，蓋有以自濟者，意念深矣。且也性好施予，而雅加志於宗黨姻親，緩急之間，無不可以相託。即事在大難，就君剖決，君無不能章章道，縷縷分。彼邑大夫且歲時賓禮而考政問俗，干旄相望於廬也，則君固自濟而以濟人者乎？甚矣，君之有似於橋也。安定以教濟蘇湖，而高等弟子咸有濟於當世；龍圖以言濟朝廷而衮職有闕，維其補之。乃君以自濟濟人，而蹶厥生於兩公之後，顧不當光禄其身而太學其諸子耶？昔石奮父子皆二千石，而天子稱萬石君，卜式輸邊入貲起家爲郎，烏氏倮比於封君，以時與列臣朝請。乃萬石四之而君家五之，式止於一身而君逮於諸子，倮不過比於列臣，而君列在大官，所得不既多哉。故余謂君觀萬物之情似計倪，致金多而急子弟貧交似陶朱公，三族内外間待舉火似晏平仲，而遠置萬石、式、裸於不道，即與安定、龍圖未遑比絜，而其濟一也，又非雙橋無當於君也。矧大父肥鄉、叔大父富陽，他經術起者，更僕未易數，寧獨余所接見兩公而何愧兩家乎？豈冒氏際如皋之盛，而君子又丁其甚盛際乎？賈以春秋，兩家以宋，而冒以我明，蓋合日月以成姓而耀於光明者，故曰中天之運，千載一時也。寖明寖昌，俾熾而藏，凡子若孫，豈無達觀周陳，齊名李杜者？豈無文奪天孫，氣吞溟渤，賦擲金聲，書授異人者？有之，則題橋駟馬，不卜可知，萬里之行，從兹始矣。雖以皋爲成都可也，又安知不奄有兩家也。

君於是避席起曰："允若所云，則吾豈敢。雖然，業已言之，雖不能至，然心嚮往之。"

時嘉靖癸丑仲秋。

贈冒桂亭序 家譜

清河 丁士美

聖天子承天嗣統，百度聿新，尤寤寐豪儁以勗勸化理。凡館閣臺省暨外内大小臣工，罔弗精意罷置之；若鴻臚、太常之長往冗流得濫竽者，悉易以甲科，即其諸僚屬，亦咸慎簡以充。維兹元歲秋仲，維揚桂亭冒君拜南臚丞之命，實際盛會也。凡君同里閈而宦都會者，相率爲慶，屬言於余。余固與君接壤，又雅知君者，誼奚容辭。

竊惟南都爲祖宗根本重地，猶周豐鎬、漢西京也。百司庶府，星列其間，而臚卿南北丞班，即宋閤門使之職，尤爲習朝章、肅邦禮所繫，是故分兹秩於南者，視北罔或殊也。矧養資儲望，致遠受大，胥自是基焉，苟非負宏器而著儁才者，其孰能任之？

余聞冒君，自厥始祖運丞公顯於元，爰及其叔高祖履貞公以大中丞濟美於我武宗朝，以至其列祖若得庵公以參藩顯，成齋公以邑令顯，坦齋公以藩佐顯，迨其嚴君雙橋公，則又膺光禄之榮階，接武競盛，其文獻家傳稔矣。君且夙著穎慧，髫齡即蜚聲邑庠，肄業南雍，又蜚聲國學，雖格於數，屢舉未第，而時髦之推德藝雄長者，則每於君屈指焉，所謂負宏器而著儁才者非耶？乃兹膺是選也，莫不扼腕惜之，余獨知君優是任而致遠受大，誠基於此矣。

蓋論士於三代曰伊、傅、周、召，下及百執事之臣，惟頌其德之默默師師已爾，固未聞諄諄然以登進之路爲優劣也。君難阨於一第，然就是選而能其官，益飭其履，淬其業以隆其資望，廣令聞於朝宁，行膺内召之命，日侍袞旒，與館閣臺省諸臣僚出入禁闈，周旋講幄，修明我皇家之典章儀制，以辨上下，官天地。用兹以積功樹烈，貤封褒於其二人，以光昭爾列祖之榮問，鉅孝也；用兹以陟華登要，沐殊簡於聖天子，以上答其瘏瘵之勤睠，鉅忠也，詎不韙哉！以君之器之才，余固知君優於此無疑矣。余不佞載筆史局，敬當濡毫以俟大書，用風夫來者。

時隆慶元年丁卯季秋望日。

送冒文樓調任安肅序 家譜

任邱　劉震元

高陽係保、河兩郡九邑，三河流滙，土瘠民疲，前侯此者且難於稱職，無論致譽。丙子秋，維揚文翁冒侯屈此，縝密存心，明作爲治，悉力殫慮，百廢俱興。於利害之切民者，咸處之有方，而可爲法於天下。至若築隄防以禦淹没，服奸宄以安善類，尤其注意惓惓而興利除害之大者也。故邑之士若民樂其介，慧其恩，而復慴其威，其不至瘠而蕪、疲而殍者，秋毫皆侯力也。

先是，諸臺史獎檄交至薊鎮，總臺疏薦於廷，予嘗以真父母在支邑爲高陽喜，畿輔有循良爲朝廷慶矣。今竟以聲譽丕赫，臺使于公復薦之。大概謂其動中機宜，宜歷試盤錯，遂調安肅之劇邑。安肅渥壤百里，視高陽瘠土稱善，而治當兩畿要路，令之疲於奔命又過之。在朝廷，知侯爲慎密，爲明作，成諸偉績，足以當此而無難，故有是命；在安肅，怡然得真父母，恩威兼濟，蘇我困憊，以安樂土，何幸如之。第高陽之瘠土疲民方置衽席，而不期金臺之北、涿鹿之南，奪厥覆芘去矣，其如斯土斯民何！聞其民走闕下，願借留者以千數，竟以部檄已行，不獲所請，老稚嗷嗷，如失所天。昔人以循良徵民，有卧轍攀轅，呼天指日，若不忍别者，今其事何以異諸？是故喜其來而悲其去，情也，亦理也，矧諸縉紳又涵沐之久而芘荷之深耶？噫，不忍於侯之别特私焉耳。以公論之，安肅本畿輔重壤，邑令之任，信非明作慎密，偉績已試者，罔克有濟。蓋高陽、安肅有分土，有分民，在朝廷視之，皆人民，皆土地也。今以侯去此往彼，不過借此福星，蘇彼疲於奔命之民，於以考成績、著柄用耳。是兹舉也，既以副聖天子敷求之典，又以彰諸臺史遴選之公，而鄰境垂白齠齔，疇昔仰望之心，由兹以慰，厥休滋哉。若今縉紳惜别戀戀之情，誠一邑之私也已。雖然，侯道德隆重，治化俄頃，又新治去天咫尺，聲聞易達。吾意侯之陟顯執要，在指日間，安肅雖大邑，亦不能久留侯之行旆也。當是時，其邑之縉紳士庶，又不知戀戀之情如今日否耶？謹述此以爲他日驗。

時己卯季春吉旦。

贈冒汝三明府序 家譜

吴 華

蓋自六虚有奇偶之數，因二可得一，而於設官之意𢀓焉。鉅者貳公以元化，而監司守令之長有二，二以協一，如耳之有並膳，目之有雙瞳，手足之有兩腕與兩股也。二以佐一，又如坤之於乾，夜之與晝，金水之於木火也。今世監司守臣缺，必取諸貳視其篆，而獨令長之缺也，每上攝以郡僚，旁托之他邑，而於貳罕及焉。以故人地不宜，事情多盭，且耳目聾眯，手足痿痺，甚至陰陽易業而五行有沴。善乎兩臺之委署於澄邑，不之郡僚，不之他邑，而獨於冒公乎屬事也。

蓋公甫下車，值歲不登，疲饉而噉食者望於道，公傾槖賑之，并爲設筴佐籌，令家家有宿麥戎穀之賜，此其肇端之方耳。久之，而庭堪羅雀，座可生風矣。以故當道廉其賢聲，則歌《杕杜》以來之，士民識其初服，則歌《甫田》以縶之，曰“吾天也，庸貳乎”，曰“吾師帥而父母也，庸不可以貳貳之乎”。爰命飲冰之後，寬政簡訟，除劇清穢，利涉通渠，弭盗蘇圄，民饑祝之鳩乳，民殍封之馬鬣，其於黌宫諸彦，尤加隆禮，曰：“吾家世從白鹿金節之研鑽以凱暢元風，豈同體而忍異視耶？”崇聖與賢，有亟修而毋怠。又步禱而黑蜧躍，建塔而青蓮讚，志壹動氣，其無貳乃心有如此。夫袁撫公之登公於剡也，爲之兆也。九千里之丹鳳，七十日之黄龍，彼皆從丞占氣者，丞何貳與尹，尹又何貳丞哉？

古之監司鉅卿出自一命者何限，異日循良續傳，卓異騰輝，其克繩參藩公之武，以重庇吾閩也，立俟之耳，吾澄何久貳之有？蓋公之鄉，江都相下帷之宅在焉，而横山之巔，則有昭明之讀書臺，此兩賢學問横厲千秋，而所著書，率階天人政事之奥，仕學之相優固然。而載考《周禮》有少宰之貳、内史之貳，豈殊理哉？予從田間望氣久矣，請遂書之貳，以爲公券。

贈冒孺文序 家譜

何宗彦

往者余不佞戒行燕趙，徘徊帝高陽之墟，巋然新宫。已而視其豐碑廟貌，則前令如皋奉直冒公，以清白澤高陽甚厚，其民尸而祝之，春秋有祀，載在郡乘。不佞乃嘆仁人之聲施不朽，心計之是不若臧孫達乎？其有後於魯乎？維揚士大夫過從，輒問奉直公起居狀，并其苗裔何若。維揚士大夫無不口其子孝廉公事公至孝，總角與計偕，畫江以北，碑板照映，皆其珠璣錯而星辰燦也，不佞始信余嚮之私言不謬。

已而十餘年，孝廉公謁主爵大夫，則以試吾郡之安陸令云。昔人有言，孝若曾參，行如伯起，曾何裨於縣官，即摛藻若春華，猶然無益殿最耳。審如是，則侯之文行若不能令。矧安陸道當子午，輶軒過從無虚日，而又附郢子郡，上大夫一切米鹽瑣屑，概以問邑長，乃幅員狹甚，丁糧僅兩千石以上。居常辟之安陸，如司馬長卿，家徒四壁，而顧任俠如陳子公、劉揚州，投轄肅客，一擲更百萬也。故明興二百餘年稱良令於兹邑，指不數數屈也。侯即宜令，亦似不宜安陸者。

乃侯至，坐堂皇，目所視不再覽，手所畫不再訂，孳孳問民疾苦。然其謦欬如鐘，鬚髯若戟，嚮者飾厨傳稱使客意，無論侯不屑問，即輶軒踵至，亦不敢求多於侯，甚或取他道出。而郡大夫爲天雄王公，嚴重侯文行，不減於嚮者口維揚士大夫，時時戒胥吏，毋以細事煩若翁也。

邑丁與糧故有額，某令都審時，奸吏上下其手，稍摇兩税法，豪民持貧民急貿田，必毋煩豪猾丁，乃予值。公曰："吾亦知陸敬輿之條租庸調之犂犂有當也，然通都大國，其民目不辨菽麥，故庸調必科民而定富商大賈，網不漏吞舟之魚。吾常脂車四境，曾不睹千金之市，大都緣南畝活耳。食土之毛，而顧以坊郭都市，苦無立錐之衆，此天之戮民也，必法無赦。"於是貧無藉者，不啻走千里，重負郡甲盾千餘、軍備干掫、均輸之役。戎綺武吏復數十員以上，其屯業星羅棋布，遍六邑内外。國家承平久，生子長孫，咸去跗注，斌斌嚮文，而人不得此武衛，得自置學。嚮者嘉與菁莪，占邑藉試，蓋青衿士合郡邑幾五百餘人，咸得比令甲免丁糧若干石，邑經費增十年前幾十之七。民竄鬻田自給，稍潤者廉其籍於邑也，輒摇手閉目，口噤不復問，雖謬存郛郭，大半甌脱耳。前邑令桐城夏公悉其苦，奏記御史中丞若臺使者，然逡巡二年餘，畏士之譁，以其難遺侯。侯曰："吾不難悉索敝賦，朝下檄而夕報命。顧吾位忝師帥，不能如盤庚改邑，漸靡使自化，吾亦靦父母甚。夫士庶何常之有，父子祖孫更迭爲政，奈何蝸角争而矛盾起姻婭耶?”乃削牘爲奏，娓娓萬餘言，人與一赫蹏，士讀之莫不唯唯有間，已而爽然釋也。是役也，減民賦十之五，展然有起色。士大夫聞之曰:“賢哉冒侯，單辭而決數十年築舍之議。孔子不云乎，觀於鄉而知王道之易易也。”

屺瞻葛學使以講學有聲南國，所屬七郡，趣治書院若干楹，郡邑長取具故事，郵傳其役而已。侯以寒沍受檄，擁裘選勝，得碧霞臺，山水娟秀，投醪挾纊，以循佚者，爲小亭，爲講堂，爲遊序，肄業有塾，庖湢有所，桓桓言言，他郡邑圖其製以去。

其明年，春麥無秋，饑民蝟集。望氣者言，郥水走竄，讖在先朝，博士子弟員請濬舊河，王郡公首以訊侯。侯曰:“此其言雖不可知，然力役食饑，救荒之一策也。”時夏五月矣，於是發倉稰若干石，捐贖鍰若干扶，募夫若干名，濬河若干尺。侯去蓋，暴赤日中，殷殷考役。以其餘甃城西救荒堤，斷虹數百尺，隱隱與碧霞争勝，若狔狻互相搏，皆郥土巨觀也，其全活流移以千萬計。然侯以溽暑熙虞工，貌黧然山澤臞也。居無何，臺省交論葛學使，他郡邑寖所興作。侯益鳩材，建文昌閣於碧霞高敞處，書院益據勝，人皆謂侯不以隆替士大夫。然其篤信理學，救隆、萬以來詩賦之狂誕，於是役始終，勗都人士，則一二有志者知耳。

侯在邑，百廢俱興，日不暇給，幾若巫馬期戴星出入，而侯固閑以整，躬治程書，無不都秀博雅，片言出，博士弟子争傳寫，紙爲之貴。侯更進而教之，語學則周元公、王文成，談藝則先秦、兩漢，其垂釣所試，又不以陽鱎易魴魚。諸紳士大夫歲時修典禮，庭實焜燿，揖讓成禮，謝之而去，竟不知筐篚中爲何，毋論盻睞矣。或曰:“侯德郥甚深厚，奈何以曲謹失舨忱者意?”侯曰:“吾嘗誦《循吏傳》，屈指東漢之旌卓茂，然以禮順人情，一語開後世墨吏之竇。且《周官》六計弊吏，一曰廉善，二曰廉能，三曰廉敬，四曰廉正①，五曰廉法，六曰廉辨，肫肫之意謂何，吾安能處女域而日舒而脱脱也。”諸縉紳先生勃然謝曰:“冒大夫治予境，一年而流移生，二年而子弟化，遊刃無不中，吾莫知其涯。今而後乃知洗心於密，湛湛冰蘗操，則衆善之府也。”侯聞之，提提而讓曰:“不才其何知。吾童子依先大夫而北，則教不才於官，弱冠奉先大夫而南，則教不才於家，迨降割而肯構不前，概乎其未有似也。吾以清白存先大人之一班耳。”會御史大夫徐公鎮楚，力舉鄉約，侯每臨視，講六諭首章，輒欷歔不自勝。

予聞之乃慨然，奉直公善積而息之，至於侯，質有其文行，永慕不忘。夫孝，塞天地，横四海，其於百里承蜩而掇之耳。若所云曾、閔、淵、雲，無當吏治，此以跐臣目者

① “四”，原文作“曰”，誤。

也。昔關西楊伯奇吏漁陽，或勸開産業，以遺子孫，伯奇曰："吾以清白吏，子孫遺之。"若秉、若暘、若彪，咸守其教，爲世所貴，侯之於奉直公若是已。是時直指彭公露章薦侯，博士弟子員丐言以贈。遂次所聞，列其大者著於篇。

時萬曆戊午歲孟冬吉旦。

贈如皋族兄蒙求先生序 家譜

冒光裕

夫報本追遠，莫重於祠祀；承先啓後，惟貴乎譜系。吾族其由來舊矣。考元末有昆季三人，一爲兩淮鹽運使，辭相位不受，抵東陳而止，是爲如皋始祖，即東林公也。一在元，在在兵起，韜晦自愛，絶無遷移，是爲海陵始祖啓之公也。其一之天長者，不知所終。厥後如皋五世贈公文瑞祖、海陵五世大中丞履貞祖，兄弟浹洽，雖處兩地，一若同胞，慨然有志於譜，参考互訂，惜屬稿未竟。皋之六世祖廷和公登第服官，未暇私事，及歸終養，而譜稿始成。八世雙橋公復爲修輯，第未授之梓人。余海陵九世祖復莽公兄弟有五，皆年登耄耋，名噪膠庠，與皋之姪輩若汝定公等，姪孫輩若世卜、遠猷、瑞徵、静庵諸君，素稱雅善，獨兄静庵誼重情篤，垂老不朽。旌節伯母李太恭人者，即其母也。兄幼孤嗜學，蚤列黌序，甲子鄉薦，屢躓會闈。授職不仕，惟以敬祖睦族，敦倫立品爲要。創建宗祠，置買祀田，復於其子慎幾輩搜集今昔遺文，遍索遠近支系，辛勤數年，無間寒暑，授梓成帙，呈於宗廟，俾家給而户藏焉。

余生也幼，愧未贊襄其事。伯兄時望余兄弟有成，以繼前徽。丁酉歲胞弟輝祖幸入如庠，壬寅年余亦列州學，兄深幸海陵之後啓有人也。癸卯冬，余過如皋，瞻謁祖廟，堂貌巍峨，神位森列，誠吾族盛舉，批閲譜系，尊卑有序，文傳燦然。伯兄之有功於宗祖，可垂奕世而不替，至其情誼之懃懇，有出尋常萬萬者，想昔日文瑞、履貞兩公亦未必有過焉者。世説古今人不相及，豈信然耶？觀於此，伯兄豈獨爲吾族報本追遠之人，實吾族承先啓後之人也。

贈家弟汝賢應制金陵序 家譜

冒起蒙

叔祖復庵先生有道而文筆擬鍾、王，偕族姪巢民争長泰、皋兩邑，難弟汝賢、孝思，其文孫也。孝思先以蝥弧登，而天獨遲吾汝賢。予常謂尺蠖之屈，將以求伸，天艱汝賢於始，必且易汝賢於後。汝賢素嗜學，苦苦吟寒窗雪影間，今果一發叠雙，舍皋就泰，汝賢將大展於時，兹其嚆矢矣，汝賢勉乎哉！

吾家自中丞公發迹名進士，與王文恪公稱瑜亮，嗣是若參藩公、漕儲公，相繼捷南宫、登賢書者十餘輩，何其盛也！今兩邑之族人，多采芹食餼，彬彬泮水，而科第較前朝稍爲不逮，汝賢勉乎哉！恭值聖主當陽，珊網宏開，正貢禹彈冠之日，亢身以亢吾宗，於兩弟是望。余雖閑且耄，願拭老眼，觀孟明之濟也。爰贈數語，以爲汝賢券。

時在雍正元年癸卯春王月。

贈冒辟疆先生序 同人集

王廷璽仲美

吾人識天地生我之意，則必以天地生物爲心，任一切殊勛偉伐，瑰意奇行，總無如樹德務滋爲第一義。慨世風寖薄，驕吝成習，人各私所有，視同人危苦，漠如秦越，誠有如賈長沙所譏，取箕帚而誶語，借耰鉏而德色者，比比然矣。求其居今慕古，布慧流慈，引吉凶於同患之域，非大仁人君子，其誰與歸？蓋仁人君子者，固天地所篤生，而託以噓枯濟困之責，良非偶也，兹乃得之如皋辟疆冒先生。

先生爲奉直大夫玄同公哲孫，而觀察嵩少公震器。天授奇穎，早擅聖童之目，而又昕夕奉趨，庭教惟謹，摛華奮藻，咄咄驚人。垂髫應童子試，即冠一軍。迨餼廩學宫，歷諸督學使者暨諸臺皋郡邑，試輒第一，聲名大噪宇内。舉大江南北鴻儒碩彦，都爲之斂容辟易，争納交者如雲，有輕侯封而但願識韓之意，被其容接，如登龍門。

屢試棘闈，都人士競以大物相期許。壬午，闈牘大爲主司嘆賞，業入彀，數奇竟列副元。然先生固不獨以制義擅場，餘勇所賈，如詩，如賦，如古文辭，無論長歌短咏，小品宏篇，每一落腕，字字皆香，玉艷雪稟，高距千古之巔而匯百家之勝，彼含潘超陸，轢謝凌班，特其餘耳。臨池縱筆，則鍾規王矩，柳骨顔筋，絡繹奔赴，悉供驅役，如遊龍驚鴻，令人不可窺測。爲張二水相國，董元宰、李本寧兩宗伯，及陳眉公、王季重諸先生擊節嘆服，把臂入林，時出其掞裁揮灑之奇，互相印可，直堪伯仲。踰三十，拔儁大廷，簡膺李署，以先生蓋代才抒展夙抱，何難建名世，崇庸生，竹帛光。顧觀察公時方懸車歸里，先生至性過人，不忍離膝前，昏晨定省，養志承顔，聚百順以奉親懽。觀察公既謝塵鞅，殫精著述，先生舞彩稱觴之暇，與之上下古今，揚扢風雅，雍藹一堂，儼若師友。家藏書甚富，縹囊緗帙，充棟汗牛，鄴侯三萬軸，茂先三十乘，不啻過之。先生爐烟茗椀，棐几明窗，澄懷披對，數行俱下，而三車四諦，藻笈葉書，智珠圓映，一一微參密解，詳標宗旨，用曉群迷，彝鼎圖繪，積案盈笥，觀之者恍遊五都之市。興會一往，時命巾車，徜徉臺榭林塘之間，課鳥，觀魚，品花，累石，作山林經濟。

至澡躬浴行，則悉奉古聖先民嘉言懿則，爲居身律渡，栖心積慮，嗜善如飴，周急好施，孳孳不倦。歲時設粥賑饑，全活至數萬人。或號寒而無以卒歲者，或臨喪而無以終事者，或婚嫁無資興嗟怨曠者，或膏火不給者，先生體恤敦詳，有叩輒應，令人人各厭意去。璽與先生忝三世交，謬塵蘭簿，所遭不辰。曩歲遘奸民慘掠，家徒四壁立，兩世四喪，風雨荒郊，窀穸無期。璽飲泣茹荼，徒偷食息，莫可爲謀。先生知之，即捐重貲，立爲卜地，併營葬諸費，毅然獨任，不令璽復嗟束手，俾先人二十年未妥之體魄獲遂一丘之安。璽維朝及夕，寢處靡遑者，幸少逭不孝之罰，而無貽先靈之怨恫。即子若孫，異日顧瞻首丘，得一致其盡思盡敬之微，皆先生賜也。先生之惠，垂及世世，則感惠之私，當世世無窮極，豈但璽一身劇骨鏤肌，誓諸没齒哉！昔河東柳仲塗悉罄其資，爲書生治葬事，郭元振在太學，有縗服叩門者，舉其家所送資錢悉與之，不質其姓氏，乃從來所艷稱，則麥舟一事爲最著。先生世德相承，洵堪敻邁柳、郭而方駕堯夫。璽鹿鹿魚魚，殊不逮曼卿遠甚，沐此崇隆，蚊虻不懼負山歟？

淮南氏有言："明月之珠不能無纇，夏后氏之璜不能無考。"難全瑜也。先生於承家爲孝子，於文苑爲名士，於瑞國爲奇英，於範俗爲高賢，卓卓乎有詣畢臻，無美不備，而樹德務滋，則所謂體天地生物之心而高仁人君子之誼者乎？體天心者，天必篤其眷，得全全昌，宜先生之家慶國恩，方來未艾也。璽深慚濩落，無能圖報萬分一，聊籍枯管，用當草環，若吾言無足爲先生重，璽且筆未落而顔已甲矣。

贈别冒巢民先生序 同人集

常熟 戴　洵介眉

乙卯之春，三月既暮，戴子囊琴書，携襆被，將渡江歸虞山。登得全堂，奉手摳衣，與先生話别。先生蹙然曰："我有疑于子。子之來，以貧來也。今橐中金已盡，旅食且兩月，惘惘然一無所遇，是益之貧也。子不能歸，子留。"戴子離席仰天大笑，告先生曰："先生其未理余行笥邪？余之得於東皋者，黄金火齊之所不與易，而碧眼胡兒之所不能辨也。"先生曰："嘻，吾見子繭足荒園，手一編，唔咿不輟，旦而求之如是，夕而求之亦如是。子安所得？子坐，敢以請。"

戴子乃正襟斂容而對曰："余得先生。先生，今之有道者也。登其堂，充棟而插架者，爲先生之藏書；有光陸離，軼韓而駕杜者，爲先生之詩古文；高冠奇服，則而稱先者，爲先生之友；鳳毛麟角，連珠而比玉者，爲先生之子若孫。余得讀焉，事且友焉，歸而告語于父子兄弟，詡之不勝詡，而憶之不勝憶也。匪惟是，更得先生之心。先生爲逸民，爲遺老，酒闌歌罷，惝悦不樂，余知其有所思；知雄守雌，知白守黑，間有言囁嚅不出口，余知其有所感；食指什百人，賓朋滿座，徵歌度曲，夜以繼日，牀頭金或不給，余知其有所憂。是三者之不能免，乃以成其爲先生已矣。余匿影消聲，其詩文不足給奴隸，顧先生昌歜之嗜，不懈益勤，每有所是正，未嘗不稱善；牢愁抑鬱，間發于筆墨之間，未嘗不扼腕嘆息，是先生亦且得余心也。語云：'人之相知，貴相知心。'則予之所得者，豈黄金火齊之所能易，而碧眼胡兒所能辨哉？"先生矍然起立，舉觴觴余，顧而語青若曰："戴子行矣。"

送冒巢民先生南游序 欣然堂集

江陰 陶孚尹誕仙

澄江與雉皋相對峙，所隔者江津水耳。夙聞地有冒巢民先生，負逸才，擅奇氣，任俠好客，嘗構水繪園，水石幽閴，花木翳如，阮亭先生有《水繪園修禊詩》"碧琉璃上雙玉壺"諸咏，每一吟諷，即悠然神往，嘗心慕之而願識其爲人。及交鄧君孝威，言先生亦心識予，然終以道遠莫能致，江雲渭樹，僅望見之而已。

暮春三月，繁花如綉，予閑步溪橋間，見輕船泊河干，一人舍舟登陸，一人坐水窗，丰采秀髮，衣冠甚偉。迫視之，固鄧君也。亟招水窗中人，亦陟崖，且顧予曰："子勿訝，此即子向所愛慕之巢民先生也。"乃相視大笑。延入草堂，具賓主禮，把盞浮白，各罄平生懷抱事。

詰朝起爲别，余曰："是何行之速也！先生素好客，户外屨常滿，樽中酒不空，賓客走雉皋者相屬也。敝廬雖村野，猶足蔽風雨，願挽君作平原十日飲，奈何遽言去？"鄧君曰："否，否。先生素饒於資，惟好客，故且貧矣。今襆被作汗漫遊，邀余同往，此特其首途耳。"余曰："兹遊何適，歸於何時，可得聞乎？"鄧君曰："别君去，即道吴閶，經霅溪，抵武林，泛西子湖，度錢塘江，覽蘭亭禹穴之勝，遂躋天目，陟雁蕩，登赤城華頂，憩富春而南，歷十八灘，訪子陵釣臺，循江即山，由延建憩七閩，入武夷九曲，取道達羊城，俯百粤，觀東南海市，返歷潮、惠，就羅浮兩山，考晴雨離合，北越大庾嶺，由韶、贛至洪都，攀滕王閣，浮江達漢，泝洞庭，登岳陽樓，禮南嶽，還走武昌，望夏口，尋黄鶴樓崔灝題詩處，更自潯陽徑往廬山觀瀑布，眺爐峰，沿泂吴頭楚尾，經天門、采石，道建業，過鐵甕城，渡京口，至廣陵，然後歸耳。有奇必探，遇勝必覽，其程期固不能限時月，亦不暇計也。"余曰："先生之遊，敬聞命矣。然予聞之莊生云：'適百里者，宿舂糧。適千里者，三月聚糧。'先生行裝固甚都，然彳亍數千里，脯資餼牽足供億否？設有不戒，吾輩當代謀之。"鄧君曰："無庸。先生意氣滿海内，無問識不識，皆思納交於先生。然先生性耿介，茂陵劉郎秋風客不屑爲也。適子之館，授子之粲，行李之往來，供其困乏，如斯而已。"

余乃憮然曰："壯哉遊乎，是豈特不貧，直通都大邑富人巨室之所遠不逮也。夫世之所謂富者，吾知之，旦夕持籌握算，與販夫農佃競升斗尺寸之利，足不越都鄙，目不識名山大川，間或頂沐猴冠，一謁州邑令長，輿隸皆得指而呵之，倏焉委朝露，則草木同腐耳，金穴銅陵安在哉？今先生豪名遍宇宙，高文偉句，家歌户吟，屐齒所歷，是處逢迎，且得勝友如吾子，相與覽奇選勝，蹇驢弔古，茅店聯詩，行見烟巒雲海，盪胸決眥，扶輿佳勝，悉收入奚囊中。則天地古今之富，莫先生若矣，貧云乎哉？倦遊歸日，過我荒齋，一聆南遊酬唱之什，是所願也，先生及吾子其有意乎？"兩君皆曰："諾。"

贈冒介庵序 家譜

昆明 謝履厚

余奉命督學江南，爲國家掄選人材，不唯文藝優劣，是黜是陟，凡德行才望，品藻器識，學使者與有觀風之責焉。大江以北，淮海維揚，風濤壯闊，人物瑰異，尤有可采。

歲己亥冬，余試事竣，舟發吴陵驛，抵澄江公署。如皋冒生廷驥爲余歲科前拔，越江執贄來謁。見其循循雅飭，有世家風儀，詢知其父介庵君，其爲人安恬退讓，不干本分外事，不與人競尺寸。方乃父君書辭世之日，且介庵尚少，而焚逋負貧不能償者券數百紙無少悔。事孀母陳安人，曲盡色養，母卒七十有三，而介庵猶以不得終養爲慟，恒孺子慕焉。用是刑于妻子，家規雍穆。元配陳安人蚤世，吴安人繼之，視陳出不啻己出，尤愛仲子廷驥，命其所生師事之無間言。

夫以末俗之澆也，耰鋤德色，箕帚誶語，如賈長沙所云，比比皆是。而介庵門内之行，身先諸子，諸子亦承志唯謹，毋敢逆命，是其至性有過人者。況乎爲鄉里排解紛難，不辭煩勞，一意與人休息，人即以非禮犯，而含容不校，負千金貸，緘口無一言，此又老氏所謂"知其雄，守其雌，知其白，守其黑"而忍人之所不能忍者也。令其出而爲朝廷用，或守令一郡邑，定當畫一整齊，不生事，不懈事，爲士民倡，著勞效於樞編，而顧以一丘一壑，迄乎齒暮，余蓋不勝馮唐易老之嘆。

然今聖天子咨政維殷，下逮芻蕘，介庵雖家居不樂仕進，而異時安車蒲輪，日告存，月有秩爲賜。凡就問之所及，亦是介庵分以内事，非希榮倖寵者比也。來歲復命，脱有顧問，余敢蔽老成有用之才，俾沉淪於蓬蒿草莽中哉！此余學使者之職也，即謂介庵之以退爲進也。

時康熙己亥之望。

送冒哲齋歸如皋序 隨山館文猥稿

汪瑔

人貴有所立，士立志，仕立事，苟有所立，窮達毁譽弗論也。窮達繫於天，毁譽出於人，有立與否，則己爲之，而天若人無與焉。

如皋冒君哲齋官嶺南，初宰潮州之潮陽，其政宜民，民亦宜之。會泰西人求入潮州城，朝命大吏莅其事，以君素得民心，詔隨以行。當是時，人以爲榮。既而移縣者四，司潮鹺者再，守廉州者一，寖通顯矣，忽被劾失官。當是時，人以爲屈。官罷，居廣州數年，閉門謝交游，與書史相昕夕，無幾微不平見於言面。今年，將挈眷歸如皋，觀其色，以退休故鄉爲樂者。賢勞之久，當起而蹶，常情宜不釋然，而君顧能若此，可謂難矣。雖然,此皆境之外至者也,無所怨尤,達者能之,此不足以盡君。君官守令數十年,廉而勤,所至士民懷之,而潮人尤稱其賢。去之將十年,廣州人或至潮,其士民必詢君安否,以爲欣戚。仕宦者多矣,君乃得此於士民非在官之時,有所立於事而能之乎? 夫能立於事者,必有得乎其中,有得於其中者,必能輕乎其外,繼自今其蹶而復起歟,其必更有所立可知也。其伏而不出歟,昔之所立,亦足以襮於當世矣。

冒於如皋故名族也,先世遺迹,水繪、樸巢之屬,猶有存者。浩然而歸,澹然而居,山巔水涯,以耕以漁,守己樂道,不問其餘,則夫疇昔所遭窮達毁譽外至之境,固無異於飄風之呺衆竅,浮雲之過太虚也,而何足以動其心乎?

余與君交爲日久矣,今將遠别,意不能默而已,故爲文以贈其行。雖然,以君之才,當今之時,而使之自放於山巔水涯也,是果適然之遭繫於天,而無與於人也哉。

光緒甲申仲春。

贈邑侯冒小山序 羅湘吏牘附録

左宗棠

夫才可兼繁簡,而盡職爲難;秩無論崇卑,以敬事爲最。是以十雄報政,知非百里之才;三異觀成,咸頌萬家之佛。士君子策明事主,潔己居官,去膢杜其食心,刈葵戒於傷手,無慙白水,共信青天。所以段文昌雨霽之謡,獨存真俚;廉叔度袴襦之咏,不假鋪張。蓋稱之曰輿,無非光天化日;而號以爲頌,恐多漲墨浮烟也。

若我邑侯冒筱珊公祖老夫子,兩漢循聲,如皋望族。烟籠夾宅,采采金蟬;水繪名園,翩翩玉鷟。作盈川之才地,媲伯起之門風。趾即振以機雲,鑣更聯夫靖爽。朱霞十丈,白璧五方。有雙丁兩到之稱,萃七穆三明之選。侯昆弟五人均出仕,有循聲。以兹門第,足覘世德之承;共信箕裘,垂爲後昆之裕。

是以故侯勛大公子重來,封翁任廣東乳源縣,士民愛戴。不數年,侯任乳源。枕戈明蒴仇之心,封翁任乳源時,值寇亂盡節。侯涖任後,罪人斯得,事詳於《枕干集》中。拔薤除穿墉之患。奉匡衡之牒,花滿雲門;乳源别名。彈禹貢之冠,鳧飛楚甸。侯因回避,改官湖南。

錦既張而别製,曲已换而重調。一路春風,三冬愛日。湘江鏡其澄潔,嶽色霽以和平。大吏察其才局之幹練也,檄署羅江。羅江爲楚南劇邑,路通兩粤,商賈摩肩而往來;水接三吴,舸艦銜尾而上下。輶軒絡繹,供張維繁,訴牒倥偬,亭平匪易。洞庭叢雜之處，奸宄蘖牙其間；縱施擊斷之才，難見廓清之效。侯則具通身之手眼，載滿腹之精神。其自待也，勞苦不避；其臨事也，詳慎無疑。其治民也，務持其大，不市恩，不沽名；其應物也，必得其平，無成心，無偏好。刑名錢穀，無一事不悉其情；政教先勞，未數月皆符於用。果然卧猶能治，憩即留甘，民遷善而日維新，天祝福乃秋亦有。邑中頻年水患。侯在任三年，四鄉皆穫豐收。一庭花雨，桑麻沾澤雉之膏；兩袖清風，山水洽鳴琴之治。蝗且不入於境，乙亥歲，平江縣蝗災，與邑僅一河隔。侯禱於神，蝗竟無一渡河者。巫何由生妖。有以妖術惑衆，侯訪拿即懲。吏胥踏冰上而行，心皆自怯；案牘似秋來之葉，風掃皆空，咸知邑有神君，此謂民之父母。故智不必以鞭絲見，賢不必以聽鼓知。時聞桃李之春熙，喜見桁楊之雨卧。三年之内，虎去鳳來；四境之間，民肥吏瘦。豈非卿雲灑潤，百物敷榮，福曜重光，萬流仰鏡也哉！至於建育嬰堂，乳流百道；邑中無育嬰堂，侯捐廉始倡建之。急繕城役，柝擊重門。邑城坍塌已久，鮮有議及重修者。侯毅然以爲己任，越十月而城成，垣堞樓櫓俱焕然一新。修寺以妥神靈，無非爲民祈福；城隍、伏波、洞庭、東明觀各祠俱重修如式，又添建屈子祠於西門外。造橋而資行旅，總是利濟爲心。東門外恩波橋，侯蒞任時修成之。潛德搜揚，表烏頭而崇香火；凡邑中有報節孝者，隨時表揚。仰高校考，分鶴俸以佐膏油。仰高書院，每年官課向只二次。侯則每月一課，録其文之佳者優廩之。納烟月於囊中，臺高八景；八景臺爲邑中勝境，久爲大水沖塌，侯遂重修。收珊瑚於網内，厦庇萬間。考棚偪窄，試時不能容坐多人。侯捐廉購民屋，爲合邑倡，遂擴東雲路一千五百號。添齋房而宏造士之心，邑中仰高書院齋房甚少，每值縣試人多之時，不敷住宿。侯遂添建二十餘間。復義渡而利行人之涉。城外南港渡，向來設有渡船。因往年首事經營不善，虧空公項，遂將渡船廢棄。侯將公項清出，復設渡船。更幸澤枯有主，銜恩於緑水鳬鷗；何愁澤骨無人，慘念於碧天云樹。城外濱臨湘江，每值春夏大水，怒風駭濤之中，常有屍身浮江而下。侯憫之，遂倡捐設局，撈取浮屍，並施棺木掩埋，兼立石於墓側以識之。蓋自癸酉履任以來，屢著嘉猷，聿宣雅化。仁而泛愛，春隨地以俱生；義或弗然，松到天而不屈。斯則屏圖居易，像繪陸雲，未足方彼纏綿，喻其愛戴者已，然而侯猶以爲歉也。盛美不居，謙沖自抑；集思廣益，輔志奬謀。赤箭青芝，儘可同收於藥籠；巵言管見，不嫌兼聽於芻蕘。處事無事事之心，居官無官官之勢。劉元明之作令，食飯一升；盧懷慎之奉身，蒸豆兩器。慮囚則鞭惟三百，判案則管只一隻。秩秩然理其紀綱，油油然緩其銜轡。遠則潘河陽、宓單父，抗千古以争輝；近則夏新建、陶西川，偕兩公而並美。夏憩亭、陶襄臣兩公宰邑時，善政頗多，至今邑人思之。是豈飾情要譽者所能希冀哉！

宗棠統寄戎旃，任馳羲轡。廁大學士圖書之值，開東閣以懷慙；冠西諸侯鼓角之雄，荷北宸之重寄。潼關日紫，憶百戰之旌旂；湘水波清，攬三秋之風月。崇情霞想，遠念雲馳，聞魯邑蔦于之歌，追武城莞爾而笑。元亭問字，知弟子共被春風；海上尋琴，喜生徒都依流水。因其傳語，屬僕爲文，不揣揄揚，用承諈諉。鐘鳴谷應，知感召所從來；草偃風行，識吟謡之有自。誰挽西江之水，長留烏帽長官；我陳南國之風，聊附黄車使者。

冒氏家譜序 家譜卷首

餘姚 諸 讓

譜牒之重尚矣。昔黄帝之子孫分國受姓，尊别宗庶，歷唐虞三代數千年，見諸傳記，敘次可睹，而譜牒之制已兆。漢唐時名家巨族，莫不有述，而譜牒始盛，古人于此，亦甚重哉！然則傳諸世德，綿綿延延，幾千百年，至今可考者，殆非偶然之故。或者昧此而莫究所自始，豈皆忽之而墜也，亂離相仍，不幸散軼，而氏族所因起，有不可强推者。

若今如皋冒氏，未詳支派所從來。惟元末有諱致中號東林者，偕其弟啓之，始宦學，起家揚之泰州。東林官兩淮鹽運司丞，分巡豐利等處，往來如皋，與東陳鎮隱士郭通甫善，因買田築室，投老于兹，遂占籍爲如皋人。世業耕讀，三傳諱佑者，以《春秋》領鄉薦，五傳諱琳者，以《詩經》膺貢而仕，各有聲。迄今百餘年間，絃誦冠裳者益衆，世業無替，族亦大以蕃，冒氏其盛矣哉！古之德厚者流光，冒氏之盛如此，則傳緒之次雖莫能究，而世德之厚從可驗矣。於戲，子之于祖考，雖若渺焉冥漠，而精神貫通，感應無間，可誣也哉！

東林之元孫瑺，邑庠彦也，有志於譜而恐失之誣，故不究所從來，斷以東林公爲始。依歐陽文忠公之譜法，撰爲一編，既以其子鄉進士鸞常從余學也，屬序其端，故不辭而序之。居泰州郡諱鑑者，以其子政貴，勑封地官主事，爲啓之元孫，蓋致中公東遷時啓之仍居于泰，别爲一譜，兹故不復載云。

成化癸卯季秋。

冒氏家譜序 家譜卷首

同里 馬繼祖

族譜何爲而作也，仁人孝子慮世代之□其傳而作也。考本源之所自，志條析之所分，載流派之所繫，□資于譜焉，譜之作亦重矣哉。

吾邑冒氏鉅族也，粤始祖東林先生，官于兩淮，休老乃自海陵而遷邑之東陳，迄今逾八世矣。族屬蕃衍，邑莫有過之者。人以耕讀爲業，膺科貢而取功名者，代不乏人。今藩參廷和爲東林六世孫，以妙年登高地，歷官中外，聲稱烺烺，且先幾勇退，有古人風。厥考澹齋先生，敦行孝弟，雅尚忠厚，嘗以族人之衆而非譜以收之，久則未免有離散陵犯之獘，爰搜先世之事，作譜以傳，其慮遠矣，其用心善矣，惜乎未就而卒。廷和兹踵成之，間以示余。余觀其圖系之詳明，事行之周備，井井有條，宛然歐陽氏家法。且録皇朝制命并諸詩文之有關倫理者，附益成書，使族人觀之，皆知親親尊祖敬宗之道，自一世而十世百世，子子孫孫，是繼是承，垂諸悠久而無窮，所謂離散陵犯之弊，庶幾其無，冒氏之族將益昌大，斯譜之功顧不偉歟？夫繼志述事，孝之大也，睦族裕後，仁之至也，廷和父子誠有得于是矣。余于廷和辱有親誼，因觀斯譜而嘉羨之，敬書數言于此。

正德十年乙亥仲夏。

冒氏家譜序 家譜卷首

冒　政

如皋族兄文瑞爲國子生時，嘗語政曰："余族居東陳者，指以千數，家異居而人異室，少者日以壯，壯者日以老。每歲時讌集，至有識其貌而忘其名者，加以數十百年，幾何不相視爲途人耶？每欲修輯一譜，以載世系，序昭穆，使人知其所自，而興起其愛敬之心。然予生也晚，既不能詳考夫受姓之所由，又不能悉記夫隱顯之實迹。今斷自所知東林公爲始，因略就簡，以序次列，子盍爲我序之。"政對曰："遥遥華胄，古人所恥，始自所知，兄之言是也。若夫序，姑俟書成而爲之。"後兄以其子鸞登第，逞來仕途，竟不暇爲，賫志以殁。逮鸞致政閑居，取遺稿補其闕略，先之以世系總圖，次之以支分别圖，又次之以隱顯事略，而終之以所受國朝恩典及士大夫贈遺詩文，然後冒氏族譜爲全書也。

於戲，斯譜之輯逾三十年而始成，豈易易哉！文瑞父子用心亦勤矣。鸞又將家置一册，使藏之永久，冀後人有所持循而興起焉，其用心亦遠矣。爲之子孫者，其尚以文瑞父子之心爲心哉！其無忘水木本源之念哉！其毋相視爲途人哉！政于是不能無所感也。然序則諸少參、馬侍御先後爲之矣，兹不贅。敬書數語，用酬前約。

歲正德乙亥季夏。

冒氏家譜序 家譜卷首

冒　鸞

於戲，此敦本睦族之原也。始吾先奉直府君游邑庠日，蓋有志焉，恒以無所據爲歉。既而不肖鸞赴鄉試，先君携之學於金陵。是時泰之叔父，今都憲履貞先生方官户部，先君相與考訂先世事略，遂倣宋歐陽氏譜例而成此篇，猶未脱稿。逮鸞叨第拜官，先君奄逝垂二十年。以奔走仕途，未暇私事，然心未始敢忘。比謝事歸，蒐檢故篋，得原稿手澤如新，不能披讀，摧愴之餘，稍加櫽括，續增諸先伯、先君併諸先兄弟事迹，附載兩朝恩命、名碩文詞，實足以光前啓後，而譜乃稱全編矣。惜成云晚，未授梓人。然吾族指繁，智愚自不能齊，范文正公云"以吾祖宗視之，均是子孫，無親疎也"。因繕寫百帙，人給而户藏之，俾知本源支流之義，庶乎孝弟之心生，禮讓之風作，不以初一人之身分，而至于途人，如昔所云者，思吾先君作譜意也。古云"有典有則，貽厥子孫"，先君則有矣，又云"夙興夜寐，無忝所生"，爲人後者，蓋深念哉。

正德乙亥暮春。

冒氏家譜序 家譜卷首

冒承祥

余家譜創自五世祖曾大父奉直府君，業已屬稿，未竟。越二十餘年，六世伯祖少參府君繼輯成帙，始有全書。

逮今垂六十餘年，世衰襲遠，日益蕃熾，且分南北東西，而四族之甚至宗派溷淆，稱名干犯，慶弔不相聞，大失作譜初意，祥竊嗟嗟感焉。夫譜之作，别世系，聯宗盟，垂久遠，厚道也。乃今不數傳而别者亂，聯者攜，垂者湮，咎則誰歸？余子孫不肖罪也。無論敦本睦族，古稱懿典，即我奉直府君、少參府君光啓手澤，閲卷宛然，寧忍嗣是者散而無紀乎？

祥不肖，勉承先業，日惴惴以墜聲隕聞是恐。方圖修輯，適九世侄海以起業師昭陽盧君易請，遂館延纂輯，時萬曆己卯。祥又攜幼子撰卒業成均，比歸而盧即世矣。伏念祥年已七十有五，慮不竟業，益重罪戾，特命族弟慓徧求諸族人名，派而登録焉，自一世東林公迄今凡十一傳云。統系續之總圖，支派續之别圖，累朝恩典、士大夫贈言、誌文、墓表則續之事行文詞之後，悉尊舊譜成例，非敢創己見而新之也。自六世以上，其事行略則少參府君遺筆朗然，祥無容置喙。第編輯益多，難於類考，敢分爲若干册，以便繕録。我宗人肯珍守之，所謂别世系，聯宗盟，垂久遠，二祖作譜之初意，庶幾其少慰矣。祥衰朽，不能付之剞劂氏。後世賢子孫崛起其間，取兹集而續之，載光前烈，則今日纂輯之意庶幸有所托，而聊以逭不肖之罪愆云。

萬曆十二年甲申仲秋。

冒氏家譜序 家譜卷首

長沙 陳鵬年

冒氏之族于如皋爲大，其先世東林先生，官元末兩淮鹽運丞，遂占籍如皋。入明六傳，而廷和先生舉進士，爲少參，實出吾鄉茶陵相國之門。終明之世，冠裳文物之盛，推如皋者曰冒氏。歷元至今四百餘年，族不可謂不舊矣，而譜系不傳。

余與冒君蒙求爲同年友，往相遇于京師，談讌移日，嘗一扣其族姓所由來，知其家故有舊譜。今余校書武英，冒君走一緘書示予，發篋視之，則冒氏譜也。考舊序，東林先生五世孫曰瑺，號澹齋，有志於譜，而恐失之誣斷。自初明開基入籍，遂以東林爲始。嘗命其子廷和創爲譜系，藏之宗祊，八世雙橋增修之。厥後生齒益繁，紀載未備，蒙求大懼文獻之失傳，用發憤蒐羅放軼，與其子姓抄撰前聞，續爲今譜。凡本宗支庶，官閥里居，靡不絲牽繩貫，而又弁以累朝誥勅之詞，綴以傳誌、碑銘、歌咏之富，於立朝大義、隱行君子、閨門節操，尤三致意焉。簡而文，直而不俚，彬彬乎一家之惇史也。然後知冒氏之譜非不傳，蓋冒氏不苟爲夸毗。澹齋、廷和兩先生造端于前，歷雙橋至蒙求而業始就，譬之豫章名材，閱世滋久，枝柯愈繁，不與庶草之敷榮争妍而鬥艷也。蒙求敦履實行，其從兄嵩少先生爲明末名進士，有聲，所與遊者，多四方洽聞君子，蒙求與之講求法物，故其詞尚體要。凡東林以上，有宋名賢所爲譜序，姑從闕疑，不闌入焉。嘗誦吾鄉茶陵相國之銘曰："冒氏不見氏族書，不知何許人。"噫，是説也，單宗後門之士惡聞之。然歷元至今，如皋氏族之盛，孰有加于冒氏者哉？

夫族大則涣,合食綴姓,而孝弟之性,油然以生,惟祠與譜,寔維繫之。蒙求既構祠以報本追遠矣,而又輯爲家乘,蓋不唯一家之惇史,而石渠天禄間欲詢之,故考者亦將有采擇焉。昔澹齋創譜,而廷和先生實光其族,苟培其根,枝益茂也。蒙求齒未衰而公車報罷,遂自放於山水間。聞其子姓多賢才,必有踵廷和先生而振起者乎?冒氏之興,其未有艾也。是爲序。

康熙五十五年丙申孟春。

冒氏家譜序 家譜卷首

泰州 張符驤

予晚而始識如皋冒丈蒙求,丈已年七十有九,乃知丈與青若之祖嵩少副使兄弟也。青若三世並負時名,而不及爲譜。丈獨慨然懼文獻之失傳,既買田置祠,與族賢歲時孝享其中,而又蒐羅放軼,抄撰舊聞,續爲今譜。蓋冒氏之譜,創於方伯廷和,修于光禄雙橋,距今百年乃再修焉,丈請余爲之序。

予聞如皋冒氏,由兩淮鹽運東林公再傳潛德先生,永樂間下詔徵書,屢徵不出,弟永助以孝廉爲冠縣教諭,方伯其曾孫也。方伯族子弟,或令興業,或令富陽,或丞肥鄉,迨其曾孫,或牧德慶,或牧寧州,或同知永平,并以文學世家,而副使最著。副使子辟疆,則又遠近所號爲清流者。曾孫樸人,以軍功官參副。丈捷武科,兵部推守戎,不就,廷榮亦以丁酉舉于鄉,蓋冒氏之閥閱其來舊矣。

予又聞許忠愍公爲冒氏婿,婦弟汝弼才而早歿,配李恭人以節顯,賜坊集賢橋之東。予如如皋,輒樂低徊其下,而不知其即丈之母。冒氏又有三婦,一亦李氏,夫死于兵,竟自經以殉;一吴氏,女未嫁而夫稼死,女剪髮自誓,五十年如一日,没之夕,以稼所聘小簪爲含具;其一顧氏,夫與晋勤學早亡,亦苦志至三十年,臨死出與晋遺文付其家人,即恭人孫婦也。顧此三人者,皆不得旌,蓋恭人之風於是爲足感于人,而丈之能顯其親,其勤亦不可没。冒氏又有節烈婦人,與其閥閱後先輝映如此,世俗所艷稱常在彼不在此也。

惟讀書明理之君子,則以茹荼爲聲善之事,以名節爲飲食之恒,以棹楔爲門户之光。其丈夫得志于時者,亦必其厲高節,蒙顯名,乃爲不貽羞于巾幗。若區區用科目取尊流俗,其繫人宗輕重有無之數爲何如也。嗚呼,吾豈獨爲冒宗言哉!

康熙五十九年孟秋。

冒氏家譜序 家譜卷首

冒起蒙

余冒氏家譜創自五世奉直公，至六世少參公始成。其增修者，八世雙橋公也。更三十年重修者，公之族弟光祉也。嗣是以往，則架漏曠闕，且垂百有餘年矣。向時世卜、公露兩兄嘗先余有志於此，而詮次世系者未究其全，綴録舊聞者罔竟其緒，雖皆於譜不無少補，求其彙輯世統事實，勒爲全書，以付梨棗，從前所未有也。竊按舊譜號稱該核，然自八世以上，名諱不全，生葬失載者，已往往見於簡端。今則世代增至十有六七，族愈涣，歲愈久，其所失亡，較昔愈多。若不亟加釐訂補綴，將使先人作譜初意幾爲廢墜，抑且使族人皆視爲途人而不知其所極矣。

余于丁丑、癸未間，既嘗聚族之力興建宗祠，由是每歲春秋兩祠，昭穆之倫畢萃于廟，而愛敬之意自油然以生。欲亟乘是時，輯成全譜，俾有可考，斯油然生者，不至於梏以亡。爰竭衰憊之精血，旁搜博采，徵事迹，探本源，散者收，亡者補，閲數寒暑，乃克成集。集計卷一十有二，先以歷朝恩命，次以累代世表，又次以墓考、傳誌、碑銘，其鴻儒碩彦酬贈諸作，可光垂前後者，附列於末。取法舊式而斟酌損益，或因時有所更定，亦事之不得不然者，要以繼先啓後，敦本睦族爲歸。去年夏閏，梓人劉氏自江寧來過吾皋，應余訂約，館留餼食於祠中。而余瘍幸瘳，遂力疾偕子與恒、與潔、與學、與時輩，日夜校讐，經一載而始告竣。余既自喜有成，又慚力薄財匱，不能廣爲登録，且丁繁散處，恐難遍悉，竊有所未慊於衷。後之有志者，鑒余老病竭蹷之苦心，踵成而增輯之，以補余不逮，是又所拭目竢者。因序紀其略云。

康熙壬寅夏。

冒氏家譜序 删

冒與恒

我族人文之盛，已詳載前譜，有諸名公鉅卿之序文，繼以海陵中丞公之撰言，與五世誥贈公及六世參議公之先後作述，而譜稿有其大略。至八世雙橋公、古村公，又廣爲搜輯，然終以未授之梓爲憾。我先考孝廉公薄仕宦而纘前業，自定省李太恭人之餘，先集族衆建立祠宇，次即考訂族譜，增益文集，經營十餘載，方得付諸剞劂。噫，前人之有志未逮者，庶幾其稍慰矣。

然閲八世祖序文，内有四族之説，十一世伯考憲副公《復始祖塋祭田記》亦有"城鄉四族"之語。按考大義，予族自東林公爲始，二世有仲彰公、仲昇公，三世有永宗公、永順公、永實公，爲仲彰公子，而孝廉永助公任山東冠縣教諭，移居于其地，至永道公，乃縣境東南長莊族派。是以知四族之名，自三世祖始耳。

稽自壬寅歲譜成之後，又倏忽廿餘載，生齒日衆，支庶日繁，不亟爲親查而增益之，則又汗漫而莫如所極。今者余雖衰邁，勉體先志，偕十四世允謙輩，不憚跋涉，搜輯勿遺。即以四族之支傳分爲四集，仿古立族命氏，有大宗總統之以一，有小宗分統之以四，由大宗而别之以小宗，人各有所考，辨而易知，雖雜處紛紜，而溯由來，遂瞭若指掌。惟異姓亂宗之輩，必嚴行屏斥，不致真僞溷淆。至前譜所載傳記，無煩再揚，近世之有誥勅、旌表，以及傳誌、贈言、詩歌，聽伊後人量力庀財，各自送刻。其校閲舊譜，有序次訛者訂正之，有名氏闕者增補之，前譜由合而分，今則由分而合，續譜俱經查入，各世併無遺憾。十世以前，代遠人湮，難以參考，則闕疑存實。十世以後，散佚雜居，逐户稽查，而由略加詳。總之自始至末，一脈貫注，不絶如縷，庶幾哉人各親其親，長其長，而誼自厚自和，家不異政，户不異習，長幼尊卑之義明，而孝友婣睦之風，自旋見于我族矣。後有振起者，又藉有續誌可據，俾世世子孫勿替引之，是則余之厚望也夫。

乾隆九年甲子仲秋。

冒氏家譜序 家譜卷首

冒春榮

慨自《周官》小史職廢，于是繫世弗奠，昭穆弗辨，視宗人不翅行路，問字行茫然莫舉，官譜廢而氏族罔究其源，唐代國姓訖無定論，《元和姓纂》作自林寶，而莫測己姓所由來，若是其難也。嗚呼，由一人之身而子孫聚族，雖遠近殊時，親疎異服，若統續秩然，宗祊有託，則合而分之，分而合之，于以著氏族而辨世系，豈復有間焉？

吾族冒氏世著如皋，其先蓋不可考。弇州王氏《僻姓録》云“如皋冒爲江左之一”，稚隆凌氏《萬姓統譜》采入號韻，首明初泰州學正公諱哲者，懋卿夏氏《奇姓通》亦載之，然均未著得姓所由。鄉先輩斐公丁氏序云：“稽冒氏之先，出自殷帝王子期，受封與滎陽郡冒鄉，因氏焉。”第不知殷帝帝何代，冒鄉爲姓據何書。予生晚，弗克起先輩問之，又尠考于載籍，用不禁穆然以思，愀然以感也矣。

按泰州五世都憲公諱政序譜云：“元末有兄弟三人，一爲兩淮鹽運司丞，諱致中，僞吴挾封丞相，不受，歸隱如皋。一居泰州，諱啓之。一之天長，失名字，不知所終。”又云始祖德新以延祐己未生啓之，後五十載爲昭代，中間絶無遷徙。予家廟祖啓之，而如皋則祖致中，是知如、泰兩邑之始祖審爲兄弟無疑。由元而上溯，幾何世宜可考而知。然宋英宗時大理丞諱敬臣字伯恭，有治平三年勅一通，相傳始遷祖所賫遺物，世世守之，藏于家廟。元宋承祚未遠，抑果爲德新公之先否乎？舊譜不傳，無徵信矣。我致中公卜居邑東東陳鎮河西，厥後子孫或在邑，或在野。公之再傳諱佑，以鄉舉授山東冠縣教諭，遂就婚占籍焉。歷十餘世，越省相往來，昭昭穆穆，瞭如指掌。泰州由都憲通顯，子良以經魁濟美，兩邑通好如一堂，至十一世之輝祖，猶籍皋庠。其在東陳河東，洪武間御史公諱檜者，近我先人之居，乃竟不辨何昭何穆，後之人莫能相序。吁，其遠者未嘗有間，而近者顧乃間焉若此哉？

曩余薄遊四方，經山左，擬訪冠邑族人，以嗣前徽，洪流阻道而返。嘗與姜貞毅公文孫念劬共事淮陰官幕，述沭陽有單門冒生，書往訊之，懵無以對。主海州社學時，生徒輩稔贛榆北鄙張家湖多冒氏業農，即藉伏生導至其地，廑三户之聚耳。父考忻然出迎，索譜系，曰無有也，訊所自，曰自外來，不知幾何世矣，父以上名字且不能悉，焉論如皋世次哉！于是太息以别。又陽湖醫生字子方，挾術以遊，問其族寥寥，派别亦無稽也。吾姓固希僻，非比張王李趙，天下皆是，故相遇也，輒問其所自出，或相處也，而不能相呼，何一本而等陌路乎？泰州之裔今亦不夥，衹數十人。惟皋邑自我始遷祖遞傳至今一十七世，子系散處邑境，丁口幾數千。作譜則五世奉直公諱瑺、六世參議公諱鸞述之成編，束稿未鋟棗梨，至十一世鄉舉公諱起蒙手自編纂，遐蒐廣輯，成書如干卷，鋟藏家廟。以泰州冠縣支牒譜悉世次者入内編，以河東無稱屬者附外編，胥尊先人之舊，洵有倫有則，可以傳信于無窮。刻在康熙壬寅，洎今將三十載，似續倍繁，播遷匪一。

十二世慎幾公諱與恒毅然紹名父業，暨吾伯父長抑先生，俱耄耋不憚跋涉，遠歷鄉莊，詳稽支派，益勿遺而勿紊也。仿古立族命氏法，大宗統以一，小宗隸爲四，從三世伯仲叔季分支而胥繫于初祖，合而分，分而合也。分四支，實衷十一世憲副公諱起宗説，崇遺範也。先世系，次祠墓，敦報本重所歸也。次綸章，次御書，次旌典，榮君寵也。次祭田，不忘大事也。次列傳，尊其行，次詞翰，美其文，行先而文後也，行欲其真，毋取誣，文録其逸，見全集者不重録也。終之以贈言，形諸彼者有于此也。增輯凡十二卷,伯父嘗命予爲序。梓人蕆事,而伯父已赴道山,不敢違其遺意,故略述其大概。予悔不讀書,莫考其姓源,又不克歷訪天下同姓,胥序爲一本,愈不禁穆然以思,愀然而感也矣。

乾隆十四年己巳十二月朔。

冒氏家譜序 删

冒　詒

譜與祠,相維繫者也。祠妥先靈,奉蒸嘗,譜考支派,存文獻,創於前,繼於後,責不幾重與?伏讀我祖孝廉公建祠、置田諸碑記,自康熙丁丑迄癸巳一十七載,經營締造,而廟貌肅,而圭田易,又越九載壬寅,乃得踵奉直、少參諸公遺緒,輯成世譜十有二卷。旁搜博采,同歸源本,勒爲全書,登諸梨棗,垂之永久。而後尊祖敬宗,收族之心,雖使數千百年、數千百里、數千百人之精神血脈,莫不聯絡貫通,而不至以途人視矣。後之人宜何如繼述哉?

乾隆丙寅、丁卯間,伯父慎幾公紹我祖舊業,偕從姪長抑詳加增輯,倣古立族命氏法,大宗歸於一,小宗隸爲四,而分合之數確有可稽。厥後版漸漫漶,雲礽繁衍,族屬每屬詒重述。

詒維先府君養疴日,曾檢宗祠祭田契稿并我祖手輯譜稿,丁寧訓誡至再四,兹不敢以學識譾陋辭。爰歷辛巳、壬午、癸未三載,寒暑不輟,手稿乃成,釐分一十五卷。首封典、原序、凡例、總目,次祠祀,而以田數、祭器、祭儀、碑記、圖考、規則附焉。卷三之卷九,悉爲五世一堂圖式,格豎系横,派衺上旁行,而以字諱、行列、官爵、配偶、生男、嗣續、祺壽、節行、徙葬注焉。卷十爲山左冠縣派,卷十一爲泰州派暨河東派,卷十二列傳,卷十三坊表、名迹,而以圖考、題咏、跋語附焉。卷十四藝文,卷十五塋阡,而以山向、墓田、廬舍、誌銘、行述、圖考附焉。此則詒纂修之大凡,亦庶幾乎遺緒之繼繼而繩繩也。

夫家之有乘,猶國之有史也。昔人做史,經數十年而後成,或父子相繼,以爲世業,而尚多未竟之緒,詒敢謂此緒緒無待哉!抑又思圭田所入,向穀賤,僅足敷歲修享祀諸用,今穀值倍前,數歲即豐歉有時,不致無留餘,向惟我祖、我父伯總其成。乾隆甲子、乙丑,來族人議,擇子弟之老成持重者輪辦祠事。邑尊衡陽丁公、淳安鄭公皆爲吾宗勒碑記焉，是防微杜漸之意，蓋亦極慎重周詳矣。

第此數十年間，我父伯諸兄姪老輩，當日所共黽勉者，今又晨星落落。詒遭家多故，遷移靡定，兹事所關其鉅，詒既愧無以答前休，猶幸所述粗就理也。肅衣冠而奉簡牘，更不禁仰棟宇而憂風雨，所尤急切不容須臾緩者，寧惟是塗墍黝堊之小補云爾哉！故曰譜與祠，相維繫者也。若夫敦本睦族，矢公矢慎，毋執己見，不爲苟同，多賢繼起，追念創造之艱難，斷不肯菲薄自待也。

昔老泉作《蘇氏族譜亭記》六百餘言，於其高祖墓塋之西南刻石垂訓，以發人深省，其爲正人心而厚風俗者，彰彰具在。吾願人之熟讀深思，家喻而户曉也。

乾隆二十九年。

冒氏家譜序 删

冒國柱

吾冒氏之有譜，由來尚矣。創於五世澹齋公，成於六世得庵公，修於八世雙橋、古村兩公，增於十一世世卜、宫露兩公，皆編纂成帙，未授梓。至静庵公，於建祠後廣搜博采，十載編摹，刻爲全集，始成巨觀。廿餘年後，慎幾公、長益公增輯而重刻之。又二十年，水芑公重輯之。稿既成，有造蜚語阻之者，遂不果刻，稿藏於祠，今又二十餘年矣。

似續日繁，遷從靡定，叔祖中立公謂及今不修，後此從事益難，爰自任搜考，而命柱司編輯。奈議甫定而公旋歸道山，何幸族尊曁弟姪輩衆心齊一，踴躍勷事，開局於乾隆癸卯之孟秋，丙午歲稿始定。十二世以前用静庵公原版，間有增補，十三世後另爲編排，詩文傳銘各類有增無删，而五代世系圖及祠祀一門，則柱所僭爲創作者也。卷仍乎舊而帙倍於前，開雕於甲辰秋仲，至丙午，連遇歉歲，戊申，修葺祠宇，遂中輟，己酉歲，柱始拮据告成，而衰齡瘏口，心血爲枯矣。

吾願後之讀斯譜者，睹非種之必鋤，則承祧宜謹也；睹雁行之森列，則雍睦宜敦也；睹匹耦之必嚴，《柏舟》之必闡，則内則宜端也。柱蓋於父子兄弟夫婦之際三致意焉，敢云摩挲翰墨，優游簡牘已耶？抑又聞之，子孫賢，族乃大，夫族之大，匪僅瓞衍椒盈，印纍綬若之謂，其謂型仁講義，人人有士君子之行也。如有不由此者，衆以爲殃。柱今者亦惟與吾宗支共勉爲士君子而可哉！若夫譌者正之，缺者補之，金不鑠於衆喙,功不墮於九仞,則敬以俟後之賢者。

乾隆五十四年。

冒氏家譜序 刪

冒兆鯨

冒氏爲如皋著姓,自元明以來五百年餘矣。人丁之盛,甲於一邑。向者春秋享祀不過數十人,近幾十倍其數,則子孫之繼繼繩繩,概可知已。然各散處四境,有賀弔不相及者,甚至覿面亦不相識,譜之不可不修又審矣。

粤自八世雙橋、古村公編譜成集,十一世世卜、宫露公先後搜緝,均未授梓。迨孝廉静庵公創建祠宇,始釐訂而録諸板。乾隆九年,慎幾公復繼志增刻之。閲廿年,水芑公修而未成。又廿年,中立公等修焉,而董其成者芥原先生也,其間條係極爲周詳。自是以後,生齒日繁。

嘉慶二十年春,廉齋公集族人議續修,分任捐刻,數年以來,漸有端緒。今硯田叔率原事,占瀛兄執筆,冶堂、雲瞻等除增造房屋外,奮力克終其事,亦幾廢周章已。總之,我族沐祖宗厚澤,燕翼貽謀,子孫承休,引之勿替。雖掇榮名,登顯科,未能追榜花之盛事,而廟中禮法森嚴,人循矩矱,春露秋霜,爲酒爲醴,烝畀祖妣,所共欣也。祭祖輪流派管,謹守成規,毋敢妄費,且又增水繪園舊址田息,以益歲時籩豆之需。兹世譜蕆事,復紹前烈,因樂其所以敦宗睦族者,即所以尊祖敬宗也。故敬爲之敘云。

道光癸未秋日。

冒氏家譜序 刪

冒文煥

嘉慶丙子春祭日,鄉城族人咸集,僉謂自修於先大人芥原公後幾三十載,其間子生子，孫生孫，支分派衍，板皆無稽，設再延歲月，其如途人視之何？時叔祖硯田公久懷此懼，因起顧族尊在中公曰："公其倡之，予請與占瀛、補之"爲從。若司出入，若司采訪，捐爲苦勸，工爲苦監，分任專職，期以必成。至編輯，則責任於焕、冶堂、補之，蓋以焕隨先人後，昔嘗從事於斯也。

不謂議甫定，在中公即歸道山，未及開局，而補之兄亦赴玉樓之召。開首勤事郊遂，則惟硯、占兩公暨焕三人，舟車水陸，殆不勝披星帶月之苦焉。厥後焕凜纂事，從叔占瀛又值董修節孝祠，東西南北，奔馳跋涉，大約硯田公獨居十之八九。迨丁丑夏，稿成。焕以不避寒暑，用心太急，遘疾幾不起。賴祖宗之靈幸瘥，而得視開雕於是年之秋八月，勉力周章，復得假手硯田公，告成於今秋之上吉。計卷十三，閱年凡八，其中間或作或輟，且轉不止三載，豈竟敢緩哉？收捐難，資不足耳。念兹譜十五世下皆新板，十四世上新舊參半，其餘率由舊章，有增無減，惟世次間有改敘，接續處確考，實昔訛誤聽聞，非今私存去取，敢獲罪祖宗，貽咎族人也。顧或者謂慎則慎矣，脱非種猶未盡鋤，是誰之過與？焕敢以一語謝曰："一人之耳目有限，請起而責知而不言，隱而不告者。"若夫登記失錯，似乎咎有攸歸。然開工久，收工遲，續而又續，目日五色，還望我族人不惟諒之而不焕咎，且咨嗟太息而爲焕憫，其煩之不勝其煩焉。

時在道光癸未仲秋。

冒氏家譜序 家譜卷首

范仕義

冒氏爲雉皋望族，自東林公著籍以來，祖德宗功，培基孔厚，支分派别，茂緒遐昌，由來舊矣。其譜之創修、續修，前人序之已詳。迄於今，殘缺散佚，有待於補輯者，誠不可緩。延立騎尉繼先志，集族衆，復加考訂增益，以告成功，乃問序於余。

余宰如邑十有四年，知其家世甚悉，人文之盛，他族鮮能及之。其間如參議公之治績，憲副公之明察，巢民公之清潔，樸人公之果毅，御六公之忠烈，均爲海内所引重，不獨爲閭里光也。因以嘆祖宗之留貽，皆子孫之所取法。其秀而文者，敦詩説禮，奮迹雲衢；其樸而質者，鑿井耕田，相安作息。將見敦一本，聯四族，由近及遠，由親及疎，雖子姓蕃衍，各有大宗小宗之分，溯而上之，皆東林公氣脉之所流貫。觀於此，而孝弟之心可以油然生矣，雍睦之風，豈不久而彌篤乎？古云萬物本於天，人本於祖，譜系之所關，不綦重哉！

道光戊申年秋九月。

冒氏家譜序 家譜卷首

魏茂林

海陵之東稱望族者，首推臯邑冒氏。余自幼隨父臯城，負笈冒丈武漁先生之門。先生品學兼優，游其門者實繁有徒，以故冒氏無問少長，訂交者指不勝屈。通籍後，遂與冒氏諸君契闊矣，而水繪園之流風，萬卷樓之典籍，無日不耿耿於懷也。

上年，余告後寓於海陵。今春，臯令聘主安定講席，余有愧已！老耄無能，臯比虛擁，何足楷模多士哉！然藉此以與諸舊雨唱和聯吟，閑話竹馬境界，亦人生行樂事。但恨物換星移，故友寥寥耳。數月以來，較閱合邑各藝，俱能領新標異，不落窠臼，是皆能得鄉先輩衣鉢真傳也。而生員中有冒生名志成者，不獨文藝秀出班行，而尤邃於經學。前試以經古文，冠通屬軍，食餼於庠。此尤冒氏後來之秀，故友新九公可以含笑泉下矣。

一日，值族譜告竣，問序於余。余曰："《禮》有之，'萬物本乎天，人本乎祖'，尊祖故敬宗，敬宗故收族，譜之由來尚已。人唯不知譜之理，故不知譜之重；不知譜之重，故不知族之收，宗之敬，祖之尊也。夫不知收族，至有以族人爲途人者矣；不知敬宗，至有以卑踰尊、疏踰戚者矣；不知尊祖，則忘其身之所自出，而本不報、遠不追矣，無怪乎風俗之日偷也。今生偕巢民先生裔孫清柱昆仲，不惜心力，殷殷修理，損者益，缺者補，而家乘一新，蓋於敬宗收族之道三致意焉。今而後，冒氏之雲礽，凡遠近親疏，散處四方者，咸曉然於某族爲吾近支，某族爲吾遠支，而不至視族人如途人矣，不至以卑踰尊、疏踰戚矣，不至本不報、遠不追矣。善哉斯舉，誠合族之幸也。生其自勵，今日爲冒氏之柱石，異日爲國家之棟樑，余將拭目望之。"

道光戊申秋。

重修冒氏家譜序 刪

冒玉琝

我冒氏家譜，嘉慶丙子續輯，未經給發分傳，迄今三十餘年矣。琝久欲商之族人捐資刊印，奈離城三十里許，而斯舉又非一朝一夕可以報最者，心竊憾之。將見年湮代遠，派廣支蕃，喜不慶，憂不弔，親疏無别，昭穆不序，不亦大可懼哉！

今年春陬，姪孫志成、姪曾孫清柱等偕至琝家，詢所自來，僉曰："爲補刻蛀爛譜板而來也。"琝聞而驚且喜。驚其譜板爲至重之物，何爲而至於蛀爛也。喜其既蛀爛而復思補刻之，以承先緒，以裕後昆，猶可以永傳勿替，正與琝平昔之志不介而孚。爰問補刻之數若干，清柱爲述其先騎尉垂危時遺言，命柱等先墊紙工各費印行族譜，柱等寢苫枕塊，於丁未燈節稟之族長，檢查譜板蛀爛者三百餘片，因即鳩工開雕，至各村勸捐事，非公首倡不可。琝曰："善哉，爾先人懼譜牒之失墜，其爲祖宗後世慮也，至深遠矣。琝雖不敏，敢不竭蹶從事。"旋命男森同往各處勸捐，族人無不踴躍，至八月而譜事竣，行將刷印分傳矣。琝因喜不勝喜，而爲述其緣起若此。

道光二十八年歲次戊申秋八月上浣。

重修冒氏家譜序 刪

冒清柱

或有問於余曰："譜何爲而作也？"余應之曰："譜者，譜其族也，序其宗也。譜其族，則氣脈相通，無間於遐邇；序其宗，則源流有别，無間於親疎，此收族敬宗之要道也。"粤稽我始祖東林公，官元末兩淮鹽運司丞，罹僞吴張士誠之亂，遂辭妥督丞相之封而占籍如臯，藏書訓子。累傳至永宗公，修行力學，發祖父所藏秘書，披覽不輟。拜永樂購書之詔，徵聘不仕，學者謚爲潛德先生。五世祖奉直澹齋公，偕其子少參得庵公，創爲譜牒，藏之宗祊。嗣後相繼重修者，則有我八世祖雙橋公、族祖古村公，十一世世卜、宫露兩公,然終未鋟梨棗。静庵公懼文獻之失傳,於建祠後廣搜博采,付梓人而蕆事焉。然後我冒氏之譜,彬彬乎一家之惇史也。至增輯重刻,十二世慎幾公、十四世長益公、十五世帝臣公。嗟乎,以前人之創造,經歷世祖宗,繼繼繩繩,相爲拮据勞瘁,而業始大就,則後世之子若孫,不當善繼善述,慎守其緒乎?

慨自嘉慶丙子續修,實廉齋公首倡其事,主修者雲瞻公,監修者硯田、占瀛、補之、治堂諸公。譜板告成,有故未克刷印,而諸公相繼作古矣。先騎尉於道光戊戌始理祠事,矢公矢慎,整治宗祠,重修集賢里門。閱八載,爰稽祠内祀款稍有羨餘,遂與合族議修譜事。詎料先騎尉於丙午五月忽遘篤疾,呼柱等於榻前曰:"吾年逾古稀,死固無憾。第生平有未遂之志,汝曹克繼我志,我方瞑目。"柱等敬請所命,詔之曰:"家有乘,猶國有史也。我冒氏之譜,廢墜迄今三十餘載。當年已輯之編不傳,後日續修之責誰任? 爾等務刻日興工,以紹前烈,方爲幹蠱之子,我始能見祖宗於地下。"柱等泣而誌之,不敢忘。是以苫塊之餘,於丁未元春稟之族長,望仙、偉人偕從叔曾祖竹筠、簌庭,從叔祖蓉齋、崇本、陡齋、春鳴、小補,嫡堂叔音堂,從叔鳳嚴,檢查譜板蛀爛三百餘片,不勝扼腕。既而思之,平地爲山,進止在人,吾族譜板約有三千餘片,前人不憚其勞,克底於成,今十分僅損其一二,敢束手以畏難哉? 即於是歲正月,公同鳩工補刻。柱以席先公餘蔭,時肄弓矢,正譌補缺,則二弟清瑞、三弟清華任之。朝夕校勘,閱八月而告竣,今而後柱等可以對我先騎尉矣。若夫族繁支衍,嗣而續之,敬以俟後起之賢者矣。是爲序。

擬續修冒氏家譜序 寒碧堂文集

冒　澄

蓋聞萬物本乎天,人本乎祖。粤自我始祖東林公,初官兩淮鹽運丞,值元末,隱居皋邑之東陳鎮,遂占籍焉。五傳至澹齋公,始創爲譜系,六世祖廷和公繼之,八世祖雙橋公復增修之,其於本宗支庶靡不賅核,此冒氏世譜所由昉也。然雖編輯成書,未經授梓。入國朝,我族生齒益繁,且各散處四境,族祖蒙求公慮日久而文獻無徵也,于是撰述前聞,搜遺補闕,壽諸梨棗。星沙陳恪勤公見之,許爲一家之惇史,其信然歟! 自時厥後,若十二世慎幾公、十三世水芑公、十五世帝臣公、十六世文焕公皆有續刻。澄維伊古立族命氏,掌之小史,漢唐以來,乃有家乘,若年表世系考之屬,往往見於他書。

我澹齋公之創爲斯譜也，蓋仿宋歐陽氏譜法，俾我後人感知木本水源之義，各親其親，各長其長，繼繼繩繩，以相維繫於勿替也。

溯查續譜，修自嘉慶二十一年丙子，至道光三年癸未而告成，迄於今六十餘年矣。人事代謝，疇昔所稱壯者、少者，大都龐眉皓首，落落如晨星。《詩》曰"猶有典型"，是譜之所繫在人，不誠重哉！夫繼志述事，孝也；敦本收族，仁也。如其數典而忘，則又君子之所羞也。顧澄自懸車後，衰病頻年，偷息視陰，每念祖宗締造之艱劬，竊惴惴恐。今幸夙疾少瘳，爰敬商諸族尊輩暨鳳岩學博、廷立騎尉、伯棠孝廉，詢謀僉同，輒敢不辭譾陋，條列事宜數則，復濡筆爲序，用代引喤。若夫吾族後起之秀，殊不乏人，尚其劼毖，以圖搏心揰志，務使往有所繼，來有所開，湮者通之，微者闡之，殘缺失次者補綴而釐訂之，澄願須臾無死，以觀斯譜之成也。

光緒戊子孟夏。

海陵冒氏家譜序 海陵冒氏家譜卷首

冒　文

海陵，揚之屬郡也，冒氏貫海陵者也。在勝國時值吴亂，失其譜，故世系無傳焉。上世有昆季三人，一爲兩淮鹽運司丞，張士誠兵起，挈往姑蘇，封妥督丞相，拒不受，由孟瀆渡江，北抵如皋東陳家焉，是爲如皋祖；其一居海陵如故，吾祖也；其一之天長，不知所終。考始祖德新公以延祐乙未生啓之，後五十載爲昭代，中間絶無遷徙。家世業儒，雖兵戈擾攘而不輟絃誦。啓之生仲智，洪武初首膺薦舉，任州學訓導，有賢聲。歷永平及吾父封君，凡四葉皆單傳，至五世而丁始昌。今家廟祖啓之，兼追祭德新，而如皋祖致中，自啓之而下始得以世許。

於戲，古者立族命氏，有大宗一，以總統之，有小宗四，以分統之。有事則告，同其慶，偕其戚，是以族類睦，家世昌，仁讓之治興焉。自五宗之法廢，而九族之恩睽；九族之恩睽，而一本之誼涣矣。吾懼其厚者薄，尊者卑也，爰爲譜一編，藏諸家廟，俾我後人知所本，且知所以親其親云。

弘治八年乙卯冬十一月長至日。

增輯海陵冒氏家譜序 删

冒與恒

己巳仲冬長至前三日，恒增輯世譜系於宗祠，得海陵汝賢叔書云："嫡侄名類達者，學使莊公科試拔入州庠，即前入皋庠輝祖之子也。擬於新正來皋，敬謁宗祠。聞譜事將竣，先寄一册，以助續集。"讀之不勝欣躍，二十餘載之渴思頓釋於一旦，喜曷有極。適於笥中檢得先大人所贈汝賢叔序稿，又不禁黯然神傷，因亟授梓，以光宗祊。

譜内七世以上，仍照前譜序列，其生卒、塋墓、傳記，具在前譜，兹不復載。自八世而下，悉依所寄，列於續集卷六之次。其間尊卑有别，長幼有序，釐然燦然，有條而不紊。將來人文蔚起，兩地峥嵘，不特慰余等族人之企望，抑以示諸後人，俾知有同氣連枝之義云。

乾隆庚午孟夏，時年八十有八。

增輯海陵冒氏家譜序 小三吾亭文

冒廣生

光緒庚子，廣生佐揚州守番禺沈公校府試海陵，有兩冒生，曰芝書，曰景唐，皆高等，已而皆不售。後二十年己未，廣生爲鎮江關監督兼交涉使者，以公事按部海陵，與芝書晤於光孝寺。詢其世，則廣生之高祖行，而景唐爲其子，亦廣生之曾祖行也。芝書出所撰海陵族譜二卷，命廣生爲一言，廣生不敢辭。

海陵之冒，自中丞公而始大。廣生嘗閲《泰州志》，見列傳及祀鄉賢者一人，中丞公也；見選舉表者六人，中丞公外，曰哲，曰文，曰良，曰彧，曰爵；見封蔭表者一人，曰鑑；見列女表者内外各一人，曰明遠妻顧氏，曰韓大爚妻冒氏。其河渠門則有楊冒河海安鎮東北，内通串場河，疆域門則有冒花墩東南隅、冒家池正南隅，而中丞公方伯坊則在州城大寧橋東。又《海陵文徵》有中丞公所撰《西溪三賢祠碑記》一首，近三百年而稍稍衰竭矣。然芝書祖曰琴堂，父曰同慶，諸父曰篤慶，皆爲博士弟子，有聲庠序間。又其八世祖曰尚智者，萬曆、天啓時嘗爲襄陽郡司馬，汝九太守《逸園詩》有七律《贈繩翁叔祖》，繩翁即司馬也。芝書此譜，析如皋族譜之第十三卷，而續增其十四世以下、十八世以上，條分縷貫，以爲吾皋異日修譜之資，其用力勤，其用心爲仁且孝。

顧皋譜當時亦太簡，謹舉廣生所知寫其關於海陵者，得嵩少憲副《先踵承請謚揭》一首，陳繼儒《書請謚疏後》一首，董其昌《書冒中丞實録小傳後》一首，陳鳳梧《江夏儒學記》一首，張承仁《與南皋别駕登郡樓詩》一首，汝九太守《贈繩翁叔祖詩》一首，又中丞《西溪三賢祠碑記》一首、《冒氏家譜序》一首、《書伯兄文瑞先生制誥後》一首、《寄廷和姪書》一首、《題版曹承訓圖》一首、《題選部從游圖》一首，又詩四首，又中丞公子良詩二首，以復芝書，俾子孫誦芬於無替也。

河東冒氏家譜序

同里　丁其譽斐公

粤稽冒氏之先，出自殷王子期，受封滎陽郡冒鄉，其後因以爲氏。唐有太尉諱燁，宋有御史諱湜，神明之胄，間一見於記載，代遠年湮，世系無可考矣。洎元季罹僞吴之亂，時則有友松公諱檜者，由常熟始遷如皋之東陳河東家焉。於洪武二十一年戊辰歲，以明經召對，公上書曰："九州墳壤不一，貢賦不齊，若必欲均之，令天下重足而立。"上納其言，授職諫垣，秩滿陛陞，歷官至廣西道巡按御史。後以敢諫犯顔，章三上，謫戍廣寧。猶子茅庵公諱集者，義勇過人，請以身代補伍。不數年，上思其賢，召復原官。垂老聞命，力疾就道，甫抵京，卒於邸舍。上痛惜之，加恩賜卹，以旌直臣。反葬回里，子孫丘墓相依，世守禋祀，迄今三百餘年，相傳一十三世矣。服先疇，食舊德，繼繼繩繩，國藉十世之基，家承百年之業，有明中葉以來，詩書被澤，秀彦聯翩，保世滋大，寖熾寖昌，豈非祖功宗德之明驗歟?《書》云"作善降祥"，此之謂也。當時有東林公諱致中者，仕元官兩淮鹽運司丞，退居如皋之東陳河西，夾河而居，遂有兩河東西之别。世俗相沿，稱呼猶存者强半。河東冒氏，則皆友松公次子、明永樂乙未恩科副榜少松公之裔也。其長子乳松公，官燕王府長史，子孫已占籍順天矣。而占如籍者，十傳至汝明君，讀楹書，纂鼎銘，導揚先祖之美，思以佑啓後人，與兄貞卿君於暮春閏月，持先世譜卷遺稿示余曰："惟翁誼屬世交，且忝至戚，吾宗事略非翁其孰悉之。願乞一言爲序。"予一展閲，不勝今昔之感，稔知爲省魯公之手澤。省魯公生平敦篤能,善繼述,曾有建祠創譜之舉,未竟厥志,今汝明乃九世翁敬川之似也。敬川公與先嚴髫年莫逆,世聯姻好,爲余仲兄外舅。且公温良渾樸,德行素著,享齡九秩,耄期稱道不亂,望七暮年,方育此兩似君。恂恂秩秩,名振膠庠,紹累葉之書香,創千秋之大業,益徵天之報施不爽,克家有令子,斯亢宗得偉人焉。

此族譜所爲作也,譜經數賢手定,討論修飾,規橅先正歐蘇體裁,編其世次,載其名諱,録其嘉言懿行,以及塋葬之山向、婚姻之姓氏、生卒之年表,井然在目,如視諸掌。猶著某也賢、某也孝,則列而贊之,論譔其美,俾後世數典毋忘,不致遺晋籍談之譏也。若或服遠情疎,喜不慶,憂不弔,昭穆無别,長幼無序,得睹斯譜,則水木本源之思必油然而生矣。嗚呼,瓜瓞綿綿,本支百世,爲冒氏之後者,當共撫卷流連,嗣而葺之,以承先志,以裕後昆,子子孫孫,勿替引之,豈非千百世盛世哉! 是爲序。

清順治十六年歲次乙亥七月望。

河東冒氏家譜序

冒 霽月王

今夫百川之水,淵源合而流派分,千章之木,根本同而枝幹異,此自然之理也。皋之有冒氏,亦猶是焉已矣。吾宗自明御史友松公以降,三百餘年,繩繩繼繼,確有端緒可尋。自友松公而上,其發迹江南者,邈不可稽焉。自友松公而下,其占籍順天者,遠莫能致焉。謹按少松公依次繼續,十餘世來,族兄省魯倡議以宗譜爲己任,手鈔未竟而卒。吾弟貞卿撫膺太息曰:"吾宗譜迄無完册,失今不修,後代支派蕃衍,更不知從何處蒐輯也。"乃郵書商之於余,余曰:"唯唯,誠急務也。欲流之遠者,必清其源,求木之長也,必正其本。承先啓後,莫大於譜,譜有著述,儒者事也,非吾弟其孰任之?"弟聞言,聚族而謀,先爲清源正本之論曰:"譜者所以傳世也,傳之而失實,何譜爲? 吾等係友松公之裔,吾譜中所録者皆其子孫也。其非友松公之裔,雖里閈密邇,掇巍科,登顯仕,代有達人,緣先世昭穆未辨,不敢强爲攀附。非拘也,蓋言慎也,慎以紀吾之實而已。"族人皆韙其言。於是廣爲采訪,確切審查,編訂成册,閲數寒暑而功始告竣。余去鄉日久,而且遠宦滯滇省,不獲以琴堂之暇略贊一辭,助爾添修,殊自愧矣。想我族人,應共諒之而不余責云。

順治十六年乙亥七月。

河東冒氏家譜序

冒　朗貞卿

作譜猶作史也，史有闕文，孔子猶幸及見之，則譜牒之作，於其所不知，概以闕文置之可矣。吾族居東陳鎮，相傳十餘世，而譜牒未編，其無可考者，不知凡幾。惟自友松公以來，猶得逐世而敘之。吾與汝明弟按省魯兄譜稿，廣爲蒐輯，創成是譜。以友松公爲始祖，自公而上，世系莫得而詳焉。惟邑志所載，有諱嵩字中岳者，則友松公之叔也，壽百有六歲。明太祖時，史邑侯播，持身廉潔，九年任滿，公赴闕，借留復任，得邀俞允。太祖行養老引年禮，尊爲上壽，賞給冠帶，以公正之額獎之。夫既爲友松公之叔，則列之世系中，必考明友松公之祖，若考而後，挨次而下，方爲合例。否則世系旁及，恐紊昭穆之序矣。世系不可旁及，而列傳之例又豈可旁及乎？故余不爲之立傳。然生於其後者，於中岳公之碩德高年，竟付諸後世無傳之列，則又難逃數典忘祖之誚也。吾故補述其事，而特於譜序中詳之，莫憖遺一老，載筆者庶無缺憾云。

順治十六年己亥七月。

河東冒氏家譜序

陳文海

國史寓褒貶，所以秉公道也，而國人之書於史者，雖世家不過二三焉。邑乘廣采訪，所以紀舊聞也，而邑人之載於乘者，雖大族不獲四五焉。然則世家大族，世凡十易，户以千計，不皆有位於朝，有功於國，有名譽於鄉黨州閭，史不書，乘不載，而欲標其名號，序其等差，署其行誼、年壽，舉一姓人人而登之，舍宗譜其何以哉？譜者族之史，而例寬於史家之乘，而事詳於乘也。昔曹魏立九品中正之法，凡百官族姓之有家狀者，必上之官，以備考定，以資選舉，今之譜牒即昔之所謂家狀也。資選舉云者，凡清流望族，藉是以識別之耳。且山林高隱與夫田野畸人，其一言一行，足爲子孫法者，登之譜而垂諸無窮。後起者賢，繩其祖武，繼志述事之孝胥基於此，則觀家法之善不善，其子孫之賢不肖，可推矣。

余嘗留心風俗，下車伊始，即聞冒氏爲皋邑望族。及蒞政三年，以訟牘折諸公庭者，冒氏甚是寥寥焉，而敦行飭履，純謹無事，冒氏之族尤以友松公之裔爲最。吾知其祖宗之家法，必有大過人者也。壬寅夏，别駕冒君黄中以譜事告竣，請序於余。余聞之，得其流風遺澤之大凡，益信族多君子有自來矣。黄中語余曰："吾族之譜，創自順治己亥，迄今甫六十餘載。而遽加纂輯者，不特世系之宜續，族中高人逸士，其嘉言懿行，既不登諸史乘，不傳之家狀，如湮没何?"余曰："君之志可謂嘉矣。《韓子》云：'莫爲之前，雖美不彰。莫爲之後，雖盛不傳。'況高曾規矩，作述相承，其關係垂裕之謀，尤非淺尠矣哉。"爰綴數語而弁諸簡首。

康熙六十一年歲次壬寅十月。

河東冒氏家譜序

冒　贊黄中

自來光前即裕後之謀，收族乃敬宗之義，則世譜尚焉。若駕虚僞飾，是誣其宗祖而欺其後人矣。吾族御史公諱檜字友松，自元季占籍如皋之東陳，歷三百餘年，族稱繁衍。順治己亥，諸父省魯、貞卿兩公曾編輯世系成帙，至今六十餘載，子孫散處四方，覿面不相識者固多，而支派不知者亦復不少。先大夫心竊憂之，因涉歷宦遊，王事鞅掌，不暇治及私事。兹值邑族之世譜彙編將竣，余敘而合焉，得承先君之志，以聯吾族之誼。所慮采訪難周，未能逐户清查，備詳顛末，自我一世以後，字諱娶配不免缺憾之遺，容俟補編。非余敢有懈志，因時期迫促，望鑒苦衷。惟冀後之賢者，踵承而繼輯之，以光大前烈。是爲序。

康熙六十一年壬寅十月。

如皋冒氏世系圖序 家譜

冒　訓

世系之考，所以序昭穆也。昭穆分而世次明，世次明而等胄辨，上下千載，長幼親疎，展卷而見。《周語》曰“十五王而文始平之，十八王而康克安之”，歷歷指數，何其明且晰也！《國語》曰“工史書世，宗祝書昭穆”，此意此德也。夫太史公著爲世表，衺上旁行，經緯分明，遂使歷代姓字稱名瞭如指掌。漢有六典九廟，子孫其族五十有九，光帝一族，景帝六族，元帝三族，高祖二十一族，太祖十三族，高宗六族，中宗四族，睿宗五族。藉非爲之世系，則此曰天潢，彼曰玉册，何從而得所表章毫髮無舛繆乎？後周武帝敕鮑宏修周皇室譜三篇，曰帝緒，曰疏屬，曰賜姓，世系亦至顯至易。唐太宗令高士廉等責天下譜牒，參考史傳，定爲《世族志》，有九等，曰檢正真僞，曰進忠賢，曰退悖惡，曰先宗室，曰後外姓，曰退新門，曰進舊望，曰左膏粱，曰右寒畯，豈特崔、李、鄭、盧、薛、王、穆、陸犁然燦然矣哉！有宋之玉牒，命名有五，一曰玉牒，以編年之體敘帝系，而紀其歷數焉；一曰屬籍，序同姓之親，而第其服絶之戚疎遠近焉；一曰宗藩慶緒録，辨譜系之所自出，而别其名位品秩焉；一曰仙源積慶圖，考定世次，枝分派别，而系之本宗；一曰仙源類譜，序男女、族姓、婚姻及官爵遷敘，而著其功罪生卒焉。其他若廬陵，若眉山，若涑水，若滎陽，莫不家自爲書，且間于聞人著姓詩文全集之首，或定之世系，以不末其所從來，或詳之世表，以細道其所由名。故後魏之八氏十姓、三十六族九十二姓，皆得滴滴追原，班班可考者，世系爲之也。

我始祖以僻姓甲處海濱，距今四百餘年。其間文苑武勛，忠孝賢俊，光垂國史，詳載邑乘者，代不乏人，大江以北，大淮以南，稱鉅族焉。要皆以耕讀爲本根，以忠厚爲坊表，或出或處，介然不易其素。先王父别駕公恪承前志，與族之年高德邵、敦本抑末者，如静庵公、慎幾公、鑄錯公、予懋公日相聚處，鳩工庀材，創建宗祠，議置祭田，俾世世子孫知講宗法。譜牒之刻，静庵公實主其事，慎幾公又繼成之，可謂毫髮無遺憾矣。但以族姓蕃多，前譜速於告成，播遷靡常，後譜難以遍歷，余嘗欲與帝臣輩詳加考核，重爲正定，以佐前人所未逮，而未之暇也。

乃帝臣忻然起舞，輾然色動，近考遠稽，自夏徂秋，獨處一室，手不停披，成此世系一册。余爲詳閲幾過，不禁掩卷嘆曰：“吾姪勤學好問亦至此乎？是唐宋之留遺也，是漢魏之真境也，是工史、宗祝之掌故也，世系考而昭穆序矣。”爰喜而爲語以世系所自昉，而並樂道帝臣所以作世系圖之繇。家乘有成，其首功矣。是爲序。

時乾隆二十有一年十月十六日。

冒得庵嵩少兩先生年譜序

沙元炳

予夙治鄉，聞古先生言行，多所甄采，而於冒氏獨微，以疚齋能自爲之也。疚齋導揚先德甚懃，所輯一家藁書至百數十卷，積几桉齊頷，得庵、嵩少兩先生年譜成獨後。兩先生者，行義勛業，皆足表襮於後世，而《明史》故無傳。得庵當服官之年投劾歸，養母十二年而母始殁，先生旋以憂悴終。綜其內行，殆所稱慕以終身者邪？嵩少抱安攘之略，卒遘國難，匿曜不出，亦抗志君子也。古人著書，必其中有堙鬱不能宣之隱，乃或發爲聲詩以紓其憤懣，或掇拾前人行事，略考其得失，藉以自鏡，使讀者即古以驗今，觀其言而亮其志。疚齋少孤，事母謹，每事必如母意之所嚮。既需禄以養，不幸又處可以棄禄之時，嘗自謂不得已而仕，必與母俱終也。而二譜之作，乃成自堊室，疚齋自方兩先生者，意不能無媿焉。雖然，疚齋之自爲媿也，其即疚齋之志也夫。

癸亥六月。

冒巢民先生年譜序 籀廎述林

瑞安　孫詒讓仲容

家史之有年譜，猶國史之有年表也。桓君山謂太史公三代世表，實效周譜，彭城《史通》亦謂表譜相因而作，然則表之與譜，固同原而異流與？然唐以前國史有世表，有年表，而家史則有世譜，無年譜。先秦傳記之傳於今者，若《晏子春秋》之類，最録言行，蔚成巨編，而未有分年排次，故讀其書者多不得其先後，間有一二可考者，亦多歧啎，莫能論定，則以無編年之例故也。自北宋人以陶杜之詩、韓柳之文按年爲譜，後賢踵作，綴輯事迹以爲書者日多，於是編年之例通於傳記，年經月緯，始末昭焯，此唐以前家史所未有也。蓋名賢魁士，一生從事於學問論譔之間，其道德文章既與年俱進，而生平遭際之隆污夷險，又各隨所遇而不同，非有譜以精考其年，無由得其詳實。即一二瑣屑軼事，亦其精神所流露，國史家傳所不及詳者，皆可摭拾入之年譜。凡史傳碑狀紀述舛午不可治者，得年譜以理董之，而弆然如引繩以知矩也。余治《禮經》，嘗疑鄭君《禮注》與《詩箋》説多駁異，讀山陽丁氏《鄭君年譜》，乃知其箋《毛詩》在中平以後，而《禮注》先行，所據者三家《詩》也。又嘗疑陽明《朱子晚年定論》之不足信，讀白田王氏《朱子年譜》，綜考論學之年月及朱陸往來商榷之踪迹，而後較然得其移易附會之誣。然則年譜之作，雖肇於宋，而實足補古家史之遺闕，爲論世知人之淵椒，不信然與?

如皋冒巢民先生，在明季以風節文章負海内重望，主持文柄，與復、幾二社抗行。身丁九戹，排擊奸佞，南都防亂之揭，名震一時。滄桑以後，邈然高蹈，不應鴻博之薦。其志節既爲勝國遺老之後勁，而詞藻之美、著述之富，於康熙詞科諸君亦足相輝映。以遺書傳播甚少，無由綜緝，未得登國史文苑之傳，高文亮節，鬱而未彰。其族遠孫鶴亭孝廉，始桴集其遺文及地志家牒，緝成年譜一卷，誦芬述德，其事甚盛，非徒以鉤稽排比爲傳記家言也。

詒讓曩嘗攬涉國初遺聞，於巢民先生最所欽服，而恨未見其傳書，不能考其事迹之詳。去冬，鶴亭以就婚瑞安，出所著譜見視，乃得饜平生晞慕之志，竊用自幸。鶴亭以妙年舉鄉薦，所學甚富，所著文奄有陽湖、宜興之長，尤工爲詞，夢窗、白石可與共論，他日所造殆未可量，而斯譜尤其矜慎之作。余所見名賢年譜幾及百家，若竹汀錢氏三洪、王、陸諸譜之簡要，石洲張氏顧、閻兩譜之詳核，其尤箸者。而鶴亭斯册，酌乎詳略之中，足以兼綜錢、張之長，世有精於史例者，當自知之，固無俟余之揚搉矣。

光緒丙申孟陬。

先墓記略序 删

冒與恒

續修譜牒，原按前刻各世系添注子孫名諱、行次、娶配、前程，以及誥勅、旌表、墓考、傳文、序記，俾後之子若孫知祖功宗德，昭昭耳目，有某公之某子、某孫蕃衍盈盈，又有某公之某子、某孫能光祖德，恍然悟因功致福，以德獲報之不爽。惟是兢兢業業，期無忝於先人，以克繩乎祖武，庶幾族譜之續自非虚設。

因念我族一世祖而下，三、四兩世即行分葬，世遠人湮，後之子孫漠然不知先遠祖考妣塋墓，並不知某某出何支派，遂至荒郊蔓草中茫無以辨，過墟思哀之義昧焉罔識。噫，報本追遠之謂，何其略而弗講也！元末至正朝，我始祖東林公辭官歸田，見夫東陳鎮沃壤可居，身後即葬于賈公廟前。官河之南有朝南塋兩座，風水攸長，子孫蕃盛，即基於此。正塋爲始祖墓，溝西荒塋爲三世永順公、子彦珍公墓。前譜内固有各冢可稽，然無續記傳接，而塋墓之缺略難考。今再注明兩塋世代位數，其有不在此塋内者，後世子孫亦須照依分葬之處，確查明白，使無遺漏，曉諭後人，使之事死如生，事亡如存，春秋匪懈，享祀不忒，亦籍以溯本窮源，即始見終，恍然知一脈傳流之誼不少間斷，於人心獨無快乎？

先墓記略序 小三吾亭文

冒廣生

廣生先世，蓋元鎮南王脱歡後云。再傳有東林府君者，嘗爲兩淮鹽運使司丞，元亡隱如臯，氏曰冒，爲受姓之始。東林府君生仲彰府君，仲彰府君生永宗府君，永宗府君生彦釗府君，四世卒，皆葬東陳。永宗府君者，即永樂朝奉詔進書，璽書褒美，學者稱潛德先生者也。嗣是曰贈福建布政使司左參議文瑞府君，曰肥鄉縣主簿廷儀府君，兩世卒，皆葬萬花園。曰益王府引禮舍人坦齋府君，曰南京光禄寺監事履之府君，曰國子監典簿桂亭府君，三世卒，皆葬八里莊。曰太學生沖宇府君，曰鴻臚寺序班禹濤府君，曰太學生麟洲府君，曰松韻府君，四世卒，皆葬瑶塢潭。麟洲府君始居白蒲，故松韻府君之子奇峰府君、奇峰府君之子渭舲府君、渭舲府君之子湖北荆門州同葵原府君、葵原府君之子廣東開平縣知縣伯蘭府君，皆葬白蒲之姚家原。伯蘭府君生五子，長曰江西德化縣知縣月川公，次曰廣東廉州府知府哲齋公，三曰廣東鹽運使司批驗大使文川府君，廣生祖也，四曰雲南麗江府知府小山公，五曰廣西河池州知州芷卿公。文川府君生廣生父，曰福建按察使司經歷子端府君，兩府君皆葬茂頁莊。

自東林府君至子端府君，凡世十九；自東陳至茂頁莊，凡塋六。古名卿碩士，其墟里墳墓常湮没不可究詰，今世所稱大人先生，崛起一時，詢其五世以上，則茫如矣，十世以上，則愈茫如矣。此無他，陵谷之遷移，風雨之剥蝕，兵戈水旱之摧殘，欲其能數典也亦難矣。元、明以來，世經再嬗，而吾冒氏能以詩書仕宦世其家，以保我祖宗之廬墓，不其幸歟！

嗚呼，廣生少隨先人宦嶺南，長而橐筆四方，其於故鄉，席未嘗煖。歲時伏臘，酒一卮，豚一肩，麥飯一盂，或未能親致於墓前。老成之人，又日凋謝，徵文考獻，同志則難，故記其大略而序之。

光緒二十二年三月。

第二册

序

如臯冒氏叢書序 如臯冒氏叢書卷首

德清 俞　樾蔭甫

冒氏不詳所出，或云殷王子期封於滎陽郡，郡有冒鄉，因氏焉。然考之《左傳》無所見，殷時亦未有滎陽郡也。韓慕廬先生爲潛孝先生墓誌，但云始祖致中爲元兩淮鹽運司丞，是運丞即爲冒氏始祖。愚按：《元史・小雲石海涯傳》，父名貫只哥，海涯遂以貫爲氏，世所稱貫酸齋也。又《戴良集》有《高士鶴年傳》，言其曾祖阿老丁、祖苦思丁、父職馬禄丁，而《元・藝文志》有丁鶴年《海巢集》，是即以丁爲鶴年之姓矣。疑元人自有此得姓之一法，冒氏蓋亦此類，慕廬先生所言當得其實。

自冒氏興，遂爲如臯望族，代有聞人。世徒知巢民先生爲明季四公子之一，以文章氣節負海内重名，而不知其一門鼎盛，簪笏傳家，著述壽世，數百年來後先輝映，雖王、謝、崔、盧固無以踰之矣。顧惟巢民先生所著述詩文，世間尚有傳本，此外多湮没於蠹朽之中，零珠碎玉，不可收拾。嗟乎！記人有言：先祖有善而不知，是不明也；知而弗傳，是不仁也。爲子孫者，其可蹈此不明、不仁之咎乎？

鶴亭孝廉乃冒氏後來之秀也。其曾王父伯蘭先生知廣東乳源縣，戕於賊。厥子筱珊先生復宰乳源，竟得賊而置之法，一時士大夫歌咏其事，以爲美談，是又冒氏一盛事也。鶴亭躬承其後，不敢遏佚前人之光，乃裒集《冒氏遺書》，凡若干種，將彙刻以行於世，而乞余一言序之。聞巢民先生生於明萬曆三十九年三月十五日，而鶴亭亦以三月十五日生，似非偶然。此書也成，吾知冒氏之族日以昌，冒氏之名亦日以著，非酸齋貫氏、海巢丁氏所得而望矣。

光緒庚子五月，時年八十。

冒氏叢書後序

江寧 吴廷燮向之

司馬中令、班護軍之自序詳述世德，兼及撰著。沈僕射所著則更爲賅洽，於義成太守、漢壽、懷伯諸人之卒，皆備列所著詩、賦、頌、贊、教、記、白事、牋表之數，蓋爲後人者不敢忘先人之德行、文學，而必思有以傳之者何，所以盡孝悌之道，而發潛德之幽光也。然非其先代有高世之節、不可朽之著作，則亦無以成其後人之孝悌，而發幽光於宇宙。

同年如皋冒君鶴亭廣生，以文學、氣節稱於清季，睥睨於杜陵、香山之間，出入於昌黎、廬陵之體，貞不絶俗，行義卓然。今有《冒氏叢書》之刻，則可謂能補昔賢之缺陷，而樹來哲之模範者也。夫歷代以德行、文學世其家者多矣，然能以家傳、家集顯諸世者，已如景星慶云之昭，威鳳祥麟之出，況於彙先代之著述，而成爲一編，又付諸手民，而使與日月經天、江河行地之同其壽乎？則固昔之述家風、陳世德者所引爲缺陷，而知斯後之孝子順孫欲彰先代之德行、政事與文學者，固舍此莫由也。廷燮敬鶴亭追遠之意與顯親之懷，整衣冠、端容貌，而後敢繙誦，若都憲、參議之治績，伯麐、巢民之高節，《馭交記》之遠謨，《枕干録》之奇孝，可以驚風雨、泣鬼神、維禮義、輝紘極者，雖不敢謂絶類離倫，世域罕見，而要以成後人之孝悌，發幽光於宇宙者，則固未有所極也。若夫詩文諸集、《宣爐注》諸書，皆有不可朽之實，而與行義相彰，然非鶴亭之盡力搜輯與雕梓，則將莫由見之，莫由傳之。於是知鶴亭之志猶馬、班諸公之志也，世之君子其取則焉。

丙寅九月。

冒氏一家言序 家譜

冒國柱

天地間皆詩料也：和風甘雨、淡云皓月、千巖萬壑、岸芷汀蘭，無在不可以助我嘯歌之興。故古者，上自公卿大夫，下至婦人女子，莫不即景抒懷，觸事寄意，《三百篇》

中，可考而知也。

吾冒氏自東林公以儒起家，再傳至潛德徵君，藏書萬卷，身膺天寵，而冒氏之文獻遂爲當世艷羨焉。今吾冒氏傳一十九世矣，其揚風扢雅、拈韻調聲者，不一而足，篇什之富，難更僕數。乃世遠年湮，編殘簡斷，居今日而溯前徽，不免致慨於河漢之難尋。嗟夫《華黍》、《南陔》名存寔去，郭公、夏五缺略尚多，前人有知，未始非遺憾也。柱用是惴惴焉，惟隕越是懼，爰輯志乘所載，以及先集之僅存者，彙而登之；并今日之能詩而未出以問世者，亦入集焉；更有香閣之中閑操柔翰者，並附於末。爐扇凡再，更得詩如干首，顔曰"冒氏一家言"。千狐之腋，集以爲裘；萬蠶之絲，聚而成錦。文脈書香，引之而不容替；水源木本，溯之而不可諠。柱之心其亦少慰矣！蓋嘗即斯集而論之，見夫或姸秀如春花秋水，或雍容如鳴珂佩玉，或豪挺如岸幘虬髯，或蕭疎如閑雲野鶴，雖風致各殊，而其適性怡情則一也。或簿書戎馬，寫忠悃於鞅掌之餘；或泉石烟霞，寄嘯傲於箕潁之鄉；或晦明風雨，寓交情於贈答之中；或抑鬱窮愁，抒悲憤於流離之會：雖境地各别，而其發揮風雅則一也。而余之爲斯集也，其詩篇僅存者，則一字弗遺，得吉光之片羽，即無異於天球大赤也；其卷帙浩繁者，則聊登數首，睹曲水之停泓，即有以知滄海之汪洋也。雖損益不同，而表揚世澤之心則一也。此《一家言》之所由集也，而吾於是重有感焉。

每見好古之士得前人之法書名畫，則寶而藏之，雖火齊木難不能過，而於先人之詩文則不然，存不爲什襲，没視爲故紙，鮮有較訂詳明、裝演精好如愛前人之書畫者，甚有瞠目而不能舉其名者矣。有徒知其名，而未見其集者矣。又或瀼西之遺室未毁，而鄴架早散雲烟，令威之華表再歸，而雅製已疥牆壁，此貽譏千古者，不獨在北山李氏也。余今日者，非敢謂前人之遺澤籍余以不朽，亦願人以愛前人書畫之心愛及詩文，俾先人一綫之留，不致凋零磨滅，同歸澌盡，致啓後人憑弔之端，是亦可以告無罪於先人乎？余故因論詩而並及之，以爲吾冒氏之後人告，且以告天下之凡爲人後者。

時乾隆丁卯五月。

如皋冒氏詩略序 如皋冒氏詩略卷首

海豐　吴重憙仲懌

吾濟張用和中丞與冒有恒中丞同中明成化十一年進士，同於正德朝以廉直迕劉瑾被逮，同於瑾誅復官，載于《明史》。是濟人與冒氏締交之始也。冒氏地靈人傑，蔚爲大家，自潛德先生佑啓後人，水繪極其盛，萁原集其成，名世偉人，相繼代出，聯翩著述，霞蒸雲起。鶴亭京卿乃輯冒氏詩詞爲一集，屬重憙敘之，不敢以不文辭。

古之萃一家言成集者，《竇氏聯珠》爲最著。嗣是，《三孔》、《三劉》、《二程》、《三蘇》均著聲北宋，金段氏之《二妙》，明錢氏之《三華》，亦相繼代興，收録《四庫》。古人敬宗收族之意，後人於以爲嚆矢焉。今京卿收冒氏之詩詞，自永樂迄今五百餘年，發幽殫懿，搜剔叢殘，爲《詩略》十四卷、《詞略》一卷，列名者至八十六人，存詩詞至一千一百七十首。凡成一家之言者，可謂無與比隆者矣。重憙幼讀孔綉山侍讀所輯《闕里孔氏詩鈔》，顯晦並著，幽隱畢宣，心焉慕之。里居時，鳩集《海豐吴氏詩鈔》爲四卷，以步趨其後；獨山莫友芝氏亦輯莫氏家集，謂黔西詩學莫盛於潘氏，始明萬曆，迄國朝道光二百餘年，風雅相續。以視冒氏，瞠乎其後乎？阮文達公輯《淮海英靈集》，得冒氏詩僅四家。即《江蘇詩徵》所録，亦衹二十二人。觀於此集，益以徵京卿搜輯之勤，既獲多篇，復考事實，廣徵博引，使冒氏家學如貫珠，世系如指掌，收族之功，詎不偉哉！重憙幸得敘京卿之書，又濟人與冒氏之重締文字姻緣也，幸何如之！

宣統三年辛亥五月中浣。

冒伯麐詩序 王季重九種集

山陰 王思任季重

伯麐長予近十歲，萬曆中邂逅何景曜家，一見莫逆。已而，數過太沖阮氏，杯酒論文甚歡。適伯麐著一緑緼袍，容儀不整，疏步高譚，笑自謂貌寢不當得功名。予謂蔡澤亦可兒。伯麐曰："以口舌自求相印，猶之妾婦耳。"是時，伯麐爲忌家所中，削去秀才，不屑也。既予倖一第，三爲令，一領雲司，伯麐未嘗過而問焉，有筒［簡］便數行，相思已耳。

今年伯麐死。病革時，挈全詩付其猶子，如太白囑陽冰事，且要之："必以山陰王季重序我。"嗟乎！生死交情，一至此耶？近日後生狂亡賴，輕罵王元美，不知先生是坡公後身，肯引進後輩，卻不輕許後輩。先生言詩，生平心折者三人：一爲俞仲蔚，一爲胡元瑞，一即伯麐。仲蔚五言，已入聖域；元瑞比擬錯綜，詩有唐骨，似乎法老於才；伯麐自漢魏至宋元，皆食其蜜而遺其滓。其所爲詩，如海雲獨鶴，古洞鳴泉，突口間來，致多於韻。盧次楩賦奥而詩不成，謝茂秦詩佳而人未品。伯麐守窮餓，一博山鑪自供，異書數卷，朝夕元對，所至減竈辭肝，不知天地間何者美好。骨傲而不肆，意狷而不僻，間或酒酣耳熱，高咏閑情，託思好色，點綴水鹽，隱映鏡月，亦借此以豪其吟咏。阮籍卧鄰女傍，實無意也。伯麐人與詩並是峨眉巑嶭，有明傳高士，伯麐定當首據一席矣。嗟乎！峨冠大肉，其湮於荒草殘碣者何限，生前有詩，死後不堪瓿覆，視伯麐所得孰多？人患自不能傳耳，不患貧與賤也。

冒伯麐詩序 大泌山人集

京山 李維楨本寧

文人相傾，遂成結習。《獨異志》云："梁沈約心僻惡，聞人一善，如萬箭攢心。"余詳考其素行，實不然。約善謝朓、王筠，詩取張衡、子光，愛曲江公子，幾稱韋纂於梁武，"學非臣輩"，裴子野著作，"吾弗逮也"；美朱異文義，一日三復何遜詩不已，貴劉勰《文心雕龍》，常陳几案，共劉顯策事，不嫌示短。劉杳作鍾山宅贊，喜覺地增十倍，書何思澄詩於新構閣壁，以謝靈運辟塵帳名其香爐，又恒言王有養、炬，謝有覽、舉。生平不矜己長，好善憐才，宏奬後學，俱著姓氏，雜見史傳、小説中，不一而足。雖與吴均、劉孝綽謔浪語，亦自成趣，而鍾嶸第約詩，抑在中品。説者云嶸嘗求譽於約，約拒之，此品實出宿憾，或即悠悠之譚出忌口耶？史稱謝元暉詩、任彦昇文，約兼有之。邢子才北士無雙，極服約文用事不使人覺。梁武帝謂詩多而能者約。任昉好著詩以傾沈，終有才盡之嘆；張率詩託名約，虞訥便爾嗟稱。庾肩吾述簡文書"約文章冠冕，述作楷模"，當年定論如此。即嶸稱約一時之選，見重里閭，誦咏成音。品或任臆見軒輊，不必報憾也。

友人冒伯麐，海陵才士，知名三十年，其序王先民詩，盛有所稱引，先民當之無愧。而伯麐不靳游揚力，若欲吹嘘上天，至談海内大方家及後來之彦，片言隻字合作，擊節賞之津津，不啻口出。余嘗深味其言，以爲有先進長者風。比見伯麐詩，故自不凡，乃知古人虚其心、實其腹，若江海爲百谷王，以其善下。夫才，天下之寶也，當與天下共之。既以爲人，己愈有；既以與人，己愈多。人實有心亦實有口，豈一人相傾之言，能塗天下萬世耳目？好詆訶人，徒自居薄耳。伯麐能詩，是以知詩；能服人詩，是以能爲勝人詩。《竹林(話)[詩]評》約詩："閶闔疏鐘，建章清漏。不棘不舒，有節有度。"此可評伯麐詩矣。"惟其有之，是以似之"，斯之謂乎？余服膺伯麐高誼，因采約諸事，萃而書之，與伯麐並傳。温柔敦厚，《詩》教應爾，古今人寧渠不相及也！

冒伯麐集序 大泌山人集

京山 李維楨本寧

世不患無才。士驕而好上，人妬而相傾，闇而不知取衷，奚貴焉？初，余見伯麐序王先民詩，嘉其服善。既見伯麐詩，知其能用善，喜而爲伯麐詩序，取沈約事相方。約生平服善一節最過人，以他疵掩，有感於伯麐，小爲之表白云耳。已而，見伯麐所爲古文辭，則益賞異之。奈何比伯麐於約？蓋約亦嘗言文貴三易：易見事、易識字、易誦讀。姚察稱其高才博洽，遷、董之亞，而世所傳《宋書》頗不稱，惟易之一字故在，以擬伯麐，伯麐不受也。其游吴越間，所最心服爲王元美、屠長卿、王百穀三先生。元美變化神奇，長卿博大贍麗，百穀清新妍巧。杯酒譚讌，諷誦數十百篇，鑒裁品目，悉出獨得之見，不與俗同，故其文有元美之變，可以幾化；有長卿之贍，可以入大；有百穀之新，可以用巧，休文三易不足道矣。古者文一而已，今人以無韻之文爲文，以有韻之文爲詩，而又有詞賦之文、舉業之文。詞賦、舉業分道而馳，諸家遺集汗牛充棟，而詩與文兼長，自三先生外，殊不數見。伯麐文賸詩，舉業之文不在詞賦下，洵哉才士！蓋少爲諸生，知名淮海間，而禍生肺腑之戚，隱忍不言，覆没二十餘載，遂得專精古文辭。與三先生游，而深好之，其師承正其法戒。審其攬采宏，其結撰深，固宜絶倫逸群也。伯麐又言謝曰可比部古文辭爲藝苑宗，工舉子業復類是，宜布在學官。余謂伯麐服善一念，萬善所從出，終身由之不盡，在《易》惟《謙》六爻"无咎"，伯麐受益，未可量矣！

冒伯麐詩集序 冒伯麐詩集卷首

同里 張玉成

廣陵，文獻之區也。卓犖環瑋之才，人不數得，而代不乏人，則其才難，其地靈也。

故枚叔壯八月之濤，淮南高二山之望，孔璋鷹揚，子綱雄伯，閔生推南金之實，北海握干將之利，千載而得一士，猶之接踵。明興右文，龍驚胥奮，北地信陽，崛起憲、孝之朝，弘脩大業，則有朱升之、儲静夫，若景、趙諸君子翺翔其間，斌斌稱最盛焉。世廟時，歷下、弇州中天應運，狎主齊盟，則有子相頡頏千古。乃今益蒸蒸多才，而吾友伯麐稱巨擘云。

伯麐秉曠世之才，經目諷口，兼覽載籍，髫髫時屈首事博士家業，而博士家業爛然治也。即肆餘力爲詩古文詞，而詩古文詞絢焉奇也。騏驥千里，過都歷塊，蹀躞浮雲，天下事何不可爲乎？而忌才者耽耽矣。歲在己丑，中傷市虎，遂敝屣棄諸生。既廩，鼓篋而爲四方遊，時甫踰弱冠耳。入吴，以謁弇州先生。先生嘆異久之，曰“廣陵而復有冒生乎，則益動昔者吾友之思”，蓋謂子相之後一人云。伯麐執弟子禮維謹，而先生進之小友甚驩。九賓之筵，分曹角技，無不辟其端者，用是一日而藉甚於吴中。居無何，先生劾。會吴公明卿至自武昌，見而嘆異如王先生，復著録弟子之籍。尋得其冤狀，泫然涕下，曰：“冤哉！才如生而有是乎？元美已矣，泣血相明，是在不佞。”於是載以渡江下上，於廣陵、建業，徧鳴之當事者而後還。事雖竟以沮格乎得，伯麐之詩益紗天下，才名益重於吴楚矣。則挾策而游五湖、三泖之間。南攬武林之勝，陟匡阜之巔，北溯黄河，觀吕梁之流，涉易水，豎壯士之髮，入都門，觀玉帛冠裳之會，歷諸塞徼，興封狼居胥之想，發而爲詩，則慷慨悲壯之思，鬱勃胸中，淋漓毫穎。片言一出，紙貴都門，三事以下，靡不折節而願交驩。比歸，而篇什且盈箱矣。再游齊魯，登日觀，望海門，訪邢子願太僕於犂丘，則其推重又不啻王、吴兩先生。蓋太僕篤好君詩，手銓其諸體如干首，曰：“披君之篋，如入玉林，即蒼璧小璣，種種皆寶。而此則北荒之日月，東國之璠璵哉？日且懸之通都大邑，以眎人人。”會伯麐歸，持以相視，而屬余序。

夫詩，難言也夫！余則未可言詩也，而安能序君詩？維昔張子綱、閔鴻之輩，載在國史，不誠廣陵之儁哉！乃其文詞不少概見。即孔璋章表殊健，而辭賦爲未長，則兼才之難也。國家明盛，代與有人，稱詩則若祭然，必禘《三百》，祫蘇、李，以逮大曆諸家，而太白、少陵蒸嘗以之，則其法然也。非兼才而有强力者，其不跛倚以臨也幾希。升之諸君子，法以運其才，而間局於法，子相才常溢於法，而未盡其才。乃今伯麐之才，無所不宜，無所不達，而一稟之於法，主鬯維虔，可謂有强力者矣。猗與伯麐！天縱以卓犖瓌瑋之才，而蚤歲詒之困阨，困不爲挫，阨不爲阻，志四方而友千古，即中原七子，業得其二。且也春秋鼎盛日，方在曾泉、桑野之間，游道日廣，著述日富，卒有以自見其才而成不朽，斯亦爲難已！乃兹集則固其前茅云。

時萬曆著雍閹茂之歲秋相穀日。

諸大父伯麐先生近體詩選序 拙存堂文剩

冒起宗

余幼聞先大夫之言曰：吾邑風氣晚開，視學詩一道若河漢。吾家自東林翁藏書數萬卷，飛遯江皋，子若孫之紆組登朝者，固能鼓吹休明，即被褐明農，亦知寫性籟情，自附風雅，而興業令玉華公最著。其與興業賡酬者，則爲嚴士和先生。其躡嚴先生而以詩名者，則有殷先生承麗、張先生成倩、諸大父伯麐公。殷詩沉著而澤於古，張詩淹雅而軌于律，諸大父才大且敏，湧泉倚馬，横絶一時。以故，兩先生僅造閉户之車，公則州有九遊其半；兩先生自愛吾寶之鼎，公則市有虎成於三；兩先生茹淡食貧，履道坦坦，公則以大才得大名，亦以奇人中奇禍。踰壯而還，十九年之青衫，一似子卿歸漢節；及傳而返，滿天下之足迹，幾於定遠入玉門。工巧發于窮愁，江山助其手筆。其爲詩，亦如子長之南遊北涉，胸有成竹；子美之夔州以後，卓然成家。此崇禎戊辰、己巳間也。時先大夫心逸三休，起宗亦幸歌四牡，逸園池上，諸老再建騷壇。財五六禩，而公與兩先生相繼岱遊，亦越乙亥，先大夫奄然棄予小子矣。起宗愴失怙而號天，懼斯文之墜地，從讀禮中，手較遺草，并搜張先生藏藁與公自選近體詩，並授梓人，乃茂先三篋，十僅穫五。諸大父殺青，業有全集，緝玉編珠，似未盡波斯之舶，而五十年之咏歌播於天壤，所謂"雖無老成，尚有典刑"云耳。若海内先後賞音，則有元美、明卿、緯真、子愿、本寧、隣初諸先達之言在。

金陵集序 家譜

黄居中

嚴滄浪曰："詩有别才，非關書也；詩有别趣，非關理也。然非多讀書、多窮理，則不能極其至。"蓋才由天賦，學以人成，有學飽而才餒，有才富而學貧。以子雲之才，而自奏不學，及觀書石室，乃成鴻采。才主學輔，表裏相資，無詩文一也。惟宋人以議論爲詩，多使事而入惡趣，故有點鬼簿之目。要之積學儲才，學爲才用，不以才使；酌理本事,事以理融,不爲理縛,則博聞豈餽貧之糧,貫一乃拯亂之藥。而猥云"真詩在民間",是吹笳、鳴磋可列《國風》,而《三百篇》不奏《頌》《雅》也,可不可乎?此夫寒膚嗛腹者,借以文其淺踈,信口信腕,自詭元聲天籟,而不知其繢色絲以麻絇,張空弮而禦强對也。五俗六忌,諸態畢見,倡一和百,疇能不波,是寧獨風雅之罪人?其絶人間讀書種子,生心害政,余有隱恫焉。

友人冒伯麐每然余言,往往持論鑒裁,與余意合。余欣然引之入林,恨投分晚也。伯麐故以經術名家,裒然諸生祭酒,自業制舉時,即工聲詩古文辭。文自先秦、東西漢,迄於韓、柳、歐、蘇;詩自六朝、三唐,迄於弘正大家、嘉隆七子,靡不囊舉獄究,而博於庀畜,嚴於師匠,皈依琅琊、下雉,取衷雲杜、江寧。其立志高,入門正,無下劣詩魔入其肺腑。非夫讀書窮理,學不勝入,才不勝出,能有本者如是耶!

今所刻《金陵詩》,章妥而節諧,致深而藻密。五言古之淡而濃,七言古之宕而逸也;五、七言律之典而裁,絶句之雋而雅也。遠追晋魏,近躡盛、初,高可匹王、孟,下亦不失錢、劉。稱才法兼至,事理兼融,淹通子史,本原六經,近日詞林一人而已。豈與夫伐林拾瀋,跉踔於一足,見肘於捉衿,而託之自性自情,以護其醜者哉?伯麐往來金陵,近始家焉。其所居秦淮之濱,則張融、陸慧曉故址,以爲此水必有異味者。而郄僧施泛青溪,一曲一詩,如伯麐景之所觸,情之所會,必盡金陵山水之異,不獨青溪中曲也。余與伯麐臭味針芥,文字外無他嗜好,而忳悒侘傺,又復同病相憐。且寓舍隔一水而近,得以追歡吟嘯,獨恨少而殖落,老而才盡,不能攬結靈秀,如伯麐之詞采妍富,令此地十倍耳。弱侯焦翁亟稱伯麐綜學、博捃、理精,而雲杜、江寧序其近體詩曰:"骨力有餘,風韻不乏。新藻獨妍,舊章未泯。"嗚呼!之四言者,足盡伯麐之概矣。乃今合刻諸體,仍以《金陵》名篇,而以序屬余。余於三先生不堪作僕,惟是聲氣之同,不揣固陋,勉爲續貂。若曰是寓公者藉以張幟,則有三先生之言在。

珠泉集自序 珠泉集卷首

冒愈昌

戊子,天界一上人爲我談珠泉也,私心業向往之。甲辰,有事六合,道經浦口,匆迫未能如願。迨壬子就試句曲,乃偕友人孫伯觀氏乘間往觀,蓋伯觀固六合人也。得詩十餘,而墨跋二則、尺牘一通附焉。回視戊子廿有五年,即甲辰亦已八年矣。

海陵北里志序 海陵北里志卷首

泰州 陳王前

古稱燕趙佳人，而今則秦淮、廣陵之間，聲稱籍甚。吾海陵近郡城如此其甚，而佳冶之人，間得一二，又往往爲惡少年排擊以去。余固嫿情於花柳者，未嘗不按劍恨之。吾友伯麐所謂二人同心者也。今年春夏之交，自廣陵兩過齋頭，論文命酒，輒覓一紅妝佐之，乘醉豪舉，謂得縱觀，直無如立盡何耳。乃伯麐精心揣稱，各志其短長，妍媸不爽，語語曲當，若化工肖物，并其神得之，非特畫家已也。於乎！前乎此者如張一之美豔自好，任俠不群，湯三之婉轉輕盈，顰眉絶勝；又如黄鳳之多情，黄八、黄九之有致，余皆與交善，非阿所好者。其他則王一之歌喉，靳翠之解意，兩蔡姬之弱質纖腰，各有所長。儻得存於今日，邀惠伯麐而附於論著，即桃葉、邗江，寧多讓焉？若高四，則亦與若輩後先去者，非吾人談不去口，幾失之矣。嗟嗟，豈一青樓冶女，亦有幸有不幸哉？

萬曆癸卯夏五十有二日。

海陵北里志自序 海陵北里志卷首

冒愈昌

憶余不佞浪游白下及吴越、燕趙時，往往過狹邪間飲，窈窕佳冶，娱目駘心，而余復苦登徒子累，其於此中，蓋不啻涉之。數載還家，治生不贍，一片閑情，幾作寒冰泥絮。而又縣大夫驅逐適嚴，諸伎女無能安其身者，周、陳兩姬時剌蜻蜓舟，來往河濱而已。

今年春，赴廣陵，同敬甫兄弟間有曲中之役，未及徧觀。比寄載東還，試酒流連，視十日平原之飲，業已三之，於諸美人未嘗不數數然也。故或一見，或再三見，或銜杯接殷勤，園居清暇，操管志之，聊以見故吾耳。題曰《海陵北里》，識地也，且出自北門也。於乎！結習未盡，彼弟子猶著天花；梵呪既宣，即阿難將毁戒體。如不佞者，尚何言哉！

海澄德政録序目 家譜

興化 郭應科

不佞叨貳漳釁，以承乏攝學政於圭海，則如皋冒公汝三先生攝其邑政者且期年矣。顧冒公政聲如建瓴水於高屋之上，而不佞從矮屋中急欲伸其眉目。此其良緣假于天，不第同途，而且同官；而才品之邁於我，不第獨篴，而且獨步者也。雖然，余交公淺，不能知公政，而知之於鄉先生之敘及群弟子之歌。

蓋予軫方接于壤，而青田緑檖，遍滿郊睞，耨饁相粲，汙邪長祝，則曰此公之所禱而應者也。文鷁方泛，微風爲栬，而江干之艣，舳艫相續，菽粟魚鹽，上沅下浮，則曰此公所蠲而導者也。舍丞徒，御望舒，而煙火相望，商賈無驚，四方之賓，其至如歸，則曰此其所恤而懷者也。登夫子之堂，而門庭黝丹，園橋方凱，菁莪白雪，杏發藜光，則曰此其所芟而砌者也。過邑搴帷，與公敘温寒，而輿臺不喧，堂廡草翠，江城日煖，驛路花新，則曰此其所弭而靖者也。

洎乎弭節海瀕，放轡山峽，涉人鼓枻，征夫横厲，而巒塔雲軒，名祠靐朗，青蚨暮却，白屋晝交，百里春光，千家月色，任棠飲水，吴隱題泉，而公之政聲山嶒而水洋矣。予何暇臨睨鄉先生之序，流觀群弟子之歌？第其縱横於吾目者，果爾矣。予於公交淺而情深矣，吾無以耳而目之矣。夫耳食之與目論等非，耳聞塵之與放光等是耳。公無事於耳目人，予亦無事於耳目公也。爰和諸先生弟子之唱，而弁其簡端。

救歲荒第一
修泮宫第二
興賢祠第三
通商糴第四
優塞士第五
興寶塔第六
簡嚚訟第七
却常例第八
蘇囹圄第九
禱甘霖第十
復官渡第十一
興水利第十二

設義塚第十三

羲元文集序 存笥小草卷首

華亭 陳繼儒

余與如皋羲元冒公皆以仲冬七日生，余差長五歲。壬申，嘗操詞祝公七十，恨爲長江所限，不面覿而神交，又恨未得其全集讀之，以盡公枕中之秘。

冒氏自潛德先生及羲元公，號稱聞人聞家，而王弇州又推江左僻姓，冒居其一。不知羲元之博學洽聞，經笥武庫，屈指亦不在弟二。公乙酉舉於鄉，屢格南宫，隨牒拜安陸令，治聲流聞，爲熊經略所奇，推重薦之，贊畫不果，僅授永平郡丞，司理遼左。

余讀公居鄉條議、居官讞詞，以及幕府軍書、啓牘之屬，皆中款導窾，確中機宜，練達而不迂闊，深沉而不輕剽，鮮華而不掇拾，明健而不支浮。經術文章，卓然可當一面緩急。而惜乎遭時奇蹇，有出於尋常仕途宦海所謂羊腸虎口之外者。公見知於文定蕭太史，不遇；又見知於王大司馬、孫樞相，不遇；晚遇熊經略，當路問夾袋中人物，首以公對。出關僅浹歲，而熊公以人言去矣。奴薄遼陽，奸民内應，遼城陷矣。陷城中五日，始得以間出。又十日，而始渡遼河。又三日，從驟雨濃霧中脱牛庄之阨，始達廣寧。大中丞見之，抱持泣，念公理官無守土之責，置酒贈金，給郵符生還，而生平之著作皆化爲子虚矣。今仲似、祖祈搜録其放失之餘，僅得零星數卷，付之梓人，以微見公精神之所寓焉。公題曰《存笥小草》，志慨也。陳子慰之曰："公無傷，公不見沁水張忠烈見平公乎？張忠烈殉於遼左，未獲首丘。子孫走蓬翟，弔蟪蛄，盻盻然從數千百里外，招魂望祭而哭之。已而，悟曰：'易朽者骨，不朽者神。神之所憑，憑於著作。'故都督、司農梓忠烈遺集，而走幣空山，徵余爲之敘。今公不死虜，不死兵，生還故鄉，老卧牖下，子孫環繞上觴，重刻《笥中小草》，藏潛德先生萬卷樓中，視張忠烈，孰幸孰不幸哉？"故爲冒氏額慶，而敘之以傳。

崇禎丙子八月中秋日。

羲元文集序 存笥小草卷首

高陽 孫承宗

先友冒大夫羲元先生生平所著古文詞甚富，多散佚。其主器元穎既裒集其篋笥所餘，授之梓。而次君祖祈又收拾其遺文，更付之剞氏。客歲，集既成，兩君不遠數千里緘書抵予，徵言簡端。

予與羲元公奕世通好，稱莫逆，義不容辭。然予雖竊附詞林，實不能工古文詞，安能論定先生古文詞？顧不佞與公肺腑，非僅聲氣臭味，班荆縞帶爲然者。自公之先大夫吾先師德慶守文樓公初試敝邑，從多士中拔予先兄司馬公，大加賞識，謂必售，遂延之師席，而命羲元公著録焉。羲元方總角，與予同窗案。先師不惟授餐，時時摩頂而教之。羲元爲文，舉筆立就。先兄目攝之，以爲夙慧。公敏妙而予顓魯，先師亦不以余爲鈍而吐棄之。及師量移安肅，予以童子試使院，學使以首卷示安肅令，先師射覆知爲孫生卷，已而果然，學使兩奇之。及師以超遷刺德慶去，闊焉聞問。未幾，而羲元偕計吏燕山，文酒驩然道故，甚樂也。又十年，而予亦附賢書，公來策馬衝寒，取醉當壚，悲歌慷慨，未有如我兩人者。

甲辰，予忝先鳴，讀中秘書，公每北游，從公問先師起居。及寒暄契闊之外，更不傍及一語，竟躓公車間。久之，隨牒令安陸，著聲廉能，以尤異陟永平郡丞。贊畫遼左，時不可爲，竟以田間老。吾竊悲其志焉，亦安忍序公之文也？蓋公雖異，能文章，喜大略，每語雕蟲小技，薄不爲也。以公之才之識，當開務有謚，勒勛鼎吕，而以著作持聞，非公之志也。試取公之文而讀之，高文大册，固懸藜亥，既而單詞瑣綴，亦蒼璧小璣，沁盲史之骨，而繪腐令之神。董賈經濟，尉李韜鈐，淵雲藻繪，密緯淹通，絡繹奔會，立三不朽，公蓋函之於一己，藏之名山，傳諸其人，千秋之後，必有知公而爲之涕淚者。乃予最號知公，公才十倍予，予以譾劣，謬當樞要，無能推轂公，而竟以湮淪，慙非鮑子之知，寧免孝標之論。負此良友，又安能藉手以報我先師諓諓之言，何足以塞兩君之命也？亦聊以去吾愧而已矣。予安足以知先生，而先生亦豈盡於兹集也？

時崇禎十年丁丑菊月。

羲元文集序 存笥小草卷首

吴國華

嗟夫士生三代之後，何其多不幸也！古之盛世，四民襍處，人不悦爲士。爲之者，脩於庠序，賓於司馬，詔於冢宰，而後王者得而用之，故才且賢者，必興於在位，而不遇之嘆不作於其間。後世之人，莫不有好功名之心。農工商賈，數既不敵於士，而爲士者日多。爲之多，則其脩之不至，詖弱濫竊之弊往往見焉，而賢不肖、才否之辯不明，於是有才且賢而終不遇者，亦有稍遇而不竟其用，以老且死者。不亦可哀也哉！余竊於所聞冒羲元先生有感焉。

余爲童子時，侍仲父徹如。仲父與先生同舉於鄉，以年兄弟最厚善，爲余道先生甚詳。比長，悉稔先生爲人，高才博洽，爲菽苑推重。尋宰安陸，剔弊除奸，輒有令譽。當事者以先生寔有韜略，不得辱在有司，乃薦爲遼左協贊軍務。會邊事不可爲，而先生歸。歸而閉門謝客，竟以餘年終老於家矣。嗟乎，窮達有命，若先生者，非所謂時爲之耶？豈其才之爲罪哉？余讀書慕古，好發潛隱，而余友許君雲從每稱引先生逸事，與所聞仲父不謬，且道先生近況更詳。許君友先生仲似、祖祈。今祖祈君搜先生遺文付梓，緣於奉旨勑封，假道歸省，因許君聞敘於余。余以少時即知敬重先生，又重以年誼，義不敢辭。然余聞先生生平爲文最多，不盡於此，仲似所藏者其什之一耳。讀之者，因是亦足以知先生之志矣。

余竊悲先生負才挾能，不見用於世而老且死。雖然，今之爲士者，莫不皆然，豈特先生之不幸哉？吾因先生而有所感矣。

羲元文集序 家譜

冒超處

習心貴耳者，多隨聲唱喁，惡知持之有故，而元鑒之難精也。自北地教人不讀秦漢以後書，雖有宗工墨守其説，幾嚴於功令，抑讀已而知其不可讀，將讀已而愈知其不可不讀也。試於《空同集》中，必求先秦兩漢，亦了不可得，獻吉自爲獻吉已耳，當時王叔武已置喙焉，而欲一語抹殺千古英雄，欺人哉。至歷下而公移亦飾左馬，弇州推爲當代一人，將無受其刑馬之盟，而益堅左右袒乎？唐詩一選，遂爲千秋定評，公安、竟陵諸公特起，極其詆呵，而東蒙、公孝與所謂鄉人之善者，而衆好必察焉。有言若云唐詩盡於此，一代沈冤，果何辜？豈定文人相輕，而技進乎道者，惡能以後出相遺也哉？天之雲漢昭回，地之川岳渟峙，時行物生萬變，而未始有窮，文士靈心蒸動，與相終始。唐宋金元，亦猶倉庚鶗鴂，候王至則鳴，而鷄壅豕苓時爲之□也。間與友人論文，謬謂古今風氣，隨時遷流，要惟真才最難。才真則無所不可，隨有結纂，自堪不朽。即如勞人思婦，偶抒襟抱，情至之語，工者自失焉。不自見其才，而真才之自不容掩也。其所爲殆天授，非人力耶？

家季父郡丞公羲元氏，自舞勺之年已解瞽史、腐令書，其先大夫德慶公最嚴，制舉之外，不令旁溢他書。公既癖嗜古文詞，重違家訓，僅僅安頓帖括一囊，酬應塾師，免呵責耳。然其文章敏玅，弱冠即登賢書。乃益縱觀典墳丘索，屬有所構，泚筆立就，絡繹奔會，典麗以則，曲赴其胸懷之所欲，暢豪端若有廣長恣吐之而不知其情文相生之所自。得公一赫蹏，重如鼎吕，乃公意不屑也。惟究心於禔躬經世之學，孝親淳至，課子誼方，居家樸素，務砥末俗奢淫之習，而風格秀整，夙志澄清，不減李元禮、陳仲舉一流人。顧獨才與遇舛，屢躓公車，乃竟隨牒爲楚令。才賢之聲音，沛然四溢，特薦尤異，移同守永平，參贊幕府。而大僚實剛愎自用，莫展借箸籌。久之，竟以病廢。雖著作甚富，亦半佚於風塵鞅掌之餘。惟余從弟元穎，其主器也，趨庭楚澤時，所録公餘雜草並簡帙，括敝笥所存，僅得若干篇，都爲一集，爰授之梓。有詩數卷，盡逸於詩囊。晚因卧病，久廢無次，概不録。

劂氏既竣，命余具述所以。有大人先生之言在，而余又何能贊一詞也？顧余夙所感於持論者之多奢辭，而切有慨於兹集也。秦漢邈矣，如世所稱誦大家，尚有不盡厭於人心，即我明李、何而後，號稱中原才子，前後不下數千人。螯弧先登者，濟南、婁東、甑甀、大函，寥寥數人耳。餘子靡靡，指不多屈，無不取青媲白，喙腐啜殘，竄子期而借元宴，以噉名當世而已，況其散焉者乎！以吾叔氏之宏才奧學，無境不窮追所見而破餘地，視彼拳蹙蹇仄之質，而梔黄蠟澤以賈技者，吾知其不類也，則誠所謂真才也。真則未有不傳者也。夫既悟文而疾，即功而廢，天若嗇之。穆叔有言曰："禄之大者，不可謂不朽，而名山之業，已居一焉。"言立已嗇之，而實奢予之也。《太元》《法言》傳之至今，豈必桓子哉？吾聞其語矣，吾見其人矣。

時崇禎丙子夏月。

冒義元讞語序 家譜

邵　潜

吏牘非文事也，然能以文飾之，則文矣。邢州大夫上下文移，率用《左》《史》語，孰謂吏牘不可以文乎哉？孺文先生少即能世其家學，劌心古則，書非先秦、西京者不寓目，故其所構撰，亡不極意窮巧，駸駸乎坐盲史、腐令堂奥間，使千古色動，一何雄也！逮其爲安陸令，有所讞決，雖小言短辭，多傳致古義，即枘鑿時態而弗恤。夫兩造之嚚聲詬語，在聽訟者且厭之，而先生操三寸枯毫，融法比爲文章，括蔽洞胸，靡不造雅，真淮陰搏沙手也。先生尋以高才遷郡丞，參贊幕府，則知以文飾吏，殆異乎能吏而不能文者矣。

吾郡號名能文章家，代不乏人。顧余生平所推，即惟先生及陳司馬思進兩人。第海内未有知司馬文者，而先生之文行海内，則先生爲不死也。憶往歲先生與余論文時，嘗沾沾其爰書，謂才力不小讓歷下。今次公祖祈所錟先生文，固先生志也。或謂判牘自是俗吏事，無復餘致，奚以文爲？余曰不然。士之爲文，所見無非文者，語法而文，詎比于深文巧詆者，抑人何疑焉？吾因是而且識先生之吏治矣。先生之不朽後世固有在，即此亦可以誌不朽矣，奚啻重洛陽紙價已哉？

時崇禎丁丑中秋前三日。

德明詩集小序 家譜

冒超處

以古體爲近體，以新詞敷古意，古韵新聲，盡人文之致已。然欲以古爲古，以新爲新，弗古弗新也。由唐而遡之，漢魏以前，則古而愈古；以今而遡唐亦古。由千祀以後作者之人，而乍讀千古以上之詩，則未嘗不以古爲新。然則古今述作之精靈，變幻無窮，閲世而未有已也，何必謂勞歌野唱，非壤父之咏哉？性靈元不在詩書以後，宇宙噫氣，萬竅怒號，已在伶倫嶰谷之先，乾坤萬象，山水煙雲，而人噓吸其中，氣皆詩調，形皆詩料也。隨其意而吐茹之，自有喜怒哀樂，而興觀群怨譜焉。名之曰詩，豈惟君父，而鳥獸草木，無不於中，森發鼓舞，而無物不備，無境不窮，以造物還之造物而觀止已。賡歌、五子、國風、樂府，河梁、鄴下，六代、三唐，皆否泰往來之形器也。蓋天地設位，而詩行乎其中已。

吾家大阮德明氏少時秇，能文章，傾其儕偶，當路獎賞，以爲立飛摩雲。吾輩但知莊誦其文，不暇問聲詩已。蹪名場間，見詩、古文詞以蚤登作者之壇，予得窺其武庫，知叔氏性靈空異，不事攻苦，觸境情生，風行水上，胸中無所不有，故不臨模漢魏六朝，而何必不漢魏六朝也。所謂"草木煙雲，皆吾書笥故有"，天籟、人籟、衆籟焉，化工肖物，詩盡領之而寓諸無意也。則所謂濟以上人，吾叔不癡，知之何晚也？獨王處沖乎哉？

經質自序 經質卷首

冒起宗

陸儼山宗伯云："近來士子於佛經能剽其一二，於聖經乃昧其七八。"又云："詩集愈多，書生愈少。"誠哉，士林中灌頂真言也！蔡伯華學使又謂："宋儒精性命之理，而不嫻於文。"世以文章得名者，或不撿於理。談理之文，上者爲經，蓋戛戛乎難之矣。

余自少守一《易》，粗襲皮毛，已博青紫。通籍後，幸廁清班。天假以時，乃漸漸旁涉於五經，間有一得，輒舉而質之吾師鄭文恪公。公爲之析疑發覆，如昏衢得燈，如迷津得筏，因退而詮次之。譬如有人欲見大海，既到彼岸，返觀牛迹，作是念，言大海中水淺深多少，豈及此耶？聞斯言也，有不掩口而笑者乎？余言亦復如是，而仍欲存此詹詹者，亦存吾師之明教云耳。

拙存堂史拈序 史拈卷首

懷柔 成　德

鄭文恪公之言曰："士大夫登第而能讀書者，五不得一焉。登第而能讀有體有用之書，心維而身體者，十不得一焉。獨於門人冒嵩少，則不能不擊節而心折也。”余謂嵩少公之讀書，豈自登第始哉？乃天所以成之者。蓋有三謝青社而咏《皇華》，則天與以讀書之官；典册藏秘府而星署號書倉，則天與以讀書之料；騑騑四牡，縱覽乎名山大川，上自夔龍之班，珪組之彦，以及山林間虬蟠豹隱之儔，皆得與之交，而上下其議論，則天與以讀書之師友。故能於五日一翻書之外，手纂二十一史，而成《論世篇》百卷；又於其中輯將相、名臣、謀臣之具經濟手者，人爲之傳，更爲之點睛發覆，名《兼資志》，計四十卷。自昕及夕，手書凡數千字，燃膏繼晷，丙夜不知倦。雖埋頭之學子，無此恒且耑也。

繼徙天官席，出憲山左，則余且備員稱屬吏矣。每見公行一事，必關切民生，吐一語，必根抵經史，案無留牘而手不釋卷，無以異於咏《皇華》時。時進余而與之言，則掃除一切習套，惟明體適用之爲孳孳。公固以友視余，余亦惟北面師事公，不獨庇二天也。未幾，余以忤權姦罹法網，人皆袖手咋舌，公獨陰用其護持。乃公亦以獨立違世爲白眼所簸弄，浮沉外服，令之出不得竟其用，用不得滿其志，且投之必窮之地，以示顛倒摧折之機權。而公也，龍蛇互用，伸屈自如。壬午之秋，卒得脱虎口而賦歸來。余亦於是歲徼恩釋戎籍，而補令於公之梓里。脂車南下，以亟奉公教爲愉快，而公已挈長公辟疆，抱疴載雪，艤舟邗水，以遲余矣。握手涕泣，夢耶？再生耶？相對幾不能聲。及徐叩公所著述，而見所鐫《史拈》，則又能發《論世》、《兼資》之所未發者，誠哉信手拈來，頭頭是道矣！

余因屈指而數公之生平，自登第以往，自北自南，寄冰銜者，凡六年。出而守疆肅憲，禦寇治兵，自山左而嶺西，而湖南，而荆南，五易地，僅周四載。而所至以嚴雪澡身，以秋霜馭吏，以薰風膏雨與百姓，能讓人之所不肯讓，恥爲物先，能肩人之所不能肩，卒以勇退，而竟不知竿牘、苞苴爲何物。蓋脱胎於古而底柱於其心，其融液於史學者深矣！彼以咿唔佐口耳，以竊珠剪綵爲勝埸者，何能望公之涯涘？而益信文恪公非阿好也。

余又聞公之律身立品，匪獨性成，皆本於奉直公之嚴教，聲日律辰，淵源自宏遠矣。今辟疆既以飛才紹家學，有美孫枝，亦復英英秀挺，讀書種子至我公而綿綿不絶，余之所心折者更在此，惜乎文恪公之未及見也。

向余鐫《文品》於滋陽，得公不朽之文四首。文以品收，雖有臨我者不敢狥，非有私於公也。比得公全稿讀之，醇雅精融，可應世，亦可傳世。更爲手訂百首，募吴人之精剞劂者合梓之。纔及半，而余以難作罷去。此來擬爲公竣是役，而旋聞樞曹之命，不馴雉而問馬，倏聚倏散，將何日補此缺陷乎？然余出九死而猶得奉公之顔色，雖數日，足千古矣。壬午暮冬十日雪夜，成德作《史拈序》，並識於此。

史拈自序 史拈卷首

冒起宗

崇禎壬午，余罷襄陽歸，凡五浹月，而始再緝先大夫洗鉢池上之逸園，删竹開扉，搴蘿就幕，支修廓而趁月披礫徑以訪山，一時鬱林之石生姿，湘水之雲結蓋，落落病身亦既有安泊處矣。

顧余骨寒性儉，上之不能沃薔薇露，熏玉蕤香，静領虚游，享塵中之清福；次之如所謂掃石安棋、分泉遞酒、徵歌卜夜、林下相沿諸故事，心竊好之，而病固妬之，雖勉爲之，而弗暢也。偶亦寄趣於詩，而經營意匠，奔走心神，則有先大夫之教誡在。

於是，閑抽架上諸史書了閑送日。間有所拈，輒呼孫禾書書之楮葉。昔陳眉公談司馬温公《通鑑》云："且無論公之人品、政事，即此閑工夫何處得來？亦只爲精神不在嗜好上分去耳。"余生平八識田中，差幸無麗雜種子，掃除一切，閑且過退院僧，而計所命書，積才踰寸，老而好學，重有愧於古人，姑存之以志吾愧。

兼資志自序 拙存堂文剩

冒起宗

《兼資志》胡爲而作也？予所爲嘐嘐於古人，而欲天下之治平也。

天下之生久矣，帝王名世，互相映發，撥亂反治，非其人弗與也。曷以略本紀也？君無爲，臣有爲，臣之事，皆君之事也。時平資良相，世陂資良將，股肱膂依如唇齒，以一身兼之者，益寥寥其人焉。開創或首相，或首將，時有畸重也，中興亦然，守成則畸相矣。謀王斷國幾，事密多算勝，故臨事而懼，好謀而成，謀臣之在帷幄，又將相之所資也。語曰："寧爲良臣，毋爲忠臣。"剖心伏鑕，哭庭沉沙，根於天性，不如是則不慊也。專對不辱，賴乎行己，孤踪絶域，竟奏奇勛，單騎落旄，卒伸己志，其人詎易得哉？帥可奪，志不可奪。有父子之間，而一念獨往者；有一介之微，而發憤爲雄者；有事成志遂，不負人一死者；有身在殿廷，而終身不發一策者；有或用或不用，而終不可屈者。

故曰義士，曰志士，曰名士，曰心臣，此皆扶輿間氣也。處斯際者，蓋亦難言矣。

至若禮樂之隆，成平之績，以冢宰而制國用，以綴衣、虎賁、趣馬，攜僕輿[與]、三宅同論，以桐宫數年而卒復辟，以攝事數日而誅大臣。聖人之行不同，權變陰陽，合而爲一，虞夏商周，高風緬邈矣。過此以往，尊主庇民，禦災制變，闢抉天關，武維地紀，一舉一動，一進一退，皆足以師。百世而起，頑懦上下，千秋繇是編其選矣。薰蕕不同器，小人得志，亂臣賊子盈天下，皆君子之責也。肺肝之見黜，不足道也。奪曹操，示陰篡之姦權也；奪趙普，示開國承家，小人勿用也；奪王安石，示先王舊章不可愆忘也，其謀略與學術勿問也。予淮陰侯哀其不善婦人，而卒就葅醢也。吕氏方欲易劉，故所甚忌，禄、産輩豈其敵乎？漢高一世英雄，中流矢死，正墮婦人術中也。當武曌時，英傑滿世，皆爲其所籠罩，莫敢抗言，惟駱丞憤起於維揚，事雖不就，千古一人哉，而史竟逸其傳，予所以哀其志也。

是編雖善善長而予奪嚴，頗有獨見，未始不可以俟百世也。故名之曰《兼資志》。雖謂之救世之書，或可矣。（以下缺）

守筌自序 拙存堂文剩

冒起宗

嘗考《博物志》："禹作城，强者攻，弱者守，敵者戰。"然攻易而守難，不能戰者又未必其能守也。邇來烽櫓頻驚，干掫競飭，有高城深池而未免復隍者，有蕞爾斗大而安如綴裘者，視所以守之者何如耳。嗟夫，人和得地，方略從心，如郭昭、韋孝寬、臧質、蓋蘇文輩，以及宋昭年之知秀州，劉顯忠知越州，賊不敢薄城；孫道夫知資州，人目爲水晶燈籠，盜不入境。總之闉闍各嚴，金湯屹若，即墨翟之五十六法，今未必一一可用，而諸公亦未必墨守之也。故程力或衆寡懸殊，角智則變化莫測，變而通之，參伍以盡，庶幾乎泰山而四維矣。頃流寇跳梁，由陳、宋直薄曹、單，盈盈帶水，一矢可達，一葦可航也。不穀率數道之師，嚴扼北岸，戢謡言，詰奸宄，爲全齊固牖户。蓋日則忘飧，夜未解帶者三浹旬，而卒以設伏出奇，馘醜獲諜，不得渡而遁去。

不穀向者語都邑子大夫曰："賊之來不來，但問我之備不備耳。"乃予則何備之有，或者第恃其不來乎？笥中有舊輯青螺郭中丞之《城書》、新吾吕司馬之《救命書》，而益以他集之所徵，一得之所及者，參酌而增損之，授諸梓，頒之郡邑，名曰《守筌》。蓋以神明變化望之諸子大夫，而政不欲其墨守之也。

噫！守他城固難，守兖以西之城尤不易。蓋他城患外(冠)[寇]，而兖以西更患内孽。内響應而外瑕乘勢，必不能左右顧，而害可勝言乎？《烝民》之詩曰："小心翼翼，夙夜匪懈。"又曰："既明且哲，穆如清風。"是城彼東房者，又在諸子大夫之心矣。

增注太上感應篇自序 拙存堂文剩

冒起宗

蓋聞儒祖尼丘、禪祖乾竺、道祖柱下，古今三大法門也。乃儒則以明德敦倫爲經，以仁民愛物爲緯，朗朗如日月照八荒，浩浩似江海匯萬派，寓濟世於治世，厥功蔑可方矣。顧出爾反爾，報答響而靡差；自作自求，旨逗漏而未罄。於是禪門以空六根、破五蘊爲證果之階，道家以滅三毒、攝七情示練心之法。按名執象，業峙立以成三；切脈探源，寔参同而歸一。第大乘秘密，難徧徹於鈍根；即元藏精微，詎概通於凡質？求其明白正大，語本六經，直截森嚴，義該三世，則惟《太上感應篇》一書而已。

余胎性素濁，管見奚窺？即其太上立號，正與《易》有太極之説相符；感應名篇，復與感而遂通之理相發。閲屢朝而共稱代寶，萬劫亦切皈依；造一善而隨獲明徵，前哲已垂龜鑑。流行廣矣，梨棗亦貌榮名；傳贊昭然，事實久塵聞聽。藉意艷新薄舊者人情，且貴近賤遠者通見。謬圖增所未有，易彼已陳，欻爾經年，未終善果。譬枵腹之子，飽飫需時；況擔石之家，蓄儲有幾。縱簡蒐弗遺餘力，而詮次猶懼失倫，博采昔賢，近衷父執。

蓋吾邑有張承倩先生者，搜五車二酉之藏，修四忍千善之行。燃慧燈於腕底，駕寶筏於毫端。曲證源流，兼羅今古。力拯癡迷於苦海，宏施方便之慈航。間嘗剖破藩籬，洞觀閫閾，福禍即刑賞之别名，善惡爲義利之宗鍵。直應曲應，轉栽培傾覆之權；去驕去淫，凜惡盈損滿之戒。蓋人道司顯，畏國法者猶幸鬼責之暫逃；天道統幽，受陰刑者益信人非之莫逭。上智忘筌入道，闖子淵不二之法門；中士繇象悟真，契参也三省之妙諦。於知生而知死，則現在識未來之因；以事鬼者事人，則一室具九幽之案。以斯設教，何教不神？於此闡宗，何宗不透？允矣尼丘之護法，居然乾竺之附庸。沛兹甘澤，不減浴日之波；覆以慈雲，詎止亘天之影？齋修從事，繕寫鳩工，推美利於大千，標信心於首簡。嗟乎流光飛箭，恩愛空華。饒君彌天智力，第争三寸氣於喉間；任爾蓋代英雄，衹添一抔土於地上。轉眄便成異物，回頭仍是吾鄉。若果積銖纍寸，將成阜以奚難？如僅掬水救焚，且剥膚而靡及。願以一人私誓，普告法界有情。至若探賾窮幽，比類盡變，揭循環之密旨，析倚伏之元機，先輩各有名言，朦子無容饒舌矣。

閱藏寱言自序 拙存堂文剩

冒起宗

昔秀鐵師謂："山谷老多作綺語，當墮惡業。"非謂其組金蹙綉，足以宕漾心魂，眩摇唇舌之故耶？然從古尊宿，每寓機及鋒於筆墨，而再來名彦，亦多寄禪悦於藻葩，安在聲聞之非至道也？

余自少喜聞佛語，長而奔命名塲，雖偶一心遊，終歸影響。天啓辛酉，將父宦遊，振策平都，手披龍藏。朦叟破面壁之膜，貧兒獲衣裏之珠，踴躍莫可名狀。於是從心信口，娓娓成吟。雖摩空繪覺，尚猶落於聲聞，不差愈於貿貿焉大寐而終其身者乎？爰以寱言名編，普證作者。

化城汗語自序 拙存堂文剩

冒起宗

自端州渡江，繇新興而恩平，而陽電，而化州，以達石城，蛇盤鳥道，皆電陽必經之道也。

崇禎辛巳夏，余從李翔南直指西按部，因得徧歷其地。炎氛毒霧，灼面侵衣，輿如甑也。加以魃亢肥墝，田嗟龜坼，富室閉糴而徵貴，饑民禦人以求飱，洶洶虓哮，脊脊獸竄。維時安鴻嶅，潤鮒鱌，豁株連而清纍縶，我自用我法，工不良而心則苦矣。更率諸大夫登觀山，虔修雩禱故事，徒步赤旭中，蒿目薰心，周兩旬而後即安。顧安得時和年豐，揖群山，泛青波，筆舞墨歌之爲愉快耶？

偶過熱水化城寺，獲睹憨大師手迹詩卷，快讀數過，如水之自波而不能已。因於輿中枕上踵韻和之，題曰《化城汗語》。蓋謂驕陽舞空，鑊湯爐炭裹不堪回避，幾於揮汗成雨，忽從熱惱中得醍醐灌頂，又不覺通身汗下耳。三水高明府問法徑山者，而於余有道緣，乃鋟版存之，獨不顧愧汗洽余背哉。

曹溪惹語自序 拙存堂文剩

冒起宗

余自少皈依内典，尤好讀法寶《壇經》，每嘆"湛文簡理，學登壇乃有六祖，逢仲尼當爲顏子"之語。庚辰中秋前二日，余從韶石趨湖南，禄不逮親，所至輒爲泫然。兼以鹿鹿風塵，席不得暖，即欲以尺寸爲報塞未遑也。挂帆過曹溪，因掬香水，上鏡臺，延僧禮誦《金剛》《法華》，爲兩世先人資冥福。停艫凡三日，瞻禮登眺之餘，得詩四十三首。

夫六祖以"無樹""非臺"掃文字，故東坡見真相，詩云："借師錫端泉，洗我綺語硯。"誠知赤裸地上，無處着妍手也。余以門外遊人，學野干鳴，惹起塵埃種種。愚老三拳，定知不免，而顧存此口角，亦如潙山云"不虚過時光"意耳，非附會於一一塵中一切法也。

幼學須知自序 拙存堂文剩

冒起宗

凡人幼時所聞所讀，至老不忘，非獨其性與天近也，先入之言，有以堅其無他之心，心隨言化，如油入麪中，欲淘汰之而不可得耳。

余有二孫，仲曰禾書，年八歲，纔讀《論語》；季曰丹書，年六歲，已識之無矣。羈絆兵火場中，不獲時遶膝前，而老牛舐犢之情，每縈回數千里外。今日以家信付南鴻，乃書格言百餘，則械而教之。此壬午清和三日也。未幾，余解節歸，老友余孟諸過訪。

二孫侍，則琅琅成誦矣。余笑曰："余之爲此，其猶有童心也夫?"孟諸曰："不然。吾村一老叟遘急病，而村中無業大方脉者，遂延習啞科者治之，病尋愈。醫能愈病，何啞科之非大方也哉?"因慫(悆)[余]公之世。余曰："每見仕宦入境者，必先進須知。夫吏事如蝟如山，大概不出須知外也。"乃名爲《幼學須知》而版之。

冒憲副戢訟示辭序 拙存堂文剩附録

曾紹芳

余不敏，懸車近廿世矣。每憂時憤世，謂健訟之禍慘于流寇。蓋流寇之掠殺人，操刃於手;健訟之朘削人，假刃於衆。操刃者，猶可制禦，而假刃者，莫可誰何。故流寇有剪滅之期，而健訟無斬絶之日，其禍不尤慘乎? 湖以南，健訟其錮習，今且日浸月盛，不可(底)[厎]止。冒憲祖甫下車，即頒明示，累千餘言。其於訟者之机鋒，及被訟者之毒痡，若盧、扁之診視，凡諸經絡之受病，無不了了也。懸之通衢，人皆耳而目之矣，而幽遐奥渫之間，能周知乎? 顓蒙闇睯之民，能曉暢乎? 因召剞劂錂之，彙爲一帙，分爲千百帙，聽四鄉之人自取焉。轉相傳誦，轉相解釋，久之將豁然悟健訟之非，化譸張詭譎而爲忠信之俗，亦何異我祖耳提而面命之哉?

夫平寇以兵戈，息訟以文告。兵戈有搶攘之勞，文告有默奪之效。所過者化，寧待歲時? 昔虞芮革心於西伯，甘棠繫思於召公，我祖何多讓焉? 然有説於此。我祖持綱紀於上，而其共濟者，郡守邑令也。守令於百姓尤親，于保民尤便，能皆以我祖之心爲心，相與申飭而化導之，以漸至於無訟，將使海内謂德星聚于湖南，豈不亦休美哉?

萬里吟序 萬里吟

華亭 陳繼儒

(以上缺四頁)隽則沈埋故紙堆中，爲芥蠛，爲壞蟲，爲乾螢老蠹，終日行不離尺寸，而自以爲遠,豈不悲哉?

今宗起謝去帖括家言,手足耳目復還而爲我有,正如天馬驟空,神雕擘漠,掣韝斷紲,安往不得其所哉?行役所至,凡古來福地洞天、石笥玉牒,俱羅在挽鬚摩腹間。發而爲記,則南渡江淮,北涉齊魯,上會稽,探禹穴,窺九疑之司馬子長也;發而爲詩,則鄜州以前、梓州以後之杜少陵也。東坡謂杜詩似《史記》然,竟無能知其所以似《史記》者,蓋謂兩公俱得遊助耳。今宗起肝膽才情,横絶一時,真可與山川麗藻、雲物精靈相映發,而又本之以甚深密義,則幾於英雄之膽小,至人之息踵矣。(以下缺三十一字)少年孤行壹意,不復佩先生長者之言,直是無福承當耳。咄哉宗起,深沈篤摯,似不屑以區區詩人鳴也。異日薄有韻之語,精練於經世出世有用之學,(冼)[洗]足收鉢,闔門造車,運量一心,走徧天下,如屈伸臂頃,即穆滿之八駿,泰始之六龍,豈足以喻其快乎?萬里吟不能竟我宗起矣,故敘之請教於汝九先生。

拙存堂逸稿序 拙存堂文剩卷首

杜 濬

庚寅之秋,濬溯遊東皋,訪冒嵩少先生讀書處,值先生自訂《拙存堂文賸》六卷剞劂告成,以授小子,曰:"是百一之僅存也,子爲我序其意。"濬受而一再讀,輒復於先生曰:"濬觀近代以來諸名能文章家,各有集序者,例張大其辭,夷考其實,副之實難也。吾不知彼將以示後人之不知文者乎?抑示知文者乎?是故有真人真文真學問於此,則將無所用浮談矣。"先生曰:"是吾意也。"濬乃作而言曰:

今夫文者,何也?物之情狀也。自六經、四子,以至馬、班、唐宋八家,雖正旁原委,不可同日語,然皆能不失物之情狀。情則有神,狀則有采,而文事畢矣。輓近作者充棟汗牛,名走四裔,及讀其書,不知作何等語,蓋不惟不能得物之情狀,而又重累之。何哉?大抵餖飣陳語者無情,譬如家人父子,日用相商,而必咀嚼古文奇字,險艱其句,使聽者茫然,致本意全晦,是食古之愚人也。臆造新奇者無狀,譬之明堂、清廟,各有宜言,而必欲言其所不宜言,如圍棋蹴鞠、畫眉鬬草之類,以爲高超妙致,大體盡失,是好新之妄人也。舉此二端,文復奚有所以然者?彼徒急於流俗之名,墮坑塹而不顧,曾不知文章之道,根極身心,必以人爲本,以質爲地,以自然爲宗,以體物不遺爲極致。焉有真意澌滅,而可與言文者?故必有真人,而後有真文。兹於吾嵩少先生,僅一屈指焉。

先生自少事親，承權永慕，存没無間，其孝真；仕宦歷中外，無私交，夷險一節，其忠真；昕夕寒暑，手不釋卷，其學真；與人交，至誠久敬，洞見肝鬲，其氣骨真。故其爲文，一本於其中之所以然者，與萬物相見，使蹊逕盡歸而風水自遭。吾讀其諸篇，覺古今治亂、經史性命、友朋山水之情狀，亦幾盡矣。其遒勁精深，時近古作者諸家，然先生真氣孤行，正無意求似之。吾第知真者必能久，能久之謂傳，先生則必傳者也。

拙存堂逸稿序 拙存堂文剩卷首

李　清

余弱冠時，幸踵伯維凝先生武，獲交嵩少冒公，與公皆屢蹶春官，而同報罷者再，故交以躓彌深，而因知公有嗜古癖。

近讀公所著《逸稿》，如見大巫而縮舌矣。既念交深，則言不淺。公屬余言，余安敢靳？昔人謂史有三長，文猶是，故以文章見采，以經濟徵實，尤以學問樹本。但當頡字與蔡紙未興，而有繩方結時，書安在？又有編欲絶時書僅幾。故今人有一事焉，能令前人有靈亦爲遥妬者，惟讀書樂耳。

或曰，書自秦火後，至兩漢以下浸繁。昔苦讀無可讀，今苦讀不勝讀，奈何？然試問千百年後，誰復以梁火繼秦火，而付十四萬卷於一炬？且不獨無減也，又有增。蓋即國史一書，已與繼周復繼周者相環靡底，而紛紛私構，安卜獲麟耶？故比今書於虞夏、商周則煩，而比於宋元、我明後悠悠無盡之書，則猶簡。乃知有讀書樂，無讀書苦者，惟今時獨也。雖然，有兩荒：一以時藝荒，一以詩荒。不專心致志，則不得也，他未遑兼舉云。廣生案：所見《拙存堂逸稿》，以下少一頁，約缺一百七十字，俟補。政事者，爲真經濟也。擘畫所及，皆爲著作，茂已。猶曰逸，曰賸何？無亦公之彩筆綉腸，非鬼物所敢睥睨。故其才益淵淵無盡，而所盜者僅此溢餘數紙乎？然即以此逸且賸者，送江州、洛陽諸寺，如佛書雜傳例流行，謂公博綜所該，又旁及迦函，而其實獨有以副之也。抑余更有進。當公捷南宫時，即慨然先多士議，以初元通榜曠恩請。夫移孝作忠，固報禮始基也。今巢軒、長源、和受、芳洲、伯玉五君，皆隨龍馭殉，視他科爲溢，蓋不獨學問、經濟、文章三途，至公始備，而忠義一途，又藉公始闢。故余之手公是集，而諷咏不已也，若嗅之有氣，何也？謂其能發忠義之氣，故芬也。

文賸自序 拙存堂文剩卷首

冒起宗

余不能詩，而能文哉。自少而壯，屈指此三十年間，雄心灝氣，盡横亘於八股頭中，妄謂天下文章莫大乎是，間亦縱横三萬，博覽乎著作之林。譬之爝火不可以言光，陽燄不可以爲實，且目滿而神，不屬望洋而返所從來矣。

故其出而爲文，上不能開來闢往，自成一家；次不能洗髓伐毛，芻狗百氏；又其次亦不能追之琢之，飛霞思，奮曜藻，獨擅響龍之伎倆。且也寧露癡骨，恥裹妍皮，每一操觚，自數十言以至千百言，分體結撰，必肖其意匠而止。至於胏石平反，戎旃籌策，肉生枯骼，腹畫山川，尤嘔心刻意之筆，床頭英雄，固不能捉刀于局外，即欲有所乞靈而不可也。録而存之，縱計可數尺許。蛙聲蚓語，未敢遽以問世，而祝融氏先竊之去矣。

今詩以概名，文僅賸此，亦謂此餘瀋残膏，點點皆心血耳，敢云一滴水具大海味耶？雖然，虞仲翔有云："天下有一知己，死可不恨。"詹詹余言，即存之，亦應投渚。乃祝融氏先竊之，不可謂非藏拙之知己也。

拙存堂續藁序 自鳴草卷首

徐　波

滄桑以來，□□既絶風霄之念，蹈海栖巖，且用周旋閭里，皆有所記，以自娱悦。大江之南，人文黯然，非無所託也。而悠悠自任，此其(缺)吟，觸物增興，情之所至，無不可傳之於景；景之所設，正用以寫其情。詩道至此，可謂希聲。風之所被，大小畢和者也，然猶曰自鳴其天而已。舉世之動植，有情無情俱不足以擬議，則(缺)佛語所謂"八種和合"，出音聲，析而求之，其相了不可得。云其有，則三際杳如；云其無，又熾然説法。試舉似公，儻有契處，公將曰："是夫也多言！"如其未也，則請再進。

拙存堂續藁序 自鳴草卷首

邵潛

吾郡當嘉、隆之際，蓋有十先生云，其古文辭褎然冠海内，洵一時之盛也。自兹以還，又得三先生焉，曰陳司馬思進，曰范勛卿異羽，曰冒憲副嵩少。是三先生之才之品，海内知之素矣。而嵩少之集，今始後兩先生而出，纔刷青，即以貽余，且屬余序其《自鳴草》，謂二三老友中，惟余爲知己也。

夫詩體之變於景陵也，舉世靡然則之，而嵩少於世風波靡之日，獨屹立不爲動，非邃於學者能乎？今讀其詩，若噉哀家飣座梨，爽齒頰特甚。麗者阿房，博者武庫，貴重者圭瓚，澹宕者鐘吕，音節清亮者鈞天奏而桑林舞。其法律名理，則程將軍之刁斗，林道人之旃檀。師匠既高，取材復博，殆藝苑之高第歟？説者謂嵩少之先大夫及諸大父皆長於詩，淵源有自，故能爾爾。余曰不然。嵩少好讀書，自以名吏部起家，至備兵魯、粤、襄樊，即戎馬倥偬，卷未嘗釋手。及返初服，輒以拙庵爲猗玗洞，楗關却軌，不交世事，少私寡欲，遂其孤介之性。日惟坐卧藜床兹席間，與先生藏書爲伍，耳目心志漸染無非此物。丹鉛雌黄，寒暑不輟，率能博觀約取而强記之。夫神定者天馳，氣完者材放，以故屬思修辭，千言如注，情緣境發，妙合自然，上之可媲陰何，下亦不失元白，蓋中所獨得深矣。視彼驟獵顯榮，楝樾於聲色貨利之塲，畢世不免爲傖父者，其優劣何如耶？

邇來學者類多自滿，下筆未能成章，輒不復更有旁人。是夫楚之翬、遼之豕，夜郎之王易爲雄伯也。嵩少則大盈若虚，大辯若訥，不技癢於才，不羶悦於名，思不越畔，言不浮行，退然常有以自下，即余素乏彭年之知，而每叨子雲之目。其學與識度越流輩遠甚，無怪乎老而理趣益超也。唐文人壽者，丘爲九十六，員半千九十四，元稹八十八，虞世南八十一，秦系、羅隱八十餘。今嵩少僅踰六十，其年固未艾，其所著作又寧有涯涘乎？此特天厨寸臠，丹穴片羽耳。兹集行，奚直鼎足兩先生？即令十先生而在，當虚一席以待嵩少矣，孰謂吾郡無人哉？

自鳴草序 自鳴草卷首

林古度

古人著作成，必錫以嘉名，名與義蓋實有當於其心，非若大澤臨海，僅以地稱也。今冒嵩少先生之續詩，以“自鳴”名矣。自者，自也，鳴者，自鳴也。名亦有時，時不同而名隨之。彼天水之謡，梁父之吟，四愁、五噫、七歌之唱，何莫非鳴？先生之自序其鳴，闡乎物之鳴者殆盡，而又欲如反舌無聲，其旨遠矣。且先生平日雅自爲詩，尤善集陶、杜。陶、杜亦自鳴也，先生借之以鳴，若自鳴焉。石鼓失響，撾以桐魚，天下未有自不能鳴，而能鳴他人之鳴者。然静繹詩藴，興觀群怨，無所不有，莫非自也，非他人可能分；其鳴，莫非鳴也，求所爲不平之鳴，了不可得。誠哉！根柢於三百，非獨傾瀝液、漱芳潤而已也。昔傅巽有云：“聊密爾自娱於斯文。”先生其然余言否乎？

自鳴草自序 自鳴草卷首

冒起宗

金衣鳴春，絡緯鳴秋，雞鳴夜，鶻鳩鳴朝，鶗鴂鳴歲暮。候至而聲應之，鳴乎其不得不鳴者也。鸛鳴垤，蜩鳴樹，田父鳴池，歌女鳴砌思，蟲鳴網户。體有所假而聲從之，不期其鳴而鳴焉者也。若夫鳥以悲鳴，鴟以怒鳴，鵲仰鳴晴、俯鳴陰，而鴳鵲之鳴以見人歡樂事，竅乎聲而本乎情，即鳴者亦不得而主矣。

凡人有所根柢於其中，率假而鳴之詩。古今以詩鳴者代異，人人異調，綜其大都，亦猶物之應候、應情託之詩而精言之也。若余自遂初以來，吞響林巢，久作無聲之反舌，何必鳴？且嬰風露，薄崦嵫，哀鳴之期駸駸乎不遠，何以不必鳴而終不能已於鳴？如批頰伴曉烏啼，如子規啼血成花，倒懸於樹而不知其苦，非不得其平，不得已而爲之也。豈昌黎所云天醜其德，使之自鳴而莫之顧？亦如蟲鳴之各自爲聲，終不辨爲何音者耶？若曰鳳鳴高岡，鶴鳴九皋，大鳥一鳴驚人，撞鐘者小叩小鳴，大叩大鳴，僧伽難提云“非鈴非風，而以心鳴”，則皆擬之而失其倫者也。吾自鳴之自知之而已矣。

冒宗起渡江草序 青來閣二集

方應祥孟旋

自繢文之士鞶帨相媲，瞀爲高者挾其名理、經濟以勝之。夫名理必取精於性命。拈空之性命，非名理也。性于題，斯謂性；命于題，斯謂命矣。經濟必核實于人之情、事之境，掠影于情境，非經濟也。合文于題，題與文之情達，則人之情達；境盡，則事之境盡矣。名理、經濟之文，豈蘄勝而瞀爲高者所能辨哉？

宗起自京師以文過予，讀之，其氣骨高秀而出以愷悌，渢渢乎大雅琳琅之音也。其人翛然玉暎，言娓娓，嘗有以自下，已嘆其中不可量矣。於是函其所謂《渡江草》者，屬予敘之。其氣逾以醇，言逾以蔚，而旨復逾以深。其廣劘切于當世博文有道之士，又何逾多而靡有饜也！夫六籍、四子，無匪性命之言。六籍、四子性命之言，無所不通。理于人之情、事之境，題爲之五音、六律，而以吾之文稟節按度，抑揚高下于其間，佩之于身不祥，所以遠施之家國天下，順治所自臶也。逆駕以勝心謬，纍黍而九譯隔矣。勝心之難持，莫如去子衿而新爲孝廉，盛氣乍鼓，蹶不即奮，以爲不得吾意于不我知者，吾所得爲者由我耳。有物中衡發不自禁，自以爲名理、經濟之文，賢于鞶帨相暱者，不知其爲此道之蠹實倍之。由此觀之，宗起之樹于吾黨與今之世也，是篇固可爲券矣。

七游草序 七游草卷首

冒愈昌

憶庚申春，方孟旋職方語余曰："君家宗起，何材之磊砢而英多也！是卿何物？"余曰："諸孫。"曰：'殆杜甫所謂"吾宗老孫子，詩書滿腹中"者耶？'余曰：'去其老而可矣已。'"梁无它虞部亦復云然。馬仲良京兆則述其兄時良太史云，宗起己未公車之牘，妙絶一時，于以裒然舉首而冠冕南宫，綽有餘地，乃竟不收，此其故莫之究詰，而今偕計吏者再。中間以侍其尊人明府，補任平都，沿遡大江，繇楚入蜀。

已永寧難作，奉父命將母東還。甫及抵家，而試期且迫，輒復囊書襆被，倍道北征。雖亦復不收，而幸蜀難稍紓，平安時報。乃乘兹暇日，有事南雝，過余而問，因出其《七游詩草》就而質焉，曰："諸大父其爲我序之。"余曰："有是哉，吾子之兼長乎？夫制秇，子本業也。即窮工入妙，如時良太史所爲，以第一人相期許者，殊非異數。至詩，則非吾子所嘗習也。曾爲别人之幾何，而遽爾研磨追琢，質有其文，郁郁斌斌，壹洗夫杜撰奇衺之弊，固以奇矣。且也將父將母，有懷二人，赤羽如日，白羽如月，連波如山，驚濤如雪，流離艱險，心口以之，不徒一陟岵陟屺之爲兢兢。昔人謂，讀夏侯太初詩，别見孝悌之性，宗起有焉。"

嗟乎！其斯爲孝廉也與哉？彼不吕鉅爲車上仙，則屑瑟問家人産者，賢不肖相去何如矣？余故序之，以俟諗于孟旋、无它、時良、仲良四先生之立言名世者。若夫七游之旨，則具宗起所自爲序中。

天啓二年壬戌之秋七月既望，題于青溪之邀篴步。

七遊草自序 拙存堂文剩

冒起宗

昔人有言："不出户，知天下；不窺牖，見天道。"信斯言也，將五嶽九州悉爲長物，孰敝敝焉以遊爲事乎？則病者乎？乃聞諸古男子生縣弧於門，當其墮地時，業以有志四方期之矣。彼甕天牖日，槁項黄馘，奚取焉？

予自萬曆癸丑侍家君出宰虔南，道經吴越。戊午，幸偕計吏，繇齊魯有事燕山，亦越辛酉，再侍家君從楚而蜀，補任平都。按《禹貢》之九州，已歷其七，較君平之所涉，僅少其一，而八年踪迹具是矣。雖曰險夷異境，忻戚殊悰，自北自南，身同候雁，將父將母，若懸旌而衷有所鬱，筆輒抒之，積草成帙，名曰七遊，亦聊以記歲時，志跋涉云爾。悔其少作，他日足之。何莫學《詩》？則予小子素所服膺者也。

冒宗起詩草序 翠娱閣評選陳明卿小品

陳仁錫

己未，識冒宗起于燈市。氣不可一世而恂恂下人，文特秀挺。兹集又一變矣，蓋游蜀作也，險阻增壯采。嘗論文字如美人，浮香掠影，皆其側相，亦須正側俱佳。今文字日媚日薄，可斜視不可正觀，如美人可臨水不可臨鏡。宗起鏡中人也，所着山水影，鏡中影也。宗起自此遠矣。

山水影自序 拙存堂文剩

冒起宗

昔吴立夫好遊，每遇中原奇絶處及古人歌舞鬪戰之地，輒慷慨高歌，呼酒自慰，故其文益雄宕有奇氣。嘗謂人曰："胸中無萬卷書，眼中無天下山水，未必能文。縱文，亦兒女子語耳。"

余自少喜人談山水，長而挾策走四方，眼界足迹頗不爲里閈所囿。辛酉，侍養入蜀，遡楊子而上。孟冬，以寧酋之變，復踉蹌順流而下。往來登覽，如采石之峭插日邊，九華之秀落天外，黄鶴、岳陽之絶漢排空，瞿唐、灩澦之駴心攝魄，峰成巫字，波學巴文，以及夕照晴嵐，溪光巖月，種種應接不暇。因思吾兩目、兩足，不知作何功德，受兹異享？而興之所到，時操管城子與山水結社。其間以恐奪者十之一，以悲奪者十之二，以盛暑隆寒奪者十之三。撿點笥中，猶得文三十首，則皆萬里中邀靈山水而成之者。豈真如立夫讀破萬卷，收名山大川於胸中，而吐之於筆下哉？

再則歸來，浪遊白下，與汪子無際取酒慰勞，因出笥中草相質。無際顔之曰《山水影》。夫倚岫帶流，枕皋築舍，裀豐草而佩幽蘭，此家於山水者也。余不過以山水爲郵，山水不屑以余爲主，即其興到爲文，誠不知於雄宕何居。總之，皆影語耳。若謬謂進於影而肖山水之神，如蕭賁扇上圖，只尺間便覺萬里；吴道子之畫江陵山水，以心記代粉本，一日而就，則余竊願學焉，而未之逮也。越日，復走赫蹏於無際，曰："美哉，無際之文我以佳名也，但恐爲立夫所笑。”

嶺西行紀自序 拙存堂文剩

冒起宗

余不佞五年堊室，慟與病兼，忽而登啓事，無異乎放深山野鹿於五都之市也。束裝度嶺，家累相從，竊昉昌黎氏所過必鐫名記日之義，每于推篷之隙，信筆直書，積久成帙。大都欣賞少，感慨多，寄托遐，悲涼勝，奉簡書而儼若，睠封樹則凄然，五十之慕方新，終身之憂過半，非復曩昔翩翩咏《黄華》時矣。譬之秋砧敲月，候蟲鳴砌，時實爲之而聲應焉，即欲不如是而不得也。偶讀司空圖詩，云“行紀添新夢”，因拈以名之。雖謁告有湘江之役，皆度嶺後事耳。

西嶺懷古詩自序 拙存堂文剩

冒起宗

夫星圖粤地，引潮汐於玄紐；日次周天，晷書宵於陽陸。然則南嶺之南，北户之北，寥豁鬱泱，天與地莽，固輿象所偏麗，亦燭龍之所長炤者哉！余駐端州而控高涼，於佳山水有領袖名。然當四郊多壘，時慄慄乎奉簡書、討軍實，以言乎登高作賦未遑也，況非才大夫也。重以南仰椿彫，北堂蘐萎，陟屺岵而愛日情傷，憶松楸則孤雲夢遠，衹縈悲緒，寧有曠懷？且今日之宦途，亦奚翅吕梁之懸沫三千仞，與夫羊腸鳥道之九折百盤也。多態之長女，固所羞爲；骨骯之傖父，寧堪妙應？雙丸迅跳，空餘銘山破浪之心；二豎頻侵，徒廑采蕨飯松之想已耳。

頃緣春防，按部越峻，坂凌驚濤，幾徹二州之履。凡所送目，輒爾留題，即間有卧遊，亦多寄贈。大都於騁望結遥集之契，以地靈增人傑之思，妄擬仲長之睥睨，殊遜立夫之雄宕。乃猶不自量，而名之懷古以災木，豈惟山川笑人，雖管城子、褚待制爲之色沮矣。

西嶺懷賢詩自序 拙存堂文剩

冒起宗

古今之大經濟人，皆大風流人也。蓋其人偶一墮地，元是星精，故隨所懷來，如逢故物。余之徘徊石室而懷諸賢，良有以也。乃自諸賢而外，洋洋兩郡，苒苒千春，近則同朝廷而别代，不又有澤與雲遊，聲從風遠，精潔心過于丹青，遠大才見乎盤錯，經文緯武，銘彝鼎，勒口碑，令人談之而啓齒皆香，步焉趨焉，而執鞭若恐後哉！其間亦有以七尺狥三綱，以直臣爲遷客，精金百煉彌勁，長河萬折必東。若而人者，雖幻影有時而盡，而至今風流如在，生氣常新，則皆後事之師矣。余欲見其人而不可得，今託諸詩以識景山，若曰思齊焉，未敢也。

唐詩集句自序 拙存堂文剩

冒起宗

集古成韻，代不乏人，妙在意象俱冥，如出一口，宫商肆應，不俟轉喉，未可以飣餖飾侯鯖也。

余醉心于唐詩者凡三十年，興會所乘，間有集句。范榮期曰："應是我輩語。"其然哉？雖然，我非彼，安知彼心之非我歟？彼非我，安知我心之非彼歟？雖然，方圓之融于規矩，權衡之融于丈石，又安知彼心我心，後視今不猶今視昔歟？故食生不化病在鯁，聚毳成裘巧在集，"我思古人，實獲我心"，斯言其相拍者矣。或曰，此即仙人五銖無縫衣也。予曰：子獨不聞《道樞》有云，"二物合璧，名曰河車"乎？通于此，而集之時義大矣。

浮山唱和詩自序 拙存堂文剩

冒起宗

浮山寺在茂名縣之那家驛，今易名大陵寺。建水濆，峨峨特秀，前侍御南昌涂東潭公題詩鐫名處也。詩以紀行，凡五章，時爲嘉靖五年望後二日，逮今崇禎十三歲之四月八日，百十有五禩矣。余備兵嶺西，攝守篆，乃跨州越郡而過其地，捫其詩，因想見涂公之爲人，而屬和者寥寥也。忽於後壁得五詩，居然成家，自署"隨寓小蓬子稿"。詢之寺僧，云相傳爲大陵驛丞作，以官卑隱姓名耳。余笑曰："詩豈序官者哉？"至驛，稽之則爲黎瑞雲，增城人也，然百十五年間冠蓋如織，而屬和者僅一人，難矣哉！

余昔備員使署，歲一咏《皇華》，凡經過郵舍，必拂塵披蘚，搜閱所遺詩若文，大都古人多於今人，即生同時也，而亦先達多於後進，豈才之不相若哉？古之人留心於民生世道，其觸而成聲者，非性情之元籟，即周咨之影本，今人則故事之而已矣。余撫懷濡翰，率和十章勒於石。煌煌柱史尚已，孰謂抱關可忽乎哉？

環緑園十九義自序 拙存堂文剩

冒起宗

余生居僻壤，無名山大川、茂林邃谷，足以蕩塵襟而引遠致。雖有帷時下，無園可窺，梓澤、蘭亭，幾爲昔人占勝，翳郭之東偏，則宋曾文昭公之隱玉舊齋在焉。疏鐘敲月，幡影垂雲，緑樹千章，周遭漣漪之上，居然塵中丘壑也。家大夫逸老是謀，臨池拓社，余每侍杖屨，縱目披襟，或閒如逸士，或挺如直臣，或飄如羽流，或矯如俠客，或峻嶒如力士，或骨立如枯僧，或柔條帶雨如新沐之倩姝，或弱幹回風如懷春之怨女，或遠如飄練，或高欲搏空，或攫拏而學龍孥，或婆娑而同偃蓋，以至朝華競絢，夕秀争妍，霞起赤城，燈分紺宇。家大夫樂而言曰："會心不遠，亦寧必名山大川、茂林邃谷，乃足蕩胸而引致也哉？"以故命觴尋樂，亦復載筆摛華，遂成書義十九首。余方存乎見少，而梁無它儀部賞而鋟之，爲作公車羔雁。余聞木之爲言觸也，余日涉成趣，得之觸發者殊多，獨不曰木從繩則直乎？余且近愧趨庭，遠負畏友矣。雖然，古詩以十九首稱最，隱其姓名，余以偶合題篇，殃及梨棗，古今之不相及誠然哉！

杓庵新語自序 拙存堂文剩

冒起宗

支離生三黜於春官歸，歸而厥形黧黑，厥神戚憔，落落涼涼，思有所託以逃責。爰過青城子之居，而告之曰："若知吾之所以黜乎？夫文生於心，而成於手。今心曠其官，而腕且有鬼，是非戰之不利，而戰無其具也。可奈何？"相與太息久之而別，別而就枕松軒。

忽有丹衣絳幘者立吾前，曰："吾心神也。義不受枉，請直之。吾聞清者靈之宮，而攖者瞀之府也。子三年來，非柴柵我則荆棘我，甚且招齊贅壻以濁我，挾登徒子以波蕩我，其令我休於鈞者幾何？時吾以愛子故，雖甚勞未忍言去，顧受枉耶？"語未竟，復有貌離奇而狀攫拏者旁睨之。詢爲誰，曰："吾腕中鬼也。服役於子久，而習子稔矣。竊怪子之於叵羅親而於不律疎也，於墳典勤而於帖括倦也，揮麈飛屑之晷長，而續膏繼晷之期短也。閱三年而我困矣，三年困而一朝伸，數所必不得，而況風塵車馬之擾擾，磬折周旋之僕僕也。心手弗習而鬼神莫之愛助者。職是故，子實自負，而於我何尤焉？"

支離生怒而叱之曰："吾方爲糊眼客所簸弄，若輩何敢揄揶我？亟退，毋饒舌。"心與腕復進曰："子毋怒，請與子約。子能懷元寶畚，歸休乎浹月，吾因得白其枉而塞子之兑，可乎？"支離生曰："可。"自是杜耳目，謝賓客，翳茅拓架，築一室於逸園之東偏，顔曰杓庵。庵中自楮先生、子墨客卿外不多及。憩之纔數夕，偶拈一題試之，油油乎浩浩乎思若濤奔，而莫測所自來也；腕如轂轉，而莫知所自止也。若或相之，匪夷所思，曾幾何時，而文已成帙。心與腕復命曰："今則若何？何不出而衷之同志者？"

越宿，青城子至，則左懷丹鉛，右持律令，據案作誓辭曰："今日之事予爲政，敢有輕重其心，上下其手者，神有罰。"因索其成帙者披之。始焉正色，既且改容，三復而色變，曰："噫嘻！亦何心靈而手敏哉！以視闈中牘，又越一格矣。"於是進支離生而判之曰："爾之負者有三：爾有蓬而不知刈，則負心；爾有棘而不知剪，則負腕；爾戰之不利而故移罪以藏拙，則爾實自負。吾雖素暱爾，敢不以三尺繩其後？"又進心與腕而戒之曰："爾得理矣。然爾有浹月之約，吾亦申三年之約。而今而後，皆爾主人懷元寶嗇之日也。比及三年，非若輩效忠之會耶？脱及期而曠若官，怠若役，抑或心花乍聞，猶待若抽於意匠，指月未化，不無乞靈於穎人，則吾當草檄操箠伺爾後。爾其勉之。"心與腕乃唯唯退，而支離生之落落涼涼，亦不知從何往矣。青城子曰："此一段公案畢矣。子何不出而問世?"支離生曰："姑俟之。"因出杖頭錢，劇飲杓庵中，達曙乃去。旦而薰風徐引，宿酲半蘇，遂取茗水閔人生所貽白龍髯，試新安朱開之青鱗髓，書薛濤箋紀其事。庵以杓名，象余隘也。

支離生者，冒生所自署，愧其進不能大用，不復埒於全人也。青城子則吾友佘仲容之别號。青城子薄責人而自厚，厥躬可知也已。

答舂草自序 拙存堂文剩

冒起宗

我輩之異才奇遘，一息九萬者無論已，外此而難於上青天者比比也，究論之，有通病焉。側注附進賢之籍，帖括越風雅之俎，聲色耗其俊氣，婚嫁灰其壯心。幸小敵之不靈，則百寒竟無一暴；賤故步而不屑，則眼高不免手生。種種受病，當不出此數者。轉眼三年，逢場浪戰，無異乎以戈舂黍也，不待撤棘而已知其北矣。余年來蹭蹬名場，根究病痛，於是掩關屏慮，不難自爲枚生。乃每當沉思欲倦時，輒聞鄰家舂聲，若奔濤駭浪，坼岍崩崕，與余咿唔聲相答。浸假得文若干首，遂顔之曰"答舂草"。

夫一人而諸病交侵，何遽有起色也？然試清夜循省此三百六十旬中，曾如困逢掖，就試有司時，高舂而莊誦，下舂而脱稿乎？燃膏繼晷，能如鄰女之舂寒夜乎？儲峙待時，如赴百里者之宿舂糧乎？所藉以摧靡而擊惰者，法莫大乎震，其所云畏鄰，戒乎是舂也。雖不若琴聲、碁聲、砧聲、玉簫聲、霜天斷雁聲、雙柑斗酒聽黄鸝聲，能令人遠、令人静，能令人淒切，能令人清耳而砭俗，亦奚啻漁陽之參撾，而洊雷之震驚也哉？予因是而知不定則不静，而不極動則不極静。行其庭，不見其人，艮之所以止所；不見可欲，使心不亂，老之所以守中，予安知曹溪碓房非立證菩提地也？海内老名士不少與予同病者，願以此語贈之。

重鐫春鮮閣合藁自序 拙存堂文剩

冒起宗

萬曆戊午,余與嘉定汪無際同登南國賢書,同出碧山劉先生之門。未、戌、丑三納卷於都堂而三不偶。凡所爲張舌之在否、蘇揣之工拙、耳熱後之歌呼、唾壺口之完缺,余無不與無際共之。

丁卯計偕,余僦寓于吕公應夢堂,無際亦下榻於太清道院,不期而趾相接也。予素師事無際,每日抽一題,成一義,輒走伻子,索無際觀,伺其意所可否爲進退,不觀則戒伻子不得返。無際具隻眼,無曲筆,攻瑕擊惰,曾不靡其餘力。余見之感且愧,愧且益奮,因嘆邇日豜神怪聖,執旗鼓以號召天下,而天下無識之士燕叱鶯化,靡然從之。於是王唐以來,體格有《黍離》之嘆,繩尺有《蕪城》之歌,法脉爲《靈光》之焚餘,姿韻作《阿房》之墜燼。而困於公車者,大率以標榜爲勝場,以改頭易面爲逢年之捷技,安得知我生我,知必言,言必盡,如無際之於余者?故或雪窗伸紙,或丙夜挑鐙,但有一語一字之未安,反覆推敲,幾移旭影,即偶伏衾枕,而竟夕耿耿也。故余與無際詩有"十載憐同調,今番是我師"之句,而無際柬余云:"如此虚心苦心,不恥下問,不吝改過,鬼神通之矣。此而不售,當霍吾雙目。"余笑答曰:"且留子雙目在。"嗟乎!得失寸心,知人但知其得而不知其失,余固不自知,而無際能使之知,即欲不虚不改,何可得?今日糠粃偶前,遂了三十年文字之局,余忍一日忘無際哉?

是冬,棹返温陵,蹔憩西子湖上,友人錢夢玉、聞子將、吴静腑、徐楚白、陸道胤取酒慰行役,因索余諸近義,訂坊刻之譌。三敗如余,安敢矜勝於一日,而不忍忘無際之高誼,因手訂於湖上春鮮閣,以質諸君子。此余當日自序之言也。

曾幾何時,無際、孟玉、子將俱謝塵壒,而災木者漸佚矣。丁亥,課二孫于拙存堂,竊怪時文之幽謬,而莫知所底,復重鐫示之。余猶記黄泰稚太史之序余稿曰:"宗起年近壯,四上公車,眉鬢纔三十許人。然余非今夏親交宗起,則輒謬擬爲宿德尊行,不則爲大俠,爲天竺先生,爲江淮間老詩酒客,蓋久襲其名,故令人疑疑而信信也如此。"而同年許仲嘉則云:"器惟求新,人惟求舊。文章一道,朝菌晦朔,蟪蛄春秋,旦焉帝,暮焉役,儻人而求新,則突梯滑稽,鬼域蛇蝪,凡所爲呈身固寵,排衆敗類,亦復何所不至?宗起席帽離身,而故我自在,真吾黨人也。"吁!兩公之言如新,而其人安在乎?雖寧拙毋巧,終其身未敢鬥捷取新,貽羞諸君子,而向之近壯者,今望耆矣。顧沾沾已敝之故帚,豈曰但能治幼小乎?

香儷園偶存詩序 香儷園偶存卷首

華亭 董其昌

《王右丞集》載十六、十九歲詩，不必王子安《滕王閣》詩若序，江河萬古，四傑無論，假令右丞之詩不著年月，誰能辨其少作耶？光岳靈氣，只有此數，古今文人共之。頭出頭没，無足異者，宿世謬詞客，右丞語不虚也。

此辟疆十四歲時作，才情筆力已是名家上乘，安知非前身老詩人再來？亦安知非高常侍五十爲詩，常蘇州六朝吟客，千錘百煉，撚破髭鬚者，習氣未盡，再入詞場，點綴盛明一代詩文之景運耶？辟疆自謂此故吾不忍廢。予謂此如崑山之人，以夜光抵鵲，何言之易，以詑於賞音者！

香儷園偶存詩序 香儷園偶存卷首

鄭元勛超宗

或曰：文人不宜蚤爲詩，亦不宜早得名，詩雜文心，名減文福，予恒笑之。文人而無才則已，文人而有才，必不但以文著也，矧奇才天縱而英名勃發者乎？且詩何必非文也？文心而詩入之，必不澀而疏，不徑而婉，不言窮即止，而味外有味，數者皆文心之最善。而謂詩之累文，其人之文可知矣。若夫名，尤文之所以驗其實也。才足掩一鄉，斯有一鄉之名；才足掩一國，斯有一國之名；才足掩天下，斯有天下之名。先輩之論名士，猶曰名教、名理、名言云爾。炳若日星之謂名教，通乎神明之謂名理，至當不易之謂名言，超然不凡之謂名士。夫闒闒無奇，與夫能文不必能詩，能詩不必能文，何有於不凡？人既凡矣，雖有文福，亦何足居乎？

冒辟疆風流自賞，髮甫覆額，能文即能詩，能詩即以詩名，遠近相聞，無不競傳其詩。一時同志愛辟疆者，毋使聲光早露，亟止之。今歲，董宗伯一見嘆賞不置，謂此不減王子安，序而欲其付梓。余更爲辟疆勸曰："今世重功名而薄風雅，少年浪得一第，則曰成名，至其才實足以玉立，而反曰浮名不足驚也。彼自量其得失之多寡，而豈吾輩所相許者乎？且君家世以詩名，未聞減其早達，子亦可以相觀而自信矣。”

香儷園偶存自序 香儷園偶存卷首

冒 襄

憶辛酉侍家大父宦蜀之平都，年方及旬，極目奇山水，遠生畫意，別具詩情，每對景小吟，輒自成句。後甲子、乙丑，謬爲詩。童子何知，偶學好弄，雖未窺見一斑而天籟自鳴，正如秋風淅瀝時絮絮蟲吟，又如風蒲獵獵中蜻蜓點水。而戊辰兩奉陳眉公先生手教，謂此道損心神，妨舉業，諄諄戒諭，古誼蒸人，遂收拾一切韻語，付之祖龍。

回首今春五六年事，暇日偶簡敝簏，尚餘蕉葉，半蝕銀魚。因遠遡王子安，近稽楊升庵集内詩注，少年兩先生，奇文滿天壤，尚不遺綺歲才華。予愧鷽鳥蠹蟲，縱不敢僭擬前喆，何忍以生於情、發於聲之言，盡凋零於殘蝨也？自慚雞肋，漫付塗鴉。

香儷園二集序 同人集

陳函輝木叔

蓋聞音生心，詩言志，三百篇以貢情陳事，參飾文質而要其和，詩之至、意之至也。唐約之近體而音始節，子美歸之性情而音始真。詩近體故難，近體以道情更不易。銅將軍、鐵綽板，唱大江東去，與十七八女郎曉風殘月，致固不侔也。譬之手提萬兵，布陣分和，刁斗相應，中材有制之將足不敗；圍棋賭墅，雅歌投壺，而處女脱兔，酒政軍容，從此者遠矣。夫思客麗人，攄情陶性，安所拘拘于法之内哉？十二國風大都里井士女信口贈貽之物，今皆爲經也，世或反以模擬失之。故僕苦吟廿年矣，未得其堂，何論奥窔？

三山談長益從雉皋來，攜辟疆新詩見示。昔人云：“善詩者，詩中有畫；善畫者，畫中有詩。”辟疆年甚少，以黄憲傾談之歲，李蟠請學之時，而名久噪于區中，聲日騰于洛下，飄飄意遠，炯炯才高。慷慨寄情，感激雲霄之氣；蕭條抗志，流連帷帳之詞。博山爇而仙來，朱絃響而雲簇。擲來潘菓，香留核内之仁；接得魚書，錦作籯中之字。蓋不直形夢寐乎古人，抑且神寄暢于佳境。針影而隣媛爲憐，聽咏而旗亭迭唱。時有平叔和言，猶曰難魯衛之兩匹；仲宣賡響，不能贊游夏之一辭。長益輒命，余夙慕芳名，謬爲元晏，辟疆得毋以余爲香山白家之老婢耶？蕤賓躍鐵，方諸應月，余不能私。不佞之元言，且有以廢詞人之災木矣。

寒碧孤吟序 寒碧孤吟卷首

陳繼儒

詩盛於唐。唐祖孫父子以門地、人物、文章、詩賦著者：錢起，子徽，徽子可復、可及；李栖筠子吉甫，吉甫子公綽，子仲璟，仲璟子璞、璧、珪、玭。作述焜耀，代不勝書，今見之如皋冒氏矣。

元同先生以真儒爲廉吏，宗起繇天官郎秉憲東魯，辟疆後起，性含異氣，筆帶神鋒，不喜與冠劍車騎貴人遊，而偏喜與陳子爲神交友。彼此未識面，竿牘往來，即楊、許奠簡於洞中，温、段題襟於漢上，無以過也。辟疆仙品，若使學道，故是黄鶴背上人，而約束於祖父家訓，不得不以舉子業鳴。自六藝、九家以及古今萬方之略，多洞達於胸中，見微知著，沉沉不屑爲利齒嗽名兒，視錦半臂、碧紗籠，一笑瞠若也。

辟疆年甚綺，名甚宿，而感慨甚多，登樓遠眺，發爲《寒碧孤吟》，如哀雁訴於海曲，蟋啼於古戰場，疾雷破山，嚴霜弔月，《九歌》耶？十五《國風》耶？何其情深而嫺於言也！遊戲不已，時以舞劍扛鼎之雄，出輕攏緩撥之調，有《花間》，有《草堂》，有孔北海、石曼卿之豪爽，有秦七、黄九之風流。反覆揣之，吾不知其所指謂誰，而神理蟠屈，意緒芊綿，似亦托比於美人香草，以寫其胸懷之不平者，非癖情癡也。自古至人無情，愚人亦無情，情之所鐘，正在英雄與才子耳。辟疆富有才情，而兼英雄之正骨，目前遇不遇，何論哉？頃天子重相因，首重詞林，凡郡縣長卓異工詞藻者，特拔讀中秘書，海内奇雋皆抵掌動色而談詩文，不知辟疆早已得氣之先矣。若物色辟疆，置之東觀、西序，古樂府、大文章度不出辟疆手眼，非壓倒古人，則吞吐餘子，豈待傳誦於旗亭，購募於雞林象譯，始曰蘇君之時哉？曩僕有言："盡償舉子業，餘事作詩。"抑何甚狹小辟疆也！我誤矣，我誤矣。

乙亥正月。

寒碧孤吟序 寒碧孤吟卷首

陳函輝木叔

雉皋之有冒氏，汝南之有袁也，陽夏之有謝也。世有讀《紗德先生傳》而不肅然起、霽然悦者乎？東山墅下紫羅囊少年，偏具將相全才，如干將出匣，遇物必割，如豪鷹鼓翅於秋風，如天馬發蹄於西極，豈直芝蘭玉樹，僅作堦除浮脆美好之觀？

吾聞冒氏自國初東林公以兩淮鹽運隱于如皋，三世潜德先生，力辭徵聘，中丞、少參相繼後至。元同先生往在蜀鄷，逼近渝寇，身睢陽之守，而以義憤激發諸援帥，猰貐遂馘。已捐方州之印，治白社稱詩，詩無不浣花、青蓮也者。聞嵩少先生起家銓尺，驅英蕩、壯屏藩，泰山巖巖，行且霖雨天下。其所爲風雅之業，不翅膾炙人口。

辟疆述祖德，讀父書，家庭傳授與弓冶相承，固有以大異乎人。至其雋異鮮華，星光貝粲，天實以八斗付之，未可丘錦江花，輕相測識也。古今才子皆大有情人爲之，彼所謂情，亦非必沉紅耽緑、暱粉狎黛之爲斤斤也。對榛苓而忽動美人之思，懷蒹葭而忽作伊人之戀，皆恍恍惚惚，如慕如疑，以自極其沉深鬱結之思，傾倒淋漓之致。即如假靈璅以喻君，借鴆鳩而排佞，風可剖爲雌雄，雲可期其朝暮，豈真由凌波之襪可結，陽臺之媛足牽哉？吾輩領略風霞，偶銷塊壘，胸中自有飄飄不染者，以結轡於秦簫楚夢之外，非吾辟疆疇，可與語此者。辟疆制舉業，規局宏麗，結構精密，可以赤幟中原，而詩律深細，葩采艷發，極其所至，開元、大曆諸名家皆可鞭箠使之。

余所勤勤爲辟疆祝者，春秋戰國名卿大夫皆自世家公族，行軍專對，多少年公子任之，朝氣可用，周行在前，清廟明堂雅樂待正，豈惟登高作賦，擅一時才情極譽而已哉？

寒碧孤吟序 寒碧孤吟卷首

李之椿

才者古今所同，何古人多憐而今人多妬也！太白之才，明皇能憐之，貴妃可侍，臣瑁可奴；相如之才，文君能憐之，忍恥耐譏，當鑪自喜。千秋之後，天子未嘗損威，卓女未嘗失名，憐才故也。奇才奇遇，往往爲因。古人最誇奇遇，益信奇才；今人偏嫉奇才，尤嗔奇遇。辟疆言及此，欷歔欲涕，久釀愁心，何堪搖落？牢騷悲咽，觸量成詩。詩成於寒碧樓，樓上曾有人愁，辟疆乃自題曰《寒碧孤吟》。

夫吟之孤，則巫峽之哀猨，而韻之巧，則金谷之嬌鶯也。詩人幾遍天下，每自謙其詩曰押韻。嗟乎！韻豈易言哉！詩者，有韻之文也，極才人之致，何所不可？而以韻準之，則才人不能不低眉俯首。予嘗云："押韻如驪龍頷下珠，其光必自淵而燭天。辟疆斯吟，語語珠光掩映，倘鮫人伺睡而竊之，辟疆將奈何？"辟疆曰："吾不慮有竊珠者，衹恨無弄珠者。此情之所自起也。情爲詩儷，詩爲妬媒，斯吟得毋添一重公案乎？"予曰："宋玉始窺神女，子建方遇洛神，梅花不損鐵腸，閑情詎傷靖節？予正恐辟疆未必深於情耳。"天下寧有無情之才子哉？若夫羅綺酒肉之徒，豪華自擅，而腸穢於蛆，筆重於鼎，此所謂迷樓薄子，淫帳金夫，安可藉口幼輿、休文，以貽羞風月？辟疆花筆雪腸，才情雙妙，旦夕醉倚沉香，詔賦名花傾國，孤吟當易爲芳吟矣。第當此捧硯脱靴時，猶然憶寒碧樓否耶？予也文園抱渴，空賦《子虚》，但願着犢鼻褌，挾當鑪女，徉狂玩世足矣。

甲戌長至後三日。

寒碧孤吟自序 寒碧孤吟卷首

冒　襄

情一往而深，不知所起，情至則無文，不知所止。對良夜以徘徊，隨坐卧而無語，滿懷蟠鬱，千縷紛愁，共處之人莫知，即同心之侶不測。每於昏黄兀首，夢魂乍醒，猛地深思，誰實知我？嗟夫孤雲野鶴，古洞鳴泉，雖其性宜爾，何以一當有心人撫覽，不禁長嘆。其境幽也，幽則入情甚紆，而感慨最切也。余幽人也，厠身冷熱間，心愈熱而眼愈冷。茹我苦荼，供他揶揄，胸中五嶽鼎鼎墳起，偶然觸境，隨意成吟，學步古人之風，熟讀《離騷》之意。伊可懷也，聊託以興；不可度思，人各有志。

集美人名詩序 集美人名詩卷首

通州 包壯行

唐人《比紅兒詩》百章，以一美人而形之以百美人也，想紅兒因想見似紅兒者。辟疆無所想，即見美人於千載一堂上，爲詩歌，被之絲、竹、肉，無不可。美人中有遇者，有不遇者，有忌者，有不忌者，見辟疆而皆屈膝，快知遇，道萬福。辟疆胡以邀寵於美人哉？辟疆再賡美人詩，爲美人侑，美人各報以瑶草、璚芝，或貽以當年含情未逗之思。蓋爲美人洗出百千年面目，覺髯眉人噴珠瀉魄，不及美人冰綃一痕，香澤至今。辟疆得此，非倖也！予里廿四橋頭生美人最著，金陵王氣已盡，邗水四碧，結爲粉黛之鄉，尚不逮苧蘿村一西子，足令千古無顔色。予居相近，恨不得爲見，知"然而無有乎爾，則亦無有乎爾"，寧獨西方美人一輩爲然哉？

集美人名詩自序 集美人名詩卷首

冒　襄

廣陵明月夜，蕩舟二十四橋之間，問玉簫聲何處。小倦方眠，忽得"浣紗江上木蘭橈"之句，二美人寓焉。亟起續成，集爲廿絶，得美人名二百有奇。敢曰多情，殊慚唐突，但良夜畫船，幽人清夢，予實未能負此一時也。偶興付梓，名附於後。

泛雪小草自序 泛雪小草卷首

冒　襄

乙亥之歲，予以愁病廢春夏，以哀痛度秋冬，中間跋涉奔走，辛苦萬狀，李賀囊中幾無韻語。初春簡點舊業，猶得九詩，用酬一歲。此敗籜也，不能掃除，又災梨棗。

省覲兼游衡嶽詩草序 同人集

張自烈爾公

今年，予屏居芑山，偕家仲季，依依二親不出户。蓋自悲十年以來，與天下士頡頏論議，去親日以遠，而於定省闕如也。然予二三良友忠孝共砥錯者，雖數千里外，未嘗不想見其人。一日，如皋友人冒辟疆覲親衡署，歷吴越，涉熊湘，道袁思，與予相見。予時鍵户山中，辟疆不能遲予至，貽予《救荒約》，發夕去。未幾，尊甫奉簡書，整旅襄陽，辟疆將母馬恭人返里門，復維舟過予。兩人促膝論天下事，相視出涕。予告辟疆曰："士未有遺親而知急君，不治身而能救民者，舍本而圖末，奚爲哉?"辟疆曰然。因爲予述其大父令會昌救荒狀，洎尊甫恭人之舍己好施，往往與古合，足爲後世師法。予觀辟疆《救荒約》文，追原先德，得古致君澤民意，非無本者，心韙之。

少間，辟疆出予友陳百史手評制義質予。予嘆曰："知辟疆，莫陳子若！雖然，制義惡足盡辟疆哉!"辟疆遜謝不敢當，復出南嶽省親日紀及詩。讀之，諸所見聞，如宫室園亭、巖壑草木、暴澍怒飈、飛雹激電、巷号塗謳、鳥鳴蟲語，與夫旅人羈客之賡唱、郡邑賢士大夫之誌載，辟疆率冥蒐遐討，形容刻畫殆盡，慷憤流連不忍去。它稱引諷諭，切中當世，得失盛衰，一展卷間，使人偃仰瞪眄，咨悼太息，不自知其歌且泣也。嗟乎，若是者徒紀遊哉！屺岵之愛蓄於中，征邁之思形諸口，辟疆儻亦有不能自已者歟?辟疆又語余曰："今士竊名欺世，至僇身及親，亡它，不畏天耳。"予竊欽其言，意辟疆隱德有足師者。晚搜其行笥，得《夢紀》一帙，堅詢之，始告予故，非獨紀夢而已。余歛容久之，知子之於親，天之於人，不啻桴鼓，應非辟疆歷試諸艱不能言，非予不能信辟疆之言之不誣。其大指存乎勿欺己，無辱親，出入聖賢經傳，豈衰世一切烏鬼、瓦龜、妖祥、讖緯、術數可同日語?予於是益嘆辟疆不僅以制義見，其夙夜所自祗畏多此類，孰謂辟疆不過人遠哉?今辟疆攜幼子奉恭人以歸，不忍斯須去尊甫左右，思以一身就養其間，尤惴惴恐弗及，若有慕乎予之不出户者。嗟乎，爲辟疆者良苦哉!

諸仝人各爲詩歌以慰之，屬予爲序，蓋欲俾天下之爲人子者聞辟疆與予言如此。予之倦遊不出户，辟疆之遠遊無寧歲，皆無敢辱身遺親如此。其不孳孳求無忝所生者，非情也。抑予所自悲者，不盡以告辟疆，辟疆或不能盡知。即辟疆所以善事親，當不止是，予亦惡能盡知辟疆也哉？

省親兼游衡嶽詩草序 同人集

姜 垓如須

夫公子有從軍之什，貴胄多流離之情，自古及今，有所未免。吾盟友冒辟疆氏少負重名，以辭賦爲士林祭酒，又長於議論，雖處艱苦，譚笑自如。余每與人言東皋冒大差有孔北海之風，蓋心佩之也。其尊先生以天官尚書郎出鎮鄖襄，彈壓全楚，身親甲兵，志在蕩平大寇，當宁嘉其勞績，賞軍犒士，識其爵里世家，説者謂猶具古君臣之遺意焉。

辟疆嘗省其親於官道，經吴越、豫章以達南嶽，凡所歷名山川、丘墟、陵廟，交遊晋接，無不稱詩以明其志。冒子意誠遠哉！夫道路之榛蕪、草木之靈異，憂多者感而記憶，樂勝者過而遺忘，此文士之深悲，賢者必弗恤耳。今冒子萬里戒道，託歌行役，則楊樹不改興思也；出入行間，間諜草檄，則同仇用以嚮勇也；君父之懷，不遑寧處，則東山方其未歸也。今冒子具此數者之情，又何怪其詩文一皆風雅之作、正始之音乎？竊稽昭代以詩賦夙名，特擅於廣陵郡者，厥有二家：汪忠勤當開國草創之初，而文明以興宗，子相當世廟丕盛之朝，而詞學鼎力。過此以往，實乏其儔。冒子又安得不黽勉歟？況其家世多高勛，樂美業，他日中原蕩平，冒氏父子或安車結而告歸鄉里，或豐衣博帶，從見宗廟，回思間關征戍之勞，終其身如一日也。從事追昔，籍有此詩，豈猶夫人之平生也。

歲壬午二月。

第三册

序

樸巢詩序 同人集

會稽 倪元璐鴻寶

李唐三百年風雅之林，號極盛矣。吾觀一時作者，大約其人清深閑澹，離塵絶俗，内有所得，與外相觸而後詩生焉。瀞咏性靈，磴薄物象，讀之覺詞章之外，氣韻悠然，古人之詩所以可傳，良繇此也。王摩詰吟嘯輞川；韋蘇州鮮食寡欲，掃地焚香而哦；孟東野調栗陽尉，日坐蒼煙，秋水徘徊，賦詩而曹務多廢。蓋處塵雜中，則性情易汩，而善詩者其爲人未有不清深閑澹者也。

辟疆天才蔚起，退居海濱，結一巢於荒原古樸之上，而息影其間。海潮洞湧，女蘿睇笑，耳目往還，胸懷吐納，又多藏書卷，反覆流連，興觀群怨，思古獲我，中饒至理，快義自難蓄忍，而發之於詩。沉鬱頓挫，清新俊逸，無所不有。婉轉以附物，惆悵而切情，寸管在手，而見卿雲澹宕，靈鳥回翔，此得詩其内者，辟疆之所獨而不可以語人也。其獨得者，乃其所以遠追風雅，而與開寶間能詩之家分路揚鑣也。視粗莽一輩勦説瑰詞，强作呻吟，何啻吹蘆葉，擿羯鼓，而且上下星淵矣乎？凡讀辟疆詩，需放其樸巢之所得，則可以知辟疆之所繇合於古人也矣。詩其易言哉！

樸巢詩序 同人集

孟津 王　鐸覺斯

吾聞之"甚精必愚"，詩道猶是也。習詩者以宋、元詆《三百》、漢魏、三唐，習文者又以《世説》、《稗海》詆六經、秦漢，滔滔天下，吾不知之矣。

今辟疆嗜詩，於垂髫即爾，復好古書，以相其心目。所以注是學也，日孳孳不倦，無他好。有原邛浦，甚邇且武，儻所謂作之不止者，非歟？譬之力穡，鏄趙糾笠，槍刈耨鎛，欲盡其四肢之敏，菒之擊焉，枷之芟焉，姦苗者而乃得秀出。夫詩之穎之秀之實，何獨不然？伯麐公、汝九公、嵩少公，辟疆家學肯播，已不暱其秀矣。即辟疆他日賦《柏梁》，奏《羽獵》、《大人》諸篇，其不爲宋元細弱可知。而況施於家邦，邛浦後大，更有光賁者歟？推是義而厝之，其詩文與其人不臻精詣，而渾渾噩噩，歸於無名之樸，辟疆能畫而之乎？

樸巢詩序 同人集

韓四維芹城

今天下作詩者，浮聲切韻，無慮數千家。分截流類，考其大凡，則鏞充磬章，較之西漢之興，河間獻書，資郎奏賦，以及武人輿隸，婕好大家，率皆通中秀外，能爲戛戛之辭，何以異焉。然傷煩之失，荀、范作家，已開其漸。故論詩者自柏梁作而體壞，河梁作而意乖，遡其流弊，率歸元本，舍《三百篇》奚歸？後之學者，猶重有疑焉。或謂孔子删《詩》，未言國風；或謂二雅順逆，不盡文王之作。世遠言湮，空文草莽，金石縣之，莫《三百篇》若也。乃疑信相半，幾于戰國陰謀，孰謂詩易言哉？

吾友辟疆，以洛陽少年，鋭才懷古，集其所言，何止千紙？每飲墨而睡，脱腕即成，了無停難，風雨之機，出於十指，昔人所云"稱戈舉楯，率莫能困"者也。夫能者相求，甚于鳴馬；不能者相視，亦過于怒蛙。而門外竊疑，便口落嘆曰：此捷捷者之所爲也。制無科目，安用鼓瑟霓裳之句？拾遺黄羊，蘆酒謫仙，清水芙蓉，賦物極矣，於義何居？吾與辟疆則别有所商，間嘗論《三百篇》之變，言者無罪，離者爲罪。向使情念未平，以鼓琴瑟；忠孝多缺，而賦楚些，聽其嫋嫋，亦鴞無善鳴耳，害道之詞，君子所棄。今辟疆業已志正而意得矣。夫志正則無流辟之失，意得則有淩雲之氣，審而出之，雖口無擇言，然而滿堂滿室，其人不遠，如日如月，此道不誣。歐醉翁詩能窮人之書，暨陳無己詩能達人之序，二者皆非篤論也。舉而説之，然歟，否歟？況辟疆家業咸在，父子之間，少陵、眉山，世不多讓，何必求敬禮潤色之文？才不若人，辭不足爲子建，此言未爲不知道也。

樸巢詩選序 樸巢詩選卷首

杜 濬

辟疆以詩名久矣。戊子冬底，與余聚邗江。以余論詩有當，夜輒盡出其稿，以屬余曰："吾之爲詩也，欲斷自今。以往玆種種者多余少作，子爲我一選之，必少必精，存十之一二，足矣。"余唯唯受其稿，道路攜持，恒不去手。然閲歲再周，猶未敢下筆，吾豈負辟疆哉！

凡以商略詩文之直與不直，視乎交道之古與不古，而今日之交道何如也！雖吾與辟疆誼隆一拜，世豈無以一拜爲戲者哉？乃今夏與辟疆再聚邗江，而辟疆之催督有加，至譙讓余不能相信其誠，見於面目。余然後知辟疆真行古之道者，始爲反鎖僧庵，泚筆放手，去留無所忌，得詩二百有奇。雖未知於世目何如，然以余管窺古人，證之尺幅，康樂之遊山，曲江之感遇，常、儲之間適，六代之閨音，所稱妙絶古今者，辟疆奄有之矣。而要皆根極於忠孝篤摯，如水流溼而火就燥，有不容自已者焉。

嗟乎，聲詩之道，天七而人三，畸天懼失之離，畸人懼失之塞，惟天人合而無迹者，始接混茫而追風雅。凡吾選辟疆詩，蓋以是爲程。然非辟疆與余古道相期，則余操此説以遊於世，未見其有當也。然則世之刳心風雅者，其可不講於交道哉！

樸巢文選序 樸巢文選卷首

杜 濬

余既爲辟疆論定藏詩，辟疆復語余曰："子之論古文也，人訝其嚴，顧余獨喜之，子盍不并定吾文？吾有《樸巢文》上下卷，蓋輯之喪亂之後、亡失之餘，隨見隨録，雖存者無多，吾猶欲子更有去取也。"余諾辟疆。

然余是時方客辟疆所，日從辟疆，自受月堂前放舟過樸巢，包閲奇幻。歸至逸園，歷洗缽池、水繪園，涉霞山，登其後阜，下遊臨流旗亭，聽絃索數弄，然後回船，則夕陽一抹，林水蕩漾無邊際。紫瀾小史吹洞簫佐酒，其韻冷絶而悠長，與水曲折，覺海天茫茳,去此不遠,余心樂之,訂辟疆余一日留,則一日來此耳,一切筆墨之緣,姑從屏絶,讓于皇與山水綢繆。玆復爲辟疆執役,固亦心所願樂,然得無食山水之言乎?及攬其篇,則清音奔赴,靈想超忽,固已有山水間意。載讀其諸遊記并省親日記,則一筆一洞壑,一轉一絶境,如月寫花,花有餘態,如風寫香,香有餘情,又覺嚮之山水反爲不逮,而辟疆未嘗誤我遊也。

嗟乎,世無遊人久矣。自柳宗元死,奇響闃然。至近日諸公,本無静心慧眼,但拾世説一二爛熟口角語,不擇而施;甚者一味詼諧,鄙穢可嘔,而聾俗不學又從而膾炙之,山水之不辰,至此極矣!今辟疆獨一掃魔袜,蓋接脉於柳,而元結、酈道元筆舌,時一佐其回旋,其遊記之中興乎?余故亟爲遴拔,合他文計之,幾居其什之六七。而辟疆遂欲以之孤行,余亦欣然聽之,以志余之客東皋,始終在山水間也。

重訂樸巢詩文集序 同人集

溧陽 陳名夏百史

丙子之夏,余從爾公密之,得訂交辟疆。時辟疆以終軍弱冠之年,擅《羽獵》、《長揚》之譽,嶽峙淵渟,玉映霞舉。南中自三事以下,皆式廬倒屣,即吾黨稱辟疆與密之、子一鼎足文苑,亦咸目其爲天下才也。

歲閱庚辰,余薄游邗上,辟疆將省親於南嶽,相與暫憩影園。一時名流畢集,共賦黄牡丹,咏燈船諸曲。辟疆倚馬揮毫,詩冠群英,品超獨鶴。窺其胸臆,沈雄曠朗,反欲偕才名以自掩。聯舟比席,浹月論文,得盡披其平生制義數百首,養氣十年,體凡三變,故其爲文,獵英歸才,鑄才歸識,融識歸理,筆鋒墨秀,元旨微情,俱在有意無意、可想不可到之境,斯又液理歸悟,冥悟歸神。余斂容避席以告辟疆,謂此道一燈將滅,余上下三百年閲文十萬,不謂盛古元脉,乃在雉皋壇宇,欲其以余丹黄,盡付梨棗。辟疆夷然不屑,謂此不足以盡之也。

拭目壬午,復中副車,益厭薄菁華,留心經濟。試觀其禦賊、救荒諸策,何減武侯、鄭公。當時史司馬、黄撫軍交章薦辟,欲立致辟疆於蓮幕虎符之右。辟疆依依庭闈,堅辭不出。入對大廷,擢第一,特用簡司李。朝拜命而夕拂衣,千里侍親,遍歷流離患難,幸俯仰亡恙,還樸巢,而生平之著述付灰燼矣。偃息之餘,鬻負郭田,重梓存餘。

余讀之,掩卷浩嘆。念當日以何等期許我辟疆,即海内鴻鉅二十年來所致望我辟疆者,又何若,今僅在此幅。而辟疆依依庭闈之志益純且確,南郭一枝,身在邃古,兹豈復才華經濟足以目之者哉?余與辟疆誼同金石,聊述十載情事如此。若其詩文巨麗,直媲兩漢三唐,則有雲間、吴橋、會稽、孟津諸先生及吾友爾公之敘在。

水繪庵二集序 同人集

彭師度

余少時即聞雉皋有冒辟疆先生云,暨江南北諸子各高論著,藉藉有東漢清流之譽,而期間與八厨相抗者,獨推冒先生。家大人爲予言,先生倜儻豪俠,迥然拔俗,以是始景行其人,顧未知其詩文若何也。後二十年,而予友陳其年稱道勿置,又交其令子穀梁、青若,因是得盡讀先生之詩文,并悉其生平,益私心向往。

先是,先生年少時,凡前輩之抗節樹行,負文章聲者,無不引爲忘年交。嗣庚午南闈,家大人與西銘、維斗、大樽、機部諸先生俱推一時之雋。而先生于是年頭場入彀,竟以病阻三場,以是姜居之先生惜之。諸先生與交甚歡。精楷書,善談笑,胸懷浩落,義風遠布。不第一時名賢盡折節與交,而援引後進尤極款洽。生平著述甚多,兹穀梁則以巢民先生文集屬予序。

先生交滿天下,自有梅村、芝麓諸先生弁其首,何至蕪陋如予者?顧不鄙而强屬之,又安敢以不文辭?夫自六經諸子以後,惟漢人能自創述,後止因其體格,互爲附和耳。今言文者,動稱史漢、八大家,詩必舉漢魏六朝及開元、大曆,顧人人能道之。予以爲論次其世,雖有升降,而核其意旨,摛其文采,不相待而不相廢也。使必舉近古者以爲繩範,而不能自出其裁,以附於百世之後,則變化之謂何?嘗譬之樂矣。異調者同聲,異聲者同趣,鏗鍧各奏,和平並臻,烏可謂瑟愈於琴,琴愈於柷圉哉?故木芍之與山桃同一艷也,芙蓉之與寒菊同一澹也,今古雖殊,文心各勝,一代有一代之音,一人有一人之韻,止搜攟以自鏡,仍經營之在心,不必限其世次而隨俗附和也。先生卓犖觀書,不沾沾一家言,得斯旨矣。今其文之麗而澤者,蒼而峭者,骨勁而神爽者,古詩之俊朗多風者,近體之瀏亮而雅贍者,無一不備,而大要變化于古而能自爲古。蓋先生結交名雋,贈答爲多,洋洋灑灑,有六卿賦詩、季子觀樂之意。故浸元咀腴,濃淡各得，而要歸于神儁，卒不肯句櫛而字比也。

先生屢經薦辟，無難俯拾青紫，而惽然不自得，且以冕韍爲徽纏，烟霞爲窟室。用是徜徉於小三吾之下，臨流賦詩，倍極慷慨，高其德而勿耀，戢其功而弗試，而一其志于立言，以冀夫後世之知我，此太史公藏諸名山，傳諸其人之意也。先生碩德名業，既當不刋，而令子穀梁、青若復世雕龍氣誼，文章與先生頡頏上下，譬荀淑之賢嗣，同任遥之令子，行且入槐市而抽毫，爲世大用矣。先生慶衍家閒，文雅相紹，將來之著述輝煌，日益充棟，又豈予甕雞之見，所得窺威鳳之靈者哉？

水繪庵二集序 同人集

沙一卿

予象勺時，即聞如皋憲副冒公，偕令似巢民先生，道誼文章，屹爲清流宗主，若山有太華、少華，憾未及識荆也。丁未，始獲交次公青若於長安，走一函候先生。越二年己酉，長公穀梁繼來，則先生手書問勞，娓娓數百言，且以文集屬序。予何敢序先生文哉？然元方、季方既結縞紵歡家，弟彦弢又先生肺腑戚也，世好之敦，詎止葉奕，不敢以不文辭。因爲先生序其文曰：

有一代之人物，則必有一代之文章。文章聲價不以遇之出處殊也，必也有關世風，有稗善類，使天下之人讀之，而善善惡惡之心油然以生，則君子之文而非雕蟲藻繢之比。先生雖雅懷肥遯，丘壑自娱，而慕才如飢渴，微長片善，汲汲稱之，唯恐其不聞於人。至於解衣推食，讓燥處濕，凡可以甦涸鮒而潤稿蘇者，力之所及，知無不爲。大約於其文見之，即此言文，文已不朽矣。其不能登廊廟，享大官，爲絲綸謨誥之文，使天下食其利，非先生之不幸也。先生與予書，感念身世，多牢騷激楚之音，予竊以爲過矣。夫人又高才，能文章，而又優游林壑，無鞅掌之勞，無簿書之擾，此天之所忌也；天下賢士大夫交口頌美，如出一人，聲聞遠達，不間山川，又有賢子孫克振世緒，繩繩鵲起，此人之所忌也。先生當天人交忌之時，而欲使善者好，不善者不惡，身之所遇，無不志得而意滿焉，此僭快目前，天之所以厚庸俗人者耳，豈以之酬公以來世德相承之緒也哉！先生可無憾於身世出處之際矣。予雖未及識先生，讀其文如見其人焉。故序其文，而并有以慰其人如此。

冒辟疆時文序 同人集

嘉善 魏學濂子一

若夫石鼓失響，擿以桐魚，天姥將霖，搖其木鶴，聲應無滮，氣感斯連，凡彼無情，猶云未免，在兹有識，何則不然。是以契繇等合，道以同求，地雖遠而不乖，理即殊而亦會，況乎動静交孚，失得罔貿者也。

冒子爽悟多智，沖妙寡營。臺敵秦譚，蔚無雙之嘉譽；半達胡語，挺皎然之令儀。胸藏述窟，嵾嵾攢積卷之巖；肘帶員淵，渾渾起銷金之浪。當其籌蚖膏而弄墨，鎮虎魄以著書，隃麋吐燃石之夜光，側理戴增城之雲氣。汁成科斗字，不爇而恒香；管削琉璃筆，非描而如繪。其爲文也，肩稱任、沈而抗行；其爲詩也，長揖儲、王而不拜。非所謂棟梁文囿，括羽詞林者乎？比者初秋，相遇南國，友匪忘年，見誠恨晚。自慚形穢，難比接茵之岳湛；果屬青雲，豈直啗杯之淹炳？分膏肉以偕親，目時步而並涕。運際囏難，視劉蕡有一笑之樂；伍夷絳灌，誚賈生無俱哭之朋。爾乃事不賒麄，業無遺小，委屈同之，鍼縷子刺，我穿繁碎，譬之米鹽，子舂我爨，文章小道，亦復共之。不謂時蹇命乖，遭淹遇屈。泉客已誓，不售虵市之珠；郢國長饑，空餌馬肝之石。連城在抱，悲兩脡之不存；傾國無媒，悼修眉之徒怨。子不我歡，我不子戚，一彼一此，又未有殊間也。既經蹭蹬，相與散落，椒丘可息，菊徑未荒。逐弋釣於泉皋，委吚唔之素業。柴門不閉，自無欲入之賓；圯壁當廛，仍有可羅之爵。

冒子寓書媵物，質及近篇，興言及兹，啜其泣矣。膃朒方新，誰懷御冬之旨；㰶欷已極，孰聞寡和之音。目論者多，心聲奚據？雖然，文體懦鈍，簡文所傷；隨侈忘返，彦和所嘆。苟效巧心，亦抒妍手，於以驗程準塗，起衰捄敝，豈必名在雲上，品居坎下者哉？是以不避誚噪，廣厥流傳。相憐同病，予敢述河上之歌；語勇敗軍，客易問廣武之什。

冒辟疆時文序 同人集

李　雯舒章

時文之學，盛於江左，然其源流，不過二家。吴門、金沙尚於理學，其爲文也，大約薄繁華，依經術，其流弊也，朴而少文，迂滯而無風調，大江以北，皆尤而效之；婁江、雲間尚於議論，其爲文也，大約援古今，盛枝葉，其流弊也，煩而蕪，離本而遠騖，兩浙以南，俱尤而效之，此今日之大致也。然余以爲此皆誤國之物，無用之具，天下日擾擾而事功不見於時者，其患皆坐乎此。聖天子苟欲求治，必當廢之，而别求取真材之法；如不能廢，而此道猶行於人間，則當去其兩短，襲其兩長。尚理學者無監儒之陋而有其醇正，尚議論者無雜伯之風而有其通適，庶幾猶不失數百年以來設科之意。然兩家之學各務其勝而不知所歸，蓋畢世而不可復合也。

今雉皋冒辟疆獨能以奇俊之才，發名通之論，抒寫性情，抽揚胸臆，超然自放，不與二者之間。然則通兩家之驛騎爲大雅之指南者，非辟疆我又誰歸歟？夫廣陵聚江淮之氣，居南北之襟。仲舒通達之儒扶其教，元龍河海之士振其風，張紘、陳琳文章之英振其藻，王陵、諸葛忠義之氣厲其節，兼以蕪城之綺麗、隋苑之萋迷，余嘗過其地，慷慨興懷，徘徊而難去。

及乙亥之冬，余與偉南、文孫、簡臣、石兄諸子，同辟疆握手於澄江，聽其譚論，見英俠之懷；讀其詞賦，具風之人旨。生於華族，博贍古今，而能折節下人；出入都雅，氣軼才高，而能以天下爲慮。一見道故，使人傾心。余固知其爲詞壇之飛將，用世之鴻寶，非僅經生之業所能竟其緒餘者也。

冒辟疆時文序 同人集

華亭　周立勛勒卣

去年秋，遇辟疆於秦淮之上，名通淹秀，嘆爲一時雅器。與之言，濯濯有爽分，抵掌天下事，又未嘗不慷慨深決，多所驗中也。已入闈中，復得比舍，易文而觀之，更相嘆善，因私語曰："吾輩盤旋尺寸之地，俯仰窘劣，蓋甚苦矣。使得當爲天子外吏，或當要衝，或屬傷殘之後，户口城社，難苦有百倍於此者，安可曰吾鬱鬱數年，身致富貴，畢書生之事耳？無所建立也。"既而報罷，一時所共期許者，落落無一遇，造物者之於吾輩，真何如哉？

予家負郭，多平原古塚，有林薹之勝，方將招闇公、偉南輩結廬其間，躬耕著書，用以自老，而歲除之夕，得辟疆遺我書。發函申覽，意致淋漓，所敘述離合得失之際，尤難爲懷，不覺撫几流涕，喟然而嘆曰："廿年寥落，自分與世已矣。今觀辟疆之言，吾徒意氣尚不寂寞,復何恨哉?"更出其文讀之,益自豪上。蓋其鬱乎蒼蒼,若起若覆者,盛志之文也;條條清引,機警明悟者,言理之文也。序事則詳雅,論世則決斷,真所謂脱穎之器矣。世即未見其文,安可不以此訓正天下哉?予聞雉皋爲吴楚會盟之地,江淮之所湊也,辟疆以詩賦雄天下,爲古文詞特儁邁,世多傳之,則其爲群英領袖,奔走恐後者,獨文焉而已乎?

冒辟疆時文序 同人集

陸慶曾文孫

科目之權在上,文章之權在下。在上者重之而適以輕,在下者輕之而適以重,其勢然也。士方未得志,雖有《上林》、《子虚》軼群之才,不獲自致青雲,文起八代之衰,或辱於一夫之目。然其遇益困,其著作益工,太史公曰"此人意有所鬱結不得通其道也,故述往事思來者",繇此觀之,今日之所謂"藏之名山,傳之其人"者,豈非發憤之所爲作,而動後人以悲窮忕屈者耶?當今以制舉義取士,奇敏異能之彦輒俛首以就呫嗶,知其無益於天下國家之大務,乃上之所貴,不敢不誦習而究也。科目之士、文章之士,各相非而不相爲,曷言之?今縉紳先生掇巍第者,其業既效矣,出其文章,懸諸國門,罔不家拱璧而人靈珠也。而海内有意之士一寓目,而竊議者什之九,以爲若輩倖而獲耳。夫居温食厚,不堪留名人之一盼,紆青紫於萬夫之上,不可以服蓬室陋巷之寒儒。當此時,王公大人亦復志氣摧阻,窮愁卑賤之不若,安能以富貴驕人哉?若夫好古淹博之流,雖遭時不偶,而揮灑翰墨之間,娱玩篇章之圃,内有性情之樂,外有朋友之助,即小得失,庸何傷?以故禮俗之家疾之若仇,而風聲日遠,此吾鄙之大快而時人以之肆其譏刺者也。

冒辟疆天下奇士也,其先世代有鉅公鴻業,辟疆負不羈之姿,挾天然之秀,而又能潛心古業,自六經子史以及兵農禮樂諸書,無不井然洞曉。往年遇於旅次,一接席間,抵掌時務,武庫森如。時四方儁髦蒸溢江上,因天子方復古選舉之條,余與舒章、偉南指首屈辟疆,以爲當今有用之才。無何,俱以擯棄,即吾黨有輦而獻諸廷者,退而與諸生無異,洵乎在上之權重也。越歲,賓興刖足者再,凡我同人,捷關息影,憔悴羈孤,自分爲時所忌,而問道之士踵至。琅函寶笈,千里郵傳,蓋珠玉走集焉。

殘臘對酒,辟疆簡至數行,慰喻綢繆,恍如面譚。披其鴻文,詞旨深秀,意言宏放,誠藝林之驪淵,風雅之盛事矣!嗟乎,大江南北,抑抑在下者不少,辟疆以詩文雄天下，豈非人傑哉？然天能困其身，不能湮滅其名而不稱，余是以樂爲之序。

冒辟疆時文序 同人集

莆田 周 吉吉人

國家以文章取士，非耑重文章也，重乎其文章之人。文神骨稜層者，其人必脂韋不入；文丰致高潔者，其人必風塵不染；文規矩自繩者，其人必波流不遷。千里聲氣，見其筆墨數行如肅對其襟宇標範，蓋以此也。今日海内操觚家，自負爲宗工鉅匠不少，然有當於此者寥寥，豈章句之學不足憑，竟貌是精去而其人卒無所用於世耶？蓋聖賢之語，皆是修身儀型，治平藥石，吾未能内治其心，而僅圖捷售於外，拈一題模空杜樸而真血脉不存，終身與理遠而徒矜贋質售世，又何怪乎其人卒無所用於世也。矧效顰西施，文亦不終日爲識者鄙乎？

余每見海内諸同人，輒嘖嘖廣陵冒辟疆，景仰其人，匪朝伊夕，恨不能縮地凌雲，炙其芝采。偶至雉皋，即過訪之。辟疆蕭然高寄，杜門香儷園，不減百尺樓上。嗣得迎見之，氣宇澹静，風骨高凝，坐譚移晷，語語性命，其文章道德，余竊領略其半。及出袖珍相視，珠璣錯落，果爲文塲渠帥。且其篇中絶去時芬，一味神理，展玩數日，索其一句一字，無非代聖賢發未盡之旨，精確之至，可補先儒注疏。辟疆殆裕乎修身治平之業於内，乃以是真血脈之文章見者也。文重辟疆乎，辟疆重文乎？國家欲得真儒用之砥柱中流，吾端以之望辟疆矣。

救荒記序 同人集

吴橋 范景文質公

誰能割一寸膚，鏟一指一趾，不驚愕悪走者乎？爲拯救其愚兒子，則蹈湯火糜爛肢體，冒白刃斷厥手臂不悔，苟得出其至愚極陋之子女，且大喜忘其痛也。故同一愛生也，愛其生與愛其兒女子之生，則愛生不若愛其兒女子之生之甚，人情大抵然也。爾者以來，水妃火牡不睦，潦而熯，熯而復潦，又螟螣之屬，尚羊熯潦之間。夫熯潦天刑，蟲孽則更奇焉。昔也聚族土厚水淺之鄉，今則以遊以散乎江之南；昔也女胡奴之宜陸而惡水，今則渡水若飛，積雨彌健。古所稱欲孤、欲與居、欲求扶三者，不族求其弟不可得，安望䅶之長其兄哉？千里號饑，無以爲家，於是舉其所甚愛棄置不顧，非忍棄之，甘棄之也，以其身護之，至不能護，無有其身矣，不得不棄之也。窮究至理，豈非以向者西北之民太勞苦，東南之民太安佚，粒米狼戾，風俗奢侈，富者無禮而貴人驕，膏粱子弟既不知稼穡事，父若兄亦遂不知節制之。一奴倖之被服，一貴介之笙歌，可以盡中人之産，充畢世之資，其奉如此，追取諸田畯則絲毫不假，目見其裂膚塗足而不問，天是以怒而刑之。《五行志》曰："不生五穀，上下俱貧。"然君子後饑，細人先瘠，亦勢之必漸也。若此時仍持彼己，曰"此人非吾子也"，忍心坐視，則細人盡而君子繼焉，天亦不復矜念之矣。夫人情愛其所甚愛，至不能護而棄之，棄之時其愛愈甚，結是心以死，其精靈繚繞而不散，有爲收育者，其精靈能上告於帝，斷不誣也。兒女至愚，絶無知覺，得仁人君子歸依之，如更旦初歲，彼混沌之神亦能上告於帝，帝必聽之，斷不誣也。

壬午七月既望，偶同侍御孩未方公觀佛事，時冒辟疆在座。辟疆具述畿城棄兒之慘，彼凡有所見，則抱歸鞠育。然不可繼也，謀之余與方公，思得一普遍救養法。適蔡懷真首舉西天寺僧可當任，辟疆詳爲條議，有綱有目，周慮厥終，復捐重資以倡之。蓋辟疆以非常之才，具經世之略，前冬捐産救荒，其里人沾被者以億萬計，救焚拯溺，到處援引，雅不令人知。余以爲士君子既有其善，公卿大夫當贊成其事，欣然倡和，爲之廣告，匪獨識一時同志之誼也。恐轉眼傷心之事不一而止，如牧事催科，讞事刑獄，養老養疾之實事弗稽，救荒救饑之至言弗上，征戍不得飽輸發之糧，畊牛不得食麥秋之草，未必不因此一舉，惻然感動，推廣而類引之無窮也。吾聞哀氣喪終，愛氣生物，天之志也，又聞三五而盈，三五而缺，天之數也。嗟夫，置之則置之耳，語之何益，不忍置之，則聞吾言，遂不能置之。吾言亦偶起耳，人人固有其宿根在也。

小三吾倡和詩序 同人集

黄岡　杜祝進退思

辟疆鶴陰庭序，龍性當時，其同遊述作，亦既轡組鈴和，分手成影。辟疆流眎古今來,何啻隆墀聲遠。乃今讀禮,壹意思觀察公居處笑語,時不遺所爲。伊人之懷,娓娓酬仿,如盤走珠,如潮蕩目,如懸轆轤天際注河漢,遂使皮陸襒席,元白謝不敏矣。辟疆其猶用觀察先生之嗜欲乎?觀察讀書,聲氣動吴楚燕趙,有心肝之古道人。辟疆今且息影于古書老生,永思于鯉庭龍尾,嘘氣于觀采當世之篇什,辟疆善世哉!郝京山云"《春秋》淺而學者求之深,《詩》深而學者求之淺",以辟疆之孝友之聲氣,而一稟于倡和詩,倡和云乎哉,詩淺乎哉?余過雉皋,聞見辟疆恤里,教誨兩幼弟,併整齊觀察公著述,余益爲辟疆同遊諸君子重古人之思矣。

小三吾倡和詩序 同人集

宜興 陳維崧其年

小三吾,亭名也。亭在鶴嶼上,倣元次山結而小之也。爲亭,爲峙,皆水繪庵中之勝處也。水繪庵者何?如皋冒辟疆先生之别業也。

戊戌十一月,陳子自婁江挐舟訪先生。先生館於小三吾,而日與賦詩飲酒焉,《小三吾倡和》所由名也。小三吾倡和最多,不一集,陳子來,則序陳子所倡和之詩也。先生常語予曰:"若亦知作庵者之意乎?始吾與若先人及貴池、吴縣、華亭、桐城、歷陽、嘉善、歸德、萊陽、豫章、東粤諸君子遊,風節錚錚,一時有太學黨人之目。無何,遘世亂,諸賢零落略盡,若先人之悲宿草者,亦三年於兹矣。始先大夫奉吾祖游于逸園,及余奉先大夫而游于此庵也,雪月之夜,燈火徹夜不絶,酒人歌吒之聲與絲竹相錯雜,圓方櫑器,并一切細碎之物,不移而具,如是者幾數十年。今已矣,余心悲焉,思託此庵以終老焉,又以母恭人年高未敢也。吾生平於文章朋友,寒藉此衣而饑藉此食焉。吾皋人士其貧而嗜學,瑰瑋英傑者,可游也;弱弟兒子輩,麤知文筆,可教也,余姑息此而後終隱焉。自吾子之來吾廬也,城東之負郭田以甌脱石田告矣,余不問也;算牢盆者數十萬緡錢計無所出矣,余不問也;馬醫、削漿、卜算、雜技、黄冠、浮屠之告貸者負余門而林立矣,奴之肥者瘠而黠者愚矣,余不問也;日食飯不過一二器,胸膈潰悶,舊疾間作,余亦不問也。惟是一詩一文之當余意者,若可以賤踰貴焉,小加大焉,貧易富而疎當親焉,一往而深,余亦不知意之何從也。"

余聞是説也,纍欷而三嘆。夫以冒先生之篤於文章如此,冒先生之篤於友朋如此,冒先生之篤於文章、篤於友朋,而能捐棄一切置不問如此,況以皋人士如孺子、振兮、仲光、仁昭、子硜、兼生、聖木、貞木、文虎諸君，皆奇才卓犖，掉鞅當世，而又有無譽、爰及，年纔舞象，而才且賢，以爲先生弟，穀梁、青若，以爲先生子，遷于、山濤、延公、含鋭，以爲先生之中表若甥。皋雖遠非吾鄉，然余所極難忘也，余安能不客游于皋哉！獨念當時先生與先君及貴池、吴縣、華亭、桐城、歷陽、嘉善、歸德、萊陽、豫章、東粤諸先生游，風節錚錚，一時有太學黨人之目。諸賢今零落略盡，先君子之棄崧也亦已踰三年，今崧獨以故人子千里躡屩，從小三吾倡和，然則撫今思昔，樂往哀來，余又焉能已于悲也。旁有吴中老教師，爲冒先生二三十年舊交，鬚髮毿毿白，夜深張燭，目不闔如綫。聞陳子言，亦述其江淮間舊事，泣下不止，坐客皆罷去。

小三吾倡和詩序 同人集

戴本孝務旃

余成童侍先君子，即知東皋有僕巢。申酉之際，隨杖南都，先君子以少陵獻賦之年武英入對，得與巢民先生接席，俾小子拜床下焉。相與飲酒賦詩，詩成輒歌，酒益酣，歌益悲，抵掌天下事，恒不能寐。兩人憂獨深衆，則頹然樂之也。無何，陽九再遘，匍匐苕霅間。時先君子以書訣先生，遂飲羽還山，痛沉馬鬣，翕欻又十五年，每見先生腹深車過。初，先君子嘗欲結碧落廬，未及成，先生獨知其意，卒成之。拓水繪庵之壖，與小三吾對峙，水繪庵前有逸園，皆先生奉其王父奉直公與尊甫憲副公世隱地。中有曰小三吾之亭，巉石插谿，寒流剪礿，蓋取元道州之意而小之，小之者，思之也。先生之詩可以登清廟，復善擘窠之書，而卒無道州之遇，豈非天哉？以故倡和諸作，皆從其名，海内高先生誼，咸頌以詩，且爲之圖。於呼，歷陽去東皋僅五六百里，舟車各半，先君子鞅掌多故，生未嘗至其地，死乃廬而享之，魂兮歸來，舍此將安適乎？

甲午秋，先生自長干攜余仲弟移孝來拜廬下，因命守其中。移孝耽遠遊，不果來，余則奉治命傭書閭門，復不能時至。歲丁酉，先生以穀梁、青若二子客長干，余截江詣之，四方諸故人子咸列拜几杖，有小三吾世盟高會，一時觴咏甚盛且樂也。遂期與陽羨陳其年來東皋，踰年不果來。

己亥年六月，始自西河村曉發石跋河，暮抵三山門，雪留三日，達燕子磯，經黄天蕩，雪復留三日，牽舟載雨，復五日，至東皋，陳子已先至兩浹月餘矣，于是賦述懷之詩以獻焉。先生追憶往事，感而和之，沉鬱頓挫，汗淚交集，噫，余不忍讀矣！陳子再和之，穀梁、青若復三和之，盛衰之感，生死之誼，聚散規諷之情，咸于是乎寓焉。陳子之初至也，先生旅觴東皋之人士，賦詩于小三吾，往來倡和，既成帙，余繼至，展謁碧落廬。先生復旅觴東皋之人士，運舫張燈于枕烟之館，簫鼓箏琶疊進，諸子刻燭歡吟，各極其致，明日彙之復成帙。先生謂余曰，余兩詩諸子于小三吾，緣陳子者陳子序之，緣子者子序之。命之矣，不敢辭也。緬昔宋季睦州詩派，自皋羽而著，他若月泉吟社及河汾諸老，亦一時興會所及，然皆足以傳。小三吾距江海之勝，諸子復皆磊砢瓌偉，將欲不傳得乎？傳諸子者，巢民先生也，傳巢民先生者，小三吾也，小三吾傳，碧落廬不朽矣。

水繪庵倡和詩序 同人集

周雲驤孝逸

歲乙卯，虞山戴子介眉襆被渡江，過雉皋訪冒辟疆先生。四月既望，余過虞山，其伯氏景鄴出介眉近詩并與兄弟書眎余，知水繪庵倡和之樂，予恨不得身厠其間也。人生樂事莫過友生，而友生之樂又莫如倡和。古今名人勝流飲酒賦詩，刻燭分韻，爲詞林盛世，雅不多見。數年前，介眉招余集白醉樓，坐客爲馮君定遠、鄧子肯堂、顧子伊人、許子宜生及景鄴、德遠兄弟，酒酣以往，慷慨悲歌，諸公賦詩相娱樂，余作《白醉樓記》，歸眎吴學士梅村，爲之三嘆。今風流雲散，馮君與吴學士墓草久宿，欲尋舊遊，杳不可得，介眉乃與辟疆傾蓋如故。

辟疆文章道義爲斗南一人，余忝通門世好，郵筒往來，神交有素，而伏處菰蘆，未得握手道故。介眉走數百里，爲辟疆上客，辟疆兩公子穀梁、青若，久爲名士裘領，顧雅重介眉，兄事之。介眉交紀群間，而四方客水繪庵者，大抵皆海内豪俊。介眉入東閣，觀奇士，而又主賓唱酬，惟日不足，其情好日益篤，意氣日益高，而詩與文日益進而不已。介眉與冒先生父子賢主佳賓，所謂相得益彰者乎？

季春時，遇陽羨陳子其年崐山徐氏坐上，道冒先生見懷之切，俯仰浩嘆，不能奮飛。遥憶介眉詩成酒醒，參横月落，當念婁江之曲，有叟在中，吟《梁甫》而懷美人，定不能無故人之思也。爲寄語冒先生，秋以爲期，當挾三寸管，代櫜鞬相見中原，書數語唱和詩首册，當致師焉可也。

水繪園脩禊詩序 同人集

黄岡 杜 濬于皇

世儒動謂古今不相及,慨今人不古若也。繇今觀之,蘭亭修禊,王逸少首唱,詩不成者五人;三吾修禊,王貽上首唱,試問有一人詩不成者否?無有也,且其詩又皆甚工。王貽上興酣落筆,笑傲滄州,不必言矣。一時和者,若冒巢民之工力悉敵,邵潛夫之老筆紛披,陳其年之璧合珠聯,毛亦史之雲霞散采,許山濤之山水清音,巢民令子穀梁、青若之筆飛墨舞,觸目琳琅,以視昔日蘭亭所傳自,大哉造化功,適我無非新,而外殊寥寥者何如也,誰謂今人不古若耶?矧禊集之外,復有泛月、望雨、夜游諸唱和,旬日之間,篇什之富,興趣之豪,主賓之美,誠輓近所希睹,而余以後至,皆不及與,所得與者,黯然惜别之篇耳。茶邨遭際大抵如此,此又逸少所云"後之覽者,亦將有感於斯文"也。

水繪園脩禊詩序 同人集

陳維崧

《水繪園修禊詩》一卷,共八人,王阮亭士禛、邵潛夫潛、冒巢民襄、穀梁禾書、青若丹書、毛亦史師柱、許山濤嗣隆、陳其年維崧。詩則有五言古、七言古、五言律、七言律、五言絶、七言絶,爲體有六,共詩三十有八首。集既成,陳生曰:"嗟乎,夫人哀樂之交乘而友朋聚散之難必也,不亦大可感哉!"余之居東皋,蓋七八年於兹矣。此七八年中,每偕皋之數君子以遊於兹園,然往往恨不克從王先生。及余來揚州,平山紅橋之間,明簾白舫,欲與皋之數君子者遊,而又邈乎其不可得也。因竊太息,以爲友朋聚會之樂如是其難。即余比歲居東皋,而冒先生其家實不如平時。始余至東皋兹園也,風月之晨,烟雲之夕,冒先生未嘗不至,余未嘗不從其後,則歲或十數至矣。又其後則四五至矣,甚者或一二至,噫,何其難也!

今幸王先生既按部東皋,而陳生從陽羡來,毛生又從婁東至,邵山人雖老且善病,然尚健飯,形容固未甚憊也,東皋數君子雖晨風零雨,飄散爲多,而山濤、穀梁、青若尚竭蹙從冒先生後，以觴咏於兹園也，何其樂耶！然是役也，邵山人實年八十五且病，恐不獲數相見，而王先生又旦夕將及瓜，則又爲之悄然以思。酒二參，王先生作而言曰："夫哀樂之交乘而友朋聚散之難必也，誠哉如子言矣。使吾與汝因前日之難而益知今日之樂也，其樂又何如乎？而況於風日之清嘉，禽鳥之歌舞，與夫都人士女之嬉遊乎？"陳生曰："唯唯，何敢忘？若冒先生之茹荼集蓼，而忘其憂以樂其樂也，與穀梁、青若之服勞養志，以博親一日之樂，則又大可紀者。"

是集也，蓋歲乙巳之暮春三日云。

移居詩序 同人集

陳維崧其年

如皋城中集賢街者，坊號銅駝，里呼冠蓋。王龍圖策名之地，鳴騶者五百餘年；冒東林講道之鄉，列宅者三百餘載。則有西京上族，世住光延，東觀名鄉，夙居通德。韋、杜則去天尺五，原、嘗則有客三千。然而時異勢殊，星移物换。珠扉青瑣，僅存南國之龍門；春月秋花，大有東鄰之燕子。先生爰是加以相攸，爲之考卜。孔門顔子，惟耽陋巷之居；齊國晏嬰，不樂近市之宅。謂此地者，境絶風塵，人無稠雜，雖曰井廛湫隘，衹容旋馬，然而門庭蕭寂，儘可遷鶯。於是乍徙琴書，仍移松石。堂有介推之母，正喜稱觴；室惟仲孺之妻，還欣舉案。知書小婦，助勘丹鉛；遶膝諸孫，群争棃棗。矧佳兒與佳婦，共議脯漿；惟難弟與難兄，咸精文筆。問平原之宅，此是東頭；訪給事之莊，兹爲北垞。不讓仙靈之窟，久爲仁智之居。用賦五言，聊資一噱。

午日讌集詩小序 同人集

鄧林梓肯堂

側聞維揚遺俗，競渡偏佳。雲外綺羅，麗矣駱丞之序；江心水鏡，猗歟禹玉之詩。

如皋屬自廣陵，草堂顔之寒碧。萬株老樹，避弋之鳥投林；四面清流，放生之魚吹浪。橋通一徑，石疊千巖，僕也漫遊，于焉寄託。園因地僻，客自采蘭；節號天中，家多縣艾。别墅之主辟疆冒先生者，才賦蕪城，斐英華於髫齔；名高履道，留碩果爲典型。生平踵北海以開尊，此日命季方而布席。先生讀禮，命青若主是會。多男式禱，糉分九子之香；長命可祈，臂繫五絲之艷。矧西泠之淑美，忽贈新篇；適樂府之雄豪，來彈舊恨。星占聚散，人彙東南。祇悵放鶴山頭，猶滯阮孚之蠟屐；嘯猿泉畔，尚留長吉之詩囊云爾。曾見泠泉亭壁有人書"泠泉猿嘯"四字，此懷介眉、穀梁久客武林。

同人集序 同人集卷首

李　清

海内才人善爲詩古文辭者，必有數十才人與之交游，而數十才人之詩古文辭，皆因唱和往復，聚於一才人之篋笥，以成奇麗之觀。然當其始也，視爲易得而棄置漫滅者何限。及其時移事易，故人或既往或遥隔，然後求其所唱和往復者，謂是龍之一鱗、鳳之一羽而化爲沈灰餘燼，則已久矣，豈不惜哉？

吾友冒辟疆天才駿發，殖學汲古。自其尊人嵩少先生登顯仕，負公望，辟疆年方弱冠，論辯瀸涌，摇筆數千言，學士大夫無不執手願結交者。惜乎再中副車，甫膺一命，遭世多故，而身遂隱。然賓客争造其門，請謁無虚日，令嗣穀梁、青若，英英趾美，又相與結納不衰。蓋四十餘年車馬紛錯，郵筒交馳，皆由才學兼富，聲氣歙集，較之人貌榮名，不可同日而語也。

今辟疆乃取其故人投贈諸作共十餘卷，名曰《同人集》，鏤版行世，余因之有所感焉。夫自喪亂以來，辟疆所閲歷者，兵戈之搶攘，山川之險阻，禍患疾病之顛連，靡不畢備。王謝家長物半就散落，而故人筆墨則獨守而勿失，是以死生殊途，離合異候，猶得摩挲柔翰，以想見其鬚眉肝膽，辟疆之於文章可謂深，而其於朋友亦可謂厚矣。且故人操行，豈必盡同？常人之情，久則好褒譏，計恩怨，苟及筆墨，或存或削，而辟疆則曰："以彼其才，皆吾所嘗親暱者，於心終不忘。"其悉付剞劂，無有所遺。嗟乎，惟才憐才，故其情深誼厚，一至於此，可爲激昂慨嘆者也。

曩者嵩少先生與余莫逆，因善辟疆，兒子輩復善穀梁、青若，其交三世矣。予才不逮辟疆遠甚，而辟疆顧取其舊作附刊集内，并屬爲序，其無乃非以文録而以友録乎？

是重余媿也。余焚硯有年，獨念辟疆之命義不可辭，故流連反覆而書其簡端如此。

同人集序 同人集卷首

吴　綺

蓋聞百年之運，藉聲氣未爲盛衰；一人之身，視交游爲進退。故尚稽列國名卿傳贈答之章，下及累朝君子賦燕歌之什，一時聚散，千古汙隆，此其所關非偶也。

予友冒子巢民，英年振藻，蔚豹上京，中歲辭榮，伏鸞南國。驅車海内，見玉帛于漢唐；贈紵人間，歷槃敦於鄒魯。所紀《同人》一集，何啻名山萬言。然而考厥姓名，敘土風者，凡十五國，稽其歲月，换霜雪者，迨六十年。其間世事之遞遷以及人情之迭異，覽其始終之數，不無今古之懷矣。蓋世值河清，人當霞蔚。菁華未竭，朝脩振鷺之容；風義相師，户守雕龍之業。士龍入洛，首謁茂先；文舉登門，曾通元禮。于是置鄭莊之驛，雅愛琴尊；開謝傅之堂，惟談書畫。先進之遇後進，豈待識韓；今人之似古人，偏能説項。但有彈冠之望，都無按劍之嫌，當斯之時，亦云盛矣。

洎乎金刀匿耀，玉弩斜芒；時號三君，人分兩部。顧厨競長，寧非角上争蝸；蜀洛連衡，何異穴中鬬鼠？然而愛名如癖，争摹郭泰之巾；養譽爲高，并伏王咸之闕。犇車塞路，入太學以看碑；舉袂連雲，聚華陰而成市。昧危機于白馬，願學清流；申明信于丹雞，耻非鉤黨。此一時也，識者憂焉。

至於物變人銷，時移事改，魯殿空留其碩果，元都已浄于桃花。知己晨星，嘆遼陽之歸鶴；天涯夜月，聽白下之啼烏。然而皂帽相逢，青樽無恙。南山種豆，堪爲楊惲之歌；東海成桑，且飲信陵之酒。公子登臺而作賦，美人刻燭以催詩。于此爲歡，嗟其晚也。乃觀所載，悉取其華。或授簡梁園，寄幽情于草木；或飛書衡嶽，寫别緒於山川。或感時世之艱危，而勉存忠孝；或言性情之敦厚，而併及篇章。則有陳、董、王、曹，列鄴侯爲小友；文、姚、倪、范，許蘇軾爲奇才。漳浦見而傾心，機部聞之捧手。此皆正人之望，同膺國士之知。繼而西銘倡群彦于吴中，伯宗聚多賢于江左。泖湖三子，争駕舒章；蠡水四家，齊鑣士業。姜郎伯仲，領太岱之英；侯氏弟昆，擷汝嵩之秀。朱子鴻翔于西蜀，黎生鳳翥於東甌。莫不接席交懽，登堂展拜。兄袁弟灌，合氣誼於班荆；大孔小楊，結心知于佩茝。併屬一時之快事，寧堪千載之傷心。若乃天水司農，最後合紀群而締好；廬江宗伯，于兹集嵇阮以論交。綵筆紅箋，敘歡娱于亂離之後；銀筝玉管，雜慷慨于歌舞之間。老子牀前，時同看月；舍人池上，常共揮毫。賓客盡於東南，詞賦傳于中外。又豈知風流雲散，意氣灰頽。玉樹長埋，鍾子下聞琴之淚；金門静掩，羊曇興擊箠之哀，如今日者哉！

嗟乎，離鴻身世，暮雲難歸，杜宇河山，斜陽自老。白頭似我，悵舊事之都非；青眼逢君，問故人而有幾。流傳簡牘，遐想平生，又未嘗不心傷其晚而神往其盛也。

同人集序 同人集卷首

鄠陵 韓則愈

左丘明作《春秋傳》，載列國大夫於其朝聘燕饗，莫不歌詩貺答，以託其意，而一時使臣之風采與時政之得失胥繫之。自采詩之官不設，而歌詩之典亦廢，有絶裾割席，玉帛生戎者矣。漢魏以降，稍稍近古，河梁握手之篇，渭城折柳之什，文緣情生，綿纏悽惻，令人留連不能自已，亦其性之有獨異也。

如皋冒辟疆先生，自其束髪，即負盛名，當代鴻公鉅卿，莫不以得交辟疆爲快，尺素遥通，賡和如流，今所刻《同人集》，其大略也。癸丑五月，予自維揚訪先生於東皋，茗椀相對，話疇昔事如昨日，而四十年間，向之所與筆札相通，性命相託者，强半化爲異物，巋然靈光，惟先生獨存。嗟乎，先生以文章朋友爲性命者也，一旦思其人而不得，則讀其詩如見其人焉。讀其詩而終不得見其人，則並取其人之奏記序傳勒成一書，以成不朽，使其人精靈呼之欲出，則庶幾如見其人焉，先生之心良苦矣。至于遭時不偶，蠖伏自甘，寄觴咏於寒碧，送日月於湘中，翻雲覆雨，都置不問。酒人詞客，唱予和汝，草稿甫成，傳誦已徧，他人艶羡不能得，先生則樂此不爲疲，與少壯無異也。

吾故曰："聆先生之緒論，知先輩風流猶有未墜。讀《同人集》，可以簡棲而遥集，可以千里而命駕，觀人之法，論世之道，盡在於此，誠古今之罕遘，宇内之奇觀也。若徒侈其文辭，慕其爵里，以爲美譚，先生方戢影空山，白雲自怡，又焉用此浮名同于碌碌者爲哉？"是爲序。

康熙癸丑夏五。

同人集序 同人集卷首

金壇 張大心無放

有白日在天而爝火勝之者乎？有江河行地而潢潦奪之者乎？不能也。不能則息其勝且奪之之心而已矣，而又奚怪焉？而又欲以塵坲蒙之，而又欲以糞壤閼之，而庸詎知愈不能也。如爾夫者而繄踵于世者，何也？

如皋冒巢民氏之才之學之品，白日與江河與？而妄冀勝且奪之者繁有徒。既而力殫脉絶而瀕于死也，而設詬構詛，而摇螫種凶，若白日真可塵坲而蒙，而江河真可糞壤而閼也。而巢民氏乃偃佒困畏，譬日而微，譬江河而竭，鑠明縮澤，而僅以不終滅没者，一寄之《同人集》，而予亦旁睨而愕慄，而噤不發聲三年於兹。

蓋嘗私是集而商之，果且有同乎哉，果且有不同乎哉，果且無同乎哉，果且無不同乎哉？與同與，與不同與，不同與同，胡然而同也，胡然而同人有集也。是以不同同也，以不同同其同也。不同是謗之囮也，尤之府也，欲無爲天之戮民而免於患禍，庸可得耶？且也相與同之可矣。予先人其一也，予亦其一也。昔者秦淮之役，渴卿嫵兆之舍，則梁氏、先人琴牧氏、霖生氏、漁仲氏、巢民氏、申伯、季懽，予隅坐，稱猶子，上下四方，莫不共見。而前乎此，思白氏、眉公氏、季重氏、能始氏、質公氏、念臺氏、居之氏、石齋氏、鴻寶氏、孩未氏、鄴仙氏，以至指不給屈而無有乎不同；而後乎此牧齋氏、覺斯氏、孝升氏、梅村氏、魯齋氏、百史氏、轅文氏，以至指不給屈而又無有乎不同。巢民氏酒醒寐覺，静言長想，其所爲同者幾何，恐巧歷不能算，然而同也者有不同也。夫有同與不同，故同人之有集也，無同與不同，故同人之未有集也。今日者諸君子皆爲古人，而巢民氏皤然孑遺一老爲碩果，而予也倖未喪，斯爲匏瓜，爲散木，所謂同者不可復作，而如爾夫者繄踵而未有已，予安得不願有喙三尺而三年噤也。孔子曰"去其楚"，老子曰"并去其人"，張子曰"去其集，并去其同"，亦因是也。抑去其同而果可耶？業已同之矣，彼又耳而目之矣。彼將謂我之得其情，而姑以是不平平也，無益之怒甚焉，益之侮甚焉，惡乎可？予向也不發聲，而今也發聲，聲則且噫嗚嗷呺，而聲之蓬艾之間，畎澮之側，有人焉。其名爲竊，於日竊其隙輝，於江河竊其剩滴，無往而不用其竊也。而習聞巢民氏少也始勝衣而譽藉，壯也光采被天下，即咳唾所及，皆足漸九里，霑八區，雖老，猶意其窟中之藏，於是投迹而同之，其同之是也。俾爾爲求旦之鳥，滿腹之鼠，其亦已矣，而若之何務勝且奪之也，而若之何且變計於蒙且閼之也。片合紛起，塵溷雜抵而不已也，意者未有以予之言告之者耶？往語之，則曰情有常理，有常力，有常勢，有常人，莫不好上而排其所不克。彼惡夫物有制之，是將覆彼以自諜也，抑彼以自注也，故曰情也；凡光可弇，惟日不可弇，凡流可争大，江河不可争大，故曰理也；可勝且奪者在一時，不可蒙且涸者在萬世，故曰力也；非是則命羿之彈，試鲧之湮，後無復日與江河乎，日不息其照，而不能禁塵埻之無翳，江河不改其浩浩，而不能禁糞壤之無淤，若是者勢也。故曰皆常也，故知其常而同可也，不同可也，同乎同而不同乎不同可也。如爾夫者而繫踵於世者何也，而怪其繫踵者何也？予則謬矣，而以予爲果謬者，又安知其非謬也。彼未始離乎人，而足以造於怨者衆也。

康熙乙卯陬月立春日。

重刻同人集序 同人集卷首

李 棠

壬申之夏，余再攝臯篆，邑人冒子藩奉所重訂渠從父巢民先生《同人集》，匄余爲之鑒定，並欲得數言以弁其首。爰於公餘伏讀卒業，至前大尹陳公《禱城隍文》，不禁掩卷太息曰："古人上下之相孚，情意乃至此耶？"維先生寔能仰承司牧之意，以任郵其里閭，至傾家産，捐性命，而奮然不辭其勞；而陳君之寔具愛護斯民之心，以委重於賢士，至格幽明，回死生，而較然不欺其志，此人心之所以固結，風俗之所以淳美，水旱之所以不能傷，疾癘之所以不能殺，俱于是乎賴。夫國家設官分職，牧令最爲親民。然一州一邑之廣，稽其户口，大者數百萬，小者亦不下數十萬，偏灾見告，歲或不免，爲民上者，疇不欲盡予安全。無如經費既有成規，時勢尤多牽制，一人之耳目手足，欲使窮鄉僻壤嗷嗷待哺之倫，靡不畢至其實，難矣。余兩涖兹土，皆值米貴，民多菜色。邑之紳士各出蓋藏，減值以市，捐資輸賑者，動不吝千金。奏之上官，咸嘉奬焉，其猶有巢民之遺風乎？余故於陳公之文特揭而詳言之，願後之宰斯邑者，以陳君爲法，委心賢士，使得殫其心力，以輔吾政之不逮；而邑之士大夫以巢民爲法，黽勉從事，加惠桑梓，俾貧富相恤，上下一體，共臻仁壽，豈不休歟？

至是集之文章，先生之風節，與重刻之始末，諸序已備，概不復贅。姑書予所感者以應其請，並誌尚友之私云爾。是爲序。

乾隆壬申仲冬。

重刻同人集序 同人集卷首

熊述祖

自有明隆、萬以來，詞章綺麗之學爛然於大江南北，而如皋冒巢民先生巋然爲風騷領袖，主詞壇之盟社者五十餘年。先生天才雄偉，學問淹博，經濟氣誼尤爲蓋代無雙。當爾時，前輩如思翁、眉公諸老宿，皆折行輩爲忘年交，而不敢以小友目之。同時如百史、梅村諸名人，皆斂氣餤，推牛耳長，而不敢以等夷狎之。而後進如阮亭、其年諸賢，尤望之如山斗，戴之如冠冕，而先生一意傾納，始終無倦。蓋自少而壯而老，無日不與天下豪儁交遊，詩文酬酢，紛至沓來，先生一一手録而存之，珍惜愛護，惟恐其散逸，此同人之所以有集也。

予生也晚，不及親炙先生，而挾策南北，側聞先生之風有年矣。時時于軼書他説，得睹詩文一二，吉光片羽，心誌之弗敢忘。今年夏，攝官如皋，而先生從姪殿邦適有重訂《同人集》之役，徵序于余。余取其集讀之，覺當日《得全》、《樸巢》、《水繪》諸集儼然未散，上下五十年諸名公之流風餘韻，嘯歌悲叱，慷慨淋漓，歷歷如聞。其集聲如睹其形，如親其丰采而聆其笑語。蓋是集之重訂也，而詮次之分類編年，較之原本之隨手録存者，更犂然有當于人心。此則殿邦、立脩、伊言、帝臣諸賢從之，功不可没也。殿邦曰："未也。先伯爲詞壇領袖，金綉珠玉埋藏於荆榛瓦礫間者不少，行將盡梓而公之海内，庶幾先伯之文燦日星而行江湖，得與兹集並垂千古。"嗚呼，此尤予之所樂聞者也。予雖不文，敢不執筆濡墨以俟。

乾隆十有七年壬申長至後三日。

重刻同人集序 同人集卷首

天長 戴蘭芬

古有云：莫爲之前，雖美弗彰；莫爲之後，雖盛勿傳。如皋冒巢民先生德業聞望，名重海内，一時才人，無不願與先生交。故往來贈答詩文詞賦及書記序傳，集爲《同人》,付諸梨棗,以壽世閲。百年後,版竟朽蠹,書亦無存,甚至出數十金購一集而不可得。嗟乎,其集存而同人之著作存,即同人之事業存,其集亡而同人之著作亡,即同人之事業亡。凡屬名流,未嘗不欷歔太息,斯集之美,雖彰于前而盛,弗傳於後也。

幸有先生之從曾孫不波氏名長清,爲皋邑名諸生。景仰先緒,每痛斯集之淪亡,無有襄成復梓者。遂自勤儉茹苦,蓄積十餘年,得數百金,慨然鳩工刊刻。吁,冒氏族中家資有數倍不波、數十倍不波者,而不波獨出己資以成斯集,其亦可以慰先生在天之靈,並慰同時學士大夫諸才人在天之靈已。不波生平頗有得先生遺風者,視詩文朋友情同骨肉,遇貧寒子弟栽培教誨,非即先生之愛育人才乎?荒年爲粥以食饑人,若寒解衣以衣無褐,人有稱貸,無償焚券不索,非即先生之救荒捐貲乎?道光元年,學師邑宰以山林隱逸舉,不波固辭不就,刺史以孝廉方正舉,不波又固辭不就,非即先生之屢辭徵解乎?噫嘻,前有巢氏之氣節堪爲筋骨表坊,後有不波之紹承克守高曾矩矱,美於前而盛於後,冒氏之族大有人也。

道光乙酉仲冬冬至前一日。

重刻同人集序 同人集卷首

寧雲程漢舟

文字之緣,通乎性命。予壬戌應選拔朝考試,曾于吾鄉新城王華岩同年案頭得睹雉水冒辟疆先生《同人集》原刻。蓋先生與吾鄉王西樵、阮亭諸前輩爲莫逆交,而華岩出自西樵,故獨藏有真本。玉軸牙籤,檀匣綉縹,誠希世珍也。夫以先生負琦瑰之才,抱鴻博之學,值艱難之遇,全孝友之真,炳然大節,焜耀人寰。而當時名公巨卿相與贈答酬和,零紈片羽,久而成帙。其編年可以紀歲時,其傳誌可以紀人物,其微言奥義,則氣運盛衰升降亦寓乎其間,嗜古人之士得一讀其完書,亦厚幸矣。迄今二十餘年,耿耿於心不能釋。

乙酉孟冬,予攝篆兹邑,下車伊始,即爲訪求是集。而舊梓久經散失,間有存者,薦紳之家又皆藏爲笈中秘,是以急欲構之而未得也。逾歲春,予方奉檄閲縣試,邑名諸生冒君長清不波氏以重刻十二卷致送,且請序于予。予得悉不波氏乃辟疆先生從曾孫也,其家本非素封,賴苦積數十年,以備梨棗剞劂之需。頃令已軼舊册燦然復著於世,並將蒐羅當代名流詩文纂爲續刻,誠可爲克家之令緒,好古之碩儒矣。夫千古偉人傑士，類皆本乎性情，隨所遭遇，於焉直攄胸臆，窮年著書，勒之金石，以綿世守而重家藏。乃往往後世子孫賢而多財損其志，愚而多財益其過，有忍令先世手澤淪亡而不救，殘缺而莫補者，其以視不波氏，賢不肖何如也！故予之得是集於冒君也，嘉其能守先也，能尚義也，而且以酬予廿餘載結契之心，千餘里景行之愫也。文字緣乎性命，緣乎爲之曠然思，憬然悟，怡然解，躊躇而滿志云。

道光丙戌正月上元日。

悼董宛君詩小序 同人集

吴 綺 園次

少君字小宛，桃葉名媛也，姿穠轉玉，品貴埋金，鶴矢意于辭群，鳳有懷而慕侶。吾友辟疆聞聲晋渡，覿面蘇臺。燈下團紗，醉眼曳留仙之裾；江邊畫槳，同心借續命之絲。而雅願難諧，情波更折。三生有石，益堅匪石之心；離恨無天，欲作問天之想。轉車輪于午夜，瘦盡燈花；駕艇子以秋風，來憑月樹。遂使當時才子，競着黄衫；命世清流，爲牽紅綫。玉臺重下，温郎信是可人；金屋偕歸，汧國遂爲佳婦。

閑心弄月，并囀紅簫，巧笑將花，同臨碧鏡。香分博士，貪燒鷓鴣之斑；書學夫人，戲問鴛鴦之字。扇清風于林下，静影如吹；咒桃雪于庭前，夭情似浣。新橙未擘，纖手訝其香留；弱蕙初承，小唾疑於花亂。斯可謂獨秀青閨，恒芳彤琯者矣。爾乃樓通西閣，琴調大婦之心；饁進北堂，羹諳老姑之性。過華亭而聽鶴，亂中存趙氏之書；入皋廡而依鴻，病裏伴龐公之座。十年織錦，巧在絲前；五夜彈箏，韻流絃外。又不獨絡秀傳餐，過客知其宜婦；孟光饋食，主人嘆爲如賓也。而雲彩易銷，月華空老。驚鸜鵒之夢，果有不祥；葬鸞鳳之身，于焉速化。死而可忍，彌留椒莚之辰；去必有歸，恍惚蓮花之國。

余偶遊射雉，恰值騎鸞。見奉倩之神傷，爲安仁而氣盡。雲高巫嶺，不遮傷逝之愁；雨入巴山，盡是悼亡之淚。展銀鈎之遺墨，舊日鈔詩；省瑶珮于生綃，春風出畫。聞其語矣，爲之泫然。媿乏八叉之才，聊代七哀之賦。青牛帳裏，想入夢以氤氲；紫玉墳邊，或聞歌而宛轉。

悼董宛君詩小序 同人集

譚　篆灌湘

樸巢冒先生《影梅憶語》,傷姬董宛君作也。碧繶雲沉,緗鈎雨散,九秋托之夢裏,一卷具見當年。雖松楸泣靈瑟之魂,埋香瘞骨;而菖蘭收宋玉之曲,緑嫩紅新。可憐舊月舊花,空剌心於芸閣;所嘆無賓無友,僅長望乎蓬丘。賦應慚玉人,聊寫春怨;歌以慰夫子,莫抱秋愁。

悼董宛君詩小序 同人集

吴偉業

夫笛步麗人,出賣珠之女弟;雉皋公子,類側帽之參軍。名士傾城,相逢未嫁,人偕嬿婉,時遇漂摇。則有白下權家,蕪城亂帥,阮佃夫刊章置獄,高無賴争地稱兵。奔迸流離,纏綿疾苦,支持藥裹,慰勞羈愁。苟君家免乎,勿復相顧;寧吾身死耳,遑恤其勞。已矣夙心,終焉薄命,名留琬琰,迹寄丹青。嗚呼,鋮神綉罷,寫春蚓于烏絲;茶僻香來,滴秋花之紅露。在軼事之流傳若此,奈餘哀之惻愴如何! 鏡掩鸞空,絃摧雁冷,因君長恨,發我短歌,貽以八章,聊當一嘅爾。

冒無譽詩序 鑄錯軒詩葺卷首

陳維崧

如皋冒子無譽者,族望通明,門風清邵。江東王、謝,葉葉金貂;河北崔、盧,人人玉樹。都憲公之挺拔清剛,少參公之明通英整,及乎大父元同先生,一麾出守,獨高保障之名,府君嵩少先生,三命登朝,備極藩維之重。有鄙人之父執,實公子之難兄。六館生徒,推爲模楷;兩京持顧,歸以人宗。當國難之頻膺,遂家居而用老。雙龍著膝,是兒莫不言超;兩少隨肩,此客群知其異。

無譽生而强記,幼便能銘。出遊市上,日日乘羊;入戲庭前,時時蠟鳳。黄金作埒,偏過許、史之家;白玉爲錢,屢到金、張之宅。纔離褓袝,知事清談;甫着衣冠,遂工艷曲。然而人不清狂,家惟忠孝。大有父兄之訓,絶無紈綺之風。揮毫座側,衆訝其奇;食果園中,獨懷其小。加以性愛文章,才長詞賦。琉璃硯匣,皆宋風謝月之篇;翡翠筆床,悉陸海潘江之作。南朝才子,詩曰鴛鴦;北地文人,體如蛺蝶。擅江花而不落,飄何粉以恒香。況復閉門等於譙周,漂麥同之高鳳。冬缸既爐,不廢咿唔;夏簟方清,彌勤繕寫。近董相下帷之地,無意窺園;居大夫射雉之鄉,何心索笑。言其腹笥,奚讓邊韶;論彼書淫,豈惟劉峻。於是雷塘烟月,争入篇章;甓社鶯花,群歸楮墨。櫻桃帳底,已多贈婦之言;孔雀屏前,頗著懷人之什。固已餘姚書記,録此新篇;因而長樂名王,訝其少作。哀夫片羽,何止一鸞。僕也哀類《蕪城》,愁深《枯樹》。讀王子安之序,我妬其年;坐衛叔寶之旁,自憎其穢。敢云元晏,用慰清河。

冒無譽先生詩序

黄　雲西墅

情本乎性,故可以生天地靈鬼、神明日月,動雷風、山川,嶽瀆、草木、昆蟲,皆以是通之而莫有間焉者,夫有所自也。彼無情者,無論君親、兄弟、妻孥、朋友若蔑如,即身體髮膚、耳目口鼻,舉無所顧惜以相保焉者,觀其所爲,直欲滅性而後已。第情有淺深厚薄之殊,故所發小大遠近之别,舜之舉措,禹之跋涉,湯武之吊伐,孔子之删述,此皆情之所不容已者。凡忠臣孝子、匹夫匹婦,其一言一動,筆之于書而傳之於今,皆關乎情者也,非此弗傳焉。

東皋無譽冒先生,年幾七十矣。考其生平,於子則孝,父則慈,兄友而弟敬,妻以睦而朋友以信,其詩有云"絶不待人惟歲月,最難盡我是倫常",於心猶若有歉然而日孜孜者,豈非性有獨至,情篤於中,而能然也乎哉?

戊子孟春,予以罷官閑居,静對虚窗,往復吟咏,又知先生之所爲詩矣,一草一木,悉本性靈,涉水登山,何非神往,視天地猶父母,鬼神猶師傅,日月吾之耳目,雷風吾之氣息，一體相關，無分爾汝，情之所至，有如此者。先生處士也，使達而在上，其於致君澤民也何有？噫，今獨以詩傳建樹之謂何？昔伊川稱堯夫爲内聖外王之學，此必有由也，蓋治平自脩身始。

冒無譽忍冬雜感詩序

吴門 張 鵬歗竹

寒威凜冽，曉驚霜透鴛衾；歲律峥嶸，坐覺陽回獸炭。窗梅横月，助客孤唫；簾雪飛花，添予清興。此忍冬于以作，而雜感所由生也。鑄錯先生，系本烏衣，才高白雪。羨聲華于早歲，潘陸齊芳；溯遭際于頽齡，庾徐繼美。問子山之第宅，不覺興衰；過叔夜之園林，曷勝流涕。詩成五字，盡嶔嵌歷落之吟；賦就廿章，半慷慨悲歌之句。歲華盡矣，壯懷不與俱消；吾道窮歟，豪氣因而益奮。大有滄桑之感，能無今昔之悲。僕本恨人，身羈異地。載賡佳什，如遊雁疏雲淡之天；三復瑶篇，正值月黯燈殘之夜。與君倡和，知百歲之非遥；容我疏狂，漫多言之是贅云爾。

時丁酉元宵後五日。

冒穀梁詩序 寒碧堂詩葺卷首

宜興 陳維崧其年

穀梁都門詩卷，評跋者新城王阮亭先生，且於卷首爲之摘句，共如干首。嗟乎，憶余自甲午以來，與穀梁游十九年矣，中間客東皋者又幾十年。每當文酒之讌，絲肉騰沸，楮墨若飛，賓客競奮，觴咏間作。穀梁授簡其旁，輒微笑不應。至於酒闌客罷，月落潭清，簾衣半虚，爉珠猶在，穀梁偶有吟咏，幽深嚴冷，拉雜荒涼，如朔風吹吟之裊空，欲斷而又復續也，如秋蟬之咽響，或止或作，不知所自來也，輒令人愕眙悵惘者竟日。故余常語人曰：“穀梁之於詩也，嬾不肯作，又簡不多作。然吾黨二三兄弟，其得詩之情且得情之深者，必穀梁也。"長安十丈軟紅，即有聰明才智，漫漶於朱門酒肉間，瑣瑣唱酬，都不關胸臆耳。穀梁之詩，何以至是？噫，異矣。猶記昨年余客漳河，遣一价至都，穀梁懇懇款款，情逾骨肉，有非他人所及知，并非余意所及料者。穀梁之深於情也，穀梁之所以精於詩乎？

壬子臘月，重過東皋，夜宿穀梁宅後小樓下。愴懷舊事，夜分不寐，口占二絶詩曰："十載曾經宿此樓，燭波瀲灧裊《梁州》。如今徧覓聽歌處，只在簾根檻角頭。""斷粉零朱板不全，白頭重上此樓眠。憑誰啼醒揚州夢，多謝栖烏似昔年。"題穀梁詩卷竟，附繫於後。

冒穀梁詩序 珠山詩選卷首

新城 王士禎阮亭

劉須溪評孟襄陽"北闕休上書"一篇，以爲生平最失意之時，亦其最得意之作，故爲明皇誦之。穀梁客京師二載，風塵蕉萃，有人所不堪者，乃其詩雅健蒼涼，頓詣境地。五言如"西風感遥夜，遠夢生丘園"，"身世已無策，人生其奈何"，七言如"廿年貧賤依司隸，兩世家門託信陵"，"翩翩少俊争横綬，落落吾曹合布衣"，"風塵萬事惟尊酒，今古愁人是玉關"，可謂驚心動魄，一字千金者矣。吾亦以爲穀梁當失意之時，而有此得意之作，雖蕉萃，庸何傷？杜公云"王郎拔劍斫地歌莫哀，我能拔爾抑塞磊落之奇才"，吾方偃蹇，不能相振拔，於其歸也，姑論次其詩如此。

冒青若詩序 枕煙亭詩葺卷首

陳維崧

陳子、冒子同舍讀書，相樂也。已而相語，冒子謂陳子曰："曩者鄙人私有述作，不揣固陋，藉子評騭以行。今兹措製，仍妄冀子序之。過高唐者，竊願效其聲音；臨睢涣者，繆欲師其藻繢，不自知其複也。吾子尚幸許我。"陳子曰："固也，子即不言，僕將爲子序之。

雖然,吾二人如貫,亦罔不聞。且昔所撰子序,暨無譽氏、穀梁氏二序列之審矣,是又奚以序子?念衹浮夸以相稱,又非吾二人所爲也。無已,則與子論詩。”冒子曰:“唯唯,謹受教。”

陳子曰:“夫詩者,先王所以剖治忽,鑒興廢,厚風俗,鳴鬱結而養性情也。故情欲其正,氣欲其達,聲欲其含畜而不濫,温栗而不雜。昔夫誼夫亮士,貞姬棄友,勢屈志辱,鮮所昭白,於是乎假器物以通之。體勢虛無,情狀魚鳥,植心幹於簧管,濬情瀾於匏革,猗迂往復,而後致之。此詩之所由昉也。”冒子曰:“吾聞之,詩之爲術也,有鉅有瑣,有正有變,有莊有諧,先民復作,將毋從同歟?”陳子曰:“是則然矣。抑詩有合有離,聲與情協爲合,情與聲反爲離;本情而諧聲爲合,離情而出聲爲離;言情則瑣者、變者、諧者爲合,沿聲則鉅者、正者、莊者爲離。孿子生而母辨之,睹其貌也;橘踰淮而人惡之,棄其神也。吾生慎之矣。”冒子曰:“人亦有言,詩以代降,有諸?”陳子曰:“夫河梁之不得不變爲建安也,太康之不得不變爲天監也。杜夔調律,音奏舒雅,荀勗改懸,聲節哀急,吴筠、鮑照,創爲新體,北宋、南唐,彌扇小令。邢、魏工剽竊之作,温、李盛閨襜之言。時爲之也,非人也。智者衡次其變而逆制之,渢渢乎正始焉。”冒子曰:“有是者哉,詩之爲教如是乎?間嘗覽徐禎卿《談藝録》、王世貞《藝苑卮言》、蔣平階《詩正》、毛先舒《主客問答》,吾子與宋舍人徵璧論詩書,法窮銖黍,今聆緒論,便同發覆。雖然,更有疑焉。黄門論詩,誼尚正聲,温柔敦厚,情理不迫。今子新詩,率多懟激,宫音不張,恐淪商角,將無賢者不免歟?”陳子歛容而起,愀然恤然良久,而後對曰:“嗟乎,亦時爲之也。僕生世不諧,遘會兵馬,自傷跼局,志行無補,比益蕪謝,懷抱緯繣,偶所吟弄,率中鞞鐸焉。夫雲間陳李,分路揚鑣。黄門早達,則整鏈之作興;舍人晚困,則頳細之音作,君子覘其志也。”冒子曰:“然則鄙人敝帚,無乃折揚皇荂之音哉?”陳子曰:“吾子之詩,不樾不窳,有骨有采。古詩三百,以博其源;遺詩十九,以約其趣;樂府雄高,以厲其氣;《離騷》深永,以禆其思。道辛苦則正長靈雨之篇,述家門則陸機述祖之什,鋪敘戎旃,出入乎三祖,揚扢歡讌,馳騁乎七賢,世有郢人,遑阿所好乎?”

時欲盛有所談,會有客至,恐聞餘語,更衣起,遂各罷去。

冒青若詩序 修吉堂文稿

德清　徐　倬方虎

事有有爲而爲之者,有無爲而爲之者,詩不可以無爲而爲之也。無疾之呻吟,不情之啼笑，詩也而等於俳優矣。交不可以有爲而爲之也，或藉其聲援，或資其膏馥，交也而流於市井矣。余讀《伐木》之詩而漠然有思也。夫鳥之群飛群宿，性適然耳，風人獨以爲求友，又不言其求之之故，惟於緡蠻睍睆之外，傳其嚶嚶之聲，婉轉鬱結，若黄鳥有甚不得已者。噫，以此求友，是爲真友，以此爲求友之聲，是乃真聲矣。余鈍人也，以世視之，爲五石之匏，爲不材之散木，無一可取者也，殆孝標所謂衡不能舉，纊不能飛，直當以游塵視之，土梗遇之者也。

顧冒子青若與余交，若有宿契焉者。余所唱，冒子無不和也。冒子所唱，余無不和也。晨而集必夕而後散，夕而集亦必幾晨而後散。凡日麗花濃燈青月白之下，無不有吾兩人之形影聲響焉。嗚呼，交如是可云至矣。或問冒子何所取於余，則冒子嗒焉若喪，有不自解。及讀其詩歌，纏綿婉摯，如哀絲之激楚，如唳鶴之凄清，蓋冒子天性篤至，而又遭時拂逆，有所鬱結於胸次，而激發脣吻之間，皆有不得已而出者，是可謂真詩人矣。夫天下有真詩人而不願交者，必天下至愚極陋之人而後可。是余之交冒子，又似有所爲而爲也。雖然，謂余之交冒子，而僅在詩也哉！

婦人集序 亳里陳氏家譜

王士禄

右《婦人集》一卷，陽羨陳髯雜記閨閣事文作也。考隋《經籍志》，梁《文德殿書目》有殷淳《婦人集》三十卷，又《婦人集》十卷，隋又自有《婦人集》二十卷，《婦人集鈔》二卷，又《梁書·徐勉傳》，勉常爲《婦人集》十卷，今皆不傳，不知其書定何似。以體例求之，當是薈萃閨閣文章爲總集，非紀事書也。近日興化李廷尉映碧雜采廿一史中列女事，作《女世説》，頗費搜括，然剪裁舊文，亦不甚類臨川語勢。今陽羨此書用殷、徐之舊名，使卯金之雋筆，隻字標鮮，片語矜咳，使人尋咀，一往而深。然則將來此書一出，都邑流傳，玳瑁豈獨裝逸少之書，珊瑚詎猶架孝穆之筆哉！尤喜其紀鄭衿劉夫人諸事，顧夫人天孫語董侍御，及李香嘆阮懷寧語，或瑰奇有致，或嚴冷可思，更是劉書中所少。録臺城舊内二絶與臨淮老伎事，兼可爲稗史談資，不獨稱“巾幗陽秋”已也。陽羨知余向有《朱鳥逸史》及《燃脂集》二書載閨閣事文頗備，向余訪求遺事。余方爲《左徒》、《遠遊》二書，皆不在行笈，性復善忘，仰屋梁理腹笥，千不得一，僅隨所觸筆二十許條歸之，以備采擷。余愧無張安世之彊記，而妄思爲女史之董狐，且將爲諸裙笄所笑，不第髯也。若髯此書，則故當致元微樹旛之報，非倖矣。續補一卷，是冒子青若撰，亦可肩隨陳髯。

見山書屋語林序

衡陽　丁元正湘亭

自韓非作《説林》而後，則有劉向之《説苑》、陸賈之《新語》，劉義慶因之，更爲《世説新語》，於是《談圃》、《叢話》、《雜録》、《談叢》、《野語》、《説郛》、《説鈴》皆相繼作，各隨時代攟摭往事而集成之，可謂備矣。顧余時苦其卷帙繁多，事或詭怪不經，而語亦多不雅馴，慮記醜而博，究無補於心身，資於政事。嘗擬博采群書，擇其言尤雅者，分別門類，按世次編輯之，都彙爲一部，欲令開卷可使人聞風興起。乃丙午、丁未而後，侘傺潦倒，奔走風塵中幾二十餘年，有志焉而未之逮也。

丁卯夏來皋，過冒子笙儀見山堂，因出其平日手訂《語林》一册，余翻閲不忍去手。其義例嚴而正，其紀載典而覈，蓋不啻先得我心之所同然者。急勸其授梓，以公同好，毋終秘以辜其半生心力也。冒子爲巢民先生從姪，爾時才人學士輻輳水繪園中，咸當代著作辣手。笙儀既得其流風餘韵，又壯年鰥居，終身不復娶，胸次悠然絶塵，累日杜門，以焚香煮茗、滌硯澆花爲樂，於子史百家之書無不流覽，丹鉛甲乙，寒暑無輟，其勤且專若此，宜其書之可傳，傳而可久也。昔東漢王仲壬著《論衡》八十五篇，蔡邕入吴得之，秘玩以爲談助。後王朗亦秘其書，人服其才，進且目之曰："不見異人，當得異書。"嗟乎，其書至今具在，豈能終秘乎？冒子是編不減《論衡》，其不能以終秘也必矣。余且老矣，他日退居林下，欲復理舊業，以遂前志，恐亦無當也。將携此本，歸藏篋中，不時展觀，以娱老眼，其許我乎？用爲序言，以示余珍秘之意云爾。

乾隆丁卯重九前五日。

洗心塾雜著自序 家譜

冒國柱

塾者何？屺懷讀書室也。屺懷爲誰？冒子帝臣也。“洗心”何義？讀《易》有感，而因以名其塾也。“雜著”者何？冒子所作爲體不一，故曰雜也。其溯同文之始者，《篆體淵源》也；記録誦讀之所得者，《讀書隨録》也；敘生平之閱歷者，《文山年譜》也；資苫塊之觀覽者，《苫次須知》也；耳所聞、目所見，隨有所得即筆之於編者，《芸窗薈蕞》也；幼所誦、壯所觀，曾經涉獵而誌其篇目者，《讀書紀目》也。其他爲韵語，爲駢體，爲古文辭，不一而足，皆彫肺腸、縷心血而成之者也。

冒子性甚懶，不恒搦管，間有所作，而稿之存者十僅一二也。兹編所集，皆搜羅於敝簏中而彙而登之者也。何以集之？恐其久而易失也。慮其雜而萃於一，萃於一而仍名以雜者何也？各從其類也。集之者誰，冒子自序也。序自何時，則歲在戊辰，溽暑蒸人，北窗高卧時也。

冒寄亭詩序 家譜

姜任脩

冒君寄亭與其弟葚原，一時機雲之目也。葚原館於余家塾，寄亭以詩寄懷，余因得而讀之，竊心奇其所作。葚原歸告寄亭，遂出全帙寄示，且索序之。爲手其編一快讀，輒大驚。情景沉冥，不類着色，非其得於常尉歟？發調清而修詞秀，非其得於李東川與？不必好異以自昧於理，而清致獨豪邁，非其得於杜樊川與？談諧諷諭，假俗以爲雅，有竹枝縹緲之音，非其得於錢考功、白傅與？蓋寄亭慧業，深學殖富，駸駸乎綜古人而有之，其於今之阮亭先生，不啻具體而微者，宜其與難弟葚原，偕振聲於詩壇而争作者之席也。

余嘗見葚原爲詩，星宿於三唐，龍門於宋元，而河漢於漁洋《蠶尾》諸集，一時之言風雅者咸歸之。每與余上下其議論，而心飫其指歸，獨惜醜老學新粧，非膏沐能資其嫵媚，乃不謂寄亭已臻此神妙也。舊聞其從祖巢民先生持文柄於東南，當代詩人若杜公茶村、陳公其年、顔公嘉久輩，咸接踵而爲玉帛之會。阮亭先生司李揚州，往來倡和，更爲密邇，此所以家風秘授，必有卓絶於人者。不然寄亭之詩，何爲與葚原争膾炙於人口哉?

余老退矣，筆墨日就荒落，欲振興乎風雅難矣。姑摭心之奇寄亭者爲之序，聊自附於知言之選云。

葚原集序 家譜

甘泉　王世球

鍾記室品陶徵士爲隱逸詩人之宗。余於近代，願以推瀠仲，瀠仲蓋白雲居士石沆字也。高陽孫文正公序永平大夫《篋餘草》，謂與晋安王氏、毘陵唐峰歸氏同爲明代矜式，天啓、崇禎間才子，合遂東、鴻寶、石齋、大生、覺斯而五。姚太史希孟論霞起園詩，亟嘆之。

葚原世承家學，得永平真訣，顧寄心清尚，悠然自娱於世，未嘗數數栖止。柴灣與羌竈相隔二十五里，羌竈蓋白雲居士之柴桑也。鮑澥門爲作《東海五子歌》曰"生平二范錢姜冒"，然則葚原自十五六時已掉鞅詞(擅)[壇]，又復窮居抱道三十年，以饑凍消其客氣，以風霆發其深省，其含咀百家，籠罩千古，宜哉!

冒葚原詩序 家譜

吴　翀羽中

曩從顧種榆先生下帷崇川北山，手授漢魏六朝三唐詩爲制舉餘課。每篝燈開酒，即拈題爲有韻言。時仝堂多能詩者，予愧弗工也。閲數年，先生就館皋城，予北遊燕齊。未幾先生館於山左臬使幕，予復時相過從。每稱皋之門下士能詩者，首爲葚原屈一指。予因憶少時偕萁原尊人于野先生共筆硯，每入城，文酒無虚日。萁原方總角，即恂恂然聞詩於趨庭，而又得師承於種榆先生，宜其所樹立者高且遠也。

今歲予守制家居，萁原來授經於姜太史西河之上，惠顧前好，出近集各體見示。萁原圻然道貌，有大儒風，所著深醇雅潔，輪囷鬱勃之氣盎然豪素，可知爲種榆先生之薪傳也。嗚乎，溯乙酉、丙戌間，與于野暨大阮箕疇時校秇於春巷小樓，爲性命交。二友既歸道山，萁原且移家北郭之花源港。予自戊申鹿鹿於燕齊間幾十年，詩學荒陋，不及萁原之工，而先後仝出種榆先生之門，世好相隔廿年，忽得把晤于荒村泬寥中，相與論詩話舊，抵掌道往事，嗚乎，是可幸也夫！其有所感也夫！

時丙辰年嘉平月之二日序。

冒萁原詩集序 家譜

黄克業庸原

予嘗問詩於楓溪孫寒巢先生，特授班、馬史一帙，謂三復斯編，可以得詩之鑰，余初未之喻也。歸與仝社冒子于野往復唱酧，遂爲追述此旨，于野乃擊節稱善。時萁原方負劍側耳，若穆然有得於心。余因嘆孫氏論詩之闢，而萁原與其尊人會心之遠也。既以風塵困頓，又感于野早赴魚符，自是絶筆於詩者幾廿餘年。間於旅亭取魏晋樂府及少陵諸體讀之，觀其起伏關照，居然龍門、班掾載筆，益嘆詩之難工，而金緘秘鑰令人莫置喙也。

丙辰冬，讀萁原近著一編，賞心累日，是學詩而得史法者。既喜其克承世學，後先踵武，而於楓溪孫氏之論詩且若合符契耳。遂呵凍以書其卷尾。

冒萁原詩集序 家譜

姜任脩退畊

予性嗜琴，每托於音，輒聽而忘倦，有叩其旨者，莫能道其所以也。後得其術而盡之，宫商相宣，疾徐清濁間，有不假毫髮者，視所至之淺深，得聲情於幽渺，庶無負師涓之奏歟？詩之音旨亦有然。昔人云“能理亂絲，始可讀詩”，蓋其發乎情，中乎雅頌，風格雖流於派别，要必以正始爲指歸。苟相道之不察，而誣窘步於采齊，不幾於聾者善聽，致郭象之嘆鼓簧乎？吾里之稱詩者代不乏人，然自二三先輩外，足以扶大雅之輪者，蓋難之。未嘗博其趣而僅得性之所近，徘徊户外而欲悉數其中藏，其不致拘於墟而爲九萬里之笑者幾希矣。

吾友萁原力起而矯之，其抗心希古，衆方譁然笑所怪，予則識曲聽其真，非必與俗殊酸鹹也，實有得於酸鹹之外者，如子期之於伯牙耳。如是而後，可謂知琴，即如是而後，可謂知詩。故於序萁原之詩，書此以告吾里之稱詩者。

乾隆元年祀竈前二日。

冒萁原時文序 家譜

金壇 王步青

余與萁原心相知者十年。今歲主席安定書院，暇得過從，如對春陵先生，光風霽月，不可端倪。及與論文，則上下古今，稜稜露鋒穎，似於秦、漢、唐外無足當可者。予曩從事舉子業，時時作俗下文字，自謂是矣，聞萁原言，駭汗讋慄，莫措一語。居無何，萁原示所著時文，私竊謂向言莛楹，當是初相見英雄欺人耳，及卒業，乃驚嘆萁原天才奔逸，不可羈馽。其于《左》、《國》、《史》、《漢》，二千年來星日並懸之文，如金在鎔，如肉貫弗，且傾其瀝液，擷其芳腴，令觀者目玩心移，所見無非諸子者，而究莫名其專家，唯覺前者不啻芻狗，後者不免蒹葭而已。蓋萁原自有其文，而非俗下之時之謂。予然後益駭汗讋慄，愧十餘年之知不盡，而前日之故我故在也。時下絀名節，競聲氣，稍知搦管，輒有巾箱本子借作干時羔雁，自以爲絶好時文，而不知望火日遊，徒增姍笑耳。誠欽企萁原之樹品師予前事，而進而伏讀其文，則負固護前之氣，庶其有豸矣乎？

雲籬閣齒録序 起社彙編

卞煒文味芑

《易》曰“出門交,有功”,又曰“无交害”。无交則獨,獨則往而躓矣。甚矣,人之不可無交也。近世動以朋友結爲兄弟,故葛莊劉氏詩曰“五倫忘卻真朋友,何必紛紛假弟兄”,真之爲意大矣哉,伐異黨同,款初隙末,遠交近攻,面諛背憎,皆非真也。兄弟云乎,朋友云乎? 凡我同人,既與斯盟,文章道德,共厥一心,若兄若弟,永矢於真。朋友也,兄弟也,一而已矣,假云乎哉? 爲書其姓字于左。冒葚原、王賀堂、郭昂霄、郭摩霄、王一齋、卞味芑、江澄湖、張芥凡、郭霄、郭星珠、温碌非、汪飲緑、秦絮塘、何心由,凡十四人。江生、温生,浙産也,餘皆大江南北之士。

冒師庭時文序 冒師庭時文卷首

新安 呂燕昭仲篤

士先器識而後文藝,譬諸草木,器識者根本也,而文藝則其枝葉也。兩者皆不能無藉乎栽培之力,有膏腴以厚其基,有雨露以滋其液,由是根本與枝葉乃相濟而交榮矣。顧器識之宏,其源有二,一曰家學,一曰師傳。故家名族,世衍詩書之澤,奕葉相承,則稟於家學者,既淵源有自,而又適遇名師益友,砥礪觀摩,外濟以攻錯之功,而内闡其箕裘之業,於是發爲文藝,月異日新,懸諸國門,宜其有目者所共賞也。然而兼之者,蓋難之矣。

雉皋冒師庭上舍,自其先世憲副公及巢民先生以來,風流儒雅,綿延二百餘年之久。積而鍾於上舍,藴蓄既厚,發攄彌光,論其家學,海内可屈指數。邑有雉水書院,素爲作人育才之地,主講席者率多高賢。而今歲則吴陵宫節溪先生下帷講學,與諸生課藝評騭,盡以其淵雅之學識作研席之薪傳,諸生悦服其公明,潜心乎領悟,上舍則文譽之流播者已久,至此益加淬厲,日課無虚,夫乃嘆師傳之良遇爲不易逢也。

仲冬之初,上舍來崇川,出其新刻制藝數十篇,問序於予。文之體正而辭雅,經宫山長鑒定，無待予言之贅矣。予聞之先太傅忠敬公官南樞時，舉豐芑會示諸文士，曰："文者心之聲也，心術正則文體正。昌黎起八代之衰，力崇正始，廬陵恥七子之陋，體尚雍容。"予服膺斯言，自遊黌序迄領鄉薦，未嘗以詭異之作博炫俗之名。迨牧斯土先後十年，所遇校閱童試，亦奉太傅之遺訓，以正體作衡鑒之規。今觀上舍諸作，湛深經術而詞氣和平，蓋得於家學、師傳者並深，而適與先太傅之語相脗和，是尤予之所心契也。

崇川地扼江淮之勝，人才蔚薈，文運勃興，甲第搢紳，蟬聯鵲起，雉城境接百里，風氣之所會通，必大有人焉，以應其運。予於上舍，將拭目期之。爰弁數言於簡端，以志吾慶。

嘉慶己未仲冬。

冒師庭時文序 冒師庭時文卷首

泰州 宫增祜

語云："德行本也，文藝末也。"夫文藝與德行較，誠哉其爲末也。然事雖爲末，亦必家學遞傳，世習其業，乃能卓然附立言之科。唐之蘇氏父子、杜氏祖孫，其詩與文勿論矣，制藝僅文藝一端，而其相承之緒則同。若桐城之方、金壇之王、宜興之儲，皆自其先人倡導於前，而後起者仰承其緒，文章科第甲於江左。予少游淳安方朴山、金壇王已山兩師門，故於文章源流、諸名家派别，得悉其詳。

如皋冒巢民先生當勝朝之末，親承憲副公庭訓，復師事華亭文敏董公，洽聞殫見，工詩古文詞，欲以色養終身，特辭司李告歸，海内知名之士重其文行，贈縞投紵。先生於邑中闢水繪園一區，以娱老父，兼爲名流觴咏寓公之所。文譽蒸蒸日上，與商邱侯朝宗、桐城方密之、宜興陳定生三先生，負"海内四公子"之目，所著《樸巢文集》、《詩集》，其行遠也亦同。予高祖紫陽太史公與憲副公夙契，兩世婚媾，又與巢民先生同登崇禎壬午鄉薦，故兩家子姓往來甚習。逮揚、通分郡後，踪迹亦少疎矣。

己未，予膺方伯孫公之薦，主講雉皋。會中有上舍生冒玉鐘者，工詩文，精楷法，恂恂然束身圭璧，心甚韙之。訊之，乃巢民先生之裔孫，而戚屬則予之表姪也，予益喜而不寐。時與説詩論文，生亦以予爲識途者，出其歷試草若干，窗課若干，請予裁擇。披閲之，但覺清思逸態，骨體不恒，而又富於卷軸，工於陶冶。先後司文衡者，多以國士目之,良有以也。因略爲詮次,存若干首爲授梓。蓋天下之寶,當與天下共之,且歷荷諸宗工賞眷,亦不可深自晦藏也,即以此仰承先緒,奚媿焉?行見傳之遠邇,識者必以雉皋擬之桐城、金壇、宜興相與上下,誰得謂芝草無根而醴泉無源也哉!明秋曠典賓興,必有望氣而至者。生挾此行卷赴都門,玉堂諸巨公亦必欲羅致門下。予雖髦荒,肯以戚屬之私而阿其所好哉。

嘉慶四年重九日。

潮牘偶存序 潮牘偶存卷首

山陰 汪 瑔芙生

嶺以南行省二,廣東爲難治。廣東列郡九,潮州爲難治。郡地濱海,其民多賈販,不知詩書,有貲百萬不識一字者。以防海盜故,鄉率築砦編户,聚族以萬數千計,置兵儲糧,堅壁足自守。村落相接,一語睚眥輒合鬬,殺傷或數百人。其豪集亡命,肆剽掠,探丸扞網,猝不可捕,逋賦自若,催科之吏不敢入砦門。又有鹽筴之利,奸民水陸轉販,利兵火器與之俱,吏卒熟視,莫敢誰何。官其地者,稍巽懦輒納侮,或矯而過,則鷹鷙毛擊,獮薙之不問孰莠良,以故民益肆以怨,而吏治日敝。數十年來,守若令惟錢唐吴公稱最。吴公既殁,近則稱如皋冒君云。

君官嶺南幾三十年,自縣令擢二千石,所至有聲,而官於潮最久。嘗一署潮陽澄海、普寧縣事,再署潮橋運同事。其爲治,大氐以廉幹飭官政,以彰癉協民志,故彊懟弱安,豪宗悍族相顧愓息,氣不得吐,而良懦得倚恃。同治間,泰西人請入郡城,士民沮之。朝廷以廣東布政使李公福泰往涖其事,時君已由潮陽移順德矣。詔以君素得民心,命偕李公往。當是時,君以一試令奉詔書以行,人相驚爲異數,蓋它日之騰上踔遠,基於此矣。

今年君守廉州,政整以暇,乃取在潮時所爲書牒文告之屬芟而録之,號曰《潮牘偶存》。雖卷袠無幾,即君之爲政精心彊力,初非楮墨所能畢宣,然亦足以考見大略。余與君交餘三十年,故君屬余以序,不以不文辭。余無似,頗不能以文諂人,世有能知君者,當知余言之不妄也。

光緒丁丑冬日。

決事餘譚自序 決事餘譚卷首

冒 澄

光緒庚辰,余以會核臨全鹺商事忤大吏恉去官。越明年,應船政黎公召棠之招,橐筆遊閩,喦寙孤寄,偶取曩年判牘,理其叢殘,筆之成帙,雖體涉説部,而半生辛苦艱虞,胥於此見厓略焉。昔吕新吾有言"纔説做官好,便非做好官之人",嘗用以自箴,罔敢或越。憶己卯秋,余待次廣州,方檢校商漁船保甲。時有請榷沿海魚税者,粤督劉公坤一下其議,因上書力陳不便,事始得寢。不謂群虓逐逐,方思藉此以快私圖也。不遂所欲,積憾生讒,由是謗書盈篋矣。唐錢徽不云乎:"苟無愧心,得喪一致。"今事之本末具在,而余亦跟肘獲全,無諜訴之倥偬,息塵勞於鞅掌。且少孤學陋,正可補讀平時未讀之書,其於昔賢義理之壁,庶幾略識指歸乎?然則是編之存,猶其贅焉者矣。

壬午孟春。

冒侯吏牘序 雲門吏牘卷首

左宗棠

如皋冒侯宰湘陰,多善政,邑人自湘來者頌無異辭。偶見《雲門吏牘》,知侯前宰廣東乳源,蚤著聲迹,得民和。至其按誅逆隸邱河,窮治其黨一事,尤爲時論所詡。

乳源在粤嶠中,舊爲盜藪。侯之先人昔官此,急捕治。縣隸邱標、邱河乃糾黨戕官,奸露事懸,莫與究詰。閲十有七年,侯復仕粤,權乳源令。時標已前死矣,河尚爲縣隸,稔惡如初。侯按當日逆狀,邑老僉指目河。侯幼聞先德遺命,進刃者目下有黑子,驗視良是,集衆訊鞫,具伏其辜。牘抵上游,論如律。侯先人以治盜殞於官,侯終治之,其大有造於乳也。

論者謂侯能捕治積年渠惡,以雪先世之憤,人所難也。吾獨謂邱標、邱河輩,一縣隸耳,隸而戕官,是謂大逆,不得僅謂之仇,何有於報?侯之戮邱標尸,誅邱河輩,謂斬逆隸，安得謂之報私仇哉？粤東藪盜，官司不能治，其與閩楚接壤尤甚。侯治乳以廉幹著，其吏事固有過人者，而能嗣事乳源，得正逆隸之誅，以儆粤盜，而風示官於粤者，侯之私幸過望，亦適逢其會。楚粤士大夫歌咏之，以塞侯悲可矣，謂侯之志事莫大於是，豈其然與？國家承平既久，官吏嬉然相承，群盜遂作。於是有利其國而盜，利其家而盜，利其身而盜者，又有利盜所有而盜乎盜者。紀綱紊，九法斁矣。侯能充是心治鄉邑之盜，所至無盜，且無冤民。以是心治天下之盜，將天下無盜無冤民，獨私仇云乎哉？獨吾湘、乳源之治云乎哉？姑爲是説以慰侯，且勸天下之以勤官恤民爲志者。

光緒二年端四日。

雲門吏牘序 雲門吏牘卷首

冒　澄

季弟小山自湖南寓書來，發視得《吏牘》二卷，蓋任乳源、湘陰時所作也。牋啓論列，文告敷布，具有條理。憶昔先大夫宦嶺南，余偕諸弟日侍膝下，竊見先大夫臨民治事，鉅細必親，惟恐一物不得其所。檢校官書，常至夜午。又嘗詔予而訓之曰："官守大戒，惟在義利之辨明。至於暑雨祁寒，須辦一點誠意，相爲往復。吾非好勞也，不如是則心有未安耳。"

歲壬子，先大夫令乳源，捕盜遇害。余兄弟枕干飲血，未嘗一日忘仇。越戊辰，小山復權是邑，乃廉得賊渠，剖心祭告先靈。而追維過庭時所謂身教言教者，恒與諸弟相切劘，以期無墜家聲。今忽忽二十餘年矣。小山以試令所至，果能修舉百廢，廉惠在人，大者如修築湘陰城垣，當經營竭蹙之候，得扶杖老人指以湖畔藏石，要工克底於成，此殆如往訓所稱積誠感孚者非歟？前年一攝長沙，復移善化，吾知其堅定之守，歷久不渝，舉凡吏疵民瘼，必能究盡本末，益自發抒，願須臾無死以觀政之成也，小山其勉旃。

光緒戊寅三月。

枕干録序 枕干録

陳　璞

《枕干録》者，筱珊冒侯録其宰乳源時公牘文字也。侯少侍其先人伯蘭先生於咸豐二年權是邑，至同治六年侯復涖此，相距十七年矣。侯宰是邑，惠政一本伯蘭先生，而其戮兇役一事，人尤嘖嘖，謂候之孝能復不戴天之仇云。

璞維咸豐四年，粵中盜蠭起，州縣多陷，省城被圍五閲月，大府集兵力，縻餉百萬，始就平。然數年以前，盜已萌芽，結黨潛聚，四出剽劫，當事頗以爲諱，地方率務掩覆不敢發。伯蘭先生獨於乳陽親捕盜兇，役與盜通，竟敢反兵剚刃，不兩年而盜大肆，先生雖遇害，其膽識志節夐絶一時矣。然自是十餘年，兇役竟漏網，直待侯之再至，始獲伏誅。

嗚呼，此若有天焉。戕其父者必使就戮於其子，天殆示人以好官之有子孫，且示以好官而至遇難，必有好子孫爲復仇，然後世之涖民者乃能遇難不避，遇地方之害不必瞻顧掩覆而不敢發也。不然，此十七年中，兇役不逃不死，繼兹任者豈無能吏，又皆若矇然罔覺，一任其恣睢，事後而不問，此非天之故留以有待乎哉？當罪人斯得，僚佐以必解郡定讞爲疑，侯不顧，毅然斬之，然後請罪於上官，上官察其誠而嘉之。嗟夫，此又侯之膽識志節同符先人，而天之所與者矣。推此而敵愾除暴，以返吾粵之民於仁讓，侯之事業將悉出於此矣。璞用爲序之，以諗觀是編者。

同治己巳春正月。

冒小山枕干録後序 希古堂文存

新會　黄炳堃笛樓

刑殺不可圖治，而未始不可圖治。用刑殺以狥千萬人，與用刑殺以狥一二人，刑殺同而用之公私異，余讀冒君小山《枕干録》有感焉。

小山尊甫令乳源，捕盜遇害。越十七年歲丁卯，小山復宰是邑，乃擒賊渠邱河，置諸法，某甲物故，爨濟其惡，出尸鞭之，餘黨不問。環而觀者歡聲雷動，邑無華顛毀齒咸快焉。初邱河𣍿官後，夤緣爲縣役，愈肆殘毒，邑人罔不畏之，而去之無由，疾痛惨怛，有呼父母而不敢。賢有司明正其罪，起斯民之沉痾而噢咻之，復貸餘黨，俾之感而自儆，以默消其反側，宜民之愛戴稱頌勿替。吾意小山必受上賞，乃猥譎者播爲流言，大吏不察，欲加之罪，書再三上始解。吾用是悲其遇，壯其所爲，而又幸其卒白也。

嗟夫，吾聞世之盛也，刑殺之權操之自上，不得已而用，則必出於至公。《書》曰“四罪而天下咸服”，降及後世，刑殺之權操之自下，蚩蚩者乾餱失德，而鄉里豪右遂文致其罪，横入於必死之條，以圖快其意。有司平反焉，不爲曲意阿附，群目爲婦人之仁而媒孽其短，卒亦無以自免。若此者，所謂公乎，私乎？昔馮唐告漢孝文曰“陛下法太明，罰太重”，明、重之過然且不可，況刑殺之出於私耶？夫殺一二可殺之人以求快千萬人，此當事者不得已之所爲也；殺千百不可殺之人以求快一二人，此當事者不得已而亦有所不爲也。孟子曰“見可殺焉，然後殺之，故曰國人殺之”，言至公也。小山之殺邱河，可不謂公乎？雌黄之口猶指而瑕疵之，致當輔幾爲所惑，吾以是悲其遇、壯其所爲，而又幸其卒白也。

顧世俗咸以能復讐多小山，予維復讐之説見於《春秋》。春秋時周室衰微，刑政廢弛，故得聽人自爲報復。如邱河者，先惡於民，又弑天子命吏，殺無赦，守土責也，報復云乎哉？倘以爲復讐之舉，豈小山預知必宰是邑，而隱忍十七年，徐以俟其報復耶？抑小山不宰是邑，將任其漏網而不以厝意乎？縱邱河窮凶極惡，而於小山無所爲讐，遂聽其優游於光天化日乎？無怪十七年中之宰是邑者不一過問也。吾聞小山云，向不知邱河所爲，將之任，其邑人赴秋試者言之，因記其尊人云殺我者目下有黑子，比見邱河貌不爽，蓋含辛飲血，至是而洩其憤。推仁人孝子之用心，有可以報於親，雖洞胸斷脰所弗恤，果知首逆之爲誰何，縱不宰乳源，亦必訴諸大吏，告諸天子，下於有司，以求罪人之得所。可異者身親其事，得藉手以甘心，此又造物者之巧而報施爲不僭也。邱河既殺，乳源至今慶敉静。故曰刑殺未始不可圖治，公而已耳。

小三吾亭文甲集自序 小三吾亭文卷首

冒廣生

廣生二十歲以前，喜讀明、國朝人文集，彼時懵然未嘗知所趨向也。其後讀姚先生《古文辭類纂》，乃知所謂桐城家古文；其後讀曾文正《聖哲畫象記》及《歐陽生文集序》，乃知學所謂桐城家古文。北走燕，南走粤，中間栖栖吴越具區之間，則去其爲之功半；受詞於葉蘭臺先生，受詩於周昀叔先生，受校讎略録之學於周季況先生，則去其爲之功半。稱心而輒談，下筆而輒就，不敢放言高論，以悖於古先哲王也；不爲追幽鑿深，聱牙詰曲，以驚世而駭俗也。間持其所爲者，質之桐城吴摯甫、蕭敬孚兩先生，兩先生不以爲非，敬孚先生至引元晏、太沖之事，欲爲作序以傳。嗚呼，談何易也。

聖清受命垂三百年，而士之號能爲古文者不過數十人，通都大邑之間，或二三人，或無人焉。若是乎爲之者之希也。夫爲之者希，則能之者貴矣。廣生非能爲古文者，未肆而求其純，未工而求其拙，未繁而求其簡，貌似焉而已矣。乾嘉盛時，經生大師争爲樸學，薄宋儒義理之文爲不足爲，而姚先生爲之。近時士夫飈舉雷動，抵掌變法，以企治平。至其爲文，乃破壞滅裂，蕩佚而不知返。廣生不敏，以爲爲政治家也者，則宜新也，爲文學家也者，則宜舊也。廣生於論政治非守舊者，獨不能不於此稍齗齗焉。謹詮次舊所爲文，起丙甲春，訖辛丑冬，都凡四十六篇爲一卷。嗣有所作，當爲乙集。

小三吾亭文乙集自序 小三吾亭文乙集卷首

冒廣生

《小三吾亭文乙集》二卷，起壬子，訖辛酉，刻未竟而猝遭吾母周太夫人之喪。吾時榷淮關，棄官終制，凡三請然後獲命。居廬五月，神魂潰亂，血肉荒迷，奄然自知死將至矣，而又何以文爲哉？顧梓人既告成，而十年以來，方寸之内，可以告天地、告鬼神、告吾祖宗，而不敢以告人者，則悉於吾文寓之。吾文誠不足傳，苟傳也，則吾之方寸藉之以傳。庶幾讀吾文者，有以哀其人，以爲此天下窮而無告之人，乃有此窮而無告之文也。則吾死之日，皆吾生之年也。

吾十年中凡三仕矣，仕於甌者五年，仕於京口與淮者三年。其於甌也，則惟是徵文獻，脩廢墜，暇則與方外之人相往還，發爲文章，以自鳴其懷抱已耳。而又摧藏之，掩抑之，如隴坂之水，咽其聲使不得流焉，如濟之水，屈其勢使伏行於地下也。其於京口所作猶之甌也，其於淮之所作猶之甌與京口也。其徵文獻，脩廢墜，暇則與方外之人相往還如一日也。吾文誠不足存，吾聊以存吾之歲月以自疚焉。則此二卷之文，謂爲吾十年來之譜録可也，謂爲吾十年來之傳狀亦可也。夫所貴乎文者，謂其能救世也，世不可救而垂之後世，以救未來之世，斯已悲矣，乃並未來之世亦無望焉，而僅僅乎爲文以自疢也，則吾文誠不足以存也。文凡□十□篇，其《見山圖記》、《瑔女割股圖記》，則辛亥以前所作，自壬寅至辛亥文一卷皆經亂失去，此以圖存得補録也。

壬戌五月，冒廣生疚齋序。

盤山集序 後同人集

陽湖 錢振鍠夢鯨

今上建元之四月，冒子鶴亭于役東陵，歸出所作《盤山集》見示。蓋太行山脈西起昆侖，東趨碣石，其柱天極地，旁薄坌湧之氣，萃於東陵。而盤山者在東陵西百里，松鬣際天，石壑奇絶，以獨秀於萬山之間。盤山亦曰田盤，或曰戰國時有齊田盤先生者宅於此，故名，或曰漢季田疇之所隱也。薊遼爲自古用武之地，而中國有事於遼，盤山當其孔道。昔唐文皇征高麗，嘗駐兵於此。冒子是行，謁諸陵寢，弔唐文皇之遺迹，登李衛公舞劍之臺，俯仰天地，懷古傷今，以亢朗激越之調，寫其憂思慷慨之情，可謂壯哉！

悲夫，中夏之不振久矣，而文人音韻之末枝，其無用蚤爲世人所笑。吾願讀是編者，思我朝列祖列宗，臣妾四海，奔走萬國之盛，以追溯貞觀之君臣所以寢甲枕戈不自暇逸，以張中夏萬世之威者，用是奮發我中國人士之志氣，去其怠惰柔弱之積疾，以力追古昔之雄風。孔子曰"詩可以興"，將必在乎此夫？然後不負作者之用心，而安見詩之一道爲無用之學哉？若徒以山川風雨、金戈鐵馬以侈吾之文字，我知冒子，冒子不然。

和謝康樂詩序 後同人集

吴重熹

陶公飲酒詩，東坡和之，至今膾炙人口。康樂永嘉諸山水詩，固古今之絶調也，和之者尚乏其人,甚歉事也。昔人有云,客有以“池塘生春草,園柳變鳴禽”爲康樂坐是詩以得罪,以請於舒王者,王曰權德輿已嘗評之,略云“池塘者,泉瀦漑之地,今曰生春草,是王澤竭也。《豳詩》所紀一蟲鳴則一候變,今曰變鳴禽,是候將變也。託諷深重,爲廣州禍張本”。何其附會惡劣,勝致頓削,而荆公天資巉刻,取爲美談,良可怪也。以太白猶慙之人,史臣論定,以爲歌咏所興,生民爲始。爰逮宋氏,顔、謝騰聲,靈運之興會標舉,固古今僂指人也,而可不敬而愛之乎?按靈運在晋襲封康樂公,宋高祖受命,降公爵爲侯,出爲永嘉太守。爾時王、謝名門,雖值改姓異朝之際,而家庭雍睦可欽,亦千古之盛。康樂自敘詩終曰“韓亡子房憤,秦帝魯連恥”,則不忘國恥,未嘗不自流露焉。

鶴亭京卿負米於永嘉,創建永嘉詩人祠堂,其刻爲業書,又成《康樂集拾遺》一卷,《康樂集校勘記》一卷,復舉永嘉山水諸詩一一和之,且有符君璋、陳君祖綬驂靳左右,用媲美於東坡之和陶,勝地名流,同爲不朽,公此行爲不負矣。

歲在强圉大荒落。

小三吾亭詞序 後同人集

番禺 葉衍蘭南雪

咸豐初,余與沈子伯眉、杜子仲容、季英、冒子哲齋、文川、汪子芙生舉文會於粤中。七人者道同齒若,飲食游戲,風晨月夕,靡不徵逐。其後季英死於兵,仲容、哲齋、文川宦轍分馳,聚散之感,則余與伯眉、芙生共之。伯眉、芙生喜填詞,余倚洞簫和之,聲嗚嗚然,若不知帶甲滿天地也。其後余入都,供職郎署,門孤援寡,浮沈白首,兹事廢井垂卅年矣。比年乞假家居,則伯眉、仲容、文川、芙生後先殂謝,哲齋息影歸如皋,俯仰之間,已爲陳迹。既念逝者,行復自念,未嘗不感傷於廢興之故,而英絶領袖之無其人也。

鶴亭吾友,爲文川令孫。生之夕,文川夢其先巢民先生來,又適與之同日,識者咸知其有異稟矣。稍長,應童子試,縣、府、道皆冠其軍,旋舉孝廉,名大噪。其爲文,氣咄咄若朝日,固宜其早成也。顧性好詞,雖從余游,而時有以啓余。嘗與余言,詞雖小道,主文譎諫,音内言外,上接《騷》、《辯》,下承詩歌。自古風盛而樂府衰,六朝人《子夜》、《采蓮》之歌未嘗不與詞合也;自長調興而短令亡,南唐人《生查子》、《玉樓春》之什，未嘗遽與詩分也。又言學詞當從唐人詩入，從宋人詞出。每怪近日詞家極軌南宋，黄九、秦七已成絶響，亡論温、李。嘗集李昌谷詩爲詞一卷，欲以竟長短句之委而通五七言之郵。余韙其言，未嘗不喜故人之有後也。

頃以計偕入都，袖其詞槀，乞余一言。余辱與鶴亭三世交，又念嶺以南無有如鶴亭之可與言詞者，因爲文以報之，且系之詞。

光緒甲午冬日，時年七十有二。

第四册

跋

祖德詩跋 拙存堂文剩

冒起宗

起宗邇者按部高涼，日升墜崇巖壑間，雖騶從驂驔未嘗乏，怦怦乎無時不歌《行路難》也。因思吾王父昔爲廉郡幕，一命孤踪，八千鳥道，車馬安得不卒瘏？更聞入署之日，敗壁頽垣，蓬蒿滿目，曾風雨之莫蔽，而飲冰鞅掌，未敢尸素其官。其拮据於清水江田，不憚與河伯争，以卒成膏壤，尤勤勵中第一永賴事。比及三年，而遷秩歸。歸而貽厥吾伯、吾考，洊及余小子，以有今日也。今日者，吾王父安在耶？吾伯、吾考安在耶？伯在旬纔滿八，而莫爲之後；考在尚未望八，而久棄藐孤。嗟乎！世豈無大耋期頤，而子孫得終其孝養者？予獨何辜，而不得徼天幸乎？

端州距珠官千餘里，無繇出疆叱馭，一尋清江故迹，乃合浦林道生明府，因民口之有碑也，采輿誦而祠之象之，碣表於門，祭崇于社，並任延而曜代，儷李翕以揚休，蓋不獨吾王父魂魄猶應樂此，且因以康吾兩大人，其藉合浦靈貺者，奕世無斁矣。起宗日戰戰，罔敢寧於繹思，而以穀聞者恒寡，以不穀聞者恒多，役行無忝，未審何繇？偶讀謝康樂《述祖德》詩，作十二章以效之。

冒伯麐悼亡集跋 悼亡集

黄應徵君求

不孝徵無生而有生，伯麐丈有室而無室。病餘易感，歲晚多悲。屢讀些詞，浩嘆無已，爲繕寫一紙，不律與涕淚交揮，即使莊生見之，亦當擲盆而泣。世有有情人，不應留此卷天地間，以增一段悲怨也。

海陵北里志跋 海陵北里志

陳元台子三

夫物之不齊，物之情也，抑亦偏隅之所限也。故江南之橘，江北爲枳；鵂鳥夜攫，當晝而眯。此夫皮毛神識，有定體也，且有俗習也。秦(准)[淮]、廣陵之妓，伯霽或悦於目，或順於耳，又或快於心，搦管而品題之，則美人琅玕，秋風團扇，悲歌可以當泣，長嘯所以舒懷，何其幸也！然而有學步邯鄲而失其故，效顰西子而增其醜者，噫！《北里志》其月旦評也與？

海陵北里志跋 海陵北里志

陳王所善甫

往聞伯霽多情丈夫，嘗有所狎昵，溺而不出。今者海陵之役，無乃狂奴故態乎？且也詮次雌黄，未免落綺語一重公案。伯霽事佛惟謹，奈何弗畏？

冒伯霽先生詩存跋 冒伯霽先生詩存

冒廣生

冒於如臯，姓僻而著。潛靈蓄曜，人才應運，海寓賢達，其所津逮，率惟故司李巢民先生。其有懷才負氣，憎兹多口。庾信則江關蕭瑟，傅燮則身世流離。論其遭際，才士疾首；語其文章，作者無媿。一爾過隙，魂魄幽草。豈況墦間東郭，越祀三百，求食之鬼既餒，銘幽之文又闕。如族祖伯霽先生者，即吾宗彦。欲其數典，猶將謙讓，亡論它氏。文人薄祜，昔聞其語，今信之矣。

廣生幼時，讀陳迦陵文，其言先朝神宗御宇五十餘載，六服休暢，被潤澤而大豐美。南中爲陪京重地，人士僑寓者尤多，李本寧、曹能始、徐子卿諸先生先後官於南，能詩歌，喜賓客，争招致天下士。士之通輕俠、負才氣者，争歸之。如潘景升、王百穀、梅子馬、王太右、陸無從、柳陳父、冒伯麐諸君，旦日樗蒲跕屣之會，積錢隱人，自諸王孫細侯都尉以下，擁篲迎道左，争結驩諸君，惟恐不得。當諸君夜則袨服而宿北里鳴珂巷中，今所傳南中倡樓社諸君是也。又嘗讀鄭妥《述懷詩寄伯麐》云："浪説掌書仙，塵心謫九天。皈依原夙願，陌上亦良緣。"慨然愀嘆，廢寢食者久之。時代變遷，欲求當時所集妥與馬湘蘭、趙今燕、朱泰玉之作，爲秦淮四美人選稿者，羽陵既蠹，長恩不守，遺風餘韻，於是乎歇矣。

先生爲學官弟子，負盛名，豪爽伉直，忌其才者陰中之。鄉先輩黄輔爲范志易作傳云：萬曆戊子，偕冒伯麐遊白下，寓天界寺普應庵清上人房。弔奇攬古，遨遊三山二水間，探六朝遺迹，觀帝城宫闕之巍峨，睨王侯戚里，從高陽酒徒，彈箏邀笛，挾妓平康，醉長坂橋。月倦歸時，手一編，發爲古文歌辭，無一語不漢，風謡近體，直入少陵之室。亡何，伯麐中讒去。下雉吴明卿先生從婁江來，力爲昭雪，約范會廣陵，至則已先一日行矣。尋至金陵，邂逅秦淮舟次，相得甚驩。分韻賦詩，范詩先成，吴公爲屈一指，曰："淮南人文淵藪，吾友宗子相而後繼有伯麐。讀子詩，殆伯麐以後一人耳。"相與傾倒，同飲静海寺，至荻港别去。而伯麐難作，波及太翁。太翁亦里中貴人甥，乃貴人不爲之援。范徒步走崇川，謁顧大司馬益卿。時司馬方在苫次，范庭見，陳冒冤狀，清辯滔滔，顧爲之色動，謂左右曰："此非風塵下士。"亟白之當路。冒理直，太翁亦釋。朋友之交，死生患難，雖古管、鮑，何多讓焉？頃捋集其遺詩，復從家譜得黄監丞《金陵集序》一首，屠儀部《鑾江集小引》一首，亟録卷耑。虞山宗伯觝排七子，冀立壇坫，其爲小傳，妄肆非笑，奴主之言，豈足定論？世所傳習，亦并存之。光緒己亥五月。

董宗伯手書家大父壽文跋 同人集

冒　襄

宫保董公，大人爲龍，鉅文如岳，而臨池則今日《蘭亭》也。海内獲一字，奉爲秦珩、楚珠，華衮之及者，不啻九錫。鯫生若襄，無一足采，先生獨忘分忘年，寄之以元賞，進之爲子客，凡有所請，破格疾書。甲戌重九，特製鴻文，爲家大父壽，且書册書屏，命顧公彦持贈。公彦蓋臨摹白眉也，選石敬鐫，附以詩序、題跋、手札，永作家瑶，公爲世寶。

兵餘集跋 拙存堂文剩

冒起宗

家大人之稱詩，非自平都始。生平周歷，皆莽蕩巨麗之都，所至必詩，而雅不欲存，余小子無從窺之，亦復重違之也。今宰平都，而獨存斯集，豈蜀中山水偏與詩人有瓜葛緣耶？夫兵與詩，二者不可得兼，然軍中不廢雅歌，賦詩亦可却敵，則兵亦何妨於詩也者？余小子請以今之兵説詩。夫兵，有主有客，有調有募。治兵者，因有練與汰之兩法，而詩一一能函之。奇正從心，卷舒在手，名曰主；奔走風雅，驅駕三唐，名曰客。至若移海嶽于毫端，起風霆於腕底，則調之説也；抽菁華於秘府，集獷鋭於文壇，則募之説也。而自是範以神工，而金化爲鏐，精融爲液，則亦有練法；董以志帥，而莫氣必收，木聲必黜，則亦有汰法。莊誦諸詩，多多益善，而運乎一心；不擊刁斗，而步伍嚴整。雖隻字片語，必經陶汰，而曾未損氣而虧趣，其真得兵之神而用之詩者耶。乃兵亦何事而得餘也者？左執干戈，右握鉛槧，固兼總英雄者饒爲之，然亦欺人語耳。彼一時也，前有勍敵，後有亂民，國法在上，清議在下，苟非具達觀，誰不撓亂於生死？家大夫既平等一切，以存謀國之身，而猶偕諸博士弟子追壬戌之遊，續雪堂之句，示鎮定于笑傲中。心不奪利害，故神餘；形不亂桴鼓，故興餘。第以休暇言餘，淺矣。夫人之才，惡夫盡而力取其餘，盡之象促而餘則壽之徵也。家大人幸息勞肩，詩與年亦將與日俱新，兹集特其殤矢也已。

逸園吟跋 石刻

冒起宗

先大夫自少工臨池，迄解組而技益進，行年七十，猶能刻燭成詩，挑燈運腕，神采奕奕,見者擬之爲地行仙。即易簀之前數日,伸紙揮毫,自若也。顧生平性超宕,每笑蘇長公待五百年後人作跋爲多事。詩竟輒書,書竟輒涣佚不復存。兹裒勒貞珉近百首,行楷相兼,心手妙應,一種遠致達觀,猶可想見於結撰之外。若余小子永隔音容,愴披手澤,莫解終天之恨,聊以附刻木之思云爾。崇禎丙子夏孟。

存笥小草跋 小三吾亭文集

冒廣生

光緒己丑、庚寅間,廣生歸里,應童子試。時湘陰莫觀廷師令吾皋,其試安定書院,題爲"牙橋開閉議"。家子嘉孝廉嘗出公文相眎,未得窺全集也。甲辰,遊吴門,顧君鶴逸以所藏見貺,置行篋中,比來十有八年矣。庚申春,里居不戒於火,藏書燼焉。劫後歸視,此集及伯麐秀才所著《緑蕉館集》、嵩少憲副所著《拙存堂史拈》獨無恙,蓋皆寫定而未刻者。念祖宗之靈之默相,而孤本之不可不傳也。明年,攜至淮上,刻之。

公以名孝廉,出爲安陸令,受知於熊襄愍公,遷永平同知兼山海關郎中,贊襄愍幕。襄愍調天下兵,前後集塞下者十三萬餘。公期期以爲不可,請以調兵糧料充遼民資用,即以遼民守遼。其言遼民習弓馬,工騎射,南兵不及也;遼民耐霜雪,好鬬狠,南兵不及也。遼民敵至則群起防禦,盡屬父子弟兄,敵去則散,而復安其業。敵倏去倏來,遼民則倏散倏防。南兵之來,疲奔二三千里,縻糧耗力,需以歲月,何以與敵抗哉?況調兵名以援遼,實以蠹遼。遼民之雞犬室家,盡南兵之玩具也。恐遼民不困於敵,且困於兵,變將不測矣。而襄愍不能用。島帥毛文龍爲參將,時襄愍以事勾之,援以爰書,幾不免於法。且襄愍有口旨,公違之,而論出之,又慰遣之。嗟夫!假令襄愍當日從公言,東事或尚可爲。假令文龍後日不見誅,則耿、孔諸人何至稽首崩角,楚材晋用,而明社由是墟哉?

李遜之《三朝野記》稱遼陽破時,公自縊。然則死固公志,而間關不死,知公千載有餘恫也。抑廣生有竊竊然疑者,公與汝九太守同時,太守子憲副方登賢書,舉進士,爲亢宗之彦,而公集中乃無一言,即太守父子祖孫三世詩文,亦無一言及公者。而憲副爲太守行狀,則曰:"王父解組,養九十之親,爲族之强有力者侵凌無已時。"爲伯父汝三别駕墓誌銘,則曰:"王父性固下,嘗受凌於勢族。"别駕爲先考月塘府君行狀,則又曰:"因親府釁,近在梓里,韙不欲言。"以其時考之,公父文樓太守方自德慶致政歸,公又弱冠舉於鄉，外有孫高陽相國兄弟爲師友，内有錢自文京兆爲姻婭。縣志載公第宅在冒家巷，與太守爲比鄰。稷糊箕帚，恒情不免，所謂“豪族”，或即指公而言，而至於今，則亦化冤親爲平等矣。公所著尚有《遼左方略》，見《禁毁書目》。《羲元讞語》，見邵潜夫序。辛酉十一月。

馭交紀自跋 拙存堂文剩

冒起宗

制府磁州湛虚張公秉節鉞，控馭兩粤，惠則淮上之婆羅，明則僰溪之炤骨，文揆武奮，象馴狼奔。二載以來，凡所謂獢憑凶燄，嘯同狐火，山陬窔窌之區，蒙蘗篠菁之峒，無一不滌蕩廓清，譬醫之投針異穴，而全體皆甦矣。

交南以一隅介二藩間，馭交一事，遂關南紀之大利害。從來有舉必載，惟足乃徵，合轍何妨；閉門而望洋，不如瞻斗。此我公欲備考馭交始末，以尊今述古，存三百年之典故也。起宗備兵嶺西，日在公下風，愧不足執鞭弭，而命之編纂以傳。既告成事，而斂衽起，曰："是紀也，有三善焉。自虞周逮勝國毋論已。昭代賤貨貴德，統一八荒，雖黑子彈丸，終不忍擯之化外。其間玦斷環連，但因順逆，雨濡霆擊，不測恩威，此其意進，固自淵以微也。莊誦之，而聳然聆璇霄之玉音，領蘿圖之睿略焉。是謂善于達天心。即《皇矣》列祖神武維揚，何難以獨斷成功？而相與采葑采菲，惟期安我元元，是以洞胸破腦，固戒養癰，縱釋組解弢，不疑留毒，此其謀府，政以異而同也。合觀之，而居然覘耀德之壯猷，繹經邦之長慮焉。是謂善於揚廟算。國家文命覃敷，彪炳雲漢，至于治長安久，隄決瑕開，欻爾飛書告急，既鮮成竹於胸，即令按牘披塵，半飽老蠹之腹，一經編緝，而厥綱秩秩，厥目總總。今而後知一時有互行之縱舍，即一人有遞運之張弛，引伸之，且得不模模、不範範之妙用焉。是謂善于飭邊防。猗歟休哉！三善具，而萬全在目中矣。乃更稽首，誦《蒸民》之詩曰："王命仲山甫，城彼東方。"夫公之内消外弭，奠兩粤于泰山，固不啻東方仲山甫也。而《詩》又云"仲山甫徂齊，式遄其歸"，然則進我公，而正席中樞，舞干格羽，由百粤推之四海，有異術乎哉？起宗即勉效載筆，仰答隆委，烏能窺將相之大用也？

拙存堂文賸自跋 拙存堂文剩

冒起宗

每見耽奇昵古之士,見前人之法書名畫,必傾囊購之。明月木難未足珍,而金匱玉室不若是保慎也。斯人豈皆其苗裔乎? 而於先人之詩文則不然。存不爲什襲,没視爲故紙,即令假手編摩,僅了故事。余每從大家苗裔,采訪遺編,鮮有讐較裝潢,莊嚴精好,如愛前人之書畫者。甚有瞪目不能舉其名者矣,有遺之金而終未卒其業者矣。又或瀼西之遺室未毁,而鄴架早散雲烟,令威之華表再歸,而雅製已痳墻壁。嗟乎! 世不乏孝子慈孫,以余所親見,如虔州謝方伯之子胤申,精鏤玉房,幽光諸録;金陵丁蓮侣太守之子菡生,流通葯商檀篇數十種;武塘陳幾亭中翰之子子方,藏副墨於波蕩之日;鹽官胡孝轅職方之子宣子,鋟善本於懸磬之餘。何敢以之概天下? 而如北山李氏者,顧不少也。雖然,以存亡聽子孫,固不若自存之矣。何也? 隔體則爬搔不快,易手則生熟不調。杜詩自注,而近日名集亦多自選,蓋見及此。夫文章千古,非我所知;故紙雖多,半銷兵火。兹悉索餘緒,竭兩歲之物力而存之。明月木難云乎哉? 惟我後裔以愛前人書畫之心愛之可矣。

簡兮堂文賸跋 小三吾亭文

冒廣生

往時客吴門,朋輩多以先世詞翰相貺。江建霞所貺,則巢民先生手書《菊飲詩卷》;費屺懷所貺,則萁原先生手書《金菊對芙蓉詞册》;顧鶴逸所貺,則先生手書《早春詩》扇也。詩云:"誰憐遠志盡銷磨,孤負相知拭泰阿。交態如今堪破涕,人情在昔已長歌。不妨車笠初盟改,但恐雲泥有命何。卻愧聞雞曾起舞,忍抛雙鬢付漁簑。"又《東皋詩存》載先生《送羲元叔遷永平郡丞從遼陽經略贊畫軍機》詩云:"東隅烽火及甘泉,幕府需才屬孟堅。鄖子鳴琴推郡佐,蠻王繫組借籌邊。大夫忠擬庚寅降,贊畫官同戊己遷。早晚功成馳露布,好留餘墨勒燕然。"又《同人集》載先生《題並頭茉莉》詩云:"綽約瓊英解弄姿,昭陽薄暮洗妝時。月明嶺海雙珠豔,日麗藍田比玉奇。同氣湘君幽意協,分身倩女夢魂疑。冰心一片原相映，忍向風前别故知。”零縑斷墨，不數數覯。此卷文僅四首，第一二首從家譜録出，第三首刻巢民先生《泛雪小草》，第四首刻《影梅庵憶語》，亟爲甄録，並録廣生撰《家傳》於後。巢民先生《跋贈許董傳詩》云：“先生嗜奇好古，聳肩掀髯，嘯歌蓬蓽中，聲裂金石，四十始爲諸生，始娶。里人皆憚其狂。館許氏孟晋齋，嘗使酒罵座，推撞几席，便束書而去。主人率諸子羅拜其城南草舍，至再三，始復來。如此一二十年不倦。其文簡古幽峭，亦當時所尚之公安、竟陵體也。而或者少之，惟少，故佳耳。”先生所居曰簡兮堂，故標題曰《簡兮堂文賸》。

光緒癸卯二月跋。

水繪庵二集跋 水繪庵二集

劉體仁公䜣

劉子讀辟疆詩，客睨曰：“是冒子之詩耶？”

劉子曰：“士固有時。孔北海謂盛孝章實丈夫之雄也，天下談士倚以揚聲。又云：‘今之少年喜謗前輩，或能譏評孝章。孝章要爲有天下大名，九牧之人所共稱嘆。’余每讀書至此，未嘗不三復悲咤也。一孝章耳，當其盛，游談榮其名。時移勢異，則譏評不免。豈孝章之所自致歟？”

辟疆，名父子，自年十四五時，即走尺書，納交董文敏諸公間。俊邁日聞，所交盡天下奇士。士之渡江而北，渡河而南者，無不以雉皋爲歸，請謁問遺，交羅於途，殆數十年。及家日貧，猶不敢謝客，而身則皤然一老矣。於是謡諑謬誚，濤駭蠅嬲，修名自喜之士，遂汩没震掉，無復寧處。辟疆何罪哉？辟疆得名久，而年又已高，念故人零落，生平勝賞豪舉，皆如夢幻，時時追述，以抒其悲。至當世名流鉅公，心膽相信者，又喜流風不墜，輒稱道以自慰。此亦辟疆志趣足感者也。世之病之者，得無止是耶，亦少過矣。孝章以忌而困於孫氏，猶豪傑之流，宜耳。辟疆文雅素心，力行孝友，樂施愛衆，所謂仁人君子耳。世幾欲困之，則又何也？若辟疆幸而效用盛時，不知世之視之者何如也？

余與辟疆游於白下，時年始二十，辟疆則十年以長，嗣後止一見於吴陵舟中。乃余於辟疆，則實兄事之，不敢愛力，蓋舊友之存者可數，見一人焉則同時之友，如歷歷在目，[物]少則益戀，人情也。今年南下，辟疆於暑雨中掉艓子，過從余於蕪城，惆悵相對者十餘日，不暇及筆墨事。兹讀其集，如聽綉嶺宫前翁唱開元曲。客何訝之深耶？

客亦憫默而退，遂以書其集後。

重刻樸巢詩文選跋 樸巢詩文選

冒廣生

右《樸巢詩選》二卷，《文選》四卷，先巢民徵君著，金沙張公亮明弼、黄岡杜于皇濬評，蓋選本，非全集也。徵君生平著作甚富，詩文專集亦無慮十數種，有《香儷園偶存詩》，係十四歲作，董其昌序；有《香儷園二集》，陳函輝序；有《寒碧孤吟》，陳繼儒、陳函輝序；有《樸巢詩》，倪元璐、王鐸、韓四維序；有《樸巢文》，李雯、周立勛、陸慶曾、魏學濂、周吉序；有《重訂樸巢詩文集》，陳名夏序；有《省覲兼游衡岳詩草》，張自烈、姜垓序；有《水繪庵集》，彭師度、沙一卿序。今皆訪求不獲，惟諸序尚存《同人集》中耳。數年前，采輯《明遺民詩》《國朝詩選》《國朝詩别裁》《昭代詩存》《清詩初集》《江蘇詩徵》《五山耆舊集》《東皋詩存》《秦淮詩鈔》《詩觀》《詩持》《感舊集》《本事詩》諸書，及地志、家乘，故家所藏遺墨，合之《同人集》，得詩不下千首，尚恐搜羅未備，思欲一睹當時手定之本，殊不可得。昨歲編《徵君年譜》成，後跋有"子雲遺草，空望桓譚；龍門《史記》，莫傳楊惲。並受羽陵之蠹，不爲靈光之存。藏之名山，傳之其人。昔聞其語，今無其事"之語，蓋廣生之勤求若渴，通夢交魂者，歷有年於兹矣。頃歸如皋，獲購此卷，係寫本付印，書法顔平原，間參隸體，卷耑有家帝臣茂才藏書印。歡忻捧玩，如獲異寶。擕至粤東，即付手民。文缺三頁，詩缺一頁，苦無别本校訂，姑仍其舊，異日補之。

吾族冒氏，世著如皋，科名文章，代有其選。若中丞公諱政、少參公諱鸞、憲副公諱起宗者，並起家甲第，蜚譽一時。其他潛德勿耀，尤不可以一二計。間考家乘，有諱愈昌、諱日乾、諱超處、諱坦然、諱國柱、諱春榮，及徵君弟諱褒、徵君子諱嘉穗、諱丹書、姪諱殷書者，亦皆殫心作述，無愧大雅之林。廣生嘗上下數百年，凡吾宗之能文者，零縑斷墨，皆鈔存之。歲久所得，亦幾盈尺。他日當盡付剞劂，俾吾子孫世世誦芬，是刻之出，嚆矢焉耳。

廣生之生與徵君同日，而生之前一夕，先大父見簷際有巨人足。是夜，復夢有峨冠博帶者自外至。醒而異之，故名余曰阿靈，而字余曰同生。自顧菲材，遑云竊比？意所感觸，聊復書之。

光緒甲午十一月。

影梅庵憶語跋 同人集

無錫 高世泰彙旃

久聞辟疆失小宛而神傷，春來救荒復告殫瘁，至作七日僵卧，爲天庭之遊，再返人世，生生死死，應已打破桶底。頃客南來，猶爲辟疆徵輓姬詩。余曰："枚發有之，引之出涕，則吾豈敢？無已，啓南、徵仲、昌穀輩，有倡和《落花》詩幾百首，可終誦之乎？否則謝清娱墓銘可勒也。"客曰："子何以再作轉語？"余曰："有之。白居易云：'願以今生世俗文字放言綺語之因，轉爲將來世世讚佛乘轉法輪之緣也。'"客曰："是語可以殿諸什之後。"

影梅庵憶語跋

冒廣生

影梅庵在徵君南郭别業，夫人以順治八年辛卯正月二日没，其年閏二月十五日葬庵側，後十年而吴姬扣扣没，亦從葬焉。陳其年有《春日巢民先生挐舟約同務旃諸子過樸巢問影梅庵》詩，其自注曰"庵爲董姬葬處"，可證也。

光、宣間，士夫之浮薄者，乃創爲夫人入宫之説，以端敬皇后實之。皇后爲内大臣鄂碩女，順治十三年丙申十二月六日册封爲皇貴妃，十七年庚子八月十九日薨，逝謚曰孝獻莊和至德宣仁温惠端敬皇后。姓董鄂，非董佳也。龍陽易順鼎以皇后《行狀》及《憶語》合刊，其始猶含沙之蜮耳。其繼粤人羅惇曧、閩人陳衍，則公然筆之於書矣。其所據者，梅村之詩，一則曰《千里草》也，一則曰《阻侯門》也。梅村之咏千里草，咏董鄂也，數董鄂之典不得，而借用董氏之典，猶之數哲陳之典不得，則借用陳氏之典也，其於夫人不相涉也。其曰"墓門深更阻侯門"也，夫人未歸徵君時，梅村嘗見之，其歸徵君，不得而見之矣。侯門之阻，指夫人之生而言也。其歸徵君而復逝，更不得而見之矣。墓門之深，指夫人之没而言也。詩之義本至明，而解之者自誤之，而猶自矜其淹博，陋滋甚矣。讀《過墟志》者，多以爲劉三秀歸於豫王，然玉牒載豫王妻無劉佳氏，草茅之士無從見之。然則掌故固未易言也，且以其年考之，甚相遠也。夫人生天啓四年甲子，後十四年戊寅而世祖始生。又其没時,世祖尚未大婚。没後五年,而董鄂皇貴妃始册立。若使椒房備位,而爲之故夫者,敢於爲纏綿之憶語流布海内,海内名士復從而弔之和之?國初文網不如是其疏也。叔末之世,上焉者不能振其綱紀,以馭群小。群小肆無忌憚,騰其口説,誹謗君父,而馴至於淪胥以亡。嗚呼!尚何言哉?

董宛君哀詞跋 同人集

冒超處

吾知吾辟疆董佴小宛之淑而文也,乃其先遊蓬島也。忽焉頓卜珠媚,辟疆爲文以寫憂而祖之,因以見示。余讀之,冷酸熱痛,五内無主,不能竟。何其靚深清秘,凄切幽微,騷賦璇璣,無足以當驅策,腸斷而聲流,魂銷而音杳,怨慕泣愬,無境不臻,竟不知悒怏於何寓焉。鵑啼春暮,鶴警秋空,淵客鳴機,湘靈怨瑟,斯亦情文之極致已。然非兒女之多情,了無膏馥之妮態,雅韻高懷,難爲具述。憂來無方,不可遏絶;愁緒如織,若春蠶之纏綿而不已也。吾懼其損神焉!人苟有情,誰能遣此?吾謂古之同氣,夙稱友姊,良娣如斯,洵云友妹。姊疑尊而反疏,娣則親而益親也。顧其爲文,嘉葩麗藻,奥衍芳鮮,不幾文史乎哉?工之辭多出之情,寡非所論於情之至也。大雅鍾情,筆補造化,升沉之外,生面常開,若干、莫爪髮,精靈百代,漫理微分,款識而已。涕淚千古,其有既乎?久懷贊述,未能一詞,復讀斯文,知不能破夫君之涕也,竟廢然而返已。

岕茶彙鈔跋 岕茶彙鈔

張 潮

吾鄉既富茗柯,復饒泉水。以泉烹茶,其味尤勝,計可與羅岕敵者,唯松蘿耳。余曾以詩寄巢民云:“君爲羅岕傳神,我代松蘿叫屈。同此一樣清芬,忍令獨向隅曲。”迄今思之,殊深我以黄公酒罏之感也。

岕茶彙鈔跋

冒廣生

右《岕茶彙鈔》一卷,《昭代叢書》本。往年以四十金從順德鄧秋枚得徵君手書殘册,烏絲小字,凡十七紙,每紙二十二行,此卷及《蘭言》稟本俱在,而首尾皆不全。册中徵引,自晋杜育《荈賦》以下,凡茶之産地,及關於茶之掌故,蠅頭密書。其先殆欲爲《茶譜》,後乃一一删去,專紀長興之茶,又專紀長興羅岕之茶,成此書耳。册中言岕茶開山之功,始於馮開之先生,搜剔采製,色香之妙,群呼先生爲馮白水。五六十年來,我輩享清甘之福,不可不知所自。始録先生與姚伯道、丁長孺諸書,以志崇熏。又言茶與水比而爲色,色欲白;水得茶而成味,味欲甘永而且圓。茶發水而生香,香種種不同,有清有老,有花氣。世間香發於花,茶之花無香,而獨鬱其香於葉。凡草木以地力殊者,在千百里,惟茶隔尋丈,便自不同。草木宜土,而茶獨宜山。草木喜肥磽,而茶獨喜瘠确。又言十年前,從南江取惠泉,亦不難置一水遞,近不能矣。天泉之外,冬則敲取缸面薄冰,尤極輕清也。又言飲妙茶畢,茶之真香盡在甆内,欲以甆香名齋。買一婢名之,專令司茶,因不精潔,遂不復錫以嘉名。又録爲朱汝奎題《鬥茶觀菊圖》文一首,文合刻《巢民文集》中,諸條不知何以見删也。

宣鑪歌注跋— 宣鑪歌注

張　潮

宣德距崇禎纔二百餘年耳,其時宣鑪真者已極貴重。若再二百餘年,不益更難得耶?夫鑪之爲物,苟不毁於火,固宜流落人間,不當少於前也。第不知當年鎔鑄之數,亦可得而考歟?巢民先生鑒賞,自當不謬,聞其家所珍藏者亦俱散佚,不亦深可慨哉!

宣鑪歌注跋二 宣鑪歌注

杜 濬

一部宣鑪掌故，以韻語行之，如少陵題馬諸歌，隻字不虚下也。詩格尤絶，似昌黎《石鼓歌》。昔澄江友人周伯高嘗著壺、茗二系，以明時壺、岕茗之所繇來，淵源支派甚悉。余爲之序，以爲要緊必傳之書，獨恨宣鑪無紀耳。今得巢民此歌及注，正與二系可以合行，爲吾黨真切受用中本紀、列傳，其功不小。惜乎周著今不見有傳者，當徐徐物色之。然其行文出入《世説》《水經》《三國志》三注，筆意故遠不隸冒。

蘭言跋 蘭言

張 潮

《離騷》以香草爲喻，然於荃、蘅之屬，時爲君子，時爲小人，惟蘭、蕙則必屬之好修之士。言蘭者凡十五見，言蕙者凡十二見，秋蘭三見，木蘭三見，石蘭一見。然則蘭殆香草之冠歟？巢民冒君以朋友爲性命，金蘭之契，徧於海内，九畹馥而百畮芬，宜其序蘭事如數家珍也。

蘭言跋 蘭言

戴 洵

家中蒔蘭數盆，每花放時，錯列几案間，芳香沁骨。余嘗謂對蘭花如見絶代佳人，映簾橅晋唐小楷，或誦唐人《花間》小詞，但覺可敬可愛，不復生狎暱想。今春飄泊廣陵，童子渡江來，知盆蘭已盛放矣。適香儷園主人示我集蘭數則，遠徵騷賦、樂府，暨唐宋以來集説，而以所見所聞廣之，是一卷蘭世家也。余更愛其書法娬媚，手腕間亦復竟體芳蘭。東澗老人以千金購《西昇經》真迹，識者(辧)[辨]爲贋鼎。不若此卷，親見主人揮毫落紙，更無可疑。百年後有人購以千金，恐黠者臨摹，出贋本悮世，請以悔存居士之跋正之。

蘭言跋

冒廣生

右《蘭言》一卷，據《昭代叢書》覆刻。此書殘槀今亦歸廣生，僅餘七條，云："秦淮舊院畫蘭之派，據聞見所及，以馬湘蘭守真爲最著。湘蘭所畫，輕描淡寫，間以雙鈎。余所見扇頭甚多，大半背面皆王百穀書也。至顧夫人眉生，而三湘九畹，瀟灑泛溢，幾於無端不測，神矣化矣。丙子猶有嫩筆，己卯閉關眉樓，爲余畫白綾二十尺，極其縱横。壬午留别，箋扇最多，滄桑避難，盡失去。惟庚寅歲，余與芝麓先生淹留邗上，三月既望，余四十降辰，芝翁賦《金閶行》數千言爲壽，皆述宛姬歸余始末。宛姬爲夫人女姪輩，夫人因於芝翁詩卷後又畫宣箋二十尺，日暄露浥，晨風夕雨，卷舒含吐，離披掩映之逸致，盡落豪端。又畫扇十柄，以龍鳳宋甆杯一對，真宣銅花邊爐寄宛姬，爲是刻所無者。"廣生又見徵君《滋蘭軒圖》，凡三幅，第一幅姜實節畫，第二幅傅山畫，第三幅爲徵君姬人金玥畫，次附宋拓米老《蘭花帖》，次附楊文驄、劉原起《墨蘭》各一幅。今歸江寧鄧孝先，請以百金易之，不可。附記於此。並檢《同人集》中戴介眉書後文補刻之。

想山處匾跋 曹州府志

冒起宗

余性癖山，曹南無拳石也。偶閲《曹郡志》，有宋郡守盧公襄詩云："客來如見小窗扉,便是山翁想山處。"因拈三字顔其退食之小齋。夫想山,韻語也,今日仕境中,處處有九嶷亭,又所謂入山惟恐不深耳。然則山亦有可想不可想者乎?崇禎甲戌三月五日。

冒巢民先生世隱處匾跋 盧綖如皋縣志

丁思孔

如皋鄉賢奉直公與其令嗣憲副公,皆未六十,懸車歸隱逸園。長孫司李襄四辭特薦,躬耕養親,至九十隱於逸園之傍,是爲水繪園,爲冒氏百餘年物。余爲葺理,手署其門,以志三世高尚云。

盟言跋 同人集

陳 梁則梁

某月某日,某與某友善,天地父母,無不聞吾語,見吾誠。乘車戴笠,永矢勿諼,古之事也。某月某日,某與某盟,異日者,富貴棄,睚眦殺之,貨欺之,或老死不相聞問,情之常也。爲其古之事,而不怪其情之常,君子之自處也。丙子烏衣巷口之事,燕毛序齒,諸君兄我。一時皆以忠孝文章自負,道義相期。邇年以來,或近依輦轂,或分寄守令,獨余與冒生數會於呼叱刺棘之間,囚服蓬頭,相顧相憐,眷眷不已。乃扁舟過訪於樸巢,雖平原十日,左相萬錢,皆三倍過之。余心甚矍然。然命駕千里,或亦追踪僅見之事。至如青漳四弟之艤舟邗水,金沙仲子之小謫西湖,天與意外之奇緣,轉覺流離之可樂。會辟疆刻盟書將竣,屬余重題之。古少者任勞事長者,竽焉禮也。夫牲盟不若臂盟,臂盟不若神盟,願與諸弟共持之。癸未長至後,書於樸巢。

過訪辟疆詩文册子跋 同人集

陳 梁

自仙人視百年一瞬耳。百年之内，星聚能得幾何時？千里命駕，古人有之，今久不可見矣。予常過百里外看友，主客相對甚驩，而兩家僮僕則共以無故而來，駭我爲癡，矧自鹽至皋，涉江千里乎？“只今相對不盡驩，别後相思復何益？”真情至之言也。

余滯留辟疆齋頭二旬，酒酣之暇，小有筆墨功課，辟疆見輒存之。此册中雖不盡收拾，存者已大半矣。乃余未至時，辟疆常念我不置，曾擬舫作齋，署余名上。署墨未乾，聞余抵毘陵，遂自掛帆逆我於邗水。方抵皋岸，而嵩少叔氏步至河干，携手入室，如骨肉仕賈歸聚驩喜。李徂徠、佘公佑流連歌舞，極萍逢之樂。尊宿冒處沖先生且强起藥床，與余角飲快譚。歸棹將發，吴白耳來晤，言一月前即夢余至。予於邗關初晤辟疆，即首詢白耳，乃知水乳投合，精氣呼吸，正不在疏密見不見之間。會固可喜，别仍未嘗别也。遂并存此一段佳語於册尾。

孟昭豐神如昨，吴僑麻點依然演《油郎》、《燕箋》諸劇，妙絶皆可紀。

贈慕中丞詩跋 同人集

蔣 伊

凡長律千字五百字者，往往前後倒置，語重意複，元微之論之最得。是作次第井然，而又無層見叠出之病。鋪陳終始，本之少陵，鏤玉雕瓊，則西崑之遺製也。辟翁先生五十年名場，真不虚耳。

贈慕中丞詩跋 同人集

鄧林梓肯堂

慕大憲臺聖賢成性，造化爲心。節鎮東南，儼召公之治外；才資文武，似吉甫之憲邦。億萬姓之謳思，歡聲雷動；五百年之名世，大業雲垂。辟翁冒老伯此篇，事徵其實，文生於情，是以詳而愈簡，麗而彌質也。

寒食哀愴詩跋 同人集

汪懋麟蛟門

愚兄弟丁巳除夕詩，觸序增傷，用寫深痛，非故拈弄聲韻。巢民先生棘人也，見而哀之，一夕和成，遠近流播。先生早年以大才，文采氣誼，擅譽東南，惜遭逢蹉跌，遺榮歸隱，奉二親至孝，三十年不離户庭。頃以太夫人棄養，始薄遊吴趨，時當寒食，望故山先隴，興感時緒，儲淚數升。客異子真，哀同子厚，與痛者言痛，傷可知矣。不知者訝先生胡不即歸，唯余知先生有所不欲歸，輒以是神傷耳。讀是詩者，可以悉其生平，而悲其所遇乎？若乃詩格之渾成，辭旨之含蘊，高睨前賢，卑凌鄙作，則大雅所共知，無俟僕言之也。

戊午閏春。

寒食哀愴詩跋 同人集

徐乾學健庵

詩者，有聲有律，可以被諸管絃，故居喪者不當作，直至禫除之後，禮當援琴，始可作詩。而至于呼號宛轉，寫其哀思以代踊哭，則《蓼莪》之篇，實人子自爲，千古皆已爲孝，其與刻畫風雲者異矣。維余小子，創鉅痛深，讀巢民先生及蛟門兄弟作，觸序增悲，淚下如雨。正當接席小雅，振起風教，賢者能廉頑立懦如此，非沾沾章句小儒所知也。戊午閏月。

寒食哀愴詩跋 同人集

余　懷淡心

太史公云："《詩》三百篇，大抵聖賢發憤之所爲作也。"《易》曰："雷出地奮，奮而爲雷，震驚百里。"人之奮也，發而爲詩，如雷如霆，使龍蛇破蟄，魑魅遁形，故曰：詩者，人之心聲也。巢民先生薄遊吴郡，時當寒食，和汪舍人《除夕》原韻，備言其侘傺、無聊、不平、受侮、遘閔、刺骨、嚽膚、呑聲、飲血之苦，怨而不怒，可謂有小雅之遺風矣。先生要爲天下名士，豈有名士作妄語者？後五百年當有子雲，知子雲未易一二與俗人言也。

或曰："先生未離草土，不宜爲詩。"余曰：否，否！《蓼莪》之什，孝子所自爲詩也。傅長虞，史稱其剛簡，其贈王武子、何敬祖諸詩，皆在憂服中。梅聖俞持喪，過寧陵，有"淚泉在眸"之句。秦少游行服，經涪溪，有"玉環妖血"之辭。風雨哀號，與雷霆撞擊同一悲奮，詩何傷于孝哉？此詩掀撥至情，一字一淚，非以儷花鬥葉爲長。其奇崛處，直與昌黎《南山》、玉川《月蝕》争雄矣。

寒食哀愴詩跋 同人集

宋實穎既庭

余嘗讀《儀禮》，至《士虞禮》之終，不禁喟然而嘆也，曰："《儀禮》廢，天下無孝子矣。夫期而小祥，期而大祥，中月而禫，猶曰：'孝子某，孝顯相，夙興夜處，小心畏忌，不惰其身，不寧。用尹祭，嘉薦普淖，普薦溲酒。’今士大夫居三年之喪，而在外徵逐，絲肉間作，賦詩飲酒，言笑晏晏，所謂‘小心畏忌，不惰其身’者安在乎？”

余友巢民先生素負四海盛名，其事兩尊人也，生能盡志，死能盡物，一舉步而不敢忘父母，洵秉禮之孝子哉！然讒言間興，出於至戚，先生憂憤不堪，幾欲折骨還父，折肉還母。今戊午寒食，旅寓松巖，所和汪舍人《除夕》原韻，長謌可以當哭，遠望可以當歸。沉摯深痛，不忍竟讀，等於門人之廢《蓼莪》矣。昔屈原放逐而作《離騷》，伯奇被冤而賦《履霜》，先生之至情至性，天才不留，何遽不如古人耶？則先生之孝，庶幾其合于禮也夫。

戊午閏月之庚申日。

寒食哀愴詩跋 同人集

陳維崧其年

余自戊戌歲冬讀書東皋巢民先生水繪庵，前後幾十年。先生生平好行其德，一切不願人知，尤剴摯負至性。一日者，穀梁兄弟出示一小赫蹏示余，則憲副嵩少先生遺筆也。書僅十字，曰：“汝父天生孝子，不可不學。”余敬玩此幅，愾嘆久之。又余在先生家，馬太恭人年八十，先生亦將六旬，旦夕入子舍，伺燥濕，問疾痛疴癢惟謹。每歲遇太恭人設帨辰，長筵席，讌延諸舅氏列坐堂上，先生則趨走堂下，綵衣爛斑，與酡顔鶴髮相掩映。諸舅氏醉，或以門牡捶擊之，先生色益婉，貌益恭，卒無忤也。撫兩幼弟，尤教養倍至，迄至成立。其孝友大節如此。乃先生磨蝎在宫，黄楊厄閏。瀕年憂患，間歲流離，不無投杼之嗟，大有掇蜂之懼。古云“善不可爲”，又云“人惡儁異，物疵文雅”，其今日之謂歟？

戊午春，先生僑寓吴門，既鬱鬱不自得，乃和蛟門舍人《寒食》詩一章以見意。其詩纏綿沉痛，筆不能自休，直可與孔明《出師》、李密《陳情》諸表並垂不朽。余讀之，淚淫淫被面也。嗟乎！懷忠有侮，履信招尤，今古同揆，可爲三嘆！先生第藏之，安知石函鐵鐍中，此詩不掀騰發作，劈裂攫拏，聲爲鯨呿，光爲電掣，以大白先生之志者？若夫衆女謡諑，先生第姑置之可矣。

寒食哀愴詩跋 同人集

周雲驤

萬曆戊午，先孝廉與雉皋冒嵩少先生同舉南國。冒先生成進士，官憲副，爲正人領袖。公子巢民讀書識大義，世其家學，與海内鴻鉅通聲氣，操月旦，爲璫死同難子弟聲援，奸人目爲東林後勁、復社黨魁。南渡亂政，幾死皖人手。乙酉後，巢民畊讀養親，銷聲戢影，垂三十餘年。大故相繼，巢民哀慟幾滅性，乃骨肉至親大德不報，反噬不已。巢民以三反百忍待之。丁巳夏，寄迹吴門，見蛟門汪舍人愴懷詩，刻燭和就，長謌當哭，遠望當歸，見者傷之。余通門稚弟，懷思伊久。戊午孟夏，用士相見禮訂交旅舍。嗟乎！六十年通門之誼，兩人頭髮盡白，始得班荆道故，慨當以慷。巢民飲余斗酒，酒酣以往，傾倒胸臆，家禍國衈，觸緒紛來。

余鮮民也，念先志之未酧，恨修名之不立。讀巢民是詩，痛定彌痛。自丙申小祥後，作《哭父詩》十章，二十年不忍作詩。去年長至日，述懷千字，適與巢民同韻。出以相眎，未知巢民先生以余爲何如也？

古木寒鴉圖跋 同人集

周斯盛屺公

右《古木寒鴉扇圖》，白石翁爲廷用作，成齋首倡，文待詔輩和之。成齋者，御史大夫長洲陳公璚玉汝也。圖爲王石門所藏，屬鄧孝廉題識。今夏攜呈水繪先生，與水繪景逼似。先生命如君臨摹，極妙。會淫雨十日，平陸成江，水繪山閣圮傾，并匿峰松菊瓜蔬，全歸漂没。時館於水繪者幾遭壓溺，先生力竭，無能葺理。客與先生均有"繞樹三匝"之嘆，因共思安得延陵使君出囊雲修月手小爲整頓。使君主持江南風雅者十餘年，又與先生爲夙契，八閩秉節，借蔭不遥，愛莫能助者，咸爲水繪作此望梅語也。

贈冒巢民先生詩跋 同人集

鹽城 宋　曹射陵

予生平未嘗至皋,皋之耆舊,惟徂徠山人巢民先生爲最著。予於二十年以前獲交徂徠公,又嘗於寤寐中,欲坐卧水繪園,與先生相晨夕。今來皋矣,坐卧水繪園矣,屢與先生相晨夕矣,生平寤寐之願復已酬矣。回憶三十年以前所交徂徠公,亦既賫志以没矣。過其居,鞠爲茂草矣。諮其遺事,不禁潸焉出涕矣。今先生又皤然而老矣,予又將裹病而不復遊矣,所以撫膺長嘆者,不獨重今昔之感,抑且轉眼多變遷之態矣。古人云:"死生亦大矣,豈不悲哉?"瀕行,屬書近體三章,選體一章,以志别意。

時壬子臘月望後四日。

贈冒巢民先生詩跋 同人集

錢德震

别巢民先生十七年,青溪秋月,未嘗去懷。今兹特泛山陰之棹,執手繾綣,申念契闊;平原留飲,更過其期;古道照人,情敦白首。感魑魅之横侵,嘆輿笠之難作。獨戢影于寒廬供石之間,非學道素深者,曷能破此?臨别,次余前韻贈行,余仍步韻留别。自此清風明月之下,展册宛若披面,又豈以形骸隔哉?

癸丑清和望日。

贈冒巢民先生詩跋 同人集

鄧漢儀孝威

甲子夏，余來雉皋，下榻無所。巢民先生招余憩迹水繪庵，曰："但荒頽不堪耳。"余入其逕，見板橋斷拆，滿眼蓬蒿，驚曰："何爲至此？"徐問先生，乃知二十年來，遭歷轗軻，家業愈落，無力可爲修葺，故任鳥鼠蟲蛇，寔逼處此。嗟乎！此固昔時畫舫朱欄，美人才子，檀板喧闐，綺筵駢集之地，而今一旦至此乎！頗愛寒碧堂澄水淪漪，垂楊映帶，乃掃其階除而止宿焉。風晨雨夕，因漫爲染翰，得詩八章以贈。先生輒嘆其佳，而未即和答者，知其中有所傷，而不能寫之筆墨也。然先生雖處貧窘詬誶之交，而中懷疏豁，時移松選石，内有長齋綉佛之人，解詩工畫，外有家伎品竹調絲，兼與墨客詞人徜徉林壑，飲醇酒而賦新詩。是天雖以貧窘詬誶困先生，而有不能爲之困者，其識定，其神遠也，而先生仍未嘗以此自詡也。《同人集》中有倡必和，而于此三題衹存下里之音，而先生竟缺其白雪。覽者三復流連，亦足增盛衰得失之感也。

小春上浣。

贈冒巢民先生詩跋二則 同人集

丘元武柯村

武之聞辟疆先生名也，在辛丑。其時武二十有八，王阮亭宫詹方司李揚州，促予往謁。予以幼失學，孤陋無所知，不敢輒往。嗣是，武漂墮風塵，忽忽且二十有一年，於癸亥浪游來揚，始得識先生面。孤陋猶昔也，而烽烟瘴癘，自同牛馬，顔甲則加厚矣。顧先生忘其粗鄙，録之爲友，賜以蔡少君女羅所繪長松，高丈許，及貼瓣梅花册，武奉若拱璧，益自勵。今丙寅冬，武家居寡懽，訪故人於真州，乃復相晤，因信宿先生旅館，情日益篤。述敘六七十年事，歷歷如昨日，始知先大父憲副東川平奢藺，與太先生共事，而武生也晚，先嚴見棄早，遭家不造，未之前聞。予感念三世通家好，於歸舟然燭獨坐，用曹秋嶽侍郎《同人集》中韻，賦詩十章，先生命存之，敬録如左。

時十二月十六日，予將買舟皖城，更乞食於兩峰三泖之間，心緒如麻。先生出前詩命書，余不敢辭，顧以五指懸搥之手，録下里巴人之句，是日通身汗下，幾不能捉筆，不知先生何以不爲藏醜，乃令無鹽刻畫，一至此極耶？他日，有開卷揜鼻者，是先生癖在嗜痂，非小子所敢知也。

得全堂夜讌記跋 同人集

李 清映碧

梨園之爲忠義一大鼓吹也，其事肇於兩唐：一，安禄山宴凝碧池，盛奏衆樂，梨園子弟皆泣。一，宋師下金陵，諸將置酒，樂人大慟。嗚呼，忠哉！故今者，梨園家獨冠故冠以尋源於唐，豈非兩唐忠義之餘波也？雖然，忠義猶孤唱耳。自予友陳確庵携及門瞿有仲過雉皋，時冒巢民見其二子，出梨園佐觴，而確庵乃嗟師傷友，輒唤奈何！且相與闡理學，揚風節，以徐及文章，或記，或詩，或序，如與好歌相響答，而所操皆南音，梨園至是，其不孤唱乎，快已，然無如罵懷寧快。懷寧者，巢民前罵之阮大鋮也。誰使趙家半壁不獲保其一塊？若遇所南、皋羽輩，懊惱悲歌，視前罵孰甚？今座上人是乎？無乃今昔所歌《燕子箋》譜自懷寧者，非關正平善罵，實緣孟德召歌。渠歌我罵，有由來已。雖然，君等亦讀屠赤水《曇花記》，至凶鬼自嘆一劇乎？罵我盧杞者不少，學我盧杞者還多。雖云謔筆，實堪刺心。故予願與同志諸君子力誼勉行，共保歲寒，無使盧杞嘆，而懷寧又笑，所謂劇而正言之也。

匿峰廬記跋 同人集

周斯盛

每與巢民先生劇譚往事，滄桑雲雨，愸焉於懷，即水繪一區，今昔殊觀矣。垂老遺興，偶焉結廬，却得肯堂此記，上下五十年，一切可歌可涕，具載于兹。肯堂殆以詩古文世其家，殊不得僅以制舉之文盡之也。

重陽詩跋 同人集

鄧漢儀孝威

中秋令節，巢民先生以小極鍵關，余戲東先生有“紅粧省侍得宜，自當霍然”之語，且口占四斷句，而先生不謂然，蓋意在友朋之會聚也。至九月，先生體已稍健，余偕同東諸子，各醵金治具，以籃輿奉約登高，不意先生欣然早命次君青若布席於匿峰廬之黄花深處矣。因念合淝先生昔在燕京白門，賦有《重陽登高》四韻，各爲追和，用志弗忘。是時，余以久客空囊，將歸故里，未知明歲登高更在何處，醉把茱萸，漫題數語。

湘中閣雨詩跋 同人集

杜 濬

吾鄉絶境，以瀟湘爲最，而瀟湘之勝，尤在雨中。此閣命名，已見真賞。巢民此謌一筆描就，乃以屬和，于去國三十年之楚人讀之，泣數行下，此真瀟湘雨也。

冒巢民先生匿峰廬詩跋 同人集

鄧漢儀孝威

七夕令節，巢民先生預訂于匿峰廬讌集。是日，予忽暴下，卧榻不能起，越二日，稍蘇。予念嘉辰未可虚度，而先生雅意，又可負乎？乃呼兒覓紙，潦草成五律四章，奉政大方，而先生則於半日内磨墨揮毫，和拙韻四首，又和顧同束排律十五韻，既敏且工，跨越原倡，豈惟老而好學，健筆縱横？亦其精神意興，特使才華騰湧而出，能無令諸子咄咄嘆羡？

冒巢民先生八十庚生詩跋 同人集

許嗣隆山濤

巢民表兄獻歲稱八十觴矣。客冬遘危疾，伏枕吮毫，凡得詩如干首。今冬又以觸寒僵卧，病幾殆。病中復成五字十四律，又七言截句四首。噫！何其達也。夫人當衰遲之年，未有不蠅營狗苟，思長子孫，況貼席支牀，悽惋之不暇，而何暇筆墨之爲？先生一塵不染，萬有俱空，一吟一咏，衝口寫心，不淋漓不止，其陶靖節之流歟？而吾于是重有感矣！先生以崔盧之門地，蘊屈宋之才華，年十四而受知于董文敏公，中間狎主復社，名滿天下。丙子，南大司馬吴橋范公以守令薦；壬午，閣部史公以監軍薦，皆堅辭。踰三十，特用司李，即歸隱丘園。計此七十九年中，壇坫之雄，車笠之好，萬間大厦，百尺高樓，贈代公之絹，射魯連之書，金陵珠市之游，白馬清流之禍，廬墓泣許孜之鹿，承家茂田氏之荆，雀鼠之判牘盈庭，樂羊之謗書滿篋。北里雕墻，悉歸子母；南山綉壤，盡飽屠酤，膝下之石麟，臣力竭矣；閨中之墨鳳，手迹依然。加以刃接火焚，遂至傭書賣賦。昔是天生孝子，今爲忍辱仙人。僅餘緑酒，猶樂賓朋；縱鮮黄金，還教歌舞，不過作此無益，以悦有涯。是先生前三十五年，皆歡樂之日；後四十四載，皆憂患之時。則此伏枕諸詩，殆所謂憂患之言易好耶？再十日，而先生壽躋八秩，從此而期頤鶴貌、鷗心襟情之咏，更與年俱進矣。而況先生之人、之詩，熊熊旦旦，且將傳之千古，垂之百代，其壽世者，又安可量哉？

冒巢民先生八十庚生詩跋 同人集

吴　鏘聞瑋

巢民先生以昆明劫後之身，負海内靈光之望，五十年來，感慨抑塞，侘傺焦勞，兼之火焚刃剸，歷人世異常之變，而大宅名園，以至市廛上腴，墓田丙舍，總歸子母，先生萬有全無，處此泰然。惟托之友朋，吟咏杯酒，自娱自釋，以調御其不平之氣數年。所賴崇川使君以廉介相投，邑令以詩文執難，厚崇養老之典，即堂前歌舞，大半不惜常借人看，以爲自給娱客之助。有此三者，少破寂寥。今則安邑鳧飛，已少猪肝一片；碑留峴首，空餘淚石千秋；黄河遠上之歌，半出潦倒伶工之口。白雪彌高，巴渝寡和，兼之荒旱頻仍，聲歌絶響，則又三者交困矣。雖先生熟于忍忘，未免胸墳五岳，遇事棖觸，兩冬弱體沉痾，似聽鈞天之樂，雖穀梁、青若兩年銘極養志之誠，然西山之蕨，豈能供北海之尊？此極病枕上又有五字十三首，反覆纏綿，似懺似誄，錯落無休，使讀之者大開悟門，知作者此番心空及第矣。殘臘束裝，泓穎枯凍，爲題數語，以告遠近，當爲斯世斯人共圖籌畫保惜，以副天眷大老也。

己巳臘月八日。

往昔行自跋 同人集

冒 襄

余與懷寧丙子、己卯、壬午忤者三，咸從魏子一起見。去今四十餘年，真隔世事，復何言！憶庚子春，犬馬之齒五十，其年同兩兒乞梅村祭酒文，爲余舉觴，中間反覆敘述，多致嘆余與其年尊人定生、侯朝宗置酒雞鳴埭，大駡懷寧。後申酉幾禍，得脱。此文祭酒集中盛傳，在其年寔述之稍誤也。己未初冬，偶觀演周忠介公《清忠譜》劇，與座客涕淚言之，因撿出丙子魏子一大會同難兄弟于余桃葉寓館，陳則梁兄、方密之及子一諸兄弟各有紀事詩畫，筆墨，一一姓氏情事如指掌。余羽尊爲賦《往昔行》五百六十字。此詩余[余]不自注，即甚悲壯淋漓，異日觀者如霧也。

昔子一何以會同難兄弟于余寓？乙亥冬，嘉善魏忠節公次子子一、餘姚黄忠端公子太沖，以拔貢入南雍，同上下江諸孤以蔭送監者，俱應南京鄉試。當日，忤璫諸公雖死于逆閹，同朝各有陰仇嫁禍者。魏忠節死忠，長子子敬死孝。崇禎改元，子一弱冠，刺血上書者至再，痛述父兄死於懷寧。懷寧始以城旦入欽定逆案，時流氛逼上江，安池諸紳皆流寓南京，懷寧在南京氣焰反熾。子一煢煢就試，傳懷寧欲甘心焉。金壇孝廉楊儼公賃寓馬禄街，以身翼子一避之。適余與陳則梁、張公亮、吕霖生、劉漁仲四兄刑牲顧樓。則梁兄曰："吾郡魏子一，忠孝才人，吾弟不可不交。覓儼公寓，以余言寔之，自見。"蓋當日送逮吴門，則梁兄身在魏、周兩公間。余即往訪，儼公出，箕踞傲睨，詢客何爲者。余曰："訪兄及子一，吾兄則梁氏命之來。"儼公一笑，呼子一與相見。秀挺清奇，不可一世。余曰："兩兄何爲者？舊京何地？應制何事？懷寧即剛狠，安能肆害？夫害有避之轉逼，攖之立却者。我因四方同人至止，出百餘金，賃桃葉河房前後廳堂樓閣凡九，食客日百人，又在通都大市，明日往來余寓，懷寧斂迹矣。”兩君是余言，猶鰓鰓慮懷挾中傷。傷畢，果亡恙也。於是，子一於觀濤日大會江陰繆文貞公子采室，李忠毅公子遜之，吴縣周忠介公子子潔、子佩，桐城左忠毅公子子正、子直、子忠、子厚，常熟顧裕愍公子玉書，吴江周忠毅公子長生，餘姚黄忠端公子太沖，無錫高忠憲孫永清于余寓館。則梁兄、方密之與余各長歌紀事。子一出血書《孝經》共展觀，後倣大癡畫于扇，題贈云：“辟疆遠性風疏，逸情雲上，吾黨中喜而不比、暱而思正者，不得儔儷之矣。丙子觀濤日，不肖學濂欲大會同難兄弟，同人皆咋舌，無所税止。辟疆置酒高會，假蔭寓亭，因即席畫層峰數朵贈之，謂峨峨澹峻，有類於其人也。”繆采室以詩贈，且述洪武初我兩家始祖爲兄弟，各變姓，一隱江陰，一隱如皋，今得相見，合是兄弟，一拜聯譜。餘有以詩贈者，以書法留數行者。則梁兄長歌結句云“只恨楊家少一人”，蓋應山楊忠烈公子在楚不至。一時同人咸大快余此舉，而懷寧飲恨矣。

己卯，陳定生應制來金陵，擕髮覆額之才子其年在寓。其年方負笈從吴次尾、侯朝宗入雍，以萬金治裝求友，才名踔厲，與顧子方、梅朗三、方密之、張爾公、周勒卣、李舒章及余訂交，氣誼非復恒情，咸爲魏子一揚聲吐氣。子方、次尾、定生、朝宗首倡逐懷寧之公揭，合數十百人，鳴鼓而攻。懷寧即强項，是秋奔竄，幾無所容。申酉報復，欲一網打盡其禍首及定生、朝宗與余者，謂此揭乃三人左右之也。

壬午，子一名愈振，無論品地，其殫心救時大略，以及書畫精妙，直逼唐宋。與余寓比鄰，砥礪爲一人之交。兄子允枏字交讓，亦弱冠，以蔭監隨叔鄉試，魏忠節逮至吴門，周忠介以女訂婚致禍，即交讓也。頭場夜半交卷，我兩人恰值於至公堂。子一曰：“余文滿志，必售，子何若?”余曰：“頗竭吾技。”相與坐明遠樓明月下高談，同候啓鑰者，環聽不欲出。比曙，子一扶送余至寓，囑曰：“好休息，我輩自見在二三場也。”方别，忽有女郎擕奩衾入，子一變色去，即至則梁兄寓，同札交責甚厲。余躬至兩兄處述所以。子一自父兄難後，不衣帛兼味，不觀劇見女郎。知董姬經年矢志相從，兹從半塘孤身渡江，遇盜匿蘆葦中兩日，到京又泊江口，候余頭場畢始入。子一肅衣冠揖之，爲作美人畫，題詩于上，云：“某不避盜賊風波之險而從辟疆，殊爲可敬。破例作畫，系之以詩。”則梁兄、李子建爲首，約同人(劇)[醵]金，中秋夜爲姬人洗塵於漁仲兄河亭。懷寧伶人《燕子箋》初演，盡妍極態。[演]全部，白金一斤。至期，顧、李兩夫人尚未歸合肥、南昌，與姬爲至戚，亦至。子一不觀劇，況用懷寧伶人? 不謂舒章忽同子一至。舒章出場，始覺策中有悮，重拉子一見外監場蕭伯玉先生。先生傳語提調金楚畹先生，毋以小悮致幾社李雯不得作今榜元魁。楚畹先生即傳如其言。兩人喜甚，不覺足之前也。乃阮伶臨時辭有家宴不來，群令僕噪其門，懷寧即遣長鬚數人，持名帖，押全班致余，云：“不知有佳節高會，已撤家宴。命伶人不敢領賞，竭力奏技。”且云：“先君昔掌南考功，曾訂交。明蚤即來躬候。”余曰：“我輩公席，定伶人於淮清戲寓，烏知爲誰氏家樂也? 場畢，有文酒山水之約，不僕僕應酬。明日往牛首，此非吾寓，何勞相過?”并來帖峻返之。然長鬚數人，竟夜往來不去。演劇妙絶,每折極贊歌者,交口痛駡作者,諸人和。子一聲罪醜詆至極,達旦不休。伶人與長鬚歸,泣告懷寧。是日無定生。壬午,朝宗不赴南闈。壽州方孩未先生,逆閹綁付西市,臨刑特宥,服毒不死。吴橋范師文貞公當日陰援魏、周諸公,在南樞同方先生萮翼諸孤至極。若余荷特達之知,則誼高千古也。

申酉之際,懷寧驟躐爲南京大司馬,辣手修怨。吾皋自聞三月十九之變,亂民立中營縣署前肆焚劫。通邑走避,先君先渡江,余挈家繼之,江行阻盜,返南京再造冢宰徐公寶摩,宗伯顧公九疇,銀臺侯公廣成,司空何公大瀛、劉公吉侯,臺省喬公君徵、李公映碧,請[諸]同年父執,咸致聲與余,趣先君入朝,共薦爲清卿。先君堅謝,去海鹽,緣癸未則梁兄過訪云"鹽官元末兵火不及,名爲樂郊"故也。余出入中營四月,籠絡調劑,衽席刀斧。至八月,忽聞吾皋地分,高鎮將來,刻不可居,於是渡江與先君商赴南京。到京,而徐、顧、侯諸公皆爲馬、阮拂衣去。懷寧知余至,命其伶人教師陳遇所來,曰:"若輩爲魏學濂仇我,今學濂降賊授官,忠孝安在? 吾雖恨若,寔愛其才,肯執贄吾門,仍特薦爲纂修詞林。"余笑曰:"禍福自天,吾輩寔衆。"余已自來南京,任彼荼毒,執贄二字唾還之。時馮木[本]卿爲大金吾校尉班首;鄭廷奇,余家舊清客,日勸余歸。余仍住桃葉小河房二間,至臘盡,中間朝宗幾爲所得,竄去;定生捕入錦衣一夜。捕定生夜,鄭廷奇環走余寓。種種風波幾及,卒無害。傳云大得誠意劉公力,不解何以得此於誠意也。數年後,閱《嘉興府新志》殉難忠臣,冢宰徐公後即子一,細閱其傳中自縊絶命辭,始知其降賊苦心。乙卯,常熟顧玉書書來,更力辨子一甲申事,并及其愍裕公陰仇嫁禍之楊維垣。事久論定,子一不愧忠孝,而懷寧墜馬死于仙霞嶺已三十年矣。伊昔伶人復爲吾家主謳,余亦三十年奉母不出户。丁巳,流寓吴門,與周子佩、子潔把臂談舊,又得見其四兄茂萼子□及其子姪。子佩七十三,子潔與余齊年,其應門老僕六十一,見余,踴躍通刺。丙子大會時,彼隨二主,方十六也。急走常熟訪玉書,已先旬日長逝,因并梓玉書乙卯兩札于集,以識死生不負所託。嗟乎! 余老矣。不隨事隨筆一爲臚列,寧爲負交游,亦負生平,兼可作一則史料也。

染香閣倡和詩跋 同人集

冒襄

染香閣成於壬子至己未,僅八年,竟連寶彝樓臺同爲絳雲之續,不特鼎彝書畫無一存,六十年海内師友之貽,并十世文獻,無一字不化灰燼,乃文虎亦赴玉樓數年也。甲子中秋,水雲出其舅氏遺扇,乃染香落成,余與文虎孺子倡和斷句。感雲烟之過眼,傷琴劍之當心,泫然付梓,以誌疇昔。

中秋倡和詩跋 同人集

冒　襄

古人詩層翻側入,雖具才情,絶非意見。如李義山《咏月》詩:"嫦娥應悔偷靈藥,碧海青天夜夜心。"余數十年吟咏不休,不知其妙從何來。但比之光音天人,未食地肥於人間也。讀羅昭諫《中秋無月》詩"天爲素娥霜怨苦,故教西北起浮雲",亦不過謂與義山互爲標舉洗發,靈迥非常耳。及讀樂府曲,有《霜娥怨》,漢人中秋無月,每用此題,始知李、羅妙句生於别才,源流古學,未有確無證據,而能特標新異者也。許仲晦《中秋》詩"莫辭達曙殷勤望,一墮西巖又隔年",纏綿歲華,驚心節物,人月相感發處,最爲深厚。陸魯望《十六夜看月》詩,結句則云:"誰人爲校清涼力,欲減初圓及午時。"十六欲減,十四初圓,十五爲及午。一日以晝爲午,一月以十五夜半爲午。古人細心體貼,與清涼相校,一字不肯輕下,前後妙有分刌。"清涼"下出一"力"字,始見造化氣體,盈虚消息,間不容髮,刻不能差。誰謂詩人止關篇句玩弄已也?余五律中,多用諸詩,因影子久落心眼間,偶然乳合,正如禪家之聲前句後,未敢生吞活剥也。

九日登懸霤山詩跋 同人集

冒　襄

追憶成童時,先大父宦蜀,九日,攜登平都山之二仙樓。後此上方治平之間,雨花木末之下。滕王高閣,擅子安作賦之才;戲馬荒臺,得靈運登高之句。誠王少伯所謂

"何曾得見此風流"。今日耳聾步蹇,抱病登山,讀高達夫詩,云"真成獨坐空搔首",若爲我咏矣。

枕煙亭看桂詩跋 同人集

冒 襄

昔裴晋公立宅興化里,鑿池種竹,起臺榭。賈島下第,或謂執政惡之。島有逸詩云:"破却千家作一池,不栽桃李種薔薇。薔薇花落秋風起,荆棘滿庭君始知。"桃李公門,非止爲門牆榮也,有報畣之義。晋簡子謂楊虎曰:"惟賢者惟能報恩,不肖者不能。植桃李者,夏得休息,秋得其食。植蒺藜者,夏不得休息,秋得刺焉。今子之得者,蒺藜也。"島詩本此。余滄桑後,從刀簇箭直中走出,又兩病死復生萬,有敝屣耕養老親外,葺理水繪,易園爲庵,以待四方世好。當年亡友,歷陽戴敬夫二子務旃、无忝,陽羨陳定生子其年,竟陵譚友夏子若姪只收、灌湘,龍眠方密之子田伯,秋浦吴次尾子子班次第先至,招集邑之後進才而貧者,與中表兄弟甥婿,同子弟讀書學詩其中。同里幾二十餘人,姓名詳戊戌、己亥其年、務旃《小三吾唱和詩序》。庚子,陳確庵率其門人瞿有仲來講學、談詩,水繪諸記中,阮亭使君乙巳上巳修禊唱和,則其年留七年去而復來時也。二十餘年,芳遊奇託,仙豫怡衍,與諸子留連風懷,感激物態,聲韻必求其穩適,書法極盡其臨摹。不言不笑,自可留人;一草一花,皆有意思。有時登山臨水,何殊丁仲容在冶城、龍河之間;曠望深思,又如王子安客劍南、葛山之際。遊集樓館,費侈百金;愧匪謝安,常攜子姪。至於説項十年,咸稱巨擘;爲韓一日,立致蛾眉。凡緩急推解,不以時,不以數,報倦而施未厭也。十年來,余金盡,子弟復賤,不自振。里中諸子以詩文自負,咸背去,"水繪庵學詩"五字,若將浼焉,且下石反噬者比比矣。迄今水繪樓閣傾頽,山石崩圮,門徑爲强鄰虎踞,而輿人皂隸白占四圍,無能申説。韓昌黎詩云:"芳華不盈眼,咎責塞兩儀。"此己未中秋後,扶病枕烟山亭看桂,有"荆棘滿庭,蒭蕘斥路"之句。是日,其年恰有札自都門寄至,耿耿不忘舊雨,而且拳拳寄語諸子焉。嗟乎!又安知諸子之爲薔薇、爲蒺藜也?諸子作古人者六人,惟表弟許山濤、甥石含鋭,久要不忘,并其年手書志梓于集。

贈李書雲詩跋 同人集

冒　襄

曲中遠不具論，以余聞見，兒時，吾家伯麐先生刻秦淮四美人詩，馬湘蘭爲第一。先君戊午賢書後，每遊舊京，與范漫翁、楊龍友、范仲闇諸名流，詩酒書畫，聞有沙馬諸姬爲最。余庚午與君家龍侯、超宗追隨舊院，其時名姝擅譽者，何止十數輩？後次尾、定生、密之、克咸、勒卣、舒章、漁仲、朝宗、湘客、惠連、年少、百史、如須輩，咸把臂同遊，眠食其中，各踞一勝，共賭歡場。余之淹留，大約在寒秀齋眉樓爲久。寒秀齋，李小大讀書處。李小大之名，直接湘蘭，定生訪之，屢送過千七百金，猶未輕晤，其人可知也。崇禎初，已歸大商吴。曲中盛名大家，必推李氏諸妹。與余久者，十妹，曲中則呼十生。十生不以色稱，眼語眉言，慧巧獨絶。其清歌，細如豪髮。吴門張魁兒善簫，非張簫不度曲也。與人静對茗香，如賓如僧，不可狎。憶己卯臨場，倪三蘭師以三十題命場前呈稿，時應酬如蜩，午夜于十生枕上腹稿一義，一月全完，同人騰口，十生亦心許也。眉樓則豪俠宕逸，風疏霞舉，慕名如渴，揮金如土，三湘九畹，筆墨淋漓，劍客飛仙，兩難擬議，即我輩猶有愧色。其餘五雲爲箋，十吏供筆，難爲敘述。至牧齋先生以三千金同柳夫人爲余放手作古押衙，送董姬相從，則壬午秋冬事。董姬十三離秦淮，居半塘六年，從牧齋先生遊黄山，留新安三年，年十九歸余。才色洵稱異人，非虞山無能爲我致此異人也。風流教主，當推虞山。曲中初盛中晚，其人、其事、其詩文，皆爲詳記。若婁東弱冠元魁，奉旨歸娶，後官南少司成，何從得一步曲中？壬午，虞山餞送董姬于虎丘，婁東在坐，寄語豔羡，後爲姬題像至十首。淝水十八成進士，即令蘄水。壬午，考選，過秦淮，爲壽州方先生所器重，特爲主盟，以眉樓歸之，遂成千古，然于舊院僅歷門庭。若次尾、定生諸同志及余，庶幾夢入遊仙耳。偶注首句，齋樓燈下，率筆附記，掛一漏萬，非久來邗與先生十日快談，或可盡其本事。

贈石含鋭詩跋 同人集

冒　襄

含鋭母夫人爲族伯冒公輿浦之第二女，伯氏視先伯祖、先祖如父。天啓辛酉，兩祖以服闋補選，一得楚之溆浦，一得蜀之酆都。伯祖無子，前赴任海澄，先憲副同吾母馬恭人割愛，以數歲弟銓郎隨，後殤。至是，先憲副不忍伯祖遠宦，無人與伯商，慨然以第二女侍行。時余十歲，胞姊十二，含鋭母十三。江舟聯行，直至東陵磯分路。嗣是，兩祖遷别駕、州守，未六十皆致仕。自此，余同兩姊如同胞，無日不晤。蓋别駕公視含鋭母爲親生女孫，且伯之居更比鄰也。後歸尊公姊丈石邇德，邇德甫踰志學，先後與余名冠一黌，同以選拔對大廷。含鋭既爲余甥，後爲吾姊婿，夫婦以舅氏厚我。少同兩兒讀書，又與諸子學詩水繪，三孫咸受業門下。其人沈涵藴藉，品超味淡，而深于禪、今古文，從静悟得《史》《漢》、八家之髓。五十外膺貢，尚爲學使者特賞。今己巳三月，稱六十，與余同慶，倡和爲詩，致足樂也。含鋭壯年，甥女先逝，矢義不續娶。吾姊適李姊丈，以株連成大獄。余破家從井以救，歸反爲讐。含鋭不黨岳父，恒爲余不平，故余和詩中有"渭陽情見恩讐日，荀令神傷松柏心"之句，他人不知也。且余孫女又歸今湖南藩理許書初德配爲媳孫壻，是爲含鋭第三甥庭藻。庭藻與兩兄可稱蓬島三株樹。三許之似舅，正如含鋭謬似老人，而余孫復爲含鋭重甥之舅。自天啓辛酉至今，整七十年，遡兩祖至余，孫、曾凡六世，崔盧蟬連姻誼，與謝、羊、劉、何層見疊出之渭陽，情未易得，更難舉似。今含鋭如此才品，内外諸親不能延請，乃以貧故，就館於五六十里之南鄉。余貧病老賤，已臻四極，又不能如昔推解挽留，悵悵竟難舍去。據案述敘詩話以繼唐人，後之觀者當爲三嘆。

贈許董傅詩跋 同人集

冒　襄

董傅之高祖忠州公，余不及見。曾祖季和公與兄伯雨公孿生，爲老母馬恭人舅氏。憶萬曆丁巳，余七歲，隨先祖奉直公任會昌回，老母時過舅氏家，攜余嬉遊孟晋齋。今七十三年事。兩舅祖少先祖十歲，季和公元配爲先祖同堂妹，故又稱公爲姑祖。先祖之老社友張成倩先生，斂才畜德，腹笥之淵博，直擬之行秘書，貧老失明，兩公師事終身，日親扶曳至孟晋齋饌酒食，手録其詩文數千首，數十年如一日。先伯氏處沖公嗜奇好古，聳肩掀髯，嘯歌蓬蓽中，聲裂金石。四十始爲諸生，始娶。里人皆憚其狂。董傅之大父子美、子文、子斤、子公、子揚，金昆玉友濟濟，皆余表叔舅。兩公獨禮延于孟晋齋，嚴教諸子。余舞象即爲伯氏特賞，故得肩隨諸舅見其事。先生極恭且敬，伯氏常使酒罵座，推撞几席，便束書而去。兩公必率諸子羅拜其城南草舍，至再三，始復來。如此一二十年不倦。兩公六十，乞先祖爲文稱觴，七十則伯氏筆，八十、九十爲壽小引長歌，則余仍隨七十、八十老母恭人祝頌爲之。時尊公山濤表弟少余二十歲，弱冠才名藉甚，與其年諸子及兩兒讀書余水繪二十餘年。今掇巍科，官翰院。君家尊師取友之報，屢世始獲。董傅復能讀父中秘書，重新高祖業，自爲重葺詩，遍索題咏，海内不少鉅麗之篇。若老人托在内外中表，自孩提至衰耄，能質言孟晋齋中七八十年作述盛事，恐未易得也。

己巳清秋上浣。

重刻同人集跋 同人集

余　稷

余束髮時，即聞如臯有巢民冒先生者，當前明末造，主壇坫，持清議，有東漢三君之目，心竊慕之。及讀宜興陳氏一家言先生五十序，於先生平生懿行大節約略悉備。至當日雞鳴埭座中詈懷寧一事，尤序致淋漓，謂較勝演孔東塘《桃花扇》劇也。雖世異地隔，私心未嘗不嚮往焉。

庚(子)[午]，叔兄寬夫官如臯，余因偕姪來如。舟中私念昔所嚮往者，今得履其地，過其居，讀其書，爲生平一快事。至則首以此詢叔兄，得《同人集》讀之。蓋海内諸名賢與先生當日投贈倡和之詩文，而先生之行誼亦附見焉。益嘆其年太史之推崇先生者，信而有徵，非阿其所好也，然終以不得窺全豹爲憾。既而與先生從子殿邦交，暇日過其居，則水繪園之遺址也，而昔日之堂廡臺榭已鞠爲荒煙茂草矣，周覽徘徊不忍去。今春，殿邦持是集完本相告，曰："此先伯巢民公之遺書也。流傳既久，板多缺失漫滅，無以應四方之求。然欲補刊，必資校定，非君不可。"余愧譾陋，不當斯任。第曩時嚮往之私，與殿邦諄囑之誠，不敢固辭，乃與叔兄於簿書之暇，互相參較。是集舊本詩文雜出，年歲失序，頗礙觀覽，因特分别類敘，庶幾諸體不淆，歲月可考。間有舊刻猶存，不能編次者，則各仍其舊，爲卷十二，而帙之多寡一以體類爲定。編成，質之殿邦，與其群從魯良、尊六、麥歧、帝臣諸君，皆曰善，遂付剞劂焉。其間蒐羅放失，補苴掇葺，立修頗殫心力。立修之祖爲无譽公，即巢民先生難弟。是役也，立修可謂無忝厥德矣。

嗚呼！以先生之懿行大節，聲滿寰宇，聞風慕義者，莫不以世異地隔爲憾。不謂遊其園林，訪其詩文，湮没至此，可謂不幸矣！然余生也晚，不得見先生，而得交其群從，不得盡讀先生之書，而猶得見此集，使昔日嚮往之私，因是集之重鍥，得與校讐之役，而附之不朽，豈非不幸之幸耶？

時壬申杏月。

重刻同人集跋 同人集

冒　詒歲其

從伯巢民先生名在海内久矣，憶詒兒時，先王父孝廉公暨先子司馬府君每庭除休暇，敘述世德家學，以勵子若孫，言必及吾伯，故詒之於伯夙心儀焉，思得縱觀名山業也。及冠，讀書於集賢里之得全堂，蓋伯故居也。堂西偏有小樓恒扃，偶啓而登之，但見蠨蛸網户，伊威跳躑觸人面，向外有董文敏署"澄懷觀道"四字額，四壁空洞然，惟餘棗梨數百片，倚墻纍叠，積塵盈寸其上。爲拂拭之，索紙墨印視之，則吾伯手評謝康樂《游山》詩、杜少陵《夔州》詩、柳柳州《游山記》，《離珠集》選，所彙《同人集》，及所著《樸巢詩文集》、《水繪詩文集》、《得全堂存稿》諸刻，皆已漫漶磨滅，殘缺失次，不復可收拾矣。因爲悵然者久之。自時厥後，恒欲網羅散失，勒成全書，以備四方君子之訪求，則遺老盡矣，舉無可徵，惟《同人》一集，皋之藏書家猶存秘録，原本存焉，隨彙隨鈔，凡得十有二卷。詒既愧乏學術，無以承先王父、先君子明訓，以表揚前休。而比年來復先後丁内外艱，志迷意亂，人事倥偬，亦未遑從事兹集也。歲壬申，從兄柳圃笙儀輩謀重訂之，付諸剞劂。刻既成，披閱之，竊幸同人之芳躅不泯矣，又忽不禁掩卷深長思也。

夫余宗自東林公榷鹽兩淮，距今數百年來，其間登賢書、成進士、擢顯仕者，代不乏人。其文章道德，傑然名世者，復不少。顧或傳或不傳，非當日精神氣魄，不足以垂久遠，蓋自有幸不幸焉。以巢民伯至性之篤，而又多文爲富，一時賓從之盛，若東林復社諸先達，及前後館閣臺省，下逮方伎、隱逸、緇羽之倫，文酒讌會，贈答唱酧，等身著述，夫豈不能長留天地，乃一燬於火，再毁於兵，竟與所藏彝鼎、圖畫、古玩、名迹同歸澌盡，荒落無存，十一千百，惟憑斯集。迄今過水繪之故墟，尋樸巢之舊迹，將所謂小三吾、湘中閣、匿峰廬、枕烟亭、月魚基種種勝迹安在乎？其中林巒葩卉，坱圠掩映者，何有乎？不寧惟是，日月幾何，而曩者讀書得全，登樓悵望之處，今且犂爲田矣。往來古今，可勝追憶？搦管微吟，雲悲掩抑，作爲此序，聊寄孤情，想四方君子覽是集者，亦不能無感慨云。

乾隆十有八年暮春。

重刻同人集跋 同人集

冒　訓伊言

伯祖巢民先生負海内重望，交游滿天下，握文枋六十餘年。四方清流，投贈唱和，如赴珠盤玉敦之會，因彙兩朝所藏翰墨，編年而刻之，名曰《同人集》，所以識師友淵源之盛也。歲久板失，存者才十之二三。皋中藏書之家亦尠完帙。訓竊不自揆，爲搜葺鈔掇，三易寒暑，得還舊觀，顧欲補刻成書而未逮也。壬申春，從叔殿邦鳩工庀材，重爲編次，得十二卷，歷期告成。因識其顛末，用附卷尾。以爲舊門之守，則吾冒氏一家之書；以爲名山之藏，則吾皋一邑之掌故也。掇琬琰於煨燼之餘，後人顧弗寶若球刀，而海内之想其流風遺韻者，庶有以慰飢渴之思乎。

重刻同人集跋 同人集

冒　藩殿邦

冒氏族聚如皋數百年矣。前朝勅建奇英恩榮坊，紀先中丞履貞公、参議得庵公、刺史元同公、中憲嵩少公四世勛伐，永垂不朽。先伯巢民公，乃嵩少公長子也。丁明之末造，雖未掇巍科通仕籍，而品誼文章負海内盛名，一時清流名宿，傾慕如饑渴，投贈倡酧，殆無虚日，此《同人》詩文所由集也。

歲庚午，前邑侯鄭公請修邑乘，制府少保黄公檄曰："皋邑人物如冒辟疆先生者，天性至孝，才氣無雙，務詳誌之。"督學莊少司農題是集云："百年消倡和之間，四海極賓朋之盛。"蓋吾伯名重當時，行推後世，著作宏多，不僅兹集而膾炙於名公鉅卿之口者，寔賴兹集以傳焉。辛未春，奇英坊圮，藩請於瀛海李邑侯、山陰余贊府重修之。兩公皆科名藉甚，政績尤表表吾邑，謂藩曰："坊固應修復矣，抑聞《同人集》枣梨殘蝕，盍重鋟之?"藩曰："不肖固有志焉，特校讐未得其人耳。"余公欣然曰："當與吾弟漁山共任之。"考是集，初編乃吾伯與諸同人倡和時隨成隨刊，未經釐訂之書也。得公昆季别其體裁，分其門類，考正年月後先，井然成帙，凡十二卷。由是，公諸海内，俾覽斯集者，賞心豁目，謂非公之力哉?

憶藩丱角時，伯謂先子曰："是兒英爽不凡，吾弟有子矣。"今忽忽衰老，雖未克砥行立名，遂顯揚之願，猶幸得與二三昆弟從事兹集，行將取吾伯樸巢水繪園散佚諸書，次第付梓，庶伯氏生平著述不至淹没無傳，或可繼先志於萬一云爾。

壬申七月。

重刻同人集跋 同人集

冒　溶

文字者，才士之精神也。精神之壽止百年，文字之壽踰千載，愛其所愛之精神，而不愛其所愛之文字，則亦安知文字之所以壽，皆精神之壽爲之乎？先人之精神，後人之所當愛而壽之者也。至合千百人之精神爲一人之文字，即合千百人之文字爲一人之精神，其壽豈有量乎？是無待於後人壽之者也。後人壽之之私，未若天下之人壽之之公也。後人私之之壽，未若天下之人公之之壽也。然而後人私之，而思所以壽之者，其必有甚焉者矣。

族祖巢民公名滿天下，而詩文多不傳，傳者爲《同人集》，皆一時才士投贈之作也。公之節概不必諸君子而始傳，而諸君子之詩文非公之傳，則必有傳、有不傳，即以此爲公之專集可也。原板藏於家，書禁起，遂入官。族人有鱻刻者，譌謬叢雜，不爲時所熺，旋亦湮毁。先大夫伯蘭公弆初印本，官粤時，擬開雕。在公迄無暇，授之溶而命之，垂十年未能竟先志，踧如也。今春，承乏玉山，得楊素園大令寄存聚珍板，喜甚，遂鳩工排比,字較大,繕訂亦加豐,至篇幅卷第,悉依原本,不敢妄有增損,閱三月始蕆。念紹述之難,痛先大夫之不及見,不禁捧書而泣也。世有欲壽其先人者,毋若溶之因循可矣。

咸豐歲在己未八月。

重刻同人集跋 小三吾亭文

冒廣生

《同人集》,刻於康熙癸丑,時徵君年六十三歲,自顔其耑曰"六十年師友之貽"。其後續有所刊,多附己作,則以癸丑以後不復有專集也。然當時以金盡交盡,嘗經年謝絶梓人,故是集於晚歲唱酬,實亦未備。余藏康熙刻本,其分卷乃與今本絶異。乾隆壬申,家殿邦先生始重刻之,與山陰余稷及家歲其、聿修、伊言、帝臣諸君,分體釐定,即今本所從出也。卷後有歲其跋文,自敘其弱冠時,讀書於集賢里之得全堂,堂西偏有小樓,恒扃閉,偶啓而登之,但見蠨蛸網户,伊威跳躑觸人面。向外有董文敏書"澄懷觀道"四字額,四壁洞然,惟殘板片,倚墻纍叠,積塵盈寸,索紙墨印視,則徵君手評謝康樂《游山》詩、杜少陵《夔州》詩、柳柳州《游山記》、《驪珠集選》、《同人集》,及所著《樸巢詩文集》、《水繪詩文集》,皆磨滅失次,不復可收拾矣。余刻《冒氏叢書》,先後得徵君所著《香儷園偶存》一卷、《寒碧孤吟》一卷、《泛雪小草》一卷、《蘭言》一卷、《宣爐歌注》一卷、《影梅庵憶語》一卷、《樸巢文選》四卷、《詩選》二卷、《水繪庵文集》七卷、《詩集》六卷,均次第刊行。又得徵君祖父汝九太守《逸園吟》二卷、徵君父嵩少憲副《拙存堂文賸》六卷,惟《詩概》未見。又葺刻徵君弟無譽《鑄錯軒詩》一卷、徵君子穀梁《寒碧堂詩》一卷、青若《枕烟堂詩》一卷,獨於是集不復理董,則以有雨人先生之刻本存,足以饜海内之求,而余亦得以稍稍釋其負荷也。

先是,殿邦再刻是集,經五六十年而板散失。道光乙酉,雨人之祖不波先生乃三刻之,其後板復散失。咸豐己未,余伯祖月川大令用聚珍板印於江西,顧其流播殊不甚遠。雨人先生家無中人産,乃節衣縮食,皇皇若不及。賢子黼臣、黻臣日佐校字,取不波先生殘板,鬻負郭田三十畝,爲剞劂費,補刻以傳,蓋此爲《同人集》之第五本矣。往歲庚寅,茂名楊侍郎師視學江南科試,得余與三叔子貞堂兄德庵綬卿,同補博士弟子員,爲吾冒氏一時之盛。先生則侘得復失而年亦既五十有四矣。又六年丙申,乃歿。歿二十四年,而黻臣以書來屬余爲文記之。先生名覲光,余曾大父行。黻臣名鴻勛，則余大父行也，能食貧，力學，繼其家。

己未三月。

寒碧樓帖跋 同人集

董其昌

辟疆以余數年來有特達知己之誼，凡余爲作序記、詩歌題跋、手札，及爲臨顏米諸書，咸倩顧公彦摹勒成帖，此千古金石之誼，僕何敢當？思古人磨崖選石，必着意矜慎，又手自鐫刻，尚假名亡是公，不欲自著，況此衰遲倉卒隨筆應酬者乎？倘爲掩醜，不使遺嗆，後世其所以報知己更厚也。

乙亥冬日。

冒巢民先生菊飲倡和詩卷跋 菊飲詩卷

元和 江 標建霞

光緒己亥八月，先生後人鶴亭孝廉顧訪，檢此卷持贈，藉補孝廉所撰先生年譜所不及。

冒巢民先生菊飲倡和詩卷跋 菊飲詩卷

德清 俞 樾蔭甫

巢民先生《菊飲詩》卷，爲建霞太史所藏，而以歸之鶴亭孝廉，可謂得所歸矣。鶴亭出以見示，因得展觀一過。先生作此詩，在康熙庚午，時年八十。今光緒庚子，余亦年八十。文采風流，萬不足望先生，惟目眚差似之耳。然先生能於一便面寫蠅頭小字五六百，其目力如此，故雖晚年，亦不甚眊，余又安能望耶？

冒巢民先生菊飲倡和詩卷跋 菊飲詩卷

瑞安 黄紹箕仲弢

靈鶼閣主化去僅七月，其弆藏聞已散出。此卷持贈鶴亭姪婿，可謂得所。往年，裴伯謙得明王文恪遺像，介余歸其孫芾卿户部，今芾卿亦墓木拱矣，讀此殊有山陽鄰笛之感。

光緒庚子夏。

冒巢民先生菊飲倡和詩卷跋 菊飲詩卷

丹徒 丁立鈞叔衡

辛丑九月，與鶴亭先生遇於黄浦旅舍，出此卷見示。時同觀者爲禾中沈君乙庵。酒闌鐙爐，共説靈鶼化後事，相對黯然。

冒巢民先生菊飲倡和詩卷跋 菊飲詩卷

安吉 吴俊卿昌碩

往年從吴門估客得一宋坑靈壁石，色黝聲堅，係水繪庵物。鶴亭孝廉曾爲余賦

《蘭陵王》詞，摩娑撫玩，不啻身在洗盞池上，與漁洋、迦陵諸老接席也。庚子五月，鶴亭再游吴門，出巢民先生《菊飲倡和詩》卷見眎，詩中石奇藤古云云，不知今日缶廬中清供，即先生暮年所自怡悦者否？

蔡夫人畫卷跋 蔡夫人畫卷

冒廣生

先巢民徵君諸姬皆擅繪事，一爲董白小宛，一爲蔡含女羅，一爲金玥玉山。余藏董夫人畫象二，一爲禹之鼎畫，一爲道光初周序模本。金夫人石印一。印凡六面，許容篆刻。此幅爲蔡夫人畫，紫笙右丞出以見詒，因裝成卷，手録汪蛟門墓誌一首，杜于皇字説一首，周屺公、吴薗次壽文各一首，而催妝、壽輓題畫諸什附焉。《圖繪寶鑑》稱夫人於擘紙潑墨，喬松墨鳳尤奇。《畫徵録》稱夫人兼善山水、花草、蟲魚，與金夫人稱冒氏兩畫史。《廣陵詩事》又載其刲股療父，及脱徵君於火於盜，其智慧有足多者。夫人父曰孟昭，老爲水繪園客。陳其年文集有《贈蔡孟昭序》文，即其人也。

宣統己酉七月。

婦人集跋 婦人集

震澤 楊復吉列歐

迦陵先生《婦人集》，向頗疑其名不雅馴，後閲焦氏《經籍志》總集類載《婦人詩集》二卷，宋顔峻輯，乃知前輩用字之不苟如此也。迦陵先生《婦人集》《續本事詩》曾采其一二，余購之二十餘年迄不可得，意謂天壤間無是書矣。辛亥九月，海寧吴丈槎客歸舟攜示，因得睹其全豹，並雉皋冒氏叔若姪纂注補遺。網重寶於深淵，合雙龍於劍水，快何如之？列歐又題。

婦人集跋 婦人集

吴　騫

余竭來荆南道中，嘗訪求先民著述。客冬從松陵楊列歐進士得陳定生先生《山陽録》，今年春，又從沈吕黄孝廉得其年檢討《婦人集》。二書並夙所心慕者也。間嘗觀之，《山陽録》感懷今昔，渺若山河，所謂"人之云亡，邦國殄瘁"者，非耶？洎《婦人集》，則風流駘蕩，有典午名士之習，然而故家遺俗，流風不與，玉樹後庭，同其銷滅者，亦髣髴於是乎見。余故合二編而鈔之，俾覽古之君子，知有明所以結三百年之局者，區區南部之煙花，不列於東京之黨錮也。

萬卷樓詩存跋 萬卷樓詩存

冒廣生

右家芥原先生《萬卷樓詩存》四卷附《詞》一卷。庚子秋，余從張拔貢家索得，首尾頗多殘字。乾隆中葉，士夫爲聲詩者，類宗隨園，故格律不高。如皋僻處東海，能詩者蓋寡，如先生者，固亦一時之彦也。先生十三歲舉博士弟子員，皓首不得一第，其遇致爲足悲。平生精力萃於邑志、家乘兩書。余生既晚，近年頗極意網羅文獻，而耆舊凋零，無足與語，以是益嘆如先生者之未易數覯也。頃因裒刻先世遺集，坿刊此卷，世有選録皇清一代詩總集者，或亦甄録及之也。

前後元夕讌集詩跋 前後元夕讌集詩

冒廣生

《前後元夕讌集詩》二卷，從江寧淩芝泉《蒲上題襟集》録出，凡七言詩五十三首，中缺《前讌集詩》八首。當時並各有圖，今不知流落何所矣。吾家自十二世祖麟洲府君，始居蒲上，三傳而至渭舲府君。渭舲府君生二子，次子葵原府君，廣生之高祖也。自葵原府君至廣生，五世皆仕於外，舊宅已易他姓。廣生往年歸里祭墓，里之父老輒引登當時所謂倚虹閣者，其地在北石橋下，長廊偃卧，飛閣矗立，三五童子讀書其中，未嘗不遐想於元夜張燈聯吟鬭韻之樂，而流連視景，不忍行也。夫里社之往還，賓朋之文酒，此其事若甚細。及夫境遷時過，則向之陳迹，昔人猶以之興懷，今距乾嘉盛時，日月幾何，而江山非故主矣。俯仰身世，藐是流離喬木之思、桑田之感，其在《詩》曰"心之憂矣"，"樂子之無知"，又曰"鮮民之生，不如死之久"矣，又烏睹所謂昌年之盛事、令節之佳游哉？

疇昔之夜，京師兵變，火光燭霄漢，砲聲隆然，不絶於耳，此則廣生今年所遇之元夕也。

梓人刻是卷成，聊復書之，後之覽者，有以悲廣生之窮矣。府君生平讀書刻苦，語具熊澹仙《詩話》。别有《蒲上九老圖》，今尚藏廣生家。

壬子元夕後五日，跋於宣武城南。

潮牘偶存跋 潮牘偶存

謝鏡澄

潮俗驍獷好鬥，號稱難治。喆齋郡伯官粤二十餘年，歷繁劇，所至有聲，士民翕服。在潮之日久，潮之民涵濡沐浴，莫不感德意，頌神君。顧論者謂："治潮莫如猛，猛則民懾而不敢輕犯法。"循是説也，則一酷吏事耳，何足以云治？潮雖僻遠，聲教固所同也；俗雖强悍，化育固所被也。撫之以德，臨之以威，無不知畏而懷之也。觀於《潮牘偶存》,而知公之治潮,德威並濟,不事煩苛,卒能令行禁止,水讋陸慄,夫豈有異術哉?亦曰化民成俗而已。是編名偶存,其可紀而存者,當不僅此,然其中如論鹽法、詰奸宄、籌災賑、清詞訟,諸大端綱舉目張,已可識其崖略。

鏡澄始客嶺南,繼博升斗,側聞公治行卓著,竊傾慕之。洎挹輝光,平易近人,不露圭角,然遇公家事,輒抗顏正論,不少唯阿。其志量閎達,才識堅定,固宜望重臺評,褒承天眷也。丙子秋,鏡澄權合浦事。是年冬,公來守廉,浦爲屬邑,隸轄下,時親教語,鏡澄方以粥粥無能,職事廢墜是懼,乃得幸免罪戾,與民休息,實賴公之糾繩匡正焉。暇時,出是編見示,反覆卒讀,如睹金鑑,如聞清鐘,於以知天下無不可化之民,無不可治之地。因循者非寬,操切者非嚴。則是編之存,其即爲資治之津梁也夫!

光緒三年秋七月既望。

決事餘譚跋 決事餘譚

陽湖 呂耀斗庭芷

古來管子之治齊、子産之治鄭、孟子之治滕,矯然一變其故,無他,綱立紀具也。漢世文、景時,吏尚廉平;孝武時,吏尚經術;孝宣時,吏尚綜核。遂以馴致中興,無他,政平訟理也。

嶺南夙號難治,君起家忠孝,以良二千石著,暇輯《決事餘譚》一册,發姦擿伏如神,區處異族,不動聲色,而惻怛流露,肫然慈惠之師。每篇標目略仿吴梅村祭酒《綏寇》例,簡而潔,婉而雋,班史所稱政事、文學、法理之士,咸精其能,今始遇之。

辛巳小春。

決事餘譚跋 決事餘譚

同里 袁祖安敦齋

同里哲齋冒君，自幼隨侍宦粤，習其風土，且具廉明果毅之才。通籍後，由州縣洊膺方面，所至稱治。愚自同治癸亥夏初，捧檄東來，一見傾倒，遂訂交焉。屈指閲二十年，撫今追昔，感慨係之。兹獲借觀手録《決事餘譚》一編，皆愚夙昔所飫聞也。特其敍述簡勁曲折，别是一副筆墨耳。

粤東民情狡悍，加以華洋雜處，措畫偶乖，輒釀巨案。司民牧者，苟有志於安輯中外，除暴雪冤，三復斯編，思過半矣。抑又聞之，君前在潮郡權篆鹺副，時值水災，倡捐施賑，民賴以濟。斯編略而不書，殆以守土有人，懼越俎又近名耶？不然，何默默也？

壬午仲春。

枕干録跋 枕干録

長　善

予官粤，冒哲齋太守以公來謁，與談政事，明達有吏才，予心焉誌之。其後，友人姚君出一編以示予，曰："此《枕干録》，蓋哲齋尊甫官乳源，勦賊遇害事，始末具載。哲齋請轉求一言。"予誦畢而嘆曰："噫！民爲盗，有司縱其爲盗也，況戕官巨憝也？以戕官巨憝，乃復狡鑽而爲是縣蠹役，日夕侍堂皇閲十餘年，而有司竟不知察，其他民命之輕重，又何如乎？苟筱珊通守一日不官乳源，則巨憝仍一日不死，國家典型與有司責任將何所在？今幸卒置諸法，此誠能盡有司職矣。哲齋兄弟誠能廣是心以爲治，使爲民害者莫逃於法，民受害者終雪其冤。治一縣如是，治天下無不如是。盗風何自起歟？敬跋數行，亦見良有司，足有以風世者，謂之復仇，猶以一人之私小之也。"

光緒戊寅仲夏。

枕干録跋 枕干録

張 銑

《枕干録》者，冒喆齋太守記其尊人春山先生死事始末也。初，春翁令乳源，捕盜遇害，賊邱河竄身縣役中。喆齋宰番禺，廉得其實，請解職親往求之。上官哀其意，檄其季弟小山通守復權乳源篆，得邱河黨五人，駢誅之，距春翁死事時已十七年矣。雖古之卧薪嘗膽，卒復大仇，不是過也。因跋以歸之。

《公羊傳》曰："父不受誅，子復仇可也。"不受誅，謂不當誅也。誅者，上殺下之辭。《傳》猶予以復仇，況盜賊之戕害長官乎？《春秋》所謂"人人得而誅之"者也，況爲其子乎？自粵逆洪秀全倡亂，群盜假其名號，攻城掠邑，所在蜂起，殺人父殺人兄，何止千萬計。凡爲子若弟者，莫不慷慨奮起，思揕手以衝仇人之胸，然而能得而甘心者，蓋千萬中無一二焉。喆齋太守兄弟仰天誓心，枕干飲血，擒逆黨於十數年之後，而梟之於市，使觀者快心，聞者增嘆。嗚呼！何其壯哉！吴王闔廬之將死也，呼其子而告之曰："夫差，而忘越之殺而父乎？"則對曰："唯！不敢忘。"厥後，報越於夫椒，信讒人之言，釋句踐不誅，至喪國忘身而不悟。讀史者，未嘗不太息痛憾於夫差之忍於其父，而昧不共之義也！冒公捐館舍時，語諸子曰："殺我者，左目有黑子，汝當識之。"諸子泣受命。始，喆齋太守令番禺，廉得賊邱河主名。繼小山通守復宰乳源，物色於縣小吏之中，並其黨五人，執而戮之。居父之位，踐父之言，申父之憤，剖其心以祭父之靈，蓋賢於夫差遠矣！昔吴楚七國反，灌孟從潁陰侯戰死，其子灌夫誓得吴王若將軍頭，以雪父仇，乃披甲執戟，馳吴軍中，殺傷數十人，亡其奴，以一騎歸，當時壯其義烈。然灌夫報之於臨陣時，故能得一當。若賊逃遁，至於十數年之久，烏知不南走越，北走胡？又烏知其不老且死？雖有灌夫之壯志，亦將無所藉手。乃閲時既久，而剚刃於其父者，終授首於其子，或者以爲報施之奇焉。而吾謂邱河，盜魁也，聚黨殺人，被其害者，不知幾人矣。而使盜魁法外逍遥，苟延視息，至十七年而後發。然則小山不來，邱河不死，由是推之，天下盜賊之終於漏網者，何可勝道？使得如小山者，布滿天下，庶凶慝不敢逞志，而吾民得少蘇息焉，小山真大有造於乳源也。豈徒曰"父不受誅，子復仇"，爲有合於《公羊》之旨哉？

枕干録跋 枕干録

彭翰孫

古來忠臣孝子，處心積慮，而卒能報仇雪恨者，史不勝書。吾讀《枕干録》終篇，而嘆冒君筱珊之行事不讓古人也。令先君忠於官，戕於賊，十七年矣。筱珊嗣宰其地，賊復厠身縣役，遂得而手刃之。嗚呼！殺賊，勇也；殺仇，仁也。實筱珊智足運乎其間也。余與筱珊昆仲交有年，聞是事，深服其智沈識遠，能隱忍以償夙願。蓋以縣官戮一隸役，力所得爲者也，而以計縻係之，使不得狡脱，則人所難爲者也。以己之私仇，而毅然獨任，又人所不敢爲者也。事無論難易，勢無論順逆，祇此心安理得，君子韙之。

今春，僑寓韓江，與君仲兄哲齋副轉執手話舊，間出是編，詳稔顛末。君之孝令先君之忠不容没也，爰書其後。

枕干録跋 枕干録

張樹聲

光緒己卯夏四月，余以赴粵西，道由永州，行其野田間闢治，怨咨不興，竊心焉異之。至郡，則如皋冒君筱珊攝宰零陵，爲東道主，因得受其所輯《枕干録》卒讀焉。

君之先公官廣東，咸豐初，署乳源令，以辦賊被害。同治六年，君復令乳源，乃盡獲諸賊，駢戮之，遂輯碑記、案牘等文爲是録，名曰《枕干》，所以志也。嗚呼！三代而下，德行之本，禮義之教，寖以陵夷矣。士大夫接迹榮涂，儼然民上，叩其内行則蔑親趨利者，往往而有，人欲日肆，天理日汩；其甚者，或與仇儕伍；其尤甚者，或更喪心事仇。人倫不明，則小民不親，大亂所由生也。冒君嬰父難，日夜痛心疾首，於仇人之必報，閲十七年而竟得。當孝義之性誠積於中，遂若有陰相之者，其本既厚，宜其施之於政，積誠致行之效，亦大異於俗吏之所爲也。君勛歷方遠，善推枕干之心以治其民，使皆知名義之不可干，尊親之不可忘，又烏有犯上作亂之事哉？又豈徒治邑云乎哉？是舉也，於冒君爲復仇，於國家實爲明法。湘陰相侯援據《禮經》，述義至正，既辨之審矣，故不具論。

枕干録跋 枕干録

郭嵩燾

筱珊通守以官乳源時，所治公牘文告及碑記述懷之作，編爲二卷，題曰《枕干録》，蓋其尊人春山先生故令乳源，討羅坑亂民，戕焉，手加刃者，賊邱河也。事平，邱河夤緣爲縣役，君兄喆齋運副令番禺，廉得其實，至是，君復攝乳源事，乃捕邱河並其黨五人誅之，距春山先生死事時十有七年矣。君兄弟枕干以求報父仇，劬勞隱忍，積久以有成，蓋其難也。君既誅邱河等，乳源之人積憤於邱河，而快君之攘除兇慝，以蘇民困，又並慴君之威，無敢阻遏君令者，用是治化大行，姦貪屏息，賦役以時。觀君所條示，以與民約，養之教之，董而正之，今世無有也，於古循吏之爲或庶幾焉。而一以枕干爲義，蓋忠孝之積於心，而沛然以施於有政。觀士民之感激歌吟，無足介意，而徒幸父仇之藉手以報，吾以是壯君之志，而益悲其心也。國家用法仁恕，曠越前古，歷時久而姑息因循，中於士大夫之心，乃遂寬假有罪，縱使爲厲於民，莫之禁遏，以馴至於大罪。有能討兇惡之民，正其罪，誅之，而遂戴之爲慈父母矣。使夫爲民父母者，用刑殺以取民之悦，此亦古今之變也。而惟不忍人之相戕，俾一格於律令，以養人心之仁，而殺人以爲暴者，無能逞焉。若乃推吾仁以逮及有罪，而日移其爲暴之心，逞志於良民無辜，民氣鬱而不揚，而從亂滋甚，至視吾民之日自爲暴以相殺，又豈國家之律令然哉？

《周禮》復仇之説，其義詳於《戴記》，蓋三代之遺也。其時各君其國，各私其刑賞，王者有不能行之於諸侯，故聽民自相仇，以濟王政之窮。河東柳氏復仇之議，非《周官》之本意也，憤於有司者，不能爲民理其平，有激而云然也。邱河身犯大逆十餘年，無或捕而戮之，君幸能自復仇，已足多矣，而其事爲申國家之法令，以討有罪。以君之私，則復仇爲重，以天下之公，則國家所期良有司之事，未有急於是者也。世但多君之復仇，而於君治行卓卓，靡能究其本末。嵩燾以是推論之，俾司民牧者知所勉焉。

同治九年，歲次庚午冬十有二月。

枕干録跋 枕干録

劉　崐

余既撫湘之五年，歲辛未，冒子筱珊以通守自粵東移官來。未幾，予去官，知筱珊之才且賢，而不及見其所以爲治者何如也。越乙亥季冬，余尚以養痾寓長沙，而筱珊已攝令湘陰蓋三年。乃郵示其《枕干録》二卷，并雲門、羅湘各公牘，得一一讀之。

《枕干録》者，其尊人春山先生官粵東，所至有惠政，後宰乳源，以討賊羅坑，歸途遇害。久之，罪人不得。閱十七年，而筱珊復權是邑，乃廉得蠹役邱河并其黨五人，置之法，因編其事，意取復仇，故題曰《枕干》云爾。余維復仇之説，見諸經，見諸子、史，並見諸名人之狀議，義各有當，而於筱珊之事無合者，蓋筱珊兼得乎公私，其事至奇，而其所關係者更大。特十餘年來，筱珊之所以奮發其志氣，磨練其才識，以增益其所不能者，皆成於不忍其親之一念，則謂之復仇也亦宜。嗚呼！予因之有感矣。古之君子，其功建名立，震耀乎當時，流傳於後世，推其本，必先内不負吾親，然後乃能上不負吾君，而下不負吾民。見無禮於其君，與有害於其民者，誅之如鷹鸇之逐鳥雀也。筱珊勉乎哉！以筱珊之至情至性，而又優於爲政，慷慨有大略，使本其枕干之意而大用之，知有見義必爲，收除殘去害之功以報國家，而繼先志者。余老矣，竊拭目俟之。

光緒元年十二月。

枕干録跋 枕干録

夏獻雲

昔子産有言："政寬則民慢，慢則糾之以猛。"陰凝以漸，君子慎焉。自士大夫習於寬縱，爲一切苟且粉飾之術，而奸民之漏網者，乃得以潛相結煽，而肆虺蜴於無辜之民。其甚者，弄兵潢池，攻城掠邑，戕殺長吏，至於縻餉勞師，不可復制，此火烈水懦之鑒，而履霜堅冰之漸不可長也。

筱珊通守嗣其尊人春山先生令乳源，兩世循聲，民咸歌舞。兹輯其所以爲治，編爲一書，題曰《枕干録》。乳源故多盜，春山先生之宰是邑也，承積敝之後，芟除攘剔，良民獲安。羅坑之役，爲亂民邱河等所戕，倉猝中，無以知倡亂者之主名也。既而河復竄身爲縣役，通守嗣權是邑，廉得其實，捕河等五人，寘之法，蓋距春山先生死事時，吞泣隱忍，枕干以求父仇者，十七年於兹矣。夫人以感憤睚眦之怨，至於輾轉仇殺，律禁綦嚴，懼專殺而爲變無已也。邱河身犯大逆，逭死十餘年，而卒逃顯辟，使夫暴戾恣睢者，僥倖苟全，而敢於爲亂，又豈爲治之道哉？邱河既誅，乳源之人走相慶焉。兇慜不死，乳源之毗變未有艾，而善良之氣終鬱而不伸。得所藉手，駢首就殲，於私義則以爲報父仇，於公義則實以伸國憲，則又天之巧爲報施，以成厥志焉耳。迹其條教號令，與夫興利除弊，敬教勸學諸大端，皆良有司與民更始之意，不操切以爲能，不補苴以爲治，求諸古龔、黄、卓、寇諸君，其殆庶幾乎。然則忠孝豈弟之教，入人者深，乳源之人所爲歡忻歌咏，以幸君志之克成者，固在此，不在彼。

枕干録跋 枕干録

余恩鑅

天下之好還信矣哉！權姦殘害無辜，猶不能卒免，況隸役乎？然復仇，勇也；成事，智也。方筱珊權篆雲門，吾想悍役輩，必惴惴自危，倘稍露聲色，靡不遠颺，詎非恨事耶？乃隱誓以必報，而顯示以不仇，五兇卒駢首而就戮。先事能隱忍，臨事能果斷，十七年之大恥，雪於一旦，可憫也夫！可敬也夫！

枕干録跋 枕干録

陳寶箴

同治九年冬，予始至湘中，即聞冒筱珊司馬爲父復讐事，而不詳其本末，意謂此志士而有壯烈之節者。顧復讐之文，著於《周禮》、《戴記》，唐韓、柳氏之論詳矣，義各有當焉，皆爲非士師而殺人者言之也。及觀筱珊所爲《枕干録》，則賊邱河者，故乳源蠹役，筱珊父宰乳源以法繩之，懷奸伺隙，乘捕盜之役，加刃劫囚，以逞其毒，此亂民之桀，賊之渠憝，王法之所必誅。筱珊既嗣宰是邑，以除殘去暴爲事，令所賊殺非其父，寧當舍之者，是故行其法之所自然，而即以告無忝於吾君吾父忠孝之軌也。聞者快之，而遂以復讐稱之云爾。獨河等罪所必誅，而逋逭十有七年無過問者，則臨民者之無意紀綱久矣，抑天之所以快孝子之心，而遲之以假手於筱珊者邪！夫事君不忠，非孝也；居上不敬，非孝也。觀筱珊所爲宰乳時條告公牘之文，則所謂移孝作忠，以惠其民者，非一端矣。《詩》曰："夙興夜寐，無忝爾所生。"推《枕干録》之義，而求所以貽父母以令名者，此其券乎？敬爲之跋以歸之。

同治十二年正月。

枕干録跋 枕干録

孔昭泱

從來忠臣孝子於不共戴天之仇，一旦得其人而誅之，士民爲之太息，僚屬傳爲美談，以爲天道之報施不爽若斯也，而不知忠臣孝子之用心亦良苦矣。當其罪人未得，勢權不屬，韜聲匿迹，遲之十餘年，若無事於尋仇，並使仇人亦自忘其爲仇。直至身臨其地，然後得其人而誅之，此其不得已之苦衷，雖擬之卧薪嘗膽，莫是過矣。如吾友冒筱珊者，非其人哉？

蓋其先大夫伯蘭世伯宰乳源，捕巨盜，悍役邱河輩挾責革之嫌，懷反噬之志，因而通盜拒捕，糾衆戕官。當其時，僅傳左目下有黑痣其人，而初不識其主名爲誰也。雖邀旌恤祀昭忠，可稍慰先靈於在天，然而大仇未復，九原賫恨，吾知筱珊之心滋戚矣。且夫事處危疑之際，未有不忍人所不能忍，而可以動出萬全者也。然則吾筱珊豈嘗須臾忘仇人哉？特未遇其時，未得其人，不得不留以有待耳。幸也天憐其衷，使之宰是邑，馭是役，據其親目之所睹，以證其平日之所聞，確然信其爲邱河、邱義、傅琳輩，而毫無所疑焉。夫然後從容布置，盡毆其黨，俾無所遁，而一鼓擒之。當是時，即此一官尚不足以介其懷，又何論解審之例耶？於是，盡發其平生之痛忿，親加刃於邱河等五人之頸，瀝其血，以告先靈，而此心庶稍慰焉。蓋其淚盡而繼之以血，必俟遲之又久而始動者夫！亦務得其人，以斷此千古之大疑而已矣。近聞粤中士大夫侈其事而壯之，或評爲智，或目爲勇，或又以爲誠孝格天。顧吾謂以十七年大疑案，而一朝斷之，則其處心積慮，於十七年中，必有洞若觀火者夫！是之謂必有忍，其乃有濟。

同治八年，歲次己巳七夕後二日。

枕干録跋 枕干録

章時瑞

古今卓絶可傳之行，其始圖之，若逆而難；其終出之，乃順而易。要惟忠孝之氣積於中，勃然一發而不可遏，乃能不徇禍福利害之念，得徑行其志而不疑。吾讀冒侯《枕干録》而有感焉。

侯尊人春山先生宰乳源，以廉能著。咸豐初，粵盜蠭起，討賊羅坑，歸途遇害。事聞，邮贈如例。當是時，以部下氓隸戕天子命官，元惡大憝，近世罕覯，繼斯職者，理宜怒髮椎心，踪迹兇惡，立申國法，以報天子。此刑政之大，謂普天同仇可也。廢弛十七年，罪人弗得，乃必假手於侯，以彰國憲而復私仇。造物之報施，可謂巧哉！而吾以知侯之積誠所感爲多，又蒼蒼者無不報之忠孝。蓋深恐後之居官，而忠於其職者，懼爲善之不終，故特彰果報，以顯之也。夫是時，賊首邱標已伏冥讁矣，邱河復夤緣爲縣役矣。五兇聚處，羽翼已成，聲色稍驚，應即颺去，甚則禍且不測，豈不危哉？今觀侯外鎮以静，内示以寬，始結以恩，終縻以術，何其密也？不詢僚佐，不請上官，罪狀既宣，刑章立定，又何壯也？非侯之處心積慮，智深勇沈，彼數兇者，果能伏罪庭階，延頸受戮乎？而議者顧以不解郡責之，於虖！天下之禍，惟執成法以束有司，使不得通變行事，世變所由亟耳。近世盜賊厤起，士大夫多習爲寬縱，匿不以聞，迨至流毒蔓延，猶復多所瞻顧，格於律令，而不敢輕試，馴至天下大亂，卒亦禽獮而草薙之，古所謂“辟以止辟”之義，蓋無聞焉。履霜堅冰，聖人所以重防其漸也。如侯之除殘去暴，沈毅有爲，俾得散布郡縣，安得致此？世第多侯之復仇，而不察其治行本末。夫討賊，公也；復仇，義也。刑人而與衆，棄此良有司之職，不必復仇，而亦當爲之也。執法而刃父仇，此士師之恩義既孚，所謂出乎天理之正、人情之公，而非傳記中所載俠烈復仇之事比也。夫爲士師者，不幸以復仇爲名，所謂快心之端，非即痛心之處乎？

侯討賊之明年，改官南楚，攝湘陰篆三載，所爲繕城隍、崇學校、修水利、清訟獄諸善政，有古循吏風。以侯之天性忠孝，見義必爲，使推枕干之義而大用之，必能磨礪志節，發抒幹略，所爲鋤奸除害，承先志以報國恩者，事業正未可量，俟其大有造於湖湘乎？傳曰："明德之後，必有達人。"讀斯録也，益信。

光緒二年閏夏。

枕干録跋 枕干録

童大盱

咸豐初，如臯冒公春山宰乳源，募壯士擊賊境外，俘其酋十餘人。歸邑中，亂民陰助之，糾衆截中途奪囚去。公被創中要害，未殊，舁歸縣庭，語諸子曰："刺我者，左目下有黑子。汝曹志之。"言畢，遂殞。厥後，公諸子詗知賊渠爲譴役邱標，已前死；操刃者，標宗黨河，充縣役。同治六年，公第四子筱珊司馬權是邑，睹河貌良驗，擒鞫之具服，悉其黨五人駢誅焉，並戮標尸。既雪仇，乃裒其請討之文，暨諸公牘文字爲一編，曰《枕干録》，蓋取《禮經》復仇意也。

夫人居不共天日之仇，含辛衷痛，伺間隙手刃仇人之首，以洩憤恨，此孝子不忍其親之心之所激也。元惡大憝，凶頑肆虐，甚且戕朝廷命吏，有位者執法以討之，必殲厥醜類，以報天子，此良有司不負其職之所爲也。筱珊兼之矣，蓋一舉而忠孝大節，卓然可傳如此。顧傳記所稱古之復讎者，恒處萬不能濟之勢，力强弱不相敵，冒萬死一擊而中之，其事險而難。筱珊既攝邑符，誅一廡下隸與三五無賴細人，猶几上肉耳。其事順而易，然則筱珊乘一日之勢，以抉終身之大痛，猶若徘徊瞻顧，而後出之，與尼山詔仲氏之義不有閑乎？竊嘗思之，夫曰仇敵也，一人之私也。私則奮一身以赴之，死生禍患可不計。邱河等以下戕上，犯大逆賊也。討賊，天下之公也。公則必聲其罪以誅之，以伸大義於天下，以彰先人死事之烈，是豈鹵莽輕於一試？且當其初，雖志河狀貌，曾未得主名也。迨物色得之，而前之爲令者，不能討且用焉，則紀綱之頹廢已久，彼凶狡之徒方私幸事之不明，而其心則惎之，稍漏言，即縱逸且生他變。是非設方策，默運於胸中，規其萬全，蔑能濟矣。乃處心積慮十有七年，一旦得所藉手，正正堂堂，奉天子威命以誅殛之。大仇以復，即國法以伸，夫豈搤亢揕胸，倉卒以求一逞者所可同年而語哉？吾故表而出之，爲忠孝志節之士型焉。

枕干録跋 枕干録

梁肇煌

嗟乎！余閲冒君《枕干録》，不禁爲之三太息也。粤向多盜，而縣役之蠹害與盜同，故民之畏蠹，比盜尤甚。春山先生知乳源時，以緝捕故，爲縣蠹邱標所戕。閲十七年，公之四子沅復宰乳源，時標已死，乃捕其黨邱河等五人，置之法。冒君之能盡忠與孝，可以無愧矣。夫官被役戕，巨案也；役敢戕官，巨盜也。使早得良有司，獲罪人而痛懲之，豈不足以雪公冤，而彰法紀？乃十餘年，而有司慢不加察，且近爲縣役，亦懵然不知，則民間受縣蠹之害，尚可勝言耶？使筱珊一日不官乳源，則巨盜仍復肆害。今幸卒置諸法，先仇可以報，國法可以伸，此誠足稱良有司，而足愧向之不能治盜者矣。誠本其枕干之意，而擴充之，將由一縣以推之天下，有蠹必懲，爲盜必死，除殘去暴之功，其足以報國恩而承先志者，功業豈有涯耶？冒君勉乎哉！

光緒四年戊寅孟秋。

枕干録跋 枕干録

唐步瀛

讀小山《枕干録》，而嘆其孝之誠，夫人知之矣。余謂小山之能成其孝，知勇尤足多焉。夫父死於賊，子爲報仇，事理之常，無足異者，獨難其十七年之久，處心積慮，血誠感通，在彼蒼亦如願以畀之權，而其事則聽其自爲。當小山宰乳源時，固無人不知爲故侯之子也。而其仇數人者，皆充役於縣署，日伺其左右，而爲之防，此其意有輕宰之心，又若有可以自恃。《易》曰："機事不密，則害成。"端木子曰："有報仇之心，而使人知之者，危矣。"小山乃不動聲色，積半年而後，聚而殲之，無一漏網。非其用知之深，能如是乎？猶有難焉，一行作吏，文書束縛，意其時，幕中必有以駢戮數人，恐干吏議欲通詳而後定案者。苟如是，則必有牽制，大事誤矣。小山乃録供定罪，決不待時。國法既伸，父仇亦報，彼其心祇知有父耳。一切利害之見，毫無所動於中，就令因此獲咎，亦甘之如飴。此非所謂勇者乎？夫吾人有真性情，而後有真事業。往日，小山行事，只論可否，不論成敗，人或嗤之。究之其所欲爲之事，終必委曲以期於成，即或勢處萬難，亦若有默爲之助者，蓋其勇往之氣，神先赴之，而知慮所及，又復周詳，不獨報仇一節然也。故余于小山，敬其誠孝，尤服其知勇云。

再至堂跋 雲門吏牘

冒沅

余於今冬甫捧檄雲門，何以言"再至"也？憶咸豐辛亥，曾隨任涖斯邑，先大夫求治孜孜，夙夜匪懈。回念過庭承訓，距今十有六年矣。睹堂構之依然，撫琴書而感愴，爰以"再至"顔此堂。凡治事臨民，凛凛然早作夜思，以期無墮先澤，是則余之志也夫。

同治六年冬月。

先府君手書稿本跋 小三吾亭文

冒廣生

右府君與某公書稿本一紙，附父執某公所書府君遺物一紙，不孝藏之四十二年，今始付裝，裝竟泣而跋其後，以詔子孫。

曰：嗚呼！府君之棄不孝也，不孝纔六歲，隨王父官廣州，居城北之丹桂里，他不能記憶。憶府君兇問至時，吾母以身殉。家人環集，以不孝之哭於母側也，遣之歸塾中，不孝既至塾，且讀且哭，塾師怪而問之，因而罷課。其時所讀則《毛詩》之《周南》也。又憶府君棺從邵武歸，不孝侍吾母乘小舟迓之於白鷺潭。舟小而無篷，不孝拜棺前，吾母以首觸棺，絶而復蘇者再也。又憶一夕延僧建道場，僧以紙製長橋二陳廳事，一僕抱不孝捧府君主置橋上，一僕抱吾妹執長旛爲前導也。不孝又憶丹桂里所居之東有一池，池東有亭，池西北有欄。府君嘗持長竿釣魚，不孝憑欄跪其左。府君得魚乃大歡笑。凡不孝之所能記憶，記憶而又極不能忘者，嗚呼，盡於此矣。府君之之邵武也，僕吴慶實從之行。吴慶爲不孝言府君七八月苦熱，舟行灘上，恒解衣就灘水浴，病初起，覺熱，兩顴紅色異常人，乃就寢，使吴慶市藥。藥未熟，而府君已逝，時光緒戊寅八月二十九日也。其後聞吾友林琴南言，邵武有桂花瘴，花流灘水上，有毒。府君就浴時，蓋已中之。府君既没，而家人咸在廣州，無視含斂者。父執某公，乃遣吴慶以喪歸。右紙所書，則所遺不孝之物。不孝子孫所當世世記此哀痛於無窮者也。府君與書之某公，與父執某公，今皆無可詢問，然後知世間無告，固無有甚於孤兒者。其他遺事，載不孝所撰府君墓誌，刻《小三吾亭文集》中。

己未閏七月。

水繪園補禊圖跋

南寧 孫光庭少元

吾滇保山范廉泉先生以名進士官江南，有政績。宰如皋時，補禊於冒巢民徵君水繪園，作圖徵詩，一時韻事也。清自嘉、道以後，崇極而圮，内政弗修，外侮迭乘，侵尋至於屋社，士夫欲退享林園，優遊詩酒，得乎？然故家遺俗，流風善政，迄清末猶未盡沫，孰意滄桑變亂，今至於如此其極，直幾希之不復存也，可勝慨哉！雖然，物極必反，猶思獲見太平，得以文讌遨遊，行旅不驚，詎非厚幸？此圖見歸鶴亭京卿，京卿，園主裔也，屬吾滇人士題識，謂可爲圖與園多締一重因緣，非偶然者。鶴亭南歸試新先人舊園，以待游子行踪，是則一園之興廢，可以候天下之治亂，不獨洛陽名園爲然也。書此以當息壤。

癸亥三月三日，距祁文端題圖時八十有五年，識於京師廣齋。

孫文節公遺墨跋 孫文節公遺墨

德清 俞 樾蔭甫

余與叔昀同年皆出文節公之門。此文節庚戌六月與叔昀書，乃叔昀初入翰林，在京師聞赴時也。慰問殷勤，誥誡切至，雖父兄與子弟不是過。公於門下士，拳拳如此。憶公曾招叔昀及余同集於其寓齋，距此不過十許日。今展此卷，回念前遊，聲音笑貌，儼然如昨。東坡跋歐陽公書云："神采秀發，膏潤無窮，如見其清眉豐頰也。"余於公書亦云。光緒庚子五月，時年八十。

孫文節公遺墨跋 孫文節公遺墨

番禺 葉衍蘭蘭臺

文節公烈節孤忠，旂常彪炳。咸豐壬子，典試粤東，余爲所取士。榜後，命襄理筆墨，裁答書函，日侍教言，勗以立身行己之學，並屬隨返都門，舍館師寓。旋以家事不獲從行，其後公車，中道聞賊警折回，公函致蘇賡堂師責以書生膽怯。迨丙辰入都，公已在安慶殉節矣。梁木之感，思之泫然。此册爲唁同門周叔昀前輩之札，書中訓以敦品勵學，言言金玉，皆身心道義所關。公之教人如是，其自命可知，宜乎臨大節而不可奪也。門人冒鶴亭爲周氏外孫，得此札，裝池成册，持以示余。敬謹展觀，覺靈風颯然，几案間如有白虹光縈繞左右，奉持再拜，涕泗漣如。謹志數語於後。鶴亭爲私淑弟子，其珍襲寶藏之，定有吉祥雲爲之呵護也。

光緒二十三年，歲在丁酉夏五月，時年七十有五。

孫文節公遺墨跋 孫文節公遺墨

通州 張 謇季直

文節公書從未見過。山谷跋种明遠書,謂使其翰墨無以過人,猶當想其風致者也。公何必以書勝人耶?

庚子四月,與鶴亭相遇滬上題。

孫文節公遺墨跋 孫文節公遺墨

通州 周家禄彦生

家禄蒙師李先生與通州孫氏有連,故習聞文節公遺事,獨其詞翰未嘗寓目。冒君鶴亭藏公所與門生周叔畇手札一通,平正切實,猶想見老輩立言不苟氣象。展觀一過,敬題數語,以志景仰。

孫文節公遺墨跋 孫文節公遺墨

同里 顧錫爵延卿

右爲孫文節公致其門人周君書,冒君鶴亭所藏。爵以壬寅入都,得而讀之,辭氣之間,可謂遠鄙倍之君子矣。書札亦清潔無苟且意,蓋二十年前,都中賢士大夫往往有此,今也則亡矣。爵尤測公之臨大節而不可奪,具有本末,非偶然也。論公所處,固有可以死、可以無死之二義;以管仲三戰三北之説,則公得父書之日,可以無死;以莫敖大心爲社稷臣之説,則公奉文宗諭旨之日,可以死也。然好爲議論,不樂成人美之小人,頗肆疵議,以公就義之心不純耳。當是時,偷生苟活者,不可以數計,其尤大彰明,若吾江蘇學使孫葆元,詭迹屢遁,固不聞人之非笑,而於公獨如是其苛也,豈不謬哉?爵自幼年聞吾鄉邱正之述公死事甚烈。正之先生爲公幕賓,同遭難者。既而聞石樵僧述公既死,英爽不昧事。石樵爲有道之僧,無妄語者。而爵之先大父吟石公,斯時留都門,與公爲鄉誼。集中挽公詩,有"死忠死孝無二理,從古忠臣皆孝子"語,蓋正爲當時誣公者而作。嗚呼!卓哉其論定矣!公之他著作,爵頗有所見,或乃不如此書之真摯可寶也夫。

孫文節公遺墨跋 孫文節公遺墨

同里 沙元炳健庵

庚子六月,觸暑過鶴亭,以文節公書見眎,乃與周叔畇前輩啗慰之劄。書題庚戌六月,距今時五十一年矣。公父鼎庵先生與先曾王父青陽公契好,舊時投贈詩簡,猶存一二,公書獨未獲一覿。今讀此册,師弟之間,語意純摯,令人感發興起,肅然如先正之在旁也。近時縉紳先生能舉斯語相誡勉者,亦時或遇之,特未宷所自定者何如耳。如公,乃可信斯言也。

第五册

书後、题记

書冒中丞實録小傳後 家譜

董其昌

唐徐浩書《老子道經真迹》上篇二千五百字，遒勁蕭洒，余得之梁溪華氏。因冒辟疆文學求書大中丞有恒冒公《實録小傳》，倣季海筆意應之。

書冒公請謚疏後 陳眉公集

華亭 陳繼儒仲醇

如皋有冒公諱政者，以乙未進士官南户曹，歷官至右副都御史，撫寧夏。不薦劉瑾賄，逮治，罰米三千餘石，褫其官。瑾敗復職，推秦、滇節鎮者再，竟中格。敭歷中外四十年，却萬安之贈金，歸遼陽之餘餉，歿後子孝廉至不能治喪事。其生平守正不阿，清白不染，業有記有志，且載之《正德實録》，而易名之典缺焉，此孝孫起宗吏部君不得不鳴於聖明之朝也。自古名臣如徐有功，稱矯矯第一風節，及武宗始謚忠正，終唐之世，追謚者獨徐公一人，則冒中丞之久而必伸，奚疑乎？立言君子以名教爲己任者，據實録以請一字之褒，豈恨晚哉！

書冒嵩少先生請覃恩疏後 家譜

上元　黄周星九煙

此事創見於戊辰，今相距五十年矣，元會聿更，已成隔世。余初未獲奉教於嵩少先生，惟與長君辟疆遊，顧未嘗言及此事。

然余自辛丑歲下榻辟疆水繪園，浹月淹留，匆匆醉别，至今亦十七年矣。時屆初冬，菊黄楓赤，無心詣友。忽遘吴門，相與交袛一拜，握手勞苦，喜極涕零，殆非虚語。已，乃出此箋，屬余作詩。余既樂聞盛事之非常，復心驚歲華之易逝，率爾削草，欣慨交并。後之覽者，當不止蘭亭斯文之感矣。

書弘治癸丑殿試策題後 家譜

冒　鸞

國朝故事，策士於庭，人賜制問，及對畢，得自藏以爲榮。

是科賜進士三百人，鸞所受策題襲而藏之，今故無恙。敬録於此，以彰被恩所由始，雖百世後，猶當知所以圖報也。

書冒文瑞先生制誥後 家譜

林庭棉

今天子御極之初，恭上兩宫尊號，覃恩海宇，兩京文臣七品而上，未三載奏績者，咸錫之誥勅，爰進其勛階，封逮其配，上及其父母，若祖父母，若曾祖父母，視其品秩，若隆殺焉。蓋推親親之孝以達乎天下，先王之政不是過也。於是駕部郎中臣冒鸞，得如例贈厥考先承德君如其官階，母闞氏太安人封太宜人。感激之餘，敬録誥詞一通，命其子謙奉歸如皋，以宣於塋，以藏於祠，以侈上恩，以昭先德，以垂示其後昆，間以視臣棩俾識於后。

於戲，聖王達孝而天下化成者，君道也；封君宜人，克成其子者，父道也，母道也。駕部懋修厥職而光顯其親，非臣道、子道歟？一命之錫而大倫攸繫若此，聖朝彝典，其超越於前代萬萬矣。冒氏文獻足徵於千百載之下者，不以是哉？敢稽首拜手，識以歸之。

正德丁卯秋。

書伯兄文瑞先生制誥後 家譜

冒　政

於戲，此吾先族兄文瑞先生欽受兩朝恩命也。天語明明，寵光赫赫，誠聖明馭世，勸禮臣工之大典也。凡在臣民，拜讀之餘，莫不鼓舞欣忭，舉手加額，仰戴天恩，以爲榮幸，而況於其子孫乎，而況於其族人乎！臣政敢著厥所由於後，曰：

先生幼警敏，純篤寡言，厥考彦釗公口授以五言詩，琅琅成誦，乃命從鄉先生讀《孝經》、《論語》。比長，遣入邑庠，補弟子員。先生朝讀暮習，爲文蔚然可觀，而志與時違，支離困悴，爰用輸粟給邊例入國監，聞見益博，嚮用有日。時子鸞領鄉薦，屢與多士較藝南宫。先生憐其少，擒之往返。暨鸞登弘治癸丑進士，拜官留都刑曹，先生就享其禄養。居無何，以疾歸，遂不起，實未展其所藴也，人咸惜之。歲辛酉，先帝以鸞能官，推恩贈先生武庫主事，後四年乙丑，今上登極，隆孝兩宫，錫命及鸞，加贈先生車駕員外郎，人咸榮之。先後恩命，鸞既謄黄焚諸墓，用告先生於地下，兹又特鐫之石，表於墓前，以侈天恩，以闡潛德，以示其子孫，俾有所觀感興起，圖維報稱，則鸞之用心也。政聞之，古稱位不滿德者有後，夫不滿且猶有後，況全未有者乎？是宜先生有子鸞以顯揚之也，然猶未焉。孫諍年力方强，進道未已，他日通顯，蒙恩加贈，又可期矣。若然，則先生有後，直能取必於天，如執左券然，信古人不吾欺也，諍其思所以副吾言哉！政因敘先生身後被恩之故，且爲將來之徵云。

正德甲戌秋。

書冒元同先生制誥後 家譜

華亭　董其昌元宰

往在史館，掌詞頭有年，大行告身，一篇而足，神祖未始有貤封，蓋異數也。冒生襄爲其祖父乞書誥勅，特破例正書於焚硯之後。

書冒元同先生制誥後 家譜

華亭　陳繼儒仲醇

皇華之使，不宿於家，將父將母，獨懷陟岵、陟屺之情，亦良苦矣。昔王稽勛士騏，請給全典議格，今冒大行得全封矣。張江陵云覃恩異於考績，恩賚爲榮，不詳閲歷，此制體也。今大行寵錫，獨超夷等，又得董宫保書石，豈非家謨國寶？異日名位加崇，大書直書，更不知何如煊赫也！

書先府君制誥後 家譜

冒起宗

國家褒隆内外大小之臣，率因子以逮其親。起宗嘗代匱考功，按故事，非以奏最聞及遇慶霈不能徼也，慶霈最旁魄不及外服。曩先大人捧會昌檄，冀沾一命於所生，初以不及期格，比及期給由，内艱奪之。再補酆都，屬寧酋破重慶，經年效守，遷寧州守致仕，抱恨終天。

起宗幸登戊辰初元劉若宰榜，按次應首選行人。受登極恩，是科廷對共三百五十七人，除一甲授修撰、編修外，需次外吏後選京職者，皆不與。於是有内外乞恩之議，而鼎甲三公謝不問，江南二蔣煜、燦起而任之，以事創起，不勝勞費止。起宗曰："事以斷成。吾雖邀恩，然同年父母猶吾親也。"毅然獨任其事。三日内草公疏，相期會會極門上疏，時五月九日也。司門中貴以擁衆伏闕疑之，諸公次且不前，起宗再四以至情告，意稍豁。而同年未見公疏者，競索觀疏函，侵指迹中貴，持不可，且有所需而門半闔矣。起宗急以重賞從科掾許易一函，而接本公禮倍焉，始封進，更轉而投揭内閣部六垣，所費皆自辦。既出，諸同年環起宗拜於金水橋側，讙聲雷動。十三日，奉旨下部，署部事王少宰祚遠議覆，荷俞允。六月大選，起宗首選行人，即奉使護送楊閣學。行人階八品，前疏請貤封，頃引給舍例，改從七品，得並封先大夫，原官五品，應晋階奉直大夫，母封宜人，起宗與妻授階，徵仕郎，封孺人。時逆閹伏誅，諸大僚賜環，超遷者悉補給新綸一誥，軸費至數百金。諸同年公言於封司，請先以二軸給起宗，封司迫於僉議，從之。十月用寶，適與起廢諸大老同進呈，奉旨詰問。部覆起宗雖新進推恩，奉有欽依，緣中書官繕寫，適與之會。本官奉差出都，别無情弊，特奉准給之命。至閩省熊撫軍文燦示邸抄，始知之。上初御祚，其精察如此。自輦上而晋江，往返萬二千餘里，歲杪歸酬定省。

己巳元日，恩綸至，出郭郊迎，具香案，奉於得全堂。先大人鵰服焜煌，先宜人翟霞璀璨，起宗率其妻拜舞庭下，祇承家命，莊頌誥詞所謂"功成身退，善積慶餘，卓績振雙凫，閑心謝五馬"，敕詞所謂"誠斯動物，善不近名，賢萊鴻二子之婦，孝姜任兩世之姑"，雖房師謝先生撰文，里人環而聽者，皆指爲實録云。禮成，賀者屨滿户。起宗長跪上康爵，先大夫喜曰："爾策名頒慶之初，榮親具存之日，且推其親而及人之親，詎非極盛事？雖然，吾不獲以三釜養吾父，減算以延吾母，幾沾恩而俛失之爾，今日可謂易吾之所難。從此勉圖報塞，庚進而顯榮其祖，以釋吾憾，當含笑入地矣。"起宗敬受命。

壬申秋，使澍還朝，截俸行取入都。仲冬考選，易御史爲南京吏部考功司主事。癸酉初夏履任，尋轉本司郎中。蓋行人得部，應存俸年半，會同部選郎垂羨内計。甲戌四月，先出之僉山東按察司事。既而栖苫塊數載，補粤僉，尋移楚，未幾兩調皆楚，而屈指未三年，淹再起督漕，僅數月也。起宗雖由僉事歷參議、副使，勞深俸淺，未報政成，竟無以慰先大夫在耳之言。起宗嘗讀王司寇世貞序舒御史錫命曰："在内御史，在外邑令，皆不易封。邑令非臺使者薦至再，輒以不及格報罷，薦至再，又或以驟遷不及考罷。爲邑令封而召爲御史，又以同品罷。"先大夫以里選爲令，無惑乎難之難矣。而李宗伯維楨《恩綸後語》亦言生母匡孺人歿，楨列仕籍十九年矣，方承乏史官，值覃恩及考績，孺人皆格於例，疏請亦報罷。又十有八年，入都除故官，部理前疏，始授母孺人。不腆伉儷受爵如其姑，先大夫始進階奉直，而座師張相國曾謂起宗："吾鄉詹公仰庇，由令尹歷少司寇，官不爲不達，而終其身未沾一恩。”合而觀之，洵如史遷所稱御史大夫匡君、鄭君者，有命焉不可得而强也。起宗浮沉内外，席不暫煖，非初仕沐覃封，其能得之？乙亥以後，即朝廷不以外服異體以蓋棺靳澤，而芝函焕馬鬣之光，何如回鸞晃鯉庭之色？況乎並虚稱而失之哉！更憶與同官五君補考滿，時例有封典，五君曰：“我輩即得之，無加於舊，從兹漸進，寧終無奏最遇恩時？”遂已之。假令給照以待轉官，即不能上逮王父、先大夫，尚可晋中憲，而當年計不及此。其始也，易先人之所難，其卒也，難先人之所易，抑有命存焉。

兒襄年舞象，即以詩文受知董文敏、陳徵君。特捧誥勅，乞書董公，命顧生紹勛摹勒石上，奉揚寵靈。金石之傳，子孫守之勿替。

書先府君制誥後二 家譜

冒起宗

起宗從通榜上公疏投揭，政府蕭山夫子以名器應慎重難之，衆語塞。起宗對曰：“諸進士前路頗修，若初進急功名，是爲躁競。今仰體孝治，急於榮親，至情固可念也。昨見貲郎中書張朝聘父受五品誥，其父固本商而納副長史，則名器委應慎重。”政府色不懌，聞者韙之。

既出，見愛者曰：“公胡與政府争，獨不爲考館地耶？”起宗曰：“何官不可爲，寧必館？”及部覆報可，各令家隸具呈領執照，封司按呈點名，率不到，到亦不即給。蓋司掾每一照索一金，乃惜費成稽閣。封司爲河間提公橋，提公至戚文安紀孝廉克家爲起宗莫逆交，從臾提公，謂始事者起宗，以執照付之給散，取得當，未嘗舉以告人。即領照一項，片言省三百餘金，功則何有，乃列謗書，豈應顛倒至此？由今思之，夫非盡人之子與？且榜中大才不少，獨取而代之，此種種者，固起宗所自召矣。

嗣後起宗以獨立忤時，既困以盜賊，又納之必死之地。曩昔同年，濟濟要路，揮斥風雲，曾未一手援焉。即敘功保留，疊登啓事，而銓曹之同年非置高庋，則送注銷。説者曰“世未有不求而得者”，然亦任天下事者之殷鑒也。

書先祖府君墓碣銘後 家譜

冒　鸞

右我先祖府君墓碣銘，内閣少師贈太師謚文正李公之作也。粤在成化甲辰，鸞赴試禮部，先考奉直府君過閔其弱，躬再送之。間念先祖始窆時，誌銘未具，遺德久弗彰，爲子若孫之責，乃備述累世事狀，命鸞拜干李公，重言以賁原壠，以徵於世世。公固樂善者，即畀此作。先考時屬陳中舍書，以便瞻越，顧未及登石，非敢緩也，蓋有待也。及鸞忝甲科，拜官南部，先考復命鸞請於公，爲更數字。既而先考時即官邸，圖竟此事。或有言龍潭多産堅砥者，嘗親往覓之。未幾，奄棄諸孤，事遂已。鸞服除后，縻爵於朝，垂一紀出，且有方面之寄，奉公勞止，未遑治私，但時復在念，期無忝於所自出可也。抑吾先考佑啓之深慈，燕翼之餘謀，宜亦於此焉在。嗚呼，其敢忽諸？

時正德十五年庚辰十二月十六日。

書海澄德政録後 家譜

冒起宗

世父别駕公諱夢辰，字汝三，號中垣，先祖參軍公冢子，奉訓大夫同乳兄也。少負俊才，不第，以明經丞海澄，再丞楚之溆浦，俱有聲迹，奉詔例晋辰州府别駕，致仕歸。生平抱醇履厚，好學惇倫，不幸溘先，而宗黨知戚服義不沫，甚有言之涕下者。海澄政績有諸士紳序言在，敬録存之，以表七閩之文采而彰世父之幽光云。

天啓乙丑夏仲。

書辰州德政詩後 家譜

冒起宗

嗟乎，歌功頌德志厚也，昔以徵厚而今以徵薄者何故？非居上者欲塗飾以弋名，則爲下者競迎逢以貢媚耳。惟郡邑長於民最親，故其受媚益侈。若區區一丞，威福不侔郡僚，事權遠遜令宰，傴僂謂之寅恭，慷慨目爲輕率，府辜易而任德難，曠官小而侵權大，縱或曲獵細民之譽，未必盡投巨室之驩，求其獲上、治民兩兼之，難矣。

世父哦松三載，半代鳴琴，操擬冰清，才同任解，惠聲善政，耳目章章。一時圭海士大夫形之歌咏，載之木石，無勞不紀，有美必揚，蓋不啻珠玉金石之重矣。仲夏偶檢遺篋，感明德之難諼，痛泉臺之永隔，采其十之六七，抆淚付梓，以昭厚道，兼播清風，睹弓冶而懋箕裘，是惟後嗣勗之耳。

時乙丑仲秋。

書伯父中垣公家傳後 拙存堂文剩

冒起宗

起宗每侍先大夫，而追念吾世父别駕公，淚輒浸淫墮也。至於豐於德而嗇於後其往因乎？而何以知其爲往因，則以求其現在之故，不少得耳。雖然，兄弟之子猶子也，吾世父之愛猶子，則尤甚于其子者。即不必有其所有，而但存此如生如在之一念，或猶愈於面目不識之螟蛉，對几筵而茫然罔辨爲何人者乎！九原有知，應曠然於有無之外矣。

世父謝人間已十六春秋，而屈指舊京寫照之年，距今亦六周星矣。今春爲先大夫勒遺墨，而并勒世父之傳贊於石，痛生面無載覿之時，庶幾真風雅範，託兩太史之琬琰以不朽云。

書冒辟疆試草後 同人集

鄭元勛超宗

憶丁卯辟疆院試既出，行吟月下橋頭。余醉後放歌，過而相遇，草牘出諸袖中。群州邑之友生忽焉聚目，提唱一聲，百千歡讚。或摘其子句，曰“如青珠黄環，群卉奪色”，或哦其韻調，曰“如紫簫瑄笛，繁響謝聲”，或通按其篇法機神之妙，曰“倪鴻寶之劍俠飛仙，徐九一之蜃樓海市”。余曰：“無容更贊一辭，第贊之以第一人應得第一義，第一義自應作第一人。”既而果蒙特賞，乃鏤其文，以公同好。復質之余，余曰：“是又群州邑友生之大總持，益無容贊一辭矣。”然清光照月，麗藻揚風，勝友如雲，群歌和雪，此夕何夕，而可或諼。遂借其紙尾志之。

書影梅庵憶語後 同人集

李明睿太虚

讀冒辟疆《影梅庵憶語》，而嘆文人韻士之饒有情癡也。然其中絶不作一媚語、軟語、昵語、私語，綜其始末，大都結撰于文心俠骨，而一種幽香静味，即鐵石人見之，亦當下淚。予初讀之驚，再讀之而疑，三四讀之，而後知非天下之有情人，未易到此。情至斯語奇，語奇斯文貴。《會真》奇矣，而尤物一段太腐；《長恨》奇矣，而鴻都一段太幻；《連昌宫》奇矣，而弄權一段太實。惟臨川《牡丹亭》本幽艷芳香，仿佛近之。約略其情，似燕子樓中人，雙成閣中睡，九華帳裏夢蓝珠，宫闕縹緲仙山疑，未足以闕其魂魄也。辟疆無亦竭誠致神，上窮碧落，下極黄泉，冀得恍惚虚無，帷幕假寐中再一相見乎？世界大矣，豈無李少君、臨邛道士其人乎？是予所幾幾有望于樸巢，如漢主、唐宗一般癡想也。若文字之奇，不過娱耳悦目，何足當實事乎？辟疆得無然予言乎？

書影梅庵憶語後 同人集

陳　焯

余識天下士最早，年二十六始交吾辟疆。然吾兩人神合則已十年，視古人所謂心事一言知者，情親殆過之也。

時客廣陵，觴咏三日，辟疆相邀入雉皋。至則館余逸園，幽巘層矗，徑壑窈深，異花紛批，池沼直鑑鬒髮，蓋即辟疆與宛君小艇游泳地。桃葉復桃葉，渡江不用檝，已髣髴大令風流也。辟疆既期余數月留，其邦君殷一生，賢令尹也，喜得余，矜爲重客，綢繆恭敬，百倍王吉之在臨卭。數辭則數曳之不使去，因是坐逸園，遂歷春夏。

辟疆時時出其畫閣中茗盌香瓣，啜且爇之，俱屬宛君手供，迥異凡味。而肴蔌之芬旨，鍼縷之神奇，得諸饜飫與雜佩，尤難名狀焉。憶余題樸巢詩有云"莫貯妖嬈金屋裏，枝枝葉葉自相當"，又云"橋渡黄姑臨一水，門迎青使降雙鳧"，儼然以樊夫人望宛君，將待辟疆懸車之年，爲仙朋道侶。豈意别去五載，遂掩香魂於蔓草耶？

歲甲午，余歸自北，遇辟疆長干，握手道離思，輒訊宛君無恙，辟疆嗚咽不能出聲，手《影梅庵憶語》一帙見示，讀之如酸嘶孤鴈，失侶哀鶴。嗟乎，在他人且驚悼不堪，況僕乎？雖然，瑶姬之朝暮無定，麻姑之來去何常，使世間美人必待鉛華刊盡，蒼顔皓首，以登上壽，亦何異垂耋之東施乎？宛君不必不死，死不必不仙，仙矣何憶？爲辟疆之憶，蓋欲傳宛君也。有知宛君如余，則辟疆之憶益信而可傳矣。宛君楷法遒勁，波折輕妍，余曾乞得一扇，蠅頭楷書累百言，至今藏篋笥中。若令樊川杜生見之，必將以妬唐人者妬余矣，余又安忍無一言哉！

書冒辟疆連珠序後 冰雪攜

衛　泳懶仙

瀛寰以博通之才，遭世不偶，感慨興懷，《廣連珠》百首，措思非一，取境無定，洵君子幽居曠遠，娱道之善物也。讀辟疆序，寫出適情寄志之旨，瀛寰不惟能摛書著述，又得良友素心相對,樂數晨夕矣。

書冒巢民先生手書少陵秦州紀行詩後 同人集

陳維崧

巢民先生沉酣讀杜,歲輒評注一過,脱遇會心處,亦復欣然鈔撮。兹所録紀行詩二十五首,字字綺麗,而先生波磔縱横,復與詩章相映發,真雙絶也。

清和廿日,晝館輕陰,先生命跋數語于後。

書冒巢民先生手書少陵秦州紀行詩後 同人集

方孝標

辟疆先生每歷山水奇佳處,輒託詩歌,仿佛謝、鮑,其意蓋本杜少陵此二十五首詩也。少陵古詩,除倣古樂府諸作外,極摹大謝,此二十五首其尤著。辟疆摹杜而先摹謝,得其本矣。觀手録此册,可見辟老服古之深。

書冒巢民先生手書少陵秦州紀行詩後 同人集

方亨咸

先大夫沉酣於少陵五十年,批注凡數十本,本各不同。每與巢民兄論析,輒相契合,顧知巢兄得於少陵者深也。故所吟咏,彪炳一世,今見此頁,益信所獲矣。至此二十五首，前賢尊之，等于國風。巢兄此書直接南宫之席，輝彩暎發，可稱雙絶。捧翫之餘，眷集百端，悲思風木，不獨珍眎珠玉云爾。

書冒巢民先生手書杜陵秦州紀行詩後 同人集

王士禄

少陵《劍器行》稱吴人張旭善草書，嘗於鄴縣見公孫大娘舞西河劍器，自此草書長進，豪蕩感激。又他詩贊旭書云“連山蟠其間，溟漲與筆力”，又云“後拔爲之主，暮年思轉極”，語皆極精，似工書者，然公書殊不見稱於世。雖《王直方詩話》載得公過洞庭詩於江心小石碑，李商老言徐師川嘗見曲江對酒詩墨迹，或概論詩勢，或稱其改定之工，並未嘗及其書之工拙。即《集古》、《金石》、《宣和》等書，亦不概見，則其無大過人可知。乃其詩爲千古獨絶，則故無間然者。

吾友辟疆，詩既追步少陵，臨池復妙絶一時。今觀此册，鳳翥鸞翔，脱腕神雋，陳顧及方二侍御皆稱爲雙絶，不虚也。辟疆嘗刻康樂《游山詩》及《柳州小記》，今復手出此詩，可謂烟霞痼疾，泉石膏肓，又不當獨贊其書法之美矣。

書冒巢民手書歐陽行周玩月詩後 同人集

顧道含同東

中秋月夕也，世俗相沿以酒宴歌舞聚集爲樂，其來久矣。宋葉石林《玉潤[澗]襍書》云：“余寓居溪堂，當苕、霅兩溪之間。中秋夕，自山中還，葛魯卿亟相過，與坐溪上。月色澄鮮，光明如晝，隔溪聞簫鼓聲，因謂魯卿此不過有淫聲狂樂，自謂不失此時節耳，未必如吾兩人之真有此月也。”

夫袁宏牛渚、李白采石，亦復偶然，而後世傳之，豈不以其人哉？第恨當時無文章紀述，徒令後之人徘徊想慕，不得有所攬拾。或謂朱門絃管，茆齋風月，志各有得，足以抗衡,安在必以此易彼?夫繩樞甕牖,處約固然,唯是身居豪華,沈染既久,忽若有悟,舉平昔所宜有者而不有,如巢民先生,今年中秋玩月泠況,紀書小册,付令子穀梁,書文雙絶,仿佛趙德甫、李易安歸來堂故事,啜茗觀書,致足樂也。昔韓魏公晚年有女樂數輩,盡開閣放去,或勸且留以娱老,公曰:"孰如吾簡静之樂也。"

道含昔趨庭時,西園羽蓋,東山絲竹,恒不乏嘉會。唯癸卯中秋,變遷已久,人物凋喪,僅得一豆卮酒進先君子。古磁鼎爇海外異香,追懷往事,成小詞一闋呈先君,亦欣然喜,而此詞因存録以志歲時,反覺前此數十中秋皆煙雲過眼,可勝浩嘆。嗟乎,文章立言,豈不重哉?冒氏家乘載之,他日流傳,何歐陽詹之足擬也!穀梁保之寶之。抑余有深感也。巢民有穀梁兄弟,足世永家學,而先君子僅存譾陋之小子,含自愧又重自悼也。

己巳十月四日。

書冒巢民先生哭陳太史詩後 同人集

常熟　劉虞淙稼梅

其年太史潦倒名場三十餘載,晚而受知聖主,服官禁近,海内知交方切彈冠之喜,忽赴修文,真嘆人琴俱絶。

時予方客雉皋,在巢民先生座上,訃音北來,相視愕眙,老淚如雨。七月望日,巢翁挈穀梁、青若兩兄,爲位于定惠寺,哭極哀,因檢其年己亥中元定惠寺薦先賦謝巢翁詩二首,屬予倚和。搜索枯腹,僅得二首。巢翁和得二十首,述敘纏綿,情詞悲切,不忍竟讀。九京有知,雲車風馬,安知不在射雉城頭乎?則此詩即以當《大招》矣。

書董小宛手書唐人絶句後 同人集

杜　濬于皇

閨秀寫書如名士參禪,正以不甚本等而氣味自然相入,以轉境爲深致,非解人未易知也。然寫梵筴未免福田想，寫經文亦帶學究氣，若夫落筆生姿，到眼會意，莫如唐絶句爲最妙。

庚寅新秋，過深翠堂，快談及此，辟疆因出小宛君所書辟疆選唐絶一卷見示，可謂先得我心。其書筆筆藏鋒，字字欲舞，陳王所稱"含詞未吐，氣若幽蘭"，以贊洛神者，頓使三唐諸男子人人有之，令人妬殺，恨此身之不生開元、大曆間也。此詩辟疆甄摘既精，學士家定當綉梓傳世。然最初親見小宛君寫本者，惟余一人，則後人之妬余，又當如余之妬唐人耳。

書冒巢民先生手書洛神賦金夫人手臨洛神圖卷後 同人集

方亨咸

畫摹周昉，書逼米顛，合璧雙絶也。往見魏國夫人畫，水晶宫道士必題跋書傳其上，每艷羡之，不意當吾世而有巢民才福雙全，更以成粲，勝吴興一籌。

康熙丙辰三月晦日。

書冒巢民先生手書洛神賦金夫人手臨洛神圖卷後 同人集

李念慈

水繪園冒先生如君寫洛神以自況，先生輒書賦其末，各極筆端之妙，允爲合璧。龍眠先生謂其勝吴興一籌，非過矣。回思十五年前，讀先生《影梅庵憶語》，悼羨交集，乃今先生復有善畫者兩人，此猶其工筆偶爾。先是，見白孟新壁上所挂松石卉艸，淋漓飛動，蒼健異常，非復弱腕描抹者比。閨閣中筆墨良友盡歸先生，此等厚福，並不爲能文折減，關西生蓋不能無少妬云。

丙辰九月。

書冒巢民先生手書洛神賦金夫人手臨洛神圖卷後 同人集

汪 楫舟次

玉峰仙子畫嗣虎頭，金粟後身，書工蠆尾。置兩君于異地，並可空群；聚二美于一堂，斯稱合璧。園名水繪，宜來河洛之神；翁是巢民，應集鸞皇之侶。爾乃共拂麥光之紙，蓉粉輕吹；各摛蘭蘂之毫，棗心徐吐。呼宓妃而欲出，誰誇北殿維摩；驚褚令之猶存，不數南宮博士。麾將團扇，懸針特向佳人；點罷屏風，落筆常依才子。斯固閨房之韻事，實成翰墨之奇觀。卧看三日，何殊立本見僧繇之壁，歐陽過索靖之碑；敬贊一詞，是謂陳思偕大令俱傳，陸晃與水仙同壽矣。

丙辰冬日。

書冒辟疆回生書後 匏庵先生遺集

同里 石 璜夏宗

辟疆不豫三日，余揲筴得《需》之彖辭，信辟疆之必復也。後數日疾革，邑中傳聞怪誕，幻言錯出，人人莫不嘆且泣，而余終不爲辟疆危。蓋當吾皋四境流離，辟疆不惜衝風觸穢，勞心竭力以從事，而四方之民賴以活者數萬計，天獨不愛吾辟疆乎？余見辟疆所積甚厚，又不止發賑而已也，豈天道所謂福善禍淫非耶？辟疆尊先生亦介然自省，辟疆生平無疚，方具牒焚廟，而令公亦泣爲之申狀，辟疆果復。諸所傳聞同疾者皆没而辟疆生，然後知天之報施善人不爽也。時遠近莫不奇其事。

辟疆病起，爲余語上升天闕蓬萊，移盪江湖，及登山行雨狀，余笑曰：吾子雖病，魂魄無非活人，好生之德歆乎！上帝宜藉力施澤，普濟下土。昔衛公奇士，吾子仁人，神所憑依，將在是也。會一月之内，雨雹飈至，殆吾子所行乎？余問《易》，曰“利涉大川”，然則吾之子移蕩，蓍筴其有符乎？

書如皋冒巢民先輩法書論畫扇後 皋聞集

潘　寧

巢民先生爲海内四公子之一。明季咸推復社,君宗崇風雅,治園林,于以自老。一時名士嚮往之,如陳其年檢討未遇時,下榻九載。其後家資中落,猶鬻婢助王勿齋刻詩集。憐才出于天性,雖貧不倦。每想其爲人,低徊不已。余獲見此箑,乃先生八十四歲書論畫數則,字細若蠅頭,綽然飛舞,可稱絶技。自識云:"寒夜一燈,静對泓穎,老人一綫生趣,僅寄于此。"三復斯言,蓋亦有足慨云。

書冒巢民先生菊飲倡和詩卷後 後同人集

武進　費念慈屺懷

往年建霞得此卷,携之京師以示余,嘗爲題字。其時初散館,同官京朝,居又相近,偶得舊槧名迹,輒相與傳觀互賞,意氣甚樂。忽忽十年,遂如隔世事,可喟嘆也。

昨歲九月,余方奉諱杜門,建霞以冒君鶴亭、金丈溎生皆集吴下,前輩丁君叔衡適自京口還江陰,泊閶門,微雨初霽,携大奴,掉小舩,折柬邀客,拉余同過龍壽山房,觀善繼上人血寫經,題名卷尾,遂爲虎丘之遊。訪五人墓,菊花盛開,幽香瘦影,撲人襟袖,因徧歷花市。叔衡病足,獨坐舩頭,聽雲閑和上鼓琴,不減京師舊遊,夕陽山影中天然圖畫,亦不知有塵世也。建霞雖吟賞自若,然方牽連罷官,貧幾不能備甘旨,乃斥賣其所藏殆盡,因舉此卷贈鶴亭。

不一月,建霞發病,醫家雜投以藥,不中證,遽殁。卷中巢民先生詩序所云"哭亡友"者,遂成惡讖,而是日之遊,與建霞游處之分亦遂止於是,是可哀已。鶴亭頃復來吴門,感念前塵,屬爲題記,追憶書此。人事變遷,如風燈石火,不知後之視今,又將何如也。

光緒廿六年五月十四日。

書冒巢民菊飲倡和詩卷後 後同人集

桐城 蕭　穆敬甫

余少讀明季暨國初諸老詩文集，即知如皋冒巢民先生之事迹，又讀《王漁洋集》，有《上巳辟疆招同邵潜夫陳其年修禊水繪園詩》八首，及《再泛水繪園看月作》二首，益知先生園中風景爲東南第一勝境。惟余于先生同時諸老，或得讀其遺集，或獲觀其書翰，獨於先生書文，均未及一寓于目，迄今以爲憾事。

庚子夏六月，先生裔孫鶴亭孝廉以事過滬上，攜所輯先生年譜及著作數册，並以先生庚午秋《菊飲倡和詩引》稿本長卷見示。先生素未聞以書名，今觀此稿，凡六十行，生動飛揚，古光滿紙，神韻直逼顔魯公《争坐位》稿本。顧先生詩作於康熙庚午秋，而末行書“巢民老人冒襄。辛未立夏後四日，年開九秩，目眚漫書”，乃在康熙三十年。先生年八十一，而詩字風神，精采奕奕而不少衰，益嘆前輩風流儒雅，非今人所能仿佛，即精神意氣，亦非後人所易企也。鶴亭年少才高，文采風流，他日定不遜於乃祖。漫書數語，以志欣幸，且羡先生遺澤綿長，至今尚未有艾也。

光緒二十六年六月小暑前四日。

書巢民先生菊飲倡和詩卷後 小三吾亭文

冒廣生

右巢民徵君手書《菊飲倡和詩》卷，凡七言律詩四首，前有小引，曰：“辛未清和，鹿牀先生以大文遣令子受伯涉江遠來，爲余補祝馬齒”，蓋即書以付鹿牀之子者也。鹿牀名芳，句容人，順治九年進士，官常寧縣知縣，有《安晚堂集》，其壽文刻《同人集》中。鹿牀自言壬戌之秋，曾訪徵君於水繪庵，留十日别去。又言徵君之老友爲毘陵許青嶼、虞山錢湘靈，而鹿牀亦厠於其間。鹿牀昔年師事梁谷庵，又金沙張公亮爲其世父，均徵君之同盟也。徵君報書亦刻《同人集》，述其所以勉受伯者，不在鼎甲宰相，而在存心危微之關，少年宜凛讀之，使人嘆前賢風義，不如此不足稱贈言也。

卷中前二詩爲和董使君韻。董名廷榮，鑲紅旗人，以康熙二十六年爲如皋令。後二首爲和張孺子韻。張名圯授，如皋人，陳其年曾爲作詩序者也。

小引又曰"兩兒産盡，索逋盈門"，兩兒者，穀梁、青若也。穀梁破家始於助徵君急姊氏之難，繼爲妻家訟累，青若欲力全孝弟而罄竭無從，惟恐傷老親之心，遂溺於子母苦海中而一敗塗地，此見諸崇川顧仲光與徵君書者也。曰"移居陋巷"，則東雲路所居也。曰"前兩秋，菊飲詩多至百首"，則指戊辰、己巳二年而言，今《同人集》所刻，"三秋語不休"諸詩是也。《行狀》稱徵君於戊辰得危疾，穀梁等刲股以進，病旋愈，庚午又病危殆，五日而復。此云"戊冬，忽去人間一晝夜"、"己冬，去人間五晝夜"，不云"庚午"，或筆誤也。曰"亡友吴聞瑋"者，吴江吴鏘也。曰"錢、許兩長兄"者，錢孝廉陸燦、許侍御之漸，即鹿牀壽文中所稱湘靈、青嶼兩先生也。徵君晚年目眚，癸酉復明，是冬即下世。此書作於辛未八十一歲，故曰"年開九秩"也。癸丑以後，徵君詩文皆附載《同人集》中，此四首及余藏徵君自書贈受伯詩直幅皆不載，以金盡謝絶梓人也。

卷舊藏陳子有家，後歸亡友江建霞。己亥八月，建霞出以見贈。建霞名標，元和人，光緒己丑進士，官候補四品京堂，戊戌以黨禍罷，尋卒。所刻有《靈鶼館叢書》。

書冒得庵先生年譜後 家譜

嚴怡

嘉靖戊戌歲，怡應貢之京，翁之伯子亦之京，爲其先大夫求墓表於託齊温公實，與偕行。自舟抵寓，見伯子手翁譜不釋，怡感焉。

憶年十五六時，讀漢人文字，記其中二句云"或淹目而淵潛，或盥耳而山栖"，初甚不解，及讀昌黎子文，於《崔山君傳》有所謂"憤世嫉邪"云者，始悟漢人之言爲憤世嫉邪發也，亦未嘗不怪其太過。至於今且三十年，目有所不忍見，耳有所不忍聞，日接於耳目，然後知漢人之言不爲過也。

因念怡爲童子時，聞諸父兄耆老誦翁之名，殆於僧嫗誦阿彌陀佛然者。然多道翁科名宦達云耳，未盡翁之所以爲翁也。比翁歸田園居，餘十年間怡耳目所見聞於翁，一以孝養太夫人，友于二弟爲事，暇則齋居味道，抱膝閲書，顧其心未嘗少役於世利，若家計經所謂"言無口過，行無怨惡"者，非翁也耶？視今銀黄黼黻，躍馬乘軒，溺焉不止者，翁信何如人也。則伯子之爲是譜，殆猶歷家於一歲之運，節布其氣若候如此耳。

至於化工之神，其太史氏所能形似也邪？獨慨夫怡之耳目與世相違，顧方謀食爲二親計，不能淵潛山栖，則其讀翁譜也，能無重爲之感乎？是忘其獲罪於世，漫書讀譜之後如此。

書巢民先生年譜後 巢民年譜卷末

新會 梁啓超卓如

黨莫盛於明。自大軍入關後，勝朝貳臣束身歸命者，半閹逆餘孽，愳賢士夫之惎其後也，於是倡論禁社會，懸爲厲條。乾嘉文士吠聲相和，疾黨如仇，指會爲賊，習非勝是，深入人心。於是學者避此號，若浼嚶求之義。蓋闕散沙之形，遂見士氣不振，安國恥若素。即有一二攘臂思起，被髮狂叫，獨木難任，卒乃莫救。故無黨之弊，極於今日。吾觀泰西諸國，會黨充地，名號若鯽，而彼土達悊未或憂之，且其言曰黨也者，國之礎也，礎堅則國立，礎弱則國亡。以視我二百年來士夫之説，何其相悖與！吾又聞日本變法之始，藩氏倡尊攘論，聚同志，棄官爵，號浪民，脅幕府自强，傳露布直指，以某日殺關白，某日刺閣老，天下騷動讋慄，而卒以成維新之功。余每讀外史所紀載，輒引劍擊筑，仰天拊髀，唏嘘憤涌不自勝。以謂吾國苟得若此者數十輩，豈有今日也！

丙申春夏間，居上海，始見冒君鶴亭，英姿颯爽，氣咄咄若朝日。問姓氏，譎邑居，輒憶其先德巢民先生言論行事，而口摹之，而目營之，而心追之。《留都防亂》一揭，越歲將三百，生氣凛凛，尚塞於天壤。其以視法之牟拉巴、日本之中山忠光，雖異地不同時，其浩然之氣，輝映若旦莫。又復懸想，以今日事變之亟，天下之大，乃竟無如先生其人者，出以明大義於天下，天下事寧復有幸？則流涕痛哭，不復自制，而因以痛恨於倡論厲禁社會之人不置也。

鶴亭既撰先生年譜，以跋相屬。鶴亭之文，史家之文也，鶴亭之志，殆先生之志也。其文之體例與其品式，則瑞安孫氏夫既言之，余悲其志，因述余志以質之，並以告夫天下有志者。

書冒青若救父記後 續同人集

吴　綺園次

歲庚申，揚之屬邑有二奇變焉。一爲海陵朱氏以子弑其父，一爲雉皋冒氏以弟戕其兄。朱之父及於難，而冒之兄爲吾友辟疆，其得不死者，則以其孝子青若在也。

辟疆爲憲副嵩少先生之長子，嵩少先生歘歷名藩，所至皆以清介特著。辟疆少承清白，以文章風節自見於古今，以孝友廉讓自全其家世，以仁義慷慨自結於海内，與予交，四十年如一日也。然其聲望爲人所忌，而其財力爲世所求，求而不繼，怨斯興焉。四海之内，或有能諒辟疆，而一門之内，有所不忍言者，斯豈辟疆之罪哉？獨是暮夜，猝然發難，臧獲林立，環視而不敢救，而青若倉皇捍蔽，身嬰四創而不知痛，斯其誠孝，爲古人罕見者矣。善乎宗裔承之言曰：當奇子力盡，陳賢未來，使青若畏死而避其鋒，則三步之内，頸血可濺，而辟疆不得有其身也。故奇子之爲義婢，陳賢之爲義僕，我怙之得以施其義勇，皆青若純孝，有以感格而得其間也。天生辟疆，救嵩少先生於國危之際，又生青若，救辟疆於家破之餘。嵩少先生遺訓兩孫曰"汝父天生孝子，不可不學"，豈偶然哉？

嗟乎，圣如虞舜，而不能已謨蓋之圖；賢如鄭莊，而不能銷廪延之難。從來横逆之加，何常之有？所賴大君子於無可如何之際，以苦心富思抵巇而難作焉。俗之偷也，黷貨何所不至，殺人者，死不足以畏之，譬彼舟流，不知所届矣。紀其事，以見輕財好施而反以累，蓋亦所生不辰也哉。

書冒青若救父記後 續同人集

宗元豫子發

如皋冒辟疆司理，以能文好客聞四方。客遊如皋者，首過訪辟疆，張樂設具，累日夕不倦，又時時應客緩急，以故聲譽籍籍交遊間。族黨以辟疆能緩急人也，丐貸無厭，稍不遂即群聚而詆娸詬厲，又以辟疆爲觀察公家督，積儲必厚，思有以中之甚力。遂推族中一兇悍冥頑者行刺,幸事成,乘隙分其貲,而歸罪於辟疆室内之人。遂以七月某日薄暝,持刃入。時辟疆子青若步庭除,見一人突入,疑其兒肆業歸,弗深詰也。持刃者直趨辟疆卧室,值方寢,姬人須頮,侍婢某以銅匜奉水,將抵門,見持刃者。婢素識其人,問何爲者,猝應曰:"殺爾主。"婢倉卒棄水,據以匜當户相抗拒。青若聞聲,奔赴詰之,應曰:"殺爾父。"青若與婢力塞户,不得入。計窮,舉刃三斫青若,復以刃洞婢腹。兩相持,聲達外,諸僕稍稍集,畏其持刃也,相視錯愕。會族中素負勇力者某,聞衆譁,裸身入。時變出意外,無所持,僅以手相搏。持刃者斫之中臂,肉下垂咫許,猶能奪其刃擲之。持刃者無所恃,反大呼殺人,遂逃去。方青若三中刃也,志在以身捍父,忘其創之重,已視之,左股朱殷。婢腸胷垂腰間,若若如綬,醫治之,不能盡納之,傅藥封去。兩人者傷重皆不死,豈非孝義感鬼神,有默祐之者與?

或曰:辟疆奉觀察,運其妙用,期以終全,其天孝耳。至於豎子操戈,徒以狂泉肆毒,未足深論也。計此二變,朱氏子以不孝服上刑,青若乃以奇孝顯,爲士大夫所推重。人情之不相及,亦何啻天壤也哉!

書家集堂世系圖後 家譜

冒國柱

柱此圖乃乾隆丙子長夏,合前後兩譜而作,以備檢閱,藏笥中廿有七年。迨癸卯秋,膺佟譜之役,出此圖,重爲增訂,擬附卷首,以當目次。因守財者恐剛資不敷,置爲緩圖,僅載集堂叔原序於此。兹幸衆志僉同,續付剞劂,而譜始得爲全書。第柱孱軀頹齡,三載編摩,心血已枯其中,陰陶帝虎之譌,紀子郭公之闕,知所不免。匡余不逮,端有賴於繼起,爰誌其顛末於後,以告後賢。

乙巳秋日。

書手書學庸尊聞録後 家譜

冒國柱

余十三歲，從毘陵濱來周先生講學於先叔祖滙川公之揖峰家塾，凡五經四子書，計日授功，條分縷晰，一時質疑者皆冰釋雪融，暢然志滿而去。而《大學》、《中庸》二書，尤不憚再三反覆。每講學歸，先大夫必命以所聞於師者追憶默識，筆之册，備遺忘。第篝燈疾書之際，字畫未免潦草，而詮釋文義，不無窒塞之處。兹重加展閱，於率略者改而正之，以便於後之讀者。因名曰《尊聞録》，以見昔之聞命於父師者，不忍忘也。

吁，我祖宗遞傳十五世而至於余，讀書種子未絶。而余自四歲就塾，十四歲入邑學，四十四歲始食餼，一生俯首呫嗶，讀書外無他好。今亦既艾矣，而似續未延，書種安托？百歲之後，魂魄猶應戀此，但不識將來得此書而讀之者，當復何人，憐余苦心而藏之者，又復何人？幸勿以此爲十餘齡之童子所信筆疾書也者而棄之。

乾隆歲在戊寅秋朔日，識於洗心家塾。

書冒鶴亭請速奉安崇陵論後 後同人集

長沙 饒智元石頑

烏啼頭白，三年遏密之喪；龍戰血黄，四海大同之日。思故君於南内，或云堯囚；泣二妃於蒼梧，深疑舜葬。讀京卿之牋記，感屋社之松楸。城郭人民群呼奈何，帝河山帶礪，毋忘孺子牛。念景皇帝百日維新之功，卅載拘幽之苦，廟謨卓斷，默啓共和，坤道受成，取消專制。今日者，枝頭杜宇，喜五色之新旗；案上心香，祝中華之有主。棺和乍出，欲見周黎；坯土未封，紛傳秦火。爲漢臣安得言爾，我國民禮亦宜之。君爲元裔，如臯例作遺民；我本楚狂，大澤催成哀些。況朱扉劍履，如聞橐橐之音；燭影斧聲，曾書圓圓之曲者乎？嗟夫，名士新亭，舉目無山河之異；何王遺殿，傷心賡追琢之章。春水桃花，西山薇蕨，柳先生不知何許，廬中人非窮士乎？

鑾江集題詞 鑾江集卷首

屠　隆

伯麐才足睥睨一世。余未識伯麐時，人言其雌黄宕佚，至不可嚮邇，及一相把握，殊不其然。温夷磬折屠生，亦往往爲人刻畫失真，人言何足信。讀其制藝，卓瑰不凡，讀其詩，更秀朗超絶，其人與其所簒結，總之神物異寶，而乃被沉冤十年，無爲湔雪之者，余且奮臂爲擊登聞鼓矣。

金陵集題詞 家譜

冒愈昌

余曩所刻金陵近體詩者，起自甲寅，而以淮揚吴越系焉者也。業承李雲杜、顧江寧兩太史先生敘矣，頃復類分臚列爲諸體詩，而乞黄温陵國子先生敘焉。三先生過爲獎借，敢曰能之，然要之不敢負爾。嗟嗟，鼎非無贋，曲自有真，則亦愛吾所愛，以俟人之聽之而已。

時天啓元年十二月，題於青谿古篠齋。

泛雪小草題詞 泛雪小草卷首

冒超處處沖

蔞庵迂叟泠人也，不解詩而喜讀詩。客有反脣而嬲之者，余曰："詩有情有韻，即不解詩，並不喜讀詩，不幾無情而不韻，可使爲槁木乎？惟情與韻，獨於幽冷之境一往而深，雪之寒，梅之瘦，松之孤，蘭之幽，實爲東野、長江、左司一流人寫其瘦寒古澹之照耳。我見猶憐，會心正不在遠也。”

讀阿咸《泛雪草》僅九首，興觀群怨具有之，已何必假中郎九曲，長房一壺，余雖冷人也，何莫學夫《詩》。

影梅庵憶語題詞 同人集

陳宏緒士業

予卧病亂山中，求當世奇快事愜吾意者雜録之，往往得婦人女子事爲多，然不能遽成紀載。獨金谿陳正夫之配王氏死節慷慨，震盪於吾耳目，則以予友傅平叔爲之傳，徐巨源爲之墓表，足以發揚其生氣。度他日吾紀載先成者，必陳烈婦也。其次則劉君元鍠記其妻妾捐軀於東溪南陂，嗚嗚婉轉，有淒風苦雨之致，然稍嫌其未盡。如朱君澤之女，與吾友許匏生之女與婢類，甘白刃如飴，龍宫蛟室如其衽席，然訪其軼事至再，僅獲生卒之歲月與其地，餘絶無所指次以相告，予皆束之篋中。念古今奇婦人女子，賦性既與人異，其起居言笑、飲食嗜好、服飾器用、技藝之屬，必俱有以甚異於人。當其大節未著，既忽略而不之詳察，及其轟然一旦，但以節烈一二語竟其生平，遂使古今奇婦人女子行迹，千百人如一人，若抄録舊文。然予悲之，欲爲諸君據史氏法勒成一書，不識其行迹可搜訪否？或可搜訪於里中，不識可搜訪於四方否？又不識卧病如此，書竟成否？要皆未可必之數也。

今年春，雉皋冒子辟疆馳其新刻數種見寄，中一帙題曰《影梅庵憶語》。予閲之，紀其亡姬董君小宛事，至四十條，文采葩流，筆鋒曲折如畫。予驚起而太息曰：“嗟，董君抑何其幸哉！董君之死，年僅二十有七，静艷而文，慧而蚤世，斯已矣。而辟疆乃哽咽淋漓，往復不厭，至於累千百言。嗟，董君抑何其幸哉！”世之奇婦人女子，其慘苦固有萬倍於董君者，誠得才如辟疆之流，論敘而表章之，庶足以鼓風雷而走江海，而惜乎其不遇也。辟疆言董君著《奩艷》一編，細字紅箋，類分縷析，極爲瑰异精妙。今距辟疆樸巢二千里，安得遄至其下，展讀於碧甍朱闌間，相與瀝酒埋香之徑，顧影而一欷歔乎！

卧病山中，因書數語，遥寄以慰辟疆，并附姓字於《憶語》。

水繪庵二集題詞 巢民文集卷首

龔鼎孳

辟疆東都名士，秦川貴游，風流映座，聲華被物。名都美人，更倡迭和，指囷割宅，傾身勿給，客來萬里，歌豔四時，固賢豪之勝概，亦文人之福澤矣。而今乃紙窗雪夜，梵林清晝，獨與二三高人衲子，寒吟凄咏於殘香活火疏鐙薄醉之中，如理么絃，如扣哀玉，如幽蘭之過雨，如秋城之送砧。蓋其結習豪情，剷除浄盡，霜降水落，澄懷味道，故能撥棄一切，披寫天真，此辟疆老於涉世之言，自非深心易氣，三復而諦觀之，未易測其旨趣之所託也。余與辟疆三十年忘形交，其二子穀梁、青若又從游吾門。十餘年中，幽憂患難，吾兩人易地同之。今吾老矣，望岫息心，得早爲東皋歲寒酬和之一人，相與追數平生，太行、孟門，茫茫萬狀，於故我復何增損，當爲嗑然而一笑也。

辛亥中秋後一夕，護月太常署中，念穀梁將行，爲腹撰數語，歸來書於末簡。急鼓鬨鬨時，作此冷淡生活，或備他日詩家一則本事耳。鼎孳記。

水繪庵二集題詞 巢民文集卷首

南海 程可則周量

辟疆先生以文采風流，領袖江表四十餘年。奉太夫人閑居，板輿行樂，南陔采蘭，以白華相娛養。暇則手一編，長吟短咏，絶不與聞户外事。而四方之士過水繪而載酒問奇者，蓋趾相錯也。

庚戌冬，淮揚之間雪花如掌。他人方擁被僵卧，效袁邵公不得，先生獨與孝威、散木、峭雪、漱石、石霞坐湘中閣，烹芥炙麞，出荷葉宋犀，拍手浮大白，觀董思翁向所爲擘窠大書，聽白三彈琵琶聲，慷當以慨，何其樂甚。臘盡，小史楊枝攜大宗龔公及余所贈令子穀梁移居詩二十四章，歸自長安，一夕垂和殆盡，中間裴回宛轉，自成文章，若不知此身之在凝華積素中者。

嗟夫，四十年來，草木變易，風雨漂摇，先生之所遭，不知凡幾。獨以松柏之心，蟲然嶽峙，無幾微隕穫之色，彼其中之所得，固不以歲寒或渝，亦惟歲寒而愈有以見先生也。余與先生始終稱神交，曾未得入林把臂，而方寸之往來，篇章之遺贈，殆十年如一日，其庶幾得附孝威諸子歲寒倡和之末乎？謂余不信，他日過水繪而問之。因穀梁歸，先書此以爲之券。

西堂詞題詞 家譜

丁思孔

雉皋冒巢氏先生，東南文獻，領袖詞壇，楷模天下者垂五十年。余於吴門獲訂僑扎，又獲交令嗣穀梁、青若，遊於陳太丘、紀群父子之間，何其樂也。

今年穀梁來，出青若《西堂詞》見示。簿書之暇，展而咏之。其曠然以邁者似辛幼安，其穆然以清者似陸務觀，其飄然以麗者似秦少游，其佶然以腴者似黄山谷，數十闋中，情合古今，體兼衆製，何冒氏之多才也。昔康樂、惠連以群從兄弟徵夢西堂，乃穀梁、青若以名父子並轡齊鑣，今西堂勝昔西堂矣。穀梁行矣，題數語以貽之。

决事餘譚題詞 决事餘譚卷首

山陰 汪　瑔芙生

如皋冒君喆齋仿藍氏《鹿洲公案》之作，述其官守令時所治事，爲《决事餘譚》一卷。君官潮州久，所蒞諸邑夙號難治，而君治之輒有聲。又嘗宰順德，宰番禺，守廉州，所至决疑獄，鉏莠民，抑豪彊，植良懦，雖劇易不一，而設施類然。此之所記，千百之什一耳，然亦足見其精心毅力矣。

君爲忌者所中，被劾罷官，初無幾微不平之色。是編之作，蓋欲見之者知服嶺以南民俗非一，庶幾就其已事擴充通變，以益求善治之方。若以爲揭己攘名，蘄自表襮，則豈君之心也哉。

光緒壬午立夏日。

決事餘譚題詞 決事餘譚卷首

山陰 宋澤元華庭

哲齋太守以牧令起家，洊膺劇郡，所至有政聲。曾奉特命襄辦潮州洋務，爲天語所褒，士論榮之。旋以伉直忤大府，竟投劾去，有識者胥惜其未竟於用也。

林居得暇，裒其歷官各郡邑舊讞，仿《鹿洲公牘》例，勒爲一編，出以相示。予受而讀之，莫不按事以詳情，援理而配律，至其行文之簡古，章法之縝密，尤緒之餘也。國朝名臣如趙恭毅、于清端，皆不必以古文名，而官書條教所傳布者，事理明而自合乎道，後之人莫不奉爲典型。太守斯編，可媲美前人無疑也。予研遊廣、潮最久，太守所決諸獄，蓋采於耳者過半。今得攬其顛末，譬如白首宫人重談天寶，又不禁感慨係之矣。

光緒辛巳小除夕。

枕干録題詞 枕干録卷首

佘思鑅

冒子筱珊宰乳源，手刃父仇五人，余聞之曰："此寢苫枕干之志也。"或曰："禮有不仕之文，今冒子仕矣，敢問何説？"余曰："固矣夫爾之言禮也。禮謂仕於其國，恐奪於君命，格於仕權，志欲伸而不得逞也。今五兇乃悍役耳，非官是邑，不能廉得其姓名而籠絡之，束縛之。然則筱珊之嗣爲斯缺，正隱忍就功名，非烈丈夫不能致此者。雖顯晦異迹，古今異宜，而要其不忘父仇之志則同也。固矣夫爾之言禮也。"解説後，適筱珊來潮，袖其刃仇巔末一册以示余，爲題其籤曰《枕干録》。

同治八年莫春月上巳日。

題冒廷和家塾養蒙圖 家譜

馬繼祖

國朝設科，以明經取士，黜浮崇雅，期得真才以效用，而士非師傳，欲經之明難矣。余幼從黄門陽武毛公志授《禮經》，洎入邑庠，則師諭學餘姚周公鼎，與今少参冒廷和先翁澹齋爲同門友。

麗澤之餘，竊慕少参生而穎敏清秀，性温雅，不妄言笑，舉止異常兒。初於家塾讀《孝經》、《小學》等書，即知愛親敬長隆師親友之道。年十三，澹齋遣從余遊，所受業日進日新，聽講輒心悟，爲文順理成章，略無凝滯。蓋天分既高，而又專心致志，不以他岐雜之，一二年間，舉業大進，同門之士未能或之先也。成化庚子，廷和甫十六，提學婁公考取應試，深加器愛，因復就諸吏部講解經疑。是科果得雋，三上春官不偶。弘治己酉，余忝中本經魁亞。庚戌同會禮闈試，余幸連中，廷和復不偶。才堪高選，但時未至耳，抑天將大其所授然也。癸丑高登甲第，歷官南北，所在有賢能聲。

陟閩少参方二載，以母老辭榮歸養。徜徉林下，讀書味道，居常手不釋卷。時會予，猶執隅坐禮，余每强之，弗變，其尊師重道之誠蓋如此。噫，是豈今世所能希企其少分哉！廷和自少而壯而老，履歷有圖有紀，閲册可知其詳，余不復贅。特述此一節，俾後之人知廷和敏而好學雖出天性，而經學之傳則有所自云。

時正德十三年戊寅仲春月。

題冒廷和承恩歸省圖

曹　相

士之舉進士擢甲科，得告而歸覲者，自李唐來蓋有之，第未考在當時爲特恩爲故事否也。國朝以進士一科網羅天下士，雖登名臚唱之末者，銓司待之殊異，一時無顯闕，則輟選注差，或縱歸以需。若二甲以上，距大魁咸列華要，任清切，無上事而懷歸省弗可得也。故謁告之例行，凡釋褐者，反憮然自病其名之前列。噫，人之恒情固若是,抑詎知其非抱季子、買臣之志而然哉?猗惟孝愛天至,明發有懷,引領乎梁公之雲,醉心乎令伯之章,思親之誠沛乎狂瀾東注而莫之禦,若東皋冒先生者,天下其幾矣。

先生自童丱領鄉薦,逮弘治癸丑科,鼓三北之餘勇,一捷先登,廷對極其敷揚藹然忠愛,我孝宗皇帝奇之,賜二甲高第。時先尊府澹翁偕寓京邸,得承膝下歡,惟母氏今太宜人遠居桑梓,莫由瞻奉爲歉。無何適逢恩例,雖甲第高者亦與焉。先生遂侍澹翁南歸,展省先墓,既乃拜太宜人于堂,春酒且慶,白日錦衣,殆人間第一樂事也。且不得告者常也,得告者異也,寧覲之思沛乎莫禦者誠也,誠與異巧相遭而其常者弗與,推是心而睹是事,亦豈偶然也哉!抑在朝家,所以寵厲臣子者,不可不謂之特恩矣。故先生自筮仕迄歸政,惓惓于懷,又施之繪事,載之册府,豈曰供清玩,續舊談而已。蓋將以侈上賜,深孝思,且垂懿範于永永無射,是一舉而兼得之。於戲,休哉!載觀先生平日服官,箴勤職業,平反于憲曹,修攘于戎部,承宣撫字于閩藩,敭歷中外,攄赤匪躬,固知爲上爲民之心根于天性,然感恩圖報之私,要亦不容已也。今世所謂忠孝完人,若先生輩者非邪?

相譾陋不足以志君子。伏念先生歸省時,特爲先君序《種德集》,其上天官也,先君亦有詩贈行。今先生季子諍恭甫又辱善相,謂是圖相宜有紀。顧兩世通家,義難他諉,則爲之言曰:《種德》序末謂我先君嘗示浄明忠孝書,多所獲益,贈行結句云"好輔明君沐寵光",然則脂韋澳涊,伊優婹㜸,務容悦以媒富貴者,殊非所謂好輔也,寵光云乎哉!蓋必志行功立,名揚親顯,如先生始終全節者,則我先君之所期願也。其栝羽鏃礪之道有如此,不肖姑輟緒餘,爲記愚悃。請重言之:夫急君而遺親,非孝也;親親而後君,非忠也;知道而不以詔人,非仁也;聞善而弗克自遂,非勇也。先生于凡此類,則既無矣,吾儕小子可容自沮而不前乎?相也尚與恭甫俛焉孳孳相觀而善,各求無忝于所生可也。兹于通家之義,亦庶幾矣。敢附書之末簡。

正德戊寅歲九月望。

題版曹承訓圖 家譜

冒 政

成化庚子,應天府遵制開科取士,提學侍御婁公預選以待,謂如皋予姪鸞才質可進,特以童子許與列。時予官南部,曹兄文瑞挈鸞至,予勉以宜自淬礪,增光先德。既入試,果見售於西涯主司。後十三年,始登甲科,官司馬部,擢参議福建。暇中謂予嘗有一字之益,擇畫手爲《版曹承訓圖》,以志不忘。夫一字之益且爾,況君親大恩,不可名言者乎?因題圖後,俾來裔有所則傚焉。

題選部從游圖 家譜

冒　政

姚江諸先生養和邃於《禮經》,於予爲同年,同官南都,居相近而友相善。成化庚子秋,姪鸞就應天鄉試,予率以謁先生,請爲解惑。先生知其可教,欣然罄吐所藴。既入試,即得雋。登弘治癸丑進士,拜官曹屬,擢福建参議。每懷先生教言,不啻趨席時也。暇中作《選部從游圖》,志其學之所自。吁,鸞設心若此,則陸氏之莊,吾知其不荒矣。

題經師授業圖

冒　鸞

鸞始學語,時先君即教以五七言詩,次第授以《孝經》、《小學》等書。比及十年,《四書》殆成誦,則進以《曲禮》、《檀弓》等篇。十三,乃送之從鄉先生馬公侍御遊,始學爲文。日每辰往巳歸,朝夕猶在膝下。次年,補邑學生,則從居學舍,出入與俱。至十六,考應試過京,從諸吏部先生學,寔躬送之,安置叔父都憲公處,告歸,顧復再三,不能舍去。蓋前此未始暫離,起居飲食,鉛槧相隨,課督之勤,夜以繼日,非但日無虚晷而已。於乎,先君教子之心可謂篤矣。

顧爲之子者,愚而不肖,不能大有所成就,徒竊緒餘,取科第,叨任京官,貤封且逮,而先君乃遽厭世,不須臾少待,可勝恨哉!鸞守遺訓,繼是歷官,俱幸寡過,兩荷恩命,推贈所生官至奉直大夫,九原之下,似亦可少慰矣。鸞竊惟丘木之光,弗若綵衣之樂,一日之養,無謙三公之榮,昔人風木之嘆,固人子終天之悲也。抑鸞未老而衰,且與世闊略,遂奉身蚤退,使吾先君未階極品,不孝之罪,亦何所逃。嗟乎,欲報之德,昊天罔極,不其然乎?

鸞閑居,追念先君平日教子勤苦以迄成名之故,重有感焉,略抒區區之衷曲,而爲之特書圖册之首,貽我後人,庶亦知所感也夫,其有所感而起也夫。

正德丁丑歲之陽月。

題邑侯禮聘圖

冒　鸞

侯姓向,諱翀,字九霄,别號静齋,四川保寧之通江人。以成化乙未進士來作令,邑小而才有餘,卧治而已。每下學,坐明倫堂,爲諸生講解終日。

鸞時挾册從先君在學舍,侯適見之,試以《論語》義數題,得所作大喜,厚以紙筆之類賞之。自是屢召而試之,間同諸生試之。謂先君曰:"爾有子矣。吾觀爾子功名必早,固不可不早令爲學生也。"會學官缺員,江都陸司訓諱時者,浙之余杭人,來署學事。侯曰:"冒鸞進學,吾代行束脩。"乃手作書一通,重以綵段羊酒等物遺吏人,禮送至家。戒日送鸞入學,先君遂用所加諸禮見陸充摯。陸固卻曰:"侯之盛心如此,我又何人,其以此段收俟爾子冠時,作一衣可也。"侯以政暇,闢仕學書房一所,日坐其中,時進鸞而教之。擇于諸生,得俊才馬繼祖者,處之書房,俾爲鸞等十數人授業,意蓋在鸞也。及得鸞京闈捷報,喜甚,至數日不事事,一意圖所以勸駕者,宴贐諸事隆盛,前此未之有也。侯嘗于廣筵間朗誦蘇子由足乃兄《贈姜進士》詩云:"滄海何曾斷地脈,白袍端合破天荒。錦衣不日千人看,始信東坡眼力長。"蓋自負識鑒如此。於乎,國士之遇,吾侯之恩厚矣,惜未有報之,徒抱區區耳。侯升北道御史,出按山東,有聲在道。年深將有顯擢,不幸以疾卒于京。鸞在部時,每詢諸蜀人,知有二子在學,夫人老矣,家計蕭然。吾意得過蜀,必當拜侯之墓,厚恤其家,竟無緣而止。

噫,吾子孫識之,其有償我之念者乎?侯手書尚無恙,今載族譜中。陸後升某王府某官,老致仕,嘗以書附京曰:"閣下登科時,静齋有書四紙與時,皆商議作興諸事者。時藏之久矣,恐没其善,兹以奉寄。"鸞讀之,不勝悽感,敬黏置書笥中,不敢棄也。

正德丁丑冬。

題台憲名揚圖

冒 鸞

成化中,江西廣信之上饒婁公謙字克讓,以名御史奉敕提學南圻。公與乃兄諒以道學鳴,且歷官久,風裁赫然。

歲庚子,巡試至縣,諸生參見,便語心學大要云云。既乃命題試之,問鸞所習,對曰四篇,謂科舉題也。公笑曰:"麒麟鳳皇也。"試間屢取悉觀之,有喜色。試畢,謂縣學官曰:"得一小秀才,合實案首,恐滿其志,非所以大成就之也。且與補廩,不令科舉。"向侯懇告曰:"知縣鄉同年楊廷和,方十三,科舉即發解。山縣久乏科,冒鸞仰望賜出觀場,幸甚。"公徐曰:"可也。若令率衆,反累之,非宜。"案出,名在第二,晋鸞勉之曰:"吾以遠大期爾,科舉不足云。"是日新教諭韋謙至,戒曰:"善遇我小秀才,毋得作撻。"僉謂公之惓惓于鸞如此。

及回京,履貞叔父逌敘謝,則曰:"盍令令姪來此講學,庶免寡聞。"叔父喜曰:"正鄙意也。"亟作書與先君并向侯,云不必偕衆,當先期送鸞來京。至則從各處科舉者,于會仝館見公,遥識之,令各説所試經題。呼鸞前,使誦上下文,并解題大意,乃諗于衆曰:"此海濱之麟鳳也。雖《檀弓》等冷書,流水誦去,爾曹識之。"三場畢,再見,問所作,喜。揭曉後,又見,將歸而北上也。辭皆諄諄,誨以向上學好等語,且曰:"掇科爾餘事耳,勉旃。"於戲,公之所以期待鸞者至矣!顧鸞昏柔之甚,徒有志焉而力不逮,其如負公何!

公累升陝西大方伯,不幸卒於官。子懌中鄉舉,任某處知縣。鸞逌福建時,道廣信,特拜其家,見其子悦。繼有事于浙,遣人致幣爲夫人壽云。

丁丑冬鸞記。

題座主簪花圖

冒 鸞

成化庚子,當天下大比之期,洗馬羅公、侍講李公奉命來主應天府試事。二公名稱籍甚，僉謂是科必得人矣。比撤棘，鸞名叨挂榜中，赴府鹿鳴宴，從諸士拜二公于堂，宴已，復拜而散，鸞歸叔父官邸。俄府中官吏至，曰請冒舉人。問誰請，曰席尊也。馳馬至，諸公時已半酣，見鸞，皆起立。羅公乃賜鸞酒，取一華爲簪于髻，李公亦然，鸞則洗爵爲二公壽。府尹魯公崇志、監試御史何公舜賓、王公珣，各酌滿爲二公賀。羅醉甚，笑言曰："李先生少年登科，特取年少者，喜似己耳。"李握鸞手腕曰："羅先生樂極，故意相謔，爾無以爲實。然我看爾卷，初以爲一老秀才也。"更勸酬爲樂，仝考官亦在焉。已，仍令送鸞歸，諸賀客相候以久，問之，皆嘆曰奇遇奇遇。何公後語鸞曰："爾悉是李所取，羅故戲之。"蓋主考官亦分閱硃卷故也。

自是，鸞屢上春官不第。李公嘗贈之詩，有"期君合在風塵外"之句，羅有"直期明道希文地"之句。顧鸞何人，猥辱二老先生厚望，訖碌碌而已，慚負奈何。行且衰矣，不知尚復能晋一步也乎？

羅諱璟，字明仲，號冰玉，江西泰和人，累官南京國子祭酒。李諱東陽，字賓之，號西涯，湖廣茶陵人，累官柱國少師，卒謚文正。其所贈詩，今載族譜中。李又有二詩與鸞，一爲下第，一爲中進士後歸省，墨迹現存，云自庚子至今丁丑，越三十八年。鸞謹述。

題北上觀光圖

冒　鸞

成化庚子秋，鸞幸中試。先君時在學，念鸞幼，欲輟廩躬送赴京，以白向侯。侯具由申府楊太守成，爲轉達提學婁公。冬十一月底，偕泰之胡舉人玉行至高郵，湖寒甚，水冰且堅。舍舟從陸，至徐州顧大車，行抵京，爲辛丑正月矣。胡有名者，途次每請益。是科鸞中副榜前列，例授州學學正。告願入監，不就。

癸卯，先君復携鸞舟行，至徐冰合，車行。甲辰，再中副榜，不就。丙午，先君卒業南監，弟鳳隨侍讀書，則約通之胡舉人綱，乃老成者，使偕鸞，且命鳳歸伴行。丁未，下第。

弘治己酉，先君注選歸，適馬先生中試，曰"不須勞我"，既又曰："吾必送爾，爾可中矣，中後諸事誰爲料理？"遂偕馬先生陸行。庚戌，揭曉之夜，卒聞如皋中馬某。先君曰："噫，鸞又不中，豈有一小縣聯中二人之理？"不二日，喧傳本房先取鸞卷作魁，卻因論中引用《龍門子》數語，疑之以質總考，遂見落。本房爲鸞鄉同年黄吏部金，拆卷知爲鸞，重惜失人，出場即揚于衆，以自白耳。先君聞而釋然，且慰鸞曰："吾固謂爾可中，但時未至耳。姑再俟下科，我仍來看爾中也。"鸞惻然不敢應。

壬子，鸞請自行，不允，又送鸞，先舟後車行。癸丑揭曉夜，纔聞擊門聲，遽曰鸞中矣。少焉報者疊至，喜極嘆曰："吾平生教子之願畢矣，尚願爾作好官耳。"廷試，鸞中二甲，又喜曰："京官且有分，吾復何憂。"是年承恩例歸省。甲寅，吏部行取，先君意鸞選期遠，不可獨居，戒裝偕吾母，將妻子等北行進京。甫閲月，適當大選，鸞拜南京刑部主事。乙卯南還，仍送鸞之任。

嗟乎，鸞之成一名也，先君往返京師凡五度，計程不下三萬有餘，邐迤跋涉，備嘗艱難，況多在隆冬，風雪霜霰，味極苦辛，言之使聞者悽愴，先君以愛子之故，甘茹而不辭焉。又況教子之篤，異夫人人，生子之勞，實謂罔極。嗚呼，昊天之德，欲報不能，烏鳥之私，竟亦莫遂，蓼莪之痛，先得我心。輒因此圖，聊敘萬一，蓋以誌終身之思云爾。

胡玉中進士，歷官陝西參議，胡綱選南昌府通判。

正德丁丑。

題會同加冠圖

冒 鸞

成化壬寅，鸞下第後再過南京，從諸先生學。時復見我宗主先生婁公于會同館，每開顔降接，問所業如何。

一日謂鸞曰："爾何效俗子戴小帽耶？"對曰："比北上時苦寒，且見北方小秀才皆戴此帽，遂效之。"公曰："非禮也。爾今年十八，可冠矣。爲我致意令叔，專請令尊來爲主，我爲爾按古禮加冠。"鸞曰："唯。"公乃命應天府學官擇諸生之知禮者，日演習冠禮于學，曰爲鸞也。

時夏五月，先父得叔父書，亟治裝來見。公喜曰："我爲爾子成兹勝事。"遂親擇於諸生中，得老成善祝者錢某，使爲賓，清奇而年少者陳欽，使代鸞爲將冠者，及諸贊者、執事者各處分訖，就令演禮于館中，俾鸞父子日見。公亦自觀，間少有齟齬處，輒參訂而改之。禮既閑，則令先父筮吉以告。叔父豫請曰："禮成之後，幸過寒寓小飲，薄罄謝忱。"公曰："不敢聞命。吾重令姪舉行斯禮，且欲多人效之。若必飲我酒，人將憚費而莫肯行矣。”固卻而止。

至日，叔父偕諸先生鄉宦，馬公岱郎中、李公紀御史、俞公經主事，洎浙之周公木行人，素好禮者，帥其二子俱來觀。其三加醮字諸祝詞等，悉據古禮，無所損益，惟冠服參用時制，字則叔父夙所取者。行禮之際，不疾不徐，雍雍肅肅，日幾中而禮成。諸公嘆曰：“冠禮之廢久矣，今適見之。挽古風，敦末俗，公則主盟斯道者矣。冒氏子亦榮幸哉！”鸞拜謝，公曰：“祝願之意，古詞備矣。爾能領解吾何言爲？惟益勉忠厚而已。”諸先生曰：“論此子，忠厚卻又餘。”公曰：“忠厚衹恐不足，更宜勉之。”於是叔父舉酒獻公稱謝，先父則於一處陳少酒殽，奉勞諸生。已，公誡之曰：“冒某宜帥其子逵各家一拜，爾等毋輒受謝禮，重失我意。”衆唯唯。後先父以少土宜相餽，亦皆不受，畏公之言也。陳欽後舉進士，官至廣東提學副使，鸞先與同朝云。

歲丁丑，距壬寅屈指三十又六，日月如流，老將至矣，前時聰明，初心道德，重爲嘅息者久之。鸞敬述。

題豐樂親迎圖

冒　鸞

是歲冬，鸞尚在諸先生講下。先君議欲爲鸞畢姻事，過京來挈回，謂叔父曰：“鸞之冠，幸遇婁宗主爲行冠禮。今兹昏禮，吾必欲行之。”乃以司馬、程、朱諸儒所著禮書相與訂正而商榷之。歸，以意達諸先外舅陳公，公曰“善”，遂按女家合行之禮備書遺之，公亦講而行之。其于納幣親迎、節次告廟，以及奠鴈合巹，百凡之務，無不稽于禮者。惟用樂一事弗禁，謂鸞曰：“吾意禮家之意，爲婚者言耳。吾欲飾喜，無與爾事。”婦入門已，則以爲婦之禮，纖悉委曲，早晚諭之。

先是，迎吴氏姑于家。每寒夜，輒陳小宴，坐姑于中，先君與吾母並坐，命鸞側坐，立婦于前，諄諄教誨之。間舉《列女傳》、《小學》所載古人善事亹亹言之，吾母與姑亦爲感動，或至夜分乃休。噫，先君不但教子之勤，教婦且如此，信乎！罔極之恩，不知所以爲報也，抑好古崇禮，吾先君平日之志然矣。若陳公者，乃能相與叶心，共成勝事，求之今人，豈易得哉！況鸞屢赴春試，貧病中資遣，尤至屬意惓惓焉，惜未及少報而公已矣。於乎，鸞豈負恩之人乎？蓋嘗徵文表其墓，猶未竟其事耳。附書於此，庸識不忘。豐樂橋名，陳所居逼近，故云。

題南宫校文圖

冒　鸞

弘治壬戌春，予主事武庫三閲歲矣。二月六日，忽報禮部請爲考官，予懼不勝，白正郎邢君霖，則曰："子學識固勝此，但聞辛苦之甚，恐不堪耳。"予曰："可辭乎？"謾進禮部，見諸君方于大堂張宴，儀制君曰："此非部所專也，乃内閣題本所舉者。命既下矣，惡乎辭？"歸則奚司務某賫内府幣，爲表裏二事候于家，受已，即閉門謝客治裝。

次日，蚤進朝，從諸考官陛辭，部宴，入院又宴，部官出鎖院外，簾官出鎖中門。主考爲吏部侍郎兼學士姑蘇吴公、侍讀學士大興劉公，同房爲編修襄垣劉君。各房共十四人，掌卷官二人，環處後院，主考分處堂之左右，會則于中。二公進後，各房相顧，衆偕至堂謝，吴公曰："吾衰不任此事，命不可辭。所幸諸君精鋭，相與共成勝事。"退，劉謂予曰："彼此初治此事，得卷當互校詳，無嫌之避。"予曰："幸甚。"

故事，試卷分南北中，南爲南直隸、浙江、江西、福建、湖廣、廣東，北爲北直隸、山東、河南、陝西、山西，中爲四川、雲貴、廣西。翰林該閲南卷，科與部屬閲北與中，然南數較二處頗多，蓋地方少而人材盛也。今則三塲硃卷入，皆先由主考大略閲過，乃送李中舍金分送焉。予所閲可取者，必請劉爲鑑别，其高第者莫能易也，劉所取亦必示予請評，大抵多好卷，文藻敓目，難爲雌雄。其一卷論表策特高，初塲差弱，竟取作魁者，唐胄也。初塲卷入，吴公諭衆曰："經義純雅而妙者絶少，比肩皆是，除駁甚者，且宜寬取，以俟塲定。毋輒批倒，率意誤人。"二塲後，則曰："大有好論，似可取人猶未也。"三塲後，曰："吾觀策手絶有高者，若恭前二塲爲去取，爲殿最，則幾矣。"予謹識之，聞他房或不盡能致詳。蓋《易》、《書》、《詩》卷數倍多，日力不給故耳。

月二十日外，吴公命各整所刻文字並批語送看，看過送黄寺副琳謄寫，付工匠就刻。各房看有訛處，仍改刻之。又命各送所取高第各數卷，以定元魁。予送二卷，北爲王尚絅，中爲温仁和，則于後拆名時知之。温次唐胄，王次温也。二十四、五，命各呈所取字號，吊取外簾墨卷入，付各對同。已，乃連前卷縛之，通送公處，大書名第于硃卷面。二公批各不過一二語，則命各同房者皆互着語，如南卷該劉批，予亦批過，北、中皆爾。公曰："共留筆迹，示至公也。"

又二日，題准取三百名。禮部堂官將印，偕知貢舉等官進會于堂，各房以卷依次啓封對名，寫榜登録。南卷爲唐胄、盧綸、朱衮、符樂、戴敔、胡軒、胡節、鄭濬、曾大顯、姜榮、王濟，凡十一人。予則北爲王尚絅、徐天澤、柴綬、張雲、喬岱、吴儀、王雲，中爲温仁和、陸經、曹勑，共十人。自初入院，至是逾二十日，除閲卷外，三塲擬題、寫進、刻散及填榜進録，凡數夕通不就寢，勞亦已甚。且初塲得一好卷，惟恐二塲不來，得論等已，又恐三塲不進，得策相符，不啻拱璧。其比肩者，最難去取，必須銖銖兩兩，稱停較量，尤恐不得耳。取士之難又如此。古稱座主、門生之義至重，良有以哉！

榜出夜，方中衆隨出候朝見，仍部宴而散。諸所取士次第來見，廷試後揭榜温仁和、王尚絅、徐天澤，皆褎然在二甲前列，僉謂予得人矣。後予考主事六年滿，河南道出語云"操存之篤，司武庫而勤于政務；問學之優，典文衡而公於去取"，蓋謂此也。諸士初執門生禮甚虔，久之，他房者稍疎，再久，本房惟所取者較親昵，蓋勢不得不然。然忠厚涼薄，惟人所存，要亦不可例論也。

唐胄初任户部主事。朱袞庶吉士選道。符樂行人。胡軒裕州轉延平、淮安二府同知，予與處厚今陞兩淮運使，尤有故意。胡節行人陞道。曾大顯行人升科。王尚絅兵部調吏部，歷陞山西參政。徐天澤南京工部。柴綬章丘知縣，今聞罷官居濟寧。張雲襄陵縣，今陞刑科，甲戌爲考官。喬岱行人陞道，予之閩時適巡鹽浙上，禮意勤劬，後聞左遷，今起府同知。吴儀寧晋縣。温仁和庶吉士，今爲左諭德兼侍讀，丙子主考應天。曹勑刑部。餘不能悉。記在京惟王、温二人相處爲稔，餘多間闊。蓋時予部事劇于人事簡，彼不來親，則已又多外選，兼有□□□□□□□□□□□□□□□□□。

劉君名龍，字舜卿，探花，癸酉主考順天，時爲中允兼修撰，且爲會試考官者屢矣。劉公名機，字世衡，官至南京兵部尚書。吴公名寬，字原博，號匏庵，官至禮部尚書，時擬入閣，未果，卒謚文定，有《匏翁集》行于世，禮部舊稱南宫云。

正德丁丑鸞述。

題慈闈增賁圖

冒　鸞

弘治乙丑，吾母壽周一甲子又一歲，男鸞時迎養于京邸，遇今上上號兩宫恩例加封吾母爲太宜人。先是辛酉，鸞考主事，績得書最，蒙先帝恩封吾母爲太安人，勑詞有曰"爾闞氏勤儆戒以相夫，化行宗黨；躬課督以成子，名顯甲科。顧今鼎貴之時，尤切官箴之訓。賢勞有自，禄養無違，爰錫寵章，用旌慈壽"云云。今誥詞則曰"操勤儉以相夫，式全婦道；勗清白以成子，蚤荷朝封。遐齡已踰六旬，褒寵宜頒再命。用彰懿范，增賁慈闈”云云。仰惟天語之褒之榮，不啻數倍華衮，臣何敢當，亦何幸有此。蓋惟吾母之德，固有以致之，而吾皇、先帝之恩，顧未能少報爲歉焉耳。

其勑命中所謂“慈壽”云者，鸞嘗拜請司寇李白洲先生大書爲扁，今揭之後堂，永昭天貺，且以祝吾母也。誥命中所謂“增賁慈闈”云者，則繪之爲圖，以媲皇訓勉遵。蓋此二圖之目，皆摘誥中語，但以皇代予，并各倒二字，表尊嚴也，抑此二句對待天然，似有非偶然者。繄吾母自進封至今逾一紀又一歲，幸爾康寧，漸躋上壽，誥之末云“諒天道之有徵，服休光於未艾”，鸞請日誦斯語，以申祝焉。惜男潦倒，無復顯揚之望，所冀吾弟、若子、若姪，尚有能奮起明時，效忠王國，以致承天之祐，重加封吾母爲太恭人、爲太淑人，則所以賁慈闈者，增而又增矣。於戲，幸哉！男鸞拜手敬書以俟。

時正德丁丑也。

題皇訓勉遵圖

冒　鸞

弘治十八年秋七月，鸞自武庫員外升車駕署郎中。未幾，會天子恭上兩宫徽號，推恩廷臣，暨于海内。於是鸞得如例實授郎中，進階奉直，且錫誥命以褒寵之。詞曰“爾鸞早承家學，顯掇賢科。分理邦刑，首列官於留署；佐脩戎務，載擢屬於内曹。比升五品之崇，旋長一司之任。忠勤奉國，辛公義之勞績可嘉；清謹守官，崔元亮之名檢無忝”云云，至終曰：“勉遵予訓，益究乃庸，欽哉。”

臣鸞拜命祗承，惴惴焉如弗勝，如恐失墜，如不克允如明命，或至孤國恩，辱公議，以棄其平生。故于誥中所謂“忠勤清謹”四言，銘心鏤骨，奉以周旋，期于無忝，用圖報稱，匪徒終身誦之而已。其“忠清”等四句，一時同朝鄉士頗有傳頌之者，蓋制詞屬翰林博士潘公起草。公名辰，號南屏，有重望，爲西涯李先生姻契，故知鸞之深也。鸞時伏念制誥尊嚴，不敢褻易，特命工別製一軸如誥之狀，敬録一通，以便省覽。間嘗託僚友林郎中庭棉、王主事尚絅發揮四言之義，以爲箴詞，庶資警策。王有門生義，竭其才思，衍爲五箴，親書一卷，今現在，殊可觀也。林以視篆劇，未暇就，適因鸞升閩省，作送行詩軸，則於小序中述此意。今二君所作，具收贈言録中，皆可味也。鸞家居日，嘗命兒諍大書前四句爲一聯，揭置前堂，以彰恩寵。今猶以爲未極崇奉之意，重擬金書梓刻而加飾焉。臣鸞出入仰瞻，恒如對揚休命，感激之私，惡有窮已。抑俾吾子若孫見之，則知鸞當時遭際被恩蓋如此，尚其永永思報可也。

載惟鸞無似，歷官中外十五六年，政績誠無過人者，惟此四言，庶幾無愧。然病軀或便于簡静，迂性每略于周防，是謹與勤，似猶有少歉焉者。若夫爲國爲民之心，如冰如檗之操，天地鬼神實鑑臨之，忠也，清也，曷敢刓玷其少分哉！蓋亦以爲事君持身之大節在此，固不敢不勉，而意外之虞所不暇計也。曩在閩，以公事進京，後同列乃有異議，未審何也。噫，彼何人斯，其心孔艱，不愧于人，不畏于天，吾無憾焉爾矣。嗟乎，萋菲之譖，自昔有之，青蠅之言，貴勿聽耳，至于謂曾子殺人，第五倫撾婦翁，直可付之一笑。子貢曰"人何傷于日月乎"，陳白沙有詩曰"千古伏波如白日，等閑猶謗載珠還"，鸞雖不敢以自況，而自處亦有素矣，知我者其天乎？但恐兒輩知識弗及，或未能自平，兹以敬序皇訓勉遵之，故輒聊及此，因以惕之云。

正德十二年十二月二十九日，臣鸞拜手稽首謹識。

題雙橋冒君金闕承恩圖 金闕承恩圖册

胡　膏

今仕者無大小崇卑，皆各安於其位之所得，居而不能去，雖將去之，猶百計營營，脂刺津要，以覬倖免，至彌縫無所施，巧避不得而後去，亦欝抑不能堪，歸匿辭賓朋，慙見顔面，如此乎溺仕而重去也。蓋官有大小崇卑，皆緣事設，皆得據事令下，乘策輿騎，驅走徒卒，享其禄之入以給日夕，其無似者，且饕入於常俸之外而以腴其家，是以重去而溺於仕。故夫任道而去之謂忠，脱屣而去之謂清，先機而去之謂哲，兹三者自吾見亦鮮矣，又況有有官而不居，可以有所逞而甘以暇約終其身者乎？

雙橋冒君，家世簪纓，自其王大父中丞公而下，爲藩參，爲别駕、縣令，卑亦澤宫起家，不失爲邑令佐、藩府僚，噫，亦勝矣。君少業詩爲舉子，思亢其先世之業，荏苒未售，適志隴畝。然以薦紳子姓，不屑與齊氓等，於是借途以取榮。凡借途從事，不免奔趨俛伏，君又欲不任其勞。於是援時例，入粟代事。比入選，當得爲邑佐尹，又以二親在，侍養乏代，於是疏情乞授銜天曹，乃授君光禄監。夫光禄禁近，監清銜而又不任以事，不必傴僂於上大夫，而免於繁瑣臬物之務，斯亦謂高尚矣。大都仕者無論卑秩，雖貴勢氣燄，憂虞未釋，朝夕寢起，思惟展轉，故謂宦海。宦海風濤激浪，頃刻變態，疇能無恐。而君且若方舟夷沼，簫鼓徜徉，興至引觴歌闋自和，又奚傾危覆溺之嬰心哉！

又君五嗣，長、次並太學生，餘咸業舉子，方將奮揚雲霄，以雄先烈，則君雖不果仕，其繼志者固有在也。拜命之日，詣闕叩謝，冠珮趨鏘，縹緲五雲，戚友人寓京師者爲繪圖肖其狀，請予文弁之。予亦知君者，不能以不文辭，遂弁之。

嘉靖癸丑歲秋八月。

題雙橋圖 雙橋圖册

嚴　怡

吾鄉人物自秦漢而下五季以前，渺乎其未有聞也。諺有之"何代無才，何地無賢"，無乃海邦僻陋，記載無徵耶？逮趙宋而英賢出焉，蓋江海之氣磅礴而鬱積者，亦已久矣。若安定先生者，豈非振古之豪傑也哉？法乎當年而傳乎後世。若龍圖學士王公，覿其立朝以忠直著聞，父子祖孫以科第才名顯者凡六七輩。定惠院之西有橋焉，以集賢名，爲王氏故也。通江河之西有橋焉，志有之，名安定，以先生故也，則毀矣。

雙橋冒君自其先曾大父居兩橋之間，至伯祖少參公以位望名海内，而冒之姓益著。君之寓號於雙橋也，其意義遠矣。君自其大父肥鄉公卒業國子而歸，則駸駸乎有興起之勢。至乃考坦翁，家日益以大，雙橋才猷足兼人者，於是田宅日益廣。其先兩世皆一子，雙橋乃有子六人。今有室者五人，皆教以經義，俾就國子，各爲起第宅，連甍接棟，輪奂相輝，爲之置田業連阡陌。其幼子才數歲，則以奉坦翁者爲之所，亦盛矣哉！太史書謂"素封"者，殆君輩人耶？漢有萬石君，不若是其侈也。吾見儒生輩皓首守一經，或不能營一畝之宫爲終歲之計，其視雙橋之所爲何如哉！予謂雙橋所爲寓號，非止占一方之勝也，將使其後之人，以其年力黽勉於安定、龍圖之事業，而且有濟川之功於鄉。先生有光出入兩橋之間，從容甚適也，非若司馬長卿然，直以乘駟馬車爲大丈夫耳。

君頃以其湖海交游所爲《雙橋圖》葉子示余，其書、其題咏皆名手筆也，余爲之敘著如此。

題雙橋圖 雙橋圖册

冒愈昌

翁蓋於昌爲伯父行云。憶在髫年而侍先大夫側也，每有商榷，必過從翁蘄得當，不當不休，即翁亦如之，相得驩甚，視他叔姪有間。及甫成童，而出就外傅於翁廳事，則翁方攜幼子卒業南雍，而與翁三孫俱焉。時長孫鶴已被服稱博士弟子，而次辰、次齡皆齠齒，昕夕同硯席。繇廳西折十餘武爲長巷，巷後爲園，修廣可一畝許，周以籬垣，映帶花木扶疏，峰巒相屬，有亭翼然，而爲堂三楹。臨之闃寂深嚴，居然幽勝，爨煙嵐翠，隱起樹間，即結廬人境，而於囂氛了不相涉。彼其時知爲翁園而已，烏知翁儻葛深智，卓犖大節，如他日者哉！已與翁辰、齡兩孫後先補弟子，而時時從几杖於園居。則見翁玄髮丹容，步履康勝，業已諗翁當不啻百歲人，又時時奉翁教言唯謹。一日謂昌："爾知父祖命名意乎？若曰爾其益亢厥宗而光大之，以無遏佚前人，爾乎勉矣。"是翁推祖父之愛愛昌也。後己丑九月，爲翁偕夫人劉八十辰，而昌適有狗馬疾，不得與酌者稱觴旅進，僅僅從枕上摛詞，不典無當翁萬分之一。亡何以事去，而四方家書來往，必首道翁。會有人自桑梓至者，又輒詢翁無恙。及遘翁三子於長安邸中，而愈益悉翁與夫人善飯狀，則喜津津動眉宇。

今春遠歸，雖於閭人未有謁也，而形留神往。乃翁實不鄙夷其不肖而有遐心，而因獲睹所爲《雙橋册》者，繪事詩章，燦然具備。翁生平自竪以上纘肥鄉之緒，而下以燕貽其子若孫者，人人言已。顧昌族子也，翁名在鄉國而功在族黨，昌不言誰則言之者？即昌且安得以不文辭？

吾宗繁庶，肇於東陳，盛於城中，而散處於丁堰諸處。毋論遠近，其有能岐嶷自異，誦習先王者，翁必爲色喜曰："是祖父之靈實臨睨之，敢不相勸，以俾底於成。"故見父兄則傳語，見宗黨則延譽，翁蓋視族子弟猶子，而視遠猶近也。而後爲善者多矣，不有前人，孰與啓之？豫章千尋，根柢於深谷，黄河九折，發源於崑崙，本在故也。

故國有史，家有譜，以重本也。子孫而不録其先人，是悖亂之行也。自五世封車駕公實始首事，至六世參藩公加志銓次，而今之林林總總，無少紊淆者，則秋毫皆翁力也。故苟以情至，鮮有不得，所請即有不善，又未嘗不逆來而順受之。曰："夫誰非吾源源本本，而忍弁髦視乎？"祖塋而外，不一其葬，而萬花園爲著，則以封車駕公、參藩公、翁大父肥鄉公、昌曾大父富陽公故。遠離爲追，無論力不能及，即豪有力者，且一意從事於其父若祖，而忘父若祖之祖父，乃翁不爲然。歲時饗祀，周視愀愴，曰："是槃槃之下，不有白骨乎？奈何而任其荆棘不剪，樵蘇無禁？"乃自繚垣樹碑，表棹楔外，雜植松栝，更新祠宇，常獨先矣。雖他親睦懿行，更僕未數，而斯三者，其功之博大而德之鉅麗者也，固宜其踰耄望耋，夫婦以之，而六子諸孫，咸絓組蟬聯，文學蜚聲乎？則天之報施善人者乎？昌逖稽往籍，近考家乘，小之鄉郡，大之吴越之墟，齊魯燕趙之郊，未見有比肩於翁者矣。然豈惟未見且未聞焉，兹皇皇乎爲烈哉？蓋富侈素封者有矣，如計然、范蠡、卓、鄭諸家是也，然不必其偕老也；夫婦齊德者有矣，如龐公、冀缺、梁鴻是也，然不必其多子孫而賢也；子孫鼎盛者有矣，如馬氏五常、荀氏八龍、燕山五桂、萬石君四子十三孫是也，然不必其家世饒洽而白首齊眉，臨之在上者也。翁所取於造物者，豈不誠奢？而翁實有以爲之地，則天人之際可知已。且諸孫方翩翩鵲起，爲世人譽，青紫朱丹，直芥視之，將益足以亢厥宗而高大其門里者，而昌竟留落不偶，則昌不肖，豈惟去祖若父命名之意且千萬里，即翁教謂何？夫翁又奚取於昌，而聽其詹詹者爲！

時萬曆二十二年甲午夏五既望。

題八世祖履之府君雙橋圖 雙橋圖册

冒廣生

右八世祖履之府君《雙橋圖》册，康熙初年存者七十二葉，至康熙末已失其五，今又失其一。後爲府君扇面三葉（此三葉疑是後來所增），府君孫夢相扇面二葉，府君曾孫起世、起蒙跋一葉。凡六十九葉，爲圖二十八幅。畫者十四人，其見於著録者，曰李箸，字潛夫，號墨湖，童年學畫於沈啓南，學成歸家，每倣吴次翁筆以售（《金陵瑣事》、《圖繪寶鑑》、《續纂無聲詩史》、《佩文齋書畫譜》、《畫史彙傳》）；曰馬稷，字舜舉，號醉狂，善山水人物、花木竹石（《圖繪寶鑑》、《續纂無聲詩史》、《佩文齋書畫譜》、《畫史彙傳》）；曰文室，隆、萬間工山水（《珊瑚網》、《佩文齋書畫譜》）。詩三十二首，文四首，題者三十三人，又引首題者三人，十九皆官於皋及皋之耆舊，而玉華大令、伯廛秀才，則吾宗彦，得其寸楮，皆當寶若天球河圖者也。

府君所居在縣學之左（今歸祝氏。以肊度之，當日當歸吾長房，至十二世麟洲府君遷白蒲，始易他氏），門外有橋，東曰安定，西曰集賢，因以雙橋爲號。當時冒氏之富，甲於一邑。府君於集賢街東西（今名冒家巷）起甲第六，以授其六子。今惟街東一宅尚爲冒氏所有，然亦頹敗，非舊觀矣，其他五宅，久易他氏。廣生榷關温州五年，始以七千八百金於丁巳歲贖西街張氏宅、歸宅，爲府君孫中垣别駕之産。别駕自辰州歸,無子,以其姪嵩少憲副兼祧,故其後歸憲副之孫穀梁。而穀梁有“集賢街西”印,同里許實夫刻,二十六年前,廣生得之於族人,不意今竟復其故宅也。宅後有小樓,陳其年曾宿於此,《湖海樓詩》所謂“十載曾經宿此樓,燭花瀲灩裊《梁州》。如今欲覓聽歌處,只在簾鉤檻角頭”是也。廣生曩官京師,以五百金購得其年《洗桐圖》,自題卷後,憶有“十載并州魂魄戀,當他遼鶴一歸來”之句。此圖今供樓中,付三子景璠守之。一印一圖,皆若預爲此宅先兆者,嘻,亦異哉!

圖中歲月有可考者,一爲胡膏、王大用文,皆作於嘉靖癸丑,時府君年四十四歲,方官南京光禄寺珍羞署監事,故有《金闕承恩圖》之作;一爲鄭人逵詩,作於萬曆辛巳,府君年七十二歲;一爲伯麐秀才文,作於萬曆甲午,府君年八十五歲;一爲王以蒙詩,作於萬曆丙申,府君年八十七歲。又四年庚子,九十一歲乃卒,後二年壬寅,原配劉孺人卒,年九十二歲,府君得天爲獨厚矣。而《圖書集成·氏族典》載府君嘗從南鄉跨馬夜歸,雷雨暴作,若有物當其前者。馬左右却不肯行,府君心異之,潛探所佩簡横馬頭,佯示睡狀。候其近,一擊而仆,乃下,以襆被者襆之。抵家爇火啓視,則有物龎然,雙目尚炯炯也。聞者色飛神怖,舌撟而不能下。其膽智又若此云。

己未四月,第二十世孫廣生跋於潤州榷署。

題四牡倭遲圖 拙存堂文剩

冒起宗

行人以傳宣出,以諏諮入,《周官》載大小之職,而昭代稱翰林於西,蓋將養望儲材,非僅以遊遨鳴得意也。余忝登崇禎第一科進士,而授行人亦自余始。戊辰,以護送楊倜孩少師之閩。庚午,充册封副使之魯。壬申,則爲駱乾沙宗伯造葬之浙。閱年踰四,于役凡三,瓜期及矣。

偶晤鄧素華山人於米仲詔光禄座上,山人工繪事,因貌予而寫《四牡倭遲圖》。川原綉錯,車服焜煌,載筆囊書,威儀棣棣,自宗伯鄭尊師而下,咸有題咏,人皆傳爲佳話,而余固有不豫色然者,山人訝之。余曰:“蓬雷子一旦乘,四牡稱命使,遊遨幾三萬里,有負弩而無折腰,戒途授飡,取給有司,溢措大之分矣。乃三使東南,皆以便道酬省覲。家于官,猶之官于家,恤勞臣,因及其親,恩至渥焉。今而後,舍周道而陟天衢,恐虞廷有侍臣,鯉庭無獨子矣,此披圖所以異捧檄也。”既而曰:“予過矣,以貌取人,失之子羽。今之取津要如左券者，非無因也。用拙如余，即奉奔走猶不足，敢望依光日月，高議雲臺之上耶？然則山人貌余，恐不及余自貌矣。”

題三山拄笏圖 拙存堂文剩

冒起宗

規南鶩北者，人情乎？然亦有舍北而南者，非矯也，人有至性，不可强而同也。

崇禎壬申考選，余授南京吏部考功司主事，尋晋郎中。嚴六察而飭三銓，飲冰居鶴廳者一載，南署無北曹之熖而清要同。余仰憑高皇帝弓劍之靈，俯覽六朝山水之勝，風霾去目，車轔轔去耳，傴僂磬折態去身，口絶戈矛，胸無鱗甲。出酬寮采，温如也，入而炊彫膾玉，承二人歡，融融如也。休澣之餘，揖群峰几案間，偃仰逍遥，居然人外，較之升崖頓壑，懷靡鹽憂不遑之皇華使者，别一境界。

初夏，魏考叔訪余文園，作《三山拄笏圖》，曾波臣復爲余及余兒寫照。兒以應制來署也，意在筆先，神采奕奕，誠渡江來快事。猶憶余之赴南都也，知己贈言，如何龍友宗伯之“天下有心勞我夢，世間無競足相思”；蔣若掷宫允之“身在冰壺成水鏡，地當花雨足雲烟”；倪鴻寶宫諭之“盡日持夾袋，逢山采煙嵐。樂飲青溪水，畢卓無此酣”，皆可爲此圖郭象。附載於此，以見冰雪其性者，必無赫赫容，兼爲規南鶩北者作春夢婆也。

題曹南春色圖 拙存堂文剩

冒起宗

甲戌首夏，余忽有分巡兖西兼整飭曹濮之命，蓋同舍大力者耽耽主計之席，予恥争蠻觸，數引劉忠宣故事告太宰，遂有此遷。時南中卿貳皆詫之，謂“君昔不北，今又不終於南，而以僉憲出，如公論何”？即太宰亦謬謂“君子不擇地，奈何厝之于危地”？余頷之，恐以是貽生我憂，遂俶裝奉二親渡江歸，擬展限稱仲秋七十觴，家大夫嚴趣之："簡書可畏，先稱觴而就道，庸何傷?"余旋以就養請，而嘖嘖曹濮者盈耳，更詔之惴往曰："聞曹南牡丹勝洛陽，來春以看花至，未晚耳。"予挈室人灑淚行。以季夏廿二日視事，負嵎伏莽，赭衣滿山，徐而詢牡丹，果奇絶也。秋盡冬徂，余方治修艦代安車，而流寇繇歸德奔河，櫓烽日夕傳，畿省震動。余介馬之河上，不敢言迎養矣，乃從倥傯間遴花色新巧者若干種，附糧艘載歸家。大夫喜曰："載花與載石等清也。"疊石構亭，顔之曰"曹南春色"，此甲戌二月事也。

自是余奉命守迤邐三百里之北岸，數百萬生靈以余爲存亡，而五營遺孽將伺釁揭竿起，病眸不合睫，凡五十晝夜。曹縣距州百里許，余室人扃鐍署中，熏心破膽，病且岌岌，不遑内顧。朱明寇氛稍卻，禹直指按部曹州，余始得返旆。一夕，室人强起，出床頭酒酹花王，爲余洗塵，不圖我躬之尚存，而皆不敢聞於二親也。越宿，得家大夫手書，謂："牡丹種種出群，而緑綺黄裳尤舒元輿所未見，豈化工著意呈新巧耶? 二老人觴咏婆娑，如在萬花谷，何必身到曹南? 余兒以孫代養，樂其樂，而想像余二人之偕樂也。"復繪寄此圖。余且笑且嘆，曰：天下事有可必有不可。必者花前迎養，退食宴娱，非僅見之事也。乃期已及而寇尼之，即二親方笑領群芳，不知余之提鼓揮袍也。余兒侍祖怡親，情深兩地，不知余恤恤行間，厥母之怛怛伏衾枕，對名花而黯然削色也。可必而不可必固若是哉! 噫，安危不可必于天，而出處可必於己，況二親皆暮年哉? 拂衣陳情，不待再計決矣。

題星巖咏月圖 拙存堂文剩

冒起宗

襄事甫終，廷推已降，仕如是其急耶? 時中外多壘，夾袋無人，而百足者復工趨避，主爵窮於啓事，遂及在籍諸臣。

己卯夏五，余起補嶺西，不復循服闋赴部之例矣。嶺西分臬高、肇兩郡，而駐節肇慶，古端州也。端州之北曰定山，瀦淵回溪，奇峰雲矗，下爲石室，上曰崧臺，其枕流帶岨，列峙如斗者，星巖也。余承乏嶺海上游，吹浪嘯箐，時聞抱鼓，日從督府授方略而飭戎行，安得如承平諸賢登高作賦，爲平章風月之事也哉! 然性耽山水，吟興頗賒，戎旃偶暇，輒與詩流高衲躡雲根、操花管，而月明之夕居多，即黄口兒時附載筍輿中。此星巖咏月之所以圖也。

或曰何處無月，何咏月必星巖? 言其高耳。獨不聞所云"白雲孤飛，親舍其下"

乎？今巖懸水鏡而親舍泉臺，咏月怡然，瞻雲而廢然返矣。七巖謂何，一曰石室，大巖也，其次爲屏風，爲閬風，其在石室西者爲天柱，更西爲蟾蜍，爲仙掌，又西北爲阿坡，延袤幾十里，瀝湖環其下云。

題衡嶽搴雲圖 拙存堂文剩

冒起宗

嘗聞名山洞府，天不付冠蓋之通人，而每以私高派逸士，故搴帷露冕，不若三尺筇、雙不借之輕適也；卒徒曹伍，腰鐮負銛而前導，不若舉烟縋書之奇快也。且情具不可得兼，即題咏都成沿習，游亦不韻，況以識金馬門耶？

余自嶺西移湖南，衡嶽實在封内。庚辰冬，偕汪直指禮嶽登峰，於皚霜雪中，告成事。辛巳仲陽七日，燕子窩諸賊蠭起，闖醴陵，擾湘潭，余帥師犄角於衡山境上。風日晴美，余乃攜七歲孫禾書，從山麓抵嶽廟，尋繇廟側右轉而上，搴雲拾級于縹緲間。已而陟祝融，矚方廣，俯視諸峰，兒孫羅列，瀟湘蒸水，環帶若縷烟，星辰倒懸，海日突湧，幾不知足下有世界矣。

夫三楚罹寇禍十稔，天地流血，城邑丘墟，湖南雖幸怡堂，勢同屠剥，此亦封疆大吏哌哌弗字時也，何暇效高流逸士賡“朗遊飛上祝融”之句？而余之此遊寓泮奐於折衝，將乞靈銓德鈞物之宰，綏此元元，且令眼若蟭螟之子，一旦袖拂雲霞，忽睹七十二峰十洞十三巖三十五泉之勝，拓以山水，熏以圖書，即不能到極高明地位，或不爲紈袴之俗子孫耳，非以開雲、搴雲並傳也。

題漢浦歸帆圖 拙存堂文剩

冒起宗

“年不必莫，有病便辭”，韋尚書示子弟之言也。而張翰謂顧雍則曰“天下紛紛未已，有四海之名者求退甚難”，雍爲愴然。

余守襄陽一年所，無日不呻而求醫，再調邵陵，歸志遂決，老友唐宜之乃爲寫《漢浦歸帆圖》。余謂宜之曰：“濟河焚舟，孟明之勝算也；易名遊五湖，少伯之沉幾也；擊節誓清中原，祖逖之壯懷也；乘青雀舫擊蜀，所至必勝，陶猷之先聲也；腰笏引船，代民挽繂，何易之捷智也；漁童捧釣收綸，張志和之逸而榮也；泛月著宫袍，謫仙之韻而豪也；滄江晝夜虹貫日，米顛之書畫影也，公圖義何居耶？”夫襄陽一漏舟，而賊勢如雷訇電策，洶洶莫知所底，文武大吏即不能焚舟濟河，如青雀之戰勝，獨不曰有備無患乎？袽塞斞嵌，榜人之告，劉子有以也。故余自受事以來，不難摩頂放踵爲安攘計，寧第腰笏伏勞己者，而泄泄者笑之，夫夫倔强而與劫運争，無異乎以寸鈎釣千丈，乘舴艋而狎倒流之三峽。余聞而仰天嘆曰：“語有之‘同舟共濟’，今人心不同如其面，封疆事尚有爲哉？”矧年未暮而二豎嬰之，不求退何可得？而今得之矣。倘從此布帆無恙，生入里門，縱不能着宫錦，挾魚童，笑傲五湖，而逸園方池之上，酒臼未毁，藥灶堪移，瓦枕蘧蘧，差勝聞鐙漢水。或緑波新漲，清風徐來，偕二三方外友，浮米家一葉于空明夜月中，漏舟險客化爲煙波逸叟，傳神阿堵，拜故人之賜渥矣。噫，今天下豈少負四海之名，澄清中原如祖生者，萬一泄泄猶然，余雖不即嘆胥溺，恐未得高卧畫圖間也。

題風木興思圖 拙存堂文剩

冒起宗

梯榮者思圭組，弋名者思鼎鐘，高志者思松菊，而起宗何獨思風木也？吁，難言之矣。

起宗獨子也，吾親鞠育至今，亦嘗忝竊科名，馳驅中外，而生不能終養，没不得永訣，封樹如新，泉壤不旦，雖展墓曾無虚月，而返鶴未卜何年。當其壯也，誤認父母之樂可常，由今思之，祇恨功名誤人耳。廢蓼莪而悲風木，其無聊之極思乎！顧可得而見者，風木也，不可得而見者，吾親也，吾心也。寫可見者於目前，十得八九，寫不可見者於空際，百鮮二三。乃一落吾友緯之筆，不獨黯澹之景令人聽之有聲，模之欲動，即隔世音容，若隱現於凄凄瓊瓊間，舉所謂情惻惻以摧心，淚慼慼而盈眼，徘徊徙倚，不可告語之苦心，一一揭之而出。郭熙《論畫》云：“意之所有者不必象，象之所有者不必意。”此圖融和意象，翻若思有盡而筆無窮，真化工在手矣。嗟乎，余即不以松菊易風木，而不孝之罪可贖乎？後之觀此圖者，當知樂不可常，年不可恃，顯揚有待，菽水自歡，誦《南陔》、《白華》而以余爲殷鑒。慎勿引昌黎“離憂樂志”之論，與梯榮弋名者口實，以自誤而誤其親也。

題觀橋圖 拙存堂文剩

冒起宗

圖以觀橋名，乃萬曆己亥，閩人陳桂峰寫於舊第之世德堂者。其晋巾緑氅而正立者，吾考元同府君，年三十有五也。紫衫戴童子巾而仰視者，余不孝起宗，甫十歲也。時王父參軍公自廉江歸，花甲方周，曾王父母偕老躋九秩，而吾王母、吾母稱齊眉於一堂，吾世父、世母則皆共宅而居也。此藐焉童子生累洽之朝，居三世具慶之下，初入小學，儼若成人，見者謬擬青雲生足下，詎謂其言而中乎？

自己亥迄今，向之朗目疎眉，忽變爲頭童齒豁，問其年，僅少當日王父之三歲。虚生幸免，竟體懷慚，荏苒數十春，頓成今古，欲傍衣裾，承色笑，橋俯而梓仰，不可得矣。嗟乎，余不知此童子之爲余也。出而示余子若孫，瞪目而視，茫然不辨爲余也。即以余視先府君，自而立而古稀，丰神色澤，向不相侔，又安見奕世後能辨其爲何人耶？因以裝潢付能手，而書此識之。

題杏林春宴圖 拙存堂文剩

冒起宗

先少參得庵公故有《杏林遊宴圖》，先大夫珍藏久矣。相傳寫於弘治癸丑登第之日，出長安名手。至今五雲春色，蒸蒸飛動毫素間。

迺癸丑而及崇禎之戊辰，相去百三十五年，余亦叨登甲第。是冬，乘使車歸，先大夫延陳君千里爲余寫照於得全堂，因出此圖爲粉本。蓋深幸其繩厥武，且以示後之子孫，俾遞觀而興起云耳。今藏於家者又二紀矣。此二紀中，山河非故，兵燹頻仍，而圖則居然無恙。展玩爽然，爰攬筆識其緣起矣。杏林遊宴登第者所同也，乃先少參繇駕部，陟薇省，以建寧分守終于家；余繇使署，晋銓曹，洊歷外臺，亦以分守湖南蒙恩予告而階止于少參，何服官亦若是巧合耶？雖然，公品如玉輅，徐駕康莊，余才類鉛刀，投艱錯節；公解紱强仕，承歡北堂，旦暮自上食，能移忠以爲孝，余車懸踰艾之秋，雖松菊猶存，椿萱交背，遂永罹生人之缺陷。然則服官同而利鈍異，即結局同，而以聚順視抱憾情境，則又異矣。後之觀此圖者，諗其爲志感，而無以爲嗚豫焉可也。

題逸園偕隱圖 拙存堂文剩

冒起宗

以七尺爲幻軀而不欲留影迹者，達人之軌也；以一日爲百年而光彩欲其常新者，人子之心也。憶余遣家累而赴襄陽也，與兒襄訣曰："余生還無望矣。異日安仁西宅，爾僅可事若母也。"閱歲，出豺虎之鄉，又未幾，漢水沼而余尚存七尺，真天幸也，而幸可以屢徼哉？

繇吾廬循水而北，先大夫之逸園在焉。余於是勒斷家事，與吾室人舉案其中，以偕隱寓耦耕之義，亦謂徐而待其盡，差勝於裹馬革耳。余兒襄則謂余二人同降庚寅，同周甲子，雖投水大遘，百六危其身，而身俱存，是天之所以私其子也。且三百六旬霎那耳，而雜處一歲中，尚有疾病寒暑風雨之不可期者，今劉蜕之粟不必求，而安仁之宅固已備，云胡不樂？乃時亦進蘭醑，潔蕙羞，率其弟若子，效舞斑弄鶵故事，或花或月，凡可博宴娱者，不患無其時無其具，而余固有愀然者，非矯也。向之危其身而弗恤者，夫有所用之耳。今日所倖存者，偷息之身，非後樂之身也，況身有盡，病且促之，即欲樂而何得乎？

今年人日，馬元方諸昆季偶集于斯。適婁東王次霞至，寫生妙手也，余兒乃爲繪《逸園偕隱圖》。予取而披之，其綸巾披氅，倚琴几而按膝者，余也。被翠綺垂藻翹，容莊以和者，余室人也。面白髯疎，晋巾褒服而捧觴者，爲兒襄，余爲作四十詩"青春釋紱慰栖遲"者是也。卬首回盻，冠片玉，曳紫綃，循赤欄而及堦者，孫禾書，年十有六。總髻緑衫，徐行而後，若鴻雁之有序者，孫丹書，年十有二。拂髦衣輕紅，參差望階而趨者，七歲兒褒。朱衣襲文裓，侍兒玉如抱立恭人右，甫半期而牽衣欲就者，小字六一。其執壺立左楹者，奴産子小青，與玉如爲兄妹。捧篋書而尾褒者，小童長生保也。而中表黄緯之復效李伯時西園故事，爲之着色布景，凡園中之松泉竹石軒室樓臺，一一生動尺幅，人肖形而物盡態，合則雙美矣。白香山曰"歌舞屏風畫障上，幾時曾畫白頭人"，余愿闌入耶？已而謂襄曰:"圖中之有色有形者,固不若能嚬笑者之真也,則圖似可以不設。倏欻七尺化異物,孝子慈孫不能取而代矣,異日見此有色有形者,宛然若嚬若笑焉,俾人子之心長留三寸管子中,是圖又烏可已哉?雖然,過此以往,則余未之或知也。"

題澹圃秋容圖 拙存堂文剩

冒起宗

"不羞老圃秋容淡,且看黄花晚節香",此韓魏公《北門九日》詩中句也,陳仲醇堂曰晚香取此。今年冬夏,余與内子偕登六袠,業作《代觴詩》九章示兒,兒襄更爲寫雙照于紫英黄菊間,以存晚景。余顔之曰"澹圃秋容",仲醇取其節而余僅取其容,則以余與仲醇生同時晚不同境,義固各有在也。然容亦何常之有?舒之不能不慘者,天之容也;華之不能不悴者,人之容也;繁艷之不能不萎落者,花之容也。天與時消息而人與花因之,後來至人達士能齊彭殤于一致,而未有出榮悴開落之外者。即以余兩人論,自漢水抽簪而後,火辰匿輝,金虎耀質,天亦頓失故容,而憂危播遷,固所共遘。乃余面黔齒竇,精已銷亡,跼蹐人間,求爲隱逸花不可得,而内子則髮加長,顔益駐,政如坤裳正色,偏悦茂於摇落時。然則余固不敢望魏公,而逢此百罹,終非霜下完人;内子雖未飲甘谷水,攬鏡窺花,猶存本來面目。人心之變换,視其容節云乎哉?余兒即愛忘其醜,黄花不免笑人,他日遇仲醇於瑶水鴻天,將掩面而過之矣。

題冒辟疆秋聽圖 同人集

新城 王士禄西樵

唐代好摘取詩人名章迥句,繪爲圖障,如李君虞"征人歌且行"之類,然亦不數數見也。鄙句何幸,乃得巢民、茶邨摘賞,愧矣!愧矣!顧戴生工于寫神,兼工于寫景。觀此圖寫巢民蕭條高寄,有伊洛間意;寫玉顔飄渺,秋水始波,有楚江、巫峽間意。坐卧其下，鉢池一勺水，直令人作荀中郎三山間想矣。因歡喜讚嘆，題數語下方，慶鄙句之得藉巢民及此圖以傳耳。第雙成之館，明鏡久塵，迷迭都梁，後誰爲司者？巢民深情人，得無披圖愾然，重增哀蟬落葉之感乎？是亦秋聽矣。

丙午首秋下浣。

自題秋聽圖 同人集

冒　襄

王西樵司勛懷余二詩，中有“姬人水檻焚香侍，秋響扁舟抱膝聽”之句，杜茶村亟賞之，謂宜作《秋聽圖》。阮亭使君今春修禊水繪庵，倚馬成七言古詩十首，中有“碧琉璃上雙玉壺，蘭橈宛轉沿春蕪”，又“回溪緑浄不可唾，碧蘿陰中棹船過”，又有“先生大隱隱城市，萬壑千巖窗户裏”、“花朝已過上巳來，日坐蜻蜓釣沙尾”諸句，皆洗鉢池小浯溪上一幅真影。新秋客邗，倩戴君葭湄寫此清炤，頗得余世外秋水神情。因題數語，以見二王詩中有畫，并識世誼知己，以付後人。

己巳八月朔。

題愛馬圖跋 小三吾亭文

冒廣生

右十四世族祖都督樸人公《愛馬圖》卷，題者自王阮亭、韓慕廬以下五十六人，詩一百二十八，詞一，贊四。畫者李泰左民，《泰州志》稱左民赴郡守之召，行李入城，有力者負之而去。假紙筆於市，默識其面目，繪小象懸之城門，衆曰此某也。立訪之，果獲。其善於寫真如此。

都督爲徵君巢民公第三孫，家傳稱公生而兀岸，大司馬金公世榮攜入閩，承制授武威將軍。靖海侯施公琅征臺灣，檄公爲前鋒，克澎湖，破廈門，以功晋左都督，官四川建昌遊擊。時烏斯藏苗民陸梁，公率輕騎走間道，與提督唐公軍會於磨西面，設奇破擒之，升成都城守參將。先是，公治建昌，昌邑僻，人不知學，公創建書院教之。昌人病不知醫，惟事禱賽，公爲延醫市藥，民賴以生者無算。去昌之日，焚香載酒，泣送於道者數十里不絶。傳文僅二百字，讀之殊憾其不詳。

余先後得公家書，計公祖父徵君巢民公書三通，公父穀梁公書一通，公叔父青若公書二通，附郭天章書一通，公子總兵御六公書二通，合裝成册。復鉤稽排比，以徵君公年譜徵之，知公以康熙元年壬寅生；以卷中潘世銓詩跋徵之，知公以十九年庚申服戎東江；以徵君公家書徵之，知公以二十五年丙寅得都督，其年六月生總兵公，小字都兒；以《同人集》徵之，知公以三十年辛未授川南建昌鎮左營遊擊；以卷中萬愫詩徵之，知公以四十年辛巳平爐功升成都參將；以卷中暹維臺、宋致詩徵之，一則曰"身雖伏櫪心千里"，一則曰"萬里橋邊送旆旌"，兩詩均作於辛卯，知公罷蠻變之議，潘跋雖未明言何年，然必在五十年辛卯之前；以卷中繆沅詩徵之，知潘跋所云"甲午，公猶未歸"者，至五十七年戊戌，始由鄂州歸如皋；以總兵公家書徵之，令莊云卿川中搬家，知公雖歸，而妾女之外，雍正三年乙巳尚有家人留滯四川；以總兵公家傳徵之，甫之河州而公訃至，知公以四年丙午卒，上推壬寅爲六十五歲也。公承累葉科名仕宦之後，高、曾祖、父咸負文名，而獨請終軍之纓，則以改革之初，徵君公奉憲副公，兩世稱遺老，池魚風鶴，切近震鄰，爲門户計，勉效疆埸。又徵君公晚年窮困，日爲債家所逼，觀家書中曰"千難萬苦中，那得銀十兩寄孫"，曰"我措銀十兩，令八兒回話，以慰數千里懸懸。乃以去春我八十，爾父并將十兩用去，我欲將蔡妾衣錦全賣，可得數十金寄爾。奈爾父蹉跎，竟付罔聞"，曰"我在家竟無一田一店。來銀三兩，是我一月自食之費，故不能多寄"。嗟乎，使徵君公尚有負郭二頃之田，肯令公從施公征海上哉！既無以間讒慝者之言，又不能以家食，而始隱忍而就功名之事也，夫固非明夷之志荒也。

圖中題歲月者，最初爲康熙三十八年己卯宋實穎，後爲雍正三年乙巳徐駿、徐陶璋，圖當作於己卯。後二百十八年丙辰重裝，因題付瑜子。

題璟女割股圖

冒廣生

歲己酉，吾母往江寧視吾妹病，往返凡三十四日。中間居江寧者十二日，居如皋者十日,餘十二日則皆在舟車雨雪中也。母素多病,是行也蓋惴惴焉無一日不恐病,而竟不病。比還京師第二日,則病,又五日,而病大作,寒熱往來無時,或竟夕不寐,或終日擁絮僵卧,不省人事。醫者云是瘧,又云是冬温,投數方,輒無效。間呼家人至榻前,呐呐若有所命,亂以他語,亦遂不竟其辭。舉室方惶然不知所措,晨起見璟跛而行,自言下堦時傷足也,而張姬乃告吾璟實割股。吾默然有出涕而已。又三日,而母病以瘳。

吾友林君畏廬聞其事,以爲十三歲女子有此奇行,固爲璟作是卷,且以書抵吾,謂"世有孝女,即出吾契友之家,此莫大之幸,當請女公子見我,以致畏廬老人佩仰之誠也"。夫割股始見於《莊子》,《孟子》"爲長者折枝",解者謂枝即肢體之肢,然未聞以之治病也。《魏書》張密始和藥以愈母病,唐陳藏用謂人肉治羸疾,京兆張阿九、趙言等數十人皆用之,以給帛,旌表門閭。至洪武中,因日照民江伯兒事,始議停旌。蓋儒者多祖昌黎之説,以爲好奇戕生,非庸行,不可訓。然柳子厚爲李興作《孝門銘》,興蓋割股以啖其父者也。死生亦大矣,當求生不得之時,聞吾親之呻吟,不啻吾之呻吟也;見吾親之痛苦,不啻吾之痛苦也。苟有一説可以生吾之親,則爲子孫者奮起直追,惟恐不及,此《中庸》"白刃可蹈"之義,豈有所待於徘徊者哉?

吾少孤,自吾高祖至吾祖父,皆爲仕宦,而卒後皆無遺財。吾母與吾更相爲命,零丁孤苦三十三年,百憂感其中,萬事勞其形,此母致病之所由來。母病而吾又不能代,徒束手以聽天命,賴璟至誠以感神明,吾方媿璟之不暇,吾忍議璟之愚哉?吾不敢議璟之愚也。

重臨雙範圖題詞 拙存堂文剩

冒起宗

伯考中垣府君,伯妣朱太安人,德與壽兼,獨艱子嗣,人皆歸之往因,不可問矣。乃其子畜起宗,而欲並子之如石尚卿故事,不獨起宗没齒刻心,即邑人無不聞且見也。然起宗故獨子也。

萬曆甲寅,伯考赴海澄任,道經會昌,泣請王母以起宗第二子名銓者爲之後。慈命篤切,遂挈之陸行千里。銓聰慧解人意,迥異凡兒,兩尊人視若掌珠。己巳,扶王母櫬歸,忽殤矣。伯考繇是痛心灰心,雖臨革不商嗣事。吾考固問之,則云有姪在,吾何憾而已。時吾叔止生弟起安，不得已爲擇立從叔之子，後或廢或夭。吾考卒以是壹鬱成不起，而伯妣之痛心灰心則更倍於失銓，時時且信伯考之無遺命有早識也。伯妣後伯考二十載始謝世，維時起宗仍襄一子，因代立吾叔戊辰所生之第二子起寧。雖伯考妣初心無能仰副，然窮於無所立，固不得不出于此。今起宗於甲申、庚寅連舉兩兒，豈吾伯考陰相之後，欲畢九地之夙愿耶？

夫吾伯、吾考同出于王母沙太孺人，起宗則爲冢孫且長房也。準情揆理，應以其幼者世世供奉伯考妣祭祀，照潤野族伯長、次兩房並繼之例，庶幾釋吾伯考妣欲並于起宗而不得與繼銓未終之歉衷，并於吾王父篤念嫡子及吾王母官舍面命掩淚送銓之至情，一舉而兼慰矣。昔起宗以宦遊，不克視吾考含殮，罪通於天，而於鄉薦後得殯吾伯，於登第後得葬吾伯，於予告後得殯吾伯妣，於糜沸雲擾之後得合葬吾伯妣，顧有兼人子之所難兼者。

更念己卯赴粤之年，伯妣正開八袠，起宗先期上介壽觴，伯妣執其手，且笑且泣曰："吾旦夕人也，爾歸無期，歲不我與，然則今日者，其生離死别之一日乎？"起宗哽結不能聲，因留子婦於家善事之。比繇粤調楚，沉命殘疆，臧獲從家鄉來，輒云伯妣每旦呼天而泣，以不能姑待須臾，起宗亦自分不及黄泉毋相見矣。壬午秋，引疾歸田，伯妣迎於門，狂喜不可名似。繇是精夕膳，潔晨餐，娱調休養者彌年，始嗟長鶩，則又起宗不能得之吾母者。

今克襄大事又七年，起宗年亦六十有三，追尋嚮像，儼若親承，顧以伯妣享壽高，生前不便與伯考遺容一軸，今筮吉重臨，題此且令邑人共知此意云。

姑母李太君遺像題詞 拙存堂文剩

冒起宗

姑母與吾考同胞，少三歲，適姑丈太學溟蟠李公。公豪於飲而無子，家日落，且齎恨入冥矣。起宗每誦杜少陵"無室無兒"之句，輒爲泣然。因構一宅，迎吾姑歸而養焉。享年七十一而終，是爲崇禎庚辰九月之廿二日。時方竽濫嶺西也，一切周身之具，起宗昔在讀禮中已豫爲計，襄兒復爲治喪合葬，或靡憾於地下矣。

今歲時薦馨，春冬酹墓，禮緣義起，亡與存同。所抱痛者，彌留不獲一永訣與吾考等耳。真容寫於七袠時，間懸諸一堂，生氣飛動。憶壬午秋起宗解襄陽節歸，曾有哭墓五言律二章，並録於其上，以示後人。

考妣遺像題詞 拙存堂文剩

冒起宗

崇禎十四年五月初六日，接邸報，男起宗奉命調補湖廣下荆南分巡道，備兵監軍，駐扎襄陽。時襄陽已破於二月四日矣，重地需才，濫及綿謭，人皆爲之次且，起宗不敢以庸病謝也。即日遣家累東歸，兼程就道。惟是山丘愈遠，風木纏悲，謹以李癡和山人所臨考妣遺容奉安行輿，展祀宦邸。

昔魏王偉聞阿香𩗗𩗗聲輒泣而奔告於墓，今乃奉告吾親入猋拉雷駭之邦，冀薦馨于無藻可采、無羹可致之地，曾是可以爲孝。惟愛而佑之，俾服勞扞牧圉，厥有底績，無辱簡書，固起宗祗役之朱誠，亦吾親教忠之夙志也。涓吉啓行，先申虔告。

題嵩少公遺像 小三吾亭文

冒廣生

右十一世族祖憲副嵩少公遺像，崇禎己卯閩人李癡和畫。公以崇禎戊辰進士，授行人，由南京吏部考功司郎中，出爲兖西分巡道山東按察司副使。丁寧州公艱歸，服闋，補嶺西分巡道廣東按察司僉事，調上湖南分巡道湖廣布政司參議，下荆南分巡道、下湖南分守道並兼參議。原銜再起，督理上江、廬鳳、江廣等處漕儲道。國變，遂不復出。

初公之考選也，法當得御史，即不御史，亦不當考功南京。繼公之爲吏部郎也，故事，正郎得計吏，公正郎，復不得計吏，其後五調不晋一階，自以“拙存”顔其堂。誠哉，公之不屑爲巧宦也！其之廣東，廣東多珠玉、犀象、翠羽、香藥之物，以腥膻聞。公釃酒珠江，設誓詞。甫至，特揭發覺賄遺者爲廣寧縣知縣王時英一人，制府據揭糾參者爲陽江縣知縣孫自脩、署陽電參將朱之胤二人，直聲震天下，人亦以是争惎公。

此象即畫於是年，公年五十歲。余見公晚年畫象，其瘦削乃判若兩人。乃知禾黍之悲，公蓋未嘗一日或忘。而陳其年文稱公十年來，恒於一室中切切私語，爲祝宗之祈死者，其心爲獨苦，故其貌爲不復腴也。

公別有《觀橋圖》，萬曆己亥，閩人陳桂峰畫。晋巾緑氅而中立者，爲公父寧州公；紫衫戴童子巾而仰視，甫十歲者，則公也。登第時有《杏林春宴圖》，陳千里畫。先是弘治癸丑，參議公舉進士，曾畫是圖。至是公復舉進士，乃復爲是圖。官行人時，則有《四牡委遲圖》，鄧素華畫，自鄭宗伯以下皆有題咏。官南考功時，則有《三山拄笏圖》，魏考叔畫，曾波臣爲寫公及公子襄照，題者如何龍友宗伯之"天下有心勞我夢，世間無競足相思"；蔣若挪宫允之"身在冰壺成水鏡，地當花雨足雲煙"；倪鴻寶宫諭之"盡日持夾袋，逢山采煙嵐。樂餞青溪水，畢卓無比酣"，皆名句也。官兖西時，則有《曹南春色圖》。官嶺西時，則有《星巖咏月圖》。官衡永時，則有《衡嶽搴雲圖》。自襄陽請告時，則有《漢浦歸帆圖》，唐宜之畫。《逸園偕隱圖》，王次震畫。六十歲時，公子襄使人寫雙照於紫英黄菊間，以存晚景，曰《澹圃秋容圖》，公自爲題記曰："陳仲醇堂曰晚香，取其節，而余僅取其容。他日遇仲醇於瑶水鴻天，將掩面而過"，曰"火辰匿輝，金虎耀質，天亦頓失故容"，曰"余不敢望魏公，而逢此百罹，終非霜下完人"，其詞多可哀，使人如讀《小園》、《枯樹》諸賦。諸圖今不知流落何所，惟公之文存，則公之精神與公之心事爲長存耳。癡和名良，《畫史會要》、《圖繪寶鑑續纂》均著録，稱其真迹罕見，則此象之可寶不待言也。又公調襄時，遣家累東歸，以癡和所臨寧州公夫婦象奉安行輿，展祀宦邸，見公所撰《考妣遺象題詞》。象久不存，然癡和真迹之舊在吾家者，已並此而二矣。

戊午七月重裝竟題。

書伯祖巢民先生像後 同人集

冒念祖

伯祖巢民先生，先王父之伯兄也。王父幼失怙，伯祖提攜教育，式好之情，老而彌篤。凡於名公鉅卿文讌，輒召王父與俱。而王父亦時復以詩文驚座，若王漁洋、陳則梁、杜茶村、陳其年諸前輩，皆引爲忘年友，以故海内交遊重伯祖，並重伯祖有難弟云。

迨伯祖下人間世，王父感念同氣，每歲時伏臘瞻遺像，輒泫然淚下，蓋友于情殷，曾未一日去諸懷也。

伯祖所輯《同人集》，素爲當代珍重，歲久半就殘缺。從叔殿邦鳩工重鐫，念祖不揣譾陋，與少尹余寬夫先生昆季拾遺補漏，編年分帙，閱歲而集成。因圖其像於卷首，匪特體王父友愛之遺意，亦俾讀是集者益以想見其手裁云爾。

題冒巢民先生定武本蘭亭序 常熟邵氏石刻

吴　綺

是本慶曆間舊拓。《蘭亭》真迹既殉，則行世者賴有臨本，臨本少則賴有石本，石本雜則賴有定本。當北宋慶曆時，定武稱爲世寶，非貴遊交舊不可得，矧今日乎？此帖經前賢朱文公鑒定，及元明諸公品題，遞代傳寶。玩此筆力雄勁，姿態絶倫，的是山陰矩度，世多刻本，皆弗及也。我生嗜古有癖，每於《定武蘭亭》常寤寐相通，今一旦見於巢民先生家，足慰平生歡喜。昔陸務觀跋《蘭亭》云："龍乘雲氣而上天，鳳凰翔於千仞，吾見舊定本《蘭亭》，其猶龍鳳耶？"務觀所評如此，信爲賞鑒家之知言也夫。

又 同上

金沙　張大心無放

巢民先生近得《定武蘭亭》，水繪庵中又增一秘玩。間示同好，争嘆奇絶。予附諸君子之後，得意縱觀，何其幸也！

又 同上

新城　王士禎貽上

昔於杜茶村齋中見一《禊帖》，云是褚氏臨本，真神物也。余快然興嘆，愛賞久之。今余與巢民結忘年交數載，茗盌詩筒，時相倡和吟咏之外，追話疇昔如昨日事，因述所見褚臨《禊帖》於巢民之前，而巢民欣然出此定武真本見示。喜見是本筆法雄渾，比之褚氏專以姿媚取勢者，有泰岳丘垤之異。巢民得此，豈以風流文采冠絶一時，而是帖乃歸之乎？

桐雨初晴，午窗多暇，援筆紀之。

又 同上

商丘　宋　犖牧仲

《定武蘭亭》，海内寶也。巢民風雅士，跌宕文酒五十餘年，尤喜作擘窠書。今以暮年而得是帖，示吾飫觀竟日。因書以爲巢民娱老志慶。

康熙戊辰秋。

又 同上

嘉定　張雲章漢瞻

冒巢民先生負鴻博才，薦而不仕，敦孝友，喜法書，常與海内群公怡情觴咏，隱於家園焉。家藏《定武蘭亭》，秘惜甚謹。今出以相賞，先生謂余曰："此先賢人朱文公手題之本，至明季爲侯峒曾所珍。撫今思昔，文公往矣，而峒曾以死節稱。嗚呼，先賢忠義之士，固爲百世敬仰，況是寶今存吾家，豈不更動人流連寶惜耶?”余觀畢，喟然嘆曰:“是寶爲先生所得，幸會也，亦墨緣也。今先生既知所寶，可謂賢矣。”

康熙己巳八月。

題趙松雪楷書德經 同人集

董其昌

余得唐徐浩書老子《道經》二千五百言於華學士家，惜無《德經》，未爲完璧。合之雙美，有望于子昂。今辟疆以此緘書相質，未知紹研山有人爲米顛和會否?

題東海翁臨唐人帖後 同人集

董其昌

細觀諸帖，似皆南安守東海翁所臨。後有跋語，不自表著，古人深遠，恥以微長見耳。

題祝枝山楷書洛神賦 同人集

董其昌

祝京兆書從褚登善《陰符經》入。此卷追踪大令，細緊秀絶，江南好事家收藏頗多，皆不及也，辟疆寶之。

題臨顔魯公杜少陵近體詩 同人集

董其昌

冒辟疆八法深得顔平原筆意，屢索行草，已臨數帙矣。舟過廣陵，與之論書有合，復書少陵近體十二首，臨魯公楷法贈之。時甲戌重九前一日也。

題臨顔魯公贈裴將軍詩 同人集

董其昌

顔魯公贈裴旻詩墨迹，婁江王敬美所藏，復歸汪太學。余臨數本，藏於江南好事家。今應辟疆教重書，不規規形模之似也。

題高房山倣米長卷 同人集

董其昌

此卷乃房山倣米南宫者，非倣元暉之作。蓋米家父子雖一洗宋人法，就中微有辨，謂于烟雲縹緲中着精工樓臺屋宇如李思訓，正是元章奇絶處。余曾見《竹溪峻嶺圖》于胡宗憲中丞之孫，不惜十五城之償，竟不可得，夢想至今。乃得披圖，若還舊觀也。

甲戌季夏，同辟疆快賞于邗江舟中。

題趙松雪高士苦吟圖 同人集

陳繼儒

松雪寫《古木高士》，又《彈琴撥阮圖》，皆是挂幅，不若此卷位置鬚眉衣冠與樹石花草，直追陸探微、顧長康，即唐、宋弗屑也。俗眼以龍眠、舜舉擬之，松雪將無掩口？東坡、元章粉箋書與畫不相蒙，宜另合一卷，乃稱雙璧，辟疆以爲然否？

第六册

题記、引、記

題　　畫

董其昌

山連極浦鳥飛盡，月上中峰猶未眠。

此余二十年前畫，贈馮大司馬，最得意筆也。辟疆重以相質，爲書數字還之。

題　　畫

陳繼儒

香中別有韻，清機不知寒。

畫寄辟疆。

辟疆强余作此，正如崛强老鐵幹，不覺吐花，爲春信所逼耳。

題　　畫

陳繼儒

山色盡隨空棹去，秋聲獨許此亭聞。向在衢江，得意此句，今爲辟疆兄樸巢補圖，未知有當倪先生否？

題　　畫

王　鐸

余卧病舊京冷曹，與辟疆世兄尚論今古，旁及繪事。辟疆鑒賞證據，得畫家三昧，因出白紈，力疾作《松窗茗對圖》爲贈。時丙子巧夕前五日也。

題　　畫

楊文驄

學步劉子驥，叩門如重關。桃源在平地，怪哉尋空山。
危峰犯青昊，人家宿雲端。疑是堯時民，耕烟如弄丸。
余臨北宋人兩小幅，贈辟疆。生平之技已竭，所謂爲悦己者容也。

題　　畫

魏學濂子一

辟疆盟兄遠性風疏，逸情雲上，吾黨中喜而不比，暱而思正者，不得儔儷之矣。丙子觀潮日，不肖濂欲集同難兄弟，同人皆咋舌，難其稅止。蒙辟疆即假蔭後廛，詩酒淋漓，團圞竟日，因畫層峰數朵贈之，謂峨峨澹峻，有類于其人也。

題　畫

劉履丁

壬午重陽，舟過淮陰，夢與辟疆同登漂母墓。寒梅刺眼，因圖之以寄辟疆。

題　畫

無可知

辟疆己卯秋在秦淮河亭，屬余圖天風海濤，余猶未敢肆志。龍友、超宗嘗語余筆意，後在京師，子一告余埃、幹二法之妙，乃始豁然。今踰十五年，三子往矣，又皆辟疆心盟好友。余久嬾作此事，以彼此再生相視，爲一勉强。

題　畫

方外　宏　知

辟疆道兄有水繪庵，林木蓊鬱，石浪澄泓，充棟其間，何今古耶？嘗憶歷陽戴敬夫稱，碧落道人爲建庵橋西，顔曰碧落廬。此故人心即蒼天眼，異時柳栗相尋，挂瓢有分，因圖仿佛，不覺出聲，肯一和之，是亦莖草問答也。時丁酉春日。

題　畫

宜興　周世臣穎侯

丁酉中秋，辟疆盟兄白門重訂世盟，一時故人子弟四方至者甚衆。余幸與兹會，因即席得見無可師所寄《水繪尊園碧落廬圖》，喜而捉筆，爲倣北苑法請政，然宗風難繼矣。

題　畫

無錫　馬兆良二采

辟疆盟兄自甲申秋金陵一别，不通音問十餘年矣。每傳誦佳韻，如對元亭。適同社渡江過訪，戲拈小景抒寫相思，并博胡盧也。

題　畫

陳名夏

庚辰，與辟疆同榻影園者三月，抵足論心，親如雁序。將馳舟瓜渚，乃爲圖此以識别。予不解繪事，遇良友，不知其醜也。

題　　畫

王時敏

往年於荆谿曾見大癡《富春山卷》。兹倣大意，稍摹其樹石，自慚腕弱，不知塗抹何狀，正米老所謂慙惶煞人也。似巢翁先生一笑。

題　　畫

王時敏

耳飽辟疆先生香名，積有歲月。一江帶隔，遂闕褰裳。非但衰病，久不出疆，亦自無一知半解可以儐价左右，是以趦趄不前。惟揆兒草木臭味，幸爾訢合。而邇年舍親毛亦史從珂里歸，備述先生肆力于詞賦，殘膏剩馥，沾溉一時，私心益不勝嚮往。既小孫原祁邂逅邗關，復得奉教左右，且承以盤礴技孜孜下問，顧以癃篤棄廢，筆硯久荒，未有應命。

追溯曩昔，向藏子久真迹，自壯盛以迄白首，日夕臨摹，曾未髣髴。蓋子久丘壑位置皆可學而能，惟筆墨之外，別有一種荒率蒼莽之氣，則不可學而至，故學者罕得其津涉也。年來疲暮窮蹙，殘縑斷幅，多爲好事者易去，先匠日遠，準的靡從。蓋日趨於甜賴點污，嘉賤旋覿，倍增惶恐。聊致案頭，用博都盧一笑，庶幾少寄心期，工拙且不暇計耳。乙卯重陽後二日。

題王煙客畫 同人集

冒　襄

己未陽月，余建草亭於水繪庵懸雷山北岸小三吾西偏，夾溪溁然，檜桐交翠，欲顔一額。思四年前，煙客先生寄三王合畫卷，首有“寄暢山水”四古字，先生仙遊，爲不可得之墨寶，從數百未裱書畫中取出，倩友雙鈎。適所藏五十三種中一研山皴如王叔明披蔴者，山腳平沙，可鎸“巢民真賞”一印，俱携出。次夜，流烏煽焰，寶彝染香，樓閣頃刻灰燼，平生收藏鑒賞絶無一存，獨此卷一石摩挲老眼。客冬裝潢，今秋，司空孫公特加題跋。

生平受知師友，自舞象侍教先師董文敏公，後六十餘年，海内前輩同志筆精墨妙，所貽何下千紙？幸《同人》一刻尚留其概，餘皆不可想象矣。并志紙尾，以發一嘆。

題　　畫

孫在豐

太常王烟客先生負海内重望，晚年樂志林皋，游戲筆墨間。其出神入妙，深得輞川家法，即吴中沈啓南、文徵仲諸公，無以過之。余與顓庵宫坊、茂京給諫爲同年友，忝猶子之列。向在都門時，欲乞一水一石，顓庵雖許之而未獲也。頃巢翁先生過訪昭陽，携此卷見示，把玩累日，但覺神氣生動，蒼然出塵，方之大癡，波瀾莫二。恐非遇知己如巢翁，未肯灑然潑墨也。及閲茂京後幅，可謂無忝爾祖矣，遂樂識數言於後。時康熙丁卯菊日。

題　　畫

無錫　嚴繩孫蓀友

余素耽丘壑，每覽名人筆意，則留連繾綣，寤寐神依，欲坐卧其側，披拂臨摹，一探神妙，而不可得。偶於見翁張公祖銜齋得覽王煙客先生所倣大癡《富春山圖》，其用意揮灑，皆出於筆墨之外，誠堪與大癡並駕齊驅。而且祖孫繼美，名蔚一時，至於元炤先生神逸超脱，合構渾然，深得古人三昧，此卷當稱全璧。況更爲雉皋冒先生畫並題者，尤稱奇遘。

巢民先生海内聞人，久欽風采，今覽斯卷，何啻晤對諸先生於同室耶？當爲生平第一快事，附以誌之。

題　畫

戴本孝務旃

八法、六法皆相法，以法無法，能會衆妙，然後能自成一家。晋唐諸賢書法，惟東皋冒巢民先生，乃余年家父執，早嘗師事董文敏公，其書法神逸，縱横夭矯，則更出文敏外。大而方丈，細或分毫，悉具天然飛動之勢。見其腕臂筋骨，排盪崩豁，亦若畫家皴擦、勾斫、分披，糾合相等也。

昔先安道厲操東山，惟獨好畫。千載而下，愧乏師承，遂浪迹於岳瀆之門，卒於道無聞也。先生顧以爲尚可教耶，衰拙已甚，結習難忘，何足以辱真賞？聊以疥壁可耳。庚午孟夏。

題　畫

戴本孝務旃

太華隱者自秦漢來，代有其人，而希夷先生獨著。過山蓀亭六十里，有石室，希夷先生遺像在焉。幅巾博帶，翛然一古儒者也。後世黄冠傅會其説，豈先生志哉？石室之右，有巨崖裂罅，長數百尺，爲希夷先生藏蜕其上。至今沙壤中有石如白骨，好事者猶求奉之。自峽而上，三峰猶嶙峋霞表，一境一異，一時一變，非尋常耳目所可端倪也。先以半箑寄獻巢民老伯一笑，不識能當玉井一勺否？時己酉秋日。

題　畫

張　恂稚脩

丁酉前曾訂買舟雉皋，訪同學巢民長兄于水繪庵之一丘一壑間。中以晢墓不堅，遂遭幻劫。今間關萬里，幸得生還。回念前期，惘如隔世。邗江重經會面，欷歔萬緒，烟海同深，出此屬畫，因記疇昔，情見乎筆墨矣。癸卯冬十月之望。

題　畫

張　恂稚恭

宛君以文慧事辟疆社盟兄，人咏《小星》，君歌《伐木》矣。辛卯春，忽焉乘鸞長往，辟疆哀不勝情，有《憶語》一帙，屬余作畫。豈看畫亦可以當泣耶？爰選圖四則，各七字句一章，奉請教政。

題　畫

查士標

巢民先生遊白沙，得半岩飛瀑石，爲寶晋齋中物，傳示同好，争嘆奇絶。吴聽翁、汪蛟門諸公各爲銘賦紀異，先生復屬余作正、背二圖，因不獲辭拙，有愧米老研山佳迹。然而先生愛石成癖，又得此石，直可尚友南宫，把臂入林。余以漫墨，亦得藉先生以傳，何幸何幸！康熙丁卯花朝前一日。

題　畫

張　瑞

丁卯仲春渡江，拜我師于得全堂上，時師遊鑾江、邗上幾半歲。盡空遊橐載書畫玩好而歸，日命酒，携親串縱觀，因得從諸君子之後，擊節嘆賞。最後出米老寶晋齋研山一座，峰巒洞壑，泉澗瀑布，靡不具足，座客有觀止之嘆。

師顧予曰："子固五日畫一石者，曷不爲我作半巖瀑布圖？"予唯唯。嗒然忘我者數日，始捉筆得二圖，一正一背面，天然意態，未能工力悉敵。然杳冥恍惚，是殆將移我情矣。

題　畫

金　彰心蘭

《菊飲聊吟圖》，庚子五月十有九日補寫於巢民先生手書《菊飲詩》後，真迹爲吾郡江建霞太史所藏，前携贈水繪盦主冒鶴亭先生，囑作是圖，并書緣起，即請教正。

題　畫

戴本孝

東皋冒仲子無譽所居留耕之堂，内有東廡，巨石負牆而立，上挺白松，雙榦葱蔚，拂雲數十尺，丹蘿翠蔦，虬引螭盤，壁立交暎，蓋其先大參公所手植也。中藏有書策，琴瑟樽彝，栝棬在焉，他人不能窺也。

無譽惟楗户踞榻，與其内君賢媛日相唱咏其中，過庭濟美。復獲令長女大家，嫺於詞賦，閨壼儀範，振頌藻林，諸子皆有異才，將見連翩鵲起矣。無譽之多祉厚福乃若此哉？抑其先人積慶流光有由然耳？顧家道之隆，曷嘗不近本於内助？古《易》首坤於乾，是以爲泰，非偶然所致也。

余忝世篤金石之好，漫爲此圖，以識實媺云。

題　畫

戴本孝

冒子青若，生平於事親懷友之外無他騖，進德修業，不出户庭，而譽聞四方。年近三十，始遠遊來京師，承親志也。時予已旅食燕市兩年，因主人能適予性，不掃室危坐，則蒙袂獨行，出入可以自恣。一聞户外革鞜聲，則畏匿不敢見，即間有過從，僅素心一兩人而已。嘗嘆青若來，自今之公卿大夫，以及遠近名彦，莫不折節樂與之游。予每過其次舍，不終食輒欲避影而逃也。

夫以青若恂恂若不勝衣，訥訥不能出口，今則復能控轡疾步，恒交錯於劇驂氛塵之中，飲酒賦詩，日相贈酓不少倦，此皆青若夙所未涉者，而顧善若此。嘻！豈得已哉，豈得已哉？承親志也。親之志，曷若是？其不得已也。若其得已，青若老親之上猶有老親在焉，肯以其家三十年中不違晨昏之賢子若孫，有如吾青若者，令其久旅孑處於數千里之外，將僕僕欲奚爲也？苟非知者，則亦第謂其若今之逐富貴、慕聲勢者等耳。嘻！豈青若之所以勉承親志也哉？

青若少予十有八歲，固兄事予。因其降辰，將裒仁人金石之音以贈之，遂出是册，以當前粃。青若思持所贈歸東皋，以娱其親，庶見交道。在今日猶有跫然若某某先生其人者，若是乎其不能忘也。至識者或以筆墨之法繩及戴生，斯誠不足齒也已。時戊申三月二日。

題　　畫

桐城　方亨咸邵村

康熙丙辰三月，亨咸於得全堂觀戴子所贈青若畫册，有三樂焉。筆墨從所未有，山川變幻，題句清新，益我多矣。其解贈之時之意，古道照人，於今見之，而青若之兄弟至誠感人，才名動衆，虚懷下士，能繼父風也。因系於後，以誌佳事。

爲冒萇原題惲畫紫藤花 皋聞集

鄭　燮

吾友李復堂畫藤花，筆略到而意已足。陽湖惲子畫藤花，筆盡到而意亦無不足。彼則黄鶴樓詩，是大斧劈皴；此則盧家少婦詩，是披麻皴，不分優劣也。

題畫 皋聞集

丹徒　鮑　皋步江

余詩、字、畫三藝之中，最不喜作畫，非靳也，性也。丁巳長夏，萇原以董文敏法顔平原書六紙贈余，上有其先司李巢民前輩題款在，蓋家藏舊物也，欲得余畫對值焉。余畫曷足敵文敏書乎？感其意之厚，不獲辭，漫塗此紙。既相交易，君其能無悔吝乎？謹識圖顛，即當左券耳。皋再拜。

題　　畫

閩縣　林　紓琴南

宣統辛亥三月十五日雨中，鶴亭京卿集同人於夕照寺，爲巢民先生作生日。雨止，出游馮益都萬柳堂故址，歸途經有明袁元素大將軍墓下。鶴亭囑爲製圖。

題　　畫

閩縣　林　紓琴南

奇孝動天圖，爲玉泉世妹作。玉泉爲余友冒鶴亭先生愛女，年十三。以祖母周太夫人病，玉泉庭中禱天，以刀刲股，和藥以進，藥入病立已。聞者咸驚，嘆其孝感。余於鶴亭爲摯友，玉泉則余子姪行也。心悦其年少有至性，因作圖紀之。

題蔡夫人畫

戴　洵介眉

女羅夫人産自吴門，實中郎之愛女；歸於江左，爲絡秀之前身。幼擅丹青，長嫻詞賦。放中山之兔，筆走龍蛇；染蜀江之箋，胸抒雲錦。固應操觚而從才子，何慚執簡以侍文翁？砥石生光，碧沼之文禽並浴；曲瓊炫彩，杏梁之海翼雙栖。業已譽噪香奩，豔流彤管者已。玆者展盈大之鵝溪，寫千尋之龍鬣。參天拔地，不承五大之封；擢幹舒枝，猶濕萬年之露。坐客既瞪視而斂容，主人乃吮豪而作贊。輒忘蕪陋，用繼俚詞。得全堂上，烟雲與翰墨齊飛；水繪庵中，鉢響共濤聲相和。匪直香閨之佳句，實爲藝苑之美譚。不揣續貂，聊資引玉。

題蔡姬女羅畫一

冒 襄

吾聞鳳凰五采，備躬百靈。引首六象，則極乎天地日月；風緯四鳴，則異乎行止夜晨。斯真聖世之上瑞，文章之奇英也。木榻蓬門，何當擬似？乃姬人偶以筆墨戲圖之，珍采不形而陽靈已具，雖不足以來弄玉心王母，恐大合乎楚狂之歌也。冬夜偶出以示象明，象明亟賞之，遂題以贈。

大江以南，有具眼如東漢蔡衡其人者，必曰此鳥多青，乃辛繕冶隱居栖槐之鸑。余何敢當？或亦東眺白沙，開門而思鳳雛之聲所致也。象明以爲然否？

題蔡姬女羅畫二

冒 襄

宋玉曰："鳳凰上擊九千里，絶雲霓，負蒼天，足亂浮雲，翺翔乎杳冥之上。"安能供閨閣女子于泓穎間輕描淡寫耶？畫初出縑素，索小内爲此，未知於五文、七德、六象、九章何似？然而和聲隨風，窃窕飄揚，豈賈長沙所謂覽德輝而下之？蓋專爲畫初振此高翔翰舉也。

題蔡姬女羅畫三

冒 襄

少陵云："天下何人畫古松？①"此非閨中弱腕所能揮灑。余慈受閣中，亦既有放筆

① 按，杜甫原詩作"天下幾人畫古松"。

爲直幹者矣。兹更縱横長卷，勢高而險，節屈以恭，狂枯既若擇仁，偃蹇復類馬遠。未入天台，何從見石橋南畔？如游净寺，竟能掃千年萬年。不緣學識，末由傳染，一見古迹，輒能淋漓奔赴，豈石鼓巖子所云"忘筆墨而有真景，夙世前身，噛冰雪、餐茯苓，蓋以松爲性"者耶？不然，何以有此？

題金夫人畫

吴　鏘閬瑋

金夫人，崑山籍，名玥，字曉珠，繼董宛君侍先生。幼絶慧，精音律，與吴門蔡夫人同以畫名，山水、人物、花鳥、仙佛，一披名迹，臨摹如舊，真前身兩畫師也。蔡又蚤逝，爐香茗椀，琴瑟静好，先生賴之。去冬刲股進藥，使七十八老人再生，才德兼備矣。

今年余客雉皋，先生命畫蒼松怪石見餉。予詩云："染香才筆迴難攀，百尺高松萬仞山。從此流傳同拱璧，斷紈零墨落人間。"初度再賦四斷句，先生次和，夫人又臨贈米家山，烟雲飄渺。予正觀雲海上，携此以往，蜃樓海市，同其變幻，藏之什襲，懼爲蛟龍所攫也。

題金姬曉珠畫

冒　襄

余幼得高房山《廬山圖》長卷。甲戌夏，吾師董文敏公致政歸，舟過邗江，攜請鑒定。先生展玩再四，爲之驚喜，題云："此卷乃房山倣米元章，非倣元暉之作。蓋米家父子雖一洗宋人法，就中微有辨，謂于烟雲縹渺中着精工樓臺屋宇如李思訓，正是元章奇絶處。余曾見《竹溪峻嶺圖》于胡宗憲中丞之孫，不惜十五城之償，竟不可得。夢想至今，乃得披圖，若還舊觀也。辟疆寶之。"

閱歲，先生手書至，中云："邗江舟中，得披賞高彦敬山水長卷，氣韻天成，烟雲飛動,出入董北苑、米謾仕,奇矣,奇矣!"即今夢寐不能忘也。乃于己未,同大、小米書畫盡付秦灰,千古憾事。庚申冬,復得房山小幅,雖絹素少損而神韻尚存。染香閣姬人每一對臨,不敢云出藍,然于米家源流,頗得其烟雲變没瀟灑之妙,此亦女士筆墨中未有也。己巳長夏,爲姬人初度,聞瑋貽我以詩。余既步韻和之,乃復自圖此畫索題,奉報先生。海上觀雲,出此一玩,不殊南宫在南徐江上作《海嶽圖》時也。

題金姬曉珠畫

冒　襄

丙辰春,玉山閨人有臨舊花鳥二十種,裝潢成册。蛟門汪中翰見之海陵寓中,强以宣德宫香二錫函并他玩好易去,時閨人正覓此香也。戊午閏清明,吴門重與蛟門聚于花谿,則此册攜去都門,鴻公題咏已盈四圍矣。

丁卯,邗上録之,歸置篋中。己巳長夏,吴聞瑋以詩爲閨人介壽,倡和各成四斷句。閨人復臨米家烟雲,余題跋相贈,刻之今歲倡和集中,適于敝笥撿出此稿,并附刻于後。蛟門赴召玉樓矣,其一段真賞鑒不可忘也。

莽鏡釋文

瑞安　孫詒讓仲容

右新莽宜子孫竟,祥符周季況先生得於閩中。先生歸老吴門,以付其外孫冒鶴亭孝廉。詒讓前廿年於亡友戴君子高許見此竟拓本,獨山莫先生子偲爲跋尾,即《經籍經眼録》所載釋文是也。子高物故,藏本不審歸何人。今鶴亭以拓本寄贈,怳如見故人矣。

竟文甚奇古,莫先生所識頗疏,鶴亭既諟正之,余復爲補釋數字,略可誦説。文曰:"唯始建國二年新家尊,詔書□下大多恩。賈人事市,不財畜田。更作辟廱治校官，五穀成熟天下安。有知之士得蒙恩，宜官秩，葆子孫。”又，鈕閑曰：“宜子孫。”大凡五十四字。

“詔書”下一字，莫釋爲“敨”，鶴亭釋爲“斿”。諦審字形，似“效”字，然文義仍未愜，姑闕之。

“賈人事市，不財啬田”，莫釋爲“賈人事禾，丁貳嗇田”，鶴亭釋爲“價事禾，市躳嗇田”。以字形審之，“賈人”當從莫釋；“禾”當爲“市”，“市躳”當爲“不財”，“財”即“才”之假借字。此八字句，言爲賈人者，則從事於市，其不才爲農者，則治嗇於田。“市”與“田”、“不財”與下“有知”文並相對也。但“嗇”字疑當爲“菑”，漢隸“菑”字多變作“啬”，此文作“啬”，與彼相近。《齊民要術》引《四民月令》云：“雨水中，急菑强土黑壚之田。”菑田、嗇田，義皆可通，未能決定也。

“更作辟廱治校官。”“辟”，莫釋爲“符”，誤。鶴亭正之，極碻。“廱”，舊並釋爲“應”，以篆文審之，从广从[illegible]，塙是“廱”字。漢隸“廱”字多作“廱”，即其流變也。下似从“心”者，乃增羨之筆。竟文往往增渻任意，不必盡以六書之義繩之也。“校”，舊釋爲“百”，亦誤。《漢書・王莽傳》“元始四年，莽奏起明堂、辟雍、靈臺，爲學者築舍萬區”，即“更作辟廱，治校官”之事也。

“宜官秩”，“秩”，莫釋爲“𢿱”，鶴亭正之，亦碻。“葆子”下，鶴亭釋爲重文，今諦審雖似有筆畫，而信非重文。鈕閑“子”字下亦有羨畫，可證。此語竟文恒見，皆無重文，有之則爲綴複。

此竟首句九字，第三句八字，脩短無定例，則末句固不必定爲七字句矣。

管見如是，漫書之以復鶴亭，並質之季況且先生，幸理董其然不也。

光緒丙申七夕。

莽文釋文補

德清　俞　樾蔭甫

承示莽竟，即展讀之，“詔書”下疑是“數”字。漢文帝詔云“吾詔書數下”，與此文法正同。“嗇田”上疑是“則”字，“不則嗇田”，言不爲賈人，則不事市而嗇田也。似文義較安，未知是否？請高明與季貺先生同定之。

救歲荒引

曾應棨

癸丑、甲寅之歲，閩諸郡並苦風濤，而澄以濱海被災獨甚，廬舍田畝半入波臣，邑大夫雖素勤省，然溝瘠未盡起也。冐公始下車受事，旬日而米價大湧，其糴穀於粤東者，適逢厲禁，即當道移文告糴，而風信愆期，隻帆無風馬牛之及。維時公帑若掃，私藏如磬，饑民老稚顛越，壯而彪者且晝攖富室，擁黄堂，而誰何矣？澄邑嗷嗷待命，幾朝不謀夕。

邑大夫念倉儲告匱，共商興發，而公謂當便宜從事，願捐初任懷資之橐，以濟倉需；又贊延邑中諸殷户，各施諸乏。單車撫循，民叩馬首，輒發私藏給之。時粤糴米舟僅一至，澄民方喜甦一日之命，而袁二千石公急濟郡内，特委通守江公促舟赴郡，澄民轉皇皇失所天。公陰諭民沿塗哀控，而已抗言力諍江公以郡縣一視之仁，江公爲動容，頷其請。公復虞人稠易譁，儻區畫無權，衹階亂耳，乃贊邑大夫躬詣江干，諭饑民毋得雜沓登舟。公親爲持衡，設法分給，闔邑稱快。而粤艘之洊至者，悉爲之劑量區分，遂人人沾惠澤，而向之攖於室、攫於途者，咸用安戢。

昔人常云："救荒無奇策。"而汲長孺便宜開濟，千古侈談，顧長孺以重臣出守，爲所得爲，亦無奇耳。公貳於邑，有主之者，而獨民饑己饑，多方設策，傾竭私囊，苦心種種，觸忌弗辭，任勞罔恤，而勉爲於不得爲之中，寧非一時之厚幸，而千載之奇踪耶？當道業廉公狀登剡章矣。澄士民幸沐生全之德而靡以報也，聊寄聲歌，用鳴不朽云。

蘇囹圄引

海澄 周尚德

法者，公共之器也，毋失入，亦毋失出。失入謂之深故，失出謂之府辜。然而失與其入也寧出，此形故宥過之訓，所關於清問者匪淺也。夫人孰不愛頭顱，惜胈胑，乃至三木加之，斧躓負之，而不思自解脱者，何故？其亦事勢窮蹙，遂以其身爲僇辱耳。今獲出而罪悔，必且洗腸易腎，以求跳於天罩天弧之外。以故識者以官爲嘉師，而擬其地爲福堂。

乃公之治吾澄也，無辜而罹於若盧者出，簡罪而逮於蠶室者出，株累波及而近於胥靡者出。以其爲俗之隄防，而導之使流，固不欲其壅而潰也；以其爲人之銜轡，而緩之使調，固不欲其急而敗也，此公之仁也。夫《吕刑》五辟之屬，其於鍰也，輕者至百，而重者至千；其於罰也，重者至百，而輕者至千。亦以鍰戒其相夷，而罰去其太甚，令民無邇奸而增藴，以庶幾於一人之慶，兆民之賴。此固作者之深意，而恤者之疏恩乎？不然，而執法之平，以爲小介，箠楚供鼓吹，鑽鑿當犧象，則亦公之所甚惻矣。

興水利引

海澄　張紹宗

兩崖之際，必有洫焉；兩田之際，必有遂焉。旱潦之所蓄洩，而山木之所隨刊也。稼穡艱難，王業基之矣。

邑南爲鹿石山，山麓有嚴橋陂，蓋南流之潨，轉於其防，而豬之於防。後乃分爲二支，經八都與六都，纏左山之陰陽道而合浸之，百室告盈，千倉報福。然其要害之處，責在守陂。守者婪於洛鯉伊魴之貴，而忘萬家之産，恣意抽闢，吴山周回之勢，末大凸高，銚鎒脩於南畮，而渠且涍矣。嗟夫！剜千家心頭之肉，以屬厭一人，而動色相戒，莫敢誰何，夫亦有爲之叢者乎？此公所觸目而儆心也。因擇六都水尾之愿而勤者，爲之参貳，而於溝之陻者擿之，濘者疏之，渚而湄者芟而均之。夫遂深尺而廣尺，洫深尋而廣尋，此亦所絜之矩也。

崔瑗爲汲令，開溝溉稻，而長老以仁父歌之；李頌之令武仙也，浚水灌田，懿宗賜之緋衣銀魚。一水之所利病，上安而下從之。公之殫心力於民事也，寧直有卧轍之思，抑且有臨軒之誥。

岕茶彙鈔引

張　潮

茶之爲類不一，岕茶爲最。岕之爲類亦不一，廟後爲佳。其采擷之宜，烹啜之政，巢民已詳之矣，余復何言？然有所不可解者，不在今之茶，而在古之茶也。古人屑茶爲末，蒸而範之成餅，已失其本來之味矣。至其烹也，又復點之以鹽，亦何鄙俗乃爾耶！夫茶之妙在香，苟製而爲餅，其香定不復存；茶之妙在淡，點之以鹽，是且與淡相反。吾不知玉川之所歌、鴻漸之所嗜，其妙果安在也？善茗飲者，每度率不過三四甌，徐徐啜之，始盡其妙。玉川子於俄頃之間，頓傾七椀，此其鯨吞虹吸之狀，與壯夫飲酒夫復何殊？陸氏《茶經》所載，與今人異者，不一而足。使陸羽當日茶已如今世之製，吾知其沈酣傾倒於此中者，當更加十百於前矣。

昔人謂飲茶爲水厄，元魏人至以爲恥，甚且謂不堪與酪作奴。苟得羅岕飲之，有不自悔其言之謬耶？吾鄉三天子都有抹山茶，茶生石間，非人力所能培植，味淡香清，足稱仙品。采之甚難，不可多得，惜巢民不能與之共賞也。

宣鑪歌注引

新安　張　潮山來

物之佳者，或以人名，或以地名，或以代名。名雖不同，其爲物之佳，則一也。如時之壺、哥之窑、張之鑪、顧之綉，皆以人名者也；如并州之剪、蒙山之茶、歙州之硯、湖州之筆，皆以地名者也；至於商彝、周鼎、秦璽、漢碑，則以代名者也。

夫以一物之微，而致煩一代之名名之，及其久也，代已亡而物尤不朽，豈物以代重耶？抑代以物傳耶？有明三百年間，物之佳者，不可勝數，而宣鑪一種，則誠前無所師，後莫能繼，豈非宇宙間一絶妙骨董乎？所恨贋鼎紛陳，不可勝(結)[詰]，非巨眼莫能辨之。良由愛之者多，則其值益貴，值益貴則贋者日繁。甚且一鑪剖而爲二，半真半僞，若兩截人物。噫，亦何巧也！

余博稽載籍,如《博古圖》、《古玉圖》、《泉志》、《硯譜》、《墨譜》之屬,莫不各有其書,唯宣鑪獨無譜。雖其妙處,實不可以譜傳,然鐘鼎尊彝之屬,其陸離葱翠,寧獨可以繪畫畢之乎哉?冒辟疆先生作《宣鑪歌》,以贈方坦庵先生,而特自爲注,余甚愛之。較之酈之於《水經》、裴之於《三國》,誠可鼎足而立也夫。

蘭言引

張潮

蘭蕙之辨,言人人殊,然而可無辨也。其花同,其葉同,其香同,衹苞之多寡、開之遲早有微别耳。今世人所重者,唯建蘭一種。此花産於南方,其性畏寒,冬月不可以風。蘭主人多方護惜,始保無恙。意此花古尚無之,左氏所謂"蘭有國香",孔子所謂"蘭爲王者香",《易》所謂"同心之言,其臭如蘭",皆指生於空谷者。今世人藝蘭,《月令》、種植書所言,則皆指建蘭矣。孔子曰:"幽蘭生於空谷,不以無人而自芳。"較之建蘭之專籍培養者,殊不相侔,則是古之所謂蘭,爲特立獨行之士,今之所謂建蘭,爲可上可下之資,必得賢人君子爲之挾持造就,始克底於有成。

吾里有族兄某,善藝蘭。其言曰:"蘭生山中,喜與喬松爲伍。取松龍鱗浸厠内若干日,復置清流,滌其穢氣。然後屑而爲土,以之種蘭,其葉之肥勁而短,與建蘭相似。"苟能盡以此法養蘭,將建蘭可失其貴矣。

雉皋冒辟疆先生性愛蘭,著《蘭言》一帙。展讀之,令人齒頰俱芬,惜不能以浸松爲土之説相告也。

香儷園並頭茉莉詩引

華亭 陳繼儒眉公

茉莉,嶺外海濱之所産也,一見於《南中行紀》,紀自陸賈;一見於《南方草木狀》,

狀自嵇含。宣和艮嶽列之八芳,《洛陽名園》載之奇卉。曰"没利"者,《王梅溪集》也;曰"抹利"者,《陳止齋集》也;曰"抹厲"者,《李格非集》也;曰"末麗"者,《洪景盧集》也;曰"那悉茗",又曰"鬘華"者,梵經也。

諸書臚列,難以詳述。而一叢之中,發爲雙萼連跗,則自如皋冒氏香儷園始。主人辟疆子艷而賦之,遠近名流遞有奇作。或謂其大如薝蔔,或謂其瑞似嘉蓮,或謂其花生于情,或謂其情生于花,諸君子不能判。眉道人曰:"舊傳有虞美人草,聞作曲則枝葉皆動已。高郵進士桑景舒製爲别曲,對草鼓琴,枝葉亦隨而動,江湖共傳,有《虞美人操》。"惟天下一種有心人,能感召同心之言,亦惟一種有情癡,能移换無情之物。辟疆咏之,而諸君子和之;諸君子和之,而花神暎之。試以奏茉莉前,得無聞而起舞乎?

香儷園並頭茉莉詩引

番禺　韓上桂孟郁

草木之英,以千萬計,艷推芍藥,秀侈芙蕖,幽羨畹蘭,逸誇籬菊,著在共賞,此其大凡也。若乃名不列于騷、雅,種先盛于炎荒,合薝蔔以俱來,與素馨而列族,夫豈無挺然拔萃,灼爾見奇者乎?

友人冒辟疆氏,蓋獨匠之豪,而衆芳之藪也。燕詒繩其祖武,堂構紹乃慈規。滿床牙笏,見簪籍之聯翩;牣屋瑶編,喜芸香之累積。天不愛寶,地乃昭祥,有卉榮焉,是名茉莉。載從海舶,移自花田,爰映高齋,依來綺砌。始點綴以如星,既輕盈而似雪。瓣含雙蕊,依稀四照之叢;蒂出同心,仿佛連枝之樹。此何必表旖旎於閨情,肩摩綉閣;引纏綿於麗思,藻溢吟毫已哉?瑞不虚呈,善恒先見。璠璵之光互焕,干鏌之氣齊衡。世故有疊中驗諸射鵰,連輝得之剖蚌者矣。各抽縟句,用紀奇觀。勿厭碎金,實祈貫玉。

香儷園並頭茉莉詩引

同里 張玉成成倩

華蘋朱草，嘉祥屬聖代之徵；連理紫芝，吉事叶名家之兆。花卉似有情之物，草木實得氣之先。吾世友冒辟疆者，淮海俊人，江皋韻士。禀乾坤之秀，靈氣獨鍾；承父祖之休，良樵是奉。鵷雛生于女几，神馬産于渥洼。庭下芝蘭，且是瑶林瓊樹；人中杞梓，更如玉圃琪花。根荄既殊，枝幹自別。垂齠負逸群之量，芸編蚤洽乎蕙蘇；總丱見穎世之才，蕙質首搴乎芹藻。毫采揮于素腕，日著千言；蓮燦啓于丹唇，文成五色。英姿慧性，儼然先正之標；綺歲奇才，展也後來之彦。軒軒霞舉，楚楚風流。

今辟疆讀書之園，即尊公種學之地。中區元覽，挺生勁柏喬松；高館清幽，(回)[迴]出穠桃繁李。翻堦芍藥，曾兩色獻洧水之奇；萎砌枯蘭，既再花吐湘浦之瑞。復兹末麗，是稱鬘華。時維一本以千葩，中有兩心而並蒂。緑跗連萼，自那悉茗所絶無；素蘤雙呈，恍優鉢曇爲希有。似魚鰈鰈，同浮瑶水之濱；如鳥鶼鶼，並坐玉枝之上。影摇簾外，均擬素馨之來；静笑簷前，共聽黄鳥之語。花神有意，生態無邊。粉澤經眸，娟潔芙蕖之色；清芬撲鼻，依稀薝蔔之香。祇緣自發乎心花，期必有關于情種。

大父種花兩縣，靖渝水之亂鋒，辭五馬而歸栽五柳；尊公摛藻二京，貴長安之紙價，導三騶而竚列三槐。世德芬菖，家聲俊茂。爰兹英妙，益復敷芬。有開必先，隨徵自應。光連四座，堪對蕻碧人之顔；品邁八芳，匪獨光瓊女之髻。蓺林踵武，潜修在藥房菌閣之間；蘂榜嗣登，顯用待桂棟杏樑之列。諸君子薈萃乎衡杜，予不佞謬引以菉葹。

香儷園並頭茉莉詩引

李之椿

論文者每曰"心花怒開"，然則文固有香有色者乎？文之香能空一切香，文之色能空一切色，花中惟抹麗庶幾似之。陳仲醇曰："是花也，名種種殊，而余獨以抹麗主齊盟焉。”夫傾城傾國，而後可稱之爲麗，千古文人未有不與麗人俱。乃是花更羞以麗自居，蛾眉淡掃，日往來衆香國中，群花無不避三舍以從。其所謂“三千粉黛無顔色”耶？操冰玉以爲心，望之如不可即，其如愛極愁生、寵極妬生何？湘江之二女，空留楚國之啼痕；漢宫之雙趙，幾怨昭陽之夜月。即不然而韓家伉儷，徒成青塚之鴛鴦，骨已朽而心未寒，腸雖斷而魂相抱。苟微衷之可托，自化物以難消，抹麗於是開並頭花矣。當宜男初佩之日，家家抹麗增妍，而並頭抹麗，何其巧與辟疆值！

辟疆者，文人而情人也。筆夢文通，琴傳司馬，五陵年少，誰不退三舍以從，猶抹麗之在衆香國也。抹麗而並頭花，辟疆而並頭抹麗哉？不免有旁觀揶揄之者，並頭蘭、並頭蓮也。蘭曰：“一自當門遭(乘)[棄]，區區誓不相離。不爾，豈易得此？彼胡爲乎來哉？無乃學步邯鄲者歟？”蓮曰：“曾侍王母宴於瑶池，幸結同心之帶，方有今日。伊何人哉？輒爾效顰？”抹麗惟笑而不言。余請邀花神爲之解曰：“並頭蘭，湘江之二女也；並頭蓮，漢宫之雙趙也。並頭抹麗，其韓家之伉儷。”蓋心操冰玉，而世效于飛者乎？

辟疆欲私之而不能，遂傳其事於風雅之林，而海内諸君子群歌和雪，競出名篇。余亦從其後，共爲《並頭抹麗》詩。而辟疆之意猶未已，命侍兒斟金莖露，以沃文心。五夜心花怒開，色香俱發，而《並頭抹麗引》始成。

香儷園並頭茉莉詩引

通州 張元芳完璞

辟疆，維揚一俊人也。蘭心玉骨，淵源有世德之求；逸韻天葩，瀟灑絶塵氛之滓。雅留神于花國，蚤樹幟于藝林。偶于火鶉獨熠之秋，拈得鬘華雙媚之種。亭亭並立，翠幹之葳蕤；嫋嫋争妍，冰姿之綽約。露(把)[挹]芳蕖，分合自仙人之掌；風來幽谷，將迎侈素女之妝。初玩嫵嫵可人，不數羅浮仙子；諦觀翩翩競爽，恍疑湘浦靈妃。雲移而有卷有舒，清芬兩兩爲構；月射而無偏無仄，粉藻各各生情。點雪舞炎風，高下錯流螢之影；織霜飛赤日，聯翩冷夢蝶之魂。挹韻致于連(趺)[趺]，薄言擷之，宛爾探珠嶺海；采菁英于合頸，相視而笑，倩誰種玉藍田？從此沂水，茁三秀之芝；何必艮峰，列八芳之頌？

樸巢詩引

吕兆龍霖生

辟疆依樸爲巢，語其絶勝，俯瞰清流，超然物外。己丑夏始集其巔，低徊留之不能去，遂撫幹漫吟，深覺鄙詞之陋。客有佞余者曰："非陋也，乃樸也。"若是，將不知樸之爲我，而我之爲樸？其請還問樸巢主人。

樸巢詩引

陳　梁則梁

巢皇外臣冒辟疆，結小龕樹裏，四際岸斷，幻構天開，上聳達漢之梯，下罩通江之浪。定當集鳳，洵可逃秦。雖賦心奇創，非身陟不能怪想到此，即蒲團趺坐，人非獨坐卧期間，歷四序變换，不盡知妙也。予愧爲耳攝目炫篇招幾十年，癸未初冬，乃得縱遊樹中。鳥既疑我爲魚，魚復疑我爲鳥。於時，天水相見，人樹俱沉，笑顧諸君語曰："茫茫宇宙，舍此更安之乎？"宛似畫溪，頓發歸思。又倚樹見江水往來，不知辟疆亦復何年過我也。

樸巢詩引

許　植天植

出南郭里許，入望蓊翳，冒子别業在焉。有老樸一章，偃卧河干，如渴龍飲澗，盤屈離奇。辟疆誅茅樹上，題以爲巢，真韻人韻事也。名咏如林，予雅不逮，借少陵五字爲巢穴增勝，令海内好事者讀之，當卧遊焉。

樸巢詩引

陳　焯默公

丁亥仲夏，來雉皋訪辟疆也。先是慕所爲樸巢者不得見，今於亂後見之，亦奇矣。況世變以來，昔時朋好半登鬼録，南皮之痛，今古同懷。而我兩人猶得載壺觴，拾芳草，相羊於斷橋殘圃之間，夢耶？非耶？是時兩腿痂去甚楚，不耐苦吟，僅作三詩。與斯集者：余公佑、李吾鼎、冒天季。歌者楊君已老，如杜夔夔之在建安，隔百里興會不殊，則吾兄階六也。

樸巢詩引

談允謙長益

或曰："居今而構巢野處，其事近纖，不足以見古人，烏在乎其爲樸也哉？蓋因木而名樹樸乎？吾樸也，且草椽楞牖具見潦略，亦樸也。"

余曰：不然。政以事之近乎纖，而名以樸，冒子之意遠矣！此樹幹如柴車之輪，枕河恣卧，渴螭轇轕，千百下飲，客欲窮其代。余念東皋海澨，乃有泰岱來長子孫，與嵩、衡竊稱兄弟，則秦松、漢柏可同日語乎？風霜飽閲，幸蒼髯未枯爾，竟無過而問者。今得著聞，木雖樸，亦能知冒子之遠思，而相契於無已矣！余叩斯巢，渡橋登臺，踞石作詩，以貽巢、貽樹、貽吾冒子。高寒風厲，木葉盡脱，身在枝上，歌聲清激，見者詫爲野鶴成栖，戛然長鳴耳。若春夏緑雲遐茂，往來其下者，定不復知有巢居。願與滌紛歸淳，常隱此間，琴響空際，雞鳴樹巔，人當呼爲樸君。吾與子其遠矣！

樸巢詩引

彭孫貽仲謀

别辟疆六年矣。曩辟疆避亂客海上，以《樸巢詩》見示，流離之餘，未遑屬和，悲歌言祖，意嘗恨之。今年秋，辟疆飛書千里却寄，開械剖鯉，即樸巢諸篇和歌成夾矣。竄迹荆蠻海濱，自越而淮，不十舍耳。乃不得刺船雉皋，攀坐樸巢巔，酌酒臨流，與魚鳥狎。然讀諸公詩，固不啻卧遊也。寄題一篇，亦武原韻。

樸巢詩引

李之椿大生

孰不好異，而孰好異？無論異人不易得，即異樹亦不易得。余生乎所遘異樹，一見之報國寺卧松，再見之西嶽廟青牛柏。異乎，兩絶人間，而吾皋有樸焉，伯仲哉！異矣！樹踞龍游河，儼然龍也。余曾趺坐樹杪者竟日，私盟諸樸曰"可巢"。逾二載，樹歸辟疆。辟疆，吾皋之異人也。異人異樹，凑合適奇。願借我一枝結巢自放，然未嘗向辟疆言。辟疆乃與余不謀而合，謂非樸之靈哉！巢寄生于樸，純以天，行出其餘巧，爲橋爲臺，皆堪振衣霞舉。

辟疆詩云"望氣招仙李"，余則何敢以關尹視我辟疆？惟誦其詩而和之，便飄飄作淩雲想。性癖耽佳者，徂徠哉！庶幾謝朓驚人句乎？若辟疆欲搔首問青天，請携之登樸巢而歌。

秦淮大會詩引

陳　梁則梁

丙子八月十八日，子一聚同難兄弟於桃葉渡，時次第至者，爲繆采室、周子佩、子潔、左子正、子直、子忠、子厚、周長生、顧玉書、高□□、黄太沖。是日，子一出血書《孝經》展玩，各以詩畫贈辟疆。辟疆即席放歌，余與密之屬和焉。

西陵痛哭詩引

無錫　顧　杲子方

舊在西陵，痛哭兩度，爲衆所駭異，子一曾目擊之。客春與仲纓、無待二友同坐霜中閣，把酒談此，爲得一章。年來深自高論，不欲掛愁眉端矣。醉後仰天，不意復爲辟疆道兄所得，别去五十里，遣書來問。余亦尚記别時携手不分，惓惓語慰，何至重以使存哉？因書舊作，以見其情。傷心人懷抱，未堪爲知己道也。

往昔行引

莆田　佘儀曾羽尊

東林前輩，炳炳日星。自楊、左獄成，正人夭喪。嗣復社後起，而如皋冒公司李巢民寔共主葵丘焉。五十年來，屈指中原，魯靈無恙，詬誶翻叢，往誠虎門，今則泥蟠，蓋圓鑿方柄兩不入也。

己未重陽之夕，於得全堂看演《清忠譜》劇，乃五人之墓事也。巢民嘆曰："諸君見此，視爲前朝古人，惟余歷歷在心目間。”次日，出丙子歲八月十八日巢民南都寓館《爲魏子一大會同難諸孤兒紀事》三箑，并悉始末，爲之浩然。夜長不寐，作《往昔行》，得字五百六十。

前鴛鴦夢詩引

黄周星九煙

辛丑巧夕，夢中似在真州江樓。樓東南皆啓窗，窗外林樾參天，木末衆山環繞，其正東雙峰秀出，云是鍾山。而東南一峰聳峭，復過之。有巨帆乘風西上，余指顧欣然。樓中似有美人文士之屬，因相向言：“余嘗集長吉句爲詩，云‘小玉開屏見山色，西施曉夢綃帳寒’，殆謂是耶？”語竟，不覺倏過白門舊書齋，偕兒童輩于庭中踞地爲戲。忽見草際有兩三蛺蝶翔舞不休，文彩殊常，以手捉之，忽化爲鴛鴦，種種丹翠斑斕，目所未睹。余隨手攫得，悉付童子持去。俄有賓朋滿座，東皋冒辟疆居上。余詢童子：“適所獲鴛鴦共幾頭？”童子答云：“十一。”余即起入書室，室中復有鴛鴦三頭，蹩㽜案間，又攫之而出，其毛羽尤絢爛可愛。余見辟疆有朵頤之色，笑曰：“公欲得之耶？可自擇一雙將去。”辟疆笑而受之。

後鴛鴦夢詩引

黄周星九煙

乞巧之次夕，夢與二客夜行，童子持籠燭前導，其後客足蹴著一物，呼童子以火燭之，乃一小布裹。童子發視曰：“金鍼也。”余取閲之，見錐刀十數事，頗類銀工所用，意爲眼醫遺物，仍付童子藏之。稍前，至人家，有人出應客。余問：“此地有眼醫否？”應曰：“無。”余曰：“適途間金鍼爲誰所遺？”曰：“此冒辟疆物耳。”余心異之。復前行，至一亭墅，門内有丹漆花籬，籬畔小案上列印石數方，中有一方作白文小篆二字云“虎謚”。

聞童子語云:"此小師傅所鐫也。"俄聞笑語相接,有梁溪潘緝仲自籬内出,且行且言曰:"黄心甫得非東粤人耶?"余曰:"非也。正是君鄉里耳。"又一垂髫小友踵至,身著青帛,年可十五六,緝仲遽命拜余。余亦匆匆答拜。起入亭館右廂,見一人踞坐西嚮,知爲辟疆。窗前巨案横陳,綵繪花鳥一幅,似是緝仲未完筆。余稍就視之,曰:"此宫粧也。"遂趨過之。辟疆忽從後追至,語余曰:"公知君家墨農事已有好消息乎?"余漫應曰:"墨農事姑勿論,但吾因此爲公收得一物矣。"意蓋指金鍼云。語訖而寤。至十一夜,又夢閱辟疆詩,篇什甚繁,披吟無暇。比醒來,止記其五言律二結句云:"绿稠諸雜咏,不欲繫江城。"

夢揚州詞引

王方岐

巢翁老伯來自皋城,客遊邗上。樽開北海,逸興遄飛;會續南皮,高朋雲集。絲肉競奏,梨園之白髮猶新;酒炙齊行,座上之紅燈四炤。斯誠名士風流,不第當埸豪舉。爰有明府盧公,念切伊人,寄懷秋水。數行妙墨,翻瀚海之驚濤;一曲清歌,譜詞壇之麗藻。傳示鄙人,用索蕪製。不揣後續,敢效苎蘿之颦;却視前人,早失邯鄲之步矣。

還樸齋詩引

顧道含同東

如皋縣城南龍游河畔,有古樸樹,輪菌蜿蜒,偃仰水涘。崇禎七年甲戌,冒巢民襄得之。面勢審形,構巢其上,結撰奇幻,履陟安步,"巢民"之號昉于兹焉。傳以詩記,今且五十年。戒紀傾覆,風雨漂摇,巢民七十四歲矣。倦飛息機,導神養和,言旋于高曾祖之故宅屋角,復得古樸。主人笑曰"此後樸巢也。吾將名吾齋曰還樸",而命道含爲詩。是時甲子六月二十日。

還樸齋詩引 同人集

冒 襄

崇禎甲戌春，余年二十四，于南郭得古樸一章，盤銅拗鐵，卧于河碕。結巢其上，自署巢民，海内爲賦記詩歌紀之。申酉，毁于兵燹，迄今五十年矣。余移家廢業，又十九年。近於祖宅後售叔氏隙地，參天拔地有樸，乃吾高曾時物。是天復以樸巢還吾，如杜陵所咏"獨樹老夫家"也。即以還樸名齋，系以一律。還樸外仍有二義，并附詩各一首。

紀夢詩引

許 掄公銓

舟中閲《長沙郡志》，知城西隅即岳麓山，山有道鄉臺，北海李公碑記在其上，私心竊向往焉。是夜，即夢晤公於碑左。公問："巢民冒某無恙耶？其水繪、樸巢興廢如何？"余悉以先生近況對。瞬息又隨公登湘中閣，游還樸齋，訪先生於得全堂。先生置酒款公，命歌兒演《漁陽操撾》，正鼓聲填然，余忽驚悟。古人夢感神交，往往有之，遂援筆賦此以紀異。

追和詩引 同人集

冒 襄

三十年前，許蔭松爲我成懸霤山，有從遊張子，辛酉深冬重來過訪，欲爲余匿峰廬左重築土阜。余不度時量力，漫爲之。雨雪既零，心(方)[力]交竭。丹兒養志，將順無違，小婦憂貧，微言勸止。心許之而不已，真愚公之愚也。忽有持先師董文敏公《遊善權洞》五字詩小楷四律，乃與同年吴比部訂山居之盟者，引東坡詞話書扇爲契，隔面畫《南岳山莊圖》，氣韻淋漓，虚無變没，純是董源神境。又有王遂東先生書《吾土賦》翠絲白綾一卷，工妙悉敵。

兩先生爲余童年特達知己，文章忠義與日月金石共垂不朽。拜别已五十載，今年過七十，火焚刃接不死，乃于水窮山盡時作此無益，以悦有涯。兩先生神氣相接，詩來同好，賦爲我成。歲寒，冰雪雙落，吾手捧讀匿峰廬，雖老興勃然，不覺老淚洗面矣。因和先師四詩原韻，又于《吾土賦》後，追憶王先生七律二首，並梓以傳。後之觀者，當欣賞余一生奇遘也。

哭陳其年太史詩引 同人集

冒　襄

壬戌中元日，懺祀陳其年世兄于定惠禪院，率兩兒、諸孫爲位哭之。憶己亥中元，爲其年與兩兒讀書水繪之第二歲盂蘭水陸，余追薦祖考于定惠以爲恒，兼薦其年先人者，共十載。己亥，其年有《賦謝二律》，時海警正亟，措辭用韻，備極艱險。檢讀《同人集》中，以淚研墨，步韻奉輓，才盡心傷，殊不成語。凡與其年交者，請和之。

贈冒辟疆詩引

張明弼公亮

余未識辟疆時，曾遥序其文，有“貯想其人，必心極清明，與化而俱，氣極微妙，通幽以出”等語。蓋從文中擬其人，或應如是耳。丙子秋，留都相晤，一笑如夢，共訂蘭盟，業以長歌紀事。將别之夕，再書此詩。

贈冒辟疆詩引

許　直若魯

歲庚辰，江南北飛蝗蔽天，赤旱千里。吾邑斗米千錢，僵尸載道。辟疆盡發百口之糧，捐金破産，躬自倡率開賑。日待哺四千餘人，而撫軍道隣史公、兵憲正臻黄公、司李佐平湯公，咸傾心倚重，各有捐助，下檄邑令資辟疆以佐其乏。余冬至都門，返見之，感且愧，力貸多金，始終明夏爲期之議。殘臘凌冰，復偕余勸賑四鄉。辟疆之澤溥，辟疆之心力苦且竭矣。余不嫻詩，作古聲紀事，代饑瘠爲仁人致頌焉。時辟疆省親南嶽，並呈尊公老姊丈。

和冒辟疆詩引

張惟赤居常

予從則梁先生處知東皋冒子辟疆之名十年矣，恨未謀面。乙酉春，適來鹽，遂定交。已而結伴避兵，風雨晦明無勿與偕，寢處飲食亦無勿與偕，蓋自春徂冬幾匝歲也。冬杪，辟疆病甚，急整歸帆，黯然久之。匝歲留連，非爲不久，不能不别，實不忍别也。鋒刃相接，躬送吴門，辟疆出近律四首，并則梁、仲謀詩，立索予和。誼不能辭，推篷依韻草和，自愧蕪穢，難賡陽春，亦聊附古人折柳之意也。

贈冒辟疆詩引

彭孫貽

貽知冒子久，恨未晤也。今年客鹽官將匝歲，貽始且遊白門，夏五歸，各以辟兵竄山中，冒子幾及於難。兵燹之餘，冒子病，貽則哭諸弟，目爲之枯。冒子僦居敝廬，接武相與，言甚讙也。而東西奔竄，計良晤不數。冒子以《樸巢詩》索和，貽又未遑。今行矣，能無一言？爲詩四章，名曰“惜晤”，惜良晤之不數數云爾。雖然，冒子蓋不忘乎世者！苟時未可爲，冒子其自愛，冒子其行矣。

贈冒巢民詩引

錢塘 汪鶴孫梅坡

巢民先生爲一代大儒，文章氣節，矯矯自命，蓋不僅如古之三君八俊也。既而知時不可爲，退居水繪園，重葺匿峰廬，以山水朋友爲性命。間或流連絲竹，按拍聽歌，以陶寫性靈，特其寄耳。予小子誼緣世好，幸獲登龍門，瞻丰範，盤桓浹月，重荷殷勤，因抒俚詞，以誌景仰，知不足以頌揚高風於萬一也矣。

贈冒巢民詩引

許之漸青嶼

癸亥中元後二日，我巢民年長兄先生自雉皋來，見訪于梴兒江都學舍，訊余愆水繪庵之期，且和余《海陵文讌詩》見示，載賡前韻，用志今兹覯見之喜。時長兄年已七十有三，而蠅頭千字，點畫無譌，抵掌前聞，纖塵罔漏。余亦七十有一，較少兩年，自嗟蒲柳，即何敢抗行松柏也？仍用前韻呈贈，兼正之穀梁、青若兩年兄。

贈冒巢民詩引

王　揆端士

余于役楚江，道經邗上，適逢冒子來自吴門。數秦淮握别之期，記雉皋遺書之日。三十載故人無恙，樂事堪尋；廿四橋明月有知，勝遊誰續？幸招良會，爰命輕橈，落日垂楊，微風曲渚，賓朋襍坐，調發新聲，竹肉既終，言追昔夢。相與銜杯慷慨，已而感舊欷歔。黄土朱顔，悼香魂之不返；清流白髮，嗟碩果之何存！平山誦《浣溪》之詞，才子應思摩詰；阮亭有《浣溪沙》詞。春夜唱《渭城》之曲，舊人惟有何戡。查友老而善歌。樂哉忘歸，時不易得。嘆彼曾參之告，偶集青蠅；慙非王粲之才，空登黄鶴。我既勞勞而失志，君亦悄悄以多憂。暫逐歡遊，微存秉燭之意；漫成蕪句，聊當紀事之吟爾。

贈冒青若詩引

瞿有仲

庚子夏，余從確庵師遊維揚，迂道之陽山，復折而南，過海陵，至雉皋，訪巢民先生，得識穀梁、青若兩道兄，相見如故識。開樽分韻，剪燭論文，以至聽歌觀舞，極一時快事。記觀劇之夜，紅燭高燒，白月初上，奏絲竹之清音，徵春雪之妙伎。酒數行，青若忽嘆，久之，曰："恨其年不再耳。"其年者，陽羨名士，余素慕其才，且景其爲人，時適南旋，不獲一晤，相與嘆息。居數日，拉余遊水繪庵，危樓飛閣，層石回溪，絶似江南名勝。登眺之餘，令人茫然有烟霞想。越二日，將告别，因念行路之難，新知之樂，遊觀之勝，别離之悲，得詩六首，其末一首即酬青若所贈之作也。

試晬詩引

戴本孝務旃

青若三弟令子耕硯初舉男，巢民老年伯以曾祖命之曰八秋，以是九月廿二日試晬盤。余適客還樸齋中，因率以拙筆詩畫爲賀。憶去春穀梁二弟孫彌月，令子文博已先請名曰八春，余既以詩紀之。一門春秋之慶，皆在老年伯年開九秩之際，四世一堂，余皆幸睹其盛，良可喜也。時余大兒鉞星來迎余還山，復與文博、耕硯、樸人三昆季共講淵源所自，夫豈偶然哉？橫江距東皋五百里，兩家世好，金石不渝，寧有艾耶？時辛未菊月。

萬花園新阡紀事 拙存堂文剩

冒起宗

凡人之情，近則親而遠則疎，存没皆然。先君每舉以詔余："葬我當於近郊，毋以謀陰地損心地也。"故余爲先君卜兆，近在萬花園祖墓之左，而堪輿家固人置一喙。綉水李元白使君聞之，貽書云："寧親必須吉壤，而形家最能悮人。吾閱人多矣，無有出陳東白之右者，請爲公致之，以慰孝思。"東白尋龍無定踪，公遣紀綱往返數千里而始至。歷丁丑、戊寅，余與東白同起居者凡兩載，而克襄大事，幸不負治命矣。

先是，鄉人言塋中夜有火光，有金鼓聲，又見有蓬首衣緋衣，雜沓出没於其間者，余以爲誕，叱之去。壬午，禦流賊於襄陽，移疾歸。偶崇川張完樸少參過訪，余以卧病辭。少參謂襄兒："適拜尊大父奉直公墓，環觀諦視，皆孝子心血也。載讀葉增城宗伯《誌銘》、倪鴻寶司成《墓表》，高文典册，真不朽盛世哉！但《表》中不應用十九'賊'字耳。"襄曰："古人文章，或所不諱。"少參曰："鴻寶文自佳，余非知文者，第文章好處不再此，况《表》以表章爲義乎？且尊公昔防流賊於黄河，今襄事出山，幾付七尺於流賊，其讖矣！"余聞之爽然，而迂少參者比比也。

越六載，爲乙酉之八月，沿海竈丁挾左道數萬人蜂擁攻城，結營萬花園。時余避兵秦海，聞之東向哭曰："先人丘隴危矣！"比戰敗，而橫尸松楸間者不可勝計。所謂火光、金鼓聲、衣緋衣而蓬其首者，歷歷見之。乃今知鄉人非誕，少參非迂，而《表》中十九"賊"字，及宗伯墓銘中"天傾地折，人頭畜鳴"之八字已爲之兆，且鴻寶亦死於賊也。乃此一時也，竈丁魚潰，鐵騎飈馳，臨河僅數武之兆域巍然無恙，人爲之乎？

而不特此也。萬花園者，元淮南王世子别墅，先得庵公合葬太高祖澹齋府君暨闞氏太祖妣地也。得庵公諱鸞，登弘治癸丑榜，歷分守建寧道參議，誥贈澹齋公奉直大夫，封母爲太宜人。余亦歷分守下湖南道參議，徼覃封而奉直其父，宜人其母。公之子諱諍臣，以明經爲令，余兒襄亦以副榜貢授司李，皆七品也。相去百四十年，巧合如此，所謂地理者，有哉？無哉？

書冒蒿少請覃恩事

蔣 燦

是舉也，仰徼當亡錫類之仁，榮施不朽，而左右翼贊，則拜賜於閣部封曹。乃若首其事者，實同籍冒宗起也。

始宗起爲此議，或尼之曰："公臚唱差不後人，例得京秩，於疏榮旦夕耳，何復爲煩？"宗起慨然曰："是何言也！蕭瑀不生於空桑，矧湛恩濃洽，噓濡無外，其何弗合詞以請？且余與其獨受之，毋寧共邀異數之爲愉快乎？"於是齋沐，具公疏，叩闕陳情，得下其事於所司。

時封司爲廣川提公，慨然曰："諸君策名首科，遭逢聖際，不稍慰其報親之志，曷以收其事主之誠？而不聞夫求忠臣必於孝子之門，一飯不忘親者，當一飯不忘君也。"遂委曲條議，上之少宰王公以聞，不三日而奉有俞旨。一時抃舞歡祝，頌於朝而慶於室者，三百五十人如一口也，謂非不世奇覯哉？

夫龍章鳳誥，澤明賁幽，至榮也。值首科作人之盛，在朝庭爲曠蕩之恩，沐分内先得之褒，在諸臣無冒濫之恥，至順也。諸同籍念之哉！采薪負米，何敢異寸組之加？兹甫離奥渫耳，而内外均載殊榮，豈繄恤其私夫？亦將有取也。藉令當亡，不靳隆施，以慰此烏鳥私，而諸臣勿矢報於匪懈，即無論官箴，謂庭訓何？願與諸同籍懋勉之。至若宗起以一片至誠成此盛事，即雅不自居，敢不明告於海内？

書冒嵩少請覃恩事

蔣　煜

乞恩之議，始於我輩，亦遲回於我輩。蓋放榜後，不少交際宴會，而考館者神各有所注焉。故初議，或分任，或醵費，聚族而謀之，輒散去。同年冒嵩少雖澹然於館，亦在交際宴會中，且旦晚歌《四牡》矣，慨然出而承之，刻期陳情，勞不難自肩，費不必人出，亹亹侃侃，曾未藉手於人，亦未使聞於人，而人固不盡知也。即叩閽之日，揮汗走闕門，内外有呼輒應，悉中肯綮。三百人環聚於斯，覺我輩逸而嵩少勞，迨不日報可，更覺我輩之徼逐爲徒勞，而嵩少逸其才，異其心，厚且遠矣。至領照分給，尤令人人快心，乃四牡在門，復授疏揭於梓，題曰"首科異數"，人贈十帙以行，何周詳若此哉！余心頗熱，而詘於病，綴筆末簡，以見戊辰榜有此人，我輩思出而報國，自不忍忘吾良友。

幼妹出室紀事 拙存堂文剩

冒起宗

出室，恒事也，何必紀？即出室於父歿之後，其兄愛之厚之，亦情所應盡，何足紀？而余固非自紀也。先宜人生子女凡五，僅存余。即家大夫中歲屢置篷，丁未添也。六秩得一雄，早殤。越四歲，生吾妹，則余以使魯還朝矣。余聞之喜甚，且以爲壽徵，而先宜人尤愛之，不啻若己出。乙亥、丙子，兩親交背，煢煢七歲女，哭泣若成人。吾婦馬恭人與之共起居，分甘吹暖，無已有加。乃先大夫彌留之際，曾無一銖遺妹，亦曾無善視稚女之一言遺余也。

先是，海安有故家殷室來求婚者，宜人曰："吾女孫只尺近，置此女數十里外，獨不念地遠則情易疎耶?"又有與先大夫結高陽社，稱莫逆者，杯酒間有成言矣。宜人曰："無書種者，吾不與也。"比先大夫没，比鄰舊戚堅託吾姑爲執斧，宜人詔余曰："卜壻望其有終。此而翁之孤女，寧慎毋忽。"蓋意有所指，不欲明言，故余雖寢處苫塊，未敢一日忘於心也。

久之，服將闋矣，退而謀諸婦，出山非吾志也，萬一不免，安危久速，能自必乎？百年之壽，可懸斷乎？可委之兒曹乎？屈指里中世家，皆世親也，皆吾考後輩也。俯狥曲就，如情分何？惟王母沙太君之猶子，隸太學，號鳳羽者，雖少先大夫且四旬，中表兄弟也，其似僅長於妹一歲，美秀而文，揆分度情，莫有叶於此者。於是卜之吉，衷之日者亦吉，表叔宗伯公通其意而爲媒妁之言，遂問名焉。蓋是事出余意中，實出鳳羽公之意外，聞之者皆交口稱善。此戊寅十月事。

卯春甫襄大事，而嶺西之命至。仲秋就道，留妹與兒婦於家，不欲携入瘴鄉也。壬午歸自漢上，妹迎於門，動止具福相。余喜動顔色。又二載，而請期之禮及門矣。一切奩具，竭吾力以從事。恭人悉出所有所愛者佐之，不惟無吝色，且惟恐不滿其志。聘金則封識未啓也。或有謂其愛姑甚於女者，恭人曰："誠然！吾女子女滿前，家道成矣。吾姑幼且弱，吾年亦踰五望六，方恨愛之之日短，寧有靳耶?"余所至號拙宦，然僚寀士大夫不乏交際，積幣兩箱，存之以資送吾妹。會王麗青太守還江南，屬其附致於家。是日偶以兵事羈，太守纜解矣，亟追之，則太守行四十里，爲左兵所掠，而余篋以後至免。至出室時，余方奉璽書督理省直漕儲，視事吾邑。一時喜溢門楣，聲動閭閈，人皆以爲僅見，而泉臺之含笑可知。然余終以不獲親見，悲喜且交集也。

試問當年之欲委禽者，非歌《式微》，則嘆失箸矣。故余之紀此，一以見先大夫不私其女，而能深信其子；一以見先宜人之容德不可及，而遠識更不可及；又以見馬恭人以長嫂爲養母，體舅姑之心，擴夫子之愛，皆由衷而非矯情。吁！此亦吾妹之緣也。余則盡其所應盡者而已。

書冒青若救其父事

宗　觀鶴問

如臯冒氏子丹書，觀察公嵩少孫，司李公巢民其父也。司理盛名譽，遠近共知，不具載。晚年以家人事授二子嘉穗、丹書，二子具父風，族繁素仰給，家且落，又數世所遺玩好，殲於鬱攸，望者無盡，造誹語煽隙，寖有端矣。

會族有少年，闇而戾，群謏詷紿之，則願刺巢民。秋七月晡時，丹書坐前除，忽廡下有影突馳，謂其子也，訶之不應，心動。巢民卧，刺者闌入踰限。適婢捧匜水至，撞之刺者顛。婢急，當閤曰："何來?"刺者曰："主卧耶?"婢曰："未也，且不在。"丹書入，見其顔色非常，曰："有語可旦來。"刺者曰："殺汝父，汝蔽，汝先死。"丹書曰："醉耶？"刀已中左臂，丹書未之覺也。覺嬰礌石泠泠沁骨，臂痿，乃右手據棖，耦婢作犄角勢。婢兩手掇匜水力拒，腹剚刃，腸濡刃出，猶掇匜水踦門。刺者復創丹書三刃，不得，排闥。有頃，蒼頭入，刺者掩其胸，蹶。家僮亦踵來，匕首血瀝，莫敢近，愕然環眎。刺者憒踻，幾讙呶。族某聞變，裸而趨與搏，臂傷，肉垂尺許，因濺血扼頸，仆刺者。時街鼓再下矣，巢民免。丹書子呼曰："父流血被趾。"始知受者重創也，絶復甦。婢腰纍纍若若，褌衵盡殷，醫至，納腸創孔塞，餘不受納，封以藥，既痂，剨之，痂片片落，周朔始盡，卒不死。嗟乎，奇矣！

初冒氏之火也，造語者謂搜餘燼得窖金巨萬。益公訓孜孜勉爲善，弗應遘此禍。然天錫孝子義婢保護，竟無恙，彼兇悍卒罹罪罟。孰謂天道卒不可信哉？余與辟疆世好，悉其事，紀之以爲世諷。

書乳源縣知縣冒公死節及其子誅賊復仇事

平江　李元度次青

冒公諱芬，字伯蘭，如臯人，世爲官族。兒時自塾歸，拾遺金百餘兩，坐待主者還之。比長，棄科舉業，入都供吏事。嘉慶二十年，敘巡檢，發廣東，補松柏司，調五斗口。嘗奉檄捕盜廣西，卻餽贐，上官賢之。連州猺反，參軍事，以功賞藍翎。會水災，公斥千金倡賑，且力籲於上官，得發帑，所全活無算。因築金釵圍，以扞水患。遷廣州府經歷，調海豐縣丞，擢開平知縣，所至有循聲，尤善治盜。咸豐二年署乳源時，逆渠洪秀全陷湖南，江華、藍山、臨武、韶州土寇起應之，有衆數千，陷仁化、樂昌，遂攻乳源。公募壯士三百人，命張延壽等領之，與都司車定海出奇兵夾擊，賊敗去。居亡何，別賊黄滿等嘯聚曲江，公與千總張鷹揚帥兵往擒之，獲十三人。道出寺前村，猝遇羅坑賊欲奪滿等。鷹揚遁，公手劍揮親兵百人，與賊戰。幕客宋培清戰死，賊刺公，創甚，血如注，公猶手刃一賊。張延壽亦裹創力戰，賊竄取十三人去。公舁歸，越日而卒，年六十有三，時十二月九日也。事聞，詔以四品官議卹，賜葬，祭祀昭忠祠，賞雲騎尉世職如例。縣民籲建專祠，大吏上其議，詔可之。

公之瀕卒也，誡諸子曰："刺我者，左目下有黑子。若等識之，其爲我復仇。"後十有五年，當同治丙寅，公次子澄宰番禺，有乳源人來言："邱標者，縣役也，常犯法，爲公所笞，遂投羅坑。賊嗾其黨邱河刺公。標已死，其徒傅琳、邱義、邱通、傅標並無恙，而河方爲縣役。"澄與昆弟秘圖之，各枕干以俟。會乳源缺令，公四子沅以通判權縣事，乃相謂曰："大仇可復矣。"抵任後，河等迎謁，且伺官所爲。沅佯爲不知也者，河心大安，乃以方略陰散其黨。一日，驟收縶之，察河左目下果有黑子，並捕琳等至，款問具服。乃牒大府駢誅之，剖河心祭公，且發標墓戮其尸。觀者數千人，皆感嘆泣下，謂公靈不昧，有孝子能殺賊復仇云。

系曰：甚哉！天道之好還也。邱河等躬蹈大逆，戕賊令君，覆載所不容。乃不即死，而必假手於公之子，以彰復仇之大義，固公靈爽使然，天網曷嘗漏哉？抑考復仇之義，《禮經》詳矣。即以五行準之，生我者父母也，克生我者，我必克之；克我者，我之所生又克之。凡以其爲仇也。嗚呼！此其爲天理民彝之不容紊者歟？

書乳源縣知縣冒公死節及其子冒君誅賊復仇事

番禺　梁肇晋

如皋冒公諱芬官於粵，咸豐二年，知乳源縣事。時廣西逆匪洪秀全由粵竄楚，嶺南北匪類群起應之。公與千總張鷹揚帥兵出境，捕曲江賊黄滿等，獲以歸。道出寺前村，遇羅坑賊來奪滿等，兵敗，鷹揚遁，幕客宋培清戰死，公受重傷，歸署，越四日卒。遺命告諸子曰："刺我者，左目下有黑子。"諸子各受命，矢志復仇。越十數年，公次子澄方宰吾邑，有乳源人來言，縣役邱標犯法，公笞之，標憾公，投羅坑，賊糾賊黨邱河等害公。手刺公者，河也。今標已死，河方爲縣役，其黨具在。會公四子沅復以通判權乳源縣事，既至縣，設法捕河等五人至，讞之俱服，具牘申請大府，盡誅之。河左目下果有黑子，乃剖其心以祭公，遂輯公牘爲《枕干録》，以誌不忘。

嗚呼！冒公之忠及諸子之孝，天經地義，盡人所知，復何待論哉？湘陰左恪靖相國云："粵東盜官不能治，復仇之舉足以儆盜，而風示官於粵者。"郭筠仙侍郎云："君能自復仇，已足多矣，而其事爲申國家之法令，以討有罪。以君之私，則復仇爲重；以天下之公，則國家所期良有司之事，未有急於此者也。"二公所言，皆至當，余無以易，而亦更有説焉。謂夫天道有知，而人乃夢夢也。方事之平也，使邱河輩自知罪重，擇地爲逋逃藪，則不死；即不然，冒君不宰乳源，則不死；河聞冒君來，苟或自疑，必逃去，則亦不死。乃皆不出此，竟就擒如羊豕，非河之愚，蓋天奪其魄也。有天道存，則冒君不來，河亦必死；冒君來而河去，亦終必死。然使死於他人之手，則天道不彰，必使巧膺顯戮，伸朝廷之法，慰孝子之志，實所以警人心而示天道之昭昭爾也。

嗚呼！死生亦大矣，次之如禍福，小之如通塞，亦何莫不然？余少好讀《易》，吉凶消息之理，每静觀之，而知天道之必有知也。謂冒公事可證，爰書所見，以告天下後世之信道不篤者。光緒三年丁丑季冬朔日。

書春姑葬其父事

冒廣生

姑姓冒氏，以同治元年立春日生，故名曰春，廣生之從姑也。祖諱芬，廣東開平縣知縣。父諱廷章，廣西河池州知州。母沈恭人。光緒三年，廷章公卒於桂林，姑年十六，一弟兩妹並年幼。沈恭人故富家女，天性卞急，不善治家人生産，至是煢煢在疚，則愈手足無所措，遇稍拂意，輒怒不可解。

姑少時，廷章公教之書，頗能通其大義。一日，讀《列女傳》，曰："北宫之女嬰兒子，獨非人耶？且人亦豈有背己之親，事人之親，而靦然以爲孝者？吾志決矣。"乃自矢不嫁，一意事母、撫一弟兩妹爲己任。外則米鹽瑣屑，靡不躬理。廷章公雖已没，而婢妾臧獲猶不下數十人。姑以一身操持家政，措置裕如，沈恭人得無所苦。

十一年，爲弟娶於張，援例納粟，得官巡檢，補廣東連平州忠信里司巡檢。十五、六年，分嫁兩妹。十七年，弟以羸疾卒，無子，遺一女甫周歲。姑仰天椎心，曰："吾先公爲政非耶？何夢夢也！"而沈恭人又以哭子故，幾喪其明。姑由是强顔以慰母憂，而於無人時，恒背鐙顧影而泣。平時喜讀史，尤精絶女紅，好自修飾，至是皆廢。久之，請於母曰："春苟未死，終不使吾父之無後也。且吾父之待葬十六年矣，弟在，吾俟之異日，弟亡，異日誰與葬吾父者？"乃自廣州航海歸如皋。

先是，姑有伯父曰澄，嘗爲廉州守，退隱林下，有五子。姑請繼其最少者。議既定，乃葬廷章公於李家莊，時十八年十二月八日也。葬之日，姑號泣雨雪中，昏仆數四，道旁千人，有觀之感激涕下者。姑之歸如皋也，番禺顧夫人實護之行。顧夫人者，前廣西鹽法道許其光之妻，與姑有連而嘉其孝，蓋其風義亦足多云。

如皋冒氏祠堂記

冒起蒙

吾宗自元時著籍於皋，歷明及今，歲幾四百。族譜雖經再編，而家廟未立，恐致貽恫於先人。考古諸侯、大夫、士，莫不有廟。新安著《家禮》，於廟祭位次、享獻諸儀特詳，其所關者鉅矣。假使沮格於制，不得有爲，固無論也。乃吾祖爲王官，躐階三品，出典大郡，稱刺史，蓋古諸侯岳牧之匹，而廟祀尚虚，抑獨何歟？意吾先人當守官之日，罔能顧恤私恩。及退老歸田，倦勤餘力，勢不得不有所待。承其後者，以前人未及爲而創爲之，疑近於僭，故累葉相因，卒無有謀及於是者。

夫吾族丁男數千，蒸蒸蔚起，孰非祖宗積累所遺？而報享無地，恐於仁孝之心或有未安。況席前業者，遺澤方隆；垂後緒者，世德罔替。若以前人之有志未逮，而不力爲行之，則惑之甚矣。余向嘗有志於是，顧念齒少分卑，未敢輕發。荏苒隙駒，哀然衰老，既無能爲國宣猷，思效尺寸於吾宗，而從兄遠猷，與余同志，互相激勵，矢願從事，設畫粗周。會巢民姪故宅屬彭氏者，今轉售，因醵金若干，酬其值。既而門廡棟宇，改置修葺，諸費亦應時足辦，然後列祖几筵有所陳設，春秋兩祀，族之孫曾雲仍畢聚一堂，昭穆序，燕饗行，釐然燦然，向未有者，今乃大備。既又虞其不可久也，割祠後餘地，易置生産，使一歲租入足供祠用。始丁丑及癸未，閱七載而祠成，其祭田則癸巳後置，而兄遠猷即世矣。

余思吾族非今始加盛也，惟列祖在天之靈，蓄久思發，故假手於余輩後人，而陰隲默相，以贊其成也。然必至三百餘年而後興，噫，其難也夫！爲人後者，知其如是之難，兢兢慎守，愛護培葺，其可衍祖澤於無窮也已。

康熙六十年冬十月。

如皋冒氏祭田碑記

丁元正

如皋故多世族，而冒氏最著。自元東林公以兩淮鹽運家於皋，歷明迄今，占科名職文武，代有顯秩，且多崇祀於名宦、鄉賢，而宗祠未立。逮康熙四十年間，若水、蒙求、无譽、介庵、予懋諸公，始倡建焉。繼復倡置縣北翁家莊田二頃七十八畝七分五釐，歲入穀一百一十四石一斗九升，以供犧牲粢盛之用，以備器皿修葺之費，擇子弟之賢而能者若干人，謹司出入，以次輪代。乃猶懼其久而失徵，且恐將來有不率者，昧於雖貧不鬻祭器之義，爲具呈于邑侯鄭公，而乞余爲文勒石以誌之。

余惟《王制》自卿以下至官司之屬，莫不有廟。廟則有田，所謂"圭田"是也。《禮》曰"惟士無田"，則亦不祭。是妥祖宗之靈藉乎廟，而肅春秋之祀藉乎田也審矣。慨自宗法不講，而廟祀之典久廢，尊祖敬宗收族之意蔑如矣。於是支分派遠，或途人目之，甚且以秦、越人視之，此人心之所以日漓，而風俗之所以日渝也。

余昔涖皋時，嘗欲與邑紳士講求宗法，族各立廟，謹修春秋祀事。鳩族衆其中，序昭穆，别尊卑，咸濟濟蹌蹌，肅穆於几筵豆籩之傍，以對越宗祖，俾孝弟之心油然自生。又爲選齒德尊者爲族長；族以領户，置户長；户以領房，置房長，各率其屬，假之夏楚，以糾督不率。人知親親長長，庶幾禮讓相先，訟獄衰息，正人心，厚風俗，莫急於此，乃有志焉而未逮也。今登冒氏之廟，周回環視，制度井然，規模宏敞，所設科條嚴而有體，仿佛有古先民遺意。余以卜冒氏之族之滋大也。余故樂以古宗法之善告之，遂爲之記而銘之。銘曰：

巍巍廟貌，清浄幽穆。天語煌煌，介以景福。龍飛鳳舞，觀瞻咸肅。以享以祀，有畬有菑。歲取其入，犧牲是資。創之維艱，守之匪易。辟彼挈瓶，罔敢失墜。春秋匪懈，孔惠孔時。莫怨具慶，備言燕私。子子孫孫，勿替引之。

乾隆十三年十月朔日。

翁家莊祭田碑記 删

冒　訓

吾族自宗祠建而祭田設焉。祠創於康熙三十六年，糾集闔族銀九百一十六兩八錢，經營締造，至四十一年，工乃告竣。繼即公議，設立祭田，闔族復捐銀八十二兩零三分，併將祠後樓房廂屋地基售得價三百二十三兩二錢，共成銀四百二十五兩二錢二分，於康熙五十二年十二月二十日契買縣北翁家莊朱宅田二頃八十二畝，價費銀四百四十兩。其田東止官路界，西止王界，南止陳界，北止章汪界。港南車篷一座，港北車篷一座，續置踏車二部、石磥六條，各佃住房二十七間，歲入小麥、黄豆一百一十四石有奇，以備春秋祭享，併祠中置辦、修理之用。乾隆十一年閏三月初一日，祖龕前拈定管年管月人。十二世慎幾、聖開、廷表、揚貢，十三世殿邦、振祖、魯良、尊六、質谷，十四世廷榮、立修、虞佐、伊言等，恪守其事。

誠恐將來不率之徒，勿念創制苦心，小而侵蝕，大而廢棄。於乾隆十三年二月十九日齊集在城族人，公同會議，連名以勒碑垂遠等事，具呈於邑侯鄭公存據，蒙批："冒氏爲如皋望族，代有聞人，祖廟烝嘗，自宜孝享勿替，以昭世德。紳等爲子孫者，惟恐族姓蕃衍，或致不能世守先疇，籲將公捐祀産，貞諸砥石，垂示後人，具見報本追遠、防微杜漸之意。准照所請，即會同族衆，鳩工鑱刻，陷置壁間，仍取碑摹，投查備案可也。"於時，遵批勒碑二通，一樹祠内，一樹田間。惟願我族協力同心，世世守之，永傳勿替，則根本既立，自卜繁昌矣。

乾隆十四年己巳仲春月。

復東陳始祖塋祭田記 家譜

冒起宗

自吾始祖東林府君鳳隱東陳，四世一塋，佳城鬱鬱。遡元至正以迄今兹，歷年三百矣。雖六世之親屬云絶，而大宗則百世不遷，家猶國也。相傳墓傍遺田六畝，除塚隧溝渠外，熟田計四畝有零，世充歲祀，後遞屬之子孫在庠者，夫亦謂知禮義，則無匱神乏祀之日耳。

然從前不可考矣。惟萬曆二十二年間，族衆公同清查，有九世諱漢者，侵種未吐，隨經詰責，立券承種，在鄉四族收租輪祭，請縣給印備照。後又屬之十一世孫族兄庠生良弼，即四族内思堅叔祖諱藩者之孫也。兄既没，而姪萬民等有之，歲祭廢矣。嗣是，兵火離亂，四族後裔遠近錯居，心力不一。起宗亦以宦遊播越，荏苒蹉跎，每一興思，不勝抱痛。更念滄桑倏改，丘壠巍然，即里中閥閲大家，强半墮隕，而吾宗數千指猶然，弈弈綿綿，祖功宗德，抑何深且遠也！乃春秋兩度瞻掃，漠然目擊旁觀，孰任其咎？雖起宗登第服官以來，曾樹坊立碣，用識不忘，而輪祭未復，終是玷缺。

爰自本年清明爲始，躬修歲事，爲文以告始祖暨三世諸太府君。仍商之南北兩東陳尊長兄弟，皆謂斯舉允協衆心。姪萬民等聞而退田召佃，無復二三。前此花粒，姑置不問，輪祭不必再及四族。公議南北兩東城之近居肘腋，力量克勝者十房，按季收租備祭，而萬民等亦欣附焉。孰謂人心不可感動乎？舊日四族，俱係在鄉，然起宗既始其事，何敢以在城辭也？自今以後，追遠報本，永其孝思。或有曠歇難誼，公論冥鑒。況吾始祖積德慶餘，濬發未艾，不獨形家能言之，心卜之矣。從此，闔族子孫蒸蒸鵲起，當有光大而繼續之者，亦何止於十家乎！遡往開來，敬述緣起，俾後世知此顛末。

其議定輪祭次序，開列於後，家藏一册，世世相承。至於修整墓道石坊，則起宗任之。大寒周回種柏，補羅城之闕，醵貲立享堂，爲受福睦族之所，將有同心，願無爽諾。祭租存祖遺之舊，每次司祭者增益，修辦整潔，以冀來歆。

時順治九年，歲届壬辰清明後五日。

重修東陳始祖塋記 删

冒與恒

始祖東林公五世一塋，佳城鬱鬱。溯元迄今，歷年四百矣。十一世憲副公自登第服官以來，於崇禎十年曾樹坊立碣，用誌不忘，又查復祭田，以永歲祀，誠報本追遠計也。

厥後百有餘載，而羅城塌削，碑石剥落，柏樹凋零，蕩爲荒墟，甚至案路缺撼，行人阻抑不前。恒等黯然神傷，謀之同族，爰續置石塊，總記塚位於其上，種檜百餘，回環護衛於其側。墓道之前，命彼土人自下覆上，修築坦途如舊。不數年間，塋樹蒼勁，輝映左右，蔚然其可觀也。

噫！後之爲子孫者，知其所自出，而優崇先祖。時届春秋，咸增水源木本之思；歲值蒸嘗，群動繼志述事之感。此雖祖德之貽徽所致，抑亦蕃衍昌熾之肇端也。是爲記。

乾隆二年二月。

河東始祖友松公墓碑陰記

冒興讓等

公諱檜，字友松，其先蘇州常熟人。元季避僞吴張士誠之亂，始遷如皋之東陳河東。兵燹餘生，跋涉江河，備嘗險阻，因而奮志讀書，湛深經術。

明洪武初，開制科。二十一年戊辰，獲歲貢，應廷試，召對稱旨，致身清要，洊擢廣西道監察御史，簡放巡按，以剛直聞。抗疏犯顔，因忠獲譴，謫戍廣寧。未幾，上思其賢，開復原官。公老且病，奉詔奔馳，抵京溘逝。上聞震悼，加恩賜銀治喪，返葬皋城東去十五里湯家灣。即古薛家灣。子二：長諱隗，官燕王府長史，後遂占籍順天家焉。次諱阡，永樂乙未恩科副舉人，以通判用，辭不就職，依墳墓奉禋祀。瓜瓞綿綿，爰及苗裔，皋邑氏冒者兩大宗，公其一也。

是墓也，公正位，左昭少松公，右穆若谷公。三世同封，遺隴平曠，東西三十弓，南北六十二弓。記明四止，禁土人之芻牧焉。我子孫瞻拜松楸，世世祀之，其毋忽。

光緒十五年三月。

重修萬花園嚮堂記 家譜

冒日新

吾宗人文蔚興，代不乏矣，而家聲之大，實自伯高祖少參公云。公營贈公兆域，得萬花園舊址，蓋地脉占勝，皋邑罕儔，故伯兄義元雋乙酉，而姪起宗捷戊辰，先後實輝映焉。冠蓋蟬聯，子姓蕃衍，祠嘗二祀，合食於堂者數幾盈百，先澤邵矣。

顧堂以司鑰無人，棟宇屢敝，先經叔兄寧州守修焉，姪憲副又修焉。雖綿力如不肖，亦曾丹堊稍新。乃今又告頹矣。嗚呼！澤久易湮，事久易敝。司馬季主有言："昔日之丹楹朱牖，今日之敗棟殘垣也。"豈無名家巨隴，鳥暈增麗？不旋踵蕩爲荒墟，夷爲茂草，況戎馬戈戟所摧傷，風日霜露所剥蝕。然則今日者，故宇猶存，遺規勿失，未必非赫赫先靈呵護之至於今，俟子孫之光大之也。念及此，修繕詎容緩乎？初擬饒有力者,獨肩其事。僉議獨用不如用衆,爰是各輸涓滴,命董厥成。迄於今,危者整,圮者葺,稍覺改觀,顧殫旬日之精神,仍百五十二年之舊貫。予願則侈,予力則微矣。後之人定有大于門而樹鴻烈者,倘肯表章先業,堂構新宇,不肖且拭目竢之也已。

順治癸巳春三月。

八里莊坦齋府君塋記 家譜

冒承祥

一、本塋距縣治北官河東八里,嘉靖丙辰冬造,己未春始成。南抵月池眠弓案外及男士振秧田界,北抵東身岡及男士撰秧田界,東抵港東龍岡外及男士振、士捷、士掃秧田界,西抵港中外及男士撰田界,通計地二十七畝九分三釐。

一、塋坐壬山丙向兼子午三分。塋内正中合葬考妣,墓一,塚墓誌石二,祭臺石一,香爐石一,花瓶石二,墓門左右石座欄杆二,木栅欄一。塋外植桂、柏、石楠等樹。東有土神廟,立土神石牌一,木栅欄一。南有四柱石牌坊,左右石欄杆二,木栅欄門三。又南有月池,池外有眠弓案。距案百八十步,有筆鋒照山,距山百四十步有欄局高岸,自眠弓案至此,計案五里,一重高一重,以關堂氣。北有五峰山,多植扁柏。其上山後有東身岡,四時草木生生焉。

一、塋之左右龍虎砂,并後東身岡前,計餘地一十三畝,佃以租人,歲輸銀三兩,以備本塋祭祀之需焉。六十年開墾羅城外隙地,添輸租銀一兩。

一、塋之龍砂水東郊,今建享堂三間,兩廂六間,門樓一間,以爲春秋祀享之所。内有桌六,椅六,櫈四,床一。宅前抵横路,後抵北港,餘田二處,與世守塋宅者耕穫,不徵其租以勞之。迤東有夾水二。龍岡楊柳、冬青、銀杏等樹,植以數千計,毋致損折,用壯青龍。

一、來水自塋莊之東官道,衆水群流入北含洞,達竹園東北隅含洞,由莊前西含洞瀠會東北木橋,復旋繞龍砂,歸聚塋前。月池上三洞,毋令傾塞,以通來水。

一、去水自塋之虎砂,從左倒右,放辛方出河。官河口造有石閘,板閆駕以磚橋,左右築二土堆以鎮之。

一、龍脉以西北乾亥方,巡河龍入首塋後,岡外迤北,舊有自濬淺港,抵北岸外,及劉夢星田界。港之西口築有高壩,當漸培港,不宜少濬焉。

嗚呼！顧諟幽宅，考妣靈藏。若山若水，風木是傷。經營念載，我心彷徨。殫及思力，爰建碑堂。寸草尺木，悉自衷腸。我子我孫，祇承毋忘。歲時修祀，保世永昌。

萬曆十三年歲次乙酉九月。

重修八里莊塋記 家譜

冒起蒙

古無修墓之禮，而漢唐以後有，其舉之莫敢廢焉。我高祖坦齋公塋造自明嘉靖間，迄今百有數十年矣，規模閎闊，龍脉起伏，砂水環繞，我子孫世世食德，惟恐隕越，曷敢謬爲改作？但歲久代易，經兵燹之摧傷，與樵夫、牧豎、牛羊之踐履剥蝕，是用怵焉。乙酉歲，醵貲鳩工，修葺完固。己丑秋，又取山壙之頽敝者築之，水道之淤塞者疏之，繕其梁杠，葺其牆垣，培植松楸，誅鋤荒榛野蔓。近爲霪雨風摧，新修者漸又頽塌。今復命工人依次接葺門宇，舊址增築三間，俾牢固碑碣，且爲享祀之所。至堂構新宇，衆議未果，以俟後賢。

嗚呼！祖宗創建維勞，而子孫僅僅守成，以永宗祀，敢或怠乎哉？春秋祭祀，第不可闕，豐儉惟量力耳。昔韓文公家訓云："盡醴以獻父母，父母何常見飲？盡羹以獻父母，父母何嘗見饌？不如盡孝養於生生之前，以報劬勞之恩。"與其祭之豐，何如養之厚？第思報本追遠，皆子孫之孝思，隨分盡力，養與祭一也。至塋墓之田畝、山向、饗堂、碑碣、雙橋，祖舊有記載，詳且悉矣，兹不復贅。

時康熙己亥八月。

重修毛雉河莊院記 拙存堂文剩

冒起宗

嘉靖丁巳、戊午間，吾祖考月塘府君卒國子業而稱家督，失箸是虞，載事隴畝，今所號毛雉河冒氏南莊者是也。吾祖母沙太孺人脱簪珥，買犢以佐之。蒙霜霧、勞筋骨于兹者，凡十四年云。莊故有院，院以外有池有竹，一泓與萬緑相映帶也。院以内有楹三，爲園五畝。叢桂有亭，芍藥有榭，以及桃李梅柿橙橘之屬，無不與彧彧薿薿者争妍競秀。院後二銀杏，百尺參天，出郭而南者，咸跂足焉。而迎門之青青拂地，千縷萬緑，又不減輞川柳浪矣。

自吾伯、吾父兩大人以筆墨耕，不復問家人生産。吾祖考釋廉州紱，還里，每逢和霽，攜兩大人載酒游於斯，輒娓娓述力本之勤，與田家真率之樂。余時以髫稚侍，竊聽之，今琅琅在耳也。嗣後兩大人出綰花封，歸享成業，歲或不一至，荏冉迄今，遂不免荒圮之感矣。崇禎壬午，自襄陽謝病歸，奉伯考遺命，以是莊屬之余。余於藥裹之暇，履畝而見此以耕以穫者，皆十四年勞勩之所貽也，而九原不可作矣。唏歔憑弔，爲之治荒落，扶傾圮，諸凡淖者夷之，游者達之，智者甃之，花竹之剪伐者更植之。雖不及昔之十一，而寙修墜舉，代兩大人以竟所未竟，庶無遺憾矣乎！夫兩大人與余皆叨列仕版，余之敭歷内外且十六春秋，而揆厥所有，曾無加先世之舊，則拙宦之輸力本也審矣。爰遡創業之艱，并識重修之歲月，俾後世子孫知之。

議創藻園祖塋祭田記 家譜

冒　嶟

古不墓祭，漢唐以來，儀制加詳，而增爲墓祭，亦緣禮義起者也。後之大人君子有其舉之，莫敢廢焉，謂敦本睦族，舍是其無由也。我王父卜居北澪，積厚流光，佳城之在藻園者，六十年於兹。往歲有醵貲置田之議，期在今歲必成。蓋以五房之支庶既繁，十年之消長靡定，而報饗無地，將祀事有缺，悽愴怵惕之謂何？孝子慈孫不懼夫恫我先靈乎？今者孫曾雲仍，不下四五百指，每歲蒸嘗之會，有曠歇祭典，應至而竟不至者；有隘於坐次，欲至而不便至者；甚有艱於物力，欲至而終不能至者。祖宗之歆否，莫之敢知，凡爲孫若曾者，何以爲心？今日猶孫曾也，更遲數十百年，孫曾往矣，爲雲仍者更何如也？六世之親屬云遥，塋墓丘山，吾慮子孫之不復識也。應至不至者，公論難逭矣。若夫支分派别，聯綴之者，祇此春秋二時，乃以坐次之隘、物力之艱，而尊祖敬宗之心無以慰，左昭右穆之列無以辨。貧富有歧視矣，爲問王父亦有歧視乎？目前尚然，其何以善後也？夫垂後緒者，世德罔替；席前業者，遺澤方隆。往歲之議，其不可已于今歲也明矣。其議于往歲者，謂合輸涓滴，創立祭田，以爲敦本睦族之資，一瞬息間而期已届矣，則願前約之無爽也。根茂者實遂，一勞者永逸，今而後，兩祀之下，孫曾畢至，雲仍咸集，昭穆序，燕享行，燦然釐然，吾王父陰隲默相以要其成，至是應有欣然而慰者。願此事毋爲築室者少成，而爲在天者所恫。

逸園復祀記

裘充美

逸園爲如皋冒氏祀先人地。初，奉直冒公汝九從蜀滇致政歸，晚年日夕觴咏其中。其地二畝，南隣中禅寺，北益以故郭兵憲洗鉢池十畝，東望雉堞，西撫鉢池。水出紅橋，橋外又得錢京兆廢池五畝，直通玉帶橋，爲放生處。園有堂，名十逸，公自作擘窠大書，有十贊。堂左有室曰酣，則坐卧處。公居官清介，兩爲邑令，一典方州，誥封進階，覃恩加級，享年七十又一。於祖授田宅外，未嘗闢一椽，擴一畝。讀倪文正公《墓表》、葉宗伯《墓誌》可見，一時擬之趙清獻、海忠介云。又有憲副嵩少先生爲之子，司李巢民爲之孫。

比憲副由天官郎出爲監司，所涖皆獷賊危疆。司李以孫代子，孝養曲盡其禮，後憲副亦以巢民純孝，呼籲感動政府，得量調致政歸。追念逸園爲公手澤所在，力加修葺。巢民復奉憲副偕隱其中，因勒公像與手書行草法書逸園所著詩於石，并勒世父別駕中垣公像及贊傳俱載焉。公與憲副手書遺嫡長襄掌之。襄，巢民名也。且諄諄命：子孫有志讀書者，方許入。巢民敬承之，三十年無改。無何邑之黠者以計愚其幼弟，奪而有之。當是時，冒氏有意外戕賊之禍，巢民及兩子穀梁、青若方痛疾首，號泣于郡伯之庭，離家數月不歸，他人遂伺隙以行其術。及其事得白，而向日之逸園已不復爲冒氏有矣。

嗚呼！逸園非如一切臺榭，僅以備遊觀也，若祖、若考、若伯叔之俎豆繫焉。汝九先生風采嶽嶽，歷三任不餘一錢。及謝世，在井邑，則有鄉賢之祀；在治地，則有名宦之書。其子露韭霜葵祠之，有以也。中垣先生達不離道，天靳絶嗣，而烝嘗不絶，亦家人似續之義也。若憲副公以之綱之紀之才，膺維藩維屏之寄，聿修家廟，以妥前人，又遵父命，爲嫡長襄之能世守也，遂舉而專畀之，且諄諄告教，使歷百年無或易。然則一逸園也，又不獨俎豆之所係，而凡前人之訓誡，及桮棬之留遺，與其居官行己之本末，莫不見于此。後之人入斯園者，瞻遺像，撫碑碣，而忠孝禮義之意油然其自生矣。乃一旦屬之他氏，而俎豆以息，梧棬以喪，誥誡以泯，石像以亡，碑碣以裂，在極柔懦之子孫，猶不禁攘臂而起，而況巢民負宇内夙望，忍舉祖宗日夕翱翔之園亭而委棄不顧乎？宜其痛哭呼籲，誓不復之不止也！

余雅重巢民名。及奉簡命巡視兩淮鹺政，出都日，三事以下無不爲余言冒氏家祠爲人所奪狀，又謂巢民貧且病，恐不能復其故地。余因屬郡守崔君、邑令盧君及余同門韓侍講元少輩調劑其間。而巢民不肯以錙銖累人，乃剥膚抉髓，百計以歸原直。且更有過求，委曲隱忍，無不狥其欲，而向者之逸園，乃復歸冒氏。

嗚呼！使非巢民之純孝，百折不回，安能至是哉？自是，冒氏得有其禋祀之地，可以傳之無窮，而巢民亦如憲副遺命，世以嫡守之。余故特爲書之，俾冒氏世世子孫知前人之創造不可忘，而既失而復得者，其閲歷險阻，拮据瘁瘏，尤不可忘也。

逸園復祀記

崔　華

如皋冒氏有園曰逸園，余過之，水石、竹樹、亭榭，澹如邃如也。先是，辟疆先生之大父奉直公仕歷兩縣一州，清介與時忤，拂衣歸。歸膺封誥，築逸園，日觴咏其間。嗣公成進士，由天官考功郎，歷官至憲副，亦與世齟齬，遂偕隱，足不履户外。辟疆奉兩世尊人，就養無方，奉直公以逸園屬辟疆世守。及卒，憲副公爲刻其像，并所手書詩古文勒於石，歲時奉祀不絶。臨終，屬長子辟疆，亦如奉直之屬長孫也。辟疆守祀事，祭弗失，蓋三世如一日矣。余見古之平泉、梓澤，既已不旋踵而化爲衰草寒煙，而近世名園勝地亦所在多有，往往亭池如舊，姓字已非，蓋曾未一瞬而已數易其主也。而冒氏獨能世守不失，豈非前之付託得其人，而後之承之者爲能孝而且賢哉？辟疆博學多才，方弱冠，名傾海内，授司李，不仕。今老矣，天下無知與不知，皆仰之爲古人。而顧有入室而操之戈者，而逸園遂幾易主。辟疆既置操戈于不問，三年來殫心竭力，以復故物，而逸園遂以重復祀事聞。

噫！逸園有重祀之稱，而覽者於是有感矣。昔蘇子瞻舍四閣菩薩，以資先人冥福，而懼僧不克守也，進惟簡而語之，曰："軾之以是予子也，爲先人舍也。天下豈有無父之人歟？其誰忍取之？"蓋感以孝思之同也。今辟疆之復逸園也，非以水石、竹樹、亭榭之澹如邃如者爲足以寄流覽也，懼祀事之不修，而隕先人之成業也。天下豈有無祖之人哉？《詩》曰："無念爾祖。"又曰："永言孝思。"方憲副公之易簀也，呼辟疆二子嘉穗、丹書，而手書示之曰："爾父天生孝子，不可不學。"則辟疆之孝不待言矣。而丹書更能於操戈入室之時，以身捍父，而幾殺其身，是冒氏固以孝世其家者也。孝者，人所同也。以此守之，於以垂諸無窮，不難矣！

辟疆既復逸園之祀，余特嘉其累世孝思可書也，乃爲之記。

第 七 册

記、賦、銘、贊

清水江田記

合浦 裴　彬

清水江在廉州府城東北十里而遥，西與大江合流。其源發於青山之陰，出嶺麓不半里，兩岸平衍可田。南坡稍凹，有官坡垌，以溉之爲田者，舊矣。若北坡，則東起嶺，西止油麻塘，南止江，北止黄水埇，中間宜稼倍於南坡，而地稱燥土，睹者惜焉。計必築塍障江以潴水，鑿渠以引流，而後田功可即也。

萬曆壬辰秋，太守郭公、司李陳公廉厥狀，合請於監司馬公，屬經廳冒君董其役。率諸農之爲領袖者共九十八人，庀材鳩工，以築以疏，興事於是歲初冬，甲午歲入夏而事竣。截江之塍址，横闊十五丈，高三丈，面闊如之，長一百五十餘丈。挑濬引水渠二，咸由橋下迤邐而西，冉冉行塍附焉。橋跨官道，爲楹十四，則清和三村二鄉之所修築者。橋之東可二百武，建立神祠，以便歲時祈禳。是役也，計閱歲將二朞，而爲費不貲，力亦重且鉅矣。經大田地共一十七頃十四畝四分八釐五毫，載糧六十四石二斗九升三合，實徵二十六石四斗有奇。其豪氓龐尚禮以原承十畝零一分之税，影射過九十五畝三分之田，坐落土名渴塘、屋背埇、油麻嶺、解車氹等處，據經丈出，并首告審實，申詳司道，蒙批盡追没官，充學田。其原税行縣除豁，餘則停徵而少待焉，以寬其力。參錯而擘畫之，爲分九十有九，分占田地十六畝二分零，而實徵則二斗四升有餘也。夫工以九十八人，乃分爲九十九者何？蓋以其一爲祭田，而省臨時醵金之費者，禮也。又析田地九分，分各十二畝一分四釐，實徵一斗八升有奇，用以酬首事經營，奔走之勞者，義也。爲積惡霸謀追没而發學者，又興學養賢之典也。

於戲，古之綜核吏治而以爲民興利者稱循良，今兹之田非廉士民世世之利哉！且也，自有江以至今，稽田者不知凡幾，大都遞作遞潰，徒以財力委洪流。而遠籌曲綜，井井芃芃，迄有成功如今日者，則實政修而庶工興也。後之享其利者，其無忘創始之艱，而尤無忘圖治者之苦心乎？無忘則思，思則奮，奮則勤。補葺隙漏，無廢塍焉；疏通湫溢，無廢渠焉；先公後私，無廢輸焉；無怠祭禮，啓争廢義焉。而莅兹土者，又能以四君子之心爲心，則蔽芾之休，其永永哉！

冒公名士拔，字伯奇，揚州之如皋人。謹勒豐碑，以垂不朽。

重建高陽宏濟橋記

孫敬宗

高陽攝兩郡之中，帶高河之阻，當唐磁沙之下流而燕趙之衝會，蓋四方綿歷之地也。正嘉初，嘗設橋以便輿徒。而懸流湍迅，歲老月深，橋且圮，民之病涉如舊也。

冒賢侯來視篆之明年，既築堤以衛河，而又慨然嘆曰："天根見而成梁，經政也；矧民之待濟宏而不爲梁，是重違先王之令而病吾民也，咎在牧長。"於是出俸貲若干金，且以醵鄉耋不經之祀費，而令王薪等程其工。洎馬侯至，遂踵迹而成焉。長二百尺，高三十尺，而闊則丈有二。其木石之費以枚計九百有奇，其工役之費以數計六百有奇。其功始于萬曆之三年，以五年之五月蟬聯而就。

予也嘗褰裳而弔顓頊之故里，訪蒼隤之遺迹也，過是焉而憩其上，則見琉璃萬頃，舳艫千梭，窈然湛然，如霞帔如湘縠者，高河也；烟柳雲絲，高低如幕，廷然匹練，層城而龍游斷岸者，金堤也；潭底長蜓，波心華棟，飛虹際天，倒影蘸水，昂然而熊羆登山，嶔然而馬牛飲溪，宏濟橋也；征轡暇豫，肩轂相摩，而凫渚蘆灣，停舟問叟，嘯歌絃音，聲聯漁唱者，客旅遊而人士嬉也。吁嘻，有是哉！是固前日之蒼烟碧浪，斷塹頽基，而輿徒病者也。能以百尺之梁，而使輿無留轍，行無厲涉，泊者依，游者樂，是豈徒烺乎爲一方之勝概，而便民多矣，故名之曰宏濟，其謂所濟宏耶？然予以作之難，廢之易，自古賢哲之士爲其民興利捍患者，未始非欲其世世存也，而後或至於始廢，今幸有作之如賢侯矣。倘繼是而操刀者無韞韣其始作之心，則斯民有永賴，而惠利何有極耶？故冒侯爲可紀于石也。

侯維揚之如皋人，政聲雪煜，竪立峭峨，未幾而遷安邑，又未幾而擢德慶守。昔歐陽公曰："君子之作，可以書。"冒侯之作，君子也，故書之。

萬曆十一年歲次癸未夏六月吉旦。

重修萬柳金隄記

耿　介

甚哉水之爲患，至洪烈也。無論宣房、瓠子障禦之難，即一壑苟非極力隄防，害可勝道哉！我高陽，古顓頊里也，田野磽瘠，且尾九河下流，業穡者春抱處堂之慮，秋罹産竈之菑，此尤難之難者。先是，邑侯非不目擊其害，往往無所事事，即事事，亦非吐自裏悃，懇懇恤民者。

歲丙子，維揚冒侯拜官我顓。比下車，進故老，訊邑之疾苦，廉及堤址護城者。故老泫然太息曰："護城未固，石氏等堤未葺修。小人居此，幾葬魚腹者數四矣。"侯乃泥行蹈橇，目睹其狀，拊心而嘆曰："是疾苦之大者，莫甚於斯。"遂具以堤址狀，上之郡侯、監司而可。

冒侯即董督闔邑夫役，分牌立旗，井井有條，不踰月而護城者告成，石氏等堤亦屹然嶷然，延袤數十餘里，胥金堤矣。隨栽柳億萬餘株，買州無糧地三十餘畝，用爲護堤計。惟是我稼克登，先廬克固，錙銖皆侯賜也。

近以河水衝激，風雨漂摇，堤頗圮壞，樹亦殘蠹，抱桑梓慮者恐蹈前轍矣。幸蒙曲靖喬侯爰推冒侯之意，補葺我堤，培植我樹，自蠡縣界抵安州界，堤形巒巒，柳叢森森，昂然改觀矣。

邑之父老子弟，請於耿子曰："戴召伯者動甘棠之思，懷西周者起好音之咏。冒侯創堤於前，是吾民之召父也，喬侯復修於今，是吾民之杜母也。然兩侯之恩澤，汪洋浩瀚，與堤俱崇，與樹並茂，不能報答其萬一，寧能已於思乎？願立石以誌不朽。"予曰："兹舉也，猗歟美哉！兩侯之績，争光史册矣。蓋築若堤而惠若民，仁也；蒙其惠而形之思，義也；形之思而刻之石，信也。一舉而三得，此予之所以美若舉也。爾父老子弟能口碑之，心碑之，庶與蘇唐並峙不磨，而此舉永永不朽云。"

時萬曆乙未端陽節。

高陽侯冒公遺愛祠記

曲阜　孔承光

予聞之，凡有功德於民者，則祠之，故鼎之生祠，列之俎豆，凡以表遺澤，昭去思，爲來祼勸也。自余奉命而尹兹土，乃入其疆，繩繩井井，有古高陽風，因嘆曰："良哉，伊誰之績哉?"僉曰："維揚冒明府之遺澤也。"蓋以高陽間於馗郡，疲於奔走，民於是有瑣尾流離，至甘爲不逞者，踣頓極矣。明府下軺，即一志胥民，不間旦晚。於是賦平訟理，百廢俱興，此姑不具論。其鉅者，邑衝唐、磁、沙三河下流，於萬曆六年潰溢田畝，浸漫城隧，民是時詎惟無禾，幾無家矣。明府顧盼流涕，曰："旁觀四郊，誰非赤子，忍令罹此饑溺哉?"遂具文道府蒙允，即鳩闔邑之衆，夜以繼日，築堤防，延袤九十餘里。於時隄南鄰蠡邑，蠡令忌功，以浮議爭阻百方，至訟言當道。明府上不避罪責，下不辭怨讟，嘗曰："苟足保障兹方，何畏罷斥哉?"究也當道直之，蠡令以不直罷去。用是大功告成，得免畫餅，而明府之髩髪且以瘁頒白矣。明府且謂隄不鞏固，其胡以利永永?隨延隄植柳以萬株計，迄今蓊鬱成林，堤不爲潰而河泊因以安瀾。

嗚呼！睹河洛而思禹功，坿甘棠而咏召政，自非明府盡力(幹)[斡]旋，禦此大患，我民不葬魚鼈之腹，即爲四方之殍，安得少延喘息，家粒食而户枕席也?勞在明府，逸在我民，怨在明府，德在我民，然則金堤之延延，固明府之河洛也；萬柳之森森，固明府之甘棠也。我民等能無禹、召之思乎?揆以功德之報，禮宜尸而祝之，予允其議。

於是闔邑士若庶具呈狀，祈入名宦祠，且卜地於霑花之陽，得若干弓爲之祠，以歲時瞻拜，陳其志思。今事竣矣，僉來請余奉主於祠。余於公未能識荆，而飲公之香名，若衙宇、宫牆、橋梁、郵置及帝王陵寢之屬，皆公之遺治也。間嘗焦勞心慮爲振飭之，以紹公之風烈，而于時猶有肆爲浮談，以令中格者。獨幸天日俯鑒，當道澄察，士民相體，庶得少逭罪戾。嗚呼，視公之議築防時，上下疑猜，勤苦萬狀，何以異哉?第聞公之令子以弱冠薦名鄉書，亦且躬食天報矣。矧嗣是簡在益隆，福綏日熾，將彪炳竹帛，又豈惟一顓邑祠之已也。兹偕闔邑士庶，瞻想風裁，竊有感於麛裘之謗，俄而衮衣；吾與之謡，俄而誰嗣。始信公論在人，不容終泯，而苟其愷澤及民，未有不謳歌念慕者。

復綴之亂詞曰："燕山峨矣，先生之績彌高；趙水長矣，先生之澤彌滔。予寤寐其謚範矣，奚啻山水之迢遥。詞刺刺其不次矣，謹用付之民謡。覘輿情之知恩矣，即去後而思忉忉。抑後人之典型在兮，其流百代而爲昭。"

時萬曆辛卯桂月。

再遊烏龍潭記 嶽歸堂集

竟陵 譚元春友夏

潭宜澄，林映潭者宜静，筏宜穩，亭閣宜朗，七夕宜星河，七夕之客宜幽適無累，然造物者豈以予爲此拘拘者乎？茅子越中人，家童善篙檝，至中流，風妬之，不得至(荷)[河]蕩，旋近釣磯繫筏，垂(下)[垂]下雨，霏霏滛幔，猶無上岸意。已而雨住下，客七人，姬六人，各持蓋立幔中，滛透衣表。風雨一時至，潭不能主。姬惶恐求上，羅韈無所惜。客乃移席新軒。坐未定，雨飛自林端，盤旋不去，聲落水上，不盡入潭，而如與潭擊。雷忽震，姬人皆掩耳欲匿至深處。電與雷相後先，電尤奇幻，光煜煜入水中，深入丈尺，而吸其波光以上於雨，作金銀珠貝影，良久乃已。潭龍窟宅之内，危疑未釋。是時風物倏忽，耳不及於談笑，視不及於陰森，咫尺相亂，而客之有致者反以爲極暢。乃張燈行酒，稍敵風雨雷電之氣。忽一姬昏黑來赴，始知蒼茫歷亂，已盡爲潭所有，亦或即爲潭所生。而問之女郎來路，曰"不盡然"，不亦異乎？

招客者爲洞庭吴子凝甫，而冒子伯麟、許子無念、宋子獻孺、洪子仲韋及予與止生爲六客，合凝甫而七。

移建江夏儒學記 武昌府志

陳鳳梧

古者學校之設偏天下，《傳》所謂"家有塾，黨有庠，術有序，國有學"，蓋當是時，無一地而非學，無一人而不學，其詳且密有如此者。三代以降，學校雖設，然其制疏而不周，邑附於郡國，則不復設學。如江夏縣，宋初止就鄂州學别爲一齋，紹興以後，悉附於州學，元亦因之。於邑且然，而況黨、術之間乎？聖朝稽古制治，文教大興，凡附郭之邑皆有學。其殿堂之制，師生之額，視諸邑無異焉。下至鄉閭里巷，亦立社學以教之。蓋即古者黨庠、術序之遺意，嗚呼盛哉！按志，江夏縣學，國初在黄鵠山北，尋徙歸厚坊，其地比於市井，喧囂湫隘，司政教者屢欲遷而未果。

弘治戊午，監察御史餘姚王公恩來按湖南，風采大振。間謁縣學，而退語諸生曰："學也者，上以崇聖賢，下以育才俊，是時奚其宜哉?"徧擇於城内外，無一可者。最後得貢院之西鳳凰山下，高明爽塏，乃卜遷焉。維時巡撫都御史閻公仲宇議以克合王公，遂命冒太守政董其事。前爲櫺星門，次爲大成門，中爲大成殿，東西兩庠翼之。殿後爲明倫堂，爲存誠、至善二齋，而庭廪、饌堂附焉。明倫堂外爲師儒廨舍者三。東廡之東爲諸生肄業之舍，凡五十六間，釐爲七區。舍之南抵於通衢，爲學門，則直櫺星門之東。經始於是年冬，甫一載而告成事。輪奂完美，像設顯嚴，其費計白金二百五十鍰，皆王公贖刑所措畫者。官不竭材，民不告勞，士大夫行而過者，咸嘖嘖稱嘆曰："是學之形勝，殆天設而地藏之，以遺今日乎?"

後六年爲弘治乙丑，鳳梧奉命來典學事。至則淤潦之餘，齋舍就頹，幸而分守參議吴公世忠，分巡僉事鄭公岳實維同志，加意於學。鄭公先出罰金若干，付知縣王鉉葺之，於是齋舍復完。吴公則以聖賢像位禮不可褻，乃各護以龕几，垂以簾幕，而時其啓閉，扃鑰加嚴焉。正德丁卯，鳳梧令再葺之。復於堂南設屏建門，以辨出入，而制益備矣。先是，舊學歷數十年，未有舉於鄉者。更遷以來，僅二三科，登名蓋纍纍有焉，士以是懽趨之。嗚呼，豈其然哉?

《書》曰："天叙有典，勑我五典五惇哉! 天秩有禮，自我五禮有庸哉!"典禮出於天而具於人，然所以惇而庸之，非學校不可。故聚民之俊秀而教之，蓋欲其明人倫、興禮教，以一道德而同風俗，豈區區於科目焉而已哉? 而人材之盛衰，科目之多寡，又未必盡係乎學舍之嚮背何如耳。大抵君子群居講習，必有清曠幽閑之地，以爲藏脩游息之所，然後可以居高明，遠眺望，不則志煩慮亂，視壅志滯，而能有成者鮮矣。諸生繼自今益求乎其内而無徒務乎其外，窮有所養，達有所施，以爲學校榮。若徒恃山川之勝，而滯志於功利，豈今日所以建學之意哉?

鳳梧懼王公之績久而磨滅，又懼諸生趨向之靡定也，故爲書其遷建之本末，刻之學宫，以告後來，因以爲諸生勵焉。

重建會昌縣儒學記 贛州府志

郭子章

王石梁曰："六經言學，莫先於《説命》。《説命》曰：'念終始，典於學。'"夫《説命》，商書也。古之教者,家有塾,黨有庠,術有序,國有學。學則三代共之,自夏已然,微獨商也。小學、大學,其來久矣。顧造士之區名學,士之所自造亦名學。《學記》"七年論學取友",孔子十五就學,則士所以學也。"大學之道,在明明德,在親民。"三代之學,皆在明倫。人倫明於上,小民親於下。明德、明倫異,其明一也。親民、民親異,其親一也。上舍是無以造士,士舍是無以自造,其學一也。我明建置郡縣,縣名縣學,郡名府學,兩京設國子監,名國學。兩京設提學御史,省設提學憲使,降勑諭勵功令,所以訓士者摯矣。

贛州會昌縣置於宋太平興國中,建儒學於縣西北隅。元至正中火,知州常方壺修建。明洪武戊申,知縣張桂徙建。壬申火。永樂癸未,知縣王文孜重建。成化壬辰,知縣梁潜購千户白瓊故宅,易城隍廟地拓之。嘉靖癸未,邑人國子生賴元改建。至於今,樠液軸解,牆傾城夷矣。

萬曆癸丑,如皋冒侯來蒞任。乙卯,始議重建,而時詘舉贏,計無復之。乃清白雲寺田千把,嚴驅奸佃猾僧,用什之三,存善果於緇流,用什之七,廓鼎新於黌序。經營於乙卯陽月,訖工於丙辰至月。中廟先師,前門櫺星,左祠名宦,右祠鄉賢,特祀啓聖。廟後爲敬一亭、尊經閣,左進德齋,右修業齋,公廨、講堂、饌館、號房,肄業有舍,習射有圃。費金錢九百貲,楹構萬餘,植餼廩千餘石。上不請公帑,下不煩里閭,數十載荒屋冷室,一新而落之。堂下不嫌繫馬,海中即佇掣鯨,喚起偷惰,挽回淳雅,冒侯之功於是爲巨矣。工訖,侯乃介余門人曾廣文希范暨劉廣丈國檄,廩生歐可範、李益佳等,謁余請記。侯以考績道白下,躬詣山中趣之。

余惟季子觀樂於周,言子尋師於魯,然後南方之學得其精華。唐建中初,常衮入閩,設鄉校,親教導,而後閩之人才與中州比。故師友者學之模範,士之礱礪。冒侯以文章飾吏治,昌之常衮業,已在吾境中。惟之周、之魯,以觀上國之光,親洙泗之教,是在諸生。宋得瓴得甋而昌之名立,明得圭得璋而昌之士顯,庶幾不負冒侯重建學之意。若明德親民、明倫民親之説,諸生童而聞之,白首而習之,余無容諄諄矣。

雜記 熊耳山人文集

石　沖

冒嵩少先生奉《感應篇》,手校讐授梓。戊午,偕友人應試金陵,寓秦淮河畔。先生衣紫綺裘，美丰儀，寓婦窺而悦之，遣女奴來約，夜中衣紫綺裘，進則啓户相迎，先生拒之。至夜，先生就寢，一友人衣先生紫綺裘至堂中。主人翁已歸，户閉，誤入姑室。姑意盜也，振衣起，大呼擒盜。友人縮栗匿户側，主人翁援戈啓户而出。先生聞堂内呼聲，捫紫綺裘不得，顧衣友人衣起。至堂前，大呼曰："幸勿驚。"乃告友人取水，誤進内室，幸勿驚。友人始委虵出。是時，先生家塾師南昌羅憲嶽歸里，夢一老父抱牘，二童侍老父開牘誦曰："此如皋冒孝廉新録《感應篇》中'見他美色，起心私之'二語也。"羅寤，書遺先生，而報捷者適至。時友人因前夜驚悸發病，未數日死。

石子曰：余里中有耆儒，博學善屬文。赴闈試，經書義已售，至終試，夕與寓婦狎，熟寢帳中。及覺，天曙，闈門閉。踉蹌趨赴，已不及。因坎壈終身。嗟呼，士子伏帷吟誦，暮鼓晨雞，其窮苦艱辛，亦已至矣。尚不自檢，敢浪邪色，豈有棘闈高開，主司親臨，士子趨之如織，猶擁少婦作俠邪之事耶？其不售宜也。若先生之不惑非義，而脱友人於難，應變權略，亦有可采。其身享高爵，福流後世，宜哉！

記憲副公幼子 小三吾亭文

冒廣生

故老相傳，嵩少憲副居官日，有某弁餽緞一匹，啓之則成卷皆金葉也。憲副怒叱，斬之。其後生第三子裔，夢某弁來。甲申三月，思陵殉國。憲副聞變，獨上一小樓，擬自裁。而妾劉孺人者，抱裔至，牽憲副裾，不得死。及裔長成，與兄巢民司李骨肉參商，火焚刃接，極人倫之奇變。又負鍤掘憲副墳墓，思易其棺，爲雷震死。是言也，余極不之信。而讀憲副幼子詩，一則曰"遠爾爾何辜，分明累老夫"，再則曰"前因與後果，是否盡模胡"，則又心滋疑焉。

己未春，始獲憲副《拙存堂文集》讀之。所云斬某弁者，實無其事。惟分巡兖西日，有開州大盜張仲耿者，父孝廉，久宦號素封，人稱張公子。偉幹饒膂力，習騎射，上馬敵百人，探丸挺劍之徒皆蜂蟻附。仲耿充道標中軍，尋署曹州營守備，其黨日盛。已復合響馬賊馬翩翩，畿省厚積家，無不取之若寄。或轟飲，明火出縶主者於馬前，不作塗面裹腦狀也。屢刦鞘損，官民受攤，賠參罰者甚衆。崇禎甲戌初冬，憲副以公赴濟南，而曹州州衙以失盜報。夜半未闔門，破壁十餘人，忽至内室。内一人岸然山立，京帽箭衣，操匕首如雪。曹守巢之梁驚問曰："欲取庫鏹乎？"操刃者曰："非也。爾所攜兩任之物安在?"之梁舌不得下,悉出封識三千餘金。其人指揮分貯布囊中,銀器衣飾皆棄之。越牆去,若躡空,然牆末鈴柝聲固未歇也。之梁既述其面貌,人人曰:"此張仲耿也。"憲副歸而勒限嚴捕,累月不能得。未幾而高唐州州衙失盜,又未幾而濮之李孝廉亦被刦二千金。

乙亥正月,流賊奔河,憲副帥師駐防曹、單,各營調發,仲耿益無所顧忌。時某兄弟爲其窩家,錦衣駿馬,嘯聚開、濮間,道爲梗,乘瑕發難,非復劫掠行徑。而曹士若民皆爲憲副言:"倘五營營賊復起,而仲耿之焰再張,憂當不在流賊矣。"憲副乃密召濮州段守承光至河上,與謀曰:"非智取不可。"段守躊躇久之,對曰:"有捕役張貴者通賊放賊,死有餘辜,屢蒙憲治,求生無計,其人似可用也。"憲副曰:"醫有之,以毒攻毒,得當,當贖其罪,且有重賞,幸慎遣之。"時開州民李氏婦有姿色,仲耿欲得之,而李不從,西刼至濮。而婦烈甚,仲耿怒,令其夥輪姦七十次而殺之。李奔告濮州,仲耿益中恨。貴素與仲耿通,因夜至時某家與仲耿致款曲,而仲秋切齒李。貴曰:"巡道防河,一切寢閣,李某孤雛耳。吾令盜扳而置之獄,徐斃斃,易易也。"仲耿喜而與之飲。越數日,而其言信。貴復過仲耿,沽酒與痛飲,仲耿不復疑。至夜半,仲耿與時某兄弟皆沾醉,貴復爇大壺,注暖酒,笑謂仲耿曰:"吾乘醉禽爾,將奈何?"仲耿叱曰:"爾何敢?"語未畢,貴急以酒壺擊其面,仲耿撲地。貴擲火門外,躍入健卒十餘人,反接徽纆,繫馬上。段守所遣接應者蜂擁前驅,瞬息達城下馬,即仲耿之飛騎也。次日報至,滿堂皆失色,以爲未馳一檄遣一卒,何以縛之如圈豕也。憲副笑曰:"若使爾輩知之,仲耿不復就擒矣。"於是批行濮州,會同朝城、鉅野兩縣,確審解報。而仲耿入獄,即大言曰:"吾有伏兵數千,旦夕破獄,若輩無死所。"舊識之盜犯皆呼張爺,左右之獄卒涕泣株守,莫敢忤。城外忽豎竿張旂,明書不放張公子,則攻城矣。憲副不爲動,更趣三州縣會審。除仲耿親供節次上盜分贓外,合以館陶縣馬翩翩劫鞘舊案及姦殺李婦情由,雖梟首不足蔽其辜也。而新撫軍性猶豫,遂有姑徐徐之説。憲副曰:"當斷不斷,後乃亂,殆謂是耶?"單騎至濮州,出仲耿而暴其罪,重笞之,仍繫以候詳。越二日,以監斃聞。疑裔前生或即張仲耿也。然仲耿貪淫狡悍,在理宜伏刑誅,或以不死於斬而死於笞爲非法耶? 不可知矣。

至發覺賄遺,則别是一事。憲副官嶺西道日,有署陽電參將朱之胤齎千金求實補,又廣寧縣知縣王時英開揭面投《本草綱目》一部,美髯丹一蹲,人參一斤,紫檀文具一架。憲副詰以"人參粤中絶少,何從得此一斤? 且參一兩價五兩,若謂取諸宫中,恐無挾家資佐交際者。與其以珍藥送上官,何如少取於民之爲愈乎?"時英乃曰:"此非參也,乃折參也。"憲副變色叱之,出揭報制軍。制軍兩據以糾參,未嘗遽斬之,亦不能遽斬之也。

又據司李所撰《馬恭人乞言》云"庚寅生弟裔",上距甲申七年,更無牽裾之事。

憲副國變以後，十年不出，祝宗祈死，即不必捐軀斷脰，亦已不愧完人。火焚刃接，當日皆爲争産。紂即不善，何至負鍤掘其所生之父之墳墓，而發奇想，思易其棺？矧裔與陳其年、其年集有《爲冒君苗賦催妝詩》。范汝受《崇川詩鈔》汝受有《同冒裔集拈公浄業聽琴遇雨詩》及《爲冒裔題康昕詩畫卷》。爲文字交，裔非不讀書明理者。巢民文集有《雷儆與二弟書》，蓋康熙乙卯有雷起於萬花園憲副葬處。之墓木，其時方釁閲牆，司李書中以此自儆，兼儆二弟。俗語不實，其後遂訛裔爲雷所震死耳。裔無後，殆以火焚刃接其兄之報。

游冒氏水繪園記

顔光祚

余客揚之二年，始遊雉皋，抵北門之碧霞山。山之前左行七十步，得冒氏水繪園。其中幽奇瓌瑰，杳冥莫測，仰則礅硿鬱岪，嵌空而鎮野，俯則澄泫沆瀁，抱碧以帶垌，竹樹玲瓏，亭臺棋置，而與其主人辟疆氏日遊於其間。

辟疆爲海内尊宿久矣。其先尊人嵩少先生嘗以節使歷任吴、楚，辟疆不時省覲，所過名山大川，往往按圖考記，留連不忍釋去。其故衡、湘諸勝，雄覽博采，咸得備於簡編，而至今稱述不衰。甲申已後，南北烽燧不息。然而海内名公巨卿，争黨樹固，奔走要津者不可勝數。而辟疆獨以司李棄去纓緌，結廬鄉國，追憶向之所歷者，乃構石爲山，因川爲池，殆臻檠阿洞壑之美，於斯爲最矣。且辟疆以學業爲東南表率，尋奇問難者載酒擔琴，千里命駕不絶。辟疆每虚左席，執主人禮甚恭，人或益傲，辟疆氣益愈下，人益以是多之。

余之來此，既以愛其山水之佳，而又樂與辟疆爲儔。暇之日，飛觴度曲，羽音激越，飲而醉，醉而卧，栩栩神遊蓬島。昔人有云："寧論避秦，并不知有嬴秦。"於斯遊也，庶或得之。同遊者釋氏子蘧。

水繪庵記

顔光祚

水繪庵即向之所謂“鎮野帶坰，竹樹玲瓏，亭臺棊置”者，水繪園是也。其主人辟疆氏既以遭值不偶，乃解脱紱組，將與黄冠緇侶遊，約言曰：“我來是客，僧爲主。”更園爲庵，名自此始。

水繪之義，繪者會也，南北東西皆水會其中。林巒葩卉，塊圠掩映，若繪畫然。古水繪在治城北，今稍拓而南，延袤幾十畝。西望崢嶸而兀立者曰碧霞山，由碧霞山東行七十步，得小橋。橋趾有亭，以茅爲之。踰亭而往，芙蕖夾岸，桃柳交蔭而蜿蜒者，曰畫堤。堤廣五尺，長三十餘丈。

堤行已得水繪庵門，門夾黄石山，如荆浩、關仝畫，上安小樓閣，牆如埤堄，列雉六七。門額“水繪庵”三字，即主人自書也。門以内石衢修然，沿流背閣，逕折百餘步，曰妙隱香林。由是以往有二道，其一左轉，由壹默齋以至枕煙亭，其一徑達寒碧堂。堂之前白波浩淼，曰洗鉢池。蓋自宋尊宿洗鉢于此，因以名焉。洗鉢池前控逸園，右亘中禪寺。寺有曾文昭隱玉遺迹，緑樹如環。其東向臨流而閣者，曰佘氏壺嶺園。由壺嶺水行左轉，更折而北，曰小浯溪。溪出入萑葦，若楚浯溪然。由浯溪再折而西，曰鶴嶼，舊時常有鶴巢于此，今構亭曰小三吾。義詳别中又有閣曰月魚，基皆孤峙中流，北城倚焉，南臨懸霤峰下。稍折而東，亭曰波烟玉，蓋取長吉詩義。由亭而上，曰湘中閣，曰懸霤山房，參差下上，若凹若凸，淩虚厲空，泬漻莫測。西入石洞甚廓，常有小穴。俯瞰澁浪坡，苔蘚石紋如織。前臨因樹樓，則蟠伏宛在地中。由石洞右折而上，爲懸霤峰。峰頂平若几案，可置酒，可彈棋。四顧烟雲翕習，若碧霞，若中禪，若逸園、壺嶺。璇題繽紛，朱甍烜赫，盤亘浯溪如綫。惟洗鉢池則白浪駕空，有長天一色之觀。峰之由南陸而來者，自妙隱香林以至澁浪坡，其間名亭臺而勝者以十數，澁浪坡爲最。坡廣十丈，皆小石離列可坐。當雨晴日出，則飛泉噴沫如珠，下有石渠，可作流觴之戲，有聲淙淙然。其樹多松，多檜、桂，多玉蘭、山茶，鳥則白鶴、黄雀、翡翠、鷺鷀、鸂鶒，時或至焉。懸霤之西有鏡閣，兀立如浮屠，下列小屋，間側不可名狀。其北望隆然而高者，有土山。山之後有廬，曰碧落廬。碧落廬者，主人所知戴無忝客居也。其先戴敬夫與主人善，擬構是廬不果，主人因乃爲成之，而館其子無忝于其中。今遊黄山不歸，更置一僧，昕夕悠然有鍾磬聲。由廬而西，竹梁可通鶴嶼。嶼前數武，孤石亭立水中，狀若灩澦，時躍白魚，潨然聞水聲。自此以往，旋經小橋，陸行二百步，左轉而東，得逸園。逸園，其先祖大夫元同先生栖隱處，有古樹高樓，直通玉帶橋下。

水繪園記 如皋縣續志

范　方

臯城東北隅有地一區，澗溪曲折，巨木千章，中襍嘉葩修竹，亭檻相望，欄檻相錯，廣可二十畝，叠石爲山，峻嶺深壑，蓊翳菁葱，常迷游人屐，即吾臯所艷傳爲水繪園者也。稍南有池，廣得園四之一，藻荇參差，清深無際，雖旱不竭，曰施食池。先是，有梵僧投麵食其中，後人得魚，刳其腹，尚有麵。亦曰洗缽池云。蓋邑之勝園爲最，而園之勝水爲最。人常載酒以遊，笙歌互答，仰視長林，俛瞰清泉，上有飛鳴之鳥，下有出聽之魚，若與歌聲映發，故是游觀之佳麗，而辟疆冒先生之業在焉。

或曰以其如畫，謂之水繪，或曰水匯，匯者，會也。爲畫之説曰，昔人工畫者，如王維輞川、李伯時山莊，照耀後世，至今披其圖，如身入其境。斯園勝概，甲於一邑，入其境，暮山紫色，朝來紅雨，狀態悦人心目，又已儼然身在圖畫。今人有工畫者譜之絹素，當與前賢比迹。至於其間溪山之蒼，花竹之明媚，鳥翔魚躍，梵唄之天機逸韻，主人悉領略其旨趣，發爲文章。讀其詞，可以摹擬其境，則又所謂詩中有畫，畫中有詩歟？爲會之説曰，臯地故墳衍，於揚屬爲覆釜形，旱易竭，澇又易盈也。斯園地勢下，諸水奔注，有祭川之象。海以不擇細流故能深，即是以推之，澄清蓄濁，其主人之容衆優賢也；弢涵太虚，其主人之胸羅二酉也；本源不竭，其主人之名譽滿天下而非盜虚聲也；彼此挹注，其主人之道理具足而爲後學所取資也。則入其境，又可以想見其人已。

夫士之難兼者，惟文與行耳。今讀先生之詩歌、古文辭，陵轢今古，楮間毫端，時攬其幽異，則於前之説可謂無負矣。且先生之爲人寬宏博大，能包容於流俗，而又不喜與俗儕，俗有侮者，置不較，居恒善緩急人，則於後之説可謂無負矣。蓋天地間有形必敝，金粉之地化而爲圈牢，帝王卿相及富貴公子化而爲露處，爲編氓，即立功絶域，世所嘖嘖者，多不能名榮身泰，令人惋惜。則兹園後日或興或廢，大抵聽之飄瓦虚舟，而先生之文章，之品行，卓越不可磨滅者，斷不同兹園之或興或廢，聽之飄瓦虚舟之列，理固可信，又何疑哉？至於時物之陰晴異態，遊人之仕隱異迹，心境之或苦樂異趣，歷覽者皆能自寫胸懷，予烏能備言之也。

水繪園記

宮增祜

庚申，予以書院讓廖明府宅眷，因移榻冒氏水繪園中。園前明司李巢民先生與諸名士觴咏處也，百餘年來漸就傾圮。然水竹周遭，參天樹老，臺榭間有一二存者，叠石中五色花卉絡繹争妍，諸生徒往來不絶。

前月杪，霖雨經旬，園中水幾嚙岸，一望青萍與新荷錯處莫辨。每暮鵶争集時，輒往觀焉。五月九日，忽報新晴，急起披衣，憑軒四望。池水忽静如拭，惟數十本新荷翩韆摇曳其中，氣似殘秋，清可鑑髮。問青萍安往，園丁云夜間風姨吹送北郭外矣，心目間頓覺開朗。呼奚童烹茗，予趺坐湘簾中。少間就東房，據梧披閲，兩兒亦濡毫綴文。時已晴光匝地，生徒無一至者。予訝之，僕云園外積水七八寸，數日斷行人矣，而予未之知也。啜茗環顧，萬緑垂陰，群芳争豔，但聞犬聲、鳥聲及茶熟呼人聲，此時心迹雙清，幾欲仙去，與巢民先生握手於雲車羽旆中矣。惜年已八十有一，此景何可多得，而俄頃又無工畫者援筆記之，爲水繪園增一佳話云爾。

昔侍先君子雉水書院講席，與晴石四表叔大人相得甚懽。一别十數年，悲銜風木。歲戊寅秋，把晤於金陵寓邸。出其近所畫水繪園圖册，屬騏補録先君子昔所撰記於其左方，具見表叔念舊情殷，承先意遠。而騏追憶昔遊，臨摹遺迹，乃不禁涕泣之垂矣。既應命敬書，因拈毫恭識。愚表姪宫騏。

水繪園圖記

魏茂林

道光庚子仲春，林由海陵來皋展墓，因晤冒子質千暨其族長晴石先生，出所藏《水繪園遺址圖》，屬林書後。林亦出所攜《水繪園讀書圖》，丐題咏焉。

記林在皋從春篔師遊，年甫十四，師住園之湘中閣，而實館於玉帶橋南石氏家。

會石氏苫蓋書室，彌月方得鳩工，乃移館於園。園在范氏别墅之北，水閣三楹，四面軒敞，臨檻有欄。又外緋桃一株，從太湖石罅横出，卧開水面，時有游魚來唼。其影閣後叢篠以千計，芭蕉以數十本計，環以修梧，映几硯皆碧。池寬十畝許，對岸爲坐。又罷亭形若團焦，旁有石磴，可涉可憩。亭前曲徑，砌以碎石。時届暮春，柳花輥毬，與客屐争路。沿石徑折而東，數十步岸盡，横以麂眼籬，又有門。入門，石壁峭立，俯仰盡致，蓋猶閣之舊址，二百餘年物也。山之下爲牡丹臺，面臺有堂，爲肅客之所。老桂數株植於堂東，以補垣缺。迤西舫屋三楹，則師之内室也。

林從師讀書六七人，皆在水閣。又宜晴，朝陽初升，水光摇榻，仰視屋影與花影零亂，如坐畫船湖蕩中。卓午蝴蝶成團，蜂聲滿耳，花氣薰人欲醉。抛書小憩，曾不俄頃，而黄鸝已三請矣。尤宜細雨縷斜紋與水面碧鱗織，落花如綉，緋桃含雨，尤嫣然欲笑。時或陣雲樓起，銀綫遥飛，檐瀑如繩，與叢篠蕉梧聲相亂。池面荷錢濺大小珠萬顆，頃刻變滅，千態萬狀。蛙聲閣閣，若喜雨至者，然鳧鷺觸萍十十五五，或浮或沈，皆有媚雨之態。俄而開霽，天如揩，徑如拭，斜陽照竹樹皆滿。家童方以雨具至，隔岸遥見，笑而麾之。惜林住僅一月許，仍回石氏書塾。園之鋪瓊宜雪，停琴宜月，碧筩宜夏，黄霰宜秋，皆無緣親覽其勝，迄今夢寐繫之。

噫，斯園也，在國初號稱極盛。如其年檢討之徵歌，阮亭尚書脩禊，風流跌宕，千載如新。當時諸名士，至以不得至園預詩酒之讌爲憾。乃閲數傳而樸巢已矣，洗鉢就湮，僅賸湘中閣一隅，非復影梅六憶之舊，然其勝概猶出範圍之上。今過其地，求如圖中之舊迹並不可得，能無追憶吾師而感慨係之哉？晴石好古重交遊，有巢民、逸叟遺風，摹《遺址圖》，徵大江南北詩殆遍。他日光復舊基，續徵同人詩文集，則林又將繪新圖，不必憶童時讀書而增慨矣。是爲記。

水繪庵修禊記 同人集

冒 襄

乙巳仲春，阮亭先生以書訊予曰："其年已來，潛夫無恙。今年三月，當過洗鉢池作洛水戲也。"蓋鉢池春水，實聞此言。無何，聞先生來，不果，居數日，復聞先生來，又不果，如是者三。

二月杪，先生忽來，喜甚，亟出郊迎之。相見首言禊事，先生笑謂予曰："所不踐此言者，有如此水。"余聞之益喜甚。時毛生亦史則從婁東持梅村祭酒詩文至，與其年讀書庵中半月矣。此庵榛蕪已久，衹剩空濛數十畝，屑瑟可愛。顧春來以旱故，少減寒緑。日前數雨，鴨頭初染，頓還舊觀。則又私心自念曰："春雨雖佳，得毋少阻游興乎？"

届是日，天色明霽，桃花未落，春泥已乾，風日清美，微雲若綃，舒卷天際，遂與其年、亦史、山濤、禾、丹兩兒，步屧以待先生。少頃，先生至，則袷衣芒履，循虹橋畫堤而入。晴絲罥路，繁英礙空，菜花蛺蝶，俱駘蕩繚垣複磴間。坐寒碧堂，堂背林面池，人家園亭，森森粼粼，多被水上，風潭黛鏡，深不掩鱗。茗罷，徑妙隱香林，由一默齋折而入，則爲枕煙亭。亭面叠嶂數十仞，下有澀浪坡，可繞曲水，十年淤塞，不復通。是日，轆轤取山泉激水，奔崩如白鰷數千萬頭，從石罅琮琤注瀉而下，望之憭慄。亭無他物，香茗外，几上有文待詔《蘭亭修禊圖記》一卷，卷素朱䵣，碧隱茂林修竹，羃䍥嬗娟，展玩如與王、庾諸子弟握麈面談。遂登舟泛洗鉢池。甫解纜，先生曰："兹集也，可無潜夫先生乎？"時先生年八十五，體中小惡者已累月，聞先生語，輿疾至舟中。明窗盡開，水雲一色，一小蜻蛉載清吹數部尾其後，歌絲爲水聲所咽，繞[繚]繞久之。掠寒碧而西，由月池抵小浯溪，即客夏與其年賦《六憶》、《長歌》，嘆回環故道不通者，今已通矣。陟小三吾，踞月魚基，小飲數巡，復回檥枕烟亭。潜夫以𩔇甚先歸。

先生顧予曰："今日之集，詩不限韻，人不一體，各踞一勝，賓主不相顧。"先生選枕煙之左因樹樓，余居寒碧堂東偏湘中閣，則毛生亦史、許生山濤，而其年與禾兒則在小三吾，其輕舟委浪，往來於烟波雲水間者，次兒丹書也。是役也，先生謬以五字見許，命余爲五言律，亦史得七言律，丹兒得五言絶，山濤得七言絶，其年與禾兒得五言古，而七言古則屬之先生。先生跂脚坐樓上，隱囊側帽，望若神仙。摇筆俄頃，得七言古十章，一氣傾注，首尾無端，大海回風，神龍不測，其興酣淋漓，幾欲乘風而去矣。時日已將暝，乃開寒碧堂，爰命歌兒演《紫玉釵》、《牡丹亭》數劇，差諧暢。漏下二鼓，以紅碧琉璃數十枚，或置山巔，或置水涯，高下低昂，晶熒閃爍，與人影相淩亂。横吹聲與管絃拉雜，忽從山上起栖鴉，簌簌不定。先生曰："此何異羅星斗而聽繽笙。夫勝遊之難繼，而歡會之不可常也，昔之人已言之矣。子其記之。"并屬陳生爲之序。

水繪庵雅集圖記

虞山 戴 洵介眉

人倫有五。君臣以義合,以義離,父子夫婦有合而無離,兄弟可合而不可離,至於朋友之離合,存乎人焉,存乎時焉,不可以必得也。其或生同里,長同業,步屧過存,志趣畫一,我黻子佩,此唱彼酬,亦極友朋之樂矣。使天各一方,即合志而未必同術,或神交而不獲謀面,巨卿雞黍之悲,山濤絶交之論,比比而是。欲其龐眉皓首,老無間言,地北天南,歡如同氣,尤難之難也。今試披圖而求之。

汝奎未老年七十七,幅巾布袍,據石瀹茗,眉目間茶香襲人。其執甆品泉,相視而莫逆者,則七十翁孟昭蔡君也。天都葉澹生老精繪事,憑几盤礴,氣熊熊然,殊不似六十五歲人。兩頰如桃花,指點雲山,目光射客,爲醫隱李玉如,詢其年,且八十三矣。辟疆徵君與澹生同甲子,清癯如老鶴,顧視稚孫泓軒然而來,喜溢眉宇。六人中年最少,惟梅谷長老,時僅五十六,跏趺盤陀石上,慈容睟穆,固一大士真身也。

余游雉皋,與五老聚首徵君水繪庵,所見所聞,都非世俗齷齪子可比,私幸朋友一倫尚在天壤,更與回環數十年中,陵谷遷移,人情冷暖,不可名狀,而此圖中諸老人古貌古心,情投如針芥,所謂可合不可離者,不獨於兄弟見之。

西泠葭湄,余宗衮也,實爲此圖。更二三十年,我兩人亦且皤然衰老,葭湄他日補入圖中,姑以文孫足香山之數可也。是爲記。

歲在乙卯清和三日。

樸 巢 記

通州 包壯行稚修

樸巢者,臯邑冒子辟疆之巢也。何以樸名也?樸者,木之似松柏而偃仰拳屈者也。木在邑東古龍游河畔,非冒子家物。歲甲戌,予不與南宫試,浪迹於臯,李徂徠留之。疊石爲山,磊砢之骨頗與石似。

一日，冒子邀予舟遊，而過是木之下。木蔽舟如蓋，杯影一緣[緑]。木體如卧虬，腰可數圍，正恐風雨之朝，破地飛去，然强項河干，顧影自老，不問知己，亦復予似。亟攀枝而上，葉始茁，細鱗如滿天緑雨，欲落不落。頫睞此中，不辨爲鳥爲魚也。木横腹，可坐十人飲。予思古有結屋海棠枝上者爲巢飲，因號海棠巢客，意將爲巢自娱，未肯語冒子借木爲巢居也。

别四年所，遇之吴陵，出《樸巢詩》，索予記，不忘昔遊也。而是木已成巢矣，木乃爲冒子家物哉？天之生是物，以待冒子也，止飽霜雪耳，猶石之在山也，止出雲雨耳。拜爲文而石尊，託爲巢而木貴。物出也有遇焉，有聲氣焉，隨有聲價焉。冒子木之聲氣也，詩若序記，木之聲價也，冒子之榮是木也至矣。鳩工爲巢，好鳥和鳴，不驚枝也，冒子不亂栖也，不與鳥争此巢也。若夫秋冬之夜，鐵笛一聲，木葉盡脱，撫琴而衆山皆響，聊復況之。若夫籟寂夢靈，語空葉香，不借之高山而借之古木，下有流水爲知音，亦大元穆矣。世運日趨於文，冒子不云乎"吾有取于樸也"。予當梯巢，相其旦晚雨晴之變，咏歌以續諸君子後。時春光已半，古樸胎錢時也。

還樸齋記

許承宣鎬庵

東臯巢民先生舊有樸巢，在邑南郊。樸名木也，先生愛其木，故爲巢，愛其巢，故自號巢民云。初，先生之爲是巢也，步南郊，見樸盤峙龍游河涘，鎖江潮下流，高十餘丈，大數圍，枝葉扶疏，下可蔭百人，其腰蜿蜒横生，渡若橋梁，旋又拳曲平鋪，密不容隙。先生因爲亭屋于樸之上，故名巢。東臯之有樸巢也，與余舅氏鄭公超宗影園之在邗上者，並稱絶勝。名人墨士觴咏其間，讀影園倡和詩，無不及樸巢，讀樸巢倡和詩，無不及影園。未幾，申酉兵燹之變，舅氏殁，景園遂成荒蕪。先生避難在外數年，及歸，而樸巢亦不可保。欲尋其木，而木已仆矣。

乙丑春日，余來東臯，先生忽邀余遊還樸齋。余訝曰："先生樸久仆，曷還諸？"先生曰："余高曾時於屋角手植一樸，迄兹已二百餘年。其地先屬叔氏，今爲孫子所得。余見樸如見樸巢之樸也。顧樸巢之樸産於河碕，本非余家所有，而兹樸則高曾手植所遺，洵爲一姓之物。余不敢忘高曾，豈忍忽斯樸？子謂樸巢之樸仆，而以是還余，非余名還樸意也。高曾遺子孫樸閱二百餘年，而仍爲孫子得，是則余名還樸之志也。夫樸之高且大，不減樸巢。一枝穿牆出，下蔽街衢，一枝亭亭直上，置數椽篏其半，勢甚險怪。特予貧，不能如曩樸巢經營之盛，僅移廢園樹石點綴一二。即旁有廊廡，亦皆殘桷舊檻，破壞至不可粉飾。樸雖還而巢則無，殆又重余之悲也。”余曰：“不然。巢之廢興，僅如電光泡影。而此樸歷數百年常存，此乃天地之所留餘，神靈之所呵護，風雨不能摧，斧柯不能害，水火不能侵。先生年益老而學益堅，又經變亂之餘，卒能完其身，不與荒臺遺榭同滅没，有如此樸也。”

先生又有逸園，祖若考藏主之所，四壁鑱畫像圖贊及所遺十逸手迹，墨寶璀璨，麟麟炳炳，爲豪猾者攘而有之，先生出死力以復其舊。乃逸園甫復，而旋還之以樸，安知非祖若考鑒先生之不忘前業，而以數百年必不可得之物一旦舉而授之孫子？則樸之還也，所以彰逸園之復，而有逸園不可無還樸，先生構之以爲齋，又所以補樸巢之闕，而使無今昔存亡之憾也歟？

匿峰廬記

常熟 鄧林梓肯堂

如皋冒辟疆先生，未弱冠文采風流，知名於當世。尊人憲副公爲清白吏，時多忌之。中以危疆，先生奔走四方，大聲疾呼，遂得遷去其官，天下知其爲孝子。所與遊，率皆雄駿君子。往者東林子弟大會，同難于留都，先生忤黨魁，特主壇坫，天下知其爲正人。已而金陵再造，鴻都成市，先生呵斥時相，無所齷避。等半壁於危卵，棄一官如敝屣，天下知其鏃勵志節，嶽嶽然不少自貶損也。于是先生不獲自匿其身名矣。三十年來，屢下求賢之詔，當事必以先生應。素絲良馬，干旌相望于道，乃以流離世故，兩足蹩躄，徵辟不就，終老丘園。卜築水繪庵之西偏，顔曰匿峰廬。

昔老畫師多作匿峰。德州盧德水侍御既取山谷詩中“清靖退”三字縣其家之杜亭矣，後以茅齋低矮，類畫家匿峰，儗易“清靖退”爲“匿峰廬”，貽書商之先生。今未知德水杜亭猶在否？亭之上有匿峰廬匾匽否？江鄉遺老擯影人間，追思前輩，手書鄭重，諄諄商確之意，把茆爲蓋，挂席爲門，繩樞甕牖，僅蔽風雨，賦匿峰廬詩以明己志，以謝故人。此一段佳話，固不可以無記，又無用斯干之祝，美哉之頌，如世俗鋪揚文字也。亦惟山麋野鹿如余者，執簡徘徊，聊記其命名之所自而已矣。

如皋冒氏水繪庵，累石屹立，有携取五岳之勢。垣墉不設，環以碧水，竹樹蓊鬱，群鴉聚于此者萬計。庵四周多林園，鳥不止他屋而止水繪，先生於其中徵歌選伎，無朝非花，靡夕不月，海内賢士大夫未有不過從數數，盤桓不忍去者。貧賤之交、通門之子，雲集于是，常數年不歸，主人日爲之致餼不少倦。名賢題咏水繪，積至充棟，四十載賓朋之盛，甲於大江南北。勢殊時異，一人之身，平泉樹石，頓失舊觀。生平兩救凶荒，好周三黨之急，家益貧，無餘資以縛帚。

丁巳春，年逼古稀，負土葬九十老母畢。閱五月，而别構匿峰廬成。水繪之危巒削立，今則以土岡迤邐勝之；水繪之古木槎牙，今則以野花滋蔓勝之；水繪之曲廊飛閣，今則以紙窗竹屋勝之。文犀火玉，昔日之開尊也，此廬中田家瓦盆而已；烹鮮擊肥，昔日之肆筵也，此廬中腐儒麄糲而已。學農不足，學圃有餘，緑蓑青蒻，所以晦其身，收視返聽，所以藏其神。離塵埃，返天真，其取義于匿峰也固當。家庭孝於大父母、父若母，憲副公易簀時，語不及他，晝字示兩孫曰："爾父天生孝子，不可不學。"穀梁、青若念公之墜言，色愉容婉，追隨先生，澆花蒔藥。蘇子由有潁川之遺老齋，而後諸子之憂方釋也。雖然，先生之行日高，先生之望日起，人皆指此匿峰廬者，伏龍鳳雛隱于其中，江干車馬無日無之，逃名而名歸焉，其又何能終匿，以此廬爲墻東乎？先生老矣，古之養老以不事爲優，不以吏之爲重，安車蒲輪，未敢爲先生願也。作《匿峰廬記》。

匿峰廬虞美人花記

余儀曾羽尊

如皋逸園水繪庵，爲冒巢民先生奉其祖父三世高隱地。先生栖水繪三十餘年，痛逸園他屬，任水繪傾圮，不復修葺。其西北尚有界水平田三十畝，荒蕪湫隘，爲輿儓負販所雜居。先生感極，樂與爲伍，誅茅種圃于其間五年矣。其田出水繪，臨溪而北有橋，橋下輕舫往來，恒啓閉，故橋不得峭，不得坦。過橋分路爲三：一直北，半屬白草黄沙，抵城下。一畸東，長堤夾柳，至庵羅樹園，有水檻草亭。先生奉兩世尊人神主于大士座下學磨兜堅處。孫興公曰："或倒影于重溟，或匿峰于千嶺。"先生經陵谷變遷，骨肉荆棘，匿形不能，故言其志。丙丁間積土纍石，構匿峰廬于路之西求升廬。又有竹欄三節。小橋左有亭，臨小三吾。來水與橋相亞，橋盡緣槿籬，殺作兩途。一上西南，土岡曠如也，擬結亭未就。南水繪之懸雷山，東壺嶺園之樓臺，西泰山之宫殿，勝踞三面，誠囊括矣。徑曲折俯仰，下得小溪。溪有枯柳爲梁，越柳梁，仍升於岡。迤運行經匿峰後之竹坪，坪外亦溪。岸於溪，則泰山巃嵸。折竹坪而東北，登高峰與泰山埒，北睇見雉堞千尋，如團回曲。曲其下五畝，皆豆棚、葡萄架，蒔菊、藝蔬諸圃。一延北，依花田朱欄行七八弓許，曰容安草舍，竟坡公六百年未竟之志也。舍西轉南，自溪及坡，達埂穿石坳，則爲匿峰廬之前襟矣。

凡通人行處，左右錯雜有芙蓉、柜柳、江離、沙棠、紫葵、紅蕣，又有鳩鴿、鷦鷯、鵁鶄、鵪鴿之屬，翔集乎其内。徑路紛如，虧蔽無定，匿峰廬其總名焉。廬之制樸甚，門户周虚廊三面，右連側閣。推窗揖峰頗奥，如纍千塊黄石，積數萬石土，栽松種竹，中懸周、鄧、戴三君記詞，葉淡生圖。先生五十年交遊，詩畫不火者此耳。

廬之勝具是，其所以增其勝在花田。花田四時靡不盛極，其盛唯虞美人。虞美人華於夏孟日放千萬朵，葳蕤萎落，嘗一月若隔秋，初春續種，更可相接數旬。或紅或白，或嫣紫，或粉碧，或紅白兩叠，或紫碧參半，雜以罌粟、童蒿，弄日摇風，兼有黄、黑。己未先生詩曰"平鋪織女支機錦，亂寫滕王蛺蝶圖"，余和之。余澹心先生寄《浣溪紗》詞曰"我愛幾枝徵士菊，君栽十畝美人花"，言其盛也，然特花田之數畮耳。機絲雖巧，僅疋練段錦焉。

庚申，先生課橐駞，周匿峰高下突窳，無一隙不手耨心耘。於是多重樓叠葉，並蒂交枝，或蹲水際，若浣紗溪邊，或冠山巔，若望夫于役。其傍松也，若伴東山之着屐；其倚竹也，若待侍女之賣珠；其盈堦繞石也，若金谷、蘭亭之勸酒，而花田之練錦猶故也，實甚盛矣。其殆置大癡之筆于天孫杼軸，移興公之賦於濯錦波濤者歟？先生每日一小童扶曳而來，間與客銜杯飲，午光飫卯色，永日連宵。花之神，聽彈琴而起舞，花之態，聞鸚鵡而不凋，而先生則悲歌感慨，心淚潸凝，恒多此樹婆娑之嘆，亦大可哀矣。考此花不知果始於虞姬青塚，啓、禎間傳于寒山趙文端容之妙繪，今特盛於此。余下榻草舍一載，兩極其妙，亦生平花間之遭也。橐駞江姓，不詳其名，鬚髯髯如戟，人咸呼爲江髯。

得全堂夜讌記

陳　瑚確庵

予之倦觀歌舞也，十有七年矣。客歲館太原王氏，其家有伶人張者，年七十五，能唱《大江東》曲。主人召之，爲予歌，不勝何戡舊人之感。

今歲庚子夏，乘戎馬間，從一弟子，劍書襆被，發虞山，過梁溪，歷毘陵、朱方，乃渡京口，上廣陵，復紆回之陽山，折海陵而始至雉皋，訪冒子巢民。

冒子時卧病，聞予至，急披衣起，呼其二公子穀梁、青若迎予水繪庵。

其明日，開得全堂，延予入酒。行樂作，予色變起，固辭而重違冒子意，乃復坐。客有稱《燕子箋》樂府譜自懷寧來者，因遂命歌《燕子箋》。回風舞雪，落塵遏雲，忽念吾其年《秦簫》、《楊枝》諸詞，真賞音者也。歌未半，予避席興，揖冒子曰："止。"客問曰："何爲?"予曰："古人當歌而哭，謂不及情。然憂從中來，竊有所感而不能舍然也。昔崇禎壬午，予遊維揚。維揚者，吾師湯公惕庵宦遊地也。予與冒子同出公門，因得識冒子。冒子飾車騎，鮮衣裳，珠樹瓊枝，光動左右，予嘗驚嘆，以爲神仙中人。時四方離亂，淮海晏如，十二樓之燈火猶繁，二十四橋之明月無恙。予寓魯子戴馨家，魯子爲予置酒，亦歌《燕子箋》。一時與予交者，冒子、魯子而外，尚有王子螺山、鄭子天玉諸君，皆年少，心壯氣豪，自分掉舌握管，驅馳中原，不可一世。曾幾何時而江河陵谷，一變至此。顧予來遊，計道路所經，爲府者四，爲州者二，爲縣者九，爲里一千有二百，爲時五十有一日，所見皆馬矢駝塵，黄沙白草。問昔年之故人，死者死而老者老矣。予《揚州雜感》有曰：'春衫夜踏瓊花觀，綺席新歌《燕子箋》。'撫今追昔，能不泫然，而忍復終此曲哉?"

冒子仰天而嘆，已，乃顧予而笑曰："君其有感于《燕子箋》乎？予則更甚。不見梅村祭酒之所以序予者乎？猶憶金陵罵座時，悲壯激昂，奮迅憤懣，或擊案，或拊膺，或浮大白，且飲且詬詈。一時伶人皆緩歌停拍，歸告懷寧，而禍且不旋踵至矣。當是時，《燕子箋》幾殺予。迄于今，懷寧之肉已在晋軍，梨園子弟復更幾主，吾與子尚俯仰醉天，偃蹇濁世，興黄塵玉樹之悲，動唤宇彈翎之怨，謂之幸耶？謂之不幸耶？予之教此童子也，風雨蕭蕭則以爲荆卿之歌，明月不寐則以爲劉琨之笛，及其追維生死，憑弔舊游，則又以爲謝翱之竹如意也。"予曰："善。"冒子遂命畢曲焉。三作三終，盡其技乃已。月亭午而客始罷去。

得全堂夜讌後記

陳　瑚確庵

歌《燕子箋》之日，座上客爲誰？佘子公佑，錢子季翼、持正，石子夏宗，張子季雅、小雅，宗子裔承，郜子昭伯，冒子席仲，皆吾師樽瓠趙先生之門生故舊也。談先生遺言往行，相與嘆息。

越一日，諸君招余復開樽于得全堂，伶人歌《邯鄲夢》。伶人者，即巢民所教之童子也。徐郎善歌，楊枝善舞。有秦簫者，解作哀音，每一發喉，必緩其聲以激之，悲涼倉況，一座欷歔。主人顧予而言曰："嗟乎，人生固如是夢也。今日之會，其在夢中乎？"予仰而嘆，俯而躊躕，久之，乃大言曰："諸君子知臨川先生作此之意乎？臨川當朝廷苟安之運，值執政攬權之時，一時士大夫皆好功名，嗜富貴，如青蠅，如鷙鳥，汲汲營營，與邯鄲生何異？嘗憶故老爲予言臨川遺事云，江陵欲貴其子，求天下名流，以厭群望。有以《鬱輪袍》故事動臨川者，臨川不受。既過一友家某，亦名士。臨川言之，某色動。臨川曰：'欲之耶？'某曰：'如後日何？'臨川曰：'果爾，公則有疏，私則有書，可以報相公也。'其人果得亢，遂以書力諫而去。若臨川者，亦可爲狂流之一柱也。其作《邯鄲》也，義形于外，情發于中，冀欲改末俗之頽風，消斯人之鄙吝，一歌之中，三致意焉。嗚呼，臨川意念遠矣。豈惟臨川，古之人皆然。鶉首之剪，翟犬之賜，亦當時君子睠念宗周，興懷故國，怪夫强暴如秦，何以一天下；悖逆如趙，何以享晋國。涕之無從，不得已而呼天笑曰：'此必醉天爲之，此必夢天爲之！'史臣不察，載之册簡，後人信之，遂爲美談。千百年仁人志士之苦心，湮滅盡矣！甚至有借昔人之寓言，助二氏夢幻泡影之説，將使天地間有形有迹之物，大丈夫莫大莫遠之任，一切付之雲飛烟散、酒闌夢覺間。嗚呼，有是理耶？物之有生，必有死也；有始，必有終也。二氏畏之而思避之，避之不得，乃設爲妄誕之辭，以炫惑當世。吾儒之道，與天地同其健，與日月同其明，與山川草木、鳥獸魚龍同其變化，且天賴以成，地賴以平，日月賴以明，山川草木、鳥獸魚龍賴以咸若。有物必終，有形皆死，而吾道獨無窮極也。其可諉之一夢已耶？今吾與諸君子同遊吾師之門，皆有志爲古人之學。吾師往矣，而其剛果之氣，挺然不拔之操，尚有能言之者，當與諸君子共勉之。何夢之足云？"諸君起謝曰："善。敢不早夜以思，從吾子之訓，毋忘今日之盟也。"

樸巢寫像記

杜紹凱蒼略

巢民冒先生寫像不一，其他卷軸各有位置，爲名公鉅卿題讚者爛然。最後一册寫《高士苦吟圖》，惟李太史研齋略有紀述。予來雉皋，得展玩，屬書數語。

觀此像風神襘袺，宛然晋人，其柴桑、斜川之小影歟？然則巢民直以陶自命可矣。或謂陶自題《五柳傳》曰"先生不知何許人也"，其詞微，其志隱，使百世下想見跧脚北窗而徘徊鄭重焉。巢民之寄托，亦猶是歟？夫像者，髣髴也，有恒似，有時時似。恒似者，巢民與柴桑之心；時時似者，柴桑與巢民衣冠咏嘆之迹，不以心而以迹，巢民豈屑爲之歟？嗟乎，巢民之吟苦，其心苦矣。

予嘗坐水繪園中，林木清華，峰巒窈窕，撫山澤，觀魚鳥，乃陶之欲詣桃源不得者，巢民業有之，衹不服官八十日爾，家世才調，事事肖陶。以如是之家世才調，詩文肝膽，傾動海内，而寫像不如是，吾重惜之已。且古今未有舍迹而求心者。昔玉峰楊鐵崖、顧阿瑛輩，頗有文采，憾不見其人。今幸彼像不傳，而有巢民像。巢民實有高于數子者，一披圖得焉，此先生日與名公鉅卿游，而不以易其介也，洵似陶矣。不可不記，附以讚。

讚曰：山參差而鏡壑，水清明而抱天。人耶，園耶？非此巢民，然耶不然？

夕照寺爲冒巢民先生作生日記

林　紓

夕照寺，莫詳所始。在廣渠門内，徑道至荒陋，車行如入深谷。

辛亥三月十五日，如皋冒鶴亭於寺中集同人，爲巢民先生作生日。鶴亭淹博能詩，於巢民先生，雖斷縑零素，必拾而藏之。嗚呼，先生於萬曆辛亥三月生，去今辛亥三月三百餘年矣。以壬午副貢累膺徵辟，咸無就，而余亦以壬午領鄉薦，是先生三百餘年之後輩。而今日復值辛亥三月，爲先生祝，匪惟科名同，即所遭之遇幾同矣。晚明之季，朝政析如亂絲，訖於熹宗而明亡。今日雖無廠璫之禍，然貴要沮兵而行賕，天下罷癃如沈瘵，人心思亂者衆，兀然一不之悟。余安能不瞿然而怪先生耶？當熹宗季年，先生結社金陵，抗逆案也。今我輩稚集於此，與六君子之難裔殊，獨鶴亭者爲先生裔孫耳。余非不病之呻，而有集霰之懼，臨觴太息，慘嘿亡言，則勉爲之解曰：昔者如皋中元，先生必於定惠寺集同人，爲陽羨君設齋資冥福。今日之集，殆踵先生之禮陽羨乎？鶴亭首以詩倡，衆皆屬和，余爲製圖。

是年秋，武昌事起，余移家析津。事定，而鶴亭亦以衣食奔走四方，未審所製圖存焉否耶？嗚呼，先生與余同壬午耳，敢不惕然步武先生之後，閉門終其餘年？惟恨不之江南，向水繪庵遺址臨風一弔先生也。

觀白石翁書卷記

常熟　戴　洵介眉

吾邑稼軒留守瞿公，當烈皇帝在宥，以給諫左官休沐里居。酷愛白石翁畫，重價購取，寸縑尺帛，寶惜如天球琬琰。招延二三高人，摩娑賞玩，寢食以之者二十年。迨後收藏漸富，簡汰持擇，拔其尤者若干幀，倩名工裝潢精好，手自標識，爲堂三楹，藏弆其中，顔曰畊石，所以志也。滄桑以後，留守抗節桂林，公子孝廉伯申以患難破産，至不能保先人之一廬，書畫散爲雲烟矣。

乙卯三月，浪迹東皋，下榻冒辟疆徵君園。徵君出一長卷示余，淋漓蒼老，墨光熊熊浮楮上。爲石田贈華亭相君致政而作，茶陵李文正公題其後，不問知爲畊石齋中物也。卷尾一二行乃馬貴陽題識，津津以留守割愛爲喜。夷考年月，蓋當弘光南渡，留守起廢籍，推節鉞時，以貽貴陽者。貴陽枋政南中，溷淆鹿馬，留守方蒿目中原，僇力以圖匡復。特朝堂之上，囊金櫝帛，卿大夫在田間者，非關通權倖，無中復然死灰。此卷亦當是脅取得之。留守愛護石田真迹，不啻頭目腦髓，奮然割以相贈，知其屣棄一切，毁家致命之志決矣。簽紙標題，宛然留守手澤，字畫瘦勁，筋骨稜稜然，非庸愞筆也。余季爲孝廉館甥，殘楮嗞翰，拂拭收藏，過目輒能辨之。鄭重告徵君，毋易此數字，萇弘碧血，猶沾濕隃糜不律間，今當以留守重石田矣。嗚呼，烈皇帝身殉社稷，淪胥板蕩，海内無復寧宇。留守提嶺表一旅之師，抗朔方百萬之衆，以杯水而救車薪，有不蕩爲灰燼者乎？迄今三十年，柴市之骨已枯，厓山之波欲竭，令人見一點一畫，肅然歛容。當日之熏天炙日，如貴陽者，徒供人戟手唾罵而已。

披閲此卷，嘆遺墨之猶新，幸希寶之得所，遂援筆而爲之記。徵君遺老也，聞余之言，不知其徬徨感嘆，又當何如。

載鶴記

長洲 汪琬苕文

予至廣陵三日，王使君貽上既飲之酒，復謀於其友冒先生辟疆、陳子其年，曰："揚州之鶴甲天下，吾法曹之庭有其十焉，願撤二以贈汪子。汪子氣介而骨高，高者宜翱翔乎寥廓，而介者宜容與乎丘樊，此固鶴之倫也，非汪子孰慰此鶴者?"衆皆曰："然。"予愀然變色，趨而辭之曰："是禽也，吾先世之私諱在焉。其敢拜使君之賜。"

於是辟疆先生起曰："噫，何言之迂且妄耶? 敢問吾子之待此鶴也，其何以爲禮? 將雁鶩畜之而稻粱豢之耶? 不獨辱使君之鶴，夫亦吾子家諱之累也。不然，籠置坐右，揖以上賓之禮，謹因其飲食而時伺其起居，彼此與有榮焉，其又何患? 且使君方用廉著稱，自大江以北，長淮而南，頌且尸之者無虚日。使君雖傾橐倒筐，曾不足充吾子一日之行李，故將撤鶴以爲贈。揚州之鶴甲天下，而法曹之庭又有十焉，損使君者無幾，而吾子受之不傷不義，奈何以虚詞抗哉?"予猶固辭。陳子復起曰："《詩》不云乎，鶴鳴于九皋，聲聞于天。今吾子辱在左官之列，濩落偃蹇，辟之于鶴，勢必斂其文翮，晦其好音，以俟主人之後命。幸而天子欲摩切風俗，思得一二高介之士翔集左右，則聲聞固可竢也。使君之贈，殆爲吾子垂之矣。"言未既，余遂拜受於其側。出而籠置諸舟，揖以上賓之禮，蓋悉如辟疆先生所戒云。

歲寒三友畫記 湖海樓文集

陳維崧

歷陽戴子務旃，爲人磊砢有正骨，工詩，尤長於畫，畫則吴祭酒梅村、楊太守仲延尤極稱之。余嘗見其大小十百幅，著色皴染，峥泓蕭瑟，出入董北苑、僧巨然間，允爲畫家逸品。兹《歲寒三友圖》一幀，則爲冒子青若作。圖畫巨石一，峰不枝而壑不蔓，削然特起，沙土受緑，其旁松一，梅一，竹一。松則龍拏虎攫，爲畢宏、韋偃所未曾畫；竹則渭濱十畝，淇澳數竿，煙枝風篠，文與可湖州一派。近在河村而翩然夭矯於支離叟、此君之間者梅也。圖止此，他並無長物。或曰戴子之爲是畫也何與，意其有感而然與？或曰戴子爲是畫，戴子因冒子而有是畫也。然則冒子又豈其無所感而然與？

吾見夫天下之言情者矣，人之言曰："人亦惟是大者、重者之可以用吾情耳，他無所用吾情也。"爲此言者，是殆與於不情之甚者也。吾未見夫忠如屈原，孝如曾參，信如尾生，遇昆蟲草木之變而不言其傷，感匹夫匹婦精誠而不致其悱惻也。故夫不言其傷，不致其悱惻者，其人忠必不如屈原，孝必不如曾參，信必不如尾生也。冒子感焉，因見天下之舉不可與言情而有一可與言情者焉，而圖之畫之，未也，又屬陳子記之，又未也，又將屬天下之人而歌之咏之。冒子既圖之畫之記之歌之咏之，而人之深情者勸矣；冒子圖之畫之記之歌之咏之，而人之雖不及情者，能不終始而一其情哉？況夫賢人君子之相與數十年如一日者，又何如哉？又何如哉？

繪意亭記

丁元正

冒子藩爲亭於堂之北，曲檻疏櫺，旁眺遠矚，沼水漣淪，輕鯈游泳，每一披襟，如人畫圖。因嘆曰："此間大有繪意。"主人曰："即當年水繪園也。園故爲巢民先生隱居，一時文人學士燕會贈答。今越數十年而情形宛在，使予流連不忍去，藉斯亭有以繪之也。君殆其象賢者歟？"昔杜少陵過宋之問舊莊詩曰"宋公舊池館，零落首陽阿"，又曰"淹留問耆老，寂寞向山河"，不禁感慨係之。今以此視彼，當何如也。題曰"繪意"，亦可以意繪也。

霞映閣前元夕讌集記

同里 顧　駉木原

昔唐長孫正隱觴客於上元之夕，其時陳嘉定、崔知賢、韓仲宣、高瑾輩鬮韻聯吟，用小庾體，各成五言四韻，并爲之序，所謂"實昌年之樂事，令節之佳游"者也。然維時賓主僅五人，賦詩僅四韻，雖當時傳爲佳話，要未極賓客之駢羅篇章之美富也。

冒子馥軒亦於元夕觴客霞映閣中，張鐙布席，主客凡十五人，賦七言長句凡三十首。自辰徂酉，觴咏間作，淋漓跌宕，盡歡而散，視長孫正隱，宜過之無不及矣。昔巢民先生闢水繪之園，開百客之堂，令節佳辰，治具邀賓，論詩鬬酒，歲以爲常。馥軒爲其後裔，殆將繼武前賢歟？因憶二十年前，余曾卜居於此霞映閣中，固昔之讌遊地也。當時朋舊狎至，操觚染翰，往往夜以繼日。乃馥軒自移居以來，詩酒之盛較勝往昔，則又所謂如積薪然，後來居上者矣。

閱日，馥軒彙詩登册，屬余弁數語於簡端。余固遠媿長孫正隱之爲序，然當時明鐙碧酒，擘箋授簡之盛，則又無媿"昌年之樂事，令節之佳遊"耳。

乾隆戊申正月。

倚虹閣後元夕讌集記

江寧　凌　霄芝泉

嘉慶乙亥冬杪，余訪冒子璞原於蒲塘，因得謁見尊人馥軒先生。先生以乾隆戊申元夕霞映閣社集圖詩見示，披讀之際，覺燈月在目，騷歌在耳，緬慕風雅，豔羡頓生，深以遲來二十八年，不獲躬逢其盛爲惜。比將俶裝就道，璞原復偕同社諸子挽留度歲。

至丙子元夕，馥軒先生徧招吟侶，集新構之倚虹閣。時先生年八十矣。筵既張，四座争進春酒，余亦捧觴起而稱壽。先生莞爾笑曰："居，吾語子。曩戊申社集之圖與詩，子所羡也。今人多於昔，興豪於前，且倚虹閣建葺方新，鐙綴檐高，月鋪庭廣，寧殊舊集之霞映閣乎？吾子心所羡者，今身當之，盍首唱一詩而索群公迭和，何如？"余以疇昔之會，耆宿佳製在前，未敢遽應。忽舉座譁然曰："善。今之羡昔，寧不使後之羡今耶？"璞原乃屬季子學耘作圖，而余亦勉附四韻於末。

嘉慶丙子正月。

蒲上九老圖記

同里 吴廷瑞玉田

唐白樂天致政歸里，偕胡杲等八人盤桓燕集，時人艷之，繪爲《香山九老圖》；宋李文正昉罷相居京師，與張好問等八人結爲九老會，均昔賢盛事也。

嘉慶庚午夏，吾蒲冒丈渭舲集里中年高德劭者，約爲九老會，蓋有慕於唐之白、宋之李而踵行之者。每值會友誕辰，則群造其廬，歡讌終日，不拘禮數，惟以年齒爲坐次，又有合於司馬温公之真率會者。然思有會不可無圖，有圖不可無記，爰倩季子學耘仿李伯時《西園雅集圖》筆意，各繪小像，命余作記。余重九老之請，不獲以不文辭，因仿《西園圖》之記十六人者以記之。

圖中古檜蓊鬱，奇石嵯峨，溪水潺湲，流注於叢蕉竹徑間。中有大石案，設壺尊、筆硯、書卷。其攤紙抽毫，凝睇構思者，爲鄭丈心田。右手枕案，拈髯仰視，狀若索句者，爲家松軒兄、張丈漱亭。石案右偏有撚鬚凝佇，及執卷偶立，相與劇談者，爲家吸泉兄、冒丈渭舲。太湖石後，峭壁千尋，有童子捧古硯，一人昂首捉筆而題者，爲朱蘭亭兄。隔溪篔簹萬个，盤石坡陀，撫棋枰而坐者，爲家甘谷兄。短彴横溪，憑朱欄而立者，爲家孚庵兄。古檜下曲徑蜿蜒，有童子捧書隨侍，冉冉而至者，爲鄭香竹兄。九老者意態生動，形容宛肖，具有林下風致，而圖中烟景極人間清曠之趣。彼役役名繮利鎖而不知優游自樂者，豈易得此耶？後之覽者，將目爲唐之九老也可，即目爲宋之九老也亦無不可。

嘉慶辛未長至前一日。

後西園雅集圖記 蒲上題襟集

吴錫麒

袁簡齋前輩嘗遊五琅，止白蒲鎮，盤桓且久，歸述其地爲人文淵藪，足冠大江南北，余心嚮慕之，蓋有年矣。前年夏，戴生瞻北自崇川來學，亦頌其人地之美，然未知賢者爲某某也。今秋，凌子芝泉題襟漢上，屢過其地，盛稱人才之衆，風俗之美，益信簡齋前輩非過獎也。兼獲觀其《後西園雅集圖》。

“後西園”者，石葱佩刺史栖息之地，有水石竹木，臨西河之上，故得名。暇則與同志諸君觴咏其間，各圖形狀，以紀其盛。其撫石觀流者，冒子璞原；橋邊把釣者，姜子琴南；崖根試茗者，吴子香湖；對奕者，陳子柯珊、季子學耘；觀奕者，吴子飴亭；據案作書者，石子葱佩；察書者，楊子芷林；揮扇散步者，凌子芝泉；坐樹根談文者，沈子東巖、楊子蓉仙；籬外持卷來者，朱子漱坪、姚子古鳳也。圖中凡十三人，皆善屬文辭，精工書法。其圍棋試茗，各寫其專長也。昔李伯時爲東坡諸公作《西園雅集圖》，至今傳爲美談。斯圖以義合，以雅傳，布之金石，以垂無窮，較勝前圖多矣。

余老矣，惜不能鼓櫂蒲塘，與諸子同訪西園，繼袁、凌二君之遊。然得知諸君子之名，且許附名以傳，亦深幸矣。故欣然序其大略而爲之記。

雲門書院遺愛祠合記

嘗謂學校之振興視夫上，輿情之愛戴出於下，二者古人有行之者矣。趙德復潮州書院，以繼昌黎，蘇湖復平江書院，以繼仲淹，上惠下也。桐鄉之民爲朱邑立祠，蜀郡之民爲文翁立祠，下報上也。然事爲異代，非出同時。若乳邑之書院與遺愛祠之建，殆異矣。考舊碑，乾隆四年，高公建立義學，時未有書院也。嘉慶三年，馬公千里始改爲義學書院，捐資增膏伙，士人懷其德，於文昌祠設位祀焉。咸豐元年，冒公芬復月加膏伙，士林益德之。未幾寇作，公殉難，邑人仰公忠貞，懷公舊澤，喁喁然無以報也，會議就書院旁建祠祀公。值甲寅歲，寇陷城，事未行而書院毁於兵。書院既毁，絃誦遂輟，迄今十有五年矣。

往歲楊公振墀捐資倡修，就文昌祠而拓之，計爲屋若干，有室，有講堂，有兩廡，即以兩廡設童試坐號，顔曰試院，實則書院也。未竣工，楊公去任，工中止。冒公沅甫下車，毅然捐俸繼修，復於文昌殿旁建二室，東室祀文昌先代，西室祀馬公。落成日，加增膏伙田若干，預延明師歲主講席，一時士林咸謂公能善承先志，公前冒公哲嗣也。父作子述，時論美之。邑人既感公德，愈思公先德，因募資仍就書院故址建祠，顔曰冒公遺愛祠，誌實也。適祠與書院同告竣，故並記之。

重修韶州府昭忠祠碑記 雲門吏牘

冒沅

昭忠祠者,建於各郡,載於祀典,朝廷所以褒節義而妥忠魂也。韶州有祠,向在城南武英山側。其地污下卑濕,時有水患,年來風雨漂摇,祠之荒頓甚矣。沅因先大夫盡節乳源,入祀於祠,瞻拜之餘,泫然曰:"是非所以妥忠魂也。"夫以忠義之巨,不幸遭時多難,或殺賊捐軀,或守土盡節,其有功於民甚大。在昔召伯循行,後人猶愛其樹,矧忠魂之所憑依,任其荒頓而不爲之所,心安乎哉?越日,聞於上官,捐俸議修。

山之陽有隙地,在寶林寺側,以價售焉。爰召工人量度四址,直計十丈零五尺,横計八丈七尺,又社官廟餘地,直四丈三尺,横二丈七尺。地既高爽,遂遷祠於是。二月興工,仲秋工竣,落成日重修祀典。是舉也,以妥忠魂,即以安先靈,行乎心之所安而已。沅承乏乳源,不能數至其地,擬籌費爲永遠修祠計,即將祠舊址請於上官,爲蒸嘗業。至於襄成盛事,是所望於同志者。

乳源侯冒公德政記

縣令爲親民之官,邑有賢令,民受其惠,夫人而知之矣。然求賢令於沃土易爲力,求賢令於瘠土難爲功。任沃土者,但能遵守成憲,潔己奉公,已足稱賢令矣。任瘠土者,潔己易而奉公難,何者?奉公之事不一,而正供之賦無多,欲益於下,先損於上,此古人所以有廉吏不可爲之嘆也。乳源向稱瘠土,宰是邑者,不乏賢能,而民受其惠者卒鮮,其故何哉?則以瘠土難爲功也。若小山冒侯,殆異矣。

侯甫下車,見地方疲敝,慨然以振興爲己任。數月之間,興利除弊,百廢俱舉。如修學舍,增膏火,復義倉,修陂壩,復墟市,尤其惠民之大者遠者。或謂侯嫉惡太嚴,每獲醜類,必置於法,雖則君子快心,實爲小人側目。不知除暴所以安良,任勞何辭任怨。侯嘗謂"凡事豈能盡如人意,但求無愧我心",是可以見侯心矣。或又謂侯賦性太急,每爲一事,必要其成。不知因循實足誤事,果斷乃能有成。侯莅任僅一年,而民之受惠不少,藉非黽勉從事,安能日起有功乎?兹者侯將去任,債負纍纍,好侯者皆爲侯慮,而侯不介懷。侯將行,邑之士庶不禁齊其喟不約其口,以共惜其去,謹將侯惠民德政,屬予記之,以寄去思之慕,且以備他日修邑志者采擇焉。

瀏陽侯冒公去害記

去天下之大害,必能任天下之怨,又必能審其勢而酌乎情之所安,徐爲之圖,然後害去而民不震。否則束縛窘急,徑行吾意,勢之所趨,情之所不便,愈不能以遽轉,於是徘徊瞻顧,不免悔於其終。甚或謂積重難反,不得不相率爲養癰之計,而害遂終不可去。古今之故類此者多,可爲長太息也。

如皋冒侯以光緒五年來攝瀏篆,下車揭示七禁民之敗常亂俗者。其一曰洋烟館,藪盜而坑良,尤害之大者也。前乎侯者亦禁之,莫能止。侯曰:"中是毒者,難遽斷,情也。"居者可無館,行者不然,重利以要之,貪人勢甘藐法,烏能禁其爲示也? 則曰:"城鄉煙館,必悉撤。十日不撤,毁其屋,笞其人。"又曰:"市井惰民即自食,毋容佗人食。否則漸爲館,亦有刑。"又曰:"行旅有求,姑市膠。舊無館地,仍毋市。"示既十日,治抗示者三人如所示,一時館幾悉撤。此豈非審勢酌情而徐圖之者歟?

於乎! 是物之毒中國也,羸民軀,耗民財,敝民俗,其害已較然矣。爲之館以招之,誠能任天下之怨而耻於養癰者,必有以處此。若侯之法,其亦可推而行之矣。試廣其意,寬既往,杜方來,雖徐使天下無中是毒者可也,何有於館?

侯名沅,字筱珊,嘗嗣其尊人伯蘭公宰廣東乳源,誅逆黨之戕尊人者,世傳《枕戈録》言之詳。光緒二年,瀏有奸民祀周柏美獄,侯奉上官檄來勘,稍左右,可立得千金。侯以周一縊死妄男子,卒毁其祠,其風采可畏愛類是。及攝篆,獄必求其情,事涉細故及倫屬,必判使和解。今年春,代有日矣,猶出私橐,供僕馬費,徧歷四境,懲民之不奉禁及潛設煙館者,此又豈非能任怨者歟? 令侯之法終行,民或不見德不行。百年之後,將愈思侯不置也。於是爲之記。

稽山負土圖記

湘潭　袁思亮伯夔

如皋冒鶴亭以母憂去官,服既除,則爲近地之遊。謁陳其年墓宜興;謁劉龍洲、歸太僕墓,拜顧徵君祠堂崑山;最後至山陰,展其外王父周季貺先生及舅氏雲將先生夫婦墓。所至皆有詩,而謁季貺先生墓詩尤哀,語語出天性,令人泫然欲出涕。先生少與兄涑人刺史、畇叔都轉舉言社越中,並有重名。先生尤精校讎,知福建建寧府,得帶經堂陳氏藏書甚富,巡撫丁日昌風使爲獻,先生不可,丁憾焉,摭他事劾罷之。子雲將亦有名,早卒,孫亦夭折。先生乃挈子婦從適冒氏女居蘇州,又偕之如皋。適冒氏女者,鶴亭母太夫人婺也。已而子婦又死,復孑身居蘇州,益貧,獨不自聊。獨一外孫鶴亭,能讀書,立名聲於時,絶愛重之。所藏書既歸蔣氏鐵華館,悉舉其叢殘付鶴亭,猶多善本。日記四十餘册,備識掌故及講學語,尤可喜,庚申燼於火,鶴亭以爲大戚。

先生之卒也,以甲辰三月,鶴亭已前官京師,太夫人獨留蘇州侍先生疾。既不起,則爲絞衾,灰釘塗漆之屬,悉具以完,已御匱歸山陰,卜兆域於東鄉木冠山下葬焉。又遣人以雲將先生夫婦旅櫬來,葬東南鄉香爐峰下。當是時,水陸舟車轉運蹇艱,太夫人以一婦人致周氏三棺於數百里外、崎嶇異鄉山野之間,爰窆爰封,以固以安,可不謂艱哉?越二十年甲子,鶴亭始克具雞酒之奠於墓道,摩挲碑碣,顧瞻松楸,想見太夫人當日度經營之勤,而太夫人之歿則既三年矣,宜鶴亭之詩之哀也。

越人何張夫人采爲補畫《稽山負土圖》,鶴亭囑余記之,將徵海内之能詩者咏歌焉。圖縱横若干尺,杖而立者太夫人,荷鋤而旁侍者八歲女孫琭,後嘗刲股愈太夫人疾,今嫁爲周藻祥妻者也。

甲子五月。

重修百子堂碑記

田毓璠

庚申秋孟,如皋冒公督榷淮安,駐邑西之板閘鎮。越半歲,而重修百子堂之工事告成。百子堂者,前明萬曆間榷使孟津李公捐金所構,正殿奉白衣大士,俗所謂送子觀音者是也。往時督榷使者初受印視事,及每歲朝賀、皇華使臣奉詔書,南北皆於百子堂行禮。百子堂固有田産,亦爲榷使所捐置,平日供備主僧衣食常用而外,並以備香火營繕之需,實爲淮安關所有,載在關志可考也。十年以來,朝覲禮廢,主僧不肖,則悉舉田産而典鬻之。典鬻既空,殿廡亦敝,棟宇摧折,不蔽風雨,亦無復有過而問焉者矣。公既徇董事馬登瀛等之請,捐金以促其工事之成,又分俸爲贖其田産,俾主僧供奉香火，靡有所缺。工事既蕆，鎮人以公勤恤民隱而不事掊克聚歛也，群於堂之西偏爲公建立生祠。公止之不可，乃令改爲貞女周氏祠堂。公手撰碑文，勒石以記其事，並爲臚陳事實，告諸大吏，歲時伏臘，祭享不缺。自晚近競言解放，而婦女動逾軌範，潰決禮義，廉恥之防，頽波日下，不可復挽，此誠人心世道之憂而國家之妖孽也。公之激濁揚清，表彰節孝，殆有深意存焉，非僅一鄉一邑之規模而已。綱紀之維，倫常之植，其在兹乎，其在兹乎？

工始於七月，竣於是年十二月。武進張君炎爲上梁文，其詞甚斐美，而受命以總其成者，爲稽税長盱眙李君植夫，董其事者，則鎮之紳商學子馬登瀛、楊培生、孫映青、盧本綸、周八元、臧廉傑也。寺田在蔡莊者，四十九畝四分八釐，租額四十四石五斗五升，又塋田二畝有奇。在黄莊者，二十三畝有奇，租額十三石又五升。在邱湖莊者，十三畝有奇，租額六石五斗。凡爲田九十一畝有奇，租額六十四石又七升，而寺基三畝七分不與焉。公懼其久而復典鬻也，爲附記於碑後。

辛酉十一月。

改建觀音閣碑記

山陽　錢桂林

一方之將興也，必有非常之人挽回衰運，力肩其任，慷慨維持。功德之所及，恒藉地方要塞補苴殘缺，遂以操地運轉旋之券。

竊於榷使冒公改建觀音閣，卜之鎮東，有魁星樓，與西方武帝樓對峙，所以持文武之氣運也。清末僧舍失慎，殃及魁樓，由是文運衰，科名廢，地方固無財力以復舊觀，而仍奉魁垣。顧名思義，亦甚無謂。九年八月，冒公來榷斯土。理政之暇，獨熱心於是鄉之公益善政，不可枚舉。而又憫魁樓之毁，震氣不收，爲鎮之一大缺陷，力謀重建。周覽形勢，西、南、北三面皆有觀音庵，以鎮之東面獨付闕如，龍脉散而不聚，形家憾焉。遂就魁樓之址，因時易名，改建爲觀音閣。

是役也，昉于民國十年九月十七日，迄一月十五日而工竣，費緡二千串，皆冒公捐廉集事。閣成後，巍乎焕乎，欄楯翼如，登眺徘徊，覺鉢池之狀態，關津之氣色，里閭之景象，山川映發，耳目一新。父老子弟咸欣欣然，謂方隅之興，基於此舉。乃進余而屬之曰：“是不可以不記。”

余思整頓地方，修舉廢墜，此守土者之職也。今有司率急於錢穀簿書餘事，則姑置之。而榷使責在督課，顧乃好施不倦，以修飭乎一方。又得稽税長李公力爲贊成，畫營造之策，與三方相襟帶，行見氣脉完固，民物殷阜，凡我鎮人，皆將陰食其福。必謂建閣奉佛，猶未識轉移之妙用也。余慮年祀久遠，不知緣起，因揭其用心，備鑱諸石，以諗來者。公名廣生，字鶴亭，如皋人。李公名植夫，字進之，盱眙人。

鎮江關監督兼交涉員冒公德政碑記

海通而後税務外交寖爲重職，鎮江綰江海衝要，握南北樞紐，良莠錯處，夙稱難治。往時道員兼領關務、洋務，求其能循分守職，與吾民相安於無事，則吾民亦交口作頌聲矣。民國草創，運際迍邅，財政愈窮，交涉愈棘，凡通商口岸，特設專官司其事。顧膺斯任者，往往疲精敝神於酬酢交際，至問其能否稗益國計，争回利權，則在不可知之數。獨冒公鶴亭甫下車，即自言吾以蘇人治蘇，吾不敢放棄吾職權，無以慰吾父老昆季。父老昆季聞公言者，則咸引領拭目以觀公之新政矣。

先是，鎮江華商請領三聯單采運土貨，除完納子口半税外，仍繳存押款，違章則押款充公。於是則購貨一而成本二，而其辦法又各關不無異同。鎮江人苦之，欲援江海關之例，籲求平等久矣。公既洞察商困，則侃侃陳於當事。一不得當，至於再，卒獲減免然後已。此公之惠政犖犖大者，吾鎮人所極不能忘也。

其辦交涉也，肫然一出之於誠，以取外人之信用。一旦有事，義所不可，千回百折，以浩然之氣充塞其間，舉一切要挾恫喝，漠然不爲之少動。外人亦知公耿介，互爲退讓。公語人若有天幸，實則臨時之正氣，平日之積誠，有以潛移而默化之也。敢舉吾人之所知，爲來者告可乎？

其一曰泰縣争執公有林之案。公有林在美國長老會教堂之地之西，其北爲駝嶺，泰縣古迹也。長老會購之於先，公有林請之於後。一則持縣知事已税之契，一則持縣知事已准之批，蓋一官地而兩造皆得所有權者也。縣人行種植之禮，取長老會所立石拔而去之，美領謂泰人攻擊，達於外部，請規復其原狀而懲治糾衆之人，此糾衆之人須向長老會服禮，復由縣知事榜其姓名於通衢，以毖其後。公視其所指名皆巨紳也，乃以保存駝嶺爲言，稍稍益之，易以他地，不懲禍首，以存國體，此則公之功也。

又其一則，十二圩衝毁日商運鹽辦事處之案。運鹽辦事處附設於源通公司，源通公司與永吉恒積不相能，值小故互毆。源通公司傷十一人，永吉恒傷九人，公司毁焉。日領索賠償單開遺失現金三萬六千元，間接損失營業四萬五十元。公往返駁詰，謂現金無左證，間接損失不應賠償，僅以賠修房屋了案，未嘗辦一人之罪。此又公之功也。

又其一則，江都焚燒日貨之案。當抵制日貨呼聲之高時也，而前田一二洋行有貨物三十一箱抵江都，江都學生燒之。公聞報，知其貨之自鎮江往也，則先查鎮江關所收出口之税，知其數爲十八兩四錢，以值百抽五推之，其貨值爲一千一百元有奇。又密查江都華商與前田通往來者，得九家。比前田經理人至，公先出報關之數及九家行號示之，前田欲增其值，則匿税有罰，又恐九家被累，則其後將無與往來者，乃俯首請如報關之數賠償。公命其出甘結，先以甘結寄日領，日領遂不能發難。此又公之功也。

又其一則，鎮江扣留日商洋鹹之案。潘霞貴者，鎮江船户也，爲日商運洋鹹七箱。將渡江，號稱愛國團者偵知，往詐焉。霞貴赴警區求保護，甲區以其事屬乙區，乙區至而洋鹹已在道。乃取之歸，使人送前田一二洋行，前田不受。翌日而日領偕日提督，挾五兵艦至，謂警察無保護日商之誠意及其能力也。公乃宴日領於金山，舉杯笑屬之曰："此細事，何至遽勞兵艦相乘？吾能以三十分鐘了之。"日領請拘愛國團，公謂無此團體。日領出鎮江報紙所紀載，皆愛國團事也。公謂官廳無案，則不能認此團體爲法定。報紙所載，等於讕言。僅分别將警官記過，由日領使前田領回洋鹹，明日而兵艦他徙。此又公之功也。

綜公在任二年，未嘗有一事之失敗。桂林王勛佐理鎮江當局辦交涉事，前後十年，其語人云："真能不畏强禦者，公一人而已。"公性風雅，嗜吟咏，平居事母孝，推錫類之義，所以維持完節堂者甚至。又捐廉募刻《至順鎮江志》，以存文獻。鄉賢王夢樓太守，三世墳墓爲人攘奪，結訟者數年。公至，言於縣知事，復歸於王，此則近時仕宦中所尤僅見者。故當公調任淮關時，萬人空巷，以相祖道，實爲前此所未有云。

鎮江紳、商、學界全體公立。中華民國九年一月穀旦。

淮安關監督冒公德政碑記

《詩》有之曰："豈弟君子，民之父母。"吾於督榷使者冒公見之矣。公之來也，如春風之風人，夏雨之雨人，故吾民之對之也，亦罔不鼓舞悦懌，若子弟之愛其父母。公雖不矜其德，不伐其仁，而吾民之託庇宇下者，沐公之德，感公之惠，又烏能忘情於公也！板閘一鎮，當南北要衝，爲歷來榷使駐節之地。辛亥以還，凋殘實甚，問誰是興衰起廢，而引公益善舉諸要政爲己任者？有之，自榷使冒公鶴亭始。

公如皋人，當時名孝廉也。十年以來，歷官數省，治理外交關榷諸務，頹廢畢舉，所至有聲。庚申之秋，來榷斯土。目睹吾鎮之民生困苦，商業蕭條，而地方公益之無人過問也，時與吾鎮諸父老言論及之。公常云："地方事雖非己職，然我爲榷使，駐守於兹，不忍作局外觀也。"公既堅持斯旨，於是吾鎮之氣運爲之一轉焉。公莅淮一載有餘，裕國賦而恤商困，節用愛人，不事掊克，而捐金以維持地方公益者，乃多至不可枚舉。吾鎮舊築圩垣，防禦盜賊。垣之東西有魁星樓、帝君樓各一，形家以爲南北衝衢，而前濱大河，舟車四集，不建二樓以鎮之，則煞金氣旺，將不爲吾鎮之福也。於是東西兩樓遥遥對峙，隱占全鎮形勢之重。今棟宇壞矣，頹垣剥落，古屋荒涼，而鎮人生計亦日益苦阨，不易振作。公乃葺而新之，改魁星樓爲觀音閣，兩樓相峙，氣象爲之一新。并捐金重建百子堂、龍王廟等處，而修圩濬閘，建造浮梁，費及六千緡以上。是非公之樂善好施不至此。其尤爲傳誦人口而稱道勿衰者，則特建忠臣張巡檢祠堂與貞女周氏祠堂是也。奇節大行，得公而顯，有功於世道人心，寔非淺鮮，豈忠魂、貞魄天啓其衷，必待公之表揚之耶？不然，何其史録無文，志乘無傳，而數十年之内，絶無有過而問焉者也。

公淵博淹雅，海内知名士，工爲詩古文詞。平居事母至孝，慷慨有志節，而慈祥豈弟，待人接物，和易無忤，穆然儒者之風也。惟公之志，蓋欲吾鎮人得所而不虞風雪寒餒之侵，視民如傷，痌瘝在抱，此其胸次爲何如。陳孺子之言曰："使平得宰天下，亦如此肉。"他日公出宰天下，秉國之鈞，將見宏濟艱難，蔚爲億兆蒸民之福。仁恩所及，非特其一鄉一邑而已。

慶成鄉農紳學、板閘鄉紳商學公民等公立。中華民國十一年　月。

思親堂後記

冒　鸞

記爲知本縣事吴川易公恒所作。鸞兒時見先君書此記，揭之堂壁，頗能頌之。亦嘗聞都憲叔父云，此文類賦體，摹寫孝思殆盡。後録一通，寘譜册中，以俟登譜也。鸞上京時，凡書籍盡付鳳鵬。比細檢原册俱存，獨失此記，竟不知何也。嗚呼，豈先君之心事遂爾湮没無聞於後人乎？意者當終得之，以寬鸞等不孝之罪，神其鑒之乎？

受　姓　記

冒　鸞

鸞按,《海陵族譜序》云:"元末有兄弟三人者,一爲兩淮鹽運司丞。張士誠携往姑蘇,封妥督丞相,辭不受,歸至東陳而止。其一居海陵如故。其一之天長,不知所終。"又云:"始祖德新,以元祐己未生啓之。後五十載而爲昭代,中間絶無遷徙。今家廟祖啓之,而如皋則祖致中云。"觀此,則我祖致中公與泰之祖啓之公,審爲兄弟無疑,但不知果皆出德新公否乎? 舊譜不傳,無徵信矣。海陵至都憲公已大顯,公弟有質方積學待時,公之子良萤以《禮經》掇鄉舉,於戲,盛哉! 若永助教諭公之後居東昌冠縣者,時得相聞。鸞官京師,有伯父行諱祥者,携從子鼎來相視。風儀古樸,殆稱故家人物也。又東陳之東不里許,人稱河東冒。洪武間有諱檜者,以太學生任御史,有骨鯁聲。今其後與吾族不通慶弔,亦不知出何支派,故不與兹譜也。

譜自東林公至文聰公,事迹皆吾奉直公手自裁定,無容增減。其原闕者仍闕之,則古傳信傳疑之例也。抑觀我祖仲彰公、永宗公父子皆名醫,而俱本於儒,所積已厚,然未有甚顯者,豈不有待於後人耶? 是爲記。

受姓後記

冒與恒

吾宗六世參議公,按《海陵族譜序》載,元末兄弟三人,一爲兩淮鹽運司丞,鳳隱至如皋,東陳占籍,爲吾族始祖;其一居海陵,爲泰之始祖,至五世都憲公而始顯;其一之天長,不知所終,相聞轉徙宿遷,或與三世永助公子孫雜處冠縣地方。數傳而後,東省與淮府接壤,沿及沭陽等處,有冒姓之人居多。前胡夢白在國子監晤沭陽周姓者,閲胡履歷,見配室冒氏,云伊配亦冒氏,不知沭陽與如皋冒之先世果否一族,因囑夢白代索世譜。余出全集寄去,後夢白告病歸里,未探回信,迄今不無餘憾。

常州江陰縣花市南村,有吾姓人民。向振祖少時,在花市作寓,有吾姓人聞知,請至伊家款留信宿，唯以巢民兄及父静庵公起居是詢，但未考所由來，不知是何支派。余老矣，不能跋涉道途，吾族後人有過而問焉者，則幸甚幸甚。

閲巢民《同人集》内有江陰縣繆昌期之子名采室者，稱伊先祖與吾族始祖兄弟二人，洪武初年，一隱如臯，一改姓在江南，集載采室與巢民聯宗等語。但吾始祖兄弟三人，説見《海陵譜序》。至稱兄弟二人，不符。又云洪武年間。吾始祖元末至正朝來臯，舊譜原載有河東冒一支，名檜，係人才御史，在洪武朝，因諫謫戍，後又豁免。但與吾族不通往來，亦無行第稱呼。伊之後世另叙一册，附吾譜後。今《同人集》所載，疑與此兩人之行藏有合，存記以俟質疑考辨。

吾族十四世安止，諱泰，任山東平原縣佐。余囑訪冠縣永助公後裔，近接回信，云冠縣有冒秉正，其人來至署中，稱伊祖永助公現有子孫四十餘家，住冒家莊，而力田之人居多，惟河南省葉縣有讀書科第人，是昔從山東分去支系。此語一大明證也，俟再查確，議人來臯，叙入三世永助公世派之後，以續禋祀。則是兩地雖遥，而先後同揆，益信家學淵源有由來耳。余等引領望之。

如臯冒氏宗系源流記

冒　澄

如臯冒氏，肇自元季。先世受姓之由，志乘勿載，惟稚隆凌氏《萬姓統譜》采入號韻，首明初泰州學正名哲者，懋卿夏氏《奇姓通》亦載之，然皆未著其源流。又丁氏序文云："稽冒氏之先，出於殷后。王子期受封於滎陽郡，郡有冒鄉，因氏焉。"其説果何所昉，意者書缺有間，其姓氏乃時見於他説歟？

謹按，冒氏譜載始祖東林公，諱致中，仕元初爲兩淮鹽運司丞。值元季紀綱陵替，遂棄官隱居臯邑之東陳鎮。其後僞吴張士誠欲授以妥督丞相，却之。同時避吴亂者昆弟三人，一占籍天長縣，無考；一居泰州，再傳名哲，即《萬姓統譜》所載者；其一即東林公也。三世祖諱基，讀書樂道。當明永樂中，屢徵不出。是時詔求天下遺書，公獻書三舟，璽書褒美，賜樓名萬卷樓，學者稱"潛德先生"云。五世祖諱琳，始出就試，年十歲，補弟子員。十一歲食餼，以明經授山東冠縣主簿。六世祖諱鸞，年十六舉於鄉，成進士，授兵部武庫司主事，擢員外、郎中。乞養歸，歿祀鄉賢。次諱鳳、次諱鵬，皆以廩貢出仕有聲。九世祖諱守愚，選成均，授高陽縣令。高陽多水患，公築隄亘十里，民賴之,名其隄曰冒公隄。十世祖諱夢齡,以選貢授酆都縣令。值奢崇明變起,公嬰城固守,旋與石砫土司秦良玉協力破賊。既歿,崇祀鄉賢。

十一世祖諱起宗,未第時嘗於客邸拒奔女,夢神人示以詩,有“榜花一到滿城紅”之句。榜花,榜中姓氏之稀者,説見《唐書》。旋登萬曆戊午鄉榜,戊辰進士,授行人,任憲副,督上江糧儲,調監襄陽軍。尋致政歸,歿祀鄉賢。十二世祖諱襄,字辟疆,起宗公長子,以副舉授司李。值明末僉壬柄枋,公本復社之遺,遂不復進取,就城北築水繪園,以養親焉。邑之龍游河畔有古樸榆樹,槎枒拳曲,狀若卧虬,因結亭其下,名之曰樸巢,又自號巢民。一時海内耆宿以逮詞人墨客,尋奇問字,載酒擒裳,不絶於道。屬邑大饑,公出倉粟賑之,存活無算。著有《同人集》、《水繪園集》,歿祀鄉賢。十四世祖諱渾,少負倜儻才。國初大司馬金公世榮一見奇之,携之入閩。時鄭芝龍子尚踞臺灣,靖海侯施琅承制,授公武威將軍,攻克澎湖。全臺平,叙功晋左都督,封榮禄大夫。十五世祖諱重光,任河州副將。隨奮威將軍岳公鍾琪征羅卜藏,領前鋒,勦熟番十二部落,勝之。屯軍巴里坤,以勞卒。詔贈總兵官,事在雍正九年。乾隆五十九年,上追念藎臣,詔給恩騎尉世職,世襲罔替。十七世諱芬,以軍功授廣東開平縣令,調署乳源縣令,勤政愛民。咸豐二年,粤匪稔亂,公督軍防勦,獲賊多名。行次曲江寺前村,值賊大股至,傷公要害,猶裹創揮衆力戰,賊始散走,卒於官署。事聞,照四品官贈卹,賜祭葬,入祀昭忠祠,世襲雲騎尉、恩騎尉罔替。乳邑士民以公遺愛在人,呈請大吏具奏,奉旨建立專祠。同治七年,公四子沅復權乳源縣篆,廉得當年進刃之賊,逮捕伏辜,乃剖賊渠心,祭告先靈。著有《枕干録》,一時題咏者,咸謂忠臣孝子,萃於一門云。

當東林公之隱居東陳也,家藏有治平敕書一道。相傳遠祖諱敬臣者,英宗時嘗爲大理寺丞。然而文獻無徵,無徵不信矣。説者又謂冒氏本元脱脱丞相姓兀魯特之後,近有族人仕甘肅者,與塔爾巴哈台參贊大臣錫綸、甘肅丹噶爾同知富亮各叙宗系,同爲元脱脱丞相後裔,似較他書爲足據。明初定鼎江南,東林公本元室遺老,此肇姓所由來。故冒氏家乘,斷自東林公始。

如皋冒氏得姓記一 小三吾亭文

冒廣生

稽氏族於金元之際,則錢大昕以爲難,何況天潢玉牒,外庭莫知,十祖世系,史官亦僅得其概。易世而後，歧牾愈棼，爲子孫者數典而莫知其祖，甚可懼也。淮南氏族，冒爲之望，自夏氏《奇姓通》、淩氏《萬姓統譜》始見著録。家譜所載，始祖致中，嘗爲元兩淮鹽運司丞，元亡不仕，而運丞以上不詳。

故老相傳，以爲元丞相脱脱之後。或曰元後，其字與“胄”形相近，表其爲天家貴胄也。或曰冒者，蓋取明字而傾側之，表其不臣於明也。兹二説者，義皆穿鑿。實則吾冒氏爲元鎮南王脱歡之後，而非丞相脱脱之後，蓋有五證。

《元史》世祖第九子脱歡封鎮南王，出鎮揚州。歡薨，子老章襲。老章薨，弟脱不花襲。脱不花薨，子孛羅不花幼，歡第四子帖木兒不花襲。天曆中，復還位於孛羅不花。歡之子孫在揚三世，蕃衍必多，運丞殆其支庶。脱脱流死雲南，生平未至揚州，揚州安得有其子孫？證一。脱歡、脱脱易於傳譌，證二。運丞官八品，《元史·輿服志》：“八品、九品，脱四花。”今家藏運丞畫象，乃服龍文。延祐中，服龍鳳文者有禁，脱脱子孫何敢僭越？證三。先世墓域，五世、六世、七世，五塋十一穴，皆葬萬花園。州志載園爲鎮南王别業，非其子孫，安得世守？證四。《禮》：“諸侯不敢祖天子，大夫不敢祖諸侯。”家譜脩於成化，其時去元未遠，何故不載運丞以上？必有深意。若其爲脱脱之後也，則脱脱長子哈剌、次子三寶努，此明見於本傳者，何所顧忌，闕而不書？證五。

德清俞先生樾嘗爲余作《冒氏叢書序》，引《元史·小雲石海涯傳》，父名貫只哥，海涯遂以貫爲氏。又《戴良集·高士鶴年傳》言，其曾祖阿老丁，祖苦思丁，父職馬禄丁，而鶴年遂以丁爲氏。因疑元人自有此得姓之一法，冒氏蓋亦此類，其説不爲無徵。今按《元史·諸王表》有茂海大王，亦作卯罕大王。蒙古譯音本無一定，意吾祖命名必有與茂海、卯罕同者。明季時，江陰繆姓嘗與吾姓聯譜，謂兩家兄弟洪武初各變姓，冒、繆對音，此尤顯證。然則冒字爲蒙古音，初無深義。或者所云胄、明二説，未免附會過甚。

頃因重葺《先世潜徵録》成，詮次此文，弁諸於首，眎我來哲。光緒二十九年五月。

如皋冒氏得姓記二 小三吾亭文

冒廣生

廣生官京師時，重輯《先世潜徵録》成，嘗作《如皋冒氏得姓記》矣。閱家乘，復爲折衷群言，舉所知者，以示吾之子孫。

五世文《海陵冒氏家譜序》曰："冒氏勝國時，吴亂失其譜，故世系無傳焉。上世有昆季三人，一爲兩淮鹽運司丞。張士誠起兵，封妥督丞相不受，渡江抵如皋東陳，家焉。是爲如皋祖。其一居海陵，吾祖也。其一之天長。"又曰："始祖德新公，以延祐己未生啓之，後五十載爲昭代。"今家廟祖啓之，兼追祭德新，而如皋祖致中。自啓之而下，始得以世計，不言以上，即廣生前記所謂"大夫不敢祖諸侯，諸侯不敢祖天子"，禮也。曰"吴亂失其譜"者，諱言也。祖啓之不祖德新，以海陵得姓自啓之始，猶如皋之得姓自致中始也。

十五世春榮《家譜序》曰："冒氏先不可考。弇州王氏《僻姓録》曰，如皋冒爲江左之一。稚隆凌氏《萬姓統譜》采入號韻，首明初泰州學正諱哲者。懋卿夏氏《奇姓通》亦載之。"又引鄉先輩丁斐公云："冒氏出殷帝王子期，受封於滎陽郡。郡有冒鄉，因氏焉。"斐公名其譽，順治十二年進士。冒鄉爲氏，不知出於何書，殷時尚無滎陽郡也，其説爲不足存矣。王世貞《委宛餘編》，其言曰："姓有百家，有千家，則《姓苑》所不載者多。今據古人所有而頗僻者録之。"又謂："如皋冒爲江左之一，今遽標題爲《僻姓録》，亦誤也。"春榮又云："宋英宗時，大理丞諱敬臣，字伯恭，有治平三年勅一通，相傳始遷祖所賫遺物，藏於家廟。"是説也廣生不之信，今家廟亦無是勅也。

天長之冒久不可考，泰州則自五世政而始大。政以進士官巡撫，《明史》附《張鼐傳》。至萬曆朝，仕宦科第猶不絶。廣生嘗佐揚州守番禺沈公試士，士有兩冒生，一芝書，一景唐。其後榷關鎮江兼交涉使者，以公事按部海陵。芝書來見，詢其世，則高祖行，景唐爲其子，亦廣生之曾祖行也。

冠縣之冒，自三世佑以永樂間舉人官縣教諭，娶於冠，家焉。六世鸞官兵部時，佑孫祥、曾孫鼎嘗視鸞於京邸，以鸞故冠之族得免於徭役。鼎及其子談義先後歸如皋，嚴石溪有《送冒自新歸冠縣序》，自新，鼎字也。"如皋則七世諍臣，十世愈昌皆至冠，與冠之宗人相慰勞。十一世起宗有《與冠縣宗人徵譜書》，家譜附冠縣一支至八世承裕止。然十四世泰官平原尉日，冠縣有名秉正者，爲泰言其族居冒家莊，有四十餘家。又言其宗人有遷河南葉縣者，家譜則載其宗人有遷東平州者。今距泰時又百餘年，邈然若河漢之不相聞久矣。"

東陳河東之冒，洪武時檜以人才爲御史，有骨鯁聲，而與吾族不通慶弔。改革之際，一出一隱，其絶之也以道之不同。而妄者或疑其爲吾冒氏之世僕，則直齊東野人之言也。

春榮又云："客淮陰時，沭陽有單門冒生。客海州時，聞贛榆北鄙張家湖有冒氏，至則僅僅乎三户之聚也。又陽湖有醫者字子方，挾其術以遊，問其族，寥寥焉，再問則且懵然不知所對也。"

十三世與恒《受姓記》言："胡夢白在國子監，同舍有沭陽周生者，以胡娶於冒，自言其亦娶於冒，意即春榮所見沭陽單門冒生之戚也。"又言："江陰花市南村有吾姓。"廣生榷淮關時，東臺富安場亦有族人名悦者以書來，言其遷富安六世矣。

由是推之，則所謂沭陽也，贛榆也，陽湖、江陰也，其先皆由如皋或泰州或冠縣遷徙，其後遂留不歸，如富安同，而非更别有宗派也。

廣生又憶光緒間於禮闈遇興化葛孝廉瀛瀾，出行卷，載其始祖諱冒七一，爲元將軍，血戰多功。後隨順帝北行，帝謂曰："仕以行，義不可以無祀。汝其行乎?"於是偕其弟奔揚，七一獨遷興，其子八一始姓葛。七一殆亦元之宗室，故順帝欲其祀存也。又榷甌關時，台州鎮守使顧乃斌自承如皋冒氏，其父贅於杭，始姓顧，今遂爲杭州人。此則異時皆當附記於譜後者。

十八世澄《宗系源流記》言："近有族人仕甘肅者，與塔爾巴哈台參贊大臣錫綸丹噶爾、同知富亮各叙其先，同爲元脱脱丞相後裔。"尚沿故老相傳之誤，前記辨之矣。

如皋冒氏得姓記三 小三吾亭文

冒廣生

冒氏既占籍如皋，遂爲如皋望族。見《明史》者一人，冒政。見《大清一統志》者一人，冒起宗。見《古今圖書集成・氏族典》者十二人，冒致中，冒承祥、冒哲、冒佑、冒政、冒鸞、冒諍臣、冒鳳、冒守愚、冒起宗、冒襄，又東陳冒某。

見《江南通志・官績傳》一人，冒夢齡，附見一人，冒起宗；《孝義傳》一人，冒襄；《文苑傳》一人，冒愈昌；《完節傳》二人，冒起宗妻馬氏、冒益謙妻佘氏，附見一人，冒起宗妾劉氏；《貞孝傳》内外二人，冒襄妻蘇氏、王珽妻冒氏。見《通州志・名臣傳》二人，冒鸞、冒起宗；《忠節傳》一人，冒芬；《宦績傳》四人，冒檜、冒政、冒鵬、冒夢齡，附見二人，冒守愚、冒日乾；《孝友傳》二人，冒襄、冒惟誠，附見三人，冒褒、冒丹書、冒志同；《義行傳》一人，冒勗，附見二人，冒寰瑋、冒天錫；《文苑傳》二人，冒基、冒愈昌，附見一人，冒致中；《列女傳》内外七人，冒起年妻丁氏、冒志甫妻郭氏、冒起勛妻李氏、冒起宗妻馬氏、王珽妻冒氏、叢之驊妻冒氏、吴廷琳妻冒氏，附見六人，冒起年妾劉氏、李氏，冒起宗妾劉氏，冒襄妻蘇氏，冒褒妻宫氏，石巨開妻冒氏。

見《如皋縣志》(嘉慶間楊受廷修)《人物傳》九人，冒檜、冒鸞、冒守愚、冒起宗、冒襄、冒起宏、冒起蒙、冒兆禧、冒勗；《儒林傳》一人，冒梁鎮；《孝友傳》四人，冒丹書、冒寰瑋、冒有萊、冒邦彦;《忠義傳》一人,冒重光;《文苑傳》十三人,冒愈昌、冒超處、冒夢相、冒褎、冒殷書、冒與恒、冒春榮、冒廷驥、冒念祖、冒可久、冒國柱、冒訓、冒陵;《宦績傳》四人,冒鵬、冒日乾、冒夢齡、冒士振;《武勛傳》一人,冒渾;《義行傳》四人,冒致中、冒一舉、冒天錫、冒縉;《耆壽傳》五人,冒車書、冒煌、冒緯、冒大器、冒四思;《方技傳》一人,冒璜;《隱逸傳》一人,冒基;《烈婦傳》三人,冒起勛妻季氏、冒守約妻黄氏,冒玉錡妻袁氏;《貞女傳》内外二人,冒稼聘妻吴氏、冒有貴女冒氏;《節孝傳》内外七十四人,冒起年妻丁氏、冒起宗妻馬氏、冒起宗妾劉氏、冒夢相妻李氏、冒起紳妻陳氏、冒襄妻蘇氏、冒益謙妻佘氏、冒袞妻姜氏、冒福書妻石氏、冒進功妻鄒氏、冒甄祖妻吴氏、冒元一妻蔣氏、冒起穎妻沈氏、冒嘉禾妻花氏、冒起巖妻許氏、冒與立妻吴氏、冒璧美妻沈氏、冒有聲妻程氏、冒惟誠妻石氏、冒從政妻叢氏、冒惟睿妻吕氏、冒起書妻趙氏、冒元璧妻張氏、冒虞璧妻顧氏、冒秀萁妻徐氏、冒與瑚妻石氏、冒志同妻沙氏、冒良佐妻蔣氏、冒涵九妻蔣氏、冒渾妾郝氏、冒四宣妻洪氏、冒嵓妻徐氏、冒元近妻邵氏、冒時雨妾李氏、劉氏,冒文正妻徐氏、冒綜妻李氏、冒國棟妻宗氏、冒天誠妾周氏、冒伯和妻徐氏、冒信書妻郭氏、冒有本妻曹氏、冒三德妻曹氏、冒學仁妻吴氏、冒子廷妻薛氏、冒宗耀妻張氏、冒子耀妻張氏、冒奇章妻朱氏、冒伯和妻徐氏、(廣生案,重出。)冒南齊妻張氏、冒光宗妻孫氏、冒咸寧妻劉氏、(廣生案,《周志》"寧"作"臨"。)冒仲久妻叢氏、(廣生案,《周志》"久"作"文"。)冒譽仲妻何氏、張嘉賓妻冒氏、王廷妻冒氏、(廣生案,省志、州志"廷"均作"珽"。)佘瑞鯨妻冒氏、石兖妻冒氏、叢鄧林妻冒氏、陳應朝妻冒氏、姜佩妻冒氏、明萬妻冒氏(廣生案,《周志》作薛明萬。)吴風從妻冒氏、石士龍妻冒氏、劉嗣齡妻冒氏、吴廷琳妻冒氏、顧象中妻冒氏、管世民妻冒氏、喬希尹妻冒氏、宗世澤妻冒氏、顧淮妻冒氏、陳振廷妻冒氏、丁允昇妻冒氏、馬觀妻冒氏;《貞壽傳》一人,冒珩妻謝氏。

見《續志》(道光間范仕義修。)《文苑傳》六人,冒炯、冒樞、冒玉鐘、冒鳴、冒集元、冒長清;《耆壽傳》三人,冒成性,冒達德、冒紹德;《義行傳》一人,冒幹成;《貞女傳》内外六人,冒廷謨聘妻蔡氏、吴繼元聘妻冒氏、張某聘妻冒氏、(廣生案,疑即《周志》之張槐。)冒元良女冒氏、冒某女冒氏、(廣生案,疑即《周志》之冒以淩。)冒嵩年女冒氏;《節婦傳》内外二十人,冒兆鯉妻張氏、冒仲舉妻馮氏,冒逢庚妻陳氏、冒唯妻李氏、冒懿光妻薛氏、冒斌妻胡氏、顧淮妻冒氏、(廣生案,已見《楊志》。)仲貽珅妻冒氏、陳丹桂妻冒氏、徐萬春妻冒氏、程文聚妻冒氏、馬觀妻冒氏、(廣生案,已見《楊志》。)馬臨妻冒氏、叢之驊妻冒氏、宗世澤妻冒氏、(廣生案,已見《楊志》。)徐明安妻冒氏、朱璽妻冒氏、吴俊鑣妻冒氏、黄堯衢妻冒氏、陳希周妻冒氏。

又見《續志》(光緒間周際霖修。)《孝友傳》二人,冒恒、冒西庚;《忠烈傳》一人,冒芬;《文苑傳》一人,冒兆鯨;《宦績傳》一人,冒蕖;《耆壽傳》四人,冒美、冒杏溪、冒健、冒錦堂;《方技傳》一人,冒冠德;《補列傳》二人,冒政、冒鈺;《烈婦傳》四人,冒守約妻黄氏、(廣生案,已見《楊志》。)冒徵書妻陳氏、冒玉錡妻袁氏、(廣生案,已見《楊志》。)冒同文妻陳氏;

《貞女傳》内外十二人，冒廷謨聘妻蔡氏、（廣生案，已見《范志》。）冒有貴女冒氏、（廣生案，已見《楊志》。）張槐聘妻冒氏、（廣生案，范作“張某”。）冒元良女冒氏、（廣生案，已見《范志》。）冒以淩女冒氏、（廣生案，《范志》作冒某。）吴世壽聘妻冒氏、冒桐川女冒氏、冒長福女冒氏、姜壽愷聘妻冒氏、徐紹庸聘妻冒氏、冒鳴盛女冒氏、冒博文女冒氏；《孝婦傳》四人，冒起宗妻馬氏、冒襄妻蘇氏、（廣生案，馬氏、蘇氏並已見《楊志》。）冒褒妻宫氏、冒文正妻徐氏；（廣生案，已見《楊志》。）《節婦傳》内外九十二人，冒伯和妻徐氏、冒綜妻李氏、冒天誠妻周氏、冒起年妻丁氏、冒起宗妾劉氏、冒起紳妻陳氏、冒起穎妻沈氏、冒嘉禾妻花氏、冒起巖妻許氏、冒與立妻吴氏、（廣生案，以上十人，並已見《楊志》。）冒與晋妻顧氏、冒璧美妻沈氏、冒有聲妻程氏、冒惟誠妻石氏、冒從政妻叢氏、冒惟睿妻吕氏、冒起書妻趙氏、冒元璧妻張氏、冒虞璧妻顧氏、冒秀蕡妻徐氏、冒與瑚妻石氏、冒志同妻沙氏、冒良佐妻蔣氏、冒時雨妾李氏、劉氏，（廣生案，以上十四人，並已見《楊志》。）冒松妻章氏、冒志甫妻郭氏、冒國棟妻宗氏、冒有本妻曹氏、冒信書妻郭氏、冒三德妻曹氏、冒學仁妻吴氏、冒子廷妻薛氏、冒宗耀妻張氏、冒子耀妻張氏、冒奇章妻朱氏、冒伯和妻徐氏、冒南齊妻張氏、冒光宗妻孫氏、冒咸臨妻劉氏、冒仲文妻叢氏、冒譽仲妻何氏、（廣生案，以上十五人，並已見《楊志》，其冒伯和妻徐氏，《楊志》及此志皆重出。）冒崇章妻魏氏、冒養正妻姜氏、冒萬啓妻蔣氏、冒長春妻夏氏、冒正中妻吉氏、冒恒豐妻沈氏、冒華清妻吴氏、冒雲峰妻殷氏、冒逢庚妻陳氏、（廣生案，已見《范志》。）冒懋溶妻殷氏、冒汝舟妻程氏、冒堯敏妻殷氏、冒廷琪妻秦氏、冒克慈妻吴氏、冒元愷妻陳氏、冒克仁妻徐氏、冒寶森妻許氏、冒積餘妻張氏、冒秀書妻張氏、鄭以實妻冒氏、仇洪基妻冒氏、張嘉賓妻冒氏、叢鄧林妻冒氏、陳應朝妻冒氏、姜佩妻冒氏、薛明萬妻冒氏、吴風從妻冒氏、石士龍妻冒氏、吴廷琳妻冒氏、顧象中妻冒氏、管世民妻冒氏、喬希尹妻冒氏、陳振廷妻冒氏、丁元昇妻冒氏、（廣生案，以上十三人，並已見《楊志》。）胡周翰妻冒氏、李桐妻冒氏、袁學曾妻冒氏、張壽山妻冒氏、叢長彦妻冒氏、叢合澐妻冒氏、丁遠逵妻冒氏、陳大年妻冒氏、宗必隆妻冒氏、宗顯謨妻冒氏、叢邦傑妻冒氏、陳鶴年妻冒氏、宗明輝妻冒氏、奚以才妻冒氏、薛雲霞妻冒氏、石時敏妻冒氏；《貞壽傳》内外六人，冒應麟妻宗氏、冒新九妻蔡氏、賈鳴鷹妻冒氏、章步蟾妻冒氏、王晴川妻冒氏、吴士元妻冒氏。

見《蒲濤志》（邑人姚鸞撰。）《宦績傳》一人，冒鈺，附見二人，冒篁、冒玉田。（廣生案，志載列女幾人，俟補。）而海陵一支之見《揚州府志》及《泰州志》者，尚不與焉。

嘻，其盛哉！抑廣生有不能無愧焉者，吾始祖當元季時，易姓辟地，邈然高蹈，尚已。永宗徵君奉詔徵書，授官不就，則猶有禾黍之悲焉。明之亡也，嵩少憲副、巢民司李是父是子，艱貞蒙難，非所稱海内之完人哉？閔予小子，改革之際，何嘗不決然舍去，卒以貧故，不能堅其志，强顔再出。以吾母爲進退，誓之祖墓，以求無得罪於吾先人。嗚呼，其遂能無得罪於吾先人否也，是則廣生所泫然不知涕之何從者也。

先大夫行狀後記

冒　溶

先大夫之被害也，愚兄弟痛心疾首，欲得仇人而甘心者，十餘年於此矣。其初，主名不立，既而微聞有乳源人邱姓者實使之，而名字、里居不能詳也。前年，弟澄宰番禺，有乳源人某來曰："尊公宰乳源，縣役邱標者，嘗犯法，尊公杖而斥之。會羅坑賊起，標遂入其中。尊公之禍，實標嗾其黨邱河等爲之。賊既敗竄，標等亦隨賊遠遁。比年，乃先後歸里中。標旋病死，河夤緣爲縣役，其黨傅琳、邱義、邱通、傅標俱家居無恙也。"澄聞某言，即欲馳告大府，親詣捕治。某曰："不可。河等黨羽耳目甚衆，若名捕之即遁，將終不可得。不若稍緩之。"會乳源闕令，大府檄弟沅往攝縣事。溶兄弟相謂曰："仇可得報矣。"

沅既至縣，河與其儕來謁，陰伺官所爲。沅好語之，若不知有前事者。河心大安，爲縣役如故。沅乃陰設方略，散其徒黨，河日益孤。一旦猝收繫之，並捕琳等四人至，疑問皆具服。於是通牒大府，請就地正法。乃剖河之心以祭，而斲標之棺，僇其屍。此同治七年四月事也。

嗚呼，河等隨賊奔竄，或敗而殲，或俘而馘，皆可死也。乃皆不死，而使之遁還其鄉，然後駢首就僇，陳尸待斮，斯固其罪惡盈積，爲人神所共憤，天地所不容，而亦先大夫之靈有以褫其魄而奪其智也。此事當附載行狀中，而狀已刻成，不能羼入，因詳識於後。

己巳四月。

冒廷和玉殿傳臚賦

馬　騆仲山

緊皇明之景運兮，流數業於兹。聖與賢之相繼兮，文章獻其顯丕。越三載而一試兮，輒臨軒而下咨。維癸丑之歲改兮，適惟大對之良時。我得庵之冒公兮，躬際會其昌期。羌斯時之隆盛兮，叨恩澤於無涯。欲摹寫其至治兮，尚何歉傷於德而費於辭。

爾乃一人御極，拱手垂衣，帝姿天縱，聖境日躋，堂堂乎堯步而舜趨。爾乃百僚師師，羔羊素絲，金紫奕燁，委蛇委蛇，卓卓乎吁咈而都俞。爾乃羽林期門，虎賁佽飛，幢葆流虬，樓閣盤螭，赫赫乎丹陛而彤墀。爾乃渙號焱發，巽命雷馳，謙光下濟，晋接忘私，懇懇乎吐粒而握絲。

帝心惓惓，惟冀得賢。於是進髦俊於楓廷，詢蒭蕘也；協雲彩與菜萝，符瑞應也；錫宫花與笏帶，養忠孝也；出袋餅與腰銀，薄温飽也；叨曲江之春宴，承雨露也；探上苑之名花，際風雲也。聖恩傳矣，何以報之？稽首颺言之後，竊有謳歌稱頌之辭。

亂曰：天覆地載，大無量兮。曳紫紆金，寵無極兮。鸞箋鳳誥，承封廕兮。螽斯麟趾，衍宗派兮。富壽多男，庸有窮兮。祚兮延兮，承無斁兮。

白秋海棠賦

宜興　陳維崧其年

巢民先生齋中有白秋海棠花，余愛其姿制娟静而神理柔楚，乃爲兹賦。

有逍遥客卿者，生於莫愁之村，長於忘憂之館。懊儂之聲既輟，合歡之斝常滿。放誕夷猶，蕭條閑散，藝唐棣之翩翩，種棗樹之纂纂。同心則梔子爲徒，蠲忿則萱花是伴。

一日者，過幽憂公子之廬而款焉。公子門無車騎，室有琴書，夙喜野卉，酷嗜芳蔬。樹名貞女，木號隱夫。靈均爲九畹之圃，泉明有五柳之居。於陵則灌園自食，兒寬則帶經而鋤。

爰有一種，布於堦砌，靡曼綿芊，柔明清麗，姣如好女，姿首異制，施粉太白，倚秋而綴。客卿見而問曰："此非所謂秋海棠乎？厥名斷腸，思婦所變，葉如其衣，花如其面；一云怨女，淚染所成，生於墻下，海棠爲名。洵哀離之微物，而閨襜之幽情也。公子胡若是翫之，曷不徙於忘情之域，移於無何有之鄉，仰天歌烏，樂且未央。"

公子膝席而起，揖客而語曰："客何見之晚也。且夫僕本恨人，秋多悲氣。秋臨水以登山，人懷讒而畏誹。扇淒馨以自攄，抱幽芳而相慰。才人以薄命稱珍，小物以傷心見貴。矧夫白者，迴出尋常。亭亭别館，泫泫回廊。南朝妙伎，西曲名倡。蕙心緯繣，紈質飄颺。輕紅初退，暈碧相當。無心約翠，息意安黄。顔如虢國，色配何郎。時披寶蒜，斜傍銀墻。隔珠簾而幼眇，入明鏡以微茫。秋雨則朝朝界粉，秋風則夜夜飛霜。疇不悄焉魂與，黯矣神傷？鑒此凄清之色，憐其寂寞之妝。羌乃妾住江南，君家河北。君戀鉛華，妾辭雕飾。臨銅黛以傷神，撫冰絃而沾臆。驗榴裙之淚點不是臙脂，看薇帳之情人都無顔色。若夫班姬失寵，陳后辭恩。齊紈有恨，金屋奚言。着方空而嘆息，掛曲瓊而煩冤。羅與綺兮嬌暮秋，珠與玉兮泣黄昏。化爲皓魄，宛爾芳魂。至於蔡琰無家，王嫱作客。永訣京華，長依蠻貉。寄血淚於琵琶，寫哀情於笳拍。紫臺則山河俱縞，青海則關城盡白。流玉筯之縱横，恐白頭之棄擲。倘作望夫之石，月是形容；如過妬婦之津，雪爲魂魄。若斯之類，賦不及誇。莫不懷貞抱慤，絶纇離瑕。怨良人之不見，願廓處以長嗟。倚微風而延佇，恐白日之西斜。豈與夫櫻桃綺麗，荳蔻驕奢。桃李倡家之樹，菖蒲蕩子之花，松柏則年年繫馬，垂楊則夜夜藏鴉，所可方其阿那，並此芬華也哉？"

客卿曰："善。"湘吴既酌，朱顔已酡。攀枝折條，相和而歌。歌曰：秋既宴兮夜已沉，白露下兮青楓林。懵佳期兮悵難尋，翫幽姿兮思愔愔。物猶如此兮，人何以任？

悼亡賦

華亭 周積賢壽王

如皋冒辟疆先生，天下士也，與余善。其所愛妾曰董氏，亦女中士也。美容色，工翰墨，而優於才，善於事舅姑，相所天。歸辟疆九年而董氏卒，辟疆哀之，自爲文以哀之，且命知舊作文以哀之。余遂賦焉，其辭曰：

惟佳人之獨立兮，渺絶世之奇姿。體容與而自好兮，意飄摇而不自持。結蕙心之婉孌兮，揚玉度之葳蕤。允宜配夫君子兮，何此生之不時。

漾秦淮之曉月，襲燕子之清風。斷芙蓉之十二，鏡粉黛之千里。飛羽觴而偃蹇兮，度絃管而徘徊。綺帳掩而無色兮，粉粧殘而私自哀。

綉鴛鴦於下襦兮，帖鳳凰於上釵。夫獨非心之所好兮，蹇淹留而無行媒。發桂楫於毘陵兮，下蘭橈於胥江。生不得夫嘉耦兮，雖重死其何傷。

惟君子之修潔兮，枉前綏而歷兹。願陳詞以結袵兮，心悵然而懷悲。感交甫之明珠兮，想亡女之桂旗。幸君子之不棄兮，敢猶豫而狐疑。羨比翼之春禽兮，惜連理之枯枝。三獻君而未悟兮，諒蒼天之所爲。願君心之識察兮，託微誠以要之。幸得充君後房兮，蹇薄命之所依。

慕螽斯之遺德，嘆宵征之不猶。潔微軀以相睨，亦哲人之所繇。蠲鉛華而勿御兮，斂翡翠而勿施。靚妝薄於春風兮，素服霏以襲人。織七襄於五夜兮，製紈素於三春。信申申其内美兮，芳郁郁而不衰。

惟君子之履患兮，身坎壈以自持。雖萎絶猶未悔兮，何禮防之可移。奄霜雪之中人兮，入夜臺之不暘。瑶草蕪以就樊兮，悵靈芝之不芳。流黄毁於寶笥兮，琴瑟絶而更張。步珊珊而在望兮，幻悱惻而難忘。惟傾城之不可見兮，行逶遲於曲房。魂雖化而心存兮，意沉結而激揚。惟君子之見憐兮，怨春夜之不可長。邀緑醑以銷憂兮，神黯然而内傷。靈飄飄而在室兮，夢廷廷而在床。獨交慣而誰訴兮，舒浩漫於穹蒼。

何佳人之不世兮，乃溘死而隕謝。況春露之方零兮，復春條之始化。雉交交而好音兮，鶯睍睆而上下。風捲塵於珠簾兮，雨吹花於玉榭。

彼牽牛與織女兮，恨脉脉於鵲橋。惟灞陵之離别兮，折楊柳之長條。遂分手而長訣兮，邈終天而難招。歷墓門而巡視兮，聽松柏之蕭蕭。匪人生之多情兮，念佳人之和予。指達人以爲師兮，吾將俟百世之須臾。

水繪園賦 以文采風流今尚存爲韻

同里　陳國璋紫璹

碧霞東麓，一望斜曛。林疎鴉少，塍古羊紛。水蝕舊繪，草鋪新裙。悵名園之何許，思公子兮不群。悲涼家國，流散風雲。爰效檢討之賦，爲弔徵君之文。

當夫襄衡初歸，滄桑未改。園抱碧以帶坰，人衣班而舞綵。仰則礉硿鬱岪而嵌空，俯則澄渟沆瀁而交匯。壺嶺之樓檻對開，逸園之豆登斯在 。夜月分燈，春花綻蕾。豪竹哀絲，肉山酒海。方騰聲於顧厨，詎動色於樵采。

一時之隱流碩彦，名卿鉅公。陽羨年少，黄岡詩翁。莫不千里駕命，一刺門通。徐榻時下，孔尊不空。良庖精膳，妙姬麗童。堂開夜宴，閣走春筒。苗藿永君子之夕，山水高先生之風。

良以公子愛客，詞人好游。鄭莊置驛，張儉避讎。假斯園之幽勝，澮一世之煩憂。寶刀春隊，銀甲宵喉。枕煙駕屋，因樹爲樓。懸霤倒注，瀏浪平收。基養魚而月到，池洗盞而僧留。壹默之齋路轉，三吾之小名侔。玆地誠足千古，其人爲第一流。

歲月俄侵，轉眼消沈。有毁家之令尹，無去國之展禽。巢待民而樸老，峰以匿而廬深。昔之高臺曲榭，幽篁茂林，波煙溪月，畫橋碧陰，墮如孟敏之釜，破若安道之琴。翻楊枝之苦調，動雍門之悲吟。高城縱目，喬木傷心，疾風飄瓦，荒蘆壓潯。使人惝恍如失，感喟不禁，蓋二百餘年於今。

嗟嗟，世事秋雲，浮生春浪。草碧自芳，流紅猶漲。迤邐平田，飄零疊嶂。花何事而野開，鳥何爲而郊唱？歌聲則水榭全非，梅影則空庵仍放。兒童識鉤黨之名，父老傳上書之壯。緬潛孝之幽棲，信遺民之雅尚。

然而人無今古，邑罕林園，道衰大雅，恨積平原。丹碧市兒之屋，旛幢佛氏之垣，胡蕭條兮名勝，徒寂寞兮蓬門。古柏之舊廛擾擾，霽峰之遺址昏昏。指樹之枯禪已杳，晚香之廢圃何論。興復難期之長吏，構堂猶望於子孫，誦我客僧主之句兮，而又何感乎斯園之不存。

水繪園賦 以“文采風流今尚存”爲韻

前　人

客有搜羅名勝，掇拾舊聞，言傳故老，人仰徵君，指露香而取路，尋水繪之遺芬。那知芳草斜陽，空餘廢圃；想像名園依水，徒感斯文不見。

夫屋屺山頹，池平樹改。魚不基留，鶴無嶼待。懸霤之房杳然，溜浪之坡安在。玉痕則亭没波煙，梅影則庵空香海。當時夜宴，曾翻桃葉新歌；此日春蕪，賸有菜花堪采。

因而思才人年少，公子詞工，得地本由先德，稱名頗有鉅公。兩部徵歌，南都黛豔，五陵結客，北海尊空。開得全堂，十隊之寶刀横月；坐湘中閣，二更之銀甲隨風。

時則有王郎小住，杜子雅遊。陳髯跌宕，邵戇句留。千里知名之士，一朝鉤黨之儔。到門投刺，畫席分籌。客來如鶩，詩淡於鷗。卻憐岸草汀花，到處曾邀佳句；欲問酒痕衫影，能知惟有清流。

向使時當隆盛，地足幽尋。寫太平之雲壑，行無盡之花林。人人修禊，歲歲題襟。梓澤之鶯花無恙，平泉之草木誰侵。則雖下邑琴尊，一觴一咏，長是先生風月；何古何今，世界頓非風塵。彌望桑欲成田，萍都赴浪。絳雲樓杳，卷軸紅焚；指樹庵空，衣冠碧葬。叟任支離，地憑廢曠。别尋樸樹，留爲之子巢居；何處桃源，容得斯人高尚。

是知廢由興伏，盛即衰原。蒼茫古堞，寂寞高門。一樣春風秋雨，百年敗址頹垣。

偶然流水三生，思公不見；幸有同人一集，佳話猶存。

冒公壩銘

今之坡圳，古之溝洫也。田之賴陂圳，猶田之賴溝洫也。乳邑學前一陂，向灌田一百五石八桶，其創造年代無從稽考。閲舊碑，曾修於康熙癸巳年，迄咸豐四年，邑遭亂，陂遂毁。十餘年來，所灌之田，草其宅矣。邑侯冒公慨然曰："田野荒蕪，非獨民之咎，有司之咎也。"爰召邑人士而謀之，籌其費用，相其基址，歷其水道，興工日躬，椓木以倡築者，而勵其不勉者。七月興工，八月工竣。陂成，邑人利之，名之曰冒公壩。銘曰：

陂以瀦水，利用灌田。因利而利，百有餘年。歲在甲寅，泰極而否。社鼠城狐，陂隄遂毁。陂隄既毁，田野荒蕪。無田可耕，何以征輸？如臯冒侯，情殷撫育。經之營之，舊陂以復。田原膴膴，河水洋洋。思公之德，永矢弗忘。

酣室銘 逸園石刻

冒夢齡

惟逸乃適，從適得酣。逸之義一，而以函三。是名酣室，亦稱達庵。達吾豈敢，庶幾曰憨。

爲冒甚原作印章銘 臯聞集

秀水 朱稻孫稼翁

吉人辭寡，躁人辭多。駟不及舌，傷如之何。莫捫爾舌，但緘其口。有時言言，大叩小叩。

永嘉詩人祠堂上梁文 墨宧文集

永嘉 陳祖綬墨農

伏以南戒崟奇，詎那爲開山之祖；東海寥廓，甌脱成文明之邦。前則本周秦莽墟，後則隸閩越胙土，雅頌雖輟，詩歌繼聲，徒嘆世遠年湮，紀載灰燼。

洎乎典午易代，謝公領郡。緑籜紫茸，寓題咏於勝境；梯雲帆海，鼓清浄之道風。判牘餘閑，講書宣教。自此天寶才子，傳兄事於輞川；大河節使，飲香名於安固。朱家刺史，有惜墮溷之作；宿覺禪師，復傳證道之歌。亦越趙宋，踵起勝流，理學名臣，後先蔭映。若浮沚横塘之卓立，水心止齋之齊軌。蒲江淵源，迭有流衍；梅溪忠孝，勿墜宗風。六君子環興太學，四靈派益擴真傳。元音稍微，然亦未替。五峰著作，一變已足。逮明及清，歷禩五百。二林二侯，互標佳什；三孫三黄，各嬗師承。其他藝林碩儒，文苑魁傑，或名家專集，或散見他帙，代有作者，靡不幟張。

歲在癸丑，如皋冒疚齋先生來爲甌海關監督，綬以菲材，獲侍左右，見其欿然若有所歉。既慨吾鄉文獻之衰，爲輯《永嘉詩傳》，復構崇祠，以享曩哲。掌故網羅，徵文字於六邑；意匠組造，妥香火於一龕。土木庀工，適攬華蓋松臺之秀；馨香社祭，倘駕雲車風馬而來。

東　海山日耀瑞雲紅，越絶騶摇開國後，絃歌三十六坊同。

南　萬家香瓣祝詩龕，容向墨池分滴水，始知地出醴泉甘。

西　射堂春草緑萋萋，大謝傳家有衣鉢，生天慧業豎碑題。

北　天寶軼詩難覓得，吴朱翰墨古今尊，雪跨冰懸皆物色。

中　旂鼓詞壇各有功，滿城盡唱温州好，筆底能回造化工。

伏願上梁之後，勿爲風雨所漂，長與星雲並麗。八功德水，足供隃麋一斗之墨；大千世界，不擲恒河無數之沙。霧牖雲窗，龍虎森其護衛；花晨月夕，蟲鳥獻其好音。坐聽神弦，永昭肸蠁；合留嘉話，以志勿諼。

重修百子堂上梁文 後同人集

武進　張　炎春帆

人天一會，同結四禪忉利之因；福慧雙清，重修無礙大悲之寺。拜萬家之佛，龍象增輝；建百子之堂，熊羆兆夢。刹竿欲倒，彌勒剛來。以今年庚申七月之秋，爲無量恒河沙數功德之始。淮安督榷使者如皋冒公，十代聞家，三吴名士。懷樽俎折衝之略，有口皆碑；築嫏嬛清秘之樓，無書不讀。而且考東南之文獻，發潜德之幽光。日月行天，風雷彈指。名山事業，黄金搜《論語》之文；佛國因緣，花雨發女貞之樹。於是魯輸召匠，采墨施工，香梓爲梁，文楠作棟，凡六閲月，工事告成。供水月之金容，起楞嚴之寶殿。觀潮音於三界，聲入心通；聽塵影於四洲，靈從性覺。從此福星一路，玉燭常調；淮水東流，金輪永奠。比如來之法雨，融爲大千世界之春；洒菩薩之楊枝，湧作五百天童之乳。其詞曰：

上梁東，崔巍寶殿撑晴空。黄金布地玉作瓦，雲階月牖春玲瓏。

上梁南，香花供奉祝宜男。雙螭翡翠釵頭鳳，施作莊嚴大士龕。

上梁西，天龍幡護吹虹霓。青青一樹女貞子，奇彩照耀紅頗黎。

上梁北，慈雲靄靄氣清淑。布施功德萬千春，祝公多壽還多福。

上梁中，屋梁曉日光曈曈。髹金報佛佛微笑，長淮千里皆春風。

伏願上梁以後，慈悲普濟，奕禩相仍，俗乂人安，年豐物阜。佛法不滅，長留毗首之堂；梵宇如新，永拜旃檀之賜。

忠勤清謹箴

王尚絅

駕部大夫冒先生歷政有年，明天子以誥褒之，詞曰："忠勤奉國，辛公義之勞績可嘉；清謹守官，崔元亮之名檢無忝。"大夫祇承若弗勝者，間命生尚絅敷衍爲箴，用圖報稱。絅不敏受命，不敢復者三年矣。今先生有參藩之行，謂當以是相别，義不得終辭，因謾有録。雖於所謂忠勤清謹者，未能粗有發明，然嘗一究之矣。但覺憂勤愓勵之中有變化明通之妙，推而極之，賢聖之學也，公義、元亮又烏足云。先生别後，其視斯箴。

天遠伊邇，民愚而神。民兮可欺，天監維真。不畏於天，不愧於人。如莽之譽，如旦之疑。凡盡己心，奚必人知。曾子日省，萬世忠規。右忠箴

事無難行，惟勤則成。事無難壞，惟懶則懈。《易》卦首乾，行健曰天。考古先賢，誰則不然。服之無替，其永無愆。右勤箴

澄之斯清，撓之則濁。水惟不止，波焉孔邈。易玷者玉，易污者素。皎皎嘉言，昔人所思。念兹在兹，隘不可師。右清箴

奉心如祭，持敬猶天。無時不有，無事不然。苟或少逸，旋受厥失。誰云粗迹，天幾至密。詎曰明堂，勿愧漏室。戰兢自持，以永終吉。右謹箴

佩兹皇言，爰有厥旨。忠兮立心，勤兮行己。清兮保終，謹兮圖始。四端兼全，於惟君子。一以貫之，曰誠而已。大夫之賢，邦家之美。嗣是作頌，敢告太史。

慈受閣偈 同人集

冒 襄

曇藏師遇蟒，長數丈，毒氣熾然。侍者請避之，師曰："死可逃乎？彼以毒來，我以慈受。毒無實性，激發則起。慈苟無緣，冤親一揆。"言訖，蟒按首徐行，倏然不見。巢民讀之有感，因以慈受名閣，并爲之偈：

惟蟒具佛性，慈觸形頓滅。惟人具蟒性，因慈轉受毒。
我佩曇師言，慈受名寢處。翼爾一解結，無以親爲冤。
爾毒根實性，不緣激發起。何以知其然，于爾遍嗜噬。
萬物懷母氣，蟒必愛同生。爾毒先骨肉，亦復何有我。
死雖不可逃，生實有所主。我或非爾害，爾當發憐心。
諸毒恒自毒，願爾還師蟒。蟒性捷穎悟，爾嗔獨冥頑。
如是竟不醒，日對爾拜泣。真慈與真悲，爾毒詎能外。

巢民徵君故宅考 小三吾亭文

冒廣生

巢民徵君故宅三：其一在集賢街，其一在北巷，其一在東雲路。其在集賢街者爲祖宅。丁巳，吾自甌海歸，贖之張氏者也。張氏得之沈氏，沈氏以前，凡幾易主，不可得而知矣。

初，吾八世祖履之府君營是宅，以授其叔子伯奇參軍。參軍嫡生子曰汝三别駕、汝九太守。别駕卒無子，則惟太守居之。太守生嵩少憲副。憲副生徵君，其後復生仲子裔[褒]，則於街東築留耕堂以居仲子。又其後復生季子裔，則又於留耕堂後築愛日堂以居季子。陳其年檢討之來如皋也，徵君則館之於兩堂之間。而其爲《馬恭人行狀》，則有曰："襄居西宅，褒、裔居東宅。"故知徵君之宅不在街東，而在街西也。自萬曆辛亥徵君之生，至康熙乙巳，凡五十五年，皆居集賢街西。

其居北巷，在乙巳之冬十二月。檢討有詩，其詩序稱："乙巳臘月三日，巢民老伯攜青若，奉馬太恭人，移居北巷。"不言穀梁，知穀梁留居集賢街，而吾藏有穀梁"集賢街西"一印也。北巷之宅，其後屬之彭氏。康熙癸未，蒙求孝廉贖之，歸爲冒氏宗祠，而售祠後隙地置祭田，見孝廉所爲《如皋冒氏祠堂記》及《祭田記》。己未之火，庚申之刃，皆在北巷，其祠後隙地即當日染香寶彝之故址也。

其居東雲路，在康熙甲子。徵君之爲《還樸齋倡和詩序》也，曰："崇禎甲戌，余年二十四，於南郭得古樸結巢其上，自署曰'巢民'。申酉毁於兵，迄今五十年矣。移家廢業，又十九年。近於祖宅後售叔氏隙地，參天拔地有樸，則吾高曾時物也，即以'還樸'名吾齋。"而張孺子《還樸齋詩》，其自注曰："齋在東雲路。乾隆間，此樸尚在，黄瘦石、江蘗船各有詩。黄詩注謂其地已爲他姓家廟，今東雲路有范氏祠堂，極湫隘，殆即是耶？士大夫驅車適國，至名賢里巷及其釣遊之所，則欷歔憑弔，徘徊瞻顧而不能去。無他事，固有曠百代而相感者也。"

數典忘祖，昔人所譏，若其如杞宋之無徵焉，則亦已耳。吾能徵矣，而不爲筆之於書，將使來者雖欲問而無由。搢紳先生過吾皋者幾何，不躑躅於荒煙蔓草之中，而興故老之盡之嘆耶？若世所傳之影梅庵，則董姬小宛葬於斯，吴姬扣扣葬於斯，其地在南郭外。惟得全堂在集賢街宅，董文敏爲太守榜書，吾於贖屋後得之，今懸廳事。

高祖葵原府君生卒年考 小三吾亭文

冒廣生

廣生十三歲以前，歲侍王父祀先，記十月十九日爲府君生日，十一月二日爲府君忌日而已。家譜既不載府君生卒之年，少時又不知舉之以叩吾王父，老成日謝，而廣生行年且五十矣。懼其久而愈無徵也，竭其智能，鉤稽載籍，然後僅而得之。

伯祖月川公爲《曾王父行述》曰："丙戌秋，先府君轉餉入都，便道省親，欲終養先王父。不許，返粤，未幾而先王父之訃至。"又曰："庚寅春，服闋回粤。"由庚寅春正月逆數至丁亥冬十一月，爲二十七月，知府君以道光五年丁亥卒也。嘉慶初，府君以選人留京師，與同里朱琦、滿洲穆克登額爲日邊三友，作《日邊三友圖》，圖後各書其倡和之作，其殘本今歸廣生。府君有庚申閏四月《次雲岑生日》詩，雲岑爲朱琦字。其詩有曰"纔過一半知非歲"，知朱生乾隆四十一年丙申，是年爲二十五歲也。曰"馬齒參差總六年"，知府君長於朱六年，其生爲乾隆三十五年庚寅也。嘉慶丙子，江寧凌霄刻《蒲上題襟集》，前有齒録，載府君父渭舲府君年七十六，府君兄樸原公年五十。丙子爲嘉慶二十一年，上數五十年，爲乾隆三十二年丁亥，知樸原公長府君三歲。又上數七十六年，爲乾隆六年辛酉，知渭舲府君以三十歲生府君也。

其之官也，當在嘉慶五年庚申閏四月之後、八月之前。知者渭舲府君以八月生，其年稱六十觴。家芥原先生有詩，其詩注曰："先中丞守武昌，令子今亦官於楚也。"其告歸也，在道光元年辛巳，見《曾王父行述》。又三年甲申，渭舲府君卒，年八十四。又三年丁亥，府君卒，年五十八。蒲濤志稱府君膽識過人，所至有循聲。歷署漢陽丞、荆門州同知，補石橋司，升監利主簿。其攝襄陽雙鉤司也，擒逆寇陳開來等，襄陽父老至今謳思不絶。《續如皋縣志》稱府君掛冠侍養，至鬻箱篋，其生平廉潔可知。嗚呼，凡吾子孫，可以興矣！

女羅字説

杜濬

昔東晋多名士，而桓大司馬之幕下爲尤盛。郗嘉賓不足言，如謝安石、孟萬年，皆是也。又有羅含字君章者，甚見重于時。史稱君章官江陵，嫌廨舍卑隘，特去城三十里自營别墅，植花藥，此其名士風流，不言可知。故少陵詩云“庾信羅含俱有宅”，其傾慕如此。

友人茂苑蔡孟昭有女，性静慧，嫺教訓，解詩、書，長齋通禪理，孟昭奇愛之。年及笄，求納聘者媒妁塞門巷，孟昭皆不許，而獨以三世之交，道義鄭重，歸東皋冒辟疆氏。辟疆待之，敬愛如賓友，蓋俱可稱名士舉動，而女之名適與羅君章同。余方館辟疆之寒碧堂，辟疆一日載酒請余字之。余謂名含而字必及芳香與夫舒吐之義，皆近習且俗，不足取。余雅聞蔡君德言容功，俱非凡女，而恬静澹泊，居然名士，殆女中之羅君章也。請即以“女羅”字之。辟疆大喜，以告孟昭，孟昭亦大喜，復屬余廣羅之義。余以《詩》有女羅，爰喻婚姻，不但音同，意亦巧合。佛氏標“般若波羅密”，猶華言“智慧登彼岸”，又有當于天女之解禪。而古樂府傳“秦氏有好女，自名爲羅敷”，其言貞潔可慕，女羅洵其流歟？蓋女羅又别號羅敷云。

時乙巳六月七日，茶村居士杜濬爲之説。

續修冒氏家譜例言 家譜

冒國柱

作書必有例言，標大意也。按世序平列，别宗支也。爲人後，必互書大繼絶，不忘本也。繼同懷兄弟子者，兄弟之子猶子也，其繼别支者，亦見昭穆相當也。無子曰止，不忍言絶也。一人承兩祧，遵共子分孫之例也。異姓必黜斥，非類也。即有子若孫者，並注其名，杜將來冒黷也。兄弟多者叙行次，一人則否，别長幼也。入庠者分其途，登榜者著其科，賢賢也。登仕者詳其官，貴貴也。壽考誌其年，表人瑞也。村居誌其地，便續輯也。聘而未娶曰聘，未成婦也，以禮親迎曰娶，重匹耦也。夫故他適曰妻，原其初曾爲妻也。再醮來曰配，以今日始爲配也。又有不可配而配者曰以，言其不當以也。甚且削其姓，戒非禮也。隨母他適或他姓乞養，必注所改姓，存其歸宗之路也。女已嫁以節著，必書之，昭内則也。婦之節者，記必悉，備表揚也。其他或書或不書，世已遠考未確，闕疑也。祠有祀，墓有考，田有稽，重祀事也。載於史者必録，贈以言者必詳，徵文獻也。五世系以圖辨服制，便稽考也。冠縣一支合於譜，聯同氣也。海陵一支叙必備，敦一本也。河東一派姑置之，示有别也。

按而求之，此其大略也。

周易京氏義例言

冒廣生　學

一、爲《周易》鄭氏義、虞氏義、荀子九家義者，前有張惠言；爲孟氏義、馬氏義者，後有吾友沈祖緜，皆卓然可傳。此外王樹枏、馬其昶各有費氏義，陳澧嘗欲爲之，惜未成。《京氏易》尚無作者，聞南通有徐昂，而所撰述未見。嘉道後輯《京氏章句》者，所見有馬國翰、孫堂、王保訓、黄奭四家。然據《漢書·藝文志》，京氏實無章句，至《隋志》始有此名，新、舊《唐書》因之。

一、京氏《易》義今僅存者，賴有許慎《五經異義》，陸德明《經典釋文》，李鼎祚《周易集解》，鄭康成、孔穎達《周易》、《禮記注疏》，《説文》所引經字，多與京同。但既云《易》偁孟氏，則除其爲《釋文》所出之字，均不敢采。《熹平石經》，世有用《京易》之説，然與《釋文》所出《京易》之字不盡同，今一以見諸《釋文》云"京氏"者爲斷，采"聖人以此先心"一"先"字，他不濫及。

一、京氏《易》學，無識者目爲别傳。實則孔子占《易》，得《賁》、得《旅》、得《大畜》卦，皆見載籍。《春秋》謹書日食，乃至鶂飛、石隕，咸著災異。西京學術，本通天人，仲舒無論，後何休、康成，亦旁及諸緯。兹爲矜慎起見，凡諸文中《五行志》所引《京氏易傳》，其與經文無關者，不敢悉載。間采《玉燭寶典》、《開元占經》、《乾象通鑑》及諸類書，亦稍稍别裁，或置之案語中，冀無大悖於經義。惟《周禮》、《禮記》、《公羊》、《穀梁》、《爾雅》諸注疏所引，雖屬災異，亦備列之，以尊經也。

一、兹編以世傳《京氏易傳》爲注脚，凡《易傳》所引及經文者采之，其引經文而無説者，始補采陸續注。

一、《世説・德行篇》注，言康成好天文占候風角隱術。年十七，在家，見大風起，詣縣曰："某時當有火災，宜祭爟禳，廣設禁備。"時火果起而不果害，智者異之。年二十一，博極群書，精歷數圖緯之言，兼精算術。遂去吏，師故兖州刺史弟五元先。然康成雖從弟五元先受《京氏易》，其後又從馬融受《費氏易》，故兹編除與京氏合者引之，他皆不引。至陸績、干寶益傳《京易》，然不能斷爲全屬京氏家法，且既各有輯成專著，其非與京氏合者，概不闌入，閲者鑑諸。

一、此書成後，檢宋翔鳳《過庭録》，多發明京義。其云《喜傳》云："得《易》家候陰陽災變書，而京房明災異，言事多中，其説宜本孟氏。故《藝文志》云："《孟氏京房》十一篇，《災異孟氏京房》六十六篇。"此房學出孟氏之證。許慎《五經異義》言天子有爵、天子駕數，輒引《易》孟、京説，知京氏學即同孟氏也。又云：劉向在成帝世，見博士白生等所傳《孟氏易》，不異梁丘諸家，遂以京氏爲依託。其實孟氏有二學：一則明章句，傳白生等，列學官，爲博士者也；一則言陰陽，傳趙賓、焦延壽，其説深與鄙合，爲備録之。惟云劉向以中古文《易經》校施、孟、梁丘經，或脱去无咎、悔亡，唯費氏經與古文同。《志》言校施、孟、梁丘經，而不言京氏，知京氏不脱无咎、悔亡也。則其見特創，不敢闌入本書。

京氏易傳校記例言

冒廣生　學

一、《漢書・五行志》所引《京氏易傳》，皆言災異，令世所行《易傳》，則唐一行所集者。朱震《漢上易叢談》云："孟喜、京房之學，其書概見於一行所集。"又《進周易表》云："臣聞商瞿學於夫子，自丁寬而下，其流爲孟喜、京房。喜書見於唐人者，猶可考也。一行所集房之《易傳》，論卦氣、納甲、五行之類。兩人之言，同出於《周易》《繫辭》，《説卦》。"是也。故其書至宋始見著録。

一、此本據王謨《漢魏叢書》本，以《鹽邑志林》、《津逮秘書》、《學津討原》、天一閣諸本及《説郛》之《京氏易略》校，諸本中以王謨本較劣，《津逮》本較勝，然亦唯之與阿，相去幾何耳。

一、《易傳》以節氣、干支及數目字爲最難校。其爲節氣之誤者，如《大過》之"寒露至秋分”,“秋分”當作“春分”,《蹇卦》之“大暑,大寒”,“大寒”當作“大雪”等是也。其爲干支之誤者,如《萃卦》之“建始戊寅至癸未”,當作“丁巳至壬戌”,“積算起癸未至壬午”,當作“壬戌至辛酉”等是也。其爲數目之誤者,如《節卦》之“分氣候二十八”,“二十八”當作“三十六”,《屯卦》之“分氣候三十六”,“三十六”當作“二十八”等是也。非先作表,無以推知其誤。其他金、木、水、火、土等字,錯誤尤多。

一、《易傳》錯誤之甚者,莫如《否卦》注云:“君子當危難世獨志難不可久立特處不改其操。”當作“君子當危難之世,勢不可久,獨立特處,不改其操也”。《比卦》之“積算起熒惑”,當作“積算起戊申至丁未,周而復始。五星從位起熒惑”也。《巽卦》注云:“火木與二十八宿分虚宿入翼上九辛卯木土。”據晁公武跋文,則“火木興”下當有“巽同宫”三字也。“虚宿”當作“心宿”,“翼”當作“巽”,“土”當作“上”,而正文應補“五星從位起鎮星,心宿從位降卒卯”也。至《遯卦》“能消息者,必專者敗”。今據《乾鑿度》文,則作“能消者息,必專者敗”也。《震卦》注:“安不動主,静爲蹠君。”據王弼《恒》上六注文,則作“安爲動主,静爲蹠君”也。凡此之誤,各本皆同。又卷末晁公武跋文,“前有小王,變四千九十有六卦”云云,“小王”,後文中兩見,皆指王弼,弼不應在京氏前,爲此一字,廢寢食數日,後始悟爲“小黄”之誤,蓋指小黄令焦贛也。贛作《易林》,每一卦六十四占,以六十四卦乘之,得四千九十有六之數。

一、《易傳》不獨有脱文誤字,且有錯簡。如《姤卦》之“建午,起坤宫初六爻,《易》云:‘履霜堅冰至。’建亥,龍戰於野。配與人事爲腹,爲母,於類爲馬,《易》云:‘行地無彊’。”此《坤卦》之錯簡也。云“建午”者,即《坤卦》“建始甲午”之複字。“建亥”即《坤卦》“積算起己亥”之複字。“履霜”、“龍戰”等文,均與今《坤卦》複。“爲腹,爲母”,“爲馬”,皆坤象,非姤象也。注云:“此釋一爻配坤象,本體是乾巽,今贊贊《津逮》本“贊”字不重。一爻起陰,假坤象言之。”君紀求其故而不得,故有此支離之説,然亦可見《京易》在三國時已錯舛不可讀矣。又《遯卦》之“配於人事爲背,爲手,於類爲狗,爲山石”,亦《艮卦》之錯簡。

一、《易傳》有馮班、沈彤校本,均未見。見惠棟所批本,殊略,采入二條。王保訓所輯《京氏易》,卷二題《易傳》者,以《漢書·五行志》所引《京氏易傳》爲本,下及《後漢》、《晋》、《宋》、《齊》、《魏》、《隋》、《新舊唐》《五行志》及《開元占經》、《乾象通鑑》,皆《易》占也,與此書無涉。除王保訓外,輯《京易章句》者,有孫堂、刻《漢魏二十一家易注》中。馬國翰、刻《玉函山房輯佚書》中。黄奭,刻《漢學堂叢書》。中又惠棟《易漢學》、張惠言《易義别録》,並有《京氏》一卷,但不名“章句”。

一、《漢志》載《易》家《孟氏京房》十一篇,《災異孟氏京房》六十六篇,《京氏段嘉》十二卷。《儒林傳》作“殷嘉”。《隋志》載《易》家《周易》十卷。漢魏郡太守京房章句。天文家《京氏釋五星災異傳》一卷,《京氏日占圖》三卷。五行家《逆刺》一卷,京房撰。《方正百對》一卷，京房撰。《晋災祥》一卷，京房撰。案京在晋前，此疑晋人所輯，故題“晋”字。《周易占事》十二卷，漢魏郡太守京房撰。《周易占》十二卷，京房撰。《梁周易妖占》十三卷，京房撰，《周易守林》三卷，京房撰。《周易集林》十二卷，京房撰。《七録》云：“伏萬壽撰。”《周易飛候》九卷，京房撰。梁有《周易飛候六日七分》八卷，亡。《周易飛候》六卷，京房撰。《周易四時候》四卷，京房撰。《周易錯卦》七卷，京房撰。《周易混沌》四卷，京房撰。《周易委化》四卷，京房撰。《周易逆刺占災異》十二卷，京房撰。《京君明推偷盜書》一卷，《占夢書》三卷。京房撰。又《兵書雜占》下注：“梁有《京氏征伐軍候》八卷。”《歷術》下注：《京氏要集歷術》四卷。《風角要占》下注：“梁八卷，京房撰。”《五音相動法》下注：“梁有《風角五音占》五卷，京房撰，亡。”《風角雜占五音圖》下注：“梁十三卷，京房撰。”《宋志》載五行家：《京房易律曆》一卷，虞翻注。《直齋書録解題》作《京氏參同契律曆志》，誤也，翻别有《參同契注》，陳振孫蓋合兩書爲一書。又誤以《易律曆》爲《律曆志》。《京房易傳算法》一卷，《易傳》三卷，《京房婚書》三卷。《通志》有《周易飛伏例》一卷，《周易四時候》四卷，《災祥》一卷，《風角雜占五行圖》十三卷。《直齋書録解題》又有《易陰陽家類占》，其中不無重複及誤入。要之京氏撰述，略盡於此。《四庫提要》所舉未備。《易傳》在宋時名《積算》，故王應麟《困學紀聞》所引，皆名《京氏易積算法》。晁公武跋亦云：“今傳者曰《京氏積算易傳》三卷，《雜占條例法》一卷，或共題《易傳》四卷，而名皆與古不同。今所謂《京氏易傳》者，或題曰《京氏積算》也。”今《雜占條例法》一卷又亡，所云《易傳》四卷者，僅三卷矣。

一、晁跋云：“《隋經籍志》有《京氏章句》十卷，又有《占候》十種，七十三卷。《唐藝文志》有《京氏章句》十卷，而《易占候》存者五種，二十三卷。”云《唐志》者，指《新唐書》，云《隋志》《占候》十種，七十三卷者，蓋除亡書外，去天文家《釋五星災異傳》一卷，《日占圖》三卷，五行家《逆刺》一卷，《晋災祥》一卷，已包括《周易逆刺占災異》十二卷中。《周易占》十二卷，與《周易占事》複。《推偷盜書》一卷，《占夢書》三卷，《方正百對》一卷，當是對漢元帝語，非占候。得十種七十三卷，如上數也。此余弟三孫懷蘇所推得者。一、《周易占事》十二卷，二、《周易守林》三卷，三、《周易集林》十二卷，四、《周易飛候》九卷，五、《周易飛候》六卷，六、《周易四時候》四卷，七、《周易錯卦》七卷，八、《周易混沌》四卷，九、《周易委化》四卷，十、《周易逆刺占災異》十二卷。

一、《御覽》所引京氏撰述，爲《京房易傳》、《京房易説》、《京房易飛候》、《周易集林雜占》、《京房别對災異》、《京房風角要占》、《風角要訣》、《京房易妖占》、《京房五星占》、《京氏律術》。《乾象通鑑》所引，則爲《京房易傳》、《京氏外傳》、《京房星經外傳》、《京房易飛候氣候》、《京房易妖占》、《京房易占》、《京氏五星占》、《京房災異後序》、《災異後論》。

一、《困學紀聞》引《京氏易》“積算法”，孔子云：“《易》有四易：一世、二世爲地易，三世、四世爲人易，五世、六世爲天易，游魂、歸魂爲鬼易。”此爲京氏世卦之序之本。

又《左傳·昭二十九年》秋，龍見於絳郊，蔡墨曰："《周易》有之，在'乾'之'姤'曰'潛龍勿用'，其'同人'曰'見龍在田'，其'大有'曰'飛龍在天'，其'夬'曰'亢龍有悔'，其'坤'曰'見群龍無首，吉。''坤'之'剥'曰'龍戰于野'。"此爲之卦說《易》之始，《京氏易》之次弟，即用之卦。

一、《史記·仲尼弟子列傳》，正義引《中備》案即《易緯辨終備》。云："魯人商瞿使向齊國，瞿年四十，今後使行遠路，畏慮，恐絶無子。夫子正月與瞿母筮，告曰：'後有五丈夫子。'子貢曰：'何以知？'子曰：'卦遇"大畜"，"艮"之二世。九二甲寅木爲世，六五景子水爲應。'"今本《易緯辨終備》此文佚。又《左傳·昭五年》正義云："初與四，二與五，三與上，位相值爲相應。"《乾鑿度》："初爲元士，二爲大夫，三爲三公，四爲諸侯，五爲天子，上爲宗廟。"又曰："三畫已下爲地，四畫已上爲天。動於地之下，則應於天之下，動于地之中，則應於天之中，動於地之上，則應於天之上。初以四，二以五，三以上，此之謂應。"此爲京氏世應之法之本。

一、《左傳·莊二十二年》，周史爲陳侯筮，遇"觀"之"否"，曰："坤，土也，巽，風也，乾，天也。風爲天於土上，山也。"杜預注："自二至四，有艮象，艮爲山。"《困學紀聞》云："京氏謂二至四爲互體，三至五爲約象。《儀禮疏》'云：二至四，三至五，兩體交互，各成一卦，先儒謂之互體。'"今《儀禮疏》無此文，殆誤以《左傳》爲《儀禮》。此爲京氏互體之法之本。鄭康成注《易》用互卦，蓋京氏學。鄭先從第五元先受《京易》，後始從馬融受《費氏易》也。

一、《易·說卦》："震爲決蹏，巽，其究爲蹏卦，巽與震爲飛伏"，此爲京氏飛伏之法之本。

一、《月令正義》引《易林》："震主庚子午，巽主辛丑未，坎至戊寅申，離主己卯酉，艮主丙辰戊，兑主丁巳亥。"《易林》爲焦贑作，今本《易林》祇存繇詞。此爲京氏納甲之法之本。魏伯陽、虞翻以月體言納甲，非京氏法。後儒併爲一談，紛紛作圖，無怪其扞格而不能通。

一、《淮南·天文訓》："陰陽刑德有七舍。何謂七舍？室、堂、庭、門、巷、術、野。十一月德居室，先日至十五日，後日至十五日，兩徙所居，各三十日。德在室則刑在野，德在堂則刑在術，德在庭則刑在巷，陰陽相得則刑德合門。"此爲京氏龍德虎刑之說之本。

一、《淮南·天文訓》："子生母曰義，母生子曰保，保、寶聲同。子母相得曰專。母勝子曰制，子勝母曰困。"困、繫義同。此爲京氏五行生剋之說之本。《抱朴子·登涉篇》引《靈寶經》云："支干上生下曰寶日，下生上曰義日，上克下曰制日，下克上曰成日，上下同曰專日。"

一、《淮南·天文訓》："木生于亥，壯于卯，死于未，三辰皆木也。火生於寅，壯于午，死于戌，三辰皆火也。土生于午，壯于戌，死于寅，三辰皆土也。金生于巳，壯于酉，死于丑，三辰皆金也。水生于申，壯于子，死于辰，三辰皆水也。"此爲京氏五行生死之說之本。

一、《尚書·堯典》:"日中星鳥,以殷仲春。日永星火,以正仲夏。宵中星虚,以殷仲秋。日短星昴,以正仲冬。"《繫辭》:"仰則觀象於天。"此爲京氏星宿用事之法之本。鄭康成後受《費氏易》,費有《周易分野》一書,乃改京氏法,用爻辰。

一、《月令》正義:節氣有早晚。若晚,則在當月之内;若早,在前月之中。此爲京氏盈虚之説之本。《後漢書·律曆志》注:"中必在其自,節不必在其月。驚蟄在十六日以後,立春在正月,驚蟄在十五日以前,立春在往年十二月。"

一、《左傳·僖九年》秦伯伐晋,卜徒父筮之,其卦遇"蠱",曰:"蠱之貞,風也,其悔,山也。"《國語·晋語》韋昭注:"震在屯爲貞,在豫爲悔。"此爲京氏貞悔之説之本。案"悔"當作"𠧪"、《説文》:"𠧪,《易》卦之上體也。《商書》'曰貞曰𠧪'。"《商書》即指《洪範》。許君所見,尚是"𠧪"字。今《尚書》、《左傳》、《國語》並誤作"悔"矣。

一、《乾鑿度》:"能消者息,必專者敗。"此爲京氏消息之法之本。

一、《稽覽圖》:"温爲尊,寒爲卑,故尊見卑益自尊,卑見尊益自卑,則寒温決絶矣。兩尊兩卑無所别,則寒温微,不決絶。"此爲京氏風雨寒温之法之本。

一、京氏不用十二辟卦也。十二辟卦有辟,有侯,有大夫,有卿,有公。京則用宗廟、天子、諸侯、三公、大夫、元士,名稱不同。除乾、坤外,復、臨、泰、大壯、夬,皆屬之坤宫,姤、遯、否、觀、剥,皆屬之乾宫,不以爲辟也。此爲京異於孟者一。

一、京氏不用四方伯卦也。四方伯卦,以坎值冬至,離直夏至,震直春分,兑直秋至。京則坎建始起伐寅至癸未,其月爲七至六,其候爲立春至大暑,不與冬至直也。離建始起戊申至癸丑,其月爲七至十二,其候爲立秋至大寒,不與夏至直也。兑建始乙卯至庚申,其月爲二至七,其候爲春分至立秋,不與秋分直也。震則六五直春分,非初九,不得云首也。此爲京與孟異者二。

一、京氏不用六日七分法也。甲子卦氣起"中孚",出《稽覽圖》,每卦直六日七分,其一年爲三百六十五日四分日之一。京氏則分八純卦爲八宫,每宫七卦,不起"中孚"至"頤"也。其積算,六十四卦,每卦各皆直半年一百八十日,全年爲三百六十日,不以三百六十五日四分日之一爲一年也。此爲京與孟異者三。

自漢以來,皆誤合孟氏家法爲京氏家法。余求其故,蓋由《漢志》《孟氏京房》十一篇,《災異孟氏京房》六十六篇,兩家合爲一書。京既得禍,傳其學者蓋寡。馬融提倡《費易》,康成亦棄京學而學費,馴至王弼《易》行,唐以之立學官,則微獨京學亡,孟學及其他漢《易》學皆亡。雖有名儒,而不出自口授,無能分其孰爲孟學,孰爲京學。自王充、薛綜、張晏、孟康、臣瓚至乾嘉諸儒,無一不誤仞京爲有十二辟卦,有方伯卦及六日七分法矣。夫《漢書·五行志》所引《京氏易傳》,有"方伯分威,厥妖牡馬生子亡"一語。此方伯,泛指臣下言,非指坎、離、震、兑,京於日食占云"伯正越職,玆謂分威"可證也。此猶《易傳》屢言辟,皆泛指君言,非指十二辟卦也。唐一行深於曆學者,其《卦議》云:“京氏又以卦爻配期之日,坎、離、震、兑,其用事自分至之首,皆得八十分日之七十三。頤、晋、井、大畜,四卦皆在分至之首。皆五日十四分,四卦共少二百九十二分。餘皆六日七分。”此必修《乾象曆》時所改,殆因《儒林傳》有“唯京氏爲異黨”云云,遂求其與孟異。其實減頤、晋、井、大畜所少之二百九十二分,以增坎、離、震、兑四卦之二百九十二分外,其他仍六日七分法耳。一行知其不經,而不知其非京氏家法也。《隋志》云“梁有《周易飛候六日七分》八卷,亡”者,梁時人以孟喜之六日七分法與京之飛候合爲八卷,而併目之曰京房,猶宋時人以魏伯陽之《參同契》與京之《易律曆》合爲一卷,而併目之曰京房也。《後漢書・郎顗傳》言其“父宗,學《京氏易》,善風角、星算、六日七分”者,學《京氏易》是一事,善風角、星算及六日七分,又是一事也。《漢綏民校尉熊君碑》云:“治《歐羊即“陽”字尚書》,六日七分,截然兩事。”不得謂六日七分爲《歐陽尚書》也。顗“七事”所云“今夏當旱,夏必有水,臣以六日七分法候之可知。”蓋其父子皆兼學《孟氏易》,此猶康成先學京氏後學費氏也。顗傳不言兼學《孟氏易》者,史家省文耳。若王充《論衡・寒温篇》云:“京氏布六十四卦於一歲之中,六日七分,一卦用事。”斯爲誤矣。既云“六日七分,一卦用事”,則統計六十卦所直已滿三百六十五日四分日之一,若布六十四卦於一歲之中,每卦各六日七分,不將成三百八十九日四十八分爲一歲耶? 充特未之思爾。《京本傳》言“六十卦,更直曰用事”。宋祁曰:“别本作六十四卦,别本不誤也。《郎顗傳》注引前書,即有“四”字。後人信孟康言,除坎、離、震、兑四卦,故將正文“四”字删去。”然康言“一爻主一日,六十四卦爲三百六十日,餘四卦震、離、兑、坎爲方伯監司之官”,則康亦誤也。京無方伯卦,已詳上文。依康言,一爻至一日,六十四卦全年爲三百八十四日,非三百六十日。每卦每六日少七分,按之六日七分法亦不合,可云進退失據矣。且既云六十四卦,又云餘四卦,不將成六十八卦耶? 此“四”字蓋即涉正文所少之“四”字而衍也。京學沈埋數千年,不知西京學術者,鄙爲術數之書,《四庫》入之術數,不合。《漢志》明明在《易》家。既屏置不觀,一二治漢《易》學者,亦不過瀏覽及之,刻本錯誤,不能終卷也。

十逸堂贊 逸園石刻

冒蒡齡

晏起科頭,時復箕踞。客至不迎,坐久忘去。懶逸

汝陽三斗，伯倫五斗。淳于一石，磊塊何有。飲逸
叉手何易，撚髭何難。文莫猶人，詩可以觀。吟逸
事廢清言，座驚雄辯。不爲虐兮，謔斯稱善。譚逸
平生不能，擔糞著棋。庶幾象戲，賢乎已而。奕逸
宫商其調，金石其聲。何有于我，天籟自鳴。歌逸
登斯陟斯，瞻彼漣漪。今日師德，異時德師。眺逸
摇摇桂槳，遵彼蘭渚。芰荷吾裳，魚鰕吾侶。汎逸
嗒然而坐，頽然而卧。無上真詮，不須拈破。憇逸
偌箇上乘，恁麽野狐。倦眠饑食，絶勝跏趺。禪逸

冒中垣别駕像贊

蔣德璟

如皋冒别駕公，既厭世之十年，其姪嵩少吏部延曾君波臣於舊京官邸寫公之小像，而擬勒於石，蓋不勝伯道之痛而兼以佐如在之思也。余以竣典試事，過訪嵩少於文園，見而嘆曰："斯舉也，無論求之猶子者不可得，即子焉而詩書而朱紫者，豈數數見哉？吾友嵩少，其真仁人孝子之用心哉！"

憶萬曆乙卯、丙辰間，别駕曾哦松於吾鄉之海澄，有善政。聞其人樸懿温醇，大都心如其面，而卒艱於嗣，令人致疑於天道之無知。觀於嵩少，而知姪之報别駕者自厚也。遂爲之贊。贊曰：

豐頤廣顙，紫髯秀眉。望之顒卭，即之沖夷。孝友爲之冠冕，忠敬爲之履綦。其退若谷者兼容之坦度，其凛若冰者小心之令姿。儉而中節，善而好施。玉山頽然而酒不能亂，春臺熙然而人不忍欺。負南京東箭之美才，而天子之廷是貢；著雪白蘭薰之令聞，而循吏之傳堪垂。展矣我公，蓋所謂人不可得而見，而其羽可用爲儀。固宜執管之史氏，挹德容而以憑以弔；鍾情之猶子，勒遺範而念兹在兹。

冒汝九先生像贊

葉　燦

文章出自胸臆，不與衆人共，生活行事直追古人，不隨時輩爲浮沈。循循然曾、閔之與儔侶，錚錚乎太丘之坐閭門。麥舟之助，何必名士；避葦之風，至今有人。唾財利如糞土，寶德義若奇珍。公其慕聖賢豪傑之風，而興起者耶？抑古德開士，宿根善本，乘願力而示現者耶？一第何足以驕奇雋，口嚥紅綾餅，怎如口吐白鳳毛？一令何足以卑豪雄，兩地之甘棠，不讓三台之槐棘。眉山有子，昌黎有孫，天之福善，不亦厚乎？摇筆而風雨驟至，揮洒而奇鬼搏人，公之自得不既多乎？

吾與公爲四十年老兄弟，初挾筆登對於金階玉陀之下，再置酒高會於燕市酒人之宫，俄而一南一北，風流雨散。直至今日，纔得睹公生面於畫圖之中，誦公之佳句，攬公之遺墨，宛然如見其音容。始信丈夫意氣相期，嗜好果同，雖存没其不隔，又安在其千里之不同風？

崇禎十一年夏五既望。

公燮從兄像贊 拙存堂文剩

冒起宗

石有骨，弦有腹。其胸有成竹，則萬衆競乎筆端；其才高倚馬，則千兔爲之穎秃。其爲一片有心人，則大雄氏之腦髓可舍；其無心任運也，則又超然於得喪譽毁之外，而不挂一絲，能容萬斛。是所稱十世之文孫，五朝之逸老，磨厲一世之典刑。予蓋生而知之，豈待夫揚眉而瞬目？

冒辟疆秋聽圖像贊

吴偉業梅村

萬頃兮凝緑，有客兮扁舟。載絃管兮數部，挾尊罍于兩頭。徉狂嘯傲，散誕夷猶。快矣哉，語溪寒碧之下，更仿佛乎三十年瀟湘黄鶴之遊。石闌倚兮窈窕，水檻聽兮飀飀。吾不知夫江之深、水之修、葭之蒼、桂之幽，庶以爲吹笙洛浦之濱，俱仙于弄玉之樓也。

丙午七夕。

冒辟疆秋聽圖像贊

杜　濬于皇

此西樵山人詩中畫也，乃洗鉢池上之景中人。方竦聽乎千古，而忽有得于秋響之清真。彼横琴與抱膝，豈繾綣于情塵？蓋所謂秋士善悲，秋女善怨者，不可爲世俗人言也，吾以問諸有巢氏之民。

乙巳七月。

冒辟疆倣趙松雪高士苦吟圖像贊

李長祥

辟疆司李聲聞在海内四十年餘矣。予千里相訪，得觀其所畜圖書，見巨公卿當年諮救時之策手迹數百種。嗚呼，異器哉！因出故時小影，倣松雪《高士苦吟圖》作之者。予觀之久，贊曰：

彼何人兮，曠世之人兮。有詩百卷，猶不休兮。瞻石上兮，想懷思兮。有如斯之人兮，吾畏之兮。

己酉夏日。

冒辟疆倣趙松雪高士苦吟圖像贊

諸定遠

圯上數卷，《南華》一經。天地雖大，不能逃名。欲舉世之不識，因託之枯坐瘦吟。吾將五其商山，而八乎竹林。

冒辟疆倣趙松雪高士苦吟圖像贊

李宗孔書雲

匡坐兮擁百城，心如止水兮筆無點塵，願言景行兮春樹江雲。

冒辟疆倣王摩詰讀書圖像贊

桐城　方拱乾坦庵

衛洗馬艾矣，猶想見其少年玉立時，握管花飛，掞辭霞舉，走香名于洛下之琴，回腕光于譚玄之麈。即今睥睨千秋，栖心太古。予曰是細晚律之少陵人，曰是咏隆中之梁父。

冒辟疆像贊 陳眉公集

陳繼儒

面白衣緋,神鋒隽而岸然獨坐者,謂誰? 大手筆。行秘書。驚人鳴。沖天蜚。珠璣滿腹,擲果滿車,此江左豪士冒辟疆也。請醉以李太白之斗酒,宋子京之半臂,劉中壘天禄閣上之青藜。

冒辟疆像贊 山聞續集

江都 汪 楫舟次

蒯緱珠履,曰佳公子。雞頭牛耳,曰真名士。庭有高槐,官惟大李,海沸鰲奔,斯人老矣。高山仰止,景行行止。紈扇徐開,清風四起。

冒辟疆像贊

方孝標

此海濱之冒子耶? 何其不似三十年前之姣好。屈指别離,滄桑云邈。我鬢已蒼,君顔應槁。乃細觀其炯炯之神,綽綽之貌。居然當年,臨風玉矯。海内名流見之,應知爲抱膝長吟之管樂;月下環珮望之,猶意爲車中連璧之叔寶。固知天留松柏,豈同艾草。火澤雲生,貞姿霜飽。倘有求維肖而載後車者,蓄積已具,鬚眉未老。

冒辟疆像贊

方亨咸

猶然二十年前，邗江分手之容。蒼而晳，静而恭。當年張緒，此日龐公。堂前陶母，膝下荀龍。安見水繪一笏之非隆中？

冒辟疆像贊

李長祥

是擅名江淮之間者曰辟疆氏，汪汪乎泓澄之在大地耶？又不可目之以一世。見有書之滿牀，莫識其奇之所以。欲就問之，默然而已。吾桐城夫子之爲人指之也，曰："吾世友也。"因命予書之以此。

冒辟疆像贊

張　恂

如玉樹，如璧人，何其得辟疆之神；不夷惠，不管樂，何其得辟疆之學；胸浩浩，腹便便，何其得辟疆之自然；居乎今，志乎古，何其得辟疆之餘緒？徐而視之，彼君子之儀，非吾辟疆兄而誰？

冒辟疆像贊

方膏茂

憶昔相從，弟視辱兄。弟鬚欲白，兄合稱翁。皎兮崑山之玉，峙兮徂徠之松。不可掩者，名走海内；不可即者，躅遠牆東。

冒辟疆像贊

陳維崧

翳維先生，骨重神清。或矜爲西園之公子，或譽爲東冶之名臣，或目爲江左之耆舊，或指爲太學之黨人，而皆未足以知先生。知先生者，鹽官陳君。頭上頂戴父母，眼中只見朋友。斯二言者，庶足以盡先生之生平。

冒辟疆像贊

張湛儒

先生之貌，或曰子房；先生之才，或曰子長。吾則曰先生之高，所謂客星嚴光也。

冒辟疆先生像贊

商丘　宋　犖牧仲

少而結納，裘綺蹁躚。中更世故，渤海飛塵。罻羅高張，冥鴻獨全。跌宕文酒，五十餘年。今乃見其據槁倚梧，深衣幅巾。其翛然也，以爲山澤之癯仙；其退然也，以爲前代之遺民。而識者謂是清流黨錮之三君。

冒辟疆先生像贊

王文焕

廣學兮多儲，雅淡兮容與。結茝兮紉蘭，佩玉兮瓊琚。怡情兮花月，襟期兮太虚。優哉游哉兮友天下士，讀中秘書。秀甲江山，不可一世兮，我儀先生，其逵鴻竹鳳，遐舉雲征，任逍遥而自如。

冒辟疆先生像贊

王仲儒

往家兄西樵題先生《秋聽圖》云“姬人水檻焚香侍，秋響扁舟抱膝聽”，一時傳爲佳話。仲儒重來皋邑，展謁兹圖，追溯夙昔，敬愛悲懷，瑣瑣細言，遠愧司勛也。

隱不違親，貞不絶俗。懿彼孟博，爲林宗目。後千餘年，公踐芳躅。偉哉黨魁，撑拄故國。終保其身，莫之點辱。抗志柴門，歲寒肅肅。頃來起居，卧公書屋。載瞻儀形，車輪轉腹。

冒辟疆先生像贊

許嗣隆山濤

惟憲副公，念公克肖。耆壽令終，呼孫而告。天生孝子，爾父爾傚。猗嗟乎隱，德彌劭天。顯隱友于，不渝至耄。公歸九原，余旋六詔。鄉人慕公，私謚潛孝。匪鄉人則云，憲副公之遺教也。

冒辟疆先生像贊

興化 李 詳審言

甌隱詞宗屬題，以繼諸公之後。甌隱徧交海内賢碩，詩文名位迥過於詳。顧采薄技，命署於末，抑以二百年來通家論交，不遺幽賤，並屬自寫。宣州兔毛褐，真不如假。漁洋昔施於劉公𤯷者，甌隱不允其請。兒笘白墡板書，乃堪與西陂文懿比耶？甲子孟冬。

中朝名士，廣陵先賢。黨人厨顧，學行淵騫。大雅卓爾，靈光巍然。容臺奉手，陽羨比肩。松柏凋後，芝蘭蔚前。須眉奕奕，神理緜緜。上溯皕載，小别千年。遠孫風氣，通家蟬嫣。式瞻懿範，肸蠁維虔。甲申甲子，屯蹇相連。虞淵沈矣，沈矣虞淵。

冒樸人都督愛馬圖贊

王廷梅

慷慨者氣，爾雅者形，裕將相之才，坦然而不驚者神。謂詩禮却穀耶？公熟習於趨庭。謂裘帶叔子耶？公不藉乎聲稱。惟劍横星斗，胸羅武庫，時一顧乎冀北之群。

吾幸與公遊，聆公蘊而贊公之像，曰大英雄人。

冒樸人都督愛馬圖贊

宋　衡

科頭獨立，放眼乾坤。春歸烟柳，衆妙其繁。賞心良知，舒指不言。山耶水耶，動静一元。木耶石耶，道義之門。其以天地爲廬，以萬物爲馬，而飄飄乎緩帶風流，其誰與倫？

冒樸人都督愛馬圖贊

潘夢桓

噫何人斯，氣宇軒昂。翩翩儒雅，燁燁文光。不巾不履，隨處徜徉。逍遥柳陰，凝眸驌驦。呼童洗滌，以潔蒼黄。莫非名世將軍耶？則是樸庵之行藏。著勳猷於西蜀，顯治安乎廟廊。詩書媲美，品物珪璋。

冒樸人都督愛馬圖贊

顧　溥

一生任俠，四海豪遊，學書學劍，志在千秋。盼垂楊之飄拂，寄逸興於驊騮。其壯也，勳銘西蜀；其老也，託迹林丘。閲諸先達之題句，孰不思祖澤而頌孫謀？流傳珍重，俾後之人猶想見輕裘緩帶，儒將之風流。

冒孝女割股圖贊

湘鄉 成本璞琢如

執友冒君鶴亭，媚學能文，名聞海内。性尤篤孝，奉母絶虔。會母遘疾，呻息緜啜。君侍湯藥，衣不解帶。憂心如擣，貌瘁骨立。有女阿琭，年甫十三。茂譽幼著，孝性天成。既嗟祖病之日危，復悼父憂之莫解。避人私泣，忍痛割股，和羹飲母，病以良已。義心内藴，勇氣外發，精格神祇，喜動顔色。閭鄘震異，戚族欽嘆，事越乎庸德而理符乎正軌。清門世澤，寔肇霧源。弱齡奇行，乃能邁古。琴南圖之，以彰絶躅。而余爲之贊云：

猗歟淑女，顯允有儀。孝乎惟孝，習禮明《詩》。爰自韶歲，厲行標奇。氣奪霜刃，血鏤素肌。母回篤疾，天感精誠。績軼曹女，勇過緹縈。清風載穆，舊德是程。煒兹彤管，永式頌聲。

第八册

書

與冒文瑞書 家譜

向　翀

翀啓：予必欲送爾子鸞進學，蓋以爾子器宇清粹，且學已有成，他日有大成就也，故欲强爾送之。非不知爾尚在學，未出身也，以爾子不可進學之遲，因父誤其功名也；非不知爾尚處於貧，不能備束脩也，故予特爲代備，免爾勞心也。兹以羊一牽，酒一擔，果四品，緞二端，助爲爾子見師之贄，爾即宜受之。鸞在學，當思予作興微意，惟日孜孜，務底大成，不造其極不止。若然，則科目之取實易易耳，等而上之，又何所不至？惟英茂冒秀才其知之。

上履貞叔父書 家譜

冒　鸞

年前，芳姪自州回於尊所，領得珠玉，盥讀不勝慰喜，當服之無斁矣。比日，伏維尊候佳勝，姪幸粗安。兹適兒謙送鵬弟到府，謹令專叩，即敦請良弟來縣，與諍兒輩開講。向承面命，諒無他，却但須遄發爲幸，蓋光陰易失故耳。良弟赴京資斧，請勿置懷，姪自有處分，決不誤也。不宣。

寄廷和姪書 家譜

冒　政

近得報知實授，喜慰喜慰！政即任來，公出日久，在司者無幾，而於人事未有所備也，奈何奈何！前武城吴典史來，具新書數册，寄煩分送，諒已完矣。但數少，不能徧，知不能免責。兹因完銷勘合吏，便聊致數字，外小絹一疋，表遠意，令堂以下諒納福。政此間亦粗安，久不得家書，地僻故也。有所聞，幸附知。葉珍、潘克誠前俱失奉候，兹寄二十册，煩分送之。

初授刑部主事寄兩弟書 家譜

冒　鸞

蓋嘗痛夫世之酷吏，深文峻法，以毒無辜；其罷軟者，又不能鋤奸抑頑，伸屈枉直，體先王刑期無刑之意。二者所爲皆非也。又有一種任喜怒爲輕重者，又有一種通貨賂爲出入者，雖差有不同，然皆所爲無狀，得罪於天者也。又有一種小人，假此權柄，以爲平日恩讐之私，報復之計，尤可切齒。每觀古之君子司刑獄者，欽恤一念，上通乎天，竊自誓曰：吾爲刑官，必取法斯人！

與房卿弟書 家譜

冒　鸞

久闊殊費相思，惟奉親力學，取法古人，斯足慰耳。予無似，率碌碌遣日，乃錚兒輩時勞吾弟神思,益愧予之疎淺。不審近日諍於經義頗能通否?作文頗得法否?是所望於吾弟也。因風略寄數字,以致拳拳。

與冒桂亭書 家譜

陶大臨

生本庸劣,承乏南廱,謬爲同寅諸公所信,相許相勉,匡我缺失,用能免於愆尤,而諸生亦似乎契於時,蓋甚樂也。不謂乃遂北來,分手江濱,戀戀難别,至今常在心目,顧緣冗奪,未能有以布其意者。兹秦先生至,遠辱翰惠,仰見厚情,何以敢當?秦先生歸,敬此附諸,因冗次不備,幸惟鑒原。

上冒父師書 家譜

孫敬宗

曩者,天不棄敝邑,以我師明德,拊循元元之衆,姑無論憲度井井,爲當官程法。且我敝邑不素稱水國乎?民之幾爲魚者,十年而九。自我師來,建築長堤八十餘里。當其時,上不畏當道之猜疑,中不沮鄰邑之媒蘖,下不辭小民之怨讟,蓬心蒿目,沐雨櫛風,以卒成大功。迄今數十稔,河不揚波,而我十四社之民得室家安堵,伊誰之賜也?且以川后安瀾,而米賈、鹹商及一木石薪蒸之利,往來鬻販其間,此無問邑民稱便,即環四鄰以時貿易而來者亦稱便。語曰:"非常之事,黎民懼焉。及臻厥成,天下晏如也。"以今我師觀之,不信然乎?以故士庶之感德者,已樹祠顯城之陽,頃又以六臺采訪而見任喬父母,允士民公論,獨以我師申請俎豆名宦祠。

夫我敝邑二百年來,邑侯以名宦稱者,前獨种、劉二公,及今唯見我師,以此見俎豆至隆之典,當官者非實有功德於民,必難以食民之報。若我師,洵可以風矣。敬宗等即蕲焉在疚,見我師之德,四郊歌咏,當路褒揚,前以軼愷悌之名賢,後以作循良之卓軌。竊意大丈夫立天壤間，而得此不朽之業，斯已奇矣。即位不副德，何論哉？故我師甄陶之惠及二子，瞻戀之私，不暇首譚之，而惓惓撫高之恩、報恩之典者，昭其公也。唯我師愛我，亦尚以福履，係之征鴻，幸甚！

與冒伯麐書 海陵北里志

周□□夢翁

狹邪之遊時可以行，未若必待當午是鋤禾之候也，早則不能，晚則無及，幸即示我弟尾生也，豈可使弟有没頂之凶乎？

答冒伯麐書 海陵北里志

陳王前敬甫

原爲美人在坐，相邀同過耳。竟爾未來，我輩且不勝作楚，反不如足下坐而心熱。

與冒伯麐書 海陵北里志

陳王前敬甫

金扣四副，代致真孃收用。弟非久且力疾來矣，巫山佳趣，魚水相懽，毋曰："此非乞靈敬甫也？"

答冒伯麐書 海陵北里志

陳元台子三

草草數字，爲真孃書錦箋後，即走覓足下於西園不得。此時，月色空梁，知心不在，徒爲濁酒所苦耳。明蚤面晤，致真孃所欲言。

與冒伯麐書 海陵北里志

張玉成成倩

朝焉不別，敬甫舅弟而必先足下歸也，誠有所急也。乃東西兩眷氏，不啻作石尤風，日小遷，始得發，又覓一舴艫不得，厥明足下定成行乎？請如昨約矣，朗月之下，可許與王姬作一眼緣。

與冒孺文書 家譜

王家楨

東事告急，門下以才望特簡晋秩貳守，國家方倚爲萬里長城矣，即不佞亦借色不少。喜喜賀賀，計此時當已見報。不佞束裝，決於八月三日出里門，相遇於途，未可知也。丈夫遭際不偶，乘此竪勳，光耀鐘鼎，正門下今日事耳，拭目拭目。堤功告成，皆門下不朽功德，不佞當爲地方感謝。漢東失天，社稷有幸，前説可不必用矣。冗中草候，并原諒之，不盡。

答冒義元書 陳眉公集

華亭 陳繼儒仲醇

黄鐘律轉，一陽開初度之辰；緑野弧懸，七袠啓長生之會。壽因人重，文以情生。恭維臺下學海神龍，士林威鳳。量涵天漢，品映冰臺。佐永平，著廉吏清名；庇鄉閭，推醇儒重望。月當建子，時際生申。在海内豈無琬琰之章？乃山中忽辱瓊瑶之賜。捧函汗下，援筆生春。俯效蛩鳴，仰陳燕賀。七十而賜几杖，不扶祝噎之鳩；八千以爲春秋，共獻放生之鴿。伏願惠周桑梓，節勁松筠。鶴表出塵，曰齒曰德曰爵；龍光在壁，多福多壽多男。薄荐俚言，以告間史。

與公燮處沖兩從兄書 拙存堂文剩

冒起宗

憶癸酉春，自北而南，分門設廠，市米賑饑，遠近果其腹者不下十餘萬人，況敦本周急，尤士大夫第一義也。顧自己卯而後，鞅掌戎旃，再嬰死地，自分永違丘壠，何意遂賦歸來？乃歸而聞數年間奇荒洊被，族人之貧困極矣。即負病骨，挾空囊，忍坐視耶？第族人散處各鄉，多有不識面、不辨等分者，龐集則難應酬，面詢則同秦越。似不如預定兩期，令先赴吾兄宅上，詳定誰極貧誰次貧，誰遠誰近，書之寸楮，令過弟處。此時天氣苦寒，弟當掃除廳事，設椅桌，爇烏薪以俟之。每位一壺二簋，一湯一飯，來者衆，則隨意團坐，迎送管待，託之爾開。弟或五錢三錢，照所示贈之，銀係足色，不假手。酒殽俱弟婦部署，無宿物，杯箸碗楪，皆弟居家之所用，無異同。論理，則弟應出陪，但請告未覆，例應杜門。且其中或有敝衣草履者，望之次且，反多一障礙。其貧之次第，須於寸楮後，以二點一點别之，否則定有不均之嘆，而怨且有所歸。此外，或衰孀，或孤弱，或窵遠，或卧病，或危篤，則又難拘所贈之數，更希過我商酌捐贈，設法曲致之。族人，吾一本也，元不須較量，而漫無條理，非舛則漏。過此一番，可作後日張本。然非有兩兄在，弟即欲展此，區區未易言矣。

與處沖兄書 拙存堂文剩

冒起宗

手教云，弟未歸時，襄兒以米麥周急族中，遂有起死者二三人，則此舉安容緩乎？兩日管待族人，弟從簾内窺之，大都有菜色無人色，相傳食野草而絶突烟，信不虚也。又座中有云，鄉間有食稴秕，發浮腫者，爲之涕下。又聞族中有一孤兒，父死不能葬，質身他姓，得銀一兩六錢，一族人贖回，遂欲役之終身。其祖亦奇窮，倇人求助。夫助之而不免爲人奴，助亦何益？且以族人役族人，人而跖矣。明日物色其人，如其數贖歸厥祖，更以銀米濟之，便了此案，惜乎聞之不早耳！凡有窘急類於此者，惟冀頻教之，不靳推解也。

答冒嵩少書 陳眉公集

華亭　陳繼儒仲醇

往聞南宫之報，抃而起舞。世不乏進士，喜宗起豪傑爲進士耳。讀《萬里吟》，快哉！大王之風，胸無留事，筆無留行，非目前子墨家所能夢見，顧僕更有進此者。昔耿天臺見勵庵方少司空，司空意色不及，但問一大行，曰："孔明襄陽人也，而居南陽者何？"其人不能答。方司空曰："南陽，四方人物所自出之地，孔明爲延攬英雄故耳。君官大行，無爲登山臨水、作賦吟詩，錯過半生，所至宜披訪一二人物，以備國家緩急之用。"天臺聽其言有味，稍更端請曰："愚生初脱草茅，先生何以教我？"方司空厲聲直視曰："誰家進士自胎裏帶來的？説初脱草茅，便甚麽！"天臺公此時言下有省，自謂一生受用不盡。今敢以奉聞吾丈，能笑而點首，以受他山之石乎？緣來，啓虚懷異常，皆非面朋面友之套語也，故不覺坦直以報所知，并謝明惠。

答冒嵩少憲副書 拙存堂文剩附録

成 德

德不肖，曩任瑕丘，迂疏狂怪，其受病者非一端，其取罪非一事，其著手者人復未可一二數。然處今追昔，詎當世之網難攖哉？亦德學問之域欠深，誦讀之味未徹，有以自取故耳。計彼時端居危念，愾惻悲涼，去後消弭，息其深熱，則惟老大人一人。度老大人之傷德，無異於德之自傷也。被逮以後，無獄不坐，無刑不加，官災未已，兵禍又來，父以窮殉，妻以追贓死。丙子八月出獄，止見亡父市埋。德呼天諗母纔數日，而彼相嚴催府役已解德西去矣。往還秦晋，萬苦環攻，天憐謫人，幸舉一子。方擬迎母西來，匿影林壑，放情墳典，竟不審不祥姓名又誤入賢者薦牘也。十月廿一日，銓補如皋，竊以再見紫芝爲喜，豈願得如皋哉？籌慮再三，復成一疏，直陳時事，爲辭官張本，而爲成石生所止，改北道而南行，寔是如此，恃在心知，無妨一一布告也。令嗣兄蓋世逸才，聞聲不如覿面。瑶牘忽從天降，恨不縮地承顔，但德素不工四六，喱喱陳其底裏，老大人鑒德庸陋，必不以爲褻也。拙刻四種付兵吏，冒斌奇先請郢削。德臨稟無任悚息瞻依之至。

與冒嵩少憲副書 拙存堂文剩附録

成 德

德具稟後，隨申一文於諸上臺，以無憑赴任之事，立取進止。昨撫軍以及二千石皆以名刺至，體局全殊，故不能向如皋一步，以來虚官攘禄之嘲，是我誤如皋，而如皋並誤我也。賜環自是美談，勞人非所故避，但不得堅持“急流勇退”四字，以此愧錢澹成，俾隱隱笑人於千古上耳。想台臺橋梓，必不以德此轉爲榮，而并悉德不以轉官爲意。握手何年？把杯何日？每思德在前非貪位慕禄之鄙夫，在後非怕死護生之俗士，此中有深意，欲辨已忘言，虚名纍人，良不淺矣。如皋殊無工書之吏，裁答欠莊，懼涉簡慢，台臺猶憶昔在瑕丘署中，寫《開鏡堂全稿》之王生乎？爲中傷者累，已死矣。鄭方水集如有之，並乞勿吝。

答冒嵩少憲副書 拙存堂文剩附録

成　德

德不肖，此番貿貿出山，才既鮮長，性復欠耐，幸得奉老母卜居江南，且得借此以覲老大人，鳴感激，抒契闊，誠生平之所深願。乃當事者不察，加小材以巨任，遂至進退失據，寂寂鑾江白舫中，六年前謫居景象依然在目，可奈何也！瑶函與隆禮同頒，澹慘之餘，不覺潸然泣下，沁心不待言矣。

嗣公天才殊品，向於張爾公文辨中識之，是豈逐逐俗吏？問者到此，聞以前令，故滋無忌輩之口，不勝憤絶，遲之又久，則復恬然矣。笑德不肖，學問疏庸，不足爲嗣公導，然如此等，政不妨以德爲前車耳，大人其許之乎？德晤馬君常，云聞譚友夏負於司直，遂至於此，則名士豈可信？某氏末路，託黄順德與政府講和，遂得中州文衡，而鬻生童至數十萬金，則黨人亦未可知。猶記大人語德云："豈不肖不能入君子室中？亦斷不敢走到小人路上。"至言也！德終身妄比於不肯破戒之劉元城，富貴功名，非其所志。昨夜備述，以告君常。君常知大人者，亦首肯德言。再閲請告詳文，則又先得我心矣，德言贅矣。德不日入陪京，不敢遠煩杖履，所切切者，意在見嗣公耳。

品次柳文，開卷即徵識地。德有俚文廿首，君常曾抹去俗字鄙句，今以改正，望嗣公以元晏乞大筆付之剞劂，價則德承之，不審得垂鑒否也？

與冒嵩少憲副書 拙存堂文剩附録

成　德

雪夜跼蹐於鑾江舫中，無異閉袁安之户，沽酒呵凍，作史拈序，頓失寒威，而不勝嘆也。古今人物真假半，今真人更多假人矣。若台臺赤心勁骨，德知之真，諗之久，而世途時眼未盡窺也。故於序中詳言之，但言之不文耳。十八日，抵留都，居食諸事賴王生洲料理，不然饑餓於土地矣。真人巨才，詎可任東山久卧？時事至此，静攝方深，政不妨養其體，以副當亡側席豪傑之心，效爬搔不著之語，而遽勸台臺，德心殊不敢又不忍也。

與冒嵩少書 拙存堂文剩附録

霍　達

達承老先生掖植，共事兩年，精神意氣無刻不浹洽貫徹也。嗣後，相與諸公變態百出，每越人意想外，是以愈益追思老先生正大光明之心胸，春温秋肅之作用，皆從公起見，從人品政事上起見，與他區區自謀者迥相懸絶。數年來，見老先生道高身退，勞績未酬，且置之遐方，投之湯火，俾不得暖其席，竟其所施，而庸庸之享厚福者，指不勝屈，此天下事所以大壞至今日也。漕事何敢煩勞？姑以伸久鬱之公論，抒當年感德之寸心，爲建牙秉軸地耳。諗老先生高卧方堅，從不向人商進止，故拜疏而後聞，非專擅也。今新運過期，望台旌如渴，或先賁京口，或先至淮陰，惟命。若到任，即於如皋之公署，尤便且捷。梓鄉即轄地，如此過謙，豈文檄可改爲書牘乎？疏稿别函，餘容面布。

答冒嵩少先生書 匏庵先生遺集

同里　石　璜夏宗

僕嘗讀歐陽子之言曰："世所傳《詩》者，皆古窮人者之辭也。"竊以爲不然。當周盛時，如周旦、召、康、衛武、尹吉甫、蘇忿生之徒，處朝廷之上，陳民風，遣戍役，聘饗贈答，以至祭祀宗廟，歌咏先王之功德，而燕居之暇，導攝威儀，莫不出于齋莊誠一，何其思之正而辭之工也！若夫窮人藴其所有，無所發抒，憾焉而不平，放焉而自傲，牢騷怨懟，徒爲憤時嫉俗之言，辭雖工而思不得其正，安見世所傳者，必古窮人之辭耶？然則窮者庸詎無作乎？夫人既志無所得，則鍵户孤吟，發乎情，止乎理義，宜無不可以自適也，何古窮人者之詞不至是也？僕有志於詩久矣，嘗取周人之詩讀之，因得戴君之論周詩者，善之，則喟然嘆曰："嗟乎！昔人之志沉杳而不可復得，今人以意逆之，遂謂如是而樂，如是而哀，如是而不淫且不傷，其可也耶？或未盡其解焉，而妄解其不解者，蓋亦不少也。然昔人或猶有説者存矣，而不謂戴君已盡其解，且解其所不解者也。"戴君之論《中谷有蓷》曰:"《黍離》而後,周無君矣。中谷之嘅,其《離騷》美人之悲乎?"論《揚之水》曰:"此詩雖陽爲沃,陰實諷晋,猶斯養卒所謂名求趙王,實欲燕殺之也。"其餘雖字句之微,不爲辭害,拘牽立説,而詩人哀樂之情已思過半矣,其無復有説存也已矣。蓋學《詩》者當如周詩,論詩者當如戴君止耳,然卒不獲償其願也。

僕數年來,顛倒于餓寒,竭蹷于時勢,顧已不暇學,時切切焉識周人之詩,而思戴君之論,竊恐不克效古人之齋莊誠一,作爲雅頌,以歌咏明堂清廟之功德,而徒爲憤時嫉俗、放傲不羈之言,而思之不得其正,是可悲也,然又不能無憂嘆。昔人之詩,後人終無以過,而僕也,聞見疎溢,則又患其辭之不工焉。近誦先生岐亭和韻,好生之仁惻惻動人。昔蘇東坡詩出,而岐亭之人多化,今先生繼以十七章,其所以養天和護物類者,不既多耶?誦西府二咏,則孝子之心又油然而生矣。使戴君見之,不知于周詩何如也?抑又思先生嘗遊京師,睹宫闕壯麗,奉命鎮兖西,歷所謂泰岳、黄河,及備師荆襄間,皆古王者用武處,意必有魁梧奇傑,追古周旦、召、康、衛武、尹吉甫、蘇忿生之徒之作,而豈區區古窮人之辭所得比與?僕尚未及見,僅誦一二章,既嘆其辭之工,而又樂其思之正,輒敢妄言于父執之前而不顧,然願先生有以教我也,抑又悲先子之不及見也已。戴評奉覽,崆峒、升庵詩遺佚不存。伏冀賜教,臨書神往。

與冠縣族人徵譜書 拙存堂文剩

冒起宗

吾宗爲宇内異姓,非若他人之有别系也。自永助祖以學博起家,而遂占籍於冠,一脉兩居,今且累世矣。某幼侍先祖廉州公時,曾聞數十年前,尚通往來,家譜中有嚴先生送冒君自新公還冠縣序一篇可證也。自後,曾至冠,而瞻丘壠者,則有興業令玉華公、茂才伯麐公。自兩公外,邈若河漢之不可問矣。某夙有志於重脩家牒,通兩地之疏闊,備後世之稽尋,而僕僕生平,未登一第,每殷浩嘆,莫慰遐思。兼聞冠之族指逾百,其間習舉業而繼書香者,定不乏人,何崛起東藩者尚未聞耶?吾祖宗之世德深厚,亦有待而後興耶?兹因冠之二尹吴兄爲某故友而同盟者,特附一函,先通座右,明歲倘不利公車,水道南還,定趨叩列祖之阡,仍乞將祖以下枝派名號彙録一册,先托吴兄寄至京邸,以爲修譜之用。世次未諳,稱屬不敢妄書,伏惟諸尊統賜遠鑒。十二月望日。

與冒蒙求書 家譜

袁　鈐

金蘭結契，闊别廿年，每擬修候興居，無如鱗鴻鮮便。然讀涼風、落月諸章，所謂秋水蒹葭，未嘗不勤思寤寐也。每憶聚首京師，把臂言歡，曾幾何時，真令人徒增太息！乃老年臺長兄誼篤先施，遠頒瑶翰，把讀之下，且感且愧。積懷既久，一旦開緘，古道深情，溢於毫楮，而且生平肝膈，亦復淋漓刻露。古人千里如面，良非虚語。欣甚，慰甚！竊弟叨蒙聖恩，濫竽封疆，自顧任大責重，早夜籌咨，不自知形神銷鑠，已皤然一老叟矣。何如老年臺長兄盤桓泉石，徜徉嘯歌之爲樂耶！今乃過情獎藉，增我汗顔，當欲裁答來人。南去無期，今偶便荒函率布，尚容耑候，諒知己自能見原耳。再者，敝地歲苦於水，擬於維揚雉皋覓一住所，以作歸田地步，非惟擇里處仁，且得與二三故人花時月夕，把盞言歡，豈非快事？如有可覓，幸即寄示，以便命兒輩就教。憑穎神馳，令郎世兄不另啓。

與冒蒙求書 家譜

許嗣隆

前接台翰，兼承飫情，又從崇川李年兄處再讀手教，始知太夫人已歸兜率，聞之慘然。里道殷遥，未得自致生芻，歉仄何如也！入志之舉，業已訟言同館，緣取書未到，當時爲關照，以副遠望耳。草草復謝，不盡如縷。

與冒辟疆書 九通　同人集

雲間 董其昌思白

久讀瑶章，未挹玉樹。邗關小憩，渥貺先施，意氣之交，自兹始矣。花名之咏，行舟乃作，寄鄭丈以呈。不一。

元夕詩筒，竟同洪喬之誤，有累使者間關，今簡出請正。又承遠貺瑶緘，殊深感佩。謝謝！高麗箋册，屬應酬旁午，不能重書。幸亮！

以仁丈之不挾少，故締忘年交，不則奔軼絶塵而瞠乎後者，何敢以溷游藉也？耄荒歸客，維舟信宿，爲過從報謁之紛若，不能須臾對泓穎，有稽華使，一扇欲書末麗花詩，已失其藁，容歸并壽詩文册應教。復拜雅貺，感愧感愧！

邗溝之會，得晤玉山，足快生平懷企之私，又得縱觀高彦敬山水長卷，烟雲飛動，出入米漫仕、董北苑。奇矣，奇矣！不佞間關歸老，重以哭妻哭子，了無生趣，病餘增病，秋暑爲厲，日日屏息。至前八月始近筆研，賓朋數進，且作且止，壽令祖老先生文如教書之册，及讀仁丈少時詩，嘆賞不置，亦附序言，幸即付梓，無令王子安專美于前也。聞有屏書數幅，其字頗大於册。不佞素不慣寫，每屬倩筆，終非韻事。日下即焚研，雖册上書亦不破戒矣，幸原之。見吏部李先生，乞致意。不一。

不佞昌耄荒歸老，病卧之餘，焚研爲適。惟是仁丈所託，不惜續貂，冀附游藉之末耳。詩册見教，略綴蕪言，賀册再書，一如來示，幸命紀室。不一。顧公彦乞用刻帖又行。

近得徂徠丈手書，急覓寄書人，累日不可得，未知其故。正欲使便郵餽之，不謂仁兄使者間關而至，云爲賤誕致華燈，幻巧化人之作，兼以酒卮，如太乙蓮，賓朋聚觀，嘆賞彌夜。仰見仁兄交態，出於有鳥無鳥之外，非世俗悠悠比也。承示蘇、趙諸筆，當以《道德經》爲勝，而臨帖出於張東海，不僅如吴中贋鼎，惡俗可厭，至以惡札入石，不無望仁兄之披露其短耳。尺牘高華，踞徐、庾之上，自是必傳之物。不佞老而偷，無能爲報，幸原之。人還附謝，不一。

又承徵實録誥命之書，謹如教書大中丞令祖之小傳，誥命八十後不復書矣。日爲先君子進鄉賢祠及焚黄諸事，有羈使者報命，幸原之。

敝鄉復有流寇東下之信，及見邸報，云已近陪京，上臺方議戰守增兵，以至擴城諸備豫，紛紛無定，不知淮揚同此否？讀新刻，想見仁丈曠懷雄氣，元風大暢。至諸美詩，一一可呼，隱然尚友千古，勝情自當與陳王《洛神賦》等觀也。不佞近以訓兒，頗觀時藝，不知何以習氣縈人，大壞先輩矩矱，但吟少陵古風，如《華清宫》、《丹青引》、《新婚别》、前後《出塞》諸詩，其渾離悲壯，故是光燄萬丈，其頓挫過接，聖於法度，最爲文家巧絶秀絶處。舉業有此十之二三，何論俛地芥拾青紫哉？仁丈以爲然否？承示書少參公綸辭，弘治年者，太古久遠，文亦尋常，要須同大中丞誥拈出，方成大觀。至於《大行向止告身》一篇，不佞在北扉掌詞頭時，猶仍舊例，神祖末年，方復破格。尊公雖新俞，洊及不可，遂遺特恩。敢惜折枝之應？老病侵尋，眸腕非昔，誥文止書本身一通，内制概不能書，又念仁丈孝情，敢不如教？小像贊，此月金申之過貴邑，附之以納。每費厚貺，殊甚慚惶，礦石止求數兩者，今所致多而無當，倘有家郵，幸申所請，人還附謝。不一。

使還，見委箋卷悉寄。僕老矣，惟仁兄手教至，輒作數日喜，披小像，展新詩，何減與留侯、洗馬把臂入林，而嘆子安、摩詰之再世也，以此不禁竭力。桂香近矣，今秋得辟疆冠冕南國，真足再造文運，其厭服輿情而快暢，不佞又當何似小兒强來逐隊，即于是日覓佳縑作畫，以待高捷爲賀。五日一山，十日一水，八十二老人竭兩月經營，必有以抒寫生平，足當具眼，且留作藝林佳話也。屬望真切，幸努力是禱。

與冒辟疆書 六通　同人集

雲間　陳繼儒眉公

才子筆端，如渴蛟飲鏃，獰虎鬬玃，在山震山，在水震水，未能鎩其咆怒之氣。獨辟疆先生詩如群象動於影中，衆靈飛於空裏。虚空蕭遠，邈若無際。即扇頭見贈之作，一洗叫號習氣。江東雖多鐵小兒，未能望見真將軍也。弟七十一矣，結廬山崦，欲以静養餘年，客彌多，文逋彌積，流浪生死，無復何味。如公故是玉晨金粟弟子，道風元義，與天俱來，早完公車宿願，退就三教中作慧業文人，弟且洗鉢收足而隨之矣。花時載酒雜沓，未賡來美，先此謝教，并謝明惠之辱。

山中久雨，稍晴，遊屐狎至，此來使所見也。讀新詩，又香又艷，又冷又秀，不得已勉和一律，若《萬里吟》、《茉莉引》，老眼昏花，多訛多落，勢不能書。若雜委一一完命，七十二老人竭股肱之力以事寡君，可念也。儒嘗有云："吾曹動曰騷雅，則讀書未必深心；動曰肝膽，則交遊未必得力。"鍾、譚兩君嘗有味其言。吾兄文人也，才子也，請以僕之告尊公者以爲辟疆告。今詩已得手，所謂佛法不怕爛却耳。《陰符經》云："絶利一源，用師百倍。"《易》云："用志不分，乃凝于神。"明眼有力者，以爲何如？真切真切！據案草草報謝，尊貺種種，尚容贈瓊。不一。

戊辰、己巳兩捧名箋，并甲戌而三矣。七十七老人懷才慕義，獨此念未化死灰，猶幸片楮間望見小照，豈特吾家百尺樓上客，實葱嶺蓝珠再來人也。謹題像贊，以報神交知己。讀試卷，雖非老人事，第與門生子弟輩激揚嘆羡。精光類玉圃珠林，飛閃似神鷹天馬，《集美人詩》則《香奩》《花間》當行道地之作，世乃有兼才異能如我辟疆豪士者乎？頃四隅多故，盜賊、兵戈、水旱偏現於堯舜時，使聖明以勞而成其焦，群工以畏而成其避。今流寇且犯鄖襄矣，大江南北左右兵食俱單，而賢士大夫猶苦心於文字著述之中，揖讓救焚，詞賦禦侮，將來猝遇緩急，果能出死力共助乎？吾兄舉業實是科第飛將軍，乞與賢父兄同心合膽，留意經世濟時學問，訪求真正豪傑，置之夾袋藥籠，七年艾，萬金藥，不勝中流之一壺哉？僕此言不敢例望之泛泛交遊，而却以獻辟疆，蓋齁齁濃睡者，滿天下皆是，獨冒家有開眼人耳。勿笑勿笑。扇楮書完上呈，并謝翰貺之辱。手凍，不盡。

屈指奏令祖老先生六十雙壽詩，今又七十矣。子名臣，孫名士，功業文章，正是家常茶飯。若密行精修，代代積德，視外小謹而内大放者天淵矣。吾師乎，吾師乎！讀《前徽録》，非特表僻姓爲著姓，抑且勸文人爲吉人。今簪纓世家，置家譜碑版於遊塵溟涬之間，若發皇祖先、頌禱雙壽如仁兄者，千萬中不一見也。年來見詩歌雕心鏤質，曾以規用世之大豪傑，若衰老山癯，更無用處。謝靈運鬚長三四尺，乃欲入鬭草兒童隊耶？故特爲元同先生撰壽文一篇，以效維祺之祝，政不欲以歌行塞責耳。幸裁正之。七十野叟，落筆則多脱多訛，仍以佳繭歸之。典籤别册詩，情文相生，風韻交集，春鶯曙囀，秋蟲夜啼，晋魏陳隋，無所不有。適張令君屬撰座師壽文，祁按君督促乃翁集叙，老人僕僕破硯旁，未暇遂題《寒碧》簡端，俟小暇，決有以報知己也。寇賊内外蠢動，兵餉匱單，恐齊魯逆氛乘機竊發而起，良爲尊大人攢眉。若得張敬夫在魏公行間，經略不淺，其如斛斗舞之在目下乎？至如胸中五岳，隱隱不平，得無爲凡俗子所側目。

夫至人能使山精讓窟，鬼神掃堦，猛虎伏于卧床，飛鳥巢於衣裓。願我辟疆調御爲天人師，何足置眉睫上也？不腆寄壽兩大尊者，幸爲叱名，非以報瓊，聊見進履之萬一。惶悚，惶悚！公彦乞加清盻。

新春十風五雨，老人痰火，如避繭窩中。使者上元前渡江來，張名燈，酌酒巵，讀《寒碧孤吟》，以文王鼎水銀花觚作伴，差有起色，凡半月始得作敘。破例題别册請教，英翰藻思蔚然，描寫於其中，然皆實録，不欲犯綺語戒也。若以贋筆寫誥文，即是綺語。且《寒碧敘》後，三鼓而氣衰矣。尊兄聚百順以事太公，獨壽文采及不佞言，蜣螂而雜蘇合，令人恧死。頃聞江北流寇，訛言繁多，以弟揣之，此曹能聚而不能分，能陸而不能水，惟護祖陵、護漕艦爲第一義。客兵尅亂則不足，生亂則有餘，若豪傑倡練少年團訓保聚，使之聞風望形而莫敢進，與其以錢穀飽寇，何如捐錢穀以自衛其一鄉一城之足恃乎？兄家有世德、世爵、世望，一言倡義，衆必景從。乞與令祖宗長共圖之，小物將敬。

七十八老人瘧痢兼作，但以不服藥、不飲食待之。幸爲閻羅棄餘，旋放還山，然神氣惙惙，一步十喘，今且面如削瓜，形如槁木矣。來教適當欹枕謝事，兒曹束書，不以見示，病起始得披讀，兩人靈氣綰結，豈大江所能畫斷？畢竟捉不定、捺不住，有沖霄穿匣而出者，其延津之老鐵乎？謚法告跋，遵命題上，請正。流寇未靖，似以深山窮嶼爲三窟。天氣日寒，我兵日凍日餒，大是可憐亦可怖也。閩中劉香雖死，餘黨未平，大抵置道將於度外，收鄭弁於絲中。沈中丞以此得策，第鄭已髡髮，非俗非僧，何人彈壓其部落，并彈壓其新降之李旦、别隊之狗𡃁老乎？善後機宜，正煩借箸。吾兄何以教之？彈指明年丙子，正是冒君鹿鳴之時，請屏詩文，專意舉業。《陰符經》云："絶利一源，用師百倍。"《易》云："用志不分，乃凝於神。"尊公前用之而效矣，請以此奉勸。蘇帖未得裝，先以米帖二套侑緘，非報瓊也。

與冒辟疆書　三通　同人集

吴橋　范景文質公

不佞待罪留都，膺兹重寄，適當南北交訌，殫心竭慮，無能特效一籌。惟是側席求賢，日冀匡時抱略之君子，共爲商確，以濟時艱。昨方孩老極道門下英才異品，絶識奇文，不可有二。而敝年姪魏子一、方密之以及左、周諸公之後，無不同聲争頌高誼。不佞素寤寐懷想，今得一見，顧敢交臂失之耶？昨承枉重，正爲止生倡義勤王，與漁仲即商遣發，明晨報謁，以訂久要。惟門下傾吐抱膝之籌，俾不佞藉力高賢，救兹孔棘，真海内之光也。據案先伸，未得倒屣之愆，伏惟鑒亮。

聞足下至，喜而欲狂。石齋寓静海，僕與孩未、機部、漁仲及四方同人咸晨夕于彼，而石老又惓惓相念，乞即襆被見過。石老將發五溪之棹，共兹盛會，入城命懷真爲足下覓舍館也。不佞罷職，緣救漳海。今漳海萬死一生，遣戍五溪，方彳亍過此，而畏蒙特召，僕忝大臣，進退宜裁以義，日蒙敦趣之旨，此衷遲疑，不敢應召。辟疆孰諳古今者，幸爲我決之。

讀手教，引喻既切，分疏最明。僕之躊躇，頓成果斷，但束裝既促，而行李護送既無其資，復乏其人。雖懷真典房以助，尚不及其半。旦夕遠行，幸時時過我商訂。從此一别，不知把晤何時，且安得高明諳練如足下，恒在我左右也？言之神去。

與冒辟疆書 五通　同人集

山陰　王思任遂東

令叔祖伯麐兄，任之莫逆交也。忝在通家，未曾專候，而台札華貺，儼然賁之，何以克承？不佞譾陋無文，過辱奬，至閲異花之什，不覺色舞神飛。偶正初任，百爾匆遽，容稍暇以詹詹奉和。先此謝復，不盡。

向辱翰貺，因冗極熱極，不能應教，兹俱如命，勉爲之以呈。第珠玉滿前，自覺形穢，奈何仁兄異才仙品，故是藝林中飛將，佇看横絶海宇。不佞近日不解時文，亦不敢看時文、言時文矣，惟有口誦"阿彌陀佛"而已。仁兄得無同慨耶？承大賜種種，一芹附往，不足報萬一也。

讀翰教，娓娓數百言，過於奬詡，通身爲之一汗。門下如神駒出於洼水，籋雲行空，頃刻萬里。閲尊詩，逸思風流，居然大曆，則舉業一道，必有深心大力，開闢鴻濛，言未曾有者矣。但此時當百六之阨，牛鬼蛇神不知作何伎倆，能醉夢者則收，真聖脉者不録，宜乎仁兄之抱玉而泣也。雖然，疾風暴雨，終不可常。仁兄惟守正以俟之，大物不遠矣。不佞任少不如人，老益頑鈍，毫無知識，徒有自愧之心。向弱冠時，荷承令叔祖忘年之交，通籍以來，曾無綈袍之雅。今伯麐兄永訣時，以大集屬仁兄相託，敢昧生死之誼！奈不佞瓜期已及，劇襍百端，然又不敢推諉，恐一暫假，便成廢閣，是以極冗中走筆，一書當年情事，非敢云叙也。即求仁兄叱致靈几，兼附一奠焚之，幸甚！外令舅蘇兄見徵鄙文以壽令岳母，亦遵遠命，黽勉爲之矣。《集美人詩序》願以異日，所云箋扇俱未見，亦以異日何如？任此際將行，無能撥冗耳，厚惠領訖爲謝。偶書發四方者多，又極力尋出箋扇，一一書去，并求教正，以見不佞任執鞭恐後之意。

壽文難動手，而在海内祖孫父子、鴻鉅名卿，更益悛悛退矣。恭喜尊公袞衣東借，節鉞匪遥，奉太翁太母於鈴閣，朝夕視膳，僅一衣帶黄河也。任到潯陽一日，即往星渚，爲御史作篋片，既是老兵，復稱貧道。段干木之旗，播鼗武之鼓。日日簿書，與悔氣塵年、弋陽腔、服色團帽爲伍而已。使者到，正從廬山還，留之八日，始得完事以報命。文字覺不惡，但金箋壽詩非任之所能，不得已而爲之者也。扇併書去，薄附食物四種，助高堂之酌。厚貺過承，以瓦礫而博黄金，受之殊愧也。據案冗復，鳴謝不盡。

去秋僕至邗江，幾欲買舟奉訪仁兄于樸巢，一慰平生，細商千古。偶長兒飲超宗影園，入城不及一跬，爲其所閉，投栖不納，凍立城邊一夜。凌晨泣病，遂覺興掃，急賦《黄鳥》，負此一段風韵矣。不佞陳人陋妄，何當於高賢而庇之懷之，庇之懷之三年又不使知，此古豪所以稱俠骨也。衡門正冷，忽拜翰貺，篤摯珍重，何以克承，委和扇聯，具如教去。《樸巢圖》則以明年寄來，目下冗未遑也。有猶子名登三者亦有才，見樸巢詩，喜而亦和，明秋渠在監入闈，兄可呼而與之語，薄寄引意，不盡感謝！

與冒辟疆書 同人集

雲間 夏允彝彝仲

從卧子、勒卣、舒章諸同人得聞辟疆才爲天下絶也。允彝爲之翔舞，不能已已。允彝無他好，惟聞天下有才士，則踴躍欲從之遊，進而有修君子之行者，雖言論未接，通夢交魂，不能須臾釋也。況如我辟疆華實並詣，又爲同譜中後人乎？非諸同人，不肖其疇昧矣。今天下文風日盛,然而英絶領袖,必歸年少。天如二十稱雄,卧子十八作賦。年丈之才與年皆方綺,才涌未已,不爲天下領袖,年丈能自已乎?不肖行無倫脊,文多忮害,淹没山草,終無聞矣。惟年丈有以振其暮氣,如何?尊公一别數載,今且待次仗鉞,而不肖猶自提毛錐作覓飯狀,良可憫嘆。便時幸爲致之。金申之許爲不肖遍搜《監志》,知年丈深心當世之務,必多蓄此種,幸傾笥見示。拙刻一種,頗爲四方所取,苦不能給,未敢携致,今以呈教。至於古今大業種種,膾炙四方,乞不吝合璧,以慰饑渴。江雖永矣,渡者日南。竚望德音,無終遐我。

與冒辟疆書 二通 同人集

古吴 楊廷樞維斗

弟碌碌無奇,偶不見棄於海内大君子,同聲推許,聞譽過情,中如敗絮,良可愧汗!不謂夢寐中乃與吾兄如此作合。念弟德不足以動天,行不足以感人,何以得此於吾兄哉!北闕再擯,黑貂幾敝,造物播弄,從來不可測識。真儒有體有用之學,冬爐夏扇,何時參究得盡?正恐富貴逼人,引入坑塹,此事究竟不了。吾兄所云,不爲便宜學問、小乘歇手所誤。至哉斯言也!曩北歸道中,即作三載埋頭之計,胡天不弔,先君卒然捐館,傷毁摧殘,魂魄並喪,苟存一息,以奉几筵,日居月諸,皆同夢夢,自謂此生一切俱廢。今得吾兄之教,既燼之灰,不覺復燃。大刻雄文盛藻,光前耀後,其爲斯道,摧陷廓清,變漓養瘠,非淺鮮之事也。倘有新篇,更祈賜教。佳扇出入懷袖,如見君矣。前秋手札,意者付洪喬手耶。走筆裁報,悠悠我思。他時相晤,當執前言爲左券。

自捧手翰,轉盼居諸,忽將二年矣。歲月如流,功名不立,至道無聞,有志者所重悲嘆放棄,益增其懶思,捐謝一切,求他日出身立命之地,不欲以文采表見於世。香以薰自燒,膏以明自煎,老人之所以弔龔生也,吾師乎師乎!顧障深垢重,不能一旦掃除,吾兄猶以自據自信慰我,其然乎?中外交訌,當事束手,即使昌言滿紙,施之實用何裨?吾兄素有志於經濟,抱膝静觀,當何如也?大文多垂世之篇,小鳥不敢糞佛,妄附評語,以志欣慕,不知堪厠入大刻否?

與冒辟疆書 四通 同人集

同邑 許 直若魯

吴越山水間，追隨李舟、謝屐後，雖間關勞人，遠違家嚴膝前、先慈靈畔，有懷百結，然勝友勝遊，大開眉宇。别後水陸兼程，舟車叠换，閩粤峻嶺萬重，戴星犯霧露者半月，初夏始抵潮。潮郡風土已非八閩比，惠來尤孤峙潮僻隅，頗無繁囂，有村落間氣象。又士民朴略，與木石鹿豕遊。同伴咸薄爲瘠陋，弟獨喜與鄙性相宜。惟是迎養家嚴，慮程遠且險，大違衢江與吾兄握别共商初志。又傳徐以北多故，家鄉震鄰，日夜憂惶。惟知我愛我，代爲炤拂也。衡嶽之遊，樂乎？斑舞華堦，應多佳況。公亮苦攝海邑篆，瑶函已代致矣。江行家累行裝，仗庇分資，煩使遠送，真鮑子高誼，肅此奉謝。貸物既未能即償，且白雲不堪持贈，統恃鑒原。

風月擔子不敢先人，信義大端實不敢居人後。屢承温諭，代分任俠一擔，拔之水火，作方外交，曾屢相商，原無異議也。因孟昭未白此意，弟偶從玉鳧牘中附及之，乃玉鳧竟亦悞認一"俠"字耶？讀吴門寄札，此中情事亦既歷歷分明，平分"俠"字，亦祇好奇之過。然有諾必踐，百凡可聽指揮者，義無可卸肩，他非所與聞矣。惟吾兄代達之，勿至有中外不符之疑、初終兩截之議可也。

承遠送邗江，話别高誼，上薄雲霄，兼與淮水俱深矣。擬維舟劇飲，作十日留，忽怏怏言别，昔人所謂"黯然銷魂"，非虚語也。從來正人多以剛方忤世，人品事業，倍礪光明。尊公壁立萬仞，泡影幻妄，何足介懷？欲修一摺慰候，恐違岸然杰概，惟善代致聲。署事不欲别委，更從地方起見，實應如斯。但當事宜益刻意自好，勿致悞地，方以自悞。巽語法言，尚望交盡。季報出缺，業經轉詳矣。玉鳧書已付飛鴻，盛價凌晨遽回，未及作覆。匆劇解纜，率謝不宣。

廣陵一椷寄覆，知久經電塵。言念至誼，每對蘇雲燕樹，可勝清標逸氣之思。入都門以來，見世局人情反復變幻，以逐執之性，處紛囂之埸，委曲不能，徑遂不可。若不方不圓，成何法物?，非所以自命，亦非十年來知己所以相命也，將奈何！尊公外無册，内無單，出自太宰，而仝鄉莫測其因，大抵東粤卻金發賄反是罪狀，與張公亮同一肚單，惟有追論惋愾而已。察運司衙署，可引例暫補一缺，又南中舊銓可引北銓例，不必赴補。但恐尊公未必肯一出，乞密示竭蹷從事也。史公祖特薦吾兄疏，尚未下副卷，亦未有成議。冗次率候附聞。

與冒辟疆書 同人集

魏塘 錢士升御冷

諗惟門下，天生驥種，代有鳳毛。藝苑獨擅才華，騷壇共推風雅。敝年家魏子一每稱海内才子，首舉辟疆。生從耳剽，欽挹風問，蓋匪朝伊夕矣。尊公先生曩在留都，與生有縞帶之誼，契闊數載，每勞夢思。頃讀備兵兗上時所著《守筌》諸刻，具知留心當世，卓然干城，益深嘆服。方今四方多事，當亡拊髀，有才如此，行將大有簡畀，以樹戡亂定傾之烈，中丞大業，旦暮繼美矣，可勝顒仰！徵詞介壽，具悉孝思。奈年來病廢，筆墨久荒，即親知概未酬應，遠辱大命，又生所欣願執鞭者，捉筆一書，盛美恐不足揄揚萬一，以臨池屬子一，不敢虚亦不敢欺也。承教佳刻，披賞如獲異寶。小刻二種，附以請政。率勒謝復，惟崇炤。

與冒辟疆書 三通 同人集

何 楷元子

人不可言病，言病則真病至矣。弟前此固有託而逃者，而不意其果病也。飲食不化，步履艱難，竟夜不睡，終日如在囈中，亦苦之極矣。承索小札，爲好友説項，自無所愛，容稍需三數日間，何如？此間酬應甚多，即作書往復，亦了無刻晷，祇今案頭待報者，尚有數十通也。尊使如行逼，即爲弟草數語，言所欲言，弟當依稿書之，竊翰墨之餘馥，感更多矣。方密之兄嘗爲我言伯宗先生，深所翹竚。今因台教，又得則梁先生，敢不擁彗？俟稍霍然，即圖造謁，想闈期尚賒，定足諧展晤耳。病草無倫，唯笑宥。

幸栖璧沼，得炙高賢，誠此生快事，所恨不能假館授餐耳。會義如命略加品題，要皆極一時之選。試期已迫，只在温養文機，若過於揀擇，反傷神王，然亦不必多作，大約簡緣静坐最爲得力。或時擬一二新藝，遇意想所未經處，亦足博趣。此皆弟向所身歷者，知台兄於此故當筌蹄視之，聊復舉以相質，倘勿爲笑也。塵事如蝟，走筆奉復，伯宗爾公俱附此致意。昨枉重，有失倒屣，唯亮之。

展誦佳卷，精邃凝穆，直承元鉢。南國即多才，求其養如木鷄，體追臺閣，斷未有逾台兄者也。弟筆研久荒，然寶氣所呈，猶望而識之，非欲漫然貢佞，唯傾耳以聆好音而已。雙箑如命揮上，素不習臨池，深慚見委。裁復稍稽，惟慈亮之。昨秋浦、雲間、魏塘諸兄俱得識荆矣。快甚，慰甚。

與冒辟疆書　同人集

昆陵　鄒之麟臣虎

别經兩載，止於吴生寄還一箑，則梁兄來，又不作數行，顧有疎略如此者乎？即云衰老，亦不應若是。翁兄不第不督過，又寵之以詩篇，佐之以腆貺，受之不有餘愧耶？犬馬齒雖長，於人理絶，無可比數。詩篇即貫珠玉，恐於世人不得當也。如何如何！讀則梁所攜册子，真是辭翰雙絶，足以不朽。則梁，今世有才如辟疆者乎？有才如辟疆，而篤於友朋如此切至者乎？不獨則梁頌門下誼至高，即凡有肝膽者，無不許之也。嗟乎！辟疆如此人地，何難一第？又何争一第？書中鬱陶等語，何見之不超也？幸自珍重，不以此介介胸懷。弟因接則梁，重失足，兩脅痛楚，篝燈草草裁謝。

答冒辟疆書　三通　同人集

李　清

客歲蒼頭言旋，獲接手教，方知尊翁仙逝。嗟乎！是弟昔日意氣文章之交，而今日雲水之交也。有是三者,乃一朝俱盡,痛哉!豈第爲尊翁痛?正所謂既痛逝者,行自念也。然尊翁自鼎革以來,杜門十載餘,借蒲團一席,以當范車、文樓。蓋棺論定,浩然長往。雖孝子有殊悲,而遺臣無留怍。若弟雖踽涼孤踪,飄泊江之南北,夙昔膠漆,皆成冰炭,欲求意氣、文章、雲水之交如尊翁有幾?天下有一人知我者,死亦不恨;天下無一人知我者,生能無恨。此弟所爲以自念者,轉傷尊翁也。世事紛如,縱步所之,皆羊腸雁[灩]瀩,愧不能以素車白馬一伸執紼之痛,聊借雞絮,用瀉燭淚,所望叱致靈右以暴故人之薄耳。臨楮悵然。

記尊公存時,恒以白狼便鴻爲兩家騎驛。今屈指魚書,已目斷有年。每蒼頭自白狼往返,未嘗不眷言西州而愴然出涕也。陳確庵文章氣節,於今靡匹。弟往寓婁江,曾延爲景升兒子師,然補衣徒步,徑草蕭然,惟苦乃以明堅耳。近聞年翁一門,流響詩歌,既父子洵、軾,亦兄弟機、雲。故不辭繭步,冀望見龍門爲幸。所攜毛刻十七史,卷帙浩繁,乞年翁多方玉成,使負重而來者獲飈輕而去,則縷感不貲矣。讀公郎新咏,漱齒皆華,非獨紅女遜組,恐天孫有錦,亦爲削色。確庵詩文宗匠,傾蓋時自合同水乳,無藉弟介紹也。弟年來齒髮日向衰頽,每晝有所構,輒暮不交睫,蓋不待君苗見士衡文而已欲燒其筆硯矣。舊作附覽,乞賜誨。不一。

近陳確庵述尊諭,知曾賜弟手書,爲之愕然。蘇季子上萬言書而不遇,年翁賜千言書而不答,是以弟爲暴秦也。誰爲洪喬?乃爾浮沉,亦云憒矣!《得全堂夜讌序》如命附上,聽秋蟲之唧唧,而羞爲細響,其詩其文頗爾相似。裂而火之,乃所祝也。生平不爲人作壽言,獨年翁世誼,非所敢辭,所以蓄踏未敢呈媸者,恐韻非挾彈,致投瓦頻來耳。或名公鉅筆堪爲弟師資者,乞賜教一二。效顰得醜,猶勝不效,想年翁不爲西家女匿妍也。臨楮莞爾。

與冒辟疆書 同人集

龍眠　方拱乾坦庵

不肖馬齒日增,鴻爪莫定。蘇卿雖返,衰顔難畫麒麟;杜老未歸,浪迹空占烏鵲。人傷蓬轉,天縱樗生。每見年世兄孝友承家,風姿類父。言滿天下,人欽班、范之傳;

德比古人,心念陳、荀之舊。徑蒿旦啓,時勞載酒相過;江水春來,屢拜分甘遠惠。頗如劉峻負愧深交,每感王孫不忘執友。行年七十,萃貧賤富貴患難於一身,而少不如人,何況今老? 時逢三五,觀進退存亡得失之九德,而我躬不逮,安敢多尤? 已命兒子杜賓朋,唯自叙行藏大略,回念生平幾知己,私憐語嘿殊方。忽捧鴻魚,兼披瓊玖。厨羞載錫,海錯分甘。更拜佳章,益顯明德。蘇、張近體,遠過六代之波流;李、杜鴻裁,能暢兩家之委曲。金門舊侶,因孝子而追念尊君,益重我山陽之感;東海偕犇,際平時而轉懷往事,願無忘同谷之行。眉山父子已多材,而加以杜陵野老、陽羡書生,五色紛披,滿堂驚異;王家兄弟皆名士,而重以龍跳筆精、虎頭墨妙,千秋競爽,當者逡巡。白髮如賓,頗愧梁鴻之老婦;青衫作客,常憐劉表之諸兒。何敢當荀龍竇桂之稱,兼寵以江草莊椿之比。雲霄誼薄,雖敬老爲其近親;金石情深,快知我莫如君子。拜登鼓舞,奉命殷勤。素壁高懸,來者皆欣三絶;清齋朗咏,老夫如獲百朋。楮末詞陳,期命袁安之駕;牀頭釀熟,豈徒袁紹之杯? 唯願春酒頻斟,百歲分觴于父母;夜光遠曜,世交永締于雲孫。臨楮欣瞻,望風欽謝。不(晝)[盡]依戀,惟有馳神。

與冒辟疆書 二通 同人集

崇川 包壯行稚修

辟疆何人哉! 風期澹宕,神開秋水,下筆作袁虎、劉原父之言。使其不承家(書)[學],鳳毛崛起田間,爲儕俗振拔,尤多奇者,維今則曰繩祖武而讀父書耳。别後嘗欲一夢見,時對人誦之,以馨予舌,而來教亦復佞予,深篤素心爲賞,他人則作得體面話耳。寄物欲存之頭面懷袖間。昔曾寄物,友人答云"已及我肌體口目",正堪與此語作對。可想吾輩立言,遇有心人,自有一種冷艷,影沉寒水,捉之又在天際。他則雖極意雕鏤,無當也。兩手勒,一注端陽前七日,一注巧夕後三日。中間河水膠舟,正倩語烏鵲橋成,瀉天河水下,人間有情者共爲佳會。而今弟猶若鵲慵烏慢也者,天上桂子又將墮香,今年復作雙月,香儷園中有釀花爲蜜人者,必弟也。更語思婦淚,至今日始(醒)[醖]爲花飴,好護秋棠,毋簪婦人頭上也。半月間,杜門不一出,料理來東皋事,成《美人詩序》,鐫董、王二公詩,使者已見粉板矣。今固未成,即成亦不肯付使者手。勞兄半月之思,必勝前幾月也。欲以原藁繳上,恐傳神未盡,立西子於前以寫西子,拙工固如是耳。餘不盡欲言。新梅製以玫瑰一瓶寄意,餘海味統於八月奉嘗。

自古以富貴予春，然春政自清苦耳。所爲配紅妃白，自是春之色，匪春之情也。情則未有不怨且恨者，故有云春怨、春恨者，皆春所自有，匪人憑春而别有怨、别有恨也。今年春，以寇警送歸，令人不知怨、不知恨，忽忽朱明，復令人有元度之想。石枕竹床，不能死我幽情，蝶自蝶而周自周，奈之何哉？兒女子以徘徊花結香囊，予取而釀之，驕容换紫而朱，侍兒以石榴裙擬之，差狀其雋。予嘗語庖人治庖，須令五味有色，豈欺庖人哉？二瓶用當"一騎紅塵"之貢，前此有求者，因不再乞之他人。故再爲煩予使者曰："此去向香儷園主人則可，若别向他人，花露亦笑人耳。"仁兄如應予請，即無妨付之此奴，或有同馳至者亦可，萬望仁兄圖之。

與冒辟疆書　十四通　同人集

同郡　鄭元勲超宗

扇頭詩，情深韵逸，淵明《閑情》、廣平《梅花》、宋玉《神女》諸賦皆無以過。敬謝大教！覓畫絹不能太闊，兩幅合作又不好看，只得儘一幀，作之月半，煩盛使來取可也。弟亦不慣作大畫，大必見醜，只一尺二三寸闊者，是所長耳。張使欺以其方，亦其機智，不足怪也。餘巾曾見有細白而耐洗者，未知貴縣有否？千子屢託致意，另有報札。

拙筆一幀，附以不腆，敢預爲令祖太老先生千秋之祝，届期當耑叩也。艾千子在此，正爲大作草叙，不日即報。餘帨絶佳，第無麗人可消受者。昨致書友夏，約過影園以待吾兄，未知果來否？尊作留千子處，未及一讀爲憾，容轉索之。佳絶二十首，情深之極，容即呈。餘不多及。

弟爲不得已事，終日勞勞應酧，盛使之所目睹者，故遲奉尊命，實有可原。十八日了其事，十九、二十兩日作叙呈削，雖不文，然不可移叙他人也。唯仁兄代爲潤色付梓，光我多矣。半月未裁答，積使填門，草布不悉。友夏尚無消息，豈中止耶？又承命扇頭，昨同諸友酧董元宰先生於小齋，出紙索書者皆應，出扇索者皆不應。時孟履在側，董先生相顧云："惟辟疆箋扇無一忍却。"遂六種皆書，致在座咸謂吾兄何以得此於董先生也。

昨晤舒魯直，已致台意，彼感無量，欲(求)[來]叩弟，以即行止之。適俞兄來園中，云“此事不能再益”，弟不便與力争，容再與當事商之。此中尚有連璧如李長公，皆當事所留意，既吾兄一介不取，推解諸友，咸令分惠。過此事，弟便脱身遠舉，再不炤管人矣。湯太翁從不會客，弟亦未面，容致盛意。東撫别推李希沆，鐵山得謝從前之罪，可喜也。

《黄牡丹詩》俱已全彙，糊名易書，即求尊札，遣一疾足至虞山，懇牧齋先生定一等次。得《黄牡丹詩》狀元者，弟已精工製杯一對，内鐫黄牡丹，賞最待之。一時群公咸集聽命，萬望吾兄加意。由貴邑至常熟，三日可往返也。

得牧齋先生回札，知其賞心在美周，即以杯贈之。美周將渡江訪虞山，執弟子禮，此亦千古快事。弟更乞其序言、和章，以光此刻也。因思春夏得吾兄下榻小園，既倡牡丹之咏，再舉燈船之游，又贊助愚兄弟手殮萬茂先。吾兄才華道義，不得不令海内心折也。至祭茂先文，當爲諸文之冠，非寢食廬陵，恐不知此文之妙。寄來《與百史巢友喜雨》古詩及《燈船》諸曲，即刻入《瑶華集》中。祭茂先文，其令侄已刻成帶回，豫章諸同人見之，當謂我輩無歉於情文耳。吴橋先生有字至，細詢近況，有書候之，當付弟也。

相别遂爾許久，草堂上吾兄大書“竹西歌吹”四字，梁眉居公祖見而對之“江左風流”，可見人心有同然者。且下綴數字云：“偶對冒世兄，乃超宗實録也。”日對二語，如見仁兄。恨弟命苦之人，九月初目愈，又染風寒，絶粒十八日，方得漸安。大生兄入郡，亦未得出見，憊可知矣。今老母又病，延醫數人，稍有回意。如此種種摧殘，不知天之處我何以至此極也！承尊公愛我如骨肉，書中縷縷皆肝膈之言，感刻又不在珍貺種種也。擬寄一芹爲報，恐塘報人有未便。尊使何日行？千祈示我。百史與彼人大相戈矛，當事左袒彼處，百史以不堪，旬日前方怏怏而去。百史深悔不聽吾兄藥石，且大服明眼何以一見知其爲逢蒙也？冬間必踐台約，巢友并致相念。

海陵滿擬受教，未考之前，不敢過溷，既考之後，諸友麕集，彼此交臂失之，可勝悵惘。兹方負笈渡江，適尊使持翰教追至鑾江，乃知爲尊二人雙壽，徵及拙筆。憶與尊公追逐名場，今已知命，然尊公大業已成，膚功已奏，可進可退，無愧半百，而弟傖父如故，僅遜八歲，豈不可耻甚耶？仁兄天才令譽，已爲亢宗，何必烏紗爲寵？況烏紗爲掌中物。今讀手教，仁義藹然，令人感動。雖執筆時未免作惡，不敢不勉副台委，山齋第一静課即此委矣。容清和寄上大詩及《柳州遊記》之刻，皆重于琬琰。謹謝。

不才見棄，分固應爾。但老大傷悲，政自不免。歸來却掃影園，兀兀無緒，而四方之屨常滿,未必皆我同調,不若得吾兄一人相與數晨夕,奈之何云遠哉?前與大生兄言,念賢喬梓不置,忽接良書,喜慰非常,更承佳箑新詩見懷,片岕解我鬱懷,皆落魄中意外光寵。感佩感佩!顧公彦來,曾以佳詩一箑見惠。讀《過逸園書所見》一首,仁心義問,卓立千秋矣。公彦久在開先家,數日可了其事,方至弟處,計五月盡至尊府。友夏不及握手都門,并致尊札,可勝惆悵。劉同人到吴半月,忽得凶問,壽夭如此,窮通不復可加念矣。松茗一瓶奉上,今歲春雨無佳者,新詩容和寄。大老向曾惠李元白選刻小論,弟極愛其書,置案頭,失去一本,甚恨!煩語大老不知家藏尚有此否?兩承翰教,知仁兄在家苦心拯濟,舍財舍力,以活萬民,可敬可敬!又聞史撫軍、黄道臺皆傾心相屬,仁兄益可大有爲,以廣此仁術也。弟自十二月四日起,愚兄弟共捐米四百五十石,在天寧寺賑粥,日食千餘人。但遍化諸親友,無一響應,且有謗弟爲沽名,又云富足之甚而後爲此。嗟乎!嗟乎!世道人心久已如此,不孝未嘗改慮,但恐一家之力已竭,無可爲繼耳。湯公祖實心實政,頗有快心之舉,知仁兄功德如彼,稱快稱服,不可言盡。郡城屠牛者枷責,一時已絶,尚有諸款俱刊示頒各屬,想日内到矣。密之九日札,何以至今始到耶?姚老伯已歸永,言二月方出也。明正六日,台駕同若魯入楚、粤,尚候面命,有幾許積悃披陳巢友、史憤呈覽。昨道旁見遺子,身書年命,拾而撫之,當亦仁兄所樂聞者。附及。

吾兄南嶽遄歸,知尊公復調已破之襄陽。雖節鉞伊邇,然瓦礫之場,强賊環伏,驕帥虎踞,旦夕莫保。吾兄八月之間,奔走萬里,何以息肩?何以爲懷?孫魯老、馮鄴老俱以内召,次第至邗關,吾兄當暫留,細與商量。尊公過執,一至于此。吾兄大作,用真孝思,自可借諸公之力,感格上帝,弟敢不竭蹙以效綿力也?

盟兄此行,定作第一人,爲吾郡光。接石生與永言書,知司官已定,若魯旦夕啓事,長生在郡。弟百凡用情,無非推盟兄之意,然于明哲之訓又相左矣。大抵生而熱腸,介性不能泯也。家居擾甚,痔不能收口,是以未送豚子來。彼不諳此中事,祈吾兄耳提而面命之。廠衛又復楚人,因枚卜事交構之也,其罪可勝誅哉!韓芹城寄周介生一札,乞訪便致之,彼與維斗、次尾爲湯大賢疑我,我亦自絶矣。映碧回書并附去。

遇合有時,窮通有命,先後遲早不可以人力參,弟今而始知也。弟向年頗用功,而臨文每格格。即此便是命運相制,無待卜之臨場。今春夏忽然心手調娛自得,雖人目之,未必見佳。而弟自省有異,又得佳兆,既而果遇。而陳百史之會元、探花,自十五年前入夢,且掘宅後土中有此四字,圖書至今在笥,豈非前定?弟八月朔祈夢吕祖,得一聯句,有山林氣象,以爲不吉。既而敝房師請同門各言夢兆,弟言及此,敝師大驚曰:"此我家園館聯也。"奇哉奇哉!盟兄可安心用功待時,不必性急。昨百史云,彼以會元許辟疆。閱文者今已會元辟疆，復何疑哉？數日前，若魯處接手教，至誼關切，極感。骨肉之雅，子一已定。浙西館選，弟亦爲同鄉首舉，不知何如？子一、介生則已無疑矣。子一詩酒豪邁，無刻不念吾兄。尊意即致之。尊翁先生高尚志堅，此時真爲明哲。若魯與弟細商，且未敢勸駕，弟即不入館選，亦當北部。但明年二月方選，或仍同舍侄歸度歲也。舍侄則頭選縣令，至今尚未選，以館試本定期耳。大生不日轉國學矣，同志無不望其速來。曹公鉉大病，幾不保，今已痊可。拙卷四本，二請政賢喬梓，二致大生，并令四兄穉修、湛至，俱託致意。李舒章亦在此，嘗得談《詩》。黄藴生寓在對門，時聚談《易》。弟欲物色榜中一二賢者爲貴邑令，若魯已先定連公璧，乃庚辰起補者，韓弗如所薦也。

前日寄許使一字，想入台覽。酒卮落款，不得不拜。盛意渥矣，謝謝！若尊翁先生台貺，斷不敢領，然已心銘。冗極無人，作儷語奉答，亦懇轉致，爲感。昨年無他聞，不過自四舍弟一語云，仁兄有疑無修意，弟遂轉疑無修。造謗必投于弟，不然安能入吾家太宰之耳？恐吾兄未免疑弟，今承釋然，我兩人水乳針磁二十年，安有可疑者哉？兹又承岕、刻二惠，清風朗月，皆入心目矣。弟初歸，爲親友酒食相窘。又過客如織，無一息斷，無好肺肝也。姜如須二札附候，姜子沖三十金并札亦附上。外有相送金薰二隻，鏡餅千圓。如須云即扛至，已令盛使取回，柿餅至千，亦一異事，豈吾兄酷嗜此耶？佘公佑何名？乞示，弟欲薦之新令君。他人實有文行者，祈密示。更有何造福事，亦祈密示。新令有可爲，故爲留意耳。

昨豫章客至，接徐巨源手教，謂滕王閣與吾兄一别，忽已三年。日與士業諸兄懷想殊切。所諾樸巢一賦，彼已竭思構成，即以相寄。當日曾面有釣雙鯉于影園之約，故仍付弟轉寄耳。近日賊氛益急，史撫軍、黄道臺屢晤攢眉，亦每欲借箸籌畫。吾兄何日來郡城一共相商也？使歸，草奏，不盡。

與冒辟疆書 同人集

李元介龍侯

弟於夏五侍家母北上，炎暑長征，孟秋始獲入都。入都便首詢尊大人先生，欲圖一瞻對，不料數日前已奉差入閩矣。月來坐囂冗之地，酬應裁答，日無虚晷，又有馬上往返之苦，至載渴載饑，我馬虺隤，猶不獲休息，苦可知已。緗帙盈笥，未得一閲，因念平日精神非耗于緑水丹岑，便荒于曲房斗室，坐失良時。頻年鎩羽，戰之罪耳，天乎何尤？吾兄英年英品，斷斷木天中人。庚午轉瞬，弟拭目以觀高捷，近況想益佳勝。韻語（以下缺。）

與冒辟疆 二通　同人集

杜　濬

辟疆向作已稱獨詣，第逞巧處微傷其大，使事處少損其真。此編巍巍堂堂，一從少陵入手，象王步而獅子吼，而真巧真博，乃在於是，觀者當另着眼矣。

歸懷百憂，自欺不得，新詩一變至杜，未能逐首細評，然正以不盡爲貴也。付梓時，如猥存一二，亦仍其不盡之意可耳。

與冒辟疆書 三通　同人集

萊陽　姜　垓如須

影園同榻，促膝握手，經年爲别。喪亂慘心，家室板蕩，母子飄颻。弟已自分無復生理，而母老抱病，相倚爲命，骨山肉林，境［竟］無死法。嗟乎！蒼天何使我至於此極耶？弟將母至邗，冀見辟疆，即之青谿，而手足難未了。咫尺河北，便訊消息，飢寒苟延，未常出門一步。念吾兄相距三百里内外，不能凌雲縮地，一話悲感，心且縈縈。然悉知尊公老伯已釋鄖襄重擔，在都傳吾兄上書政府言路諸公數千言，無不變色動容，卒能反讐爲德，移禍爲福。老伯枯松化石之忠，吾兄茹蘖成飴之孝，與密之並傳。然密之尚爲其易，而橋梓更全其難。不知吾輩丁此亂世，何以骨肉天倫之間，咸際此灩溯風波之險。今疏家父子，逍遥閭里，自顧顛沛，且泣且嘆，書到應爲弟下十斛淚也。子沖從金華黄門處來，除夕過此，深感疇昔。傾囊少留書鏹付超宗，以報萬一，并附數行。望後奉母省墓東還，晤期何日，言之楚楚。

垓復狀，垓不知前世作何孽，今一旦至此。其事始於壬午之冬，自罪兄蒙難，垓憂憤哀激，歷登險危，五投死所。罪兄北寺對簿，呼天呼高帝。虎賁牙爪，狰獰思噬，白日哮於城。北寺例，官氏下榜掠，戚屬不得扶救，並治炊裹藥以入者。垓於是時伏獄門，兄弟號泣聲響應，被收捕彌夜，卒獲解免。當刑官馳馬上殿，報纍臣狀，豈意黄門尚有今日？又天寒，皮肉凍脱，黄沙夕卷。垓匿闕下，伺兄消息，廢食忘寢，垓之既死而生者一。權相始終不樂，又逆臣關通官寺，謀殺諫臣，以秋官讞不協，詔廷杖之。是時罪兄方繇北寺繫貫城，血肉狼狽，不任起坐，校尉負之行。兄弟相爲訣絶，聲淚共收，魂魄無附。垓之既死而生者再。西曹出入，爲罪兄觀食進藥，刀圭家既關垂絶之命，動非巨金無能酬。垓約於十日中，以五六日隨福堂，餘亦朝出暮至，爲計橐饘延醫。苦邏卒四布，魍魎晝走，孽臣每易衣冠行，猶嘗遇窘辱。時北兵肆虐東省，日下名城，警書一夕十數至，萊城圍急。垓遠念二親，近急兄長，焚香告天，願以身代，口嘔血升許，不敢以告纍臣。未幾，邑陷。又未幾，訃至。垓叫號，勺水不入口，血症復劇。垓子二歲，家人投諸懷，竟不識爲己之子也，亦危絶矣。垓之既死而生者三。東奔之日，叩圜扉與兄作别，長夜秉燭，阿鼻現在，吞聲飲泣，獄卒爲之動色。兄既無所寄命，垓又不能不歸。上書請代，不獲報勑。賊勢亘畿輔路梗，舉目烽塵蔽日，陸行沾濡不能前。繇津海偵卒小舠，乘巨浪，黄昏風發，舟幾覆。垓北面禱於海若，垓所以不即死者，以父未葬、母無依耳。今避賊繇此，中國神人何如盜賊？三祈而風尋偣。垓之既死而生者四。既抵家，土兵方熾，以彌月葬父。若弟若妻嫂，夜宿墓壠，聞城中鬼哭，日收拾草根菜蒂餉毋，斗粟千錢，尺布倍百，饑寒不能忍。瞿卣高司空聞之，齎百金爲糧，於是掖毋負寡孤，詣京師，急兄之難。九月，由水道南徙。偶一夜，賊千百舉火岸上，鳴鑼齊進，矢發如雨，賴隣舟共擊之以免。垓之既死而生者五。有此五死，而終得自全，謂非貪生，豈可得哉？今四方告急，蹙蹙靡騁，家國之難至矣，骨肉之傷極矣！母老，以兩妹少孀，且不得不歸，又先人墓土未乾，久投殊鄉，良非得已。子路負米以悲，徐庶辭主而去，垓之進退且將安適乎？前音未悉，伏承宣書示慰，垂詢周詳，輒爲此報。死罪死罪！垓自入邗，節文俱棄，凡良友相贈，概不敢以患難纍人。厚貺特至，又以遺慈親者，義不敢却，謹對使登之。漂母既去，僅見有此誼重千古矣！惟有泣感！吴茗在手，不忍入口，以愛弟坡酷嗜此。江流浩渺，淚綫並長，附寄歸壺一具，海南香廿廂，非云報也。主臣！主臣！

吴渚爲别，五經寒暑，天涯羈滯，浮雲斷梗，戎馬鍊[瑣]尾，喘息僅存，漆身無術，變姓何策。長夜不旦，惟日作楚囚對泣耳。自赤城雁宕，間道旋吴會，遂舂傭賃廡。荏苒餘生，忽忽三年。王粲投楚作賦，莊舄懷越哀吟。人生有情，我輩爲最，顧誰能堪此哉？頃渡江覲兄，便道訪故，相思吾友，寸心如擣，正撥發東皋之棹，乃以吴陵邂逅階兄，酣歌醉舞，情無聊賴，不減路傍之泣，幾由此而中道焉。然一舉杯，不能忘吾辟疆也。海内兄弟凋零殆盡，吾曹年不滿强仕，而身經生死患難，幾爲靈光巋然。又分散四方，不能常聚。曹氏《離友》之篇，淵明《停雲》之什，蓋嘗廢書太息，憑軒涕泗也。問朗和尚頗悉近況，趨庭問字，怡情田廬，著作之盛，過於名山。他年携家相就，爲西園賓客，其許之否耶？如盟兄能乘輿相過，共寫離愁，當與紫元、階六絶倒耳。特賦二詩，書之扇頭，寄此懷抱，用以驅蚊，不堪出入懷袖也。尊公老盟伯，希叱名道訊，徂老一劄并致。病中草勒，愧無伴緘，臨風惟有依戀。主臣！主臣！

與冒巢民書 同人集

曾　畹庭聞

拙速爲吟，弟無此材。昨以奉命，恐督後至，不覺泄後精力衰耗，意苦而詞晦。五鼓枕上思之，殊爲不安。第四首乞改“應同鶵鷟食，不宿鳳凰枝。即使蝸牛聞，哀哀且歲時”。何如？弟常謂人生有父母之喪，是爲天不哀矜，三年之内，事事極拂意，所謀皆枘鑿，庶幾近于鮮民苫塊之慘，若有求而無弗遂，有欲而無勿成，則違于親、拂于天矣，豈爲祥哉？弟敢以此著之詩篇，質之先生，想仁孝之心，聞之必感慟異常也。弟候船一到，即返崇川矣。天暑恐煩起居，不敢趨别，伏惟閉户閉口自玉。六月晦前一日。

與冒辟疆先生書 同人集

張　芳菊人

亥夏拜讀良書，後貧病膠黏，絶無好況，且老而不閑，饑驅奔走，草木之年，如此賤費，不知貴重，是以恧修奏記於先生也。獨是歸來端居，有拊衷自愧者，不妨一道。生平失學，推排人間數十年，無彦和之《文心》，而謬負拙編《安晚堂集》投之休文。賴華亭故施清惠公研山爲暮年知己，於前過山左時，許以拙集作序授梓，見留副本，鄭重後會而别。次年來浙，晚竟抱病，逡巡未往。迨去春赴約，舟抵青湖，而公訃忽至，迄今副本浮沉，事已往矣。失此良友，惟望其素旐舟前一慟。又念荆川先生與王遵巖書，自愧其學未足，而不復萌刻集之念也。有卧痾内照耳，先生以爲何如？去夏在鄱陽，聞潛庵撫軍新命。此公嚮在秦淮，晤言頗密，屈指六年，直至昨春晚乃一往握手。緣春來病作，雙荷葉不聰，幸大官頗能念故，言提其耳，問以往來交友何人。晚傾懷直陳，則有秋浦之吴山賓、敝邑之笪江上，而過江則先生及昭陽陸懸圃、吴陵吴埜人。遠近二三道盟，風操文雅，夙著南北，而惜乎埜人先逝。今日江海靈光，端歸我雉皋先生。且清彊猶昔，坐之厦氈，可以問道。在軍府緇衣之好，自其雅懷，且重以名公品藻，亦不待下士相推挹也。舍弟至過蒙垂憶，兼述丰彩，真能蔭映數人。江左文獻，舍翁其誰？鹽埸命櫂，惟放而之海，乃成巨觀。想新咏已滿行笈，何時得一借讀？見貺詩刻，珠玉盈把，貧家光動。向所惠《水繪文藁》，已徧及山左矣。惟全編尚慊慊，希星布耳。更荷名櫛，足當山谷木齒丸，受用無盡。謝謝！舊詩尚有未及寄奉者，但若腕拙，不能即録，漫成五截，稍誌欣慕，塗諸箑端，以博一笑。倘於清燕一倚聲，俾大集獲附青雲，然非所敢望也。近刻一小箋，并請大教。亥秋荷青兄不我遐遺，拜嘉妙句，幸道依忱。《省志》，聞諸學博，尚未鏤板，統竢緩圖奉復。匆匆率勒，不盡欲言。

與冒辟疆書 七十八通　同人集

鹽官 陳　梁則梁

傾蓋殊慰十年，適便欲奉留一談。弟止用一豆，是近日戒，恐不見諒，以爲慢賢。姑俟奉稟後行之，是以不敢留也。佳賜教我，又皆出至誠，不敢自外，先我媿矣。諸面謝。不盡。

雨稍止，當從姜及生索笋油，是彼處土産也。刻下雨中有下顧者，又有約來説話者，多分明日方可往索。諸面悉。

譚青令是貴府名士，反，託弟介紹走拜辟疆，即宜一晤。

頃公亮、霖生、漁仲過我，叙齒坐在不肖寓，不肖竟僭之。又議寫帖照兄弟直稱，止增一“愚”字，去“盟”字。謂足下以後勿着“盟”字，年長者稱“不肖”。特聞。

十五辰刻往作囚，十六庭質，十七午刻後至寓，即爲趙無老拉入舟中。昨日客不絶踵，又積下三四日，回書打發，頭暈幾死。今朝又聞一同試社友病危，此不在拜客之例，急往視之。纔歸，見手示如相見，甚快。媚兄之約，知不妄語。我初意出塲後訂之，何以不先期相示也？知日在王覺斯先生署中，乞爲我道仰止，塲後當一謁見，正欲求其字也。舒章亦尚未拜，魏子一、周勒卣、吴次尾俱同來奉候矣。扇留下，清浄時書，鄒字遣未？

頃張公亮過我，知媚兄明日作主請公亮，公亮辭以有方密之席。彼云即赴方席，一更二更過我不妨，然則尊諭訂廿五又成謊矣。少刻，公亮又有話至我處，不信可面質也。

夜來甚擾，客中作此慰寂之事，獨費獨勞，爲不安也。媚兄有風人之致，可與角飲，當爲申報一豆之舉，於監試之後，不識即可借重威靈，邀致之否？容面圖之。即往監，不及走謝，留此布感。鄒臣老處遣使行否？兩日可即達也。

諸兄弟詩稿，不可不集在辟疆處，速速從公亮徵之。敝友陸元美先生感書扇，特來奉謝。

今日姚兄送我一舟，即泊小寓河亭之下，又送媚兄來。朱爾兼、顧仲恭、張幼青諸兄俱在我舟，吾兄可竟到我處。我來則迂道，且恐諸兄到失倒屣。適一友送伽楠香，亦須法眼一賞，别真贋。媚兄情緒，今日當見之。

姚北若以十二樓船大會國門廣業，不特海内名人咸集，曲中殊艷共二十餘人，無一不到，真勝事也。辟疆即來我輩舟中，勒卣代作主也。

觀民聞入簾收卷，頃多投此一字矣。萬萬不可爲我治飯，到此眠食，適性爲安也。生來無一違心語，頃聞有爲我作飯之言，故此辭亦不必回字。

昨夜又病，今又愈矣。精神如此把握不定，奈何奈何！扇少刻寫，適作鄒臣老回字，又有醫生看脉，不能即寫也。青來送來文，望即上卷，辟疆細爲對讀，看來序吕字甚妙。但卷子要放樣稍大些，若踽踽涼涼，不像陳則梁文章也。

今日移豆，主人即所稱説二徐昆玉也。兩兄以一豆逡巡，不敢相(泣)[拉]，肯飛騎來作闖席事，我快甚，兩兄快甚！立候，立候。媚兄望立刻遣使拉之，我快甚，兩兄亦快甚。若今日約不來，所言相約又是謊矣。須先分付五臟神，莫作一豆外想。并囑。

張卯官、陸三官、管五官、項子毅諸君共十位，俱已約定，在院中大街顧家。有鷗住作主人，魚仲副之，我輩公分，尚須每人五金。此事一夕有百金之費，不可無此，亦不可有此也。梁老矣，二月二日唾血數斗，神魂已在天上，移時復落人間，如再生人，無意此事。只二三知己，要見六朝松石，未能忘情，作白下遊覽耳，非應試也。堂上雙壽，宜專使奉慶。今附雅爵二執，乞爲呼梁引滿上之。昔年原是前後輩，今又重以盟講，不能躬致壽酒。箋寄來，止付三幅來，我轉索二，自譔一，聊以言情，殊不盡情也。錢御老相國文，子一已代書，甚好，不負遠委。和詩當在夏日完逋，目下冗無一刻閑，貧士亦復碌碌，眠食亦不閑，可笑，可笑！辟疆孝思格帝，此自至誠所致，天既錫以壽考康寧，即當報辟公以功名富貴，且辟疆年正富，勉爲之。梁老矣，無能爲矣。老叔榮發，何時意欲專人一送，未知緣分如何？前丙子冬，有數行，曾爲梁上達否？我或四月出門，從辟疆府上至南都，亦不可知。總之，一生不敢浪約人，然實實有此心。初時與敝社友高諶軒相訂，至江陰，便有相訪意，以事不湊巧而止也。使旋急，又賤體未大復，草草牋復，魚子二觔并寄用。

承魚仲、辟疆同心相念，遣使遠招。捧讀兩札，殷殷無一字不從肝鬲來。何以古人之誼復見于今，道義骨肉之情，得之異姓兄弟如此，令人泣感。去使多簡，實切負愧，薄有一醉之資，乞轉付之，不敢多酬，知賠累已多，正以累賠見高情也。

惠我太多，當之殊媿。夜卧思遠使相招，古人之誼，此段情緒何以消受，更在餉贈之上也。老叔惠不敢辭，百川到海，無不收納，覺無厭足。奈何午後欲覓一舟，同魚仲過我，弗從陸來。媚兄一扇當簡，煩致之。元美適有一信至董孟履處，已作字問之。

承讚天馬，理合作東相謝，但真正好，非繆讚，亦不必謝。即作東，諒必堅辭也，笑笑。敝親家許元受求白扇一把，專使走領，諸懷弗出，我即來，别有商量。

昨大發寒熱，粒米不入口，托言病瘧，而竟成惡讖，亦大奇也。卧榻中思魚仲追薦其兩尊人，我輩無不到靈位前一叩首之理，頭額難離包裹，不能出門，望辟疆代我一拜。昨小價傳語，甚感此事，道人已置之，弗圖矣。筆客説今日來即買之也。元美想不至矣，各處問之，不得信。

老叔答書，監試後送上。仲闇便間爲道意，爾公千萬道。弟已到王鍾老陳府廳查，寓國博王御乾一書，乞封好付投。

魚子《八笏經世編》一部，梁送辟公。綉裙，梁婦寄尊夫人。

行李粗定，荆婦又簡得柴扇二柄、花露四罌，寄尊閫夫人，小菜四罌，爲辟公旅中用。萬萬弗出門，且養脚。

勒卣在監前寓，今晚在密之舟飲，相約艤舟辟疆河下一會，不知踐言否。頃有封事，見未？

吾兄弟論文，只盡自己見識言之，以見吾心之古耳。尊作極妙矣。五段還要改過，絶無生趣也。白耳文亦五段未全美，老年人看得此事如兒戲，癡夢久無。但近來怪事頗多，死灰未必不燃，亦有背城一戰之意。此但可與辟疆言，向童僕言則存廉耻謙退矣。塲事已迫，意欲借病杜門，只許同志友昆科頭箕踞，茶酒相對，一切冠蓋應酬，俱俟塲後了之。即葉增翁亦止具一札，薄禮送之，求其幇扶科舉。不識辟疆能爲我作一字同梁札求之。子一與梁比隣，知病新愈，諄切不欲我作文飲酒。昨飲得及關而止，若過關，即自不能止也。家兄文奉上，係小僮名法歳者盜寫，字增人年矣。白耳許我《詩經》文，先付一卷。

天暑，有餉以牲者，用不了，留不得，各分一，爲今夜賢叔姪一箸用。

“民猶以爲少也”，容後申補耳。子一不知何以遠寓？何以遲來？相聞時，乞云我寓與辟老近隣也。

望之似名墨，蚊多天熱，不能燈下細讀，當明晨再讀後奉璧。

小有一字，煩致辟疆。小有一字根大。

七斗之中，此斗最費時日成之。吾辟疆有合離萃涣盛意，敢不令其會歸一處，但受值爲醜耳。正令人賣珀買人事，浮價二金，姑汗顔受之。《易云》："利市非道交。"奈何！

監中考期仍是十六，不改則十五當往，宿於刀俎之間。尊席可更一日躬逢盛事，否則緣之慳也。如何如何？前日張公亮來，昨日周勒卣來，俱託致意。趙退之適有字來，亦致之矣。

承齒芬媿謝丹爐杯一，合并美人奉浴杯奉看。

無亢龍之悔，無濡尾之嗟，殊慰同心也。何元老即付其使去，故未知下落。

雨止，當令人同尊使往短人國投禮。試文覽後乞擲還，有友人來索看也。房人聒聒訴之解，八兄聞已處之，大快。今姑止，尊札未付去，如其再聒，當送去也。

尊翁老叔一函，乞封好致之。月夕與好友泛舟，雨窗得美人伴讀，此天下福人快事也。若乘雨鼓棹，其塞竇也；一物無見，其飄風也。無物不濕，賓主不懽，僮僕咸怨，遇有此等筵席，辟公宜辭矣。

我查題未完，或後日去，亦未可知。到彼處又多帶書，本非悠悠静養之道，故必功夫完方往，爲得益耳。子建酒，我作字取之，不知有得否？

頃云云不可遲，遲則元子笑我們一篇文弄兩日也。不可使各本人知之，臨塲俱有不愛雌黄念頭。秘之速之寫，使遲鈍出數文，顧人爲妙。

辟公速發稿本，唤寫字人將冒、吴、魏、陳、劉、李、濮陽文於避人處抄之，還有家兄一篇，還要尋顧子方一篇，不可漏泄。

二篇奉還，望即刻至李舒章處取密之"敬其所尊"二句文來。丹藥留三丸，以見美意。有人云不可多服，故留其二。

子建送來酒，不及十小杯，一吸而盡，無能分辟公也。

杯不帶多,雖無我號,皆好友贈句,有友人號,惟二大者無號,亦出名手爲之,更存數件,皆有我號,故不送覽。

新姜二斤分用。

聞何元子欲來拜金博士,又眷眷不已,録科多分可望,吾辟疆不必爲我求人,徒卑無益也。周巢軒司成知爲貴年伯最厚,往還乞以梁舊稿,及未成稿送之,亦不可説求録科,便間但請教耳。

早起甚得清虛之氣,此非獨睡人不得早起之趣也。昨會文乞付下,尚有梁雜稿一鈔本在案頭否?

辟疆之才十倍于梁,此時不可無閉目静坐工夫。拘拘章句,雖學之下乘,而泛泛奔馳,乃决不中之要訣也。今日今梁先生、爾公兄可稱道義之士,既面言守戒,即日破之,恐爲恒德君子所笑。梁意艤舟河下,痛飲不妨,就人飲食,大可已也。若必不可已,非梁之所敢知,惟辟公自以利刀斷之。梁過明日,未敢望見顔色,有數日之别,蓋一意謝事静坐,便覺自念之粗,久久坐,許多破綻迸出,願辟疆一嘗試之。梁叩頭啓事。

即當致之短人,短人今在楊黑子家,致後取回帖,奉復也。

歷事遺八十人,梁在數内,終在局外,可免三場辛苦。辟疆可爲我作一字致何元老,霖生詩勝原稿多矣。此段公案,還宜刻存。記前有庚申暨各尊人姓氏,辟疆認刻,當踐此言也。昨紗論尺乎?論兩乎?論疋乎?示之。

直以稿付來意,到即爲之。若自來反外我也,來則不做。

梁亦草就一篇,請教元老處,當再爲我一字問之,以慰我心。問其補名何日?并爲道謝。迹雖疎,心甚邇也。

勒卣、闇公不確,已知之矣,主考之説真否?看過元美文,我稿亦當出笏,梁文只臨了八個字得意。

辟疆已得閉門之趣,復爲我破關,事則濟矣,梁心何安?不知朝宗寓何處?一札爲我介紹之,恐不勞並馳也。梁作死狗,不解熱湯,奔波所不免,辟疆何必又出門也。

頃克咸語我,生參極妙。以一二枝來,必選其精絶者。若更得精者兩許,吾生矣。

衰齡遠來,不惜遊貲,爲初九一日之用,克咸已許我三兩枝。今又留一枝,多則力不能也。貴相知送來花果串,乞分三四十串。

送我入塲,感辟疆多。此三日夜辛苦,又當恠辟疆也。明早乞同去侯朝老處,與李香快譚。

方密之與我交久矣,再三强我廿五,我已切切辭之。今日密之酒船在我寓經過,未見招我同飲,想仍欲廿五專席。梁過明日亦有所往,如來召我,乞代謝,千萬。令舅扇先書。

柳夢梅與杜安撫有相會之日,何快如之! 老杜再求一册,密之敬其所尊文,乞再付一看。

來壺求枸菊酒。

若果密之不去,在此開尊,梁自能就食,只是梁庸下,手忙脚亂。時密之有暇邀賓,見之自慚耳。浴即來要子,并要重畫過前扇也。

辟疆命作蠟綫,實無情緒作此事,現成有半觔送用,計十五圈。

魚仲過我,即以廿六自考,倚仗陶英人之説語之,魚云已爲我致書少司成,可得回書,俟回書看過,再作商量也。今日賤體略可,已進粥二碗,但精神以絶粒三日,畏風如虎,守到廿六,只好支持監考。承魚仲勸我移寓,雖今日感其殷殷,畢竟初八過辟老之説爲妥。但遠之相約,訂八月十五出塲之夜即出城。相聚無多,日思之耿耿,千思萬思,魚仲廿二移入新居,我二人不可無費,各出三金,戲酌一叙,于心稍安。是日弗搭外客一人,或止邀眉兄,共四人。外二卓,内送一卓,卓不過三,品不妨盛。酌之會,如夢裏,别如海外。榜後光景,不知若何,此會不可省也。

畢竟自出一考,以遵國制;爲病遲至後期,以順天罰;仗托陶英人以盡人事。意已決矣，不復計矣。石齋、機部二先生亟欲一見，以病不能往，辟疆既日與詩酒，幸詳致懷抱。

昨徐氏昆玉見我卧床，陪醫相視。適翰至，爲之不快。魚仲何以如此責望人也？我于初盟有插血之書，今亡其稿，似亦言及于此矣。夫以貧賤纍人，但可謂之無品，若妄取以資妄用，豈久道哉？如是存心，天亦必不遂其心，非天之吝也，天不能遍給恒河沙億萬人之心也。既在盟中，吾宜責之，惟此其痼疾所謂成事遂事，吾夫子在不説不諫之條也。夫朋友一倫，厚自不薄，朋友而盟，將欲親之于朋友之上也。昔也賓客往來，今也過失可以相規矣；昔也音問相通，今也患難可以相依矣；昔也可疎則疎，可絶則絶，今也遇可疎可絶之事，先破口極諫盡諍，非大逆不道不絶矣。若以盟爲種田取息，豈所望于魚仲哉？魚仲約定晚間過我，辟疆暇則與偕來，不然不必來，静坐爲妙。吾喜今日可以廊下步矣，但未能作文，廿六不愁不暢寫也。

吾負債八百金，但與俗人富翁質借，誓不以聞道義之友，誓不以聞同社文字之友，亦不與人居間。十日前，徐致公兄弟語我，兩年之前倉餘二千石，南中歲收可得千石之外，不意治侍御葬後，連日荒蕪賠糧，家中又歲食三百餘石，兄弟二人竟不能入京會試，欲與辟疆借二百金。梁能知其人斷不少負也。或許，或不許，或半許，或同計偕方許，悉惟尊裁。但得一札復我，辭即辭之，渠亦原無望定相强之心，但言之真切，故轉聞耳。若許，自然辟疆歸家後之事也。

徐致公如約差人走領前件，望付之如期。梁自無媿居閑，無煩責諾也。畢師書望即付徐使者帶付之，千里懸懸，惟此一事，更急于舍姪之事也。一則道義肝腸，一則骨肉私情耳。知辟疆無環草之望，在我則自有狗馬之心也。九鼎之諾，千里之心。

眉兄今日畫扇，有一字，我力勸彼出風塵，尋道伴，爲結果計。辟疆相見，亦以此語勸之，邀眉可解彼怒，當面禁其此後弗出，以消彼招致之心，何如？

纔魚仲來，已勸其直受矣。筆客交易之後已去，不知何時來，來即再選之。今後當送樣看過，方交易也。我揑慣大管怪小管，故失檢點耳。此只好留爲送人用矣。刻下試精神作《收棄兒》文，兼試魚仲之參。

雞椶油可即用之。送者云從大瓶分，不可久留也。不必回字。

彭差人已至，共差三人，頗嫌其多也。

今日絶蚤起身，欲同辟公叩别，范大司馬、李卓如字來，欲過小寓，因思欲出門不遇，向來不肖所言，真真假假，使人難信，以我爲險詐不直之人矣。遂止之，乞老弟道意一字帶致之。

袁道士號汝和，南都第一名醫也。吾輩稱之曰汝老，或稱老先生，家人輩稱之曰老爺，或稱袁爺，極要恭敬待之。其人相貌亦偉，手段果高，難請之甚，須發一通家侍教生帖，着人坐邀之。邀到看脉畢，一面備轎錢百文足，藥童錢七十文，封上寫“百文無足”字。此老即現送一體，多則五錢，小則三錢，隨意。其居在朝天宫内，進門便是。丸藥未知有現成者否？不佞此藥係徐二兄、四兄代爲苦求，特地製者，初時不製之故，渠言求者數位，一齊動手，故未做。催之數回，初五日送五丸來，人可請來，問其尚有餘留否也。承問詳答，總之婆心多咶如此。不佞五丸，送銀二兩。

記得始盟之日，各存父母、籍貫、生年月日時在辟疆處。彼時梁即手欲抄副本，辟疆云：“盟事已畢，天氣已暮，且上席飲酒，自有刻者送與諸兄。”梁遂裂去後紙，止袖前數行，然心知刻本必有送來之日，姑存張、劉、吕三君大略于笥中，不敢不與身相隨也。適别後翻看，大不快：一則不快，獨無辟疆喬梓生誕；二則不快，目下七月廿一魚仲生日，我二人幾乎遺忘，只我三人在此，逢弟兄誕而本日不説起，不好意思。梁又想移居，各送一小物，壽儀折二金，必欲其受，如不受，即同置一卮，鐫名送之。我初盟有一文，亦沉辟疆處，非遺失他所也。囑使者惜字紙要緊，爾公寓示之。

腰金作閑人，一快事也。未老歸林下，二快事也。家人父子團聚，脱離兵火之驚，三快事也。危城甫離，捷音到耳，四快事也。但恐捉將官裏去，朝廷不相許耳。旦夕來都可喜，我輩亦得相會，知小寓更着我不下，須他圖矣。卷子即煩友鴻對之，改正二字已投，想今晚明早有案。遠使未酧，容即補。

從此而鐵倉而揚子，泛月歸矣，晤對何時？可勝耿結。人豈能與命争？但漸老漸無用，既不能出身做事，又不能披髮深山，結果庸常可恨耳。吾鼎、吴僑，都難爲别，然亦無可奈何。

觀民夏歸，得漁仲信息，不得辟疆信，知别後亦未過南都也。初五晚，在吴門遇錢彦林，知漁仲已返。渠與漁仲晤于臨清，且托致弟，將到南矣。世局驟變，又多假朝報。吾輩無官守言責，且學金人緘口可也。我以局促，不樂出門，意欲走訪喬梓，道經常州，爲鄒臣老留住，且云辟疆不知在家否，可先走一使探之，此欲淹我數日行耳。我感其意，遂發舟回，竟下榻臣老家中，先令人走通一信，如果清閑在宅，當發訪戴之興，若緣有未可，姑俟後期耳。彦林云，入場止三千餘人，易如一府考童子，而兩徐兄竟外孫山，前件未有下落，亦是我身上心上一事。敝邑蝗旱三年，一時不能展布，亦欲與辟疆告貸三百金，定于明後兩年内還璧，不識辟疆可以設處否？如其不能，我尚欲至金陵另商之，以爲卒歲計也。欲了一春秋公案，須閉户二三月，得此方可静坐耳。敝邑陳階老署印，階老知我訪辟疆，附候一札，并禮二件寄上。階老與我字并附覽，内有不及致老叔書之言也。不具札候老叔，則以造宅之念勃勃，面展在即耳。趨庭叱名爲囑。人生如飛鳥無定處，光景如奔駒不長留。别後遂復經年，可勝浩嘆。我若到府，止可四五日，預爲此期登堂見喬梓，看所言樸巢妙樹，吾願足矣。

梁行矣。願辟疆節用以養財，非養財，養福也。人間不能以意勾用者儘多，此前生福分帶來。養福使長久，若福盡，不勾用矣，又願辟疆節慾以養命，非養一身之命也，養老叔、老嬸暮年膝下之命也，養教育令郎之命也。後附小囑，亦望采蕘，即不當，弗怪也。見可憐之人，盡一時本力爲之，不必倡率務名；見可愛之物，或用銀錢買，決不可與人討。凡交一友，先審驗之，而後定交；不可便深結，結而不終，不如淡淡。凡欲與人者，(永)[未]與，不可輕許，先許而不能與，反惱。凡任事，先審己力而後任之。先達在仕途之素行寡情但收人禮者，疎遠之，不必親近。物期適用，如魚仲之帳，吾愛之，愛其適用也，非愛其淫巧也。如超宗争買之螺甸，適用與世俗之製同，不過爲其淫巧，萬萬不可有心製之念，一則天下物多，吾製不盡，亦非惜福教子之道也。

血心彼此同，有琥珀光。只争差一件，差于來時有夾帶一念，悔之欲死。感辟疆之意真切，遂冒嫌爲小人。嗟乎，嗟乎！吾非小人也。望與佘公佑、李徂老説知，便知我心事。徂老路頭心事一綫，恨相見遲，限于世法，畢竟是前後輩，不便相與。公佑真吾第二辟疆也。殷麻子感其貢院前到床頭數番，正不在昨日五錢，破費五錢頭，真是費在空虛，願辟疆還之，且還之，非一還便推與我無干也。蔡孟昭甚妥貼，吾兄記室中數百人，當以此爲第一。搬家豈是容易，一來便須熖管到底。吾意大都拘窄，喬梓定有卓見，非所與知也。臨行，眷眷殷殷，不覺熱淚一流。令母舅云，相知都是冤家，大爲有味。辟疆得無以我爲冤家耶！男婦内外、陰晴、晝夜爲此一無味之人勞鹿不安，吾之所憂者此，願足下飾言謬讚説弟功名，雖斷不可輕咒罵，無機無械之人也。老叔于讀書著述，允爲儒臣中第一流人物，第一流興致，只犯“性急”二字。畫者五日一山，十日一水，古人妙書，未有不係數十年而成者。願老弟跪進此言，目下救眼一着，只以“静坐”二字爲聖藥。譬六七十歲人做秀才，怕你不含羞，耐勞苦，既以文章獻納麒麟殿，又作天子憲(章)[臣]，又有好兒子能讀書，不知福者，真無福之人也。寄語徂翁

“教子擇交”四字；寄語四令母舅“有理事只婉言自見”八字；寄語吾鼎“釀酒珍藏，必踐再醉”八字。王君宜度歲，范老兒賣茶葉，俱望留意。别後文字，并托造酒杯等事，明年准于正月燈後，有人一一至孟昭處奉復。孟昭似可托，似可用，吾將試之。作此字已，徂翁寄朱舍親字已收領，無帖與我，故不敢答。字帖與觀音，望交付孟昭。子斤本是奇人，坐上稱讚敝親家掌科數語，略嫌京套。諸不盡。

辟疆周匝之情，令人刻骨。若客至皆如此，喫熟帶生，騷動月餘，主人不勝勞碌，損精神，費錢又第二義也。廿四渡江，忽訛傳江南舟阻，非明春不可歸，留金山兩宿，乃知其謊。廿六發行李，午間潤州掛帆。廿七竟至鄒臣老處，從此身如磐石之安。轉念喬梓殷殷隆篤，不知何以報答。梁賤老愚貧，四惡兼并，無寸長可效，又迂腐枯滯，不能忘感，是以反不快耳。辟公必中之才，三十未衰，切望謝事，作應舉工夫。世情惡薄，雖忠孝世德，父子一體，畢竟自己到手之更妙。若云後年尚及爲之，此是亂語，明年荒蕪一年，則手生硬矣。梁生意十已斷九，所望第二我非辟疆而誰？明年創立在家坐關之法，曾與公佑言，願辟疆亦行之。正月盡人來，當問采蕘否也？老叔席矣而又程之，程矣而又儀之，令人慚愧。意中實實不安，而孟昭又强之，此我一生出醜事，望趨庭特爲致謝。老叔尊目初愈，當外避風而内戒躁，雖貴静養，而生性似不耐寂，須延客之可入幕閑話消遣者。孟昭所寄，定爲送到徂老，千萬爲致謝。《花月堂詩》不佳，容俟有緣看山前花，再爲之。公佑令兄遺稿序，明春准同送來。白耳雖爲兩郎師，辟疆宜與同做下學工夫，此兄是大有出息人，氣量規模略嫌局促，定是甲榜中人也。盟册并題去，細看初盟時語，吾言亦似有驗，吾二人甘爲拘腐守之可已。周使回，草草布復，使者亦道義中人也，望好看之。人生如飛鳥，吾已飛近醉李矣。縈縈耿耿。

我到家便墮入塵冗中，無一刻暇，日日飲酒，求同飲如辟疆不可得；日日作文，欲抽出工夫爲無如、廉鑑、星曹諸書不可得。必須夏間屏絶人事，方可爲之。至若兼資一事，大費手脚，未嘗不記憶在心，逢人商論，皆言此目甚略而未備，世之著書亦有略而不必備者，皆獨行偏識，自成一種議論。此書似有包羅古今人物，爲海内一大全正經書之意，略不可也。梁學問不多，見解未定，不敢誤老叔之事，無如、廉鑑、星曹三書，當任料理于秋間璧上耳。十二月初八方到家，即唤銀匠，以逼歲除，兼有臣老杯十餘隻，五匠趕逼，直至二月初四方了。恐其色造有僞，唤至小齋之旁，我自看督原帳，乞一查察。所欲然者，并辟疆《南嶽草》亦未批評，亦不自料到家如此之忙也。階老、退之二書送到，退之有回書。小物引意，山妻并有薄候致賢夫人。欲言不盡。

衰病日增，興趣日減，罪陷日深，慚媿日積，僕真不可以爲人矣。十年之内，無不想念，魚雁之難，機會屢失。然三年之間，承吾弟手致君常者一，口致君常者亦一，而僕無一字之答。即老弟寬恕曲宥，亦必以我爲絶無人氣也。老叔仙遊失禮，老嬸華誕失禮，正如一部二十一史，不曾讀得，從何處講起也？聞兩令郎有必雋之才，君常帶其窗藝來，快讀數過，舉手祝天，映徹休明，旦晚有光裕好音，僕即厭厭，泉下瞑目矣。君常于端六日招飲，知端十有白門行，可以通問雉皋，極擬遣人附舟躬致罪狀，并問嬸夫人近祉，吾弟近祉。自顧蠢然形影，無可告語，徒費君常照顧，遂不果遣。先寄一香，乞焚致叔臺墓舍，爲言陳生相從九京不遠。冀得數字，示以闔門福履。秋月君常北上，當詳悉再候，若僕稍可治裝，爾時定附舟身到潭府，兼圖一晤，舊友不敢忘也。花月主人近若何？吴文若尚在貴邑否？元方、羽長、季宣、吾鼎、雄飛、公佑、吴僑、孟昭、子斤諸兄，爲一一致意。公佑爲我索《董西廂》二本，千萬千萬！速香一塊，重一觔。燈下草草，乞宥！

與冒辟疆書 五通　同人集

金沙　張明弼公亮

旄頭氣盛，文章之事不可復論。以超靈奇雋如老弟，闡牘一時鴻公無不擊賞，而不肖强項不輕許可，謂必冠冕南國，乃竟落孫山。世間豈復有文價？我輩豈可復置雙眼于藝苑哉？更可笑者，冠冕南國之文，百紕百繆，千反千畔。不肖以爲自洪、永以來，未有如此悖謬文字，直是流賊移來之檄文耳。吾弟不列此榜，亦是佳事，幸勿恍憏。但令我輩數人黯然失色，是可嘆也。適友人周簡臣以雲陽荆石兄託其同年貴朋曹兄介紹于門下，知必夙交其人，驩然道故。但不肖所尤囑者，石兄文字已造深老，少年之士正可借之以攻其稚而堅其骨。其人則蒼莽如上古人，雖頭頭第一，而家無立錐。老弟肯爲北道主，而廣其教于貴鄉，使足以潤枯起涸，則諸同人之所尤佩激者矣。燕塵未息，北上無期，時事如此，不肖亦無意于人世矣。老叔不敢輕瀆，幸叱起居。臨椷惘惘。

辟疆吾弟，別後遂不獲一聞問，前有教來索序，吾在京亦聞之。及僥倖一第，本屬遲暮，雖在花前，亦有霜氣，乃同人妄以弼有微名，聚而求文字者無日不疲于奔命，數月之中，今積草二寸許矣，獨未及爲老弟序。塗次與公鉉兄言之，擬一搦筆，塵想相隔，復嬾爲之。弼去南都，爲詩爲文，未嘗屬草，在北都亦如之。及出京，念家畏寇，遂不能成一詩。今抵里未滿十日，人事蝟起，又家在城中，身居鄉間，同族人召優而讙之，已候數日。見老弟瑋詞厚貺，對之懜懜。但知辟疆愛我也一似親弟，誨我一似嚴師，規切我也一似良友。疇昔之盟，懸諸青天，矢諸白水，刻諸皎日。讀來示，真不愧古人，知古人必不敢笑我輩矣。獨嘆惋于天上之鴻、池中之鯉，似疑書信久不達，焉知此中密疎？今請告辟疆，琴張者心熱于火，而手冷于冰，筆嬾于夢。目中想際，時有古人，而朝緘暮疏，實非所能。古人不以形迹爲近遠，琴張有之，願辟疆之察之也。陳大兄何似，恐其志憊矣。可與百年，可以千秋者，吾與辟疆兩人耳。漁仲冠世才，久客不歸，黄石翁託不肖促之歸，吾在潮可共晨夕也。尊翁老叔至今未一遣候，罪甚，罪甚！擬留使者三五日，到城居理新藁，作序相寄。而使者告歸甚亟，僕勢又不得脱身歸去，即在鄉間戲臺之側，授筆作報。百不盡一。

粤行時獲接教貺，如得覿面。一來嶺外，便如異域隔世之人矣。僕拙既性生，鈍亦天發。頃諸津要有爲弼作先容于上臺者，塗次皆投諸江流。及至任，孤立行意，不狥貴要，不奉上旨，以是一歲之中，風波三起。一則鄉紳爲難，奮然告歸，渠膝行而止。次則流賊三四百人入近郊，僕率兵與戰，矢及其肘，一典史、一都司被戕焉。今兩臺疏上，猶未得明旨，恐弟終不免議處也。三則聞粤有化鳩之雄鎮，財可通神，力可回天，欲一月兩渡，汎舟二十六艘于潮，糶穀入海島中。時海道申之，制臺允之，舟已集河下，潮之守若令皆心知不可，顧畏禍首鼠，不敢發一言。弼乃作書數千言力抗之，又爲三不便、四大患之議以上𨻶。事雖得寢，而制府、兩司皆與此公有舊，渠復咆哮，四出謗揭。諸臺心戰，至不敢開薦于按君。而按君葛無奇先生，天下之有意義人也，力排衆議，附之薦牘，弼始得偷旦夕之安。所可無憾者，弼兩欲解任，鄉民數千皆號哭道府之門，十一學諸生揭榜通衢以相留，則僕雖中忌仕不達，亦未爲傷耳。葛公之德，乞爲順風揚之。僕近況如此，吾辟疆時藝又進一竿頭矣。大抵通身靈悟，便無不售也。望之望之！老伯雙壽致賀，自僕分内事，一芹幸致之。壽文頗覺盡致，我兩人何等交，而無好文字也。此間去廣城，如南徐之與金陵，諸物皆不可得，來人自能言之。劉漁仲正月始相會。薄物附將，不盡欲言。南都見諸侄，幸教之。

辟疆猶故吾乎！得而復失，誠可惋嘆，然我輩固皆失而復得者也。人事已定，惟待天休，此處不容着躁念矣。僕之中讒，初已沸于京都，近省中韓弗如已爲弟擊行譖者，方在候旨。事外之人，固未之知也。敝邑有爲至戚，兼六七年授教提挈長養，生其羽毛，成其聲價者，一登仕籍，輒假爲道學，把持武斷。僕甚惡之，規之不聽，則繼以罵。渠與鄭太宰爲心知，竟下石我，誣以交朱滄起爲交匪人。滄起即匪人，交游何罪？

乃太宰處僕時自云，外雖無單，吾有肚單。然肚單出，而上自相國，下至臺諫，無有不爲僕稱冤者。太宰悔，計典後五日而上疏相救，其云擇降處官有才者，仍行一體考選。此太宰寄聲謝僕，而吴來之手書云，此議專爲張公亮者也。但以"仍行考選"四字致干聖怒，後五日，而太宰、選君並罷去矣。弟初亦具疏揭，將自辨直發譖我者。繼而見太宰佳意，併伊人行成可哀，乃止。及受藩幕出都，方十日，而韓掌科即彈伊人，伊人亦將具辨疏，雖兩未見旨，然都中簡臣、介生屢書，知此人不能久立朝也。老伯聲實素著，乃竟至同我肚單彼處。大率此時自負能滅賊，便當横波擊流而上，不則詩酒閑散，或亦真人自全之術耳。僕八日内當游武林，近爲瘡毒所苦，避居荒湖，離城甚遠，尊詩併序即刻成之寄上。僕近刻《肚單集》尚未竣，覓便再寄。許若魯何以不入京？則梁兄寄候札于鄉人，而鄉人遇賊，無一存者。弟亦久不聞問漁仲。近畫策皆迂闊難用，不如公亮作詩酒生涯爲本分事耳。良晤難再，臨書惘然。尊公老伯乞叱念。

天地變易，南北間阻，竟不知尊公老伯與我盟弟起居何似？弼鄉城破，家遭掠，老益窮苦，亦不能向我兄弟臨風一嘆。適有梓工傳通州范老先生欲刻集，求盟弟引致。剞氏求弼先容，立草短札付之。頭童齒豁，欲作身後計，已刻《螢芝全集》，奈乏鏹，至三年不成，窶可知矣。刻工爲吕蔚宗、孫京玉。

與冒辟疆書 五通　同人集

豫章 張自烈爾公

向承高誼，千里寤寐，匪昕伊夕。昨竹房風雨，得與足下促膝尚論，披瀝生平，砥礪素行，吾兩人庶幾古處。足下道力既堅，才品復峻，以弟當之，未免小巫氣盡耳。大刻寶光陸離，深慰企慕。至拙選程式，矯枉過正，雖同人不鄙棄，往往愧赧，足下定有以教之。次尾、伯宗處已道尊旨。次尾句曲返，即來奉謁。伯宗養静赤石磯，明日同往一晤。彼聞足下至，願見之懷正切也。

静讀辟疆之詩之文，益信辟疆高致如巀嵲峨眉，非凡輩可及。衝口信腕，各有獨到，天下有心人終當北面。蹇劣如張生，愧矣愧矣！弟監試率爾塞白，必爲諸君所唾棄。然弟意久已糟粕比偶，未能割去雞肋，聊一爲之，不復知人世笑駡，至得失，聽之命而已。尊目愈否？闈期迫矣。珍重珍重！

弟神氣耗竭，飲食頓減，雖得失可置度外，而一時勞攘，頗難自支。聞足下静息掩關，道體康腴，深爲喜躍。捧讀新篇，才與識，山海並其高闊，乃細心細理，復如牛毛繭絲，扶衰救弊，堪爲今日藥石。僭加評點，雖懵腹掞天，然亦有一種細微於其間，與作者苦心相合。原稿璧上，謝教。弟竣闈事，即有姑熟之行，欲寄一書，候尊公老師，未知臨時有暇否？

日懷想足下，時時思一聚首，每反覆尊作，如帛粟不可去。向弟閱過者，幸命使乎再録副本見教，當佩誦無已，兼可應諸同人之索也。擬題寥寥，先書一紙附上，嗣容更致。

讀足下及則梁手札，心銘高誼，益增感慨矣。足下與弟可謂相知以心者，豈仍未悉弟疇昔耶？弟性碌碌，僑寓白門六年，不輕投半刺，雖相知如貴年伯徐虞求先生，亦不欲干以私，非敢矯厲餘行，求方寸自安而已。古人遇酒脯盤飧則却之，粟則受之，弟雅師其人。今弟雖困厄，尚未至饑餓不出户，義不敢拜諸君賜，足下與則梁交道已盡，須愛弟以德，不則欲弟受人憐矣。惟鼎致諸同人，毋俾弟身爲溝壑，所成就弟更大也，率布不多。主臣主臣！

第九册

书、启

與冒辟疆書 同人集

魏塘 魏允札

錢舍親歸里，得接手教。發而讀之，辭意勤懇，何垂念死友之切而不忘其後嗣也！感泣之餘，繼以慶幸，謂幾及杖朝之年，能作蠅頭細書，纍纍滿幅，叙數十年情事，委曲詳盡，此真一代人瑞，豈獨爲吾黨之魯靈光，秖留後生瞻仰耶？允札非全無心肝者，於通門舊好頗知嚮往，矧老年伯加意相存，在世執之中尤爲至厚。每思涉江一奉顔色，而家無可裹之糧，如何如何。

梨州先生不獲音問者幾及一載，承諭覓便，當以尊簡致之，一有回耗，容即馳報。《撰杖集》一帙，乃《黎州集》中之一種，先以奉覽。

先貞惠書畫散在人間者最著，賞鑒家以爲必傳，共相寶惜，子孫收藏反少，僅以二種奉政。

貞惠者，先人私謚。蓋崇禎辛巳、壬午，浙西連歲大饑，先人設法賑濟，全活甚衆，有德於鄉。而甲申之變，先人一死稍遲，一心獨苦，故學侣門徒擬此爲謚。以老年伯之重，或墓表，或謚議，得作一篇，俾允札刻入家乘中，則先人真不朽矣。

建翁李老伯，凡有四子，凋謝略盡。其長君赤茂名煒之子巢耒名光堯、環瀛名應機，獨能以詩書世其家，而家亦不貧。仲翁錢年伯，凡有二子，其長君書樵名黯，於乙未成進士，雖宦遊不遂，而閥閲如故，皆與寒家交好不替。至所云錢□□者，南渡時改頭换面，顯附懷寧，與寒家爲難，即是此人。一孫伶仃，不復振嚮，時大宅已歸之青城家叔矣。

承問敢粗述其概，臨楮翹切，不盡願言。

與冒辟疆書 二通 同人集

虞山 顧麟生玉書

介兄歸，得接翰教，兼讀佳刻，使伏處菰蘆之人，如夢斯覺，如醉斯醒，知滄桑變易之後，魯靈巍然尚存，爲之喜極而生悲也。

三十年來，知交淪落，何止晨星。最可傷者，同難兄弟中，惟子一、太沖兩兄留意斯文，而子一一段報漢熱腸爲邪黨抹殺，太沖遠隔千里外，著書不下千卷，其《列朝寔録》足以考證三百年來之是非，然不敢公於世，藏之名山，傳之其人而已。

弟以疎才末學，亦稍有所記録，不敢向作者是正，尚恐出之不以其時也。獨其間有二事，不能不爲兄翁一言，以留心世道之人不可不知，尤不可不筆之于書，以爲傳信之寔案。

其一，魏子一當國變之日，語所知曰："吾不難一死，然不得當以報國，雖有殉節之名，亦同草木腐朽耳。"于是以身辱僞命，托老蒼頭約總戎唐通赴難，而子一身任爲内應，期某日以草塲發火爲驗，蓋唐爲子一素所心交也。凡三遣人而唐不報，知唐已有所屬而事不諧，于是子一作絶命詞，投繯而死。弘光時，群小當道，卒以受僞命爲子一罪，而莫有原其所以死者，此千古之恨事也。

其一，楊維垣，逆璫諸鷹犬中第一殺手，楊、左諸公及先君之死，皆係此賊鬻獄之誣開之。弘光時，巍然八座，招權納賄，家致巨萬。大兵至南，自知此身決不免，于是殺其兩妾，以兩棺置堂中，一棺書某官之柩，一棺書其妾某氏之柩，身負重資而逃。夜半出城，爲劫者所獲，殺其身而取其資。此南都父老至今能道之，而後之録野乘者書爲死事，謂此賊可以一死贖前罪。嗟乎，此賊爲逆璫剪除異己第一功臣，先帝之初欲借攻崔爲脱身之計，而疏中猶有"廠臣公而呈秀私，廠臣廉而呈秀貪"之語。賴倪文正公三疏辨其奸邪，謂先後改頭换面，是從來小人之心腸，小人之面目於是如是。先帝立削其籍，置逆案遣戍中，時以爲未盡厥辜也。何物神奸，兩番逃死足矣，反欲身名俱泰乎？是所當詳曝其奸狀，以示後世者也。

兩事弟所心恨，而言微不足表正，幸台翁之留意也。

先君生平著作頗富，因被逮時燼於咸陽署中，獨留一卷，大率黨人之言俱多焉。此時群邪殆盡，欲付之棗棃，而破家之餘，不能卒辦，然亦不能久湮没也。容録呈教，以求元晏，因無副本，不能以原本呈上也。至於拙作，亦有一二，以手僵目昏，不能多書，容覓書者録出，求大方之斧削，不能自掩其醜耳。欲與介兄談者種種，而犬馬疾作，不能當風，殊爲耿耿。此番假館，得其蚤歸爲望。匆匆率勒，不盡欲陳，臨風神遡。

憶昔年南都聚首，台翁妙齡而麟僅童稚耳。歲月推遷，滄桑變易，今皆蒼髯槁項矣，每從聲氣中二三友人詢知近履爲慰耳。往時遭瑲難諸兄弟率皆淪落，而弟在鼎革之後，尤屬無聊。國難方殷，家難繼起，所謂畫地不入，刻木不對也，言之嗚咽。今歲敝親家介眉兄不憚江漢之阻深，借窗於尊府，擇地而處，擇人而交，敝邑之能讀書古處者無不嘆其明智矣。以下缺

與冒辟疆書 二通　同人集

孟津 王　鐸覺斯

南都一年，半年卧床服藥，了無佳況，獨晤對吾辟疆兄，使人意暢心歡。讀舉業及詩篇，渢渢大手筆，與鳳閣龍樓相注射，馳檄而主風騷之盟，電策雷驅，六丁聽命，斯豈恒節操觚者歟？老泉、東坡儼在君家，我輩當避席矣。詩叙書束，搜行李，夜挑燈爲之，雖不能仰追作者，然誓不敢爲弱俗以欺世無知者。夫世豈無全讀三代、秦、漢書，而弟腐儒敢欺之哉？並俚刻一種，奉博胡盧。我懷尊先生及吾辟疆詩續刻，未入此部中。然後半生四十年，方欲勉力不肖，不肯温飽已也。蒼山白雲，其聽此語，斷不肯自甘中道之畫耳。若佳篇再以國風、雅、頌、漢晋諸體藴藉之，必無敵天下。此言非貌交口頭者，惟兄念之。李年兄韻致襟懷，皆足自得于湖山之外，然未有如此才而不亟出效明時者，行望之矣。且其詩仙骨獨立烟霞之表，日來定相與揚榷。弟鹿鹿，安得朝夕共樸巢相嬿就耶？幸爲致甫問訊，承賜名畫，兄真有情哉！容嗣有寄自燕達於揚州，不食言也。

憶丙子夏、秋，與門下談古今大業，旁及詩畫，相與訪求古迹於蕭寺古木之間，筆墨興酣，游情更暢。去今九年，何期世界一至於此？伴食抱慚，正需真正經濟如門下輔我不逮。乃在此三月，不一相過，豈到門失迓，抑君子裹足不前耶？

昨奉旨，覆閲諸廷試卷在閣中。日晡時，得門下佳卷，文之高古奇偉，壓倒元、白，不必言矣。而字畫遒媚圓勁，筆筆褚河南，深訝何人有此，何人如是。拆卷得門下，極喜又極深訝，謂辟疆至今日尚以乙榜作貢，逐隊明經，然寶氣所呈，到處難掩。此番雖有特用，即昨管誠老欲特題借重纂修，知皆非我辟疆所肯俯就，不若留待明年作龍飛榜首也。

閣務殷繁，數日後歸寓，幸過我，當爲數日傾倒也。

與冒辟疆書 二通　同人集

虞山 錢謙益牧齋

武林舟次得接眉宇，乃知果爲天下士，不虛所聞，非獨淮海維揚一俊人也。救荒一事，推而行之，豈非今日之富鄭公乎？闈中雖能物色，不免五雲過眼，天將老其材而大用之，幸努力自愛。衰遲病廢，田光先生所謂“駑馬先之”之日也，然每見騏驥，猶欲望影嘶風，知不滿高明一笑耳。雙成得脱塵網，仍是青鳥窗前物也。漁仲放手作古押衙，僕何敢叨天功？他時湯餅筵前，幸不以生客見拒，何如？嘉貺種種，敢不拜命。花露海錯，錯列優曇閣中，焚香酌酒，亦歲晚一段清福也。高才入雍，自當領袖，學使即便相聞。俟機雲入雒時，當與張茂先一流人謀賞識也。草復不多及。晤徂徠丈，千萬致意。

江淮鼎沸，吴中一夕數驚，豈知天台仙路近在淮南，桃花流水仍在人間世耶？儀部之事，託蕭、張二君爲料理，已許得當以報，想漁仲不難作浮圖合尖也。吴門李玉陽度曲之妙，爲老教師領袖，詼諧談笑，一坐風生，今之東方生、郭舍人也。以稼軒紹介，謁徂徠丈，遂令摳衣趨侍。乞延之幸舍，勿以彈鋏客待之，幸甚，幸甚。雙成亦知其爲人，應不以他客拒之也。損惠蛤醬絶佳，更祈一甖，以慰老饕。何時把臂，諸不多及，徂徠乞致相念。

與冒辟疆書 七通　同人集

婁東 吴偉業梅村

霜天茅屋，被褐擁火，友人索過江一札郵致知已，則同里兩詩家，一爲毛生亦史，一爲周生翼微也。婁東鄉以吟壇自命者，半爲饑寒所奪，惟兩兄以才地自命，聲出金石。亦史爲柱老安義公之侄，將以詩文謁王貽上公祖，謀讀書一席於貴里；而翼微鄉日客授澄江，風帆烟浪，時切問渡，故與之偕發，蕭辰搖落，孤篷衝雪，而遠訪未識面之安道。當此之時，老盟翁出桑落以飲之，割半氈以贈之，非藝林中一快事乎？兩公郎久擅潘江陸海之才，邂逅論文，百篇斗酒，知不可失也。陶公云"叩門拙言辭"，故兩兄請弟札先之，老杜云"途窮仗友生"，是在老兄翁加之意耳。老病杜門，末由會面，因風一問起居，惟加餐不一。

江南江北，隔絶相思，逸老遺民，晤言不易。水繪園倡和大集，盈緗溢縹，沾被海内。至銷夏十集，讀之如偕其年諸子同坐小三吾下也。弟少時讀書，自以不至舐滯，比才退慮荒，心力大減，百口不能自給，而追呼日擾其門，以此吟咏之事，經歲輒廢。窮而後工，徒虚話耳。自虞山云亡，後生才俊如研德者，憂能傷人，一二已填溝壑，此中人士救死不贍，何暇復問詩文。毘陵賦額稍輕，故其年在潭府屢歲，尚可不生内顧。老盟翁開名園，揖文士，又有兩令子穀梁、青若，如機、雲競爽，此世界可易得哉！上流有杜于皇之詩、戴務旃之畫、成伯磯之識，林茂之、邵潛夫以八九十老人談開元、天寶遺事，君家橋梓提挈其間，王貽上公祖即内除，尚以公事小留，按部延訪，揚扢風雅，共商文事，石城、邗溝之間，不大落寞也，視吴會遠過之矣。毛亦史感知已之愛，今遠涉江湖，所恃惟翁兄力加推揚，俾主人知爲重客耳，瀕行深用念之，特以爲託。春來鹿鹿無暇，不及答其年詩札。潛夫先輩名流，辱其先賜書，統俟之毛兄家郵。

後信題董如嫂遺像短章，自謂不負尊委，因大篇追悼，纏綿哀艷，文生于情，俾讀之者涉筆亦有倫次。倘其可存，亦夢華佳話也。燈下率楮，臨發依依。

江干往還，欣得風問，而來訊過推，佳貺遠及，自慚蹇劣，有負盛雅爲不安耳。《秋聽圖》勉題數行塞責，不盡揄揚。深閨妙筆，摩娑屢日，老眼作細字，既不解書，又初病起，昏眵特甚，徒累便面，如何如何。再(作)[即]篋中舊玩，又題二絶句，自謂"半折秋風還入袖，任他明月自團圓"，于情事頗合。知已嗜痂，應勿笑其率也。弟偶入敝郡，傷暑留卧邸中，使者久淹始發，題中牽牛女夕，非實録也。并以附聞，亦史蒙愛之至，百凡提挈，知不待言。新秋爲道自重，臨紙布謝不一。

亦史便筒，未及附信奉候。弟春夏踪迹，半在九峰金閶之間，因訪吾師蘗庵和尚于中峰。此地吴中第一山，支公道場，文、姚兩公爲汰公及高士朱白民結屋栖遯之處，計老盟翁所熟遊。至其伐木開徑，直造蓮華峰絶頂，有雲父怪石，落落數十丈，扶異呈奇，太湖亦盪漾心目，則弟以爲得未曾有，恨不偕兄翁笑傲其間也。佛殿前檐後廡不深，諸弟子發願募修，廣求善信，作大功德。有兩僧渡江，特造檀護，求爲布金。勝果將發，而弟適因書弟九峰之詩，寄呈教和，蘗公即楚中熊魚山先生，江南人士所宗仰，而直言予杖有聲前史者也。中峰既有文、姚遺迹，文、姚與潭府爲世交，翁兄于山川盛衰之後，發盛心勝緣，刻之山門，重記其事，世出世間，託爲美譚，不可挫過也。九峰爲諸乾老集各游誌佳會，中吴諸山，復得耆宿如蘗師相提唱，此間幸不寂寞。一棹猶夷，相見甚近，翁兄何不亟圖把臂之緣乎？

松下索筆，率爾不盡，中峰乃弟誤書，此地則華山也。二山接迹，皆爲文、姚所結集，故匆匆移彼作此，直所謂山行誤亦好耳。又行。

亦史歸，接兄翁手教，回環懷袖，如獲異書。贈紵之德，恨不能折窗畔梅花，江北江南，盈盈相念，以答所貺也。弟比作雲間遊，遍歷九峰，有諸乾一兄者，破家以爲名山，復徵君之祠，修彭仙之廟，弟爲之感今懷古，得詩數章。因念風雅道喪，一二遺老，汩没于窮愁催科之中，不能復出。若兄翁之陶寫詩歌，流連賓從，有子弟以持門户，有田園以供饘粥，海内誠復幾人哉？亦史述于皇兄賢倩，賴公得濟，此雖豪俠餘事，往來者争誦之矣。貴年家周孝逸兄，慷慨善談論，亦來謁幕府，周旋之雅，諒亦無俟鄙言。亦史懷德狥知，銘心何已，歲暮過江，深爲念之，賢主人弟不便通啓，并道契慕也。

有中州一友，向在左寧南幕中，弟曾合柳敬亭同一歌贈之，所謂蘇崑生是也。王煙老賞音之最，稱爲魏良輔遺響尚在蘇生，而不免爲吴兒所困，比獨身蕭寺中，惟兄翁可振拔之，水繪園中不可無此客也。冗次卒復，并布謝懷、不盡。

得其年札，知老盟翁將續選樓，爲一代詩文開生面，誠屬盛事。弟疾苦潦倒，不能與詞苑諸公相上下，然得快書一讀，名什縱觀，未嘗不可痊我頭風也。大梁蘇崑生兄，於聲音一道得其精微，四聲九宫，清濁抗墜，講求貫穿於微眇之閑，幾欲質子野、州鳩而與之辨，康崑崙、賀懷智不足道也。古道良自愛，今人多不彈，昔年知交，大半下世，淪落江湖，幾同挾瑟齊王之門矣。方今大江南北，風流儒雅，選新聲而歌楚調，孰有過我老盟翁者乎？弟故令一見左右，以小札先之。嗟乎，士方窮苦，扁舟鐵笛，風雪渡江，以求知己，倘無以收之，將不能自還。幸開名園，延上客，朗歌數曲，後日傳之，添一段佳話也。小詞《秣陵春》，近演于豫章滄浪亭，江右諸公皆有篇咏，不識曾見之否？江左玲瓏，亦有能歌一闋乎？望老盟翁選秦青以授之也。并及不一。

平生以文章友朋爲性命，比來神志磨耗，今夏暑熱非常，遂致舊疾大作，痰聲如鋸，胸動若杵。接手教于伏枕之中，腆貺優渥，文詞款至，摩娑太息，自以相慕之殷，何相遇之不易。然以弟卧痾若此,雖蒙鷁首見過,未能握手高談,銜杯危坐也。知尊體亦有小恙,偃息虎丘,吾輩老矣,海内碩果,寧有幾人?惟有藥餌不離手,善自攝衛,一切人事付之悠悠可耳。弟三四年來,頗有事于纂輯,欲成《春秋》諸志,而地里與氏族先成,地志尤爲該洽。病中聊以自娱,惜當世無有剞劂之者,終付醬瓿,又以自嘆矣。長公在都門,次公温清,父子以詩文酬和,尊門家集定垂百世不朽。拙刻附正往來筆墨,皆在其中,佳貺種種,無以爲報,如何。臨紙謝,彊飯自愛。不一。

與冒辟疆書 十四通　同人集

淝水 龔鼎孳芝麓

弟崎嶇行路,仗芘布帆無恙,于中秋後一日抵都門矣。秋氣蕭瑟,一往愁人,松桂北山,不勝林慚澗媿之甚。悔此小草,困倍飄蓬,惟時咏"京雒多風塵,素衣化爲緇"之句以自愾惜耳。感念老盟兄知己情深,何時能去于懷,然塵海茫茫,求我同心人如巢民先生,胡可一二得也!家公百老晤間業爲老盟翁道相復諄致之意,百老戀戀故人,歡然縞紵論交之舊,其推轂之切與始終照護之情,正未能已,此老盟翁執手相屬,敢以奉報。樸巢高致,何減東籬,誰家父子共名山,故自屹立萬仞,婦來花下更能文,無妨流麗千古,縹囊香艷,富有日新,能無爲遶道芳蘭之折寄耶?黄鵠浮雲,合并何日,風便,幸勿忘德音。尊公老伯前,更希叱致。

張君老至,得手示,情至之言,快如披面,數千里契闊,忻慰可知。弟數倩雙魚,計亦頻入清照矣。君老今之古人,無論襟期罕儔,而文采尤掩映一時,真黄金臺駿足也。既爲老盟翁僑札之好,對之即如坐玉壺,敢煩介紹之諄及乎?弟一入此間,頹唐潦倒,無復向時意致。長淮滔滔,夢時飛渡,在山遠志,何日忘之。縱令浮湛金馬門,無所短長,不堪爲知己道也。

于皇入雍事,弟叩之胡此老,又向垣中查原抄,止有己卯准作貢監記。于皇壬午已曾到北監科舉,此時亦可起文竟來,此老意甚切切,便中希老盟翁轉致之。如于皇有興北上,弟當與此老另商勸駕之策也。此時意緒草草,不及另作書耳。

董社嫂清恙計已平好,紅窗擁爐,寒香初放,令人飄然有藐姑射之思,弟婦之懷想企仰,又可知矣。

一切近事不能詳述,風便另圖嗣音。尊公老伯前希叱名,上候近社,敬仲諸君,同此耿耿。太宰公每晤時相念訊,已爲縷述台意,并託致懷。友沂返邗,想曾晤語,竹西烟月,又不寂寂,惜弟無緣陪侍清讌耳。

洞老至都,出示手函,一時風雨颯然,玉碎珠銷,斷魂千古。弟于宛君盟嫂,雖缺鬱金堂下一拜之緣,而玉蘭花底,醉瀋淋漓,猶髣髴歡塲,宣揚幽蒨,至今美人雲氣,繚繞玳瑁之牀,香魂有知,珊珊紫幄中,尚謂金蘭譜中人,有爲助哭申吁,泣名花而悲曉露者,不可云非弟管幅之遭也。阮公鄰女之戚,情至不堪,況于我輩骨肉關情,尤宜分痛。鍾退谷云好友在四方,而造物或收之。矧其在閨閣之中,天不憐才,遂令犀鈿蟬鬢,與文士平分鸜鵒之恨。老盟翁其姑念缺陷世界,能少解黄塵碧海之鬱陶乎?

《憶語》大刻,鍾情特至,展之不禁雪涕,沉香親刻,管夫人不是過也。誄詞二千餘言,宛轉凄迷,玉笛九回,元猿三下矣。欲附數言于芳華之末,爲沅、澧招魂,弟婦尤寫恨沾巾,追平生于響像,劈箋探韻,絮語神傷,而蟋蟀哀音,轉多幽咽,屬思未竟,惆悵無端,徐之必有以祝桂旗而酹翠羽,未敢忘也。

新政雲雷,萬方凫藻,卧龍峻響,豈能久伏隆中?肝膈深披,敢不仰體,但百老戀戀,鄙懷耿耿,願同志之一出,以答蒼生孔亟,真同饑渴。望老盟翁以世道爲心,弟與百老共效綿薄,惟力是視,斯固老盟翁所素鑒知,其夢魂刻刻以之者也。統容耑訂,再布區區。台貺隆渥,數千里外,濯冰玉而飲醇醪,良友之施,不敢不拜,未遽報瓊需之嗣音耳。中心藏之,何時不與芳襟相對也。

友沂不知何日抵京,念之每飯不置。園次、玉少、孝威、定九諸子,俱傷淪落,而于皇貧窘中復抱安仁之慟,聞之尤爲惻心。惟洞老徑得移文查釋,真是氣誼中一大快事,晤間幸代致歡踊之私。

君常卓識遠韻,絶倫軼群,此當代有用人物,不意亦見擯冬烘,扼腕何已。弟風塵碌碌,未能申北道之誼于萬一,忽此揮袂,彌覺泫然,過邗水把手,想能詳弟近狀耳。一切非倉卒可竟,旦晚另圖耑致。尊公老伯前不盡仰止,求叱名道意。想近時著作等身矣,欽企欽企,馮穎惟有神馳。

每拜良書,肝膈滿紙,不異剪燈夜話時。海内性命之交如老盟翁者,更復幾人?乃世網羈牽,不能遽遂幽居卜隣之願,迢迢河漢,徒托心期,懷袖芬芳,三歲而字不滅,何故人之有情也。辱示近狀,世道誠不可堪,以太丘之德門,兼叔度之雅望,固能使薄俗意消,何俟鄙言愛助。然肺腑相關,何敢自已,即與洞翁商致諸當事。友沂返棹不遠,計可詳曲奉酬也。

今秋北闈，高門幾無遺珠，友沂獨以奇才見擯，賴君常入彀，差爲吾黨吐氣。老盟翁聞之，定爲溢喜。君家雛鳳，必已刷羽丹霄，引領捷書，預爲屐折。

弟此間況味，都如嚼蠟，平生硜拙，無意榮進，今乃類獨繭蠶，纏縛難了，日夕謀抽身之策。倘天假之緣，得與知己徜徉嘯歌于蒼林丹壑之間，何啻遊閬風而坐瑶圃也。竹西烟水，實聽此言。晤于皇、孝威諸同志，亦幸及弟意。前荷芳卮之貺，花間深酌，與寒閨感頌益仞，嵇、阮交情卒卒，尚稽報候。君常蘭譜好友，而近執禮過恭，非所望于縞帶，老盟翁幸爲我破除之。因其行促附此，諸容續寄不盡。

君常行，曾一報書，想已入台矚矣。友沂得而復失，今返棹邗江，弟之近狀一切，必能面悉。老盟翁垂念故人，深杯剪燭，檐花雨霰時，當不忘長安明月中擊筑悲歌之侣耳。郎君之試，泣玉凌陽，令人氣盡。今歲賢書，殊堪捧腹，得失俱不足深論也。老盟翁北山松桂，雖以成陰，而末俗崎嶇，終難高卧。向與百老同其耿耿，今與洞老尤切拳拳，尚圖勸駕，非筆舌所能罄也。友沂想能代布，馮尺惟有神依。

一聲欲别，萬種魂銷，炎風朔雪之相思，邗水鍾雲之快聚。驪歌載駕，正休文愁病之時；萍梗難期，又王粲飄零之始。淚痕沾酒，秋葉打衣。雖前路之跂予，尚堪把臂；悵此(霄)[宵]之漸短，無計論心。藥茗戔微，附以海香甌紵，少申别悃。卷價十二金，少爲兩公郎文戰掄魁之用，并冀叱存。明晨仍過寓館，握手共圖一醉也。

沙令親傳到手示，兼拜寵咭，情文穠至。以雲霞之麗藻，寫金石之交悰，乃至損米仁祖，分惠脱驂，古道炤顏，深慈錫類。何意風波長物，草土慚人，煩知己之念存，爲窮子而收恤，篤切周至，一至于此也。泣告先慈几筵，謂惡子頑狠，尚爲海内君子所不擯棄於氣類之外，此之爲感，等于再生，小人有母不敢忘，其敢忘長者之賜乎？殁齒銘心，九京額手矣，百叩以謝。

正擬裁書馳報，而來雅以台教至。悉友沂非常之秏，駴慟欲死。天壤知交，能復幾人？忽此凋落，玉樹埋土，麈尾填棺，風流頓盡，言之腸寸寸斷矣。洞老雖勉强忍痛排遣，我輩轉難爲情，日則彈淚，夜則見夢，呼天呼奈何而外，哽咽不能成聲也。猶幸得老盟翁在彼周旋易簀，面訣手殮，真是范、張生死之交，聞之且感且愧耳。

承示近祉，久切五中。來春得請南還，一切定圖面罄。其年天下才，頻年相依，與令弟、公郎，可云檀樹瑶林，芳華相映，并此統致拳切之懷。所委拙序，亦俟過邗時躬奉也。

沙兄極蒙推愛折節，而邂會偶阻，深爲扼腕，未知更有補過之地否？三舍弟遠來慰示，迫于歲晏，遄歸過邗，特過東皋，喜其得先與老盟翁披對，諸可指示炤拂，想骨肉之愛，不俟叮嚀。

秋深知復有綺羅之痛，不免攖拂道懷。向少雙成盟嫂悼亡詩，真是生平一債，今當是第二債矣。玉簫明月，握手道故時，兩事當并案耳。附此致慰，幸勿傷神。椒繭真安息香侑楮，統希炤納。凴風無任依依。

十年兩别，所懷萬端。回思丁酉秋，被酒言愁，黯然分袂時，頓如昔夢矣。長安兩接手教，三舍弟復傳述台旨，深感知己，情言殷摯。適值弟傷心之時，哀蟬落葉，百念灰冷，拂紙抽毫，輒復廢閣，情緒抑塞，總不能成一語也。旋有量移之役，刀山血海，嘔心棘手，時時抱伯仁由我之懼，一葉孤撑，難尋彼岸，以此益復無暇。海内同志如梅村、于皇輩，皆未能隻字作答。雖不無見怪者，而梅村書猶十數至，亮其苦而宥其疎也。

巢民先生時刻在念，每與螺浮、阮亭見即語及。讀送阮亭大篇及五君高咏，擊節嘆賞，繼以感愧。平生雖不敢云有效于友朋，至于風雨雞鳴，耿耿不寐之寸心，亦未敢遽後于他人。即如某某，皆弟分所應爾，不必聞之如巢民先生也。

昨蒙聖恩予假，擬從邗江握手，傾吐其所欲言，而程限嚴迫，爲時無幾，只得從陸抵里，又坐失良晤。方用悵然，乃荷耑使垂詢，榮及先慈。仁人錫類之施，感踰骨肉，謹百叩以謝。秋風薦爽，兩郎君世兄自能聯翩萬里。向來爲老盟翁佳兒恨不吹送雲霄，又何惜齒牙餘論乎？弟料理馬鬣初畢，秋深從邗上北征，當圖一晤。伯紫并切相念，統此致意。别論便間，當更爲致之。此兄近狀，往往在人意表，亦未易與深言也。粗帛併薄物，聊將一念，并望炤存。

十年之别，聚首無幾，而塵冗煎逼，忽復睽違，萸灣河干，相望舟北車南，感憶高情，惟有隕淚，知老盟翁必同之也。陳緑岩公祖素心古道，真是我輩中人。賢橋梓夙望高才，業已備述，囑其加意炤護，想一見即應傾倒矣。通州新例，以寓居京、通者取印結上納，久勸公郎世兄，姑就此以圖進取。紀伯老傳致台諭，敢辭愛助，只望公郎決計前來，或先着的當紀綱速至料理其印結，并一應上納時雜費，弟爲代效綿薄。寒家子侄多欲援納，而珠玉之邸，咸未有以相應也。陳公祖瀕行，率勒諸不備具。

陳緑岩公祖行，爲君家橋梓再四致託，并草數行附候，屬其專人至尊府賫送，并爲公郎世兄勸駕，想久入台電矣。

日凝望世兄到都，屈指計日，杳無回音，而停止之請業已數上，及侍史至，則事已不可爲。因與蔣芳蕚往復力言，舌敝耳聾，徵色發聲，始得續報。此時正在查覈彙復，或庶幾得當，以慰知己。但不久有過堂之舉，必須急來，乃爲萬全。謹因風便，星速馳聞，其詳侍史想能悉之。台教種種未盡，統俟使歸續報。

中暑小極，草草勒此。

青若久寓都門，聲稱藉甚，而老成慎重，交遊不苟，每遇同人，無不快我辟老膝下之有機、雲也。弟雖勞薪腐草，時一乘暇招要，近褻珠輝，見季舟以思名父，對季方而感德門，山川間之，曷能已已。今幸業成太學，歸心甚切，弟復不敢勉留。重慶在堂，燕喜受祉，惟目送而手額耳。

昨韓公祖復托至，仰企高風，已爲心注矣，謹録附覽。名山耆舊，羔雁有時，惟爲道珍重。屢承手教，俱未及詳復，種種青若過庭時，當爲面述。率此布謝雅貺，止拜登履帶二種，餘珍藉璧，附洋杯、晋織各一侑椷，希莞存爲幸。小詩二首奉懷，病暑揮汗，書之扇頭，恐不堪出入懷袖也。臨楮依戀。

青若歸，匆匆數行附候，遂踰夏秋矣。同人自南來，多言道履近在吴門，舊遊零落，未知堪久停車騎否？家庭諸事，想自可交付兩賢郎支應，老盟翁蠟屐所經，風雅景從，江山生色，其足爲我辟老消愁袪鬱，放情輕舉者，正不一端也，神往曷已。其年六月抵都，良慰積渴。雖數與倡酬，未免冗奪，而名流所止，户外長者轍臨恒滿，至欲借一枝以栖鷦鴿，亦復不易。最後得中州片席，喜就近不礙槐黄之役，兼月旦舉子秋，不致荒于本領，俸固薄，稍覺相宜耳。雲郎從之殊洽，以行時未告主翁，中心疚仄，途次值青若，當爲轉達尊前。弟以老盟翁一片深情，生平憐他人過于自憐，憐其年當又過于憐雲郎，定無厚督意也，幸甚幸甚。倡酬詩詞並屬其年録政，羽便不既欲言，臨楮依依。

日與穀梁游處，知春酒方將介眉，羔雁紛陳，鸞鳳對峙，授簡之役，誼無可辭，徒以竭蹷禮闈，神理殊憊。而穀兄復置酒花下，明燈拂席，召灌邨、周量立而聚觀，促迫抽豪，文不加點，中間意滿口重，頗無擇詞，庶冀同心真率之言，少見至情於筆墨之外耳。附鐫卮雙，進宫香八函，薄旌燕喜。惟老盟翁爲道珍重頤護，以迓升至之祥，馮尺拳拳不備。

穀梁之在都門，老成端謹，晨夕相依，茹苦守舊，寒素自甘，總無少年紈綺之態與才士輕豪之習，弟深愛之重之。其詩文書法日益精進，歷試内院、内閣，兩呈御覽，謂可脱穎而出。不意取數太窄，致虚期望，非特弟爲扼腕，即熊青老諸公亦不勝爲高才怏怏也。擬再留之，别俟機會，而客況寥落，日切庭闈之戀，不能止其歸思。蜀中之行雖未可必，亦與羅約老再三面訂，極爲心許矣。秋闈甚邇，且當右文之日，時復需才，自致青雲，固不患無路也。獨是弟誼忝通門，又承重託，心力雖盡而事會齟齬，愧無面目以見三十年知己，惟深慚恧耳。

辱示和章及歲寒諸詩，情真語至，法老格高，見道之言，讀之心折。僭題數語，得之倥偬中,不足贊揚萬一也。

青若諸詩,才情駿逸,如紫燕翠駮,籋雲追風,其進殆不可量。珍之篋笥,時時把玩,如對故人,欣服欣服。行驄將出,世事紛紜,楮尾所云薄遊,且復稍遲。

弟之近狀,轂兄深悉,旦晚決歸,與長兄水繪庵中堅訂歲寒之約也。佳惠種種,俱經心手,感佩何如。漢玉卮一進,倭羅一端,安息二兩,辰砂一觔,聊以侑緘,兼爲進酒,統希炤存不盡。

與冒辟疆書 二通　同人集

溧陽 陳名夏百史

別去數年,懷思增積,忽得老仁兄手示於煢煢歸里之時,便憶影園兩雁行深夜慷慨也。萬死一身,偷息人間,遠道靡從告語,而家難不測,抱恨終天。仁兄尚惠以金玉音,故人不遐我如此,感極涕下。弟發江省矣,大仇一得,倘不即隕越,更祈老仁兄馳舟握手也。生平游從死散相繼,患難不變,獨有貴池之劉伯宗,吴門之朱雲子,其他號父子間游,皆反顔不相顧,良可嘆悼。知老仁兄異地如面,耑以相聞,吾輩胸懷,不可不知此數公也。樸巢無恙,何日同登,賦停雲之音耶?念之姜公祖,深服老仁兄,特托致意,殷際老久悉高義矣。臨楮依切之至。

直指姜公祖,夙慕鴻名,今采懿行。昨又得把晤老仁兄,極口讚頌,真如天際朱霞,人中白鶴,雖鄉紳薦剡已經停止,走書與弟,必欲仿法膠州例,特薦真才。疏已草就,而老仁兄苦以目疾、脾疾、足疾與獨子孺慕堅辭。今姜公祖鐫級行矣,昨與宫紫元年兄細商,謂老仁兄授官未仕,何妨貶損,仍以副榜貢勉就秋闈,以光榜首。聞老仁兄掉頭竟回東皋,世事如此而高賢不出,無論蒼生,弟秉彝之好與疇昔之盟,謂何?而老伯在堂,兵燹未熄,弟遠在都門,竊爲門户深爲過慮,老仁兄亦當自爲計也。骨肉關切,瀕行更爲勸駕,弟與老仁兄一人知己,不難竭頂踵相報,惟老仁兄命之念之,臨潁神注。

與冒辟疆書 二通　同人集

孝感 熊賜履敬修

接手教如奉麈談，饑渴之懷庶幾少慰。而長公以一日之雅，執禮倍恭，具見交道之厚，愧感愧感。先生大節表著，碩果僅存，本在俊顧之列，而風流跌宕，尤善爲寄托，以藏其用，此誠先民之遺風，難爲世俗者道也。僕痾卧秣陵，荆籬晝閉，無由一過邗上，共先生酬唱平山斗野間，坐此有懷，悵悵而已。

頗聞逸園水繪庵在洗鉢池上，蒨葱照眼，不減輞川之勝。先生短笛輕舸，異香遠襲，賓客皆知爲辟疆船，斯殆與楊鐵崖泛畫舫，自倚鳳琶和侍兒歌白雪辭；宣彦昭坐海棠洞底，取檀槽奏新聲，釃酒仰天而飲，同一蓋世之豪致。若雲林、仲英輩以貲自雄，故涉竹林之餘習，則未可同年而語矣。何則？以中之所存者有别也。

古之賢豪任俠者流，意有所不適，則必爲之恣情觴咏，以自洩其胸中恢詭之奇。當其月落参横，酒酣耳熱，往往至不能自禁束，而世之君子亦或爲之，哀其志，壯其行，未忍以斤斤之規尺繩之。如前代張季翁作短衣高髻，攜吴姬度歌曲，爲蹴踘諸戲；劉德資偕友人遊二老峰，皮冠挾矢，尊罍自隨，酒闌裸立池中，傳荷筒爲娱，二子者可謂負遺俗之累矣。然迹其生平姱節，即古人猶以爲難焉。且退之文人也，出見張籍，命二姬合彈箏箜以爲樂，初亦何害其爲賢？而吴康齋被徵後，以訟田故爲當路所困折，學者爲惜其不幸，何則？觀過知仁，亦各有所取爾也。惟先生益加保愛，勿以細故自嫌。僕雖鄙儒，讀書論世，猶頗具眼界，非僅學人泣笑者，或高明尚未之深知爾，如何如何。

壽山石真黄牛灘中物也，拜之得無傷惠耶？佳刻數種，並久已盥讀卒業矣，肅此申謝無任。主臣尊稱過謙，祈易之。西葛二端，侑函鑒存爲荷。

畫箑頒到，焚香展翫，如矚王喬笙臂縹緲霞端，又如游目芝田松蓋間，素羽離離，晃映人目，殊不知此身在塵溘中也。至題咏之妙，則又似九皋清唳，響振白雲，直與鮑參軍《舞鶴賦》同一俊逸。大都先生之文，每託旨於美人香艸而纏綿隱惻，則常在洞庭木葉之間，不知者僅於《玉臺》、《香奩》中求之，則末矣，如何如何。

江流帶水，南北相望，握手何時，惟有神往，珍品飽德，無量並謝。小刻附政，聊博一噱爾。

與冒辟疆書 同人集

京口　張玉書素存

恭惟老先生台臺，淮海偉人，東南耆宿。擬香山以水繪，開洛社于匿峰。鶴髮峥嶸，天留碩果，羽觴談讌，人仰靈光。自梅村、合肥兩公而後，海内文章聲氣，全恃老先生一人，巋然領袖矣。先君里居廿載，杜門寡交，辱老先生垂注殷切，時通慰問，頻年家郵至京師，每述高誼，以示不孝兄弟，至今華牋墨妙，猶一一藏弆篋中也。

方丙辰、丁巳間，先君時有下部之疾。辛壬以後，夙恙漸痊，精力倍王，書卷而外，不廢應酬。故亥冬《通志》之役，勉赴白門，留連數月。此次公青若世兄所共晨夕者。不孝客寄都下，方幸老親康强，承歡未艾，豈意昨秋積熱生毒，卧病僅十日，頓罹大故。不孝等罪重孽深，遘兹酷罰，攀號無路，抱痛終天，生人之慘，至此極矣。伏承老先生篤念夙誼，遠煩長公穀梁世兄涉江惠弔，不孝等敬捧誄辭，反覆跪誦，感素交之款摯，憶舊雨以欷歔，至情之言，纏綿楮墨，且誦且泣，真不禁涕淚横流也。匍伏苫次，謹翹望搏顙，俟卜葬事畢，方敢造門叩謝，切冀慈原。至於勝國之史尚未成書，末年遺事欲請質於左右者甚多，兹荒迷中不能縷布，統容異日面懇呰詔。

率勒馳復，憑啓哀感哽咽之至。

與冒辟疆書 家譜

崑山　徐乾學健庵

江雲燕樹，音驛爲遥，每望枌榆爲魯殿之靈光。襄陽之耆舊如先生者，指不多屈，未嘗不夢雨相思，回環縈繫也。季秋捧承芳翰，高情藻采，奬詡過當，頳尾勞人，徒有惶愧。伏審謝屐陶輿，起居佳勝，擁書萬卷，何假百城。人世福壽，地行神仙，慕羡何已。令叔蒙求遄行，未及奉教，抱歉幸鑒原之。

與冒辟疆書 同人集

祥符 周亮工櫟園

自浙回,便往延令哭季夫子,途值蒼老,遂返,以爲邗江道上,或可與老年臺遇,不意竟不獲遇也,爲之黯然。

憶吾與老年臺同甲子,少壯幾何,今俱成六十外人。亮患難叠更,老遂易到,筋力既衰,萬念灰冷。初顔吾堂曰"恕老",近且更名曰"認老"。蓋直認爲老,則百事謝絶,不爲一切,詩文亦謝絶不爲,近且爲不識字惰老人。以視老年臺龍馬精神,芝蘭臭味,日坐水繪庵中,著述日富,佳兒滿前,真有天淵之隔,盈盈帶水,空有健羨。

于皇之弟蒼略先生,與亮相知三十年,而與老年臺氣誼亦不薄,以貧故,走雉皋奉謁。歲儉我輩照拂人,亦自難事,然我輩謝絶同人,則便成一冰冷世界矣。故亮家徒四壁,已成一退院老僧,尚以澹菜薄粥接待四方頭陀,則老年臺不能辭蒼略之責矣。隨分一爲計較,亦仁人君子之用心也。

亮去年六十,四方祝頌之詞,一概俱嚴爲謝絶,獨同人爲恕老堂酌酒與櫟下老人歌者,欣然拜之,且將付之梓。幸老年臺走筆爲之,亮將補《樸巢酌酒歌》以謝。此時如我兩人,豈易多得也! 留意留意。揚城有仰瞻魯箑肆,但付之十日,便可達金陵矣。不盡。

與冒辟疆書 三十二通 同人集

新城 王士禎阮亭

一接蘭芬,塵土盡滌,況與難弟次公把臂,一門龍鳳,曷勝健羡耶? 大筆數幅水苔足矣,重煩作屏幛,所得毋乃太奢乎? 謝謝。粗箑一事,再求書垂和諸詩,細楷尤妙也。餘即面悉。

昨與次公約台駕以薄暮見過,適以事阻,未遂良晤,悵也何如。明日小暇,幸枉高軒。家三兄子側扇一握，求細書，如昨爲弟作者，祈毋吝捉筆。家兄京口詩一種，并附求政。

前晚草草晤别，迄今悵然。弟三四日來，應酬判牘之外，聽斷日至十餘件，寢食不遑。雖切近清光，而仰望百尺樓中，便不翅蓬壺方丈，老世翁先生能無念我乎？箑頭小行楷極妍盡態，正使華亭先生復生，不免興嘆積薪耳，如何如何。青若風神標格，直是樂、衛一流，韶音令詞，縈我夢寐，小暇得同過爲佳。何時得見穀梁，如把浮丘袖而拍洪厓肩耶？心甫弟故交也，不知客秋曾至廣陵，見來托云云，不覺失笑。下走之無知，若此當嚴戒之。見其年來字，文友試畢，想渡江而北矣。

流光如駛，遂已五日，沅湘之感，正深于懷。忽捧新詩，纏綿宛惻之情，風景河山之嘆，所謂對此茫茫，百感交集矣。頃判牘之暇，偶成一詩，正欲仰請教定，見此不免尹邢之别。小舟已令報命，當不悮耶？家西樵兄《憶萊子詩》二十首，初自都下寄到一本，爲顧修遠持去，不肯見還。昨暫取來就正，祈仍擲下。秋間欲刻弟廿歲以後七八年之作爲編年詩，奉求大序。青若統此致意。

令弟無譽年兄，鴻采龍文，正如沈、謝、何、劉，暗中摸索，亦自可得，弟何功焉，而敢煩齒頰之及耶？顧生頃亦説項，想思繁偶忘却，承諭容即公薦之。弟昨至丹陽，停舟江上，又飽看金、焦一日。歸登瓜洲新建大觀樓，月明風静，望江南諸山如鏡奩中物，偶得句云："回飈聞玉笛，涼月滿江樓"，惜巢民先生不共此也。五日懷家兄兼奉酬一詩附正。

近爲極没要緊事，部議罰俸一年，又事在客冬而獨不援赦，弟本無宦情，只得浮沉任之耳。

昨承左顧，以弟病甚，未能倒屣，坐失良晤，伏枕增嘆。尊翰到，知歸帆已掛，東眺雉城烟水，何勝宛在之思。湘中閣詩以韻難押，昨船中率作不佳，又復裂去。恐羈便面，先書渡江四絶請正，容嗣成寄上也。無譽、青若不及另字，臨穎惘然如失。

冰玉壺中，垂楊影裏，佳句宛然目前，忽又一年往矣。中間千絲萬緒，觸景興懷，東望雉城，美人天際，我心菀結，如何可言。青若遠來，相遇海陵，挂席相對，揮麈快譚，輒復注念太丘、元方不置。天中節屆，尚未得一候伯母太夫人起居，乃承寵貺叠頒，慚感交集。故園寇警，井堙木刊，今番始免，杜老《無家别》不堪一再讀耳。老母託庇無恙，弟與子側及内人悉已長齋奉佛，鶴柴竹亭，蕭然僧舍。家老兄十年潦倒，叨列東銓，皆賴慈蔭，遠承雅訊，感切感切。

《漁洋》拙集寄去二部，一奉先生，一其年、穀梁同青若覽觀。牧齋、韞退、其年三序，昨始發刻。李水部頃已相託，渠言誼切同門，無不炤拂，今想同道臺將至雉皋矣。畢淄湄昨過此，再以其年文友囑之，渠極留心。冗極，草奋附謝，不莊不備。其年不及專復，萬惟叱名。

向來頗嘲熱客，今乃自作褦襶。遥憶先生暨其年、穀梁、青若諸子坐水繪庵中，魚鳥親人，不翅作羲皇上人之想。青若昨匆匆褰去，殊以爲歉。底事屢屬珍示面言，頃又作字，至切相懇，已慨允行，一年區區苦心，至此始得自慰。適至海陵見蘧使，即付之共一喜也。

仲卿曾推分否？老父老母南來，相見悲喜。老母起居清健勝常，比來一大快事。知極關切，輒附及之。海陵舟中揮汗，草草不一。再杜湄老昨與其年相晤否？俞氏《明百家詩選》爲覓一部，附懇。

流光如弩，忽又深秋，東望龍游，但增感嘆。老年伯母起居納福，闔宅迪吉，可勝欣慰。賤辰乃勞遠憶，且辱多儀，何以得此？其年到此流連三四日，明燭連茵，頗極纏綿之致。又爲作一字與畢淄老；舍親俾其炤拂，并令致宜興令，格外遇之。蔣馭閎名宿，相見便爾傾倒，我輩文章信有神耳。别教小事，何足縈情？青若事弟及珍示敝門人頗殫心力，聞有收漁人之利者，不可不察也。

比來憔悴，詩思亦奇減，冗中匆匆報謝，不及一一，臨穎神馳。《漁洋全集》一部附覽，中尚有訛字未正，祈爲讐之。

嵆若兄來，接手教并穀梁、青若札，知故人文酒之暇，亦復念及荒傖也。弟近況益惡，非筆札所能悉其萬一，庾子山云："此樹婆娑，生意盡矣。"老世翁橋梓愛我最深，何以教之？棧豆寧復可戀，甘作駑駘，豈不可笑？札中云云，增我疑思，欲面嵆兄一細詢之，而束帶竟無少暇。嵆兄亟返雲陽，未得握臂，數日來以爲欠事。賤辰何敢勞文駕遠來，然念二妙甚切，能一晤亦頗慰調饑耳。

吴下逋欠，雖先賢如唐荆川、繆西谿諸先生亦不能免，有心人可勝太息，其年得不蔓及否？如許士雲、孫文友諸同志皆在其中，浙中如駿孫兄不知何故闌入，爲之廢寢食者數日夜。將來過郡城，何忍見其楚囚相對哉？

舟次偶成一詩寄懷，燈下書便面請正。心緒不佳，不足供軒渠也。不既。其年近詩多寄惠爲望。邵潛夫無恙，小幔無恙，老伯母尊前叱名。

令弟及兩似君先後行至，不能作一字上候伯母太夫人起居及世翁先生道履，諒知己憐其勞而鑒其疎也。昨爲寒河兄之託，倉卒遣盛使歸，萬不悉一，得手教，纏綿篤至，情文斐然，長跪三復，如侍麈談矣。比秋氣薦爽，尊體當益佳，寒河兄所以慰之者甚周渥。

次公事，弟今日在真州，前後覼縷言之當事，意最佳可，必得當，語略具似君札中，不敢復贅。此公與弟性命交，定不宿諾也，附聞一慰。

扇頭八詩風神麗藻，掩映西崑，簸揚在前，真慙倚玉。奈何倡和詩皆偶爾寄興，頹唐放筆，似君顧痂嗜之，"家有敝帚，享之千金"，斯之謂耶？少陵公每相見必訊及，稍涼或當一晤之否？蔡生在彼，重煩推分，非所敢承，謝謝。皇甫司勛汸、皇甫華陽沖、皇甫理山濂、華鴻山察、高季迪啓、鄭繼之善夫、趙叔鳴鶴、孫洞庭宜、王渼陂九思有數集，大司馬梁公頃託爲訪善本，老年世翁可爲一留意乎？邵先生致意其年，已爲堅託矣。

前文駕臨邗，弟正百端交集，疏節之罪，種種難逭。伯母大壽，弟記嘉平之朔，又以往來淮郡，更值制臺大人駐揚，竟爾忘却。適訊秦籥，始知爲仲冬七日，悚仄難名，容回郡遣役代躬也。尊恙大愈否？青若體中比復何似？深切懸懸。徒以爾來諸事拂鬱，無復人理，不暇得一申候，然此中無片刻能置，青若當知我心耳。訊使者知穀梁又得一雄，不覺忭舞。德門積善，蘭玉盈階，伯母喜當何如，良快良快！

其年與弟交若有夙因，其淡漠之情，纏綿之致，别後令人夢寐不忘。歲抄歸陽羨，幸必取道邗江，一申契闊。此時冀與青若偕來，子側昨已至，兼可訂交，如何？

頃蔡三哥制臺公子也。過弟齋中，見《洛神賦》素屏，極口嘆頌。問知爲先生大書，特屬弟求二扇，弟又代許一綾幅，敢求乘暇走筆，付弟致之，款内并及弟轉求之意。此君翩翩佳公子，有乃翁之風，甚可交也。

蔡三哥道貴邑練餉事，林公已有具題之意，此弟與蔡三哥傳言貴邑悮增之苦，而蔡三哥自撫軍處來，目擊者想不妄也。又蔡夫子面語弟，兩托查貴縣事，蔡三哥出都，亦云弟力言不可。直云辟疆忍辱忘怨者，萬一行查，伊必疑辟疆。且門生與辟疆交誼，夫人而知之也，毋重之禍，乃真愛辟疆也。蔡夫子云："如此，府與廳各行一牌同查可也。"行已旬日矣。近欲詢青若病狀，且不敢作書訊，正避嫌耳，秘以相聞。

晤道臺，極感雅誼，云在水繪觴咏盡歡，屬弟致謝。又若文兄書至，欲來水繪踐雞黍之約，原札附覽，覽過擲下，倘能挐舟一迎乎？

海陵旅次呵凍，略有積臆，語無倫次，并諒宥之。

海陵作亟附綱紀後，淹留三日，始返棹歸。而胡予衮夫子尊大人過此，日與鹺臺應酬，以故未遣稱觴之使，罪莫逭矣。冗次復接手教，傳悉近狀，不覺眦裂髮指，又復淋浪霑襟。何物么麽，跳梁乃爾？文即如命下矣。

蔡三哥尚泊舟于此，尊貺箋扇即刻走致之。連日未相晤，晤時備商一切耳。苕兄馮管家有事淮上，亦適到弟許，尊函附之，往吴門慰其意也。

假館主人爲誰，再三思之不可得，含沙射人，鬼蜮行逕，無足比較，昔人有言，羞與魑魅争光耳。

其兄從郡中來，又是一快，必得卯君同來爲佳，恐久病不耐勞劮，如何如何。

所須貂帽附上，一微物宿諾至今，可知弟意況矣。李平子昨又詳請，不能復留，只得批候院道詳行矣。然地方失一良牧，而將來練餉一項不清楚，終是累手，奈何？

無譽索《西樵集》，今寄一部，《阮亭詞》急覓不可得，容再寄。

以使者行急，弟又將往瓜洲，瀕行匆匆，質言絶無文理可佐，先生一噴飯乎？不盡。

苕文近寄廣陵雜詩，内一首云："新聲獨數廣陵城，銀甲檀槽最有情。座上何人能顧曲，樸巢公子舊知名。"知相念至矣。

日坐愁城苦海中，思得一字以慰饑渴，每接手訊，乃始欲愁耳。亟引秦簫傳聞近狀，知鬼蜮伎倆無所不至，唾面自乾固是一着。然源源而來，殊不可訓，宵小之輩起而效尤，此豈可鬱鬱久居者哉？以弟愚臆，今惟中翰一席，地望清華，無仕宦之苦，而可爲門户之計，計無出此。穀梁、青若有一于此，亦足矣。若云力不能辦，彼魚肉而蠶食者，非罄囊橐、鬻簪餌以應之乎？

畢舍親來，業已以橋梓傳悉託之，其年、青若不來，虚我十許日夢想。上元前能把臂妙絶，恐未必果耳。練餉一事，責成在平子，雖引疾而考成不能脱。然幸語令黽勉了此爲是。餘不及一一，寄札時三鼓矣。頃刺舡往迎胡念老，近中秋當至此，弟自能留意耳。又行。

昨承着屐過蘇端，匆匆遂成雅集，況復琳琅相晤，笑言咳唾，皆足千古樂事，得未曾有矣。杜公許即當傳述高雅，不待見屬。心甫放生池歌極老氣，中間便具陵谷滄桑之感，吟次三嘆，不能已已。午日又逼，在勞人祇益悲慨。先生昆友階庭之間，定多清咏，可垂示乎？

艇子如需，便當奉命，明辰令往，何如？適灣頭歸，疲甚，不一。

董宗伯紀遊小帖奇絶，便欲裝潢。以先生是其付法大弟子，又小楷之工足與雲間雁行，且此帖是先生所賜，亟欲得一尊跋，合成雙絶，三日内可得落唾九天乎？數小札亦欲附帖後，能再雜書數則見惠尤妙。湘中閣詩韻甚强，難于學步，容嗣上之。又行。

家兄平地波瀾，魂飛湯火，不啻子瞻湖州詩案。而弟曾不能舍此鷄肋，如昔子由赴闕訟冤，以身請代，而猶且飽食安居，偃仰在床，豈復可靦顔人世乎哉？因自嘆事事不及古人，寧第文章而已。其兄來拜，台札及青若見慰書何其懇惻纏綿，一至于此！三復淚灑，惟有感銜，得便即寄北知之。

邇來事事拂逆，告貸無門，殆如少陵所云"心死作寒灰"，無復人理。大集陸離滿前，未能點筆，以附不朽，恃在台諒。其年《射雉集》刻成，專望惠寄十餘本。又辱雅惠，不翅瑶瓊。紈扇約履，更出閨製，知先生愛注深矣。

附謝病次，不及一一。虞山公遂謝人世，泰山梁木之痛，如何可言。

端午遠辱存注，草草一函報謝，知達清覽。家兄近況頗好，填詞遂至二百首，亦足見其學道得力處。《七憶詞》其年有抄本，先生可取觀也。因垂注，故詳之。

其兄在此，流連極歡，無日不相見。頃接手教，力尼其河北之行，勸其仍留東皋，且可了未盡之緣。其年遂幡然首肯，輟北轅而首東路矣。此雖蘇、張之舌，何以過耶？笑笑。

舟中草草，不盡覼縷。潛夫先生叱名。

比者穀梁遠來，承老年世翁雅注殷殷，瑶函大貺，稠叠隆渥，愧不敢當。拜賜之餘，益深銘縷。家嚴、慈託庇安善，向來憂思爲之一釋，此固知己所樂聞也。

穀梁匆匆東歸，弟心手無暇，亦復不知何時發棹，得周量正求處音訊始知之，歉何如矣。讀《同人集》，知先生于朋友之際，纏綿宛篤，古道照人，亦猶《谷風》詩人之意也。李平子遂行，如此守令那可多得？從其行笈中得《雉城紳士父老去思碑》，甚服貴邑三代之直也。周量于今日行矣，附知不一。

犬馬之辰，辱蒙雅注，兼勞二妙遠來，愁疾之餘，頓爲蠲釋。至名章迴句，珍重兼金，吟諷之下，益增仰嘆耳。敬謝敬謝。醔若頃來相見，頗爲縈慮。似公來從容杯酒間，乃傳悉之孟門。太行起于平地，咄咄怪事，惟有唾面自乾一法，隋珠彈雀，毋爲也。又接辰老處尊札，極當效綿，從容言之。重陽近矣，滿城風雨，不識東籬悠然時亦復西眺平山，念及勞人否？

附候伯母萬福。莊啓不敢當，亦不敢璧。弟冗次亦未及莊，復惟諒宥。李平子賢者，聞其照拂德門甚至，深爲關切，幸爲致意不盡。

頃聞台駕將西，迄今杳然，何耶？前通州新守來謁，渠久仰山斗，兼持有高念東家表兄奉寄一函，想已投記室矣。小極草復。

適勞台旌遠迓，分不敢承。本擬即夕摳衣，衹以夜深泥滑，不敢復驚動。定再荷雅意，當于明早盥沐，拜老年伯母尊前，兼握悉別緒種種也。

家兄及弟近刻三種，先請大教，并呈其年正之。笥中所携甚少，燈下草草先復。

昨夕暢聆樂君之論，不獨聲色絲竹之妙也，謝謝。連日簿牒如山，稍一料理，以便明日赴曲水之招，甘金谷之罰，今日萬不能躡屐，奈何？如與其年暇一見過，當專候耳。

小像二，即煩同其年一題。

上巳高會，林水幽映，風日清佳，授簡徵歌，各極休暢，然主人留髡之意深矣，謝謝。

昨取到家兄《南徐游覽集》刻樣數紙請政，并汪舟次詩序求教。倘可收入《陽羨選》中乎？江都趙叔鳴先生諱鶴，有《具區集》三十卷，如有藏本，希借抄之。

連日夜坐，幾于達旦，又以公事迫促，幾不成寐者四夕矣。今日佳招，本擬趨命，并踐鑒賞書畫之夙約，乃頭目岑岑，殊不可耐。辭則非情，赴又不能勉强，奈何奈何？惟曲亮之。

豁若聞復暫憇潭府，又勞周旋，爲不安耳。

諸公詩已點竟，前數紙偶着圈點，若欲裝潢作册，恐爲未雅，求另録來，當重附僭評，如何？先生大記及髯公序并求教，王介甫《百家唐選》借一觀。

林塘明月，鳥栖人静，徙倚忘歸，幾不知東方之既白，先生之愛客深矣。坡公云“兹遊奇絶冠平生”，信然信然。大序并其年記如教，僭評不足當游、夏，惟有慚恧。今日小極，聞蘭香已降，却容賦催妝，索一笑也。

與茶村、其年、亦史諸公約催妝五言律詩，起句用“名士悦傾城”，七言律詩，起句用“新得佳人字莫愁”。賦成持賀，不知能描摹麗色于萬一否？

此來既飽飫郇公之厨，復縱遊平泉之里，北行更勞諸先生遠送河干，高誼纏綿，感與路永。

與先生及茶村、其年分手後，偶成一五言長詩，留别兼别諸子，具草博一軒渠，希遍示祖道諸公也。

舟次接得家兄近刻《南徐遊覽集》，又五七言古詩歌二卷，又石刻二紙，統寄記室，并煩持請教茶村、其年，以無他副本故耳。

兩嗣君不另札，統此致意。

年華鼎鼎，此生如弱草栖塵，乃奉違顔色，倏已二十載。影事前塵，何堪追憶。弟叠遭骨肉之痛，形神齒髮都非故吾，屈指先生甲子已七十餘矣。杜公詩云“昔别是何處，相逢皆老夫”，情事宛然，然未卜相逢定在何日耳。頻歲已來，遇廣陵故人，必詢起居，當事南行者，必詳屬之，不敢一日忘。即頃同官湯先生之行，雖渠硜硜素寡交遊，亦必爲悉言之。蓋海内碩果已無多人，非獨厚世誼舊交已也。

客冬奉命嶺南，本意歸途過揚，一與先生把臂，并及諸故人，尋平山紅橋昔游。不謂至皖城而痢大作，冀早抵里省覲老親，兼可從容藥餌，遂自浦口改水而陸。人生合并，良自有數。舟次南康，阻風彭蠡三日，得南豐湯佐平先生流連白鹿洞中，五老峰下，如此人地，亦不偶然。共念水繪庵主人不去口實，此段情事，先生亦不可不聞之也。

八九年前，爲季角題如嫂畫册二絶句，不知曾入清覽否？初入都，篋中無扇，又病痢百日不止，伏枕狼狽，聊書赫蹏，以博笑粲。貼瓣梅花，尤爲奇絶，容小愈，製一詩奉謝。但惜非陸凱、何遜之才，如何。山濤聞即行，藥裹紛紜，悤悤奉候不悉。

一别將三十年，中間音驛稀少。壬戌歲憶有數行復青若，附有三詩，因過庭致候台履，倏又十稔矣。甲子奉命祭告南海之神，私計歸帆必經邗水，與先生及諸故人執手相慰勞，一申二十年契闊之懷。因緣乖隔，取途於滁，失此良晤。乙丑七月入都，遂乞休沐省親。甫抵里，而先祭酒府君見背矣。曩壬子使蜀，而先恭人棄養，兹使粤而府君棄養，皆行萬里而不及一訣，天乎人耶？戢影堊室，自爾五年。己巳迎駕德州，承蒙天語，殷殷垂問，且再詢入都之期。聖恩深重，不敢堅誓墓之私。是冬歲杪至京，未兩載，屢荷峻擢器使，而局務殷繁，筆墨遂廢。

令孫世兄到，忽拜手教，不覺抃喜，繼以感慨。蓋先生大年已登耄耋，弟亦荏苒過五十望六矣。歲月如流，不堪把玩，揚州一夢，疑是疑非。而穀梁似君且已及壯，中間陵谷，又不必言。先生碩果不食，靈光巋然，飲酒賦詩，依然少壯，羨服羨服。

弟硯田不治久矣。乙丑後小刻五種，聊博笑粲。功令森嚴，不敢外發隻字，若應留心處，亦不俟諄諄也。

二千里外，合并何時？穀梁、青若，統此道念。

答冒辟疆先生書 湖海樓集　二通

陽羨 陳維崧其年

桃葉渡頭，莫愁湖上，論心浹月，把臂連宵。申之風雨之盟，重以雲天之誼。雖漢室公卿莫憐王粲，而長安故舊猶問何戡。以至追陪庾亮之樓，出入石崇之谷。池臺歡讌則陸孔連鑣，歌舞遊從則庾徐並轡。身雖離亂，快極生平；一別經年，何嘗不嘆。念江淹於天末，似有羅人；眷謝脁於雲中，微聞弋者。旋知康吉，奚俟欣榮？計孝穆欲寄李那之箋，既魚書苦短；即趙至擬命嵇康之駕，復雁路愁賒。兩者躊躇，寸心緯繣。

適因他事，滯迹吴門，猥荷隆情，枉煩蘧使。憶昔歌驪之日，亭曰勞勞；睠言執手之時，誓成旦旦。臨歧一慟，行路爲悲；崧實有心，敢忘夙諾。即如今歲，心結成言。學虞卿之著書，纏綿閉户；愧長卿之作賦，息意行遊。徒坐管寧之床，未設馬融之帳。況當命至，能不神馳？

祇以婁子江邊，欲訪東山之墅；闔廬城内，尚淹北海之樽。朝旋里門，夕發邗上，斷不稍延晷刻，屢積詈尤也。拜嘉星晚，謹登鮑叔之金；擊汰露初，佇見陳遵之轄。書成對客，悰繫各天。

吴門一别，倏復一年。别時艾葉成叢，今又榴花作纈矣。流光如駛，歲月不居，言之太息。想老伯比來起居，益加康勝爲慰。

姪崧自去夏入都，至今春始就御試。荷聖主殊恩，興朝異數，擢官翰苑，列職史官。在草茅得此已爲不世之榮，但引分增慚，未知作何報稱。兼之輿馬僕從之費，四顧徬徨，不知所出，徒邀相如獻賦之褒，不無方朔長飢之嘆。未審知己何以策我？

至於纂修一事，尤非歲月可了。汗青頭白，浩渺難期，正未卜告竣，還鄉定于何日耳。

昔游歷歷，舊事明明，水繪朝烟，鉢池夜雨，都縈懷抱，難問音塵，屬在深情，定均斯慨。

老伯年來境遇，姪所稔知，每一念之，未嘗不撫膺裂眦。但人世虚舟，物情飄瓦，莊生齊物之論，柱下守雌之風，諒高明自有曠懷，知無俟鄙言之贅耳。

姪以麋鹿之性，甫入樊籠，不覺神魂錯莫。俟諸冗稍閑，略有就緒，然後再覓緑鱗，細陳丹悃。此時則正在匆遽中，亟欲奉候，故一切未能覼縷也。至於十載心期，百年世誼，相知有素，密契踰恒。凡有可爲效力者，決不敢負此初衷，有幸三世盟好，數十年肺腑相看之至誼。息壤在彼，惟老伯鑒之。

春間山濤兄計偕入都，意欲肅附寸函，恭申候問。不意山濤寓既絶遠，及塲後奉訪，而山兄已行，至今抱悵，晤時乞爲道意。無譽爰及穀梁、青若，比況何似？轆轤予懷，如何可言。統此叱致，容遲日另圖徧候。東皋游好，時切懷思，每遇風月佳時，輒復并州入夢。雖阡陌都非，朋從已换，而酒旗歌板，往事難忘，茗椀爐熏，前因斯在。縱使遼鶴難歸，蜀鵑已化，猶當盻行雲而結想，託流水以通辭。何況田光雖老，鮑叔猶存，訪光禄之池臺，問阮公之里巷，相邀片語，俟我三年，老伯其許之乎？並語諸同人可也。阮亭時時相念，囑筆致意。北風有便，幸常惠德音。臨楮馳戀。

與冒辟疆先生書 二通　同人集

東海 許汝霖時庵

憶自童年聞海内大君子，屈指首及先生，吟壇酒社，領袖群英，恨跼蹐里門，無緣御李。逮索米長安，日與諸前輩晤對，輒述先生高文清躅，仰止倍慇。幸濫竽江左，謂可一圖良覿，而官簿所拘，掛帆匪易，阻高賢於咫尺，蒹葭露結之思彌深矣。

正擬試事一竣，專函馳候，重荷垂注，奬借懃拳，銘戢何似！兼少陵七字、大令雙鈎，一時並及，不啻瓊琚之錫矣。什襲以藏，世世珍之。

一芹伴緘，附興化廣文宋既老轉狃。有囊如葉，負歉滋深，諒先生能鑒之也。尊刺過謙，謹拜璧外，附拙言請正。下里巴吟，不足供大雅之一瞬，惟祈痛加繩削爲荷。

于役三年，盍簪有日，臨風率復，不盡依依。

耆舊重望，久縈夢思，幸校試珂里，得以筆墨酬唱，遥訂神交。然而識荆未遂，益深落月屋梁之嘆耳。

重荷手教，兼承佳咏，捧讀數四，如見當年，肅此謝教。名山著述，自堪千秋不朽，應佐剞劂。茹蘗飲冰，卒歲蕭然，嗣當勉力以成盛事也。

又附一芹，稍佐椒盤，老年臺先生道義知心，惟祈見諒于格外也。拜登詩箑，愧俗務匆匆，未遑步和。餘品附璧，冗次率復不既。

與冒辟疆先生書 同人集

吴興 徐　倬方虎

憶自己未之冬，奉教于雉皋，觴咏留連，履舄交錯，當時亦不知其樂。詎意分攜之後，潭府有蕭墻之禍，寒門亦有鶺鴒之難，雲樹各天，風波澒洞，回思前此過從，乃人生未易得之事。而高情勝概，海内亦惟水繪園有此，月泉、玉山，髣髴復見。恨當時草草，虚負良會耳。

姪以世路嶮巇，孟浪一出，不意竟負終天之痛，草土餘生，索索待盡。今春因舍親屢走書相促，遂至吴陵，意必得造珂里，一候興居。豈意時勢相阻，又以歸心孔迫，遂不得重過花源，曷勝惆悵！

拜手教之辱，捧函莊誦，詞源滚滚，泉涌風飛，想見龍馬精神愈倍于昔也。景逼桑榆，惟有一點性靈，自我本有，外此皆身外長物，盈坎消息，乃自然之理。願先生廓此遠懷，勿以處約動念。詩酒是吾蔗境，曠達是吾金丹，區區愚拙，藉此以度餘年，敢即爲芹曝，貢之有道之前耳。至姪所處之境，有不可以告人者，真如飲水，冷煖自知而已。尤愧地冷力綿，不能少效一二，以報知己。然此中硜硜，苟可以盡絲毫之力，未敢自廢也。舍親古道照人，似宜加意周旋。其詳令嗣三兄過庭時，自能述之。

姪尚小老伯十餘歲，而精力頹疲，苦于握管。每作一字，便如對萬言策，雙腕邪許不前，殊爲可笑。然言短意長，幸諒之于竹素之外。薄具寸芹，爲大椿之祝，乞笑茹爲荷。臨啓惟有依溯。

與冒辟疆先生書 湖海集　二通

曲阜 孔尚任東塘

昭陽天邊之水，非萬不得已如張騫者，孰肯乘槎？先生以弟馬齒之故，遠就三百里，同住三十日，飽我以行厨之珍，投我以奚囊之玩，促促言别，情何以遣？且北風甚厲，水腹將堅，此後縱有雙魚，豈能破冰而來乎？

先生雲中龍馬，海上鸞鶴，望其精神姿采，亦足增人智壽。而況親爲降庭之老，高譚清譚，連夕達曙，如對古人之典册，如觀先代之鼎彝。咨嗟瞻仰，拜之不遑，而愛之不敢矣。所賜佳書大著，受教良多，即瓶罌諸珍味，亦不僅口腹之感任。返棹後，聞尚度歲廣陵，乃于何時東旋？勞勞征夫，存問緫疎。前屢向司空先生闡先生之碩德，又述青若之才望，此公亦心折，不知已曾賁衡門之束帛否？

頃于海陵又晤青若，備悉拂拭至情，服先生雅量高風，領袖吾黨，靈光碩果，海内無多。惟先生善飯葆和，爲天下愛耆舊，任早晚必求一機，以爲青若地，以慰先生倚望之心。草此遠候，幸勿金玉，然非敢勞答也，冀得手書細字，誇示鄉人耳。餘不悉。

與冒辟疆書 同人集

南海 程可則周量

穀梁二兄共聚長安，兩踰星紀。每風窗雨榻，未嘗不相過談，且未嘗不及我先生文采風流，呼之或出，亦幾頓忘我兩人爲同儕隔面，異地知心者矣。

獨可嘆者，穀兄以英絶之才，潦倒金門，竟未能紆青拖紫，以榮膝下。如弟力綿智短，固不足云，即宗伯司成亦不能爲將伯之助，此固天實爲之，于人何尤。然已書名玉陛之前，染翰金華之上，亦可謂克成父志，一被國榮者矣。兹且暫爲六息，迅返三吾，采朱萼而曳錦衣，奉兕觴而賡鶴算，人間至樂，何以加兹？轉盼來秋，與青若偕來，飛黄並上，數過時可，當亦有不能外者。趨庭之暇，磨勵以需可耳。

大著衡尺，偶從高司寇所一見，未能卒讀。痯瘵以之，謹就《歲寒倡和》一帙略誌引言。因穀兄驪駒在門，篝燈信筆，聊附不朽，未當高深也。私心尚擬作長篇奉寄，僕僕未遑。先生有暇，幸先惠珠玉，啓我蓬心，當學步邯鄲，少答瓊玖耳。

衎兒今歲稍長，然學以漸荒，見穀兄之還，牽衣號哭，此段骨肉至情，何減同氣？先生聞之，當且慰且念也。

微芹二幅，同致候私，仰惟恕褻。滿腔覼縷，不知從何説起，恃穀兄能口述之。伯母太老夫人統此布候，無任依依。

與冒辟疆書 同人集

竟陵 譚　籍只收

晚籍以尋行數墨之士，處空谷逃虚之鄉，復臻衰白遲暮之年，偷生人世，久爲長物，自以生來不見性情幽妙與福慧雙全之人爲恨。猶幸三十年前，獲一遇巢民先生于東皋，如昔裴令公之于巨源，登山臨水，使人幽然深遠。然又以宿昔緣慳，僅信宿深翠，一夕而别，恍惚如阿閃光偶一見耳。遇合之難如此。雖不獲執經問字，時親謦咳，而時于先弟灌村處得見片紙隻字，如獲拱璧，輒作數年觀。不意己酉歲後，音耗斷絶，遠人虚傳，赴天上玉樓之召矣。

昨冬十月，五如舍親南歸，忽捧先生詩箑，冉冉自雲中墜，秉燭高吟，恍如夢寐。細讀大集，至《贈子鵠觀石録序》中"麻城、竟陵吾并州"語，不禁慟哭失聲。今世友朋一道，至先生斐惻極矣。況忠孝大節，炳炳日星，宜天之報答仁人，耋期好學，長享名山之福于無窮也。籍生平投好，在至性、妙情之間，兼之者唯先生一人，安得不投地皈依，寶若頭目腦髓也！

若他好雜嗜，消磨殆盡，唯泉石膏肓，老不可解。雖賜以鏡湖之一曲，玉女之三峰，猶不足以厭其心。奈命也如此，不但向長五岳付之空談，即先人所置園林，萬竹百花蕩爲冷烟，唯龍渦一片石巋然獨存。歲甲辰，始手植梅、松數十株對之。二十年來，緑陰成蓋。愚兄弟祀先人像于其中，顔曰"石窪精舍"。别構一橋以渡客，一臺以延月，一艇以垂釣，而偕老焉。

聞先生新結匿峰廬于水繪傾圯之後，籍恨不獲一瓢一笠，往來其間。望先生以愛匿峰者愛及吾廬，肯賜大作一章，勒之石畔。不(待)[特]先人遺迹借光不朽，愚兄弟明年古稀，樗櫟生色。若再附以同人大集一部，及求書對聯數幅，籍雖此生不獲重覯，晚年朝夕披對，如與先生生生世世矣。

矇眼草草，不莊不次，伏唯鑒恕是荷。穀老、青老兩世翁統乞申致，未敢另啓。丙寅清明後三日。

龍渦一片石，恐不知來歷，謹録先人初迎此石歸寒河文若詩一稿呈覽。敢乞先生行書勒石石畔，以垂不朽。此文若詩，曾叨曹能始先生同先人遊南岳、參岳兩大記選入《天下名山勝記》中。則此石雖一卷之多，居然與祝融諸峰並峙天壤。望先生以此意，或詩或題跋數語於後。先生之書法傳，則此石亦附先生書法傳矣。敬百拜手以請,望即欣然臨池,付五如攜歸,感且不朽。

與冒辟彊先生書 同人集

三澨 鄒元芝殿生

不肖弟芝,漢東鄙儒,楚澤遺氓,自少讀書,竊有志聖賢之學,希古人三立之志。不意遭逢多故,遂隤然就棄,廢去舉子業,甘同草木腐久矣。獨竊念天地之大,四海之廣,人士之衆,其間偉人奇士,不無間出。雖有志從事者不乏,而卓然天挺杰立者,實難言之。

壯歲偶因敝友南中相招,邂逅之間,恰得遇巢翁道長,至性奇懷,際地薄天,博學通才,邁往絶今。竊私自慰,以爲獲所未見,嘆斯世斯道,負荷之有人也。方以爲仰止歸宿,遽接教言,共不及一二,食頃,乃行止有不能自如者,遂悤悤舍去。甫交臂而失所素願,真生平大缺陷事。及歸,以爲此生無緣于天下士,稿死荒山而已。

賴少時讀古人書,於遺經中頗有窺于聖道之緒餘,尋繹所謂不傳之秘,以竟其素志,又將忽忽數十年。偶于庚戌之秋,適見友人著經,頗失尼山本指,于《易》、《禮》、《春秋》三經爲甚,而《詩》、《書》次之,間以所得於聖學者,訂正而發揮之。久且盈帙,遂銓次脱藁,不覺犂然成書,藏之家塾,用以自怡,傳之孫子。

又念五經之學,原尼聖所以經綸萬世者。先儒有"省得氣力爲漢唐分疏"之言,豈聖人將以經百世萬世者,數十世遂不能行乎?王仲淹欲讀五經於漢晋,則誠僭矣。以五經之學發揮之於漢唐宋明之中,有《易學古今象數通》、《禮書古今作述通》、《書學古今通鑑》、《紀言紀事》、《讀詩書》、《歷代詩誦》、《春秋皇極經世編年補》,皆各具條例,類編目次,已有該括,而但未整理脱藁。有友人同志同好者,亦間出以商正。不敢謂必傳之業,藏之山中,以俟後世子雲而已。其中如《天官星曆律吕》及《皇極經世萬物聲音數圖考》,皆古今言之而未能詳,及詳之而不得定論成書者,頗有獨獲一得,具載編中。憾卷帙繁重,不能遠致有道之前,一細商耳。

惟是《詩頌》一種,竊以代時言詩,率從風會體格、辭章妍媸爲去取,而未能就各代聲歌之元,與志事聲情之微,及詩人不得已而有作之故。夫詩非不得已而有作,則必當日可已而有可不作。雖體格、聲辭極工,僅比于無疾痛之呻吟,非捧心而效颦則不存,亦無關於聲歌哀樂之數矣。故《大風》、《垓下》,見劉項求士任力之得失,《晝一》、

《秋風》,見漢文及武守成之勤逸。武帝侈心勤遠,而李陵萬里沙漠有辭;靈、獻内外交亂,而蔡姬《胡笳十八》有歌。《東征》歌出,而隋以失士亡;《玉樹》詞興,而陳以荒淫敗。他如貞觀君相之篇什,開元主臣之倡和,興亡係焉;沈宋之應制,華清之感傷,治忽關焉。其下忠臣烈士、孤臣怨女之章,可傳可風者不一而足,而宋而明以下視此矣。蓋一代自有一代之詩,代與詩相爲有無,不以工拙留,不因妍媸廢者也,而工拙妍媸存乎其中矣。

其論著大指,概見於三瀊一小傳。山居荒陋,考正商訂爲艱,此王充《論衡》之所致嘆也。竊以鄙見賦成小詩二律,就正有道,副以初度自貽長篇一紙爲侑,並小傳附記一册,因舍親南下,轉致記室。倘可不棄,更希指示。不肖弟年已就暮,書可不計其必傳。惟邀惠於有道同志先生,得一品題,將籍以附元晏於不朽矣。

往歲賜教大册,逐年爲友人攫去,以爲無緣。便求統惟新舊,多惠數種,不勝瞻佇。臨楮曷任悚企,惟希鑒原。

與冒辟疆書 六通　同人集

同郡　許承宣力臣

乘興來貴邑,雖小有俗務,實積誠耑訪先生喬梓。昨入城,不即使聞,欲念早恭謁逸園兩世先賢父執,而後登堂。不謂先生父子祖孫,已先侍左右矣。展勒石二像及圖贊,并四壁臨摹行草諸詩,真一代文獻。海内故家祠祀不少,俎豆威儀,若如此鴻寶貞珉,兼晋唐之盛,誠絶無僅有者。同是子孫,何忍廢棄,且甘心令他人毁裂金石不磨之遺像、遺墨?宜先生呼天搶地,割宅貸金,歷三年百折不回,必欲復之。都門同鄉同志,無不髮指。若見此,又不知如何義憤,如何拜服先生終身之慕也。

弟與蛟老筆舌公言,遂叨祀長生,見之矍然,望即撤去爲安耳。從此與先生作平原十日歡。弟齒豁脾弱,無多費郇厨,是所切禱。又蒙賜謝失迓爲罪,稍睡即過得全堂矣。

頃刻書六七百蠅頭于便面,弟不能書,并不能讀,先生真神仙也。内姪仍欲求書,先生婆娑泓穎間,興復不淺,當不拒之。

歸舟自海安至東亭尚半月，聞先生未到下河，若得偕往，舟車舍館，上下餼廪，皆弟先遣代備。春色正佳，一路談諧讌集，得遂依戀之懷。

惟賜俞允《同人》大刻中，有影園倡和及先舅手札，統攜一閲。滄桑之變，人琴之感，非先生無此古誼也。

東亭之遊甚快，已遣人歸，掃除城市山林小園，同先生入郡，兼可攜家作數月相依之計。貴邑忽有此奇變，大駕不欲入郡，弟何敢强。春闈放榜在即，弟亟歸以聽舍弟得失之信，先生且不必歸。若貴縣事郡中無甚要緊，弟即耑遣奉迎矣。

到舍即得舍弟捷音，知先生必爲大快。昨到泰，拜于公祖，勑印未到，概不見客，先生遲當一見，不可少也。撥冗到小莊安頓，賜石以待來遊。

前督撫兩公祖賜顧，席中言及高雅，湯公祖意中久爲神往。此盛使在旁聞且見者，并以附聞。

前屢遣小价并舍姪奉迎，未見即臨，殊深悵怏。弟撥冗力疾去淮，候總漕徐公祖，詢弟在皋，深念先生，命弟代爲起居致候。雖先生尊足高尚，或來郡城一往見之，亦不負其惓惓也。

《還樸齋序》弟極盡經營苦心，前兩世兄欲作先生七十五壽文，業登錦帳，但此序雜以壽言，于體裁不當，弟歸仍截去後數行，補入《逸園孝感》，殊爲得意。即刻入小集中呈覽，知必鑒此傾(城)[誠]，同裘、崔兩公祖碑記存之《同人》大集中也。

與冒辟疆書 二通 同人集

同郡 許承家師六

弟家志懷三隱，久無玉陛之思；運際五窮，奚有金臺之夢。偶驅車於燕市，遂鼓瑟于齊門。因使戢景之倫，妄希鴻鵠；蟠泥之子，肆意溟鯤。在潛鱗惟大澤之投，豈枯鮒有清波之轉。乃枉輪拙技，猥等班倕；鎩羽勞人，暫辭箕濮。望五雲而若阻三月蓬池，引雙吏以生慚一秋病榻。且掌中抽草，未遂懷思；而眼底霑衣，先餘涕淚。忽抱鶺鴒之痛，長辭鴛鷺之班，慘動鸞坡，悲來雁序。兹蒙老年盟臺先生錫以箋詞，加之頌禱。謂是槐陰座上，堪來燕喜之歌；豈知棠棣碑前，早斷鴻飛之影。贈言載得，感片札之重於千鈞；執柬生憐，嘆三嘏之空餘一士。望皋東而報謝，即硯北以書懷。不盡披陳，聊酬萬一。

浪迹燕都，即知老年臺先生與先兄東亭之遊，驛路笙歌，河濱題咏，此樂應非人間，深以未獲追隨爲悵也。

乃未幾傳先兄抱病入館二月，哀籲請告，幸蒙旨允，星馳而南。到秦郵忽得凶問，一慟仆地，恨不躍水而死。因思一生坎坷，今歲稍稍轉移，即復遭此奇慘。早知若此，則公車之役斷斷不赴矣。開喪時蒙令郎親臺枉弔，已自銘刻，乃復承厚弔厚奠，專遣銀鹿，并賜慰言，捧讀之餘，感深存殁。奠章情詞悽惻，尤屬可傳，先兄得此，遂可籍不朽矣，敬謝。

至弟小有遭逢，反成慘局，賦命使然，知先生念之，定爲我泣下也。乃更叨隆賀，何以克勝？謹登製香詩箋，以拜明德。大詩蒼秀，亦逼唐人，愧不敢當。更賜海珍，又無卻理，厚誼繾綣，受之不安，奈何。統此馳謝。

與冒辟疆書 三通　同人集

吴興 孫在豐屺瞻

弟生髮未燥，而先生大名滿天下已垂三十年，景仰高山者久矣。歲壬子，于合肥夫子座上得晤穀梁長公，磊砢英多，自是眉山家學，益信明允名下無虚也。

兹者于役南來，雲亭咫尺，而日事櫛沐，訪戴無由，重陽後辱承枉駕，足慰生平。而瘠疾窘我，跬步趦趄，遂阻良晤，至今耿耿中心。歲序峥嶸，事仍蝟集，冗次八行奉候。廣緞一端，鼎爵特晋，以當縞紵。瞻望雉皋，可勝翹跂，臨池神溯。

日前虔修片羽，肅候雲亭，值先生駕駐維揚，不獲面致，益切縈思。

歲序峥嶸，勞人草草，忽接瑶翰，如對春風。徐舍親訂於燈後過敝署，想叨夙契，自當重過水繪尊園造晤耳。厚儀藉趙，諸惟照原不一。

小春大駕過昭陽，細聆緒論，三十年仰止之私，差足慰藉。别後耿耿，未能去懷。頃接手教，知歸舟感寒，近喜勿藥，新禧駢集，與日俱增，自可預卜也。

長公穀梁年翁契闊十八年，欣然握對，適正值歲晚，不敢久留，殊爲惘惘。

令孫無妄之累，聞之髮指。如命切致，開印後即可投進，必能加意照拂，弗煩過慮。漕臺處前已札致，頃從淮上相晤，寔以事繁，不暇談及，非敢恝遺也。令孫素屬知遇，諒當格外相待耳。

珍味稠疊，濫叨不安，謝甚謝甚。附狃蘭羢百尺，家織二端，惟希照納不盡。

與冒辟疆書 二通　同人集

卞永吉

翹領草元闢咫尺間耳，乃以塵吏務紛糾如集蝟毫，鹿鹿無所緒，致懷塵下風，洵山河邈若也，惆悵何限！古高士以及時誌行樂，先生玆更得之。春到園亭，又歷二月矣。老梅蕚幾横株，王孫草緑幾短長陂，黄鳥亂群交啼幾曉旦聲如續，坐卧於其間，豈特羲皇上哉！弟每以此展轉心臆，不但增忉怛，且重爲之致憾。日與案牘伍，殊未一得當於時艱，而素所隱自砥者，不免稍稍汩去，輒悔而興感，卒罕得所寄。值榮壽七十，遂不度貿昧而欲序。卒爲無能詞，聊自託生平志在是，是敢以獻。外具不腆芹私，雖非蒸麟脯，無足重，幸先生與陋無文者而併收録之。昔有老人以孺子進履爲大可教，此鄙悃也。三月望先生攬揆辰，桃花滿溪上，一冰輪徐起而鏡焉。此時白髮翁俯視一切，樂融融其何有極。倘有人進歌《招隱》章，還想見綺里季否？臨楮不盡。

先生以道戰肥久，著上下五千言，將一大天貯於壺底，斷不與齷齪者流，示别有朱羲素娥，綿循數百億甲子也。弟自奉教左右以來，頗能昂首雲表，一識奇氣，搴裳者屢矣。前序敢自寫其區區至意，聊以託生平所志在是，請正後，益不覺轉展增愧，猶鼓人一布雲門耳。

接手書，三讀不能已。江河逾下，友誼罕存，餘論不减孝標，獨推弟綢繆古道交，即以鄙朴辭，亦簡而收之，今而後敢爲之賦《招隱》矣。小山有言："谿如嶄水曾波，猨狖群嘯，虎豹又嘷"，此人情大凡也。巖下不可久留，信哉！昔卓子清聲噪天下，年七十，未嘗復意當世。一旦詔起，弗固却，侯封褒德矣。弟壽先生而爲是歌亦云。

與冒辟疆巢民先生送書 同人集

明山 周斯盛屺公

以客爲家，以家爲客，此十年來滋味渾閑事矣。獨此番出門，更有不可名言之狀。理其緒，則萬言不盡，撮其要，一窮字盡之。內而兒女子之喁喁，外而友朋之戀戀，索性一齊放下，岸然獨往，路掃飢寒，天哀志氣，如是而已。

手教纏綿愷切，尋繹數四，復使我依舊沉吟，不能已已。正如古德所云“放不下，擔取去”矣，如何如何。因憶五年來，一笑一吟，一茗一觴，率爾偶然，無非佳話。別後相思，知都有無可奈何之處。若僅以愛我惠我之故，作套語以謝先生，非唯先生所不熹，亦弟所不能也。輿臺傭豎，齷齪多徒，自我輩視之，形則蠛蠓，聲則蒼蠅，願先生舉頭白眼付之，不見不聞，則匿峰十笏大於維摩丈室矣。青青砌艸，寂寂黄花，都是大安樂，大自在，不特不合與之較短絜長，并不得以我五嶽肚皮著此蜣螂糞彈也。鄙衷如是，未識先生以爲然否？

此去歸期無定，然大約不出今年，霜清木落時，定當握手細論。乃叠承珠玉，讀之黯然，日日思行。因候尊使不至，懸旌搖搖，不能率和。郡中小力回時，當和寄正。初擬明晚登舟，今遲至十八日五更，雖人不至亦行矣。艸復以謝，不盡不盡。

與冒辟疆書 同人集

檇李 項玉筍嵋雪

計不奉道顔十五年矣，采葛之思與日俱積，諒先生有同心也。昨歲秋岳先生還自金陵，具述高雅，恨相見之晚。弟村居十年，近復入城，因兒子漸長，易于就師耳。聞近況甚佳，想著作亦等身矣。拙記脱稿已久，無由奉寄，今偶便羽呈閲，不足存也。向托李夫人之柩，弟捐微金與老尼安頓空地，老尼姓俞，最有道氣。不意去春庵遭祝融之毒，今有好義者仍復舊觀，若急，移去甚妙。拙刻請教李若宇兄，係敝通家子。行來索扎，悤遽爲書，百不盡一。李孝貞係敝友祖姑，乞如椽以垂不朽，至禱。

與冒辟疆先生書 同人集

崇川 顧　煒仲光

病骨支離，于三千里外跋涉歸來，幸家慈康健，定省之餘，惟欲侍老伯大教，一罄闊緒。不意抵舍以後，頽唐愈甚，而老伯復以二十年所不問不知者，一旦悉聞，非常鬱壹，懷抱不堪，僅得一承顔色，中心悵悵，不能一刻自已。

姪自年踰三十，饑驅四方，於海内已歷九省。每至一處，詢起居慕聲名者十之十，詢穀梁者十之五六，詢青若者十之八九。不曰某處倡和，則曰當年贈答，或讀奇文，或聞風義，或願見星鳳，異口同聲，無不傾倒。酒餘客散，姪併忘其姓字者，種種不知凡幾。是老伯享大名已遍宇内，而穀梁、青若又相繼而起，以視夫積金堆玉，盈千累萬，没没無聞者，相去不天淵哉！

極盛之下，忌之有人，每欲尋一絶無僅有之事，毁及終身，此茶村先生爲退翁怒中之一言，没世不能洗也。夫以茶村之文名，童叟皆知，不免爲名教褒貶，可不懼哉！況老伯四十年來閲歷之境，姪煒身親左右，痛悉見聞，雖魑魅終不能敵元氣正性，種種現形受報，潛迹滅絶，第惡俗頽風側目，保無復出。老伯若蹈杜退翁之故轍，令後人何以自處乎？姪一介樗散豚子，又復駑駘，蒙老伯四十年循循善誘，不遺餘力，中心之感，寤寐不忘，敢披瀝直陳，伏祈俯納。

追思太老伯易簀之言，謂老伯胸中天空海濶，即海内傾誠，無不服其豪俠異量。己未冬一火，寶彝染香樓閣，六十年數萬金，鼎彝書畫，生平目力、心力、物力所竭愛者，一夕灰盡。老伯付之劫數，一笑不復追憶。此番雖有極不能堪者，知老伯定能浩然忘之也。況青若欲力全孝弟，乃以罄竭無從，惟恐傷老親之心，溺于子母苦海中，以至一敗塗地，誠爲至愚，所謂其孝可及，其愚不可及。聞老伯不責其盡産，惟責以不蚤言，未常不心憐之至。穀梁破家，始於助老伯急姑母之難，繼受害于妻家，其兩入長安，浪費無成，爲人有餘，謀己不足，然亦不媿名父之子也。今同里之人，不少讐口妬心，然不能不交口共推穀梁爲好義，推青若爲至孝。是中落者家業，濟美者文譽，克紹者人倫，其得失較然矣。所可恨者，諸豪奪家以重利吞噬，竟忘有老伯八十在堂。然老伯視若輩如董龍耳，何足較哉？

足力稍健，躬拜牀下，罄所未罄。羢薦麥麵，聊申私鄙。一爲山右定製，一爲山左土産。薦頗温暖，麥性和平，不以轁褻爲愆而莞存之，幸甚幸甚。

寄冒辟疆書 許公祠文譜

同里 許納陛

自客歲登堂稱觴後，不奉杖履裘葛，一易歲序，遷流芳草，興思懷人之感，當與時俱深也。

弟十六遊泮，稍弄鉛槧，便渡江而南，拜西銘、維斗、吉人三先生門下，受益良多。遲二載，僑寓廣陵。時影園倡和有黎美周"牡丹狀元"之稱，弟不揣賦詩二律，頗叨同吟所推獎。馮元度太守、趙竹西文會輒試高等，而葉博之、帥廷進諸同學曾器重之。厥後滄桑數變，曩時人文，半化爲荒烟蔓草矣。

乙未冬，放浪山水，研究真如，皈依靈岩繼禪師，結方外之交者，有張静涵、楊冰如、李灌溪、吴幼洪、薛諧孟諸前輩。探玄墓之梅花，尋西湖之煙柳，幾七閱月，與陸麗京倡和者久之。

至丙申歸里，張玉甲先生爲文章知己，兼以蕭五雲老師有曲江大社之舉，同人雲集，弟執鞭弭以從。戊戌春，門人黄山濤延至昭陽，設教一年，與吴鹿友先生聯床賦詩，意相得也。

十數年以來，學詩則宗漢魏六朝三唐之風，而未窺其奥；臨帖出入顔、米二家，而不得其神。摩娑畫繪，酷嗜董、巨筆墨，廢寢忘食，不知老之將至云爾。嗟乎，九次矮簷，嘆若望洋，回首往事，皆成夢幻。邇來家業之中落，兒女之凋殘，凡屬親知，無不代爲攢眉。今年犬馬之齒不覺六十，欲得如椽之筆，以垂不朽，生平之願足矣。

索皇甫之詞章，文縑累段；乞燕公之著作，珠玉連床。此弟之所以致懇於鴻文也。大序并尊字共稱雙美，立付裝潢，懸之敝廬，俾僕浮白叫絶，何減南金之賜哉！幸惟撥冗臨池，覓便郵寄。

與冒辟疆書 水繪庵文集

檇李 曹 溶秋岳

先生詩文滿天下，世有"元禮龍門"之目。其在弟胸臆間者，久同於謀面也。嵋公從江上捧大著而還，風雪夜篝燈讀之，字字挾吉祥氣，嘘饑骨而能語，乃知向來以詩文相推重者，淺之乎窺先生也。

李令君易水樸儒，宜民多效，自非匡持，不易及此。顧旱潦頻仍，南北相望，水繪庵中沈幾静理，必有洞察其微，爲救時良畫者。弟竊因嵋公請，萬一幸慨而教焉。

與冒辟彊書 中山樓稿

范國禄

天下之善與天下之人共之，則必以賢士大夫爲主持，而桑梓閭里之間又可知也。然有所託，賴斯有所成就，則賢士大夫所爲嘉與之而不倦者，正不以遠邇歧情耳。

敝邑至今日困頓極矣，一切地方利益之事，與百姓欣欣然善談而樂道者，皆苦無財力爲之。雖心力齊一，往往慮其始而弗獲究其終，而多仰藉於鄰封大邑，如狼山、玄妙、天寧、東嶽諸大興造是也。

今昭武院爲温天君香火，邑人崇信之，而道士王大受者勸募修理，不遺餘力。以工程浩大，未遂告功，在事諸人計無所出，援神道設教之意而神明其事，勸化於外，庶積累可以有濟耳。二三紳老已通聞於縣公，而德望鄉尊，首推門下。屬不佞爲先容，非敢有望于台施，而嘘植實多，則凡士民涓滴之助，無非大長者布地之金也。不盡。

遊雉皋而不見冒先生，如不遊也，見先生而弗得周旋，亦可不遊。不遊則已，遊則未有不于皋者，不于皋則已，皋則未有不願見先生者。

于是范子之寓公，時時以薦牘相屬，趾相錯矣。寓公不能周旋客使，更不援引客于先生，是先生好客而范子顧沮之，則范子之于先生，其賢不肖，相遠何如哉！

然范子不廣爲援引，以煩先生，而又不容不爲客專有所援引，以此客非他，乃湯子秋穎，則先生樂得而周旋之者也。蓋秋穎飲和吐秀，有雅人深致，與范子盤桓于竹西研北甚久，先生宜固知之，不必薦牘也。

猶且以薦牘先容，則凡不得范子之薦牘者，其亦可以不游雉皋矣。此范子言也，于先生則又云何？

積雪盈尺，曉來對南山，晶瀅炤人，如望藍田座上。爾時憶足下風味，亦復似之，迢遞百里，無由應現此懷。適季子枉顧，言外有雉皋之行，快哉此行，君其爲我轉致是語。

季子者，江都季樸先也。其人静深而醇茂，詩書之澤被于同人。自天下多故，不屑屑爲經生家言，而之其學于岐黄，以庶幾乎濟世利人之業。頻年以來，懸壺東州，道藝大行，比户尸德。獨以海上未靖，風鶴時驚，前此人心疑二，而孤踪可託者，賴賢侯之撫恤多方，地方因而安堵。今使君去國，危邑難以久居，辟地處仁，達者之務，瞻言集慶，願託依栖，入國覯光，敢昧斯義。惟是文章意氣，必有作之合者，然後相深焉而自得，敢爲季子先往焉。抑季子道義自處，不苟取客，非泛常習業者比。足下于世法之外遇之，久當知其真至爾。不宣。

弟以洲田事過皋，屢屢中沮，苦于冗不得脱俗，又苦于貧不能出門也。時時聞問道履，都不確。散木謂足下高興闊懷，他不必論，即黎園一節，尚得有餘貲釀酒娱客，則亦可矣。聞其年在延令，曾訊之乎？恐其近況亦甚不佳。若遇尊園，千萬使弟一圖晤，相與話積懷也。

梅生苦不似弟而窘子弟，弟之人事多而荒田猶有歲入，入則一冬且好過，春來再作區處。而梅生則異是，應酬雖稀，八口頗足爲累，舌耕研田，種種有成效矣。目下讀書求功名者絶少，館俸無多，何以卒歲？因其甥在珠浦，欲往從之，不恤天寒，萬里乘輿而前。然其情緒曲折，有難于告人者。道經珂里，願足下爲之商量。此去當置香巵檀坫之屬，須有着落售主，然後可以携之而來。或那移作定，歸時估償，互相爲用，至高誼又至雅道也。

夙承足下以方物見訊，且思爲梅生設處，故不妨明言之。而君試面談，當不以此爲饒舌耳。

復冒辟疆書 水繪庵詩集

方外 弘　儲

十餘年不見水繪中人，見水繪中人詩，見水繪中人矣。"獨坐巨波浪，掀翻恣游戲"，非水繪中人不能也。退殘豐干，年來遭逢，亦往往出意外。嘗自笑曰："風平浪静，靈巖不如諸佛；水漲船高，諸佛不如靈巖。"知我者謂我心憂，不知我者謂我何求，當時命之艱危，引長風而浩嘆，知水繪中人，若銅虎符合也。敢此籍報，惟鑒注不宣。辛亥春。

與冒巢民先生書 同人集

校書 沈　雅倩扶

金閶旅泊，獲奉光儀，兼蒙夫人面爲畫扇，藏之篋衍，遂爾六年，時序催人，何其速也。恭惟太翁先生起居安康，新祉日臻，夫人萬福。

雅夙慕水繪畫圖之勝，琴嘯竹肉之精，向承相訂，每欲渡江恭叩，而以一身兼僕，出入因人，未能如願，良用摧心。兹值淮陰杜湘草先生奉問近況，知台駕時至維揚，特此附書上候。

外有懇者，聞燈下尚能爲蠅頭小楷，乞見賜一詩，書之扇上，餘一面求夫人畫草花一枝，感且不朽。

與冒穀梁青若兄弟書 家譜

韓　菼

承遠送，殊不安。先公誌銘，謹草呈正，詳略之間，粗有斟酌，不敢苟也。令先外祖諱并先公葬地何鄉，俱須填入，令先慈賢行不便詳列，凡合葬者亦從夫而略，況今獨爲先公作誌，尤自有體耳。

到京後得暇，當取《陽羡傳》一爲續貂，何如？尚欲爲三兄作序，舟中亦不暇矣，非爽約也。不一。

與冒穀梁書 同人集

李　清

客歲兩荷尊公年翁賜教，以敝邑饑凋殊常，即白狼一二親知處，亦邈如天隔，故無繇申謝。近因便使行，曾以拙刻奉呈尊公年翁，未知達否？遠辱台翰，讀之惶恐。記十年前陳確庵曾以此相託，而南北天限，兼以不肖年老，意思荒忽，遂致浮沉。況十年後，其能復理前思，爲尊公年翁揄揚萬一乎？但不肖與令祖老年台爲莫逆舊交，即改代後，猶魚書往返不絶，而又重以尊公年翁雲天高誼，時荷存注，此又捫心思維，欲辭之而無可辭者也。下里俚言，乞付之一炬，爲鹽、嫫掩媸，則感佩無量矣。過承雅意，敬此奉謝。外一盃一硯，爲尊公年翁添籌之祝。欲從容遣使，而恐尊公年翁麾而却之，反重其不安，故敢附盛使馳上，過庭時乞爲道此意也。别承大刻，方知令祖母太夫人猶在堂，爲之雀躍，又不覺思及令祖老年台矣。草勒奉復，不盡臨池。

答冒青若書 同人集

王士禎

十七年之别，中罹憂患，神明齒髪，都非故吾。遥憶慘緑少年，玉樹風神，亦自有金城楊柳之感，人生真不堪把玩也。每見大刻，輒復見懷，此種歲寒之誼，非可於時流中遇。三年前惠寄岕茶譜、澄泥小研，爾時即有三詩報謝，迄未奉寄，然已刻之續稿中矣。今夏南粤歸，至廬山阻風，與湯佐平先生流連五老峰下者二日，念喬梓未嘗去口寔也。渠有一价相隨，附舟至白下，云將過廣陵，不知曾相聞否？

年兄純孝，從山濤諸君子略悉其概，然何至同室推刃如此，亦耳目所罕聽睹也。

北歸遂出浦口，失此良覿，悵怏可知。枉書知勞文駕久候郡城，益深歉仄耳。僕病痢三月餘，未有起色，抵京伏枕，未會一客。聞山濤即以休沐行，力疾作此數字奉答。穀梁起居何似，附訊不一。

答冒青若書 同人集

韓　菼

每過珂里，輒承燕款，明霜義分，久要益篤，暮雲春樹，增結勞懷，未寄尺書，方以爲悵。令叔祖來，顧辱手教，欣承動静。堂上嘉慶，日引月增，侍奉之樂，菽水有逾于鼎鍾者，尊指猶若歉然，是孝養之思無窮耳。

都門客況，日艱一日，六月久息，天自有異數以待，長兄機會之來，即馳啓也。尊大人前不及另候，過庭時祈一道。草率布復，不盡區區。

答冒青若書 同人集

徐　倬

契闊之久，相思之殷，有不可以語言狀者。弟心如是，知道兄必同之也。在邗江寓樓得晤令兄片刻，握手略訊興居，並尊大人暨闔宅福祉，便策蹇而北，意到京即可走尺書奉懷。不意衰遲之人重入塵網，冷淡冰銜，偏多職事，藥裹之餘，索米之外，握鉛抱槧，刻無暇晷。館内之事，責成有三四役，毛穎頻秃，心血全枯，即欲出一語對客，作半刺投人，亦不可得，況書疏之事乎？

兩接手教，兼寄新詩，古道深情，纏綿悱惻，弟不忍竟讀，又日再三讀。有才華若此，而不使之在石渠、虎觀間，嗟乎，是誰之責乎？弟慚謭劣，無力可以報效知己，再四圖維，時與健庵敝夫子、慕廬同門相商，别無旁求之路，止有科目之條。爲道兄計，惟奮力下帷，蓄久能通，自能有得行其志之日。前於許山濤老先生前亦道及此，不意山翁行急，適弟又卧病，不知啓行之日，因無一字相寄，諒道兄必疑且訝，或笑弟之懶廢更甚也。老伯前及令兄俱乞叱致。華宗行迫，草草布懷，語無倫次，茫茫百端，從何處説起，惟有臨風悁悵而已。諸凡珍重。

與冒樸人書 手稿

郭道立

老姪沐皇恩，爲冒氏中興一人，皆令祖老伯尊公盛德之報也。曩兩接手函，承老姪惓念老朽，私心感激。第所懸懸者，大約天下事僥倖不可再望，似宜仍須竭力以事弓馬耳。老姪聰慧有素，必知老僧勸學之念，在昔爲可惡，於今爲可喜焉。設仕而不受諍，亦聽之老姪而已。涉歷官場，從黑業中稍存厚道，即妙不容言。

老僧頹落極矣，長汀籍蘭孫臨安有静室，先父母已合葬，緣累家累，已拂拭清楚，可以汗漫遊也。爲便八行以候，并報近況，縷緒尚容注之他日。

乙酉六月十日，寄於榕會。

寄渾孫書 五通

冒　襄

自遂卿同孫行後，雖可一切放心，然眼前既不見孫，又遂卿是我第一共朝夕之人，半載遠别，安能一刻去懷也。遂卿未有信寄我，不知何故。前四月廿八接孫書，知旅況甚苦，尚未得京報，家中則正月十七已得都督喜音矣。三月初一迄今百二十日，蔡娘娘危病，去而復活者，不止七八次。今骨立一手足不能動，我爲此亦成病，費用之苦，不必言矣。聞之大老爺，恐爲我傷痛也。二姐在家安好，我時有人往來，不必遠慮。但云後四月回，在家甚望。三孫媳并小女在家安好，常在爾岳家住，六月喜將生曾孫，我已備人參費用接回。千難萬苦中那得銀十兩寄孫，自去臘至今求籤，定要秋冬纔回，定有貴人始終相爲，大老爺天高地厚之恩，孫當刻刻學做好人圖報千萬，爲我頂謝郭天老，致感。五月廿六。

今日河冰開令，爾父至高郵，見河臺燈下叢价，到家知孫已十一到蘇州，十二赴揚州，今日定在揚州矣。聞之喜從天降。家中事不可説，不可説。爾大兄忽爲人告，爾三叔爲債家逼辱，非可言盡。適已著人追趕爾父，不知明日果追得到，恐孫在揚心焦，即於今夜遣紫瀾、薛明星馳來接四轎。

去冬邊父母已送黄織，非五六金不有。我當借用荔紅廣緞袍子，明日即唤裁衣，加棉立做，但買石青補子一副。紫瀾到，先遣一人送回，并説何日到家，以便遠接。白銀三兩，寄作路費，不盡。我在家竟無一田一店來銀，是我一月自食之費，故不能多寄。十八夜燈下。

前年八月三十日，八兒忽然到家，又喜又驚。細問方知孫有所需，望家中那移，故不怕身畔無人，特遣遠歸耳。急商之爾父、爾兄以及至親好友，舌敝耳聾，無一應者。我止有屢年宗家説定百金，我以其重利盤算，爾父叔負債至數千金，堅不肯受。因爾急需，只得吞忍往索。豈料豪惡乃以原説事宗裔承石、句餘兩人作古，竟爾全賴，付之一嘆而已。爾父一文無措，爾兄再四勸諭，只以無措爲辭，令我惱極。

直至臘月，銀既無措，恐爾望穿兩眼，我措銀十兩，令速發八兒來回話，以慰爾數千里懸懸，並得家中平安一信，乃以去春我八十，爾父并將十兩用去，我欲將蔡妾衣飾全賣，可得數十金寄爾，奈爾父蹉跎，竟付罔聞。

到去年六月朔，無可奈何，只得虔卜之關帝君，問爾功名若何，甚日得歸。依舊是“前番在閩領札，一春無事苦憂煎。夏裹營求始貼然，更遇秋成冬至後，却如騎鶴與腰纏”之籤，據此句爾保題疏必上矣。不知何以不見報，即保題不成，回來在松江跟隨，亦萬幸也。以此心中寬放，特諭爾媳只有屈指算日，歷盡五六月，爾必歸矣。捱到冬至，又求籤，得“春到門庭，千里信音，萱堂快樂”字面，又喜極。果于臘月，徐爾强家人自蘇州回，湯星若傳信來，説爾已到寧波去謁見金大老爺矣。金大老爺再無二月，不到松江，我恨不飛來。奈河冰極冷，粮船阻塞，我身又病，爾父更病，爾子出痘，亦不能來。金禮八月自寧波回，備細述金大老爺已三次有信寄爾，又説爾回，定到寧波，要教爾弓馬文移，成就爾終身之事。如此大恩，視爾父生爾之恩，不大徑庭哉？

最奇者，十月間江防張公祖來縣查米穀，住六日，五日夜在我家。深冬貧極，不能度歲，即於冬至求一籤，欲往瓜洲，得“新來换得好規模，何用隨他步與趨。即聽耳邊消息到，崎嶇歷盡見亨途”。不解更有何人大好似江防，令我不必隨他步趨。

至臘月初，又卜得“望渠消息向長安”，末二句“見説文書將入境，今朝喜色上眉端”，尤不可解。至除夕前四日，始知特旨調金大老爺提督江南，始知神籤如此靈應。過年即欲飛渡江南，親到松江耑候金大老爺，併爾郭老伯磕頭促膝，罄八年闊懷，拜謝生成爾大德。乃雪深三尺，奇寒異凍，八十一老人，生平未經，又以寫字傷目，大害月餘，脾疾時發，只得又卜籤，決要前來。乃籤，則“疾病時時命蹇衰”之句，一家見阻。我決要前來，奈河冰堅石，今數日始開。昨署公拜節回常州，至揚州粮船阻塞，一步難行。爾父去秋冬至新正，無日不病，鬚髩盡白，仍然延捱。只得于今日自那路費付八兒，令之星馳江南，一路迎接金大老爺，并討爾到寧波跟隨到松江的信，一到即發八兒回我，以便我力疾前來，親自叩賀。

又報爾一大喜信，都兒于正月十三見痘，又少又吉，今方半月，全然出落。又去春爾大兄生一子，秋爾二兄生一子，我八十得兩曾孫，合都兒爲三，此窮快活事，並以聞之金大老爺。爾郭老伯憶甲子二月顧同束自閩回，述金大老爺每飯必念老人。又云我若小得幾歲年紀，當不惜數百金之費，接我及畫妾到漳海，共朝夕吃荔支，此言八年銘之肺腑。何幸戊辰、己巳兩更生，得待節鉞松江，不知能如丁巳、戊午丁公祖藩臺江南時，約我移家適館，授餐整一年，至今江南詩文圖畫，傳爲盛事也。爾可婉禀，家書中無私語，不妨送郭老伯呈金大老爺台覽也。目痛不可當，寫數行一止，十餘次始竟。速速以飛報寄我。正月廿八日。

見月并知取結，喜不可言。前寄信來，説取結人到，定同爾父兄合力那移以應。豈知八兒廿四來，爾父奔走半月成病，毫無所得。我即親自到平日相關諸友家，每人十金，請十人一會。捱盡面皮，竟無一應，止有孟昭留下一店，情願典賣，又不可得。只得出門求邊、崔二公，豈知邊忽亡，崔又欠課，又備祭路費，用去廿金。

與爾父在通，恐八兒回久，爾望信緊急，只得先令爾父回。尚有二石口許二十四金，若得并庭藻允爾父者，速發八兒行，以慰爾望。前八兒未回，求籤仍得"蘇秦三寸"原籤，知爾此事必成。

昨十月初一，在通恐無銀來，爾事不濟，又求得"英雄豪傑本天生"，知萬萬決不到失意田地。爾要加意，又要安心，我一生聽命，雖老苦如此，尚有遇合，即爾此事，豈是想望所及所能？今來文已實實是都督吴。爾兄屢屢苦勸，要他接濟，他全然不應。因此近日惱他，不與之言。然他在家，又爲爾二兄此月完親，亦難怪他。我着惱即大病，惟自哄度日，爾見我字，應爲我下淚也。新正即八十，安得爾到家同慶也。《乞言》帶幾本來，一送金公，一爲我寄福州高雲客，得他詩文，即金公前寫綾來，不曾與他送五十壽禮，愧極愧極。十月初三通州寓中。

不覺過夏又深秋矣。五千嶺海，囊乏身孤，何日得寬懷抱？前見□□保舉疏，喜極，不意復又發回。昨又見吴制臺特忝一疏，正在憂慮，不知果肯再題。今來人既係取結，若爾不同題，又待何時。即刻再求關帝籤，以決爾之終身大事，仍是"蘇秦三寸足平生"，則爾之必題，功名必顯，萬無一失矣，不勝歡喜。

見爾寄回字，老成妥當，且筆下粗通，非數年遠行勞苦，不能如此歷鍊，尤爲可喜。來人不能一日留，草寄數字。

我一夏脾病，秋來漸好，經年無戲做，遂無分文之入，苦不可言。爾事只是一味苦求做去，即欲取口，俟取結到縣時，仍與爾父、爾兄共圖之。總之今日一籤，是定心丹也。爾岳久回，媳久在岳家。孫女二人，并都孫俱安吉，不必牽懷。金公五十，無人可寄一物，先書一綾，嗣容取結人回，耑附書札。虎兒我一刻離不得。即來，亦無此路費，今冬果得妥得回否，望極望極。不悉。八月二十三日。

寄子書

冒嘉穗

來信二月二十八日也，前四月二十八日方到縣。又四月二十二已作字，欲付恩公人來，苦無盤費寄爾。今祖父寄爾銀十兩，又無現物，我特至通州向陳老爺會銀寄信。如有二十金，亦便收下，如係十兩，俟後再寄來。爾哥哥於五月二十一日又生一女，耑候爾媳六月生子，以致祖父開顏。周老爺書一封，徐老爺書二封，俱可生發盤纏。家信到時，子細細看，不可忽略。五月二十九日。

寄樸人姪書 二通

冒丹書

三月二十暮，有通州高百總過縣，長接四川陞任通州守備。即于燈下咽淚，命二慶代寫家報寄來，尚恐路遠浮沉。恰于五月初三，高縣朱大令有人至任所，急切又寫前家報一通。老人黎明披衣而起，再寫平安信寄。奈左目自去夏至今未愈，加以哭泣，只是黑花繚繞，多作字則痛而暗矣。然恐姪不見老人親筆增憂也。

計前夏送別整整二年，七百二十日，早夜何刻不念念無已。更念姪身在疆埸，任大責重，只是從未受之勞苦，未歷之驚憂，一一擔當承受，何敢辭，何能辭？未知此地果曾全定，署事幾時回建昌。丁太爺暨姪婦、兩孫孫女，下及楊莊諸僕、僕婦，果各各安吉。不得平安一紙，老人寢食不寧。

老人自汝大兄二月廿四慘變，傷心悲泣，加以七七料理内外大小諸務，還拜匍匐之後，迄今時時心孤，時時心酸，觸着便哭。從來不知腰痛，近日腰至兩腿痛楚費力，步履拜起，必要人扶，亦知消息到矣。何時與姪聚首，舒我萬斛愁也！老苦薄命至此，不禁淚湧如泉。叔老矣，祖父、二哥與我身未了之事，汝大兄孤兒，我在一日，盡心竭力，我年不從心，此責全在姪。姪之身重任重，萬望養身自愛，并要積德行仁，所謂積善必有餘慶。況吾家世以忠厚積德傳尚，氣運如此，姪不可不加培植也。

要姪做好官，做好人，行好事，況做官是假，做人是真。當權若不行方便，如入寶山空手回。昔曹彬百萬下江南，不殺一人，保全婦女，功成受禄，子孫昌盛，千古頌揚，天道不爽。姪今日得行其志，正天之厚待，不可不上答天，不可不學古大將救人，勿以老人爲迂不信也。

諸憲臺想待姪必以優禮，然事上務以誠以恭，小心翼翼，待屬以恩以厚，和氣蒸蒸，即兵丁服役有過，務要寬宥。一切馭下處事，萬不可任性執己見，一時喜怒行去，必有後悔，切囑切囑。

老人四顧茫茫，孤身隻影，況撫育孤兒，百千心血，汝大兄諸事，我又全擔，老人精神竭，而用費全無。一日不死，一日支持，終日慘傷，又復心到口到身到，無一人分勞分憂，何以堪此？且空中架屋，無米作炊，奈何奈何！深知姪清苦艱難，何忍相告？然老人非稍有恒産，未能生活，可速爲老人一籌畫，旦暮不保之老難待也。川中出産之物，帶得南來，可以相濟，又可以不費姪拮据，何如？

姪在萬里，恐以汝二姐、大兄之變相聞，如何驚痛，然又不得不相聞。身在異鄉戎馬，萬萬自寬，國與家汝一身至重也。

都孫想已長成，當早爲功名地，時不可失，讀書立品，要緊要緊。去年聞姪又生一子，喜甚，如未有小名，以蜀生呼之。汝兄弟以生名，將生生不已也。姪與汝兩兄皆獨子，以多生爲慶，百凡姪努力爲之。總之老人有限之年，令我瞑目矣。

二哥、大姪雙棺在堂，傷心慘目，未曾入土，魂夢不安，恐老人更衰敗不能支持。姪不即榮返，豈不遲悮？今年山向不利，明春或秋選吉日，老人扶棺安葬，以了我一生事，不能緩也。范婿夫婦平安，勿遠慮。老人與謝姨自加意炤愛，不負姪、姪婦所託也。

汀州范慎兄近有書寄姪，并昔年揚州司李湯惕庵太夫子諱來賀，令郎世叔，亦在汀州署，亦有札寄姪，并託一書轉寄吕公。吕半隱年伯諱潛，是憲副公戊辰同年之子，海内前輩大賢，與祖父司李至交，可覓確人寄去。許山濤表叔昨冬病歸，四月内已作古人，可惜可嘆。附聞。

作家報畢，頭目昏暈，究竟不知從何寫起，亦復自傷也。楊芳、莊斯兩家俱平安，楊芳忠誠，當善待之。秦樹子已出痘，平安。康熙壬午

丁太爺歸後，相見時無刻不以姪爲念。丁太爺深説姪聽他的話，又説每見老人家信，涕淚不止，思念老人家。報中關切勸勉之語，無一不依，一切慎重篤厚，即情性大非從前。聞之喜不可言，此吾門之幸，老人之幸也。

吾家屢世相傳，祖德深厚，家運中衰，又得姪接此一脉。若接此脉，又加培植，後又綿遠，若不培植可惜，天又生汝祖父賴汝。況姪得此一官，真是非常遭遇，未可以易得輕視，承先裕後，建功成名，不過借此一官，實實着落處，在居心仁厚，培養積德，尚不虚此官。倘因官剥削，反因官損了本來面目，自己元氣，是以官累我矣。萬望存天理，守王法，戰戰兢兢，終始完此一官，以全一生名節。

官場甚危，不可不慎，廉潔自持，清而勿刻，豁達推誠，寬而無僞，毋執己，毋争先，毋自矜，毋多言。言者禍之機也，金人所以三緘其口，要緊要緊。況姪雖有家而無家，此處要思歸根有家之計。姪一身而兼上下前後，盛衰安危之身，可不保此身以支大厦之一木？姪之身關係不小。古之無官一身輕，若有官則任大責重，一切事若詳慎敬畏，不止十目視十手指也。大丈夫要能忍，大聖賢必能恕，推心置腹，至誠未有不動。辟如居官，左右前後所聽命者，悦服畏懼此官耳，是誰親信者乎？萬萬要收束人心，得以悦服皈依，無不接應，斷不可令之徒畏法而不懷恩，心藏怨毒。在尋常人尚不可，何況兵卒戎行中乎？上帝好生，人命爲重，居官一時喜怒，人命自視草芥。此中若執性，不加詳慎，悔後遲矣。忙裏錯，急裏誤，慎之慎之。

老人目疾尚未愈，去年病後，精神全衰。千言萬語寫不盡，説不盡，連日多寫字，眼甚昏花。惟是姪所賴姪爲重，若得姪做一好官，成一好人，時時自愛，聽老人言語十分五六，即生而寫書損目，死亦瞑目矣。言至此，淚下不能收矣。又聞姪有中軍守公老先生係乙榜，因思吾家屢世科第，此正科第相應，極有淵源。聞才品兼著，更是唇齒相依，一切相籍相商，以友輔仁。有此相輔，即是骨肉，同舟共濟，更足施展。知姪水乳爲喜，惟切囑虚衷誠信，事事加意炤應，盡其在我，未有感而不應者也。御下萬不可縱，不可苛，恩威中正，不偏喜怒，發而中節，皆得之矣。僮僕兵丁，于此留意。

寄父書 二通

冒重光

前縣中胡老先生回，男曾寄一信，諒已到矣。兹於冬月初六日，怡親王爺帶領男等侍衛九人，在乾清宫引見。九人一缺，蒙皇恩特授男直隸薊州營都司，隨著兵部發給劄票，令星速赴任。以薊州通皇陵大道，萬歲本月十三謁陵，路過薊州，而都司有地方城守防禦巡邏之責，是以著星速赴任。

男即於當日得劄，初七日領憑，午後自京起身。薊州離京百八十里，初九日到營任事。初十日接駕，蒙旨著鴻臚寺帶進御營行宫門外，老公傳旨，賜男硃筆上諭一章，御製《朋黨論》一章，諭直省督撫等官一章，錠子廿個，貂皮二張，黄編小刀一把，黄編火鐮一把，又得（温）［旨］遵例節儉。男已有字，請大叔公到薊過節，俟來，男與之商酌，都中有縣中的當人可兑會票者，男即兑票回來，父親作來薊盤纏更便。薊州屬古北口提臺統轄，三屯營協臺兼轄。范老伯承遠賜，石老伯、吴老伯承關切，因甫任事，迄未得刻閑，是以尚未專字奉謝。姨娘、弟妹安好，大姊姊并謝。十一月廿。雍正三年

十一月内，顧世兄差人送到家信一封。十二月廿三日，于保定途中，又接王老叔家人帶來信一封。男拆閲之下，惶悚莫既。

老親貧病若此，男官至副將，不能養親，不能備藥餌調理病體，少有人心者必不能自安于寢食也。

從前張禮到後，原擬冬餉關過，打發陳英回南，是以參膠等件俱已買就。不意餉未到前，陳英大病，幾至不起。散餉後男又蒙皇恩，擢補河州副將，虧空庫借銀三百兩，難以交代，無處措借。遂自上正定，懇求鎮臺。蒙伊慨允，俟部文到日，着標下右營董副公署篆，代爲擔任，着固關隊目隨至河州，取來還項。交代説妥，又去設處盤費。十二月十五劄票到來，十七日交代，廿日上府叩謝。鎮臺約于新正初六日起程，亦打發陳英回來，爲父親薪水之費。

男廿一日到正定，同日鎮臺亦接部文，蒙特旨調男引見。鎮臺知男盤費不敷，送程儀廿四金。男于廿二日就道北上，廿六日到京投文兵部。大人云年下事冗，未便啓奏，俟初十内外再爲奏請。

元旦、二日，往拜大叔公，問起家中事務，云初三日伊有人回南，男欲將參膠託寄，大叔公云此人係家中媽子丈夫，甚信不過，止可帶一信，物件不可寄。男遂匆匆寫此

寄禀，俟引見後，男起身赴任時，再遣陳英南歸也。

署中大小平安。岳父九月内往男連襟張處去訖，□之。乃翁係原任四川崇慶州牧，住□□□□，屬鹽山縣，來時男爲父親致意。昨字内云孝方未來討八字，這事可以不用題説，男惟窮耳。至于女兒不肯混帳强許與人的，如伊果實意要對親，父親賜一許允諭，着伊差人來男署中討八字，如此方見伊重宗祧，孫女到人家，亦有光彩。姨娘、六弟新年嘉慶。正月初三日。雍正五年

寄孫書

冒渾

字寄祥麟、貴麟女、女德麟。我自五十七年冬起身，汝母坐月，貴麟含淚兩次三番送我。祥麟是我口哺飯養四歲半，如此情景，怎不心痛，何忍即回？奈何姑俱未出室，汝祖母我若不同回，恐後更難，是以忍心丢下爾母子而回。到家後拮据苟延歲月，目無善狀，每念爾母子在萬里蠻地，不覺耳紅面赤，如坐針氈。爾父兩年不回，不知爾母子如何拮据，想及此我心碎矣。蓋總因我錯時失算，以致如此，每自恨自氣，終日焦勞。

四月冬間，陳立回，忽聞爾父解喇嘛回南，可以順到家中一看。但計時算日，於二月初九起身，陳立於三月内起身，先到家中，至五月一日内，令人心懸。每日倚門盼望，求籤算命問卜，此心一亂，令我想到不可思議之處，並無一信。於六月有事往揚州，於十二日起身回來。出天寧寺門，也是你父心誠，往寺中問信。我方出寺，爾父抱我痛哭，我一時竟不相認。到船住二日，我先回，爾父公事畢，起發大人進京，於六月十九到家。

家中諸骨肉親友，俱各各盡情盡禮，爾父言語識見，亦大非從前。人到底要多閱歷，受艱苦，自己留心細心，不可輕聽人言，以耳爲目，心術端正，篤根本，纔成得箇正經人。爾父骨肉天性最篤，親友中無人不説。我道及爾母平日孝順我，並承順諸骨肉，家中親友無不稱揚。我已再三面囑爾父，不許置妾，以報糟糠孝婦。爾父素孝，遵父命，定不忤我之言。我一家分散，諸孫俱不得一面，每日焦勞，拮据難過。不意四姑娘於五月病故，令我意想不到，憤痛不了。又聞六姑娘凶信，貧而多病之老人，如何經當得？連年鬚白，齒落將半，不時眩暈，近服藥又略覺好些。於□月十

五,忽生一小厮,深爲可笑可羞,到還壯健,將來恐爲爾父母之累。我已面諭托孤爾父矣。可與爾母説知,我深知爾父母必痛愛他。我所囑者,要痛責教他成人,不落人後,方是正道。一縱成嬌痴,再變而爲乖張,不但遺恨九泉,亦且辱爾父母,此我經歷過的。

此家信就當遺囑,勿得視爲套語。我一生愚直負氣節,斷不肯留話把於人。其母不懂人事,情性言語,稍爲包容。德麟定下洪姑娘家坤兒,也是爾父篤於骨肉之意,我甚喜。爾父行後,我在家計時算日,專望爾母子幾時到了成都家信,明年必差人回家看視。我老病不堪,别無所望,至家中近況,爾父悉知也。爾母好生調理身子,祥麟忠厚,不可嚇他,弟妹不可欺他。我有零星物件,另有一單,照單查收。爾父起身,我心緒不寧,不能細叙,先寄到成都家信與我,要緊。祥麟、貴麟俱要寫信來,懸懸望信,不要看似套語。家中諸骨肉,惟大太太、余姑太太關切真誠,代維寧請嫂大人安,問候三媳一女。郝氏稟大奶奶安,問候相公、姑娘。

以上俱清心白心,細想和淚,寫來家報,就此以代遺囑,存之。後當要看,細細念與爾母聽。羊脂玉官帶壹條,是我福建得左都督回來配朝服的,今爾父回來,給與之發兆。再則令其緊記吾言,後代子孫無論長幼,但得官穿朝服者與之,留此傳代可也。八月初六日,樸庵老人寄。

與冒芥原書 家譜

鄭見龍

伏以青簡流輝,千載焕縹緗之色;丹毫吐艷,一言同衮鉞之嚴。桑梓騰歡,士民胥慶。

恭惟芥原老年臺老先生,蠙峰毓秀,雉水鍾英。筆燦江花,騰休聲於藝苑;胸羅鄴架,樹芳幟於詞壇。見龍承乏此邦,用懷盛舉,謬叨百里,愧乏三長。先命石渠,徧搜四方之迹;繼開玉局,願成一邑之書。爰適館授餐以相須,佇染翰揮毫而並集。伏望褒貶無私,聿著信今傳後之典;是非允協,用昭斅家黼國之文。倘蒙俯俞,曷任感荷。

答冒萇原書 皋聞集

通州 陳 瑞麔呈淡寧

屢須芳訊，足覘古心，謝謝。前聞道路流言，訛傳足下覊絆盧鹺使案内，弟且疑且懼，憂心如焚。初九日晤家邦傑，云足下已偕雅師旋里，弟如愕夢乍醒，快不可言。越日獲手教，兼拜藿茗之惠，開翰烹茗，宛與君相晤對也。前流言雖謬，足下當加修省，收斂聲華。名爲公器，切勿多取，權門亦少托足，至於故人舊惡，尤不必往來於懷也。足下大腹能容萬卷之書，寧不能分方寸地以容人耶？狂鄙之言，不識忌諱，幸亮之。瑞再拜。

與冒萇原書 同上

范 捷

捷白萇原足下，别後無日不相思也。《雞鳴》之詩，頌何可已。從澹寧處兩讀芳訊，得悉近況，兼蒙齒及，欣慰何良。惟老桐柏咢，消息杳然，念極念極。捷久不就筆硯，前見蒲心近詩，格律謹嚴，真爲騷壇白額。顧其負嵎之勢，未免攖然。竊聞香嚴、淡寧，晨夕肆力於《三百篇》，亦屬可畏。故久廢吟咏人，忽起下車之想，偶得五律三首郵寄，其瑕疵之處，一一點定寄我爲禱。捷再頓首。

與冒萇原書 二十一通 同上

丹徒 鮑 皋步江

僧廬别後，復有他詣，近寓已燭。畏熱屏燭，浴罷出大著並《皋聞集》，就月讀之。

月闋而卷亦盡，折節俯伏，固不待言，而中心怳然久之，誠藝之精能移我情矣。旋口占數語奉懷暨范君昆季，錢、姜二君子，名之曰《東皋吟》。未及百字，因不成語，故未書上。擬欲作《五君咏》，病暑復未就，比差減矣。許過小齋，頻聆足音於空谷，倘肯惠然，極慰企望。

拙稿一册請政，并乞尊序。因日下緘寄河南應尹中丞之命，即付梓人，專望速爲點定。此非熱士做腔話頭，諒知己必不疑也，餘不多及。小弟鮑皋頓首。

題畫詩極佳，得之頃刻，尤爲服倒。前繳還尊集，欲更借一覽，便攜歸與一二知詩者共賞之，亦知宇宙間尚有奇才如足下者，其許之否乎？

拙作已倩人謄繕校對竟，當付行次，意欲乞《皋聞》諸子各弁數語，與足下攜回，尤感也。歸時晤社中諸子，俱望道相慕之意，不在會面也。皋頓首白。

鮑皋敬白萇原先生侍史，昨辱題軸，甚感。大著并拜到，《皋聞集》不敢請耳，實獲我心矣。歸時與一二知己盥手拜讀，不敢概與門外漢見也。古文家每以駢體爲不足貴，然國家屢舉宏詞，斯亦名士所不可少，皋媿未能，竊願學焉。尊作美不勝舉，當以駢體爲第一，即陽羨檢討、吴興太守，亦當退避三舍。不日自當膺宏博之選，布聲華於輦下，豈特區區江之南北而已哉！

瀆者足下昨過荒齋高論，東君徐柏嵒偶踏小閣，竊聞其緒，頗知非尋常客。駕既去，就詢於皋，怪其不留作竟日談，見惠我長句，深爲嚮服。皋盛稱足下宏才夙學，爲海内風雅總持，又覽程君畫軸，讀足下題句，旋出其移芝小照，固欲命皋轉懇，賜題長歌一篇，書上面詩堂，意思諄切。皋極知駕回在即，前過尊館，見案頭詩文未了尚多，而索者履滿户外，皋又難以却彼，彼意欲爲足下餽贐，皋亟止之焉。有君子而可以貨取乎？且皋素知先生手揮萬金，結納天下名士，何可唐突？皋敢恃愛，望足下寧緩一日行期，必果皋主賓之諾。皋雖非嘉，彼不愧賢，且素邁往清雄，輕財好士，大作亦望略得此意。其圖本取放翁詩"自剷青苔换黄土，南山移得玉芝來"，祈男兆也，今果然矣。鄙意或懇作駢體文爲圖引，覺在諸體中校新，亦以足下之駢體爲必傳耳。然聽興會所至，不敢强也。尊書古妙，毋庸倩人，千萬千萬。或歸思甚劇，兼了宿逋文事，即不獲已，了以短章，亦得二律，或四絶，蓋彼欲先生一人書滿上方耳。

至於皋舊題二首，時竊擬西崑，又在病中書之，迄今不足入眼，置之可也。再者拙作乞《皋聞》諸子弁語，並望各投以詩，蓋皋竊生正三十年，三十豈可稱壽？效俗人戔戔乞言，然藉以不朽，並誌歲月。但勿稍及生日之義，如尊作章末云云，亦無不可，但獎譽太過，又滋不安耳。

敝東云駕旋揚時，即親詣高齋請教，《移芝圖》遣奴子賫上，彼另具名箋，幸照入。

臨楮覼縷，死罪死罪。臯再叩。七月二十九日。

承題駢體，大費清神，不日成之，真倚馬才也。徐君緣鹾務往真州，尚未得見，故無謝柬，罪罪。

日内仍咯血未已，餬口不得遽歸，可慨也。步履維艱，不獲走送，幸知己諒之。鮑臯伏枕力疾書。

昨自尊塾拜領諸君子詩札種種，挑燈快讀，傾倒靡涯，感愧交並。但蹇薄人，何能消受萬一？然貪心復萌，前月賤辰，欲得足下駢體一篇，藉垂不朽，先生其許我否乎？小弟臯叩首。

大文寵錫，百朋過矣。又蒙厚貺，愈滋慙仄。却之恐蹈不恭，敬對蘧使，拜嘉盛儀，籍璧，餘容面頌不一。愚小弟臯頓首。

玉峰夫人悼章送上，幸寄去。壽詩最不喜作，然躬受兄之請，自必勉力。須少遲日，内心血頗偪費矣。

《焦山志》暨《明季殉難録》望借觀，秦板《九經》中《毛詩》並借一對。恐雨沾濕，俱將氈袋貯來。前諸作望改削，不妨示下，重書費紙，所不計也，萬萬。甚原先生，臯叩。十月十五日。

準今日詣尊塾，復苦雨阻，偶撿得拙作《桂樹》二篇呈鑒，或寄一篇東臯去也。信往拙詩一帙，望其寄來月峰《毛詩》評本，並名氏《讀詩紀》，總望假閲，料不靳也。諸君《閏重陽詩》，暇祈申紙，當寶之。昨舍弟子將言齋頭復得《九經》善本，亦望暫借一觀，更感。氈袋仍用貯來。甚原先生侍史，愚小弟臯頓首。十月十八日。

鮑臯載拜甚原仁兄大人，《後漢書》纂本幸畀小僮，《閏重陽詩》亦望惠來。有要語候譚，須兄放學後來，當取燈籠照回也。否則共榻一夕，示以確音，以便展待，望望。餘即面不一。十月廿二日。

惠書數百言，自抑過甚，虚奬愈涯，反增愧悚。草草杯盤，何足云謝，明日見過，是所望也。

大作《閏重九》改本，望書小幀携來。綬齋小額，祇求潘退翁書二篆字，並渠道號，跋語恐費精神耳。草此籍覆，餘圖晤不一。甚原仁兄先生，愚小弟臯叩首。十月廿五日。

華亭宗伯法書，祈檢來一觀。都中貴相知寄來博學鴻詞卷，亦借閱，可即奉還也。弟皋白萇原長兄益友。

萇原社長兄大人足下：刻欲遣僮走領華亭書，蒙擲下，拜之，得毋傷惠耶？外小柬已作就，並奉到。殷生扇頭承作楷法，謝謝。西河太史分書，並雲間行草，暫收小齋，當面繳也。范子詩集於昨宵三鼓閲竟，先奉上，或有片言嗣到，今日冗劇，稍暇即閲躬受。賦本《五子歌》未能即書，祈將奉教者暫寄去，有尊號在，諒易易耳。《桂樹賦》祈寄去一篇。冬至放學，過我快談，望望。

小紙不恭，死罪死罪。愚小弟鮑皋叩。後十月廿七日午刻。

躬受兄《珠玉賦》送上，昨三復誦之，愈覺其好，欲録一通，因信往匆遽，無暇也。尊齋尚有草本，當仍假我。此賦宜亟登梨棗，必傳無疑。足下有華亭臨平原書，亦望借觀，非有覬心也，笑笑。萇兄大人足下，弟皋頓首。廿八日晨。

弟皋頓首萇原大兄大人：良書下頒，盥手三復，惘然情遠。絲雨小霽，即馳至精舍，當走札相邀也。愚弟皋再拜。十一月望前一日。

氊笠收到。昨賜雲間二公帖，感謝，容報躬受。默存二扇，尚未得即書，今送上册頁十二幅。總因燈夜書就，顛倒錯誤，幅皆有之，奈何？然弟本非能事，既辱謬愛，諒相賞驪黄外耳。《東里傳》終不能謀得耶？尊著歲内繳上，初二日當圖一晤。生辰豈松原先生乎？並望示知。潘丈希致候。萇原兄大人，愚弟皋叩頭。十一月廿三日。

連日雨雪，皆病，昨夜晴，病輒少已，起啜薄粥一甌盡，燭下作書覆越山令送上，不妨啓視重緘，面致爲禱。尊著二三日當奉納，關雲翁扇承書就否？退翁尊篆，天寒不可促迫，以俗石歸不佞也。五山錢文書，假數夕之觀。餘不一。十一月廿七日巳刻。

文章一道，素未究心，過譽甚媿。轉乞退翁圖章拜到，感之至，容當面頌也。錢叟遺書，當與大稿箋扇並《繳月》三詩付梓，甚善，而足下玉成之功，幾無量矣，能不使天下文人，家尸而户祝之乎？《東海五子歌》不可刻，亦不可多示人，長兄通人，當亮此意。書一通承削定，或可載在卷尾耳。

近作改定三章，頃讀已無遺憾，俟燈下澄觀之，再當報命。如皋印自佳，取義恐太曲耳。皋何足如，亦何必如，四字之印，終爲失當，幸勿命斧斤也。駕旋時，《毛詩》諸種務望借覽。拙稿一册，久置蒲心囊中，亦祈擲還。月額得乾，必踐僧舍之約。草草藉覆萇兄大人，如胞愚弟皋。廿八日酷寒書。

二扇先送上，恐尚欲尋人畫也。一扇燈下高興，遂畫就，不命而作，略得天趣，然未能必足下當意也。曹以南孝廉四六，俱望付來，渠見索屢矣。《衍波》、《春藹》並奉納，中有數則，來春仍欲借抄。前《皋聞集》中躬受新樂府數頁，檢付來奴，更欲一讀也。上萇兄先生，愚弟皋叩頭。臘月初四日。

躬受扇，不畫亦可。一則天寒，且恐沾汙圖記耳。氈袋仍付回他日貯，一切奉繳也。初六日地乾天晚，未審可一面談乎？今年館門鎖鑰尚可啓也，佇佇或有更張，亦勿罪。萇兄再覽，皋白。即日書。

重門已啓，將出户迎，幸勿似待儲光羲，終不至也。震亭駢體文已倩人抄就，並望携來，當命幼弟副墨，原本仍歸足下，何敢請足下抄耶？即面不悉。上萇兄大人，弟皋叩。臈月六日。

印記並詩文簡紙俱收到，緣在隔樓與東君聚談，未得作答。耑望駕來一晤，雖冗次對知己，所願也，何復爽此良約耶？然我輩正不必作客套送別耳。外書一封，是石琴懇寄者，幸勿浮沉爲禱。餘情縷縷，俟新春面叙躬受。望早赴邗上，諸君並望致候。萇兄大人，愚弟皋燭下草率不恭，即付丙。十二月十一日。

與冒萇原書 同上

姜恭壽靜宰躬受

萇原世社丈足下：恭壽無狀，不能常事右席，力綿心長，奈何奈何！兩季獻歲，即入塾，阿展遲至二月末，方送柳塘肄業，鄙意亦大可見矣。

三月有事於城中，訪足下消息，絶無知者。偶過大寺，值方鄉三，始知足下有揚州之行。後家伯氏西亭自山中歸，乃稔佳境，側聞結交青雲，名壓海内，吾道中興，同侶增色，豈非千載一時哉！皋聞社雖未再舉，雅蒙流布，足覘意氣。但集中鄙作碔砆亂玉，鮑子一詩，胡慕如此，惟足下與二三兄弟故耳。

竊思風雅一脉，不絶如綫，上士伏陝，如深穴中候蟲之鳴，中士疑信相半，下士口誦十數篇八股，之乎也者，終日如蛆在糞厠中，反嗤詩古文爲不足學。得足下主持之，豈非中天日月？恭壽誠不足言，如月三、蒲心諸兄弟，可不爲之張其旗鼓乎？盛名之下，毁謗所集，前聞之道路流言，雖不足信，壽同淡寧、月三倉皇屨日，不堪一哂也。總之揚州滚熱之區，凡事謹慎和平，前途遠大，又不徒區區浮名而已。

令先公早世，伯母孀居，尊嫂夫人幼出司農貴第，豈容久執勞苦？諸郎玉林挺立，個個待翁婚娶，諸事獨負足下一肩。幸值揚眉吐氣，膺宏博之選，恢浚舊業，纘承先志，勉哉在此行矣。壽恃愛敢言及此，足下罪之乎？韙之乎？

壽近況無善策，别後衹得絶句七首，學業荒落，較之去年切磋於西河，邈若夢寐，言之聲淚俱哽。比來欲橐筆餬其口於四方，而内乏行李之資，外少游揚之侣，自分跼蹐牛稍角中，日逐鄉人賽紫姑而已矣。家弟雅師謬叨雅愛，如潤枯魚，古道古心，吾邑安能屈指有兩？柏嵒近況何似，老桐東來否？

《金冬心集》得索到否？《鮑步江詩集》蒲心閲過，亟寄一讀，以慰輖飢。

早間接手教，連日因病婦爲累，久荒筆硯，又緣張元正明蚤匆促旋城，燈下伸紙疾書，語無倫次，字迹恱悼，幸知己宥之。中秋後可能至蒲塘作數日遊乎？鮑子報章，亦俟節後面呈。家君尚有話面商，亦竚望之至。躬受小弟姜恭壽叩首白。

寄冒葚原書 同上

錢標林

涼夕半酣，足下去後，向晨僕亦行矣。舟中得詩九首，寄我鮑子。匆匆遣使，尚有古詩未成，當於九月郵寄耳。餘不暇及。標林叩白。

寄冒甚原書

泰州　羅　昆大三他山

春間晤王商自揚州來，聞先生設教鄭公鄉，徒切雲樹之思，欲通尺素，奈魚潛雁杳何？中秋前昆歸自安豐，適雅履亦旋，偕恕存、鄉三、記公輩趨詣仙舟，徘徊河干，望之莫即。詢知先生訪舊於蒲塘，此宋之問所謂"明河可望不可親"者矣。

昆飢驅孔迫，復往塾中，私心積悃，未知何日始釋也。吾黨中久推先生爲領袖，鎮壓壇場，非一日矣。傾悉邗上諸鉅公奉爲人龍文虎，東南巨擘，昆雖不才，竊願分鄰光之餘照，長聲價於龍門，或訓蒙，或代筆，得以餬其口，且奉教大雅，日沐訓迪，豈非一舉而兩得乎？秋水懷人，興言托咏，小詩就正有道，幸勿吝斧。斯兹緣敝門人府試之便，肅候興居，竚賜德音，臨風瞻依。社小弟羅崑叩首。

汪松羅《清詩大雅》，曾采拙作，晤時煩致謝，並索將拙作分印廿册，賜我爲禱。嚴修亭聞有西湖之遊，有行期否？附問。昆又叩。九月望後一日。

寄舍弟甚原書 同上

冒春林寄亭

江田不治，硯田復失，以致敝囊如葉，饔飧維艱。老弟遠歸，未得共豆羹杯酒之歡，恨也如何！接見懷佳咏，字字金石，足徵骨肉之愛。猶述十四年前，焦山共事硯席，林讀之宛如昨夢。老弟以髫年結聲氣於名場，及今二十餘載，知交遍宇内。雖頻歲濩落，將一鳴驚人，榜花家聲，舍足下而誰振之乎？

承索拙詩，苦無好句，僅呈二箋，願老弟藏其拙，勿貽大方笑也。今歲家居，苦無善狀，望老弟不吝齒芬，加意游揚，爲我謀一席地，俾得旦晚相依，亦是快事，林必不作得魚忘筌人也。竚俟好音，臨緘瞻切。兄春林頓首頓首。

寄冒甚原書 同上

陸大珩等

陸大珩、史策、周忠敷、范拭同頓首,上書甚原先生閣下。高軒枉過,遍賁衡門,俱失迎迓,負罪良久。中秋後一日,側聞舟泊玉帶橋頭,擬各醵杖頭錢,邀君共醉於旗亭,歌揚州新詩以下之。亟詣河干,遥望片帆東指,夜窺天象,知星聚蒲塘矣。七月間,弟與記公有小詩奉統緘郵政,曾登記室否?吾友羅他山、方鄉三,兹二人者,先生之故人也。鄉三釋館五載,今甫小就于舊塲,奈鄙俚萬狀,飲饌酒食,下箸難堪。他山則假館安豐,餬口十載,知交雖多,修脯日簿,且食指益繁,何能足用?弟輩稔知長兄先生手揮萬金家貲,重結納,濟貧困,海内被其澤者不乏人矣。近日望重淮海、維揚間,詩古文辭洛陽紙貴,廣交青雲之侣,望風嚮服之。二君仰望大雅扶輪,加意吹植,或授經以爲師,或傭書以作客,相依荆州,得叨交游光寵,則幸甚幸甚。弟輩頂禮無既,豈特二君之銜感而已哉!

嚴修老近況何似,附問。大珩等再叩。

答冒甚原書 二通 同上

郝正繹射堂

昨辱手教,未即財答,罪甚罪甚。《秋柳詩》正繹因一舊家子不顧名節,流落他鄉,感而作也。乃痂遇劉公,獨有深嗜,並蒙大雅賜和。睹西子之貌,歸憎己醜,殆不免矣。所幸正繹愛才如命,復得先生亦有正繹之愛,真令人有擬鑄黄金之想。古云室邇人遐,令則人邇室遐,先生以爲然否?

復上甚原先生閣下,小弟郝正繹叩首。

休園名勝,前賢名作如林。昨偕軼群兄奉訪函丈,得窺名園,亦擬作詩紀遊,以畏難而沮。昨晚燈下僅得一絶句,録之小幀,就正大方。切勿循例道好,則所望於直諒多聞，而不同於汎汎者此耳。吴母壽詩附繳上。

與冒甚原書 同上

金壇　于錦雲 軼群

十六載星霜殆如夢寐，雲浮槎南北，屢滯揚州，引領東望，每念訂契金蘭，企切我友。況老盟仲高懷勝托，倍當仰止勿替耶？憶曩過白門坊間，曾見華選考卷，辱采拙作及向之舍弟文，真愛而忘醜，人毋笑老盟仲瑕瑜並集乎？及晤昭陽趙景兄于京邸，叩詢起居，述於庚戌秋間曾寄詩奉送入都，後亦不通音問矣。乙卯南闈，雲叨附君家大阮之驥，把晤之頃，問我故人，知遯迹丘園，以息六月，想圖南應不遠也。

昨接張丈汝培自休園來，得稔高賢于咫尺，亟親芝範，疊誦佳篇。捧讀之餘，想見異香滿楮，艷光盈室，昔桓春卿屋荷蒲輪，悉由稽古之力，老盟仲何獨不然？世必有任其咎者。雲不日渡江抵署，明春耑使奉迎，與舍弟商之，必致足下於青雲也。而雲所快者，天涯知己，良晤維艱，萍逢邗上，得以流連，把臂論心，倍成莫逆，覺昔年亭間秋社，雖匆匆一敘，乃不易得之事耳。拙卷呈教，幸賜斧削。家從祖翰撰公御試鴻博卷附鑒。尊顔未及奉和，臨紙神依。舍弟處一緘領到，尊東過謙，非所以待知己，敬璧。上奉甚原老盟仲先生宗匠，愚兄于雲錦頓首。閏月朔。

寄冒甚原書 同上

泰州　田雲鶴

憶昔舉社，吾鄉一時名下士，如李芷林、郭秋浦、柳廷章、韓似鯉、程楓儀、季蕙圃、吴庚韻羽中、沈興之緝之、崔璧城予謙、顧友于蘅皋、趙景山景光、于軼群向之、宫天池瑶池輩，後先濟美，文酒流連，無間晨夕。而足下方在妙齡，咸推以主葵丘，僕生亦始三十耳。

流光如駛，歲月不居，帶水阻隔，離索有年。令春把晤揚州，各相視，幾不相識，皆蒼髯槁頂矣。回溯曩時，凡我同盟，半在雲霄之上，物化者亦十之二，而淪落不偶，惟足下與僕耳。

僕比年尤屬無聊，家難雀角，糾葛未了，所謂畫地不入，刻木不對也，言之嗚咽。更緣去冬鍾愛幼子，一夕暴亡，哭之淚盡，心膽俱裂。素性嗜酒，飲輒醉，不飲亦醉，如夢如痴，頹放自廢，絶無意於時名，又何從覓筆墨緣耶？

前者州大夫謬聞虚聲，强索一詩，僕命酒，飲至三升，捶胸頓足，秉燭至夜分，哭泣而成，苦態萬狀。妻子輩長跽而請，以僕過傷心氣，構思則悸，切戒勿吟，憐僕之苦也。回想當年，酒酣把筆，刻燭聯吟，了不可得，奈之何哉，奈之何哉！

春間邀德州鹺使之愛，足下所稔知者，雖僕素守硜硜，不肯以猪肝累安邑，弟欲作三楚之遊，不得不藉爲遊揚。且冠霞采詩于江漢間，亦可相與以有成也。不意德州公謝事，此行不果。

近日閉户幽憂，亦復無賴，欲仗足下爲我謀一席，於富賈中擇其善者，可以縱其往來，不甚拘束，歲得百金，僕亦俛就矣。

昨接湘帆一札，述足下應金壇于學使之聘，有江右之行，未知確否？且云軼群亦念及鄙人，雖宋仲子之高誼，不忘貧賤，僕何敢冀下車之一揖耶？晤時幸爲我敬謝之。甚原老社盟仲先生閣下，愚兄雲鶴叩首。

與冒甚原帖 同上

揚州 李肇輔相儀碧摩

是歲秋杪，偶窺名園，西風無賴，頓發長吟。繕寫片楮，奉請指非，並望藉致貴東君，幸勿於鄰家高樓者漏洩消息也。笑上甚原先生年世講絳帳，世小弟肇輔頓首沖。

與冒葚原帖 同上

汪　宏

風雨淒其，竟日不休，高齋獨坐，聽之定益愁思。何不着屐過我，剪燭快談，沽一壺以消遣，可乎？宏白。

與冒葚原帖 二通　同上

潘　寧

重陽閏節，昭代初逢，休園雅集，尤爲揚州所難能而可貴者也。朱君漢原年八十，蔣君湘驥及寧年皆望耋，鄭畊嵒亦七十有六，共約效香山九老詩體，以"四人三百十一歲"爲起句，賦之。寧竟日躊躇，頗難着筆，只得倒提逆入之法，勉成一律。自知氣格體裁，一無足觀，赧然録上，祈老社長痛加改削，庶不負貴東君之雅集，亦得以附於匠作之後，銘心可勝備道耶？葚原老社長，潘寧頓首。

汪東柯手卷，弟已借書在前，祈即臨池一揮，以便付彼。漢印摹就，或可窺古人之萬一，雖不敢自謂當行，然亦不敢辱命也。遣价賚上，未知知己見賞否？弟寧率筆。十一月十一日。

寄冒萇原書 同上

靖江　鄭毓善咸九　岳久

良書遠頒,兼錫佳什,諷頌再三,莫喻感激。每於聲氣中一二友人自南來者,亟詢近履,側聞寄迹田園,事與心違。莊生齊物之論,柱下守雌之風,雖高明付之曠懷作達,而鄙人望風遥思,未嘗不裂眦俯膺,咨嗟太息也。

前歲駕駐荒縣,把臂話舊,浹月留連,申以風雨之盟。奈弟飢驅孔迫,匆匆就道,猶未罄積忱耳。

弟以失路害馬,去春謬叨館選,如入樊籠,不覺神魂錯莫。兼以輿馬僕從之費,四顧彷徨,不知所出,勞悴一病,幾乎四體支離,勉治醫藥,因得不廢。雖邀相如獻賦之褒,不救方朔長飢之嘆。何意知己不以老戀棧豆爲哂,乃見於吟咏,兼叙廿載交誼,但愧佳韻,未能學步,奈何?

弟賦禀魯鈍,幼攻制藝,詩、古文詞,無所學習,亦無所指授也。見仝館諸友拂素題箋,慙悚滋甚。每思得以日侍門墻,不吝鑄顔之功,願北面稱弟子,如何?

日下初闢三禮館纂修一席,需才殷而告成速。如盟長兄,可以襆被輕車而來,弟猶能作北道主人也。入館諸務,凡可效力者,決不負此初衷,有幸肺腑相關之愛。息壤在彼,惟知己鑒之。或圖他舉,相機而行,如長兄之才美,以售於當時,亦甚易耳。

敝年友季蕙圃太史亦時時相念,囑筆致意。引領南望,伏惟努力登程,毋爲猶豫,盍簪有日,臨池神依。年家愚弟鄭毓善頓首。

寄冒萇原帖 同上

嚴　爵

旅況蕭條,忽逢良友,半載追隨,豈非大快?奈以浪遊因人,離愁何限。真州流連,已及兩月,前修寸楮,托衛生作洪喬,曾達絳帷否?日來復有白門之遊,冬至後方能圖晤。

適有高郵吴丹岩孝廉新授睢寧廣文，係宋疆齊解元門下士，曩與弟結交于延令署幕，相得甚歡。近托伊親家沈仲岳司農覓弟踪迹，招入幕中，不意萍逢邸舍，即授簡訂約。殘冬來郡，稍措行裝即渡河。此去本擬偕朗溪太史江右之行，因吴廣文之招，義不能却，且道塗近而往來易，故不欲冒長江之險耳。因忝老長兄廿年知己之愛，故預述之。

晤藥谿、柏嵒，俱致意，餘不多及。十月十日嚴爵拜。

答冒甚原帖 同上

鄭　昂

足下愛才入骨，老拙如昂，猶收於聲氣之末，使一旦立朝端，野無留良矣。鮑子臯固獨步江東，足下東海之秀，何多讓焉？昂江上草堂不過數椽，以蔽風雨，頃得二君題咏，地以詩傳，允堪不朽，昂鏤心可勝道耶？拙選《山水清音集》，今冬梓竣，尊作何久吝，不與仰籍壓卷？更求大匠一序，未知其許我否？手臨楮念切。甚原社長兄先生，西席鄭昂拜首。

與冒甚原帖 二通　同上

唐建中

重陽逢閏，蓋人詩思。弟老而才盡，卒爾爲之，焉敢就政大方？頃於友人案間見吾兄與諸名士休園分韻之作，擬焚拙句，自愧瞠乎後矣。臨池濡墨搦管，彌慙。籍以引玉，故不獲藏醜耳。吾兄縱愛而忘之，毋貽他人非笑乎，餘不既。

昨晤筆賈貝生，知吾兄欲赴試海陵。弟以病懷孏慢，匝月不能出門户，未獲相道東門之外。歲内尚入館乎？當於還舟日詣休園，登三峰頂上，捧誦試牘，作謝朓驚人句耳。不一。

與冒葚原帖 同上

曹學詩

詩愧不學詩，漫災梨棗，辱獎許過情，殊覺鹽嫫形容，置身無地耳。尊作久窺豹斑，應推江東獨步，令獲全編，俟挑燈細讀，奈歲暮懷歸，方寸棼亂，何敢容易捉筆，着穢佛頭上耶？讀竟俟抵舍後，滌硯花間，略寄叙數言以報命耳。悟岡兄附致，餘不宣。葚原學長先生，小弟曹學詩頓首，八日柳陰庵書。

與冒葚原帖 同上

史震林

震林江左狂奴也，性愛友，尤愛才友。乍見足下，輒心醉，乃玉堂人物，豈可以訓詁生活依人耶？夜讀大著，各體擅長，包羅萬象，不禁拍案，語以南云："天下人間，覽十五國之風，如冒子，復幾人哉！"讀竟，聞漏三下，亟倩蕭生録君新樂府八章、五絶五首，載於《西青散記》第五卷之首，旋命斧斤。震林固愛足下之詩，想足下亦愛震林之愛其詩也。震林素不喜作詩文序，欲破戒以報君。因病後懶思，焉敢唐突班門？俟明春再晤，當以隸書録君詩一卷，藏之名山耳。詩傳，隸書亦傳矣。葚原仁兄先生，弟史震林拜手。臘月十一日。

寄尚之姪書 六通

冒春榮

昨菩提僧來花源，詳道足下遠走數回，足稔不棄老殘。僕在城，亦到宅上尋問兩次，俱未值，何相遇之疎耶？

承示詩文二種，謝謝。論古文於今日微如一綫，世所稱能文者，非掇拾奇字奥句，以艱澁隱僻爲佳，則駢枝鬭葉，貌爲六朝艷體。又其次者，則勦襲訓詁之詞，謬作理學一派，甚則竄入禪悦，雜以稗官，由是文體大壞。是皆不知有唐、宋八家，又無論《史》、《漢》矣。兼吾鄉所爲古文，不過就時文腔拍，安排"之乎者也"數字而已。

僕於此事究心有年，惜才薄學陋，不克自振，又苦於奔走餬口，日就荒疎，然於文字體例，不敢少佚。讀來作可謂訔所欲言，層層轉折，大費匠心，僕惟不敢當耳。據愚見略有未合處，竟直筆點定，素忝深知，幸恕狂妄，特遣小史送上，切勿眎他人，即謄清再付一閱。

連雨殊悶悶，唐人詩云"在家貧亦好"，此語殊不然也。無衣無褐，何以爲卒歲計？僕與老姪應仝此慨耳。明年曾圖館局否？冬至前後，天氣晴和，有暇可過我面談一切，併携徵君公手書尺牘來一觀，埽逕俟之，毋負引領，餘不宣。令郎長君統候，不另。十月十日。

昨手書過奬，未免客氣，頗不似家人語耳。至云攜一芹過我草堂，豈忘却貧者不以貨財爲禮耶？謀食無暇，恐君在陳，僕亦在蔡。然貧也，非病也，願吾姪共勉之。

冬至後有晴日，惠然肯來，何妨虀鹽麥飦。出城宜蚤起，踏月而歸，談方訔。《書石刻後》一篇，尚有數處俟面談。江寧市買紅格紙，笥中如有餘幅，分惠數十頁，可乎？徵君公手札附來一玩爲佳。友人投贈時文十二種，與令郎流覽可耳。十月十九日。

寒士支更，手龜足裂，大不易事。非有佳吟，其何以消遣耶？僕老矣，本非能事，漫爲點竄，字句可否，惟君定之。紅格紙收到，謝謝。漁洋山人手評珠山公詩卷，久存笥中，特檢送閲，正可把詩過三冬耳。長至後日晴燠，可圖晤言，勿却。

冬至在邇,其何以禦耶?吾姪有妙策否?僕屈指冬節旅食以來,自丁巳至己巳,中間在揚郡九度,庚午在浙西,辛未在鑾江,壬申復在浙,酉、戌兩載在崇川志館,乙亥、丙子在鳳陽,丁丑在徐州舟中,戊寅在甬東。歷想廿餘年客況,種種難忘。今冬纔在家鄉,苦惱無似,了不若在客時矣。

紅格紙乞鄰而與微生氏,其不直耶?不可不可。時文曾檢到付郎君否?至日漸長,肯來快談,幸甚幸甚。徵君公手札攜來展玩一番,有近著詩文,併望起予。不一。十月廿五日。

荒村風雪,門無人迹,忽聞履聲,且懷查餔遠餉,何幸如之。脱粟鹽虀,此茶村老人所謂"真貧無可愧,空返實難忘"耳。望日命吾兒持書件,煩寄與岔河李維翰二哥,不料足下已帆影東指矣。昨夕接"一棹歸家滿載愁",真警句也,寧不畏"關吏爲暴亦税愁"耶?富人遠出,歲殘飾言耳,但朴庵之言,其信然耶?足下七事俱無,僕一籌莫展,何不來花源仝聲一哭,並送此窮鬼耶?特奉鈔袋一枚,老妻手製,煙壺乃閩人所遺,豚蹄、萊菔鮓,邨中物也,佐君歲酒下物,希莞爾存之。

石印三件,詩文數册,願付郎君,以當一芹之獻。新正早肯惠,然定在何日,預示知之。聞家殿翁宅有不祥事,未審確否?亦望復音爲慰。晤建章,希致候。臘廿四日。

先達庵公誌銘久佚,鑄錯老人尋覓不得,識之於書,永矢勿忘。逸園圖象舊時購得,另藏篋中,昨夕始檢出,此大快事。老姪見之,應更大快,併圖册成全璧也,可寶可寶。昨以極不快事溷煩足下,且拖步,以致足下爲我隱憂,切勿再言,恐祇自辱耳。曩著《詩説》,久望起予,奈爲菩提僧借去繕寫,纔得歸還,特遣兒子送覽,有暇可與郎君輩指説一二條,强如説張長李短也。卷中不合處甚多,請一一標出爲感。新正閲訖歸還。除夕前二日。

與邑侯冒小山書 湘南吏牘

昨得飲章之耗,相與太息咨嗟,莫知所措。頃奉鈞函下賁,雒誦回環,處此拂逆之遭,絶無尤怨之語,乃知大君子内省不疚,素位而行,雖古人絶交不出惡聲,去國不潔其名,未足多也。夫生人毁譽,直道難言,宦海升沈,風波何定。若使靈均不放,賈傅不遷,則史公何以牢騷,孟博何以流涕?上下千古,良足達觀。

惟是敝邑僻在山陬，幸得賢明父母爲民造福，未竟厥施，百姓方謀借寇恂，使者竟奏免張敞。其爲哽噎，何可勝言。去思之情，直欲碑刊齊國；可傳之政，且師編署黄堂。非敢私也，所以志也。嗟乎，塞馬難料，盲犢奚驚。世果需才，天生必用。況復枕戈雪恨，孝行早感神明；拔薤宣風，美績堪垂治譜。有以不朽，真可待時。所望王晞有爛熟之思，志完無涕泣之色。以遷官入告，上慰高堂；能破涕爲歡，沮兹群小。芻蕘略貢，悚惕曷深。

致麗江府冒小山 希古堂尺牘

新會 黄炳堃笛樓

次兒肇永，季春旬有一日，三索得男。方幸門庭多一含飴之弄，殊次媳以産後致疾，閲十一日而亡，遺孩三人。長者六齡，穉者纔數日，呱呱可憫，顧之悽然。

此間鄰於緬甸，英人不時纏擾，語言文字，刻刻留神。而鄙性戇直，恐其或蹈我瑕，加以勘界，即在眉睫。自顧才非肆應，署中又無幹辦之人，艱鉅之投，實難負荷，每一念及，若履春冰。是以擬請仍返故巢，兩次屬草，均爲溺愛者所阻，遂至進退無據。兄夙愛我，何以教之？

謝蔡夫人畫鳳啓 同人集

吴 綺

車飛漢殿，不樂人間；簫引秦臺，徒聞天外。何意采毫之點染，因成神羽之和鳴。豈有桐枝，方知六象；非關竹實，忽致九苞。借丹穴之靈毛，圖成比翼；用紅窗之偶影，繪作雙栖。足堪驚彼超宗，豈但方於鑿齒？地殊扂閣，倏來天姥之觀，人異潁川，長奉星娥之製矣。

乞金夫人畫洛神啓 同人集

吴　綺

金鏤遺魂，夢感陳王之枕；采旄含態，香生王令之書。人但賞其宏詞，世罕傳于妙迹。何期藻管，近出蘭閨；花欲言情，波如動影。依稀蓮襪，凌千頃而姗姗；仿髴桂旗，望三秋而眇眇。想見臨池染翰，原借照于當身；定知拂鏡穿衫，必含情于微步。呼之欲出，不堪褰捉留仙；念此如狂，敢冀筆摹乘霧。倘點仲姬之墨，朱鳥晨開；便來甄女之車，青鸞欲下。

募建開平縣冒公專祠啓 枕干録

蓋聞疾風知勁草，朝廷褒志節之臣；陰雨咏膏苗，氓庶念神明之宰。厥分雖異，其心實同。

我開平前邑侯冒伯蘭父師者，揚郡名家，如皋望族。自辟疆先生以勝朝之遺老，作開國之詞宗，嗣後文采風流，世傳清德，姿禀純懿，代有耆儒。公生而岐嶷，弱不好弄。懷橘則孝如陸(續)[績]，讓梨則弟若孔融。守遺金以還其人，推沃産以分諸叔。蓋方在妙齡，而已襟懷沖遠矣。

若乃讀書鄙乎章句，大意自通；説理病乎拘牽，微言悉中。劉知機夙擅吏才，杜元凱堪稱武庫，故生平得力於《綱鑑》爲深。既而强臺難上，末秩弗辭。檄持毛義，期得禄以養親；馭叱王尊，誓捐軀以報國。由是上游引重，劇任頻膺。見利惟凛乎四知，爲政咸歌夫五袴。

猶憶其涖我蒼城也，時則澤有萑苻，野無青草。公披星聽訟，戴月巡郊。盡撤屏障，使内外之情通；嚴飭司閽，俾官民之氣合。所以執郭解而惡黨以除，殺李波而豪宗以斂。且也蘭蓀猶獲，桃李廣栽。王符到門，倒履出見；徐穉在邑，虚榻相延。至於略形骸與叔皮友，令子弟從田蘇游，則倍著謙衷，尤徵汪度者也。不謂治譜將成，福星遽去，甫離肇慶，攝篆乳源。值紅巾之煽逆，操白手以孤撑。遂使周處雄才，碎身關隴；張巡智略，喋血睢陽。

痛矣哉！人之云亡，魂餘大鳥；天何此酷，恨結啼鵑。撫千秋而灑淚，誰傳遺事於董狐；曠百代而興悲，孰誄奇功於司馬。所幸大吏上聞，聖恩稠疊，崇銜隆四品之尊，世職報九原之慟。昭忠有典，雖歿猶生。加以長君既江右蜚聲，近彭澤而風追陶令；次君復粤東樹績，飲貪泉而迹慕吴公。其餘仲江、季海，繼體皆賢；兩到八荀，曾元競秀。公之心可以慰矣，公之德可謂長矣。

獨是吾邑昔誦來遲之句，户盡霑恩；今讀去思之碑，人猶墮淚。而未立祠宇，曷報馨香？用是邀集同人，共襄美舉，千金非厚，半兩非輕。庶幾分機間之尺布，俎豆常隆；聚囊底之一錢，題榱式焕。莫令潮州城内，徒祀韓文；峴首山中，頓忘羊祜。是所深冀云爾。

第十册

乞言、壽序

家慈六十乞言 拙存堂文剩

冒起宗

家慈閨秀於宗，外王父卭州守宗公之仲女，而家大夫之元配也。孝友端淑，得諸天成，自少無疾容，無遽色，言規行矩，克閑内則。邛州公愛而撫之曰："是笄褘而有丈夫氣者。異日相夫子成名，大宅相而起後昆，不卜可券。"

及笄，歸家大夫，則曾大父、大母皆以九袟稱家督，其自王父母而下，伯叔翁姑、姊姒中表，指且百，聚順承歡，情文兼備，無一不當其意。

時王父課家大夫嚴，下帷攻苦，伊吾聲不絶于耳。家慈挫鍼治綁，繼晷焚膏，雖達曙無倦色。家大夫未三十膺里選，肄業北雍，五試京兆闈，後先幾十載，家慈上奉尊嫜，甘脆弗闕。不肖起宗時出就外傅，則閑其出入，訓以醇謹，惟恐其效市井兒作輕薄相。下至米鹽瑣屑之屬，井井油油，有劑量而無暴殄。見里中貴家婦爲時世妝，但以不見聞付之，其天性然也。

家大夫久鎩搏風之翮，意不能無憤懣，性峭直不能忍人過，多徵發於聲色。家慈每罕譬曲諭以平之，或以醇酒陶汰之。家大夫嘆曰："儷我者，我師也。"比捧會昌檄，將王母之官邸，儼然稱人姑、抱兩孫矣。而執婦禮益謹，凡《内則》所云，下氣怡色，視具佐餕，問寒燠，敬抑搔，滫瀡饘酏之必精腆，非有意倣之，而無所不曲中。王母時不豫，則嘗湯藥，浣厠牏，恨不能移於身，與己酉秋，以婦代子，而視王父之疾一也。

輓近以資格程吏治，家大夫不自菲薄，必以古循良爲法。製錦且四載，以清白著，無絶俗忤物之行；以明敏著，無谿刻擊斷之名。憐才造士，而賞必加於寒素，興非常之役，民不懼，且以不日成不世之功，昌人至今歌頌焉，得於家慈之贊襄者政不少也。

暨復除蜀之酆都，家大夫戀戀風樹間，不免遭回，家慈則謂九折回車古有之，而一命不可不逮於親，慫慂就道。下車未三月，值重慶寧酋之變，萬姓狂奔，百雉遂爲空國，家大夫急遣起宗奉家慈東下。家慈執不可，存亡與共，奈何置所天於鋒鏑，跳身以圖存。家大夫曰："人能置死生禍福於度外者，以無内顧憂耳。若在徒累我，何益我事？且人臣受百里之命，詎爲區區兒女子計耶？萬一不與城俱亡，相見尚有日耳。”家慈乃以帛繫印於家大夫肘後，揮涕别。繇夔門，達荆江，風鶴驚魂，剽掠滿目，勢不能一息淹，而家慈固安之。旅泊三旬，始解纜，跼蹐小舠中，首昕夕西嚮。歸而清齋綉佛前，誦名號日萬聲。浹歲，家大夫量移，辭檄入里門，以帛還，家慈怡然如舉案故事。雖曰天實庇之，未必非一誠之所格矣。

家慈、姑母李太君、世母朱孺人年相亞，二母皆無子，性復不能下人。家慈曲意承之，惟恐稍傷其心，更贊家大人爲之立後。其視幼且晚之叔母，則又扶持安全女畜之，未嘗挾長。居恒念外王父，淚輒被面，而孝事後母高太宜人，愛隔胞之季弟，無異於屬毛離裏。

生平食無兼味，而明粢修殷薦之禮，則必潔；綺麗去體，而解推周六戚之窮，則不倦。於施御臧獲無疾聲，而門以内曾無惰業，户外客常滿，酒脯供帳不移時具，初未聞以遽廢禮，以儉忘敬。即起宗離庠舍六年所，猶時時以提命代夏楚，雅不欲其預外事以損鷺辱親。

凡此皆膝下所諗見習聞者，非敢飾説以塵聽也。第起宗鯢游匏落，無一可壽其親，儻辱海内名卿鉅公錫以鴻藻，片言隻字等於清鐘大鏞矣。

若家大夫梗概，别具《兵餘集》、《趨庭紀》，兹不贅。

老母馬太恭人七十乞言

冒　襄

襄身隱焉文，不出户奉兩親菽水十五年。前二三十年，吾皋風俗淳朴，先祖家訓古肅，先君四十登上第，服官清華。老母治家儉約，不敢爲壽，亦鮮壽之者。閲五十，先君以繼丁兩祖艱，甫服闋，誡勿稱觴。

時襄以老泉發憤之年五困場屋，無能自致于親，謬以虚名受知當世，海内名流詩文書畫，不脛駢集，屏錦爛若雲霞，且是春臺省交章，以邊才特薦。先君需次仗鉞，老母謂先君曰：“異日膺封疆之任，弗遑家慶。今日者身爲名臣，子爲名士，顧兹一堂，經濟文章兩裕焉。”强進一觴，遂偕赴粤憲。又十年而並稱六十，則先君已爲枯僧鐍户矣。每念君親，淚可洗面，襄復何敢重違其志？

迨今冬，先君倏已見背六載，老母七十之辰，正當先君大襄後。又姊丈方履憂患，老母達大義，傷疇昔，襄縈縈依膝下，更復何所求？届期仍以菽水稱祝而已。

陽羡陳子其年、歷陽戴子務旃，修世講之雅，咸來與兒輩讀書水繪庵，悉老母孝慈才德，各臻其至。兩君進而爲襄計曰："太母，今之女賢母師也。公即焚硯以質事太母，何忍不舉其懿美休嘉，令世盟諸子賡歌颺言之？且世盟諸子，皆夙昔以詩文書畫稱子客于太公、太母之子也。數十載滄桑雖改，膠漆重堅，矧太母以一身仰事俯育，係公家上下六世之重。聞之先人及諸父執，太母五十時，公有夢異，無禱不應，天錫靈壽二十年，方來未艾。余輩日侍公函丈，公不爲詳述之，何以教孝吾黨并垂訓後世哉？"

襄遜謝至再，退而瞿然，恐失實則誣，競夸則辱，咸無當于老母。因循年臚事，條列小紀，不欲貫穿成文，襲乞言之非浮則略也。然亦以無文爲文，守前此十五年身隱之義，仰冀同志鴻鉅之真文真詩，以爲老母百朋九錫，世世傳家之明月云。

老母閨秀于馬，爲先外祖學博肖禹公次女，甲戌會稽公孫女。會稽公先世爲實豐公、侍御公，父子祖孫科甲，吾皋望族推馬爲冠云。

老母幼而慧淑，又性生慈惠，學博公與王父奉直公水乳交，復器愛先大夫，遂結姻，十七于歸，以新婦奉兩世姑嫜。曾王母沙太孺人和顔樂易，王母宗太宜人儀範整肅，咸上下左右，無不當其意旨。

王父天性剛毅，又倜儻豪邁，不事家人産，以選貢入太學，名燥天下。李文節公有"金臺十子"之目，王父其領袖也。課先大夫尤嚴切，結褵一月，即擕去讀書郡城者經年。老母日秉中饋，夜精女紅，絶無紈綺兒女習。

王父癸丑初捧檄會昌，伯祖别駕公亦捧檄海澄，同奉沙太孺人板輿以行，便道會昌。時老母生姊五歲，襄三歲，弟京兩歲。伯祖與伯祖母朱安人五十無子，視姪與姪婦愛踰己出。沙太孺人及王父以伯祖服官閩海，膝下無人，念之尤甚。老母仰體其意，則從襁褓中割愛，以弟京孫伯祖云。時外祖學博公亦來會昌，襄五歲授《大學》，又善病，外祖鍾愛特甚，無刻不置懷抱。學博公内外諸孫最多，終身注意者，惟襄耳。

王父令會昌四年，時先君文譽日騰，屢歸應學使者試，無不冠軍。在署則懸刺于百可亭，著述盈笥，老母挑燈佐讀，雞鳴交儆，四年一日。

沙太孺人七旬外，倚孫婦爲鳩杖，甘毳親進，嚬笑先迎，每以小榻横陳其傍，寒暑不少離。甲寅，篤病半載，時王父治會昌，有神君頌萬民代禱，得痊，痊後有髮黑齒生之異。丁巳，復病，遂不起。王父母雖孝養交隆，沙太孺人每南望閩海無兒之伯祖，回顧家園無兒之祖姑，離别銷魂，鞅陷拂志。惟老母曲爲排解，湯匙藥盞，非老母手調不進；痛癢爬搔，非老母意喻不舒；擁抱撫摩，非老母以身爲衽席不欠伸展轉。目不合睫，衣不解帶，如是者百日，尫瘦骨立，日下血數升，不少衰。沙太孺人臨訣，以首叩枕上曰"老人何以報孫婦？願來世爲汝孫婦，以報孫婦"，如唐山夫人語。

甫歸里，而京弟六歲殤。老母知伯翁姑、翁姑之痛，傷心掩淚，委之修短。戊午，先君舉於鄉。是冬方計偕，復舉一弟，王父小字之曰偕。

己未秋，王母患滯下，水米不沾者兩月，就醫海陵。庚申夏，王父補官北上，中道以左手指不仁歸。老母兩年來同先君侍藥，一如昔歲之事沙太孺人，咸得全愈。

辛酉，王父補任蜀酆都，伯祖補任楚溆浦，老母同先君復兩奉之行，中道始别。是秋，重慶樊酋變起，王父抗守孤城，遣家累還。老母備受兵火間關之苦，而偕弟復殤于途，惟日夕籲天，祈王父生還，他無所恤也。時二母舅馬公元方偕老母往返。癸亥，王父遷滇寧州守，致政歸。乙丑、丙寅，雙壽六十，老母佐家君稱觴介壽，累月不倦。

王父既剛介而性尤卞甚，王母則前所謂儀範整肅者也，終日凝然莊静寡言笑。又寒門家教最嚴，禮溢于情，如賀節祝壽及家常杯酒之類，皆不敢從苟簡。沙太孺人在堂，重慶之盛不必言，沙太孺人没，伯祖母及祖姑、庶叔祖母四家，合王父母爲一家，禮無不到。倘甘旨奉養稍異同，王父不悦也，而伯叔祖母及祖姑受之，儼然如其子如其子婦焉，吾家亦浩然古處矣。其勞瘁周旋咸集于老母一身，即年四十膺封娶婦後，冬爐夏扇，身在庖厨，王父母飯鮭菜不適口，必叱出復進，如是者恒至再三。甚或繼之以怒，調羹點汁，從無忤容。王父又無日不招賓豪飲，無飲不盡歡達旦，老母日儲所需，午夜一燈，伺酒肴之冷暖，辨不時之呼應，猝索無虚，頻添不竭。老年戒長夏之飲，則有逸園雞餅之會。三伏炎蒸，老友咸集，千層百葉，絡繹俱來。仍令小奚往來伺喜怒，詢食之多寡與否而後已，且率以爲常。中間調停反目，掩翼婢媵，晚年撫養小姑，迄今愛敬有加，以承王父之志，所謂無聲無形，不容言殫者。王母與王父雖白首如賓，三十外即不同室。王母止生先君一子，視婦爲女，磕頭促膝，形影盤旋。然而御婦嚴整，雖日坐春風和氣中，而霜雪之氣自在，老母終身一日嚴憚，未常以慈愛弛。以故王父老而觀劇，必點《琶琶》，大喜大壽，不芟《湯藥》、《剪髮》諸齣，曰："吾婦蓋絶似之。"永訣時，呼孝婦不去口。

丁卯，襄應童子試，受知督學陳公，以冠軍補弟子員，仍儒士科舉。時八月初，老母曰："兒年踰舞象，何亟亟也。"竟不令之行。戊辰，先君捷南宫，旋補星曹，首膺覃恩，老母勅封孺人。

次春己巳，襄取蘇氏婦。先君新第，即奉閩差。王父素嚴，一介生平，不問婚嫁納幣之禮，皆老母拮据以成。數年前，吾姊出閣，經營奩具，心力交瘁，目幾失明，而喉下湧塊如拳，皆奇症自愈。

先君四載大行，三奉使命，老母率襄代養二親，兼課襄讀。壬申考選，王父力命老母偕北。先君以忤時補南考功主政，老母與先君不以留都冷署爲憾，而以密邇親闈爲樂。甫到鵠曹，即迎養，并外祖學博公同往。襄則以歲試冠軍受知督學甘公故，未及侍行也。先君甫至金陵，六朝松石，正及靈谷梅花盛開，遊屐所之，一往略遍，老母不遑寢食，以督理内外者數月。時同寅有同年某公，與先君甚密邇。舊例，南都黜涉之權惟在功郎。先君既服膺某公,彼亦出其夾袋。老母每于屏後聽之,語先君曰:"此公藏譎詐于侃侃,君之執掌將爲所侵矣,恐不利于君。"先君不然。比先君轉正郎,應掌是冬内計,纔三月,而陞兖西僉憲,未幾,某公則以選郎調功司掌計,獵京卿,先君益服老母之先見云。

甲戌夏,王父開七十壽筵,老母佐先君以豸綉當萊彩。先君堅乞終養,不許,老母堅留代養,亦不許,遂同命兖西之駕。孟夏,襄長子生,小字曰兖。乙亥九月,王父以痢逝,外祖學博公亦先兩月逝。兩親聞内外訃音,擗踴奔回。是冬,襄生次子禾書。又一歲,王母亦九月無病卒。老母與先君經年悼痛,至是益酷,幾于傷生滅性,交竭三年之力,卜兆而營葬焉。己卯春服闋,正值五十誕辰,草土之餘,誡勿稱觴。襄强列海内同志詩文,以介眉壽。時襄第三子丹書生。戊寅、己卯,老母抱乳巖危症。襄屢得異夢,祈禱神應,詳《夢記》中。是秋,同盟陳則梁、魏子一兩兄悉其事,索梓以傳,襄秘之,不欲語怪。今二十年矣,將爲老母重行前願,亦以見天人感應之理直通呼吸,不誣也。老母自乙亥冬回,即抱養長孫兖。戊寅冬,殤。己卯,入粤。襄時下第歸,偕元方舅氏、夢鴻表弟、吾姊、姊丈,同送至吴門,復以次子禾書五歲侍行。禾忽病甚,老母手付襄攜歸。襄曰:"子果不生,豈攜歸遂免耶?"禾遂從宦粤、楚,育兩親所十餘年。先君繼生兩小季,老母專力撫養,謂禾兒已成人,爲諸生,娶婦抱子,應仍歸襄膝下,此尤人情所難也。己卯,兩親入粤。瀕行,囑襄曰:"王父母、外王父往矣。今日者,在父爲老姑,在母爲老母,兒當善事之。"庚辰,祖姑李孺人、外王母、許孺人先後卒。迄今春露秋霜,展墓之禮同伯祖父母,必誠必敬。

先君與老母琴瑟之好,五十年一日,令人增重伉儷。登第後,念老母半生,上而孝養兩世翁姑,旁及伯叔姑父母之獨勞,下受兒女婚嫁之交累,無不茹苦爲甘,服勞若逸。泥金帖至,有"誓不娶妾,以報糟糠"之語,老母笑而頷之。癸酉,偕官南銓,特留舟邗上,爲先君置副室史。己卯,赴粤憲,又卜吉于劉,先君兩不能却。辛巳,調湖南。襄省覲至南嶽,適當先君再調已破之襄陽。先君立遣奉母歸,其哭訣無異吾祖令蜀時。瀕行,先君牽衣屬耳曰:"賊勢孔亟,吾此去未必生還。前兒未至時,兩妾忽相詬誶,幾有意外。兒母一味包荒,恐歸構鬬于室,違吾初願,到家奉命並善遣之。若爾母不然,寧留先置者。"襄甫送母還里,奔走四方,求出先君于兵火。歲盡歸,老母已遣先置者。襄愕然,老母曰:"史氏福薄,非爾父、爾所知也。"旋以先君孤身殘甸,遣送劉赴襄陽,先君亦且驚且喜,不可解。迄甲申生弟褒,庚寅生弟裔,咸劉出,史歸而竟作古人云。其識别類如此。老母以兩世單傳,六十得少子雙璧,愛甚于先君。甲午,先君見背,褒十一,裔五歲,特留居第宅,爲之督理家政,延兩師教訓之。今褒年十六,通詩文,醇謹知孝友。仲春,婚宫紫元年兄女,老母尚不忍釋懷抱。即聯姻,亦老母丙戌患難留海陵,與宫年伯母面訂者。今年正七十,復見此小佳兒、佳婦成行,喜可知也。裔十歲，亦解事知書，老母時時悲喜，謂可以稍慰先君于地下矣。

壬午闈中，襄入彀，復抑乙榜。是秋，總漕史公以特疏辟余監軍，學臺宗公薦舉人雍，皆辭之。先君量移寶慶，致政歸，與老母團圞一載餘，遂值甲申之變。先君微服去江南，吾皋大亂，奉老母渡江，幾罹不測，復返。是秋，襄以乙榜貢廷對，首擢特用爲司李，朝拜命而夕拂衣。先君起陞督理漕儲憲副，襄遂奉老母、挈妻子，避地鹽官，表弟馬夢鴻偕往。乙酉夏、秋，蕩于水、遁于山，卒罹大兵殺掠，僅免俯仰。冬入鹽官城，襄既受驚悸，復迫饑寒，病十旬，死一夜始甦，旋冒兵火生還。至壬辰春，襄復病死三晝夜庚生，籲天搶地，不止以疾貽憂老母已也。

丙戌至甲午，老母共先君杜門偕隱九年。中間風鶴池魚之慘，切在震隣，至人情炎冷波瀾之態，不可言不忍言。老母常謂先君曰："苟全性命足矣。凡有所加，宜拜受之。"癸巳春，禾書娶婦于邗上，爲姚永言年伯女孫。先君不出户，皆老母攜之往。甲午冬，禾書自南闈下第回。丹兒時納蘇婦，先君以强飯之身，一病不起。老母三年血淚幾枯，迄今哀痛不已。

老母一生仁善，通體元和，幼奉木叉戒，兼持準提咒，晚年日誦《金剛》、《藥師》諸經，梵唄鐘磬，寒暑不輟。一歲大半持齋，不鮮衣，不兼味，無驕容吝色。三黨貧親舊戚，凡婚嫁饑寒疾病死生，無不曲意狥之，尤隆之以禮。内外僕婢，無大小近遠，咸使飽煖。兒女手無鞠育，使各遂所生，各宜家室，從來不予杖，亦絶無已甚相加。慈海日汪，喜神常養，今年正七十，面如滿月，事事躬親，而以餘閑與孫婦下棋鬬葉，徹數晝夜無倦容。外家自學博公與許太孺人逝後，老母與兩姨母、三舅氏及諸姪，無數日不團聚。三舅氏俱次第稱六十觴，而敬愛老母有加無已。長姨母張，今年七十有六，愛襄與諸舅氏同。尤異者，上有兩太舅許公孿生，共享壽八十六，健飯異常。老母與諸舅六七十，猶得展渭陽情，古今所少也。

老母自幼以遠大屬襄，即襄亦妄自期許。憶三十膺特用，是時同鄉臺省咸以天台可以避兵，相屬辭之。老母曰："是豈足竟兒志哉?"嗣履難抱病歸，焚筆硯，依依子舍，今年四十九，老母愛之如嬰兒，即襄之舞蹈嬉笑于膝下，亦不自知其爲始衰抱孫之年也。壬辰庚生後，化爲稚子，每日惟向人索飲啖，兼溺于聲歌。老母翻喜甚，常曰："人情風俗，不可返矣。不願兒爲文昌，但願兒爲天聾地啞。兒其志之。"兩孫兩入闈，老母亦惟以讀書安命訓之。愛媳如女，兩孫婦視若掌珠，然閫教井井，尤以勤儉和順爲第一義。以故三世内外大小，咸融液于慈祥愷悌，中門内藹然女婦，無一疾容厲色。食倉庚之肉者，沐化神矣。

冒辟疆先生八袠乞言

宋實穎

辟疆冒先生者，别號巢民，三朝世德，十二代清華。自明以來，至今三百餘年，由始祖東林公，以元末兩淮鹽運，力辭僞張妥督丞相，與其軍師郭通甫載書遁迹如皋之東陳鎮。至三世潛德先生，修德力學，發祖父所藏秘書披讀，南面百城。忽傳御史中貴涖縣，舉邑驚異，先生深衣幅巾入城，曰："此詔取吾家藏書也。"開讀果然，盡上其書，堅辭徵聘。時其弟佑已登永樂癸未賢書，歷五世至誥贈奉直大夫澹齋公，始入皋城。其長子參藩得庵公，年十六登賢書，與叔大中丞有恒公與其子别駕房卿公居海陵者，先後三登科甲榜。

其後人文鵲起蟬聯，後先繼美，如肥鄉公、富陽公、興業公、高陽公，不可勝數。又八世雙橋公，是先生高祖，奇才異量，大振家聲。夫婦偕壽九十三、四，六子二十二孫。子之行三者，爲參軍月塘公。月塘公長子以貢歷任辰州别駕，仲子誥封進階奉直大夫寧州公。寧州公者，即憲副公之尊大人，而先生之大父也。

寧州公以選貢兩爲大令，擢方州，文德武功，循卓炳著。憲副公更以文武大才，由行人、天官考功郎，出爲兖西、東粤、湖南、北兵憲，監劉澤清軍扼防黄河，監左良玉軍於襄樊，皆出入獷賊百萬中。時臺省交章特疏，以邊才節鉞屬公，而左右公於行間，皆先生獨子一人也。

萬曆乙酉科，先生已又有伯祖以乙榜薦邊才，司餉遼陽。蓋自中丞、參藩至憲副，百又餘年，冒氏之文物聲華，照耀江左，輝映淮南，所由來舊矣。而憲副公文經武緯，光昭史册，然上自廟廷，下逮閭閻，外而戎馬之疆，内至族黨之際，無不膏流澤沛，聲施爛然。而居官居鄉，則承汝九公之嚴訓，八面應物，一錢不取義方之訓，以教絶倫軼群之子如先生，穀梁、青若兩賢孫，即無譽、爰及兩幼嗣，一以世守祖訓委之。先生更於易簀之日，呼穀梁、青若，大書十字以告之曰"爾父天生孝子，不可不學"，他無一語。

先生生而英異，長而博洽，人倫之軌無不敦，天下之事無不任。年十四，即以詩文受知董文敏，陳徵君序擬以王子安。自童子試至科、歲諸試，無不冠軍。六入文塲，兩中副車，以乙榜膺貢。又首對大廷特用，拜官司李。先閣學范文貞公爲南大司馬，史閣部繼之，與先生抵掌天下，救荒辨賊用其言，奇其膽識。時國家拘資格，兩公欲先以守令監軍特薦先生，時先生未三十，堅辭之，以俟登兩榜。先生曰："吾即中狀元，必請爲守令。天下之亂，必得真守令，始奏治安也。"

方是時，雖秦、晋、楚、豫摧陷，而大江南北尚自宴然。南中名流才士，以迄太學諸君，並會留都，相與立壇墠，刻名字，敦尚氣節，蒿目時事，稱量公卿，無所忌。上江劉伯宗、吴次尾、沈眉生、方密之諸公主之，江南楊維斗、張天如、顧子方、陳定生、錢吉士諸公主之，而先生與鄭超宗、梁湛至，立壇墠於廣陵之影園，聯絡上下江，驛騎東南八省。故雲間之幾社、魏塘之忠孝，以及豫章、南海、歸德、秦、晋、閩、蜀，無不爲先生傾誠結納於其間。蓋是時中原板蕩，平陸成江，而權奸柄國，閹竪典兵，天下事大不可言矣。而先生與諸賢人君子無寸柄一旅，而徒欲空言以維國是，以濟時艱，斯亦萬不得已之謀矣。不然，鈎黨之誅，清流之禍，諸君子胸羅百代，目破萬卷，夫豈不知之而故蹈之，亦曰與其死於國破之後，無寧死於權奸之刃，以幸其一濟也。故懷寧之詈，幾碎毒吻，子方、次尾、定生、朝宗倡之，先生特爲子一和之，事雖無補，而奮乎百世以上，百世以下聞者，猶將興起忠臣烈士之心也。

嗟乎，天地變遷，人世滄桑，歲月曾幾，回首茫茫，於今又四十餘年矣。向之所謂立壇墠，刻名字者，何在也！向之衮衮諸賢，所謂敦名節、倡清議者，又何在也！或以水火，或以兵刃，大節凛凛，可無憾已。至於今巋然獨存者，先生一人而已。百年是非，先生是定，兩朝文獻，先生是賴，謂非天之憖遺一老不可得也。

明年庚午春三月，先生正八十矣。然則吾輩所爲，徧徵海内名公鉅卿詩歌古文辭，爲先生壽者，庶幾博采有徵之言，以告當世，以俟後世用存攟摭，以爲史册光，如是而已。若夫先生隱居獨行，懿行嘉言，不可殫述，且始衰之言，陽羨陳其年檢討與吾輩讀書學詩于水繪庵，首爲文，請婁江吴司成大書特書介壽，陳確庵先生又率其門人瞿有仲親訪先生于水繪，詳訪其懿行大節，乞江南遺老名賢各述一事，文十篇，詩百餘。其時去滄桑不遠，先生英雄大略、仁孝實事，俱在人意中，不似六七十時，以迄今日八十，海内僅僅以詩文筆墨，名人才子，碩果靈光相望也。指使之年，興化李映碧廷尉、合肥龔宗伯，兩爲文以壽之，他不悉記。己未冬，徐方虎司成居先生水繪匿峰三月，因夙與穀梁同立雪合肥署中三年，壽先生七十文，淋漓盡致，以及同郡許黄門力臣、汪比部蛟門等諸詩文。七十後則歲歲有文，今具成册。崑山徐閣學又爲文以壽之，其他名公鉅卿、騷人墨士，秘笈瑶篇，充篋盈笥，不俟吾輩多贅也。

雖然，先生隱居獨行，懿行嘉言，海内雖多傳誦，而吾輩侍教先生四十年，習見夙聞，賡揚無地，際此壽筵，敢不略陳梗概，以備采風。先生天性篤孝，事憲副公暨馬太恭人，先意承志，備極孝養。憲副公歷宦四方，先生代父侍養大父汝九公、太母宗太宜人，無微不悉。又體汝九公意，傍事伯叔祖母，以及七十無兒之祖姑，外大父母，生養死葬，靡不克殫心力。體馬太恭人意，破産不顧，以半萬脱姊夫於死獄。其他赒人之急，拯人之危，育無倚之孤，葬不能舉之喪，匹配不能婚嫁之男女，多不問姓名，亦不可數計。凡兹美善，大約體兩尊人意，以力行承志者尤亟。

所最異者，先生得異夢，馬太恭人五十時抱奇疾，幾不救，先生禱於神，誓于一年力行萬善，更以身及二子請代。萬善滿，竟亡一子，而太恭人疾遂痊，壽登九十。憲副公困襄陽，先生經年不入内，卧不貼席，曰："豈有父陷危城，而子能安枕卧者乎？"卒出憲副公於百萬獷賊中。

辛巳歲，大飢，先生傾財獨營賑事。史總漕、黄兵憲、湯司李以銀米助先生，恣其出入，全活萬衆。壬辰，又大飢，視辛巳數倍。先生受邑令陳侯請，傾家殫力，染疫死三日。公魂游碧落海島，又百神龍神擁護，行雨一日，如李衛公事。陳令同憲副公泣禱于神，是時邑中犯疫者百不一生，而先生竟再生，隨賑家僕十六人一時同死俱活，今三十九年矣。他若遇颶風而不覆，逢巨盜而不傷，去冬又復一死庚生，況己未冬之火焚、庚申秋之操戈，不容一瞬，去身三尺，要非樂善不倦，天錫之嘏，能如是金石此七尺哉？

先生夙嫻義方，其篤友于歷四十年，百忍如一日；其教穀梁、青若，雖金盡産盡，不能治生，猶然令之贍親族、厚閭里，解衣推食，恩澤暗施而不言，横逆重加而報德，晨夕回環，只是以畏天敬人爲忳忳也。先生自幼迄今，天下鴻鉅六七十年，無不訂交。故今日從不通名識面，海内無一人不以爲星鳳，爲山斗，爲魯靈光。至獎掖後進，三吾、水繪之間，邑中沐教凡數輩。向之殉節諸孤子若孫來學者，叩奇問字，而先生終年講誦，老而不倦。

蓋先生自崇禎末年後，熟知國事日益非，人情日益急，惴惴不能終日。先生知無事可爲，痼癖烟霞，耦耕農圃，深愁花鳥，寄哭聲歌，奉憲副諱後，惟是板輿奉母，窮居著述，日究等身之書，兼擅鍾、王之筆，池塘春草，園林夏禽，數十年一日也。

乃先生韜晦日益深，名譽日益進，故國初有深知先生之才識者，以特薦趣先生以清華顯要，先生不應；有渴慕先生之德業者，以博學宏詞首推，先生不應；有慕先生之真品者，以賢良方正應山林隱逸之求，先生不應。四十餘年，徵書到門，先生一以母老、足疾辭。

噫嘻，盛已！今日者，雖水繪、三吾傾頹至盡，以至于負郭無一畝，市中無一廛，屢世先人墓田丙舍，皆爲富豪子母算去，而文采風流，依然如昔。先生之家園日壞，先生之梨棗日充；先生之器玩日殘，先生之文章日富；先生之春秋日高，先生之筆墨日新。還樸齋頭，書史横陳，十逸園中，祖考如在。先生幅巾芒鞵，蕭然獨坐，諸子若孫奉杖履，而遠近後進環立旋繞于先生之前後左右，聆先生之誦詩書，説禮樂，談當日之興亡，述先朝之掌故。問詩文壇坫，清溪冶游，則心情駘蕩；及南北水火，啓禎門户，則髯鬚倒張，仰天擊缶，歌呼嗚嗚，先生之致，猶然樂也。雖然，此皆不得志於時者之所爲也。

以先生之才志，少不得與當代名流建功立業，一伸夙抱，而竟修行於家，鬱鬱以老，且所遭有六合所無，一部廿一史不載，先生一以孝友慈讓化之。立於不測，游於何有，不獨若歐陽永叔《五代史》所載《一行傳》，范史所載隱逸者流。

先生師聖賢，入仙佛，不可企及，直在上古。吾輩伺先生之眠食，沁先生之肺腑，聊述大概，以告海内鴻公鉅卿，名賢素志，各出其大文，一爲先生寫其崖略，抒其懷抱，以暢先生荼蘗苦辛，冰霜大節，爲當世風，千秋不朽。非然者，豈猶是翩翩豪邁，主奉千金，客稱萬年，賡門第之清華，颺子姓之賢淑，遂足畢八十大壽稱觴之盛事乎哉！是爲引。

蔡孝女挽詞乞言

顧道含

冒少君蔡氏者，吴縣人也，諱含，字女羅，老友蔡孟昭潛之女也。孟昭交冒氏父子祖孫四世六十年，止一愛女，遍擇婿，無當其意，毅然以歸巢民先生。

乙巳春，少君時年十九，事巢民廿有二年，兼上事馬太恭人暨蘇孺人，忠敬如一日，蘇孺人最愛之。睦内外骨肉親，串佐中饋，纖細躬親。

戊午秋，孟昭忽遘毒瘡，少君割股籲天，孟昭生。先少君内憂父，淚無乾枕。出事巢民，愉色婉容不覺也。一夕，方酣寢寶彝閣，耳中忽一物有光出窗外，驚醒，所居閣灾，火光熾盛。少君大呼，扶巢民起，及染香閣姬女諸婢穿火以出，幸得脱，若神啓之者。此己未十月十五日事也。

庚申秋，族子懷刺入内室。巢民卧，少君婢當户，受創腸出。少君急滅燈，索刺不得。巢民子青若三創，僕一創，去榻前咫尺耳。是日微少君幾殆，嗚呼，可不謂之智且孝乎！

去冬，孟昭八十壽終，少君孺子啼不少歇，竟以致弱病。巢民百計醫救，瀕死瀕生。丙寅秋，竟死，年四十。巢民哭曰："傷哉，吾七十有六，飲食寒暑，賴此知吾性以時適耳。今死矣，吾將以是意安望哉？"同人知其始末，共惜之，爲乞海内文人作哀挽詞云。

余與巢民、孟昭共眠食于得全堂者六七年，尤悉少君慧而才，胎齋茹淡，繪事特妙，摹龍眠《三十二相大士》，蒼松墨鳳，以及山水、禽魚、花卉，見古一紙，即青出于藍。巢民貧甚，一簋必以享客，少君四應以爲恒，名與巢民並重。兹不及，及其大節。

誥封宜人冒母闞太宜人壽詩序

華陽　温仁和

太宜人闞氏，維揚冒封君澹齋先生之配。封君謝世，有子三人，俱力學有成。今夏官大夫，予座主先生，其長而顯者也。今年宜人壽六十有三，中秋乃維誕期，先生方圖所以爲壽者，而凡朝紳交遊，率有詩詞效頌禱。既成帙，謂予宜有引言於其端。

予乃作而嘆曰："榮哉壽也，斯亦樂矣。夫人之樂不同，至論其極，皆未有易於父母俱存，兄弟無故者。顧造物者往往不肯輕畀，則夫人安能盡如所願哉？壽如宜人，其亦有所感矣。夫中道失所，天詎意有此日也，而賢聲如今，榮壽如今，凡前今所願而未得者，皆得備享於其身，而凡子孫所欲追養而未逮者，皆得爲今日之備養。蓋辛勤積累者，人也，今日天其定矣。天定，則人事可以逆料。賢如宜人，康健如宜人，壽又胡有涯哉？夫稱人之親之壽，皆欲效頌禱者，以其近於親也。諸君子之言，固有以也。矧予在門下，義非汎汎者，故以不腆之言，爲群玉倡云。"

時正德改元秋八月四日。

誥封宜人冒母闞太宜人六十有八壽序

林　滸

序曰：君親一體也，臣子一道也，忠孝一心也。爲臣子處家國，誰不欲兼盡其道？而忠君者鮮克致孝，詩人所以有"不遑將母"之憾。

如皋参藩冒公廷和，進賀聖壽，朝於京師。公母太宜人壽六十有八，同日中秋誕辰，又祝母壽。忠孝兩盡，遇豈偶然？長君學識英邁，名登兩榜。比任兵胄，與兒廷掃同官寮寀，教勉有加，敢辭不文？因以序夫詩，而祝太宜人壽。

太宜人出自世宦，歸贈夏官大夫澹齋先生。事舅姑以孝，教課諸子，有丸熊斷機之風。少参公歷官南北，著聲朝野，有由來矣。

先以夏官考最，贈太安人，繼遇恩典，進贈太宜人。制曰："操勤儉以相夫，勗清白以成子。顧兹鼎貴之時,益切官箴之訓。兹雖命服在躬,而安静樸素,不異平時。德之所受,福當益隆,壽當益永。"

閩省林澣,忝屬治下,優蒙通家之愛,録以制誥,而又申以讚曰:"天錫良耦,誕麟兆祥。詩書世澤,久而且昌。榮華何慕,達賢是臧。我作斯頌,地德無疆。"

正德六年辛未夏六月。

冒玉齋先生六十有三壽序

韓　相

余遊南雍,覽中區之勝,周方叔之咨,遠觀雜識,不可數數。會會川子肇構於雞籠山,見其退然呐呐,雅飭沖澹,無紛華味,竊異之。既而同志曰,子少參得庵公之孫,藩幕玉齋公之子也。累世冠冕,如臯雅俗所歸,必冒氏云。余益難之,謂其不移於氣習也。

未幾而言歸,詰以故,曰:"吾翁今年六十三,五月十日適初度,將趨以壽也。"余曰:"是也。吾與子先後受業於松溪程公之門,有兄弟之雅。今弗及執弟子者之爵矣,然亦知公之壽未涯也。"會川子曰:"子何以知之?"曰:以子而知之。夫子弟之賢,由父兄之賢。賢以蓄德,德以貞教。故徵壽者以德,徵德者以教,徵教者以賢。夫富貴子所有也,子不以金玉爲富,務多文以爲富;不以世禄爲貴,務道充以爲貴。文章道德,身之本也,而子是先焉,是翁能教子以本矣。子雞鳴夙興,彙味道之士,講究宏旨,罔有作輟,孳孳爲善,孟氏所與也,是翁能教子以勤矣。子清修甘節,若丘園之士,戔戔澹泊,無纖毫奢侈意,是翁能教子以儉矣。子温寧居然無倦,自下者人高之,好謙惡盈之象也,是翁能教子以恭矣。夫教以恭,則翁也恭,而筋骸束,肌膚會,其壽也以形。教以儉,則翁也儉,而嗜欲不深,七情咸平,其壽也以精。教以勤,則翁也勤,而晏安不懷,神氣以清,其壽也以神。惟教以本,則翁之辟地隱居,遺寵去辱,覽知足之分,庶浮雲之志,煉形骸,固精神之本也。其壽也又以心,心也,神也,精也,形也,咸足於翁,則壽又寧有涯也耶?余故曰:以子而知也。子歸矣,將與二三昆弟章甫縫掖,執爵拜舞,從容爲翁壽。而翁也洗爵賓筵,酬酢燕喜,亦將有言以爲諸子讓。子出余言,以頌之可樂翁之心,而翁亦知今日致壽之原矣,寧不益勵舊德乎?諸子聞吾言也,寧不益勵厥教,以綿翁壽乎?會川子作而謝,懇余記,遂書之以贈其行。

時嘉靖丁未歲午月吉旦。

贈光禄冒公雙橋暨繼配劉孺人偕壽七十序 襟海紀懷集十

蘇 愚

光禄雙橋冒公，今年壽七十，九月二十二日懸弧辰也，而劉孺人於來年亦躋七十，鄉人嘉其福履之盛，走幣四方，徵文上壽。時余膺貴筑之命，過里將行，逢兹嘉會，且素辱眷愛之末，能無一言以爲祝哉？

自古善祝者莫若華封，曰多富，多壽，多男子。夫祝之以壽，至矣，然必先之以富，繼之以男，此何爲者也？載觀《洪範》叙五福，獨以壽爲先，而古之善養老者，必導妻子教樹畜，使養其老，是福非壽，莫與爲享壽，非富多男也，亦莫與爲養壽，而多富、多男，福之全者也。其相須甚殷，而相遇甚難，兹非華封氏祝之之情哉？

公自先世伯祖少参得庵公以甲第起家，爲皋鉅族。公少有大志，業舉子業，期克紹家聲。遘乃翁坦齋公抱疴，遂就養左右，不求試有司。顧公性穎敏，多心計，而孺人貞淑勤能，又善佐之，雖不營營效市人競刀錐之利，而幹理籌運，纖毫不爽，家業日昌以大，不數紀膏腴接壤，棟宇翬飛，視先業大有加焉。

即篤生六子，莫不人人美産，人人華棟居也。長君官光禄，轉司成幕，仲君官鴻臚，將日近天顔，而叔、季諸郎君又無一不進業成均，待選天官氏。諸孫繩繩已至十餘輩，而孟孫尤有聲庠序，出類超群，人以甲科期之。冠裳濟濟，後先相望，雖燕山五桂、河東三鳳，當不多讓。今年春，公方偕幼郎歸自南雍，聞公遊南都時，日與諸英俊眺燕子之巔，覽牛首之勝，步雨花，探栖霞，飄飄若有臨虚之態，而筋力不(襄)[衰]。數載歸來，神采充盈，步履矍鑠，每會客，笑語移日，至夜分不少倦。雖少壯何以逾之？難老之慶，斯足徵矣。

乃今與孺人齊眉偕老，七十康强，孫子滿堂，拜舞上壽，而縉紳士夫暨諸族黨里閈歌《南山》之章，酌長春之酒，從諸郎君後次第爲公、孺人祝，豈非一吉祥大盛事哉！夫富難也，而多男尤難，富而多男，此盈道也，造物者每多忌之。公與孺人若之何得之而又能壽也。余聞歐冶之劍迎刃而斷，使盡其利而用焉，不缺則折；渥水之駒絶塵而奔，使盡其力而用焉，不蹶則敗，皆非壽道也。公負奇才，多才美，苟出而見用，以其縱横於家者施之於國，豈不居然一卜式、桑弘羊、劉晏輩哉？顧乃志在養親，受職而退，不欲竟其所施。劉孺人既多舉子矣，乃猶不忘《樛木》、《螽斯》之風，而葛虆詵詵，惠及諸媵，宛有乃祖鄉賢海豐尹暨通山尹公之雅度。歛不盡之才，留有餘之福，公與孺人壽，蓋有道矣。故樂只君子，詩人誦之，不曰保艾爾後，則曰萬壽無期，不曰宜爾子孫，則曰福履綏之，其公、孺人之謂與？

噫嘻，伯夷、太公，古大老也，猶窮居海濱而有盍歸之嘆，不有西伯，幾失養矣。方今聖天子加意群黎，日以壽民、壽國爲心，切切焉欲納海宇於富庶之中，而以其效責有司，固日夜急也。即無遠論，北鄙蕭條，斑白戴道，乃今淮南北水溢千里，老幼轉溝壑者，何可勝數？使海内而多公若人焉，則坐收富庶之效，不待區區責之群吏而自臻，公不但自壽且壽國矣，孰謂公受職而退，卒無利於國家也哉？造物之所靳忌而不可得，人情之所祝願咨嗟而不可遂者，而公得遂之，且有以慰當亡望治之心焉，公之壽真有足多者。然公猶善内養，畜少艾，日與孺人盤旋於六子之堂，而據案虎殪，飛觴起舞，其樂蓋無涯矣，樂無涯而其壽詎有涯哉！余行迫未易更僕數，尚俟他年耄期時撰福壽圖，爲公、孺人祝。

冒雙橋八十壽序

針　惠

伏讀今上首詔天下，有百年登耆致政者，郡縣長貳皆得以綿臬醴酒慰問之。傳曰八十月告存，又其上曰有秩，至天子就室而珍隨之，此我皇上及自古帝王之盛制，以躋斯世於仁壽，而培國脉於無疆也。然則躬逢雙翁冒君盛事，以仰體聖明德意，而舉令典者，容逭哉！

僕視皋越一年所矣，己丑九月，氣爽清秋，香浮華菊，雙翁壽八十矣，而劉孺人亦偕登焉。嘻，奇哉奇哉！

君先世族祖大中丞公履貞，開府山西於我武宗朝，暨参藩公、邑長公，其考藩佐坦齋公，金紫重輝，後先照耀，江淮維揚間稱巨族名家，必首之矣。

君性穎異，涉百代史傳了了，少游心書法，駸駸逼古。其貌淳以朴而言簡直，年彌高，禮彌謹，周旋雍容，不越尺寸，樂善好施。今參政貴筑鄭公曩承乏治兹地，與君善，嘗諮政君，君民瘼國計，縷縷無私且隱，自是益敦重之。僕暇接杖屨，躩躒哉伏波乎，莊敬哉衛武乎，宜鄭公之契君深，而邦人夙推重，而飲之鄉者屢矣，蓋君德也。且身禔創守，長於經略，其於規爲，悉中肯綮而迥出庸衆不啻千百萬，六室鼎興，兩橋虹峙，豈易易哉？克勤克儉，内君之相因之，斯箕裘恢廓，家殷殷甲雉城也，蓋君才也。嘻，行不踰理道者，修於人必合於天；位不滿才德者，慶於身尤必餘於後。是以六子森森，伯、仲大國典幕、鴻臚丞，其四皆游太學，諸孫玉立而有白者眉，蜚聲藝圃，行將雲蒸龍變，聳壑昂霄，爲國家幹明堂，柱巖廊矣。兹八十人世稱奇，而夫人又適同焉，夫神明内腴，光華外溢，烏紗鶴髮，桂茁蘭芬，子榮前膝，翩翩舞彩，以進紫霞之觴；而賢孫繞繞階庭，齊上南山之壽，蓋不必登終南，陟商山，采芝茹松，實冠九華之冠，杖緑玉之杖，丹黄芽，鼎紫粉，爲導引長生之術，儼然人世神仙矣。

矧進此而期頤哉，矧子孫賢貴，繩繩引之無替哉，僕安得不展采執酳，以致崇老之忱，而盡制以宣主上盛德乎？乃問吉載詞以賀。

時萬曆己丑菊月望後八日。

德慶州知州冒公文樓六十壽序

張玉成

公蓋所稱鄉先達哉，乃其居官可紀焉。公筮仕爲高陽令，以最調安肅，安肅更劇邑，又以最擢德慶州守，皆有卓異稱。

高陽殷唐、磁沙三河之衝，歲苦水患，公躬爲立表，賦丈興卒，治堤凡九十餘里。未竣，會鄰蠡令犄角之，當道命郡守行堤，晡時且下令休役。公以官請，畚鍤如雲，相去十四里而遥，一夕而報竣事，守稱神力。堤成，坡圩皆沃壤，民至今賴之，祠焉，且俎豆於學宫。安肅多豪大家，歷令莫敢與牾。公性夷，其豪不骫於法，權璫保弟都督佑素驕横，不稍爲上其手，於是權豪咸側目焉。一意節民財力，即孔道未嘗飾厨傳稱過使客。

在德慶，姦猾舞文者、法欺謾者避，課耋閭里，少年惡子遁，猶之高陽、安肅也。竟中於忌者，罷歸。蓋公居恒自矢曰：苟利民社，盡瘁以之，何衄乎一官？而惠周蔀屋，廉足表儀，所在見思，殊非武健自用者，不褒然國之良吏哉！

初，蠡令有争堤之舉，率其被鎧扞、持戈矛，擱然臨境上。公則驅單騎，命一胥奉篆以從往，執令手諭之無動容，令大慙去。是其才且能應卒而解紛，浸假柄用，國家事何不可爲，而遂罷歸乎？然何君公之去思，朱仲卿之奉嘗，藉藉口碑，煌煌膢臘，非苟而已也，歸何憾焉！公歸之五年爲乙酉，而孝廉君舉於鄉；十有七年爲今己亥，公始稱六十，仲子且以英妙補學宫諸生，良吏之報，安可定訾量乎？

公居鄉不以細故，蒯邑有大利病，則毅然以身先之。余小子間一接公，則温温恭人，常有以自下者，是所稱鄉先達哉！

公鼎族，族人千指，咸謀爲公壽，孝廉君美文藻，稱博辯君子，於余雅相慕，乃爲之具列者如此。

冒驤寰九十壽序

江都 張 叙

自余謝民社歸里，六年於兹矣。計與當時得志之人遇者日益少，與耆英高士閑居讌會者日益多，每與道往昔典章文物、風土人情，所由盛衰，俛仰之間，已經湮没，未嘗不爲之感慨留連。尤嘆世族巨家，鮮不宅第侈靡，輿馬煊赫，驕奢淫佚，欲求其静若無爲，其出不訢，其入不距，翛然而往，翛然而來，盡其年而臻上壽，以至子孫繁茂，抑何少也！

廣陵屬邑，東爲如皋，不下數萬户，冒氏爲冠。冒氏之顯於雉皋者素矣，其間賢豪耆英，余願與之同遊，得通好於汝定親翁，申之以婚姻。嘗過其里，遊驤寰親翁北廓園，與世卜、安百兩婚兄徙倚徵逐，宿草堂，登水閣，觀天下名公高士詩文圖畫，長嘯豪吟於茂林修竹、雲水烟波而外，已仙仙乎至矣，安所得紅汞大還，而謂之引年乎？

世卜過郡，余飲之，叩公致壽之繇，曰："家君生平寡嗜慎言，樂閑好静，雖有所事，不與人知，人亦不能道之也。"余曰："斯壽之所致與？"余聞公少撫幼弟，手不釋書，長枕共食，寢興不異。既長，爲之娶，分己産爲之家，而孝友之倫叙；族之猶子以貧廢業，而惜其才，解衣衣之，推食食之，資其博洽，以文章成名於天下，而己不以爲德，而敦睦之道厚；元配石孺人之不克偕老也，思其貞淑，不改其模範，雖盤匜桮棬，手澤猶存，而刑于之誼篤；内兄弟争田啓釁，爲之解排，扶弱抑强，而姻婭之好存。至於分薄瘠而無怨，焚債券而不矜，人有求而輒與，己有善而不伐，凡此皆德也，而無可名，凡此皆以致壽也，而不可量。以是有子八士，而第宅星聯，佳孫林立，而貽謀燕翼，當大耋而復生子，九齡舉康爵而牽衣執醻，非其神之全而不擾，其形不摇，其精不營營於思慮，不役役於風塵，而翛然往來者歟？

今秋中元後四日爲九十誕甫，敢進一言引爵，蓋深感親翁之超軼等倫而不可及也。使第爲聲聞華達，高爵厚禄之赫奕而已，曾不得有茂林喬木，登臨眺聽，長嘯高吟之樂，而俛仰之間，已經湮没，安能備五福而稱三瑞，於衆所目求而不可必得者，翁侈得之如是，哲嗣、聞孫相繼繩繩，以起貤聖天子推崇褒之典，驥翁必囅然一笑而觴曰："吾所不欲得之於身者，即其不能得之於子孫者也。"其爲壽更遠矣。

時康熙丁未秋七月吉旦。

壽冒翁九十序 匏庵遺集

石　璜

嘗聞知天之所爲，知人之所爲者，至矣。知天之所爲，天而生也，性而成也，不役人之役，適人之適，而自適其適也。知人之所爲，則一人渾渾沌沌，衆人汲汲營營。人之所爲，力作心運，多蓄儲而不能盡用爲利而已矣，此趨時權變者之所好也；擅爵位，立功名，勞形而積慮，爲治而已矣，此據勢高安者之所好也。故曰以富爲是者，不能辭禄；以顯爲是者，不能讓名。親權者不能予人柄，操之則慄，舍之則怨，而一無所鑒，以闚其所不休，是謂戮民。若夫不趨時而利，不據勢而治，不親權而休，無不忘也，無不有也，澹然無極而衆美從之，非天地之道，聖人之德，而仁者之壽哉？惟我翁是已。

冒氏於皋邑爲世族，其有富顯權名者不少，而我翁獨屹乎其間，所謂知天之所爲，天而生也，性而成也，不役人之役，適人之適，而自適其適也，而趨時，而據勢，而親權，又惡得而累之？余是以知其自少而長，擁先人之遺書萬卷，兀坐沈思，廣稽博覽，浩乎有得，而又植其弱季，與同寢食，訓之以禮，以待其成，旋其有室，以紀其家。

及其壯也，佐伯父復祖第，以無隳舊業，是本固也；其憐族之猶子處沖先生之孤且貧也，恐其中廢，從而輔翼之，德惠之，卒使就業，以老其材而成其名，是德厚也；其思石老夫人之淑善而終身不忘也，内修其閫政而不改，以至夫人兄弟之争田而訟也，爲夫人故不辟嫌疑，不畏强禦，而危者持，顛者扶，弱者立，暴者化，是性堅也；其不事家産而淡泊相遭也，多負金而若忘，少分田而若棄，責券則焚之，求施則予之，是欲廉也；八子諸孫循義不違，門第赫奕，歷五朝，傳四世，處困阨而不移，遇變亂而不奪，遭禍患而不驚，是氣浩也；其容莊，其視遠，其聽聰，不杖而趨，不几而立，生少子於大耋之年而不衰，對賓客爲長夜之飲而不倦，是神王也；而且或村或郭，長嘯孤吟，於世不争，與物無競，默識静觀，識盛衰之理，達陰陽之數，逍遥而容與，而莫知所紀極，是心恬也。

蓄本固則形定，德厚則形凝，性堅則形静，欲廉則形安，氣浩則形健，神王則形久，心恬則形裕，是數者皆天之所爲，天而生也，性而成也，不役乎人而自適乎己也，豈非天地之道，聖人之德，而仁者之壽歟？視彼趨時爲利，據勢爲治，親權則休，百年之間，寖焜燿而寖湮没者，不知其幾矣，孰有如我翁之樂乎？天而適乎性者耶？庶乎可與長久，雖天地亦如之，而又奚事嘘呴呼吸，吐故納新，熊經鳥甲而壽耶？

於今春秋且九十矣，余友世卜、安百造余廬而命之曰："夫人之欲褒揚其親而不達於理，多託名公鉅卿之言以爲親壽。而平生姓氏不相識，情好不相通，而徒誇大其詞，華而不質，虚而不實，是壽人之壽而非壽吾父之壽也。吾父誠有道可紀也，有德可序也，有壽可尚也，又安用名公鉅卿之言以爲榮乎？且非吾父之所好也。子亦澹然無求者也，其亦自適其適而毋華毋虚，質言之，實言之足矣。"余曰："然。"是爲序。

冒母宗太孺人六十壽序 陳眉公集

華亭 陳繼儒仲醇

如皋冒宗起，海内目爲卿材。往登戊午賢書，父老艷羡之，曰："冒君策名可及，其具慶不可及也。"

君父爲寧州守汝九先生，元配宗孺人少一歲，今乙丑亦六十矣。孺人奉木叉戒，戒無納觴者言，於是宗起謝遠近客，而獨徵陳子詞爲獻。

孺人宗卭州之仲女也，少有德音，蠕言螘動，悉中規簡。及笄，歸汝九先生。孺人挫鍼治繲，使得謹受書，未三十，膺里選，累歲上公車，孺人孝侍(等章)[尊嫜]，調甘毳，搔痛癢，善迎其驩心，而程督宗起不少貸色，未辨蹴使輿，燭垂跋，趣再讀，鏟落浮華，封蔀混沌。先生以此獲安於官，出宰會昌，種種惠政，載在生祠碑記。先生謝曰："是惟吾婦從臾之功。吾性卞急，而孺人以佩韋規我；我性不耐齷齪，而孺人以潔廉獎掖我。"

已授酆都令，挈孺人與俱，而重慶樊酋之變起，元戎見戕，潰卒肆掠。先生謂孺人曰："吾義當守埤，即死賊無恨。汝等身淬血刃何益，不如令孺子奉之東歸。"於是孺人裂帛繫印於先生肘後，曰："臨難不避，大丈夫當如是矣。"先生壯其言而遣之。舟次盜震於隣,天幸得無恙。旅泊荆江,虩虩索索,非膜拜西嚮叩天,則惟有眼淚可洗面耳。尋聞措餉之耗,始得安心掛帆,而蜀以捷音至,論功擢先生寧州守。先生拂衣還里,而孺人喜可知也。

頃孺人六十,先生置酒逸園,宗起率辟疆負杖隨其後。先生飲少遜,孺人笑曰:"君不憶繫印肘後,何如今日杯在手中乎?曩吾泊小船者三旬,君擁敝絮者五月,何如今日鹿車魚艇,鮭菜鱸羹,尚羊於我臺我亭我樹我藝之花木乎?往夫婦父子截裾而行,洒淚而别,今舉案有婦,趨庭有子。子今以戊午薦,吾父卭州公前以戊午登,家慶方新,宅相奇合,君不飲而醉,誰爲飲乎?"公笑曰:"卿言善。顧我私心大愉快,更有進此者。卿往以醇謹訓兒,惟恐爲輕薄子,今又以清謹訓兒,惟恐闌及户外事,得譽於鄉黨鬼神。何幸而抽身兜鍪劍戟間,享有天壤間團圞之樂,樂哉!"兩人即大父大母,九十當超,壽種而上之矣。

如皋元同冒公暨配宗孺人七十雙壽序 陳眉公集

華亭 陳繼儒仲醇

往元同先生與配宗孺人甲子、乙丑歲先舉六十觴,余亦忝贊客者之末,今甲戌,又皆七旬雙壽矣。

宗起孝廉時詩文奇壯,真可孩視一世,人莫敢與衡敵者。余告之曰:"君此道業已得手,所謂佛法不怕爛却也,姑舍諸。"宗起即以告元同先生,粘諸屏上,刻日立斷詩。俄成進士後,則貽書相謝曰:"後生輩不聽長者言,大約坐福薄耳。"余曰:"余安得長者言?"蓋元同先生有庭訓在。

去歲,辟疆以詩稿索序,余報之具如告宗起者,語云:"時清不敢讀閑書,況今何時哉?六朝綺語,詎能濟世安人?抑求之三年艾乎?"辟疆不以見嗔,而翻以爲感。甚矣,其父子之篤於古道也。邇來名少年自負文場渠帥,擇精鋭者以爲俊,富而多酺者以爲厨,父率其子,祖率其孫,執贄以謁之,豐飧以餉之,旁睨山澤,癯莫爲顧,曾有虚心如辟疆父子者乎?

頃辟疆遣一介渡江,徵余言爲王大父母壽,余曰:是吾所習也。元同先生初令會昌,再令酆都,解鱗縱羽,收胯瘞胔,禱雨雨澍,祝風風反,格虎虎遯,縱囚囚復還來歸,非特才諝能辨賊,即古循吏不過此。且當寧賊之變,宗孺人裂帛繫先生印於肘後,挈兒東還，忠義填膺，直置七尺於度外，詎意今日且七十，宗起爲名臣，辟疆爲名士，百拜而上齊眉耦齒之觴，何以得此於造物哉？

吾讀《冒氏前徽録》，自運丞永宗公應詔獻書，高尚不仕，遞至都憲、少參以下，在官則種德於官，在鄉則種德於鄉，而元同之三代，則更進於密行精修，事事必期合於《太上感應篇》而後已。善必稱祖宗，言必砥風俗，但有正直忠厚，絶無標榜招摇。譬諸商彝周鼎，體質龐然，而丹砂翠羽之寶色，亘數千年，出土猶若新。冒故僻性，今以著姓稱，至與胡安定、王龍圖鼎足齊名，自國初及今，凡二百五十餘年矣，則元同夫婦上溯運丞之始祖，皆二百五十餘歲人也，壽耶非壽耶？

今元同引之於前，宗起、辟疆又栽培之於後，他少年以筆舌化而爲兵，辟疆父子且欲銷少年之兵，化而爲長者，此之謂善氣，此之謂吉祥之氣，可以壽國壽家，而轉之可以回壽其父若母。昔光禄月塘公之九十有一也，劉孺人之九十有二也，豈天生壽種哉？舊家人物，其醖釀世德之堅厚，所由來遠矣，而又何疑於偕老之元同先生？

冒汝九太公暨德配宗宜人七十雙壽序

董其昌

冒汝九太公，天下士也，而有德配曰宗宜人，蓋志操相儷云。今年七十偕壽，長公宗起考功有憲齊之轍業，徵作者之言爲壽矣，冢孫辟疆又謂初度之日尚虚祝觴，適余歸舟過江都，束帛加璧以請。余自愧年如賀監，方從天子乞鏡湖，乃二十四橋無邊烟月，已爲翁先幾一着盡矣。且如臯射雉，雙笑同車，玉樹梢雲，量以玉尺，家倫善慶，無踰此者，其又何以祝翁夫婦？

則嘗竊聞之，古之得道者，其精以攝身，其餘亦以爲人。夫所謂精者，固鄞鄂滋胚胎，茹百物之英而吐其粰，循四氣之沖而違其沴，其道亦甚密矣。然或多積而不施，獨居而鮮偶，則無以充其餘，而亦有所不快於志。有達者焉，因時而展之，稱物而施之，爵名不必尊，命寵不必大，不爲曲求廣鶩，以斵於性，瘁於躬，而元氣所嘘，惠澤所究，功已見矣，能已著矣，忽焉收其身於九折之塗，而曠其神於八極之表，則所履得其全，而有道以折旋其際也。

翁幼負黄童之聲，壯挾青萍之利。被服剛決，含韞菁華，迨十闈不售，而後以明經授邑，五斗折腰不爲辱，百里屈駕不爲卑。凡翁所爲，驅虎反風，捄溺揜骼，諸善政遠以擬中牟，而近以比海忠介，至今談會昌之迹者，猶津津慈母神君不置也。

洎再除酆都時，適有渝州之變，震鄰之警，一日三舉烽焉。翁以忠信爲藺石，以鎮定爲干城，擒斬間諜，盟放獄囚，人人自爲翁守矣。援師既集，牛酒夙具，既以錦鐵之烈激發秦夫人，而身爲弦高之犒。義颷立湧，鬼彈俄收，即翁磨盾草檄中，所爲破樊屠龍，應如響卜，何其壯也！朝論平蜀功，方以雙幢五馬酬翁，屣碧雞之游而尋白鷗之社，翁曰"將從於陵以灌園"，宜人曰"有織屨之故事在"，翁曰"將啓鹿門而對宇"，宜人曰"有炊黍之故事在"。乃翁人時時言，是不難以愜隱要吾歸也。惟是圍氛急，孺子歸，簪珥竭於軍前，桴鼓迫於行旅，而宜人慷慨相勗，自致身殉國外更無他語，宜其歸而安載石之槖，對擷蔬之案也。

翁雅多著述，詩文高妙，四唐兩漢，聲采相宣，人間三不朽，業以一身樹之。至若清通簡要之目，考功所挾以霖雨天下者，家之誡即國之謨也。今蜀事何如矣，饑僵半槁之寇，至於破城殺吏，狎灎澦爲戲馬。假如叩翁囊底智，有不縛猰貐如拉朽哉。然翁夫婦有道者也，推撞息機而後知，無見獵之喜，況爵名命寵，尤其土苴視者乎？不若以醇酒醉翁，而罄宜人之釀。

李恭人八十壽序

李震龍

余世籍隴西，謬蒞建邑，政治之暇，與諸士論文，大江南北，人文蔚起，誠甲天下。甲子充武闈仝考官，是科造士極盛，披閱時得一卷，讀之暢達時務，簡練秀雅，知非識養兼到者不能，亟薦之主司，果稱賞不置。榜發，乃東皋冒子起蒙也。

冒子數見晤於金陵，其舉止温雅，其語言和平，余謂人曰："何可輕量天下士耶？文武無岐視，冒子俊才也，安知出爲叔虎者，不即入爲周召乎？"

乙丑春，偕詹子良玉、陳子師表、曹子錫鉞來建邑。時余抱痾留榻署齋，冒子以尊堂太夫人年登八袠，乞余一言爲壽。余雖不文，其何以辭？

冒氏爲廣陵東皋之望族，元末東林公官兩淮運司丞，嗣是家世簪纓，自參藩而後，若憲副，若郡守，若州牧，若邑令，若縣佐，若學博，或由兩榜，由鄉薦，由明經，代不乏人，傳甲第三百餘年，歷世系一十六代，亦云盛矣。迄文學公汝弼先生，乃冒子尊公也。少秉異才，品行端方，孝友著於閭里，學問冠乎膠庠，屢試南闈，未獲見售，抑鬱蚤逝。李太恭人熊丸荻畫，青年苦節，白髮成名，皋士大夫争相請旌。

癸亥秋，余大中丞以狀聞，特詔建坊，太母之苦志始獲表揚。丁卯仲春，介八十觴，誠作善降祥，介以繁祉之謂歟？冒子仲行也，長君瑞徵以上庠而授州佐，孫慎幾、晋卿，負姿聰穎，聲噪膠庠，且繼起者挺挺英鋭，將來得時而駕，文武同朝，《天保》、《采薇》之業，畢聚一門，孰非太恭人之壼訓堅操以致是哉！信乎太翁之志未遂，才未展，不報於身而報之子若孫也。太恭人壽登期頤，而重建百歲坊無難矣。

余治去皋千里，不克登堂捧觴，聊泚筆附諸君子後，以祝太恭人之壽，并以表太恭人之德云，是爲序。

時康熙乙丑年仲春月吉旦。

李恭人八十壽序

同里　范　端

節烈者，天地之奇也。嘗考古今來史傳所紀及耳目所聞見，凡閨閣中之以苦節貞者，其子若孫未有不賢明昌大，天與人若交手而付也，若操券握算而取諸寄也，斯誠何故哉？昔文山之言曰："天地有正氣，雜然賦流形。下則爲河嶽，上則爲日星。"鍾之於人則爲正人，爲君子，爲忠義士，爲共姜柏舟之守，其爲事不同，而其心之足以感天地而泣鬼神一也。

《書》曰"作善降祥"，《詩》曰"介以繁祉"，斯之爲善至矣，繁於德矣，繁於義矣，安得不繁於祉哉？

我冒老親母李太恭人，守節撫孤，數十年如一日。予爲諸生里中，時與汝定姊丈有潘楊之誼，瑞翁、蒙翁爲汝定小阮，予故熟習太恭人之德。太恭人生世族，適名門，味雪工書，冰心玉映，事父母舅姑以孝聞，夫妻鴻案如賓友，里黨中稱爲女師。而遭時不造，日墜虞淵，太恭人飲泣刲股，呼穹請代。太翁逝，願以身殉者屢矣。已而奉姑命，棄易就難，晝荻丸熊，以母而兼父兼師，幾於陶士行之以剪髮騰聲，蘇子瞻之以滂母勵節者，貞介之守，誠一之心，真足以植綱常，維宇宙。余每爲諸弟姪言太恭人之德，瑞翁、蒙翁兩公之才，必鴻鶱鵠起，繩繩其未有艾也。

及余備官京師，猶子大謨得爲瑞翁子婿，余聞之喜甚。甲子得南闈試録，蒙翁已巍然魁選，余乃益喜昔日之言卜之於理，決之於數，而果有中也。其諸孫曾爲麟角爲鳳毛，英英玉立，不讓高陽才子，是何其獲祐之隆，得天之厚乎？人徒見其奕奕熊熊，如岡如日，而不知太恭人數十年之篤祐而基福也，剛操正骨，克當天心矣。

今春王二月，太恭人介八十之觴，鶴髮方瞳，虎齒載盛。長筵初啓，親串畢來，余乃捧觴而起，歌《天保》之章，曰："太恭人之福，正未有艾也。自此而期頤上壽，瑞翁、蒙翁登朝致君，敭歷膴仕，諸孫以名起當代，悉於太恭人之德卜之矣。"於是四座咸以余爲知言，遂書之以爲太恭人壽，並以爲左券云。

時康熙歲次丁卯仲春月吉旦。

冒義元七十壽序

陳繼儒

壬申陽生月之七日，如皋義元冒公春秋七十矣。遠近修祝者，傾上衮名流，而次公走牘空山，謂"不得眉道人一言，雖鐘鼓沸天，鞍馬照地，徒誇里巷觀，豈解以不朽爲壽哉"！陳子曰："善乎冒君之善壽親也。"

吾讀《如皋誌》，國初有潛德先生擁書萬卷，以文德開世，永助公遂以鄉薦起天順間。自是中丞、少參、孝廉、明經，纍纍纓緌不絶，而一傳爲富陽令，再傳爲德慶守，公其主器也。

德慶公初令高陽，出其子與邑諸生角。公方舞象，命題立就，表表數千言，能使邑諸生靡旗仆轍而走。公憚父嚴，制舉外旁竊他書讀之，咀華茹實，一出試輒冠其曹。

萬曆乙酉舉於鄉，丙戌南宫中高等，忽見格於謄録。文定蕭太史手其文，嘆息之而不置也。公自恨數奇，隨牒爲安陸令。

安陸民瘠歲祲，而又嚚於訟，訟自他邑檄公者如蝟。公剖決一定，抱牘無猾胥，探丸無嘯聚，防卒無影詭濫免。暇則課孝秀於湖南書院，捷者蒸蒸，接踵而起矣。兩臺推轂，擬借京山。熊經略適與公語，大奇之，薦爲小司馬贊畫，不果，授永平丞。

公單車叱馭，刻日到官。攝户曹，督餉不私一錢，積羨鏹累千金，悉録之以上司農，其刻廉自喜如此。

公筆力敏壯，每爲當路代劉，甘苦中心。幕府軍書數百函，目不停披，手不停揮，一似有預辦宿構者。假令公稍自委蛇因緣於輦下諸貴人，順風而呼，一節鉞安足道哉！乃公與王大司馬同籍，與楊司成爲縞帶交，與孫樞相爲研席友，落落自好，半刺不前，但探討青烏家《太白神鏡》諸書以自祕，獨往獨來，吾愛吾鼎，吏隱耶，仙隱耶，吾不得而相之矣。

夫豢龍多欲，饑鶴易馴，一籠絡於功名得失之塲，鐘夜鳴而行不休，車生耳而仕不止，甚則蝸以角戰，涎以壁枯。試觀魏璫薰灼，及流寇薄都城時，公卿將相顛倒反覆如左右手，而公間關於患難兵戈之際，齁齁熟睡於一枕黄粱之側，進退兩全，身名俱保，幾類古之至人火不焦而水不濡者，其享有上壽何疑哉？

不佞丁卯亦以仲冬初七日生，差長公五歲，雖升車戴笠不同，而大要以知足爲吉祥，以保護晚節末路爲善事。兩人雖未覿面，尊兩相聞，各自得也。劉賓客云"莫道桑榆晚，爲霞尚滿天"，每誦此詩，每覺其精華老而不竭，敢以自壯，並以侑公百歲觴。霞光五色如垂天之雲，度在公之子若孫矣。

冒母馬恭人八十壽序 定山堂文集

龔鼎孳

東皋冒太夫人者，憲副嵩少先生元配，吾友辟疆徵君之母也。余之獲交于辟疆，垂三十年于此矣，其于太夫人之淑德懿行，協珩璜而應圖史，爲古今之不數見者耳，而目之亦垂三十年于此矣。太夫人之爲婦孝，爲妻順，爲母慈，閨門雍穆，播在彤管。梅村吴祭酒先生，既于七十稱壽之詞大書特書，不一而足，即余有言，何以加于吴先生？無已，請自太夫人七十以後，所以集家慶而娱遐年者，姑質言之可乎？

夫此十年之内，世故變遷，高門甲第，轉瞬化爲雲煙者，固不少矣。五都之市，聲利徵逐，涉險履危，以弗獲安其養于高堂者，亦叱叱而有矣。嶮巇翕忽，背面翻手，朝拜母于堂，而夕鉗人于市，交情世態可爲慨嘆者，抑已多矣。

辟疆守身奉母，白首好修，一門之中，自爲師友。入而奉太夫人甘旨，愉愉如也；出而攜持兩少弟及訓課子若孫，彬彬秩秩如也。北山之猿鶴，風雨不驚；鹿門之花竹，軒輿交映。太夫人含飴健飯，顧視欣然。俛仰十年來，人世愁苦拂鬱，可驚可愕之事，辟疆一切以道力負之，而未嘗以稍損太夫人眠食也，有不爲之開顔而色喜者乎？即以辟疆自念，曩者名士百六，清流禍興，幾以身罹葦笥之籍。太夫人固稱引大義，以李杜齊名相勗，抑豈如今日之風回日霽，燕喜北堂，身名俱泰而履道坦坦者乎？

夫太夫人之教其子爲名士，則不如教其子爲貞士也；教其子爲貞士，則不如教其子爲天下之善士也。辟疆之道與年日進，太夫人之教亦與年日進，故知此十年中，太夫人母子閑所得于天人之佑助，以敦勉其德業者深矣。然而太夫人始終以身教也，教以事尊章之孝，則能使辟疆愛其白華不辱之身，以無忝于所生也；教以相夫子之順，則能使辟疆敦禮明讓，深息而善下，以與物無争，既和且平也；教以逮子姓之慈，則能使辟疆睦族篤舊，愛人樂施，起溝瘠于指囷，急故人于側席，而昏夜扣門，不以無爲解也。然則太夫人之孝與慈，固八十年如一日，而辟疆之引而伸之，與子若孫繩繩相繼于無窮，其爲年也，不既大乎？

今辟疆之子固有聞于當世矣，穀梁以高材生數踏省門，不少挫其志；青若復以經明貢于成均，行皆爲天下士，以光大累葉蟬聯之盛、而無譽爰及兩君，服習父兄之訓，能以文章名其家，扶風、安陵，鬱爲世望。即一日聖人用賢圖治，下岩穴之詔，以求辟疆，如漢史所稱骨鯁大儒，喟然動衆心，憂國如飢渴者，我知辟疆必不以三公易一日也。

穀梁又爲余言，太夫人有老姊，年八十有六，弟年七十有五，偕過其家，引觴爲壽，是時辟疆之姊亦年六十有三矣，歡聚一堂，犆犆然皆有嬰兒之色。是則淳龐太古復見于今，皆太夫人諸福總萃之所致，而千春萬年世俗祝嘏之恒詞，又不足爲辟疆道也。

冒蒨園太守六十壽序 河東十世

尤 侗

雉水大夫之地，烏臺御史之家，鄉賢輩出，名宦代興。祠峙三忠，樓開萬卷。徵士起於東皋，老人輝於南極。篤生耆碩，卓著吏才。分符出宰，遥飛赤舄之雙鳧；承乏攝官，暫駐黄堂之五馬。

洪惟冒公，賢哉大令，少負儁才，夙抱偉略。先世芹香累葉，同時桂茁五枝。貢應選曹，謀參帥府。孔文舉之薦鶚，翊贊王廷；言子游之割雞，化行下邑。穗秀兩歧，張堪獻豐年之麥；花封百里，潘岳栽滿縣之桃。

儻或時際承平，地鄰密邇，物阜民殷之境，刑清政簡之官。黄紬帔中放衙，槐廳日永；朱旛車下勸課，桑野風清。明昭懸鏡，治聽鳴琴，花落庭閑，草生獄静。雖亦奏循良之績，猶未顯卓異之能。

公乃辭燕闕，莅蠻疆，陟九嶷，逾七澤。賈誼渡湘江之水，韓公開衡嶽之雲。千里萍飄，一官瓜代。

其初授藍山也，遐荒甫闢，煩劇難治。攻盜萑苻，訓農稼穡。制定中都，市革飲羊之俗；令行渤海，野歸買犢之甿。

其繼調龍陽也，起瘡痍而衽席，導椎魯以詩書。泰伯端委治吴，文翁絃歌化蜀。偃武修文，戢行間之貔虎；變夷用夏，馴化外之獠猺。單父宰勤勞戴月，政通人和；江陵令感應反風，誠動天鑒。

允宜齡延花甲，慶衍林壬，鳩杖扶鄉，龍章拜闕。觴緑酒以臚歡，耆英社會；餌丹砂而不老，方物庭陳。公兼任辰州府，故云。一路福星，祝歲星兮有耀；萬家生佛，頌壽佛之無疆。他日扁舟載石，東歸思張翰之鱸；今宵一笛傳觴，南飛奏蘇公之鶴。

冒敦與八十壽序

江都　方　覲近文

士大夫立德立功立言，傳之無窮者，壽而已矣。自齊聖以至名賢大儒，功德在人，與夫著書立説，明道覺世者，類不能得之少壯之年，故人不可以無年也。尼山之木鐸，尚父之鷹揚，伏生之口授《尚書》，非與年俱進之徵歟？

如皋去揚州三百里，大夫射雉之區，安定講學之鄉也。歲戊寅，予應童子試於海陵，與如皋冒子夔音同受知於中州泊谷張師。因與冒子修縞紵歡，聞其尊甫敦與先生，皋之碩果也。别數載，予成進士，官京師。己丑秋，敦與先生年登八袠，冒子走一緘，乞言於予。予不文，而分不敢辭。

先生事親孝，與士信，臨財廉，取予義，分别有讓，恭儉下人，有國士風，膠庠有聲，不屑馳逐名埸。縣大夫有滅明之目，鴻冥蠖伏，名可得而聞，身不可得而見也。是以當要路津者，欲禮於其廬而不得，其三公不易之介，豈直不以猪肝累安邑耶？

兄一、弟一，終身怡怡。兄子遭家庭之變，兄幾不得有其子，先生盡心竭力，不避艱險，卒使兄得有其子，鄉黨宗族，皆義先生，先生絶口不言，非所謂鞠躬君子乎？

髦年似續維艱，虔誦道經，禱於上帝，遂夢帝降詩曰“上帝臨汝，無二爾心”，固天道之必然，人事之不爽者，而正心誠意之明效大驗也。

舉丈夫子三，長君即夔音也。生有至性，早年牛耳文壇。先生年七十，忽遘沈疴，冒子衣不解帶，藥必親嘗，二豎不能爲虐。朝夕偕兩弟洗腆色養，定省無缺，先生含飴弄孫，優游杖履，《蠱》之上九，終成高尚之志。今且歷杖朝壽考，其功德俱在，固爲致壽之由。而惟其壽也,是以功德若此,而予不能已於言者,非徒三千里外爲冒子寫《白華》之戀戀,而實有見於先生之生景星也,慶雲也,祥麟威鳳也,洵足兆國家太平有道之長,爲名教繼往開來之哲,而傳之無窮也夫。

時康熙己丑桂月中澣之二日。

冒瑞徵八十壽序

盧 香

邑之勝地曰集賢里,其列宅駢居多冒氏。迤南稍折而東,前與文峰相望,螭頭鵠柱,輝映畫橋碧潯之際,則冒母李恭人貞節坊也。坊之下有婆娑老人,黄髮而兒齒,爲家督,爲宗盟,爲鄉國達尊,蓋恭人之伯子所稱瑞徵先生,以今季夏稱大耋觴者也。

余家既與坊近,又上世薄有蔓引之誼,先生不以後生爲愚不肖,而辱教之,且以祝嘏之詞采及余言,其曷敢辭?

余竊維夫冒氏,世有遐福,前此享高年臻上壽者概難枚舉,而禄名昌盛,昭著耳目前者,無如雙橋、驤寰兩公。先生於雙橋爲曾孫,而驤寰所稱世父行也。繩祖武而亢厥宗,壽與兩公相埒也固宜,其福名昌盛,又何多讓焉!

獨先生母李恭人,既年踰八旬,而弟静庵亦且距八十歲餘耳。古人以七十爲稀者,蓋言難得而可貴,況先生壽登八秩乎?且母恭人以松柏金石之操,足廉頑立懦,其有功於名教者不淺。食報之餘,既以貽留後人,先生善承其志,顯揚懿德,垂示奕禩,又體恭人兢兢守身者,以宅心不爲利回,不爲物奪,亦且不市名,不炫異,雖通籍銓曹,亦終不嗜仕進,惟閉門静守,日與造物者遊,故能頤養太和而樂天年,先生之壽曷可勝量?

然人謂先生少而才,壯未獲用諸世,當以是爲惜,而不盡然。嘗閲海陵張子序冒族譜,盛稱李恭人而外,又有三節婦,謂以科名取尊流俗,不若高節顯名,勿貽羞巾幗,始足係人宗之輕重。三節婦者,一謂顧孺人,則又先生之冢婦也。冒之科名仕宦者,前後數十輩,而以節顯者,先生之母,又有其婦。張子所謂勝於科名者,獨萃諸一室,其係人宗之重何如矣。

孟氏言公卿大夫爲人爵,仁義忠信、樂善不倦爲天爵。列人爵者上顯其親,下榮其子,世之所曉也,獨天爵之顯榮,則愚者闇焉,惟智者知之耳。故公卿大夫世所恒有，先生之爲顯爲榮，世不恒有。他日二坊並峙，則于門不廓自高，而集賢之里亦且於是乎增重矣。況今所尤難得者，荆花棠棣，互争妍於秋陽暮景中，散芳流艷，轉盛春初，惟洛社耆英温公昆季仿佛似之，可多覯乎哉！先生於是宜驩然進一觴矣。若世族之盛，福履之昌，後嗣之蕃衍，則冒氏所固有，亦祝嘏者之濫觴，其可無煩齒頰也夫！

外舅冒瑞徵先生八十壽序

范大謨

壽如鴻寶，最不易得，揣人之願皆奢，而天與若吝。凡富貴福澤可以邀幸，獨耆英碩果，必日引月長，積以亥首之算。天之於人，不輕錫以難老，非吝也，慎其選也。而得天之厚者，不惟介眉受祺，加以康寧，其人必有所以致之。皆由能頤情繕性，調其喜怒而勿攖之，則氣充而神旺，不待言矣。

謨受室於冒，謬爲岳翁所許可，數十年翁壻契洽，相得甚歡。翁固邑之顯族，又主宗盟，乃鄉先生之有齒有德者。有齒則後進之少壯行將瞻仰以從，有德則黨(塾)[塾]之督率，咸規模其言貌舉止，使之則而象之也。爲人藹吉可親，遇事持重，不妄發。交友則推誠相與，輒彌縫其闕，不爲有意之周旋，而其光霽自見於顔面。慷慨好義，有急需者便探囊持贈，人多目之爲古君子，而其許可謨者，以謨恂謹悃忱，爲可久要。謨自愧非玠也，而翁果今之彦輔矣。

今其年且耄，以柄未會鶉火之旬，適逢初度良辰，謀祝者脩酳爵之文，僉叠迹於庭，謨亦從諸僚壻後，摳趨獻言而爲壽。

壽實鴻寶，人之所願，天之所吝而不輕與。今亶厚於我翁，既喬其齡，又健其體，尤不易得者。古詩狀老人爲耇鮐，今則盎其背，嬰其貌，鬒其鬚髮，耳目聰明，步履强健，齒牙不動摇，語言盡款曲，每食輒增箸，不侈兼味，閑居寡言笑，閉目静息，或泛覽古籍，探索奥義，或游臨流波，玩物適情，其心機與時徙倚而精力弗衰，致壽固有由也。居家不持籌，客至款留，饌羞委之中饋，不移時而具。内助則有岳母蔣夫人，年開七秩，最善持家，提桓之甕、案孟之眉，二者兼而有之。内而子孫，外而親戚，咸稱賢能。常儲有餘佐不時之需，俾岳翁不煩而自飭，是又致壽之由也。翁少負英才，旋入成均，謁選授州司馬，以太夫人慈恩眷注，不欲其勞勞風塵，且奉太母旌節坊，壽踰耄及耋。翁弟叔岳膺甲子鄉薦，屢上公車，翁不能遠離膝下。今伯仲並臻耄耋，朝夕歡晤，與同社耆友訂期雅集，遇齋日則茹蔬不葷，心誠黄老，虔奉伊蒲，此中之泮涣，可以捐俗累，暢幽懷，是又以壽攝生，咸樂其天者。而且蘭桂聯馨，孫枝玉立，稱濟濟焉。

謨乃進而言曰："世道紛縻，多以人擾其天。耳目視聽之所涉，被其牽引，反以此摇撼其心志。翁若此之徜徉物外，胸次洒然，無所滯其町畦，是固現在之偓佺，即可以與大椿頡頏，何必屏迹深山，以偓佺爲侣，以大椿爲期？是即今日之獻祝，敬以是爲翁壽。"行將邀就問，並賜坊焉，謨又當援筆以俟矣。

時康熙戊戌仲夏。

冒蒙求先生暨德配劉恭人六十壽序

韓　菼

歲己卯，聖天子巡視江南，余隨駕過維揚，晤冒子蒙求於舟次。詢何時赴選司馬，答曰："吾老矣，年五十有八，難爲王朝效力也。今仲冬乃荆人六十之辰，望賜一言，爲寒廬光。"因思巢民冒先生與余交最篤，稔知其世履之詳，爲淮海望族，余能無言以稱慶哉？

夫長生爲壽，人之所大欲也。然求福以壽爲先，治生以富爲裕，傳世則以子孫之多而賢者爲可繼。自古祝壽者，類以富、壽、多男子而稱頌之。苟非操修以爲承藉之地，曷以順受而植壽愷之基乎？

惟冒氏著名東皋，代有隱德。先世自運丞公始篤志好學，辭官隱於皋之東陳鎮。三傳至潛德公，克繼祖志。永樂間，構求遺書，公以藏書數萬卷應其詔，使臣、御史勸之仕，弗就。弟永助以壬午舉於鄉，官冠縣教諭。後以甲第起家者，如海陵之大中丞，及少參、憲副諸公，後先增輝，亦云盛矣。若夫以鄉薦而登正、副榜，則有寧波守、永平丞，及司李先生，政績文章，並垂不朽。以明經應選者，若肥鄉，若富陽，若德慶，若寧州，代有其人，指不勝屈。我朝以科名顯，則惟蒙求登甲子賢書，門第將復恢大。

甲子春，余讀江撫余疏章，見舉皋之節婦李，即冒子太夫人也。夫以太翁汝弼公之攻苦早逝，太母李矢志堅操，天誠美報於其後矣。乙丑會闈，余奉命監試。是科造士極盛，冒子獨抱遺珠之嘆，赴部録用。然均爲王臣，何嘗以鄉會岐視與？今雖五十有八，不爲老也。越辛巳，始登六十，老成持重之謂何，而遂以懈其志乎？仲冬十有七日，尊閫劉恭人稱六十觴。君今名登賢書，繼中丞、少參、憲副諸公之業，爲厥考文學公大其後，暨李太恭人顯其節操，爲德於鄉之日長，出而建功立業，政其時也，余不佞有厚望焉。

而劉恭人之淑善，尤爲罕覯。恭人邑鄉賢通山令劉公西谿女孫，少嫻貞静，及笄于歸，孝事孀姑，定省無間。太恭人春秋八十有四歲，辛未抱疾且危，時冒子待試京師，劉恭人侍寢榻下，親嘗湯藥，晝夜不倦，百有餘日，亦云孝矣。相夫子循循然以禮，敬愛如賓，雞鳴戒旦，挑燈佐讀。主中饋，親紡績，御下有方，勤儉適宜，淑德懿行，表表中外，不可枚舉。益信德高者壽必永，君與恭人自此而耄耋，而期頤，無難矣。其似君慎幾、聖開，皆負英才，聲噪黌序，且群英濟美，異日得顯，其子姓共展勛猷，而壽國壽天下，胥賴之矣。兹舉而爲蒙求祝，行將次第賀也。

彼以諛詞爲頌揚者，非余之所願，抑以勵蒙求之及時建業，而勿懈其志也夫。

時康熙己卯冬月吉旦。

冒蒙求先生暨德配劉恭人七十壽序

李光地

我國家承平日久，在廷諸大臣恭承帝命，相與宏謨宣化，偃武修文。遠裔窮荒，靡不遣其子弟，梯山航海，來朝京師，入太學，而海内人士喁喁向化，於變時雍，又無論已。於戲，何其盛歟！雖然，唐虞之世，下有頑殘，雪嶺天山，憑恃險遠，長蛇封豕，横亘修途。邇年以來，天威遠震，魑魅空群，詎有觸蠻，猶思蟻鬬，而憂盛危明，還勤當宁之心；此拊髀而嘆，漢文所以有頗牧之思也。

余昔忝列司馬之右，佐本兵經理天下戎務。每於文武彙征之會，天下英才雲集京師，余常倒屣以迎四方磊落魁奇之士，以儲國用。

猶憶庚午之歲，余甥孫子思哉就試北闈，忽偕一士來謁。起居畢，余顧問孫甥。甥曰："此如臯之冒君蒙求，爲余父視學江左所拔士也。甲子薦賢書，今以謁選赴金臺。慕吾舅理學名宗，仰之不啻山斗，故特浼甥介紹，願執贄門下。"言畢，余視其人温文倜儻，詢其藴蓄，則取之不竭，探之不窮，如決江河之東注而滔滔莫遏也。挹其容止，綸巾羽扇之遺風；聆其話言，雅歌投壺之亞匹。余審視之，不勝驚異，既而嘆曰："朝廷誠得此數輩，晋以重階，分鎮一方，又何金城之績不可奏，鐵嶺之防不可靖哉？奈何以會闈却步，而特以守戎候次於司馬門也。"至於今，又廿有餘年。

今年春元夕前一日，正爲傳柑之讌，中翰朱式屏先生以他事過余，謂余曰："余硯友冒孝廉蒙求以今四月九日稱七十觴，與其德配劉恭人偕壽。其子若壻浼余代請於先生，俯而賜之數言，以光蓬蓽。"因復陳其家世、子姓、歷履。余聞之且驚且喜，又復悵然者久之，嘆曰："蒙求忽已七十耶？"

憶余乍會時，蒙求年方壯盛，英英頭角，相其胸次，乘長風破萬里浪，匪異人任也。今竟抱膝長吟，坐淹歲月，憑唐空老，未能少建功業，以舒夙抱。又太翁汝弼公文章高淮海，意氣干雲霄，而未遂其志；李太恭人英年矢節，白首全名，亦未大食蒙求之報，不尤可惋惜者哉！雖然，昔人有言"老當益壯"，古之英傑，八十而起渭濱，九十而授《尚書》，精力未甚衰。倘出其長策，以宏遠略，亦足以建功業，豈於此遂懈厥志哉？

聞蒙求居家時，惟是讀書之暇，訓戒子弟，他事無與也。然而好行其德，舉凡濟困扶危，排難解紛之事，又遇無不爲。

一日閱家譜，譜載冒自元迄明，占籍如皋三百餘年，一十七世。其間甲第蟬聯，人文鵲起，自中丞、少參、憲副而下，以孝廉、明經起家，官郡邑守令者，指不勝屈，及今子姓不下數千餘丁，不勝欣嘆曰："余家世如此，而竟乏一宗祠，是余之責也夫，是余之責也夫！"於是慨然獨任其事。資費雖借衆力，而鳩工庀材，度地制宜，俾三百餘年未有之制焕然一新，承先啓後，非淺尠也。至於贍宗族，厚戚黨，又所不必言者。孟子有言"窮則獨善其身，達則兼善天下"，然則賢人君子之處世也，奚往而不有澤及生民者歟？

余與蒙求交也久矣，今者侑觴數言，雖微先生命余，其敢以不文辭？若夫劉恭人者，嘉言懿行，孅不勝書。特以先是十載，大宗伯慕廬韓先生特爲壽言，揚厥嘉徽，足光彤珥，余不復贅。昔人有言"珠玉在前，自覺形穢"，又云"沙之汰之，瓦鑠在後"，余亦不敢復招續貂之誚也。

又甲子之役，蒙求本房房考爲李震龍字渭濱者，實余同譜兄弟也。爲附記於此，以知余與蒙求世誼之非淺云。

時康熙辛卯孟夏之初。

冒蒙求八十壽序

張符驤

人之可壽與有言以壽人，本不係乎甲乙科，而流俗之見，無論其人之曾否與於甲乙科，必借蓋世之巨公崇階列爲屏障，以爲宗族交遊光寵，雖新進之甲乙科，猶區區不足用。而所借巨公崇階，其言皆出於幕客、塾師，不過誇張閥閲，攀援世講，至爲鄙瑣，不堪寓目。執此論以入壽者之家，其得免於譏者幾何也。獨如皋冒蒙求先生之見不然。

蓋其先累葉簪纓，身挂朝籍，非無門第可稱，又舊游安溪、長洲之門，非無世講能爲標榜，而先生以今年首夏年登八秩，預戒其子慎幾等，無妄乞言於人。慎幾知先生意在於余，乃介胡子方吕及予公車未駕，專函致幣，以嘏詞爲請，以予庶能異乎幕客、塾師之爲言也。

世俗但知以年爲壽，而不知三立爲壽。幸而享大年矣，又副以己之德與功，又副以能言之人，其人自可百世不宿。否則，未見其與草木有異同也。

先生當天子撫髀之日，亦嘗慨然思有用於時。既一再試樞部不報，則櫜弓而卧，屢舉不出，其名幾爲恬退所掩。然先生爲節母請旌，與子弟型仁講讓，近復修明世譜，置宗祠，贍九族，先生不可爲壽者與？

獨予區區無官階，其壽先生之言，亦未必能大異於幕客、塾師之所爲，此則予之所愧者耳。顧予已諾方吕之請，而先生之壻胡子夢白握手京邸，亦謂予不宜無言。先生世德清門，已詳予所爲冒氏譜序中，兹不復贅。而但言先生之可壽，與不能釋然於予之言者如此。予雖少先生二十餘歲，或如洛社當年罔較崇卑，可以追陪杖履。獨念先生與先人同庚，今先生矍鑠善飯，躋耄耋，望期頤，而小子已孤露十有四年矣，此予之所亟欲稱賀而又遲遲吾言者乎？有與父同庚而不詘己爲恭者乎？自今以後，先生其直受吾拜無辭。

時康熙六十年三月上浣。

李夫人六十壽序 匏庵遺集

石　璜

嘗讀史傳，至所紀古女，未嘗不頌其才德之美，而非後世之所可及也。蓋惟有幽閑專一之德，又有智勇謀辯之才，而處順履險，審時達勢，卓然皆有以自立。雖富貴不爲移，患難不爲奪，貧困不爲憂，斯天下之奇女子所爲。而時事方革，庸庸碌碌，守尺寸而不變，逡巡畏縮而自隳者，豈其倫歟？

如吾友李子慢庵冒夫人，席累世之教漸漬薰陶，而德有不可掩蔽者，然不遭盛衰安危之際，而奇節大義亦不立也。

夫人生而聰明秀慧，順於祖、於父母而仁於弟。及笄歸慢庵，雖不得舅姑以養，而祭祀必誠，牲醴必潔，而事夫以敬，其於慈孝敬順最隆也。

時慢庵年少，自負其氣，磊落不羈，與夫人弟作爲文章，以古人自期，力返衰靡，藉聲復社諸君子，上下角逐，名震海内。又各築園亭別業，通賓客於其間，而夫人親爲治具，盤匜精錯，以佐慢庵歡。

後夫人父嵩少先生歷官觀察使，徜徉閩粵荆襄間。夫人方憂父處危疆，而先生已力解組歸，歲時相慶，稱觴上壽，相樂也已。是時兩家隆盛，並列顯要，夫人衣被都麗，環珮陸離，侍女史，擁名姝，而不嫉不妬，睦姑嫜，御臧獲以和以寬，而幽閑專一，視富貴若無與者。

及乎門禍矗起，夫人悲傷號慟，布衣草食，藉茅爲席，錯衣而卧，嘆曰："吾夫罹難，忍安枕乎？"亡何慢庵免歸，杜門謝客，與故人相往來。然其家已破，夫人典簪珥，佐慢庵歡如故，而慢庵得以優遊閑適，處安樂而不擾，歷禍患而無累者，皆夫人力也。

余見天下女子多矣，然於夫人盛衰安危之際，竊有感焉。當其盛也，夫人幽閑專一，内外以正，陰陽以和，方斂智沈勇，蓄謀息辯而不用。余以爲世禄之家，女子固當如是，無足怪者。而猝然患難交迫，智足以審，勇足以立，謀足以濟，辯足以達，而卒能反危爲安。每居常與人言及忠孝事，輒感慨欷歔，泣數行下。自余少以至壯且老，四十年來，始見其盛，繼見其衰，誠所謂富貴不爲移，患難不爲奪，貧困不爲憂，雖古烈丈夫何以加哉！而況於女子乎？

夫人春秋且六十矣，余固樂道夫人才德之美，非古女子所可及也。是爲序。

冒巢民老伯暨伯母蘇孺人五十雙壽序

陳維崧

冒先生五十而戒閽者毋納賀者觴也。是年，伯母蘇孺人亦稱五十云，其通家子陳維崧時讀書先生家，私自念曰：先生之不受賀何也？方今天下多故，南朝耆舊，巋然魯靈光，如先生者有幾？女師賢母，如冒伯母者又有幾？天下縱多故，而桑田滄海，曾不足損東皋冒氏之梧檟焉。先生賓客不廢，池臺晏如。網於淵，鱗可致；罟於山，鮮可獲，家有賢子弟，而邇者又抱孫焉。夫先生之不受賀，何也？

既又自思先生與伯母，雖極盡家庭之樂，然天下多故，年來憂患險巇亦不少，且吾聞東皋冒氏好陰行其德者也。夫陰行其德，雖壽如喬松不足賀，今始五十，義亦可無賀。退復自維先生縱不受賀，而一二故人賓客，詎不可以無賀；一二故人賓客無賀，維崧輩獨不可以無賀。

憶二十年前，冒先生推先人誼於維崧，即子畜之。崧今來與禾、丹游，弟畜禾、丹，伯父、伯母之視維崧，亦不啻禾、丹也，他世盟諸子於先生亦然。縱先生不受賀，縱一二故人賓客無賀，維崧輩獨不可無賀。

先生幼有神童之譽，年十四，雲間董宗伯、陳徵君即序其詩以行。以第一補子衿，第一補餼廩，六試棘闈，兩中副車，而臺使郡邑試無不冠軍，首對大廷，時僅三十也。

維崧猶憶戊寅、己卯間，而懷寧有黨魁居留都云。時先人與冒先生來金陵，飾車騎，通賓客，尤喜與桐城、嘉善諸孤兒游，游則必置酒召歌舞。金陵歌舞諸部甲天下，而懷寧歌者爲冠，所歌詞皆出其主人。諸先生聞歌者名，漫召之，而懷寧者素爲諸先生詬厲也，日夜欲自贖，深念固未有路耳，則亟命歌者來，而令其老奴率以來。是日演懷寧所撰《燕子箋》，而諸先生固醉，醉而且罵且稱善，懷寧聞之殊恨。

甲申南立弘光帝，而黨人之獄乃起。時先君以請卹來建康，先生亦以特用李官，拜疏闕下。而一日者夜將半，梅金吾、鄧都尉微行謂先君曰："皖人有大憾於子，子曷行乎？"先君未及行，而遂及于獄，藉居間力，卒解。方事之殷也，而捕先君者迹且至冒先生所云。冒先生雖慷慨好節，屢爲鷙猾者中，幾蹈不測，然居恒周人之急，重然諾，好施與，出人於厄，上天報施善人，卒亦賴是不敗。而當冒先生交游時，家事悉屬之蘇孺人，居恒周人之意，重然諾，好施與，出人於厄，亦孺人左右者爲多。孺人方伯公曾孫女，而中翰公第二女云。

崇禎末年，大江南北率苦饑，而庚辰尤甚。斗米估直錢千貫，麥錢四佰，他蕎花麥梗，價幾與米穀等，甚有不得食者，人多相食，先生憂之。則爲粥於路，以食餓者，因門設粥廠四，分請亭長及邑中文學治之。蓋自臘月朔至明年四月杪，所全活數十萬餘人。又糴米五百三十餘石，他所買藥餌、雜碎之物稱是，而城外若丁堰、雙店、汊河、馬塘、掘港、芹湖諸場堡，全活又不下十餘萬人，咸冒先生力云。于是閣部史公及一時當事，交章以冒先生名入告，皆不就。

冒先生雖慷慨以救荒爲己任，然産業實不過中人。當救荒時，而蘇孺人釵環奩飾諸器具舉入質庫子錢家。

崧又聞之禾書，蘇孺人乙亥生禾書，而前是已有兄小名兗云。戊寅五月，冒先生忽有妖夢是憑，占者蓋在太夫人。先生平日則尤敬禮漢壽亭侯，則與侯言，請以身及兩兒代。居無何，太夫人果抱奇疾，衆醫急計莫知所出。當衆醫皇迫時，而先生則力行萬善，請以是日始，仍請身及兩兒代。甫及萬善竣，而兗也殤，太夫人病愈，禾書則瀕死而復甦，明年且舉弟丹書焉。今太夫人七十餘尚健飯，冒先生孺慕如一日。而當兖也殤時，母蘇孺人不哭也，曰："此余及夫子志也。"余聞禾書言，已心動，至閲冒先生《夢記》，益嘆純孝所致，殆非偶然云。

冒先生既事親孝，少時則又事大父母，又事伯叔祖及伯叔祖母，又事七十無兒之老祖姑，又事外大父及大母。甲午秋，嵩翁先生疾革，先生匍匐床前，通夜不寐，一百日之中以爲常。蓋嵩翁先生臨没時，書十字付兩孫："爾父天生孝子，不可不學。"

冒先生既事親孝，而蘇孺人又常謂禾、丹曰："爾知而父之孝，抑知其周人之急，重然諾，好施與，出人於厄者，無非而父之孝耶？吾見而父之奉吾姑楚歸，解百金裝，拯鄱陽之漂没者十有六人焉。而父之應試金陵，閔貧民之不能舉子者，而爲之擇姆嫗，且時其燥濕焉，吾翁聞之而喜，可知也。吾見而父之庚辰賑饑，壬辰復賑饑，積勞而病，病且亟，三日後有更生之異，吾翁聞之而喜，可知也。吾見而父之事吾姑，撫爾叔，急爾姑之難，而傾家以出其婿焉，吾翁雖不及見乎，其知之而喜，亦可知也。他所行者，吾亦無暇細詳，然莫非而父之孝也，而其誌之不可忘。"

孺人天性謹厚知大義，視先生所愛之姬董同於娣姒，姬没而哭之慟，且令兩兒白衣冠治喪焉，春秋祭祀不使絶。蓋年五十，而事姑之禮一如其新婦時。

於是維崧太息言曰："夫爲德無不彰，而爲善無不報，吾觀冒先生與伯母之事，豈不然乎？今年五十，縱伯父、伯母不受賀，縱一二故人賓客無賀，而維崧與世盟諸子竭其思慮，作爲文辭，以進一觴焉，伯父、伯母其許我乎？縱伯父、伯母不善飲，縱維崧輩亦不善飲，然而今日者，高岸爲谷，深谷爲陵，伯父、伯母以五十之年，猶與故人之子譚説故舊，以爲笑樂，崧雖清狂，粗解文筆，其他諸子正復斐然，主客極歡，一時盛事，吾知伯父、伯母之許我也必矣。伯父、伯母曰："善，吾爲世盟諸子盡一觴。"世盟諸子何？皆金陵座上罵懷寧歌者之後人也。

是役也，江以上則戴生本孝、方生中德主之，江以下則魏生允枏、彭生師度、陳生維崧主之，爲文者陳生維崧。

冒辟疆先生五十雙壽序

吴偉業

如皋有孝友易直之君子曰冒公辟疆，别號巢民，能文章，善結納，知名天下垂三十年。其生平踪迹，于金陵，于三吴，以及海内，遍擇其賢豪長者與遊，顧於余獨未邂逅，然心向往之。

今年辟疆偕其元配蘇孺人春秋五十，二子穀梁、青若介陽羨陳其年，以余言爲請。其年奇士也，其自爲之文以壽辟疆者，足以張之矣，而勤勤余一言，何哉？雖然，余三十知辟疆，未得一見，因其年以見於吾友，相贈以言，亦猶行古之道也。

往者天下多故，江左尚晏然，一時高門子弟才地自許者，相遇於南中，列壇墠，立名氏，陽羨陳定生、歸德侯朝宗，與辟疆爲三人，皆貴公子。定生、朝宗儀觀偉然，雄懷顧盼，辟疆舉止蘊藉，吐納風流，視之雖若不同，其好名節，持議論一也。以此深相結，義所不可，抗言排之。品覈執政，裁量公卿，雖甚强梗，不能有所屈撓。

有皖人者，故奄黨也，流寓南中，通賓客，畜聲伎，欲以氣力傾東南。知諸君子唾棄之也，乞好謁以輸平，未有間。會三人者置酒雞鳴埭下，召其家善謳者歌主人所製新詞，則大喜曰："此諸君欲善我也。"既而偵客云何，見諸君箕踞而嬉聽其曲，時亦稱善。夜將半，酒酣，輒衆中大罵曰："若璫兒媪子，乃欲以詞家自贖乎？"引滿浮白，撫掌狂笑，達旦不少休。於是大恨次骨，思有以報之矣。

申酉之交，彼以攀附驟枋用，興大獄以修舊郄。定生爲所得，幾填牢户，朝宗遁之。故鄣山中南中人多爲辟疆耳目者，跳而免。尋以大亂，奉其父憲副嵩少公歸隱如皋之水繪庵，誓志不出。

嗟乎，陵谷既遷，人事變滅，向之炎炎赫赫者，捧馬足而乞命，顛墜巖谷，不知所之矣。二三君子，幽愁窮蹙，定生亡，朝宗歸梁宋，亦以病没。江南因初附，數有收考，一時名豪惴惴，莫保家族。辟疆清羸雞骨，藥鑪經卷，蕭然塵外，自奉憲副公諱，杜門奉母，恒如嬰兒，尺一之問，不踰境中，與世無害，離事圖全。

如皋僻壤，冒氏爲右姓世家，好行其德，年饑爲粥於路，全活億萬計。處患難之際，先人後己，揮斥橐中裝，脱親知於厄，不居其功。傳曰：有陰德者，必受其報。門户之無恙，有天道焉。

自其祖元同先生用方州著績；憲副歟歷襄漢，出入兩都，政事文學，咸有師授；辟疆修祖父之業，拜官不仕，益發之詩文，以及於穀梁伯仲，冒氏之集凡四世矣。

其年者，定生子也，具舟迎以來，俾與兩弟及二子，俱刻燭分題，唱酬交作。每更闌月落，追思陳事，少年腸肥腦滿，感慨激昂，思有以效其尺寸。日月云邁，身世都非，覽明鏡以興嗟，苦修名之不立，未嘗不中夜而徬徨也。青溪、白石之勝，名姬駿馬之游，百萬纏頭，十千置酒，自豪習破除，依稀昔夢，彼美人兮不見，折苕華以自思，未嘗不流連而三嘆也。謝安石有言："中年以來，傷於哀樂，政賴絲竹陶寫耳。"乃有梨園舊工，自云向事皖司馬，爲之主謳，江上視師之役，同輩皆得典兵，黄金横帶。夫執干戈以衛社稷，付之俳優侏儒，而猶與吾黨講恩仇而争勝負，用仕局爲兵機，等軍容於兒戲,不亦可嗑然一笑乎?

辟疆以五十之年,俯仰興廢,闔門高枕,誅茅卜築,緑水名園,楓柳千章,芙渠百畝,子弟皆鸞停鵠峙,掞藻敷華,蘇孺人含飴弄孫,鹿門偕隱,中外咸推禮法,奴婢亦知詩書。歷觀江淮以南,有華宗貴胄,保世全名,令妻壽母,比美一德如冒氏者,概乎未之見也,可無賀耶?

余獲交於賢士大夫不爲少矣,流離世故,十不一存。幸與辟疆生長東南,年齒相亞,君方始衰,吾已過二,昔人所謂"遺種之叟",吾兩人足當之耳。《詩》有之曰:"莫往莫來,悠悠我思。"又曰:"招招舟子,人涉卬否。人涉卬否,卬須我友。"夫吴會者,辟疆之所嘗遊,而喪亂以後,不一過焉。將子無怒,秋以爲期,辟疆其許我乎否也。其年行請以吾言問之。

冒辟疆年兄蘇孺人年嫂合百歲壽序

陳　瑚確庵

歲在上章困敦,爲雉皋冒巢民年兄五十懸弧之辰,年嫂蘇孺人同庚,偕隱其里中。姻婭故舊,以其合成百歲也,舉觴上壽。予聞而爲祝嘏之辭,以稱賀焉。

憶壬午歲,予遊維揚,始識巢民。巢民與予,同受知于吾師湯惕庵先生。巢民雄才博學,風姿都雅,論列天下大事,激昂慷慨,旁若無人,浩然有祖生擊楫之氣。

南渡後,予已知時事不可爲,決意歸隱,而巢民方爲史相國所知,天下皆想望風采。已而知巢民堅謝去,千里之外,與予所見略同。未幾鼎遷,予躬畊蔚村,日與農夫野老爲伍,故鄉親朋亦以得見面爲異,于是一江間隔,不得通聞問導款曲者垂二十年。每念詩人風流雲散,一别如雨之句,輒太息久之。

今歲庚子夏,予乘兵戈之間,渡江一訪巢民,相對之際,恍然如隔世人。舍館其家,有亭臺曲水之勝,唱和連旬,追歡達旦,且出其童子,歌以侑酒,然每回首舊事,未嘗不感憤悲涼,停盃三嘆也。

嗟乎,吾兩人别來二十年,鬢髮各種種矣。箕子陳《洪範》曰"嚮用五福",予謂人之福非必身據要津,高爵厚禄,而後謂之福也。采于山,甘可茹,釣于水,鮮可食,優游夷愉,全其天年,使人世得失榮辱毁譽之故,不得而加之,樂莫大焉,福莫厚焉。

江北地饒而賦輕，俗朴而風儉，年來官斯土者，又多賢有司。巢民夙興夜寐，積德行義，年嫂又賢而知禮，凡巢民之嘉言懿行，盛德大業，皆孺人相夫子之力居多，而穀梁、青若二子，又能讀書好古，以孝弟忠信世其家，以故巢民得享其碧水紅泉之盛。

若江南則賦煩役重，富家大室蕩然于鉤考徵比之中，催科之吏日噪于門，武陵雞犬，所過無遺。至如予蔚村者，水鄉卑下，頹垣破壁，經歲不治。每溪流暴漲，則室中深至二三尺，懸釜而炊，築版而居，歲以爲常。

然則巢民今日之遇，蓋亦人生不可多得之數，而天特假之以禍者也。巢民仰而有思，俯而自得，吉人爲善，惟日不足，朝修其事，夕省其業，所以上答天心者，將于是乎無窮焉。古之所云君子之鄉，仁人之里，其在是乎，其在是乎？予故不獨爲巢民賀，而爲雉皋之一邑賀也。

冒辟疆先生五十雙壽序

無錫 高世泰彙旃

余與嵩少先生共事楚中，先後拂衣歸，已付諸往事。今年且月，婁東陳子確庵近自如皋過，宿學堂，述所歷居停，亟稱巢民，曰巢民之友皆尚志之友，居友以園林，則避世之桃花源，娱友以絲竹，則嬉笑怒駡之文章也，因眎余《夜譏記》、《小三吾倡和詩》。

余覽其篇章，覺昔日白門座上笑駡懷駡之巢民，與今日東皋堂中款洽確庵之巢民恍然在眼，巢民豈非賢豪哉？然巢民雖不出爲世用，而好行其德。曾以庚辰、壬辰兩饑歲置廠煮糜，活數十餘萬人也，樂施不可殫述。問其費所自出，則冒氏器具俱入質庫子錢家，而蘇孺人一心左右，簪珥皆罄矣。凡若此者，皆巢民志親之志，事親之事。故嵩少先生雖不得行其道於天下，而所謂爲善於鄉，惟日不足之意，非子孝孰能成之？

今巢民之賢嗣穀梁、青若，亦皆克孝於父母，合百之歲，遍乞詩歌文章，以揄揚隱德。誠恐如歐陽永叔所云“世變多故，君子道消”，必有負才能修節義，而沉淪於下，泯滅無聞者，庶幾博求可徵之言，以俟後世二子之用心，非爲一時之稱觴而侈觀聽也明矣。永叔又云“人倫大壞，天理幾滅”之時，能以孝悌修於一鄉而風行於天下者，容或有之。巢民一家，其無忝乎？聞太夫人七十外猶健飯，巢民奉匕箸之餘，奉板輿於園林，代斑斕以歌舞，然則良朋之所共享者，寧非巢民錫類之所及也歟？

冒辟疆先生五十雙壽序

吴克孝魯岡

予友確庵自如皋歸，與予言如皋風土甚悉，并及其中耆舊如桃花源中人，並怡然自得也。又出其同年友冒巢民先生生平行事之著見者，將書諸屏以爲贈，蓋條而述之以見示，曰先生之美，如是如是。予閱天下之人多矣，不幸而出没於禍亂之間者十有數年，所聞所見，毒忍有餘，浸以成俗。浩然而有迂思，思古有稱仁者、長者，不知果有其人否也。乃於巢民而知不特有之，即今尚有存焉者。

夫仁道難言，舉者莫能勝，行者莫能致，以故未有舉之行之者，率用引此爲辭，胡爲巢民獨能勝之致之耶？古未有身無民社之寄，而活溝渠中老稚以數十萬計者。人生於天，而天有時不能生人，生於父母，而父母有時不能生。巢民獨能生之，則數十萬人之天，數十萬人之父母也。爲數十萬人之天，數十萬人之父母，此其人於世，誠居仁人長者之林而有餘矣。

且巢民鬻資産而行餔糜於邑中，猶在其桑梓耳。至於捐橐付僧庵，收襁褓之棄而長育者，纍纍然迷其所生。則方赴南畿試也，商旅之阨於盜，遺出没水中者，救其傷殘，分其資斧而遣之，俾得達其家，則身亦顛沛鄱陽湖而共其阨也。

此在人則汲汲於名之求，惴惴於患之避，何暇忘身以狥物，而巢民乃若此。或者曰其力饒爲之也，獨不曰世有力倍蓰什伯於巢民，而目見慘難，吝不出錙銖者，皆是乎？予不覺有欣慕執鞭之意，其能無遥祝？然祝以畢萬之大其後，彭籛之永其年，彼數十萬人且先祝之矣。又不待數十萬人之祝，而不爽之理存乎天矣。至其純孝之德，幽貞之守，次第表彰焉。

總之巢民身無擇行也，條而爲之辭，如古者備物以錫，而亦開列其人之功德之義也。

冒辟疆先生五十雙壽序

崑山　葛雲芝瑞五

予聞雉皋冒子之名幾三十餘年。丁酉薄遊白門，訪冒子于邸舍，不遇。既而冒子大會世交諸子，折簡招余，余病不能赴也。

今春陳子其年來，知冒子五十初度之辰，倉卒賦一詩，托其年致椵辭焉。頃陳子確菴復遊雉皋歸，爲余道冒子友朋詩酒、園亭絲竹之樂甚盛也。且曰冒子念余甚，又念余婦翁貴年伯受先先生甚，盍更爲文以壽之。予非巫覡，復何辭以爲冒子壽乎？

然余反覆於其年所爲序，而知冒子之所以壽者未艾也。冒子者故爲楊、左、周、魏諸先生後嗣，有憾於皖人，幾殺其身者也。風節凛然，天下固已重之。處改革之際，當事屢舉之，以應薦辟之命，冒子辭不受而歸，隱於水繪庵，天下又以是高冒子也。夫冒子既已謝桃李之榮，幾松柏之茂矣，孔子不云乎，"歲寒，然後知松柏之後凋也"，吾知冒子之所以壽者一也。二十年來，江北洊饑，冒子斥田宅、傾囷廩以賑之，藉冒子以生者數十萬人。夫天道循環，其所報必其所感者也，冒子好生人活人以感天心，天之報之何獨不然，吾知冒子之所以壽者二也。

然則冒子今日方五十耳，譬之泰山之雲，觸石膚寸；豫章之木，離地而始出也。自兹以往，更十年、數十年將一祝再祝屢祝之而不止，今日者特狥故人子弟之請而應之云爾。

吾觀有元之季，賢人志士抑鬱不平，輒寄之飲酒賦詩以自娱。而其時必有賢豪長者以爲之主，相與過從不厭，今世所傳《玉山草堂》、《月泉吟社》諸集可覆而按也。十餘年間，大江以南，蕭然颼然，向所稱風臺月榭、歌樓舞館之屬，皆已蕩然無有，而一二賢人志士，蹙蹙然如蟄蟲寒蟬之不鳴不躍而已。世所傳玉山、月泉之風，疑于化人之國、華胥之域，聞其名而莫之信也。今辟疆捐棄一切，而獨與友朋耽詩酒園亭絲竹之盛，視昔有加。若起玉山、月泉諸君子於一堂，與之遊處焉，不重可念耶？

確庵云雉皋俗阜而賦輕，去海百里，下多峭石，游警所不至也。登于俎者，水錯畢備。又云地接泰州，泰州心齋王子論學之鄉也，遺民餘俗，至今未墜。夫余固私淑陽明先生，昔年過姚江，得與其地之長老盡同異焉。姚江之有泰州，猶魯國之有鄒邑也。微確庵言，固願從之，況所稱風土之厚，賦調之輕，與物産之茂耶？又況有冒子者以爲之主耶？自昔逸人高士，恒不老於一鄉，凡州乘邑誌所載，流民寓公之屬，往往而是。而梁伯鸞自扶風入吴，蓋稱首也。予吴人也，而復效伯鸞，他日操舂具而賃傭於水繪庵之廡下，將以冒氏爲余之皋氏焉，而以餘閑暇日與冒子頌南山而歌介壽，未知冒子其許之否也。

冒辟彊先生五十壽序

嘉定　侯元涵研德

歲在壬午，相國史公督漕淮揚，疏稱冒君巢民有文武才，堪監軍之任。是時君年甫三十，固辭不就。又以副榜貢舉爲當軸所引重，首對大廷，奉旨特用爲司李，大宗伯管公又題署史館，君竟拂衣去。君嘗從其尊大人憲副公監齊、楚軍，出入戎行，周旋節帥，窺中原大勢無可回挽，以故一辭瑣闈，三謝辟命。

十七年以來，覽乾坤之闔闢，指岸谷之高深，浮游塵埃，脱落矰繳，名日益高，義日益重，與其子弟生徒、遠方通門魁壘之士，栖遲亭皋之勝，激宕絲管之埸，嘯歌忘憂，不知日月之移，而君年已及艾矣。

夫名節者，儒生之守也。意氣者，烈士之風也。今之君子羞非義之禄，却卿相之榮，不屑乎奔走聞候，信道篤而守行確。然或逃之緇黄，托之耕釣，混之方術，家無餘閣，饑并一簞，僅而自完，而其力不足以及朋友。若夫憂人之憂，樂人之樂，卹孤嫠，急患難，長筵廣屋，延攬不怠，爲當世士人所趨嚮，則於榮名之地，往往畢力馳騖，而出處隱顯之宜有所不堪論矣。故名節之與意氣，二者常不可得兼也。

君以高才華胄，踔厲文壇，獨能曠覽家國之故，深窺道義之源，藏光匿穎，投者益堅。平陵之賓客，北海之子弟，昏暮緩急，應若響答，賣漿酒，削龜筴，星候之輩，蔑不望走於君門。

辛巳、壬辰之歲，饑疫并作，四郊待命者數十餘萬人。煎糜槖鞞，疾有養而歿有藏，幾以身殉之不少悔。是今之君子所不得兼者而君備有之，可謂賢矣。憲副公與先納言並舉戊午，君復與家季父壬午同登乙榜，予以年家末契，竊窺冒君行事如此。

予友確庵近自雉皋歸，徵一言爲壽。予廢硯頗久，然追維當年交道之盛，若婁東、吴縣、雲間激揚於南，貴池、宣城、皖桐題拂於北，二十年來聲華歇絶，風雅道盡，一二繼起之士磨刓於雪霜，顛頓於鉗網。如前所云，名節意氣之不得兼者，重可悲也。君與南北諸公後先呼應，負太學黨魁之目，屹然於窮陰沍寒之餘，獨以其一身繫江南北道義之一綫，俾當世之士倚之若山岳，而趨之如舟航。予雖畹晚頽落，又安得不聞聲而起舞，引滿而遥祝乎？

確庵云予識冒君以壬午湯公受知之日，即史公拜疏之歲也。凡十九年，利濟不倦，達乎生死，志彌堅而氣益下，此深於道者。予當操小舠，訪君于三吾、水繪之間，再拜而問之。

冒辟疆先生五十雙壽序

王　梃周臣

憶余己卯、壬午應試金陵，嘗一再見冒子辟疆矣。冒子丰姿玉立，神情遐舉，所談惟經世大務，而又豪宕可喜，心竊愛之重之。自經喪亂，四方知名士零落殆盡。數年以來，文網愈密，以文采自命者，大半消磨於考校鉤稽之役。其得優游詩酒，從事於文章友朋之樂者，有幾人哉？獨念及冒子，則意其一往才情，決非無意於世者，方欲移書詢之。

庚子夏余友確庵陳子渡江過訪，唱和浹旬，縱觀其園亭聲伎之盛。歸而述之，乃知冒子固有才而高隱者也。隱居者亦多矣，然以無才者處此，則不得名之曰高，惟其才大而不欲以才自見，斯則謂之高也。可以出則出，可以處則處，聖人當出處之際，不過如此。時不可以出而出，才不不可以處而處，而皆不失其正者，良各有以也。

冒子未三十，受知史相國，辟薦不就，旋特拜司李，亦不就。知中原無可整頓，去國惟恐不速也。余於是時亦知亂之將至，欣就門廕，在任不一月，而即乞差還家者，祇欲貤封吾母，以了一生人子之願，結局惟恐不早也。余之不可出而出，與冒子之可以出而不出者，迹雖異而心則一也，冒子其亦知我心也。

陳子爲余言水繪庵之勝，樹木掩映，亭榭參差，曲水環流，山亭獨立。嘗於其中高會名流，開尊張樂，其所教之童子，無不按拍中節，盡致極妍。紫雲善舞，楊枝善歌，秦簫雋爽，吐音激越，能度北曲，聽者凄楚，冒子之樂，蔑以加矣。仕路顯榮，更何足健羡乎？余則平泉嘉樹，亦日涉焉而未得其趣也，清謳妙舞，亦欣賞焉而不得其解也，所嗜雖與冒子同而未敢望也。冒子以朋友爲性命，園亭聲伎之樂，蓋欲與朋友共之，而不徒以自娱樂也。

雖然，冒子豈真終隱者哉？其於天下之故籌之已熟，顧亦待其時耳。駱賓王曠邁之才，平生所歷，率卑官漫秩，每得之輒棄去，不省静觀時變，以養大受。一旦太宗召而用之，言天下事若素宦於朝者，君子謂其有王佐才，可與築巖、釣渭比迹，冒子殆其人乎？余知其非終隱者也。因其壽而貽之以言，以俟他日之有驗也。

余深有憾於今日出處之事，欲與陳子偕隱，故於冒子之恤貧賑乏，救荒活人，以及其孝親睦族，嘉言善行，皆略而不言，而獨述其得乎出處之正者如此。

冒辟疆先生五十雙壽序

長洲　陳濟生皇士

士君子承先世之緒，守忠信之行，不辱其身，不遺其名，海内文章道義之士，從而樂其讜論，重其家學，將以揚譽聞於無窮，若我冒子辟疆是已。

冒子少負才名，氣節干霄，平日讀書談道，樂善好施，隆古達人才士有所不及。余嘗論列啓、禎賢士大夫，所稱孝友文章，能世其家者，首推雉皋冒氏焉。

汝九先生以清白傳家，忠厚御物，能和惠養民，智勇經國，世之既衰，慄風遠引。而嵩少先生尤能勵剛正之氣，持慷慨之節。方是時，群小側目，而先生侃侃自如也。猶憶辟疆上政府言路之書，而天下知其爲孝。所爲承先世之業，守忠信之行者歟？

余往昔偕密之年少輩，初訂交於秦淮，繼復追隨於范文貞、黄石齋兩先生講壇文坫，深夜論心，宛然如昨。

數年來，余裹足荒山，冒子屏迹園林，與天下守志之士留連高咏，羽觴醉月，曲水歌風。花之朝，月之夕，擘箋刻燭，襍以絲竹管絃之盛。否則郵筒往返，寄騷雅之興，寫優游之況，遠近慕其流風，恨相見之晚，而小三吾倡和遂甲天下。

雖然，冒子所恃無憂，尤能善全其志，則皆我穀梁、青若母夫人之德居多。蘇夫人爲大方伯之孫女，中翰公之女。幼事辟疆，克勤克儉，佐辟疆承先訓，啓後人。今又見兩君濟濟成名，不大愉快乎？

頃蔚村家確庵兄從水繪庵來，備述盛事。讀得全堂前後二記，書所爲同庚偕隱詩屬和。余以知冒子逸情曠懷，不減淵明身在桃源中，而夫人隱德，勝孟光之舉案，及玉樹翩翩，超於謝庭矣。則孝友文章，能世其家者，舍冒氏其誰與？歸謝不敏，敬賦詩并爲之序。

冒辟疆先生五十雙壽序

華乾龍

吾友確庵歸自如皋，述其同年友冒巢民先生夫婦雙壽，屬予作文以祝之，因示予回生書一卷。予乃作而嘆曰："甚矣，巢民之壽之奇也。"聞之仙家言，上壽百五十，中壽百二十，最下亦不滅百歲。巢民今方半百，鶴頂鮐背之儔，視之猶英英一年少耳。然巢民之半百，則不可以無賀。

巢民爲雉皋巨族，少無紈綺態，篤學勵操，如楊伯起之在關西，國人無不矜式之。辛巳歲，遭大荒，壬辰復然。雉皋一邑，餓莩載途。邑之人皆以巢民爲可出之于死者，而巢民亦奮然兩任之而不辭。周給賑施，委曲詳盡，卒至鬻産典衣，奔走省視，焦頭藺足，不少悔。皋之人，一人死則欿然不稍釋也。然力竭矣，神疲矣，於是抱疴伏枕，瀕于危殆。而皋之人惟恐巢民倘不幸，則皋之人又皆欿然不稍釋也。

巢民卧疾之辰，里中有患疫將死者，見冥司勾攝牌，凡五十餘人，有錢某、許某及某某之名，而巢民之名亦列焉。未幾，錢與許相繼而殂者數萬人，而巢民獨神遊瀚海，身入諸天，布霖雨于四方，暢清歌于床簀，忽然而醒，霍然而起。及其家之僕從，凡從事于賑者十六人，咸死而復生。至今巢民精采逾旺，祉壽無疆，一何異哉！吾知之矣。巢民之命在天，天之意則曰，子能生皋之死，吾不能生子之死，將謂修德不效而作善未必降祥也。然天意如是，則巢民之祉壽，寧有量乎？古云窮則獨善，達則兼善，以獨善之勢而行兼善之事，以兼善之功而食兼善之報者，巢民一人而已，是不可以無賀。

冒辟疆先生五十雙壽序

常熟 瞿有仲

讀唐史至《郭汾陽傳》，輟而有感，噫嘻可爲太息者矣。以汾陽之才、汾陽之功、汾陽之心，與事何嫌何疑，而借聲色歌伎，韜晦若此，況丈夫而當亂世之末流者哉？況有才無功，有心無事，憂愁憤懣，騷屑難平者哉？

余觀夫絶塵之士，或沈情麯蘖，或托興深山，或寄懷於竹溪花徑，風軌未殊，感致匪一，甚至有飲醇酒，近婦人，挾妓東山之巔，携童西湖之畔，豈曰性然？其感彌深，其狂彌甚，英雄志士之苦心，蓋有未可語人者矣。

東皋巢民冒先生者，少以絶代才名出而交天下士，長而遊名山，涉京華，攬轡澄清，廓然有用世志。及遭喪亂，遂謝知交，閉户不出。日坐水繪園中，聚十數童子，親授以聲歌之技，示無意天下，用此何爲者。

庚子夏，余從確庵師遊廣陵，迂道訪先生於東皋。先生開園張宴，出家樂侑酒，歡洽酣嬉，流連二十日，不忍去。時在東皋，東皋人士無不樂道先生行事，獨其溺情聲歌，有以此少先生者。

夫先生之心，誰其知之？乃先生正藉人之不知，而謂可以逃吾情而寄吾志也。記觀劇之夜，先生指童子而語余曰："時人知我哉！風蕭水寒，此荆卿筑也；月樓秋榻，此劉琨笛也；覽雲觸景，感古思今，此皋羽竹如意也。故予之教此，每取古樂府中不合時宜者教之，祇與同心如子者言樂耳，終不以悦時目。"

嗚呼，先生之心先生知之，自先生而外，求如吾輩之知先生者，可多得哉？古之人有志凌青雲之上，身晦泥污之中，心名且不願顯，又何惜乎人言哉？然有散家財，屏歌伎，蹈義陵險者，又何心哉？

今先生年五十矣，覽揆之辰，親朋滿座。余在客鄉，無以將意，即借先生之酒，命歌童中善歌如紫雲者，歌余贈先生長歌，以爲先生壽。

冒辟疆先生五十雙壽序

常熟 孫朝讓

庚子夏，瞿子有仲自維揚歸，訪余於西山草堂。時余病卧石榻，問維揚近事，相與太息良久。

瞿子出《小三吾倡和》示余。余曰："小三吾者何？"瞿子曰："小三吾者亭名，做元次山'三吾'之意而小之，爲水繪庵勝處。"余曰："水繪奈何？"瞿子曰："雉皋冒巢民之别業也。環以荷池，帶以柳隄，亭臺掩映，望若繪畫。江北無山，巢民性好石，積之數十年，曲而爲洞，折而爲渠，叠而成峰，凌空插虚，有雲氣生其上。巢民與同志讀書賦詩其中，暇則飲酒清談，絲竹襍進。"

言未既，余霍然起曰："嘻，斯世寧有是哉！夫天下占形勝治亭榭，爲人物所聚，以極遊覽之娱者，江以北曰揚州，江以南曰金陵。然金陵爲帝王都會，申酉以後，兵火尤烈。雖江山如故，而馬嘶草暗，雲慘塵飛，欲尋烏衣綉春舊處，不可復識。今子之遊揚也，問隋隄之柳猶青不，問二十四橋之玉人無恙不。子之詩曰'煬帝傳中聞《水調》，牧之詩裏夢青樓'，傷哉言之。顧雉皋非揚州地乎？胡乃有是，豈巢民能蟬蜕囂塵之中，自致寰區之外？雖居人世，别有乾坤耶？抑天之望巢民也遠，愛巢民也深，獨留此煙霞竹石，魚鳥林泉，全其孤潔耶？"瞿子曰："然今巢民五十矣，願得先生一言以爲贈。"余曰："何以贈巢民哉？巢民名望著於南北，自有能言之者，姑先記此一時之語寄之。余雖老矣，異日者倘駕扁舟，渡長江，遡邗溝，登射雉城，特訪水繪名勝，爲余語桃源人，勿使雲迷洞口，而漁郎無問津處也。"

第十一册

壽序、祭文、哀辭、誄

冒辟疆先生六十雙壽序 同人集

龔鼎孳

庚寅春夏之交，余以北行，買舟邗江。是時辟疆亦至，相與明燈對酒，徵歌度曲，連四十夜不休。蓋余時三十六，辟疆年四十，爲賦長歌數百言，即酒中引滿爲壽，題曰《金閶行》，亦既稍稍聞於海内矣。今曾幾何時，而辟疆遂已六十，余亦冉冉成衰老人。晨漢迢然，南北相望，微穀梁之請，余固不能無言以效於辟疆也。

夫愛少而惡老，人之恒情，獨至於好友故人，則相要以白首，豈非以年壯氣盛，感慨期許，初終或難一致，迨乎飽歷世故，名成行立，卓然爲平生歲寒之人，乃可以告於天下後世，曰朋友而不愧也歟？

辟疆家世蘭錡相屬，自其尊公嵩少先生以盛名領袖清流，而辟疆爲秦川貴公子，姿神雋異，所爲文章，苕發穎豎，一時名公鉅卿，咸折行輩與之游。江夏無雙之譽，長源小友之稱，殆無以過。及乎風流傾動，才人朗士比肩接迹，户屨恒滿，而所與最善者，嘉善魏子一、龍眠方密之、雪苑侯朝宗、陽羨陳定生諸子，尤爲金石不渝之友。乃至閑情逸致，寄託瀟灑，冶城之金粉，青溪之烟月，咏團扇而歌子夜，亦時一寓意焉。

既以高才生上書，數被放，最後始用對策第一，當得郡法曹一官。而是時東南則已大亂，辟疆與前所交數君子，方以高名題拂，刻石立墠，爲時指目，而又憂時憫俗，奮袂抵几，狂歌被酒，呼罵及於要人，諸君子有不免者，顧辟疆僅而得全，不可謂非天幸也。

今者劫灰既燼，桑海久移，辟疆方奉其艱難百折，不磷不淄之身，偕蘇孺人潔晨葩，御輕軒，以娱侍太夫人於難老，而又訓迪其才子穀梁、青若，著大名於當時，諸孫翩翩，有王謝家風。一門之内，自爲師友，樸巢、水繪，花木蔚然，固即辟疆與孺人偕隱之鹿門，五噫之臯廡矣。然而辟疆非止以名高爲世矜尚也，其孝友根於至性，而仁義被乎閭黨。撫兩少弟以至成立，急姻戚之難如其身受，年飢爲粥以賑路人，所全活無算。孜孜不倦，好行其德，至感異夢而獲再生，蓋造物者實相之，固又不可謂之无幸也。

然則自今以往，辟疆與蘇孺人琴瑟相莊，荆裙偕老，君子履貞於邁軸，中閨交儆於雞鳴，詎非盛世之完人，清門之樂事乎？

辟疆試回思此數十年中,汝南之車騎,西園之賓從,以及北里之歌鐘文物,聲華照耀江左,今得無星移物换,如小劫之不可追歟?身所經歷,荆襄之烽火,衡湘之阻隘,與夫五溪三吾之洞壑,兵戈甫定,猶能歷歷見諸夢遊歟?乃至北寺之刊章,複壁之逃名,以及盲風噩浪,驚心動魄之株累,瀾回帆正,酌酒漁歌,或未能忘情於痛定歟?即以吾兩人竹西夜月,促坐流連,所爲銜盃情話者,今亦各有傷心之事,而坐中二三好友,半已邈隔河山,得無撫金閶之曲,指桐樓之居,而停觴太息者歟?

然余觀辟疆之胸次,坦易洞達,與天爲遊,蹈道不回,涉險彌泰,其學與年日進,則其情固當與年日忘,人世之歡娱憂患,曾不足當有道者之嗑然一笑,而吾猶能索之今昔俯仰之間乎?且以蘇孺人之賢明,積數十年之辛勤拮据爲之内助,當此天清日晶之時,修家人燕喜之樂,而穀梁與青若金昆玉友,連枝交萼,競以文章行誼裒然推都講於辟雝,方當舒其九苞,爲時雲雨,辟疆之爲善於身,又將於其子若孫見之,夫固繩繩其未有艾也,而豈主奉千金,客稱萬年,世俗鋪張鞶帨之恒言所能稱道其萬一乎?

獨是余蒲柳蕭衰,風波終老,追數舊游,茫如昔夢。望東皋之雲樹,宛其中央;聽廣陵之潮汐,依稀枕上。而婆娑塵海,尚此回翔,爲海内高人長者所笑。顧使如吾辟疆者,歸然耆碩,獨守東岡之陂,蓋不待北山獻嘲,而已自悔其回軫之不早矣。

記丙午之冬,與辟疆再别於茱萸灣畔,寒風凄緊,相睇不語,車塵帆影,至今摇摇心目間。歸去來兮,往來二老,東阡南陌,續疇昔之清驩,其時固已心許素交,無忘息壤。不自意蹉跎歲晚,彈指又踰四年,棹剡溪而歌招隱之詩,知辟疆亦必望長安而一嘆也。

辟疆以今年三月,蘇孺人以六月,舉六十雙壽之觴,而穀梁適留都下,不獲與長筵子姓之列。余既深悉辟疆之生平,且爲穀梁三千里外代寫《白華》之戀戀,而灌湘太史、周量農部又皆與君家父子有紀群之好,交相贊助於春星蕭寺之中,故不辭僿陋而書其崖略如此,庶幾辟疆把玩,欣然如與吾三人者連牀而接席也。

康熙九年庚戌閏春二月中浣之二十日。

冒辟疆年翁六十雙壽序 同人集

李　清

予讀明稗史,載海豐楊太宰巍之壽躋八十有六也,其母太夫人亦百有一歲,計公不欲人壽己以自詡者其謙，而又未嘗不欲人壽其母以明孝者其誠，識斯義也，則可以壽冒公辟疆矣。

辟疆以庚戌春壽躋六十，而有母馬太夫人，則吾年友嵩少元配也，亦壽八十有一歲，其不欲自壽而又未嘗不欲壽其母者，當與太宰同。然則穀梁、青若兩令嗣之繼志述事，禀親心以壽親也，其又在兹乎？

吾請以辟疆壽辟疆曰"德"，又請以兩令嗣壽辟疆曰"才"。曷言乎辟疆德也，蓋得之辟疆所記《救災始末》云。予雖不及縷述，而獨其視民饑若己饑，曉夕拮据，所活踰千。昔後魏高伯恭不云乎，"吾有陰德救人，若陽報不爽，吾壽百年矣"，已果如言。故予願以伯恭言與伯恭壽，兼祝辟疆也，何也？以其德，然又以其才。

予讀辟疆所著詩文選，燦如又鏗如鮮儷也，以光則雲漢，而雲漢之亘於天壽；以聲則金石，而金石之結於地壽，故吾壽辟疆以才謂此。雖然，才難，若起父幼度於今，子不才孫才，子瑍而孫靈運；若起父廷芬於今，子不才女才，子民而女學士。則當此六十初度，群議稱觴時，未知貽厥才，能驟謝總角而弁否？又未至辨絃才，能强解巾櫛而冠否？恐猶不得與親戚故人同厠雍容擎跽之班，而爲父者何以開顔？

且不獨此，若有子機、雲才，而父則抗；又有子恒、濟才，而父則護兒。彼兩父者，皆桓赳自雄，木强少文人耳，安知吟風咏月何語？雖雁行進祝，色怡神不洽也。故孫才、女才，與父子不共才，皆不足侈此日之盛，而惟辟疆兼之，身才子又才。若以辟疆爲洵，以穀梁、青若爲軾、轍，喬梓棣蕚，映射同堂，何必筐篚縷組在其字句，何必優伶筆墨能爲歌舞，操斯祝也，辟疆其欣然舉觴乎？

抑予又有羡，則辟疆與蘇孺人以同庚並躋大年者，是若上下諸史以求其比，更誰比者？一遼孫賓夫婦，一有明梅太守吉夫婦，皆百歲並躋，爲兩家奇偶，而今又得君家夫婦爲鼎峙。或曰："子何以知之？"曰："以德以才，而又以同庚復偕隱，德不盡而才，才不盡而操。夫操之爲壽綿綿乎，不耐寒曷後凋？故吾以期君。"然則馬太夫人之聞斯祝也，其又當口不言而心有會，爲欣然快舉一觴也哉！

冒辟疆老伯七十壽序 同人集

德清 徐　倬方虎

予少時即知淮海間有冒辟疆先生者，磊落負奇氣，好結客。如皋邑僻在海隅，無山川名勝之觀，而四方賢豪結駟聯騎，絡繹于道不絶。向有用世之志，授理官，知時不可爲，即棄去。構水繪園于邑城東隅，文酒歌舞，遠與梓澤、平泉埒，余心竊嚮往之，時時願見所謂辟疆先生者。

既而遊于合肥龔端毅公之門，時稱其先世蘭錡鼎族，甲於東南。辟疆爲中丞公、少參公之裔，州牧汝九公之孫，副使嵩少公之子。然而辟疆常於盛衰倚伏，邪正消長之際，慷慨激烈，習與蒙難諸孤兒遊，幾中鈎黨之禍。且事親至孝，興朝以來，徵書屢至，堅卧不出，蓋其忠孝植於天性，有不可移易者也。

余聞公説，益願急見所謂辟疆先生者。既而得交穀梁于京邸，交青若于東皋，結爲兄弟歡。二子俱爲先生嗣，遂因二子納交于先生。先生已病足，兩豎扶以見客，渥顔美鬚髯，飄飄如神仙中人，談論今古，指畫時務，如金石之鏗擊，江河之縣注，英氣勃勃，猶在眉宇間。居恒召客，壺觴絲竹，必盡座客歡。或談及啓、禎遺事，暨江左冶遊諸細故，雖酒闌燈灺，尚娓娓不肯少休。余客東皋，人多置酒召余，余屢不欲赴，赴亦酒三行輒起。獨至先生，每達丙夜，蓋亦樂聽其言爲聞見資也。時時賦詩，與少年場争勝，鬬奇出險，必欲掩人而後已。率性孤行，大都不合時宜，方寸之間，隱然有五岳不平之氣，事過即涣然冰釋，世人鮮有知而諒之者。惟余匝月之間，真見所謂辟疆先生意，頗相得也。

客有起而問者："子知先生矣，亦知人之所以待先生者乎？夫施報者人情也，感應者至理也。先生樂施與，好行其德，一切賑濟緩急之事，視如布帛菽粟，尋常不足道。見人有一長一藝，亟起而扶持長養之。然往往恩施而怨報，德感而仇應。今之詬誶吾先生且下石者，皆所稱扶持長養之人也。其故何歟？"曰："子不見夫龍門之桐乎？鬱結輪菌，扶疏分離，其冬則烈風漂霰之所激也，其夏則雷霆霹靂之所感也，若夫鶡鷄鴉鳴之所嚎，蚑蟜螻蟻之所穴，不可勝數。然而亭亭直上，百尺無枝，伯牙過之，徘徊不能去，知桐之得於天者全也。先生以遥遥華胄，遭時多故，兵燹流離。抱君親之至痛，悼正氣之淪亡，是亦先生之烈風漂霰，雷霆霹靂也。至於桀犬群吠，衆口謡諑，直與鶡雞鴉鳴、蚑蟜螻蟻等耳，曾何足言。"

客又曰："子説誠然矣。聞人所抑，天必伸之，天之報施善人不爽也。先生性情卓越，于功名富貴泊然，獨好金石鼎彝翰墨之事。構樓十二楹，日以老眼摩挲其間，用相娱樂。一旦不戒於火，焚煬赫烈，蕩然無餘，何祝融之虐與群小之愠有適相符者耶？"曰："此柳宗元所以賀王生者也，今將爲先生賀矣。太上清净之理，凡人有身，俱稱爲累，況身所餘之長物。鼎彝金石翰墨，視人世之貨賄聲色差勝耳。以道視之，皆累也。天爲先生去其累而存其真，真則久，久則坐致千百歲，亦須臾耳。子見先生于回禄之後，陶然廓然，無幾微不懌之意，其得道誠深矣。近築匿峰廬於水繪園側，經爐魚鼓，蕭然塵外，於人世聲華之事如雲烟之過眼，恩怨之口如蒼蠅之過耳。然則向之文章徵逐、聲氣游揚者,固非先生也。即所謂摩娑金石鼎彝於十二樓中者,亦非先生也。迨至霜降木枯,水落石出,而先生之真面目始見。余雖交先生晚,然自喜真見所謂辟疆先生者矣。雖然,列子之示壺子也,屢出而不窮,壺子驚而反走。予術遜壺子,亦究何能見先生也哉!"

冒辟疆先生七十壽序 同人集

卞永吉

如皋冒先生辟疆,隱約四十年餘而七十壽。壽當康熙庚申三月十有五日,余佐揚郡八年矣,敬以觴進,幸毋辭。余蓋少於宦情薄,雅慕天下大隱君子。與之居,蚤夜得所聞講學,心志之,庶幾振末流,不朽於千萬歲。辟疆誠若人,觴弗舉烏乎可?余故願進而爲之序云。

夫序歷次人生平也。余聞如皋辟疆名久,及其子穀梁來遊燕,悉辟疆素所自樹立,益信。年少於古人書盡讀,長以俠顯,及壯,授李官棄去,以身蒙國大事不顧,既而以親老養晦,此辟疆生平赫赫人耳目,人盡以此序辟疆矣。予姑不序,序予交遊八年中者歷次之。

歲癸丑,余初蒞揚董曹事,私心念以閒曹獨喜,喜得交辟疆於如皋不遠。始以事始受,不果往,已而以公家事往如皋。辟疆期余來館舍,握手如生平。俄而客滿座,辟疆起别去,余爽然失。頃之,向邑人問遊所爲,余指辟疆園。余乃步閑行,窺其户闃然,徐而入,又森然,繼復恍恍然,昔人所稱地多靈草木者近是。徙倚久之,辟疆野衣冠,蹣蹣然出。掖二豎子,携畦蔬一榼,佐以樽醑。酒酣,叙及目睹田海滄桑之不測,與夫白雲蒼狗互幻之不可常,至關閩濂洛幾微而絶,續之不可以久待,相感甚,又甚相歡。一時雖遊酒間乎,共知其非庸而足千古也,於焉遂交相知,遂以心相許,亦遂以心相約。往來不得間共相深,古賢豪性中事。余將以身閑曹,慰余願無足難,何乃以閑曹故而難甚。年以來,楚粤軍需急,僕僕轉餉不遑,致兩相遇疏,而余心時時在辟疆。歷九華、匡廬、蒼梧之勝,而想見節之高;涉江漢,渡彭蠡,臨流瀟湘、雲夢之澤,而想見其風之清且遠。然卒以此相遇疏,鬱從中忽忽若無所恃泊。

己未之春二月,稍稍得休息,冀幸得往如皋如辟疆約。夏而秋,役役於吏治,事無可委,仍不得須臾暇,又不果往,亦惟時時念辟疆有以惠教我。昨冬書來,而以祝融告余，大爲辟疆慼，而辟疆意否否，以揚億萬民罹水旱流離，饑饉相望于道，何有我古玩異書籍樓數椽爲？且天欲人心脱汙泥而不滓，大抵然，於是乎，火夫何慼。余益嘉嘆辟疆，隱約而學道得甚深，所從來遠矣，視流俗人所爲意泊如也，至哉！

雖然，天下之大，之人衆，戚戚於貧賤，而於富貴皇皇焉急者置不論，論此固猶夫蝘蜓耳。辟諸驪龍，探其穴，得鱗與爪，曷貴？貴得頷下徑寸珠。今入林恐不深，孤高自命，殆鱗爪之無足多也。若夫不累世滋垢，別同異，辨幾希，相繼起於白沙、剩夫諸先生後，則驪珠矣。辟疆抱是珠，能使當我世昏黑夜有光，直至千萬歲可不朽。余故不禁拂辟疆意，授七十壽序于青若。青若與其兄穀梁，俱饒有父辟疆古人風，好古士也。

王希彝隱嵩山，師黄頤學養生，歲七十，餌松柏葉雜花，讀《周易》、《老子》不倦。刺史盧齊卿就謁，答以"己欲施人"微旨。處士王昭素有學，七十餘，宋太祖召見便殿，講《乾卦》至九五，斂容對。治世與養身，不外寡欲至理。古大隱君子如是，非今日辟疆之謂乎？如是知早夜欲得所聞講學者，心誌之，非獨余意量然也。

是日也，二君子其爲我前致辭，余敬致一觴爲壽，嗣當更爲之賦招隱之詩。

冒辟疆先生七十壽序 同人集

江都 汪懋麟蛟門

從來尚氣節，重門閥者，莫如東漢諸君子，以及江左六代之習，名賢畸士伏處田野，放言高論，品目人物，公卿大臣畏其譏彈，得一言爲榮辱；貴家大族世承通顯，輕纖簡傲，習爲清譚，互相誇誕。當是時，望其丰采，聞其論議，非不愛惜而嚴憚之。及其弊也，取禍最烈，鉤黨之獄，僇辱之慘，至於曹節、侯景之際，蓋有不忍更言者也。

君子之處世也，象乎時；其立身也，準乎道。當漢之末，天下之不可爲，雖愚人知之矣，而李、范諸君子，汲汲於空言標榜，卒無毫髮之益，與國俱敗。東晋以後，偏處一隅，王、謝之族，罔思卧薪以恢社稷，乃以人地相高，自謂宏長風流。迨戎馬載興，篡弑疊見，求爲庶民以自免者，百不得一。嗟乎，清流華族，其間賢不肖之殊，雖相去萬萬，而好名取忌，同歸於禍，正不能以寸。

余嘗讀書至此，既廢書嘆息，而於申屠蟠、謝瞻之徒，則有取焉。當范滂諸人非訐朝政，公卿以下折節下之，太學諸生争慕其風，蟠獨嘆曰："處士横議，今之謂矣。"乃絶迹梁、碭間，自同傭人，超然評論。謝晦權遇既重，賓客輻凑，瞻獨驚駭，以籬隔門庭，謂非門户之福。又嘗以微言裁抑靈運，不得商較人物。之二人者，庶幾象乎時，準乎道，故能處衰亂之世，卒免禍難，雖謂之君子可也。

如皋冒徵君者，初以貴公子負才任氣，當勝國承平無事之日，翺翔南都，與一時名賢相交結，聲稱嘖嘖。無何，天下大亂，南渡苟且，黨人用事，公與侯朝宗、陳定生諸子誚讓權貴，幾蹈大禍。後乃棄官，屏迹海隅，束身奉太公憲副公暨母太夫人養，三十年不出庭户。又能友於弟昆，推讓千金，終始不逾，遠近稱之。

嗟乎，以公少壯之志，直欲側身李、范，驕語王、謝。及時不可爲，見機明決，弢其聲華，歸於蕭寂，甘同鄉里自好之士，豈非賢與？

凡人之患，莫大于染習而不返。少處貴盛，中際衰落，加以災難横逆，非意相干，苟無道以處之，興感今昔，悲從中來，不知此身何所歸往，亦惑矣。

余與公遊且十餘年，服其文章氣誼，巍然宿老，嘗於江南北山間水際，歌樓酒壁，聽其叙前代名卿黨逆，門户排擊，是非邪正之事，以及南都才人學士，名倡狎客，文酒游燕之歡，爲之色飛袂動，不知酒杯之覆案也。噫，若公者，何可一日離耶？

惜余居郡中，相望數百里，今又將奔走京師。公甚念余，以令子青若來别。問起居，則言今老矣，病足園居，口不問户外事。而邑有飢饉災患，緩急諸大疾苦，則捐飲食拯救之，家雖乏無不計也。

明年三月，壽且七十，請一言爲贈，不敢辭。因念公五十時，太倉吴祭酒爲之序；及六十，穀梁在京師，合肥龔尚書爲之序，是誠足以爲壽矣。今年益高，固所取益卑，交滿天下，乃無所取而獨有取於名位至賤之士，何與？

公嘗云子實知我，故穀梁、青若亦不欲取諸他人。噫，既以余爲知我，則不敢以不知我之言進，姑以平昔感觸於東漢、江左間事者，爲公述。當爲余舉酒滿引，攘袂欣躍，如睹少壯時高巾大帶，譚笑於公卿坐上時乎？既復自念事異時遷，屏居田畝，忽忽終老，得毋有伏櫪而悲者乎？二者皆非余所望於公也。余請舉一觴，約一言，以祝曰："學道以觀時，雖安坐而至於數十百歲可也。"公其許我乎？

冒辟疆先生七十壽序 同人集

徐元文

國家久道化成，制禮作樂之盛，流唐漂宋。比者天子以故明國史未有成書，特命開局纂修，羅致博學名儒，登之館閣，令任簪筆之職，業已野無遺賢矣。予承乏監修，每屈指海内老成耆艾，諳練有明典故，可備當亡顧問者，大江北興化則有李映碧先生，如皋則有冒巢民先生，皆當世博聞强記，熟于先朝之故者也。

巢民先生十年來，以兩足蹩躠，不良于行，概辭一切，昨者補牘薦舉，咸不敢率臆列名。然安得囊書櫝筆，就水繪而咨訪焉，庶幾杞、宋之文獻足徵，而隱、桓之微詞可指，盱衡嘆息者久之。

適及門鄧子謙谷請余一言，爲先生介七十觴。予何以壽先生哉！蓋先生之平生有合于史家之法者二焉，曰壹行也，隱逸也。

先生孝友性成，大父汝九公筮仕方州，解組旋里，性嚴毅，治家肅若朝典；尊人嵩少公起家名進士，服官星曹天署，汝九公不樂就養。時先生方弱冠，代其尊人留家侍奉，巽粻宿肉，先意承志。每召諸故人歡飲，飲輒達旦，扶攜行酒，肩髀如壓石，不敢就寢也。後嵩少公歘歷中外，監軍齊、楚，所至不名一錢。晚年與馬恭人里居，産不踰中人，而詩文朋從之盛，園林聲伎之樂，甲于江左。先生竭力祇事，惟恐失堂上歡。嵩少公易簀之夕，手書“汝父天生孝子，不可不學”十字以授兩孫，其篤行可知也。馬恭人年登大耋，自所天見背，哀毁滅性，又以比隣失火，驚悸成疾。先生扶牀繞膝三十年，不離跬步。奉諱之日，擗踊號慟，哀感路人。其遇異母弟，推甘讓肥，迄今兩弟嶄然成立，猶欲置之懷抱間也。其不謂之壹行乎？

先生少負庶幾之目，才名鵲起，以乙榜首對大廷，拜官不仕。旋遭喪亂，時年甫踰三十，奉兩尊人高蹈丘園，絶意仕進。溧陽相國、合肥宗伯鄭重致書，促數勸駕，先生堅謝不起。邑屋小兒見其失勢衰落，謡諑四起，突隳飄摇。先生心安若山，惟日與四方游好放情詩酒，用以遣雄心而消暇日，名可得聞，身不可得而見也。其不謂之隱逸乎？

長筵初啓，引滿放歌，五湖之蝦菜依然，三月之鶯華未老。即以水繪一區，爲今日之香山洛社，亦何不可？昔者夫子作《春秋》，命子夏行求十有四國寶書；太史公于《國語》、《世本》，虞卿、陸賈之書，罔不攬采。先生稱壽之暇，細羅放失，排纘舊聞，授簡二才子穀梁、青若，俾上史館，庶得藉手以蕆厥成焉。軺車咨訪，行賁東皋，借祝嘏之文以先之，不徒效南山之頌而已。

冒辟疆先生七十壽序 同人集

許承宣

孔北海自以智能優贍，溢才命世，當季漢時，抗辭正色，無所回屈，范史比之"山有猛獸，藜藿不采"，信矣。然嘗有素所愛一人，以恚望不能忍，欲殺之，朝吏爲請，終不解，至爲邴原所難，無以答。陳太丘隱陽城山中，時有殺人者，同縣楊吏疑太丘，至被逮繫，考掠無實，而後得出。後太丘爲督郵，乃密託縣令禮召楊吏，遠近聞者咸爲嘆服。其不念夙怨如此。然其爲功曹，代太守署侯覽私人爲吏，張讓歸潁川，名士無往者，寔獨詣焉。史雖稱其後鉤黨人，以是多所全宥，亦不免爲後世儒者所不取。大抵天下倜儻負氣，憤烈勃發之士，當忠義所激，不難詆訶權貴，手捋虎鬚，而於睚眦報復，亦難責以理遣情恕。而其守謙忍辱，不爲物先者，雅量大度，可使鄙寬薄敦，而於死生禍福，亦往往俯仰瞻顧，首鼠兩端。蓋剛柔異用，天性使然，雖賢者不能無短長也。

惟吾友冒辟疆先生不然。先生名滿海内，人多有知其行事者。其一切吾不具述，獨念先生當先朝啓、正時，門户報復之禍方熾，毒焰炎炎赫赫，不可嚮邇。而先生與上下江名士扶正擊邪，奮臂扼腕，疾聲詈駡於稠人廣坐中。聞者怛然失色，而先生益大言無忌諱，若惟恐不徹於其人之耳。當是時，豈意自全？蓋不忍天地正氣遽泯没息滅於陰霾薄蝕之會，而爲此也。而議者乃更比之申屠蟠，豈有當哉？

余辱與先生交最久，每相見必把酒論文，極生平歡。先生頗喜談當日壇坫詩文，清溪冶遊諸勝。當酒酣時，客多探之使言，聽者心情駘宕，樂不可支，先生亦喜見顏色。然雖當劇談正快時，或間叩以啓、正門户事，先生必變色改容，欷嘘太息，具述所以中及賢奸傾軋，國事敗裂，無可如何，輒鬚髯倒張，目眥怒裂，音辭悲壯憤激，坐客無不悄然肅然，悲恐交集，或有泣數行下，不能仰視者。余嘗一與此，退私念曰："此老倔强猶昔，是豈可少干其怒氣哉！"

然先生生平友愛惇篤，扶危濟傾，樂善好施，事不可殫述，宜人人歌誦恩德，而無端謗訕甚至含沙下石者，比比而是。一日，於先生座，客有來言此者。其人氣憤填噎，幾不能語。余亦驚詫以爲怪事，而先生略無幾微不平。蓋有懦夫賤豎所不能堪者，而先生安受之，先生其殆北海、太丘爲一人矣乎？其喜怒卷舒，豈可以常情測度其萬一哉？夫喜不毗陽，怒不毗陰，陰陽調和，則精神血氣皆堅固無所動摇，不言養生而養生之道莫大於是，宜先生之老而益壯也。

今先生年登七十，同人謀爲公壽，而屬文於余。余愧不能文，竊以知先生獨深，故敢以素所傾倒於先生者敬陳之先生前。先生不以知己許我而快進一觴,吾不信也。

冒辟疆先生七十壽序 同人集

余懷

丁巳之冬,雉皋冒先生巢民來吴郡。余聞之驚喜過望,握手道故,若在夢中,又如隔世。巢民既髮種種,清癯善病,余亦頽然自放,憔悴行吟,風流文采,非復曩時。

因憶與巢民交在己卯、庚辰之際,余少巢民五歲,以兄事之。當是時,東南無事,方州之彦咸集陪京。雨花、桃葉之間,舟車恒滿。余時年少氣盛,顧盼自雄,與諸名士厲東漢之氣節,掞六朝之才藻,操持清議,矯激抗俗,布衣之權,重於將相。巢民以兀傲豪華,睥睨一世。時有皖人閹兒,失職家居,諸名士往往酒酣嫚罵,布檄公討。及至皇輿傾覆,江南建國,權奸握柄,引用憸人。閹兒得志,修怨報仇,目余輩爲黨魁,必盡殺乃止。余以營救周、雷兩公,幾不免虎口,巢民亦以名捕跳身,幸脱羅網。豈知異代之後,我兩人復持面目相見。撫今追昔,痛定思痛,豈不重可感哉?即易代之後,巢民屢經禍患,僅而得免,余亦破産喪家,流離他郡。憂愁遲暮之年,我兩人猶得持面目相見,不可不謂之天幸也。

計巢民生平多擁麗人,愛蓄聲樂,園林花鳥,法書名畫,充牣周旋。尤好賓客,家有水繪庵、小三吾,客至必留連數十日,飲酒賦詩,淋漓傾倒而後去,有玉山、清閟之風。然自我觀之,巢民之擁麗人,非漁於色也;蓄聲樂,非淫於聲也;園林花鳥,飲酒賦詩,非縱酒泛交,買聲名於天下也,直寄焉爾矣。

古之人胸中有感憤無聊不平之氣,必寄之一事一物,以發洩其堙曖。如信陵君之飲醇酒、近婦人,嵇叔夜之鍛,劉玄德之結毦,劉伯倫之荷鍤,米元章之拜石,皆是也。巢民寄意於此,著爲詩歌,盈篇累帙,使天下後世讀其書想見其人,即以爲信陵、元章何不可者。

巢民今年正七十,令子穀梁、青若走一介,乞余言以侑觴。余老懶廢筆硯,以四十年老友,不敢不勉,謹述夢華往事,患難交情,用博千里一笑。至於巢民之簪纓華胄,家學淵源,賑饑濟困,感夢更生,及穀梁、青若之才華福澤,子孫蕃衍,則諸公言之詳矣,余何言哉!

冒辟疆先生七十壽序 同人集

費　密

七十曰老，而傳人年七十，黄髮面垢，安步扶杖，望之肅然，子孫側匕奉食，親戚交遊燕飲其堂，起舞而屬之，士君子之甚樂也。而如皋冒襄巢民先生，齒遂及此。

巢民五十、六十時，李廷尉、吴祭酒、龔尚書皆爲文，吾友陳維崧其年叙之尤悉。

巢民年十四，即能賦咏，董宗伯、陳徵君以爲後來之彦，序其少作。三十時，閣臣史公總督漕運，巡撫淮揚，奏薦才行，請爲監軍。時巡漕御史霍、巡江御史詹、督學御史宗，咸欲交章薦辟，不就。壬午舉鄉試乙榜，首對特用擢推官。

神宗末歲以來，縉紳之禍發於閹寺，其後天下脊脊多事，而東南獨完。宇内承平日久，閥閲之家主張州郡。其時正人名士，輻輳京邑，飾車劍，通請謁，刻琢詞采，呼召纓組，名於一時。巢民與方密之、侯朝宗、魏子一、吴次尾、陳定生諸君爲膠漆之友，既愛重節操，而盛年使氣，酣酒駡人，及於黨類。迨南中繼立，黨類在高位，巢民數君所不及刀俎者倖耳。

若夫宫殿樓櫓，鬱爲寒煙，散爲春霧，巢民守先人故廬以安其志，諸公之言如此。何鐵曰巢民先生父行也，鐵與周旋甚久，諸公所言，鐵既不得睹，至其晚節，患難困辱，軏鼿不寧，所遇悉非故物，獨敦倫樂道，奉賓客，嗜文辭，老而不衰焉。如鐵所言，巢民暮年蓋亦甚不適志矣。雖然，猶未也。庾子山昔在魏通顯，今讀其篇章，悵懷江左，凄然而悲，望遠而痛，欲就井里飲食其間一日不可得。巢民杖于鄉國，即栖數椽，耕磽确，日不再食，歲不製衣，所獲亦已厚矣。况子孫滿前，圖史樽彝，臺榭林塘，菓石藥草之未大替歟？夫物盛則改，悔多則安，自古未有不如此者。巢民方耳目聰好，及于耄期，寒暑風雨之叙，其亦將安之。密交巢民在方、侯諸君之後，久欲相過而不可行也。鐵也其往問之，能具舟裹粮以遠迎乎？密苟抵掌南中舊事，身當行酒，進前爲壽。

伯兄巢民先生七十壽序 同人集

冒坦然

明年庚申三月之望,伯兄司李巢民先生春秋正七十。

先是,戊午春,西吴徐太史蘋村來壽先生。先生適有姑蘇之游,太史留待未得,徂暑而去。蓋太史嘗與先生長君穀梁偕受業合肥龔宗伯門,太史雅耳(熱)[熟]先生名,至是與穀梁游極歡,傾吐晨夕,乃盡得叩先生生平。屬穀梁既馳省,太史亦予休沐,道經維揚,先紆道皋,冀一覲先生,與穀梁、青若把臂登堂,稱觴爲壽,以少副其神交傾渴之致。而先生自丁巳秋仲爲當事迫促去吴門,穀梁從焉。洎太史問至吴人,則共留不得發,又恒暘塗阻。太史日夜望,時時寄于觴咏,與青若日招里社諸子倡和見志。已而暵愈甚,道愈梗,太史又久滯歸櫂,青若不獲固止,供張祖道,寓詞懃懇,皇皇如有弗及。比先生戊午夏歸,太史則已駕而去浹辰矣。

今年己未冬十月,太史將還朝,得更爲先生留客皋三閲月。晦明風雨,尊酒論文,緬懷人外,一朝頓豁,群賢小子,咸幸親炙。凡共爲詩若詞如干首,具載先生《同人集》中。歲忽遒盡,戀戀之意,情見乎詞。太史于是賡爲作序,豫祝於先生之得全堂序中,頗摭先生梗概。

先生於吾族雁行最長,其先爲肥鄉公。肥鄉居仲,兄少参公,季即吾先富陽公,同出於誥封奉直大夫澹齋公,四傳爲世王父寧州公,五傳爲世父憲副公。先生憲副公冢嗣,世德宦迹,海内文章,鉅公嘖嘖稱道,見乎詩歌傳序者,國史乘志不勝列也。

先生繩武象賢,忠孝慷慨,至性過人。居恒輒誦慕東林楊、左諸公,一時人士景行行止,至復社諸君子咸願爲執鞭而忻慕焉。偏從寧州公、憲副公宦虔、蜀、楚、粤,都會勝地名山川,絶境異域,靡不涉;當代鴻儒博學,典型耆碩,高人勝流,靡不識,奚囊腹笥,所在充溢。

當憲副公監軍襄樊,陷數百萬獷賊中,公方盡瘁勿恤,而先生竊憂迫,計無所出,瀝血作書萬言於同鄉政府言路,詞義激烈,扶服籲請,獲生還而後即安,時無不以爲純孝所感。及憲副公易簀,顧無他語,索紙筆書“天生孝子”,命兩孫穀梁、青若曰:“爾父天生孝子,不可不學。吾無以報,吾願而之事而父,皆如而父之事吾耳。”迄今穀梁、青若力行不怠,時述以訓諸子,風勵族姓云。

先生車騎縞紵,嫺雅甚都,顧性不能脂韋流俗,搦管纚纚,立就數萬言。逃名而名我隨，後進之載質者，蓋户外之屨恒滿矣。

會鼎革，遂無意一切，退而耕養二親。逮憲副公歿，哀毁踰禮，獨奉母馬太恭人至九十，尤篤孝勿衰，舉室化之。喪太恭人如憲副公，既傾貲以贍其姻族，婚嫁殮葬，莫不畢致。辛巳、壬辰歲大祲，賑活前後凡數十萬人。因染疫，死三日復甦，語具别志。憲副公有二少子，先生拊而翼之，或廢箸則割己産畀之，益以橐中裝至再三。先生之於兩弟，有父之教，有母之慈，視穀梁、青若有加焉。兩弟无譽、爰及，以是皆卒底於成。一姊適李吾鼎，友愛備至，而李遘家難，先生爲没數千金，卒脱之，未嘗有德色形於言。其他尤多隱善，秘不令人知，故不能具悉也。然由是稍稍自淪棄，家益落，晚宜不爲時俗所知。門生故人至者不拒，其顧而之他，或擠之，亦勿校也。

是日從太史燕者，太史二客，沈允一，徐主一，佘文賓羽尊、石含鋭、許山濤、薛脩遠，皆有詩，而張孺子授經遠村，不時至，吾兒綸始學詩，以能貧受知于先生，亦與焉。

冒巢民先生七十一壽序 同人集

吴　綺薗次

歲自申以迄酉，時入夏而猶春，吾友巢民先生來從賈婦陂中，留寓蕭郎閣畔。蓋以戈操入室，禍幾烈於魚腸；遂至賦感登樓，踪久縻於雀角。而情深舊雨，今尚能來；交締初年，老而未倦。

憶君方少，值世尚平，承累葉之風規，操當年之月旦。三君在望，嘗振履於龍門；八俊同稱，獨横經於虎觀。地名金谷，人是玉山。香生荀令之衣，氣壯王戎之舞。揆其地望，何事不成；誦彼才華，無奇弗有。豈桑田之遽改，忽庭樹以難堪。馬埒煙飛，遂盡南交之焰；蜃樓雲起，頻生東海之波。露冷金盤，縱是神仙亦淚；灺殘銀燭，難窺魑魅何心。而曠識彌高，豪情益邁。頻來柳下，同聽隋苑之鶯；每到花前，輒縶章臺之馬。吾儕故態，嚴子陵信是狂奴；此日多情，杜牧之豈非才子。所以循年按譜，已當李公致政之期；若復祛慮存神，實契老氏養生之旨者矣。

況夫孝稱愛日，節秉高風。叔屢射牛，誠堪作脯；人當盜馬，還爲歠醇。産既讓而猶均，人倫靡憾；刃雖投而不中，天意可知。將有待於蒲輪，又何疑於椿算也哉！

嗟呼，宋家令子，并得友文之才；鄭氏名孫，欲似康成之手。猶餘翠袖，既醉能扶；

尚有青箱，雖貧不困。月非寒而已滿，春欲盡而堪留。以七十之老翁，偕二三之知己。但當把小紅之袂，吹碎玉簫；傾太白之罇，卧横錦瑟。英雄已往，付豎子以功名；成毁何心，任小兒之顛倒也。

冒巢民先生七十一壽序 同人集

孫枝蔚豹人

如皋冒司理巢民先生，以事來郡城，居半載，至次年三月事畢將歸。且是月望日爲先生覽揆之辰，年七十有一矣。江都諸同人及四方士偶遊此者，同堅留之，願就旅館稱觴焉。先生辭不獲，然亦意不忍舍諸同人遽歸也。

余曰："先生誠不宜遽歸也。今之堅留先生者，非如昔之或有求於先生者也。昔先生少壯時，即以文章擅譽東南，交游甚盛。及馬、阮當國，幾罹黨禍。是時年纔强仕，雖所交多耆宿，亦豈無後來之秀，願附青雲不朽者？其有求於先生一矣。先生本貴公子，又家有别墅，日宴集賓客其中，人以比顧仲瑛玉山草堂。其知者以爲先生性好客，不知者疑觀察公所留遺先生至厚，而先生又往往解衣推食於士之貧者。其有求於先生二矣。今先生自作七十，矢言將絶交游，守寂寞矣。既遭回禄，家無餘儲，此柳子厚賀王參元時也。蓋友之無求者始出焉，宜先生之不忍舍去也。"

然先生意似有愀然者，曰："吾老矣，尚以意外事半載居此。子夏四海皆兄弟之言，未老時聞之可耳。"

余獨舉觴賀曰："先生出處之際，天人之間，其有合於《易》也。夫《易》者吉凶之書也，聖人教人趨吉避凶，而身不能自免於憂患。天下所以信其説者，聖人不免於憂患，與人同，而居易俟命，能無改於其樂，與人異，及其後凶亦不及，故天下信之也。先生之學聖人，亦無改於其樂而可矣。且余以天道往復之數觀之，而知昔之賓客滿坐，人視先生誠樂，然憂患伏焉，凶也。今之焚煬示災，繼以戈矛及户，人視先生誠憂患，然自此可長享無事之福焉，吉也。敢以是爲先生賀。"

時先生令子穀梁、青若侍側，先生笑語之曰："老友之言，知吾心矣。自今伊始，云胡不樂。"

冒巢民先生七十一壽序 同人集

長洲 韓　菼元少

福善，天之常也，多中以憂患，又往往在人倫骨肉之際，然而古君子處之有道矣。巢民先生以才名傾海内，其至行尤不可及。壯時脱尊人憲副公二百萬獻賊、三十萬左兵之厄于襄陽，承歡養志，憲副公稱之爲孝子。撫二弟友愛備至，自幼迄長，分產捐金以與之，不可數計。又推以卹其宗人子弟，敦睦之誼，花樹韋家未足方也。而未厭其欲，輒生怨望，所以中先生者萬方。然先生不自言，迨事露，官欲爲理，輒求寢。蓋涉險以易，禦暴以和，甘身試不測而不忍居人以大惡，真人情之所難，而先生之見與于天者，固亦厚矣。群言謡諑，不能加也；莫夜何人，不能傷也。神明康彊，永有譽處，今年已七十又一矣。

常見先生贈九龍志公有云："忠孝本性也，即是佛性慈悲傷心耳，願作恒心。"其即先生之所以自壽與？抑先生猶有不自釋者。蓋爲憲副公之緒言遺業，將弗克永終之是懼。余竊謂繼述孝子之情也，興壞天之紀也。先生之力已竭矣，心已苦矣，其何傷？《詩》曰："君子有孝子，孝子不匱。"令子穀梁、青若賢而材，其必成先生之志，益振前業而光大之，庸詎復始而已乎？碩果不食而群陰皆陽，善愛金石之軀，静觀天道之復而已。余無以壽先生，竊願他日過從相賀，得有徵於斯言。

冒巢民先生七十一壽序 同人集

許承家師六

巢民冒先生聲名馳前啓、禎間，一時爲之友者，張公亮、黎美周、劉伯宗、吴次尾、楊維斗、陳定生、侯朝宗、魏子一、方密之之屬，今其人已無一存。而寓内讀先生書者，必懸揣其人，以爲不可得而見。而去年庚申正七十，於是能言之士争製文以爲壽，謂先生聲名在天下，而歷兩朝而其人不衰，是可壽也。雖然，此則其常也。

先生故名家子，博學好賓客，四方歸者如委輸。凡書室臺榭，館飧供帳，及車馬衣裳之類，日費百金不惜，歷數十年而先生家遂貧。然園林遊觀之地未嘗盡廢，賓客至者猶衆，以是人之壽先生者文幾滿室。而余亦曾壽以詩，有謂“兩朝誇腹笥，萬里走詞筒”者，蓋先生實録也。

乃未幾而天火(共)[其]廬，奪其家世所傳之書器劍佩，又未幾而且有操利刃入寢室，必欲殺先生快意者，不得已而獄事起。遂以絶代之文人，日攜兩子穀梁、青若匍匐於公府，而不以爲怪。且隱忍鬱抑，有不敢不言、不敢明言之故，非仰而呼天，則號泣呼父母耳。乃其事卒得白，而人之稱先生者反甚於常時。此如操舟泛大海，疾風迅雷，墮山倒嶽，舟人惝怳自失，忽而風恬浪息，得無患。又如入崇山峻谷，虎豹之族森然搏人，不移時而步康衢、行大道，亦得脱於爪牙。嗟乎，先生之履變而不驚如是，是豈常情所可測哉？然方其偃仰風火兵刃之間，先生之命危如一髮，而陰中先生者且欲其不即脱於難，而先生固已衰然七十一矣。

三月十五日，乃其誕辰，邗上與先生遊者又欲製文以爲壽。而或謂今之爲壽者，例越十年而一舉，七十有一何壽爲？且先生之坎軻如是，慰藉不皇，而奈何壽之？

余笑語之曰：“子亦知壽之之説乎？夫壽，蓋不以年也。古有奉卮酒爲壽，奉黄金百鎰爲壽者，何嘗計其年哉？其人其事可壽，則壽之耳。先生當尾瑣流離，是非患難不可終日之際，而優遊而卒不改其度。對簿之暇日，與名人傑士吟詩縱酒，放浪山巔水湄之間，視在昔啓、禎時，風致未嘗少減。則可壽孰大於是？若如世之所云，壽必以時，而爲壽者又必得志於時之人，將見綰印綬，擁車騎，飽粱肉，漫無短長於世而坐至期頤，則以爲壽耳壽耳，此固余之所深鄙者也。”

冒巢民先生七十二壽序 同人集

楊周憲

冒巢民先生爲東皋望族，家世簪纓，先字以辟疆行。弱冠即以文章氣誼自命，又當承平，與復社諸子敦古處相砥礪者凡三十年，一時名公鉅卿咸器重之。性喜延納，園亭音樂、鼎彝金石圖史之類，凡可以娱賓悦志者，靡不具。日與賢士大夫唱酧往復，間出其餘力振乏濟困，以故名益藉甚。至形諸贈答篇什，流連懷慕者，未易更僕數。迄今披其《同人》諸刻，獎藉期許，溢于言表。噫，何其盛歟！

嗟乎，士君子之遇于時，有幸有不幸，何可强也。世不乏懷才有道，磊瑰雄偉之彦，而内無金、張之援，外無李、郭之譽，即縉紳子弟，席豐處厚，其所以娱賓悦志者，或不減于巢民，乃足不出乎里閈，名不達乎鄉國，以視巢民，其遇不遇爲何如也。

余雖托藉京華，而往來于淮揚吴越間者獨最數，所接冠蓋之倫，以及布衣韋帶之士，無不翕然稱巢民不置口。竊私慕之，而各以境阻，未獲謀一面也。

迨丙辰，余將之官，與叢子玉蟾聯朱陳之約，巢民爲玉蟾至戚，因得識巢民于座間。望其貌沖然以恭，挹其神恬然以静，聆其緒論則閎肆而辨，殆所謂璵中彪外者耶？惜匆匆别去，又未獲與之傾倒而罄其中藏。

辛酉夏初，余以省員需次，暫返邗江。巢民適以家訟滯郡城，聞余歸，過謂曰："冒氏不幸同氣操戈，今罪人斯得，旦晚具獄，諸親友咸代爲張目，敢以質之。"余曰："否否。夫刃將及身而不及攖其鋒者，四人皆創甚而不死，天之意，豈偶然哉？全手足，慰先人，獄辭何爲者，他非所知也。"巢民首肯余言。獄將成，因痛哭力請于當事，遂得寬解，時論美之。

壬戌春仲，余有事于崇川，過雉皋。巢民招飲于匿峰廬理廢舫，相與泛櫂于昔之所稱水繪園者，惟見欹臺跛榭與衰藤危石，掩映于頹垣落照間。是園創自巢民，膾炙人口，及一人之身，不數年而廢興如此，他何怪乎？折而南，欲求其所爲逸園之所在，巢民則摇手嗚咽而不能語。力叩其故，巢民始喟然曰："是園也，爲余先憲副奉先奉直公養志地，兩世石像在内園也，而實祠焉。近爲有力者計誘家弟攘去，理之不能，取之又不能，隕越之痛未嘗刻去懷抱。以故任水繪之荒落而足不一及者，實不忍逸園之在望也。"乃出其先憲副自書《逸園偕隱圖贊》示余，因泣數行下。嗟乎，巢民老矣，念念不忘先澤如此，終身之慕何多讓焉。爲之嘆服不已。

越二日，余將理棹，令嗣青若過舟中再拜，乞言爲巢民壽。噫嘻，余與巢民交甚後而疏，其何以言巢民哉？雖然，昔之知巢民者，亦惟時于文章氣誼中求之，今余之于巢民，乃得其性情之大，又烏能已于言耶？蓋巢民家不甚饒而好施與，值業中落，惠不繼而怨作焉。始而避地吴會，未幾家弗戒于火，凡昔之所爲娱賓悦志之具，悉付之祖龍一炬中，復繼以推刃寢門，慘駭聞聽。迹其所歷，使凡人處之，其憂愁抑鬱、憤懣牢騷，不知作何等。而巢民履之若遺，無幾微見于辭色，甚而修睚眦輩恃其賁力，乘危誚訕者比比，而巢民亦屈意甘之。此固度量過人哉，抑其于天者有獨全也。

考之《詩》曰"孝思不匱，永錫爾類"；丹書之箴曰"火滅修容，慎戒必恭，恭則壽"；《關尹子》曰"外遇撓之不動者，則心定，心定則神全"。凡若此，皆理之大有可必者也。今而後，余知巢民日坐匿峰廬，與高人達士放懷詩酒，法嗣宗之和光，效叔夜之諧俗，樂天知命，壽正未有艾也。況翩翩令嗣指顧飛騰，繼巢民未竟之志，宫錦萊衣，以巢民之所以孝其先人者孝巢民，則稱觴獻頌而來壽者未有量耳。他日者余獲解組歸來，扁舟乘興，巢民幸廬中另設一榻以待。噫嘻巢民，余正喜其匿也。

冒巢民先生七十三壽序 同人集

王宏撰山史

昔予弱冠攻舉子業，即知東南復社有冒辟疆先生，學行爲時宗，心竊嚮往之。迨遭變亂，予以狂廢習爲詩古文辭。辛卯秋，至金陵，登閱江樓，裴回四望，追念往時馬、阮諸奸佞負君誤國，修怨肆毒於諸正人義士不遺餘力，爲嘆恨者久之。而詢復社諸子，已落落如晨星，獨與方爾止、白孟新訂交而去，下姑蘇，復得與姚文初、瑞初，周子佩、子潔結兄弟之好，獨未獲過如皋，從辟疆遊也。

壬戌冬，予寓廣陵，偶於道上遇一士，神采俊發，爲目送之。士亦回首，私詢從者，既知爲予，趨而前，執禮甚恭，則辟疆之仲子穀梁也。乃相與就廡下談移晷，始知辟疆自脱奸佞之網，不求仕進，遯栖林下，著號巢民。往往招致四方賢豪士，飲酒論文賦詩爲樂，不與流俗伍。今年踰七十，矍鑠不衰，爲之喜而起舞。穀梁返，其弟青若以巢民之命復來，省予寓舍通殷勤。

及予鼓棹如皋，拜巢民於匿峰廬，留數夕，俛仰天地，上下古今，感慨係之。予乃問所謂水繪庵者，巢民漫不應，既而曰："荒頽久矣。"予乘間獨步尋之，頗訝其故。客曰："君不見迤里而南，有屋出於林表者乎？此憲副公祠祀奉直公之逸園也。昔憲副公勒奉直公石像於中，歲時修祀事。憲副公歿，專命長子世守。巢民又奉憲副公(道)[遺]像於中以祔。雖仍其名曰園，實祠也。巢民有弟，輒私鬻與豪家。巢民以是悲憤，日夜思復之而未得。其久不涉足於此，有不忍者在耳。"予曰："《禮》：大夫二廟，適士二廟。君寵錫之，則祭高曾。大夫於其太廟，適士於其祖廟。今制許祭四代，而憲副公又貴，則冒氏之廟當在所增。誠若此，如更有廟則可，不然，巢民亦安得辭其責焉？宜其悲且憤也。"

先是，予聞冒氏有大惡，其甘心於憲副公與巢民者三十年。至前秋，遣族少之不逞者，挾刀潛入巢民室刺之。賴青若與一婢以身力格，青若被四創，婢腸出獲免。執某詣官訊之，詞連巢民弟，法當並坐。將傳爰書，巢民復痛哭白當事，乞從寬典，寘勿問，某亦因得末減。蓋巢民素敦孝友於家，類如此。顧孽生骨肉，禍起本支，亦人事之所不可解者矣。

雖然，此無足爲巢民介意也。吾聞之，衛武公耄而自儆，有睿聖之稱。程子有云"不學便老而衰"，巢民好學不倦，進於道者也。君子落落，幽人坦坦，將以永不朽之譽，享無疆之裕，必有在矣。於戲，三百年之河山頓異，十五國之文獻澌泯。如巢民者，又豈特爲東南之典型也與。

歲癸亥，巢民年七十有三，三月望日爲其誕辰。穀梁、青若不遠三百里，乞予詞洗爵。予重其誼，不可辭，乃獨爲言其心之所欲言者如此。

冒巢民先生七十六壽序 同人集

常熟 王履昌安禮

余少事帖括，偃蹇廿餘年。時東林人物已慨晨星，應社文盟方歌復旦，余雖匿影菰蘆，而於海内名賢領袖爲眉目者心焉數之，以是知有辟疆先生也。

憶庚辰侍牧翁宗伯，時方鑒定廣陵諸公咏黄牡丹詩，嘖嘖辟疆、黎美周、鄭超宗不置。且謂余曰："辟疆天下駿雄奇偉非常之士也。如皋僻壤，而名人勝流軒車之使、彈鋏之客奔趨望走，如有期會，無不爲辟疆來者。辟疆爲之亭舍，如恐弗及，西漢鄭當時庶幾似之。"蓋牧翁之稱先生如此。

明季有奄黨皖人，流寓金陵，工詞令，所製《燕子箋》、《春燈謎》膾炙一時。南雍人文淵藪，其人傾身結納。先生實主清議，不少假借，而且與諸君子笑罵斥逐之。會陪京草創，奄黨枋用，欲盡得清流而甘心焉。先生俠骨錚錚，僅而獲免。然自此息機摧撞，豪氣亦破除過半矣。

熙朝徵書屢下，先生堅卧不出。金谷平泉，才俊歙集，與臣言忠，與子言孝，憇豁如也。昔者韓退之起衰八代，及歸老城南莊，則賦詩曰："勸我此淹留，雞豚燕春秋。"以昌黎之才之志，横騖側出，可以無所不之及。其材騁而旋，志放而返，始終不渝其素，千載而下，尚有餘情也。先生豈無念乎？

余與先生年齒相亞，而修名不立。一行作吏，退老田園，遥望先生天外不可梯接。且眠食患難中刀兵劫火，曾未有攖寧者。今丙寅春秋七十有六，門人劉士宏歲時一省先生於雉皋。于其行也，舉先生一二大端以申仰止，并致衰遲不能往祝之意云。

冒巢民先生八十壽序 同人集

張　芳鹿牀

壬戌之秋，後溪張老訪巢民冒先生於東皋之水繪庵，聆其謦欬，攬其楮墨，快平生所未聞見，如員半千、李邕之在唐世，咸仰爲前輩人也。留東皋十日别去，迨今庚午，始再通書，併睹手迹，乃知先生年登八十矣。先生云有乞言未之見，將無以古之乞言同於求聲耶？

《詩》取燕友，斯有求聲；《禮》取憲老，斯有乞言。乞之爲言，與也，又求也。求而與，斯養老之禮行也。《禮》"七十杖於國"，則言於齒位，八十不能出，則以珍從，抑必有言焉，非苟受之而已。故其辭成也，懌恭敬而温文，是乞言之所以爲憲也。

古道不行，後世之子若弟家養其耇老，而又廣求有道之言以爲《既醉》備五福之頌。蓋其意謂可以代笙簧之音、筐篚之文、食飲之甘，俾老人聞之，悦懌以喜也，古未之有也。

雖然，有道之老身教未已，抑嘗以言教矣。正其家庭，範其閭黨，醻其賓戚，率其俊造，不能不言，而猶有不欲盡言者，何哉？代之降也，俗争上壯少，輕事長，其老人歷世必多變而少平，行事必多塞而少通，居心與人必致慤以周致，和以慎而鮮高峻傲世之行，鬱紆於衷，樸婉於口，此豈他人可伸眉抵掌，代爲之言乎？

今以巢民先生之篤行洽聞著於當年，傳於當世，悉數之未能終物，而徒見端於二三有道之言，謂先生之孝足以守其身也，友足以和其家也，事賢取友足以化其鄉也，毁産崇祀足以綏其宗祖，祐其子姓也。是先生之大誼也，至仁也。迨暮齒以來，徽柔足以戢洽，陰善足感冥祐，鈹盾適焉而如履巖穴，疾疢嬰焉而如處茵憑，而又裝潢縑楮以當園苑，引長竹肉以當烟雲，灌花拂石以當圖史。時而一觴一咏，徵引奇言逸文，以當著撰。兼之異茗洗神，妙香滌慮，以當玉女仙靈。是不足以代先生之自言乎，而未足以盡先生之自言也。

夫先生之自言，則亦言之而不能盡也，日者讀苦吟再生之言矣。或天然以風爲竹笑乎？或嘵音未雨爲鳥鳴乎？或爲渚上之雲鴻，秋以唳春以思乎？或爲林間之皋鶴，遠於天近於地乎？是則先生之自言，雖笙簧之音、筐篚之文、食飲之甘，未有加於此也。而先生之閎意渺指，猶以爲不然，謂夫古之乞言與今之求聲一而已矣。

先生之老友爲毘陵許青嶼，青嶼之老友爲虞山錢湘靈及東皋先生，而又繆厠予其間。予昔年師事梁谷庵夫子，金沙琴張爲予世父，均與先生同盟。藐予小子何敢居雁行之末，而先生固撝謙未之許。毋亦以齒相後先，躐從老友後乎？抑别有取爾乎？請徵諸晋人王、謝之言矣。王之言曰："人之相得，古今洞盡，此處殆無恨於懷。"謝之言曰："居恒觸事惘然，惟遲君來，以晤言消之，一日千載。"王、謝而言似爲同聲之老友發也，東皋先生或有取諸此也。

於是後溪張老遂作頌曰："樸巢中人，吉祥止止。嗒然無言，喻意童子。華藏妙嚴，聚沙戲耳。羯鼓竿木，丘山朱紫。如風吹雲，如月印水。隔江望之，睨而不視。巢民曰來，子可教矣。千載須臾，道存諸此。"先生聞之，其莞爾而一笑乎？

蔡夫人三十壽詩序 同人集

吴　綺菌次

鶴市名姝，鸞臺麗質，是中郎之幼女；早善猜絃，作麻姑之主人。曾看擲米，碧窗學綉，巧不因絲，畫閣彈箏，聲非待曲，可謂亭亭南國，裊裊西家者矣。迨其嬪我俊人，益得工斯能事，爰因暇日，共寫閑情。借京兆之黛毫，旋能畫緑；倣唐宫之暈品，即解調朱。鏤管争持，便欲脂塗董、巨；玉釵並坐，渾疑粉持荆、關。吮樊素之脣，偏宜曉墨；出靈芸之手，即吐春紅。樹可生鱗，花真没骨。魚鳥生成於研匣，烟雲起滅於筆牀。是以松雪齋中，嘗得相娱孟頫；歸來堂裏，無煩别買徐熙。斯又藝苑之清風，洵屬名閨之逸韻也。

予以丙冬，言旋丁里。遇伯鸞於皋廡，正值携家；見大令於青谿，還逢載艷。共續蘭亭之雅會，盡招梓澤之英流。月地雲階，遥瞻玉圃；霞綃霧縠，總灑金壺。性愛雙飛，不信臺前去鳳；情兼特立，忽教堂上生松。此慧定屬再來，衆妙咸云未有。昔公擇之妹善卉木，而涪叟見稱；房璘之妻著金石，而廬陵特賞。於斯爲盛，在古無儔，直須呼以神仙，豈未得之閨閣哉？

時值王侯之臘，初占女子之祥。距緑華之降生，仍先三夕；應白蓮之化現，同在一朝。果或生遲，善頌俱來白傅；年當而立，戲言敢效蘇公。不辭拊節以徵歌，略似投壺以引笑。須知擣千年之藥，常聞姹女還丹；不待展五嶽之圖，始驗畫家多壽。而況古稀合算，父子同百歲之期；文譽齊稱，夫婦遂三生之樂也。

蔡夫人三十壽序 同人集

周斯盛屺公

巢民冒先生，以文章聲氣擅海内壇坫者垂五十年。讀其《同人》一集，登臨山水，品題花月，詩酒倡酬之雅，聚散悲喜，寸心千古之情，一一可睹。余自放廢以來，年逾壯盛，先生亦顛毛種種矣。既以不得蚤識先生爲恨，而復深以朋友交游之衆，心竊慕之水繪。

癸未冬杪，霽雪照人，先生遺余歲寒圖一册。閲之，則先生贈余詩序，及香閨妙墨數幅，雖皇甫易絹之字、謝女咏絮之才，不是過也。次年，復以所畫黄荷遺我細君。蓋先生閨房多秀，而女羅蔡夫人爲最。因嘆既滋蘭而又樹蕙，抑何奇與，然猶以爲尺紙易工。及讀戴子介眉觀畫松兩歌，則皆以尋丈鵝溪，信筆直掃，皮骨蒼古，柯根偃蹇，龍翔虯縮，風雨欲動，介眉以爲遠出韋偃。其他花鳥泉石，又其剩枝矣。嗟乎，异哉！此豈學而詣之者與？抑其天分敏妙，有迥越尋常萬萬者？何大雅英姿，竟萃於一門也！

先生爲余言，夫人系出吴閶名族，淡漠寧静，有林下風。長齋綉佛，十年於兹，因以其餘寄情筆墨，遂臻至詣。四方名流乞畫者無虚日，有以蘭百本易一紙者。

今年臈月八日，爲夫人三十初度，其尊人孟昭翁亦年屆古稀，父女合稱百歲。會先生偶客廣陵，自吴太守薗次、宋徵君射陵、蔡太史昆陽以下數十人，各以詩詞書畫稱壽。是夫人雖譽滿一時，而其絶人之藝，實與先生並垂不朽矣。

昔我佛如來，以是日睹明星而成道，年正三十也。懸帨佳辰，適應其期，非有得於智慧福德者邪？夫摛華掞藻，鬬巧逞奇，亦情性偶然之寄。至於放下一切，真體如如，雖襄陽萬斛珍寶，皆可舍棄。夫人固靈照後身，澄心内證，當必有得於止止不須説之義者，其所以不朽，又豈特在繪事也哉！

偶與介眉論及，即書此以祝。先生當以余言爲然，傳勅女羅夫人，爲欣然進一觴矣。

冒慎幾六十壽序 家譜

江都　郭嗣齡

余乙未榜後，乞終養，奉俞旨歸里。自定省老母外，暇則與執友門弟子談詩古文辭及制舉藝，了不異諸生時。至於當代人物，孝慈友恭，又未嘗不心儀而景仰也。吾郡西陲厓鑾江一邑，東則吴陵、雉皋、崇川、海門，五百里而遥至於海。耆年碩德，英俊髫髦，多不乏人，而皋之文學冒君慎幾，尤時時温人之口而熱吾之耳。

蓋其戚友姜生穎新與其弟任修皆出余門下，胡子夢白、李子奠九爲余文字交，其道慎幾爲孝廉蒙求先生之冢子，讀名父書，克家依依，色養興寐，無少忝，殆更數十年如一日也。余雖未見其人，信其行矣。

歲辛丑仲吕之月，是爲先生大耋之辰。先是，履端届慎幾六十初度，余未及挐舟晋先生觴，預寄不文數言，爲慎幾慶且贈焉。

慎幾少負雋才，弱冠補博士弟子員，蜚聲黌序。以此拔幟江左，對策大廷，邀顯秩厚糈，固非本分外事。乃竟淹蹇十餘試，未獲一遇於有司，此同志者咸爲撫膺而扼腕也，而慎幾怡然不怨尤也。

慎幾有弟三，方玉、聖開、聖化，各以文行顯於時，且裕幹濟才。而慎幾爲家督，每一事稟先生命，則身爲諸弟先，或獨任，或分任，必部署得當，適如其事之分而後已。向當强壯之年，敏於趨事，無纖毫貽先生憂，猶曰是膂力方剛，不經營乎四方則服勤我二人側耳。而今齒逾艾矣，且耆矣，瞿瞿蹶蹶，不敢引指使之成例，而諉其責於勝任愉快之諸弟與有德有造之諸子，蓋深體夫《禮經》“恒言不稱老”之義，而先意承志，措諸躬行，如古所云“戲班衣，效嬰兒啼”者，特未見耳。夫不謂之稱其家督乎哉？

今之名下士，袖膚爛時文，策馬走三千里，入都門遍謁名公卿，圖尺寸進，未嘗不有辭家貧親老，爲禄而仕。然曠温清、踈音問，以視慎幾之足不出户庭，就養不離左右，以娱親桑榆，孰少孰多，必有能辨之者。吾於慎幾之服勞承順，六十不衰，想見孝廉先生之義方耄期，弗倦於勤也。孝乎施于有政，吾於慎幾，蓋三復而不厭云。

時康熙辛丑春正月。

冒慎幾七十壽序 家譜

潛山 丁宏遠

如皋冒秀才慎幾，以辛亥春正月杖于國。於時邦之有司、遠近縉紳先生暨其姻戚朋友、子姓舅弟，咸奉幣致羊酒，交讓於庭，而屬余言以爲壽。

夫皋居東海之濱，蓬萊元咫尺耳。慎幾出其間，翕輕清以爲性，結安重以爲質。其茹古涵今，發之如鯨鏗春麗；其高視渺舉，烔烔玉立，望之如白圭振鷺。豈非神仙中人，壽固所自有，何以效吾祝哉？

因憶癸卯正科，初識慎幾於金陵。相與會四方之士，叙交遊，聯文讌，審其爲文，根抵於德清、震澤，足以羽翼聖經，或清思掞發，往往穿天心，出月脅，意外驚人語，非尋常所能及。乃是年余倖獲一售，而慎幾竟薦而不録，浩然東歸，未嘗以此介意也。

越丁未，余再黜於春官，遵例揀選，得如皋教職。胡夢白太史餞别青門，余問有齒德兼隆，備一鄉之望者，則首推慎幾，且知其家世爲如皋鼎族。明永樂間，處士永宗先生，曾出兩世藏書應購書之詔，辭徵聘不仕。其後若中丞，若參議，若憲副，代有名宦，崇祀鄉賢。慎幾尊人静莽先生，以康熙甲子舉人膺薦守戎，孝友最著。

慎幾爲長子，克承家學，試輒高等，補增廣，爲邑名諸生。少從巢民先生遊水繪、樸巢之間，酧唱爲多。以故守業日新，經濟日富，締交日廣，貫名日遠，皋之人罔弗欽其雅範，延譽而增重。凡公事如文廟義學、倉穀賑濟，守令以慎幾董之，無不敬事而有序。凡鄉黨如慶祝喪祭、禮儀登降之數，卿士舉以詢，無不條理井然，各如其意所欲出。凡宗族如先塋祠宇、祭田家乘之屬，必經之紀之，無不修輯以時，百廢俱興，春秋匪懈，長幼有節。凡家事如生事葬祭、婚姻嫁娶，必以身先昆季，無不致敬而有禮，永言錫類，酌煩簡之度，適豐儉之宜。但其宏才大略，不得一遇，以展其抱負爲可忉怛耳。顧余即是而有以券慎幾壽矣。

夫人自幼學以來，期于通今博古，修其孝弟忠信，性分之外，富貴榮顯於我乎何有？君子反身循理，不以勢利攻取，自斲其天，是以遯世無悶，自有經國之大業，不朽之盛事，豈非日星炳而江河流者耶？慎幾醇厚和易，教家型俗，能使鄙夫寬而薄夫敦，麟之趾螽斯羽，克繼其美，克繩其武，積家以成慶，難能而可貴，不且迥越乎世俗所爲壽也哉！請爲之歌詩進酒，曰：

"有匪君子，如金如錫，如圭如璧，《淇奥》之德也。獨寐寤言，永矢弗諼，《碩人》之寬也。所謂伊人，在水一方，蒹葭白露，可望而不可即也。潔爾之修身，介爾以景福，

《南陔》《白華》之孝徵也。兄弟既具，和樂且孺，《棠棣》之安且寧也。維熊維羆，男子之祥，《斯干》之頌禱，有以似續妣祖也。閟宫有侐，萬有千歲，眉壽無有害，美周公之孫，是饗是宜，天錫純嘏也。"斯言大而非夸，質而不剽，其齒德之隆望於鄉者，更僕未易數，而躋堂數語，竊恐有不能不挂一漏百耳。

回思金陵傾蓋，忽忽八九年，而其人或遠出仕途，或梗泛一方，或老疾歸其田里，獨余與慎幾尚得講旦暮懽。而慎幾飲食起居日益加健，方且絃誦不輟。披其帷歌，聲出金石，則衛武公之耄而好學，賓筵既醉，抑抑威儀，睎此又豈有過歟？天下大老，居東海之濱，蓬萊水淺，慎幾其見之矣。

冒聖化七十壽序 家譜

崔　紀

余曩見王漁洋、陳迦陵諸集中，知如皋冒氏人物清華，甲大江南北。及與胡夢白、姜奮庸、自芸同在詞館，公餘聚語，則又盛稱其鄉老宿冒孝廉蒙求父子繼美，一門雍睦，孝友成風，有古仁人君子之遺，爲敬羡者久之。

丙寅歲，余奉命視學江左，按部如皋，士風較他邑爲優。而冒生詒丰儀雅飭，爲文皆傳經義，必以理勝，更非恒伍所能及。爲舉博士弟子員，詢其家世，知即孝廉蒙求之孫，州司馬聖化之子，而夢白之内家姪，奮庸、自芸之甥也。

今年春，奮庸子昌鹿、自芸子静宰公車來京師，生介伊兄弟寓書于余，曰詒父以七月既望稱七十觴，敢請夫子一言，以光蓬篳。余維冒氏爲東皋清華世族，而冒生詒爲余采風所拔士，爰允其請而序以壽其父焉。

司馬君弱冠即負奇才，抱碩學，以文章氣誼自命，有聲黌序。廣文顧瞻，盧、張嘯竹曾爲梓《東皋制藝》行于世，其他散見于詩歌，不可勝記。顧屢困棘闈，而質清癯善病，援例需次銓曹，非其志也。

其善事父母也，有婉容，有愉色，每先意承志，不敢遠遊離膝下。自晨昏定省外，若復皋邑泮陽射圃，建文廟宫墻，暨建祠纂譜諸務，鳩工庀材，手繕鈔輯，皆竭力成乃父義舉。又築别業于城南，顔曰寄園，竹樹瓏瓏，水石秀潔，日奉雙親觴咏其中，異粻宿肉，久而彌篤。

孝廉公抱沉痾，歷春夏及秋，司馬君卧榻下，蚊暑不避，衣帶不解，手奉湯藥，不假僕婢，惟呼天願以身代。比讀禮時，則擗踊哀號，血流被下體，病劇而进于危者屢屢，卒獲天佑。歲時祭享其親，必誠必潔，必時物，必豐美，未嘗有倦意焉。以食指殷繁析居，器擇其粗，田擇其瘠，一以愛敬從其三兄。自少而壯而老，怡怡如也。晚年構屋數椽于皋之舊河，藏牙籤萬軸，課兒孫朝夕諷誦。庭前手植四時名花，清供盈几，以自怡養其性情。著號蘭谷，蓋取蘭生而芳，託根幽谷，不與凡卉競秀意也。其皭然不汙之操，豈尋常所可及乎！

夫賢者爲善于家，苟敦行不怠，薰其德者，猶見鄉鄰風俗之成。是即如遊黄農虞夏之天，是即以見我朝中和位育之氣，所爲化行而俗美者也。抑又聞之，冒氏世多耆碩台耇，司馬君祖母李恭人年八十有四，尊人孝廉公年八十有六。大宗伯韓慕廬、相國李安溪、翰林張海房先後序以壽之，能悉道其家世淵源，積善獲福之由。今司馬君年稱古稀，而伯氏慎幾年開九十，仲氏詣權亦七十有五。老年兄弟日夕相聚，又效洛下英耆之會，邀里中齒高德茂者社飲而歡焉。人望其衣冠甚古，鬚眉皓然，咸以爲四皓、九老復出。是豈獨爲一家之慶與？以余所聞夢白、奮庸、自芸之言如此，故不必别爲腴詞壽君，而以其一門孝友雍睦，壽考維祺者質言之，真足以善俗而壽世矣。

寄語冒生詒，爲余上康爵，祝司馬君長年慶之緒方興，如日甫升也。敬事高堂以孝友，繼爾家聲，寧僅讀書爲博取人間富若貴哉！

冒水芑七十壽序 家譜

泰州 宫增祜

余與如皋冒先生水芑世戚舊盟，數十年於兹矣。其間遊迹分合，路隔西東，不可勝紀。乾隆己亥春，倦履言旋，奉悔庵方伯之命，主講我泰屬蓉塘，獲與先生數晨夕慰離索，回憶生平，如夢中遊也。先生曰子夢吉，某則夢噩也，不堪述也。

今乙巳仲夏十有三日，爲先生七十攬揆之辰，同人皆欲爲先生舉壽觴，先生摇手嗚咽，辭不可，曰："某之帶而稱人，虚延歲月，以先人祠墓在也。某年自三十五至四十五，而岵屺不可陟矣，蘭芽不茁矣，雁影已分，牛衣獨卧矣。宵人潛窺而起者，百計圖之。今者飄風萍梗，有賦《黄鳥》而興思，讀'我行其野，蔽芾其樗'而自傷者，奚七十稱壽哉？"噫嘻，先生之境遇誠逆，而先生中懷坦易，金玉自好，稽古情深，歷錯節盤根而不易所守,此即大人之處困能亨也。

祜猶記少時相聚姜太史自耘白蒲書塾,風雨連牀,縱談今古。先生才贍學富,筆陣詞源,一時有燕許之目。令祖孝廉静庵公、尊甫司馬蘭谷公,孝友傳家,承歡式好,而尤謹于祀事。廟有守,墓有考。圭田致潔,蘋藻馨也;喜木繁蔭,露霜警也。先生克纘前緒,願世世勿替也。家不素豐,先生遵父命,以江滸之田贈女兄石氏,歲入租籽百斛,五十年未分粒米。有難弟正堪倚重,乃以五白被引累于群小,積貸至千有餘金,先生析產輸償無異辭。其殁也,倉黄呼搶,拮据爲謀窀穸。此其視同懷何如?宗黨有在困憊時者,需未嘗不應,至則必歡留以爲常。英年喜讀書者,飲食教誨之。先生素不問外事,不輕履訟庭,時有被大獄三事,則竭蹶赴難力援焉。其于敦睦之誼又何如?蓋先生多才藝而篤于至性,其他處姻戚友朋類然。

豈意浮雲蒼狗,無端變幻,九嶷對面,人情嶮巇。先生正當强仕之時,十數年間,驚濤駭浪,往往恩施而怨報,德感而仇應。今之訴誶吾先生且下石焉者,悉曩所善遇而扶翼者也。夫先生豈願輕去桑梓者?郭外壟阡之地,既受侵于弗類,(風)[夙]興掛劍之處,復被戕于斤斧,甚至數世相傳之慕廬,周墉無遺而漂搖觸目。追維作室伊始,祖父致敬以將事,子孫奉法以相從,得毋有四顧茫茫而怵惕心動乎?

以先生之居心忠厚,宜無不得于天,而何以竟同伯道?以先生之接物平恕,宜無不合于人,而何以忽遭反噬?以先生之才氣學力,宜爲世所大用,而何以諸生坐老?此殆有不可解者。或曰直木先伐,甘井先竭,先生爲直木、爲甘井,固宜伐且竭也。而吾以爲皆爲事數之適然,無足深怪。

祜違先生久,適以良緣共集蓉塘,七閱寒暑。時過訪先生于頹垣禿樹間,猶見横踞一几,圖書盈左右,日引後進之士,講明而切究之。其見于詩歌多沉思婉曲之音,無怨尤不平之詞,先生真不易所守而處困能亨者。彼宵人之圖謀,若蚍蜉撼大樹,終形其敗耳,究何損于先生性分萬一哉?

夫樂道安命,攸好德也;視聽聰明,保康寧也。不富以聲華貨賄,而富以名山著述,必有能發其藏而大之久之者,是不朽之盛業也。先生縱不肯爲七十舉壽觴,而余素悉生平,有不容不一叙述,以當冰桃雪藕之陳者,先生其許吾言乎?

冒母謝安人百歲壽序 家譜

江大鍵

從古以百齡稱上壽。人始生提抱，父母稱願當貴，咸以百歲爲先。富貴雖曰在天，而勤敏有力者猶能以人事致之。通天下之大，擁厚貲、膺顯秩者，未可以億萬計。省會大都爲世閥豪家所叢聚，下逮一鄉一邑，皆有巨室華紳，田舍之翁，蓄多藏致富；市井之兒，克振拔致貴者，所在多有。至壽臻期頤，則國家旌爲人瑞，蓋其難也。

我皇上壽考作人，涵濡漸被，各省撫臣歲咨題百歲以上者，嘗數十人，可謂極盛。然計其散處，或千里，或數千里間得一人而已。而素封顯宦之家，雖欲與争五福之先，豈可能哉？

皋邑受聖世相承之化，百歲蒙旌者，前有陳、王兩母，今與冒母謝安人而三。大率天下之享高年者，女子居其七八，女子以節孝而臻壽，又十居其九。

安人爲訥莽先生淑配，孝孀姑，佐賢夫，調羹潔饌，手鍼勸讀。先生中道捐館，老母、幼孤皆倚安人一身，婦兼子職，母代父訓，茹荼飲蓼數十年。姑既殁，爲叙述生平貞節狀，命子請入郡縣志，奉主祀節孝祠中。子天誠、天景著名庠序，天誠逝，又爲教育孤孫。孫曾遶膝，安人含飴佚樂，自言"吾前備嘗辛苦，晚年差慰懷抱。風霜之後，得被陽春，不可不承天意，篤行善事"。乃持齋禮佛，周卹鄉鄰，貧不能婚嫁及生無歸死無殯者，黽勉濟之。

己丑歲九十，學使者景褒獎其間，士林進南山、咏北堂者不勝紀。於今閲十年，己亥二月之吉，正百齡矣。天景具請有司邀恩例。烏頭綽楔，視世之擁厚貲、膺顯秩者，榮逾十倍，豈非千里而一覯，閑世而一遇乎？

然余謂安人之壽，又有其特異於凡爲百齡稱上壽者。蓋嘗見世之所爲壽者矣，齒稀髮脱，視聽俱衰，起坐便溺，必須人扶，涕洟沫唾，嘗交頤頦，不能自知，時未冬而畏寒，日已晡而猶卧。其精氣竭而神明不壽，雖人欽爲福，轉復自苦。而安人健飯，夙興夜寢如少壯時。耳聞瞀瞀之音，目視秋毫之細，燈下紉鍼補綴，齒碎爆豆，行步不杖。見六七十歲人龍鍾頹邁，安人反扶掖之。然則其壽不可及，其康彊尤不可及，豈有艾乎？

昨天台人王世芳年百二十餘，沐天子異數，因壽得貴，海宇稱榮。安人雖女子，不克邀品秩，爲鄉邑光，其康壽必且過之。而新例粟帛之養百歲，逾十齡者倍差，逾二十又倍差。異日受國恩永永無窮，即富貴隨之，預可卜已。是日自邑令、丞、簿以下，紳士編氓，造廬祝嘏。望見安人顔色，鮮不歡忻贊嘆。不止一家之祥，一邑之慶，實我國家人瑞越於既往者也，是烏可以無序？

冒母羅太君七十壽序 家譜

儲郁文

夫坤道以柔而正，以静而永，得其道者往往清和粹美，爲家門積善之應。而福履綿亘，光前裕後，流澤無窮，故高門多壽母，表人瑞也。今丁卯年十月之吉，爲冒姻母羅太孺人七十懸帨之辰。予姪傳泰與孺人令嗣輩雅有知契，因囑予一言爲孺人壽，予不獲辭而進言。

冒氏門第才望冠大江南北，蓋古崔、盧、王、謝之比。自東林公以來，中丞公、參藩公、副憲公，功業文章，具載國史家乘。子姓濟濟，朱輪華轂，照耀邑里，雉皋之著姓，無有逾於冒氏者也。

孺人出自甲族，幼而婉娩，事父母以孝聞。及歸我姻臺毅庵先生，内職克修，勤以率衆，儉以經事。上而得尊親之歡，旨甘必豐，采芼必潔，慈和逮下，臧獲奚奴，亦莫不撫之以恩。

而其相夫子以正也，尤卓然有特識。凡毅庵先生之義舉，孺人無不佽佐成之。如崇正書院之首倡捐田數頃也，而膏火之惠徧及諸生矣；收遺嬰於路而養育之也，而保抱之恩普於孩稚矣。其他盛德之事不可悉舉。要皆孺人左宜右有，足以供不時之需。蓋冒氏爲一邑之望，而先生之舉動又爲一族之望，内助之賢聲籍籍道路間，紳士頌之以仁人，里巷推之爲衆母，上至當事，亦莫不知冒氏之有賢内佐。至於撫幼弟以恩勤，孺人殫心調劑，力所能無不爲先生盡言者。一門之内，雍雍穆穆，絶無片言。謝宏微著幼于之稱，李元禮爲一世之望，而不知所以致此者，乃鴻案之有人也。

其教子則惟以義方爲本，不事姑息，不涉瑣屑。長君廷光、次君廷周，學業有成，命之游北雍。叔子廷勷，即予族妹倩，爲人慷慨有壯志，屢困童子試，雖未售而其志不少懈，益自奮勵，勤學不倦，與人交久且敬，温温古君子人也。季君廷佐，倜儻不群。文孫八人，胥芝蘭玉樹，輝映庭右。其長者鴻綸、鴻緒，苦心肄業，飛騰之兆在旦夕間。要皆孺人一身福履之所積也。

予惟孺人之德，足以致壽。蓋于坤道之柔而正、静以永者，寔克兼之。自此而大耋而期頤，方將永永無極。而諸郎君行且致身通顯，錫命自天，褘衣象服，宗黨羅拜，爲國家昇平人瑞，豈不美哉！

曩者吾邑陳檢討伽陵先生客雉皋者十年，皆主於辟疆先生。先生太母享大年，檢討爲文以壽者數四，迄今思水繪之園名流觴咏，先生入則板輿奉母，出則應對賓客，高情雅韵，獨絶江左，數十年之後，猶令人念之不置。今孺人令嗣輩寔辟疆近屬，而予姪傳泰近日下榻高齋，花辰月夕，談讌不倦，依然水繪之家風也。間邀同其從姪帝臣往游其園，竹樹參差，映帶左右，鉢池新水，猶見漣漪，相與徘徊瞻眺，俯仰今昔，未常不嘆冒氏之遺澤長，而流風餘韵繼起有人。孺人有子，寔克步武前賢之高躅，以爲壽母之光榮。

予忝姻親之末，因得悉孺人之懿行，與其所以致此眉壽者。爰竊步檢討之後塵，而命姪傳泰書此以祝焉。

冒廷榮七十壽序 家譜

高郵 王安國

余嘗東遊海上，見夫銀浪千頃，奔濤萬狀，蓬萊方壺，隱然眉際，覺浮丘、偓佺皆可呼而至，大哉觀乎！如皋濱滄海之東，其菁英之氣鍾一代之偉人，用以承休光，啓鴻緒，將《詩》所云"既受多祉，黄髪兒齒"者，一若操券以取償，當此者惟吾冒老年長先生乎？

先生朱門華胄，作述之光，爲同袍中所首推。其著功績于旂常，垂勛名于竹帛，畫省風清，霜臺氣肅者，爲先生宗祖；揚仁風于寰宇，馳清名于海内，文垂金石，德被梓里者，爲先生諸大父；高才冠世，勁節凌霜，推士林祭酒，號詞壇飛將者，爲先生尊人；展土開疆，功在社稷，揮毫應制，名登天府者，爲先生昆季；幼學通經，舞象遊黌，文采風流，而便便腹笥者，爲先生令似。源流若此，則天之位置先生者，可不謂厚與？而要皆先生之德有以副之。

先生幼負奇才，於書無所不讀，興酣落筆，摇五岳，驚風雨，及抵掌談天下事，慷慨激昂，有祖生擊楫風。故屢試冠軍，蕋榜早捷，自江表以至輦上，無不争識如皋冒先生，於以知先生之才。

方其遊歷京華，眺覽塞上，出榆關，經玉門，慨然有封侯萬里之思。乃白雲在望，遂依依子舍，追隨杖履，尊公予懋年伯亦聿既髦，猶矍鑠如少壯人焉。於以知先生之孝。令子負不羈才，先生一編手授，無間冬夏，每午夜青燈，咿呀聲恒達旦。故帝臣胸羅二酉，筆落千言，揚才名於當世。而王佐良弼，皆能讀書好古，馴謹成風。於以知先生之慈。釋褐後足不踐長吏之庭，非義之投毅然不受，秉剛方正直之氣，而人不敢干以私。於以知先生之義。與人交則推心置腹，然諾不苟，久與處者，如飲醇醪而坐春風，即如拯貧窶于瑣尾，全族黨之參商，壬子之歲賴以生全者數萬人。于以知先生之仁。此皆先生所以克副天心者，而天之所以報先生者，寧有涯與？

今庚午十月爲先生七十大慶，宗族姻婭以及年家子姓，奉觴稱壽者趾相接。竊聞君家屢世皆登上壽，耄耋、期頤亦尋常事耳。則予之所以壽先生者，豈世俗鋪張鞶弧之恒言所能道其萬一乎？

憶三十年前京邸聚首，聯轡行吟，望薊門之烟樹，睹瓊島之春雲，宛然如昨。曾幾何時，而吾兩人俱七十焉。顧余蒲柳之姿，顛毛種種，猶婆娑宦海，爲宇内高人長者所竊笑。而先生則精神和朗，福履彌康，安居自適，南面百城，一堂之上，洵、軾、機、雲，輝映千古，豈非盛世之全人，德門之樂事乎？他日帝臣兄弟或翱翔中秘，或黼黻皇猷，正未有艾。況尚父八十而鷹揚，伏生九十而傳經，召公百歲而保釐，固可爲先生計日待也。先生其酌此康爵，以見海屋添籌之意，可乎？

冒國士妻叢孺人壽序 家譜

范承宣

蓋聞荆山之璧，當皎日以舒光；滄海之珠，與明星而争耀。采孤芳於草莽，名映彤編；發潛德之幽貞，輝增銀筆。矧夫汎舟矢志，伉儷之樂未永；匪石銘心，百年之願難終。

如冒母叢太君者，江皋望族，雉水賢媛。少凛庭訓，曾佩服乎三從；長嫻婦道，總無愧於四德。年甫二十，歸我國翁。挽鹿同車，籍藺工而佐讀；齊眉舉案，矢淑慎以持身。宜室宜家，自徵連理之瑞；鳴琴鳴瑟，應獲偕老之歡。無何變起秋風，情傷旭日，方咏四年以同夢，旋悲半世之孤帷，而國翁逝矣。命乎？天乎？

賢母自洗紅妝，長辭青鏡，裙布荆釵，克勤克儉。奉二人於堂上，以婦代兒；撫孤雛於膝下，將母兼父。脱簪典帨，甘旨無虧；畫荻丸熊，義方是訓。督令子楚璧工舉子業，雖獻玉未售，自嗟久困蓬蒿；幸片羽光流，共慶名登六府。而且家道日益隆，後嗣日益熾。一堂四世，綿德澤於無涯；子孝孫賢，膺福祉於有慶。非三十載茹蘗之苦，何能邀彼蒼之眷顧於今日也。以故知賢母不克與國翁相守白髪，命也，亦天也，不知者或爲賢母惜，而知之者或爲賢母幸。將來恩綸寵錫，流芳奕禩，拭目可竢耳。

余與楚璧素忝文字之交，深知節母之賢，因不揣固陋，掇蕪詞以稱不朽云。

時乾隆丁卯八月望日。

冒芥原先生暨德配丁夫人五十壽序 家譜

黄國豫

今乾隆壬辰小春之九日，芥原冒先生與德配丁夫人合稱百歲，吾黨知己之士咸采籬菊、折嶺梅，舉酒爲先生壽。而先生顧有戚然不樂者，謂余曰："子不憶吾四十時乎？彼其時即以椿萱早凋，芝蘭不茁，青衫落拓，寒氈坐困，堅辭諸君祝。然弱弟未歿，天倫猶可樂也；小姬在侍，似續猶可冀也。今何如哉，奚以壽爲？"余曰："唯唯，否否。天之位置賢豪，非偶然也。必使負非常之才，樹非常之德，而又使處無可如何之遇，堅百折不回之心，而後才爲全才，德爲全德，因以壽其人於不朽，而福爲全福。"

余聞先生幼號神童，一目數行下，過輒不忘。父母愛最深而教最嚴，四齡受書，八歲能文。年十三，即被服爲博士弟子員。自少至老，手一編弗釋。每睹先生興酣落筆，滿紙雲烟，吾黨士畏而慕之，以爲當掇巍科、取青紫以去。顧老於諸生三十年，始食縣官餼。中間或以文章薦於棘院，或以優行舉於臺使，皆不遇。

初謂功名可立致，而功名數奇矣；最爲父母所鍾愛，而父母棄養矣；兄弟無相尤，而式好之蕙園早歿矣；桃葉渡江而蘭夢無期矣。窮愁潦倒，滿眼牢騷，胸中塊壘，有酒難澆，昔日之豪情逸致銷磨殆盡，無怪乎乖時忤俗，使酒罵坐，歌哭無常，咄咄書空，而見於筆墨者，大半多變徵之聲也。

然先生之遇誠窮，而先生之才與德，固人所不能及。先生於書無所不讀，經史子集外，九流百家諸雜技無不講明而切究，所纂述凡數十萬言。余嘗合計吾黨中，有讀書多，著作富，才兼文武，藝擅多能，如先生者乎？歲在乙酉，迎鑾獻賦，沐恩賚，有草野書生得邀睿賞如先生者乎？鄭使君聘修邑乘，表微闡幽，筆削嚴於衮鉞，一時秉筆諸賢，有號稱良史如先生者乎？侍父母疾，九月未釋衣，呼天祈祐，迄如所願，有至孝通於神明如先生者乎？豪家陷其仇，欲引先生爲助，賂以千金，斥弗納；業師無後，訪求遺像，奉祀勿替；故人薄宦，旅櫬無歸，先生傾囊卹其孤，雖妻女受飢寒不顧，有肝腸如雪，意氣如雲如先生者乎？

匪特此也。蕙園早歿，遺孤在抱，君家宗祧不絶如綫。而先生與夫人鞠育教誨，無異所生，以不負蕙園負托之重。今藐孤依依膝下，抱卷長吟，藹然父子，是先生無子而有子也。抑又聞之，先生去秋值家庭之變，幾不獲保先人一抔土，十世相傳之敝廬，已有繞樹三匝之嘆。而先生中夜徬皇，拮据捋荼，卒能義感旁人，復全故物。今者守此老屋，保此殘書，與夫人虀鹽相對，荆布偕老，上不墜祖宗一綫之緒，下以啓藐孤百世之基，先生其砥中流而不朽者與！有是才乃成其德，有斯德益顯其才，而其福豈易量哉！

余讀君家族譜，如中丞、方伯、憲副、司李諸先輩，或早達，或晚成，皆負大才，立大德，亦皆享大年。而君家自長史公以及尊甫孝廉公，忠孝節烈，世有令德，亦世登上壽。先生之才與德不愧前人，則先生之壽應亦不讓前人。況五十纔百歲之半，將來耄耋、期頤，不過君家舊事耳。吾知他日者掇巍科、取青紫，藐孤成立，子姓蕃衍，繞膝而上康爵，先生與夫人黄耇台背，以膺無涯之福，固可預決於天矣。至於目前之遇，亦天所以位置先生而將降大任者也，吾爲先生慶而不爲先生戚也。菊饒晚香，梅舒新萼，先生其酌此大斗無辭。

冒芥原先生暨德配丁夫人六十壽序 家譜

吴廷燮

立天地之中而爲人，非徒以富貴功名顯也，必其德行節義才品足以繩祖武而傳不朽，斯不愧爲祖宗之令子，即不愧爲天地之完人。

皋邑冒氏，代有聞人。其載於史乘者，或以孝友，或以義烈，或以天爵自貴，典型鄉曲，如仲彰處士、永宗聘君、潤野長史、季昭文學，以及予懋茂才、廷榮孝廉諸先輩，往往名垂不朽，年登大耋，天之報施善人非淺也。凡此數公，皆芥原先生之所自出也。十數傳而生先生，其孝友同，其義烈同，其天爵自貴，典型鄉曲，無不與之俱同。

縣之尉曰薛、曰曹，皆與有舊。薛之死也，櫬不能歸，先生傾囊卹其孤；曹之去也，貧甚，先生待之如薛。業師某先生卒無後，爲訪求遺像，歲時祀之。有故家孤女被鬻，先生至其主家，婉諭之，其主悟，立遣還，乃爲擇士族嫁之。又師某先生爲强有力者中傷，歲暮逮繫，先生雪其冤，强有力者無如何也。族婭困乏無告者，袖館金周之，不索其償者屢屢。其即乃祖茂才公之毁家拯友，以成孝女之名；厥考孝廉公之寧誤會闈而護友櫬之歸者，與侍父母疾，晝忘食，夜忘寢，祝天求代，疾竟愈，及母歿則睹盧橘而不食，父歿則却箜篌而弗御，蓋數十年猶一日也，與文學公之露禱減算，而香芝生於母室者有異乎？仲弟早卒，恤嫠婦以全其節，撫藐孤以底於成，與處士公之代姪從軍而訓姪掄魁者無異也。

先生才思宏放，每有著作，援筆立就。泮遊時纔十餘歲，已而食餼，而獻賦，而膺聘纂修，而薦舉優行，稍肯脂韋以干譽功名，當不止是。而先生年踰五十，即不與棘闈，孺人稚子，相對怡然。暇時偕同社諸輩，拂箋作字，擊鉢成詩。禪房道院，往往多手迹。識者以爲有永宗先生授官不就，萬卷自樂之風焉。

先生少時頗善滑稽，揮麈霏屑，四座盡傾。壯而雌黄題品，不少假借。五十後方領矩步，語笑不苟，與父言慈，與子言孝，與兄弟言友恭，承學之士多所造就，有捷高第以去者。行道之人，童叟婦嬰，無不識爲芥原先生。稍有不善，皆相戒勿令先生知。此其品望爲何如，即長史公高於國而賓於鄉之遺範也。

修城之役，勸富家設義塚，請於邑令，盡遷城下暴露之胔。此其才德爲何如，即孝廉公因歲飢而請募夫濬河，以工代賑之良法也。至其復先人之敝廬，稱良史之筆削，諸多懿行，則黄子越艇、冒子柏銘所爲五十壽序中言之頗詳，兹無煩縷述矣。

先生今年届六十，丁夫人亦同庚。夫人有淑德，善相其夫。同人作詩文如干首介壽，多麟炳之篇，然各道其一得。而余少先生十一歲，與先生交最久，稔其祖德最悉，雖未敢以知己自任，或亦言之稍詳且備。與夫以祖宗之德行節義才品，不藉功名富貴以傳不朽，而積厚流光，篤生先生，後先相望，若合符節，《詩》曰“繩其祖武”，先生有焉。則壽臻大耋，白首齊眉，亦自有同符於先世者。積善之家，必有餘慶，天之所以報善人者豈淺哉！

時乾隆壬寅小春九日。

冒棠仁六十壽序 家譜

范　駒

人之享茂齡，登上壽，固天之厚畀之哉，亦德足以自致也。故五福一曰壽，而即要之於攸好德。德者福之基，德者德之應天人交協，歷歷不爽，而孝弟又德之大端也。

今歲十月朔日，棠仁冒先生六十壽。里之賢士夫、鄰郡邑之賢士夫，冠蓋屬道，靡不稱觴壽先生。先生弗當也，顧命序於駒。先生於駒爲表叔行，駒曷敢以不文辭。

初，寄亭公娶於范，爲駒祖姑母。冒與范故世戚，而先君子尤雅重先生，往往稱道其内行，以爲訓予，小子得耳熟焉。

冒爲臯邑右姓，其先文樓公以明經歷官德慶牧，祀名宦。孺文公以孝廉令安陸，守永平，傳載邑志。厥後世世書香弗替，先生其裔也。大父撝庵公爲邑名宿，有幹濟，慷慨好義。嘗肩力分纂族譜，時論韙之。寄亭公承家學，以祖德佑後人，顧老於場屋。性磊落好客，善詼談，觴咏常達曙。

先生與伯兄侍無惰容，事事先意承志，盡菽水歡。會公疾，先生衣不解，目不睫者若干日，不自知其憊也。及歿，哀痛逾孺子。事母孺人亦如之。營喪葬諸大事，竭情盡慎，不以貧歉禮。人或稱其孝，則蹙然曰："是安云孝，吾第行吾心之所不安耳。"蓋至性之過人也遠矣。

少與伯兄齊名。伯兄仙璈先生有聲黌序，壯歲浩然爲閩粤河洛之遊，先生屏當家事，翼猶子至成人。兄歸，友愛彌篤，白頭壎篪，不減推梨讓棗時也。數十年同居爨，人以爲有姜肱、薛包之風云。

邑武廟頹坍，邑人欲新之而艱董率。先生慨任之，鳩工庀材，躬自紀理。又城東錢家橋圮，人病涉，又集賢橋，故冒氏所建，俗謂之冒家橋，歲久亦壞。先生以力倡，並奔走醵金而底於成，完固視舊有加。族譜自慎幾、撝庵兩公續輯後，支庶日繁，先生悉心訪求，偏歷城市村落，手鉛槧以從，俾登記毋遺濫，以竟兩公之志，寒暑跋涉弗計也。

先生負倜儻才，富經濟，先輩多以國士相期許。苟展其世業，得所藉手，蔚爲邦家光，亦安能測所至者。乃僻處海隅，跧伏丘園，既老且貧，疑天之待善人如此其薄，而先生意自若也。狷介自持，不爲境界，勇於赴義，任勞怨無怠心，排紛難無德色，遇豪彊必理争，而待人又和易如飲醇。以故里巷婦孺無不識先生者，親族友朋無不悦先生、重先生者。

今杖鄉矣，强健如四十許人。由是而杖國，而杖朝，以馴致大齊。聖天子旁求老成，乞言惇史，視古典加隆，則玉杖蒲輪，先生其選矣。抑聞天爵之貴，莫如孝弟，作善降祥，惠吉如影響，理固然者。先生之德方，且壽世不朽，豈直區區享茂齡登上壽之爲可慶也哉！謹以質言奉先生，不知有當先生否。

冒立賢先生七十六壽序 河東十七世

胡連耀

冒氏皋邑之巨族也，東林公之裔多顯者，友松公之裔則多隱君子焉。顯者以爵貴，隱君子則以齒德貴。天下之達尊三，爵一齒一德一，蓋不得歧視而軒輊之。然以爵者得其一，以齒、德者得其二，則隱君子之貴加於顯者一等矣。伊古聖帝賢王，或貴爵，或貴德，從未有不尚齒者。爵，人爵也，齒、德，天爵也，齒貴矣。齒而輔之以德，則尤貴。況我世伯立賢冒先生之德，尤近代所不可及耶？

先生少讀書，精計學，長營實業，利己利人，求合古仁人之用心焉。貧苦親鄰，多方温卹，固已。嘉慶庚辰，淮安水災，飢民流離轉徙就食者塞途。先生設粥廠於路，自冬徂春，救活無算。其他施衣施棺善舉稱是。此先生拯飢之德也。

東陳地處要衝，大河前横，興隆橋傾圮已久，嘗有濟渡而溺者。先生惻然，謂人之溺由己溺之也，急起而建議規復。估工需鉅款，首捐千金爲之倡。躬董斯役而十月成梁，民不病涉，頌聲載道。此先生拯溺之德也。

古者稷思飢，禹思溺，其量周天下，誠仁矣。仁人在上，則濟四海之窮；在下，則造一方之福，其心一耳。天地之大德曰生，天心本不忍飢溺人，而顧有時而飢溺，不得不待拯於仁人。仁者，體天心爲心，飢之溺之而必欲生之。生生不已，生人即以壽人，壽人者天恒壽之。孔子曰"仁者壽"，又曰"大德必得其壽"，以理言，非以報施言也。而天之報施善人，斯理豈或爽哉？今先生宏拯飢拯溺之功，而介杖國、杖朝之慶，積德延壽，信有徵已。

世之飽膏粱、擁車騎，安然而享富貴，漠視飢溺之災，如秦越之視肥瘠。然其心不仁，其身未必不壽，雖壽亦徒增馬齒，曷足貴乎？孰若先生齒德俱尊，年彌高，德彌劭，壽固難能而可貴者乎？

鯫生濫厠詞垣，文字本不足以壽先生。竊藉祝先生之壽以壽吾文，敢珥筆而爲之序。

冒母吴太夫人七十壽序 河東十八世

黄元文

夫朱烏斑麐之祝，女師德象之篇，非不揚榷徽華，稱道洪爞，鈒鏤傳其芬馥，琅玉洽其德音。然而曼滂之庥，弗尚乎藻縟；旗翼之算，匪假乎頤真。是以秀毓桂宫，早傳仙眷；榮分花榜，共仰女宗。禔流慶衍，有由來矣。

惟我嬸伯母吴太夫人，彤史樹矩，玉臺緦芳。誦盤中之詩，消林下之課。僕鑒習勤，卻犀昆之文飾；禕纚協度，謝燕婧之新妝。其歸我衡麒嬸伯也，聆雞警興，挽鹿偕隱，蘭莅爲儀，藻蘋具潔。承色笑於高堂，厭㲉悉備；竭經營於每旦，斠斗必親。前耕後鋤，協趣而相得；抑墨揚白，極巧而無儔。固已覺摒擋之交瘁，勞捊益之多方。然而不極赼趲，猶不足覘翢譸之苦也；不遭蹎仆，尚不足顯葳䔩之捚也。

蓋當鏡晦鸞離，笛寒龍寡。太夫人爰靡笄歈慟，愈矢志於淵冰；露紒捐華，彌盟心於荼檗。顧以家貧幾赤，值歉歲而奚謀；口乳猶黄，撫藐孤而誰託。遂乃腸回湯涫，口閟碑銜。風閃燈青，秉述絇而凍合；月篩窗白，被須捷而寒增。時思永大兄方值髫垂，尤勤指授。荻既書而勖志，蓌更折以寓慈。念祖德之宜承，樓書萬卷；紹宗風而弗替，闔範三從。卒能麟角挺生，行徵罷罷；鳳毛繼起，才著駸駸。令子克家，愛日傍恒春之樹；文孫濟美，祥雲培及第之花。至於姪娣有藴習之稱，臧獲鮮苛嬈之細；門閭盎和平之氣，戚黨生歡喜之心。是誠石窌延卿，未足增其赫淖；鍾禮郝法，無所耀其軌儀也。

己歲十一月，養堂瑞集，舞綵筵開。文歷覼視者媥姺而來，樹頷鞠膪者膠脉而拜。元文誼篤維桑，夙仰壽人之穆行；蔭承慈竹，欽聞賢母之徽音。敢陳祓飾之詞，莫罄掞張之雅。卻值春回北極，傾梅斝而添籌；更宜詩補《南陔》，敞蘐幃而上壽云爾。謹序。

冒哲齋太守五十壽序

郭嵩燾等

天下文章皆可傳，惟壽文獨否，則以其詞諛，其事俗，非識者所樂觀，有道君子不爲也。

明年正月爲哲齋太守五十壽，吾邑侯筱珊其季弟也，欲余一言以爲贈。余曰："余不能以言悦人也。而欲余言，是不欲以言悦之也。言者不悦人，聽者不人悦，則據其實事以書之，亦君子所樂爲矣。"

憶余往歲撫粤時，君以公來謁，與談政事，謀謨經濟，通敏有餘，余心誌之。今年由海上歸，過香港，所接冠蓋之倫及布衣韋帶之士，咸翕然稱君不置口，故余得稽其家世並其政績特詳。

君固雉皋望族，當日水繪園中，文酒義俠之聲冠於三吴。淵源家學，何難早掇巍科。顧堂上兩老人不欲其遠行，徘徊春暉萱影間，循陔卒不忍别，遂棄舉子業，恒佐其尊人春山公於開平。時值天下多事，凡籌餉練兵諸大事，胥君是賴，正如魏公軍中有南軒也。

春山公居官不名一錢，捐館後其家數十口嗷嗷，惟藉甘旨以供母，餘則一飯一粥耳。每於更闌燈炧時，諸弟環列，聽講立身行己之道，又立庭規以肅家政，以故茹苦食荼，而一室中交相慰藉，固怡怡如也。

嗣受曲江書記聘，賊偪郡城，當事者悉其才，辟参軍事。事平，以縣丞留粤，援例得知縣，疊受知於吴少村、耆九峰、李星衢中丞。維時粤省稱難治者以潮陽爲最，好勇鬥狠，拒捕抗糧，其積習然也。而萑苻出没，又時有蠢動勢。往時長吏三四輩，率不勝任去。上官擇有威望、精吏治者任之，於是檄君往。其親知咸相謂曰："曷力辭?"君曰："不然。不擇難易而受任者，人臣之分也。此固非佳處，有義不及顧者矣。"

下車後，剔蠹除弊，清族辦團，整飭嚴明。向時桀驁之習，至是一變。查梅花村有積三十年械鬥之世仇，君單騎入其鄉，反復開導，彼此冰釋。又聞縣屬丈八車尾溪鄉等處，有著名匪首周朝賓、朱林氏等，以邪教倡亂，衆且萬餘，與髮逆丁太陽勾結。君乘其不意，部衆親毁其巢，胥置於法，人情大安。

同治間，泰西人請入郡城，士民遏之，幾成不測。時君已由潮陽移順德矣，天子以君素得潮人心，命隨布政使李君福泰往任其事，中外賴以得安。以一試令而能上結九重特達之知,人咸驚爲異數,而不知君平日之實心實政,實足以副之也。

君宦粤已三十年,歷任潮陽、順德、番禺、普寧、澄海,兩署潮橋運同,嗣署廉州知府。所至輒留惠政,垂嘉譽,勤民體國,鑿鑿皆有成效。余睹載籍,漢大夫韋彪之議曰"求忠臣於孝子之門",斯語豈不良然哉!余於君徵之矣。

先是,其先人春山公治乳源事,剿羅坑賊,歸遇害,倉卒中無以知其主名也。君宰番禺時,始廉得其進刃者爲邱河,現已竄身縣役中。君即請解任,往求之。上官憐其意,檄筱珊通守治是邑,遂得邱河及黨羽五人,駢誅之。蓋距春山公被難時,君兄弟仰天椎心,泣血枕干以求父仇者,十七年於兹矣。近世大夫習於姑息,迨至蔓延不可復制,猶瞻循而不敢輕試,安得如君兄弟者,芟除攘剔,良民獲安?又何患治之不臻於古哉?更何慮仇之必待於復哉?

君蓋勇於任事,精於料事,鏡燭犀判,動中肯綮。至於錢穀冗雜,榷務錯綜,人苦絲棼難治,君則條分縷晰,若網在綱。今已由直刺晋太守加三品銜矣,年僅及艾耳。君其務此遠大,毋負國家任重之典,并慰余交相鼓勵之心,所進豈有量哉?

若桓者,同治時開藩江右,與君家伯兄月川有寅誼。近年筱珊公祖官吾邑,飫聞君之政績行誼,惜未見其人也。欽挹之餘,亦例得颺言於簡末,以佐諸君子南山之兕觥焉。

冒伯棠六十壽序 范伯子文集卷八

范當世無錯

自余出而試童子,則與如皋人士相接。若伯棠者,吾嘗兄事之。冒之先曰巢民先生,與吾先人十山公同時,以文采相尚,稱邦國間二百年弗衰。余自幼而樂聞之,故私心尤親伯棠,以爲冒亦至今存也。縣人三年中,必四至州,伯棠挈其徒友及身自與試,則吾必旬日過其廌廬,從言笑爲樂。其後吾辭學官而出游,而伯棠亦舉於鄉,乃間别二十年,不復相見。

去年冬,得見於州,則伯棠之子與吾子並補學官弟子第一。吾好譽其子,而伯棠獨譴訶其子之文,更用此相譏謿,以爲笑樂,然其意興各不如初矣。

今年春,伯棠來吾家,告余以年且六十,而問余所以壽之者。余始愕然,已而尋其年,則良是,因益嘆流光之易過而少壯之未能以一瞬,太息久之。然我以爲若伯棠者，亦且無憾於其將老也。吾嘗言之矣，内保其家，外淑其鄉，古之賢哲未有過此者。且夫世變愈大，則成功愈難。士大夫雖欲出其死力以與時争，終不能有裨補於世，或不勝其激烈之行以蹈危而陷害，此猶其上之上者。自餘文學聲譽之衆，慮無不臨難而變節，半途而喪志，外擁其所既得以塗飾耳目，而内苟焉以取隨俗之富貴。不幸而敗，必有猥賤之行，爲一世觀笑。幸而不至於敗，彼其氣已薄而性已漓，亦不足以長養其子孫而感孚其鄉里。以余二十年所見，四方達人長者，愛之而不信，觀之而不洽於心者，亡慮皆以此也。嗟乎，此巢民先生與吾先人之所爲，所以逮今思之而卒未有以易焉者也。夫名愈高則身愈危，二公之初亦幾不免於世禍。然其卒也，竟能以貞悔自全。鄉人徒豔其文采耳，抑具孝弟敦睦之行，父老傳之有不可誣者，斯足則也。

余既好樂二公之所爲，而身自惴惴焉避名逃利之不暇，則伯棠毋謂我有遠圖也。吾且樂推伯棠之爲人，在不顯不晦之間，不營於財亦足以自給，有文以昌其徒，有德以貽其子，丈夫不得爲於世者，若此亦庶幾其可矣，何多求哉，何多求哉！請以爲壽。

如臯冒君鶴亭七秩壽序

唐文治

元默敦牂之歲三月之吉，執友如臯冒君鶴亭七十攬揆之辰。於時躋祝者濟濟蹌蹌，名人咸集，冒君肆筵設席，醴酒勸酬。酒半，文治執爵而起，曰：

余與君交數十年矣，相知最稔，不可無一言以爲君壽。竊維乾坤正大清淑之氣，旁薄扶輿，雖當温蠖之世，不容稍有泯息。有明之季，陸、陳、江、盛四先生講學於婁東，顧亭林先生講學於玉峰，復奔走榆關，登臨長白山，測驗雲物。惟時如臯冒辟疆先生闢名園，開講座，延攬諸大儒講貫其中。迄今讀桴亭先生《水繪園講義》及《與吴白耳書》，爲之神王。而吴鹿樵先生文集中亦屢道冒園之勝，高山仰止，景行行止。昔我先正言明且清，古今人何遽不相及耶？

君秉正大清淑之質，官農工商部時，與余最相契。其評論時事得失是非，謇諤不撓，悉當於理，可謂鐵中錚錚，庸中佼佼者。前與余同徵經濟特科，均不就。當是時，崇明王丹揆先生暨閩縣王君幹臣、吴縣單君束笙諸賢畢萃，識者僉謂人才之盛，無過於農工商部。厥後載育周尚書既罷,丹撲及余均丁憂去官。洎乎養親事畢,遂隱居不出,在《易・蠱》之上九,曰“不事王侯,高尚其事”,《遯》之大象傳,曰“天下有山”。蓋天之與山相望而不相接,若君之高尚肥遯,亦可望而不可接矣。比年以來,與余同隱滬濱,每一相見,盱衡往事,俯仰流連,顧瞻周道,中心怛兮。試問大江南北,尚有桴亭、亭林其人者乎?而緬君高躅,則與辟疆先生後先媲美,文章爾雅,足以矜式藝林。《詩》曰“俾昌而熾,俾壽而臧”,又曰“宜爾子孫,振振兮”,君喆嗣皆聰明英跱,通貫中西學,他日期頤之慶,孫曾繞膝,《天保》之頌,如松柏之茂,無不或承矣,而余更有進焉者。

昔子輿氏生戰國之世,自言其志曰:“正人心,息邪説,距詖行,放淫辭,以上承往聖之傳。”今世一大戰國也,析言被律,亂名改作,卮言襍出,不可殫窮。欲拔其本而清其源,非講學以救人心不可。窮則獨善其身,達則兼善天下,此亭林嘗引之,以況桴亭篤實君子,豈虚譽哉!然則吾輩今日彊爲善而已矣,樂善不倦,非所敢任。若夫雞鳴而起,孳孳爲善,不敢不勉效舜徒也。心有不足,以力濟之,力有不足,以口道之。善氣充塞於天地之間,吾國庶有豸乎?敢晋一觴,以爲君壽,且與君勗勉之。

祭故處士冒彦釗文 家譜

張　任

維皇明天順歲次壬午三月四日,邑儒學訓導張任等,敬以香帛之儀,致祭於故處士冒彦釗先生之靈曰:

惟一鄉之善士,乃士譽之所歸。繄東皋之隱君,爲吾鄙之親依。當躬耕於清時,甘家食而不悔,爲畎畝之逸民,飽自然之良貴。曰吾與物而無競,亦於事而何求?視刺史之高衔,足縮縮而卻游。誦先人之遺書,撫知心之緑綺,對兩闥之晴曦,懷古人而樂只。或故交之見訪,剪春韭而命觴,呼稚子而來前,歌野調而徜徉。雖一命之不沾,衍後人之餘慶;有虞廷之鳳毛,文五彩之相輝。宜三釜之榮養,忽短景之相催;方夢蝶之未覺,奄化鶴之來飛。聞訃音而淚漣,感數年之蘭益。率僚友以臨棺,想英靈之有識。惟全歸而無愧,雖隱逸以何傷。哀衷腸之凄斷,嗟俯仰之茫茫。

祭冒文瑞文 家譜

張　宧

維皇明弘治十一年戊午二月二十七日癸巳，南京兵科給事中張宧、禮科給事中章應，各道御史王中、李嶽、楊遜、李情、何歆、夏時、趙俊，太常博士王紹，行人司司副秦文，大理寺寺正朱璣，司副王慶、王純，各部主事陳元、陸相、范祺、孫徽、陳時憲、黄鑠、王應登、曹恕、劉景寅、湯佐、黄信、陳腆、徐守誠、劉演、黎堯卿、查嵓、鄒韶，謹以香帛牲醴之奠，昭告於故上舍冒文瑞先生之靈曰：

先生質嶷而聰，才美而通，承先人盈囊積架之書，踵奕世濟人利物之風。樂芹藻之宫，刻意以究三禮；應關陜之詔，傾囷以賑疲癃。賢路馳聲，志若金丹之轉鼎；民曹試政，勢如蒼精之飛空。殷勤教子，期於顯庸，甲科揚芳，足彰厥功。嗚呼，先生方仰空北郡之驥，鳴西歧之鳳，竟爾夢藩封之蟻，值歲運之龍。不憖如此，天道曷公？陟思親之堂，謦欬如在；觀譜牒之書，德誼可宗。宧等忝與令子寮寀協恭，忽爾報訃，有私忡忡。莫執紼以襄禮，聊致奠以盡衷。高丘狐首，庶幾令終。敢告。

祭姪文瑞文 家譜

冒　鑑

維皇明弘治十一年十月癸亥朔越二十三日，叔鑑統男政，謹致奠於太學文瑞之靈，而爲之詞曰：

嗚呼文瑞，性資明睿，恒極力於儒編，每忘情於黼繪。大者夫既得乎天貞，小者亦奚恤乎勿遂。況佳音之肯堂，將籲天而錫類；於前呵而塞途，曷後傳而罔墜。嗚呼文瑞，吾斯之貴。悵十起之莫酬，誄一詞之恐未。獻巵酒之清芬，偕涕泗而交酹。眷英魂之有知，庶我臨而我慰。

入主告高伯祖福建左參議得庵府君文 拙存堂文剩

冒起宗

於鑠我公，舟航聖瀆，懿矩端儀，邦家推轂。豆籩久薦於泮宫，詩禮克傳於後服。先君裔孫，率行私淑，半俎分榮，同堂尸祝。兹入主以祠春秋，緣修虔而遡水木。牲醴式陳，英靈在目。

祭麟郊叔祖文 存笥小草

冒日乾

昊天不吊，荼毒洊臻，先君即世，叔祖繼傾。時纔踰月，喪我兩君，籲天控地，痛巨創深。嗚呼，去歲且除，先君伏枕，叔祖臨視，日三及寢。今兹季夏，先君易簀，叔祖撫棺，拊膺歆泣。曾幾何時，而叔祖亦溘焉長逝矣。

嗚呼，先君之與叔祖，髫而習藝則同塾，長而采芹則同時。既先君倦遊懸車，而叔祖亦謝博士業，同老林下，臭味相許，好惡共之。蓋先君之視叔祖不啻父，而叔祖之視先君褎然子姓中獨稱異數。乃今日竟不舍而相繼從遊於地下耶？嗚呼，我家不造，運丁式微，爰有叔祖及我先君左提右挈，以共支大厦，而今俱已矣。人之云亡，邦國殄瘁，此固我宗之所僉痛，而奚獨二三孤也！

某等痛我叔祖，更痛我先君，昕夕號躃，不欲有生。我叔祖與先君聚首九原，倘亦念孤等之茹苦，而奈之何不一返顧乎？

傷已，傷已！玄宫告成，諾朝就穸，音容逾邈，幽明長隔。悠悠我思，曷其有極！

廣生謹案，麟郊公諱承禎。

遷葬文樓府君祭文 存笥小草

冒日乾

吾聞之，古不修墓，遷葬非得已也。蓋得地而不得穴，與不得地同；得穴而不得其葬之法，與不得穴同。

始我父之葬於斯也，譁于衆嚻，誤於淺術，内不獲乘地之脉，外不能盡地之形，若美錦而使拙工學製焉。不孝痛之惜之，怦怦忡忡，心如懸旌，而無所終。薄屬有天幸，獲遘異人，靈心巧目，世罕與儷，此我父在天之靈不棄其孤而默騭之也。

遂蠲是日之吉，啓墓更窆，提穴就上，易向指巽。環睇川原，四面拱揖，巋然大局，雅與地稱，皆謝君所點定也。

嗚呼，自襄窀穸，二載于兹，不謂今日復憑木焉。顧瞻戀慕，何能遽舍，愴痛嗚咽，若在初歿。今而後，永不得見我父矣！終天之恨，曷維其已！嗚呼痛哉！

先妣封孺人襄事祭文 存笥小草

冒日乾

嗚呼，吾母奄棄兒等，幾一年于兹矣。夫吾母之愛兒，鞠之育之，喘息相通，恩斯勤斯，纖悉必到，何嘗一日釋諸懷者，而今已矣。然以吾母愛兒之心，不以生存，不以亡亡，其睠之騭之，固未嘗一日不在側而痛也。視不見，聽不聞，使兒等怳怳焉惝惝焉，入靡稟承，出鮮歸赴，其處若昧，其行若遺，悁悁心目，覬于寢寤，一髣髴覯之而不可得也。痛哉，痛哉！此兒等所爲廞天搶地，椎心泣血而不能已已也！

兹將以八月丁酉奉吾母，啓父壙而合焉。母櫬在堂，猶母是依，母今往矣，長無見期。莫罄烏鳥之報，祇深風木之悲，捐身奚贖，竟死何稗。嗚呼痛哉！

先妣封孺人忌日祭文 存笥小草

冒日乾

吾母何往，再周蓂莢。日月斯邁，音容莫覿。哀我之思，腸爲寸坼。緬想吾母，生平閲歷。少不識姑，茹荼孔棘。既而宦達，稍舒喘息。榆景居孀，兒女罣臆。甘苦相乘，悲愉遞易。七十年中，如駒過隙。宛其逝矣，都成陳迹。惟兒憶母，撫枕追昔。一一屈指，盈盈淚滴。母今安在，與父同宅。靈爽耿耿，鑒我凄惻。忌辰布奠，悲痛何極。魂無不之，冉冉並格。

祭環川叔文 存笥小草

冒日乾

於我文祖，憲憲令德，肇基于東。爰自勝國，以迨熙朝，渢渢大風。世閲十二，年垂三百，席豫履豐。代有膚敏，或仕或隱，以亢厥宗。世德淵源，藴而愈啓，篤生我公。内行淳備，其儀不忒，天授自衷。事親洗腆，不難色養，有婉其容。友于兄弟，伯塤仲篪，其樂融融。愛而能敬，化浹刑于，雝雝在宫。有典有則，詒孫翼子，桂挺蘭叢。樹德務滋，能者輻輳，先業益弘。力勤服儉，敦詩悦禮，累仁績功。與物無忤，有諾不宿，爲謀則忠。急是務周，阿不私好，善與人同。式兹四國，咸薰其德，仁讓是崇。年幾衛武，勗哉有斐，猶不釋恭。清時憲老，屢賓于序，羽儀寰中。廉頑敦薄，彦方之儔，葛天之氓。碑題耆德，稱曰大老，令名弗礱。光我宗祊，佑啓厥後，世澤靡窮。

廣生謹案，環川公諱藩。

祭叔母陳孺人文 存笥小草

冒日乾

女僑造姒，大任興姬。展矣内助，陰教咸熙。粤我文祖，啓土於東。保世滋大，皇皇列宗。代有淑媛，爲之内主。壼政靡忒，映帶前古。於維孺人，聿嗣徽音。婦德既備，母儀孔昕。夫子修姱，在璞未琢。力勤服畬，寬鄙敦薄。孺人曰嘻，與子偕隱。子耨予饁，前肅唯謹。是穮是蓘，胼胝污萊。穰穰滿家，郄車而載。濁氏連騎，張里擊鍾。篤我世祜，蔚然素封。雖夫則賢，成之以德。緊誰相之，孺人之力。矯矯哲胤，才堪倚馬。翩翩孫子，汗赤如赭。孺人訓之，一經在笥。機杼佐膏，捐珥修贄。謂汝晏安，鴆其可懷？豈不曰慈，勞以爲愛。遂以夙夜，不替令名。光我先業，旦夕青雲。錫類不匱，教成則奇。遡兹式穀，孺人之貽。吁嗟淑問，久而彌光，鴻妻侃母，異世同芳。昊天不吊，寶婺遽沉。閫範猶在，不居者形。藐余小子，世德是遒。痛兹殄瘁，匪夷所謀。乃虔楮柏，釃酒盈樽。瞻彼丹旐，泣下沾巾。

廣生謹案，孺人當是奉麟公配，麟郊公之子婦。以義元公有《祭麟郊叔祖文》知之。奉麟公諱守信。

伯考舉殯祭文 拙存堂文剩

冒起宗

崇禎九年，歲在丙子，仲冬六日，是爲伯考承德郎中垣府君歸窆期也。期服姪起宗，業已吞聲選石爲之誌，纍纍千言，幾於一字一泣矣。然而恩蒂綿延，情絲糾結，猶覺纍纍者未足以盡意也。爰於十月廿八告期之後一日，率其子功服姪孫襄，謹以剛鬣柔毛，清酤庶羞，而哭祖於楷前。曰：

榮隕絶續，有命自天。無忝所生，蓋棺何恨。以吾伯考之含貞履厚，周甲子，終正寢，越十四禩而歸藏於附郭方里，目營手植之佳城，侍吾王父母於夜臺，可謂無辱無虧，既順且全矣。夫十四禩以來，未嘗(十)[一]夕不見吾伯於夢也。至憂喜關心、利害着體之事，其見於夢也尤數。而今乃遲遲其歸藏，非人哉起宗也！罪不在嗣孤矣，乃起宗之慘遘哀悰，固有哽咽而不忍出諸口者。廢立多故，詳之誌中矣。

曹南代匱，目斷倚閭，竊冀量移過里門，當從吾父以襄大事也。天期驟迫，去九月之朔，奪吾父矣。徒跣奔喪，尚有踰七無恙之母在，而吾母亦時命之曰："爾伯送死大事，惟爾是視。爾雖雞骨支牀，忍痛相度，而厝爾伯於安，固所以慰厥考心也。"嗚呼，斯言猶在耳也。今九月之六日，忽又喪吾母矣。父喪而千里不及一面，母喪而覿面不聞一語，百身莫贖，怙恃交違，天邪，命邪？何使我至於此極！吾伯在冥冥中，憐藐孤而爲之黯然揮涕，可知也。

日月有期，改筮非禮，既鮮多歷之臧獲，忍委諸瞪目之嗣孤。事無纖巨，一一擘畫，于不欲有生時，腸九回，心寸裂矣。所幸内而共祖之諸父諸昆，外則三黨懿親，無不周旋而惠教之。詎惟矜在疚者之不能，則以吾伯之誠心質行，有終不可諼者。故欷歔相對，輒惜伯道無兒，時而酸鼻傷心，又竊嘆皇天無眼，其與一廢一立之際，或髮指而執言，或手引而從臾，生死同此情也。況乎猶子而無異於子者，其又何以爲情哉！乃更有乞靈吾伯，而轉籲之吾王父母者。

自吾伯捐館後，而門第猶昔，單弱已徵，起宗雖幸竊禄於朝，譬之田園半蕪而枯楊生華，無稗大有之數也。書香蕃衍，實在後昆，而嗣孤幼未識面，弱植是虞。任怨任勞，起宗不敢謝其責，而能無望於陰牖其衷乎？

嗚呼，丹旐在庭，撫棺顧影，嶽然者貌也，戟然者髯也，目流光而若睠，耳垂珠而若聽也。温若薰風之驩笑，拳拳亹亹；披肝瀝膈之話言，恍然若無，不可承也，而呼之寂然矣。向者一餀一核，不入起宗之口不甘，今雖五鼎百豆積案盈卮，欲一沾吾伯之唇不得矣。其令毁瘠之子何以釋憾於人間乎？

而今而後，春秋昭事，當奉吾伯吾父共享於一堂，以少畢如生之一念。自是在家在邦，一惟守清白之教，毋敢辜天負地，墮名節以辱我先人。意者吾伯之屬望於起宗者，其於在是，而舍是無可報乎！若伯之存也，田宅如故，伯之殁也，宫中若洗，途人難告，九原有知，又不得不于來格時明訴之也。嗚呼痛哉！

名宦祠祭先大夫文 拙存堂文剩

冒起宗

我先公誥封奉直大夫元同府君，入祀於江西赣州府會昌縣學之名宦祠，蓋崇禎十年丁丑仲春二日也。越己卯孟冬廿六日，不孝子起宗以赴嶺西分巡道任，取道赣州，陸行三百里而至其地，乃陳牲設醴，拜告於神位前。曰：

士大夫處於家，則膝下者吾子也，出而司命百里，則宇下皆吾子也。損其子以益其子，則必干鬼神之怒，或目未瞑而流離，或肉甫寒而狼狽，而并州之笑罵者，且遥聞而快之，何禋祀之與有？嗟乎，墨吏而何可爲也！

我府君之令兹邑也，始萬曆癸丑歲之八月，其奉王母諱，垂橐以歸，則丁巳之首夏也，時起宗之衿青青矣。府君以一第限於天，而誓不肯以人品事業爲資格所限，凡不可以告天告人者，皆有所不爲。每自公退食，則必述其理何訟，治何人，談冤抑則淚承睫，數暴横則髪上指。其品題諸士而與之商制舉業也，則以寸心千古爲定論。而間遇同室操戈，帷箔燭影之事，則必爲之曲劑徐調，俾無傷其心而歸於好，以法古人閉閤之義。若夫建學造橋之大利害，則與之相終始者，起宗每侍吾府君，從旁翼贊，無一不當其意。府君時拍案喜曰："仕優則學，今吾父子間皆學也。"又嘗曰："做官到底終有敗時，但不可墨敗。"嗚呼，此言歷歷在耳也！歸而昌人業生祠之矣。

逮崇禎甲戌，距奉諱之日，歲凡二十易。府君是歲方就養於銓署，而風聞請祀名宦矣，亟命起宗馳書止之，謂："昔者吾自盡吾心也，何樂有身後名？"起宗徐應之曰："此風聞耳，姑聽之。且私計天下固有叩之而未必應者，昌人獨非今之人哉？"亡何，府君令終于亥秋，而祀典尋告成于丑春。逮既成，而始得聞其詳也。有心哉昌人乎！豈惟敦厚道，行古道矣。昔者經之營之，今也俎之豆之，應含笑而歆之矣。

猶憶令終時，起宗適以治兵羈西魯，含殮未視，竊負滔天莫贖之罪。而今也天假之塗，俾從庚桑地，告虔聖廡，躬薦馨香，而因得與宇下舊子弟洒淚臨風，追述種種諸治行，一如退食時所得聞者，或亦九洲鎮三百年來之曠事。而是秋一鶚横空，開科第之荒，叶二十六載鼎新之兆者，固當日品題中佳士也。有所開而必應之，自是鵬搏鳳翥，叶應風雷，我府君貽之以千秋，而昌人亦報之以百世。矧名宦鄉賢一時並舉，以視孳孳爲身家地者，損益之數何如哉？

夫施德者不徵報，我府君信心率性，固未嘗以德居，即以報施論，而廉吏亦何不爲也耶？宫墻對越，語不敢及其私，在上在旁，神之聽之。

會昌縣生祠祭先大夫文 拙存堂文剩

冒起宗

不孝子起宗奉勅分巡嶺西，由虔州而入會昌，是爲我府君之舊治。起宗齋謁聖廡，盼響若承，載瞻生祠，哀喜迸發。乃跽爇寸香，百拜輸辭曰：

於惟吾考，才飛學績。壯志未酬，爲親捧檄。潘輿夙御，作宰九洲。台小子侍，養志優游。蘭堂松室，趨庭身際。百可春風，兩亭課藝。光流景逝，時勞夢尋。重遊道故，視昔猶今。

士曰吾考，復田建庠；氓曰吾考，拯溺輿梁。或曰時雨，步禱立沾。或曰掩骼，枯骨舉安。訟不行謁，役不逮良，巨憝斂迹，覆盆見光。或曰固圉備修民晏，或曰肅弊鋤强植善，或曰儲社祲有餘粒，或曰徂艱囊惟琴石。臨流榱桷，畏壘明禋，春秋二十，丹蔭穆森。兒傷風木，絶意浮名，詎期英爽，兩地式憑。曩巡西兖，中丞舊履；玆道章貢，桐鄉故處。廟貌更新，欒只群情，几筵俯視，存著益興。北堂棄兒，聿來弗將，百身奚贖，亦懌無疆。

兒只尺耳，宵夢允達。陰牖其衷，憒啓矇發。無曠厥職，乃答君恩。鄰曰無曠，考亦令聞。公言我私，我心孔悲。家常質語，度思格思。

入主告匶文 拙存堂文剩

冒起宗

顯考誥封奉直大夫元同府君既於崇禎十年孟春六日，以名宦崇祀于舊治之會昌縣。越仲冬，廿有五日，復將以鄉賢入主於本縣儒學之公祠。一歲中而兩大典具舉矣。孝男起宗，率孫襄，謹以楮帛醴羞，先一日虔告於吾考，暨吾妣宗太宜人之靈前。曰：

夫壽而終於寢，殁而祭於社，此人所不能必於其鄉者也。畏壘未已而澤宫，蓋棺未幾而從祀，此仕宦不能得於鄉邦者也。今幸並得之矣。其所以並得之者，則皆不期而得之。蓋此兩者，雖孝子慈孫，不克要致于其親，即令得之於要致，雖榮，辱矣。士民懷舊德，而宗黨無間言，所從來遠也。至於時操井臼之勤，日效韋絃之益，從官無慚曳業，扞寇每勵抒丹，則煌煌鳳誥所以旌吾妣也。而吾妣五十載交儆相成之德，焉可泯哉？今者陳牲列俎，衹覺百年短而千秋長，然國典巨矣，而子道終虧，此起宗茹痛含辛，不禁淚下之如雨也。吉期穆卜，廟貌鼎親，惟吾考居歆焉。

先考鄉賢入主告文 拙存堂文剩

冒起宗

於惟吾考，處行直道，出懋循猷。名宦嘏祝於九洲，鄉賢祔秩於黌序。天道弗爽，懿好彌彰。兹當迎主之期，肅展安神之禮。所冀靈承茂渥，昭格時蒸，垂裕後昆，永光百禩。

先室盧宜人誕日祭文 存笥小草

冒日乾

嗚呼，此日何日乎，宜人設帨之日也。自吾與宜人爲伉儷四十四年，五旬以前不具論，自丙辰謁選以來，歲星一周矣。宦轍參差，世途巇險，其間吾夫婦並坐，受兩兒諸孫拜祝于膝前者，纔乙丑歲一年耳。歲舍丁卯五月望後一日，宜人花甲正一周，方擬與宜人舉觴稱慶，兒女子咸計日以竢，而不謂宜人于一月前溘焉不少待也。嗚呼，孰知夫班彩之爲衰麻也，孰知夫兕觥之爲楹奠也，孰知夫綺席之爲蕙帷也，孰知夫翟紱之爲楮衣也，孰知夫謳歈之爲烏號也，孰知夫舞躍之爲躃踊也，孰知夫祝誦之爲吊唁也！當此時，睹此景，吾心碎矣，吾腸斷矣。生人之苦趣，至此極矣。

嗟嗟，吾與宜人自少至老，相敬相愛，琴瑟静好，唱隨不愆，即德曜之于伯鸞，亦不過是。而今已矣，不可復得矣，此吾所爲摧肝裂腎，悲咽哀號而不能已已也。人亦有言："生寄死歸。"宜人歸真于冥，栖神于漠，有翁有姑，有子有女，骨肉一家因緣聚會，倘亦可少慰其離思，而獨後死者難爲情耳。計宜人當風清月白之下，三星在空，萬籟俱寂，凭危欄，瞻天漢，鼓彩鸞之瑟，吹引鳳之簫，倘亦望吾廬而悽其悵惻，悵握手之無從，盼相見于何日，而潸然涕泗交頤者乎？

嗚呼，比翼連理之誓，即未與宜人指牛女于生前，而一腔長恨不減昔人，願與宜人相盟于同穴之時耳。楮鏹衣幣，聊爲祝儀，不識于冥中適用否？惟宜人存之。嗚呼痛哉！

祭長妹文 存笥小草

冒日乾

嗚呼，吾妹何遽大耶！柔嘉貞靚，吾妹之德不當夭；温良和惠，吾妹之性不當夭；端莊豐碩，吾妹之貌不當夭。而竟夭也，豈吾妹之命夭耶？吾妹生有奇徵，日者每言當得長年，且膺禔福，不當夭也，然而竟夭，豈命亦不足憑耶？嗚呼！

吾妹幼而嶷重，不輕笑語，長而沉静，不見喜愠之色。父母鍾愛，謂非常女，欲奇貴之，不輕字也，及笄始得紫垣而歸之。紫垣長才邃抱，負垂天之翼，且摶羊角而上。吾妹相之，庶幾翟袚龍章，亦紀閫懿於彤史，以爲向之奇徵不誣，而竟不待耶？吾妹事舅姑以孝，相夫子以順，處娌姒以和，迪兒女以嚴，待宗戚姻黨以禮，御臧獲以恩，内外親疎，靡不人人稱吾妹之賢而惜其夭者，嗚呼痛哉！

憶吾父母甲子正周，時兄妹無恙，孫子滿前，翩翩萊綵，融然樂也。曾幾何時而吾父逝矣，未幾而吾妹從之，又未幾而吾女從之，纔十年所而昊天降割，骨肉彫殘，風木之恨終天，在原之痛何已，此余所爲泣盡而繼之以血也。妹往矣，從吾父于九京，豈其不念余之茹荼飲蓼而漠然不亦返顧乎？倘其念之而亦何難于夢寐中一示其音容耶？而令不肖睊睊心目，渺視諦聽，結想重泉，而卒無所睹聞也，痛矣痛矣。

吾妹有女出閣而不得爲之結褵，吾妹有子就塾而不得爲之治饋，悠悠之恨，曷其有極？然相攸得人，不減郭家快婿，而吾之宅相故是英物，長者業以嶄然見頭角，其次亦勃勃有食牛之氣，吾妹之澤固長也，是可以瞑目地下矣。

祭冒巢民先生文

錢 湜

嗚呼傷哉，巢民冒先生一代遺獻，潔志高尚，壽躋八十有三，于皇清康熙三十二年歲次癸酉季冬涂月五日考終正寢。由是與親戚同人永訣，遂謝人間世，浩然長往矣。某等其烏能恝然忘情也，乃于其三虞之辰，謹以香楮不腆之儀，哭祭于先生之靈。曰：

嗚呼傷哉，慨哲人之其萎，嗟典型之云亡，某等其何以哭吾先生也。先生爲吾皋間氣攸鍾之一人也，是當爲東皋闔邑哭。抑又思之，不僅爲東皋間氣攸鍾之一人，而爲廣陵一郡間氣攸鍾之一人也，是當爲廣陵闔郡哭。等而上之，又不僅爲廣陵間氣攸鍾之一人，而爲南省間氣攸鍾之一人也，是當爲江南通省哭。推而遠之，更不僅爲江南通省間氣攸鍾之一人，而爲四海九州遐荒異域間氣攸鍾之一人也，是當爲四海九州遐荒異域之知交者公爲哭。蓋先生之聲名蓋天下，天下之人無問識與不識，罔不知東皋巢民先生之名者也。

然名者實之賓，天下之推重先生，將以其名乎，抑以其實乎？惟先生立身行己有其實，實至而名斯歸焉，詎不信乎？先生有天性孝友之實，克敦於家庭，不必悉數其孝奚若，友奚若，但見其愉愉怡怡，温恭朝夕，雍和之氣盎溢一堂，閭里之人于是群然而稱先生之孝友無間言，則先生之天性孝友于是乎著矣。先生有文學品望之實，傳播于通都大邑，高才宿學，卓越群倫，或得于所見，或得于所聞，莫不仰止景行焉。通都大邑之人士，咸沐浴先生之風雅德澤，則先生之文學品望于是乎著矣。先生有交誼聲氣之實，旁達于海澨山陬。夫道塗之險阻，關河之扼隘，往往有隔塞難通之憾，而先生之交游遍天下，所至之處，罔不四達而暨訖焉。上自王公貴人、薦紳先達，下逮隱逸單寒、黄童白叟，莫不心儀而神馳焉，恒以不獲一登先生之門，拜望光儀爲可愧，則先生之交誼聲氣于是乎著矣。

然則若先生斯人者，謂非吾皋間氣攸鍾之一人也哉？謂非吾揚郡間氣攸鍾之一人也哉？謂非吾南省間氣攸鍾之一人也哉？抑又非四海九州遐荒異域間氣攸鍾之一人也哉？然則天下間氣攸鍾之一人，舍先生斯人，其誰與歸哉？

先生于今秋八月九日偕某等耆年素心戚友，舉仁壽之會。風日清和，花朝月夜，飲燕賦詩，相與數晨夕，樂餘曦。既而與高閑曠士爲顧曲之會，既而大集詩人爲詩會。適昭陽舊交王景州、西蜀甘鶴齡、婁江周白公、玉峰薛方湖惠然遥集，日與唱和詩文，闡明經術理學奥義，憑弔古今興衰得失事，每至夜分不休。會松江大督帥金公特馳羽翰，爲題煙雲供養畫卷，先生雖耄年，猶不憚揮毫潑墨，頃刻立就斗大數十字及報答小楷應命焉。且狼鎮大總戎劉公輿衛過皋，命駕造訪，宴衎笙歌，與作竟夕之歡焉。惟時先生精神陡健，興致豪邁，從旁觀者僉謂百歲人仙，而壽而康，殊未艾也。

若夫君家世德濟美，麟趾螽斯，振振詵詵，則有如令似穀梁、青若養志承歡，昆玉无譽、爰及，友于允洽，令孫文博、耕研、樸人，豫順克諧，而諸曾孫幼少，相與戲綵舞蹈於其側，亦極晚景陶然之至樂矣乎！

一爾過隙，漫漫長夜，淮水夕涸，蠙山朝頹，則吾皋中豈復有如先生斯人耶，而安得不爲吾皋痛哭斯人也耶？且天下後世，豈復有如先生斯人耶，而又安得不爲天下後世之人公爲痛哭斯人也耶？然則某等之痛哭斯人，其又何時而忍恝然忘情也耶？抑又胡能一日而已于予懷也耶？嗚呼傷哉，其惟哭先生斯一哭也哉！某等臨幃哭奠，聊寫哀思，幽靈仿佛，來格來歆。尚饗。

祭宗母繆孺人文

廣　生

於維宗母，幼嬪吾師。持家以儉，鬻子則慈。師擅文章，兼愛賓客。斗酒宵謀，杯盤狼藉。師罹疾病，已絶巫醫。藥裹晨進，血肉沸糜。戚鄙交賢，鬼神猶敬。曾謂中閨，有此内行。往歲癸亥，八十稱觴。我羈京口，不克登堂。今年入春，聞母將至。私語九郎，掃徑以遲。花木禪寺，絲竹梨園。相期排日，一博母歡。白日不留，婺光隕止。遯哉幽明，隔於彈指。憶我大故，辱郎渡江。今兹弔母，荒村野航。以我之悲，知郎之痛。悠悠昊天，終古夢夢。薄陳絜酒，言采澗蘋。靈旗上下，惝怳來歆。

祭文川三弟文 寒碧堂文集

冒　澄

惟丙戌年辛丑月己未日，期服兄澄謹以剛鬣柔毛，庶羞酒醴之儀，致祭於皇清誥授奉政大夫賞戴花翎三弟文川之靈。曰：

嗚呼，吾弟逝矣，我何生爲哉！吾與君生同歲，少同起居，同筆硯，如影隨形，若左右手，二十年未嘗一日離也。

咸豐二年歲次壬子十二月十三日，先開平公殉節乳源。時吾母卜太夫人在堂，長兄月川公方佐軍江右，聞變遄歸，煢煢在疚。顧家貧食指衆，余乃與長兄及小山四弟各就幕於外，家事藉君拮据揞拄，菽水得無闕。服除，以丞、尉等官仕於粤，君亦需次鹺曹。逾年，即筦雙恩場篆。而追念先公死事之烈，輒椎心裂眥，隱與諸昆季枕戈以俟。

歲己未十一月，太夫人復棄養。余與君護喪歸，行次豫章，值髮逆陷浙，道爲之梗。時長兄甫卸玉山篆，因奉慈柩權厝江右。嗣是飢驅奔走，余復橐筆韶州，君佐南雄刺史汪公幕。歲時或一聚首，繼而宦轍分馳，數易寒暑。迨丁卯，余宰順德，君任墩白場尹，受代回，乃復相見。聞大江南北肅清，君復至豫章，偕長兄奉太夫人柩歸里。以戊辰三月，與開平公合葬於白蒲之姚家原。

先是，小山四弟以通守攝乳源令，蒞事數月，廉得當年進刃者，乃剖賊渠心，祭告先靈。君適自故鄉來，謂余曰："大仇得雪，死可無恨。"因相持慟哭，迄今十有八年矣，斯語宛如在目前也。嗚呼痛哉！

是年秋，余調潮運同，運同歲徵課餉十三萬兩有奇，咸同鹺務凋敝，徵解恒不及半，以故前官無不虧累，甚且有被逮查抄者。僚友咸爲余危，余得請於上官，委君督長汀餉。君悉心區畫，湔除積弊，不事苛刻而綱舉目張。迄余再權斯篆，幸無隕越者，則君之助余多矣。

余粥粥無所能，惟於公家事不敢依阿取容。己卯秋，以會議抽收沿海魚税，輒爲群小所嫉，中以蜚語，次年投劾去官。時君方權批驗大使，忌余者更思有以撼君，君不爲少屈，曰："吾視此官猶敝屣耳。"

癸未秋，法夷背約思逞，海疆戒嚴。粤中瀕海漁人麇集省會，欲余出治軍，願爲殺敵效死，余辭以疾。明年春，漁衆復來，將叫號於當道之門。因思虚名爲累，且慮再招時忌，乃拂衣附海舶歸。君送余至香港，臨別余抱君頸而哭，曰："手足亦何忍遽離。奈身處頽流，聊爲避地計耳。"君亦泣數行下。豈知此别竟成永訣耶？嗚呼痛哉！

去秋，閱君手札，具言宦場無足繫戀，行當歸隱東皋，把臂入林爲快。而粤中二三戚友書來，亦言君歸思綦切。是蓋愛友根於性天，君心何嘗一日忘我哉？嗚呼已矣，今而後無復望矣。

君年纔五十有九，生平篤於内行，持躬恂謹，接物無城府，尤能急人之急，容人所不能容。胡天不弔，至於斯亟耶！

今年十一月，小山由粤護君櫬歸，距君没時閲十月矣，余始得憑棺一慟。君子慶官、湝官、上官、印官，孫松齡，俱稚幼。其母各有尼之者，未克偕來。然而君子猶吾子也，君孫猶吾孫也，一息尚存，何忍恝置。繼今以往，諸孤能否成立，家運能否轉移，是所望在天之靈默爲呵護也矣。

余老態日增，肝病時劇，亦視蔭偷息人耳。自戊寅六月五弟殞於桂林，已斷吾臂，其後曾不十年而喪妻、喪子、喪兄、喪弟，今庶母尹太夫人亦謝世矣。余雖鐵石人，能堪幾許摧折耶？昔蘇子由哭其兄子瞻詩，有"與君來世爲兄弟"之句。夫輪回之説不可知，若果有之，更願君之不我遐棄也。

嗚呼，吾弟逝矣，我何生爲説哉？謹拭淚撰次誄詞，並爲君哭奠一巵。君其來格，嗚呼尚饗。

祭冒母周太夫人文 榮哀録

無錫　張軼歐翼後

嗚呼，瑶池雲黯，玉帳風凉，女宗遽謝，淑範逾彰。緊太夫人，巾幗之良。鏡水華楣，科第流芳。藏書萬卷，鄴架曹倉。家訓夙承，女誡能詳。才高謝絮，職課豳桑。

德門來嬪，鴻案相莊。六載倡隨，翼折鴛鴦。遺孤在抱，其泣喤喤。《柏舟》載誦，勵志冰霜。殰育雙雛，仰事高堂。秩秩閫内，若網在綱。君舅旋殂，鷙戹備嘗。大庾嶺南，萬里離鄉。折葼晝荻，教子義方。頖芹擷秀，天桂攀香。佳媍親迎，江泛羅陽。嘉禮既成，歸途空囊。外家櫂依，臯廡吴閶。弄孫含飴，差解愁腸。

爲貧而仕，相如貲郎。曹部分司，新政贊襄。乃迎版輿，京洛塵黄。遭遘世變，陵谷桑滄。毛義捧檄，爲親趣裝。典榷甌海，山陟仁王。潤州量迻，恤民惠商。慈雲湓止，北固春長。七十時制，梧棬衣裳。己未遇閏，幾戹黄楊。天佑吉人，二竪無傷。勿藥既占，起居健强。喬木鶯遷，韓侯舊疆。淮流瀰瀰，一水通航。陟屺無嗟，倚閭慰望。挈女卜鄰，況有東牀。

六旬有九，安神閫房。瑶環瑜珥，繞膝成行。秋江泛舟，簫管悠揚。慈懷有喜，游觀樂康。好施不倦，積善餘慶。屈指來春，古稀稱觴。方祝期頤，益壽而臧。胡天不弔，婺星霣芒。雞年讖應，鸞御風翔。

交訂金蘭，忝識范滂。飫聞懿爍，行表言坊。希風宣文，步武敬姜。噩秏驚傳，幽宫永藏。峰傾天姥，阡勒瀧岡。薤歌悽咽，蓬島蒼茫。媿無椽筆，作傳表章。謹陳芻束，虔奠椒漿。嗚乎哀哉，尚饗。

祭冒母周太夫人文 榮哀録

沈陳棨等

嗚呼，木葉黄落，悲風夜起。太君之逝，已八閱月矣。山重水複，乃今歸櫬於梓里。曩者讀嗣君鶴亭先生哀書數千言，纏綿悱惻，本善則歸親之誠，而壹納於善述其親之旨。惟太君守禮則鍾、郝之倫，督教則柳、歐之比，淹博同於宣文，聖善侔於任姒。《白華》喻其孝思，《柏舟》明其素履，求之閨闔中，千載幾人，一身而克兼數美。

嗣君承太君之教，而又感於太君之德也，立身行道，惟求其是。恐將辱而知足，恐將殆而知止，觥觥大節，庶幾遠接乎巢民之軌。善夫，古人之言曰："非此母不生此子。"

徂歲潤州得佳山水，板輿往來，以娱暮齒。陳棨等方思致頌禱，躋華堂而賡燕喜。顧歲聿云暮，仙馭騖駛。不能爲母壽，乃爲母誄；不能申岡陵之祝，乃殷蕴藻之祀。素旛歸來，又安得不陳辭而隕涕。尚饗。

祭冒母周太夫人文 榮哀録

沙元炳

嗟世創變，乃學所驅。凡百到植，昔辟今趨。於乎賢母，云胡丁此。生死一息，視子進止。生母者穀，而豐則黷。抱關爲貧，生不義辱。甌海江淮，就養有方。中一歸止，獲升母堂。式瞻母顔，復導母帨。謂松雖瘣，經霜當百。孰意七十，猶靳一齡。夙拜於榻，今謁其靈。日月一眴，輿往櫓歸。豈惟子哀，我心已悲。我悲有既，子志則終。母尚知否，歆此籩豐。

祭冒母周太夫人文 榮哀録

汪雲龍等

於穆太君，系出清門。名父授學，詩禮是敦。來歸贈公，畸以平劑。慘賦《柏舟》，冰操愈勵。督教令子，匪寬伊嚴。著書滿家，大言炎炎。榷關吴越，板輿迎養。脂膏不潤，母心克廣。告哀銜恤，遂辭膴仕。五十而慕，今見之矣。扶喪歸來，謀安宅兆。悽悽輿誦，翩翩江旐。繄余姻舊，夙仰義方。詒謀孔遠，坤道含章。恭迓靈輀，營治薄奠。載表徽音，用昭慰薦。尚饗。

祭周太夫人文 榮哀録

冒宇新伯起

於維宗母，勁節千古。皎皎冰霜，淒淒風雨。四十餘年，含辛茹苦。歐荻柳丸，恩勤育撫。子讀父書，孫繩祖武。慈蔭延長，光耀門祚。客臘既望，星沈寶婺。溯自濂溪，理學名門。祥符衍派，山陰發源。科第世胄，閨閣賢媛。完全四德，淑慎恭温。來嬪榮郡，嘉禮婚論。歸我京卿，年逢二十。姆訓夙嫻，宜家宜室。眉案相莊，好諧琴瑟。震索巽索，吉占各一。邵武僑居，所天頓失。慟欲身殉，慘聆呱泣。撫藐諸孤，侍邁翁側。以婦代子，竭力供職。以母兼師，仉機姜績。

子善屬文，試輒冠軍。射南都策，捷足青雲。瑞安座主，甥館情殷。才優經濟，薦牘上聞。刑曹商部，卓著官勛。外家圖報，遺集流芬。國變猝遭，天津潛伏。毛義捧檄，養親得禄。甌海南遊，權任關督。回里奉先，貸錢贖屋。宅係辟公，復歸我族。寧處不遑，江淮接續。京口寓廬，依依慈竹。

萲樹北堂，憂莫能忘。夙嬰疾病，湯藥親嘗。虔供泉鯉，婦亦如姜。諸孫繞膝，蘭蕙同芳。刲股者再，祈禱傍徨。神明默佑，福體安康。壽臻六九，乃返仙鄉。哀書飛告，讀之涕滂。貞風清操，待表瀧岡。宗母懿德，耳熟能詳。薄陳芻奠，徽音載揚。撰文一通，敬達馨香。神其有知，伏惟尚饗。

祭宗母周太夫人文 榮哀録

冒慰慈等

於維吾族，忠孝之遺。嵩、巢兩公，誰歟嗣之。母也聖善，篤生人師。家學淵源，曰禮與詩。仕而爲養，大節不移。親喪去官，今世乃稀。僉曰母教，允迪前徽。恃而代怙，母且兼師。儉能中禮，賓祭以規。是古賢母，匪言其私。千里歸喪，合奠一巵。靈兮陟降，庶鑒哀思。尚饗。

祭冒母周太夫人文

沈陳棨等

曜靈遞節，曦軌飛移。太君即世，一載於兹。溯誕名門，于歸德里。出懋蘋蘩，處麗蘭芷。内則維嫻，鉅纖畢治。元幹乘風，乃遂壯志。遭家不造，黄鵠悲鳴。確乎其操，蒙難而貞。篝燈課讀，霜月鳴機。孟、歐賛軌，陶、杜嗣徽。有子嶽嶽，仕途立卓。敷政理財，靚洵不斅。矧母仁慈，濟衆博施。分潤鄗戚，力予維持。

胡天不弔，奄奄上賓。梏旋枌里，罔不尊親。西遷輀輅，素幟飄揚。松楸在望，鬱乎蒼蒼。私衷想像，欲達幽冥。敬奠一觴，以慰母靈。嗚呼尚饗。

祭冒母周太夫人文

宫邦彦等

烏乎，母於人世，榮哀備極。執紼會葬，尚何僾唈。惟母之烈，格於皇天。惟母之慈，推及顛連。子賢而文，善則歸親。棄官制服，四海幾人。苦節至孝，墓表墓銘。桑梓敷奠，神其來歆。

祭冒太師母周太夫人文

宗孝忱

烏乎，蓼莪心苦，得雨露而回甘；松柏性貞，歷霜雪而凌悴。矧乃賡燕喜集，箕疇膺金，章昭彤管，哀榮已極，僾唈何從。然而高士束芻，明主罷宴，奇木連理，弔鶴雙飛，抑又何也！蓋行義之高，誠孝之竺，可以感天地，可以泣鬼神，況晋謁虞堂，隔坐韋幔者乎？

恭惟冒太師母周太夫人者，誕降汴南，系原浙右，門承通德，家有賜書。草不除而連科，荆有華而並萼。太夫人生而穎異，幼即端莊。《女誡》早修，父書能讀。妙擬楚騷，殘抱周禮。固已貞敏逾恒，福慧兼備矣。及歸我太夫子資政公也，持事壹本《内則》，宜家載咏《周南》，誠巨閥禮宗，名園嘉耦。

太夫子萬里筮仕，二豎罹殃，詔赴玉樓，憂貽漆室。時鶴亭夫子猶孩提也，堂上老矣，以官爲家，室内蕭然，有宵曷旦。太夫人篝燈課讀，書聲與機聲齊清；撤瑱承歡，孝思緣哀思而摯。婦代子職，母作師資。卒使嶺海寓公正故丘之狐首，如皋公子有濟美之鳳毛，險阻艱難，備嘗之矣。

吾夫子秉三遷懿訓，讀萬卷藏書，茹古涵今，揚風扢雅。黄門文采，每述家風；昌黎碑版，善彰隱德。禄恐養而不逮，仕有時乎爲貧。爰納資爲郎，復榷關奉使。長安非易居之地，板輿遥臨；東甌有戲綵之堂，埒鄉密邇。洎乎改遷京口，調署淮安，卜居則塢號藏春，娱老則山名浮玉。白華養志，烏鳥伸懷。而太夫人則安不忘危，貴不忘教，申和熊於既往，戒遺鮓於未來。所謂昔貧如未貧，今富如未富也。以故士安理財，江淮著績；希文監税，斥鹵有碑。匪儌匪兢，鐵甕與金甌同固；我疆我理，駝嶺共鳳山並存。然此猶其顯焉者也。綜其所至，莫不澤及嫠孀，惠沾孤露，飢溺猶己，胞與爲懷。王商爲君平立祠，一新榱桷；晦翁爲凝之復墓，重峻門牆。表貞女而烈節彌光，崇死難而忠魂入夢。凡兹遺愛，悉是慈恩。歐陽子曰："見其子之賢而有正，則知母之義方。文生於情，信可徵矣。"

方太夫人之留寓潤州也，樹蘐七旬，階蘭九畹。收嵐光爲色養，勝攬南徐；聆雅奏而情怡，舟維北固，欣艱貞之足慰，頌仁壽於無疆。維時桂雖冬而榮敷，梅争春而笑索。樽擕晝錦，將飛北堂之兕；律協雲璈，先駕西池之鶴。吾夫子輟萊子舞，作嬰兒啼。寺殯報恩，齋居讀禮。一官敝屣，薄方進之奪情；千里靈輀，慕薛修之終服。蓋自滄桑變起，即已泉石情殷，思繼軌於巢民，作歸田之靖節。徒以義重負米而願背食薇，戒凜碎魚而隱難歌鳳。魏元成贖宅之果，王逸少誓墓之堅，其志固昭昭也。

今日者啓雉皋之兆，爲馬鬣之封。遵彦負土，執紼而會者萬乘；延陵封墓，好禮而觀者四方。孝忱披載籍則孔、李通家，稽譜牒則潘、楊世戚。步趨子舍，有愧崇、宣；起居母闈，夙欽文、孟。讀《瀧岡阡表》，耀騰懷清築臺；誦《震川事狀》，肖奪甘泉畫像。抑昊天罔極之痛，詩廢《蓼莪》；鞠飲水思源之忱，奠敷藴藻。敬爲之辭，以宥厥靈。辭曰：

童童木茂，奕奕碑豐。合葬匪古，肇自元公。烈配三光，亘於太空。孝轢一世，堊廬以終。予末小子，師子而隆。五父之殯，牽紼以從。陳詞酹酒，永謚幽宫。尚饗。

祭冒太外祖母文

周業啓

母殁一年，居諸忽忽。曰聖與善，緬懷母德。居豐守約，既貴猶勤。旌節稱壽，壹屏禮文。惠及諸孤，至於寡妻。乃燠其寒，乃飫其飢。惟母之德，篤生名世。仕而爲養，喪則終制。千里靈輀，來歸桑梓。雨雪載途，合葬以禮。繄吾從母，乃母之孫。屋烏推愛，倚玉高門。就養潤州，山水悦性。晋侍左右，視若子姓。恩感身受，有淚如雨。神其有知，歆此道祖。

祭宗母周太夫人文

冒宇新等

猗歟賢母，吾族榮光。册載大節，凜凜冰霜。婦代子職，懽得高堂。以母兼師，教子義方。和丸畫荻，艱苦備嘗。母也聖善，仉湛齊芳。子也明哲，當代歐陽。爲貧而仕，出處有常。母喪去官，孝行彌臧。扶櫬回里，觀者涕滂。今世何世，名教幾亡。斯人如此，足挽頽綱。一門至性，厥後克昌。美哉文孫，五鳳呈祥。伯使異域，並駕班張。仲氏傑出，功膺勛章。餘咸濟濟，蜚聲膠庠。天道福善，尚未可量。母之懿德，元首贊揚。母之懿行，史館表彰。諸儒稱述，誌誄尤詳。兹逢窀穸，媲美瀧岡。謹陳俚語，預奠一觴。用申誠敬，靈爽洋洋。尚饗。

祭母文

冒廣生

維甲子年十二月己卯朔，越十有六日乙未，男廣生率孫景瑋、景瑜、景璠、景瑄、景琦，曾孫懷辛等，謹以羊一、豕一，庶饈清醴之屬，致祭於吾母周太夫人之靈，曰：

嗚呼，兒不見吾母三年矣。三年之中坐焉而思吾母之坐也，行焉而思吾母之行也，食而息焉而思吾母之食息也。行一事，發一言，動一念，無晝無夜，無醒無夢，猶瞿然若吾母在時。母以爲可者可之，母以爲否者不敢行，不敢發，不敢動。此雖家人不及知，而吾母當能鑒也。

兒以今年甲子五月歸如皋。妹以去年癸亥五月入京師，其體弱多病或過於兒，其思母之忱無不及也。長孫景瑋，壬戌四月自英國歸，癸亥正月續娶婦嚴，今年八月生女崑，九月代理金陵關監督兼交涉員，今以事留寧而遣其婦與崑歸也。次孫景瑜，壬戌十月娶婦楊，今年九月生子懷辛，今挈其婦居京師供職鹽務署也。三孫景璠，肄業揚州，四孫景瑄、五孫景琦，並肄業南京。長孫女景琭，癸亥六月生一女，名長如，七月歸如皋，今新於皋城王家巷置一屋也。三孫女景珂，今年正月隨其太翁歸。其太翁已逝，今仍居蕭縣，聞其已有身也。四孫女景琛，今年六月嫁涇縣朱氏，今居揚州。六孫女景琮，癸亥四月嫁商丘謝氏，今居京師。此皆吾母不及見之事，今家祭不敢不以聞者也。

兒所居庚申正月劫於火，今已新之，自廳事以至於卧室，重丹雘者蓋十之六七。假令吾母而在，兒奉吾母以板輿出入，視一草一木皆先世舊物，而兒得光復之，其必色然以欣，而益痛母生平所遭乃憂患多而安樂少也。今年四月，兒自鎮江至紹興，於天燈盞山謁太外祖墓，於馬蹄井謁外祖墓，於鉢盂山謁外祖母墓，於手巾山謁舅父墓，追

思二十一年前兒官京師，吾母挈八歲孫女景瑔，親負土於此山，以葬吾外祖、吾舅父也。其時母年五十有二，兒今年亦五十有二，始得代吾母拜於墓前，墓前之松乃長於兒。繼自今兒一日不即死，即一歲一謁外家之墓，以報吾母。母其默相，子子孫孫，引之勿替。嗚呼，言有窮而痛靡有窮。尚饗。

奠宗嫂陳夫人文

冒宇新等

懿哉宗嫂，出自搢紳。幼嫺姆訓，禮義恪遵。適我副使，從官天津。温恭淑慎，相敬如賓。身居閥閱，處富若貧。井臼躬操，勞逾恒人。旋歸京口，孝行絶倫。祖姑有疾，祈禱明神。願減己算，延壽祖身。竟成讖語，棄世離塵。肫誠至性，吾族之珍。舅爲作傳，寫賢婦真。祖姑仙逝，去臘中旬。兹届安窆，同一良辰。追隨泉壤，幽宫比鄰。溯惟淑德，奠酒三巡。尚饗。

長女哀辭 存笥小草

冒日乾

我先君奉議大夫與汝舅京兆公好，而申之以婚姻。方汝在娠，汝舅即指腹爲約。而汝母臨蓐時，汝舅令兩子�踥我廳事。及舉汝，余方以不得雄爲怏怏，而汝舅甚喜，遂爲體元委禽焉。蓋汝舅以己老孽子幼爲身後慮至遠也。

既汝舅卒京師，而體元纔十齡弱，汝姑以盛年擁三尺孤，稱未亡人。兄弟數輩，皆非同産之親，甥舅成行，俱是前母之派。而體元外家又遠且微，母子二人形影相吊，孤苦伶仃，舉目誰控，所恃獨余父子耳。

斯時也，内患叵測，外侮交訌。報訃標孤哀之稱，則婿兄之不欲母汝姑也。析産倡四分之説，則婿姊之不欲嫡汝婿也。鄭五洗出姓之耻，則婿叔修克段之怨，而思釋

憾於侄也。以至巨豪發難，强獷合謀，宵截歸櫬，旦騰謗書。諸嘗售産者、賣宅者、掘塜者、負抑者蠭起歘涌，至舉國而與錢氏爲仇，郭郡公爲之投杼，陳令尹遂如束濕。壬人覬釁，多攫金之計；黠奴首鼠，無戀棧之心。寡婦孤兒，岌岌乎殆矣。

汝祖、汝父，愍焉永嘆，穆然深計，卵而翼之，不遺餘力。爲之正名辨分，以不替共主之尊；爲之呵護阿保，以陰防意外之變；爲之仗義執言，以顯折觭重之謀。汝姑嬰疾，發必眩瞀，則爲之遠求方藥，以頓蠲積歲之苦。汝婿繞弁，學未成章，則爲之宛轉誉畫，以蚤竽青衿之列。其他紛紜旁午，左右支戟，或以理諭，或以力驅，或陰伐其謀，或明攻其慝，或直犯其鋒，或旁携其黨，或微中於談言，或弭隙于杯酒，靡不勞心焦思，殫智竭慮，自糜財用而不惜，屢觸嫌忌而不辭。以故蟊賊遠屏，釁孽洊消，汝婿衎然獲有寧宇，底于成立，秋毫皆汝祖、汝父力也。

汝家既安，我則府怨，愛我者誚我過於認真，惡我者恨我不少彼狥。錢九遂以側目，弦室因而含沙。范氏訟之郡庭，黄生呈于兵道。卧榻之側，遂鼾他人；新豐之遷，乃至垂橐。諸懷奸不逞，挾詐不遂之徒，人人恣三寸喙而加之，伊誰貽之慼哉！

嗟嗟，汝祖夙負清望，半生精力耗於汝家；汝父僥倖掇科，少年英鋭，悉以庇汝。汝姑走望在我，我雖汝之母家，實汝姑之母家也；汝婿成就惟我，我雖汝婿之岳翁，不啻汝婿之父也。以此副京兆公託孤之意，即起郈成於九原，令文季之復肉，自謂無所愧之。而奈之何大恩不酬，德以怨報，蔑我先君，絶我姻好。自汝結褵之初，即成《河廣》之嘆。《凱風》致怨，聽惑于妖婢之讒；《碩人》興嗟，愛移於玉蘭之寵。昏定寢於閣外，跛倚每至夜分；旦視饋於庭中，重足常移日蔭。訶譴幾無寧晷，窘辱備所不堪。遂使汝不知有生之樂，常懷速死之心，援綉刀以自剄，投長繯而捐脰。誠恨之也，誠畏之也，乃自剄不死，自組不死，而未幾以嘔血死矣。汝未死之先五旬，汝姑因汝疾革，始箠玉蘭六十以掩過，已無救矣，痛哉痛哉！汝婿溺于玉蘭，不樂有汝久矣。懼汝之以剄死、以組死，而以汝之嘔血死爲可幸無累也，其不欲療汝宜矣。以故當汝病也，不爲汝治病，而爲五歲之幼兒議婚于郡城，流連彌月。及汝病甚也，不爲汝治病，而携衰絰之寡嫂餞親于郡城，酣飲數旬。汝弟挾醫視疾汝家，而婿岸然不交一言。汝寧母家服藥兩月，而婿䫜然不屑一顧。汝父挈汝就醫京口，而婿率然渡江先返。此其心雖行道之人亦知之，天乎天乎？玉蘭雖嬖，我女何辜，而罹此酷也！

余以蚤年得汝，爲汝祖長孫，提携捧負，憐愛之甚于男子。而摧折之，而虔刘之，以至于死而後已，傷矣傷矣！方汝幼時，汝祖居常欷歔深念，謂錢氏母寡子幼，煢煢可憫，安得女孫及笄而速字之，以令宜有室家，不致落寞。嗟嗟，孰謂速之字者乃以速之死哉！汝祖以汝故念汝姑，而汝姑不以汝祖故不汝凌；汝祖以汝故愛汝婿，而汝婿不以汝祖故不汝棄。報施乃爾相反，恩仇至於倒置，此余所爲仰天椎心而泣血也！

余痛汝之死，又痛汝之不得其死，摧腸裂肺，念不欲生。顧訟之不可，捶之不忍，則有數之詈之，聊窘抑之，以少紓我憤懣不平之氣。而汝婿遽毆我於庭，聽鼠輩之邪謀，合彪僕於西壁，嘯聲一呼，伏兵四集，裂裳毁幘，踉蹌而出。薄言愬之，屈於勢力，包羞含耻，冤不得直，天乎天乎，我不撻婿，婿乃撾我，既死其女，又辱其父，白日青天，乃有此大詫異事！此在汝死後六日，汝知耶，汝不知耶？方汝屬纊而猶視也，榜玉蘭，罰二嬖，哭告於汝之靈而始瞑。孰謂汝蓋棺之後，更有此事耶？而今而後，汝目復長不瞑於地下矣。

嗚呼，汝婿志驕氣溢，傾嶮是比，善言則懟。昔舁汝舅之柩，夜半潛出，而紿門卒曰："此故老僕櫬也。"孰主張是而遂令汝婿抱終天之恨者，愛汝婿耶，誤汝婿耶？今復使汝婿撾婦翁而成終身之過者，即其人耶，非其人耶？雖然，逆天者亡，背德者不祥，彼蒼者天，豈遂夢夢爾耶？吾直瞪目踕之耳。若汝淑慧，内外稱賢，夙閑姆訓，壼儀不愆，順以蒙難，死無怨言，遘此凶釁，遽夭天年。我實不德，罹禍之延，天定勝人，又何惜焉。嗚呼痛哉！

亡妾董氏哀辭 并序　影梅庵憶語

冒　襄

嗟乎，小宛自壬午歸副室，余與子形影交儷者九年。今辛卯獻歲二日，長逝永别者，已踰六十有五日。青天沈，碧海竭，陽翔晦，藥淵缺，梅魂葬，幽蘭啼，鸚鵡夢，杜鵑淒。此六十五日中，如中千日酒，如行萬里雲霧，如五官百骸散失，又荒荒然如瘕蠱之難吐，與調饑之莫得，慕叫擗摽，但若創痏，不知從古今世上人，果有同閲此境景者。嗟彼宋玉，亦有安仁，屢欲詳述子生平，學爲誄或歌詩以弔之。落筆則萬縷雜沓，轇轕纏糾，結不可理。往往筆花凝於血淚，意匠歧於蛸毛，頹思蹇語，不能成文。今子幽房告成，素旐將引，謹卜閏二月之望日，妥香魂於南阡矣。自今以往，棺冥埏窈，白日不朝，青松爲門矣，能終無一言以酹祖道？

嗟乎小宛，定皎志於一言，殫芳心於九歲，非余愛妾，乃余之静友也。余生平自負才識，雖浪得浮名，究竟未有殊遇。肝膽和盤，鬼神密許，人翻以太行見岨。獨子先澄蚤識，後堅深信，中間間關險陷，以及流離患難，疾病死生，不渝其志。子非僅余之静友，實余之鮑叔、鍾期也！天下有一人知己，死而不憾者，故與子至情可忘，至性不可忘，衾枕可捐，金石不可捐。然終已矣，蕙幃無髣髴，豈枯管遂生精神哉？乃余拭淚溯洄，有不意得之子者，有不意失之子者。誠然無間，不復知天地間有何美好者。逖然瞿然，似微有負於子，子反不以我爲負子者。血絲一縷，倒爲長河。於是鏘楚挽喝，邊簫徘徊，爲之辭曰：

緬昔己卯，應制白下。一時名流，歌翻子夜。雙成十六，競譽芳姿。怡情茂苑，鶯燕參差。九月鞠船，浪遊吴越。半塘秋好，三訪明月。洞庭霜綉，紅葉留人。嗟我遲回，相思無因。興盡將返，晼晚一見。薄醉甜鄉，驚回婉孌。小立曲闌，蘭雲半陊。煙視媚行，㷉嫛微唾。玉色凝春，朝霞和雪。海棠欲睡，未言旋别。子時一瞬，亦似憐吾。我歸摇曳，寸心饑驅。聞去西湖，兼遊白嶽。車輪三載，重逢風約。桐橋樓晤，病劇黄昏。蕭嫻數言，驟許姻盟。轉訝嬌癡，相視而笑。豈緊俠識，静觀我妙。井水不瀾，鐵心匪席。之死靡他，金夫逋責。

虎嘐北固，秦淮鑾江。勞勞往來，自買孤艘。風勇盜鋒，檣傾舟岌。零丁弱影，倩誰抱翼。曾觀畫槳，並聽桃葉。如鳥鶼鶼，似魚鰈鰈。劉蕡下第，萊戲親闈。子來我辭，彳亍空歸。閉影自誓，羞滑卻嘗。可憐秋暮，蟬紗禦霜。事不如意，十有八九。疇知僨轅，翻屬吾友。不有鴻公，孰起陷阱。衮衮横玉，黄衫相映。葛籐中劃，宛載湘烟。樓船唱别，共羨神仙。滿願偕余，澹情裙布。只此素心，無端靈悟。管絃卻御，冥契鍼神。女紅小暇，泓穎獨珍。精理茗香，佐鈔詩史。咸通微意，時茁芳旨。碧拭篆鼎，元披圖畫。瓶花絶慧，雲籠煙亞。曠譚山水，品藻人文。論今追昔，見踰所聞。旁及飲食，膏紅露碧。桃涷瓜凝，秋棠蜜漬。瑣瑟米鹽，廡下舂爨。偶經部署，統循條貫。適豐適儉，不諂不驕。誠敬和惠，人盎天陶。老姑旭日，大婦水乳。上下内外，有憾咸補。我心所嚮，追的控弦。遲疑未發，巧得意先。曾見子無，未必我有。不時相需，皆在左右。一枕松濤，周圍芍藥。窈窕清深，閣菌房藥。酣春燕坐，草碧忌言。秘搜女逸，麗藻纖翻。桂影露華，夜天玉砌。紈扇流螢，接景生媚。樸巢邃古，湧月漣漪。搴枝泛碧，清賞鍼磁。所少憾我，不飲不奕。善爲解嘲，髯蘇抗席。密娱静好，匪夷所思。私語仁義，鬼神不知。

自謂此樂，塵世無兩。老死是鄉，庶愜幽享。慘罹崩陷，身爲衆紐。嚴君竄迹，挈妻將母。澄江秦海，兩值盜兵。倒囊胠篋，電迅雷訇。殺掠女男，幾二十口。俯仰孤肩，顛連子後。德甫書畫，猶能秘藏。親爲抱負，身與存亡。綿力莫贍，逼側背卿。風規大義，自比微塵。脱有不測，澡身江海。鋒鏑餘生，捐棄無悔。骨肉重集，我病奄奄。灰心柴骨，面瘠如拳。忽浸雪窖，温以綿體。忽繞火輪，沃以秋水。劍攢芒刺，摩撫横陳。僵尸永夜，藁席其身。百五十日，衣不解帶。力竭精通，孤生蟬蜕。雨泣風啼，林荒鬼嘯。苦歷殊境，並肩寂照。天祐歸來，萬有敝屣。物外人外，鬟影可倚。重整窗岫，大隱深閨。白雲閑閑，繚繞雙栖。舊月舊花，載觴載咏。細字濤箋，儷形玉鏡。末世險巇，聚漶群洽。喜我萊孱，順彼鋒俠。内屏潛聽，時同應酬。啞啞笑言，夜與討求。深更客至，必藏斗酒。銀雲櫛櫛，篝燈坐守。我本握瑜，人詬爲瑕。我本無垢，人巧於污。惟子有言，不妨爲卣。不妨爲缶，神龍無首。尤不易得，兩閤同心。釀蜜融花，和瑟調琴。天壤之間，乃有斯境。匪由强合，各鍾淑性。凡事未起，先與消融。即露形迹，冥漠爲容。太行千盤，遇子夷險。喜人魑魅，遇子不魘。

元和純氣，誕德與才。偕之逍遥，悠哉優哉。轉思惡夢，幸得醒時。一室三人，驚喜自疑。痛定痛生，病餘增病。三載鬱皤，逢彼梟獍。血下數斗，疽發於背。迷惑殷憂，相視昏憒。鑠金不扇，露筋長宵。視於無形，察其所苗。子之救我，剜心割肺。我之役子，衆形百態。只慮我斃，子失所天。瀕死瀕生，劍合珠圓。拮据瘁瘏，子抱小極。神疲環應，多事少食。夙嬰驚悸，肝膽受傷。恒於春半，瘦削肌香。禍觸風寒，季夏十七。沉哉沈緜，遂成疢疾。痰湧血溢，五内崩舂。虚焰上浮，熱面霞烘。轉於扶侍，益憐愁黛。隱痛茹荼，冀終厥愛。葠苓雜投，無補真損。長夜瘁蹙，朝起内忍。移居静攝，舉室含悽。禿衫倭髻，猶掠豪犀。位置黄花，澹妝逑影。頻移絳蠟，詳審逸靚。子雖支吾，余懷深恫。環步迷漫，縈恩惛懜。恰逢小試，携兒邗關。屢趣我行，經月乃還。三日細緘，平安頻報。豈知自飾，慰我焦躁。初臘馳旋，刃眼一見。脂玉全削，飄姚徒倩。一息數嗽，嬌喘氣幽。香喉粉碎，靡勺不流。火灼水枯，脾虚肺逆。呼吸泉室，神猶姽嫿。無可救藥，展轉尋生。追維既往，孰慝逢屯。愴淹除夕，痛捧心末。情海沸枯，始求利割。涕泗把手，永訣至言。老親二子，兼育幼昆。君之一身，關係最大。勿以瑣瑣，遂爲君害。我不忍死，君不可病。我死君病，誰媚温凊。微身等金，微言等箴。身不能生，言猶足存。我目如電，鑒君一綫。稔共隱微，相觀冥善。所恨夭折，未睹鴻昌。嶽峻海深，君恩難償。萬頃寥廓，魂去何之。儻不飄散，靈旗四隨。七尺之外，罔需一物。衣縞簪犀，耳邊誦佛。乃踰元旦，意寂聲吞。小有問答，不語銷魂。翌辰俛首，一綫再訣。昨擬速去，愛根斬絶。履端獻吉，椒筵承歡。團圓堂上，忍令撫棺。以此彌留，苦牽一宿。求見慈尊，即瞑吾目。泣訊老母，恐增悽傷。始與遲回，竟日相望。

燈縈冷翠，人忽遊仙。悲極碧落，慟到黄泉。西河九節，東海三芝。匪彼神人，誰與子醫。計子之年，纔踰廿七。相從幾何，九歲瞬息。中多顛沛，剛好四年。四年倒極，準當十千。十千艷異，今化彩雲。子歸何處，我誰與群。翼鳥迷林，比魚失瀨。朝不辨明，夕不省昧。思子兼才，尤多隱德。施與無厭，解衣推食。稱量千金，鮮溢杪忽。周旋百事，細入豪髮。戚友聆風，嘆爲宜婦。家人佩暖，比之温眗。澹泊豐厚，理享遐年。胡爲脆促，乃在我前。但哉子言，不忍我病。我不可病，我寧可死。我不可死，令子獨死。

自子之死，生趣澌盡。有求不得，有意誰徇。象鬲隱篆，兔甆失香。簡編飄散，零落都梁。孤松長號，黄梅結蘗。芝焚蕙嘆，鸜鴿自毁。淚灑香匳，痛披筆墨。緗紫十層，唐詩百幅。滿目手澤，珊瑚琅玕。賈庇凝怨，如環無端。照車埋光，連城碎玉。疇不傷逝，爲余悼淑。荆妻煢煢，老母浩浩。姊姑垂矜，汍瀾相弔。冀逢無端，結想不夢。靈有與無，何從幽洞。嗚呼痛哉，嗚呼傷哉。春草方生，綺羅竟盡。琴瑟在御，泉途將宫。有臺有池，有庵有籬。上蔭五粒，下生連枝。桃花爲泥，黄絹爲辭。雖艱血胤，永壽豐碑。

哀文積於胸臆六十五日，兩日夜成，凡二千四百言，二百四十韻，從來悼亡無此支離繁縟者。孤燈自讀，淒風颯雨，悲音起簾，櫳振林木，能令搏黍巧轉，化爲望帝精魂，抑使庭下香雪數十株，咸閉影零英，泥爲塵土。嗟乎，奉倩之神傷矣，文通之才盡矣。亡妾有靈，應憐余報知酬德之一念，而世之讀此者，當知登徒子非好色者也。冒襄。

伯祖哲齋府君誄詞 小三吾亭文

冒廣生

光緒二十三年正月十五日，伯祖哲齋府君七十初度，廣生客吴門，方謀歸爲祝介壽也。先十有三日壬辰，以疾終於里第。嗚呼哀哉，遂作誄曰：

攝提正於涂月兮，誦府君之手書。悼申孫之夭札兮，歸厥咎於堪輿。曾五旬有七日兮，又梁木之萎殂。豈鴞音與狺語兮，誠不可以一朝居。昔家門之鼎盛兮，比竇氏之五桂。惟吾祖與府君兮，生同母而又同歲。篤壎篪之友誼兮，雖道路無間言。嗟吾祖之無禄兮，值中道而棄捐。余小子之不造兮，遭家難之顛連。起太行之險巇兮，鬱人面之千盤。緊吾母之明義兮，雖巢破而卵保。當瑣尾之靡定兮，羌脱粟其不飽。夫惟府君之見招兮，任飲食與教誨。使三反而三至兮，輕絶裾而浮海。始負土於西莊兮，葬吾祖與吾父。繼讀書於雲在兮，紛三年之歘度。哀吾生之失教兮，誠世故之未嘗。事徑情而直遂兮，忽讒口之中傷。謇群衆之謗疑兮，曾驩愛之勿替。苟非全無心肝兮，吾又安能不潸焉以出涕？

古七十而稱壽兮，在府君猶爲殤。非金石之外鑠兮，固旗翼之可望。彼《洪範》之五福兮，不津逮乎孫子。朝吾訝其言之偏宕兮，夕吾尋繹而有理。外祖周先生曰："人家子孫衆多，亦非幸事。蓋人孝出悌之人少，好貨財私妻子之人多也。勃谿鬩狠，常伏於此。"彼市儈其無責兮，固惟利之是圖。知有母而不知有父兮，事曾六合之所無。鍾乖戾於一門兮，君固知其有今日也。明日月而幽鬼神兮，更何人言之足恤也。惟府君之明惠兮，二千石而有聲。得民心而有素兮，羌上達乎天聽。同治中，潮州洋案，君奉特旨查辦，有潮陽縣知縣冒澄素得民心之語。何晚歲之姑息兮，持太阿之倒柄。能驅嶺表之鱷魚兮，而不能馴家庭之梟獍。紛吾昨歲之病足兮，求蕭艾於河麋。府君閔其憔悴兮，欲涉江而存之。日忽忽其西晻兮，亦何必輕去其鄉也。曰吾將訪梅福於吴市兮，吾固知君之心傷也。惟金吾之放夜兮，攬揆初度而稱觴。何獻歲之詰朝兮，遽騎龍而相羊。感門祚之衰薄兮，未一月而兩喪。叔祖母沈恭人，以丙申十二月六日卒於粵中。瞻南北而霣涕兮，霑吾襟之浪浪。阽既没而猶視兮，眷小姑之未嫁。已嫁者而余毒兮，吾又哀府君之長夜。

吾元髮之未燥兮，辱府君之見知。嶄頭角而英英兮，曰有異乎常兒。棺冥冥而蓋身兮，言昭昭而在耳。望靈輀於天末兮，起悲風於千里。苟百齡其倏忽兮，詎黄泉無見期。跪喇詞而敷衽兮，淚不絶其如絲。

冒老伯母周太夫人誄 并序　榮哀録

閩縣　林　紓琴南

壬戌之正月，得吾契友冒廣生告喪書，且徵哀誄之文，驚悉吾老伯母周太夫人捐館舍矣。以吾友之孝，遭賢母之喪，其呼籲如何，可陰繪其慘狀而得之。孰非人子，紓其能泚筆爲母誄耶？且少不誄長，矧以紓之不文，焉足誄母之賢。

顧二十年來，廣生與紓爲道義交。去年五月，紓遊雁宕，遇廣生于道途，尚殷殷詢母眠食。廣生曰："健甚。"乃垂及七十之年而告終，則宜乎廣生輕擲一官而乞終三年之喪也。

母氏周，爲吾閩賢太守周公季貺女。太守博極群書，兄弟皆顯宦，廣生稱爲五周先生者。廣生少穎異，周氏諸舅咸曰："阿靈有我家性。"阿靈，廣生小字也。

太夫人年二十六而孀，析産時得二百六十金。叔都轉公方官粵東，憐之，足成千金，太夫人遂留寓于粵東。廣生六歲，妹吴夫人甫五歲，太夫人日劃百錢供饘粥。及廣生歸如皋應童子試，則太夫人鋭減至六十錢，蓋萬苦矣。廣生歷縣、郡、院三試，皆第一，補博士弟子員。甲午，領鄉薦。甲辰，京師商部立，廣生考上第，補平均司郎中，晋四五品京堂，迎養太夫人于京師。于是紓始獲朝太夫人于京寓中。廣生書高于屋也，紓絶意仕進，廣生以太夫人健在，不能不圖禄養。

壬子，簡甌海關監督，罄其所得，且假諸妹婿吴君用威，以八千金贖歸徵君巢民先生故宅。先生爲有明遺老，紓戲稱爲“二百年前壬午同年而同志”者也。廣生既罷甌海，太夫人則歸如皋。戊午，廣生復簡甌海關監督，尋量移鎮江。鎮江古稱北府，有金、焦之勝，廣生遂奉太夫人至鎮江，未幾患作。

先是，危病者二，均其女孫景瑔、景珂刲股以進，不藥而愈。至是，廣生乃齋戒禱諸觀音洞，明日疾間，時人咸以爲孝感也。

廣生既調淮安關，而太夫人仍留居鎮江。辛酉十二月，卒于鎮江寓廬，享壽六十有九。

生平惡聞人過，家人即有議論，亦中止之。其居鎮江，歲輒施棺、施冬衣及米。廣生在淮安，每有善舉，必告太夫人，所謂養志也。

廣生嘗欲請旌母節于朝，太夫人曰：“朝廷所以旌寡婦者，謂其可嫁而不嫁耳。夫不貳爲，孀人常節。人子爲信既晚，且求旌以勵我，此其初心何居，滋輕我矣。”斥不許。嗚呼，母之言爲歷古節母所未言者也，宜紓之五體投地矣。敬爲誄曰：

祥符籍地，周爲冠族，昆季通貴，禄潤優沃。篤生祥女，懿素韶淑，碩人頎頎，林風謖謖。來嬪于冒，内睦外肅。早苦孀單，京卿不禄，一子一女，唯母之縠。既殫撫誥，且盡誨鞠，日食百錢，遑議旨蓄，翛然無冀，淡而知足。子抱豐藝，森厥頭角，躋叙清途，雅有智局。京口春深，江水滔滔，閣隱松寥，台聳妙高。板輿奉母，蒞自如皋，襲馨擷奇，其樂陶陶。母愈儉抑，安匱違豐，天錫厖褫，莫敢榮通。在年宜修，于體非癃，忽構羸悴，營療俱窮。始尶終臧，倏爾告終。嗚呼哀哉！臨命之言，豈特金石。孀守常節，于世胡白，唯有名心，始邀恩錫，子果愛母，勿尚沽激。德符中庸，論乃奇闢。泥首陳辭，上之靈席。

冒老伯母周太夫人誄 榮哀録

永嘉 陳壽宸子萬

緊母聖善，秀秉東都。家聲閥閲，代有大儒，庭訓是禀，行與義符。及笄乃字，淑慎相夫，鴛絃音變，鵑血啼枯。事翁盡孝，忍死須臾，辛勤畫荻，培成鳳雛。遭逢叔度，網拾珊瑚，文章知己，錫以掌珠。羹湯有婦，食性諳姑，孫枝繼起，堂北堪娱。佳兒才調，雅稱蓬壺，屈居郎署，待綰銅符。金臺迎養，夏扇冬爐。滄桑一變，子榷海隅，板輿近迓，惟越鄰吴。葛裘五易，歸飽蒓鱸，居鄉鬱鬱，憂貧成瘉。税駕京口，命將云徂。

子算續母，孝不嫌愚，精誠感格，勝扁與盧。檄調東楚，子赴前途，有女來侍，亦助歡愉。病魔乘隙，藥石難驅，倖剛餘鶴，哺遽辭烏。嗚呼賢母，孝與慈俱，停辛佇苦，儉而且劬。貞不喜表，識與人殊，壽却觴進，俗非所趨。人賜必報，貪吝俱無，多財爲患，其知道乎。凡兹懿淑，閨閣型模，溘然而逝，係豈區區。忝交令子，道誼舊孚，聞母愛子，常捋其鬚，子爲兒戲，母口葫蘆。今棄子去，行將誰扶。子雖失母，猶將母呼。子年及艾，啼若呱呱，母有靈爽，來應于于。言念及此，人盡曰吁。天涯聞訃，淚溢江湖。臨風憑弔，願來生芻。

冒母周太夫人誄

齊燮元

昔漢兩京，爰彰儒效，豈伊世風，亦資坤教。蔚宗著史，中壘明經，作《列女傳》，爲天下型。世閱千齡，清芬邈矣，懿歟母儀，光於彤史。惟母之賢，紗幔文宣，女師德象，緗帙芸編。惟母之孝，徽音彌劭，九族化之，是則是傚。惟母之節，飲冰茹蘗，古井不波，秋霜比烈。惟母之慈，恩斯勤斯，零丁孤苦，以有此兒。兒秉義方，歡承色笑，願爲姜詩，勿爲温嶠。毛義捧檄，以遂烏私，導輿去帽，遐邇榮之。不謂悲風，遽摧風樹，泣血終天，傷心晢墓。摶摶之土，暆暆之暉，中泉已寂，朝露易晞。芬散彤華，國虚淵令，敬爲誄辭，用告無竟。

第十二册

傳

潜德先生傳[①] 家譜

張　文

冒基，字永宗，世爲泰之如皋人。如皋土地沃衍，民俗淳厚，士甘恬退，不急於進取，有隆古風。名臣碩士甲於揚之十郡，在盛宋已然。永宗天分過人，弱不好弄，嶷然如成人。

先是，永宗祖東林先生爲元名臣，至正末解組，遯於東皋，力辭張士誠聘，聚書數千卷，閉門玩，素有終焉之志。東林有友人劉亮，乃吴中巨族，士誠官之。知天命歸我聖明，乃拔身僭僞中，盡取其家藏書，載數巨舟，順水流抵於東皋，主東林，謀獻秘閣。已而，劉中途感疾不起，不果獻，東林爲構樓軒，特貯之，以需國命。方是時，永宗已成童，習見乃祖劬學，好修不倦，奮然有盡讀萬卷志。東林卒，乃翁仲彰治家事，永宗一意所學，取經史子集四類書，臚列而派别之，朝夕誦，不少輟。一遇微辭奥義，凝滯方寸間，必從鄉先達剖析融會之，而後已。淹貫積習既久，如華蟬出没簡册間，殆忘寢食，不復有仕進意。嘗喟然嘆曰："山木爲梁棟用，固木之願，然而匠石不遇，壁立萬山間，上摩日月光，下浸靈液，得以扶疎偃蹇，終其天年，固不爲木之命哉？"因大肆其力，研窮古典，或洽於心，則丹而批其精，偶惑於義，則鉛而誌其誤。凡係國家興衰治亂，足以垂教萬世者，則墨而細書於一張之眉，有暇則自述山林瀟散冲澹之趣，或賦或詩，雜體間見，衆態迭出，當時號爲能文章者，未能或之先也。雅好賓客，接見不厭，數杯後，雅歌投壺，與物陶然，不復知世有軒冕貴也。又性天仁厚，以爲醫可擴仁者未遇心，以周隱居之惠，《素》、《難》諸經，獨得其妙，投一劑，必療一疾，如養由矯矢，必落鵰後已，弦不虚發也。名聞江湖間，賢不肖薫沐永宗之行，不敢以今世士目之。

永樂間，天詔忽命御史内臣暨府太守詣如皋縣，若有所重徵求者，一縣皆懼。永宗瞿然曰："殆爲徵書來耶？"乃幅巾深衣，詣公府見御史，迓之曰："先生得無懼乎？"永

---

① 本頁有浮簽，文曰："《江南通志》、《通州志》、《如皋志》及舊《揚州府志》、《泰州志》諸傳均須補。"

宗拜命整衣,向闕拜。拜訖,御史以賓禮見,發聘禮以徵藏書。永宗受命,盡發所有,裝數舟,送御史行。御史且勸之仕,則曰:"樗櫟餘生,仕何爲也? 春秋既高,惟以裕後爲急。"勉其子欽、釗、銓,以耕以讀,諸孫琳、瑺輩,各因其才,使游鄉校,以無過佚前人。光一旦示微疾,顧謂賓友子姪曰:"吾家積善雖富,吾披閱雖勤,然而澤不下施,吾子孫其有發我之秘者乎?"且指示壽藏處曰:"此地岡隴雖平,東西江海二水所匯,吾童子游,吾暮年舒嘯,與二三野老徜徉處也。况吾先人皆歸於此,而賈大夫射雉祠峙吾後,江南諸山列吾前,吾神遊,其亦樂於此乎?"再宿而卒。

闔邑士夫聚哭於堂,知德君子曰:"冒先生修身飭行,胸蟠萬卷,有濟時具而卒老死東皋間,特吾鄉人悲之,蓋潛德也。先生已矣,先生之德不可以終潛,而亦不可不以潛德稱之,且表吾鄉好德之風,爲後世隱君子之鑑也。"傳者曰:如皋世族,以胡、王、冒三家爲首。胡、王顯於前,安定待制,俊乂狀元可徵也已。獨冒氏含章不發,至於我朝,代有聞人,豈非《詩》、《書》之澤畜於前,必有豐於後者乎?

成化辛丑仲秋。

冒政傳[1] 分省人物志

冒政,字有恒,泰州人。成化乙未進士,授南京户部主事,歷員外、郎中,出守武昌。守正奉公,多所興革。陞山東參政,弛南旺湖禁,以食貧民。陞江西布政,將戒行,以所餘餉銀千兩歸于代者,毫髮無所取。晋右副都御史,巡撫寧夏。忤逆瑾,逮治,罰米三千石,輸邊。累歲事方竟,褫職以歸。瑾敗,復職。致仕,尋卒,賜祭葬如例。

《分省人物志》尚有《冒鸞傳》,須補。曾寫入播婦所畫直幅圖内,可撿出鈔寫。

---

① 本頁有浮簽,文曰:"《明史·張鼐傳》附《冒政傳》應補入。又《分省人物考·冒鸞》。"

冒秀才傳 列朝詩集

常熟 錢謙益牧齋

愈昌，字伯麐，如皋人，爲學官弟子。有時名，負氣伉直，爲怨家所中，浪迹避地，徧遊吴楚間。作詩敏捷，千言不草，矯首厲角，舌辯如懸河，所至士大夫皆畏而禮之。伯麐遊王元美、吴明卿之門，二公憐其才，每爲白其寃狀，而伯麐稱詩，奉二公爲祖禰，迄不少變。萬曆末年，抨擊七子者日衆，伯麐恪守師説，抗詞枝柱，憤楚人之訾謷，至欲以身死之，此可以一笑也。

伯麐先生家傳 小三吾亭文

冒廣生

愈昌，字伯麐，如皋人。錢謙益《列朝詩集·冒秀才小傳》。曾祖鵬，授臨城令，政治有聲，補任富陽。《如皋縣志·冒鵬傳》。祖調，邑廪生。父承禕，母王氏。《家譜》。先生故以經術名家，裒然諸生祭酒。自業制舉時，即工聲詩、古文辭。文自先秦、東西漢，迄於韓、柳、歐、蘇；詩自六朝、三唐，迄於弘、正大家、嘉、隆七子，靡不囊舉獄究，而博於它蓄，嚴於師匠，皈依瑯玡、下雉，取衷雲杜、江寧。黄居中《金陵集序》。爲學官弟子，有時名，負氣伉直，爲怨家所中。《冒秀才小傳》。難作，波及太翁，太翁亦里中貴人。甥乃貴人，不爲之援。范志易徒步走崇川，謁顧大司馬益卿。司馬方在苫次，范庭見陳先生寃狀，顔色動，亟白之當路。先生理直，太翁亦釋。黄輔《范志易傳》。遂敝屣棄諸生，既廪，鼓篋而爲四方遊，時甫踰弱冠耳。

入吴，謁弇州先生。先生嘆異久之。吴明卿至自武昌，載以渡江，上下廣陵、建業；南攬武林之勝，陟匡阜之巔；北溯黄河，觀吕梁之流，涉易水，竪壯士之髮，入都門，觀玉帛冠裳之會，歷諸塞，徼興封狼居胥之想；再遊齊魯，登日觀望海門。張玉成《緑蕉館詩序》。受知邢太僕子愿先生，館於來禽亦久。生平所與遊好，如焦澹園、顧鄰初、馮開之、朱蘭嵎、馬眉良，冒襄《題邢子愿泲園圖》。最心服爲王元美、屠明卿、王百穀三先生。

李維楨《冒伯麐集序》。矯首厲角，舌辯如懸河。《冒秀才小傳》。著一緑緼袍，容儀不整，疏步高談笑，自謂貌寢，不當得功名。王思任《冒伯麐詩序》。所至皆畏而禮之。《冒秀才小傳》。

先朝神宗御宇五十餘載，六服休暢，被潤澤而大豐美。南中爲陪京重地，人士僑寓者尤多。李本寧、曹能始、徐子卿諸先生先後官於南，能詩歌，喜賓客，争招致天下士，士之通輕俠、負才氣者争歸之，如潘景升、王百穀、梅子馬、王太古、陸無從、柳陳父暨先生諸君，旦日樗蒲跕屣之會，積錢隱人，自諸王孫、細侯、都尉以下，擁篲迎道左，争結驩諸君，惟恐不得當。諸君夜則袨服而宿北里鳴珂巷中，今所傳南中倡樓社諸君是也。陳維崧《邵山人潛夫傳》。先生守窮餓，一博山罏自供，異書數卷，朝夕元對。王思任《詩序》。其所居秦淮之濱，則張融、陸慧曉故址。黄居中《序》。金陵舊院妓，首推鄭氏，妥晚出，韶麗驚人。先生集妥與馬湘蘭、趙今燕、朱泰玉之作，爲《秦淮四美人選藁》。《列朝詩集·鄭如英小傳》。其序王先民詩，盛有所稱引，至談海内大方家及後來之彦，片言隻字，合作擊節賞之，津津不啻口出。李維楨《冒伯麐詩序》。先生文賸詩，舉業之文，不在詞賦下。李維楨《集序》。總之，神物異寶，而乃被沈寃十年，無爲湔雪之者。屠隆《鑾江集小引》。

逾壯而還，十九年之青衫，一似子卿歸漢節，定遠入玉門，其爲詩亦如子美之夔州以後。冒起宗《諸大父伯麐先生近體詩選序》。弱侯焦翁亟稱先生綜學博，捃理精，而雲杜、江寧序其近體詩曰："骨力有餘，風韻不乏。新藻獨妍，舊章未泯。"嗚呼！之四言者，足盡先生之概！黄居中《序》。有明傳高士先生，定當首據一席矣。王思任《詩序》。所著《金陵集》、《緑蕉館小刻》，有二十餘種行世。《縣志》。病革時，付其猶子，如太白囑陽冰事，且要之必以山陰王季重序我。王思任《詩序》。娶范氏，子函三、尊三、登三。葬城東萬花園。《家譜》。

廣生案：此文成於二十年前，刻《小三吾亭文》甲集中，時未見先生全集，僅就各選本輯得先生遺詩一卷。光緒中，官京師，貴陽陳松山給諫田藏有先生遺集二十四卷，假録一本歸。庚申正月，里居，不戒於火，藏書燼焉，此本獨無恙。攜至淮上刻之，重寫定，此文附後。松山藏書，國變後悉以易米。聞已流轉至日本，然則此本之得逃劫灰，殆真天幸矣！辛酉十一月。

冒汝三別駕傳[①] 逸園石刻

王 鐸

別駕冒公者，字汝三，别號中垣，揚州之如皋人。性坦率，負氣任俠，喜讀書，有名於廣陵。幾中侂失之，默默不自得，以貢謁選爲海澄丞。弟汝九，爲會昌令。失母，拊棺槨必信，哀毁異常人。熹宗元年，公代溆浦令。上計，未幾，移浙參軍。是時，重慶有寧酋之變，公念弟汝九之守酆都也，在燕感時，欷歔有去志。值其姪嵩少方以孝廉公車聚邸中，相見驩甚。夜大雪至，牛目煮酒割鮮，嵩少避席頓首曰："伯父勞苦矣，敢以卮酒羞。"公喜且悲曰："老人今年六十，造物者畀我升斗薄糈，我匏瓜也哉？有先人之丘隴在，胡爲趦趄大吏前，傴此七尺軀，不决而去之乎？且仕官者，人所喜也。松柏之下，其草不殖，益我務損我神矣。勿行所悔，何如？"頃以恩例授辰州府別駕，遂解組去。

當其攝篆海澄也，地固薌餌哉，公持之不肯取，曰："我不道於民，必將曰：'其饕也，弗之蠲矣。'是不能焜燿先君子，而重辱我。一二弟兄謂敚魚鹽蜃蛤之利，刀錐是訾，其謂我噢休，若而人何？"惟是歲凶，民有慆心旱毁厲疫之災，公乃以槥梩藏死，以藥物振生，免邑之戾氣，則歲之薄，公之厚也。更白之大吏，約粵鳥艘而留焉，不惟遏亂萌，抑使民有所資於艘豆區釜鍾以封殖，兹敝邑庶幾無年而有年。公有擘畫無淫物，有沾被無骫行，是故中丞玉沙王公、御史綿貞周公咸擬奏公於天子。

公方棄官歸，弟繇酆都辭寧州檄亦偕入里。嵩少佐觴，兄弟怡怡，舉酒相慰藉，曰："我一二兄弟，賴先君子之靈，可幸無辠，去重負而釋憂患，以修骨肉之好。敝敝車塵馬足，何如得此而樂之哉！且報報之反，墨墨之化，古人言之矣。"嵩少坐有頃，視左右無人，從容言曰："伯父飲食衎衎，力固壯。古人燕安輔翼，伯父盍謀之？"公曰："吾夙知老會至，人生駒隙耳。折風而抎，身試黄泉，蓐螻蟻，何知焉？有汝在，鬼敖不至餒矣。"遂亡。亡之後，其弟寧州公以同祖再從子卜爲後，乃汩陳於禮度，不惠不迪，遂更嗣。然寧州公父子之心則苦矣。

太史公曰：嵩少公爲大行，特與余交善，道其伯父中垣公視己猶子，性好酒，不因人熱而行無越思，急難濟厄，慷慨負任俠氣，友于弟。脩學通商，立義塚，殯同宷，不浚民以豐其橐，異於有齒焚者哉？何躬閲而後恤，以虚冒氏之祧？天之報施，孰謂盡不

① 本頁有浮簽，文曰："《贛州府志》有《冒夢齡傳》，須補此文後。"

爽耶？然自昔高行而後恤者，豈一中垣也？藉令中垣不道是耻，則九卿誠不足絜，碌碌奉官，救過不贍，中垣公何論焉？故六十三不爲夭，别駕民永譽如桐鄉，不爲無後。君子曰：寧爲方穿，不豨膏而轉軸。中垣公良有可觀者，豈同世之死者竟死乎？不然，即台鼎且百歲，何足數焉？玉耶？珷耶？後世必有能辨之者。

冒汝弼先生暨旌表貞節李恭人合傳 家譜

興化 李　枏

冒夢相，字汝弼，吾揚郡之如皋人。少補邑弟子。會甲申之變，發憤成疾死。其妻同邑李氏女也，有節操，得被旌表。相，故名家子。其先代累世簪纓，父鴻臚序班士撰。有女適同邑許直，即忠愍公也，與相爲同硯友。相資穎異，爲文援筆立成，持視直，直自謂不如。然直結撰至窮思極奥，相亦服其深沉。坐是，才氣就斂，李贊之，燈火咿唔，無間寒燠。甲戌，直舉進士，官吏部員外郎。相丁内外憂，哀毁骨立，然留心經世之務，慨然以天下爲己任。時流賊日熾，京師失守，吏部不屈死。相聞之，拊膺泣曰："姊夫可謂不負所學矣！吾雖未登仕版，然讀書學爲忠孝也。吾不忍吾姊夫獨死。"於邑悲傷，遂遘疾，逾年，竟殁。

相之疾也，李刲股肉，合糜粥以進。及其死，日夜擗踊，願以身殉，危殆者數矣。徐乃悟曰："夫之目不瞑視，爲吾能撫孤也。有起瑞、起蒙在，吾苟服小諒自戕，何以對吾夫？"爰發篋，出故所藏書授二子，延名師教拊之。歲時上食，懸夫像中堂，縞衣泣拜，日戒二子無負先人，嗚咽不休。二子感之，皆植品勵學。時從孫襄負東南耆舊之目，構池館，延接四方名宿之士。二子時相過從，文譽益振。李庀飭家事，不以分二子之志。起瑞由庠生入太學，起蒙以康熙甲子舉於鄉。

先是，朝命修郡邑通志，邑人盛稱冒文學妻李氏貞節事。邑令盧綖條上其事，撫臣疏請，得賜金建坊。命下之日，李齒髮未衰，諸孫馴馴濟美。鄉人謂相與李之食報亦厚矣。年八十四卒，合葬於邑治東，長洲韓宗伯爲誌其墓。起蒙不仕，志在表揚先世，立祠修譜，以合族人。妻劉氏，事姑以孝聞，年七十四卒，别有傳。

故永平府同知兼山海關郎中冒公義元傳 家譜

蔡龍文

夫才詘於時，持才者過。若時詘於才，則衡才者過。乃衡而用，用而復詘其用，俾有心人爲天之生才嘆，而不勝腕之扼焉，孰有如公之遇而不遇也哉？

公冒姓，諱日乾，字羲元，號孺文，爲贈駕部郎澹齋公瑺五世孫，臨城、富陽兩邑長静軒公鵬玄孫，德慶守文樓公守愚孟子。穎質天成，孝友性縱，故童而順慧爽雋，喜千秋業，睎制舉藝蔑如也。舞象時侍尊人令高陽，師孫愷陽相公兄。相公年比肩而月長於公，稱研席友，以質情超絶推公。公肆力益篤，文名大震，於丘明氏恰有神契，語語故皆《左》《國》。乙酉薦賢書，年方二十三。繼而師成進士，入民部。相公第殿試三人，登木天。公蓋前茅云，而力古學益更篤，事德慶公如孺子之慕父母。德慶家課最嚴，公之孺慕最切，故號孺文。德慶公仙去，中夜循堂啼號，聲徹於外，隣主有聞而淚墮者，毁瘠幾不勝衣，嗣宗雞骨，豈足訝焉？余以乙丑得從公遊，浸尋十稔餘，每談及德慶公，輒漕潸淚涕交馳。夫以衰老之人，慕深孺子，天性也。

淮揚之族，冒氏獨大而繁，所居故多涣，公之睦之者，如在一聚然。戚友黨屬，每遇大規畫，罔不决策於公，公罔不爲之精詳剖斷。寒暑居諸，遄邁淹倏，而公車十上，遇不文會。丙戌入彀，厄於謄黄之誤。丙辰再入彀，厄於卷之失，遂頫志受安陸長。

安陸，古鄖子國也，地磽确，俗剽悍。當令君始政，輒持膏腴以餂，漸致所樊中，遂不得出。公蚤嚴絶之，於豪貴猾賈，所溷濫優免，一切覈汰，不問其爲强禦，强禦亦莫不輯伏。奸史奸徒之匿卷、匿鈐、匿商之阿堵，罔不摘出而置之法，鄖人於是乎知有律矣。孝感大盜，健鷙狡黠，嵎虎之勢久堅，爰兔之奸素巧，所司頻勾頻不可得。郡牧王侯知公才，授公，公授健足策，云如是則不勞而禽矣。倏而果然，鄖人於是乎免盜患矣。潞藩之璫，詣鄖徵其府賦，横索夫馬，前令咸不可堪。公獨笑折之，徐以舟代夫馬，仍定爲例，鄖人於是乎歲免璫之費與虐矣。鄖以疲邑當衝會，道撫移鎮，士客聯鑣，夫窮馬乏，飆牽俸捐竭焉，不得已僉報應辦。其奸者工於脱射，浹旬且弗克辦，公燭而釐之，辦旋給。又力請以襄陽、應山諸邑爲協濟，鄖人於是乎免疲於犇命，而血膚不剥矣。公未治鄖也，民某某等爲仇家所中，罹重辟久矣，自分無生。公質勘既確，泫然請豁，直以官可無而豁必不可不有，鄖人於是乎獄無寃鬼，而孱善貼席矣。當楚之饑也，周年不雨，千里地赤，萎芡之萌不能挺；公捐俸，又請賑育之，鄖人於是乎免於菜色溝瘠，而妻孥生聚矣。乃若創書院則人才有造，增城堤則金湯得固，復河道則灌溉恩弘，漢之黄霸、趙廣漢，一惠一嚴，古今嘉吏治焉，公兼有之。此掌科大洪楊先生，以惠洽蜎蠕，嚴肅狐鼠，爲公頌也。此直指彭公，有首薦也。此郡牧王公，有文章政事天下才稱也。此上臺洎大紳，以大用爲公期也。適璽書起江夏熊公，經略東事，所過郡邑大夫幾不敢仰目，獨過郿，聆公規畫贍卓，覩公丰神超詣，閲公德政傳播，又於古文詞中服公久矣，特薦擢同知永平府事。命下，論者以爲資格猶未破也，然誰不云此往江夏，必有異用公者？乃至則僅有理刑之司，凡兵食之需，軍國之計，概不與聞。嗟嗟！時之詘人才也似此。

公骯臟爽雋，自童所性，維時見柴、李二將軍，相繼遜去，則卓然自勅，以爲吾乃天子特命以平經臺刑獄之臣，苟能爲天子生一有用之將，生一有用之兵，以當兹疆埸虓䖘之衝，庶幾少裨萬一，安問吾才究與弗究與？以故島帥毛爲参將時，經臺以事勾之，授以爰書，幾不理於法，且經臺有口旨，公違之，而論出之，又慰遣之。遼諸獄，揭覆盆而睹大照者，公賜也，公用意深矣。萬曆、泰昌兩朝，發帑金三百萬，勞遼將士，院臺知公廉而幹，任分給之。乃秋月寒潭，咏滿遼人心口，問羨餘則箭之兩敗板，束箭之兩鐵箍而已。力士某見夏暑，公欲浴無盆，私呼匠，斵箭治盆，請浴。公勃然曰："女知此板乎？公物也。"拂衣出，一日力士指鐵箍曰："何不銷鑄之，充兵械乎？"公笑曰："此自有攸司，尸祝敢越俎哉？"凛然一介不敢也。以此，問署糧廳時，帑中参之三十觔，貂皮之數十挂，何有於公？以此，問署餉司時，羨積三千餘金，何有於公？廉而不汩其性，諸司臺所以交口頌之不置也。公時所際，皆戎馬倥傯間，奏記紛繁，爰書雜冗，口占手揮，各符窾郄。亦嘗單騎馳大寇，毁其積裹，奠安全方俸活貧民萬餘。公之用意深遠，邊上諸公，所未及測，何也？民貧無聊，咸敵資也。今日流寇披猖，禍非胎此哉？

公嘗爲余言，經略出關時，有遼士上八策。其一，静不可調天下兵。乞以調兵糧料，充遼民資用；即以遼民守遼土，風氣人器，相去不遠。且遼民習弓馬，工騎射，南兵不及也。遼民耐霜雪，奮剛悍，南民不及也。遼民敵至則群而防禦，盡屬父子弟兄，敵去則散而即業。敵倏去倏來，遼民則倏散倏防。南兵之來，疲奔二三千里，縻糧秏力，需以歲月，何以與敵抗哉？况調兵名以援遼，實以蠹遼。遼民之雞犬室家，盡兵玩具，恐遼民不困於敵，且困於兵，變將叵測，而經略不能用。其士挈家逃入關。後所調兵，前後集塞下者十三萬餘，訓練則不分，防守則不撥，逃亡繼踵，報勘幾無人矣。遼城築自貞觀，歲久，磚且銹而欲頹，獨賴積磧周遭，城用以壯其趾。江夏則遣兵卒挑以盡之，頂增高者三版。遼城外古樹周數匝，豈非捍敵騎令不得馳，兼令蓊翳蒙密，示疑伏，令敵騎不敢近乎？江夏則遣兵卒盡伐其樹，斧鋸牽曳，匱兵力者三年。公以循古，極口申阻，辭氣丰神，不减郿治初謁時，江夏拂然。果未久，雨大而城圮；果未久，敵騎屢哨城下，其後得以破城西南隅矣。按兵法之有刁斗，蓋以鳴有警，備行炊者。江夏則分兵於士庶家，以代烹煮，繇是遼之牛犬不得生，室家不得主，遼反望敵來之生全，而不堪兵之魚肉。公危言之，江夏之拂倍甚，而東事不可爲矣。

大抵年來内外交訌，所到破府破州破縣，非盡寇之勇而狡也。盡出我兵憤驕而不可用，節鉞諸臺，罪功不曙，罰每重而賞每刻，兼之目不辨將，而將不辨兵。嗚呼！國計民生，於何利賴？余故以肺石鞀鐸之不清，理臣任之，封疆重委，司有其人，理臣何與？宵人顧欲甘心公耶？幸熹廟神明，公還里居，古文業彌弘彌暢，存者不得公一言則不榮，坳者不得公一言則不傳，經濟之道，優優乎大哉！牙橋一議，載在邑乘，纚纚歷歷，所以沾潤崇川雉海一州兩邑之士女蓁至也。飲清流而思功，公之明德遠矣！庚桑尸祝，公宜享之。

公以嘉靖癸亥年十一月生，以崇禎丙子年八月捐賓客，躋壽七十有四。屬纊之候，神氣悠然。兩公子率諸孫嚴侍，請筆遺訓，用貽世守。公無一言及家人産，緦緦以和兄弟教子孫，期無墜先人緒爲命。公代襲紈袴而耽素約，衣不華飾。宜人盧氏，與公同德，自于歸以逮老，未嘗一製時樣衣粧。宜人先公逝十餘祀，而幃闥之間，不畜媵侍，公之天性愈見矣。彼兩賑兩獄，及牙橋一塞，所存活者不啻幾千萬命，陰隲垂裕，將與存笥稿，並耀天壤。文子、文孫，騰踏雲霄，以發公時詘之才，固已振振眉睫前乎。

余名微筆小，奚以章公？第公生平不許可一人，獨於文深知篤信。乙丑以來，即沉痾時，每進余榻前，杯酒談驢，商量堪輿家學。余《針學》一書，公所手訂者，病起則肩筍輿，拉探古迹，竟以襄宜人大事，屬余任之。古人有一飦不能忘者，知余如公，余能已於言哉？故稍次公梗概而傳之，謂足以悉公生平乎？未也，則以俟後之君子。

冒野雲傳 河東十世

薛宗文

甲申之變，明莊烈帝殉社稷後，如皋許進士直官吏部員外郎，縊於銓曹之署。君殉國，臣殉君，嗚呼烈哉！此固君臣之義不可廢也。國亡與亡，乃分之宜，至草野一民，而援率土皆臣之義，捐軀以報舊君，則惟冒公之死爲得其正。

公諱照，字野雲，從亮公次子也。無官於朝，無禄於廩，無守土守城之責，乃聞燕京失守，明祚告終，繞室徬徨，仰天嘆曰：“我明人也！我明人也！”呼不絶口，家人不知所爲，闔户自經死。夫自來亡國之慘，殉難死義，無如明季之多。公獨與許公同見危授命，尤能不辱其身。昭代褒崇忠節，表微闡幽，草茅潛德，有善必旌。公没後，有欲具狀上聞者，其子則曰：“此非吾父之志也！”繼有欲列入邑乘者，其孫又曰：“此非吾祖之志也！”子若孫體公之志，衹知以身爲殉，而不邀身後之名，名湮没而不彰，一門義烈之風，累世未之或變，不但以忠報國，直以義傳家矣。鄉人嘉公之義，因許公賜謚忠愍，私謚公曰潛愍先生。先生匹夫耳，慷慨赴義猶如此。嗚呼！此可以流芳百世已。

讚曰：明社屋，義不辱。李受杖，許被戮。皋僻海隅，民風渾樸。矯矯冒公，心同行獨。延頸以組，衣冠就木。亮節千秋，永光宗族。

冒母劉孺人傳[①] 湖海樓文集拾遺

陳維崧

己酉冬十月，陳子束裝適東皋，行有日矣。聞冒母劉孺人之訃，而遽行至，哭之極哀。劉孺人者，吾友冒無譽、爰及之生母也。禮，事朋友之母即若母。孺人矧又天下之賢母也，雖欲不哭，余烏得而不哭？哭又烏得而不哀也耶？

憶余十二年前，以通家子訪巢民先生於東皋，先生館余宅東之留耕堂。留耕堂者，蓋先是憲副公所築，以居其仲子無譽者也。後築一堂曰愛日，則季子爰及居之。余讀書兩堂之間，無譽才十五六，爰及甫數歲耳。二子既以兄事余，相友愛，每至寒夜篝燈，雖深更漏下三鼓，酒醪粢酏，諸物不呼悉具。或時已假寐，無譽輒闚之曰：“得毋寒耶？”潛以緼袍擁之而去。其他事類如此。余問之二子，則曰：“噫！此皆吾母劉孺人之教也。某不幸蚤失怙，吾母教不肖兄弟讀書取友，冀其有所樹立，孜孜汲汲十數年如一日，故余兄弟雖鮮知識，而終不以狂騃獲戾，致失賢豪長者歡，則皆吾母之教也。”余聞之驚嘆曰：“有是哉！”然猶謂或余始至則然耳。及余再至、三至，母之教無譽兄弟也，常然。或余數年不至而偶至也，母令無譽兄弟之所以待余，卒無不然。然其待他人也，或不盡然。乃自余而外，如歷陽戴子務旃昆季、貴池吴子孟堅、同里宗子祧、石子泇諸師若友，無譽兄弟待之，及孺人命所以待之也舉無不盡然，然則母誠天下之賢母也。

無譽又曰：“吾母生平謹慎，知大義，讀書，慷慨有烈丈夫節。其接物也，尤以誠。自吾父憲副公棄世，吾母隨太母馬恭人後稱未亡人，幾二十年，足不踰閾，笑不見矧，衣粗食糲，嚴督内外諸童僕，以是某兄弟得力於學。其事大母馬恭人也，恭人既極愛

---

① 本頁有浮簽，文曰：“《大清一統志》有《冒起宗傳》，須補列此文前。”

母,母亦靡所不獲其歡。伯兄巢民先生暨丘嫂蘇孺人俱心重之。暇則讀《列女傳》及《史》、《漢》諸書,讀至忠孝被誣,桀驁肆螯,椎案起,咄嗟不平,廢飲食者竟日。鄰里有以緩急告者,屢脱簪珥應,無欿色。至其筦家政也,凛然秩然,嚴而有恩,不爲毛鷙刻礉,媪保婦孺莫不均燥溼,節佚遊。蓋家人視孺人如嚴君然,實又慈母然矣。"言未既,無譽復哭,爰及袒括髪以頭搶地曰:"以某兄弟伶俜孤苦,而今復罹此大故也,以吾母茹荼食蘗而遂至斯也,蓋吾母之志也,余何忍言? 吾父捐館,舍吾兄弟,家道日益落,其間人情變幻,世態險巇,至有不勝述者。母顧不肖兄弟曰:'姑忍之,汝輩尚未成立也。'及褒娶婦宫氏,補博士弟子員,裔亦娶婦宗氏,婦俱以賢稱,母曰:'吾可以見亡者於地下矣。'自焚香祝天以祈死。昨歲寢疾,褒兄弟皇迫無所措,褒妻宫氏及裔前後刲股進,且日治湯藥。母却之,笑曰:'死固吾志也。記與汝父在荆襄圍城中,賊騎充斥,吾是時即以死自誓。今汝父死幾二十年,吾死晚矣。今得見汝輩成立,死有何憾?'遂却醫藥不進,至十月十三日竟不起。嗚呼痛哉! 以母茹荼食蘗,而竟至斯也! 此固吾母之志也,余何忍言?"

余聞之,益嘆息,有是夫! 母誠賢母哉,抑余更有感焉! 余不敏,閲歷世故者深矣。自分樸訥,不爲翕翕熱,及姝姝煖煖,效流俗人所爲,居恒必誠必信,與朋友往往出肺肝相示,不幸無所表建,或爲人所不見信者多矣。余獨何能得此於無譽兄弟也? 余又何能忘母之所以教其子也? 作《劉孺人傳》。傳曰: 天下死生視其志,存没惟其誠。吾於劉孺人,益信。當孺人之矢節撫孤也,夫亡不即死,卒保護其孤,至有以自立,然後死。其死也,志定之矣。志則理也,非數也。余蓋赴孺人之殯宫而哭之。其婦女哭於幃,賓客哭於位,蒼頭廬兒哭於户下,哀痛憯怛,下逮三尺之子,無不行哭失聲。此豈有所作而致哉? 不知其存,視其没矣,余故曰誠也。夫至誠而不動者,未之有也。

冒若水傳 家譜

朱廷亠

公號若水,諱起宏,一字遠猷,由儒士入太學,性警敏多智。讀書至徐孺子以身力爲衣食之語,及陶士行運甓不遺竹頭木屑事,輒欣然慕曰:"天地生養斯人,人不自爲生養,徒然衣租食税,愒日玩時,槁天和而涸地澤,二公之所不爲,予亦心焉耻之。"所以能丕承先業,力爲恢廓。

每清晨起坐,部署諸家政,及暮不爲疲。治田畝,澮廬舍,桔槔錢鎛,必偫必豫,無或失時廢事者，以故家道日益隆起。事親以孝聞，鷄鳴盥漱，問寢視膳，慈以旨甘，惟親所嗜欲。友愛兄弟，有分甘同寢之樂，歲時伏臘，怡怡翕聚一堂。皋人士咸稱有古風云。從弟蒙求倡建宗祠，置祭田。公同心協力，不惜倒廩傾囷，勷贊其事於有成。公外王父母卒，衣襚棺槨墓地諸事，悉爲代治，且必誠必信，絶無悔吝。其人之樂善不倦類此。教子孫以讀書立品爲務。又曰："士先器識而後文藝，耳提面命，不憚口舌之勞，尊崇道德，敬禮師儒，集賢里之家聲，所以綿綿弈弈而勿替也。"

晚歲好道家者言，創太極庵於城之東隅，築土疊石，蒔花植木於室之側，稍暇則憇息於兹焉。然《山樞》、《蟋蟀》，少壯時所爲韋絃佩者，耄耋不忘。倘尚浮華，公直示之以儉，惟衣裳在笥，飲食不至過味。古之所謂克勤克儉者，其斯人歟？子與嘉，公晚年始生，性温克，重然諾，言笑不苟。孫有萊、有慶、有筠俱聰慧，能讀書立品，克承祖訓。公卒之日，年八十有六。

冒静庵傳 家譜

周祖榮

先生諱起蒙，字蒙求，號静庵。文學汝弼公次子。生二齡而孤，母李撫之成立。家故多藏書，日夕諷咏，顓意經學，兼通地理壬奇諸書。在諸生中二十年，孝友端方，敦尚氣節，未嘗有所干進。皋之泮陽爲射圃，地一十二畝有奇，歲月既深，居民或潛跨焉。先生毅然曰："此何地，可任豪强實逼處此乎？"因偕皋之好義士，若胡梁公邦棟、姜碧滋迓譽輩，請於學憲高公，勒碑以示永久。圃得復，復斥貲建文廟宫牆一十二丈蔽之，率鄉茂才習射其中，曰："事之盡禮樂，而可數爲以立德行者，莫如射矣。"

康熙甲子，舉於鄉，出薛中丞門下，一時稱薛公能得士。乙丑、戊辰，兩躓會闈。安溪李相國時爲少司馬，器重之，薦爲守戎，需次樞部。先生念李恭人春秋高，不敢以遠遊致慈母倚閭，遂辭歸，板輿竹杖，跬步未嘗離膝下。越三年辛未，太恭人辭世，先生哀痛感路人，治喪葬悉盡禮，自是亦絶意於仕進矣。居家以禮讓教子弟，創建宗祠、修族譜、置祭田，心力兼勞者二十餘年，族人至今奉其良法。

晚年築寄園於城南，蒔花種竹，與婿胡編修香山之古柏園爲鄰，觴咏其中，座上客常滿。里中後進來謁者，雖少，必肅衣冠而後見，見則如坐春風中。尤好施濟，姻族有不能婚嫁殯葬者，必竭力成之。學士大夫重其行，屢舉鄉飲大賓，辭不赴，兩拜粟帛之賜。卒年八十有五。子四：長增廣生與恒，次太學生與潔，次司訓與學，次州佐與時。孫曾林立，皆孝友，能承其家學云。

劉恭人傳 家譜

史貽直

冒起蒙妻劉氏，世爲揚之如皋人。父昌朝，爲經生，娶起蒙之姑，生女婉娩，絶憐愛之，爲擇良耦，顧非起蒙不可。蒙母李氏嫠也，性嚴毅，足不越閫閾，僮僕聞聲輒凛然。劉氏既歸，善承姑意，米鹽鱗雜之務，治之皆就條理。與先後女兄弟處無間言，李曰："是婦賢且才，我家事一切畀之。"蒙早孤，受産不過中人，豐歲猶不給。蒙領鄉薦，屢上長安，動踰千里。四方賓至，酒醪交錯，及子女婚嫁，皆劉曲爲綜理，常不及於困。時姑李氏年八十餘矣，飲食卧起，劉必躬親之，未嘗委諸傅婢。歲辛未，起蒙入都，姑疾大漸，劉晝夜啼泣，籲天願延旬日，俟夫歸。疾果有間，蒙歸而李始殁。方其未殁也，撫臣臚李之節以請於朝，得自建坊。會礱石江南，而劉疾作，因自傷曰："吾逮事吾姑，苦節數十年，教子孫各有成立。今幸邀國典，顧吾不獲見螭頭高榜之立，用是爲恨。"已而疾稍瘳，逮坊成，踰年而後卒。劉之善事其姑如此。馭下各有恩禮。訓子女必誠必敬，曰："吾姑家法不可失也。"蒙性樂義，劉佐之，未嘗有吝色。嘗撤故屋爲祠，鳩工庀材，費且千緡，醵金不足，顧事不可已，每中夜徬徨。劉攟簪珥出之，事賴以成。及死，奩無餘貲焉。

貞女吴氏傳 家譜

許嗣隆

貞女吴氏，邑人吴其達之女也。其達早逝，遺女弟妹三人，與母丁氏食貧自給。諸生叢有杞者，爲前輩冒愈昌之戚屬，聞女賢，乃爲愈昌之孫起鵬請婚。母許之，甫兩月，起鵬病故，女聞訃，堅卧不起，勺水不入口者三日。母解之曰："未爲冒氏婦也，何自苦乃爾?”女則剪髮泣誓,謂不赴冒氏喪而有二心者,如此髢然! 乃强起往臨起鵬櫬,一慟幾絶。及葬,遂以其髢殉。喪畢,冒氏貧,又無可後者,於是什襲起鵬舊物一二事,歸其母家,歲時陳而拜之。夙暮績絍,爲衣食凡三十三年。起鵬兄起俊憐其苦,間一餉米薪,然氏之食力其常也。

康熙丁丑卒,距其所生,得年五十。方疾革,呼起俊子世文,語之曰:“吾雖未爲汝叔婦,然業受聘,即其婦也。我死,宜合窆,不則另埋,毋混置吴氏塋側,以没吾志。”語訖,口一小簪爲含而終。簪蓋起鵬物,氏所什襲三十三年者也。格於例,且貧,未奉旌表。廣生案:乾隆七年,貞女已奉旌表。

贊曰:禮,女未廟見而死,歸葬於女氏之黨,示未成婦也。吴氏之貞,非貞而過者耶? 然以孔子弗殤汪錡之義推之,庶人而死君難,女子未嫁而矢志從夫,一也。吴氏之過,過於貞者也。舉世波靡,一人砥柱,詎偶然哉?

擬處冲先生家傳 小三吾亭文

冒廣生

先生諱超處,字處冲,一字介君。父諱志舜;母仇氏,早卒。先生既失恃,家綦貧,隨父轉徙江淮間,迄無定居。時族叔祖伯麐先生以詩、古文辭矯首厲角,日與李本寧、王弇州諸先生游,有聲江左。先生得奉手受教,故於文章流别,上自先秦兩漢,下迄七子,靡不囊舉而獄究之焉。顧其爲文,時宕入於公安、竟陵,幽曲纖峭,使人讀之不歡,又惘然若有所失也。其論詩以性靈爲先,詩書次之,以爲靈漢之昭回,川岳之渟峙,時行物生萬變,而未始有窮,而人嘘吸其中,氣皆詩調,形皆詩料也。隨其意而吐茹之,自有喜怒哀樂,而興觀群怨譜焉,名之曰詩。豈惟君父,而鳥獸草木,無不於中森發鼓舞,而無物不備,無境不窮,以造物還之造物而觀止已。又言:“北地教人不讀秦漢以後之書,雖有宗工,墨守其説,幾嚴於功令,抑讀已而知其不可讀,將讀已而愈知其不可不讀也。試於《空同集》中,必求先秦兩漢,已不可得,獻吉自爲獻吉已耳。當時王叔武已置喙焉,而欲一語以廢千古英雄,欺人哉! 至歷下,而公移亦飾左馬。弇州推爲當代,將毋受其刑馬之盟,而益堅左右袒乎?《唐詩》一選,遂謂定評。公安、竟陵諸公起而詆訶,豈定文人相輕,抑技進乎道者,固不能以後起相遺也。”順治初年,年七十,以明經終。娶陳氏子舒翹。先生所居曰簡兮堂,在如皋城東門外。

論曰：吾冒氏自占籍如皋，爲海内望族，若中丞、少參、憲副諸公，並起家進士，爲時聞人。至乃操奇觚而異於衆者，指不勝屈。若處冲先生與伯麐先生、巢民先生，其尤著者也。比年以俸錢所入，稍稍刻先世之遺書，其於伯麐先生、巢民先生所著，皆多至一二十種，獨處冲先生得文四首、詩二首而已。欲問其遺事，而故老無傳焉。不得已而詮次其論文之言，以餉來世。悲夫！

冒襄 清史列傳文苑七十

冒襄，字辟疆，江蘇如皋人，明副貢生。少遊董其昌門，其昌序其十四歲時詩，方之王勃。性至孝，時流寇縱横，父起宗以吏部郎出歷官副使，犯權貴忌，抑陷襄陽監軍，置必死地。襄走京師，泣血上書，乃得調寶慶，於是孝子之名聞天下。所與游皆當時雄俊，與桐城方以智、宜興陳貞慧、歸德侯朝宗矜名節，持正論，品覈執政，裁量公卿，時稱"四公子"。襄負盛氣，高才飈湧，尤能傾動人。嘗置酒桃葉渡，會東林六君子諸孤，酒酣，輒狂以怨，訶詈奄黨。因與諸孤結社金陵相抗。馬、阮當國，憾之。黨獄興，捕得貞慧，幾死，襄僅免。國變後，遂無意用世，性喜客，家故有水繪園，擅池沼亭館之勝，四方名士招致無虚日。嘗恣遊大江南北，窮覽山水，每於歌樓酒壁，縱談前代名卿黨逆、門户排擊、是非邪正之事，以及南都才人學士，名倡狎客、文酒游宴之歡，風流文采，映照一時。當事屢薦於朝，皆不就。貞慧子維崧少而才，邀至家，飲食教誨之，以成其名。好周三黨之急，嘗鬻産兩救凶荒，全活無算，家遂中落。晚年卻埽家居，構匿峰廬，以圖書自娱。年八十，猶作擘窠大書，體勢益媚，人争寶之。康熙三十二年卒。著有《水繪園詩文集》、《樸巢詩文集》，又編其師友投贈詩文爲《同人集》十二卷。子丹書。

冒襄傳 清史稿遺逸二

冒襄，字辟疆，別號巢民，如皋人。父起宗，明副使。襄十歲能詩，董其昌爲作序。

崇禎壬午副榜貢生，當授推官，會亂作，遂不出。與桐城方以智、宜興陳貞慧、商丘侯方域並稱“四公子”。襄少年負盛氣，才特高，尤能傾動人。嘗置酒桃葉渡，會六君子諸孤，一時名士咸集。酒酣，輒發狂悲歌，訾詈懷寧阮大鋮。大鋮，故奄黨也。時金陵歌舞諸部，以懷寧爲冠，歌詞皆出大鋮。大鋮欲自結諸社人，令歌者來，襄與客且罵且稱善，大鋮聞之益恨。甲申黨獄興，襄賴救僅免。家故有園池亭館之勝，歸益喜客，招致無虚日，家自此中落，怡然不悔也。襄既隱居不出，名益盛。督撫以監軍薦，御史以人才薦，皆以親老辭。康熙中，復以山林隱逸及博學鴻詞薦，亦不就。著述甚富，行世者，有《先世前徽録》、《六十年師友詩文同人集》、《樸巢詩文集》、《水繪園詩文集》。書法絶妙，喜作擘窠大字，人皆藏弆珍之。康熙三十二年卒，年八十有三，私謚潛孝先生。

冒巢民先生傳 同人集

盧　香

先生冒氏，皋邑之甲姓也，諱襄，字辟疆。以前壬午副舉特授司理官，親老不仕，後累膺徵辟，卒皆辭免。邑有樸踞城南濠，就樸架亭，與鸛鶴同栖，遂自號巢民。少遊董文敏門，文敏序其十四歲時詩，方之王子安。既齒，學俱進，才益飈湧，詞章及行草書流傳海内。家故饒亭館之勝，有水繪、三吾、匿峰、深翠山房諸處，皆具林巒，富烟水，仿佛輞川圖畫。而先生又好交遊，喜聲伎，自製詞曲，教家部引商刻羽，聽者竦異，以爲鈞天叠奏也。與雲間陳仲醇互相規倣，四方賓至如歸，聯鑣方軌，殆無虚日。自所稱“四公子”外，若東林幾社、復社諸先達，及前後館閣、臺省，下逮方伎、隱逸、緇羽之倫，來未嘗不留，留未嘗輒去，去亦未嘗不復來，而聞風向慕者，則又神交色動矣。

然先生大節挺然，不獨以風流文采擅場。父憲副宗起嘗犯權要忌，抑陷襄陽監軍，爲必死地。先生獨步京師，泣血上書請命，卒得改調。熹廟中，六君子輩死璫禍，懷宗反正，被優録。已而璫焰復熾，修故釁，欲甘心焉。先生聯難廕諸孤結社金陵相抗，即蹈危險不顧，事雖無濟，而聞者色沮。今桃葉渡頭猶餘易水歌聲，其社集諸詩故在也。

晚年却掃家居，游觀色藝，諸奉御頓不及前，而朋友聚會觴咏之樂終不能釋。壽八十，猶作擘窠大書，體勢遒媚，突過初年，亦嘗鬻以助歡。又三年，乃卒。宗伯長洲韓公誌其墓曰：“先生殁，而東南遺老之流風於是乎盡矣。”嗚呼！其信然哉！有詩文集數種行世。省志、郡志獨載其賑災染疫以死，邑令禱神復生，其事甚奇，然非耳目所恒有。先生二子皆以才藝著名，克紹其家學，又善承親志。長嘉穗，次丹書，各有專集。穗子渾，以武功階一品，實授成都參戎。

蘇孺人傳 同人集

陳維崧

士不幸轗軻失志，如晉公子重耳出亡時，於所過諸國，閱歷既久，其驗人情僞必最真。當其辱於羈旅也，所遇者即壺餐筐篚之德，尚極不能忘，况中心誠懇者乎？其誠懇也，况十數年如一日乎？此在賢士大夫猶難，況婦德乎？乃待之誠懇矣，且數十年如一日矣，在賢士大夫猶難者，今既於婦德見之矣，况其生平又爲天下之賢母乎！於其没也，思報之至，僅以其言，則吾言又何可已也？

如皋蓋有吾伯母蘇孺人云。孺人爲世父冒巢民先生配，吾友穀梁、青若母。生平端莊縝密，寡言笑，持重曉事理，事舅姑以孝，相夫以敬，教子媳以義，於中外大小事通變務大體。其與人以恩也，尤必以誠。蓋孺人既事舅憲副公及姑馬恭人，猶及事王舅奉直公及祖姑宗太宜人。冒氏自奉直公以來，再世爲清白吏，奉直公謝政里居時，暨憲副公甲申、乙酉後，俱慷慨事豪縱，喜飲酒，嗜賓客，一切家人産不問，孺人所以事之盡其道，必婉轉得其心。至宗太宜人之馭下也以肅，馬恭人之治家也雖以和煦，實以莊。孺人則惴惴焉無玩志，無欿容，數十年以爲常。至其於蘇氏也，凡爲其父母兄弟子姓也，孺人之所以處之也亦然。至舅姑之所愛與所敬也，其敬之愛之也亦舉無不然。巢民先生既以文章氣誼重然諾，好施予，負梗概於天下。而穀梁兄弟亦以才名踔厲，有聲諸公卿間。先生好行其德，辛巳、壬辰既兩次賑荒，所全活者不下數十百萬，皆孺人脱簪珥以助之。

然皋俗喜訾謷，不樂人爲善，其異己者，又群爲不根之語以惎之。穀梁、青若滋甚，願博一第以間執讒慝者之口，先後俱游京師，數年不歸。孺人念先生之壹鬱而憐愛子之遠游也，輒結轖於中而不能去。然居恒輒與先生相慰藉，曰："爲善不求人知，吾事也；人不吾知而反肆謡諑焉，亦命也。抑慎毋以此自沮乎。"日益刺促不休，與先生爲耳語：某貧不能婚，某貧不能嫁，某寒至無衣，某飢至無食，某死無所殯，某生無所歸。黽勉有無，不悉有以緩急之不止。余故曰孺人事舅姑孝，相夫子敬，教子媳義，其與人尤以誠也，抑人更有所難焉者。孺人未生穀梁時，先是舉一子名兖。戊寅夏，巢民先生感神夢，知母恭人有危疾，則泣禱於神，請以幼子代。無何，兖竟殤。蓋自兖也殤，而孺人哭泣之聲未常達於户外，出則欣然色喜，曰："兒死，吾姑其獲生乎！且固吾夫子志也。"其爲人通變務大體如此。

噫！余之游東皋也幾十五年，其居我伯母家者又幾十年，蓋所見東皋冒氏盛衰枯菀之故亦多矣。中間汝南之車騎大異曩時，扶風之絲竹都非昔日。趙壹著《疾邪》之賦，劉峻録《絶交》之書。噩夢驚濤，靡日蔑有。先生坐愁行嘆于其家，穀梁、青若淪落不得志於其外，孺人則日望其子之歸，又慮子之早歸，而訖無所成就也。迨至前歲，穀梁婦姚氏早亡。昨歲，青若婦爲孺人姪女蘇氏復繼没，孺人之病遂纏綿沉痼而不可爲也，徒抱小心謹凛之身，而終齎其愷惠慈和之志以死。嗚呼！孺人其可悲也已。孺人比得痰疾，一足不良於行。卒之日，猶嫳躄至馬恭人前，問寢膳。忽痰蹷仆堦下，不能語，遂卒。時壬子二月十二日也。卒後而恭人年八十餘，髮毵毵白，顧苦健忘，每日晡，必拂孺人之屏帳而問曰："吾婦安在？數日何不一睬老人也？"而先生有稚女，甫二歲，係媵某氏出，每早起，必過孺人之靈幃而號呼曰："吾母其何往乎？誰復以果餌啗我乎？吾母果安往乎？"大聲哭，哭哀極。

冒姬董小宛傳 同人集

張明弼

董小宛，名白，一字青蓮，秦淮樂籍中奇女也。七八歲，母陳氏教以書翰，輒了了。年十一二，神姿艷發，窈窕嬋娟，無出其右。至鍼神、曲聖、食譜、茶經，莫不精曉。顧其性好静，每至幽林遠壑，多依戀不能去。若夫男女闐集，喧笑並作，則心厭色沮，亟去之。居恒攬鏡，自語其影曰："吾姿慧如此，即詘首庸人婦，猶當嘆采鳳隨鴉，况作飄花零葉乎？"

時有冒子辟疆者，名襄，如皋人也，父祖皆貴顯。年十四，即與雲間董太傅、陳徵君相倡和。弱冠，與余暨陳則梁四五人刑牲稱雁，序于舊都。其人姿儀天出，神清徹膚，余常以詩贈之，目爲東海秀影。所居凡女子見之，有不樂爲貴人婦，願爲夫子妾者無數。辟疆顧高自標置，每遇狹斜，擲心賣眼，皆土苴視之。己卯，應制來秦淮。吴次尾、方密之、侯朝宗咸向辟疆嘖嘖小宛名，辟疆曰："未經平子目，未定也。"而姬亦時時從名流讌集間聞人説冒子，則詢冒子何如人。客曰："此今之高名才子，負氣節而又風流自喜者也。"則亦胸坎貯之。比辟疆同密之屢訪，姬則厭秦淮囂，徙之金閶。比下第,辟疆送其尊人秉憲東粤,遂留吴門。聞姬住半塘,再訪之,多不值。時姬又患囂,非受縻于炎炙,則必逃之鼪鼯之徑。

一日,姬方卧醉唾,聞冒子在門,其母亦慧,倩亟扶出,相見于曲欄花下。主賓雙玉,有光若月,流于堂户,已而四目瞪視,不發一言。蓋辟疆心籌謂:"此入眼第一,可繫紅絲。"而宛君則内語曰:"吾静觀之,得其神趣,此殆吾委心塌地處也。但即欲自歸,恐太遽。"遂如夢值故懽舊戚,兩意融液,莫可舉似,但連聲顧其母曰:"異人!異人!"辟疆旋以三吴壇坫争相屬,凌遽而别。閱屢歲,歲一至吴門,則姬自西湖遠遊于黄山白嶽間者,將三年矣。此三年中,辟疆在吴門,有某姬亦傾蓋輸心,遂訂密約。然以省覲往衡嶽,不果。辛巳夏,獻賊突破襄樊,特調衡永兵備使者監左鎮軍。時辟疆痛尊人身陷兵火,上書萬言于政府言路,歷陳尊人剛介不阿,逢怒同鄉同年狀,傾動朝堂。至壬午春,復得調。辟疆喜甚,疾過吴門踐某姬約,至,則前此一旬,已爲竇、霍豪家不惜萬金劫去矣。

辟疆正徬皇鬱抑,無所寄託,偶月夜蕩葉舟隨所飄泊。至桐橋内,見小樓如畫,闃閉立水涯。無意詢岸邊人,則云:"此秦淮董姬自黄山歸,喪母,抱危病,鐍户二旬餘矣。"辟疆聞之,驚喜欲狂,堅叩其門,始得入。比登樓,則燈炧無光,藥鐺狼藉。啓帷見之,奄奄一息者,小宛也。姬忽見辟疆,倦眸審視,淚如雨下,述痛母懷君狀,猶乍吐乍含,喘息未定。至午夜,披衣遂起,曰:"吾疾愈矣。"乃正告辟疆曰:"吾有懷久矣。夫物未有孤産而無耦者,如頓牟之草、磁石之鐵,氣有潛感,數亦有冥會。今吾不見子則神廢,一見子則神王。二十日來,勺粒不沾,醫藥罔效。今君夜半一至,吾遂霍然。君既有當於我,我豈無當于君?君萬勿辭。"辟疆沉吟曰:"天下固無是易易事,且君向一醉晤,今一病逢,何從知余?又何從知余閨閣中賢否?乃輕身相委如是耶?且近得大人喜音,明蚤當遣使襄樊,何敢留此?請辭去。"至次日,姬靚妝鮮衣,束行李,屢趣登舟,誓不復返。姬時有父,多嗜好,又蕩費無度,恃姬負一時冠絶名,遂負逋數千金,咸無如姬何也。

自此渡滸墅,遊惠山,歷昆陵、陽羨、澄江,抵北固,登金、焦。姬著西洋布退紅輕衫,薄如蟬紗,潔比雪艷,與辟疆觀競渡于江山最勝處,千萬人争步擁之,謂江妃攜偶踏波而上征也。凡二十七日,辟疆二十七度辭。姬痛哭,叩其意。辟疆曰:"吾大人雖離虎穴,未定歸期,且秋期逼矣,欲破釜焚舟,冀一當。子盍歸待之?"姬乃大喜曰:"余歸,長齋謝客,茗椀爐香,聽子好音。"遂别。自是杜門茹素,雖有竇、霍相徵,佻健横侮,皆假貸賄賂以蟬脱之。短緘細扎,責諾尋盟,無月不數至。

迨至八月初,姬復孤身挈一婦,從吴買舟江行,逢盗,折舵入葦中,三日不得食,抵秦淮,復停舟郭外,候辟疆闈事畢,始見之。一時應制諸名貴,咸置酒高宴。中秋夜觴,姬與辟疆于河亭演懷寧新劇《燕子箋》。時秦淮女郎滿座,皆激揚嘆羨,以姬得所歸,爲之喜極淚下。榜發,辟疆復中副車,而憲副公不赴新調,請告適歸。且姬索逋者益衆,又未易落籍,辟疆仍力勸之歸,而以黄衫押衙,託同盟某刺史。刺史莽,衆譁,挾姬匿之，幾敗事。虞山錢牧齋先生，維時不惟一代龍門，實風流教主也。素期許辟疆甚遠，而又愛姬之俊識。聞之，特至半塘，令柳姬與姬爲伴，親爲規畫，債家意滿。時又有大帥以千金爲姬與辟疆壽，而劉大行復佐之公。三日遂得了一切，集遠近與姬餞别于虎疁。買舟，以手書并盈尺之券，送姬至如皋。又移書與門生張祠部，爲之落藉。

八月初，姬南征時，聞夫人賢甚，特令其父先至如皋，以至情告夫人，夫人喜諾已久矣。姬入門後，智慧絡繹，上下、内外、大小，罔不妥悦。與辟疆日坐畫苑書圃中，撫桐瑟，賞茗香，評品人物山水，鑒别金石鼎彝。閑吟得句與采輯詩史，必捧研席爲書之；意所欲得與意所未及，必控弦追箭以赴之。即家所素無，人所莫辦，倉猝之間，靡不立就。相得之樂，兩人恒云天壤間未之有也。申酉崩拆，辟疆避難渡江，與舉家遁浙之鹽官，履危九死。姬不以身先，則願以身後："設使賊得我，則釋君，君其問我于泉府耳。"中間智計百出，保全實多。後辟疆雖不死于兵，而瀕死于病。姬凡侍藥不間寢食者，畢百晝夜。事平，始得同歸故里。前後凡九年，年僅二十七歲，以勞瘁病卒。其致病之繇，與久病之狀，并隱微難悉，詳辟疆《憶語》、《哀辭》中，不惟千古神傷，實堪令奉倩、安仁閣筆也。

琴牧子曰："姬殁，辟疆哭之曰：'吾不知姬死而吾死也！'予謂父母存，不許人以死，况衽席間物乎？及讀辟疆《哀詞》，始知情至之人，固不妨此語也。夫飢色如飢食焉：飢食者獲一飽，雖珍齊亦厭之。今辟疆九年而未厭，何也？飢德非飢色也。栖山水者，十年而不出，其朝光夕景，有以日酣其志也。宛君其有日酣冒子者乎？雖然，歷之風波、疾厄、盜賊之際，而不變如宛君者，真奇女，可匹我辟疆奇男子矣！"

吴姬扣扣小傳 湖海樓集

陳維崧

幼時讀纖書所載《小青傳》及松陵葉氏《午夢堂集》，慨然愀嘆，廢寢食者久之，以彼其人清姿玉映，固謝、鮑之亞也，乃俱鬱鬱以死，蘭摧玉折，無乃甚乎！既復自思夫其生世不諧，託身失所，則亦已矣。若乃婉孌華屋之下，追隨青鎖之間，玉樹瓊枝，芳華相照，人生得此，可謂厚幸！乃輕塵墜雨，天卒不免焉。如吴姬者，抑又可悲也。

姬姓吴氏，小字扣扣，名湄蘭，字湘逸，真州人。久家如皋，冒巢民先生侍兒也。今年中秋後二日，綺歲正十九，先生將爲飾孔翠，傅阿錫，備小星嘉禮焉，而先期一月，姬遂病。病一月，遂死，先生哭之慟。頃與余同載廣陵舟中，秋水霜天，凄其無色，寒鴉沙雁,與先生傷逝之聲相歷亂。予亦言愁欲愁,苦不成寐。

先生撫枕爲余言曰:"僕自董姬小宛没,爲《影梅庵憶語》二千四百言哭之,不惟奉倩神傷,抑亦醴陵才盡。自謂衰年,永銷情累,何圖今日復罹兹戚? 顧亡者誠一時之秀也,而又以筆墨侍余,不忍不一言以紀之,言之又傷余心也,子其爲我傳之。"余曰:"余居先生家數年,雅聞姬清麗能文,然未悉其詳,請言始末。"先生曰:"姬八歲從父受書習戈法,英惠異常兒。舉止娟好,肌理如朝霞,眉嫵間作淺黛色。宛君見而憐之,私謂余曰:'是兒可念,君他日香奩中物也。'然姬性頗厭鉛華,十歲即守木叉戒,茹素,隨余母太恭人誦佛及《金剛經》,晨夕不輟,已知其再來人矣。而余自宛君新没,香罏茗椀,拂拭無人,殘月曉風,徬徨四顧。暇時偶憶宛君前言,内人復慫恿不置,十三四即留姬隨予讀書。授以詩詞,輒能諷習。時于屏側作雛鶯聲,尤愛讀全部《文選》、杜詩。常授以少陵《北征》古詩,僅三遍,即覆卷成誦,琅琅不遺一字。余因戲語之曰:'子所能解者,詩賦小致語耳。若經史大篇,亦能句讀者,當爲子輸一雙條脱。'姬踴躍從命。余即隨手取架上史書一帙,乃《晋史・石苞傳》。姬隨口句讀,不錯一字,疏解意義,應對如流,即掣余條脱而去。余時驚其宿悟,豈知《苞傳》後有季倫一傳,緑珠墜樓,遂爲今日讖也,傷哉! 又,余年來好與諸文士作曲室中語,藥欄湘夾,唱和斐然。姬向晚即索諸藁去,間有評隲輒當。又,余去冬今夏,僦居廣陵。姬間日以烏絲欄格子作簪花體,訊余平安,姿制明秀,點畫遒媚。同人竊見者,無不妬余。余綺疏舊莼蘭數百本,姬一日寄余書曰:'見蘭之受露,感人之離思。'余持箋在手,訝其清麗。歸相詰問:'卿那便得如許巧製?'姬對以:'此特江文通語,紅蘭受露,稍除一字,君自不覺耳。'其英敏大率類是。"

余曰:"有是哉? 夫芳姿翾風,不嫻史傳;唐山衛鑠,詎解文章? 姬乃兼之,何其殊也?"先生曰:"不僅如是,顧姬之品格,更有大異人者。余數年以來,家中出入,悉由姬手。姬不私製一鈿蟬,不私易一纖縞。常一日檢朱提數兩畀以歸余,蓋余歲久遺忘,寘姬篋中者,塵埋蛛裹,封識如初。余笑謂姬:'卿曠達人,何以作宋老生學究氣?'姬正色謂余:'君何相待之薄也? 夫人所託而私有所染指焉,非夫也。君謂女子中無丈夫乎?'余媿謝久之。其知大體立節概何如者。余數年憂患,姬外引大義,曲相支拒;内懷遠慮,回腸車輪。又,余頻嬰拂意,情頗卞急,飲食服御,匪姬不歡。間有濡緩,輒相譙讓。而姬婉轉奉侍,捷如盤珠。一家之中,上而余母、余内人暨子弟甥諸媳,相爲憐愛,無不加膝,姬不以此自矜;下而中外諸男女,視姬有加禮焉,姬益以自下。其性情、才識不異宛君也,而今又死矣,傷哉! 憶春間攜姬看桃花于水繪堤前,姬向余索詩:'君生平言語妙天下,何獨于小女子惜一言耶?'余乃作四小詩贈之。姬生平未常向余索詩,兹若有亟亟然者,可異也。又,姬近日撮唐小絶句,如'玉顔不及寒鴉色'之類,令畫工圖之,皆閨房憔悴語,不知何故。一日爲余種白秋海棠,内人勸其多植數枝;姬忽太息曰:'前人種花,後人看花。余今日知又爲何人計耶? 正復何須作此?'暇時，余問以：‘子素學佛，今何以都不誦經？’姬曰：‘誦經須出家人可爲。今予既以身事君子矣，奈何？’言罷似悄然不悦者，余益信姬定爲再來人無疑也。今果舍我去矣！”

先生言竟，哽咽摧藏，余亦泫然不知所出。江風大作，蓬月忽低，援筆爲吴姬小傳。

无譽先生家傳 小三吾亭文

冒廣生

集賢街在如臯城東。萬曆間，八世祖履之府君，饒於貲，於街東西營甲第六，以授其六子，故今又呼爲冒家巷云。三百年來，滄桑兩易，今惟巷東一宅尚屬吾冒氏，蓋嵩少憲副之故居也。宅之前曰留耕堂，憲副仲子无譽先生居之；其後曰愛日堂，則以居其幼子爰及；而廣生自甌海歸，贖之張氏，則巢民徵君之居，在巷西者也。

先生名褒，晚號鑄錯，母曰馬恭人，生母曰劉孺人。以順治元年生，明年，南都陷，憲副舉家避兵海鹽。乙酉，自海鹽歸，館泰州宫紫元檢討家。檢討與徵君壬午同年，遂以所生第九女字先生。先生少承父兄之教，年十七，補博士弟子員。時徵君家有水繪圖，喜賓客，四方賢豪長者，及幾、復兩社故人子弟，車騎絡繹至。先生與新城王貽上、陽羡陳其年、歷陽戴務旃无忝、貴池吴孟堅尤相狎。園中值春秋佳日，徵歌張宴，先生輒出其奇句以驚座，凡交徵君者，無不折節交先生。歲大祲，徵君賑恤之。不足，則先生傾其貲以助，故世又以此多先生之行誼。

先生困棘闈久，杜門却埽，與婦宫唱酬曲室，《婦人集》所稱伉儷之篤，亞於塤篪者也。廣生少時得先生手書一巨册，摘録古書，體例似《意林》，前有自序，極言生平問學之勤，與場屋之苦，蓋是時年已八十矣。又得先生晚年自書詩藁二册，起康熙四十一年壬午，迄五十六年丁酉，前後均缺一册。又得徵君評柳子厚山水文一册，其卷耑有先生題識，望子孫能覆刻之。而世傳先生與徵君骨肉參商，火焚刃接，然縣志列先生於《文苑》，州志則列先生於《孝友》，先生有哭伯兄巢民詩，其言絶痛，固知鬩牆之釁，與先生初不相連也。

先生殁雍正四年，年八十三。娶宫氏，名婉蘭，善畫梅，能以絨貼扇上作畫，極工巧，行於時。著有《梅花樓集》。子禹書，有《倩石居遺草》；殷書，有《梨雨堂集》、《春浮集》、《何文居集》、《萬卷樓》初、二集；福書，有《桐蕉書屋集》、《躂齋紀年詩》。一時耆宿，擬之河東三鳳。女德娟，適同里石巨開，有《自怡軒詩詞集》。

顧節婦傳 家譜

王式丹

節婦顧氏,明經岱之女,皋東蒲鎮人也。年十六適邑廩生冒與晉,是爲州倅公瑞徵之冢婦。姑陳孺人早卒,繼蔣孺人,節婦善事之。與晉少聰穎,善屬文,每試輒冠軍。丁卯鄉試,已入彀,復失意,頗不懌。節婦慰之曰:"君青年暫躓,何汲汲焉?"與晉以讀書致疾,節婦竭力調護,帶不解者年餘。疾革,與晉彙所著述,題之曰《蜉蝣集》,又取其試篇爲一帙,並授節婦曰:"好藏之。"遂卒。

婦時年二十有六。先是,生一子名有容,四齡而殤。家人以其少無嗣,微言諷之。絶粒數日,幾死。於時,州倅公母李恭人在堂,以苦節奉詔建坊,嘗於其宅内偏别爲小室,綉佛長齋。及聞節婦絶粒,慨然曰:"是真吾孫婦也。"呼之起,與共眠食,時寬解之。越二年,恭人卒,婦仍居恭人所,日惟一問翁姑安,餘則閉户,素衣,績絍。諸姑姒設晏食,率不與。即一與,亦未嘗有笑容,悉遵恭人規。節婦有兄曰昂,邑名士也。中年遘顛疾,州倅公憐而館之。昂率兒輩震爆竹於庭,或夜起出歌咏聲。節婦曰:"吾極知兄病可憫,然未亡人之旁,安能容此?"亟謝之。其飭行慎微多此類。

於是,州倅公謀爲與晉立後,而諸子幼者未娶,長亦少生育,無可立者。久之,以季子與麟子有德爲後,而節婦年已五十有一,病且不起矣。卒之前一日,出與晉《蜉蝣集》、試帖授家人,曰:"吾護此數十年矣,仍爲吾藏之。"又命家人扶掖拜李恭人位,謂恭人實玉成也。噫! 昔恭人誓死,時尚有州倅公、孝廉静庵先生在襁褓,家雖不豐,猶有中人産。今節婦無子,又猝無可立。州倅公年既老,食指日繁,所分給者,或不足供朝夕,而節婦苦志數十年如一日,可不謂難乎? 節婦死,竟無有闡其幽於朝,俾勒之貞珉如恭人者。嗚呼! 是則可悲也已!

公履先生家傳 小三吾亭文

冒廣生

先生諱坦然,字公履,號鹿樵,世爲如皋人。曾祖守愚,以選貢官高陽縣知縣,調安肅，遷德慶州知州，有政聲，祟祀高陽名宦。祖日益，父印衷，並諸生。曾祖母薛，祖母李，母薛。

先生性寡合，博洽工詩賦，隱居窮巷，時賣文爲活，好談論古今，要皆寓不可一切之意。宣城梅氏《字書》盛行，人方寶爲拱璧，先生獨謂其反切多鄉曲之音，不足爲訓，作《字彙商》糾之。嘗從邵山人潛，暨其舅氏薛南金遊，所爲詩聲調古奥，非流俗喉齒間物，蓋其於律吕本源，妙有冥契，而又深知篤好，故其宗主如此。生平落落自喜，以爲世不足以知我，而世亦卒莫之知。年益老，家益貧，詩益遒上。嘗與巢民徵君水繪園文酒之會，徵君與人言："安有高介如我家鹿樵者乎?"所著《字彙商》外有《文選集注》、《鹿樵集》，今皆無存。廣生從《詩最》、《東臯詩存》、《同人集》中，輯所作爲一卷，刻之。

先生娶□氏，子綸，亦工詩，鄧漢儀稱其能繼公履之學者也。綸早卒，遂無後。其從弟殷書哭之，詩云："繞棺僅有能言女，扣角悲無可飯牛。"又鄉先輩丁自漢贈先生詩云："已是路窮雙鬢白，更無家在一身孤。"其言皆極沈痛。

冒丹書傳 清史列傳七十附

丹書字青若，貢生，官同知，能讀父書。祖起宗，殁時呼至榻前，手勒十字示之曰："爾父天生孝子，不可不學。"丹書謹受教。庚申秋，賊挾利刃突入襄家，丹書以身護父，身受四創，襄得脱，人稱至孝。著有《枕煙堂》、《西堂》等集。

冒穀梁會兄 書寓拈碧草　集杜

邵　幹吾廬

勞生共乾坤，多爲才名誤。好鳥不妄飛，遊子慎馳騖。小心事友生，邂逅一相遇。風竹在華軒，予假榻逸園讀書處，顔曰"半幅瀟湘"。好静心迹素。憐君如弟兄，新知漸成故。於今四十年，送此齒髮暮。之子白玉温，猶含棟梁具。扶顛永蕭條，乾坤莽回互。再讀徐孺碑，蕭蕭白楊路。《如皋懷舊十二首》之一。

擬穀梁青若兩先生家傳 小三吾亭文

冒廣生

巢民徵君有才子二，曰穀梁，曰青若。廣生既輯其詩刻之矣，已而得穀梁舊刻詩一卷，校廣生所輯，雖有出入，篇數無大殊也。青若所著，若《枕煙亭詩》，若《卯君詩》，若《再生稿》，若《西堂詞》，閲市借人，垂三十年，不可得而見矣。人生有幾十年，其不能文者無論，能者又或傳或不傳，傳固不易希哉！

穀梁有兄兖。兖幼時而徵君有妖夢，占者謂在母馬恭人，徵君禱於神，請以身及二子代。既而兖也殤，穀梁亦病痘，幾死。明年，青若生，貌宛然兖也。穀梁生五歲，隨祖父官粤楚，青若自少至老，未嘗離徵君，徵君之愛青若也尤甚。青若母蘇孺人，以花朝殁，青若作《廢花朝圖》。又有推刃於徵君以尋仇者，青若禦諸門，身被四創，不顧也。穀梁、青若，少與陳其年讀書水繪，王文簡來修禊，輒與之俱。而龔端毅尤愛其才，先後遊京師，穀梁以書法試内閣内院，兩呈御覽。青若以廪貢入成均，授州同知，聲稱籍都下，而終無能拖青紫，拾功名，以事其親。坐視家業替，負郭之田，爲人攘奪。其困頓幾於無告，嗚呼！其命也耶？崇川顧煒與徵君書，自言鐖驅所至，詢徵君起居者十之十，詢穀梁者十之五六，詢青若者十之八九也。

穀梁諱禾書，更名嘉穗，娶姚氏，子溥、渾。以崇禎八年生。青若少於穀梁四歲，諱丹書，娶蘇氏，子泓；渾，以武功加左都督、成都參將；溥、泓並諸生。

石孺人傳 家譜

姜恭壽

孺人姓石，司農郎礬山先生長女也。幼授女訓，即通大義，端恪幽静，動輒中禮，司農公愛之甚。時孺人甫垂髫，嘗撫之笑曰："不謂女宗，乃屬吾兒。"司李冒巢民先生與石世有莩葭之故，鞶山齒雖晚，而相得甚懽。嘗過石氏齋，孺人方嬉父膝，見客至，從容前起居，進退若成人。巢民歸，語其弟无譽先生曰："石氏長女可爲吾家婦。福書姪盍一問字乎？"於是結締姻好。

年十七歸冒，事舅姑如事父母，妯娌間尠間言，下至臧獲，靡不頌其賢，然不少假以詞色，内外上下秩然也。是時父方宦西江，以愛女故，欲携之行。孺人以翁姑垂白辭。姑婉諭之曰："新婦但往，毋余思也。女事父母，詎間婦事翁姑乎？"孺人既不欲虚堂上養，又不忍違老父心，奉姑命往，不踰年即歸。其明於詩禮之教類如此。

顧夫質羸弱，未冠，舉博士弟子員，益攻苦讀，《書》、《詩》、古文辭，靡不殫力究研，時喀喀作血疾。嘗念大父憲副公功業文章，卓然一代，而伯若父又素爲東林、復社魁傑，風流宏長，踔厲詞苑，握海内文柄垂六十年。家漸中落，思有以復振於菁英既歇之後，乃益交四方知名士，賓客之盛，幾如巢民公時。然家無中人産，又不樂問生計，孺人則日治酒醑以進之，不繼則脱簪珥資其匱。每日漏數十下，則絣緶洸佐夫讀篝燈前，不以晦明、風雨、寒暑間吟誦者，蓋十有二年，夫竟以是致疾。百計求治弗效，竟死。孺人誓以身殉，父母、翁姑引撫孤大義止之，不聽，開導數日，而後從命焉。蓋是時，藐孤泰甫四齡也。鬘而立於上下間，手泰而泣曰："何渠兒一日長而藉手見而父乎？"年稍長，即嚴課讀父書，顧家貧不能致師，擇里塾中優文行者傳焉。兩伯氏念弟早殁，不欲以堂上菽水煩未亡人，孺人奉盥匜進甘旨，始終如一日也。及舅姑殁，哀禮中節，葬送豐儉有式度，人咸則之。

乾隆戊午，距夫殁二十有六年，例當旌。邑大夫上其事於尚書省，報可，稱制加楔棹焉。子泰年亦及壯，憾無以博母歡，因家貧親老，不擇官而仕，遂棄書生業，謁選得尉平原，偕母之官。孺人間誡之曰："汝雖末吏，然憲副公後，宜克有以自樹，乘田委吏何人哉？毋卑爾官，敬視其事，吾乃無憾矣。"泰悉禀承之唯謹。越三歲，卒於署，春秋六十有四。

文足寄亭兩先生家傳 小三吾亭文

冒廣生

芥原明經修家乘，於文足、寄亭兩先生行事均不詳。今距乾隆修譜時，將二百年，人往風微久矣，而欲爲兩先生作佳傳，嗚呼難哉！

初，无譽先生生三子，皆能詩，文足尤知名。其所著曰《梨雨堂集》，曰《春浮集》，曰《何文居集》，曰《萬卷樓》初、二集，而今皆不傳。廣生嘗誦其《移居支家莊》云“姑遲一食當再食，更壞何衣補此衣”，以爲作詩至此，始可謂窮，始可謂工也。寄亭詩學出於文足，然鄉先生姜退耕序其詩，則曰：“情景沈冥，不類著色，得於常尉；發調清而修詞秀，得於李東川；不必好異以自昧於理，而清致獨豪邁，得於杜樊川；談諧諷諭，假俗以爲雅，有《竹枝》縹渺之音，得於錢考功、白傅，則又非墨守一先生之言者也。”萬曆間，伯麐先生以詩鳴，得其傳者，爲其從孫處冲先生。寄亭爲文足從孫，而亦傳文足之學，何先後之合符節耶?

寄亭以貧故，終歲爲客，其讀書焦山最久。文足寄情任誕，有晋人風。晚年至居無室，借張嘯竹廣文之居居之，顔之曰借廬。尋棄去，又疽發於背，益窮困不自聊，作五言古詩十一章，章章皆可作金石聲擲地也。文足爲憲副孫，寄亭爲永平郡丞五世孫，其先人皆掇高科，躋仕途。文足、寄亭生世家，又有美才，而皆不能自拔，僅僅以詩鳴於世，世又不盡知，此則吾宗之衰，而兩先生之命爲已薄也。文足諱殷書；寄亭諱春林，一字上苑：並廩膳生。

冒廷榮傳 家譜

泰州 宫焕文

先生姓冒氏，諱天錫，字廷榮，躬藎其號也。幼聰慧，善讀書。年十三，應童子試，乙未受知於學使古田余大司成。丁酉，與予同舉於鄉。辛丑，簡選下第貢士，先生列高等，教習内廷。期滿，授雲南曲靖衛都閫。以親老終養，遂不仕。

先生性剛直，然諾不苟，而叱人過不少容，人亦諒其直而弗怨。不治生産，食貧自若，遇知己則劇談永日弗倦。蓋其自高曾以下，忠貞、孝節、文學、義烈，史乘不絶書。故至先生而英氣所鍾，非偶然也。先生家居從未干謁當事，而邑有公事，當事必以屬之先生，如馮公之賑飢、鄭公之修志，皆委任焉。尤喜急人之難。同年汶上曾天池旅病瀕危，先生爲停驂治疾，且護其喪以歸，雖失南宫試期勿恤也。甲寅歲除，有窶人子鬻妻以償負，先生廉得其寔，以獻歲之資全之。嗚呼難哉!

先生修髯偉貌，目光炯炯，聲如洪鐘，老而愈健。好讀書，書法仿米襄陽，晚年喜作擘窠大書，間爲詩以自怡。教子嚴，雖入泮而督課猶昔。歿之前夕，有流星隕於庭，光照一室。至明日，無疾而逝，年七十有七。配周恭人，弱齡曾刲臂以療母疾。及歸先生，柔嘉婉娩，舅姑愛之，不逾年卒。副陳孺人，貞淑賢孝，迨奉太翁於耄耋，躬調甘旨，養志維謹，歲時進履於太翁，且出新意，製雜佩以獻，刺綉工絶，見者訝爲針神。事先生井臼親操，荆布自適。蓋先生之不治生産而食貧自若者，賴孺人之操作勤苦而不貽先生以憂也。教諸子慈嚴兼至，各底有成。歲甲子，年四十有四，以侍先生疾勞瘁，致病而殁。子三：國柱，邑廪生，舉優行，應聘纂修；國楝、國材，俱邑諸生，有文譽。

擬象珠先生家傳 小三吾亭文

冒廣生

先生諱璜，字象珠，一字湘舟。父諱車書，母張氏。車書公本名諸生，晚年寄意詩酒，尤精於奕。先生甫垂髫，日侍几席，淵源家學，得知虚實攻守之妙，間一落子，已驚長老，由是益覃心造詣，以善奕知名於時。乾隆間，游京師，若多羅慎郡王、諸城劉文正公、河間紀文達公，皆與訂交。公卿大夫，延致恐後。時程思孝以奕稱國手，先生語文達曰："是與我皆第二手，時無第一手，故自雄耳。"然先生植品端潔，非直其藝精也。文正嘗語人曰："湘舟碁品不可及，人品尤不可及也。"余里居時，見南華山人所贈先生畫松，自題句云："玉署蕭閑下直時，酒酣墨汁潑淋漓。長安金帛如山積，誰似風流賭奕碁。"其風致如此。卒以疏脱，忤貴人旨，遣孟津安置。而太倉畢秋帆尚書方撫河南，一見驚喜，爲下榻焉。其後尚書移節秦中，而先生乃老死於孟津。娶梁氏。子邦彦、邦直、邦綬，並諸生。

芥原先生家傳 小三吾亭文

冒廣生

乾隆朝，吾宗號能文者三，其一萁原先生，其一寄亭先生，其一即芥原先生也。先生尤留意鄉邦掌故之學，其精力萃於《邑志》、《家乘》兩書。比年，廣生重輯《先世潛徽録》,成二十巨册。耆舊已盡,無起予者,未嘗不嘆吾生之晚,不獲奉手受教於先生。苟得先生所輯之《冒氏一家言》,則其事半而功倍也。

先生諱國柱,字帝臣,一字屺懷,號芥原。父天錫,康熙五十六年舉人。母氏周,生母氏陳。陳以侍夫病,勞瘁卒。先生血書籲天,以身代。母生時,嗜枇杷。母没,見枇杷輒流涕,時人多其孝也。年十三,補博士弟子員。乾隆三十年上南巡,先生迎鑾獻詩十首,賜荷包,復爲《紀恩詩》。顧老於諸生,三十年,始食縣官餼。五十以後,絶意仕進,與同社諸輩拂箋作字,擊鉢成咏,禪房道院,至今多手迹。先生不獨能文章,尤尚義。縣尉薛及曹,皆與先生善。薛没,歸其櫬,復傾囊以恤其孤。曹之去也,貧甚,先生待之如薛。業師某卒,無後,求其遺象,歲時祀之。有故家女,以貧鬻於人,先生至其主家,婉諭之。主家悟,立遣還,爲擇士族嫁之。又業師某,爲强有力者中傷,歲暮逮繫。先生雪其寃,强有力者無如何也。廣生又聞先生少時精絲竹及弓矢刀槊之技,滑稽玩世,歌哭無常,以抒其胸中五嶽不平之氣。晚乃方領矩步,語笑不苟,與父言慈,與子言孝,與兄弟言友恭。弟没,撫其子如子,飲食教誨,至老不倦。此尤人所難能者。

以雍正元年十一月九日生,嘉慶某年月日卒。娶丁氏,無子,以弟之子文焕嗣。所著《學庸尊聞録》、《讀法言》、《邑乘備采》、《洗心塾雜著》、《冒氏一家言》,皆不傳。傳者,《萬卷樓詩存》四卷,《詞》一卷。

論曰：廣生十七八歲時,見先生編年圖,凡十有二,曰牽衣受書,曰雪窗夜課,曰泮水芹香,曰萱闈侍疾,曰纂修應聘,曰秀水親迎,曰椿庭露禱,曰圜橋受餼,曰獻賦承恩,曰城闉送别,曰尉署殯友,曰藐孤受託。又嘗於伏海寺見先生遺象。先生與蒙求孝廉先後修家譜。家譜有孝廉傳狀,猶得其生平之仿佛,獨先生韜光潛采,垂二百年,以有待於廣生。廣生譾陋,其所能舉者,則又僅僅乎止於此矣。及今並此而不爲先生傳,則先生又烏乎傳也?是則可悲者也!

渭舲府君家傳 小三吾亭文

冒廣生

府君諱篁,字渭舲,一曰笙林,號馥軒,廣生之十五世祖也。吾家世居城東集賢街。其居白蒲,則自十二世祖麟洲府君始。麟洲府君生松韻府君,松韻府君生奇峰府君，奇峰府君生府君，並勤學好善，潛德不彰，其所居在白蒲北石橋東。廣生少時嘗過之，雖易主，而倚虹一閣，巍然於廳事之右，則府君當日觴咏之地。讀《蒲上題襟集》者，猶想見賓主東南之美也。

府君行事不少概見，輕財任俠，而隱於市廛，然於物貴徵賤、物賤徵貴，不問也，事無大小，一以委之沈夫人。沈夫人精會計，日居市樓，治女紅，而於市中某日出竹木材若干，納錢若干，則心識之。入夜，交易者退，簿録以進，無毫釐差也。以故府君得壹志於讀書，《熊澹仙詩話》稱府君暮年赴其子葵原楚州署，時偕賓從登黄鶴樓，泛鸚鵡洲，流覽湘漢間，而惜其所著多散失，無可問。自楚州歸，日惟課諸孫讀。諸孫中，長者爲廣生曾王父，一日自家塾歸，見道遺囊鏹百餘，欲覘其異，陰俟之。俄而失者奔至，詢之，則貸鄰而繳官錢者，舉其數合，遂還之。人或哂其癡，府君聞而喜曰："吾有孫矣！"其後曾王父以知縣殉節乳源，祀昭忠祠，賜祭葬、世襲，承府君遺教也。府君居里時，集里中耆宿張明經宗藝、吴明經醇、顧少府達、鄭文學嶷、朱文學洪耀、鄭太學有褫、吴太學觀雲、吴處士士惪，仿唐白樂天故事，爲蒲上九老會，季學耘爲作圖，吴廷瑞記之，圖今藏廣生家。

以乾隆六年八月二十九日生，以道光五年十一月十六日卒，年八十四。府君生平不樂仕進，由太學生以布政司理問候選。曾孫澄，官廣東廉州府知府，加三品銜，得貤封榮禄大夫。配沈氏，封一品夫人。葬白蒲姚家原奇峰府君之昭穴。子二：長玉田；次鈺，湖北荆門州同知，續縣志有傳，廣生高祖也。

冒總兵傳 家譜

丁元正

冒重光，字御六，家如皋，世以儒術顯。父渾，始從戎閩中，以收復臺灣功，屢晋都督。重光生警敏，好讀書，尚氣節，雅善談兵，隨父之蜀，提督路公一見奇其才，擢用之。歲癸卯，羅卜藏丹津煽惑諸部落，摇蕩我邊疆。上命蜀鎮奮威將軍岳公鍾琪討之，先遣重光間道走西寧。旬日，偵得賊情虚實以歸，命爲前鋒，從松潘出黄勝關，勦熱當十二部落，斬首千餘級，招降者五千餘人。復攻上寺東轍下果密，斬獲生擒者無算。方是時，加爾多阿牙子哈隆謨、班嗎牙最梟。重光請曰："擒賊須擒王，然必先剪其羽翼。沙漠迷漫，非嚮道不能前，金川瓦寺熟番可使，請往調焉。"至，酋長驕蹇不應，日坐碉樓，笙歌宴飲。重光仗劍排闥入，眦裂鬚張，詰曰："奉命徵調，來幾日矣，留不遣，何也?”酋乃慴伏，斂容謝，即舉兵三千以從。番故不按紀律，重光斬一人以狥，無敢不用命者。乃會大軍深入，遂破桌子山、棋子山，由打麻溝勦加爾多，至木毛山，奪山梁五處，斬阿牙子哈隆謨，手刃班嗎牙。衆各鳥獸散，而丹津以數騎遁去。大將軍班師還，留重光撫勦餘寇。閱數日，獲丹津姊甥三人於枯布，又獲散卒三十餘人於花海子，又獲其黨洪台吉於哈嗎兒打搬，悉縛詣軍門，西路平。時南坪營羊咼番，猶相爲犄角。重光單騎入寨，曉以大義，誅賊首怕拉雙務塔，南路亦平。自出師横行沙漠，歷寒暑一周，兵無少挫，蓋得嚮道力云。

明年乙巳，大將軍次第軍功，以重光最，遂充侍衛。踰月，擢薊州都司。上謁陵，過薊州，重光赴行在，賞賜甚多。丙午，遷固關參將。關當兩省之衝，例有榷税，積弊叢滋。重光嚴爲釐剔，行人稱便。又具陳羨餘充軍士衣甲費，至今利賴。五閱月，授河州副將。召見養心殿，賜御書福字、蟒紵等物，親解雜佩佩之，命馳驛赴鎮。甫之鎮，而都督訃音至。重光哀請終制，不許。予假治喪，即日匍匐歸里，撫棺一慟幾絶。假滿，起赴河州，而終天之戚，未嘗一日忘也。

河州地逼邊陲，番命交錯，保安堡土酋王喇夫旦，素負固，倡諸屯，並噶楞畢堂逆番，騷擾土門積石間，居民苦之。戊申冬，重光奉檄統西涼三鎮官兵勦撫，乃先攻李計二屯，生擒王喇夫旦，而噶楞畢堂相持不下。一戰大破之，斬首千餘級，生擒百餘人。噶楞畢堂平，而脱吴二屯，遂以次納款焉。自是，河湟數十年邊患頓息。

己酉春，調川陝制府中閫，時制府佩寧遠大將軍印，即前奮威將軍岳公也。將用兵伊里，喜曰:“吾得子共事帷幄，吾無憂矣。”一切軍務，悉以諮之。先是，丹津之遁也，走依準噶爾策楞。夏六月，大將軍出塞，檄重光督軍需，兼率車兵赴營。途次，拜上特賜花翎，暨賞賚内府監造諸物。十二月，抵巴里坤。巴里坤，邊徼門户也。去嘉峪關三千里，屯兵於此，擬來秋大舉，渡伊里河，直擣準噶爾策楞巢穴，聲其藏匿丹津之罪。重光至，檄領五營及各路官兵，簡閲訓練，廢眠食者屢月，而疾作，猶力疾視事，鉅細必親決。軍吏請節勞，重光曰:“我從行列，一旦超擢至此，敢愛身耶?”亡何，寢疾七日而歿，時庚戌五月二十二也，年四十五歲。歿之日，北望稽首枕席，左右問及家事，不一語。大將軍親臨視殮，見目不瞑，呼曰:“子得毋以賊未殄爲憾耶? 有我在，何憾?”乃瞑。出嘆曰:“吾折一肱矣!”上聞，厚賜優恤，加總兵官銜，給葬費千兩。喪車出巴里坤，各鎮將士哭聲振林木，執紼送者數十里不絶。先是，陞調陝西，河州軍民思之，曰:“是實靖我邊陲，奠我室家者也，何忍忘?”醵千餘金，大建去思坊。至是聞之，聚哭坊下三日不去。

論曰:《易》曰:“師貞，丈人吉，无咎。”言用兵之道，利於得正，而任老成之人也。當我世宗時，大將軍岳公宣威沙漠，獨倚公參贊機務，而公以偏裨之師，决忠憤之志，先登陷陣，克佐大將軍以成大勛，岳公可謂能任人者矣。洎巴里坤之役，藉公厲兵秣馬以待，乃師未出而身先死，俾岳公有折肱之痛，惜哉！冒氏世篤忠孝，公故爲巢民先生曾孫，性行端淑，有志略。其經營疆埸，安堵百姓，大要一本經術。迹其鎮河州，去而民思，死而聚哭，概可知也。若其策調金川番兵，爲指臂使，卒藉其力，非諳練六韜者能之乎？乃者大金川逆命，今上特復起用岳公，倘岳公思用舊人，以當一面，能無太息痛悼於公也哉[①]？

冒萁原傳 家譜

同里　江大鍵

余同社故友冒春榮，字寒山，一字萁原，居城北柴灣之花源港，自稱花源漁長，又曰柴灣樵客。家貧腹富，名通身隱，愛推譽友朋，卒收友朋之譽。初游廣陵京口聯社，鮑皋、汪頎、汪宏諸君，推執騷壇牛耳，大江南北知名士，無不締交。每賓興之歲，二十餘郡屬人文集白下，君必至，邀所識者數百人，大會秦淮。時揚州黄釁、上元秦大士、彭澤令丹徒蔣宗海、蕪湖韋謙恒皆推君當大魁南省。君笑曰："春榮來，爲諸君一代文豪聯屬聲氣，不敢私爲春榮友，非與諸君争元魁來也。"衆始知君不入試，咸驚愕，且勸爲之駕，不從。大士顧謂數百人："冒先生不赴棘闈，我曹負虚名進取，徒靦顔耳。"丁卯，大士獲雋，君往賀，猶以此言謝之。南宫進士，自戊辰以後，諸科鼎元詞翰，苟有隸南籍不在君社者，謂之無聞，士林必怪問："若何人者耶？"

君所至，公卿延禮，淛西江左各郡縣，聘掌書院，修志乘，所纂有《象山縣志》、《通州志》、《鳳陽府志》、《兩淮鹽法志》，嘗操選坊刻詩古文墨藝，及自著詩文，編輯異書，手無停披，於友朋生徒，一篇一句佳文，箋書口誦，傳播同好，其人即成名士。故藝林翕然傾心，以得在君齒頰爲幸，未傾蓋，致書幣神交者數千里。然君於故人仕宦顯達，未嘗投謁，曰："雲泥遠隔，彼不能降訪，我往干焉不可。"噫！此言所以家貧而身隱也。

己卯冬，歸自建平書院，柬招余兄弟，歡吟竟日，訂度歲後把晤。言别，未及期，無疾而逝，庚辰春正十七日也[②]，年五十七歲。賣書買棺，諸子遂空所有。先是，吾鄉有

---

① 本篇有浮簽，文云：丙寅生，父即都督，故小名都兒。癸酉八歲，曾祖巢民卒。"又眉批云："生康熙廿五年丙寅，歿雍正八年庚戌。"

② 原注："庚辰爲乾隆廿五年，其生康熙四十三年甲申。"

臯聞、東淇二社，皆君所聯集，繼又合臯聞于東淇，凡二十餘人，成翰林進士舉孝廉者，不及十人，無大顯達富貴，能厚助君者。君既歿，凋零漸盡，惟余在矣。

鉤鈐子曰：萁原以大布衣，無先蔭，無餘財，無三吾、水繪亭林之勝，終其身茆屋數楹，其歿也，衾不掩體，然聲名滿天下，幾與巢民埒。何以致此？嘗見今世才人，相忌扼如讎，不肯標榜，孔子曰："不足觀也已。"吾於萁原益信。秦淮之會，遇省試尚沿習如故，不知其倡自萁原。萁原集所知，不妄及，今懸帖爲招，蟻而聚，蠭而散，聲氣何由得合？且吾未見烏合之中，名士存焉矣。

聖農先生家傳 小三吾亭文

冒廣生

先生諱冠德，字心田，號聖農。祖泰，官貴州思州府經歷，當時目爲仙尉。由先生上溯至汝九太守，凡七世，人人有集。太守諱夢齡，所著曰《兵餘集》、《得全堂集》、《逸園吟》。夢齡生起宗，所著曰《拙存堂詩概》、《拙存堂文賸》。起宗生褒，所著曰《鑄錯老人集》。褒生福書，所著曰《桐蕉書屋集》、《躂齋紀年詩》。福書生泰，所著曰《黔遊草》、《雍陽學詩》。泰生弼工，所著曰《得全堂詩鈔》。弼工生先生，所著曰《水繪園集》。而褒兄襄，福書兄禹書、殷書所著尚不與焉。宜《江蘇詩徵》引《盟鷗溆筆談》，嘆爲近古所罕有者也。先生父擅書畫，先生則亦擅書畫。先生父好遊，先生則亦好遊。鄭邸嘗書"江東逸老"四字贈先生父，睿邸則亦書"才子英雄"四字以贈先生。

先生少時客金陵，出橐中金，召上下江知名士，會於秦淮，若孫淵如、若洪稚存、若焦里堂、若王柳村、若程禹山，咸集畢至，徵妓張樂，爲平原十日之飲，論者謂南朝佳麗，二百年來無此豪舉也。官河南中牟縣知縣，權開封同知，以疏脱忤貴人旨，謫邊。時伊犁將軍爲一等公晋昌，雅知先生名，埽篲以迎先生。每霜降，將軍閲兵畢，輒偕先生上刁樓，登高賦詩，名太平宴，又以書抵鐵梅庵宫保，品先生爲詩帥。先生在塞外七年，既歸，當事者以先生才，復使視河工事。事竣，且得官，而先生則浩然歸。歸而父年八十三，先生亦五十矣。

先生既歸，則以全力購復水繪園，畫《水繪園圖》，題者皆乾嘉兩朝所稱作手也。已而以醫遊海陵者六年，客徐生庵西園者八年，年九十餘，猶於花月之夕，與三五少年爭塗抹。所畫梅，夭矯偃蹇，出童二樹之上，里人亦不知寶貴。《續如臯縣志》列之方技，而家譜乃不爲立傳。故其娶某氏，子某人，歿某年，葬某所，今皆不可知，但以其詩自注考之，知生乾隆三十六年十月七日。七十一歲時，其生母楊孺人，年八十四，尚存。七十二歲時，其妾始孕而已。廣生藏先生書扇三，墨梅直幅四，其一署年九十二歲，自題五絶，蓋同治十二年也。其後又得《負笈圖》殘册，有先生少時負笈小象。

冒芬傳 清史稿忠義傳五

冒芬，江蘇如皋人。巡檢，發廣東，補北寨司巡檢，調五斗口。緝獲盗匪傅敏南、烏石姊等，有能名。擢廣州府經歷，調海豐縣丞。英吉利擾廣州，以守城功進知縣，授開平縣。縣介新會、鶴山間，盗賊出没，芬嚴爲條約，捕甚多。歷權高要、曲江、乳源等縣。咸豐二年，洪秀全陷仁化、樂昌兩縣，分股攻乳源，芬募勇三百，約都司車定海扼河爲守，使鄉勇繞出河岸設伏。凌晨賊至，官軍隔河礮斃騎馬賊一，伏軍薄其後，夾擊之，賊大潰。渡河追擊，斬甚衆。餘匪吴焕中、黄老滿等，潛聚曲江龍歸墟，結連羅鏡墟凌十八，圖復逞。焕中潛至乳源，爲邏者獲。芬訊得實，偕千總張鷹揚馳往，捕獲黄老滿等頭目十三名，解經曲江寺前村，猝與羅鏡賊遇。鷹揚所部潰散，芬率親軍百餘人與賊戰。軍火盡，芬被創，賊奪黄老滿去。芬裹創爲書，上總督葉名琛，極言兩粤賊勢急，宜聯絡官民，早繕備具。越數日，傷劇，卒。卹如例，後建專祠。

伯祖月川公家傳[①] 小三吾亭文

冒廣生

曾王父生子五人，則公爲之長。二伯祖與王父爲卜太夫人出，四、五叔祖爲庶出，公則原配賈太夫人出也。

① 本頁有浮簽，文曰："伯蘭公告身手卷，後有廣東郡縣志諸傳，均宜補入。"

公以巡檢官福建，署寧化、晋江、同安縣典史，晋江縣鷓鴣司巡檢，改官江西，署安義、靖安縣丞，代理武寧縣知縣，以收復縣城功，升知縣。署玉山，補德化，受知於故贛撫耆齡。耆齡撫粵，則奏請公至粵；尋督閩，則又奏請公至閩。先後以勞勩加同知銜，賞花翎，浸通顯矣，而時時有退志。以三世宦遊，里中無一畝之田，非所以爲子孫長久計也，則以千金置田百畝於木葉莊，又以其第六女歸同里袁氏，曰："異時，吾掛冠歸，生於我乎往來，歿於我乎葬祭也。"而公子以其田質諸人，公乃大恚，曰："乃公爲若計，若乃不自爲計？吾奈何日鞠躬屏息作牛馬走以承事貴人哉?"遂告歸，年未四十也。公雖歸，而以王父兄弟皆官粵，遂留寓粵，顔其堂曰怡怡。

廣生小時，見公長身白鬚，發聲如洪鐘，與諸叔輒驚避汗下，不敢仰視也。曾王父官粵時，行篋攜《同人集》。公官贛，乃以聚珍板印之，其書刻乾隆前，應抽毁者皆未抽毁，較今通行本多虞山諸人作也。

公諱溶，字月川，號楚材。以嘉慶十六年十月七日生，光緒九年八月十八日卒，年七十三。娶趙夫人，丹徒人。廣生榷鎮江關時，取趙氏譜閲之，知其父孚吉，嘗爲廣東南海縣典史，開平縣松柏司巡檢。孚吉之子堃，湖北江夏縣鮎魚司巡檢。粵匪陷全楚，堃不知所終。王父生時卜太夫人無乳，趙夫人乳其長女，則兼乳王父。王父終身事趙夫人唯謹，而數十年來，死生契闊，後將無有能舉趙之家世者，爲附記於公傳後。公以第二弟官貤封榮禄大夫，趙封一品夫人，合葬於如皋西鄉木葉莊。子樹棠、樹霖、樹果、樹萊。女，長者適廣東前山同知錢塘陳坤，工小篆，有《福禄鴛鴦閣遺稿》。一適江寧鄧承瀛，一適同里袁壽祺，一適張，一適俞，一適趙，一適胡，一適陳。

清史稿列女傳二

冒樹楷妻周。樹楷，如皋人。周，祥符人。樹楷以知縣待闕福建，早卒。周挈子女從舅廣州，舅亦卒。僑居，日食率百錢，翼子女以長。子得官，將請旌，周拒之曰："婦節常耳，人子於其母，奈何欲假以爲名哉?"父星詒，諸父星譬、星詧，並有文行。周刻其遺著，爲父營葬，置墓田焉。

節母周太夫人傳[①]

義寧　陳三立伯言

太夫人周氏，祥符人，閩建寧知府星詒女也。星詒博雅，富藏書，兄弟並起甲科，歷仕，有名當世。太夫人承家訓，通章句大誼，歸福建按察司經歷如皋冒樹楷。年二十六，育子。廣生六歲，女四歲，而冒卒。太夫人挈二孤雛，依翁居粵東。翁卒官，太夫人所蓄不逾千金，日限百錢爲活。或廣生歸應童子試，則僅給六十錢，艱貞支拄，泊如也。其後，廣生得鄉舉，久之官商部郎中，晋四五品京堂，始就養京師，而廣生已以文學風誼蜚聲中外矣。太夫人勑勵如兒時，以故廣生愈自奮，期不辱。國變後，廣生貧無以養，乃審勢酌經權，再就甌海關監督，尋移榷鎮江。會太夫人病劇，自决不起，悉召家人立榻下，纍纍語飾終事。廣生不知所出，因泣告曰："母果棄兒者，兒去官待餓死，且舉孺稚盡殉之矣。"太夫人張目曰："今非變終制律耶？兒奈何若是？"廣生復泣曰："固然，無可易！"太夫人聞而涕熒於睫。于是廣生卜萌動不忍之心，生氣續矣。亟禱於神祠，遂漸瘳。廣生既調淮安關，太夫人仍留鎮江，娱江山之勝。越二歲，辛酉十二月乃卒，享年六十有九。嗟乎！天性之極，通謀造化，君子觀於母子之間，生死相保，曲將其慈孝於末世，爲尤可哀也。

爲人敏果而慈厚，不喜議人過，有語及者，輒止之。居儉，務周邺窮急，凡廣生施衣、施棺、施冬米，一循太夫人之教也。先是，廣生痛太夫人苦節，圖爲請於朝旌之。太夫人愀然曰："婦不貳其夫，尋常耳，奈何人子於其母欲假之以爲市哉？"廣生遂終其身不敢復言云。子一，即廣生。女一，嫁福建鹽運使吴用威。孫若干人，曾孫若干人。

贊曰：於鑠令母，貞固操履。茹艱敦教，以挺厥子。儒學炳然，大業資始。維孝維慈，留張人紀。

① 本頁有浮簽，文曰："又，李丙榮撰，不記書名，仿佛是《京口志餘》，'流寓門'有《周太夫人傳》。"

潛徽錄

冒廣生　編纂
魏小虎　陳才　點校

下册

上海古籍出版社

第十三册

行狀、事略

明故通議大夫都察院右副都御史
叔父冒公履貞行狀 家譜

冒　鸞

我叔父履貞先生中丞公既違養之三月，其孤良等謂公生平宜爲後地，及今失圖，懼日就遺忘，益重不孝，相號慟已。良乃抆淚捉筆，勉録公履歷之概授鸞，屬撰次爲狀，以備昭代立言之君子采擇云。

嗚呼，鸞不肖，惡敢狀公？但區區之私，誠有不可已者，抑惡敢竟辭也！

公姓冒，諱政，字有恒，履貞其號，世爲揚之泰州人。曾祖諱哲，國初奉明經，爲州學訓導，有造士聲。祖諱端，潛德弗耀。考諱鑑，累封奉訓大夫、南京户部員外郎，以恩例進三品服色。妣王氏，累封宜人。

奉訓公蚤孤，既鮮兄弟，家中落，鞠於外舅王公明遠。初誕公，明遠聞啼聲，驚喜曰："是必昌冒氏者。"能言，教以五七言詩，應口成誦。稍長，令就外傅。有相者見而異之，曰："是當大貴，無凡視之。"已而，奉訓公服勤立家，命爲坐賈事。時有盧孝廉設帳蕭寺，公不時往聽其講授，至所鬻物爲人竊取不知也。或詰之，曰："不樂此耳。"奉訓公顧喜曰："兒欲做秀才耶？吾祖之澤，兒庶能衍。"乃更命就學。

年十九，始被選爲州學生。時少參胡公玉未第，雅有聲場屋。公從授《詩經》，遂得肯綮。自謂學也晚，益發憤攻苦。日以所業刻程自課，設少妨悮，必焚膏續之，或過夜分乃寢。以事遠出，必袖一篇時覽，期不廢功，有笑且議者不恤也。久之，舉業精甚，儕輩皆自謂不及，胡公且讓之。

越十年，成化甲午，中鄉舉。乙未，登進士高第。觀政户部，奉檄盤糧陝西，盡心所事。戊戌，授南京户部四川司主事，部委歷監諸倉出納，惟公且謹。一夕暴雨，他倉粟未及貯，多爲所漂，公獨豫爲之所，得無患，督儲都御史袁公凱亟稱賞之。六七年間，京倉諸弊剗革殆盡。

甲辰，陞福建司員外郎。先是，監鳳陽倉者，率季終一還部，往返逾月。彼有素無賴者數輩，乘閑恣横，軍民稱苦。公往廉之，白袁公，疏於朝，定擬嗣委者，必期年代者至，乃還。於是宿蠹頓祛。

丁未，轉廣西司郎中。年資既深，事體益練。侍郎侯公瓚甚見器重，令旁攝他司事。部事涉難處者，亦惟公是决。常擇公儹糧運，曰：“江西地廣而賦倍，必冒郎中行。”有萬安令某，豫袖金若干爲公餽。適大參劉公僑憂居，聞之曰：“吾觀此君行事，當不可貨取。”令曰：“年例耳。”竟懷金入見。方投手帖，公大怒叱之，欲寘之法，令叩首謝僅免。劉後爲公道之，笑自許曰：“我不知人乎?”聲聞列郡，守令竦然，不煩嚴督而事集。

弘治庚戌，擢知武昌府。劉已爲湖廣右方伯，得報指示僚屬曰：“此卻金郎中也。”府在會城，素稱繁劇，守者非具才諝識操，又濟以精力，未克勝任。公既荷人望，益殫厥心。日每未辨色出視事，有事於撫、按二司諸處，則夜燭視事，案牘山積，書判若流。守、巡諸公遇有疑獄，或勘處重事，多以屬公。公不事過矯，久而上下信之，展布從容，多所興革。

府城西南外抱大江，隍址激於風濤，存者無幾。公謂累歲修築，財力並傷，當爲經久計用。白諸當道，出公帑銀若干，擇官董之。鳩工伐石，甃十數重，博二丈許，工作堅緻，久可無虞。江有洲曰金沙者，居民三四千家，往來濟以舴艋，時患覆溺。公思必造舟爲梁便，顧材無所取。間見巨舟十數，隱隱沉長虹橋水中。詢之耆老，曰：“此洪武間楚昭王所御，以朝於京者，久棄不用。”曰：“將無朽乎?”衆曰：“美材也。”具啓楚府，取改作之，爲舟者倍，聯以巨綆，鋪以堅木，兩滣承以石蹬，履如通衢，列肆其上，遂名冒公橋。顧此二事，綜理之周，惠而不費，他人或未能也。

重恤民隱，府舊編南畿各驛夫役若干名，見役者無所取稽，恣意漁獵。公酌計一年費鏹如干，立爲定法，準糧徵銀，以給其需，更嚴禁例外需索，役者、募者咸有定志，所省民財歲不下數千。親藩之國，諸中貴往返供億，區畫一從簡省，又加意維風。東郭有古孝子孟宗祠，隘弗稱。鼎新之，移諸近地，民用知勸。江夏廟學，側於委巷，逼優人居。公謂非所以妥聖靈也，改建鳳山之陽，規制焕然，士爲丕變。又如府城災，彌月弗熄，公爲文禱於大憲神，雨遂作，災已。蒲圻有虎患，公亦爲文走幣告之神，虎即遠遁。精禋遠格，有不可誣者。他如先贓吏之罪，重假銀之刑，嚴競渡之禁，申權量之謹，廣倉庾之積，良法美政，不一而足。後先撫、按薦剡交上，請大用公。銓司沮常格，弗果遷。滿三考，丁王宜人憂。壬戌，制滿起復。

癸亥，陞山東布政司左參政。有重臣建議，洸水故流，原與汶、泗、沂合而出濟寧。永樂中，始疏一支出分水河，所經堽城壩等地，多損民田，復之便。事關漕運，朝命侍郎某公往視之。時公適分守其地，躬親相度，命工測以水平。自濟寧距分水百餘里間，地勢高下，至逾五仞。肆考故事，實經國者審河無上源，流甚易涸，故設法遵水分流於南北，以濟漕船，足國用，其利溥矣，復之非便。某公善其議，從之，事遂寢。

南旺湖者，周回百五十里産菱芡諸物，稱天然之利，兖州管河官相沿私之。公謂民方乏食，豈食禄者所宜奪，下令聽民采取不禁，一時饑者攸賴。谷亭鎮者，舟車通會地也，有土豪數家，久以略賣人口爲業，官吏莫敢問。公以法盡獲其黨，罪坐首惡，遣戍者數人，風遂息。

甲子，改守遼東。緩催科，慎刑獄，邊鎮以寧。正德丙寅，陟江西右轄。將發遼陽，覈庫中支給糧餉餘銀，得數千兩。驗封立案，委官掌視，以俟代者，仍移會督糧郎中王公藎。公過廣寧，王公拜曰："給軍羡餘，前此所未有。今軍無庚癸之呼，帑有嬴餘之積，誠盛德事，爲吾輩師也。"

江西奉新饑，稱貸請賑者蟻聚，或爲盜。巡按御史臧君鳳懼生他變，集三司議。公請往，因檄縣令先籍饑者，併檄在倉粟若干，粟不足，佐以官鏹。又令犯罪者輸粟代贖以充數。據册先給下户，餘定等給散，旬日一境晏然。蓋承宣方七月，而民翕然嚮之矣。

丁卯，遷副都御史，奉勑巡撫寧夏等處。至鎮則閲士馬，稽粟芻，數皆不足。責問主者，諉諸因襲之弊。公亟上疏，下户、兵二部。鸞時備官車駕，實司馬政，遂請於尚書劉公宇爲覆奏，准給太僕買馬銀若干，户部亦奏給太倉折糧銀若干。

先是，防秋戍卒彼此更調，官費行糧。調者憚離閭井，哭聲載途，有言於公者。公曰："人情如此，防守何藉？"令豫選驍悍堪禦侮者，各造名册籍，繳報鎮巡、總兵官處，無事暫聽安居生理，有警即時徵調起行，庶防守不悞，糧餉差省，而人情甚便。自是代者踵行之。

公涖政僅四月，究心邊備，方議築黑山營，嚴茶馬市及選將訓兵。草疏未及上，時逆瑾竊國柄，先見公謝恩疏，來京不通私餽，業心銜之，又見請糧馬疏詞剴直，語人曰："寧夏舊無巡撫官邪？何物冒某乃爾！"會遣科道官查勘邊儲，遼東亦有腐耗者，以公嘗分守，例與委吏者等參奏。適逢瑾怒，遂被逮，遠就詔獄。良當會試來京，猝聞公難，皇皇將爲賂免計。公緘片紙出，戒勿妄動。既有旨發付彼處鎮巡官，責令償粟三千餘石。良侍行，别鸞曰："此事寧有完期，姑俟命耳。"幸遼陽風義特勝，都督張公椿、指揮徐君忠、千户王君榮、鎮撫哈君英等，相謂曰："冒公守我土，纖塵不染。今罹無妄之災，我輩忍坐視不一爲手援邪？"各隨力出粟代償，當道更爲處分，良又稱貸益之，乃得還。瑾意未慊，令落職歸。未幾，瑾敗伏誅，奉詔復職致仕，人謂行召公矣。

辛未，陝西、雲南巡撫員缺，吏部兩具公名上，竟中沮，蓋中有爲之地者，而公非其人也，乃不果召，復何憾焉。公且老矣，亦稍厭世事。居閑十數年，宴坐之餘，每與東園張侍郎、管竹陳先生洎二三知舊，觴咏其間。值當路諸公過訪，留款酒酣，談吐迅逸，無衰憊狀。語及時政及四方利病，輒欷歔不自勝，固大臣之體如此。

今年己卯春二月十八日，感微疾，即命治後事，神爽不亂。越十日壬辰告終，距其生正統癸亥十一月十四日，享年七十有七。

嗚呼，公以直節清德、卓識閎才，更事三朝，敭歷中外四十年。其間作郡勞績，不可具述。晚始大用，方將宏展設施，峻躋樞要，以澤天下，酬時望，不幸阨於權奸，弗究所志。幸而將復試也，而卒不果，豈非天哉？

初，公官留署，務頗簡，暇即賦詩不輟。尚書黄公鎬勉之，曰："子有用才也，工詩何益政理？盍留心吏事，以資他日？"悉取部中雜行卷簿，并借刑部大小成案，日觀之，遂諳練律例，嫺行移諸體。武昌有大招議，屢出公手，當道驚曰："子刑部發身邪？"曰："某幸承黄堂翁之教，粗知讀律耳。"

公於職守外，存心濟物。監金吾倉時，見成賢街苦於少井，會賈人李麟、林昂者各賫所得北京官俸票，來倉告支，公曰："吾不惜照數支給，爾能成一勝事乎？"皆曰："唯命。"語以故，二賈忻然捐資，共作三井，六館士洎居民稱便。錦衣倉大使杜良守支虧欠，例不得起送，貧至鬻女自給。公惻然周之，得完籍去，仍贖其女歸。武昌民遭大疫，公因憶蘇長公得巢氏聖散子方，叙以傳世，且謂在黄州用之神驗，兹地適宜，命數醫按方治藥，往給飲者，皆愈。又遼陽版築丁夫病，如前給飲，亦愈。二處所活無算，不識方之神果至此乎？殆有以召之者故耳。

公性至孝，自登第後，恒迎二親於兩京、武昌，分禄於家，以養二親。親老憚遠行，復勉迎奉訓公於府第。再考最，例得錫命，奏乞移封徽寵於所自，限於制不許，終身歉然。然州先達以京官被恩典，獲生榮其親者，實自公始。

王宜人嘗患足瘡痛楚，公夢一老人曰："盍取蟬退、茶葉二味，和研塗之？"卒得效，符夢中語。武昌歸至龍江，聞宜人病，即置妻子，乘小舟涉險，信宿抵家，已屬纊。公拊棺痛哭幾絶，制中足未始出户，凡禮弔者，就家拜之。奉訓公患嗽劇，公又見夢曰"取梨汁和白糖，温化服之"，用之立效。二方自神授，人以爲孝感。而尤篤友誼。先叔訓導公彬齋先生，幼親教以舉業，又屢擇名士爲之師。彬齋學既成，屢舉不第，貢逼期，見誣群少，幾債事。公偶有背疽之楚，懣曰："吾弟不得一貢邪，他日何以見先公地下！"力疾致書諸鄉達，達之督學者，乃獲完璧。彬齋之官，道卒，聞訃，哭尤哀。先奉直公澹齋先生居縣學時，與公互師友，短札還往，無虚日月。鸞尚能憶公規勸語，婉而切，真骨肉相成意也。

如皋族人逾數千指，凡來見公，或有訾於州者，悉館餼之，恩義藹然。遇諸姻黨，咸有恩禮。至若隣里，弗論長幼，概加禮貌，不自知爲巋然達尊也。公於書無所不讀，惟不喜釋老。鸞嘗從覓《參同契》，曰："列群書中，未嘗一目。"爲古文潔整有法，不苟下一語，晚更超詣，浩若不可窮。詩律清拔奇穩，有盛唐風韻。嘗語鸞曰："吾悔不先讀詩，故格力終不逮耳。"楷書遒嫵，隸倉古意，行草自謂得晋人筆意。詩文舊稿多逸，僅有存者。既謝事，猶親筆硯，購者多應。近稿得數帙無恙，良將次第哀輯，彙爲《履貞集》，以藏於家。

公偉貌修髯，目光射人，耳聰聞數里。嘗坐府治事，忽謂左右曰："此總兵船上金鼓聲。"令遠伺之，果鎮遠侯顧公溥出巡回。公出迓之，顧驚，曰："吾颿得風，報宜在後，太守何以夙知？"笑曰："意當回耳。"一日，訊群盜，目其二，曰："向某時所獲賊黨某與某，即爾二人也。爾以計欺理刑官得釋，復敢變名姓、殊服色而來，欺我耶？"二盜愕然服法，府稱神明焉。

且公少亦體羸，極慎自養，積歲居學舍。閑一歸省，懼讀書傷神，每嘿觀。善李氏《内傷論》，遵其法藥，緩取效出，學始漸充。後益壯，老尤矍鑠，飲食似愈少時，聰明尚及前日，人擬厚福，期頤可得也。乃奄至此，惟天不慭遺，使老成凋謝，典型日遠，固不當爲天下惜哉！

抑公有甚不可及者。寒不擁爐，暑不揮扇，晝不輒就枕，甚至竟日身不起席。性更冲雅，圖書詩字外，百凡玩好，絶不留意。至若要其所存，一誠自致，不慕人知。凡舉義事，謂當然者。故成賢之三井成也，祭酒劉公宣欲勒石集賢門紀其事，公謝止曰："不敢銜名。"金沙之浮梁成也，鄉紳周君某輩共擬乞文立石，望山門，嗚尸祝，公又止之曰："此吾分内，無以爲也。"觀此則公宦轍所致，惠利及人而不及白於世，聞於吾黨者多矣。其他政績亦類此。况良等從宦時猶稚，良又從彬齋事科舉。鸞則暌遠日多，初侍教於事且懵。今兹祗掇拾一二，諒亦卓然可傳者，其於履行之懿，意度之高，亦可得其十一於千百矣。若挂漏之罪，何敢辭。

公配彭氏，州醫士廷輝公之女，累贈恭人，先四十一年卒。繼丁氏，南京府軍衛舍人良玉公之女，累封恭人，先十三年卒。子男四人，朗，早世；良，鄉進士，彭恭人出；彤，楚府引禮舍人；彧，方積學。女四人，淑吉，適舍人周淳；淑宜，適王萱；淑惠，適庠生周君易之子堅；淑静，適主事儲君洵之弟汶。孫男二，繼宗，州學生，不禄；爵，武舉人，登進士。孫女四，長適州學生錢翊，次適太學生盛朴，次適州學生陸表。曾孫男一，儀。

良等卜以辛巳年十二月初七日，奉窆於石羊莊之西南，二恭人祔。嗚呼，公天下望也，所謂德善功業，勛榮慶賞，無不可書，在秉椽筆者采而爲之，碑銘、誌表、傳誄諸作，凡託之金石爲不朽圖，要必不可闕者而有待焉。

鸞未成童，蚤沾教澤，及與秋試，公挈之舊都，擇僚友如吏部諸公，讓使師之，仍不時親課，是科遂倖收。後再學於吏部，刻苦感疾幾殆。公呼之私第，問醫調藥，不啻身嘗，且亹亹道以動息節宣諸養生事。疾報損，謂時不可玩，復勉以常業。叨第以來，屢書規瑱，襄其弗逮。數十年間，陶成子育，爲德兹大。比歸林下，雖弗獲日侍杖履周旋，幸能奉顔色，領法言，且得借尊重爲晚節師，冀保終始。適去秋，公手書某版曹《承訓圖》，略云："某念予昔嘗有一字之益，故爲此志，不忘夫一字之益且爾。况君親大恩,有不可名言者乎?"蓋公教鸞之餘,惓惓至此,曾幾何時,忍舍我而仙去邪?

惟公與鸞有師義、有父恩,而欲少報其萬一,深愧無地,爰不揣爲公狀,茹哀齋沐,謹述所聞如右,而聊附吾私云。尚論公之爲人者,其亦可以庶幾也夫!

明故迪功佐郎光禄寺珍羞署監事
先考雙橋府君暨妣劉孺人行狀 家譜

冒士拔

嗚呼,拔忍述先府君、劉孺人哉!有子六人,兩兄先坳,進而家督維不肖孤,孤忍不述先府君暨孺人哉!抑府君涉世之日長,閲歷既多,能行較著,聚族通國能言之。不肖孤即孺慕乎,其何當飾畫所未有,以見之當世之大人君子,以貽如椽者羞?於是,抆淚摭實,不溢一辭焉。

府君諱承祥,字履之,别號雙橋,則以居介龍圖、安定間云。

粤稽家乘,自兩淮運司丞下五世,而及贈大夫澹齋公。公舉大夫,子三。伯得庵公,歷任福建布政司參議。仲成齋公,肥鄉主簿。季静軒公,終富陽知縣。成齋公生坦齋公,坦齋公配范,生府君。府君舞象之年,大父病足瘍,不任家人生産,遂令釋外傅,代持家秉。乃府君既孝且才,犂然就理,入爲具邀賓以養父志,而外治生力穡,拮据弗休。暇則涉獵古書史及臨摹古帖,以故於載籍靡不窺其大旨,尺牘書法蔚然可觀,而家亦日隆隆起。

府君素偉軀饒力,獨行無畏。一夕,自南鄉跨馬夜歸。時維五月,雷雨暴作,奴産子追不能及。列缺光芒,忽明忽滅,若有物當其前者,馬左右却不肯行。府君心異之,然了不爲怖,潛探所佩簡,横按馬頭,而佯示睡狀。其物較近,應手一擊而仆。遂下,乃以襆被者襆之。比馳而還,漏下三鼓,時邑尚未城也。先孺人起,相慰勞,取火燎衣,亟呼厨人爲飯。府君笑謂:"無亟,試視此襆中何物。"數女奴迫取視之,則有物龐然,雙目尚炯,驚異久之。而府君爲述所以質明,而聞者猶色飛神怖,舌爲吐而不得收也。蓋其膽智如此。

居嘗左右二人,色養備至。當視疾,不解衣帶,寢食興居,不異所父。瘍久潰,腥穢淋漓。時内藥丸,其間丸澁增痛,復時時口吮内之。内而弗受,數内而弗厭也。覘有違色,則跪請繼之,必霽乃已。於是大父作而言曰:"余固有尊於足者耶?獨奈何以簪纓之裔，當吾世而不徼一命之榮，又坐而失之子也?”乃用入貲爲光禄郎官。

府君既薦紳，兼嫻辭令，其被令君容接者先後十餘，無不心折，府君亦無不杯酒竿牘之爲慇懃者。而吴興嵇公、臨安童公、蘭谿唐公、八閩鄭公、今蘄陽張公，尤厚相款暱。即府君繇六袠而七而八而九，往往交幣贈言，爲酌者倡。乃府君卒不藉以爲居間地，一再飲於鄉，匿不復應，以是愈相嚴重云。

曾王父母之大事，大父病弗克襄，府君代經理之，爰封爰樹，鬱鬱葱葱。迄王父母之喪，家漸以饒，用逾無恡，於是卜新阡，創幽室，輒靡千金。而故隴松楸爲王父伯季所共歸藏者，歲時培葺，悉槖中，每以重厥本源，毋忘先澤是訓，是府君立身起家第一義也。姑王母嫁盧君樞，俱早世，府君爲治含殮，誌銘其墓，婚嫁其遺孤子女。其他周窶賻喪，濟人緩急，即不敢謂三族之間待以舉火，而亦既單厥心矣。

拔猶憶析箸之日，焚債券可百餘，以孤所聞，晏嬰、孟嘗庶幾有焉。家故有負郭田若干畝，值邑築城，令君請償其直，府君謝而委數百金，以爲漏澤。至施槽掩死，捐藥起生，歲計有餘，寧能勝數?以故故宅一區田千畝，後第宅六，膏腴萬，自曾王父來單傳再世，今孤等六人榮冠服，世被詩禮，夫疇非府君之澤與造物者所以報乎?

乃府君則澹泊廉清，兼味不以供朝饔，縷絲不以充下體。雖善飯，未嘗多食;雖酒可升數，未嘗多飲;雖饌客必豐，未嘗有濡首沉湎之患。晚年結社枌榆，雖選伎徵歌，時亦不廢，而生平不妄近一色，故視其輔丹如也，視其鬌髮鬒如也。或問以養生家言，則曰:“熊經、鳥申何有於我?吾知有岐黄而已。”蓋府君於醫卜農圃、星曆堪輿之家罔所不涉，而醫爲最嗜，故其精於衛生，餘以拯疴起痼。雞鳴而作，日入未遑，八十兒齒，九十步履如常，立語不倦。時召孤等商家政，詢時事，坐云乃坐，退云乃退，小不當於意，叩請移日。齔女不出於閫，髫男不入於閫，即先孺人白首相莊，若嚴賓也。饗神燕客，先三日布几筵，二日治供具，故孤等或叢脞於届期，而府君則從容於先事。臨革之際，纖悉覼縷必及，而平時可知也。蓋頤之貞、家人之嚴、中庸之豫胥有之。方九十攬揆，充閭枉賀，府君日酬百拜，夜飲二鼓，齒髮顔貌，見者謂若神仙中人，即孤等亦自意百年可竢。詎未朞而疾作，一疾而不起也。嗚呼痛哉!

妣劉孺人，厥祖通山令，歿祀於社。父省庵公，與大父雅相友善，楸枰之間，指腹而爲婚姻之約。孺人甫十四，歸府君。時府君持家秉數年所矣，食措數百，孺人以一身贊理之，寒燠饑飽，必時必視。府君多長者交，炰膾酒漿，咄嗟而辦。曾王母錢危疾，坐榻卧起維艱，孺人以身承背，趺坐相倚者十餘日夜。每日跪進匕箸，食已乃起。祖瘍既久，日候房帷外，寒暑不輟。祖母范性嚴急，羹湯藥餌，必躬致之。逢姑之怒，器具立碎，孺人婉容俯拾，易以復進。既有子婦，稱人姑，顧其侍祖母范，亦猶孤等侍府君也。每有宴會，奉盤匜，供醪饌，竟席乃退。

其事府君也，静好温順，終身一日。至其視二庶也(如似其視庶子也)如子，其視諸子婦也如女。大布之衣，三浣不棄。苟以情來告，靡有不應。語曰"富而能儉，好行其德"，孺人以之。方之府君所稱齊德者，非耶？

夫指腹而齊眉，尚矣，而踰大耋，望期頤，難矣。而齊德而隱，爲難之難，即冀缺、梁鴻、龐老，談何容易？而孤等俛得之於二人耶？乃者父服甫闋，母疾繼之，然猶噉蔗食柑，夜坐起數十，無扶掖之藉，脉理洪長，胗者謂可幸無事。而後府君一歲而生者，竟後府君二歲而作古也，蓋其數也。大都在府君無違心之言，無匿怨之友，無不忠之謀，無不鮮之計，而在孺人無狂喜、無震怒、無疾言、無媟容，合德同心，齊眉健飲，有懷二人，指不再屈。而今已矣，傷哉傷哉！即偕登上壽，而人子罔極之情，曷其有既乎哉！

庶妣李孺人，江都李處士春壺女，歸府君、貳吾母者四十餘年，先府君、吾母卒者二十有八載。端莊敏慧，不忝名媛，今且從府君、孺人葬矣。次庶亦李，得附書云。考生正德庚午九月廿有二日，卒萬曆庚子八月初二日，享年九十有一。妣生正德辛未二月二十四日，卒萬曆壬寅十二月廿四日，享年九十有二。卜今年癸卯之十月二十一日，合葬於治北祖塋之左次。

嗚呼，不朽惟德，而孤之述二先人者，并侈言其福也。富壽多男，則吾豈敢，亦惟是蒸蒸仁孝，儻稱必得之數焉。府君居常曰仁者壽，我何能以有此？庶幾方寸以慈勝乎？至語孝，則諄諄色難是訓，而孺人者復不謀而合也。俾府君不以親妨仕，事君使衆，必有足紀。顧天之厚施，視仕爲奢矣，不又曰不朽惟言乎？是孤兼録之，以泣血上請，意也惟大君子矜而采擇焉，以光重泉，則二人幸甚，不肖孤等幸甚。

明故文林郎四川松潘衛經歷司經歷先考月塘府君行狀 家譜

冒夢辰

府君諱士拔，字伯奇，以先王考命，別號月塘。世多圜嶠、方壺之托，王考舉子六，各指先壠間形勝寓意焉。府君行三，得月塘，蓋兆域數十武滙爲塘，塘映月，又月形也。月無點而塘善受，府君若有當焉，故里中稱月塘公云。

府君享年七十有五，以嘉靖乙未六月八日生，以萬曆己酉九月十七日卒。卒之後二日，孤居京輦，猶獲手書，心怦怦焉動。踉蹌及閭，已不待矣。嗚呼痛哉！

越庚戌，營兆郭南。辛亥，阡隧成。筮履長之七日，奉櫬而藏焉，禮也。禮故有誌，近或指爲諛墓，是罪在狀者。夫狀則人貌耳，行且言狀，將無以補當年寫照乎？顧吾親他人，辨在秋毫之端，吾未聞他人其親者之得爲飾所未有以狀親，且詒誌親者辱，可乎？矧士有百行，何能纍纍一無罅遺？惟是直行無罔其生，倫修靡媿於學，斯亦足以表世以垂來也矣。

府君剛介無他腸，生平無狎昵交，無頫印態，無違心之言，無淹宿之諾。人有就而諮者，洞心腑而授之。至赴其急，雖解裝倒庋，不色慭也。好折人之非，遇媕阿回譎之徒，恨不唾其面。以故閭黨姻戚多嚴事府君，戒無以不平聞者。乃情投款洽，油油衆偕，引滿呼盧，頹唐傾倒，又無少長不願暱就，儻所謂直而好義者耶？惇倫篤誼，雖不敢方諸古人，請輟其大而纘次之，痺官不得附於報主，格於局也。

府君起家監胄，仕不過參軍。雖奉職亡害，何當乎？乃清江之績額增田千七百餘畝，歲輸課六十餘鍾。蓋大廉嶺以右有名油麻塘、黄水埇者，可海而田也，持議百年，迄如築舍。府君素善籌策，慨然請於監司，爲役踰期，爲鏹不踰伯，而塍隆隆然，而渠湯湯然，而禾黍芃芃然。歲甲午距今，軍國之儲幾溢千石，恐不多得於幕吏也。事竣，遽乞歸，蓋王考妣望九老矣。制府陳公如岡、郡守郭公慕劬雅相厚善，府君流涕破面不得請，會量移，乃得請也。兩公高其義而檄旌之，給郵傳示榮焉。趣程私禱，幸歸及王考誕辰。風波萬里，果巧相值。未幾，閲年而王考以九十一、王妣以九十二下世。時伯、叔先朝露者三矣，竭蹷襄事，實府君爲二季（二季，士權、士撰。）諸從倡，顧猶有不逮之憾。則迎姑王母而甘旨之，歲以爲常，謂猶王考妣在也。

王考性嚴急，府君年及彊，猶俛受杖。嘗匐跪積雪中，顔霽徐起。丙夜鵠侍，老而耆猶是也。即王妣煦然慈，不以輟齋栗，詎寧視膳、視藥爲篤摯而已。兩伯肩隨，三叔踵接，六昆三母，或既翕而無尤，或消鬩而歸好。其足異者，少與伯共被寢，晉之夕，相持而泣，不忍向帷幙也。最後，叔業成均，府君承而騎，掖而入，虞芮之質，身代爲理。迨王考逝，而家有繁言，讟之弗恤，務以底寧，至同乳之叔[①]，不見原於垂革，今地下可白也，其爲地上者何如哉？爰及諸從，獎掖訶止，子畜不殊，緊孤伯兄[②]，尤爲鍾愛，乃孤不及視含殮而兄代之矣。前母損帷，歸甫六月，佐内政而衍後昆，實吾母之以。

府君如賓之敬，五十年不少衰。外家中替，血祀幾斬，府君弟舅氏而妹諸姨，無不當母氏意者。迄今丘壠之間，霜露之候，坏土酹茅，歲舉靡缺，即所爲視前母之家者不減焉。晚置貳室，絶無嬖寵，不唯無敢望嫡，且不欲加諸媵上也。

府君之友，少有盟，老有社，顧拍浮謔浪之言，每寓藥石規瑱之義。其白首者，久

---

① 原注：同乳之叔，爲五房士樇。

② 原注：伯兄爲吾十世祖，諱夢寫。

而忘其戇直;其忘年者,退而欽其典型。諸凡逋責代償,因親府爨,近在梓里,韙不欲言。方参大廉,時郡邑膠庠課者,供窶者餉。至朱廣文之喪,貧不克舉,輒解俸鍰數挺賻之。敦友尚義,竟以署考上之銓部,爰有松潘之命,獨釜庾振困,德行周族云乎哉。

夫子志三代之英,不過偕斯民於直道。子夏擅文學之選,不敢信未學於惇倫,府君固非好直而不學者矣。居恒漁獵群書,即今古詩文,類能辨其得失。弱冠從童子試,學使者胡公録之矣,以誤書命題字畫被落。時倭躪城,兵燹累歲,王考乘令釋傳,取捷旁途,府君間請於司徒馬公,得隸太學卒業而歸,則儼然家督矣。因慨噫吾即不以筆舌耕,胡不以菑畬學也。且吾寧逢年於身,而需逢世於後,豈謂開府參岳之盛無來者哉?雉河之墟,南畝在焉。質釧買犢,即田工問歲事者十有四年,以待孤及弟齡之稍長而督之學。隆保傅,嚴夏楚,稽程級,謂觀其成目乃瞑,今竟有賫志也。嗚呼痛哉!

府君仕於廉,而王考妣偕踰八。飲於鄉,而王考妣偕踰九。卒於望耋,而兩叔年齒僅踰六,受天不爲不奢。中歲治稗,生治壙,病治身後事,靦縷靡遺,臨訣示期,晷刻無爽,觀世不爲不達。惟是孤等風木之喻有懷,詩禮之趨無日,既不克掇大物以副所欲有,又不敢摭小言以貌所本無。竊睹府君存日,於名公大人片蹏隻字,珍若鼎吕,則今所謂肉朽而報幽者,惟彤管之榮施是冀。是以孤等抆淚按實,先首夏介仲弟而籲請意也,惟閣下矜而頷焉。

稱王考者,光禄寺監事雙橋公也。王妣者,祖母劉也,爲通山令之女孫。國子監典簿桂亭公,鴻臚寺序班龍岡公,府君兄而孤伯也。四川劍州吏目柳溪公、四川蘆山縣主簿筆峰公、鴻臚寺序班環泉公,府君弟而孤叔也。今存者爲柳溪、環泉兩公。前母者,太學東衢婁公材女也,歸府君六月物;吾母爲太學實齋沙公梓女,産孤、夢長、夢齡者也。貳室維孫,産夢珠,珠産於粤西道中,未彌月而孫物,吾母口粟糜哺之,今十八以長矣,即不知非吾母出,吾母亦不知非己出也。女一,與孤及齡同乳。孤以既廩得准貢,娶文學象湖朱公植女。夢齡應丙申選貢,娶鄉進士邛州守雲衢宗公傳女,孫男起宗,其産也。夢珠娶南雄府照磨起潜章公承志女。女適太學李倏龍,河南布政司都事龍城李公士林冢子也。起宗諸生,娶孫婦馬氏,重慶府通判進士禹河馬公洛之孫,文學肖禹馬公化龍之女也。孫女一,夢珠出。曾孫男一,曾孫女一,起宗出,幼未聘字,皆後府君而生者也。粤自光禄公遡而上之,府君祖爲坦齋公,官益府引禮;曾祖爲成齋公,官肥鄉簿;高祖爲澹齋公,所稱以參岳貴贈奉直大夫者也。乃五世而前,則自兩淮運司丞始。

先妣沙孺人行狀 家譜

冒夢辰

嗚呼，孤烏乎狀吾母也！執塗人而問焉，僉曰母也賢，似矣未真也；群逖邇疏戚之屬而聚語，僉曰母也慈，真也未盡也。《詩》云“聖善”，小人有母，殆庶幾乎？夫聖何可當也，而以諛所生，則不阿其好之謂何？蓋勉而賢匪賢也，勉而慈匪慈也，“聖善”云者，夫亦賢慈之不勉者而已。不勉而中聖者能之，庸啻善乎？請以質言質之惇史。

母秀於沙，爲太學實齋公長女，孤祖母劉於母母者稱女昆。實齋公寬然長者，先王父以友聟成莫逆，因相攸而聟先子，雖婁母蚤逝故，實其夙契然也。

母十七而嬪，於時外王母劉已不待結褵矣。後劉者趙母，母之不知爲非劉也。亡何實齋公暴卒，遺孤踵殤，簡諸從而嗣之，爲今母弟，母弟之不知非劉出也。

方母稱新婦，時曾王父母具在，兩世尊嫜，並忻静好。會島寇之變，先子謝舉子業而業國子，竣國子而稱家督，載事南畆，失箸日虞。母脱簪餌以佐田工，惟先子意無少恡，内政井井，復不關先子心而家稍起，而先子亦稍即安。

先後凡五抱子，再抱女，存者僅兩孤一妹而已。孤及弟、妹自襁褓以來，母未以一指相加遺，蓋其生平無媟容大噱，亦無赬色厲聲，不寧賓事先子，即撫子女猶是。下逮臧奴，亦復如是。從來臧奴或爲偃蹇，或爲跛扈，未有不憾悟而泣下者，而孤輩可知也。兩孤始就師塾，先子極意敦崇，昕夕供具，母輒自損以益之。既各備員膠序，先子不廢笞箠，母終不以護惜迕義方也。

先子素善飲，飲輒不可以已。聚族留賓，咄嗟治辦，母手以之，惟恐不成驩，更虞譙責及庖人耳。從幕大廉，諸凡釋累賻喪，多出從臾。既念王父母春秋高，一意贊歸，中道而舉阿季，厥母旋坳。僅再洽旬，先子欲畀諸江，母固匿之，嚼糜口哺，復旬得乳，始有生理，今且成人誕子女矣。歸而析箸，先子遽捐，母憐季幼，遂同子舍，一切護惜，不減兩孤。歲時羅拜，淚承於眶，睠先子也，亡問享祀已。

弟令昌州，不勝捧檄之喜，乃奉板輿而西。孤越歲丞閩邑，迂道而覲。時母年七十有六矣，丹顔緑鬢，健飲如四十許人。孤喜顧弟，竊謂百壽可喜，歲以爲期，幸徼一命，吾兩人者將御而歸，舞而嬉也。閩距貢章六百里而近，嗣後月一相聞，亡憂亡恙，弟復已踰瓜期，自初願可畢。驚聞病耗，併日亟趨，曾不逮視含殮，孤子罪上通於天矣！

疇無尊嫜，孤王父母各踰九疇，無以娣姊，孤伯叔母凡六，歷數十年餘，夔夔色養，執新婦禮，如初和樂，且眈視同屬離靡異。至於嬖婈之間，不寧不知妬之非宜，併不知不妬之謂何也，更不知人間何從有嫡、庶等母，又何從有異同也！迎養以往，弟妹各天，母念少子甚於愛女，臨訣娓娓，無他見屬，傷哉！

粵人德先子，併頌其儷；昌人德孤弟，先祝其慈。蓋先子性卞而弟如之，每因風而聞夏楚，退食而詢逮繫，母不言而形於色不寧。孤弟旋奉唯謹，即先子往往爲霽威而貸惠矣。

若夫顆粒勺水，天物是珍，驟喜乍驚，面容不改。食不兼，衣必澣，雖盛暑，不浴不露膚體；雖昏夜，不笄不見子婦。聞詛誶則疾掩其耳，遇窘窶恨不倒其囊。晚年同室并受月齋，日持梻子，誦佛彌萬，髮長盈尺，齒固且齯。孤方意福德之因或不期爽，詎謂有今日哉！至今日而孫舉於鄉，鄉之人轉相謂天之報善慈者，終不爽也。孤既進而賦聖善，乃其所纘述，則猶賢慈之大凡耳。

惟是溢於不自知，要於無所爲。有淑媛不及持諸久，而仁人鮮克厚其終者，非狎窺於膝下其真而盡不至此，惟大君子矜其情，勿恥其過也，而鼎吕之敬，礱石以竢。

母生嘉靖庚子六月三日，卒於萬曆丁巳四月一日，享年七十有八。先子月塘公，四川松潘衛經歷，諱士拔，壽七十有五，先母八年卒。啓殯合窆，地則治南之新阡，日則至月之既望也。

子男三，長即孤夢辰，以貢丞海澄，娶文學朱公象湖女；次夢齡，江西會昌縣知縣，娶邛州守宗公雲衢女；又次夢珠，儒士，庶孫出，娶南雄府照磨章公起潛女。女一，適河南布政司都事李公龍城子太學倏龍。孫男二，長起宗，舉萬曆戊午鄉試，娶四川重慶府通判、進士馬公禹河子文學聖卿女，齡出；次起安，及孫女一，珠出，幼未聘字。曾孫襄，曾孫女一。孤王父諱承祥，别號雙橋，光禄寺珍羞署監事。王母劉，通山縣知縣之孫女，所稱於母母稱女昆者也。其餘世系詳周太史譔先子志中，不具述。

故登仕郎鴻臚寺序班先考環泉府君暨妣朱孺人庶妣劉孺人行狀 家譜

冒夢璋

嗚呼痛哉！自府君之謝人世間，奄忽更秋而春也。不孝兄弟嬛嬛在疚，血淚交傾，一隔明幽，百身莫贖。因念吾母朱孺人暨庶妣劉孺人，且先府君捐筦鑰，又忽忽踰一紀春秋也。歲月如駛，栝棬空存，追愴音容，更踰初歿。倘窀穸之未安，無以綏先人於地下，哀哀之私，曷其有極！爰從寢苫枕塊之餘，勉謀宅兆於城東東江橋之原，卜仲秋朔後一日，奉府君與兩孺人合而藏焉。又懼先德之弗彰，無以垂有永而識不忘，則哀哀之不安更甚，復抆淚爲狀，以乞靈於大君子之前。

府君諱士撰，字伯制，别號環泉。自先世東林公以兩淮鹽運丞占籍如皋，嗣後屢以科名顯。數傳而爲文學澹齋公瑺，以伯子少參公鸞貴，贈駕部郎中。季子鵬以明經爲富陽令，而仲子鳳，是爲府君曾大父，薦明經，佐肥鄉政，治有聲。鳳生誾，誾生光禄公雙橋，諱承祥，則府君父也。

府君兄弟六人而年最少，光禄公得之最晚，憐惜甚篤。當捐館之前一夕，指以屬伯父月塘公曰："孺子愿吾愛之，無吾忘也。"月塘公既殷陟岵之思，而又切在原之誼，周旋訓誨，有加無已。凡今之人，莫如兄弟，則無踰月塘公者。

府君亦克念天顯，事兄如父，奉訓唯謹。早治鄒魯書，既厭薄帖括不爲，遂寄涉于諸子百家間。居恒不妄言笑，古道自將，無偏無黨。彼矜飭相高者，或炫燿于大庭，未免負媿于爾室。府君率性而行，隱不與顯岐，口不與心岐，己不與人岐。交遊絶簡，一當投分，輒披衷相向，至誠動物，忘機應亡，徜徉順適，革薄從忠，則府君之天性然也。恥揭人過，喜奬人善，凡有薄技微能，府君則津津贊説不置，而亦不至阿其所好。若姻戚族黨，每以困乏告，即不惜通其有無，資其緩急，或當横逆之加，第一笑謝之，且無藏宿焉。邑中諸所興建，若黌序，若輿梁，若梵刹，罔不慨然捐貲，共襄盛舉，懷仁市義，府君蓋不失先民之遺風哉！雖拜官句臚，列在冠紳，而偏以仕隱。惟日以玩弄烟霞，徜徉林壑，一切家務，悉付兩孺人爲政。

初娶前母孫孺人，早逝。繼爲吾母朱孺人，邑處士朱公自湖楮女。朱舊爲良族，吾母夙嫺内則，作嬪而宜於家，蓋婦德婦才，實兼備焉。副爲劉孺人，江都處士劉公昇齋彦女，並有德音。合志同心，交贊有成。凡藻蘋筐筥，織絍機絲，以逮腆鮮供客、脡脯延師之事，悉供任其勞。府君以是無經理之煩，無攖擾之累，入則匡坐鼓歌，出則長嘯登臨，于于如也。歲時展修先祀，必誠必恪，至老而思慕不忘。憶曩者叔兄元同公作宰巴渝，變起匆皇，府君憂心怦怦。迨解綬賦歸，籍、咸共對，而府君喜可知也。姪嵩少捷南宫，憲東魯，屢被國恩，府君且不勝屐齒之折也。至元同公厭世歸真，嵩少卜兆襄大事，府君更悽然抱存亡之感。蓋念月塘公深，故憂喜之關情者至耳。

嗚呼，府君生平無隱衷而多隱德，不求人知，人亦未必悉知，而月旦之評，自不可掩。往歲邑大夫修賓筵之典，特虚左延致府君，蓋藉爲化俗維風之一助云。晚年府君自韜晦，含光不耀，兩母且皈依浄業，奉佛茹齋，閲十二載如一日。不孝每謂慈航藉渡，婆娑塵土，何殊極樂世界也。

詎意吾母朱孺人告殞於崇禎癸酉仲夏十有五日，距生于隆慶庚午五月念七日，享年僅六十有四。劉母亦卒于崇禎壬申十二月三日，距生于萬曆己卯十二月十四日，享年僅五十有四。未艾之祉，靳于吾母者，竊望得之吾父。乃府君之生，方在嘉靖壬戌嘉平月十日，至崇禎辛巳，即登大耋。方擬萊彩可翻，壽觴遞進，庶幾盡菽水於萬一。詎無何而庚辰七月念有六日，府君以正寢終矣。嗚呼痛哉！

說者謂兩母之逝，真如可證，圓覺同登。府君且永膺遐算，存歿順寧，或可九京含笑。但不孝兄弟罔極之謂何，而竟以終天成永訣？蓼莪之痛徒懸，風木之思曷罄。幽扃一掩，繞膝何期？裂膽摧肝，即没齒寧有既哉？

府君生男五，長即不孝夢璋，由國子生授光禄寺署丞，娶浙江錢塘簿張公春宇士瞻女；夢雷，太學生，娶處士沈君和宇燮女；夢星，太學，授府通判，娶庠生石公如碌養默女；夢鼎，太學生，娶杭州衛參軍范公盟鷗志道女；夢相，邑庠生，娶太學李公蓬士位女。夢璋、夢星、夢相，朱孺人出，夢雷、夢鼎，劉孺人出。女四，一適福清令張公雲臺勉學子庠生穎中，一適丁公懷南魯教子守備承聘；一適誥封義烏公許公冰壺邦靖子，甲戌進士，補任惠來令直；一適陽武丞劉公錫宇沾子昌朝。孫男九，起巖，卒，娶太學許公伯雨爲霖女；起貞，娶廩生石公元弢函玉女，夢璋出；起宇，娶庠生張公彦升明彦女，夢星出；起宏，聘太學徐公三吾應聘女；起實，聘文學朱公覺我同經女，覺我爲母朱孺人嫡姪，夢雷出；餘俱幼未聘。孫女六，一適石公二醇之玗子天祐，夢雷出；一適庠生蘇公繼祖子翊，一字朱公覺我同經子遂，夢相出；一字廩生張公爾禎士登子世蔭，夢星出；一字劉公名佐昌朝子愈焯，夢相出，名佐爲劉母子婿；餘俱幼未字。曾孫男一，與應，起巖出，幼未聘。

嗚呼，不孝璋疎拙不文，且不敢爲諛詞以溢美先人，而謬塵夫大人先生之觀鑒。惟是據實質言，臚列以備采摭。伏乞俯鑒哀情，不靳如椽，錫光泉壤，則不孝兄弟銜戴高厚，雖畢捐頂踵，懼無以報明德也。

明故處士先考冒公充吾府君暨妣許孺人行狀 家譜

冒日新

先府君諱守仁，字充吾，揚之如皋人。高祖瑞，誥贈奉直大夫，妣闞氏，誥封太宜人。曾祖鵬，浙江富陽令，妣吴氏。祖諶，本縣訓術，妣張氏。考承，邑庠生，妣陸氏、王氏。行二，幼業儒，磊落有大志。試躓，遂棄去，務耕課焉。

府君爲人天性孝友，尤伉爽豁達，無纖嗇態。至臨事，剛直有古先正風。自曾世父入參閩省，曾祖出宰富陽，冠裳焜燿，震慴里中。庠生公生于紈袴，倜儻豪奢，家遂落。府君痛先業傾墜，歜歷艱苦，恢者僅什之一二，賫志以歿。嗚呼痛哉！

先孺人許氏，處士公麟之女，山東昌邑令仁雲坊公孫女也。賦性端慤，及笄歸府君。事兩世尊人，孝謹篤至。妯娌姑叔，罔有間言。值家中業，孺人一切紈綺謝去，相以勤儉。迨府君先逝，尤百計飲冰，篝燈課讀。不謂日新不才，無所肖似，弗克仰體二人至意，罪莫逭矣。

府君生隆慶庚午二月六日，卒萬曆丙辰十二月二十七日，享年四十有七。孺人生隆慶辛未六月二十四日，卒天啓丙寅六月二十二日，享年五十有六。男二，日宏，娶蔡聯芳女，繼娶章公泮女，今年四月初一，宏殞。日新，邑增生，娶叢公士慎女。女一，適冠帶鄉飲賓吳公誥子郡庠生從義，復殞。孫男三，頌未聘；讚聘許公三品女，日宏出；溶聘鴻臚寺序班朱公祖昌孫女，太學君同經女，日新出。孫女四，一適張君宏業子宗賢，日宏出；一字沈君應鵬子昆；一字敘州府經歷顧公位孫、文學君文京子士璟；一字廣東都司經歷張公文英孫、太學君延年子嘉賓，日新出。

府君葬于萬曆戊午正月四日，訓述公之穆。閱八年所先孺人卒，擬更卜塋兆，遷府君合焉。相歷九載，三卜弗吉，遂仍窆先壠。

嗚呼，府君未竟厥志，孺人享禄未永，是皆不孝罪逆深重，禍延考妣，滔天莫贖，血淚并枯。日新苦力綿，復傷兄逝，未能丐大君子誌銘表，揚懿迹，姑紀梗概刻石，以掩諸幽，昊天罔極，嗚呼痛哉！

時崇禎七年甲戌十二月十二日。

誥封奉直大夫進四品階先考元同府君暨先妣宗太宜人行狀 拙存堂文剩

冒起宗

不孝起宗，禀遺言而卜近兆於東郭萬花園祖塋之左，相度封樹，歷崇禎丁丑、戊寅之兩期始竣事。爰筮己卯年三月十六日，奉府君、宜人匱合而藏焉。

每痛府君以疾終於乙亥之九月朔也，起宗方備兵於河上，不及訣也。宜人一中卒不起，而終於丙子九月之六日也，瞪目不及領一語，咫尺亦河上也。雖享年皆七十有一，壽矣，而起宗尚可以爲子哉！私思一旦從地下，而先德俱泯泯也，乃就繐帷而痛哭者數，搦管再閣者數，不得已而勉爲狀，以俟大君子采焉。

府君諱夢齡，字汝九，元同其别號。祖爲光禄寺監事雙橋公，諱承祥，偕祖妣劉齊眉踰九袠。父爲松潘衛參軍月塘公，諱士拔，與伯父别駕公諱夢辰，洎吾姑同出於王母沙太孺人，而府君其仲也。

府君生而秀傑，稍長，益奇穎。時外王父邛州守雲衢宗公方爲孝廉，偶過王父所，見府君而喜曰："此嶽嶽者，大器哉！"遂以吾母宜人字焉。宜人生於嘉靖丙寅十二月廿有二日，府君爲乙丑九月廿日，僅一歲少云。

甫六歲，就外傅，目過能誦。既勝冠，授《羲經》，習制舉業，語必驚座，雖吐鳳倚馬者謝弗及。王父欲老其才，年十九，始命就童子試，試則三冠其耦。先伯父補弟子員，即宜人于歸之年也。

王父家教嚴，以府君有過人之才，而嚴且倍。雖授室生子，稍作輟，輒繼以杖。宜人挫鍼治鏁，佐讀書不言倦。蓋府君湖海爲氣，而宜人金玉其相，性相觭而實相成也。

自是每試必舉首，先後受知於詹、柯、饒、陳四督學。萬曆丙申，以既廩膺里選，年二十九矣。廷試而袁玉蟠太史奇其卷，得進呈。故同郡生皆得南國子，而府君獨北，受知於大司成李公九我、方公中涵，聲名雷動橋門間。其相與結十二子社而頡頏一時者，則葉公燦、周公道登、邵公景堯、孔公貞時、姚公永濟、凌公漢翀、李公萬化、萬公建易、汪公泗論、毛公九苞、郭公應寵也。而稱其文爲潔净精微者，則唐抑所宫詹；稱其爲胸星斗而氣河山者，則何克齋司寇；拂其座謂木天虚左以待者，萬含澤儀部、周青來比部諸公。乃九我公尤賞其《羲經》義，謂："吾所以褒子者，甚於主南畿試褒龔解元卷也。而何以久不售，當爲善以需之耳。"

丁酉下第歸，而起宗年八歲，受小學矣。時王父解組養九十之親，爲族之强有力者侵凌無已時，其嚴課府君也甚諸生時，而尤無已太康之戒。府君益發憤下帷而數不偶，然府君自是三之燕矣。宜人上事兩世翁姑，以孝聞，中事諸伯叔翁姑，以順聞，下而處娣姒間，指且百，周旋中禮，咸得其驩心，莫不曰"此温恭淑慎者，真不媿孝廉女哉"！

丙午秋，起宗入黌序。丁未，娶婦馬氏。會府君應郡司馬毛公之聘，設皋比於天寧寺。宜人恐其以宴爾荒，命之從學焉。己酉，府君再之燕。將入闈而聞王父病作，踉蹌而返，已不待。府君號天搏顙，幾不欲生。辛亥，從伯父治新阡以襄大事。是歲三月，襄兒生，而王母且抱曾矣。

壬子，喪既除，勉謁選人。吏部郭公天谷、沈公懷槎閱其卷，擊節曰："此從蒲團上跏趺得來者，立需大發，何小就爲？"府君顧謂"母老矣，願以三釜代萬鍾耳"。遂授江西贛州府會昌縣。

癸丑初夏，府君挾宜人，奉王母而西，子婦從。府君自矢曰："功名科甲，天能限人者也，人品事業，則天所不能限人者。吾爲其不能限者而已。”宜人以府君之性近卞也，首以韋弦諷，且曰：“吾聞諸吾父邛州公云，立德不必立名，積金不如積善。夫子以此德其民，其即所以孝吾姑，慰而翁乎？”府君於是進士若民而問其所最先者，僉謂自水東石梁圮，洪濤怒張，民病胥溺，學宫鞠爲茂草者凡十稔，子衿升畫於公廨，博士寄廬於空林。顧以斗大山城，雖循吏不能爲巧婦耳。府君曰：“此吾分内事。竣此而罷官，何憾焉？”因出行橐中百金爲倡，而七十丈横江之橋成。清勝國末白雲寺漏籍之僧田，以其七鬻于官，而廢學焕乎于不日。然未嘗以興作故罰民一銖也，詳見泰和郭青螺大司馬《碑記》中。

其持以臨民者，惟“大事化小，小事化無，隨處體認天理”之十四字。片言折獄，讞草立成，而所最切齒者，則不逞紿少年以廢箸也，非族亂本姓以承祧也。若夫水覆更收，蘿移再坿，墻鬩而更宜勃谿，久而涕泣感悟者，名不能悉指，府君一惟動以至情而不任法。至庫胥嚴廷鑑，乘下車而餂以言，府君重笞之，仍三木囊之於通衢。流民張鳳劫掠龜村，縛渠魁而豁其黨不問。百里而遠，有殺其夫李世宗者，事曖昧，幾成疑獄。府君齋沐禱，懸重購而得弑兄之弟、謀夫之妻，置於法，遠近誦神君焉。他如禱澍救荒，恤嫠掩骼，諸種種者，有所行，必入以質宜人，而宜人未始不稱善也。

王母樂之，雖春秋七十五而髮爲鬒、齒再鯢，至丁巳初春而抱彭亨之疾。府君問醫籲天，願減年益母算，而宜人宵衣奉匜牀，扶掖澣濯，無一之非其手也。而卒以四月朔終於官舍，豈非天哉？府君哀毁，一如奔王父喪時。與伯父之丞海澄者，麻衣苴履，扶廣柳歸，而士民攀號者以萬計。時府君業以課三年最給由咨部，督撫、直指，皆重其品行，署上考而不及需封典矣。

其明年戊午，起宗舉於鄉，府君幸其不於身而於子也。宜人以吾父邛州公亦以前戊午舉於鄉，未嘗不破涕爲笑，而與伯父肅拜告王父母，又不覺涕泗之無從也。己未冬，合葬王母。

明年庚申八月，復除四川酆都縣，隸重慶。三峽瞿塘之險，談者齧指，府君念板輿不得再西也，倦于行。宜人勸駕曰：“倘少淹而徼一命于舅姑，賦歸與豈晚耶？”趣裝携子婦及一孫一女，涉水道六千里，而以辛酉初秋七月履酆都任。地極衝敝，視淳且僻之會昌甚遠。府君方毅然計幹蠱，而重慶樊酋倡亂，據城於季秋十七日矣。重慶順流達酆都，僅五百里。會涪川、長壽缺長吏，酆爲鋒刃首及之區，閧傳樊酋將據夔門，扼蜀吭。府君亟遣起宗奉宜人東下，宜人難之。府君曰：“吾既以身捍寇，遑恤吾家，若趦趄，徒亂吾意。且鑫民衄卒接於途也，萬一嬰他禍，欲存一煢煢者奉先人祀，得乎？”宜人乃以帛繫印於府君肘後，泣而言曰：“家而忘國，棄百姓而爲天下笑，非吾所望於夫子也。”蓋宜人性沉静，雖燕處不輕出一言，而言必關大義，其從宦於兩地也，類如此。

宜人行次荆江，伺府君請援募兵之耗，至三旬始解纜。抵楚會城，起宗謁楚撫軍熊思成先生，述宜人留别語，先生正色起曰："丈夫哉！此所謂忠於謀國，尤善於謀家者。"

府君自與宜人别，一意固人心以辦賊，隻身二僕，拮据於垣空民散時，以大義鼓石砫秦女帥回其援遼之師，師出餉不繼，則勸士民義助之。奸民王元臣、劉元臯者，以僞檄誘叛，則立誅之。土臯楊榮奉逆黨冉玉龍意旨，結忠州之劉啓賢爲内應，則密偵而計擒之。銀杏坪妖民乘隙起，則治其戎首而散之。囚呼於獄則縱之出，出者旋復自歸。陳土司頓兵懷二心，則以微言陰折之。又如援兵之舍舟而陸也，索輿馬供億以千計，咄嗟辦，而兵有掠一家者，必置之法。監司有發金易米，檄之負運遵義者，費十倍所值，稍緩則按以軍法。府君曰："吾忍以民命易一官哉？"抗顔籲請，卒已之。蓋自辛酉九月逮壬戌夏五，擁一敝絮而夜不合睫者五十日矣。

若夫於搶攘寓鎮定，偕諸博士、孝廉賦《來鵬》詩，追壬戌遊而寄示起宗，有"爾自好爲吾不惡，登陴入社又開尊"之句。其與治會昌時，暇日必詩酒於山水間，而祭必恪，馭寮屬必嚴，從不問家人産。而當其修廢舉墜，甚於謀家，其致一也。及重慶報恢復，一時共事者，上之徼金吾蔭，次亦超遷卿寺曹郎。府君不言功，僅量移雲南之寧州。聞報驪然曰："吾幸以完城還百姓，以全體還二親，庸戀此雞肋耶？矧吾初仕而不得侍吾父，再仕而又不得侍吾母也。吾行年五十有八矣，即不必尊鱸思，而長違先壠，何爲者？"仲冬，移疾歸。

癸亥二月，入里門，亟謂宜人："吾今還而帛，可以見卿矣。"乃宜人自蜀還，持木槵，日誦佛萬聲以祝府君者，猶琅琅在耳也。府君既謝寧州，伯父亦以再丞溆浦，晋别駕秩還，因築園於洗鉢池旁，名曰逸，蒔花叠石，與諸素心友結逸老社於其中。客即非時至，宜人供具立應，起宗亦時治尊罍，奉杖屨於柳烟竹月間，衎衎如也。

乙丑、丙寅，二親先後稱六十，起宗丐李本寧宗伯、陳眉公徵君文侑酌者。文中壯其捍蜀事不容口，府君驩甚，起宗則竊愧敝貂之不爲宫錦也。府君曰："昔東川破殘，夫婦父子牽衣繫帛時，得如今日上康爵乎？造物不假人以全也久矣。"

又明年崇禎戊辰，起宗登進士榜，捷騎飛馳，閭舍若沸。府君與一僧奕於懸壺處，不動色。徐歸，與宜人焚香拜於王父母前，涕覆面，則既嘆兩大人不及見，更念戊午鄉薦時尚有伯父在耳。既釋褐，授行人，府君笑語宜人："天之安頓吾兒者巧矣。使臣駕輶軒便歸覲，不似州縣勞人，必以三年淹也。"孟冬，使温陵還里。以登極恩，府君晋封奉直大夫，吾母爲宜人。己巳元旦，起宗奉五花誥於堂上，龍章爛如，象服燦如，見者侈爲盛事。而府君顧有不慊於心者，則以榮名之寵吾，闕如於吾親，儻進是而能兼之，孫亦何異於其子乎？庚午春，府君以五品致仕。官年六十以上，得進階一級，遵册立恩詔也。是秋，府君篋書囊劍，送襄兒應試金陵。起宗以册封使魯。越壬申，以郵典使浙，皆便道也。

起宗竊見府君之飲益進，宜人色益腴，而深自慶也。然府君壯歲苦足瘍，恃過人之量不慎疾，宜人體素弱，中歲患滯下幾殆，遂傷胃，間歲一發，雖旋藥旋已，而年不能與病争矣。

壬申十月，起宗考選，授南京吏部考功司主事。府君歸而勞之曰："率土皆臣，何南何北？且爾固執瑟投竽者，安知非塞翁之失馬乎？"適年饑，繼以疫，流離載道，府君日設粥於四門賑之，全活者數萬人。事竣，送起宗至江滸而勉以詩。

癸酉，轉郎中，力請終養，秘之不以聞。府君偵得之，遂於甲戌上元挾宜人就養於留邸，以塞其意。面誡之曰："爾通籍入仕五年，而無一事報國，無一善及物，非孝；爾三使而朝廷皆與以便道恤勞臣以及親，而爾惟知有親，非忠。而宜人更詔之若父艱一第，而爾掇之。爾能代父吐先舅之氣，而弗克竟父志，如留有餘之天意何？矧吾兩人未甚衰，寧需若反哺耶？"

府君故好游，與外舅馬公及諸故人，探梅看花於靈谷半山諸勝地間，飲必詩，歸必與宜人言其狀。凡粉餈糗餌、殽胾羹醯之屬，吾婦馬手治而進，未敢委庖人。時僂身立屏後，伺其饜飫始即安，愳刀匕偶失和，而嬰府君怒也。是歲季商，府君政七十，而四月有分巡兗西僉事之命。起宗先期丐座師閣學二水張公、王觀察季重公之如椽者以爲壽，而董思白宗伯更爲褒兒書之屏，白下諸君子，又各惠以大篇短什。起宗方擬展限，及覽揆，府君以簡書可畏，命於午月預稱觴，而遂戒行。行之日，復登舟滿飲以安之。蓋府君素以嚴爲愛，起宗即以衣冠見，不與坐，有所告，幾茹而後吐，故命出無敢梗，而心固怦怦矣。凡月，必走家僮候起居。每接家書，語備字工，不曰吾無恙，則曰爾母顧彊飯。或偶感風露，則必曰已於某日見賓客矣，轉而私詢於往來者，令毋諱。不曰某日課褒兒文，則曰某日游逸園。既又曰某日曾孫生，以湯餅宴賓客，驩而散也。至述宜人問西魯風土若何，起宗目眚若何，及孱弱之婦視昔若何者，又甚悉。

乙亥王春，慶節者返，如一口也。上元，流寇破汜水，薄歸德、虞城而奔河。起宗於是有監督扼防之命，兼聞賊轉犯中都，從行間灑淚馳急足於家。府君寬以忘憂，而以忘家保封疆爲祝，第云春來胃火上炎畏飲耳。嗚呼，此三月間手筆也。起宗私計府君自少豪於酒，記就養留邸時，每侍夕餐，猶盡一斗而間溢之，畏則失其常，且必有不能勝者矣。因泣籲於當事，乞終養，不報。亡何寇再至，遂題留久任。

八月既望，府君遣褒兒應海陵歲試，起宗方抱桴河上也。廿一日，忽病痢，日夕數十起。然而撿方問藥，及作蠅頭書以遺褒也如平時。家奴受府君戒，褒不得聞，比褒不待試而旋，則奄奄僅存餘息。褒呼天而以口送藥，府君盱目屬之，頻以手指其心而逝矣。傷哉傷哉，有子而無子哉！

起宗聞訃於寧陽，心膽墮地，雙睛不能辨黑白。徒跣奔喪，於十月六日成服。於几筵前跪自數其不孝罪，萬死不足贖，填咽不能終其語，氣數絶而蘇。

先是，宜人率襄兒經紀喪事，内準於禮而外周於賓，井如也。已而見起宗骨崖然，數語叔舅允升公："吾兒何遂至此，徒促未亡人死耳。"起宗始强起慰之，私謂吾不得養吾父，或得之吾母耳。詎意卒以傷心久，漸成不可藥之病。明年九月五日，方與吾姑共午膳，忽中痰仆地，遂越宿而長逝哉！或謂委蜕而往無恐怖，是爲浄土根因，然起宗何辜而罹此毒痛也。距府君之即世纔一周，而遡懸車偕隱之日，則十有三年矣。

此十三年中，府君自課子弄孫外，惟寄趣詩酒，獨不喜赴冠蓋筵，而以故舊在座爲快。左執壺，右執爵，耳熱高歌，不達旦不已。然客來則惟恐去，客去又惟恐不再來也。嘗謂："百年旦暮耳，吾有暮而無旦矣，何吝乎秉燭游？且異日者哭我於墓，固不若觴我於室也。生老病死，時至則行，裴晋公真吾師也。"故更號"達庵"焉。

邑長有式廬者，輒以不能下堂辭。至事關桑梓之利害，則昌言觸諱，而卒未通一私牘。與人交，不藏怒，不修怨，惟遇不平事則必争，其面折人過也近厲。宜人婉規之，卒以靡他故而人無憾。每歲東北祖塋之祀，必辨租代單族。而赴人急如救焚然，諸以餒告者、病告者，雖傾囊無所恤。常立大雪中，爲五服叔敬川公誅茅蔽風雨；月出青蚨，爲觀光公辦僦居費。若族弟天雄輩之不能婚，襟友吴公瑞雨之數喪久殯而不克舉也，必悉資力爲之計，更趣宜人與襄兒出所有佐之。族妹有適蘇氏貧而孀者，積九金於笥，他出忽失之，有誣其故人子與其子暱者計竊之也，聞於官，備受榜掠，卒不承。而妹以失十年緝絖所積，不欲有其命。府君如數亟償之，誣者、失者皆得生，遂爲母子如初也。

嘗有求庇而贄以田宅者，亦有爲人白冤抑感而以千金報者，府君皆力謝之。以語宜人，宜人曰："夫想未聞會昌陳學詩事，及夫子所以處伯兄者乎？"學詩者會昌富民也，老且瞽，妾悍而子蕩。妾捶殺一婢，府君將按以三尺，顧念主僕有分在，不則又何以謝死者。學詩亟自訟，請以七級償一命，輸二百金爲造塔倡。比府君扶櫬出城，呼學詩而還其金，曰："吾行矣，塔未必即造，徒資乾没耳。聞若妾斃於厲鬼，足相抵。吾以金畀若，亟爲蕩子償母錢，可乎？"學詩感嘆涕流，大衆口口轉相告，曰："此真民父母哉！"伯兄即所稱别駕公，年六十無子，先府君十三年卒，其相倚爲命者惟起宗。伯又嘗嗣起宗之仲子，六歲慧而夭，自是不復言繼續事。即彌留時無一語，直以猶子子耳，人皆謂子猶子者，禮有之也。宜人曰："一子可承兩祀哉！"力贊府君立再從姪後之，不以數千金私其子。其後立而廢，廢而再立，義嚴而心苦矣。兄逝而有望七之嫠妹在，則延而穀於家。季弟雖晚出，心篤愛之，與宜人之孝其後母如所生，友異母弟如同胞，事望八之孀母如其姑，而視三十以少之娣如其妹者等。至於春秋毖祀，必推及外王父母，繼沙太孺人志也，而更加禮於前母婁太孺人之子姓，恐以遠故疏耳。

府君堅持六關齋，不食牛，任會昌數歲，不釣五湖潭一鱗。三十年手未撲殺一蚊蚋，而獨不喜修浮屠氏事。宜人晚歲誦唄，多亘晝夜，而師巫不令入門。府君不屑爲齪齪細謹，然即與甿豎遇必恭，曾不爲長者容。宜人足不踰閫，歲時一至外家，被服泊如，不知其儷五馬而受命婦秩也。乃若盛暑不蓋，非疾不輿，食無兼豆，服無重采，器用之物無雕鏤繪畫，則府君與宜人咸有之矣。起宗猶憶乙亥涂冬，宜人亦稱七十，以失所天，故淚滂沱，戒子婦毋以一觴進。傷哉傷哉，而今而後，涓滴豈能到九泉哉？

府君自少而老，手不釋卷，詩若文落筆即成。所著有《寸心草》、《兵餘集》、《逸園吟》、《渝變略》，今裒刻爲《得全堂存稿》。兼工臨池，今摹勒於石，而尤得意於署書會昌儒學諸額，及揮灑於蕭帝、漢仙諸巖，平都、鹿鳴諸山刹者，墨瀋如新也。

計前後爲令凡七年，而産無加於析箸，嘗謂襄兒："吾何以遺爾？'爲善'兩字，其吾家之萬石乎？"其老而與襄謀者，惟家廟、義田是亟，未及就而齎志歿。歿之日，遠者哭於路，近者哭於門，甚而有欲祠之貌之者，人情且若此矣，而謂閔凶洊及如起宗者，窮天下之聲無以舒其哀，顧能於仰天擗地之餘而一一狀之哉？

宜人五産子女，而所存者僅起宗，娶溧水司訓馬公化龍女，封孺人，是爲進士、重慶別駕公洛之孫女，府君稱之爲孝婦，而宜人女畜之者。女一，年九歲，側出未字，則府君六衮外得之，而宜人鞠之若己出者。孫一，即襄，邑廩生，娶文華殿中書舍人蘇文韓女，爲正治卿、廣西左伯愚之曾孫女也。孫女一，自襁褓而出閣，未嘗一日離宜人，適諸生李鼎，爲故文學之村子。文學早世，府君不忘生死約而與之婚者。曾孫二，小字曰兖、曰賜。兖則府君見其生，而以地字之，今五歲殤矣。

嗚呼，府君生平不求人知，蓋棺論定，而會昌以名宦祀，本邑以鄉賢祀，公道在人心，而非敢有所要也。起宗其何忍誣其親以辱作者？惟老年伯俯念四十載同籍之誼，誌而銘之，吾二人死且不朽。

清故太學生先考冒公汝豫府君暨妣沈孺人行狀 家譜

冒起宏

不孝起宏，以天啓丙寅生，迄今康熙己酉，食二先人德者四十四年，而未有涓埃報也。晦冥之餘，殊難自問，每念靈輀在堂，大事未舉，今春與弟起實相對涕泣，議竣葬事。故謹遵府君遺命，葬治東近郊先王父之穆，九泉之下得以聚首依依也。因念二先人嘉言懿行，往往在宗黨耳目間，謹摭梗概以乞誌銘，遵先人素心也。

府君諱夢雷，字汝豫，號元龍。先王父明鴻臚環泉公，諱士撰，生五子，府君其次也。府君生於明萬曆壬寅。孝友性成，慈和天授，凡持己接物，無不恂恂雅飭，故人皆樂得而親之。少習舉子業，有志未遂，因援例入太學，遂無志於功名而寄情山水花鳥間。其性樂善好施，不積餘資，但勿廢墜先業而已。

先妣沈孺人，乃外王父鄉耆沈公和宇之女，明萬曆庚子年生，十八適我府君。勤儉孝敬，和惠温文，終其身與府君無忤，故内外親戚咸敬而慕之。

孺人先府君歿於順治乙酉年四月十四日丑時，享年四十有六。府君後十一年而卒，在順治丙申歲正月十九卯時，享年五十有五。不孝起宏等謹擇康熙八年己酉冬十一月二十五日，厝兩大人柩於東祖塋之穆。

嗚呼，送死大事，處之誠難，未知在天之靈安乎否也。府君生不孝兄弟三人，長不孝起宏，次不孝起實，俱沈孺人出，次不孝起霞，繼母滿孺人出。滿孺人，廣陵文學滿公雨生女。不孝兄弟少習儒業，冀述先人之事，有志未逮。起宏娶太學徐公三吾女，生二女而歿。再娶劉公愛山女，生一子而亡。三娶徐公爾介女。起實娶太學朱公覺我女，起霞娶太學佘公毓奇女。女三，長適石公二醇子篤生。次將嫁而夭，沈孺人出。次適鄉耆陳公良卿子叔和，滿孺人出。孫男二，睿，起宏出；眉，起霞出。孫女四，起宏出者三，一字姊丈石君篤生子山龍，一字朱君爲憲子伯望，一幼未字；起實出者一，幼未字。不孝起宏兄弟實叙其行狀始末，伏乞大人先生哀而賜銘焉。

清贈儒林郎兼明威將軍先考文學汝弼府君暨貞節先妣李太恭人行狀 家譜

冒起蒙

嗚呼，無父何怙，無母何恃！府君見背，孤兄弟甫數歲，煢煢孤孑，抱痛伶仃，賴慈母苦志堅操，鞠育成立。乃府君蚤棄於數十年之前，慈母又復見背，呼號慘痛，今已卜兆城東。泣血濡毫，謹次兩大人之懿行，以備當代大人先生采擇。

府君諱夢相，字汝弼，世爲揚州之如皋人。始祖東林公致中，元末爲兩淮鹽運司丞，與隱士郭通甫友善，辭官不仕，卜居如皋之東陳鎮。三世永宗公基，修德力學，發祖父所藏秘書，披讀不倦。拜永樂購書之詔，堅辭徵聘不仕，學者共稱爲潛德先生。教弟永助公佑學成，以《春秋》中永樂壬午舉人，官山東冠縣教諭。五世祖澹齋公瑺，生子三。長得庵公鸞，弘治癸丑進士，歷官福建參議。仲成齋公鳳，以明經仕肥鄉縣佐。季静軒公鵬，亦以明經爲富陽令。而同宗成化乙未進士、大中丞有恒公政，與少參公先後登第，正直清剛，忤劉瑾被謫，載《正德實録》。六世祖肥鄉公生藩佐坦齋公闇。藩佐公生光禄雙橋公承祥，奇才異量，大起家聲，與曾祖母劉孺人偕壽九十一二。光禄公生鴻臚環泉公士撰，則府君父也。先大父鴻臚公生府君兄弟五人，得府君最晚，析居之日尚未十齡，生産皆大母朱孺人綜理，府君不知也。

府君生而穎異，讀書過目成誦，下筆驚人。弱冠補博士弟子員，名譽日起。性嗜學苦刻，與姑丈許忠愍公若魯同硯席，相師友，切(嗟)[磋]砥礪，文行交著。幼聘許母，邑耆碩許公崑宇女，未娶而歿。復聘李公蓬□女，即先妣李太恭人也。于歸後，克佐府君，孝事王父母，雞鳴戒旦，篝燈佐讀，一切中饋家政，與先王母共爲贊畫，府君更不問焉。

府君奮志讀書，學充而品立，一時指爲鳳麟金玉。崇禎癸酉，同忠愍公應試金陵。忠愍公報捷，而府君下第。是歲王母朱孺人見背，府君哀毁骨立，幾至滅性。丙子試亦未見售，終無愠色，惟竭力承歡孝養，王父獲登大耋。庚辰秋，王父忽捐館，府君毁悴如喪王母時。竭盡喪禮，且于哀痛之中爲王父手築塋墓，不惜勤苦，以代諸伯父之勞。畢力大葬，諸伯父有間言，府君力爲調劑，一門怡怡蒸蒸，可稱孝友備至。

居恒不苟訾笑，非法言不言，非法行不行，古道自持，無偏無黨。處世濟以謙和，交友重以然諾，至誠動物，忘機待人，絶澆薄而崇仁厚，則府君天性然也。遇人有過，隱而不宣；聞人片善，稱揚不置。有横逆之加，第以一笑釋之，無藏宿焉。凡邑中諸所興建，慨然捐金，親族友朋婚姻喪葬，有力不能支者，引爲己責，百計周恤之。苟事出不幸，無不傾身營救，而其於義利之界，則判若斷山也。府君負卓犖不群之才，早年攻苦，鬱鬱未遂其志。忠愍公捐軀殉社稷難，府君念姑母與幼子悲傷過甚，倏疾而逝。嗚呼痛哉！

追念府君抱病時，孤瑞纔數歲，孤蒙尚在襁褓，先慈何以堪？乃親侍湯藥，刲股和羹，目不交睫，衣不解帶，籲天請代。府君歿後，絶食數日，幾死復甦，决意相從泉壤。諸舅氏暨諸姊姒咸泣勸曰："死易，撫孤難。汝有二孤，能撫以繼後，重於死也。"告誡至再四，始强進食。自此茹疏飲冰，謝絶脂膏，足不出庭幃，三尺之童不入内。宗族讌會，親戚婚葬，皆不與焉。日誦《金剛》、《圓覺》諸經，長齋綉佛，終身如一日。擇名師，敦隆禮，以教不孝兄弟。丸熊畫荻，每夜課讀，非漏下二十刻不止。日舉先德及鄉里故實，爲之諄諄勸戒，更爲不孝孤等治生産，創宅宇，畢婚姻，隻身獨手，撑距其間，豈易得哉！

每遇府君忌日，先期齋戒，懸像中堂，縞衣率孤等禮拜，哀泣竟日不止，曰："此汝父儀容也。未亡人不即從汝父於地下者，何恃乎？恃汝耳。汝能成立，不負汝母，使汝母無負汝父，吾願足矣！”語畢，輒大哭。孤等五内崩摧，痛哭不能已。里巷聞其語，無不涕出。如是者數十餘年。

癸亥秋，奉命纂修通誌、郡誌、邑誌，咸載先慈苦節。邑侯盧特舉以上各憲，大中丞余以狀聞天子，特詔建坊旌表。先慈曰：“此未亡人分内事也，何表揚爲？”而宗族鄉黨咸稱頌不置。年八十又四，康健善飯，鶴髮兒齒，咸謂必享期頤壽。詎辛未仲夏，抱疾不起。孤率兩媳奉湯藥扶坐卧，衣不解帶者百日。孤蒙會試北闈，聞信遄歸，相抱涕泣，僅侍榻五日而先慈内寢矣。

先是，吾母念孤蒙未回，計日盼望，若有所待。及臨殁，神色不變，一無罣礙。嗚呼，先慈勵節撫孤，艱辛自矢，所以報稱府君，亦云至矣！惟是孤等罔極難酬，不能生養府君，死報慈母，不止抱風木之悲，蓼莪之痛已也！

明誥封恭人先母馬恭人行狀 家譜

冒　襄

嗚呼痛哉！不孝襄何以狀吾母哉！吾母之棄藐諸孤也，母年八十有七，襄年六十有六，是六十有六年者，襄無日不在母懷抱中也。子言之：“子生三年，然後免於父母之懷。”襄生六十有六年，而後免於慈母之懷。康熙十有五年歲丙辰，其免之之歲，四月十七日己巳加午，其免之之月之日之時也。

嗚呼痛哉！襄不死罪甚，少不能邀一命以顯榮吾母，冉冉壯年，遭陽九百六之會，偷生視息，强顔人世，晚而頹唐潦倒，倒行逆施，天奪其魄，馴致大故。今以草土餘生，欲泚血和墨，詮次吾母生平之百一，以乞言於當代立言大君子，而五内崩裂，筆禿心枯，其尚敢溢美攘善，誣明堂之片石，上干天誅乎？

謹按吾母姓馬氏，爲外王父學博肖禹公次女，前甲戌進士、會稽縣尹禹河公孫女。會稽公先世爲寶豐縣尹松澗公、雲南道監察御史述齋公，祖孫父子三世制科，吾皋望族馬實爲冠云。

吾母幼慧淑，女紅針指不學而能。暇則服習《内則》、《女誡》諸書，過目輒通曉大義，以故外王父絶憐愛之。先王父誥封奉直大夫、寧州守汝九府君，與外王父爲莫逆交。先君子早歲善屬文，頭角嶄嶄異凡兒。外王父與王父有文酒之會，先君子從几席間授書，外王父一見器重，遂以吾母許字焉。

年十九歸冒氏，時曾王母沙太孺人尚健飯，吾母以新婦奉兩世姑嫜，惴惴惟恐失堂上歡。王父性剛毅，王母宗太宜人儀範整肅，閨門之内儼若朝典。王父文譽籍甚，以選貢入成均，李文節公有"金臺十子"之目，王父實爲領袖。平居課先君子尤嚴切，補博士弟子員，結褵一月，即挈往廣陵讀書。吾母晝操井臼，夜親蠶績，雖生長綺紈中，無異單門寒素也。

王父十踏省門，不遇。歲癸丑，需次謁選，知江西之會昌縣，伯祖别駕亦捧檄海澄，同奉曾王母板輿以行。伯祖與伯祖母朱安人五十無子，視吾父、吾母愛踰腹出。時襄生三歲矣，姊五歲，弟京二歲，曾王母念伯祖服官閩海，膝下無人，吾母仰體其意，從繃裹中挈弟京授朱安人，而後曾王母喜可知也。

王父令會昌四年，先君子讀書署之百可亭，發憤攻苦，夜以繼日。屢歸試學使者，輒冠軍，以是名鵲起。吾母篝燈佐讀，鷄鳴交警，四載一日。曾王母年七十餘，吾母代王母奉侍惟謹，烹鮮擊肥，必手擇軟美以進，設小榻卧側，寒暑不離。甲寅，抱病半載，幾不起。王父治會昌有異政，士民搏顙請禱，趾錯於道。曾王母疾得愈，而且髪更黑，齒復生，以爲百歲可坐致。乃丁巳復病，吾母調湯藥，滌厠牏，爬搔痛癢，衣不解帶，目不交睫，如是者百日，尫羸骨立，日下血數升，未嘗一欠伸也。彌留之夕，曾王母以首扣枕上，曰："老人何以報孫婦，願來世爲汝孫婦以報。"言訖而瞑。王父奉諱歸里，京六歲而殤，吾母慰諭伯祖父母，制淚飲泣而已。

戊午，先君子舉於鄉。是冬，計偕北上，復舉一弟，王父名之曰偕。己未，先君子下第歸。王母患滯下，水米不沾者兩月。庚申，王父服闋赴補，中道以左手指不仁歸。吾母兩年來同先君子侍疾，一如昔之事曾王母也。

辛酉，王父補任蜀之酆都，伯祖亦補任楚之溆浦。是秋，重慶奢酋變起。重慶距酆都三百里，且順流半日可抵城下。王父誓抗守孤城，命先君子與吾母奉王母以行。蠶叢殺人如麻，錦官城百里無烏雀，荆江惡浪山湧，間關兵火，數閱月留荆州，漸達楚會城，偕弟復殤於塗。吾母惟日夕籲天，祈王父生還，他無所恤也。事平，王父以守禦功應重叙，乃隨牒平進，遷守滇之寧州。王父亦倦於宦游，遂以癸亥致政歸。

乙亥、丙寅，王父母先後稱六十觴。吾母佐先君子捧觴介壽，肆筵授几，賓朋雜遝，潔酒餚理，絲肉歡讌者累月。王父既解組，性好客，豪於酒，日召諸故人飲，飲輒達旦。吾母身親庖爨，調羹點汁。王父素卞急，一味不適口，必叱出復進，雖至再三，無怠容。

丁卯，襄應童子試，督學陳公拔置第一，補弟子員，仍許以儒士試京兆。時襄年十七，善病，吾母不欲襄行，曰："兒他日取解頭耳，何亟亟爲？"卒不遣。戊辰，先君子舉進士，授行人司行人，以龍飛首科覃恩貤封，吾母得封孺人。次春己巳，爲襄取蘇氏婦。先君子奉差閩中，王父産不踰中人，生平不問婚嫁，自納幣以迨合巹，百須皆出自十指中。先君子四載大行，三奉使命，吾母率襄代養二親，兼課襄讀。

壬申，考選，王父力命吾母偕北。先君子應得臺省，以忤執政，僅遷南考功主政。吾母不以先君子投閑置散爲憾，而以先君子密邇親闈爲樂。甫視事，即迎養王父母并外王父。留都勝地，秦淮烟月，靈谷梅花，畫舫籃輿，日侍内外兩大人探奇選勝，徜徉山水間。吾母督二三家僮，承歡挈榼以從，數月而游屐殆遍。

故事，南都黜陟權屬功郎。會有同寅某公者，與先君子譜誼甚密，每出其夾袋，與先君子剌剌耳語。吾母輒從屏後聽之，告先君子曰："此君藏詭譎於侃侃，君之執掌，將爲所侵。"先君子素服膺某公，以爲非婦人所知也。是春，轉正郎，應掌内計。不三月，出爲山東兖西道僉事，而某公則以選郎調功司掌計，躐京卿矣。吾母之早見卓識，豈笄幃中所易有乎？

甲戌夏，王父開七十筵，先君子堅乞終養，不許，吾母堅留代養，亦不許。遂同之兖西任。乙亥九月，王父考終于里第。先兩月，外王父亦以疾卒。先君子與吾母聞内外訃音，擗踴奔回。是冬，襄舉子嘉穗。次年丙子，王母亦以九月棄世。

吾母痛一歲之中，三大人相繼見背，哀毁號泣，幾于滅性。力贊先君子卜兆于城東之萬花園，墓門軒廠，堂斧杳深，附棺附槨，備極修整，竭三年之力，始克葳事。封土之日，會葬者凡數千人，莫不嘖嘖王父母之有孝子更有賢婦也。

戊寅、己卯，吾母危病，襄舉第二子丹書。詳《夢記》中。先君子亦服闋，補廣東高肇道，半載調湖南衡永道，又半載調襄陽監軍道。時襄陽經獻賊殘破之後，千里無人烟，先君子命襄奉吾母歸，而獨身入危城。吾母既返里門，警報一日數至，全楚震恐，襄陽危在旦夕。吾母慟哭告襄曰："汝父素忠貞，家世仕宦，受國厚恩，誓死巖疆，固其所也。汝謬以文章受知當世，獨不能號咷奔告，出爾父於險乎？且襄陽之調，非聖天子意也，當國者以汝父委强寇，而惟恐汝父之不衂耳。"襄乃泣血上書諸貴人，諸貴人頗心動，會先君子亦降大股賊惠登相、王光恩等八萬，乃得量移寶慶，乞骸骨歸來。未兩月而襄陽破矣，時崇禎十五年壬午十月也。

先君子幸脱虎口，休沐里居，飲酒賦詩，聊遣歲月，與吾母鹿門偕隱，含飴弄孫。未及二年而烈皇殉國，北都淪陷。會南中再造，朝議推擇，即家起山東按察司副使，督理七省漕儲，吾母晋封恭人。受事踰五月，甲申難作，江淮間寇盜蜂起，皋邑竈户揭竿應之。先君子乃挈家屬竟下吴門，依海鹽陳梁以居，陳梁者襄死友也。

乙酉夏、秋，觸冒兵刃，竄走山澤間，男婦殺掠二十口，俯仰得以身免。藉今黄門張螺浮力云。無何，事稍定，襄遂奉父母歸如皋。先君子侘傺無聊，抑鬱不自得，嘻嘻咄咄，野哭祈死。吾母曲意慰解，卒有未能舍然者。數年之中，屏居一室，謝絶人事，而驚濤噩浪，近切震鄰，炎冷親疎，備嘗世味。吾母時時告先君子曰："保全腰領，已非君志。彼馬牛而襟裾者，遑與較雌黄、絜修短乎？"

甲午冬,先君子一病不起。吾母延醫侍藥,心血俱盡,窮百道治之不瘳。疾革,神明湛然,語不及亂。自時厥後,吾母亦無意人世矣。兩少弟褒、裔者,爲庶母劉氏出。時褒方十一歲,裔方五歲,吾母憐愛甚,泣而語襄曰:"此呱呱者,而父所歿而猶視者也。所不撫孺子成立,吾何以見而父地下乎?"時襄居西宅,褒、裔居東宅,襄欲迎歸養,吾母不許,留居東宅,爲之綜理家政,延師擇婚,經營拮据。比兩弟成立,猶未息肩。

己亥仲冬,吾母壽年七十,襄乃廣乞海内鴻鉅詩文,率襄、裔跪進一觴。吾母睹小佳兒佳婦,破涕一笑,舞停歌罷,悄悦不怡,謂"未亡人不當受賀也"。踰歲,弟家不戒於火,驚悸中痰疾。襄急迎歸家,幸得無恙,自此遂病健忘,不省一切矣。距今數載,雖起居食息無異昔時,而語言苦不了了,家中大喪大故若罔聞,即襄婦歿已六年,每晨興盥漱,輒循轍其室而呼曰:"婦何往乎? 豈尚未起乎?"襄與穗、丹聞之,不覺淚承於眶也。食次,擇餅餌梨栗之佳者,以授侍婢,曰:"藏之,恐六郎飢索食也。"六郎者,裔乳名也。吾母素善病,自患健忘後,日益强健。襄瀕遭死喪,頹然衰老,每見吾母以開九之年飲噉有加,却杖步履,精力十倍於兒,居恒私語穗、丹:"爾大母康强善飯,期頤可卜。獨恐此身溘先朝露,千秋百歲後不獲躬視含殮耳。"襄奉母杜門十餘年,足不出户,家門内外風波四起,姚、蘇兩媳相繼殀亡,忍辱含辛,都非往時面目。幸吾母收視反聽,渾然天和,苟非然者,其不以可驚可愕可悲可涕之事,廢老人食寢者幾希矣!

今年正月,携長孫溥應試海陵,溥得隸學宫。四月十三日,邑長吏率新弟子員謁先師廟。吾母翟茀坐廳事,竢溥孫自謁廟歸,肅拜而後起起入室,意稍不懌。越日而寢疾,寢三日而革。病不嘁噫,没不嚬呻,右脇吉祥,奄然安寢。嗚呼痛哉!

襄幼竊虚譽,吾母以遠大屬襄。庚午迄己卯,四試京兆不售。壬午,悮中副車,督師史公、學使者宗公交章薦辟,不就。甲申秋,以乙榜膺貢,廷對首擢特用爲李官。未幾而留都失守,宗社丘墟。三十年來,結隱江皋,頹然自放,晚遭多難,溺於聲歌。吾母惟歡顔慰勞,時命自安。至穗、丹兩兒屢試被斥,四十無聞,吾母撫愛如掌珠。三世一身,形影相弔,馴至於今。以惡子頑狠,促吾母算,尚不從死,然即死亦何足贖? 嗚呼痛哉! 綜吾母之生平,其少也,爲女而未嘗爲婦,其老矣,爲婦而未嘗爲母。性端重,雖盛暑,不飾不見媵侍;雖親婿侄,必闔門與之言;雖大喜,笑未嘗至矧;雖盛怒,無疾言大聲。服勞執勤,晚寢早作,既饋以後,六十年如一日也。

幼奉木叉戒,不耀珠翠,不施膏粉,食不兼味,衣不純綺,陳衣之夕,故嫁時裳猶有存者。居家恭大慈小,事祖姑及伯叔祖母如姑嫜也,視庶姑如親姊妹也,撫異母弟不啻己出也。我長姊歸於李姊丈吾鼎,以家難毁家,吾母傾囊以援之,復加一飯,復損一衣,不在姊與襄,而反在吾母也。御臧獲嚴而有恩,寒給衣,飢給食,以至兒童厮養,糗餌粉餈,必均分而後快。吾母殁,垂白之翁媪、覆髪之童孺,扶携老幼,哭於喪次者,過時而愈哀。嗚呼,人盡母也,如吾母者,豈猶夫世之爲母者哉?

兹歲臘月廿四日，起先君子兆，奉吾母合葬焉。襄老而無文，又深惡夫溢美攘善者，飾詞以欺天下後世，欺天下後世亦欺其母也。用是撮舉崖略，獻於今之文章家，哀而賜之銘辭。自不孝以下，世世子孫，咸拜無疆之賜。

吾母生於萬曆庚寅十一月七日卯時，卒於康熙丙辰四月十七日午時，享年八十有七。子三人，長即襄，吾母出，壬午乙榜，選貢廷對，擢用推官，娶蘇氏，同邑嘉靖壬戌進士、通奉大夫、江西布政襟海公曾孫女，明經學海公孫女，文林郎、中書舍人縝庵公女，先卒；次褒，邑庠生，娶宫氏，泰州丁丑進士、中憲大夫、憲副鶱隣公孫女，癸未進士、翰林檢討紫元公女，庚戌會元、翰林庶吉士遷監察御史宗衮公胞妹；次裔，貢監生，娶宗氏，同邑憲先公女，即外太祖奉直大夫、卭州守雲衢公曾孫女，庶母劉氏出。女一，適封吏部文選司主事漢翔李公孫、文學篤生公子、邑庠生鼎吾。母出孫男七。長嘉穗，翰林院覆試鍾王書法進呈，貢監生，娶姚氏，揚州戊辰進士、大理寺少卿永言公孫女，明經心繩公女；次丹書，廩貢，考授州同知，娶蘇氏，同邑明經嗣宗公女，即外父中書舍人縝庵公孫女，襄出。次虞書、禹書、殷書，幼未聘，褒出。次金書，聘吴氏，海門中憲大夫、開封府知府綸宣公孫女，貢監生□□公女；次賢書，幼未聘，裔出。孫女二，一襄出，幼未字，一褒出，字同邑太學爾玉石公孫，文學長卿公子有華。曾孫男三。長溥，邑庠生，聘范氏，同邑勑封文林郎、儀封縣尹啓之公孫女，奉政大夫、兖州府同知簡夫公女，嘉穗出。次泓，邑庠生，聘宗氏，文學明長公女，丹書出。次渾，幼未聘，嘉穗出。曾孫女四。長適同邑廬陵縣尹文若劉公孫，文學舜玉公子夢蓮。次適太學茂生叢公孫，丁酉舉人淮安府教授含英公子，貢監生芳舒。次字同邑明經一水許公孫，貢生考授布政司理問晝初公子掞；次字同邑貢生華之佘公孫，貢監生，考授州同自玉公子國瑞，俱嘉穗出。

先考孝廉静庵府君暨先妣劉恭人行述 家譜

冒與恒

嗚呼，不孝等爲無父之人年餘矣。念吾母見背十五年，卜葬城東江港之原亦踰一紀，何恃之痛方深，忽又遭府君大故？雖勉遵遺命安厝，而附身、附棺無一愜於心者，苫塊殘生，言咽意塞。又恐府君嘉言善行弗克傳之久遠，不得不和淚濡墨，陳其略於大人先生前，俟采擇焉。

府君諱起蒙，字蒙求，别號静庵。上世東林公致中，官兩淮鹽運丞，元末始遷如臯。三世祖永宗公基，出兩世藏書，應明成祖購書之詔，辭徵聘不仕，教弟永助公佑學成，舉孝廉。五世祖贈奉直大夫澹齋公瑞，生子三。長得庵公鸞，弘治癸丑進士，歷官福建布政司參議。次成齋公鳳，以廪貢任肥鄉少尹。季静軒公鵬，以明經任富陽縣令，與同宗成化乙未進士、大中丞公政，並以正直清剛名於世，事載《正德實録》。

少尹公生藩佐坦齋公闇，藩佐公生光禄雙橋公承祥，家聲益振。光禄公生鴻臚環泉公士撰。府君父諱夢相，字汝弼，鴻臚公第五子也，爲邑文學，少與姪憲副公起宗齊名。憲副公以崇禎戊辰釋褐，爲名臣，獨文學公不得志，鬱鬱早逝。時伯父州佐公起瑞僅數歲，府君尚在繈褓，先王母李太恭人茹苦飲冰，撫之成立。稍長，授遺書，夜課至漏下三十刻。

府君弱冠即受知學使南安孫公，有聲鄉校。賦性倜儻，善於任事，念自國家鼎興以來，猶有螳背當車之輩殲除未盡，遂肆志韜略，冀樹勛名，爲顯揚之地。然立身介然，以干進爲恥，荏苒二十年，王路蕩平，先王母春秋漸高，不敢急於仕進。府君與先母純孝，皆自性生，晨昏定省，必得歡心，飲食藥餌及一切日用所需，必躬親之，不以委婢媪。

歲癸亥，纂修《一統志》，并各省重輯通志、府州縣乘。府君乃徧告當事，求列先王母貞節。巡撫都御史南昌余公以狀聞，得邀建坊旌表。踰年甲子，府君膺鄉薦，大中丞延長薛公深以得一孝子爲喜。乙丑、戊辰會闈再躓，司寇崑山徐公、宗伯長洲韓公雅重府君，皆握手嘆息，府君轉以得歸侍養爲幸。於時相國安溪李公官少司馬，以守戎薦府君，需次樞部。踰月，又請假南還。

辛未秋，先王母辭世，哀毁骨立。服闋時奉主崇祀節烈祠，以公所未便呼號，乃欷歔伏地，不孝等跪扶再四而後起。府君於是年已五十有三，又以哀瘁致疾，因嘆曰："吾苟衰年入仕路，必無所樹立，吾不願以尸位畢吾生矣。"

府君於先人事功著述考證最詳，念譜牒創自參議公，修於光禄公，而皆未有刊本，後來記載尤略，宗祠久不建立，子姓數千人，尊卑之序茫然，相遇多不相識，運丞公而下，塋域丙舍，或傾頹不整，祀事多率略。府君乃謀之闔族，先度族姪巢民公之故宅鬻於人者，贖而新之，以爲宗祠。族人感誠意，出橐金惟恐或後。復置田二百八十餘畝，以供祠祭。而前此之傾頹率略者，無一不偕族人葺理，立爲規約八則，禮儀兼乎質文，豆籩適乎豐儉，而一本九族惇厚睦婣之道，無不寓於言中。又出頻年續輯譜牒授之梓，凡歷代恩綸與曩所考證先人事功著述，詳載無遺。始乙亥至壬寅，二十八年中，早作夜思，冒風雨，計土木，寒暑不稍輟。族人念府君賢勞，詩歌投贈，動成卷帙。嗚呼，此府君棄不孝等之長逝，亦由此來也！

府君以誠敬立體，以謙和致用，不獨無一妄爲，即一言一動，未嘗不準諸禮。交雖廣，未嘗有一狎友，對人必欿然自下，中年以後，氣更歛。子姓子婿輩及里中後進來謁，必肅衣冠而後見，而容貌藹如，偕坐終日，絶無嚴厲意。人有過，經府君正言勸勉，悦者無不繹，從者無不改也。

府君生産僅足食用，事務連綿，歉歲匱乏，不孝等又不能以禄養。然邑中興建，如創造萬仞宫墻，清復學前射圃，以及文峰閣、集賢庵，香海、菩提、太極諸梵宇，捐金不稍惜。親族友朋殯葬無資者，必周恤，事出無辜，輒傾身相救。足不履邑令之庭，每見重於有司，遇公務，常造廬而請。屢舉鄉飲大賓，堅辭不就，及兩邀恩賜粟帛，俱叩闕謝領。皋人士謂如府君，誠受之而不愧云。

府君晚年來城南僻地構屋數椽，自題曰“寄園”。竹數竿，梅、菊數本，不别求異卉，偕伯父州佐公及同里耆碩諸君，詩歌贈答，不時歡聚。聚則各抒所懷，竟日而後止。間有時蔬食終日，披閲經典，曰：“吾藉以陶泳德性耳，豈真嗜學哉？”蓋生平先務在養親、尊祖、收族數大事，其餘皆適意爲之，無眷戀也。

府君生於明崇禎壬午四月九日，年八十有五，卒於雍正丙午八月八日。

先是，初五日辰刻，呼不孝等語後事。時不孝恒抱沈痾，匍匐至榻前，猶諄諄念先王父母及祠祭墓田諸事，問訊親串，詳且悉。既而曰：“吾歸期在三日後矣。葬宜速，餘無所囑也。”卒之時，神色如生。

嗚呼，府君以止孝而兼止慈，凡不孝等慎終之事，宜盡心力者，已豫爲之。癸巳，先母見背，備棺槨衣衾，府君即自爲區畫。江港葬地，雖地師所定，府君遍覽堪輿諸書，葬而復改向道，俾一一合法焉。今雍正五年十二月十六日，得奉府君柩合窆。言及此，不孝等何異在府君懷抱中耶？

先母劉恭人，族望懿行，詳載凉州總鎮袁公孝成所撰志中。府君生不孝等男四，長與恒，邑增廣生，娶袁氏，庠生相宜公女，副室儲氏；次與潔，國子生，娶佘氏，國學浴咸公女，繼娶陳氏，庠生彦周公女；次與學，附貢生，娶叢氏，壬戌科進士、湖廣提標守府枚先公女，繼娶劉氏，增廣生雍州公女；次與時，國子生，考授州同知，娶姜氏，壬子副榜、贈翰林院庶吉士子髦公女。女四，一適國子生朱傛，字叔裕；一適國學生高滐，字景文；一適附貢生、候選教諭石爲墀，字丹臣；一適癸卯恩科進士、翰林院編修胡香山，字夢白。孫男十，繼祖，邑庠生，娶石氏，妹丈丹臣公女；有聲，娶程氏，國學太醫院御醫輯五公女；繩祖，娶高氏，國學伯榮公女；有明，娶袁氏，附貢生文衡公女，並與恒出；有本，娶曹氏，山東東平州州佐子章公女，與學出；有穀，與時出；有臨，與恒出；有堂，與時出；有齡、有翼，與潔出，俱幼未聘。孫女十二，一適妹丈朱公叔裕子學優，一適國學吴公緒三子寅，並與恒出；一適國學范公新圖子柯，與潔出；一適癸卯科舉人、四川涪州知州胡公方吕子、國子生承培，與學出；一適廪貢生吴公叔樓子、附學生登緒，與恒出；一適國學柳公次東子體乾，與潔出；一適附貢生石公子尊子、國子生中班，與時出；一適邑庠生盧公良珍子夢仙，與恒出；一許字國學韓公九州子大綸，與時出；一許字妹丈胡公夢白子申翼，與學出；一許字邑文學胡公抃叔子鳴瑺，與潔出；一幼未許字，與學出。曾孫男七，熾，聘邑庠生楊公日蕃女，繼祖出；煌，有聲出；㷇、焯，並繩祖出；幬，繼祖出；華，有明出；□，繩祖出，俱幼未聘。曾孫女二，繼祖、有聲出各一，俱幼未許字。

不孝等淚盡血枯，語無倫次，亦不盡記憶，然不敢片言虚縟，致没本真。哀懇當代鴻文鉅筆，賜之銘言，歿存邀榮，不孝等感且不朽。

故文林郎台州守推官薦舉博學隱逸先考辟疆府君行述 家譜

冒嘉穗

嗚呼痛哉，不孝等又爲無父之人矣。追念吾母壬子見背，迄今二十二載，日夜飲痛，尚苟延於世者，幸得侍養吾父。吾父八十有三，神明益王，雖處貧茹檗，不爲境移。向者屢絶屢蘇，蒙天之福，乃不意今日忽棄不孝等而長逝也，痛哉痛哉！無父何怙，五内崩摧，安能執筆詮次先人懿行？然府君名行夙著海内，縱荒迷之餘，言無倫脊，敢不有所述志，以告當代大人先生，賜之誌銘傳誄，永光片石也！

府君諱襄，字辟疆，號巢民，世爲揚州府如皋人。始祖東林公諱致中，元末爲兩淮鹽運司司丞。力辭張士誠妥督丞相，依隱士郭通甫，載書遁迹，居皋城之東，從之者如陳，因名鎮曰東陳。聚書一樓，終身不仕，不入城市。累傳至潛德公諱基，修德力學，發祖父所藏秘書披讀。拜永樂購書之詔，堅辭徵聘不仕，學者共稱爲潛德先生。五世祖澹齋公諱瑺，以長子弘治癸丑進士、少參得庵公諱鸞貴，誥封奉直大夫。始入城，而成化乙未進士、大中丞有恒公諱政先後登進士。清剛正直，忤劉瑾下獄，載《正德實録》中。六世肥鄉公諱鳳，七世益府引禮舍人坦齋公諱誾。八世光禄雙橋公諱承祥，奇才異量，克振家聲，八世祖母劉孺人，偕壽九十三四。九世爲高祖參軍月塘公諱士拔。十世則曾祖奉直公諱夢齡，字汝九，號元同。由選貢初任會昌知縣，再任酃都，遷雲南寧州知州，稱循吏，祀名宦、鄉賢，誥封奉直大夫，以覃恩晋四品階。曾祖母誥封宗太宜人，太宜人邛州雲衢宗公女也。十一世爲先祖憲副公諱起宗，字宗起，號嵩少。崇禎戊辰進士，由行人遷吏部考功郎，出爲兖西、東粤、湖南北副使，再補七省漕儲道。

剛介自持，爲世嚴憚。祖母恭人，前勅封孺人，姓馬氏，系出侍御公曾孫女，會稽公孫女，學博公女。

先祖生子女四人，府君居長。府君生禀異姿，兩歲即隨奉直公令會昌。時大司馬青螺郭公、總憲南皋鄒公嘗置府君於膝上，深器之。十歲，復侍奉直公入蜀。輒能問俗采風，稱詩作賦，雲間董文敏、陳徵君序其詩以行，以王子安、王右丞目之。十六，應童子試，受知督學陳公，補弟子員第一。即應省試，旋餼廩學宫。凡科歲試，屢舉第一。同里世胄爲吾外王父中翰蘇公，有知人之鑒，識府君於孩提時，尤鍾愛。吾母仁淑年三歲，即與先王父訂朱陳之好。己巳于歸，府君、孺人同庚十九。雖當兩家繁盛，憲副公龍飛登第時，一守素風。

先祖再遷南考功，迎養奉直公於留都。後秉憲兖西，奉直公未往。奉直公清白居官，解組歸來，橐中蕭然。好客善飲，日召諸故人飲，飲輒達旦。府君惟恐失老人懽，必偕吾母身親庖爨，調羹勺瀋以進。奉直公詢之而喜，加餐進酒，歲以爲常。

奉直公知府君儁異，教督益嚴，事無大小，必使身歷。盛暑命衣冠侍立，祁寒秉燭深語，中間叙述祖德，申明孝弟義利，善惡報施，娓娓不已。府君少善病，外曾祖肖禹馬公篤愛之，每向寧州公曰："君止此孫，何苛責乃爾？"奉直公云："惟此獨孫，故加嚴竣。若人品不立，有才何益？"府君曲體明訓，愈苦愈甘，愈嚴愈親。純孝所感，奉直公晚年化嚴爲慈，不忍須臾離焉。憲副公居官於外，盡力王事，無内顧憂者，以有府君代養也。

地方有利害，必請於當事興革之。雪寃釋枉，救人於生死患難中，不令人知。或有知者私餉焉，府君不受，餉於奉直公，亦不受，然兩不聞也。既奉直公知之，則大喜，以爲真吾孫也。名邑令鶴澤吴公、司李惕庵湯公、江都文憲歐陽公，皆以賢豪相待，地方民瘼，必商酌力行，府君毫不干以私。或以金數千相餉者，峻絶之。

乙亥，寧州公殁，府君哀毁備至。先憲副公由兖西奔喪歸，親侍築墓。葬後躬禮墓上，出入跪告，松楸自掃，終身不衰。奉直公兄弟三人最友愛，曾伯祖辰州别駕無子，愛憲副公如子，愛府君如孫。辰州公殁，曾伯祖母朱安人欲立憲副公爲子，兩奉蒸嘗，其所遺田宅、古玩數千金，憲副公不顧，府君亦不顧。奉直公與憲副公謀擇族之賢者嗣之，復夭折，府君卒奉兩世遺命，爲别立嗣，至今子孫蕃衍。至若無兒之祖姑、外祖父母、諸舅氏，無不竭生養死葬之誠。

戊寅夏，府君夢神告曰"爾母將有危疾，不可救"，且示以期。府君匍匐徬徨，密禱於神，願以身及長兄兖、不孝嘉穗代。又勉行萬善，計月限完。次年正月，馬恭人果抱奇疾，得無恙，而長兄以痘殤矣。是春三月，生不孝丹書，酷似兄兖，至孝所格，不爽如此。

憲副公持身剛直，敭歷中外，不附黨干私，以此故仕不達。監劉澤清軍，風沙勞瘁，寢食黄流數十萬賊中一載，賊騎不敢渡河，臺省交章以邊才薦，異己者忌之。再補高肇道，釃酒珠江，誓曰："他日撿歸裝，有以粤中珠翠一物歸者，有如此江。"甫蒞粤，特揭一將一令，直聲震天下。異己者又惡之，遂調屠破之荆楚。時危勢迫，誓以死守。

府君萬里省覲，奉馬太恭人自楚歸後，獨卧一榻不入寢。或勸之，府君曰："寧有父在殘疆，而子安枕席者乎？父願死疆埸，臣職也，吾竭力營救，子職也。"於是泣血上書，抵政府言路與憲副公忤者，諸公皆爲心動，同鄉如黄門孫公、銓部顧公、侍御成公，又翕然咸頌府君才，而嘉其孝，力爲之争，憲副公乃得再調寶慶，浩然而歸，亦不知其由也。時同任邊疆以枉嬰禍者，皆府君父執，其子與府君交舉數千金，置所寓居牀下，乞爲當路一言，府君從之，事立解，還其金，封識如故。

當是時，府君名傾遠近，居嘗以李衛公、范文正公自許。一時文章朋友，鴻昌俊偉，四海一堂，同聲合志，倚蓋終身者，如劉公伯宗、吴公次尾、沈公眉生、方公密之、楊公維斗、張公天如、顧公子方、陳公定生、錢公吉士爲上下江領袖。府君及鄭公超宗、梁公湛至立幟於廣陵之影園，聯絡東南上下，如雲間、魏塘，以及豫章、南海、歸德、秦晋、閩蜀，無不爲府君傾誠結納，東林、復社，輝映後先。又同時推方公密之、侯公朝宗、陳公定生與府君，有"四公子"之號。

崇禎乙亥，《留都防亂公揭》出次尾吴公，共計一百四十餘人，誓驅奸黨。丙子秋，魏公子一以蔭入雍，懷寧甘心焉。府君大開桃葉寓館，與魏會死事同難諸孤，桐城左公子子正兄弟，江陰繆公采室，李公膚公，吴縣周公子潔、子佩，吴江周公長生，常熟顧公玉書，無錫高公永清，寧波黄公太冲，一時咸集。魏公出血書疏稿、《孝經》，府君與諸公同聲痛詈，懷寧意沮心恨而銜之。後懷寧當國，鈎黨株連，緹騎屢過寓門，竟賴誠意伯劉公言以免。劉公素重府君，初不相識也。

時大司馬范公質公、尚書史公道隣、督漕霍公魯齋、督學宗公敦一，後先以人材薦，皆不就。府君於制舉業最精，六困棘闈，其志益堅。庚午，已入彀，爲姜公居之所賞，而三場以病不入。壬午，擬上卷，復中副車，同列者侯公雍瞻、李公舒章、宋公轅文、夏公仲文、宗公鶴問百餘人。府尹楚畹金公謂副榜之盛，百年所無，特刻《題名》、《序齒》二録以張之。遂與和州敬夫戴公、蒲州仲文孟公等十六人，俱以恩貢特用司李。未之官而亂作，盜賊蠭起江淮間。皋邑臣猾縱横，白晝殺人。府君挈家避難江口，既登舟，大盜横江截掠，欲避不得，衆皆相向哭。府君岸然坐船頭，呼曰："我家三世以來，無欺天欺人之事。若全家葬魚腹中，真上無蒼蒼矣。"言未畢，風回浪轉，賊舟不能至。

先時未登舟時，府君必欲覓小輿二輛，重購得之。衆笑謂："風便頃刻渡江，何復需此？"至是舟阻沙灘，賴車輿載大母、吾母從間道陸行，入城得脱。後大盜心怖，反行偵探，府君令人往諭之曰："天命所在我，非彼能傷。彼既不能傷我，我已與之相忘。"

其人亦甚悔也。府君生平忘怨，大都如此。

已而復挈家往海鹽，依則梁陳公，轉徙螺浮張公之太白居。冒兵刃，走山澤，備極顛連，男婦殺掠二十餘口，僅以身免。府君在艱危中，惟一意調護祖父母，勞苦艱難所不恤也。久歷播遷，驚恐成疾，僅一敗絮蔽體死，死一夜復生。然南北阻絶，家遭籍没，無復故里之望矣。久之，乃渡江而北，仍不能歸，寄寓海陵紫陽宫公家。

其時年纔三十，絶意功名。而本朝初出，代巡萊陽姜公徵書特薦，兵道周公櫟園又以人才薦。府君扶病哀籲，俱不就。總漕沈公、巡撫趙公皆定鼎大臣，從不相識，亦知府君生平，共爲保護，得還故居。總漕蔡公有特達之誼，而故交溧陽陳公、長沙趙公、合肥龔公先後維持，以故府君得閉門少息，與先慈同甘隱遁，上事兩親。

憲副公自返里門，屏居不出，府君先意承志，曲盡子職。外而驚濤惡浪之震鄰，炎凉親疎之世態，府君一身當之，憲副公始得全其志焉。

壬辰，邑大饑。邑令陳公知前辛巳大荒，總漕史公、司李湯公獨以屬府君，府君毅然自任。每日需米三石，而薪火之費七錢，自臘朔至來年四月，計日按名，獲全活者三十六萬餘人，勸募米麥五百三十餘石。城内不屑就食者，按日手自分給之。或捐金相贈，或備藥餌、衣綿、棺衾以濟之。官粟既匱，自出養生之粟，棄田産又不足，典先慈衣裾簪珥以佐之。是事傳播人口，乃復以相屬。府君目擊饑荒倍甚於前，未忍却令公之請。雖今昔勢力懸殊，救人之志不能自已。維時設廠四門，饑民無算，日盈數千。府君每黎明衝風凌雪，給粥量米，周行四郊，命諸僕扶老幼，拯危疾，瘞死亡。於常賑外無可繼，即舉是年爲不孝嘉穗納聘之資，盡賑諸廠。竭力三月，染疫又死，三日復甦，有奇迹，詳答丁菡生書中。而邑令陳公有"邑紳舍身救荒，染疫九死，慨賜回生"之疏，泣禱城隍，疏焚立活，載在《江南通志·循吏陳公傳》内。

甲午，憲副公抱病。府君親奉湯藥，衣不解帶者十旬日，禱於神請代。憲副公易簀時，呼不孝等跪牀下，索筆横書十字，曰："爾父天生孝子，不可不學"，迄今筆墨如新。又曰："爾父胸中天空海闊，兩孫學得一分，即是孝子。"至今思之，血淚横下。府君居喪，哀毀骨立。

時叔父尚幼，府君力任諸事，撫愛教誨，擇名師，完婚配，曲盡苦心，更推與受分田地數千金，無吝色。先慈贊嘆懽喜，述"易得者田地，難得者兄弟"語，交相勸勉，吾父母惟恐不得當也。府君有姊，事之如兄。其家有大難，覆敗無遺。府君不避不測，破家相救，脱姊夫於死。

庚申之秋，突有刺者入户。丹書被三創代府君，婢僕代，俱得不死，府君幸無恙。事聞於太守平山崔公，爰書已定，府君深念水木本源，痛哭太守前，力求開釋。太守爲之心動灑泣，觀者數千人，無不泣下。太守重府君真誠孝友，敬愛府君十四年如一日。

府君與先慈齊年，伉儷四十四載，歷亨豫險阻，患難貧困，無不同心同志。先慈於壬子花朝中瘀而没，府君如失良友，獨居不樂，唯友朋詩酒，散菀結於三吾、水繪間。而四方知交，如竟陵譚只收灌湘、歷陽戴務旃无忝、貴池吴子班，皆後先延寓於家，陽羨陳其年未遇時，與不孝等讀書蓋十年。其他望風接踵，來學問字，以至一材一藝之士，無不適館授餐。若里中名師才人，咸敬禮之，以資不孝兄弟琢磨。

府君自憲副公没，侍馬恭人三十年，不移寸步，晨昏寢食不間，如山林隱逸薦，博學鴻辭薦，皆不就。馬恭人享年八十有七，無疾而逝。是時府君毁瘠骨立，不以年垂七十少損。府君有足疾，負土時正當風雪嚴寒，蹣跚匍匐，號泣泥塗中，感動行路。

生平薄視金錢，囊無私蓄，惟鑒别書畫金石器具最精。己未十月，不戒於火，毫髮無存，府君坦如也。

府君年五十時，即以家産付不孝兄弟。不孝禀受家訓，讀書有大志，唯體府君之推讓施濟，以養其志，而不良治生，支吾拮据，日夕惴惴，久而大匱。或以告之府君，府君無愠色，更寬慰之曰："滄桑後，海内故家瓦解多矣，我家得延至今爲幸。况兒承我志，即無一畝一廛，又何尤焉。"

府君所構園池不一，城南樸巢没於兵火，城東深翠山房隳於風雨，獨水繪、匿峰數十畝，賓客至者如歸。昔新城侍郎王公司李吾郡，按臨來皋，偕陽羨陳其年、崇川先輩邵潜夫、吾邑表叔許山濤，上巳修禊事，吟咏成帙，海内至今以爲美談。其後林廬頽圮殆盡，亦不復問，唯逸園數椽爲寧州公歸隱地。寧州公清白蕭然，拂衣歸里，僅增地三畝，構十逸堂，酣室數間，詩酒終老。憲副公又與馬恭人偕隱此地，府君朝夕承歡。因家多故，爲人所得。中奉寧州公遺像及手書詩文勒石，必不可屬他姓，府君百計齎貸，故物始還，祀典不缺，孝思之終全於此。

丙寅，依祖宅傍築室數間，命名"還樸"。蓽門蓬户，雜植花木，四方賓至，必欣喜款留。貧或無以供具，則傭書佐之。性喜音律，家有童子能歌，拂鬱時藉以排解，亦以娱客。人見府君溺於聲歌也，不知無一非明哲保身，憂患惕勵也。二叔父有哭府君詩，有"半生憂患獲全名"之句，此真實録。府君四壁蕭然，一塵不染，古人安貧樂道，無以過之。久不出户，丁巳、戊午，因中丞慕公、方伯丁公隆禮相招，一遊吴門。丁卯，如昭陽赴河臺孫司空之召，自後不復出。戊辰秋，命老僕種菊數百本，日集友人觀菊賦詩，有《菊飲和陶》二十首，《三秋語不休詩》百首。忽得危疾，不孝等計無所出，刲股以進，病旋愈，而庭前雙桂仲冬盛開。庚午，又病危殆，五日而復。

辛未春，年八十，閣學慕廬韓公最稱知己，爲文壽之。蘭陵侍御青嶼許公、句容工部菊人張公、虞山孝廉湘靈錢公，各賦詩文以壽，世交則和州戴務旃、通州顧同東、吴江吴聞瑋數先生。至三月望日，不孝等率内外諸孫數十人進酒上壽，兩叔父、諸弟偕進酒。府君顧而樂之，座客咸謂非府君孝友感格，那能得全天倫之樂如此。是冬寒甚，府君每於午夜被裘擁火，作大小書卷，遂病目失明。然神王而良食，與客流連聽曲，窮晝夜不倦。府君量不勝蕉葉，而喜人飲。府君讀書萬卷，至老手不停披，臨池少師董文敏公，初法鍾、顔，晚年盡得褚河南筆法，日增變化，多作擘窠大書，而燈下作蠅頭小楷，一便面書數千字，人尤争寶之。竹杖芒鞋，每乘一小籃輿出入，不孝兄弟率諸孫奉杖履，而遠近賓朋周旋左右。府君談當日之興亡，述先朝之掌故，嘯咏終日，磊落胸懷，非他人所及知，亦非人所易及也。府君數年以來，每病必危，少安即强起，與賓朋懽讌，俱曰期頤可卜。

壬申初春，謂不孝等曰："我今年將辭世矣。無一掛礙，此中冰雪，萬有皆空。二子及孫雖金盡産空，不能治生，仍當畏天敬人爲要，孝友仁厚自處，恩澤暗施而莫言，横逆重加而報德，法我老人也。"又舉"曾子有疾"一章，諄諄戒勉。曾賦詩云："明明訂定還仙路，加二人間八十年。"不孝等聞此言，心甚訝之，復見府君精神如常，又自寬。

癸酉春夏，脾病全愈，目重明，潑墨作書，無不如意。初秋，倣耆英、香山諸會，集里中親友皆年八九十者爲會。是日，雲間提臺金公飛騎到舍，乞書沈石田長卷首，府君對客即書"烟雲供養"四字報之。蓋金公與府君交，真有夙因也。又作閑人會、畫會，欲舉詩人會，未果。是年，孝感相國熊公奉命南來，貽書相問。大中丞商丘宋公夙與侯公朝宗、賈公静子鼎足齊名，今秉憲三吴，念府君曾附清流，下交存問。府君擬十月望後買舟往謁，以慰平生。會興化王景州來訪，甚喜，館於家。聯吟角勝，枕上構思八和景州贈詩原韻，八宵不寐。二十八日，狼山總戎劉公素重府君，從崇川至，省視府君，相共款洽，談諧甚暢別去。閩中長甲黄公忽至，復洗盞留宴，漏下四鼓，不覺神氣内傷，觸寒成疾，登牀昏憒，彌日夜稍安。又與景州選訂寧州公、憲副公遺詩，談論一日。至晚寒熱交作，病遂增篤，於十二月五日長逝。痛哉痛哉！

計府君卧牀三十六日，時寐時醒，清明精爽，語不及家事，惟以老人會爲念，令諸童度曲，問牕前黄梅開放否。垂没三日不飲食，止飲瓜水。彌留之際，張目還視不孝兄弟諸孫，含笑而瞑，逝後面目如生。痛哉痛哉！一時親朋累百，哭於户庭，閭巷鄉黨，夫婦男女，皆悲哀傷悼，學者共稱之曰"潛孝先生"。府君將易簀時，或見星如貫珠，從宅上飛去，深夜縷縷清氣，從帳中繚繞而出，異哉，痛哉！

府君忠孝根心，仁義立本，以文章友朋爲命，讀書積德爲本，周人之急，拯人之危，有無依之孤，葬不能舉之喪，配不能婚嫁之男女，不可勝計，視富貴如浮雲，甘貧賤而自得，爲人所不能爲，忍人所不能忍，胸中浩浩落落，甘隱土室瓜廬以終其孝，卒爲完人。

府君著述甚富，有侍憲副公手輯《感應篇》、《先世前徽録》，手評謝康樂遊山詩、杜工部夔州詩、柳柳州遊山記，六十年師友詩文倡和集，集幾盈尺。自著《樸巢詩文集》、《水繪詩文集》，又《書樓山先生遺詩史傳紀事文》行於世。

不孝等年踰三十失母，越二十年失父，貧賤困危，無以承歡於生前而稱揚於没後也，萬死莫贖，痛哉痛哉！今卜十二月十三日，合葬於城東萬花園兩世祖塋後。

府君生萬曆辛亥年三月十五日卯時，壽終於康熙癸酉年十二月初五日寅時，享年八十有三。元配吾母蘇孺人，同邑嘉靖壬戌進士、江西布政襟海公諱愚曾孫女，中書舍人縝庵公諱文韓第三女。年六十有二，先卒。其賢孝淑德，詳在陽羡陳檢討傳，暨府君祭吾母文，不孝等行述中。

子二人，長即不孝嘉穗，翰林院考取書法貢監生，娶姚氏，前戊辰進士、大理寺少卿永言公孫女，明經心繩公女；次丹書，廪貢生，考授同知，癸亥應聘纂修《江南通志》，娶蘇氏，即外祖中書公孫女，舅氏明經嗣宗公女，皆吾母蘇孺人出。女一，適候選知縣洪公樸庵第六子、邑庠生必貞，府君側室張氏出。孫男三，長溥，附例太學生，嘉穗出，娶范氏，同邑奉政大夫、户部湖廣司郎中簡夫公女；次泓，附例太學生，丹書出，娶宗氏，同邑文學宗公民長女，早卒，繼娶丁氏，同邑文學丁公撝公女；次渾，功加左都督，管遊擊事，嘉穗出，娶丁氏，候選同知丁公賁若女。孫女四，俱嘉穗出。一適恩貢、廬陵縣知縣劉公文若孫，邑庠生舜玉公子、邑增生夢蓮；一適太學叢公茂生孫、丁酉舉人淮安府學教授含英公子、貢監生候選同知芳舒；一適明經勅封湖廣布政司理問許公一水孫、原任湖廣布政司理問晝初公子、附例貢監生候選縣丞掞；一適同邑佘公華之孫、候選同知自玉公子、附例貢監生國霖。曾孫三，長維樞，渾出，次維機，溥出，次維楫，泓出，幼未聘。曾孫女五，溥出二，一字丙辰進士内閣中書張公因亓孫，明經伯鷹子□□，一字叢婿子合仲；渾出三，一字貢監生洪公鳳縣子成勛，一字邑廪生吴公犀年子毓賢，餘未字。

嗚呼，不孝乾肝焦肺之餘，恍惚失次，謹摭大略，惟有屏仄哀鳴。

清贈修職郎候銓儒學司訓附貢生冒丈輔常公行略 家譜

卞楨賢

公諱元佐，字輔常，一字硯田，世居皋城集賢巷。自公高高祖古材公設教南鄉，始遷居林梓河西冒家莊，耕讀相傳，五世至公。

公自幼岐嶷習儒，庠序有聲。年十六失怙，家政無人代理，遂棄詩書，援例入成均，儒林中咸惜之。公孝友成性，恒以不逮事父爲憾。每值時節忌辰，率家人以祭，涕泣終日。事孀母，能養志，冬爐夏扇，躬任其勞，歿之日，盡哀盡禮，里人無不稱其孝。

昆弟三人，長德常，次惟常，次即公。德常公多病無子，自分爨後，家用仍取給於公，爲之立姪，以繼其後，且曰："病者得子以侍左右，可以解憂。"惟常公力學早逝，亦無子，配邵氏立志守節。公將長子入繼，以安其志。後例得旌，不惜多金建坊於宅之東偏。且於親友族黨，有非恒情所能及者。公内弟陳君諱嘉謨，字謹齋，狀貌魁梧，幼有大志。公器之，力勸棄文就武。卒成乾隆丁未進士，歷官湖北襄陽府南漳營守備。自小試至宦達，資斧半給於公。乾隆末，白蓮教匪猖獗，陳勦滅倥偬，費不敷，信至公。公即携銀單身走數千里，直抵陳營。後匪竄入蜀，陳陣亡，公偕陳君長子燕亭保護家小，扶櫬歸里。匪平後，命燕亭陳情大吏，達於朝，獲邀聖恩，崇祀昭忠祠，世襲一代。

友人張君奕圃，以事株連繫元和縣獄。公至蘇，便道視張，張曰："得銀百兩，即可贖罪。"公如數慨贈，張獲歸里完聚。又同里許君，壯年無子，貧無立錐，忿欲披剃爲僧。公開導再三，資以謀生之策。不數年，境稍裕，爲之娶妾，連舉二子，一入文庠。他如朱君良佐、沈君渭賢、劉君謹軒，或家道中落，或服賈缺資，公爲經營籌畫，無不得所。非公之智勇兼全，信義過人，能若是乎？

公律身嚴毅方正，尤好施與。道光元年，大行瘟疫，偕同志者設藥局，全活甚衆。遇歉歲，賑隣人以粟，施窮人以棺，毫無德色。莊隣楊姓，埋節多年，公開陳大義，爲之請旌建坊。公長於決斷，親友中有疑難事質之，公一言而決。或兩造有不平事，忿争公前，公指陳曲直，無不悦服。息訟數十家，從不受餽遺。

待人則和若春風，教子則烈如夏日。祖産不甚豐，公創業十倍於祖，建屋百餘間，美輪美奂，式廓前猷。宗譜失修幾四十載，公倡首修葺，先解己囊，任怨任勞，始克告竣。生平無疾言遽色，治家勤自奉約，處世公交友信，訓子嚴，御下寬，舊僕頑佃，均邀養葬恩。至如修節孝祠、育嬰堂，立惜字局，捐書院桌凳，一切公事，無不踴躍，尤徵樂善不倦之誠。宜乎後起者詵詵振振，未有艾也。

公殁於道光四年二月初八日戌時，生於乾隆二十二年戊寅歲十二月初八日戌時，享年六十七歲。葬於莊西北隅萬花原酉山卯兼辛山乙向。

元配陳孺人，無出。繼配錢孺人，慈惠温恭，克盡婦道。姑晚年卧病於床，凡穢衣溺器，皆躬親其役。侍姆氏邵尤有恩，有好衣必先衣之，有好食必先食之。家道豐裕，母力居多。

生哲嗣三。長名士傑，字偉人，太學生，繼惟常公後，娶朱氏。次諱華清，字吉人，邑庠生，無子，年二十五歲卒，娶吴氏，年三十五歲卒，守節十年，待旌。次名士寬，字碩仁，一字樸齋，文學生，娶陳氏。女二，長適武庠劉君邦慶，次適巡檢劉君丙森。孫七。長春淮，娶顧氏，繼吉人後，偉人出。次逢吉，業儒，娶陳氏。次逢康，業儒。次逢禧、逢年、逢奎、逢庚，皆幼，碩仁出。曾孫三。長步蟾，次步瀛，次步鰲，春淮出。曾孫女四。哲嗣等治家處世，皆井井有條，一秉公之成法。

愚自慚譾陋無文,不克傳公之一二。惟是自辛丑歲,即館於公三哲嗣家,公嘉言懿行,朝夕稔聞。今值族譜告成,碩仁等又殷殷諈諉,不獲固辭,謹就所及知者,摭拾其大略如此。

皇清誥授奉政大夫廣東升用同知調署韶州府乳源縣事肇慶府開平縣知縣晋贈通奉大夫先考伯蘭冒公行述 枕干録

冒 溶

先府君諱芬,字伯蘭,一字春山,世居如臯之白蒲。曾王父渭舲公諱篁,隱居不仕,以樂善稱,年八十有四卒。先王父葵原公諱鈺,渭舲公仲子,官楚北朱家河主簿,生六子,長即先府君也,與次公蕖,皆先王母楊太君出。次公荇、公蘅、公以謙、公藩,皆庶王母李孺人出。

先府君生而至性純篤,慷慨有志節。髫齡侍渭舲公,每得梨棗,輒懷以奉先王母。會先王母疾,終夜繞榻前,命之去,不去,疾瘳乃已。一日,自家塾歸,見道遺囊鏹百餘,先府君欲覘其異,隱以俟之。俄而失主奔至,詢之,則貸鄰而繳官錢者。使舉其數,果合,遂還之。其人感且泣,旁觀或哂其癡,渭舲公聞而喜曰:“此子不癡,吾有孫矣。”

先府君益自刻勵,讀書不屑屑章句,喜講經世之學。自言生平得力在《資治通鑑》,嘗取其有關治忽者筆之於書,參以己意而論斷之,識者韙焉。

先王父念渭舲公春秋高,欲乞假歸養,謂先府君曰:“古人爲貧而仕,亦固有時。爾能謀升斗禄,我藉以承菽水歡,則爾養親且養志矣。”先府君曰:“謹受教。”乃赴都,得議敘巡檢,以嘉慶二十一年籤掣廣東,歷署馴雉里、鹿步、五斗口、金利、黄鼎各司巡檢,番禺縣典史,兩兼理三江司巡檢。道光元年,先王父告養歸。先府君每歲時遣使省問,先王父亦陰使人覘先府君於粤,聞循聲卓卓,衆口無異詞,乃喜。

乙酉,渭舲公卒。丙戌秋,先府君轉餉入都,便道省親,欲終養,先王父不許。返粤,調北寨司巡檢。未幾而先王父之訃至,先府君大慟,昏仆踰時,以此哀毁瘠立,行動須杖者半年。遂與先慈摒擋諸物,歸營窀穸。

初,先王父之謝世也,里戚中有狡而黠者,日導諸伯叔各立門户,鬻田宅以供揮霍。迨先府君歸，已百不存一。諸叔日以析産爲言，先府君曉譬百端，終不喻。適仲叔蘘遊學京邸，聞喪歸，因與定議，舉所分得者，各不受，還以畀諸叔。曾王父祭田爲諸叔質去，先府君念春秋報饗不可有闕，傾行篋贖歸，不足，以先慈釵釧益之。族黨以先府君遭家多難而善全骨肉如此，嘖嘖稱孝友。先府君聞之愈悲，益不樂家食。

庚寅春，服闋回粤。時廣西梧、潯二府有巨盗劫奪米船，有司不能制。李鹿苹制軍鴻賓檄先府君偕同知某赴西會辦，獲匪黨七十餘名。駐西省兩閱月，同知某以資斧匱乏，見於詞色。桂林太守某以西中丞意，贈同知暨先府君各三百金。同知受之，先府君不受，强之，辭益堅。太守以白西中丞，西中丞嘆賞者再，修函制軍，覶陳顛末。制軍大悦，而先府君不知也。事畢回東，制軍屏同知不見，見先府君，出西中丞手書，奬許數四。未幾，制軍去粤，以先府君囑中丞朱文恪公桂楨。

當是時，文恪以忠正受宣廟特達之知，開府東粤，激厲人才，屬吏以得一盼爲榮。而中丞素不善李制軍，揣制軍所薦失當，且疑請托，伺察百端，介介然有督過之意。適先府君補官松柏司巡檢，中丞忽檄飭赴任。抵任甫十日，又飛檄調回，旋委充文闈供事。中丞入闈監臨，每日必陰闞先府君所爲。一日，中丞忽至。同事張某方晝寢，中丞曰："事獨汝一人辦耶？張某安在？"先府君權詞對曰："張某方赴某所事某事。"中丞隨至某所，而張某已覺，由他道疾馳而往。中丞熟視不語，返至至公堂，召監試諸官，嘆曰："吾幾失賢尉。始吾謂鹿苹囑我有私，由今觀之，冒尉勞於其事而不傾同官，君子人也，肯媚人以求薦乎？諸君志之，此人可大用。"先府君之受知於文恪自此始。當時同寅知其事者，始爲先府君危，繼爲先府君喜，而不肖等侍側，未嘗見有欣戚容。父執某公嘗謂不肖等曰："汝父所謂心術光明，寵辱不驚者也。願汝曹效之。"

中丞既重先府君，適有嘉應巴章鄉民争田不決，遂委先府君往查，啓闈鑰而出。先府君延訪數月，廉得其情，案遂定。文恪將以繁缺畀先府君，適猺匪趙金龍起事，詔命盧厚山制府坤移督兩廣，開幕府於連州，貽書文恪，欲得幹吏以贊軍。藩、臬各舉所知，文恪悉不謂可，因屬意先府君。又廉知先府君貧，夜漏三下，遣人贈資斧二百金。詰朝往謝，文恪笑語曰："非我之廉泉，不足壯子之行色也。"事平，奉旨賞戴藍翎，調補五斗口司巡檢。

有傅敏南者，盗魁也，黨羽四出劫掠，不可勝計，中丞嚴檄南海令購捕不得。先府君甫入境，即誘擒之，解省按問如律。同時又有烏石姊者，常清晝殺人而攫之金，畏先府君購捕急，棄室遠颺。先府君密遣人迹其所至，果於韶關邏獲，聞者快焉。莠民相率斂避，盗風爲之少戢。

癸巳，天雨連旬，西江水驟漲，南海、三水、清遠、四會諸邑，隄基冲決，水患延及數百里，民扶老携幼，流離轉徙，日以萬計。先府君急召諸富紳議設局分賑，各有難色，慮後難爲繼。先府君曰："若能籌一月費乎？"曰："不能。""能籌十日費乎？"曰："能。"先府君曰:"十日足矣。"自捐廉千金爲倡,禁牙儈居奇遏糶,不如約者罰。擇老成有德望者,使董其事,擇東西隙地蓋粥廠二座,計大小口授食,規畫井井。先慈亦出簪飾,施藥餌、棺具,下游諸難民多趨就之,來者益衆。董事者曰:"此他邑民也。"先府君曰:"救災恤患,惟力是視,此獨非吾赤子乎?"復廣爲勸諭,并力請於大府,乞借撥司庫二萬金,約水平勸捐歸款,報曰可。東西廠相距七里許,先府君往來其間,若忘其勞,凡四十餘日,所存活者甚衆。

是年保舉卓異,衆以爲賀,而先府君惟一意以民事爲己任。沙腰河淤濬之以利舟楫,置義冢瘞枯骨,築金釵圍爲民捍水患,梁槐軒侍御紹獻撰《金釵圍記》以紀其事。計在五斗前後六年,善政多類此,至今父老猶能舉以相告云。

丁酉,擢授廣州府經歷。庚子,調補海豐縣縣丞。辛丑,英夷犯廣州,先府君以守城功奉旨擢升知縣。是年,補開平縣知縣。先府君感受國恩,益思報稱。開平界新會、鶴山之間,萑苻充斥,如宅梧大雁山尤盜藪。先府君仿古軌里連鄉法,嚴爲條約,並先後購獲張大椿、張鬍鬚妹、張水手信、梁亞買、譚亞宗、林亞狗、司徒容女、司徒買妹、梁澤惠、張亞幅等多名,皆著名黠盜,咸置之法,民始貼席。

黎明坐堂皇收民詞,日旰不遑進食,夜治官書,嘗秉燭達旦,無纖鉅皆自裁決。謂人曰:"吾非好勞也,必如是而心始安耳。"先府君善聽訟,反覆推究,絮語如道家常,必得情而後已。尤留意呈詞,凡牽連者輒勾去,不使挂名拘牒。嘗言兩漢之治,循吏多也;循吏之政,不擾民也;而不擾民,當自慎獄訟始。有勞民鮑者,與勞忠彧廣文故有隙,移屍索詐,先府君雪其寃,拘誣告者,反坐之。自是民不敢妄訟,人以爲有漢廷諸長吏風。

乙巳秋,轉餉入都引見。丙午秋,回任。方先府君之受代也,署篆者未能和其民,政出多門。赤墈關姓、司徒姓争墟場,雇丁列械,互有傷夷,令莫之禁。聞先府君旋任有日,邑人士走相慶。至之日,沿河建彩亭張燈,書"復見青天"四字於上,歡呼震天。關姓、司徒姓知先府君將究其事,預蓄老弱殘廢者數人,以求抵塞。先府君訊一過,揮令去,更召兩姓紳耆,峻責之。因密示以主鬥者姓名,咸俯首謝過,約縛兇徒以獻。其後長沙譚姓、梁姓亦聚諸無賴,思制梃以争。先府君聞之,驟至其鄉,傳父老,爲之痛陳利害,且曰:"若固以我爲慈父,若皆吾子也。今日之事,同室操戈,爲父母者亦安用此不率教之子爲哉! 惟有以法加汝,汝自度能抗此三尺否?"鄉人環聽感愧,有泣下數行者,由是輯睦如初。有欲爲先府君建生祠於長沙之原,已鳩工庀材矣,先府君堅止之,因改爲步鹿書院,聽諸生肄業其中。

先府君尤嘉惠士林,獎掖後進,嘗召何春沂、勞其秉兩孝廉至署,令不孝等共筆硯。所得士如馮星行、關椿榮兩廣文,許其俊孝廉,皆一時英俊,人服其藻鑑。

己酉夏,攝高要縣篆。庚戌,奉檄往潮陽提京控案。先是,潮陽仙門城鄉趙淑恭與深溪鄉劉順天等積不相能，以争陂水啓釁，擄人劫骸，不可勝計。趙承謇赴京，擊登聞鼓者再。時李星衢中丞福泰宰潮陽，有政聲，因與先府君約，分詣兩鄉，諭以禍福，兩造悉遵約束，遂結案。十餘年之積牘，一朝清釐，保全民命不少。

辛亥秋，代理曲江縣，旋改署乳源縣。時髮逆洪秀全倡亂廣西，凌十八等亦聚黨於羅境，群盜如毛。先府君逆知中原多故，詔不孝等毋徒事呫嗶，更講韜鈐、行陣、奇門諸書，習戚南塘鍊兵、鍊膽之法①。

壬子，洪逆竄踞道州，尋陷江華、藍山、臨武，南韶伏莽潛相勾結。八月，曲江令督勇紮西水堡，宵分訛言賊至，走還。同時仁化、樂昌兩縣城均不守。賊既得仁樂，復分股攻乳源。先府君募得敢死士三百，以胡佳、張延壽分領之。有謂賊鋭氣正盛，宜嬰城固守，弗與戰。先府君曰："無益也。乳源城小而無濠，難守，不如扼險以待，出奇兵以蹴之。彼烏合之衆，少挫即潰，可擊而走也。"乃約都司車定海紮湯盤水，扼河爲守，使胡佳等率鄉勇繞出河岸設伏焉，又使人於林箐中虚插旗幟，以爲疑兵。部署甫定，八月初九日凌晨，賊果大至。我軍隔河鏖戰，自辰至午，張延壽燃大礮，斃騎馬賊一，適胡佳薄其後陣，夾擊之，賊衆大潰。我軍渡河，斬八十三人，俘五人，奪獲器械無算。是役也，賊以仁樂兩縣城唾手得，志益驕慢無紀律，先府君謀定而戰，故能以少擊多。

十二月初八日，有吴焕中者，仁樂之餘匪也，從其黨黄老滿等潛聚於曲邑龍歸墟，結連羅坑山賊，圖復逞。焕中潛至乳界，爲邏者偵獲，悉吐其謀。先府君偕千總張鷹揚馳往，捕獲黄滿等頭目十三人，解回。經曲江寺前村，猝與羅坑賊遇，張鷹揚望風先遁，所部皆潰散，惟先府君率親兵百餘人與賊戰。或勸先府君爲權宜計，先府君按劍叱之曰："吾受國厚恩，恨不掃除群賊，豈肯棄而退耶？"揮戰愈力。繼而軍火盡，衆寡不敵，先府君被創，血沾袍帶，猶手刃一賊，張延壽亦裹創力戰，群賊遂奪黄滿等而竄，幕友宋培清、壯勇魏勝高等皆戰没，時壬子冬十二月初九日也。

先府君猶爲遺書上葉崑臣制府名琛，極言兩粤賊勢如癰毒已成，不速治必且大潰，急宜聯絡紳民，早繕備具，毋事粉飾，蓋已知有甲寅後之亂矣。

十二日二鼓，創傷轉劇，痰復上喘，翌日病革，謂不孝等曰："我捐軀以報朝廷，亦復何憾。爾等當勉爲國家有用之材，繼我未竟之志。"問以家事，不答。易簀時，民多巷哭者。事聞，詔照四品官議卹，賜祭葬，入祀昭忠祠，贈雲騎尉世職，恩騎尉世襲罔替。

先府君治家嚴，不苟言笑，雖燕居，必正襟危坐無倦容。作令十載，不名一錢，自奉儉約而豐於待人。戚友貧無依者，以時饋遺，待舉火者，常數十家。寅僚有死無以殮者，必一力經營，歸其旅櫬。自言生平無過人處，惟能喫虧耳。嗚呼，盛德貽留，所

① 按此段及下文多旁改，删略，如將"洪逆"改"太平軍"之類，顯爲近人所改，今一仍原文之舊。

以教不肖等者深且遠矣。不肖等其敢不自勉勵,以承先志哉!

先府君生於乾隆庚戌年秋七月二十七日戌時,卒於咸豐壬子年冬十二月十三日巳時,享年六十三歲。原配賈夫人,繼配卜夫人,皆有淑德。子五人,長溶,升用同知,江西九江府德化縣知縣,軍功賞戴花翎,賈夫人出;次澄,三品銜,署廣東廉州府知府,軍功賞戴花翎;三保泰,署廣東鹽運使司批驗大使,軍功加五品銜,賞戴花翎,俱卜夫人出;四沅,三品銜,雲南麗江府知府,軍功賞戴花翎;五廷章,署廣西河池州知州,軍功加鹽運司銜,賞戴花翎,俱庶母尹夫人出。女三,長適原任廣東按察司經歷胡秉鑑,卜夫人出;次適廣東候補通判鄭金源,三適湖南即用知縣李宗蓮,俱庶母尹夫人出。孫二十四人,女孫三十三人。

不孝等追維先府君筮仕粵東,宦迹所至,遺愛在民,衆論推爲循吏,卒以捐軀報國,爲史册光。所以昭信來兹者,不敢飾虚詞以累先德,謹瀝血撰次平生行述,以冀大人先生采擇焉。

陸淑人事略 寒碧堂文集

冒　澄

淑人氏陸,名有宜,字菀卿,浙江仁和人,故惠州藥珊外舅之季女也。外舅官粤東,與先大夫交最篤,通家往還無虚日。淑人少穎慧,先妣卜太夫人即其家,見而愛憐之。咸豐己未,余承太夫人命,聘爲繼室。

先是,淑人遭外舅之喪,偕其兄似珊歸里。庚申三月,賊犯杭州,淑人以死自誓。城陷,縊於樓,繩絶不死,復自投井中。適舊僕楊喜與其妻掉小舟來,乃拯之,乘間由水門出,避居新城。時似珊待次廣州,聞警航海歸,復偕之粤。

以壬戌三月來歸於余。撫前室女如所生,接諸姑姊娣暨諸先後間,誠坦和易,御婢媪無疾言遽色,好施與,聞人急患,輒多方周邮,汲汲然如恐不及。

同治辛未,潮郡大水,災黎遍野。余方官潮運同,思有以賑之。有言閑曹無字民責,懼貽侵官誚。淑人曰:"好善者,人之同情也。事苟無愧於心,其他安足計哉?"余乃上書當事,親督賑務,復購地於安埠之原,收瘞遺骸八百餘具,間以經費不足,淑人出簪珥助之。余之終始是事,淑人力爲多。

其後余去官,家益拮据,淑人躬理米鹽,境屢空而意若晏然,無幾微抑鬱之色,蓋恐增余内顧也，其處約而不失常度如此。

方期白頭偕隱，詎料遘疾纔七日，竟舍余而逝耶！嗚呼，來生之説不可知，今生則已矣。而追思疇昔，臨危赴義，出萬死於一生，有足多者。爰撰次其事略，付之家乘，庶幾不遽湮没，亦以識余之深痛而不能自解者，非僅伉儷恒情已也。

淑人生於道光己亥年六月十八日戌時，没於光緒壬午年十月二十四日子時。子五人，樹棻，淑人出，樹本、樹栘、樹昀、樹穀，皆側出。女八人，長適萍鄉文氏煒，次適錢塘姚氏守毅，三字江寧何氏萬均，四字新建夏氏敬洛，餘未字。孫女三，俱幼。

先妣周太夫人行述 小三吾亭文

冒廣生

太夫人姓周氏，河南祥符人，祖籍浙江山陰。曾祖諱理，乾隆四十六年進士，廣東雷州府知府。祖諱岱齡，乾隆五十九年舉人，直隸清河道。父諱星詒，福建建寧府知府。外家科名鼎盛，大外祖諱沐潤，三外祖諱源緒，同舉道光十六年進士，一官江蘇常州府知府，一官安徽安慶府知府；五外祖諱星警，道光二十三年舉人，安徽無爲州知州，七外祖諱星譽，道光三十年進士，兩廣鹽運使，皆太夫人胞伯父也。外祖母平恭人，爲山陰樾峰觀察諱翰之女。

太夫人早失母，外祖建寧公學問淹博，海内稱藏書家，太夫人禀庭訓，讀書明大義，賦性剛直而宅心仁慈。壬申年二十，歸先考京卿公，王母王太夫人、陶太夫人皆先卒。癸酉，不孝生。甲戌，不孝妹生。戊寅，京卿公卒於邵武，太夫人年二十六歲，不孝年六歲，不孝妹年五歲。王父時以鹽大使仕粤東，太夫人忍死撫兩孤雛以事王父，即晚歲猶時時稱道王父之慈。實則王父之慈與太夫人之孝，皆加人一等也。

丙戌，王父卒，不孝與庶出四叔皆年幼。六分遺産，不孝以承重孫受二，得二百六十金，益以七外祖都轉粤東歲時所給太夫人私産，合計不足千金。太夫人乃留寓粤東，劃百錢爲日食，比不孝歸里應童子試，則鋭減至六十錢，此閩縣林紓嘆爲萬苦者也。

庚寅，不孝以縣、州院試皆第一，補博士弟子員。甲午，舉於鄉，座主黄叔頌編脩諱紹第，以女妻之。乙未，太夫人挈不孝就婚瑞安。丙申，自瑞安歸，槖中纔餘二百金。舟過吴門，旁皇無措，乃入城依外祖建寧公以居。丁酉，長女景璪生。戊戌，長子景瑋生。是年，不孝禮闈再報罷，橐筆爲諸侯客，乃舉家歸如皋。庚子，吾妹歸今福建鹽運使仁和吴用威。是年，次女景璣生，旋卒。不孝懼歲月之不我與，無以博太夫人歡，乃乞貸納資爲郎。辛丑，以郎中分刑部。癸卯，三應禮闈。及召試經濟特科，皆報罷。是年，設商部，不孝考取第四名。

甲辰，三女景珂生。是年，補商部平均司郎中，始迎養太夫人至京師。而建寧公卒，無後，太夫人乃自如皋往吴門爲立孫，扶建寧公柩歸山陰，親負土營葬。然後，自山陰之京師。其後，復命不孝置祭田於山陰，刻諸外祖遺集，附《冒氏叢書》後，所以報也。

乙巳，次子景瑜生。丙午，四女景琛生。丁未，五女景瑗、六女景琮生。己酉，三子景璠生。是年，不孝以監脩普陀峪定東陵神路工程事竣，以四五品京堂在任候補。辛亥，京察覆帶記名，以道府用。會國變，不孝乃棄官，奉太夫人避居天津。以貧也，復不能堅其志。

壬子，四子景瑄生。是年，簡甌海關監督。當出山時，固已誓之祖墓之前，此生此官與吾母爲進退矣。甲寅，五子景琦生。乙卯，景瑔歸今農商部僉事同里周藻祥。景瑋娶合江陳氏，爲前候補五品京堂光弼女。

自癸丑至丁巳，五年皆在甌海，竭俸錢之所入，得六千五百金，復假諸吾妹一千三百金，始於里中贖先巢民徵君故宅。甌海既罷，太夫人歸如皋，不孝則走京師。戊午，復簡甌海關監督，尋量移鎮江。己未，迎太夫人至鎮江。而太夫人則以居如皋者一年，拮据憂貧，嘔血成疾矣。

先是，丙辰歲值閏，不孝預以孝定皇太后所賞江綢爲太夫人置衣衾，以孝欽皇太后所賞銀兩爲太夫人置杯棬。是年復值閏，太夫人自以年衰，速不孝飛書告妹夫，使於閩中求美材爲秘器。

時景瑋以聖約翰大學畢業，充京奉鐵路差，新考取外交官領事官，將之英倫，自天津挈其婦及所生女歸。而景瑔亦率三外孫，自京師與景瑋偕來。吾妹將之閩中，留鎮江。太夫人見骨肉滿前，而又慨然於易散而難聚也，遂時時有出世之想。

是冬十一月，得寒熱疾，自云將不起，命家人群至前，爲遺囑者數四。不孝等亂以他語，太夫人嘆曰："汝曹不欲吾言，異時吾不能言，則汝曹悔矣。"

由是病日益增，兩顴赤紫，溲溺俱秘，舌本已僵，痰凝喉際，有聲如鋸。因命不孝再電閩中速秘器，比得妹夫電，云大木已得，遽推枕起，掄指自計時日。則又呼家人群至前，遏之不得，自云："吾以四十二年老寡婦門户支持，幸有今日，可以地下見吾翁、吾夫。己酉在京師，戊午在如皋，兩得奇疾，景瑔、景珂兩封股，得更生。大福屢邀，斷無是理，生老病死，時至即行。環顧所生所親，一一在左右，吾得考終於吾兒任所，天之待吾不爲薄矣！"以一手持不孝，以一手持吾妹，曰："同氣祇此，汝曹友愛。兒所負女一千三百金，尚無能償。異時兒之所遭優於女也，則終償之。若女所遭優於吾兒，知吾女之不校也。諸孫衆多，婚嫁未畢，三年之内，官不可不作。共和國無以憂去者，吾去來生死，心地夷然，秘器朝到，吾夕逝矣。”又處分平時衣服簪珥，以某事與某人，下至僕婦，纖微皆至。

不孝等聞命，涕泣不可仰，而太夫人若行所無事。不孝私念，凡病皆可藥治，心死則無藥可治。太夫人之心無罣礙者，以不孝或猶靦顔求仕，老弱得免於溝壑耳。苟正告之，心必不死，然後醫藥可徐進也。乃涕泣以告太夫人曰："兒自比年以來，萬有敝屣，徒以一身可以餓死，老母及一家不可以餓死。皇皇求官，有如不及，以吾母在也。母亡不終制，微獨非孝，又將何以自文其罪戾，以食囊者誓墓之言耶?"太夫人張目視不孝曰："然則汝曹何以爲食?"則又涕泣對曰："雖窮，猶有屋可賣，屋賣完時，待斃可耳。"太夫人良久嘆曰："兒太迂矣!"又良久，忽曰："天乎，何可以老身一人，使一家皆凍餒乎?"大聲哭，哭極哀。於是不孝知太夫人之心雖傷，而生機則已伏也。

凌晨禱於觀音洞，請減己算以延母算。持杯珓擲之，得最吉，明日復然，又明日又復然，而太夫人飲食自此略進。病時聞人吉語則嗤之者，至是唯恐人之不爲吉語也。先後計卧牀四十一日，而病以除。

不孝通籍二十年，頗事聲氣，故人厚禄，衮衮臺省，自以宋鷁甘心退飛，長安交游，終歲不通餽問。庚申七月，忽奉故江督李英威檄，調淮安。淮安歲入豐，較之甌海、鎮江，奚翅十倍。不孝捧檄而喜，然一念異時吾母而病，將以何者復繫其心，則又懼。以故在淮十八閲月，而歸省太夫人於鎮江者爲日爲多。

太夫人病雖愈，元氣實傷，昨今兩年幾於無月不病，臘尾年頭病尤甚。醫者謂腎水不能養肝，肝木尅肺，故冬、春恒發痰疾，痰凝於中，氣不得舒，飲食皆爲之滯。景瑗復刲股和藥以進。正月，電福州速吾妹來。妹以八日乘寧興船來，而太夫人是日即下牀，竟無恙。

六月三日，景珂歸蕭縣段庶，爲前湖北巡按使書雲孫，甌海道尹毋怠子。景珂與其姊景瑑先後皆太夫人撫養，同起居飲食，至是以兩孫之得所歸，爲之愉快。而妹夫今年卸福建鹽運使任後，亦移家鎮江，與不孝比鄰。則吾妹以不孝須時時赴淮，以女代子，不忍離太夫人之膝下。

太夫人自景珂于歸，驟加健。六月十一日，扶杖攜不孝過飯吾妹。七月十日，復攜不孝兄妹及子婦、孫、曾方舟泛江，東行至北固山下。舟中簫管迭奏，夕陽銜遠山，太夫人自謂如坐天上。統計此二年來樂事，嗚呼，盡於是矣!

九月間，得腹疾。初以爲痢，既而變水瀉，凡四十日，日四五次至十餘次，百方治之，不能止。最後服真武丸，瀉雖止而神愈衰，氣愈促。初腫手足，馴至膝，馴至頭。不孝昏憒，猶以爲天倖可邀。十一月二十七日，至浦口，弔周玉山丈之喪。十二月八日，至京，與諸新閣員道故。十一日得急電，言病中滿，飲食不進。十二日，南下。十三日，到家。太夫人卧牀上，見不孝歸，猶慰勞。中醫王九皋、葉子實、吴恭甫均言，脉象浮滑可危。西醫蔣懷仁、熊省之則尚言可治。十四日，復起牀，是夜，凡更衣者三。

十五早起，坐片時，覺委頓，自知不濟，呼家人湯沐，取所製衣衾置牀上。時時有所囑咐，然無一語與前年同者。私謂不孝："吾知汝以吾故以貧，故不惜自污其身，墮陷於坑塹。淮安一任，可以歸矣。子孫賢，不在財多，不賢，將以多財爲患也。"入夜後，恒以指㫨指，問："時已加寅否？"吾妹告以曆書載十六日是重喪，遂不語。十七日，命家人以筍煨粥進。又兩索藕粉，顧不孝言："吾心上覺有白鬚老公，將至未至。"不孝因問："白鬚老公何人？"曰："似汝祖，又非汝祖也。"問："白鬚老公至，則將何如？"曰："汝曹得安樂耳。"又亟呼不孝備輿馬，不孝因問吾母有無所見，則答言無之。不孝復涕泣言："景瑋在英倫未歸。明年正月十一日，將爲景瑜娶無錫楊氏。又二月八日爲母七十壽辰，母奈何不稍留？"而太夫人皆摇首，曰："不能待矣！"然猶念妹夫在京師未歸。是日午後三時，張貽孫夫人來，猶與周旋。六時，蔣懷仁來，猶言："吾病在右脅，下有血塊，痰窟於此，飲食少進後而不能舒，病亦由此。"懷仁謂是胃嵒。與問答，絮絮三十餘言。至七時，神氣忽變，面漸漸作白色，又轉黄色，遂瞑目危坐，棄不孝等而長逝矣！嗚呼痛哉，嗚呼痛哉！太夫人逝時，不聞痰聲，手足温軟，歷八九時，如古人所謂尸解者。

平生惡言人不善，人有喜慶事則稱道。若某子不孝，或某姑不慈，或子婦勃谿，或門户中落，則禁家人勿復言，即言亦毋許稍形得意之色。居家極儉而好施與，不孝體其意，於鎮江施棺、施衣、施冬米，於淮安修橋、修廟，太夫人不吝也。

故事，婦人守節三十年者，得旌於朝。光、宣間，不孝官京曹，欲爲太夫人請旌。太夫人亟止之，曰："朝廷所以旌寡婦者，謂其可以嫁而不嫁耳。子爲母旌，是人子有嫁其母之心，薄其終矣！"於是不孝遂不敢言請旌。

太夫人一生未嘗稱壽，壬寅五十，僅金心蘭爲作《采芝圖》，顧鶴逸爲作山水巨幛，同年曹君直題五言古詩三章以獻。壬子六十，值改革，不孝棄官居天津么家店中。雞栖牛欄，地至偪仄，以三錢市香燭祀先，以千錢治麵餉家人。畢世之恫，不荒方寸。明年壬戌七十，又諄諄戒不孝毋進觴。不孝不敢違，而孰知太夫人之不能待也。痛哉，痛哉！

太夫人性卞急而無口過，愛惜物力，嚴於一介。受人之賜，若芒刺在背，亟謀報之。視不孝兄妹如孺子，不孝鬚毿毿然，亦時時作孺子之戲於吾母側。吾母以手捋不孝鬚，不孝則以首觸吾母。嗚呼，而今而後，其可復得耶？其不可復得耶？

不孝行年四十九，雖小過，吾母呵叱不少假。嗚呼，今則亡矣！耳不聞吾母之聲，目不見吾母之色。吾母饑，誰爲之食？吾母寒，誰爲之衣？吾母痛也，誰爲撫摩？吾母病也，誰爲湯藥？悠悠昊天，親恩罔極，而不孝此生遂永永爲無母之人矣！嗚呼痛哉！

太夫人生咸豐癸丑年二月八日未時，卒今年辛酉十二月十七日戌時，享年六十九歲。以先考官福建按察使司經歷，加提舉銜，封宜人，以不孝官，封夫人。墓在如皋西鄉木葉莊，異時將啓先考之穴而合葬焉。

不孝有母而不能養，無母而不能殉，追維平時侍奉有失之不周者，誥誡有失之不能遵行者，罪通於天，百死莫逭。苟延殘喘，勉襄大事，曾狗豕之不若。伏乞大人先生垂念太夫人一生艱苦，至聖至善，錫之銘誄，以光泉壤，世世子孫感且不朽。

苫塊昏迷，語無倫次，然無一字虚僞，敢欺當世，敢欺地下。謹述。

第十四册

墓誌銘

重建明通議大夫廣西道監察御史冒公友松墓碑 東陳譜

薛際雲

嗚呼！仁人之言其利溥哉。古人不朽者三：立德、立功、立言。魯有先大夫臧文仲，既没，其言立。明故御史冒公既没，其言亦不朽。明太祖平一海宇，開國初，政議均田賦，廷臣宋濂、劉基等遲疑未决，公由明經召對，援引《禹貢》，上言曰："先王之制，九州墳壤不一，貢賦不齊，若必欲均之，令天下重足而立。"太祖納其奏，而田賦之等差以定。一言而爲天下法，通經術，達政治，體國經野，萬世奉圭臬焉。聖人復起，莫之能易也，豈僅利在一時一地耶？

明中葉後，興化某達官欲與如皋均賦事下巡方使勘驗，皋人洶懼。邑有姜茂才岱者，率同學控訴憲轅。蘇撫會讞，姜先生囊土赴案，稱於階下，供曰："土重則賦重，土輕則賦輕。一旦易之，如祖制何？"聽者語塞，事遂寢，皋邑輕賦如初。夫當日太祖之制，决定於冒公之言，迄今五六百年來，吾皋得免重賦之苦，不可謂非冒公一言之效也。言立而功與德兼之矣。

公歷官諫院，章奏皆經世之文，胥關國計民生，民懷其德，上嘉其功。公以疾卒，恩賜祭葬。舊碑歲久剥蝕，文字磨滅，不復詳其生卒年月、山向方位。裔孫興讓等，重勒貞珉，因撮舉讜言之扼要者，爲當時天下言，不啻爲後世如皋言也。比事屬辭，揭諸神道之陽，俾邑人士視斯刻，百世下誦公之言，歌功頌德，永不朽云。

泰州儒學訓導冒公仲智墓誌銘 家譜

石宇

冒公仲智，客死江南，榫棺既歸，友人清河張藴、武威石宇相與定銘以葬之，宇復爲論次而誌之。

哲，公諱也，吴陵，公之鄉也，德新，大父也，珪，父也。珪殁時，公年十二。能鞠育誨勵，俟其成立，抱貞節，迨之三十有三載，姓董氏，公母也。張氏，公配也。曰端甫，十歲，公之子也。厚重寡嬉，清苦力學，孝義以報其親之施，珪步不少忘，公所修也，州文學博士所止也。甲子二百二十八，公享年也。洪武十九年十一月乙卯，死之日也。後十五日乙巳，葬之時也。州城之北永吉鄉，所葬處也。嗚呼！天與之趾，粤騁以駛，而躓於此。哀哀孤窮，孰監其衷？有銘幽宮。

明故處士冒公彦釗墓碣銘 家譜

長沙 李東陽

處士姓冒氏，諱釗，字彦釗。其先不見氏族書，亦不知何許人。曾祖致中，號東林，勝國時官兩淮鹽運司，因居泰之如皋，爲如皋人。祖仲彰，善醫術。考永宗亦攻醫，長於詞賦。

處士生而嶷嶷異凡兒，長涉書史，通大義，素孝友。父好施，恒儲藥濟人，不取直，能極力承順，與兄彦敬、弟彦衡、從兄弟彦珍、彦光等處，至老無間言。尤能面折人過，里有不平事，必曰質冒公，冒公長者，不曲爲臧否，得一言輒解去。每服韋布，徜徉丘壑間。既老，家事付諸子，日事晏坐，足不復至邑。教子孫恒以純朴勤儉爲訓，曰："爲農、爲儒，吾業也。子弟必由庠校，乃知禮義。吾老矣，汝曹勉之。"乃以從子琳爲縣學生，子瑞繼之，曰："爾子孫世世其相繼也。"疾革，遍召諸族姓，告之曰："爲善必益，爲惡必損。若爲惡，是求損也。"又曰："吾冒氏自東林府君以儒起家，三世罔敢墜。爾子孫其益慎守之。"言訖而卒，天順辛巳八月十八日也，距生洪武壬申四月二十八日，壽七十。天順壬午三月八日，葬祖塋左。

娶周氏，先處士卒。繼娶顧氏，卒於成化丙戌十一月二十四日，戊子二月十六日合葬。子五人，長玘，周出；次瑶、瑀、璨、瑞，其季也，皆顧出。女一，周出，適吴通判之子洪。瑞既成業，念處士遺訓，復遣其子鸞爲縣學生。鸞穎異，以童丱舉鄉薦，登進士第，乃予所得士也。北上京師，瑞實挈之行，以先德告予，請爲銘，以碣墓道。初東林既遯迹，其友姑蘇劉亮者，自僞吴内附載所藏書數艦館於其家，將獻秘府，未果而卒。東林構屋貯其書，以俟國用。永樂間，有詔遣御史來徵書，永宗始籍上之。蓋永宗以舊積書，故獲稱博洽，以詞賦名。處士少服庭訓，繼爲儒家，雖不克用，亦以傳諸子。姓顯自鸞始，今爲南京刑部主事云。銘曰：

氏不古出，顯者爲祖。其顯維何？允文匪武。惟孫及子，爲士而處。公身則處，貽士之矩。若泉斯堙，厥施終普。我銘兹阡，以賁終古。

明誥贈奉直大夫冒公文瑞墓誌銘 家譜

鄱陽 童　軒

冒公文瑞與予有舊誼，弘治丁巳夏，以其子鸞主事南京刑曹，迎養而來，訪於予。未幾，構疾，鸞以予知醫，來問其疾之所自，求醫之。嘗處以方，俾製劑，數投而愈，遂理舟東歸。復構别疾，越明年，戊午正月三十日終於家。訃至，鸞奔喪，卒哭後，縗絰衰杖踵門，曰："先人臨終言曰：'吾死，必得大宗伯童先生賜之銘，則瞑目矣。'"予哀其爲别未久，即成異路，銘不可辭。

按鸞所具狀，文瑞諱瑞，世出揚之泰州如皋縣人。高祖致中，仕元，爲兩淮鹽運司丞。曾祖仲彰，祖永宗，考彦釗，並潛德弗耀。母周氏、顧氏，俱有淑行。生子玘、瑶、瑀、璨、瑞。文瑞行五，配闞氏。天分穎敏，蚤歲爲邑學生，與從弟今居泰州守武昌郡曰政者，讀其始祖致中所蓄之奇書，遇奥旨疑義，兄弟自爲師友，更相校讎，不剖析不已，於近裏處有所得，不徒事科舉文字之末。累舉於鄉，不利，蹉跎幾二十年，貢期已逼。成化甲辰，會關西災，惻然曰："聞有財貴能樂施，兹關西殍者相踵於道路，吾輩可爲娱財之鹵邪？"遂應詔，輸粟入太學，計卒業，登選籍，迨今幾十年。

有孝行，少失怙，扁其堂曰"思親"，遇忌辰，輒登堂欷歔垂涕，竟日忘餐。先知縣事易君恒嘉其終慕，手爲之記。兄玘、瑶，蚤背，撫其子猶己子。事瑀、璨，敦尚友愛，未嘗以家事忤其意。諸子姪冠婚及家廟時祭，悉稽《文公家禮》，尤能知重本一之論。修譜以收族，族人自有服降而爲無服者逾二千，皆指計而名舉之。登是譜者，或不躋於理，尊長則婉而導之，卑幼則激而進之。凡吉凶之費不贍者則助之，或諷有餘者給之。與鄉人處，辭氣温然。惟患觸其所忌，至論列賢不肖、善惡之際皎如也。常遊兩京，聞天下名士，輒傾誠友之，延老成有學之士，教其子及族人之可教者。形體癯然若怯，計事動有遠抱，出人意外。其子鸞，自成化庚子領鄉薦，及庚戌，凡四上春官。文瑞閔其弱，皆挈之行，不利間關數千里，無慍色。曰得喪之下，大有命也。癸丑，鸞登毛澄榜進士，拜今官，無喜色，曰："刑曹民之司命，非能上稽天理，下揆人情，罔攸不僭，吾其憂之。汝尚慎哉！"蓋其存心失之不戚，得之不欣，殆多類此。

生於正統癸亥三月十五日，寄世五十有六。與家人永訣，精爽不亂，區畫後事，如平日。命營葬從儉，勿作佛事。三子，長即求銘者，次鳳，次鵬。卜是歲十一月葬於縣治東之萬花園。銘曰：

才不就列，孰晦君之名也。壽不稱德，孰短君之福也。士論攸歸，君之令名著也。厥承克昌，君之餘福遠也。

明誥贈奉直大夫冒公文瑞妻闞太宜人墓誌銘 家譜

江都　趙　鶴

致仕福建左參議如皋冒君鸞廷和，喪其母闞氏時，年近六十，且有疾，猶手書母行一通，遣其子謙候余，將躬詣瓜州，請文以志其葬。廷和尋殁，至是，謙復持書來告。嗚呼，悲哉！孝如廷和，垂死尚圖稱譔母氏之劬勞，以著於後，誠得所謂自致吾情者，余安忍復以不能文爲辭？

嘗記余昔從廷和癸丑春試，獲晤其父奉直公，知廷和十六鄉舉甚弱，時已五試，每試公輒棄家政以偕，蓋聞以有母託諸其内也。廷和登第，爲南京刑部主事。公捐館，廷和執喪守禮，服闋，轉兵部，歷員外郎、郎中及參議，母亦以隨。廷和黽勉祇慎，所在務修，政績懋著。又知母能儆其外也。母事其姑，恭誠獨至，承媚黨，尊幼無遺禮，相歲時饗祀，無愆期。奉直公性嚴肅，供具服饋，皆預儲而立辦。其託家政可見也。鸞始得恩，贈其父承德郎加奉直大夫，故母亦封太安人，進太宜人。制詞有曰"顧今鼎貴之時，尤切官箴之訓"，誦者以爲實録云。

年七十九，屬微疾，呼鸞及傳語二季肥鄉主簿鳳、臨城知縣鵬，致遺訓，遂殁，爲癸未七月二十七日。卜以甲申九月二十一日合葬于奉直公之萬花園。子男三：鸞，配陳氏，封宜人；鳳，配錢氏；鵬，配吴氏，皆邑著姓之子。鳳、鵬雖晚仕，服教勤事，殆如其兄也。孫男八：謙、闇、静臣、訢、儲、諶、咏、調。謙、闇、訢，俱益府引禮舍人；静臣，生員。孫女七。曾孫男五：承祖、承祥、承祐、承禮、承禄。曾孫女三。孫壻馬紳、薛鋆、盧極、盧格、吴寵、何思、張惠。曾孫壻薛褘、李激。馬紳，舉人；盧極、盧格、何思、張惠，皆生員也。銘曰：

《易》著《家人》，父母嚴君。中外教育，始克稱尊。婉其有母，婦順斯敦。翼我夫子，以及諸孫。命書在身，命書盈門。視於百祀，徵此刻文。

明誥贈奉直大夫冒公文瑞墓表 家譜

江都　盛　儀

弘治戊午春正月三十日，文瑞冒公卒於家，其子得庵鸞始爲南刑部主事，請大宗伯鄱陽童公爲銘。後二十五年，得庵亦卒，其子謙等請廣東憲副巴山王公爲銘。又十七年，謙走京師，復請大宗伯兼翰林學士華陽温公表其墓。文成久之，石尚未立，曰："吾父欲爲吾大父墓表，未及而賫志以殁，謙等宜敬承之，俾二碑並樹也。"又五年，乃以屬儀。嗟乎！孝子慈孫之用心如此哉。

按公誌及公從子通甫良所補狀，公世爲揚之海陵如皋人。高祖致中，仕元，爲兩淮運司丞。曾祖仲彰，以醫濟人，人稱長者。祖永宗，世其業，其施益廣。父彦釗，平心率物，西涯李文正公所爲撰墓碣者也。母顧氏，有淑行。五子，公其季也，諱瑞，字文瑞，澹齋其號也。生於正統癸亥三月十五日。

自幼嗜學治《禮經》，爲文雅贍，與從弟都憲有恒公自相師友，學求爲己，不徒事舉業也。屢舉南畿不偶，幾二十年。貢期將及，成化甲辰，關西歲凶，人相食，公惻然曰："古之賢人固有假途於捐貲給邊者，吾今日進身，即可活人，他何計也?"乃應詔需粟，入成均，登選籍者十年。少失怙恃，扁其堂曰"思親"，遇忌辰，輒竟日垂涕不食，縣尹易公恒爲終慕記以表之。事諸兄盡禮。玘、瑶早逝，公撫其子如己子。奉敬瑀、璨，久而彌篤。吴氏姊老，時爲迎致，衹候起居。居喪，及家廟時祭，若諸子姪冠婚，悉準朱子《家禮》以行。念敦本合族，無如家譜，乃自上世以來，本支二千餘指，悉采摭，類爲

《冒氏族譜》。家規尚嚴，内外肅然，間有不率，長則諷諫，少乃面斥，多所感悟。凡吉凶之費，力不能舉者，爲之助處勸分，使之得所。與鄉人處，詞氣温然，惟恐傷之。至於重然諾，别淑慝，論事多中，謀事必忠，濟人不責報，則凛然義氣也。嘗游兩京，得友天下名士。子鸞得庵生數歲，即口授以書。稍長，爲講《三禮》，教以文字諸體。且選諸子姪材質可進者，禮縉紳名士教之。得庵年十六，舉於鄉，四上春官，不利，公皆挈之行，或令次子鳳與偕。及得庵登進士，受刑官，三年兩至京邸，朝夕以敬獄恤刑爲訓，喜怒不形，其所存者遠矣。故得庵德望大著，而鳳、鵬皆學成拜官，俱有兄風，家教焉可誣也？疾劇彌留之際，神爽不亂，區畫精當，命營葬從儉："《家禮》，吾所素行者，毋忘也。"乃卒，得年五十有六。

弘治己未十二月二日，得庵輩奉公柩，葬於城東萬花園，公所自治也。後辛酉年三月，以得庵考最，恩贈承德郎兵部武庫司主事，乙丑年九月，加贈奉直大夫兵部車駕司署郎中員外郎。配闞氏，初封太安人，進封太宜人，德與夫齊，卒時合葬。子三：長鸞，即得庵，仕至福建左參議；次鳳，肥鄉主簿，皆致仕；季鵬，富陽縣知縣。孫男八：謙、誾、諍臣、訢、儲、諶、咏、調。女七。曾孫男十六：承祖、承祥、承祜、承禮、承禄、承祐、承祚、承禋、承褫、承祉、承福、承祀、承祺、承禕、承禰、承禎。女六。玄孫七，俱幼。

公歿之年，儀始舉於鄉，已聞公名矣。後登進士，官主事，改御史，則皆從得庵後。曾題其《夢椿卷詩》，知公履歷與儀先御史静樂公略同。及致政歸鄉，每辱引禮君謙、太學君諍臣時時過訪，知其家世益詳。夫冒氏祖宗積流遠矣，至奉直，益力學樹德，而生不沾一命，徒荷贈御於身後而已。得庵重望，奚啻參議一官，蓋天將留餘以發於後人也。儀往爲《嘉靖維揚誌》，曾爲得庵作傳，並誌公於封贈以傳世，非但今始表其墓上之石而已。

時嘉靖二十四年歲在乙巳季夏月朔旦。

明賜進士晋階中順大夫福建布政司左參議分守建寧道前兵部車駕司郎中冒公得庵墓誌銘 家譜

巴山 王　宏

嗚呼！此吾友得庵先生冒公之墓也，公之墓千秋萬古。嘗見豪門右族，佳城不再世已荒烟草莽，况指而唾之者何限。忠臣孝子，休聲曠百世而同符，載讀殘碑，有立而拜其下者矣。信哉,公之墓千秋萬古。

公自幼穎悟,天資絶人,過目輒成誦,蓋得於澹齋先生庭訓、鄉先生待御馬公之教。澹翁弟都憲公有恒,官南都,挈而從吏部諸養和先生游,余忝同鄉。薦時,公甫年十六,見稠人廣衆之中垂髫者,公耳。計四上春官,俱不第。相與謁相國座主西涯翁云:“歸去定山不遠,宜往見。”不獨長於詩文,尋寫《和韻羅洗馬先生》二詩,一送公者,有“古道陵夷繼者稀,期君合在風塵外”,公蓋爲涯翁眼中人。提學侍御廣信婁公謙爲公行冠禮,大冢宰三原王公恕亦招致,禮意殊渥,公名動京師,駸駸乎天下矣。宏厚辱公知愛,每與業南雍,赴春闈,澹翁携公,不仲弟廷儀鳳,必季弟廷舉鵬偕焉。公孝友天性,事澹翁不離左右,友于二弟不少衰。天下之爲人父者,無如澹翁;天下之爲人子者,公亦絶無而僅有者也。

後涯翁主禮部試,宏與公同舉進士,公拜南刑部主事,治獄多所平反。澹翁捐館舍,執喪祭,哀毁踰禮。服闋,轉兵部,歷員外郎、郎中,權貴不敢干以私。公誠心直道,事君不欺其志,求忠臣必於孝子之門,天下之爲人臣者,公其可少哉?公孝思之心不忘,作《夢椿圖》,宏爲序忠臣孝子名狀。公有母在堂,夢椿既醒,萱草忘憂,一登堂而上壽焉,藹然天性之真,自不覺此身之在人世。同考禮部,得一時名士,若温學士仁和、唐地官冑、王大參尚絅。宏忝尚絅一日之長,宜爲公所得。公考績,制詞有“忠勤奉國,清謹守官。辛公義勞績,崔元亮名檢”之褒,陞福建布政司參議,分守建寧等府。公恕而政不苛,簡静而民不擾,所至多所全活,歡呼稱便。嘗以事忤當道,弗平,即欲奉身而退。

太宜人年高,(懇)[懇],致仕,得請。家居十三年,杜門不出。抱道自樂,不以事物經心,圖書堆積几案,付長子謙以耕,付次子諍臣以讀,朝夕太宜人側,母子更相爲命。公體羸弱,且年近六十,日薄西山,形影相弔。太宜人疾篤,公亦病矣。悲哀志懣,特見骨立,椿萱俱夢,身世兩忘,太宜人未卒哭,公已神遊地下。嗚呼痛哉!爲子死孝,爲臣死忠。公爲人之臣也,求忠臣必於孝子之門;公爲人之子也,惜位不滿德,未究厥施,即見阻於當道,聊竭此心,涓埃莫報,公可謂忠也已矣!公可謂孝也已矣!

公賦質純粹,渾然天成,不事雕琢,終日静坐,無疾言遽色,口未嘗言人過,亦未嘗出一妄語。至其心追古人,意所獨到,人有不及知也。公世家揚之泰州如皋,始祖東林公,仕元,爲兩淮運司丞。高祖仲彰,曾祖永宗,祖彦釗,皆隱德弗耀。考文瑞,恭敬質實,與人交久而不厭,德厚者流光,觀諸子可見矣。由廩生入太學,注選,以公貴,累贈奉直大夫、兵部車駕司署郎中員外郎。母闞氏,閨門懿德,在具區趙先生誌中,累封太宜人。弟鳳,肥鄉縣簿;弟鵬,授臨城令,皆以太宜人憂歸,得與公永訣。配陳氏,封宜人,爲賢内助。子二,長即謙,執子道,益府引禮舍人,娶陝西大參通州邵公棠之女;次諍臣,邑廩生,有聲場屋,娶衡州司李江都鄭公楨之女。女一,嫁侍御馬公繼祖子舉人紳。孫男三,承祖、承禮、承禄。孫女二,尚幼。

公諱鸞，字廷和，號東皋，晚號得庵。卒于嘉靖癸未[①]十一月五日，距生成化乙酉[②]五月二十一日，享年五十有九，僅得下壽，天胡奪之速耶？門户之光有在矣。以嘉靖六年[③]十二月二十九日歸葬於萬花園先塋。其子謙數百里而來，持嚴秀才怡狀請銘。嗚呼！宏與公烏得而忘情哉？遂銘。銘曰：

夙夜在公，夢回椿甫。萬里甘棠，閩藩將母。北望天高，君恩伊阻。孝子忠臣，千秋萬古。噫！敢曰抱伊周廟謨無用，守孔孟家法何補。祝太平以豐年，歌帝力於田畝。公得正而斃焉，請考巴山或庶幾乎斯語也。

明賜進士福建布政司左參議冒公得庵妻陳宜人墓誌銘 家譜

江都 方岑

如皋馬紳廷佩者，固修謹士也。己卯，與岑同領鄉薦，岑兄事之，特厚善。一日手所爲狀其外姑冒宜人行實，率其子謙、静臣詣岑請銘，泣且拜曰："姑也以愛女壻紳，紳半子於姑，戚而久，用敢紀其世，摭其行懿，識其生卒葬歲月，以干銘文旌之，以信於永永也。"岑諾而著之。

其世曰宜人諱儒德，陳姓，維邑耆德陳大順悦之子。少以克受教於賢父，壼儀攸嫻，奉直公冒澹齋先生諳之，曰："是揭揭非庸女流，克媲吾兒。"以賓妁告禮聘之，是爲參議公良配。用公貴封安人，進封宜人。其行懿曰及笄而歸，相參議公，逮事其舅奉直公、姑闞太宜人，供饋奉祀，殫力畢慮。太宜人素嚴，而參議公純孝天性，不忍一日離，宜人承之惟謹，恭誠周慎，老而益虔。參議公體固瘴瘠，宜人時其飲食凉燠，不令一失候。性尤樸固，雖歷崇陟顯，而食糲衣陋，如未榮時，節序一飾冠帔而已。制詞有"式勤内助，不改素風"之褒，爲篤論云。

其識生卒葬歲月日，以嘉靖戊子七月庚辰卒，其年之十二月壬午合窆於參議公之萬花園，從先舅姑兆也。距生成化乙酉八月年六十四。男二：謙、静臣。女一，嫁馬廷佩紳。孫男四；女二，長聘薛監生綸之子偉，次聘劉通山之孫應禎。於乎！婉婉宜人，

① 原注：二年癸未。
② 原注：元年乙酉。
③ 原注：六年丁亥。

篤禀徽懿。爰處於室，夙奉内訓。歸逅其良，儀刑于姑。丕丕嗣息，式衍鴻慶。君子謂宜人之賢，端有自哉！銘曰：

畀之良，鞠之良，乃嬪於良，亦嗣之良。歸來寧只，同良人之藏。昭訊無止，視此銘章。

明賜進士朝議大夫福建布政司左參議前兵部車駕司郎中冒先生得庵墓表 家譜

華陽 温仁和

始予壬戌舉進士，拜先生於禮闈。未舉之先，夢予鄉人李鴻臚鸞携酒張樂於予廬，予出見揖讓而駭之，李曰："吾爲子開樂，子獨異耶？"既三越月仲春，予得舉於先生。先生刻予經義一篇《樂行而民鄉方，可以觀德矣》。先生名鸞，實與李鴻臚同，李字和卿，先生字廷和，其應如此。

先生始號復齋，更號東皋，晚號得庵，世爲揚之如皋人。始祖致中仕元，爲兩淮運司丞。高祖仲彰，祖永宗，咸有隱德。考諱瑺，號澹齋，始爲邑諸生，累舉於鄉，弗利，行且貢，適以例輸粟爲國子生。先生於成化乙酉，始三歲，澹齋翁口授五七言詩，即成誦。六歲，授讀《孝經》諸書。翁往揖縣學，每戒曰："我回，汝背誦訖，方就食。"翁午不回，亦不敢食。七歲，出就外傅，道經市中，母太宜人闞常問曰："市何所有？"先生曰："行時俯首記誦，未暇他顧也。"幼而敬慎如此。八歲，《四書》即成誦。十三歲，授《禮經》於侍御馬公繼祖，始治舉子業。十四歲，隨澹齋翁讀書縣學。縣令内江向公翀來視學，見而奇之，謂翁曰："爾有子矣！"爲備禮送之入學，特建仕學書院，命先生讀書其中。提學御史上饒婁公謙臨縣試，取科舉，得先生卷，復奇之，許入試場屋。成化庚子，當大比，先生從叔政官南京户部主事，婁公語户部公，先期取先生過京讀書待試。嘗衆見會同館中，公目先生曰："汝海濱麟鳳也。"是秋，中鄉試，主考泰和羅公、西涯李公見先生於燕次，各以所簪花爲先生簪之。尋舉進士不第，肄業南雍。婁公召諸生爲行冠禮，是年告歸，親迎。弘治癸丑，乃始舉進士，預宴恩榮，有詩曰"十分榮豔皆休羡，努力前程事兩般"，蓋志在忠孝也。

尋以省親歸，明年授南京刑部主事。嘗致書二弟云："刑官難爲，世有深文竣法，以及無辜，或者任情爲輕重，通賄爲出入，假權以報復。其懦者又不能鋤枉以植直，甚可恨也！"適有告姦者獄成，不服，調問至先生。先生以數言折之，得其情，尚書戴公喜謂先生曰:“初讞能得疑獄,是可知其政矣。”未幾,以澹齋翁喪去,哀毁幾絶,喪葬一本朱子《家禮》行之。服闋,補授武庫主事。弘治壬戌,充會試同考官,轉本司員外郎,陞車駕司署郎中,尋實授。時諸邊缺戰馬,舊例淮揚備用馬,止納折色,至是欲令納馬,計其費數倍於民。先生立草疏上之,得復舊例。時中官守備南京,倚逆瑾奏討馬五十匹、船五十隻,先生曰:“是何過多如此?”遂革減其半。瑾銜之,陰伺先生舉動,卒無所得而免。

尋陞福建布政司左參議,分守建寧道甌寧。有異母兄弟争家財,連年不决,甚苦楚。先生委曲諭以禮讓禍福,遂和解如初。建寧行都司都指揮聶賢,私買軍民貨物,妄受詞諜,私役軍人。先生突出,遣私役者各還伍,又以法例論諸衆,私買妄受者,俱屏息。汀州大茂山劇賊肆劫掠,先生遣人諭以威福,賊首來降,乃給業與居,地方獲安。後分守武平,慮囚將樂,有追贓驛卒三十餘人病且死。先生呈巡按御史賀君泰,賀批免追,仍發千户所防禦一年。先生復呈賀曰:“此輩尚堪忍死以禦賊耶?”不待報,即釋之,且納致仕終養稿於賀,遂告致仕歸。

先生事母至孝,往年迎養母太宜人於京邸,出入起居,無一時一事違母心。珍味思以遺之,勝日思以樂之。太宜人病,先生躬侍湯藥,憂形於色。太宜人卒,先生亦竟以憂勞遂不起。嗚呼,痛哉!

先生雅性澹泊,每危坐一室,圖書左右,聲色侈靡,一無所好,而事母之孝,治家訓子之嚴,卓不可及。其處人如和風霽日,藹藹可親。至臨利害,决義利,則迅不可奪。每食止一二味,非和藥酒不入口。寒暑朝謁,或燕會,必挾衣食以行。嘗曰:“吾有母在,不得不慎也。”在林下十有三年,足不履縣庭,口不道世故,鄉里族人咸尊敬之。先生有子二,女一,孫男九名,諱履歷悉載誌銘。先生卒於嘉靖癸未十一月五日,配陳氏,誥封宜人,後先生四年,合葬於縣東萬花園之原,從先兆也。

時與余同舉於先生,其最顯者:户部尚書張公雲,山西左布政王公尚絅。先生視余獨厚,余出入門下三十餘年,謙、静臣視余固異姓兄弟也。先生歿,余不得親含殮葬,不得躬紼送,特書其生平,表於墓上之石,使後有考焉。

勑授登仕郎肥鄉縣主簿冒公成齋墓誌銘 家譜

趙鶴

冒之先有曰致中者,爲兩淮鹽運司丞,負宏才偉志,弗竟施,乃珍儲奇書數千卷,畀後嗣讀之，故今其子孫在如皋者，若封兵部郎中公瑺，與子參議君鸞、主簿君鳳、知縣君鵬，在泰州者，若副都御史公政，與子通判君良，世克襲訓，居稱懿學，仕振顯名，有以也。

主簿君鳳，字廷儀，别號成齋，在冒氏子弟中，更稱循謹。自幼師父友兄授書咨藝，是程是懼，弗敢懈墜。年十八，即優試，補縣學廪膳生，因有聲場屋。然輒舉輒不利，則就輸粟例得卒業南雍，需選部。嘉靖改元，授肥鄉主簿，縣闕令丞，遂攝篆。悉心縣務，歲旱，懇禱城隍，獲雨，民賴以蘇。雨潦敗城，力爲修葺，譽望始重。俗患持挺矢，尚鬬狠，相戕傷，君厲禁之，遂止。甫一載，忽念其母太宜人，即請解官歸，當道持不可，不聽。抵家，則其母喪已在殯，至今縣民鄉人以君此歸仁孝之思，不減曾門嚙指之痛云。

君生成化丁亥[①]六月五日，卒嘉靖戊子[②]七月十日，享年六十有二。以庚寅[③]二月十一日葬萬花園先塋之穆次。配錢氏，子一，闇，益府引禮舍人。女四，瑞、正、潔、閑。孫一，承祥。曾孫一。女壻盧極、吴寵、何思、張惠，極、思、惠皆生員。端、極夫婦俱殁，君收孤男女，命闇養之。銘曰：

夙學茂才，未殫厥施。肥鄉小試，惠澤沛滋。解組歸林，展其孝思。於斯萬年，永斯幽砥。

勑授登仕郎肥鄉縣主簿冒公成齋配錢孺人墓誌銘 家譜

林正茂

嘉靖丁酉冬臘月，予道義友冒肅卿彤率其從姪闇，以庠生何思狀來，闇拜而請曰："交遊世誼，欲假文史爲吾母泉扃光。"余兩叨世好，知其世德，敢以不文辭？

按狀，孺人錢氏諱德貞，耆德錢甫瑾之女，肥鄉縣簿公鳳之配也。少閑淑，頗習女事，不踰户限，動静有繩墨，父母異之。及歸肥鄉公，治内仡仡，不棄菅蒯，典司饋祀，歷歷有規。自姑嫜以下，娣姒婢僕、姻族疎戚，靡不宜之。自是，田宅廣衍，泉粟充牣，雖肥鄉公經營揮霍，而孺人相成之力居多焉。肥鄉公性質温醇，容貌樸實，況又得於

① 原注："三年丁亥。"
② 原注："七年戊子。"
③ 原注："九年庚寅。"

若考瑺封奉直大夫之庭訓，宗叔政中丞公之薰陶。厥兄鸞少參公、弟鵬臨城令之連業，亦一時典雅君子也。孺人配合之宜，越兹休乎哉！初，奉直公暨予先君遊業南雍，予與公童友三數載，得聞其母風之勝家法相傳，孺人其尤肖歟？

享年六十有八，以嘉靖甲午[①]十月二十七日卒，距生成化丁亥[②]七月十六日也。生一子闓，即請銘者，益府引禮舍人，娶邑耆范君綬之女。女四，長適盧極，夫婦早逝，孺人命闓育其孤兒。次適吴判簿璘之子寵，次適何監生欽之子思，即爲狀者，次適張義宰銀之子惠。極、思、惠皆庠生也。孫男一，承祥，省祭注吏部銓，娶劉大尹謨之孫女。孫女一，許聘仇監生選之子信。曾孫男三，士振、士捷、士拔，俱幼。以嘉靖丁酉[③]十二月十五日啓肥鄉公萬花園之壙，祔葬其次焉。孺人蓋始終全歸者也，法宜銘。銘曰：

婦也柔只，母也仁只。子也穀只，孫也循只。家也昌只，隴也蓁只。勒也昭只，摭也真只。地久天長，共兹珉只。

勅授文林郎浙江杭州府富陽縣知縣冒公静軒墓誌銘 家譜

儲洵

今宰卿判流内外銓，酌唐制身，言書判留，放天下之士，儁且能，官之守令員，近民，不輕畀人。御史按郡國，號直指，罔淫於法，以淆邪直，郡僚百度斯肅以貞，反是賤憤之弊勝言哉！予讀冒富陽狀重感焉。

富陽，浙近邑，山屼而水駛，俗侈奸利嚚訟，前令稍弗飭，蠅薨而蟻醢之，稱難治。初，君之尹臨城，西距太行之藪，時警剽盜，君亟捕渠首，督土兵嚴禦之，邑賴以靖。民終歲苦賦重，且輸邊，所司概併之，君緩次積逋，條覈科酌，差富貧，役均而力不匱，無怨勞者。其新廟學，勤課士，興利舉廢，剔刷宿蠹，孳孳日不足。未期，奔太宜人艱，老稚攀送，至涕泣不休。故臨城之治隱然聞京師。服闋赴銓，持衡者曰若非臨城牧乎？可治富陽矣。君滌篆之日，慨然以摘惡芘民爲己任。邑豪華文七、趙宏九者，横(點)[黠]不法，敗則行錢詆讕，數得脱。君廉伏其罪，當道有"治强理劇"之褒。浙東鹽利

① 原注："十三年甲子。"
② 原注："三年丁亥。"
③ 原注："十六年丁酉。"

由富陽,官司宿賄歲至千緡,君峻拒之,商籍籍稱廉。民訟久不竟,苦不能自直,擿其隱要,曲爲鐫諭,庭無留械,如治臨城。然理亂而張,自信不給由,兹坐謗矣。時某御史涖杭,矯矯擅威刻,馭群吏奸民構君没公使錢,索不經之費費民。御史不驗核,按章具獄。君褰裳曰:“吾無負邑之良善,不見德而肆其誣,鷹隼非鳥雀利也,何以善我乃更辱吏邪?”遂不力白,棄歸。大夫士傳惜之。君伯兄少參公郎駕部,宗叔都憲公撫寧夏,裒然重海内望,家學淵源,漸磨培漬,駕部口授尤多,君之學於是知立政也。

君諱鵬,字廷舉,别號静軒,揚之如皋人。始祖東林公運丞而下之諱之行,則大宗伯童公、少師李文正公爲先壙之誌若表詳焉。考諱瑺,以少參公貴,累贈奉直大夫、兵部署郎中。妣闞氏,封太宜人。君幼岐嶷,居無惰容。及冠,恣爲文,從太常陳公音授葩經,達風雅之變,究性情之藴,儼然以興。遊邑庠時,督學林莆田、陳石峰二先生善品士,君試必首選,偕仲兄廷儀蜚稱埸屋,烈烈凌雲之氣,藝雖未售,而業南雍,上選曹,竟以魁岸之資,偉練之文,簡授百里寄,詛詘而伸,非歟?君性孝友,奉少參諸弟師友之交,歲時飲祭,溪山咏遊,怡怡如也。

嘉靖己丑正月二十五日疾終於寢,距生成化壬辰七月四日,春秋五十有八。娶吴氏,淑慎稱君之配。五丈夫子,長訢,益府引禮舍人;次儲,次諶,次咏,次調,二季習舉子業,儲側室姚出,調梁出也。女二,長適薛推府子鋆,次適盧主簿子格。孫男二,承祜,承禋。女三。將以辛卯年十二月十七日,祔葬於萬花園祖塋之次。昭君之姪諍臣述狀與訢來乞銘。嗚呼!君少熊熊然角,長而齋肅,若不事戟級,介乎哲人之渠,諸生嚴憚之。兩尹劇邑,政事無難易,勇迅敢爲,偶蹙而仆,向非宰衡之明,孰拔其良,阨讒忤御史,兹其遭也,御史不職罷,君何尤?銘曰:

不圖其方,濯濯之剛。沛决之難,允義之鞋。孰雋起之,蔚爾膴仕。嗟中擠之,寧介而躓。雉丘丸丸,先烈之依。銘詔後昆,藏奚愧辭。

先兄廷達公暨嫂許孺人墓誌銘 家譜

冒　良

予先世莫詳其自出,蓋自勝國之初,已籍於泰,是後有號東林先生者,服田蓄書於如皋之東陳,因别籍焉。子姓實繁以昌,計今登版圖者無慮二千指。故族伯文美公有子六人,廷達行二,與今參議廷和爲四,從昆弟與余爲同始祖者也。兄生於景泰壬申十一月二十日，以正德丁卯五月十四日卒且葬，越五年壬申夏六月某日，嫂氏又卒。厥子潔卜以是年十二月二十一日合葬。先期請曰："潔父葬時，誌銘未作，深以有美弗傳爲悔。今母葬，欲合而銘之，可乎？"予曰："夫婦之倫，貴於有别，主生者言之，死則勿論。故葬必同壙焉，祭必同几焉，則誌而同焉，宜無不可者。"遂更詢其詳，爲序而銘之。誌曰：

兄諱儐，廷達其字。生而體貌魁梧，性度剛毅，崇本節用，不事華靡，尤重義而輕利。母之昆弟或有不足，輒往饋之，不俟其請。餘親及知者，亦周給有差。稱貸而力不能償者，焚其券，樂施之譽翕如也。配許氏，恩壽散官用正之女，貞柔惠順，家人宜之。於凡夫子之施予，克相厥成，雖倒廪傾藏無吝色。下至辟纑井臼之事，并躬爲之。内和而家理，蓋有自焉者。嗚呼！吾兄若嫂之行之美若此，而兄之享年五十有六，嫂氏亦僅逾耳順，皆弗獲躋上壽，豈天將嗇之以裕後人乎哉？生子一，即請銘者，克承先業。女四，適邑人陸性、張相，及庠生叢李、李銅。孫女五。方來之慶，蓋未可量云。銘曰：

嗚呼吾祖，德厚而淳。流光有繹，慨乎東陳。東陳之胄，遠而彌殷。顯者藹藹，隱者振振。惠而能散，曰兄之仁。相於夫子，嫂氏之勤。夫義婦順，室家之珍。貽子燕孫，惟是之循。予言則腆，媿予不文。爰鑱諸石，以詔後人。

故引禮舍人冒公坦齋暨配范孺人墓誌銘 家譜

嚴　怡

冒君坦齋與其配范孺人葬有日，乃其子光禄監事承祥，持其弟縣學生調所爲君狀、姪州學生儀所爲范孺人狀，請銘於余。先是，君屬纊前一夕，因西樓陳翁、心田馬君屬於余，其身後欲余爲之銘，余得爲誌焉。

君諱誾，字敬甫，號坦齋，世爲揚州之如臯人。始祖致中，仕元，爲兩淮運司丞。祖瑺，以伯子貴，贈奉直大夫。考鳳，肥鄉縣簿，妣錢氏。君少習舉子業，稍長，善騎射，期有所成就。不幸卧疾，不能去床笫。時肥鄉公方宦於北方，念一子又有疾，爲棄官歸。君念以疾憂其親，始以恪齋爲號，志謹疾也。疾已，則遂以養親、課子、耕稼爲事，不復事舊業矣。後奉例授益府引禮舍人，徒以仕，族子弟不得不冠服以見尊客，因借其名銜，竟亦不爲也。君之德性坦夷和易，人亦樂其和易，雖富，無甚怨尤者。邑博士邵武詹亦沂先生爲之更號坦齋，蓋信其履道之坦坦也。君之世德，余及見乃先伯父少參公，則孝友簡諒，古之君子也；季父富陽公，則方嚴爲人所敬畏；肥鄉公，則語笑温和，人所親愛。君之器度,大抵肥鄉公家法也。耆年嘗一賓飲於鄉,遂不欲出,公私事一以付監事,足不至縣庭,居常親舊過從,則壺矢奕博,歌笑間作,未嘗不歡洽移日也。方肥鄉公錢太孺人生存時,君孝養之隆,其終也,葬祭之厚,蓋恔於心而勿之有悔矣。長妹嫁盧生極,生於鄉校中,固志節才氣士也。不幸夫婦相繼蚤世,其家窮乏,君爲之營葬事,刻埋銘,養其孤遺子女畢婚嫁焉。方君鄉飲時,縣學公移中語,薦君周貧者,指此類也。

配范孺人,鄉耆范翁綬之長女。范素有家範,孺人性復慧婉貞淑,自歸于君,佐君事肥鄉公、錢太孺人,終始孝敬。閫閾内外,未嘗有違言也。生子承祥,甫十歲,君構疾沉痼,孺人朝夕躬親湯藥,備極辛苦。病者易爲怒,有人所不堪,而孺人婉曲承順,不爲意也。如此者十有二年之久,而未嘗倦息,則其子之克家而孫之繁盛,田宅之廣而居養之豐,雖君累世積累之勤,孺人有内助之力焉。乃若君養盧氏之遺孤者,亦以孺人周旋其間,莫有尼之者耳。

肥鄉公止君一子,君生子亦止監事一人。女一人,嫁國子生仇信。後昆之盛,孫乃至於六人。士振以隆慶紀元秋八月授南京鴻臚寺署丞,士捷以鴻臚寺序班待選,士拔、士擢、士揚俱以例卒業國子,待選,士撰方在襁抱。冒氏自司丞公藏書以來,世業詩禮,其婚姻連結,率詩禮之族。君歿,猶及見曾孫二人,夢鶴、夢辰,曾孫女一人。

君生弘治辛亥[①]三月二十六日,卒嘉靖癸亥[②]五月八日,享年七十有三。范孺人生弘治辛亥十二月十五日,嘉靖甲寅[③]歲以倭夷之亂避居於泰,卒四月二十四日。殯北廓新阡者十年,於今年癸亥十一月十日,與君合葬,而新阡封樹已鬱然茂林矣。其式廓之大,皆君指畫而監事成之也。爲之銘曰:

栽之培之,藉之不隤。孫謀之貽,其吉大來。於昭此銘,新阡是埋。坦乎坦乎,其不衰。

故引禮舍人冒公坦齋墓表 家譜

錢　藻

嘉靖四十二年五月,坦齋冒公卒,是年十月葬於北郭之新阡,與其配范孺人合德,

① 原注曰:"四年辛亥。"
② 原注曰:"四十二年癸亥。"
③ 原注曰:"三十三年甲寅。"

府教授嚴先生誌之。越十二年而爲萬曆三年，其子光禄君立碑墓道刻表。表曰：

公諱闓，字敬甫，揚之泰州如皋人也。始祖致中，仕元，爲兩淮鹽運司丞。其人深沉好書，多購籍藏之，家則有聞云。而以甲第起家者，則自肥鄉公昆弟始。肥鄉公兄弟三人，並贈君郎中。瑺子長曰鸞，登弘治癸丑進士，歷官福建參議；季曰鵬，以歲貢爲富陽縣令；而仲曰鳳，由例貢爲肥鄉縣簿，即坦齋公父也。肥鄉善事其母太宜人，與其兄參藩，稍以孝友著聞而有積德。嘉靖初，歲大祲，作粥活數千百人，里中寠人子見公仁，輒謁貸，甚則折券棄債。里中故多公，然公亦以仕不達，視時上下操其贏，積貲甲伯季間矣。

肥鄉公生公，止一子，而公少雅馴，肥鄉公教之學，已乃疾卧十餘載，遂廢學。時肥鄉公家居，公善視所欲中之。肥鄉公好客，車轍來者，輒挽留驩公，市醑炰鮮，盡日罷去。間袖貫竊遺所雅善，令作醑召飲，肥鄉公竟席亦不知誰爲也。公自念以疾廢，不欲勞擾心神，攘攘塵鞅間，而幸其子光禄君得甚早，少長，家事悉置光禄君，不復問其出入，而光禄君又精幹善理，有心計，貲用益大饒，於是乃大治田宅，盛車馬，里中推鉅厚，無能先冒氏者。公端居，寡勞鮮出，奉例授益府引禮舍人，非伏臘烝嘗不冠帶也，亦不濡足謁其邑大夫。邑大夫欲見，輒辭疾避匿。邑大夫廉知之，一賓於鄉，自是不再出。雖燕私，非肅衣冠不出庭闈，炎歊溽暑，蒼頭老婢不見公袒跣出入者終其身。暇時嘗瞑心虚室，收視返聽，少頃張目，神氣爽然。嘗謂人曰："吾以餘生幸足自老，諸門户事兒曹爲之，吾心坦坦然也。"邑博詹君聞而是之，爲號坦齋云。

公赤頰豐頤，言(倫)[諭]侃侃，雖不涉事，而謙讓好義，田園遍廬井，未嘗與人競寸壤尺宅。人有侵者，侍兒怒，欲起較，公呵禁之，曰："幸籍先人蔭，奈何不自忍而徒令庭辱爲也?"事亦竟解。農叟牧豎著其土而廬者，公約束有法，其疾者、餒者、亡無葬者，公悉心周畫，如其家人，曰："是夫也，業已著吾土，寧令向他人乞哉?"其妹適庠生盧子極，而夫婦夭，家又大困，公出貲爲經紀其葬甚備，子女咸婚嫁之。舊場運河民病涉，公作木橋首事，後多踵之者。其篤行長厚類如此。

嘉靖三十三年，配范孺人先卒。子光禄君爲營壠於治北之滸，制甚宏，叠山引泉，植木數萬章，陰陰叢叢其上也。公晚與老人數輩作食飲爲社，間指示，謂所親曰："此吾反真處，吾將偃仰其中，無復與人間事矣。"光禄君喻意，别構一區，庭除井竈，兩月而竣，自輿公歸。無何卒。公生弘治辛亥，距卒之日，享年七十有三。子一，諱承祥，光禄監事。孫男六：長士振，南京國子監典簿；次士捷，鴻臚寺序班；次士拔、士擢、士掃，俱國學生；士撰，尚幼。其衣冠赫然稱盛事至如此。

錢子藻曰："人之言曰：'樹木者芘，樹德者昌。'有味哉其言之也！曷觀坦齋公其子孫衣冠塞巷陌，豈非餔貽而餟積哉?"然公不幸以疾廢，世之不廢而罔罔汶汶也，何以表哉？赫霍當塗之士，類章闉闠閭，潛德之光，名湮没而無聞，悲夫！余因掇公之事而勒之石，俾來嗣者得觀焉。他具嚴先生誌者不表。

時萬曆三年。

故益府引禮舍人冒公竹徵暨妻仇孺人墓誌銘 家譜

通州 馬　坤

竹徵冒公捐賓客，而即安於幽室三十年矣。其配仇孺人即世，而啓公之窆附焉，禮也。公之子懷竹君屬余文其墓之石，余以子壻之誼，不容辭。

按狀，公諱訢，字進甫，别號竹徵。其先世東林公致中，居海陵，仕元，爲兩淮運司丞。如賈大夫射雉之皋而樂之，遂卜築其地，占籍爲如皋人。東林公生思中，思中生基，謚潛德先生。基生釗，李文正公表其墓。釗生瑺，廪於庠，升上舍，累贈駕部郎中。瑺生鵬，兩爲臨城、富陽令。富陽公生五子，而公爲長。母吴孺人。

公幼而英敏，長而忱恂，習舉子業，不就，奉例爲益藩典禮，然不廢學也。自東林公家多藏書，潛德先生應詔獻之朝，其遺帙猶多存者。公居恒手不釋卷，久益淹貫之。人謂公既不爲舉子業，乃作蠹魚簡編中耶？公笑曰："世必爲舉子業而後學乎？吾家世受書，不忍當吾世而泯爾。"公性孝友，事父母能以色養。富陽公性剛，而公以婉順承之，曲當其意。富陽公有所往，必以公從，食飲寒燠非公躬爲調劑弗適也。富陽公疾，公潛刲股以進，不令家人子知。處諸弟友愛無間。富陽公或過督諸弟，公輒爲婉謝，竢色霽乃已。海上多斥鹵，而公出工力闢之，胼胝不辭，田成以分諸弟不恪也。與人處，意惇而有禮，油油然人愛而親之。其卒也，無不惋惜之者。

仇孺人，興寧仇應麒之女也。歸公相莊，無違言，恭順不失。事舅姑，舅姑宜之。馭子性嚴，而義方之訓，尤篤於公在時，閫以内穆如也。年四十稱未亡人，即謝縞綺，蔬食以爲常。晚年嘗過余邸中，余室爲孺人少女，雖其愛之所鍾，而訓迪彌至。即女已受誥爲夫人，未嘗不凛凛於孺人之側也。孺人嘗爲余言其先太姑闞宜人之嚴，子婦稍忤意必長跪謝。即貴膺封，不稍假。及孺人主中饋，上食舅姑，常令女奴操新衣，而孺人傅韝治饋，饋具則孺人且行且被衣，隨饋而前謝不腆，撤饌亦如之。今阿家翁暱而兒女子呴於慈，以視昔不能什一矣。余聞而韙之。

公生弘治丙辰，卒嘉靖甲午，爲年三十九。孺人生弘治甲寅，卒嘉靖癸亥，爲年七十。合葬於治東十三里港之新阡。子男一，承祐，即懷竹君，邑諸生，例授儒官，娶范金女，繼娶何鐸女。女三：長適鴻臚寺序班李激，次適孫承芳，而其少女，余室也。孫男二：守愚，范出，邑諸生，娶國子生薛儲女；守魯，何出，聘諸生叢儁女。孫女三：一適薛良政；一適張應陽，范出；一幼，何出。曾孫男日乾，幼，守愚出。嗚呼！公能不以習舉子業爲學，以讀書爲學，而孝弟稱於宗族鄉黨，信夫，吾必謂之學矣。仇孺人《柏舟》矢志，垂三十年而能操家秉，肅閫範，有大夫之概，稱女宗焉。是宜銘。銘曰：

公年未四衰，不爲鮮。孺人壽躋七旬，不爲延。令聞懿行，終古常煊，是爲大年。樹德務滋，其興勃焉。吾以徵之，後世之賢。

故迪功佐郎光禄司珍羞署監事冒公雙橋暨元配劉孺人墓誌銘 家譜

泰州　陳應芳

萬曆庚子[①]八月二日庚子，光禄寺珍羞署監事如皋雙橋冒公以春秋九十有一而卒，越壬寅[②]十有二月二十有四日辛亥，其元配劉孺人以九十有二歲而卒。今年癸卯[③]十月二十有一日癸卯，合窆於治北祖塋之左。其子參軍君輩、孫文學輩圖不朽乎二人也，以狀來匄予誌且銘。

按冒氏，如皋著姓也。公諱承祥，字履之，雙橋其别號。公始祖東林，爲兩淮運司丞，僞吴嘗以璽書徵，不屈。越五世，爲贈員外郎琎，字文瑞。贈公舉三丈夫子：伯廷和鸞，進士起家，歷官福建左參議，以忤逆瑾歸；仲廷儀鳳，官肥鄉簿；季廷舉鵬，官富陽令。自是而屢代軒冕矣。肥鄉公爲公大父。公父爲王府引禮閶，字敬甫，母范爲鄉耆綬女公。

生而韶慧，未毁齒而受外傅書。稍長，敏幹有心計，而事二尊人孝。舞象之年，會引禮公病足瘍，不良行，勑斷家務，遂命公爲政，因棄去儒而負荷其家，犁然理也。比受室得劉孺人，而家益隆起，力穡趨時，能者輻輳其然哉。乃率劉孺人色養於二尊人者備至，坐請何鄉，衽請何趾，食飲問所欲，而敬進之。昧爽而朝，慈以旨甘，日入而夕，慈以旨甘，公庶幾有焉。居恒促具爲乃公驩，間有違色，則長跪引慝，必霽乃已。

① 原注：“廿八年庚子。”
② 原注：“二十年壬寅。”
③ 原注：“卅一年癸卯。”

有疾，則衣帶不解，食息興居不異所，醫方不去左右，必脱然愈乃即安。引禮公瘍潰久醫，須以藥丸窒瘡孔，丸澀痛甚，輒口濡而舌舐之，弗内弗措，即腥穢淋漓弗厭也。引禮公其容有慼，則跪謝曰："承祥何莫非大人遺體，而何嫌於血膚?"乃引禮公色喜，曰："吾固有尊足者存。"又嘗謂公曰："家世冠冕，身以疾棄世，若又以吾棄儒，若令徼天幸得贏餘，不徼一命而以布衣老，亢宗之謂何?"公唯唯然，終不以升斗之禄違色養，遂以貲郎爲司光之屬，而竟弗仕也。

肥鄉公及王母錢殁，引禮公病弗克襄大事，公代之，而啓殡歸窆，封樹維隆，比二尊人，物家益饒而易戚，益以禮卜新阡，創丙舍，靡千金不恡。而故壠松楸爲諸王父所共藏者，又歲時捐槖裝培葺之，謂水木本源不異也，而先澤何可一日忘。嘗構子舍六區，皆壯麗，薨楹榱桷之費，皆預籌畫無毫爽。既富而好行德，姑氏適盧生極，俱蚤世。公爲治含殮，誌其墓，婚嫁其遺孤子女，諸子析箸時，焚借券百餘。時復周窶賻喪，施櫝掩死，家故有負郭田如干頃，會邑城，令若請償以直，公謝而委數百金爲漏澤，道殣賴以免於烏鳶者多矣。且性恭儉勤恪，而處家肅雝，鷄三號，盥櫛具至，耋未嘗□日。髫男不入於梱，齔女不出於梱，即劉孺人白首，相莊若嚴賓。日召諸子若孫輩，坐云乃坐，退云始退，夔夔如也。每饗神燕客，必先三月布几筵，二月戒庖人，治具必豐潔而薦之以誠，至自奉則泊如也。不以兼味供朝饔，不以縷絲供下體，飲酒可數升，以剛制，即賓筵，旅楚而無大怠。嘗戒諸子若孫曰："儉以足用，以遠於憂，而族可以庇。"此季孟之得常處魯者也。歲時伏臘，必有家燕，萃四世於一堂，肅衣冠，拜跪如禮。即盡歡，無或號呶者，其閑家素也。歷令先後凡十餘，咸嚴重公，無不造其廬而交驩者，若吴興嵇公、臨安童公、蘭溪唐公、八閩鄭公，今蘄陽張公尤厚相款洽。即公繇六袠登年而八而九，必羔雁盈庭爲酌者先，乃公卒，不片言請托，曰："吾何敢從里下而奪令長權?"嘗一再飲於鄉，堅匿不復應，用是益相嚴重云。

蓋公雖少棄儒，而暇則嘗涉獵墳索，窺大指，習時事，辨論有餘。臨摹米、趙諸家帖，尺牘書法，蔚然可觀。至醫卜農圃，堪輿星曆之家，罔不游目，而嗜醫最深，則蚤歲以事親而晚以衛生者，用是渥丹其顔而鬒鬚髮，八十兒齒，九十步履如常。方九十之歲元夕，諸子若孫擁而觀燈於碧霞之巔，拾級而上，弗杖也，望者謂其爲地行仙云。覽揆之日，賀者充閭，日酬百拜，行康爵，逹丙夜而不告憊。乃其殁也，以小疢，猶善匕箸，不愆於素，而先數日飾巾待終，纖悉無不面而手閲其成。至自子孫中外之服，自斬而緦，亦無不周也。乃瞑。

公素偉幹有强力，夜獨行無怖。弱冠時邑尚未城，嘗自南莊騎而銜黑歸，時維夏五，雷雨暴作，奴子不能從，列缺烱欻中，有異物當其前，馬左右却。公恬然潛探所佩鐵尺，按馬頭，佯示睡狀，物較近，應手一擊而仆，遂下而内之襆被中，歸則夜分矣。劉夫人起相勞，命火燎衣，公亟出襆中物眂之，則龎然狐也，雙睛尚烱發。晨而聞者爲啖衈而髮豎，服膽略焉。

劉孺人厥祖爲通山令瑗，歿，祠於學宫。父秩，與引禮公雅相善，訂婚姻於楸枰之間，則兩家男女方在孕也。孺人性婉嫕，年十四歸公。公持家柄業數年所，孺人佐之，而食指數百井如也。王母錢有篤疾，艱卧起，孺人趺坐而背倚者，達十餘晝夜。食必跪而食之，食已，乃起手爲澣厠牏，非傳婢不以也。舅病瘍，縻藥必視，不以久而倦。姑范性嚴急，孺人必躬進飲食，或逢其怒，器具立碎，則柔色俯拾，而易以復進。即有子婦，猶是也。公長，多長者交，饘饎肴糅，咄喏而辦。有相室二，遇之甚驩，眡相室之子離於裏，而又女眡諸子婦。衣大布之衣，不曳地，三澣不棄也，蓋於公齊德云。

孺人少公一歲，公生正德庚午九月二十有二日，孺人生明年二月二十有四日，而偕踰九十，後公二歲卒。子男六人，皆起家國子，多賢豪間人。孫男十有九人，孫女十人，曾孫男十有六人，曾孫女七人。子長士振，以鴻臚寺司賓署丞，擢南京國子監典簿，先公八歲殁。娶雲南阿迷州同知吴士寬女，貳配顧氏、朱氏，産夢鶴、夢豸、夢龍、夢璧。次士捷，鴻臚寺序班，先公三歲圽。娶千户馬應貞女，爲寶豐縣知縣紳之孫女也，貳配鄭氏，産夢斗、夢暘。次士拔，前所謂參軍君也。從廣東廉州府經歷，陞四川松潘衛經歷，以終養告歸。娶國子生婁材女，繼娶國子生沙梓女，貳配孫氏，産夢辰、夢齡、夢珠。次士擢，四川劍州吏目，娶上虞縣縣丞趙楫女，繼娶繆氏、陳氏，繆爲省祭繆産女，産夢周、夢伊、夢傅、夢曾。次士掃，四川蘆山縣簿，娶浙江都司都事李潢女，繼娶泰州醫官周禮女，貳配章氏，産夢蟾、夢鯉、夢豹、夢鰲。次士撰，鴻臚寺序班。娶訓術孫承渾女，繼娶鄉耆朱楮女，貳配劉氏，産夢璋、夢雷。若夢鶴，邑增廣生，娶貢生張九襲女，産起亮、起皋、起霖、起賡、頓孫。夢辰以餼廩得准貢，娶諸生朱植女。夢齡應丙申選貢，娶邛州知州宗傳女，産起宗。夢周娶壽官盧治女，産鼎孫。夢伊娶美峪所吏目許汝孝女，俱早圽。夢斗娶興化府知事吴大順女，産準提保。夢暘娶諸生蘇時雨女，繼娶顧氏，産起閩、起家。夢豸娶雲南府照磨張又朝女，産起南、益孫。夢蟾娶諸生盧守禮女，繼娶諸生朱家儁女，産起芬、起芳。夢龍娶廩生石灝女，産壽孫。夢鯉娶諸生繆紹柯女。夢傅娶鄉耆丁誨女，産恒孫。夢豹聘鄉耆謝植女。夢璧、夢鰲俱未聘。夢珠聘十庫大使章承志女。夢璋娶錢塘縣簿張士瞻女。夢曾、夢雷俱幼，未聘。孫女則自士振出者一，適省祭石燦子子元；自士捷出者二，長適國子生張較子志學，次適忠州同知許汝忠子國子生爲海；自士拔出者一，適國子生李倏龍，爲河南布政使司都事士林子；自士擢出者二，長適張久明子邦寅，安吉州同知張征孫也，次適國子生薛俊子應春；自士掃出者一，適遥授訓導薛應時子諸生仲衡；自士撰出者三，長適福建福清縣知縣張勉學子諸生穎中，次字丁魯教子承聘，爲兖州府通判丁鵬之孫，次字諸生蘇民愛子文魁。曾孫男惟起宗聘重慶府通判馬進士洛子化龍女，餘俱未聘。曾孫女則一適國子生石養性之子之玉，亦國子生，一適安丘縣簿洪標子士楨，俱夢鶴出；一字國子生張潢子某，一字諸生黄應徵子永圖，一字太醫院吏目范尚德之孫□道，俱夢斗出；一字國子生顧文斗子其志，夢蟾出；一夢鯉出，未字。

夫引禮公以疾廢，不任家人生産，而公當式微之時，再振厥宗，素封自擁。御公沙之六龍，儗漢廷之萬石。諸子女孫曾中外幾百人，而諸孫中又且文學斌斌，雲蒸龍變，而劉孺人有鹿門偕隱風，偕享遐年，得考終命，五福具備，猗與盛哉！則公孝恪恭儉，好行其德之所致也。重積而厚載，固宜爾耶！公二相室皆李氏，一李孺人，爲江都李處士棨女，及笄歸公；而貳劉孺人四十餘年，先劉孺人物者二十有八載，端莊敏慧，善下。劉孺人稱淑媛，士擢其所出也。次李，生士撰，而今克持其家，皆得附書。銘曰：

冠冕舊姓元振振，素封自擁東海濱，膏腴累萬堂構新。身致大誼孝且仁，厥儷媲德儼如賓，昌後阜世肇厥身。諸郎楚楚列縉紳，聞孫大雅扶其輪，不爲威鳳或祥麟。君子偕老踰九旬，閱歷四朝稱遺民，相從幽扃返天真。大暮同寐何足論，我撰懿行勒貞珉，於焉偕藏億斯春。

勑封文林郎冒公懷竹暨妻范孺人何孺人墓誌銘 家譜

吴應賓

封公諱承祜，字修之，號懷竹，姓冒氏。先世東林公，仕元爲兩淮運司丞，行部如皋家焉，遂世爲如皋人。傳五世爲誥贈駕部大夫瑞，則公曾大父也。瑞生鵬，慷慨有大節，凡再令臨城、富陽，有聲。舉五子而藩僚竹徵公訢長，性孝友。富陽公疾，刲股以進，而處其諸弟怡怡如也。有淑配曰仇孺人，生公。

公生而穎秀，有異姿。自爲兒時，儒步詳雅，屹然有大人志。既長，用經術補邑諸生，益發憤下帷，發六籍、《史》、《漢書》，伏而讀之，積寒暑不懈。爲文偉健而湛邃於其旨，一時儒宿咸推公，以大就期之。居無何，竹徵公疾，公徬徨走醫數百里，搏顙夜禱，請以身代。弗效，痛毀骨立，至欲無生。而楄(柎)[祔]喪葬，靡不誠信中禮。已，乃廢書嘆曰："吾父以經學基余，余不能即脱穎去，令吾父及睹余成一愉快也。今吾父逝，而異日者即列鼎連騎，其將及乎？余不忍復屈首呻呫爲仕進圖。"久之，益念母仇儒人老，遂謝博士業，終養仇孺人。視學使者胡君賢公孝，檄授服彰公。公不懌曰："令吾得奮其才者，盱衡引三尺綬，豈足多哉？而乃更從使者授服爲？"公事母至孝，旦夕問安，進甘毳而又以不及久事竹徵公爲恨，因自號曰懷竹，每掩涕爲仇孺人語也。

處諸弟妹優詳友愛，罔有間言。少妹歸馬公，仕爲大司徒，貴顯矣。而公遇之無苛禮，不以異他婿。他婿即布衣，必嚴事之，不少衰。司徒管賦南都，里中兒或借聲夤緣爲利，收積逋債至千金，而公獨不以一字命司徒。司徒則數使使存公，得微令吾得自效者乎？公亦勿應也。公性介，而遇事峭直是非，無所婞阿以媚人，人多稱公能平事，輒推公爲祭酒，而群質焉。然悃愊不爲城府，與人交，款款見其情素。或與之謀，必從容爲深計，引繩批根，必無遺筴，以各厭其意而止。士以此益賢公。公居家折節爲儉，而獨恥尚心計。雅不問生業，自謂："令余效里中兒，洟涊負垢，走利如鶩，以包藏心機，伺人而鬬其捷，白首刀錐，爲子孫鹵者，計然不足道矣。"

公庭訓甚嚴，鰓鰓然迪以義方，卒成其子刺史君爲循吏。刺史君令上谷，則奉公以行。公時時從刺史君徵治邑狀，謂："令長將天子德意立士民上，寧爲是沾沾治爰書令文無害？而又吾家世清白，起而爲吏，宜礪操砥行，使天下得以有聞。"以故，刺史君所至有冰蘗聲，治行爲三輔第一，至邑中爲報祠，則公教多焉。公從上谷歸，而屬吏持貉裘道左前爲公壽。公驚曰："而何爲者也？豈以爲有廉令，未必有廉令父乎？"吏愧謝持去。公則貽書刺史君曰："毋庸以此故，薄責吏也。"其介而有容類如此。今上庚辰，刺史君以安肅尹上績最，詔封公文林郎如其官。

配范氏，贈孺人，蓋封三年而卒。范孺人，處士金之女也。處士既雅與竹徵公驩，約爲婚姻，而又時時從塾，睹公奇偉，心器之，故孺人歸於公。孺人端淑有志操，内言不出於閫外。逮事舅姑唯謹，太孺人性嚴，蓋彬彬白首矣，而莅下猶甚莊。孺人婉奉之，雞鳴起，躬治飴髓上饋，前肅唯謹，顧念猶踧踖如也，恐一不當太孺人意，輒前引罪謝，竢太孺人色解乃已。太孺人蓋嘖嘖謂："婦善事我矣！"公既以雅不問家人生業，而歲所簿入緡算，則孺人手自會計，綜理井然也。躬爲服勞節約以佐公，一縑經十年不易，而獨慷慨好急人之困，即公所欲贈遺餽問，必慫恿之，以務出於腆厚，無寧使人謂我實(受)[愛]簪珥，而俾君子絀於義乎？刺史君方就外傅時，則孺人躬爲課句讀，以明於養正之義而刺其惰，凛凛於公矣。竟以盡瘁積勞卒，卒三十年而被今贈爲孺人。

孺人之卒也，公繼室以處士何公鐸之女，爲何孺人。何孺人克嗣先懿，雅奉無違之旨，夙夜謹敬以事公，公尤宜之。先公十年卒。

公生正德甲戌七月二十二日，卒萬曆壬午十一月一日。范孺人生嘉靖己丑三月十九日，卒萬曆癸酉三月廿三日。子二：長守愚，即刺史君，歷仕爲奉直大夫、廣東德慶州知州，娶太學生薛儲女，封孺人。次守魯，娶庠生叢儁女。女三：長適紀善薛舜民子良政；次適廪生張墀子應陽，蚤卒；次適庠生錢潋子惇元。魯及女一人，何孺人出。孫三：長日乾，舉乙酉鄉薦，娶廪生盧志仁女；次日觀，未聘；次日益，聘太學李儒林女。孫女一字太學生顧位子文昌，一適儒官石潜子士雍。乾、益二女孫爲愚出，觀爲魯出。卜十七年十一月十六日祔公於竹徵公之兆，而孺人合焉。

先期,刺史君手狀授長君乾,以屬史氏賓誌。賓於長君爲同籍,自不獲辭,則爲按狀而誌焉。嗚呼!公所稱倜儻烈丈夫也,千室之邑,不信公絜法,而信公一諾。司徒即貴人,義不干令,得以自效,而百金之裘,芥帚視之,較然不欺其志,斯所由以信於人者哉!勿愛簪珥以佐夫子,孺人庶幾雜佩之風焉。太孺人莊矣,而恭順不失以得其歡,其惕然謝博士業以養也,而爲是以相成者乎?銘曰:

孰爲公之發,不逮積而嗣則揚。孰爲孺人之年,不媿德而後則昌。東皋之陽,濬啓其祥。於兹偕藏,百祀惟光。

勑授文林郎四川松潘衛經歷冒公月塘墓誌銘 家譜

周道登

今年首夏,廣陵友人冒汝九氏麻衣草履,扶苴竹而訪余於家。余驚問之,曰:"先子參軍之戚也。"已而烏烏泣曰:"先子殁,而所圖以不朽者,惟吾子是藉。子太史固惇史也。"乃出其兄汝三所自爲狀,而頓顙以請曰:"此所以志夫。"余未識參軍,而往與汝九同年貢於天子,相砥礪,成莫逆交,則視參軍父行,而視汝三猶吾兄,惡得辭?矧其狀,樸而覈,文而衷,即藉手以報,無難乎,於是按狀爲參軍公誌。誌曰:

公名士拔,字伯奇,别號月塘。廣陵之如皋有冒氏,始勝國末兩淮運丞致中。入我明,數傳而爲贈奉直大夫瑺,以伯子參議鸞官車駕時貴,是爲公高祖。曾祖鳳,贈奉直公,仲子參議公弟,而富陽明府鵬之兄也,以太學官肥鄉簿。祖誾,益府引禮。父承祥,光禄寺監事。單傳三世,至光禄乃丈夫子六,而公行爲三。公少與伯、仲讀書家塾,固書而聯席,而夜共姜肱之被,乃娶,而持其兄泣不忍去,則異哉友于之愛乎。斯寧渠可得之爲人弟者?嗣伯仲季連翩太學,而六爲最後,則其生最晚也,乃公所爲終始保持之者,意若謂吾知吾大體以無傷父之心而已,遑知其他?斯從來庶子所未或得之爲人兄者也。當公初卒業成均,無事事則跳身城南之毛雉河課耕焉,曰本富在是,吾何難秉耒耜爲臧獲先?而閑則手一編不寘。故公雖廢去帖括,而於凡古今成敗、人物臧否、文章高下,以暨陰陽、醫卜、種植諸家,日漁獵,通其大指,曰吾不負吾父之教而已。而後乃釋耕而教其二子,則延師督課,昕夕維勤,視光禄所爲教公者有加,而尤壹意崇奉其師,酒脯米鹽,先期畢戒,以俾其專精指授而臻厥成功,則亦爲人父者所未易一二覯爾。乃二子蚤歲諸生，每試輒冠其曹，耦廩膠序，稱二難者。久之而仲以丙申應選貢，則公時謁選人，參軍廉州者三年矣，聞之而喜可知也。

公參廉州，方鋭意發舒，而不欲以卑官自菲薄。會郡守郭公雅相得，而制府陳公又與公桑梓厚善，而素稔公材，是故油麻塘黄水埇之役，百年不决，而一旦溝塍禾黍，井井油油，至增田千七百畝，歲輸課者六十餘鍾，而公家無曠月傷財之患，則公之獲上而成功者也。蓋公素精腹畫，饒治劇才，以其二施之家，既犁然效，而以其一施之官，自無不可爲，無不能爲者。假令能不約劑，才不格制，而於以備縣官緩急之用，豈不大有裨哉？惜也非其資也，狀所謂卑官不得附於報主，致足悲也。公用是萌有去志，而重以二尊人踰八望九，春秋高，乃日瀝情於陳、郭兩公，不得請。逮松潘之命下，而始得請也。兩公於是惜其去，高其義而下檄給傳，聞者榮之。

公即日趣裝，私心默禱，儻邀有天幸得歸及光禄誕辰以爲愉快，而扁舟萬里，適與辰逢，則風伯陽侯之相我公也。雖然，非我公之爲人子，而欲侥冀此於風伯陽侯也邪。歸亡何，伯亦以廩入太學，得准貢，而公所爲教子之心，至是慰已。又數年而光禄九十有一，母劉九十有二，後先下世，公哀哀孺子慕不殊，而殫心襄事，爲二弟群從倡者，即無憾而未敢即安，蓋其時伯仲兄弟五，先二尊人逝者三矣。往光禄性卞急，操其子嚴，雖及彊不弛夏楚，而公時俛受，無難色，嘗跪積雪鵠立侍丙夜，無怨言。劉孺人慈和温惠，而公不以嚴廢親親，不以慈廢尊尊者，則歷七十年如一日。嗟乎！其斯以感風伯陽侯之相，而歸及其誕殁，襄其事也乎！

總之，公有至性，而無他腸。與人子言依於孝，與人弟言依於悌，而卒遇回邪深鷙、戎心叵測之徒，則不難面折以翹其過。居常節儉，不沾沾爲富貴容，而見義必爲，聞喪必救，即傾橐倒屣不恡，彼不餒外家之鬼，厚賻朱廣文之喪，而代償夫己氏之負，其較著者爾。燒燭櫛沐，跋而始旦，雖管幼安三晨晏起，庶幾免焉，而歲時讌集，握槊呼盧，則數十大白可浮，而鴟夷瓶罌之屬，不恥不止。不知者，以爲酒人之豪，其知者，以爲樂以節勞，而皆非也，公蓋酒全其天者也。顧無已太康之慮，不忘於今我不樂之時，則又有《蟋蟀》之風焉。族指頗繁，而公於上下疏戚之間，壹是以公心持大體。某也才，輒欲加諸膝也，某也不才，則塞耳却步，惟恐其或聞且見。而於諸猶子，尤子視之，諸猶子亦奉公廩廩，而閨帷婦子，則有嗃嗃，無嘻嘻。公之直不幸生而倫即是學，類如此。是故邑大夫嘗賓而飲之，而歌《鹿鳴》、《南山》以薦也、禮也，試以爲表正鄉閭，風厲末俗，非公不可也。夫有人若此，耄耋、期頤何忝？而乃遽告殂於前年己酉九月十七日，距其生嘉靖乙未六月八日，得年七十有五。而一切先後纖悉無遺，臨訣示期，神爽不亂，庶幾達人觀世之意。惟是汝三、汝九以試事羈旅京師，後二日始得手札，知公篤疾來歸，而公已不待。嗟乎傷哉！死而可贖，人百其身！而矧公二子乎哉？以此思哀哀可知已。

母劉孺人，通山知縣劉公孫女。兄士振，南京國子典簿；士捷，鴻臚寺序班。弟士擢，四川劍州吏目。士掃，四川蘆山縣主簿；士撰，鴻臚寺序班。而掃與伯、仲皆先公而卒。初娶太學婁公材女，甫六月歿，乃娶太學沙公梓女。晚置二孫氏。子三：伯夢辰，即汝三；仲夢齡，汝九氏也；季夢珠。汝三等相地城南，卜以仲冬七月奉公而藏，而余爲掇其大者，是宜銘。銘曰：

處於家，稱孝悌。出而仕，聞治理。阡陌連，堂構美。貽厥孫，燕其子。非全昌，詎若是。生榮哉，死可矣。城南阡，近毛雉。昔經營，今至止。體魄寧，文明起。億萬年，自今始。

勑授文林郎松潘衛經歷冒公月塘配沙孺人墓誌銘 家譜

李維楨

余與冒伯麐茂才交十年，知其宗多賢者，其從孫孝廉起宗，因以通家謁余，蓋維揚一俊也。孝廉有大母沙孺人之喪，則介伯麐以其父兄弟所爲狀，乞余誌。

按狀，孺人之偶爲蜀參軍月塘公士拔，所乳子二人，長夢辰，次夢齡，皆以明經起家。辰爲海澄丞，齡爲會昌令。孝廉則會昌子也。孺人父曰太學公梓，母曰劉孺人。參軍母劉，通山尹諛女孫，於孺人母爲女兄弟。參軍父光禄公承祥，與太學公厚善，數過冒氏，器參軍，以其女妻之，而孺人因母已没，母其後母趙猶母也，人稱孝女焉。十七歸參軍公。太學公暴卒，遺孤繼殤，擇諸子中爲之後。孺人弟視之，猶同母弟也。初歸，則舅姑與王舅、王姑俱無恙，主中饋，閑内則，無不得其歡。參軍無内顧，攻舉子家言。會島寇起，倉皇避難，不能竟其業。寇退，入國子，居上舍，已於事竣，以家督課耕，孺人時取其雜佩爲助，具穜稑之種，撰播植之器，募徒傭，餉黍肉，咸爲盡力。雖瘠土成上腴之壤，所獲茨粱京坻，參軍藉以饒裕。

其御子女無狎色，亦無厲色。子憚父之嚴，而樂母之寬，不欲負母以貽父憂。修日養夕，競勸於學。孺人餽師友尤豐，子先後爲諸生，參軍督過，恒予杖，孺人不爲止，更勗其子，愛而能勞，是善愛也。參軍豪於酒，復好客，客不時至，供帳立辦。已爲大廉參軍，有能名，孺人則念舅姑春秋高，不宜以父母遺體行殆，數以九折回車，古之孝子相諷。參軍曰："卿知我乎？二人已食三釜禄，於願足矣。"亟命駕還。而有助箠者，舉季子夢珠，其母尋卒。參軍以爲不祥，將置之江流，孺人私襁而藏之，餔以糜，矜憐拊勉特甚，遂成人受室，有子女矣。比析箸失父，孺人召與二兄居，出入顧復如少時，而思參軍公往事，哀端所觸，淚忽忽承睫也。

會昌受除，輦母就養，海澄亦之官。孺人年踰老，健類少婦。海澄月使人伺起居，必詔之曰："努力公家，無以老婦爲念。"俄遘疾，語會昌："若兄六百里書信頻數，弟與女弟，不得永訣，奈何？若兄弟相好，無相尤，有如今日，我目瞑矣。"初從公粤，聞鞭朴聲，輒愀然。夫身體髮膚，受之父母，無敢毁傷，人情豈異哉？公於是省於刑。其教會昌復然，雖大辟不得箠笞拷掠。自少至老，食不厭蔬糲，衣不厭浣補，雖溽暑不搴裳，雖昏夜見子婦必笄，尤不樂誶語。所睹聞饑寒疾苦，爲之周恤，即傾橐無吝。晚奉竺乾氏教，禮六時，齊六關，日誦佛號萬，鄉人戴德頌禱者無算，故享眉壽，多賢子孫，錫羡被戩，人曰："賢母之報云。"

其生嘉靖庚子六月三日，卒萬曆丁巳四月一日，年七十有八。以卒之明年仲冬，月望窆於縣南新阡，祔參軍公右。子男三人：長即海澄，娶文學朱植女；次即會昌，娶印州守宗傳女；次即夢珠，儒士，其母孫，娶南雄郡幕章承志女。女一，適河南藩幕李士林子太學倏龍。孫男二：起宗，戊午舉於鄉，宗起其字，娶重慶别駕馬洛子、文學化龍女，齡出。次起安，又女一，珠出，俱未聘字。曾孫襄，聘廣西方伯蘇愚孫秘書文韓女。曾孫女一，字新泰尹李上林子、太學伯龍孫鼎，故文學之材之遺孤，臨訣以屬孝廉者也。其上世系，詳周太史譔參軍志中。銘曰：

女從父，父殁而爲之立後，惟賢是輔。婦後夫，夫仕而贊之歸田，以奉舅姑。母從子，子貴而訓之平反，得情勿喜。所從者，《坤》六三之無成代終。所不從者，《坤》用六之永貞大終。銘而藏之窀穸宫，副彤管兮聲無窮。

勅授登仕郎鴻臚寺序班冒公環泉暨配朱孺人劉孺人合葬墓誌銘 家譜

許士柔仲嘉

海虞摩訶之隔，僅盈盈衣帶水。家弟若魯聯譜系而稱雁行，業多年所，因若魯而知有婦翁冒先生云。且余向與嵩少少參從文陣中定莫逆交，兼敦年誼甚篤，則又知嵩少蓋翁諸孫也。高門舊德，睹聽最詳。兹翁忽辭塵而乘雲帝鄉，將閲一星霜，器君汝峨輩擇吉壤於城東東江橋之原，卜辛巳歲秋八月二日，偕其配兩孺人合窆焉，特介若魯緘書徵言，謬屬余以龕首之石。余以孔李誼無能辭，遂灑筆而識其幽。

按狀翁諱士撰，字伯制，環泉其號也。冠蓋蟬聯，代多達者，自封駕部郎瑺公生三子，長少參鸞，季富陽令鵬，而次則肥鄉簿鳳，爲翁曾大父。鳳生闇，闇生光禄承祥公，是爲翁父。翁昆季六人，棣鄂韡韡，競爽争輝，翁稱少子。家世清華，夷然自遠，不作衣輕策肥，翩翩五陵態。早治舉子業，既以厭薄浮名，隨謝去，抱樸涵淳，去智去故。夫所惡於智者爲其鑿也，不鑿則天全，天全而性情適矣。嗚謙折節，慮以下人，對之者如飲公瑾之醇，依馮公之樹，所謂芘其宇下，都忘寒暑者乎？胸無荆棘，未始無涇渭；舌無戈矛，未始無肝膽。栖神於恬淡之境，順適於無何有之鄉，疾辭厲色，終其身未嘗一形見。翁生平不樂以矯激自鳴，亦不樂以嗜好自汩，落落穆穆，塵情俱澹。至聞一善言，見一善行，則又若饑若渴，即牧豎稚狂，亦且獎借容與，惟恐不及。即躋句臚，娱仕隱，葛巾方袍，蕭疎不繫之致，恍疑世外别有天地也。縣大夫修執爵之禮，高其行誼，特延致賓筵，爲一鄉楷模，老成人典型，翁故應無媿色。

配孫孺人，早逝。繼朱孺人，韞秀良族，克敦嬪則，踵挽車之軌範，勤舉案之箴規。中外共襄，德音丕播。副配劉孺人，並推淑媛，黽勉同心，拮据操作之勞，與朱孺人均之。帷幄之中，相與歌小星，篤生丈夫子，斌斌翼翼，有儁才。玉友金昆，於斯爲盛。羡者比於燕山之桂，謝砌之蘭。翁與孺人每庭訓交勗，曰："簪笏固吾家舊物，青箱俱在，大業可期，爾輩其勉自振拔，以無遏佚前光。"翁於是以弓冶付佳兒，以藻蘋付良偶，一觴一咏，率性保真，不用爲用，正覺有待之爲煩。漆園氏曰："緣督以爲經，可以全生，可以盡年。"又曰："一而不黨，命曰天放。"翁之順天自然，無所攖於内，而又無所役於躬，一切矜奇誇捷、工機鬭巧之事，直不啻虚舟飄瓦，置之嗟嗟，蟠胸鱗甲，隔面山川，俗之靡兮，何地不波？使盡得如翁其人者，爲之回頹風而砥末俗，安在容城懷葛之境，不復見於今也。

然翁固非徒逍遥以爲高者，承先燕翼，肯構肯堂，拓前基而開後寧，閭里稱盛事焉。又復仁心爲質，實慈不愆，拯急持危，了無倦色。其大者則尤在家施有政之際，祇遹厥考，紹聞德言，恪守義方，是訓是行。迨翁以少小悲何怙，兄月塘公遵治命，維護有加，友以成孝，近所罕覯。翁亦怡怡從兄，亦步亦趨，無慚悌弟，無論豪舉跐跅之夫，未能一踵芳塵，即鄒魯諸儒質行，自以爲不及也。月塘公仲子汝九公解寧州事，杜門懸車，修竹林之遊，偕諸孫嵩少少參奉觴進酒，燕喜一堂。翁與孺人瑟琴在御，莫不静好。殆修之身，其德乃真；修之家，其德乃餘，庶幾似之。自昔譚至人者，不曰列仙之證品，則曰諸佛之參宗。翁步屧徜徉，無勞爾形，無摇爾精，居然在塵境丹臺，至享遐齡而以天年終，悠然乘化，無復餘憾。兩孺人屏綺縞而卻膏粱，虔奉瞿曇，昏晨頂禮，數十載如一日。乃朱孺人先翁而殁，臨期，若睹西方接引，神色不亂。劉則先朱一載殁，亦撒手歸真無罣礙者。仙耶佛耶，翁與孺人蓋潛符而默契之矣。矧堦下雲蒸霞蔚，異日天路皇途，聯鑣並轡，丹綍彤綸，何難跂足以待？

翁生於嘉靖壬戌之十二月初十日，卒於崇禎庚辰之七月廿有六日，享年七十有九。朱孺人生於隆慶庚午五月之廿七日，卒於崇禎癸酉五月之十五日，享年六十有四。劉孺人生於萬曆己卯十一月十四日，卒於崇禎壬申十二月初三日，享年五十有四。生男五：長夢璋，繇國子生，官光禄寺署丞，娶浙江錢塘簿張士瞻女；夢雷，太學，娶處士沈君燮女；夢星，太學，授府通判，娶庠生石君養默女；夢鼎，太學，娶杭州衛參軍范君志道女；夢相，邑庠生，娶太學李君士位女。夢璋、夢星、夢相，朱孺人出；夢雷、夢鼎，劉孺人出。女四：一適福清令張君勉學子庠生穎中；一適丁君魯教子守備承聘；一適誥封義烏縣令許邦靖子、甲戌進士、任惠來縣令直，即余弟字若魯者也；一適陽武丞劉公沾子昌朝。孫男九：起巖，早坳，娶許氏；起貞，娶石氏，夢璋出。起宇，娶張氏，夢星出。起宏，聘徐氏；起實，聘朱氏，夢雷出。起雲、起泰，夢璋出；起賓，夢星出；起瑞，夢相出，俱幼，未聘。孫女六：一適石之玕子天祐，夢雷出；一適庠生蘇繼祖子翊；一字太學朱同經子遂；一字壻劉昌朝子愈焯，俱夢相出；一字廩生張士登子世蔭，夢星出。餘幼未字。曾孫男一：與應，起巉出，幼未聘。

嗚呼！世處全昌，不過得天得人，是故福澤壽耇，天之所畀也；懿行醇修，人之所成也。然伸於天者，或詘於人；贏於人者，或縮於天。翁承休在先世，貽慶在後人。伉儷有鳴鶵之美，門楣生乘龍之光。誠天人兼擅矣，是宜銘。銘曰：

猗歟名族叠冠裳，國恩世德夙流芳。翁稱人瑞重皋陽，渾金璞玉隱光芒。鴻妻萊婦共劻勷，協休媲美珪儷璋。驂鸞駕鶴忽翺翔，幽扃潛閟偕歸藏。亢宗繩武佇諸郎，五花千里騁飛黄。汪洋雨露沛天閶，崇褒特贈賁龍章。延綿福祚慶無疆，於斯萬年永熾昌。

敕授登仕郎鴻臚寺序班冒公環泉暨朱劉兩孺人墓表 家譜

晋江　蔣德璟

嗟呼！嵩里松門，千載一丘，夫其誰而？生固足羡，殁亦可傳，惟哀然重鄉閭而備純禧者稱焉。箕疇嚮用，特徵五福，始曰壽富康寧，而繼之曰好德，曰考終。余謂世處缺陷，造物忌完，有觭獲而無全膺，蓋什九然矣，可羨可傳，實惟冒翁其人。

翁諱士撰，字伯制，號環泉。其先中丞名藩，相繼鵲起，自高王父封駕部郎瑺生鳳，鳳生闇，闇生翁考光禄承祥公，公生丈夫子者六，而翁居最少，光禄公憐惜之，不與凡兒伍。翁生而醇謹，不嗜豪華，讀書鄙章句，兀坐沉思，最喜元對，而澡浴之幽孅，繁多之殊祉，固耳目間所未易多遘。余試得而論著之，即其言無口過，行無身過，尤悔銷而毀譽忘，履道坦坦，慕善津津。《淮南》云："機械之心設于中，則粹白不備，元德不全。"翁惟機智空，故城府化，順則而行，任天而往。外而周急通財，不啻切身，有求輒應，馮驩市義，無以喻兹。内而祗服厥父，克恭厥兄，愛敬依依，不殊孩提。稍長，斯之謂完人，斯之謂至德。其秉彝之真，何罔缺也？

居恒淵凝鎮静，身無遘厲，心無憂患，雖拜官典客，而不以冠服炫。自丁年以逮皓髮，貌若加澤，神若加玉，啖飲若加進。友羲皇於北窗，結求羊於三徑，却鳩笻弗御，而步履優遊，逾于少壯。其五官之用，何不衰也？席先世所遺，以守爲創，第宅雲連，雄于一邑。昔向子平讀《易》，喟然于富不如貧，此亦别自有見耳。繼述攸責，奈何當吾世而黯焉無光焉？則鼎起之業，何隆隆也？語云："壽者，酬也。"酬茂行以壽考，夫豈偶然？故黄耇台背，今昔所豔，而卒不可以億逆致。翁踰稀望耋，既壽而臧，縣令長且特致賓席，用當憲乞其戩穀之休，何孔固也！

大塊勞以生，逸以老，息以死，故時至則行，晋公所以有達觀耳。翁委運騎箕，了無恐怖，哀樂不能入，謂是帝之懸解，其順受之際，何坦蕩也！雖然，衆萬之生，搰搰攘攘，竭其智力，謂此數者，或可圖度得乎。乃衆競鬬巧，翁獨任拙；衆争營屈，翁獨守呰。無崖岸斬絶之力，而素修自完；無吐納導引之規，而壽耇自長；無避勞就逸之迹，而康吉自迪；無拮据擘畫之術，而堂構自恢；無排遣强制之私，而寄歸自適。柱下史曰"不見可欲，使心不亂"，殆其然耶？

而且閨中有好逑，堦前有偉器。朱、劉兩孺人俱以淑女稱婦師，互持家楺，井然有條，肅肅雝雝，交相贊成，俾翁之得安於一區十畝間者，皆兩孺人力也。義方所貽，蔚爲國琛，或儲侍從之班，或飛鄉國之藻，摩赤霄而並驅仕路，特旦晚間事，是翁之福疇既睹其全，而齊眉繞膝之奇，則又超諸福而過之。兩孺人早修浄土，奉佛持齋，皈依蓮座，將更兩紀，有精進而無退轉。朱孺人以周甲踰四載卒，劉孺人以五袠有四卒，而皆預知車乘將至，談笑自若，其爲登證成果，又不筮而知已。

崇禎辛巳仲秋朔後一日，嗣君汝峨兄弟卜佳城于治東新阡，特襄大事，託若魯許君代爲之請，屬仲嘉太史以銘，而屬余以表。若魯，余南畿所舉士，而太史雁行也。太史業有言矣，余則何能以不敏謝？矧翁諸孫嵩少少參，又與余交最暱，每從譚説間私心企仰，蓋非一朝夕矣。嗚呼！粤稽所傳，憲波擴度，陸橐分裝，伏波示壯于據鞍，絳縣徵年於甲子，曾參從容於易簀，以至裘褐俱隱，芝玉交輝，皆千古美事哉！翁居今之世，復古之遺，媲古之美，垂今之光，是則可表也。因臚其梗概，使過者式焉，曰：此足重鄉閭而備純禧者，斯爲冒翁與孺人之墓。若夫敷榮掞采，則請以俟有赫之人言。

誥贈奉議大夫德慶州知州冒公文樓墓誌銘 家譜

孫承宗

今上初元，綜覈吏治，嘉與海内更始，一時牧守令長，彬彬多潁川、渤海之政，明興循吏，於斯爲盛，而廣陵冒公治行最著。

公初令高陽，以最調安肅，擢守德慶，所至煜烺聲籍甚，而高陽政尤著。高陽界瀛鄚間，爲九河委，苦水患，民殍且徙者半一邑。公惻然若己溺之，興卒治隄，躬爲植以行築者，不辭胼胝，南抵蠡，北至安然，蜿蜒百餘里，而樹柳其上，凡三萬株。隄成，甌脱盡爲腴壤，其後歲祲，民擷柳爲茹，全活甚衆，比於甘棠焉。

初，公治隄抵蠡境，約蠡令共隄。不可，則爲横隄十里自衛。蠡令争之，郡守臨視，晡時下令，以明日休役，俟蠡令共隄。公心知蠡令恃上游，實不爲隄，守令休役以明日，而吾先期成隄，不爲悖令。乃親行隄勵衆，插器如雲，一夜而隄成。守大驚，詫爲神助。蠡令憤，挑部吏卒，衷甲境上，公單騎以一胥奉篆從，直前握蠡令手讓之。蠡令慚而退，然其恚益甚，蜚語齕公，公不爲動。無何，蠡令逸囚，失部使者意，公力爲解，更發卒捕囚。蠡令德公，頓首曰："公長者，吾乃久爲公容，愧死矣！"

圈頭橋圮，計新之費甚鉅，而俗淫祀，歲裒千金裝，東禱泰山，公諭止之，以其貲成橋。兩臺議踐更法，意相左，下郡邑，具言狀。公條析便宜，各當其意。觀察王公善之，行二十郡邑，著爲令。例十年一清户符，閲月始竣，其他繇役，次第更受署公，浹旬而竣，縣令國門，不均者以告，迄無言者。吏前白例，公曰："無庸也。"出赫蹏，某繇某，某繇某，家悉中(訾)[貲]，蓋公於清户符時默誌之矣。獵者殺人，陰舁至瓜圃，置瓜死者袖中，而躪其蔓。吏逮守瓜者，掠治弗服，獄經年不決。公詢得之，釋守瓜者。豪某兩婢置空舍，火之以自焚聞，賂婢父母爲徵，公詫曰："婢父母不暱女，乃爲主人地乎？"視婢父母窶藍縷，即得金匿懷中爾。裸之，金見，論豪法。甲與乙同輸税，乙盗三十金，誣甲，甲不能白。公署寅字乙手，械繫之，逮乙妻至，因遥問乙："寅字在乎？"曰："不敢動也。"乙妻聞之，謂乙已服，乃出金。民以凶歲亡，妻改適，生子十九年矣。民歸而争妻，且謂子己遺娠也。公刺其指血明之，民驚服。

其發姦擿伏如神，然務解嬈，不輕受記。當受記日，群跪廡下，公諭之曰："若胡訟，小隙易忍也。"蓋去者半。又諭之曰："若無閒黨居間乎？奈何溷令？令有執法爾。"則又去者半。其終不去者，立爲詰質，大者杖，小者誚，讓罷遣之，逮對簿者數人而已，訟遂衰止，囹圄幾空。有兄弟相訐者，公杖弟而令兄以左右手自爲擊，問痛否，其人悟，遂爲兄弟如初。惠佻獨子驕，折其從父指，公械之而貸其罪曰："吾不難鉗髡佻，如有遇霧露，行道死，令而兄爲若敖鬼，奈何？"佻感泣爲善士。居三年，化大洽，道不拾遺。

會安肅令懊不任劇，中丞張公、御史于公交章請，假公安肅，而以安肅令移高陽。高陽民争之，二公曰："吾寧後若？奪而賢令，以而令政成，即易令畫一可守。而安肅故劇繁，百姓若吏骩法，非乃公不可爾。"公至，則稽故牘，蒐積蠹，批根伐竇，悉芟而窒之，豪胥黠吏懾息不敢動。李四勿者大俠，挾貴倩數以睚眦殺人，公捕之，倩爲請，盛稱四勿不法狀，第以己故願公貰之。公笑曰："君内不避親，即四勿罪微矣。"卒正以法。司薪璫從子毆斃人，跳匿禁内，公遣健兒僞爲負薪者役禁内，久之，稍與狎，紿出禁，縶以還，抵罪。璫保貴用事，市田宅邑中。公入計，保弟緹騎以部民禮上謁，請介公於保，公謝不往。某貴人恣横頤指，前令莫敢迕，公以法裁之，又爲稍上其手。貴人以任子故，乞公表其閭，公不應，人多公不阿而貴人側目矣。邑馗道，公未嘗飾厨傳，稱過使客。時相子爲中秘，過肅榜傳舍吏。公亦逮其舍人子，榜之曰："以敝邑疲於奔命，隆殺有等，何苛責爲？且邑以中秘待若，不以相公子也。"中秘慙，宵遁。公即執法，不避貴權，而多平反，不爲巧詆。祁州有寃獄移公及新安令會讞，公脱之，新安令不可，以兩議並上當路，竟直公。公敏而善瞯物情，紛拏盤錯，以片言决遣之，他郡邑訟獄者，咸請屬公爲决平。

公治赫然聞於京師，先後剡薦以數十，中丞張公疏三輔賢令，以公爲第一，而考功察舉，令當入爲給事、御史者若而人，公名在牘前。無何以忌者尼之，竟予郡去。德慶界兩粤，複嶺罙阻，猺盤窟難治，又軍興後，瘡痍未甦。公一意噢休，裁冗役，蠲私榷，節浮費，諸不便民者，悉白罷之。造士勸農，毆游惰，收贍窮獨，慰安牧養焉。民伏山谷間，畏見吏，藉市駔輸賦，多没爲橐中裝，吏督逋，則駔更以怵民，民益避匿，守逭逭以課殿免。公繩駔而錮之，諭民自輸賦，毋爲猾少年牛酒費，守幸備位，爲若父母，胡畏也？民翕然出就公輸輓繦，屬課更最。郡沃壤，故没於羅旁。羅旁平，而豪有力競恡占，民苦溢税，公釐其侵疆還之。先是，行絜田令，公在肅，業已於事而竣。比至郡，郡以闕守未舉，公乘欉行深山中，躬履畝，先諸郡報竣，縮故額如干。藩司讓公，令以搜隱田，獨奈何縮故額？公曰："縣官意覈實爾，即僞增，謂黔首何？"卒不益。期年，民大信愛之。

會當入計，群請於制府，留公毋行。制府陳公疏諸朝，不報，時上計者已先期就道矣。公治裝一日即行，未至，以公喪歸，竟中讒罷，猶以肅貴人修郄故，士論惜之。公夷然曰:“强項令罷後矣。”公去,民益見思,而高尤甚,名其隄曰“冒公隄”,肖像立祠於隄之陽。老幼扶攜,歲時展拜祠下,徘徊不能去。又爲請於學使者,以名宦俎豆學宫焉。公去高蓋三十年,三老父兄言公,輒泣下曰:“使君實生我。”雖公亦自謂:“高陽民奉嘗我,當不減仲卿桐鄉也。”

公問遺無所取,所至裁公使錢,不留一鐶。錢穀出入,悉民自封發。即以其羨付踐更家爲轉輸費,吏第簿計而已。安肅入計,傳吏裒金僦邸,公笞吏却之。吏叩頭曰:“例也。”公曰:“於乃公胡例乎?”兩邑多中貴,日造令,幸一色假,即德令修珍好,爲令壽不貲,公謝不與通。蓋歷三仕,橐無餘鏹,家居益砥節,一介不以苟於人,其廉固天性也。公負朗鑒,善相士。高陽多暇政,日簡士課藝,而於不肖昆弟尤獎詡,爲除舍,偕長君遊於肅。奇甕吏部師濟南,先後獲雋者十數輩,咸公所識拔。公恠世惑於拘忌,初除令,當上,吏白宜問期於日者,公曰:“王程不有期乎?”即以其日之官。及歸作舍,方立棟,時鄰彘突而前,俗謂彘來不利,公曰:“彘自來犒役爾!”呼鄰兒予善價,更留與匠飲。族人女依父家,臨蓐,人言不利父家,謀他徙。公遽掃室處之。

公爲政嚴,不受人私謁,其家居亦不以私謁令。令嚴重,公就問民疾苦,輒慷慨持議無所隱。歲大祲,攝篆者急催租,株逮纍纍。公寓書規之,而乞賑於臺使者,得發倉廩假窮民。勛臣據江上,田民不能抗,公與博士馬君等裹粻走陪都,白當路,却之。税瑠度洲田過實,屬令覆,令以瑠故,不爲減。公争之,令陰謂公:“第爲若減,無庸恤衆。”公不可,卒得俱減,歲省課千金,而令以清浮額被薦,始服公。

公美丰儀,長言語,顧盻偉如也。爲人端亮伉直,不涉脂韋,而衷坦瑩自信。平生無不可對人者,遇事果毅能任,而規久遠,不狃目前。性篤孝,幼失母,以不及養爲痛,孺慕無已時。封公嚴急,臨公莊,公色奉之唯謹。處娣弟友愛無間,與孺人矜慎有禮,而情愨怛無貌語。不憚面折人過,人有片善,推譽之,務成其美。爲人謀委悉深計,甚於爲己焉,士樂就之,户外之屨常滿。初,公爲諸生,有文名,學使者屢試,咸第一。莊皇帝以登極恩詔,推擇海内材儁士,廷策之,異常貢格,而公首被選,年未三十歲也。既卒業辟雍,名益噪,文益奇,學士大夫翕然推轂之,而以急封公養遽仕,仕七年歸,纔四十餘耳。歸而數以覃恩進階奉議大夫,蓋逾二十年卒。

公諱守愚,字師顔,號文樓。其先東林,仕元爲兩淮運司丞,行部廣陵之如皋,家焉。東林生仲彰。仲彰生基,即潛德先生。基生釗。釗生瑺,贈爲駕部郎中。瑺生富陽令鵬。鵬生益藩典禮訢,嘗刲股治父疾,以孝聞。訢生承祐,公父也,倜儻惇誼,以公貴封安肅令。母范,贈孺人。安肅公有二子,而公長。娶於薛,爲太學生儲女,封孺人,淑慎稱君之配。公生嘉靖庚子十二月九日,卒萬曆癸卯六月十一日,年六十有四。子二:長日乾,次日益。以萬曆己酉二月二十七日葬公於城南二里新阡,而長君以狀屬余銘,蓋予讀之而泫然泣也。

方長君與余兄弟攻苦惜分，共承指授，誼至篤。既後先上春官，觸聞報罷，則公數以書相勞苦。余不佞平陰之役，先二子鳴，而公業瞑不及見矣。嗚呼！公非百里才也，其廉足以樹儀，其敏足以應猝，其持正不阿足以勵世，令遂柄用，其立名著迹，詎可既乎？而束於格纔以郡邑顯。彼掇上第都大官者，世豈少哉？而仕則庸庸，去則泯泯，何以稱焉？君子是以知格之不足概士也。夫仕不蘄膴，蘄於行志；政不蘄異，蘄於得民。公施雖未究，然以表於世而列於循吏，不朽矣。銘曰：

公德綦貞，公才綦楙。適粤朱幡，游燕墨綬。在在口碑，煌煌俎豆。廉吏之家，必有洪胄。公未盡者，以貽厥後。

第十五册

墓誌銘

誥贈奉議大夫德慶州知州冒公文樓妻薛孺人墓誌銘 家譜

徐元正

故德慶州守進階奉議大夫文樓冒公卒十年所，而其配薛孺人卒。越明年，長君日乾等奉孺人祔奉議公之兆，而以狀來乞銘。余於長君爲同籍，蓋景行之日久矣，安能辭？

按狀，薛孺人世爲如皋右族。大父雙凌公，豐城少尹。父太學生儲，倜儻不輕爲然諾，士論歸之，稱爲龍川先生。母仇孺人，以淑慎聞。

孺人生而婉嫕有令儀，龍川公愛之，不以輕字人。而奉議公大母仇孺人，孺人母仇孺人姑也，兩家兒從其大母、母時時集外家，而奉議公娟秀穎異，迥出凡兒，龍川公奇之，遂以孺人字焉。既笄，歸奉議公，則姑范孺人已前七年捐館矣，及事大姑仇孺人也。

仇孺人性嚴，晨起，坐堂上朝子婦。意稍不懌，輒誚讓不少假，顧獨賢孺人，曰："能婦不愧吾種矣。"奉議公父安肅公，剛介丰稜岳岳，人敬憚之，而閑家尤嚴，嗃嗃如也。孺人事安肅公，逮繼姑何孺人唯謹。昧爽起居，寢輒傅韝，治朝餔，滫瀡漿，飿麫劑而進之，戢身斂息惴惴焉，惟恐一不當意。屏以外未嘗聞謦欬聲，蓋數十年如一日焉。

安肅公遘奇疾，奉議公日夜調醫藥，蓬頭累垢，不解帶者五閱月。孺人從之，親爲浣滌中帬厠牏，亦五閱月不脱髢也。安肅公有瘳，泣謂奉議公夫婦曰："若休矣。余微若者，不食新矣。若所謂佳兒佳婦也。"何孺人歿，而孺人親筦鑰，其奉事安肅公益勤謹，安肅公怡然而老忘亡也。

奉議公少爲諸生，有雋聲，恒讀書，止外舍。間休沐還内，孺人婉謂之曰："君學誠殖，顧樂羊婦愧我矣。"既奉議公兩令畿甸，咸劇邑，當孔道，戴星出入，孺人則嚴扃鍵，約束童僕，無敢與臺交一語。令槖如洗，無奇羨之人，服御嗛嗛，魚菽纔自給，而孺人安之泊然，而一無所愛。從邸中六年，覵其篋，絲枲刀錢，靡尺寸積也。奉議公治行卓異，爲廉吏第一，至兩臺特疏尉薦，聲傾一時，則孺人以恬愼佐之。奉議公以安肅令上績，奉璽書，封父如其官，母、妻皆爲孺人。孺人捧翟褘，與奉議公相持而泣，傷范孺人不逮也。念母仇孺人老而已遠涉，思之不置，仰屋咄咄，遂發病悦惘。奉議公爲迎仇孺人安肅邸中，病霍然已，其篤孝如此。

事奉議公，恂恂共順，白首猶莊。雖主家，秉乎綜理經畫，惟奉議公是聽，而已唯唯曰："吾知在中饋而已。"然奉議公嚴肅，而孺人務濟之以慈，恒覆匿人之過曲解之。孺人簡靚沉默，不輕嚬笑，與人無縟儀，亦無貌語，而意肫肫獨至，中外婣戚戴之。其拊兒女憐愛異甚，而時婉誨之，不廢義方也。二子翩翩，世其家業，長君籍南宫，而仲爲諸生，嚮用正未艾，則懿教多焉。居恒食不兼味，布襦練裳數施澣洒，不甚敝不易。長君輩間以紈(轂)[縠]進，亦却不御，其儉素固天性云。於戲，若孺人者，内行淳備，即古女史所紀，曷亦尚焉。

孺人生嘉靖壬寅九月十二日，卒於萬曆壬子十月十二日，得年七十有一。子二，曰乾，領鄉薦，上公車，娶廪生盧志仁女；曰益，諸生，娶太學李儒林女。女二，長適敘州府經歷顧位子廪生文昌，先孺人歿；次適儒官石潜子儒士士雍。孫男五，繇衷，諸生，娶太學生顧文斗女；孚衷，諸生，聘斷事石養静女；肖衷，聘兵馬指揮吴大謙女，殤，乾出；印衷，聘廪生薛南金女，即孺人姪也；秉衷，未聘，益出。孫女，長乾出，適順天府尹錢藻子諸生體元，殀；次益出，未字。曾孫女二，幼未字。葬以萬曆癸丑八月丁酉，墓在邑南二里。奉議公諱守愚，以名宦祠高陽學宫，孫太史誌其墓。銘曰：

在《易》之《坤》，安貞則吉。隤然其順，時惟女德。爲政於家，四國是式。帝聞曰咨，嘉乃闥職。敬愼無儀，柔嘉有則。大哉王言，厥美匪溢。我銘揭之，賁兹幽宅。於萬斯年，服之無斁。

封文林郎晋封朝議大夫冒公鴻臺暨德配陳太恭人合葬墓誌銘 河東九世

胡簡敬

康熙二十二年癸亥春，冒子青園肅函來告，兩尊人晋封朝議大夫冒公鴻臺暨陳太恭人卜於是年冬十二月合窆，請誌銘於余。余駐淮北之沭陽，青園居淮南之雉皋，皋有安定先生故里，吾先祖文昭公發祥地也。異代雲礽，分支別派，同出一源。青園娶文昭公二十二世女孫，於余爲族姊，謁選京師，晤叙始悉。自後内外昆弟，兩家通好。其尊人乃吾媦伯媦母也，碩德懿行，戚黨引爲光榮，余安敢以不文辭？

按狀，公諱一舉，字鴻臺，隱居不仕，後以子霽正宗官知縣，贈如其官，封文林郎，晋朝議大夫。曾祖諱勗，字宗良，文庠生。祖諱璠，字三溪，廩膳生。考諱紳，字慕溪，廩貢生。其始遷祖曰友松公，諱檜，明洪武中官廣西道監察御史，廷諍謇諤，抗疏直言，生平事迹宣付史館。吾諸父之駿公備官修史，閲及友松公章奏，輒呼余示曰："此冒子蒨園之祖，才稱厥職，洵諫垣中卓卓有聲者矣。"

鴻臺公生明德之後，仕隱殊趣而守正不阿，同符祖德，心友松公之心以居心，行友松公之行以制行。遭時不偶，遯迹丘園，琴書自適，運會使然。淑配陳太恭人系出義門，偕隱稱賢，孝恭慈惠，無孅弗備。逮子貴膺封，而和以致祥，儉以惜福，尤爲縉紳家所難能。宜天錫純嘏，白首齊眉，孫曾濟濟也。

公生明萬曆壬午歲十月三十日子時，卒於清順治癸巳歲三月初一日戌時，春秋七十有二。恭人生萬曆甲申歲九月初七日卯時，卒於順治戊戌歲十一月十五日寅時，享年七十有五，後公五年卒。始其子艱於相地，權厝某原。服闋後宦遊楚滇十數年，今假歸，卜吉奉兩尊人靈櫬，合祔於本縣治東之東陳鎮後鹽河北啓秀園。新阡正穴，從形家言，壬山丙向。簡敬誼忝葭莩，得悉其家世之詳而誌其顛末，謹綴詞以銘諸幽。銘曰：

天生碩德，食報孔長。宏昭錫類，特典焚黄。乾父坤母，瘞玉中岡。佳城鬱鬱，柏翠松蒼。綿綿瓜瓞，爾熾爾昌。成都雙筍，萬古彌芳。

伯考承德郎湖廣辰州府通判冒公中垣府君墓誌銘 拙存堂文剩

冒起宗

楚别駕冒公卒於天啓癸亥年九月之十七日，距其生嘉靖辛酉之八月二十日，享年凡六十有三，而無後。卒之日，公胞弟奉直大夫亟圖後之，冀蚤寧其體魄，而以廢立之多故，筮吉之弗從也，荏苒及崇禎乙亥之秋，而奉直公亦謝世。其猶子起宗，繇考功郎出僉魯憲者，讀禮於家，遡公長逝之日越一紀矣，瞻悼涕慕，不任於懷。乃筮丙子歲仲冬六日，葬公於治南新阡，祔於祖考之昭次，禮也。而私心所隱痛者，則以再立之嗣孤生未識公面，無從狀，欲乞靈顯者以示重，而虞其弗核也，焉用文之。自揣知公之心，而爲公所篤愛者，莫己若也，於是洒淚和墨而誌之曰：

伯父諱夢辰，字汝三，别號中垣，世居如皋縣東門之集賢里。先王父諱士拔，廣東廉州府經歷，再遷松潘衛參軍。公爲其元子，與先大夫元同府君暨吾姑之適李者，同出於王母沙太儒人。祖諱承祥，官光禄寺監事，曾祖引禮舍人諱闇，而高祖主肥鄉簿諱鳳者，則爲參議得庵公之仲弟。此一支三世之大概也。

伯生而豐碩，具福德相，出孝入友，直諒温良，悃愊無華，進止有度。自壯而老，繇藏修而奉職，終其身行無二轍，鮮有間言者。

八歲就外傅，十三學爲舉子業，十八而伯母朱氏于歸，是爲文學朱公象湖女。再閲年而游泮水，以累試高等隸膳堂。王父固性卞，以嘗受凌挫於勢族，督課益嚴切，雖踰壯，仍予杖。伯爲文思沉力厚，捷才稍不及先君，然而雪窗雨榻，研磨無停晷也。

萬曆甲午，王父參粤幕，公攝家秉，代事九衺之祖，而攻苦若過庭時。辛卯，南闈已入彀，而復以溢額罷，終不敢諉咎主司而寬戰罪也。庚子，循例入南胄，以文受知於大司成毅庵黄公、具區馮公，謂其博大精融，得舉業正鵠，有大雅風云。

於時王父已解珠官綬，起宗與季父之晚出者，同受小學矣。伯視姪如子，撫摩教育，不知其非己出。比將析箸，而曲體厥考心，其推産季父，視同乳之先君無異同也。先後凡七試京兆，困三尺棘地者二十餘年，僅以明經謁選人，非其志也。更念己酉之輦上，而健飯之嚴考忽見背，故服闋捧海澄之檄，必以王母板輿西。而先君要留于會昌廨中，則以地較閩差近，非謂丞之禄薄於令，而閩以甘朊致養者，道相逮也。丁巳夏五，不幸奉慈櫬歸，而哭泣柴毁，不欲有其生，足稱死孝矣。

先是，王母亡恙時，常示起宗意，云："余每聞爾呼若父，輒若刺余心也。爾伯孑立，遂無此物，不使我傷懷也哉！爾若以次兒銓嗣爾伯，吾即旦夕死，目且瞑。"余唯唯，乃曰："兒無常父，式穀似之，何必從孫耶？"伯父於是無子而抱孫已。僅五年所，而跳地若虎子者，復登下殤之鬼録。伯父乃拊膺而仰呼曰："天真絶我矣！庸更置篴以重冥譴耶？"

戊午秋，起宗忝鄉薦，忭躍至不可名狀，惟恨不能起大父母於九原而見之。而其愛姪婦也猶之女，則以其事王姑孝，非獨謂婦愛少子，失之弗懟。且婉巽以霽從姑之色，而俾諸副倅得安其室也。

天啓改元之年，伯父代溆浦令入計，先君已復除鄷都宰。而值重慶寧酋之變，起宗蒙犯霜雪，間關迂道上公車，拜吾伯於燕邸。雪夜一燈，且悲且喜，因曰："卑官遠道，六十老人，孤踪獨往，雞肋哉，無謂也。行矣，歸來乎？"會起宗復下第，而伯亦量移浙西衛參軍，因奉恩例，晋秩辰州别駕，遂翩然拂衣歸。

上先人丘壠，封之植之，不遺餘力。暇日復灌花種竹於家塾之舊圃，與二三朋好飛籌引滿，燭屢跋，不言倦。第念先君羈官渝水，每誦“池塘春草”之句，必泫然泣下。而起宗每乘間言曰：“大人神王猶昔，而蘭徵未叶，奈何不爲燕翼謀？”伯輒掀髯曰：“不爾若者，吾弗子也。有若在，而我憂若敖餒哉？”迨先君辭寧州檄，返初服，鴒原鴻序，酣湑融融，不復問家人事矣。亡何瘧鬼見嬲，繼以迴風，遂奄然告終於正寢。嗚呼痛哉！

當起宗聞病耗於白下，而兼程鼓海陵之棹也，呻吟痛楚之狀，惟余一人耳而目之。審氣察色，驗溲便，調湯藥，昕夕籲天，祈稍延其算不得。伯雖展轉牀笫間，猶忍痛綴氣，紿以小愈，不忍以久病相累，致令衣不帶解，睫不得夜交也。而引以爲憾者，則惟曰不及見爾之登龍虎榜，爾子褱之變頭角耳。時褱髮方覆額，愛其從孫，又不減于從子也。還思起宗小試時，百里而海陵，千里而句曲，誰驅蚊揮中宵之箑，誰擁爐暖雪夜之衾，誰策款段于紅塵赤日中，汗如漿而不及拭，背若坼而不言苦也，而起宗能一日忘之乎？以及三載棘闈，手擘承筐之菓，耳聽鎖院之籌，曰：“吾恐甘膩之濁爾神，而駭奴之倦寢失期也。”今起宗雖徼倖沾一第，鹿鹿漁漁，固能報其什一哉！

病且篤，先君始代草遺囑于榻前，以同祖再從之姪繼，而曾不私其子。時伯方憒憒，侍者止聞有“爾父子聖賢心腸”數字，無他語。當日一片血誠，鬼神聽之，兩尊人應欷歔相對于泉臺也。豢虎自害，穴蟻難防，敗度滅倫，操戈剚刃，廢一立一，瀝無已之苦心。先君晚歲頗閑適，卒以憤懣成不救，下從伯父遊，所謂病莫大於傷心，疾痛其小者耳。

乃若期年攝海澄篆，羶薌之地，人所歆羨溢舌者，若將浼焉。下車歲值焚穀，菜其色者囂然掠閉糴之室，則慨然捐懷資之金百，藥病者，棺死者。更犯不測，抗言當道，截留粤海鳥艘，果萬腹而杜亂階，澄人尸祝至於今。他如修學造塔，優士通商，卻常例，戢囂訟，恤煢獨，設義冢，庭有清天之誦，獄無夜月之號，士紳頌德之詩謠，種種載之。時大中丞玉沙王公、柱史綿貞周公輩，亟以破格即真，推轂於當事，會以憂奪。再起，丞溆浦，其聲迹猶之海澄也。

公性素簡樸，斗粟尺縷戒暴殄，而周急濟乏，惟恐不洗其橐。同官共事中，有病不克膽，死不克殯，以無辜褫其秩，而躑躅於殊鄉者，必爲之經紀周旋，而卒不望其報，又無以異於分惠宗戚，久而繫人思也。至其生平樂道人善，不訐隱，寧煦冷不因人熱，雄於飲而不及亂，歲時伏臘修家蒸，輒及其外王父母，於前母婁孺人之子姓，雖凋替必加禮焉，則皆行古之道也。人商瞿而天伯道之，茫茫者誠不可問，毋亦往因定業，有强之而不可得者耶？

嗚呼，起宗之違父而魯也，僅一歲耳。天降之罰，而藥餌不及侍，補泄不及調，彌留永訣不能待。天地雖大，此恨何窮？殆所謂有若無耳。迺幼及壯，追隨吾伯者四十年，而生得承其顔，病得卧其側，含殮得盡其哀，自服官以來，朔望瞻拜如生存，宦邸家庭無闕祀。兹更得從寢苫枕塊中，奉吾望八嫠居之伯母，與父事其兄之季父，踰七無兒之寡姑，率其從弟起安、既廩子襄，以毖慎匡嗣孤之不逮。奠告成禮，舉靷執紼，而窆吾伯於元廬。語云“送死當大事”，然則吾伯雖無子而有子，聊以區區一念，藉手報之云爾。

哀端紛觸，詮述無倫，自媿言不足爲地下重。然情至者語必真，或不至近諛而近誣乎？故既蹠實爲之誌，而更銘其麗牲之石。銘曰：

才不必貴，仁不必後。缺陷世界，明德何咎。哦松汎蓉，聲騰實茂。南郭新阡，肯堂肯構。植柏森森，瀧岡比秀。伯兮經始，民德歸厚。續嗣其祖，穀滋華胄。綿綿者隆，内省不疚。勒此貞珉，金石其壽。

誥封奉直大夫寧州知州冒公汝九墓表 家譜

倪元璐

嗟乎，奉直冒公及其配宗宜人之墓。

公諱夢齡，字汝九，别號元同。自其祖光禄公參軍積德行義，以至於今。公以明經再爲邑令，擢爲寧州守，不赴官而歸隱，自稱逸民。以其子貴，往來板輿丘園之間，賦詩飲酒二十餘年，以疾終，年七十有一。宗宜人後一年歿，年亦七十有一。

當公之殁，如皋之人皆巷哭。其前二十年所治會昌、酆都之兩城，亦巷哭。其東魯之曹人、濮人，歌舞觀察者，以爲觀察之治皆公教之，天既奪公，又去觀察，亦巷哭。

公歿二年，觀察負土治阡此地曰萬花園。阡成，而騎而過者，必下拜低徊久之，曰“嗚呼，汝九先生”云。

元璐蓋觀畸行致專之士，執其一德以成名者多矣。然自其執之，必有其賊，執水賊火，執觚賊規，亦不足貴也。所貴乎汝九公者，以有所執無所賊。有所執無所賊者，其止執鈍，不以賊其才；其進執下，不以賊其志；其安執繩，不以賊其氣；其危執義，不以賊其懷；其自養執達，不以賊其性；其應物執傲，不以賊其禮。

當公始驤，自期飛逸，及既沈挫，浸成蠹魚。哦於學宫者十年，入爲雍弟子都養又二十年，一編之外，無復馬足。一旦臨政，鋒鍔華照，鋭然而出。此謂其止執鈍，不以賊其才也。

一第如登，乃投儒幘，人謂公夷求苟熟，幸不饑耳。公植眉彈骨，争長名人，先治會昌，小者正靡俗，發漏誅，大者復圮梁，鼎頽序；既移鄷都，大者捍彊寇，保危墉，小者靖奸氓，察猥屬，磁鏄、卬杖不入庖裹，列侯屏息而歸霸焉。此謂其進執下，不以賊其志也。

當其無動，烹鮮駈鷄，循循粥粥，其言曰："吾欲使大事化小事，小事化無事也。"及乎悖酋發難，山川沸驚，孤城委賊如嗉中粟，而公義激脉張，車劍並及，乞師石砫，人賦《無衣》。内誅叛徒，外靖梗旅，空鐺能饋，市人可兵，鍪甲蟣生，久益騰壯。此謂其安執繩[①]，不以賊其氣也。

公既捐生辦賊，斥遠妻子，羽書廬午，綸扇無措，顧猶飲酒示暇，召客爲歡。一賊來鵬，三軍皆舞。一日作詩寄觀察，有云"爾自好爲吾不褻，登陴入社又開尊"。此謂其危執義，不以賊其懷也。

公散才於詩，歸轍於酒，詩日不輟吟，酒不盡二斗，不達曙不止。或諫之者，曰："吾如日暮不再旦，死則葬陶家側耳。"又嘗告人曰："異日祭我於墓，不如及今觴我於室。"曠達如此，自命曰達庵。而每懷其伯兄别駕，輒涕泗闌干，期功之哀，必廢絲竹。此謂其自養執達，不以賊其性也。

吐蠅彈梟，不耐人過，一語不投，瞋齘俱作。而以性好施，或告之疾病患難者，小者脱驂，大而分宅，雖欺之亦不恨。畏見貴人，望冠蓋影即避匿。或遇諸塗，不語而唾。而市氓野老拱揖致恭，曰人之與人，疇貴賤乎？此謂其應物執傲，不以賊其禮也。

凡若此者，是爲龍德，當此之時，公甚賴有宗宜人也。宜人之告公曰："立德不在立名，積金不如積德。夫德積之而愈神，名不立之則無敗。以其爲德，則不賊名；以其爲名，則不賊德。"公終身行此兩言耳。夫元同公之爲有元德者，以其出則不懼，入則無悶。元同公之所以能無懼悶，陶陶永世者，以其内友宜人，下子觀察。内友宜人，以謀其忠孝，下子觀察，以謀其詩酒有餘矣。

且夫天下之君子，不必皆蕩坦也。使天下之爲君子者，内顧莫爲之簀翻，則忠孝不可樂；下視莫爲之堂構，雖詩酒必有憂。妻之曰齊，子之曰似，豈不然乎？

觀察以己卯三月既望襄事，增城先生既誌其幽，又使余著之。余兄事觀察而甚知公，則不可辭。然余嘗好爲大氏之言以盡物，如元同公與宗宜人者，舉其一端，可廢高行十傳。《易》曰"巽在牀下，用史巫紛若"，此言處巽致飾，馭明之術，馭幽則以直，不繁稱也。

---

① 原注：廣生案："其安執繩"下，當奪"不以賊其氣，其危執義"九字。後（指下一段）從縣志補七十一字。

按文云，增城先生既誌其幽，當有湛若水撰墓誌銘，俟訪求補入。廣生記。

太守墓誌爲葉宗伯撰，頃搜得補録，文貞誤舉增城耳。又記。

誥封奉直大夫進四品階冒公玄同偕配宗宜人合葬墓誌銘 逸園石刻

葉　燦

萬曆丙申歲，余同廣陵冒公玄同被里選，上公車，試於天子之廷。是時公以高才博學，褎然高等，聲名大噪於都下。卒業北雍，詣愈深，名愈高，公卿貴人無不人人以大物相期許。屢試不第，遂以親老乞一官。兩載爲令，已遷守，遂拂衣去。夫婦偕隱退而自處於逸民，後先相以天年終。

其子僉憲君宗起，將以崇禎己卯年三月十六日，奉公與宜人合葬於萬花園祖塋之左，以余與公爲兄弟交，具狀叙述高誼，纍纍以誌銘請。余無以辭，遂泚筆而爲之誌。

公諱夢齡，字汝九，號玄同，世爲揚州府之如皋縣人。祖承祥，光禄寺監事，祖母劉，年皆九十二。父士拔，廉州府經歷，再遷松潘衛參軍。母沙孺人，生二子，長夢辰，官别駕，而公其仲也。

公生而穎異，自幼讀書，一過目輒成誦。孝廉宗雲衢公見而奇之，以女許焉。長而習制舉義，輒開口驚人，不斤斤於尺寸繩墨間。父欲老其才，至年十九，始令其就童子試，三試而三冠其群。公文如千里之馬，不可控御，父慮其泛駕也，恐不合有司之程度，課之嚴，稍不如意，即予杖。自是屢試皆第一，受詹、柯、饒、陳四文宗之知，亭亭傑出諸生中。

丙申，膺選貢，廷試卷爲公安袁太史所賞激，進呈。入北雍，與周相國文岸、陳大參磵雲、凌侍御存我、汪侍御石蓮輩，朝夕以文事相切劘，聲稱藉甚。而李相國九我尤亟稱其《易》義，當大魁天下，視一第猶掇之也。

已三試場屋，而三不第。己酉丁父艱，壬子服闋，謁選吏部。郭天谷、沈懷槎兩公閲其卷而擊節曰："是必從蒲團跏趺得來者，何小就爲？"而公以母老辭，遂授江西贛州府之會昌縣。

縣僻左在萬山中，民有古風，而吏治久墮窳不振。公首進士若民，徧詢其利病，始知水東石圯而孔道梗於是,因捐槖中百金以爲之倡,而横江之橋成。學舍鞠爲茂草者已十年,苜蓿先生,青青子衿,如飄蓬斷梗而無所定。公清漏籍之僧田,而廢學鼎新於不日,未嘗以興作名,而民間無絲粟之擾,青螺郭公爲文記之,此其經綸擘畫有過人者。至於市猾紿少年以廢箸,非族亂本姓以承祧,與夫勃谿幽隱,鬩牆參商,民間瑣尾情狀,不可悉數,一惟諭以至情,而人人皆爲之感動。卒以化大事爲小事,化有事爲無事,一如君所自狀云。至於懲庫胥,嚴廷鑑之黠猾,治流民張鳳之刦掠,伸殺人李世宗之大法,而遠近翕然誦神明焉。

丁巳,值母沙孺人之變。是時撫按重其品行,署上考而以内艱去,不及需封典矣。己未,服闋。庚申,復除四川之酆都縣。辛酉,履任。蓋蜀中極衝疲地,視弛廢之會昌遠甚。公毅然欲整頓之,而奢酋重慶之變忽作,去酆都僅五百里,爲鋒刃首接之區。公乃遣妻子歸,曰:"臣子報國,此其時矣。室家爲累,徒亂人意。"隻身朝夕拮据,以大義激石砫之女帥,兵出而餉不繼,則勸士民義助之。立誅叛民王元臣,計擒從逆之楊榮,散銀杏坪妖民之乘隙,陰折懷二心之陳土司,於是人心始稍稍定。諸路援兵舍舟而陸,輿馬供億日以千數,皆咄嗟立辦。監司有發金易粟責,負運於遵義者計千石,費金十倍,因力争之,卒得請報罷。蓋自辛酉之秋以逮壬戌之夏,晝不暇餐,夜不合睫者,幾一年矣。而搶攘中鎮定自若,猶與諸博士、孝廉結社賦詩,如在會昌山水間嘯咏時也。無何,重慶報恢復,一時郡邑共事諸公,上之徼金吾之蔭,次亦超遷卿寺曹郎,而公不言功,功亦不及。是年秋,僅量移雲南之寧州。公囅然曰:"吾以全城還百姓,以全體還吾親,吾願足矣。又安能以垂老之年,汲汲皇皇於車塵馬足間耶?"

歸而築園於古洗鉢池之旁,名曰逸。蒔花疊石,與故交親朋角飲徵歌於其中,雄談高會,日各進大斗數十,不達旦不休。乙丑稱六十,宗起乞李本寧、陳眉公兩先生文爲壽,公驩甚。

戊辰,宗起成進士,官行人,時時便道過里門歸省。是年以登極恩,公得晋封奉直大夫,妻爲宜人。庚午,以皇太子册立恩,詔公以五品官得進階一級。

壬申,宗起赴闕候考選。癸酉,官南考功。公就養邸中,日尋幽覽勝,探梅看花於靈谷半山諸名勝間,飲酒稱詩以爲樂。而宗起昕夕侍奉,求所以得父若母之懽心者,亦無所不至。未幾,有山東按察之命,稱七十觴而後就道。爾時流寇縱横中都及淮揚,方控禦之不遑,而公忽得病不起矣。

宜人自歸公家,克盡婦道,挫鍼治絣以佐讀。性端静,雖燕處不輕一言,言必關大義。每言人立德不在立名,積金不如積德,蓋得之尊人孝廉之庭訓。兩佐公爲令。在會昌,公退衙,每事必告於宜人,無憾而後即安。酆都之難,侃侃大論,謂公曰:"天子置令,南面而臨百姓,存亡當與民共之。"有俠烈男子之風。

自蜀還，即茹伊蒲，持木槵，日誦佛萬聲，以爲公祝。雖晚歲皈依净土業，而僧尼不入其門。上而事兩世之翁姑，以孝稱，中而事諸伯叔之翁姑，以賢稱，即下而處伯仲娣姒中表間，莫不周旋中禮，得當其心，真可謂温恭淑慎賢媛哉！

余睹公生平豪於文章，有盛名，公亦自負其奇，不可一世，視青紫如拾芥。而公安、晋江諸大老皆當代隻眼，自非於文字中秉獨用之心，具英異之骨，决不足以回其眄而驚嘆賞譽不已。竟落落不偶，俛首一官，不免折腰於督郵之前，而氣凌霄漢，志凛冰雪，常森森挺挺於稠人廣衆之中，有下視一世人之意。雖當羽檄交馳，白刃皚皚，抱頭鼠竄，股栗肉顫，不敢吐氣，往往而是，公從容料理，處之甚閑，非才力膽智過人百倍，安能有是。

後世皆以縣令爲卑小官，即官於此者，亦以爲傳舍，而身視民、家視國者，屈指能有幾人？不知天下郡縣鱗次櫛比，處處得人，亂胡自生？即有不測，旋生旋滅，則令長一官，實天下大治大亂根本，其職任隆重與宰相等。馬周、蘇綽懇懇言之，韋賢以明經馴至宰相，漢治之所以近古也。

公深心學問人功，在鄖都不自言，自是有道君子之本色，然卒無有一人爲頌言之者，一時情事可知。宜乎有志之士急流勇退，高蹈長往而無返顧之心也。

公自解綬歸，以詩酒爲膴産，以積善爲功課，每談及文章得失事，猶不覺技癢。公不得之於其身而得之於其子若孫，天之所以報善人者，不可謂不厚。但英人杰士，一生負奇鬱抑齟齬，不得展舒胸中壘塊，忽忽不平，豪氣固然。而操行凛凛，杜門獨處，干旄不接於時貴，竿牘不通於郡邑，至事有關於一邑之利害，則鑿鑿直陳不少避。與人交，無藏宿，遇人有過，面折之，然卒以靡他而人無憾。

慷慨赴人之急如救焚拯溺，而尤篤於兄弟宗族，親戚朋友，孝友慈愛，輕財尚義其天性。凡無居者、無食者，或貧不能婚，喪不能舉，乏嗣而無後，寃誣而不得自白者，必悉心爲之計。不難捐其所有，以代爲解釋。

居官、居鄉，不受一無故之獲，不取一非分之有。爲人脱略於世故，而待人必恭而有禮，不作富貴客，亦不作長者態。衣不鮮華，食無二味，非暑不蓋，非疾不輿，坦易簡素，與宜人同心同德。被服語言，恬然無改於平時，猝遇之，不知爲貴人也。

公於學無所不窺，而亦無時不快樂。晚節號達庵，詩文落筆即就，有《兵餘集》、《逸園吟》、《渝變略》，合刻曰《得全堂存稿》。兼擅臨池真草，今摹本刻石，而尤得意於擘窠書會昌儒學諸大額，及揮灑於蕭帝、漢仙諸巖，平都、鹿鳴諸山刹，墨迹爛然，飛動如生也。

公真畸人，宜人真名德，然則豈獨陶翟、光鴻之英聲擅名千古哉！

公生於嘉靖乙丑之九月二十日，卒於崇禎乙亥九月之朔，宜人生於嘉靖丙寅年十二月二十之二日，卒於崇禎丙子九月之六日，享年皆七十有一。子一，起宗，字宗起，戊辰進士,文章經濟爲時名人,山東按察司僉事,娶溧水司訓馬化龍女,封孺人。女一,年九歲,側出,未字。孫一,襄,邑廩生,博學文章,磊落奇士,有父祖風,娶文華殿中書舍人蘇文韓女。孫女一,適故文學李之材子諸生鼎。曾孫二,小字曰賜,曰囗,未名。余爲銘曰:

二十八宿,木多金少。孕珍腹異,滄波浩浩。功德王長,黑暗銷沉。糶殺糴生,我思古人。天傾地折,人頭畜鳴。羞之洗耳,至行峥嶸。得時則駕,我黻子珮。知足不辱,陶答斯輩。挈國呼仁,其麗不億。三變滔滔,首禾誰氏。深山大澤,實産龍蛇。告之後人,左契靡差。公實絶倫,吾言匪誇。

冒公汝豫暨元配沈孺人墓誌銘 家譜

泰州 陸 舜

翁姓冒氏,諱夢雷,字汝豫,别號元龍。世居如皋之集賢里,累世簪纓,科甲蟬聯,特稱望族。曾祖引禮舍人坦齋公,諱誾。誾生光禄監事雙橋公,諱承祥。承祥生鴻臚寺環泉公,諱士撰,是爲翁父。其丈夫子五人,翁居次。秉性坦率,不尚華靡,持己接物,恂恂如也,人皆樂親之。孝於親,即如環泉公之所以事父母;友於兄弟,即如環泉公之所以待昆玉。蓋世德相傳,至環泉公稱盛,故公善繼善述,爲能丕承先烈云。

少習舉子業,未遂厥志,援例入北雍,不仕。寄情山水花鳥間,且樂善好施,故僅守先業而家無餘貲,其亦澹泊明志者歟?元配沈孺人,鄉耆沈公和宇女。及笄而歸我翁,勤儉和惠,貞静柔嘉,妯娌諸姑無不敬而慕之,聲名至今勿替。與翁舉案齊眉,有無黽勉,雖古梁孟毋以加焉。今者卜吉安厝,以予地介鄰封,且與長君交相友善,屬誌於予,爰撮其略以報命。

翁生於萬曆壬寅九月廿六日丑時,卒於順治丙申正月十九日卯時,享年五十有五。孺人生於萬曆庚子二月初二日未時,卒於順治乙酉四月十四日丑時,先翁而没十有一年。繼娶滿氏,廣陵文學滿公雨生女也。前後生子者三,長起宏,娶太學徐君三吾女,繼娶處士劉君愛山女,又娶處士徐君爾介女;次起實,娶太學朱君覺我女,俱沈出;次起霞,娶太學佘君毓奇女,滿出。女二,一適處士石君二醇子祐,沈出;一字鄉耆陳君良卿子淑和,滿出。孫男二,睿,幼未聘,起宏出;眉,幼未聘,起霞出。孫女四,一字石君篤生子爲峰，一字朱君爲憲子儼，一幼未字，起宏出；一幼未字，起實出。今卜康熙己酉十一月二十五日戌時，遵翁遺命，合葬於東郭祖墓之穆。

噫嘻，予不敢爲溢美之辭，以蒙過情之恥。按狀摭實而爲之銘曰：

玉韞山輝，珠藏澤媚。鬱鬱佳城，牛眠之地。翁暨孺人，世享其饎。振振繩繩，永錫爾類。

例贈儒林郎兼明威將軍文學冒公汝弼暨配旌節李恭人合葬墓誌銘 家譜

韓　菼

歲己未，余謁晋陽趙夫子於如皋。皋有耆舊曰巢民先生者，姓冒氏，負兩朝宿望，心儀久之，一朝獲遇，結契良慇。先生館余於其匿峰廬，日夕盤桓，因識其大阮瑞徵、蒙求昆季。時蒙求隸學宫，爲晋陽夫子所賞士。余既以巢民故，又與蒙求有同門之雅，因而訂交。乙丑歲，蒙求公車入都，視余於官邸。余適逢監試之命，私念爲國掄才，得才如冒君，庶可不辱，豈獨爲晋陽、巢民兩先生意中事哉！無何，蒙求抱疾，屈步二場，遂怏怏别。

越丙子，復來京晤，且泣拜曰："先大人早逝，先慈苦節數十年，幸獲應詔題旌。今丁丑十月合葬於城東之盧家壩，乞俯賜一言，以光墓門，則先人藉以不朽。"余烏容以不文辭，謹按狀：

文學公諱夢相，字汝弼，世爲揚之如皋人。始祖東林公，官兩淮鹽運丞，元末占藉如皋。至六世少參公鸞，與五世中丞公政，後先成進士，而肥鄉丞鳳、富陽令鵬，俱以政績文章炳蔚於世。肥鄉生坦齋公闇，坦齋生雙橋公承祥，雙橋叔子月塘公士拔爲巢民曾祖，幼子環泉公士撰爲瑞徵、蒙求祖，而公則環泉公之子也。

生而穎異，讀書一目輒數行下，爲文筆不加點，然嗜學沉潜純粹，不矜明慧，故造詣精深，不肯寄人籬下。弱冠補博士弟子員，與其姊夫許忠愍公直同硯席，相師友。忠愍公天資遲滯，竟日不能成一藝，每相一題，吮毫運思，不輕落筆。及其文成，則窮幽極渺，徑路絶而風雲通，公讀之駭然。以故公雖穎敏，亦往往執筆不肯輒下。公性豪邁慷慨，自負意氣，而忠愍公繩步尺趨，不苟笑言，故公亦爲之馴謹自飭，此雖忠愍公之大有造於公乎？而出而立於朝陛，臨大節而不可奪，爲一代仗節死義之臣，忠愍公以之處而著孝友於一家，爲鄉黨可儀可法之士，我公以之，孰謂公必有遜於忠愍者乎？

公幼鴻臚公爲聘許氏，忠愍公之從妹、理問許公其晋之姑也，未娶而歿。復聘李氏，邑庠生李公士位之女，即今生瑞徵、蒙求兩君貞節恭人也。

公奮志下帷，不利場屋。歲癸酉，母朱太孺人棄世，公哀毁骨立，一疾幾危。及庚辰，鴻臚公捐館舍，復哀痛不欲生。傷悲之餘，不惜勞悴，畢力喪葬，常以身先諸兄。公秉性肫誠，事父母竭盡孝養，事兄長克循弟職，處世尚謙和，交友重然諾。至若捐貲利濟，爲人排難解紛，種種善行，不可指數。

甲申之變，忠愍公殉國難。公聞之，撫膺大慟曰："吾姊夫可無負於生矣。余雖未獲一第，食禄王朝，然家世受國恩，飲水食毛，無非宗祖之遺，即無非王家之錫也。儼爾鬚眉，靦顔視息，能不悲哉！"哀感過甚，竟一疾淹淹而逝。

方是時，瑞徵纔數歲，蒙求僅離襁褓，恭人被髮毁面，以頭擊柱，惟欲相從泉壤，娣姒勸之不應，親戚勸之不應，其昆弟爲之泣勸而婉喻曰："母誤矣。死而有益，固宜死，死何益於冒氏？有二孤在，脱母一旦死，二孤且不保，何如忍悲茹荼，撫孤成立，光父祖以大家聲？孰得孰失，當必有以處此矣。"太恭人聞之，始曰："吾初不及審，特徑情直行耳。今由若言思之，死不義而撫孤義也。今何敢復自戕，以獲戾於吾夫，且至遺恫於冒氏之宗祖？"

自兹去膏沐，毁鉛華，飲冰茹蘗，足不越庭幃，終身不與宴會。及二子長，擇名師授父遺書，日則嚴師訓課，夜則挑燈伴讀，盛暑嚴冬無間。歲時伏臘，必懸公像而祀之，告以二子之成立，且以勗二子，曰："爾父何善言，爾其效之何？善行，爾其法之何？願欲爾其繼之述之。"語畢，復痛哭。如是者數十年。

歲癸亥，上命天下修通誌、郡誌、邑誌。有司以太恭人節烈上之，大中丞余公因以狀聞，奉命建坊旌表。壽八十又四而終。嗚呼休哉！

公生於前明萬曆丁未六月十有九日，卒於順治戊子四月十有一日。太恭人生於萬曆戊申二月初八日，卒於康熙辛未八月廿有三日。子男二，長起瑞，庠生，入太學，授州同知，例贈考儒林郎，妣宜人；次起蒙，領甲子鄉薦，授官守備，儒林例得兼明威將軍，宜人例得晋恭人，從子爵也。起瑞娶庠生李石生女，繼娶江都陳壯行女，繼娶鄉耆錢有霑女，繼娶庠生蔣爾昭女。起蒙娶姑夫庠生劉名佐女。女三，長適明經蘇嗣宗子、庠生翊，次適太學朱覺我子遂，次適庠生劉名佐子愈焯。孫男十一：與恒，增生，娶庠生袁相宜女；與晋，廩生，娶廩生顧岳宗女；與潔，娶太學佘浴咸女；與學，附學生，娶壬戌進士湖廣提標守府叢枚先女；與謙，娶庠生沈三基女；與觀，聘沈玉輝女；與堅，聘庠生姜子髦女；與麟，未聘；與喬，聘州同知吴天符女；與奇，與仕，幼未聘。晋、謙、觀、麟、喬、奇、仕，俱起瑞出，恒、潔、學、堅，俱起蒙出。孫女七：一適朱爲憲子俗，一適州同知高宏公子、太學潾，一適文林郎范斯立子、廩生大謨，一適州同知石句餘子、教諭爲墀，一適縣丞佘宛駒子、庠生瑞鯨，一適陳叔和子世瑀，一適州同知胡梁公子、教諭香山。俗、潾、爲墀、香山，俱起蒙壻；大謨、瑞鯨、世瑀，俱起瑞壻。曾孫男四：有孚，聘教諭石丹臣女，有聲、有年、有彩，幼未聘，俱與恒出。曾孫女四：長字朱叔裕子學優，與恒出；次字廩生范禹思子棠，與晋出；次二俱幼，未字，與恒、與潔出。

余掇其大者爲誌其墓，系之以銘，銘曰：

天命靡常，惟德降康。履無咎言，措罔弗臧。惟德懋之未顯，斯福履其彌彰。乃堅冰之永操，逾艱苦而弗忘。維考祥之終吉，越奕祀而恒長。佳城鬱鬱兮樂未央，子孫繩繩兮壽無疆。俾爾熾爾昌，長發其祥。

皇清例贈儒林郎兼明威將軍文學冒公汝弼神道碑 家譜

許嗣隆

冒夢相字汝弼，邑文學，以長子起瑞授州司馬，贈儒林郎，以次子起蒙官守戎，贈明威將軍。康熙丁丑，葬治東盧家壩，元配恩旌貞節李恭人祔焉。閣學韓公菼既誌其幽，余乃綜其梗概而爲之碑。

故明殉國吏部，邀我朝諭祭，專祠，賜謚忠愍許公直者，其生平以戚屬共硯席，相師友者，不數人，公其一也。忠愍爲文精刻沈摯，有度而遲，公則天機駿利，如彈丸之脱手也，故公嘗服膺忠愍之持重，而忠愍亦心折公之驃悍云。忠愍既死難，公以居母喪，嘗喪事哀毁過禮，不勝其憊，嬰瘵疾卒。夙負大志奇氣，未究其施，士林咸爲痛悼焉。

李恭人克成公志，自公辭世，二孤纔數歲，恭人撫育教訓，以至成童，有室家，績學立名，入上雍，舉孝廉，屈指前後苦節，凡四十餘年。歲癸亥，有司上其事，奉特恩旌表，得建坊閭左。嗚呼難矣！

夫不知其人知其友，公之才猷經濟未獲表見，當時徒然賫志以殁，以表所朝夕共學之忠愍，奇節彪炳不朽，則可知公之假以天年，其展布樹立，必有大過人者，而惜乎不竟也。觀恭人之從一而終，不二所天，而公當日之刑于其家，必雍必肅，抑又可想見已，是則可傳也。銘曰：

人亦有言，國易家難。人亦有言，國疎家親。庶幾中庸，行遠自邇。欲效忠良，先型妻子。坤維不忒，乃順乾剛。無成有代，終焉允臧。

明奉政大夫永平府同知冒公孺文墓誌銘 家譜

魏應嘉

余里居，客嘗有以文徵者，余曰"余弗工文，且弗能爲諛"，輒謝絶。惟崇禎壬申，雉皋冒孺文公嗣君繇衷者，以孺文七十壽祈余言，曰："與大人相知久者，無若先生，寧靳一言。"余謂朋友，五倫之一也，既與孺文結縞紵交四十年餘，心相知契，豈悠悠道路者比？遂不辭而爲之序。

乃孺文登年七十有四，時爲丙子秋，忽絶粒不食，兼却藥不飲，卒於八月七日。前一日，預知車乘將至，至期竟瞑然逝矣。非清明在躬，慧識不泯，安能臨迫不亂如此也。嗣君繇衷等拭淚緘書至，曰："先人無禄，初度時曾承先生惠之以言，兹卜今歲二月二十有九日窆於新阡，與先妣盧宜人合壙，非先生念生死交，又誰誌其墓者?"余是以仍按狀而誌之。

吾揚屬著姓最多，在雉皋冒居一焉。按狀，公之先勝國時有東林公者，爲兩淮運丞，解任隱居東陳，遂占籍如皋。高祖父文學澹齋公瑺，以伯子少參公鸞貴，贈駕部郎中。季子鵬，公高祖也，自恩選令臨城、富陽兩縣。鵬生訢，益府典儀。訢生封文林郎承祐。承祐生守愚，以恩選任高陽尹，調繁安肅，遷德慶守，是爲公考。妣爲封孺人薛氏，以嘉靖癸亥十一月七日生公。

公生而敏妙過人，十歲能屬文，語即驚人。從仕高陽，與邑諸生共試，屢折其角。維時高陽公延孫相君愷陽兄司馬君於邑館，相君與公實同筆研，即相君兄弟胥奇之矣。間呈其藝於豫章鄧文潔公，公大加賞識。

萬曆癸未，弱冠補弟子員，試輒高等，邑令高公、司理常公皆屬目契異。乙酉，鄉舉應天，爲于文定公穀峰、李大宗伯棠軒所拔。丙戌會試，分較蕭以占太史業擬魁本經，乃爲謄録誤書譌字，主司欲稍後之，太史固争曰："此元家一燈也。吾目自在，寧再舉，弗忍後也。"放榜，太史物色公，深爲嘆惋，仍以南宫第一人相期。雖屢試坎坷，太史猶津津不去口，曰："文有定價，是當蘇而復上，安能困公?"公勵志曾弗少替。

至丙辰，復下第，公笑曰："人生固有命耶?"因謁選。太宰鳴岘鄭公猶奇其文不已，遂授湖廣之安陸令。公慨然之官，曰："古人一命心存愛物，尚能康濟，況出宰百里？民人社稷之寄，實綰於余，何不可展生平？資格原未局人，人自局耳。"

安陸，古郥子國，地介子午，俗悍民貧，豪貴接踵。公一意任勞任怨，不以一錢涸其清白。覈詭賦，代藩徵，清郵傳，公簽報，通協濟，神聽斷，擒巨憝，雪寃抑，崇文學，固扞掫，活饑筦，種種善政，洽於士民。

將議調京山，乃以邊才推丞永平，贊畫幕府。時仕者畏難，裹足不入，公叱馭以行，曰："事不避難，臣之職也。"兼程抵往。途次廩餼交際，一切嚴屏，廉正自矢如令。安陸時攝餉司，進羡鏹三千餘金，貂、参盈笥，目不一瞬。神、光兩朝，先後發帑金三百餘萬於軍，公手司出納，絶無染指。蜀土司勤王驕悍，玩約束，公一以法繩之，遂咋舌無敢譁。其不茹不吐，清正有威，又如此者。

會當事誤受降，城遂弗守，郡人乃以百身爲衛，獲達會城。蓋權秉操之者衆，約結不得伸，諸公鑒其冰蘗有素，還其初服，而公之心愈苦矣。束髮讀書，期得一當，命與時迕，内外交躓。然自昔宦邊者，視爲攫金速化之地，今於孺文何有？則郡人乃心不忘，豈聲音笑貌所能得哉？

公性孝友，事父母以志，養必得其懽。有恙，則廢寢食，籲天願以身代。其於念祖尤切，領鄉薦時，哀封公弗逮，謝宴不赴。其病思食鯉，旱涸無魚，公終身不食魚。即躋之古人至性天成者無異矣。歸田表正一鄉，望廬者息訟。至税江田，闢水門，大者如塞牙橘，毅然爲百姓請命。偃室不至，樹有高風，而又恥爲寒蟬，如隱情惜己，巧於處錞者。

夫以公之才之識之志，自弱齡已具。仕百里焜然有聲，足以張楚。及乘陣枕戈，卒扼其兼器之用，此即春官屢蹶之屯蹇也。命實爲之，其謂之何。余素知公，即以"公有命"一言概公生平，誌而銘之，非諛也。

公配盧宜人，端閫秉家，慈淑有譽。生子二，長繇衷，次孚衷。銘曰：

身處脂膏而弗潤，貞所操兮。志呑湖海而弗遂，惘所遭兮。仁親念祖，閭里同褒兮。篋笥有文，洵緜毫兮。易簀不亂，終以露其英髦兮。崇丘蔚如，是足永啓佑於雉皋兮。

先室盧宜人墓誌銘 存笥小草

冒日乾

宜人姓盧，世爲如臯望族，其先嘗以尚義旌。大父左泉公諱守儉，仕爲浮梁少尹，而廣德司訓象山公諱志仁者，宜人父也。母石孺人。司訓公與先府君奉議大夫好，宜人之生也，奉議公適在坐，遽請以字余。年十七，歸於余，蓋少余五歲云。

先府君奉議公及先妣封孺人薛氏憐愛之逾於女，而宜人之事奉議公、封孺人也，婉順備至，無幾微不當其意者。余與伉儷四十年，敬慎不失，未嘗以一語相加遺。其處娣姒怡怡如也，子姓肫肫如也。

宜人温柔簡重，嚬笑不苟，姻婭宴集，寒暄數語，相對穆然。其他或語刺刺，宜人聽之，裒如充耳而已。覆人之過，不窮人之情，厚施於人，無德色。而忮愎者或修夙郄，抵微罅，宜人多忘之不較也。余家世敦素風，而宜人遵之，澣疏以爲常，瑲珥衿繻皆嫁時物，曰“能長守此足矣”，不隨時好爲易置也。

余數上公車，别常逾時，宜人雖念之，不爲惘惘之色。最後余不無倦遊，而宜人輒爲勸駕，謂：“先期北轅爲沉舟計，庶有濟乎？乃徘徊里門，日刺促人事中，何也？”余愧謝之。余小草之楚，以宜人從，楚壤瘠而令又刻廉自喜，邑厨蕭然，宜人甘之，更爲宣子賀貧也。余曰：“嘻，非宜人，疇成令廉者。”既余謬以推擇，稍遷貳永平司李幕府，宜人留守舍，猶時時遥寄語，相勞苦，王事靡盬，好爲之矣。然而余李官日治爰書，幸文無害，他不得問也。亡何，罷歸，與宜人相視，顛毛種種皤矣。余以出塞嬰寒，膈間作楚，微風觸體，輒發輒劇。宜人常泫然爲嚙指分慟，余感其意而傷之。

久之，宜人以病脾卒天啓丁卯四月初七日，距生隆慶戊辰五月十七日甲子正一周矣。子男二，長繇衷，庠生，入國子，娶太學顧公文斗女；次孚衷，庠生，娶斷事石公養静女。孫男四：儼然，聘鄉進士佘公大美女；偉然，聘理問許公邦彦女；闇然，未聘，孚衷出；泰然，聘太學佘公章美女，繇衷出。孫女五：一適太學張公明瑞子庠生雅度，一適鄉進士李公猶龍子庠生之聘，一字庠生吴公從義子之倩，繇衷出；一字庠生范公廷瑞子元龍，宜人之妹之孫也；一幼未字，孚衷出。以崇禎五年正月十一日葬於治東新阡，而余爲論次其概志之。

先是，光廟覃恩，余以邊例與焉。銓部疏請得旨，予封。已而邊城不守，璽書未下，乃予封之旨載在司封，則已王言如綸矣。故稱宜人而不言誥封者，志實也。

嗚呼，余性卞而宜人濟以寬柔，余性易而宜人規以毖慎，余性伉急而宜人克以沉潛,宜人吾益友也。其爲内助多矣,豈必斤斤持籌,不失尺寸,爲足以見其才耶? 宜人逝而貿貿誰與匡余? 余所爲腹悲也,系以銘。銘曰:

其德豐,其貌豐,其遇未豐,其子孫必豐。

封文林郎雲南大姚縣知縣冒公月王墓誌銘

李文秀

公諱霽,字月王,世居江蘇如皋。累世膠庠,少通經術,達吏治,沉毅寡言笑。事至則剖晰毫芒,絲分縷解,辨窮萬變,而斷以片言,長老往往驚異,以爲吏才天所授也。

時天下甫定,經略洪公以節鉞巡行南方,羅致英豪於幕下。得公與語,大悦,奇其才,即授大姚令。大姚爲邊徼劇邑,素號難治,人或爲公憂。公曰:"不遇盤根錯節,不足以別利器。"襆被抵任,下車勸農墾荒,鋤强戢暴,嚴定科條。出則聽民遮道白事,停輿研鞫,操筆定讞,且詰且判,案無留牘,决遣如神,吏畏民服。

縣轄境有烏龍口,盜藪也,嘯聚千人謀亂。公探得實,密稟上台,潛發輕兵掩捕,擒其魁斬之,餘衆解散。弭變迅速,大府獎其功,以治行卓異薦用。盜忽糾黨劫庫,抄掠一空,罣吏議褫職,旋以緝捕出力,事平留任,出私囊賠公款。

秩滿,以養親告歸,隱皋東,杜門不出。桑麻雞犬,樂享田園,怡然與田父野叟遊,自忘其爲宰官之身,人亦忘之而愈敬之。康熙十年三月初三日,以疾卒於家。距生於明萬曆壬子歲五月十七日,享年六十。

曾祖璠、祖紳,俱前代明經。考一舉,勅封文林郎,晋朝議大夫。妣氏陳,封恭人。配蔣孺人。子四:琛,隨叔父任所,以官籍補龍陽縣學附生,婦陳氏;璵,娶謝氏;璪,娶繆氏;瓛,娶張氏。女二,長適沈威如,次適楊嵩年。孫某某。

其子琛等以十一年某月某日,葬公於縣東六十里雙甸鎮北鄉八字橋河東本莊吉壤,乾山巽向。余司皋篆,與公昆季世敦寅好,爰不辭而繫以銘。銘曰:

明敏果决,才萃厥躬。寬以御衆,猛以即戎。携兩袖之清風,退而老於廉讓之中。毅魄埋於故土兮,奠靈爽於幽宫。

封文林郎晋封朝議大夫湖廣龍陽縣知縣攝辰州府事冒公蒨園墓誌銘 河東十世

石維崧

康熙二十八年己巳春閏三月二十日，故湖廣常德府龍陽縣知縣冒公蒨園考終里第，春秋六十有九。

公諱正宗，字明允，號蒨園，世爲如皋人。明廪膳生諱璠之曾孫，廪貢生諱紳之孫，勅封文林郎晋朝議大夫諱一舉第四子也。夙負偉略，志期用世，欽逢昭代龍興，走謁京師，遇乳松公裔孫，敦同宗之好，爲居停主，薦隨經略洪公南下，與參戎幕，叙功以知縣用。引見信郡王，大異之，知儲幹濟才，特授藍山令。

縣居衆山中，林深箐密，匪踪出没。公至，設法擒治。河山殘破，榛莽塞途，募民墾闢，勸課農桑，境内獲安。比及三年，家給户足。大憲察吏，擢爲上考，曰："良有司也。"調任龍陽，繁難甚於藍山。

縣故荆楚地，民俗獷悍，公喟然曰："漢文翁化蜀，唐韓公治潮，龍陽僻遠，吾獨不能覃敷文德乎？"爲之設學校，置義塾，擇士之賢者爲之師，導以詩書，漸以禮義，風氣開通，翕然絃誦之聲達乎四境，比鄒魯焉，公之教也。民歌之曰："我有田疇，冒公治之。我有子弟，冒公試之。冒公而去，誰其嗣之？"

適辰州府缺員，難其守，上憲檄公往攝篆務。公陞任去，父老遮道攀轅，不獲留，爲建德政去思之碑。石碣嵯峨屹立湘水之南，邑人望之，莫不曰"此冒侯遺愛也"，頌聲徧遐邇矣。宜乎天語嘉奬，褒崇循吏，而子若孫鳳毛麟角，長發其祥也。

德配胡恭人，安定先生之裔，賢媛也，先六年卒，壽五十有八。子三人：璘，文庠生，娶陳氏；珙，考授州同，娶朱氏；瓚，考授州同，娶石氏，繼陳氏。女一，適范孫某某。祥祭禮畢，諏吉扶櫬，葬於鴻臺公墓之右，猶生時子侍父側之義，山向俱依正穴。余與執紼，屬爲之銘。銘曰：

官南方，莅楚疆，陟九嶷，歷三湘。民遺愛，存甘棠，返故土，封若堂。靈來兮，薦馨香。

明誥封中憲大夫督理七省漕儲道山東按察司副使前吏部郎中嵩少冒公墓誌銘 代鄒之麟，湖海樓文集

宜興 陳維崧其年

甲午冬某月某日，如皋中憲大夫嵩少冒公卒於家。其子襄以訃聞於某，某旋爲位哭之。越歲乙未，襄復渡江千里，涕泣拜且言曰："先大人之棄藐孤一載矣。惟兹遺命，將以某年月日葬先大夫於祖塋之昭穴。墓門片石，冀所以不朽先人者，惟在先生也，願先生賜之誌而繫以銘，襄幸甚，先大夫亦幸甚。"某老矣，生平與公子游甚驩，又辱公知最久，雖不文，其何敢辭！

按狀，公姓冒氏，諱起宗，字宗起，號嵩少，廣陵如皋人。始祖致中，元末爲兩淮鹽運司丞。至如皋東陳鎮，土風饒沃，顧而樂之，遂與隱士郭通甫家焉。張士誠雅慕公，因亂挾公入吴，封妥督丞相，佯以疾辭。久之遁歸，聚書一樓，終身不仕。

二世仲彰，善岐黄家言。三世永宗，積學善屬文，益發祖書讀之，亦終身不仕，學者私謚潛德先生。四世釗，處士。五世太學琯，以子鸞貴，誥封奉直大夫。鸞，弘治癸丑進士，官至福建布政司右參議。而成化乙未進士，巡撫寧夏，都察院左副都御史政，實公之弟云。六世鳳，肥鄉主簿。七世闓，益府引禮。八世承祥，光禄監事，夫婦皆年九十餘。九世士拔，松潘衛經歷。十世夢齡，字汝九，號元同，以明經起家，屢遷至雲南寧州守。所至有能聲，後誥封奉直大夫，晋四品階，即公父也。母宗宜人，卭州守雲衢宗公女，是生公。

公生而豐頤，偉幹虎項，舉止英爽，記誦異常兒。寧州公心奇是兒，欲以嚴見憚者懾之，而寧州之兄海澄别駕也者無子，視寧州之子爲子，則又絶憐愛之矣。公年十一歲，已工屬文且敏。寧州公每飲馬丈某所，日課公《四書》題一，即於席間覓敗赫蹏書去。夏月，公或浴於室中聞之，浴罷，立脱藁。馬丈者，公外舅也，酒間讀公文，立起舞。而寧州老友殷承麗、張成倩，暨群從伯廖諸先生，讀公文，又無不各起舞云。

十七，補博士弟子員，才名鵲起大江南北間，先後受知於督學使者熊公芝岡、駱公浸魯，遂以高才生餼於庠。而知縣新鄭洛望熊公者尤奇公文，常一歲拔公數十冠軍。他臺使、郡守觀風季試，公又輒第一。然居恒輒擥腕自言曰："人生握三寸弱毫，當於百萬軍中取大將軍頭。彼見小敵勇而沾沾自喜，何爲耶？蓋淺之乎其爲丈夫者。"以故公文益工，學益殖。

丁未，娶馬恭人。癸丑至乙卯，從官會昌。戊午，舉應天鄉試。捷騎至，宗太宜人

囅然一笑曰："吾兒與吾父何先後奇合耶？"蓋太宜人父卭州公實以前戊午登賢書，閲六十年，公又以戊午雋云。

公既以文章膺鄉薦，取盛名，而生平性至孝，自應試計偕外，無一日不侍寧州公、宗太宜人。己未，寧州公患滯下，性又卞，病輒駡醫者勿與通。公宛轉事之，輒勿藥愈。

歲卒酉，而重慶奢酋之變作。重慶者，夔門之要害處也。時寧州方由會昌補蜀之酆都，重慶距酆都順流且五百里而近，賊兵旦夕抵城下。公方從宦署中，事急寧州，則誓獨身餧賊，命公奉母挈妻子以行。蠶叢殺人如麻，錦官城百里無鳥雀，公橐中無一倈錢，荆江惡浪如雪，崎嶇數閲月，始達楚會城。熊撫軍假以兵符，始得歸。熊撫軍者，嘗觀察廣陵試時拔公文第一者也。公既奉母歸，而念蜀道遠於青天，倉卒不易得圍城信，於是歲暮矣，伶仃風雪，涷走鑾江，僦逆旅半間卒歲。蓋此中多楚、蜀長年估船，最易得百丈消息也。

無何而重慶之圍解，寧州公量移滇南，尋解組歸，而寧州之兄别駕公亦由海澄致政歸矣。别駕、寧州既先後歸，而公又以名孝廉兩試春官不第，弟兄父子方家居，謀所以奉兩老人歡，恐不能得當也。則爲園一區，顔曰逸園，蒔花竹，築亭榭，以居兩老人。兩老人善酒，諸賓客率亦多善食酒，園中惟置酒具，鴟夷纍纍，自床頭直至門外。花朝月夕，公率婦子潔滫髓，市藥果以從。往往参横月没，猶屏息伺兩老人叱酒聲。

别駕公尋以病殤，將不治，公侍疾不異視父母。時别駕公疾革，呼公語曰："豎子，吾惡夫世之無子而欲立人之子以爲子者。今爾之視吾，不異視爾父，而吾之憐愛爾，或更踰爾父。他日者，爾以一人奉吾兩人烝嘗，吾何患爲若敖之鬼乎？千金之産，悉以屬兒，外此不分一錢也。"然别駕公没，公卒力贊寧州公爲擇疏屬一人嗣之，復命其幼子裔繪别駕公夫婦二像張堂中，歲時伏臘奉祀不絶。

别駕歿，而寧州暨宗太宜人屢歲稱六十觴云。公次第贄海内賢公卿能文章者，爲文以獻，寧州公驩甚，太宜人亦驩甚。時公年將四十矣，兩尊人俱六十餘，思欲得一第以爲父母榮。念三上春官，輒報罷，乃發憤入都，與同年生汪無際者鍵關寓所，作文百首，每首輒經汪點定，今《春鮮閣稿》中諸作是也。稿成，復經成忠烈、艾東鄉兩公評以行世。遂以是年登進士第，蓋明思宗登極元年也。釋褐，選行人，公特疏請覃恩，於是寧州公晋封奉直大夫，母封宜人。元旦，公率其父若子，奉所錫雲錦之誥於堂上，寧州公服垂鵰而帶鈒花，宜人披霞衣而冠翟羽，里閭媢黨無不侈爲盛事。同榜之緣公請而獲封其父母妻子，且一日者至四百人，尤爲異數云。

公爲行人，凡三奉使：一護温陵楊相國還里，二册封魯藩，三以郵典使浙，皆得以便道還里省親。當庚午之奉使還也，而北兵之薄都下者且累月矣。四方勤王師雲集，皆逡巡不敢至城下。城内人莫得城外人消息，公獨穿萬馬長營入朝，朝中始知外臺事。諸公争額手稱慶，而吴門文湛持太史尤敬異公。

壬申應考，選授南京吏部考功主事，癸酉，轉郎中，皆迎養寧州公於留都。暇則板輿舁寧州公暨金陵一二故人，探梅於靈谷半山諸勝。甲戌，而分巡兗西，整飭曹濮，山東按察司僉事之命下。始公之考選也，法當得御史，即不御史，亦不當考功南京。繼公之爲吏部郎也，故事，正郎得計吏。公正郎，復不得計吏，其兩失之也，則一以同鄉貴人故，一以失冢宰驩故。公既失冢宰驩，由考功郎官兗西，則遂將之兗西。然是歲寧州公實七十矣，公先期丐海内賢公卿文爲壽，如乙丑稱六十觴時，乃瀕行復遲遲行也。而寧州公素性卞也，且以嚴見憚。公即以衣冠見，不命坐不敢坐，有所告，幾囁嚅而後言，故命出無敢阻。是行也，寧州公叱之行則行，行而流賊之破汜水，薄歸德、虞城者，勢且窺黄河，公乃同曹人劉澤清拒河。公拒河而風聞賊之躪中都者且及淮揚，公憂甚，則屢遣急足問太公，太公報健飯。

乙亥九月，公忽於寧揚境上聞寧州公訃，痛毁幾不欲生。公時奔喪以南，而曹之一軍白衣冠相送，哭聲震天地，不下數萬人，一軍如荼。越明年丙子，太宜人復陡中痰疾，仆遂不起。公益搏胸大號，曰："昨年喪父，今年喪母，而皆不獲將湯藥、滌厠牏於床下也，某其非人哉！"哭不止，繼以血。

初，公之再出防河也，寢食黄流，遂及一載，風沙漲塞，兩目皆昏，即寧州長逝時，不及一相永訣。然同時之爲兗東者，安坐而獲高官，公雖經兩臺特疏，薦官如故，服闋補粤東高肇道。

高肇多珠玉、象犀、翠羽、香藥諸物，公釃酒珠江而設誓曰："吾他日撿粤中裝而以粤之一物歸者，有如此江。"甫涖粤，特揭發賕賄者一，制府據揭糾參者二，公直聲震天下，人亦以故争棊之，半載調衡永，又半載調襄陽。而襄陽新爲闖、獻屠破，勢更危於官曹濮時。

當是時，全楚震動，邑屋無人烟，左良玉鴟張於襄樊，張獻忠蟻聚於綿竹，降賊數十萬復出没肘腋間。撫軍、監司、守令，無一人可語緩急者，襄陽危在呼吸。公屹然不爲動，曰："男兒既委贄事君，東西南北，惟君所使。吾今誓與此城共存亡耳。"

公居襄陽踰年，降大股賊惠登相、王光恩等八萬餘人。而公子襄方以文名重天下，一時卿相争折節與之交。公子念父以勞臣而踐危疆也，戒家人不令公知，而陰泣血上書諸貴人。諸貴人頗心動，公乃得移寶慶，而乞骸骨以歸。歸未兩月，襄陽復破，或曰天也。

公自兗西迄請告，五調未晋一階。癸未大計，反以粤東發賄事，鐫四級。甲申，復補漕儲，而南北之變起，公於是不復仕矣。

時江淮盗賊蠭起，皋邑城外有灶户，而城内則中營，白晝殺人，縣門火日夜不絶。公度無可如何，則率家屬而依鹽官之陳梁以居。陳梁者，公子死友也。梁當未與公子交時，則已從公游矣。事稍定，乃復從鹽官返如皋。公歸如皋，見城郭、室廬、田畝都非舊日，遂邑邑不自得，構小齋爲舫，手一編，日坐卧其中，且旁通乾竺家言。暇則植寧州公墓上梧檟，與馬恭人弄孫爲娱，終不復通世事。甲午冬，遂以疾卒於家。卒之日，里巷爲罷市，父老子弟識與不識，無不哭之慟，曰："天何以奪吾冒公！"然余聞公十年恒於一室中切切自語，蓋爲祝宗之祈者非一日云。

公賦性耿介，毅然不可干以私，居官數十年，苞苴無敢入，竿牘卒不一至有司，有司亦絶嚴重之。事關桑梓利害，則侃侃言不阿，解紛排難，尤不欲使人知。喜施與，樂賑邮，蓋邑之生藉以舉火而死藉以葬者，又指不勝屈也。

先後著述有《拙存堂詩文集》若干卷，《七游草》、《律陶集》、《杜經質》、《史拈》，又《古今將相兼資志》，共若干卷，不下數十萬言。生平師友，與文相國震孟、陳司成仁錫、姚宫詹希孟、傅閣學冠、王宗伯鐸、蔣閣學德璟、何相國吾騶、馮鄴仙元飈、留仙元飂、倪文正元璐爲莫逆交。

公生於萬曆庚寅某月某日，卒於順治甲午某月某日，年六十有五。元配馬氏，誥封恭人。子三：長即襄，以明經授推官，娶蘇氏，同邑廣西左布政愚曾孫女，文華殿中書舍人文韓女，馬恭人出；次褒，邑庠生，娶宫氏，泰州癸未進士偉鏐女；次裔，俱側室劉氏出。女一，適封吏部主事李公伯龍孫，文學之材子，邑庠生鼎，馬恭人出。孫男二人，長禾書，邑增生，娶戊辰進士姚思孝孫女；次丹書，郡廪生，娶某，俱襄出。孫女一人，褒出。曾孫三人，曾孫女二人，俱禾書出。

余誌公墓而泫然不知涕之何從也，蓋自公没而江南北之遺老幾幾乎盡矣！既以悲公，又悲余之老而尚在也。乃爲銘曰：

廣陵僻姓，冒爲最著。前有大参，後惟憲副。跳盪淮海，人虎文龍。官不稱德，禄不酬功。誌公生平，公真不朽。所未盡殫，甲申乙酉。申酉之際，余所難言。風號大陸，海立乾坤。柔順且貞，幽芳以勁。祈死祝宗，公得其正。太湖浩淼，愁鬼所宫。余年八十，媿未從公。寧州幽宅，公藏其側。寒從父衣，饑從母食。文孫令子，公足以傳。伐此豊碑，於萬斯年。

明中憲大夫冒公嵩少元配誥封馬恭人墓誌銘 家譜

興化 李　清

恭人姓馬氏，如皋人，甲戌進士會稽令禹河公之孫，學博肖禹公之女，誥封奉直大夫寧州守汝九公之婦，山東按察司副使督理七省漕儲冒公嵩少之妻，甲申特用司李冒徵君辟疆之母也。

初，寧州與其配太宜人宗氏，惟蘋蘩之重，繼序之不易，且賢其子之才，思得婦之可與齊者。内外親戚曰馬氏舊門，蓋自述齋御史公以來，制科代興，其子女嫻《内則》，曉大義，爲公子擇婦，莫如馬氏。故恭人年十七而歸於公。

當是時，宗太宜人之姑沙太孺人尚在，恭人先事順指，曲得其歡，逮於大故，備極勞勩。沙太孺人常以公世父年衰無後，鞅鞅不得意，恭人即以所舉第二子其名曰銓者，從綳裹中授之，沙太孺人乃喜。病革，恭人衣不解帶，目不交睫，爲之調湯藥、滌厠牏，至百日不厭。後寧州及宗太宜人病，恭人奉之猶沙太孺人也。寧州殁，口孝婦不置。將葬，恭人從毁頓中力贊公以蕆事，墓門堂斧土木之工，數年然後已。其爲婦大都如此。

公諱起宗，由行人遷南考功郎，出爲兖西高肇衡永道，所至廉辦。及從衡永監左寧南軍於襄陽，時獻賊百萬，張甚，寧南復宿留，襄漢阽危。或諷公以病辭，恭人不可，曰："事不辭難，人臣之職也。君家屢世節鉞，屏藩繼以方州，受恩深重，且素以忠貞自命，奈何一旦臨危爲苟免計乎？"速公叱馭行。至軍以招降巨寇功，旋移寶慶，得請告歸。

而當爲考功郎留都時，一同官會必呫囁耳語，黜陟之枋幾移。恭人從屏户間竊窺其詐以驗，公不聽。後其人以調掌計躐京秩去，而先出公爲兖西僉憲，後浮沉楚粤，逮監軍之役，幾及禍，公始悔羡恭人先見。故服官内外，恭人有言，多從之者。非通大義而能若是乎？其妻道然也。

甲申之正月，流氛日熾，轉公副使督糧。三月十九之變，公遂歸隱不復仕。恭人亦以逸妻自期待，相與撫松采藥，若將終身，欽其風者，靡不以雉皋當鹿門也。

有賢子曰襄，字辟疆，有道能文，當天、崇朝，已與張金沙、陳陽羨、方龍眠、侯歸德、魏嘉善諸彦士稱顧厨領袖。或諷辟疆稍降志，富貴可拾取，曰："某懼無以對吾父。"甲午，公即世，漂摇之驚四逼，惴惴不能保門户，或諷辟疆稍降志，禍患可坐弭，曰："某懼無以對吾母。"以故比年以來，謗愈熾，道愈困，而辟疆力行孝悌，操亦愈厲，行年及老，終未矜射策之能，干入洛之譽者，蓋恭人之教於是爲多焉。

嗚呼，其賢哉！爲妻賢，爲婦賢，暨爲母又賢。考其所以奉尊嫜，相夫子，訓後嗣，非惟笄帷所不及，即士大夫多有愧之者。其他持身之嚴，閑家之肅，嫡庶之均德同仁，僕御之以威濟愛，爲公所常誦者，殆更僕未可數。故能克受成福，母儀著姓，享令名，徼皇寵。君子謂寧州當日鄭重誰差，而卒爲委禽馬氏者，其見蚤已及乎此，故曰"人道之際，惟婚姻爲兢兢"。非恭人，孰能副之，孰能副之？

以公前官行人封孺人，後擢副使晋恭人。子男三，長即襄，以壬午副榜選貢授節推,恭人出;次則褎,邑庠生;次則裔,太學生,副室劉氏出。女一,適庠生李鼎,恭人出。孫男七:嘉穗,貢監生;丹書,廩貢生,考授州同,有文聲;虞書、禹書、殷書、金書、賢書,皆幼。曾孫男三,溥,邑庠生;泓、渾,皆幼。孫女二,曾孫女四。

恭人生以萬曆庚寅冬,卒以康熙丙辰夏,得年八十有七。方恭人五十時,遘重疾幾危,子襄哀籲於神,願減己年及二子以代,又矢行萬善。已恭人漸愈,而襄長男果以痘殤。後襄復得子丹書,面目酷肖長男,而恭人竟壽踰三紀,人皆謂襄純孝積善所致云。

恭人卒之年,以十二月二十四日啓公之窆祔焉。前期,襄述恭人之行爲狀,授予曰:"敢以墓誌請。"嗚呼,予猶憶嵩少公之爲諸生也,嘗以文正予維凝世父,世父不暇定,乃命予執筆。文甚工,予之心器公始此。後公以戊午、予以辛酉先後舉於鄉,識面長安邸舍中,甚喜,遂定交,與計偕者三焉。及公舉戊辰,予得乙榜,以不獲稱同籍兄弟,甚恨。辛未後,公宦留都,予亦同理明州,通書問不絶,此當日事也。罷官後,予誓志棲户,同籍知交懼及禍,每遺迹視之,甚有過吾邑而不入吾門者。獨公通書問如故,且爲予序《不知姓名録》,撫時悼事,寄託遥深,令予累欷太息不置,乃知士苟知心,不在籍之同不同也。今公之木拱而草宿固已久矣,即予亦衰遲病廢,同舊事於昔夢。乃恭人之葬,辟疆不以老耄而舍我,涕泣諈委,以墓銘爲請,至於四三,而猶未肯已也。夫辟疆孝子也,豈仍未忘而翁疇昔之意也乎?若此,予忍不銘。銘曰:

《詩》咏碩人,首念宗親。於維馬氏,允矣德門。篤生恭人,伉我憲副。一索得男,卓然厨顧。褎、裔、穗、丹,各有雋才。得時而駕,僉作龍媒。而熾而昌,惟恭人祉。我歌銘詩,以曜女史。

明中憲大夫嵩少冒公副室劉孺人墓誌銘 家譜

宫偉鏐

東皋與海陵相距百餘里,其土俗民風惇厚醇龐之氣,大抵相埒。余年伯憲副公嵩少冒先生,又皋世姓大族,文章節氣,孝友姻睦,邑之望也。

戊午,先大人與憲副同舉於鄉,稱世講,余以猶子從憲副暨長君辟疆遊。又十年,憲副魁南宫。歲壬午,余與辟疆同薦南國正副賢書。甲申、乙酉之交,土寇蜂起。公自海鹽携家海陵,館余家園,於是余得拜馬恭人暨劉孺人,時無譽甫一歲。先大人與憲副公既以故舊交數晨夕，而先慈亦與馬太恭人共食息起居。孺人恭順和睦，恂恂無少閑，先慈敬愛殊深，以余女許字無譽，迄今已三十餘年矣。

丙辰冬十月，無譽偕弟爰及過舍，匍匐前烏烏泣曰："不孝兄弟夙構閔凶，未能一日侍吾母以事吾父，又不能侍吾母以終事馬太恭人。哀哀父母，昊天罔極。今歲季冬，扶吾母櫬，隨馬太恭人後，與吾父合葬於祖塋之昭。敢以墓門片石，徼惠於下執事。"余不敏，烏能以言爲孺人光？顧孺人生平，非余莫悉，嘉言懿行，非余亦不能道萬一也。

孺人姓劉氏，江都人。幼聰穎，能識字，讀《女論語》、《孝經》，過目輒成誦。及長，益讀周秦兩漢三國諸書。生平謹慎知大義，動循禮法，然性剛方不屈撓，慷慨有烈丈夫氣。每讀書，至桀驁肆螯，忠孝被誣，未嘗不推案起，咄嗟不平者累日。

年十六，歸憲副公。事憲副公、馬太恭人以敬，接辟疆蘇孺人以和，其待人恭而有禮，其御下寬而有法。親戚窮乏來告者，雖未能盡如所欲，然爲之通緩急，量有無，斷不肯拂人意。以故冒氏無親疎尊卑遠近，莫不交口誦孺人。

孺人天姿敏異有智略，讀書通天義，憲副公數與商古今，揣事勢，動中幾宜。以故備兵襄陽，當戎馬雜沓之場，單騎赴急，獨携孺人往。是時年甫二十，爲烈皇帝之辛巳歲。公與孺人受困圍城，兵糧内虚，救援外絶，逆闖虎踞於崤函，汝才鴟張於宛鄴，獻忠横跨三楚，窟宅兩川，襄陽爲南北咽喉，蕞爾孤城，介群寇之間。公以忠義激勵三軍，晝夜巡視，孺人脱簪珥饗士卒，甚者親援枹鼓，立軍門，佐憲副公誓將士。

如是半載，聞賊將惠登相、王光恩者最驍雄，能撫士卒，不嗜殺戮，孺人告憲副曰："此可撫而用也。"於是作諭書，示以禍福，令人縋城下，直入其軍。二賊聞之，有倒戈志。又微聞寧南侯戰勝荆楚，石柱宣撫婦官兵出重慶，遂决意歸命，盡以所部步騎八萬來降。呼噪震山谷，餘賊驚潰，襄陽圍遂解。撫按上其事，憲副僅以功量移寶慶，公亦尋以疾乞骸歸。未歸兩月，而襄陽復破，國事遂不可問矣。

公歸而絶意仕進，優遊泉石者十餘年，壽考令終，得正以卒。公卒後，孺人隨馬太恭人稱未亡人者將二十年。孺人念馬太恭人老，奉事益謹。晨昏起居，惟恐失馬太恭人意。辟疆長姊李孺人者，亦馬太恭人出也，屢以株連鈎黨，家難頻興，流離播遷，歲無寧晷。孺人舉室而授之，并養其子女婢媄，酒醪粢酏儲偫諸物，無不畢備。時有他需，復解衣飾以應之，恐貽馬太恭人憂也。其教子以嚴，筦家政，衣粗食糲，一切筦鑰啓閉，米鹽瑣屑，俱自督責内外臧獲日操作。又辟疆天性友愛，舉凡交際吉凶、往來賓客之事，力任不干二弟，以是無譽、爰及得肆力於學。其事親以孝，迎養劉母於江都，寓居居宅之北，又復延師訓課其弟魯玉，爲之擇配完婚，則又曲盡友愛以慰老母之心也。

歲戊申，孺人疾作，無譽兄弟晝夜視疾，衣不解帶者經年，就醫郡城。己酉三月，病益危篤，余女刲股以奉孺人。十月復篤，爰及復刲股以進，而孺人已不能下咽矣。距今八年，無譽長姊暨其長嫂蘇孺人，與無譽兄弟言及往事，輒嗚咽流涕，非孺人之真誠感人，其又何能及此哉！

孺人生天啓壬戌六月十一日辰時，卒於康熙己酉年十月十三日午時，享年四十有八。生子二，長褒，邑增生，婦即余第九女也；次裔，太學生，娶同邑宗公嘉祚女，而奉直大夫雲衢公之曾孫女也。褒、裔兄弟，皆以文章器業世其家。孫五：褒出者虞書、禹書、殷書，俱幼未聘；裔出者金書、錦書，金書聘中憲大夫吴公宸誥女孫、承德郎吴公頎女，錦書幼未聘。孫女一，褒出，受邑庠生石公麟善子有華聘。今卜康熙十五年十二月廿四日，隨馬太恭人與憲副公，合葬於城東祖塋之昭。余既以誌之，復系之以銘。銘曰：

嗚呼孺人，維德之貞。在家維翰，在國維屏。小心翼翼，以妥以寧。其不敢肆者，志氣之冲抑；其不可揜者，器量之峥嵘。故微之執節於巾帨，而顯之遂以羽翼乎專城。嗚呼孺人，維德之貞。生人之必朽者其質，而不朽者千古之令名。

例贈儒林郎國學冒公遠猷暨元配徐安人繼配石安人合葬墓誌銘 家譜

石爲崧

予憶少時，侍先大人側，每於趨庭之會，大人呼予而詔之曰："爾知同邑中有篤行君子，洵所稱老成典型者，吾愛之慕之，願汝曹效之。"則屈指冒公遠猷老姻翁先生爲最著云。顧以謹隨師傅，未獲遍從高賢長者遊，以故翁之古道照人，雖聞名心傾，無由追隨杖履，親炙休光，瞻厥道範，而奉爲矩矱也。自後屢宰劇邑，與鄉里親知久多間别，疏闊益甚。辛卯歲，予適官西蜀之南部，家音至署，得知翁於是年之三月十五日已先逝矣，爲拊膺太息者久之。

嗟乎，以翁之碩德重望，爲同邑子弟倡，幸年登耄耋，鄉之人薰其德而善良者衆矣，乃天不憖遺而長辭人世乎？第一官匏繫，未能千里奔奠，徒悵然於山川之修阻而已。今者解組歸里，不自知老之將至，乃令似元老姻兄持翁行狀，請銘於予。予自揣弗文，無能揄揚萬一，而令似姻兄請益力。予因憶先大人存日所諄諄舉以相示者，如翁之生平，予所稔知，雖覿面無期，而心儀有素，况重以孝子之請，謂先君即世十有三年，尚未安厝，不孝寢食不忘，今卜葬有日矣，願得一言以爲息壤光。予攬其所述，不啻如見我老姻翁也，及聆其辭，窺其志，戚然有深痛焉，敢以不文辭？

謹按狀，皋邑之冒，特姓也。公諱起宏，字遠猷，號若水。自始祖東林公，以兩淮鹽運司丞居揚之如皋，數傳至曾祖光禄寺雙橋公、祖鴻臚寺環泉公、父國學汝豫公，代有隱德。

汝豫公生子三，翁序居長。由儒士入太學，天性至孝，友愛兩弟。環泉公特鍾愛之，汝豫公亦私心竊喜，自謂有子。逮祖若父殁，翁思慕不忘，取其遺像合爲一圖，設位寢室中，朝夕奉事，以示無頃刻之忍離也。嘗謂家人曰"吾没當葬我祖塋後，庶幾生死相依耳"，因於墓後擇地置生壙焉。墓傍有田畝，族人舊鬻他姓，翁惻然曰："是先人遺體籍以安藏，爲子孫者，詎認棄此而令他人執業乎？"乃不惜重資，倍價以償，務爲培植根本之計。從弟蒙求老姻翁倡建宗祠，置祭田，翁力贊之，爲傾囊以濟成厥美。此其從祖宗起見惇本之大者也。至推此意以及親族，凡嫁娶喪葬，乏力措備者，解囊贈之，無吝容亦無德色。他如鄉隣中有小忿相争，翁力爲排解，俾各釋憾，人人咸願得一言以解不平，聞者莫不嘆服，謂漢王彦方於今復見矣。乃其所以持家訓後者，一以勤儉爲本，以故家道日隆，而處善循理，質文豐儉，各適其宜。嗚呼，翁之修行於家，爲德於鄉者，久已傳頌人口，而卒之身歷大年，安享厚祉，洪範五福，固已兼而備之矣。天之報施善人，詎爽厥應哉！

翁生於天啓丙寅年十二月十九日丑時，卒於康熙辛卯年三月十五日寅時，享年八十有六。元配徐老安人，生於天啓乙丑年八月二十四日辰時，卒於順治己亥年四月十六日亥時，享年三十有五。繼配劉老安人，生子睿，早殀。繼配徐老安人，無出。繼配石老安人，生於順治丙申年九月十六日子時，卒於康熙丁巳年九月初九日卯時，享年二十有二。生子一，與嘉，國學生，考授州同知，石安人出，娶范氏，文學范公齊卿女。女三，長適石公篤生子爲峰，次適朱公爲憲子國學生儼，俱徐安人出；次適程公德先子國學生國瑞，繼配徐安人出。孫男三，長有萊，歲貢生，娶沙氏，江西建昌府通判元調公孫女、歲貢生揆百公女；次有年，業儒，娶吴氏，候選州同知春茗公女；次有筠，業儒，娶張氏，現任如皋縣儒學訓導嘯竹公女。孫女二，長適癸未進士户部廣西司主政朱公惺園孫、候選訓導用九公子永桐，次適國學范公西明子約。曾孫五，楫、枏、松、樸、楝，俱幼，業儒未聘，有萊出。曾孫女五，俱幼未字，有萊出三，有年出二。

徐、石兩安人，已於康熙丙子年九月二十九日葬於城東祖塋後之新阡。今於雍正元年十二月二十五日，將舉老姻翁柩，與兩老姻母合葬焉。爰即其令嗣姻兄所述之嘉言懿行，以及生卒歸窆之年月日時，而係之以銘。銘曰：

稽古大禹，克儉克勤。我公寳此，先業以增。孝友天性，日培本根。廣恩親族，濟困扶貧。婣睦任卹，和厥鄉隣。直道無私，排難解紛。晚獲賢嗣，一子成名。諸孫林立,威鳳祥麟。兩配先逝,魂依祖塋。公年耄耋,乘彼白雲。生爲人瑞,没爲列星。今兹合窆,慶協地靈。克昌厥後,福及雲礽。千秋不朽,挹此清芬。

例授明威將軍静庵冒先生墓誌銘 家譜

泰州 繆　沅

如皋冒静庵先生之葬也,其嗣君排纂事略,介胡翰編夢白,請余文爲銘。余憶少時識先生於里中,頎然長身,丰儀秀削。時少司寇延長薛公方駐節皖城,以韜鈐經濟舉先生於鄉。先生族人居吾泰者,交稱其英特不凡,尚氣節,能任事,余心識之,殆四十年矣。邇來晤翰編於京邸,問皋之耆舊,復首稱先生,且謂其德行純粹,皆儒先家法。翰編爲先生子婿,稱述必真,但不知何以與曩所得於先生族人者微異。及觀事略中語,則知後之純粹與前之英特原無二致,乃爲之序與銘而歸之。

先生姓冒氏,諱起蒙,字蒙求,晚自號静庵,通州如皋縣人。前此則皋屬於泰隸於揚郡。曾祖承祥,官光禄寺監事。祖士撰,官鴻臚寺丞。邑諸生諱夢相,字汝弼,例贈明威將軍者,先生父也,爲江南北知名士,明之季年,賫志早歿。李太恭人撫先生與其兄起瑞於襁抱中,布衣蔬食,步履不下堂梱。稍長就傅,先生即能奮志下帷,燃燈每至漏盡。文譽既起,復縱觀孫、吴書及一切有用之言,欲爲國家著勞勩,靖滇黔海島諸餘氛,以禄養報太恭人,且光其父於泉下,或告之治家人生産,夷然不屑也。乃浮沉諸生中二十餘年,受知薛司寇,時年已四十有三,太恭人年且八十。於是一以承歡爲事,飲食未嘗不躬親,晨昏未嘗闕定省。雖乙丑、戊辰兩赴會闈,又膺安溪李公薦,授守戎職於樞部,不過稍吐露壯心以自喜,其實先後寓都門,皆不踰時而歸。歸則容貌晬然,意氣未嘗少沮,語人曰:"人謂孝可移於忠,吾恐缺養則無孝可移耳。"

辛未,居太恭人喪,祭葬悉中於禮。先是,録太恭人貞節事實告之當事,《一統志》、《江南省通志》、府縣志皆得載入,且邀恩建坊於集賢門之左,至是乃循例奉其主崇祀節烈祠。服既闋,樞部銓期已迫,而先生竟絶意於仕途。

追思上世,從運丞公致中元末遷皋,用科第及明經起家者相望,如三世教諭公佑,五世中丞公政、奉直公瑞,六世參議公鸞、少尹公鳳、富陽公鵬,七世興業公諍臣,又如曾祖行諸暨公承祖、教授公承禮,王父行刺史公守愚,從父寧州公夢齡、永平公日乾,從兄憲副公起宗,德業無不卓卓可考。其以隱逸文學稱者,自三世祖潜德先生基以下，指不勝屈。孝子、節婦、貞女經表章者固有，而湮没於蔓草荒烟柴門土銼者尤多。族譜不修，後之人何所取法焉。又思古之宗法不能行於今日，惟立廟可存其遺意，且子孫旅進旅退於其中，昭穆之序辨，疎逖之勢亦聯。然廟立而祀事不備，則立猶不立，修葺無資，則祀事雖備亦終至於廢，非儲用於祭田，不能傳之久遠也。於是大合族人圖之。歲辛巳，廟成。壬午，置祭田二百八十畝有奇。凡先世塋域專祠之荒蕪廢頽者，出其贏餘，皆得以時葺理。壬寅，族譜亦告竣。先後所費計千有餘金。雖子姓斂財爲之，而先生之橐中與一生心血隨之皆盡矣。

先生本無餘財，而好義出自天性，媚族不能婚嫁衣食者，常竭力爲之謀，死喪不能含斂坎窆者，常廢一餐以相助。邑有創造，未嘗不預，梵官道院以修建來告，雖不篤好其學，亦必有以應之。用是多匱乏，而處之恬然。接見縣大夫，從不干以私。屢以鄉飲賓舉，亦屢辭。昆弟友朋觴咏終日，阿堵中物及塵埃間事絶不道也。

蓋幼學壯行，先生本意，既而仰視慈幃，報劉日短，斟酌出處之間，權衡輕重之數，有不得不潛光匿耀者。年既老，邊疆無須效力，非不欲得民社之寄以康濟一方，格于例不得請改。惟是藉建祠、輯譜二事，以闡揚先德，立規約以禮義教誨子弟，咏歌太平，真有得於《書》所云"施於有政"之義，故曰"後之純粹，猶前之英特"也。

春秋八十有五，卒於雍正丙午八月八日。配劉恭人，婦德夙嫺，事姑孝，相夫教子，敬而慈，治家勤且儉，處親戚、御僕婢，皆推有恩意。春秋七十有四，卒於康熙癸巳八月六日。葬於邑東江港之原，蓋十有三年矣，今雍正五年十二月十六日，以先生合焉。子男四人，與恒，增廣生；與潔，國子生；與學，附貢生；與時，國子生，考授州同知。女四人，其長者已殁。孫男十人，繼祖，邑庠生；有聲，殁；繩祖，有明、有本、有貽、有臨、有堂、有齡、有翼。孫女十二人，曾孫男七人，曾孫女二人。銘曰：

玉無瑕兮栗而温，重於連城兮瘞於九原。窈而深兮鞏且安，流水澴瀠兮地勢結蟠。積善致慶兮利其嗣賢，千秋百世兮徵此銘言。

例贈恭人冒母劉夫人墓誌銘 家譜

徐州 袁 鈐

戊辰、己巳間，余獲與如皋冒孝廉蒙求論交於京師，每心儀其爲人，因同籍江南，而寓居又復相邇，晨夕過從無少間。文酒之暇，相與談里居世系，以至瑣屑事，竟日不輟，知孝廉君有德配劉恭人之助焉。嗣後余扈駕親征，奏凱旋，備官邊陲。雖蒙故人寓書繾綣，而不相見者幾二十年。邇來顛毛種種，糜粟之懼日深，家人南來，問孝廉君，則曰高蹈日久，且構别業於皋城之南隅，與劉恭人效鹿門偕隱故事，視余碌碌邊疆者何如，未嘗不艷羡之。

客歲，孝廉君忽以書來告曰："山妻病歿，余感悼無已，惟吾子惠之銘，以慰吾亡者而損吾悲乎！"余愴然久之，以素辱知愛，不敢以文詞荒落辭也。謹以孝廉君所自譔行狀，與夙所聞於京邸者而次第之。

按，劉氏世爲揚郡之如皋人，先世有西谿公者，官通山令，有惠政，卒祠於邑之鄉賢，恭人之高祖也。父諱昌朝，字名佐，爲邑諸生，富於著述。母冒孺人，是爲孝廉君之嫡姑。

恭人生而聰慧孝謹，翁媪鍾愛焉，嘗嘆曰："若男也，吾劉氏其復興矣。"孝廉君尊人爲贈明威將軍文學汝弼公，諱夢相，以盡喪哀悴，致病早世。太恭人李氏性嚴整，自稱未亡人後，布衣蔬食，步履不下堂梱，鉛華膏沐悉屏。孝廉君與其兄州佐君瑞徵奉慈訓，奮志下帷，時燃燈至漏盡，猶未就寢。而孝廉君文譽日起，太恭人爲之擇對，無當意者，獨見恭人絶無媟語嬰容，遂因冒孺人而納采焉。

恭人既歸，善體姑意，性尤勤儉，雖屨綦盤匜之屬，亦井井有方，太恭人盡以家政委之。歲時瞻拜贈公遺像，方浪浪涕下，又見庭宇肅穆，纖毫無不就理，則爲之改容曰："吾兒賢，婦又賢也。"

孝廉君倜儻不群，尚氣節，喜任事，然贈公所遺不過中人産，豐歲亦往往不給，恭人爲之條畫措置，必不及於困。

孝廉君年四十餘，始膺鄉薦。時長安士大夫知有如皋冒子者已久，前司寇崑山徐公、宗伯長洲韓公、今相國安溪李公並爲延譽，而少司寇薛公駐節皖江時，尤有國士之目。以故遊屨所經，人争投轄，恒終歲不歸。然有介性，從未以阿堵物干人，行存糗糧多取辦於家，而子女漸以長成，婚嫁幾無虚日，太恭人春秋高，藥裹湯餌之奉，歲益有加。孝廉君引領南望，每旁皇至終夜不休，然家中音問至，必有以慰孝廉君無煩内顧也。

太恭人壽享八十有四，恭人調護惟謹，飲食衣袵必躬親之，不以委婢媪，有所需，未嘗不當意，有所怒，見恭人輒解。歲辛未，孝廉君公車入都，太恭人膺危疾，恭人晝夜涕泣，焚香籲天，請以身代，勿貽夫君終天之恨，疾遂有瘳。已而孝廉君歸，太恭人輒病，閲五日歿，中外知者咸傳述以爲異。然則恭人之迫而籲，籲而應也，其偶然歟，抑誠足以動天，而夙昔之孝謹足以感幽冥歟？

孝廉君之族於皋爲最大，其始祖東林公，元末官兩淮運使，居邑之東，藏書之富甲天下。後大中丞公政、少參公鸞、永平公日乾、漕儲公起宗，先後登第爲名臣，其他載仕版、服儒服者不勝紀。而散處於村墟林麓間，長幼亦不下數千指。孝廉君既無心仕進，乃大合族人之好義者，歛槖金贖其從姪巢民徵君之故宅，以爲宗祠。撤而新之，堂寢門廡，備極壯麗，暇日與子姓習禮其中，冒氏之家風爲一振焉。然是役也，工賙廩餼材藁之費凡累千金，子姓往來絡繹，閱數歲而僝工始畢。孝廉君悉董其事，酒食器用不絶於庭，則恭人之簪珥珩璜告竭於内，而恭人不惜也，孝廉君每爲一善，必從旁相勸和，期於有成，以故里人稱孝廉君長者，必兼頌恭人，以其善相君子也。

然用是拮据成疾，疾中嘗謂孝廉君曰："人生靡不有死，死何憾。惟是太恭人苦節數十載，前巡撫都御史以狀聞，奉命得自建坊。此曠典也，年來君以宗祠未定，姑緩是舉。今君已礱石於江之南矣，而吾病漸篤，不及見孀姑傳頌於人世，是爲恨耳。"無何，病稍起，坊成，逾年而後殁，説者以爲此亦孝思所格。以故孝廉君狀恭人遺事，於此尤神傷云。

恭人生於明崇禎庚辰十一月十有七日，卒於今康熙癸巳八月六日，年七十有四。孝廉君名起蒙，蒙求其字，别自號静庵。甲子舉人，候推守府，不仕。子男四人，各以文行稱於世。長與恒，邑增廣生，娶袁氏，庠生袁君相宜女。次與潔，娶余氏，太學余君浴咸女。次與學，邑附學生，娶叢氏，壬戌進士湖廣提標守府叢君枚先女，繼娶劉氏，邑增廣生劉君雍州女。次與時，國子生，娶姜氏，壬子副榜姜君子髦女。女四，一適孝廉君姊夫朱君爲憲子傛，一適國子生高潾，一適候選教諭石爲墀，一適歲貢士胡香山。孫男六，曰繼祖，邑庠生，曰有聲，曰有年，曰有明，與恒出；曰有本，與學出；曰有穀，與時出。孫女十一人，與恒出者四，與潔出者二，與學出者三，與時出者二。曾孫男三，曰熾，曰燦，繼祖出；曰煌，有聲出。曾孫女二，繼祖、有聲出者各一。

以康熙五十四年十一月初三日，葬於邑東五里江港之左。恭人之卒也，冢婦袁已下世十有四年矣，將葬之前二月，仲婦余亦殁。孝廉君命以次祔焉。銘曰：

螟山蒼蒼，雉水洋洋。資萞易朽，芝蘭永芳。懿哉恭人，令德孔彰。事姑也孝，相夫也良。誰輯女史，用式閨房。有丘巍然，松檟千章。夫君逢吉，子孫其昌。爰勒貞珉，以保無疆。

潛孝先生冒徵君巢民暨元配蘇孺人合葬墓誌銘 有懷堂集

長洲 韓　菼

故明熹廟時，璫禍大作，黄門北寺之獄興，諸賢相繼逮繫笞掠死，六君子其最著也。而國是淆於上，清議激於下，名流俊彦，雲合風驅，惟義之歸，高自位置，亦如所謂顧厨俊及者。當是時，四公子之名籍甚。四公子者，桐城方密之以智、陽羨陳定生貞慧、歸德侯朝宗方域，與先生也。

先生少年負盛氣，才特高，尤能傾動人。嘗置酒桃葉渡，以會六君子諸孤，一時名士咸在。酒酣以往，輒狂以悲，共詈懷寧。懷寧，故奄黨也。時金陵歌舞諸部甲天下，而懷寧歌者爲冠，歌詞皆出其主人。懷寧欲自結，當先生讌客，嘗令歌者來，先生與客令之歌，且罵且稱善。懷寧聞，益恨。甲申，興黨獄，定生捕得幾死，先生賴誠意伯廑免。既而定生、朝宗相繼殁，密之棄官爲僧以去，而先生獨存，亦無意於世矣。

家故有園池亭館之勝，歸益喜客，招致無虚日，館餐惟恐不及。其材儁者愛之如子弟，客至如歸，而家日落，園亦中廢。主人遂如客，幾無所歸，亦自不悔也。生平好施與，與不倦而求者無厭，顧多不滿，常構禍，坐是頻更患難，然不芥蒂。晚益以圖書自娱適，竟克享大年以終。蓋自先生殁，而東南故老遺民之風流餘韻於是乎歇絶矣，真可痛也！

余之得交於先生也後，而先生待之如最故者。其孤奉狀以來，泣請銘，余不敢辭而序以銘之。

序曰：先生冒氏，名襄，字辟疆，號巢民，世爲揚州之如皋人。始祖致中，爲元兩淮鹽運司丞，元亡不仕。累傳而至基者，永樂時亦不應召，學者共稱爲潛德先生。又傳而至瑞，弟政進士，官巡撫，以忤劉瑾下獄。子鸞、鳳、鵬，鸞亦進士，官至參政。鳳生闇，闇生承祥，承祥生士拔，士拔生夢齡，由選貢知會昌、酆都二縣，陞南寧知州，先生祖也。父起宗，舉進士，以吏部郎出，歷官副使。母馬恭人，生先生。

甫二歲，即隨南寧公會昌，爲青螺郭公、南臯鄒公所器賞。十歲，復隨南寧入蜀。輒能賦詩，文敏董公爲作序。尋爲諸生試，輒冠其儕。副使之官，先生每留侍南寧，曲盡敬養，不以遺父憂。副使嘗調官荆樊，時流寇勢張甚，誓死守。先生往省覲，奉恭人以歸。歸而不入寢，或問之，先生曰："父在殘疆而子安枕席乎？"泣血上書，抵政府、言路之與副使忤者皆心動，得調賨慶，而副使不之知也。時有與副使同官，以邊事嬰禍者，其子以數千金屬先生，得解還，其金封識如故。

既屢試不得志，以副榜當授推官，而亂作，遂不出。數移居避亂，艱難造次，奉養萬方，兩大人歡甚無所苦也。當副使疾革，索筆書示兩孫："爾父天生孝子，不可不學。"又曰："爾父胸中天空海闊，學得一分，即是孝子。"恭人嘗得危疾，籲以身及長子代，子果夭而恭人幸無恙。父殁，逮事又三十年，跬步不忍離。其喪之也，先生年七十矣，泣慕如孺子。

於族黨尤有恩。祖姑老而無子，迎事之終身。姊歸後家破，亦如之。事外王父母及諸舅氏，皆曲體恭人，心無不至。友愛諸弟，老而彌篤。庚申秋，何人入户，將剸刃焉。先生子以身蔽，與婢俱被重創。事聞於太守崔公，先生深念水木本源，痛哭太守前，力求寬釋。太守泣，觀者數千人亦泣。

與人交，有始終。定生子檢討君，少而才，邀至家園，飲食教誨之，以成其名。邑有許生，以誣被法，妻子當入旗，胥王姓者實護行。先生予以道里齎並辦所贖之費，胥感動，陰以其妻代行。久之，以先生所辦金贖歸，而許妻不知也。先生高胥義，迎養其夫婦至死。其他完朋友之喪而恤其孤，經紀其家，時其婚嫁，事不勝書也。

敬其桑梓而急其利病。辛巳歲，大旱，上官才先生，委以賑其邑人，條法甚具，全活無算。不足，自鬻産，出簪珥繼之。歲壬辰，復大祲，先生賑如前。民疫死者衆，先生日行道殣中，亦病且殆。邑令陳泣禱於神，死三日而蘇。其急人多此類。

晚年退居祖宅，傍築室數間，雜植花藥。客至，與酌酒賦詩。解音律，時命小奚度曲，亦以娱客。

所著述甚富，成集者有《先世前徽録》、《六十年師友詩文倡和集》、《樸巢詩文集》、《水繪詩文集》。書法特妙，喜作擘窠大字，人皆藏弆珍之。

其殁也，年八十有三，康熙癸酉十二月也。海内賢士大夫咸嘆風雅之道喪，故舊親黨以至閭巷老稚男女，咸哭泣失聲，猶惜善人之不長云。

配蘇氏，中書舍人文韓女，有賢行，實克事舅姑，以佐先生，自處儉勤而恩於媵御。年六十有二而殁，馬恭人哭之哀。子嘉穗，貢監生，翰林院嘗考取書法；丹書，廩貢生，考授同知，即代先生受創者，皆蘇出。一女，適諸生洪必貞，側室張氏出。孫男溥、泓，監生；渾，功加左都督管遊擊事。曾孫維樞、維機、維楫，幼。嘉穗、丹書俱能讀父書，以孝謹世其家，有萬石二子風。將以康熙甲戌冬十二月，葬先生於城東萬花園祖墓之左，而合諸蘇孺人之兆。

始先生既不出，名益高，督撫以監軍薦，御史以人才薦，皆不就。今康熙中，復以山林隱逸薦，以博學鴻詞薦，亦辭以親老，不願仕也。學者韙其行，共稱爲潛孝先生，與潛德配。余抑尤有感焉。世之亟亟於得官，藉口於禄養，以致遺恨於不及事其親者何限！先生少時意氣鑑發，亦喜於自見，後乃消融斂退，不求獲乎上，而惟順乎親，視彼三公子所得爲何如！嗚呼，其於潛孝良不愧。銘曰：

桃葉長干，賓客衣冠。有如擊筑，易水風寒。水繪之居，匿峰是廬。有如舞衣，伯瑜親娱。孝友於家，是亦爲政。丘園大佳，而非捷徑。憂患怡然，消其魁壘。老大成灰，少年如矢。推排人間，餘八十年。海闊天空，斯言良然。我作銘詩，藏諸馬鬣。宿草春烟，年年風月。

蔡女羅墓銘 同人集

汪懋麟

氏曰蔡，名曰含，字曰女羅，生吴縣。父曰孟昭，故文士，自其少壯時依如皋冒氏，至于老止。生含，憐愛之而擇所嫁。生十九年，乃歸侍辟疆公，凡二十有二年。以康熙二十五年七月廿一日卒，得年四十。死之日未及其生數月，其生寔十有二月八日也。

至是，公至郡，爲設齋于天寧寺大悲閣下，折柬招素所游好，曰："吾爲女羅作生日。"予聞而訝之，公悽然爲予曰："蔡昔三十時，吾客郡中，大召客酌酒。予謂之曰：'爾四十時，恐吾不及待也。'未幾十年矣，吾固無恙，因逆謂蔡曰：'猶記三十時語乎？吾恐不及待爾，又十年矣，必爲爾壽。'詎意其遽殁，不及遂吾之言耶？不忍負蔡，故爲之。君毋訝，敢請得言以銘。"

女羅性慧順，生而胎素。未嫁，事其父孝，既嫁，猶割股療父疾。奉公之姑與公夫人，以恭以謹。夫人殁，專侍公。以其餘閑學繪事，工蒼松、墨鳳、山水、禽魚、花草，見古今人名迹，描摹無異，與諸姬金曉珠稱兩畫史，遠近争購，稱其才女。羅事公敬，不自以爲才也。

公故喜客，出其貲，主四方游士。中遭家難，且日貧。自女羅來歸，其素所待客與自服御者，悉委曲以承，如未嘗貧。所居内舍火災，又嘗有盗操刃入室，皆以身左右，公得脱。故殁而悲思之如是，是宜得銘。銘曰：

女生四十而既衰矣，何久而可懷也。曰惟其順與才也，銘以招之，魂其來乎！

誥贈通奉大夫廣東開平縣知縣冒君碑銘 東塾集

番禺 陳 澧蘭甫

君諱芬，字伯蘭，江南如皋人也，先世隱居不仕。父諱鈺，官湖北朱家河主簿。君幼有奇志，讀書不屑治章句。父命入京，以議叙巡檢。嘉慶二十一年，分發廣東，署馴雉里、鹿步、五斗口、金利、黄鼎、北寨諸巡檢，番禺縣典史，補松柏司巡檢，調補五斗口，升廣州府經歷，調海豐縣丞，升開平縣知縣，署高要縣，代理曲江縣，署乳源縣，以卒。

君始爲巡檢，總督李公鴻賓命與同知某捕盜於廣西。廣西巡撫贈數百金，同知受之，君不受。李公告廣東巡撫朱公桂楨，曰："冒巡檢，君子也。"朱公素惡李公，遂惡君。會鄉試入闈爲監臨官，調君供事，陰瞰君所爲。一日，君獨坐治事，同事者晝寢。朱公猝至，問其人，君對曰："赴某所視某事。"後朱公知之，嘆曰："勤於公事而不傾同官，真君子也。"總督盧公坤討連州猺，求賢吏以治軍事，朱公命君往。事平，奉旨賞戴藍翎。

其在五斗口有大盜，久不獲。君甫至，擒之，群盜歛迹。西江水發，君捐千金施粥、施藥、施棺，及於鄰縣，乞上官發萬金賑之，全活甚衆。築金釵圍，以捍水患。

其在開平縣，每日黎明坐堂皇受民辭，日盰不食，夜治文書輒達旦，曰："吾非好勞，必如是，心始安也。"尤善聽訟，與兩造問答如家人語，故皆得其情，凡牽連者去之。嘗曰："兩漢之治，循吏多也，循吏之政，不擾民也。而不擾民，當自慎獄始。"入京引見，縣有兩族鬭，署事官不能禁。君回任，詰其事，兩族皆以老病者爲首。君揮去，出片紙書爲首姓名，皆驚服，縛以獻。他族復鬭，君馳至，諭曰："吾爲民父母，民皆吾子也，奈何同室而鬭乎？"皆泣下，輯睦如初。爲君建生祠，君改爲書院。

其在乳源，時逆賊洪秀全陷湖南江華、藍山、臨武諸縣，韶州土寇與相結衆數千人，陷仁化、樂昌，遂攻乳源。或謂賊勢盛，宜固守，勿與戰。君曰："城小無壕，不可守也，當以奇兵破之。"乃募兵三百，使勇士胡佳、張延壽將之。都司車定海屯湯盤水，胡佳渡水而伏。賊至，車定海與戰，張延壽發巨礟斃賊首，胡佳擊其後，賊大潰去。餘寇黄滿復聚衆於曲江，君與千總張鷹揚率兵往擒之。歸過羅坑山，山賊出欲奪之，鷹揚遁，君麾兵與賊戰。幕友宋培清鬭死，賊抽刃刺君，君創甚，舁歸而卒，年六十三，咸豐二年十二月初九日也。事聞，奉旨以四品例議邺，賜祭葬，祀昭忠祠，贈雲騎尉世職，恩騎尉世襲罔替。縣民請建祠，奉旨允行。

君之將没也，告諸子曰："刺我者左目下有黑子，汝等記之，爲我復讎。"後十餘年，君之子澄署番禺縣。乳源人來，言邱標者，縣役也，嘗犯法，君杖之，遂入羅坑爲賊，嗾其黨邱河刺君。標已死，其黨數人在，而河爲縣役。會乳源縣缺出，君之子沅以通判候補，上官委署乳源事。沅始至，佯不知。一旦傳呼衆役來，見河左目下有黑子，訊之而服。乃剖其心以祭君，盡捕其黨戮之。發邱標墓，戮其尸。觀者萬人，皆呼噪，謂君有靈，有孝子能殺賊復讎云。

君五子，溶，江西德化縣知縣，升用同知；澄，署廣東廉州府知府，加三品銜；保泰，署廣東鹽運使司批驗大使，加五品銜；沅，署雲南麗江府知府，加三品銜；廷章，署廣西河池州知州，加四品銜。七年三月，以君之柩歸葬於白蒲之姚家園。銘曰：

粤有賢吏，實勤且清。始屈丞尉，擢宰四城。訟者得情，鬬者息争。定謀破賊，用兵尤精。如何不弔，悲哉結纓。昭忠延賞，帝錫其榮。家尸户祝，民薦其馨。孝子殺讎，告君之靈。天道以明，人心以平。來者雪涕，誦此刻銘。

故榮禄大夫三品銜花翎署廣東廉州府知府伯祖冒公哲齋神道碑銘 小三吾亭文

冒廣生

同治五年四月，英吉利人以通商故，始入潮州城。潮州人大譁，幾啓釁。上以前潮陽縣知縣李福泰、冒澄得民心，使往按其事。當是時，公以一試令奉詔書以行，人驚爲異數，以爲會且大用，而僅僅以二千石終，蓋數之奇也。

公字哲齋，號少伯，曾王父第二子也。容觀嶷然，目奕奕若巖下電。少時精制舉藝，尤熟《左氏春秋傳》，而未嘗一試於有司。咸豐元年，順天鄉試題爲公宿構，公同學友以公文中式，論者或咸爲惜也。

以守令需次廣東三十年，先後署潮陽、順德、番禺、普寧、澄海縣知縣，兩署潮州鹽運同，一署廉州府知府加三品銜，以軍功賞戴花翎。

公既嫻吏才，而所治官文書又遠出流俗上。督撫使者至粤，無不雅重公，其用人也，亦恒就公詢賢不肖，不肖者遂騰其蜚語。有某令於衙參時自承不識公，無噉飯地，合肥張靖達聞而忌之。會粤紳某請抽漁税，以重金啖公，公持不可，免其税使，改編爲漁團，以固海防，有事則聽官爲調遣。某紳銜次骨，遂嗾靖達劾公。公既被劾，則浩然舉家歸如皋。山陰汪瑔爲文送之，讀者謂不減昌黎之送李愿歸盤谷也。

公居林下十四年，境地至窮困，日斥賣衣裳玩好以易薪米。與王父生同年又同母，最友愛。念王父之逝而家人留寓於粤中也，則以書招廣生及三叔汝華歸，與公子傳鈞讀書於公所居之水流雲在軒，公自爲筆削其文。歲庚寅，廣生與叔汝華同舉秀才。壬辰，傳鈞亦舉秀才。癸巳，登賢書。甲午，廣生繼之。極衰宗一時之盛，皆公教也。

公所著有《寒碧堂文集》、《寒碧堂尺牘》、《潮牘偶存》、《三廉吏牘》、《决事餘談》、《拙叟賸言》，並鏤板行世。以道光八年正月十五日生，以光緒二十三年正月二日卒，年七十，葬如皋城東十三里港，配張夫人、陸夫人，妾羅宜人袝焉。

曾祖諱篁，候選布政司理問。祖諱鈺，湖北荆門州同知。父諱芬，廣東開平縣知縣。並以公官封榮禄大夫。曾祖妣沈、祖妣楊、妣賈卜，並封一品夫人。子賡颺，廣東香山縣典史；樹栘；傳鈞，光緒十九年舉人，廣西龍勝廳通判；傳勛；傳習，安徽街口司巡檢，署渦陽縣典史。女九人，適萍鄉文煒、仁和姚守毅、江寧何萬均、新建夏敬洛、固始李闓、同里祝壽慈、薛嘉穀、山陰杜某，其一早卒。銘曰：

潮州名宦，在唐昌黎。千有餘歲，我公繼之。以一試令，而結主知。人曰數異，我曰數奇。以公之才，高文典册。以公之貌，方金擬璧。上公倒屣，天子旁席。如何設施，纔二千石。浩然而歸，澹然而居。課子課孫，以耕以漁。飲食教誨，歲月五徂。三舉茂才，兩登賢書。我躋清卿，竊位忝禄。嗟公墓門，草則以宿。二叔云亡，存者不穀。銘公之碑，墨淚一斛。

木葉莊墓表 小三吾亭文

冒廣生

光緒十二年二月二日，我祖考冒公文川府君卒於粤，春秋五十有九。其年十一月，四叔祖自五河來，護公櫬歸如皋，厝於寺，未葬也。又三年，廣生年十七矣，乃得從形家言，以冬十二月朔葬公於縣西鄉之木葉莊，祖妣王太夫人、陶太夫人祔焉。嗣是而廣生以薄宦繫京曹，銘幽之文闕焉有待。

又□年，乃爲文揭諸墓道，曰：嗚呼，公之没也，廣生與諸叔皆年幼，公之行事不可得而詳矣。夫爲人子孫，不能詳祖父之行事，况其遠焉者乎？公雖没，而故交親戚昆弟子姓猶有存者,於此而不求其詳,更百數十年,吾子孫豈復能得其髣髴?搢紳先生豈復能道其姓氏?是忍令公之湮没也!夫即爲文,以詳其行事,而文之傳不傳,未可知也。然并此而不爲之傳焉,而吾先人之傳更何望也。

公諱保泰,字文川,號小蘭,曾王父伯蘭公弟三子。曾王父凡五子,長公溶,次公澄,次公沅,次公廷章,其一即公也。

公少隨曾王父宦粤東。咸豐二年,曾王父殉難乳源。當是時,曾王母卜太夫人猶在堂,家綦貧,食指又衆,服除,乃以鹾曹需次於粤。而每念曾王父死事之烈,未嘗不椎心裂眦,枕戈待旦,與諸昆約,必雪大仇而後已也。其後四叔祖復宰乳源,廉得當時進刃者,剖賊渠心,以告先靈,豈非有志竟成,而公之處心積慮,上通於天哉?

公筮仕凡三十年,累筦雙恩、墩白、小淡水等場篆,又嘗署鹽運司經歷,補鹽運司批驗大使,多所興革,商民兩德之。少時嘗佐南雄刺史汪公幕,汪卒於官,䘏其妻子,至没齒未嘗有德色。戚鄰之待舉火者凡十數家,而天性友愛,篤於弟昆,自少至老,怡怡如也。大伯祖卒,公手殮之。四叔祖嘗以官事虧累,上官督責綦嚴,公聞急甚,乃傾囊得三千金予之,不足則告貸於朋友。

與二伯祖生齊年,又皆卜太夫人出,友于之愛,無間道路。光緒十年,二伯祖以罷官歸,而公亦無意仕進矣。病中致二伯祖書,猶言宦場無足繫戀,行當歸隱東皋,把臂入林爲快。先是,三年,五叔祖卒於桂林,公哭之慟。四年,先府君卒於邵武,公又哭之慟。至是見諸孤之未有成立也,愈以爲恨。嘗以先府君忌日聞廣生誦《毛詩》,詔之曰:“汝未廢蓼莪耶?夫詩者歌也,《論語》‘子於是日哭則不歌’,若何而不能歌也。”廣生泣,公亦泣。易簀時,語多不能辨,大抵皆歸來望思之詞也。痛哉,痛哉!廣生獲罪於天,天胡不殞廣生之首致延先府君之禍,而又以傷公之心,使不克享其天年也!公没後不名一錢,喪葬之費皆同官所佽助者。嗚呼,可不謂之清乎!生平篤於内行,持躬恂謹,宅心忠厚,所造極皆中庸之詣耳。然世之人文章勛業彪炳一時,而骨肉之間顯多慚德,其視公之所得爲何如也。

以軍功賞戴花翎加五品銜,誥授奉政大夫,以廣生官晋封資政大夫。曾祖篁,太學生,誥封榮禄大夫,妣氏沈,誥封一品太夫人。祖鈺,湖北荆門州同,誥封榮禄大夫,妣氏楊,誥封一品太夫人。父芬,廣東開平縣知縣,誥封榮禄大夫,妣氏賈、氏卜,庶妣氏尹,並誥封一品太夫人,配王太夫人、繼配陶太夫人,皆先公卒。長子樹楷,提舉銜,福建按察使司經歷,升用知縣,王太夫人出,先府君也。次樹椿,候選同知;樹楨,更名汝華,縣附生;樹杭、樹桓,均庶祖母仇太宜人出。女三人,適趙,適吴。孫廣生,光緒二十年舉人,召試經濟特科,三品銜花翎,候補四五品京堂,記名道府,農工商部郎中。孫女一,適吴。曾孫景瑋,金陵關監督兼江寧交涉員;景瑜、景璠、景瑄、景琦。曾孫女六人,均廣生出。

某年月日孫廣生表。

故榮禄大夫三品銜花翎署雲南麗江府知府叔祖冒公小山神道碑銘 小三吾亭文

冒廣生

萬曆間，八世祖履之府君以貲財著，生六子，皆爲仕宦，皆有聲於時。咸豐初，曾王父伯蘭府君以忠節著，生五子，亦皆爲仕宦，皆有聲於時，而公其季也。

公諱沅，字小山，姓冒氏，世爲如臯人。曾祖諱篁，候選布政司理問。祖諱鈺，湖北荆門州同知。父諱芬，廣東開平縣知縣，並封榮禄大夫。曾祖妣沈、祖妣楊、妣卜、賈，生妣尹，並誥一品夫人。公以軍功由從九品叠保縣丞、府經歷、通判、同知、直隸州知府，加三品銜，賞花翎，署廣東乳源，湖南湘陰、長沙、善化、零陵、瀏陽等縣知縣，雲南大理、麗江等府知府，以卒。

而其署乳源時，爲曾王父復仇一事，尤爲世所稱道。初，曾王父之殉節於乳源也，告王父兄弟曰："刺我者左目下有黑子，汝曹志之。"後十七年，而二伯祖署番禺，乳源人來言，邱標者，縣役也，嘗犯法，曾王父杖之，遂通賊，破仁化、樂昌，將由曲江攻乳源。曾王父率兵先發往擒之，歸過羅坑山，標嗾其黨奪所擒諸賊，其弟河抽刃刺曾王父。標今死，河復爲縣役如故也。公時適奉檄署乳源，始至，若爲不知也者。一旦傳呼河，視其左目下果有黑子，訊之而服。乃剖河心以祭曾王父，捕其黨，盡戮之，發邱標墓，戮其尸，觀者萬人，咸呼噪，謂曾王父有靈，有孝子能殺賊。楚、粤士大夫復爲詩古文辭以紀事，公彙所作及所治官文書，爲《枕干録》一卷《附録》一卷行於時。

其署湘陰凡三年，所爲善政亦最多。湘陰城久隳，公至始修之。城濱江無石，易爲水所嚙，公日夜行工次，遇扶杖老人，告以湖畔多藏石，遂竣工，人莫測老人爲誰何也。又於城外築堤，饒石頑舍人嘗以所作視廣生，有"兩岸緑楊低著水，行人猶説冒公堤"之句，蓋詩史也。其宰他邑，善政多類此。

以剛嚴忤上官，投劾去，時論寃之。故恭忠親王、左文襄公、王文勤公知公深，先後奏請，開復原官，隨文勤入滇，權大理、麗江府事。

公虎頭鳶肩，儀表甚偉，見者咸目爲貴人。自念少時意氣蓬發，亦思假尺寸以行其志，而中更蹉跌，年紀逝邁，孤寄萬里，遂時時有生入玉門之想。會長子樹枬以疾卒於雷州，公聞則愈悲，愈不樂人間世，尋竟卒，光緒二十六年六月四日也。

生道光十三年七月五日，年六十八。所著有《雲門吏牘》、《羅湘吏牘》、《湘南吏牘》。配胡氏，封一品夫人。子樹枬，署廣東連州直隸州知州，雷防同知。樹架，廣東候補鹽巡檢。承緒，署廣東樂會縣知縣，出繼外家胡氏。樹桐，署安徽霍山縣丞。女適固始鄭文蘭、陽湖吕卿望、善化許月菡、遷江林亦鳳。孫文焕、緝熙、祖光，樹枬出，文鼎、文鼐，樹棨出，維熊、維蔭，樹桐出。孫女適貴陽周沆、寶應張金鑫，並樹枬出。葬如皋東鄉之薛家莊。樹桐及文鼎，今皆依廣生於淮關。銘曰：

天地正氣，曰忠曰孝。古聖哲王，是育是教。開平結纓，仰答廊廟。我公枕戈，終除凶暴。始宰粤嶠，繼移衡湘。崇墉長堤，間以垂楊。行者嘆息，居者樂康。謂宜懋賞，乃飲彈章。覆盆既伸，鉛刀再割。一官萬里，寂寂寞寞。髀肉自嗟，骸骨誰託。西河喪明，歲晚不樂。竟以憔悴，損其大年。平生意氣，闊海空天。哀哉不弔，没已忽焉。壯猷未竟，鬱此新阡。

皇清誥封資政大夫四五品京堂前福建升用知縣按察使司經歷先府君冒公子端墓誌 小三吾亭文

冒廣生

公諱樹楷，字子端，世爲江南如皋縣人。先大父文川公長子也。先祖妣王太夫人，故廣東嘉應州知州淳修女，生公十月卒。公既失恃，撫育恒賴諸王姑。王姑中長者適胡，遇公尤有恩，公亦終身視之猶母云。

公天性純厚，事繼祖妣陶太夫人，亦能得其歡心。年十四，陶太夫人卒，公哀痛過所生。十七，周夫人來歸。十八，子廣生生。十九，廣生妹生。

公每念王太夫人之早逝也，歲時伏臘未嘗不泣。一日，讀唐王勃詩至“今我不養，歲月其慆。僶俛從役，豈敢告勞”，憮然曰：“吾不有父在耶?”以此棄舉子業，納粟得官。光緒元年，以按察使司經歷分發福建補用，加提舉銜。三年，從潮陽方觀察勛勦臺灣匪。事平，保升知縣。四年秋，卒於邵武。

嗚呼，《唐書》稱勃卒時年二十八，孰知公尚少其五年，而疇昔之語遽成讖也！公之殁也，周夫人及廣生等皆隨文川公宦粤東。訃至，周夫人矢以身殉，或勸以翁老子幼，乃止。公既不克享其天年，又未嘗掇高科，登顯仕，無所發施於當世，從政二年，從軍一年，亦未始無政績戰功可紀，而其孤幼，遂湮没不能舉。謹舉其一二細事，蓋公少時所爲廣生耳熟焉，故能詳也。

公十七八歲，隨二伯祖官潮州鹽運同。凌晨嘗乘馬出，聞道旁有呱呱聲，啓之，則一女子，其父母以家貧不能養，誕寘隘巷者也。解衣覆之，馳馬而歸，使乳廣生者兼乳之焉。明年，二伯祖卸運同事，將南旋。乳者故潮人，其家有八十餘老姑，不能舍而之他。女又依依於乳者側，不能跬步離，離則哭不止。會乳者有少子，與女齊年，遂妻之。人咸多公有陰德。

自潮州歸，過蓬辣灘。其地水淺流急，石巉巉然。王姑母舟觸之將覆，我舟首尾銜接凡二十餘艘，公獨在後，倉卒不能達。乃揭衣厲水而前，以一手持王姑母，以一手抱其孤，曰："無恐也。"事後人有議其險者，公曰："吾衹知吾姑母險耳。"

以咸豐六年二月十七日生，以光緒四年八月二十九日卒。曾祖鈺，湖北荆門州同，誥封榮禄大夫。曾祖妣氏楊，誥封一品太夫人。祖芬，廣東開平縣知縣，誥封榮禄大夫。祖妣氏賈、氏卜，庶祖妣氏尹，並誥封一品太夫人。父保泰，兩廣鹽運使司批驗大使，誥封資政大夫。妣氏王、氏陶，並誥封夫人。庶母氏仇，配周夫人。子廣生，光緒二十年舉人，召試經濟特科，三品銜花翎，候補四五品京堂，記名道府，農工商部郎中。女一人，適福建鹽運使仁和吴用威。孫景璋，金陵關監督兼江寧交涉員；景瑜、景璠、景瑄、景琦。孫女六人。

公殁後八年而文川公卒於粤，又三年廣生乃徒步歸如皋，葬文川公於縣西鄉之木葉莊，公祔葬焉。嗚呼，公生平嘗恨無母，曾不知其孤之乃有無父之痛也！

冒母周太夫人墓誌銘

興化 李　詳審言

蓋聞紼謳楚挽，藴於斥苦，孤鉤寡珥，淒溢歌暢。蕙蘭茷茂，儵蔫焚輪之飆；荼蓼辛螫，蘄注徙藿之籍。堊廬終古，觸緒會悲，黄壤三泉，鞠稚茹痛。士行播於纓紱，婦訓溉於姑媪。顔、仇、騶、魯之族，載誕英奇；吴、韓、童、殷之宗，遠稽聖善。吾友冒君鶴亭之母周太夫人，即其人也。

太夫人爲建寧君之子，提舉君之婦。歸提舉時，年甫二十。江、庾兩顧，梁、孟如賓；朝日初升，芳風遠被。秋胡從宦，易見榮枯；安固參軍，每陳辛切。津亭叶夢，即徵士會之靈；員石鐫名，遂促臺卿之算。太夫人納楹啜泣，覽箑曾欷，既耿移天，復縈負土。愧非健婦之當門，劣有幼男之持熨。山頭黄檗，餐愈瓊糜；鏡裏青絲，製更椎結。

未幾，翁又卒官，萌成留滯，廉石無居，槖裝且罄。太夫人因之廣南惕迹，嶺外羈栖。鶴亭時已頭角峭嶸,毛羽豐蔚,門多車轍,案列圖書。魯連鷄子,寢息田巴;士元鳳雛,紆眄德操。剉薦鬻髲,款鄱陽范逵之賓;厚蓐廣被,致江夏孟仁之客。鶴亭名譽之聞,太夫人實傴拊之。

鶴亭旋舉乙科,荐登朝籍,其間迎婦東甌,侍親吴會,臨睨舊鄉,憑眺京闕,太夫人逐子隨征,相依爲命。潘仁面洛之宅,行藥以賦閑居;揚生草元之亭,載酒以問奇字。養修絜白,譽炳丹青,母子之間晏如也。

無何,宇宙墋黷,玉步潜移,栖鳳傾巢,瞻烏靡屋。於是析津避亂,盡室倉黄;鹽豉顆蒜,幾絶饔飧。湫隘囂塵,雜厠庸保。鶴亭冥默自傷,政身漫許。筮家林而一出無妄,慮及所生;誦《汝墳》而三嘆孔邇,劇於如毁。

鶴亭猶以前資簡放甌海關監督,再起復原其官,調任鎮江、淮安兩關。聯翩三組,綢繆一心;永嘉南徐,奉母官舍。斑斕上壽,效舞氍毹。鉟攑醍施,起瘠苦蓋。江心孤嶼,供痊疴以消摇;京口三山,作娱親之湯沐。及其量移淮關,太夫人仍留鎮江。僦宅江濱,戀其風土,鶴亭往來省覲,不日則月,躬導篼輿,近周遠覽。焦巖對雷,睹鐵鳳之將翔;長網横江,市銀鱗以入饌。起居朝夕,自眷庭闈,荏苒春秋,常承庥蔭。隱民匄貣,分減及於含飴;故迹荒頓,繕葺規其享落。

鶴亭仰慰慈顔,順時承志。太夫人雖際衰年,寖延美意;閑嘗一抱何斟,旋占損差。宿植德本,歇繹立轉於神靈;帝錫厖褫,秉纘徐蘇於殗殜。因此招慶歸來,壽欣未艾,子息申眉,中外促膝。方謂殊禮將膺,積善有報。嫛婗拄扶老之籐,薰習受長生之籙。孰意瘣木無枝,故創易抎。桐半死而半生,腸九回而九逝。斥鮓坩之獻,日儆陶公;從龍舒而游,願爲滂母。遂以腹疾浸淫,馴致緜惙。凋年急景,謁醫搤掔於膏肓;扶服上章,求代瞢容於巫覡。大命告傾,奄終邸舍。歲在辛酉十二月十有七日,春秋六十有九。斯時也,里軫輟舂,士切賷妣,商賈駿奔,僚吏鹰集。鶴亭前有惠政,咸來致唁。聞大吴之哭,過者欷歔;憐安豐之瘁,言之太息。太夫人可謂有子,鶴亭爲能事親矣。

太夫人守節逾三十年,例膺旌典。京朝官昔有以此舉言者,鶴亭從容上白,太夫人曰:"安有子請旌其母,然則母不當守節邪?"鶴亭咋舌蒲伏,不敢復進。是知餐荼之苦甘於如薺,扁表之榮蔑同綽楔。太夫人志行方鯁,可謂貞亮絶俗,當於《列女傳》、《婦人集》中特設一席云。太夫人重念建寧,謀置守冢,寫定遺書。陳留典籍,十吏謝給札之鈔;汚水丘墳,五激阻衝波之漱。賦欒蠡而游目,追有作於先君;見泥洹而下泣,痛衰宗於外氏。報德揚親,於是乎在。

鶴亭卒哭之後,將祔太夫人於贈公墓左,先期書來乞銘。覽其詞旨摧沮,梗在隱曲。三釜洎養,千鍾不易其心;右軍堅誓,懷祖未妨其隘。寢苫枕草,以矯時失,去官制服,以厲名節。薄俗謂爲立異,親懿規爲非禮。瘀傷堙鬱,非余曷徵,嗚乎悕矣。

余與鶴亭，昔本同州，今爲鄰郡，鄙宗映碧、鏡月諸老，與鶴亭先代憲副、徵君，俱申雅素，通家累世，將三百年。騂旄牛耳，尋往日敦槃之銘；羸瘠雞斯，閔至孝杯棬之慕。相逢季偉，拜母闕於林宗；晚遘戴良，結友愧於黄憲。敬爲銘曰：

仁考虚止，阿母蚤鰲。折蔆徙宅，導嬰兼師。長羨有見，老驚夥頤。子敬升堂，公瑾入室。彤管區烈，賢明是則。憂隕宗周，觀光上國。大家隨穀，述征東南。望鄉不遠，去閈何堪。皋復雲表，招魂江潭。哀哀嗣子，斬然泣血。烏翔復回，鶴臨倏掣。來歌往哭，震風烈雪。殯階祖載，言指靈丘。啓埏下綍，素驥鳴輈。一哀千載，馨芬長留。

冒母周太夫人墓誌銘 第二稿

李　詳

歲在辛酉十二月十有七日，吾友如皋冒廣生鶴亭之母周太夫人没於鎮江寓舍。將謀窀穸之事，先期具狀，屬爲埋幽之文。

謹案，太夫人諱萱，本山陰著姓，移籍祥符，高門鼎貴，奕世冠冕。父星詒，官福建建寧府知府，熟於流略之學，海内所偁。母平氏，山陰平翰女。瑶質稟於載卡，淑嫕咏於宛辟。年二十，歸贈公提舉君。作儷洪族，稱爲嘉耦。江、庾兩顧，傳葛令之清猷；張、謝二門，協濟尼之題品。

提舉君無禄即世，太夫人迎喪邵武，羈栖嶺南。未幾，翁又卒官。遺萌留滯，弱息煦濡，飲冰茹檗，非人所堪。

鶴亭岐嶷夙成，早接先達。尋陽陶母，躬剉薦以留賓；江夏孟生，欣廣被以致友。鶴亭旋舉乙科，荐登朝籍，其間迎婦東甌，侍親吴會，臨睨舊鄉，顧瞻京闕，太夫人逐子隨征，相依爲命，養修絜白，譽炳丹青，母子之間晏如也。

無何天地横潰，宇宙墋黷，豺遘無象，烏瞻靡定，避亂析津，瀕於九死。鶴亭閔默自傷，政身漫許。筮家林而一出，慮及所生；誦汝墳而三嘆，劇於孔邇。順時承志，起居朝夕，斑斕上壽，效舞氍毹。錏掜覼施，起瘠苦蓋。隱民匄貸，分減及於含飴；故迹荒頓，繕治規其享落。太夫人雖際衰年，寖延美意，其間一抱何斟，旋占損差。宿植德本，歇繹立轉於神靈；帝錫厖褫，秉纊徐蘇於殗殜。

積歲復攖小極，馴致繇愋。斥鮓坩之獻，日儆孤兒；從龍舒而游，願爲滂母。彫年急景，謁醫搖擘於膏肓；扶服上章，求代瞢容於巫覡。大命告傾，奄終邸舍，里軫輟春，士切賫妣。享年六十有九。

先是，太夫人守節逾三十年，例膺旌典。鶴亭昔官京師，從容上請，太夫人佛然曰："安有子請旌其母，然則母不當守節邪？"鶴亭咋舌而止。及太夫人喪，遺命以孝定皇太后所賞江綢斂，是知漆室之痛切於宗周，扁表之榮蔑同綽楔，政當於《列女傳》、《婦人集》中求之，悠悠薄俗，安敢睎此？

太夫人重念建寧，謀置守冢，寫定遺書。陳留典籍，十吏謝給札之鈔；沔水丘墳，五激阻衝波之漱。賦欒蠡而就列，追有作於先君；睹泥洹而下泣，感衰宗於外氏。報德揚親，於是乎在。鶴亭卒哭之後，將祔太夫人於贈公墓左，書來督諸，詞意摧沮。三釜洎養，不易千鍾之心；右軍堅誓，非爲懷祖而隘。鶴亭寢苫枕草，以矯時失，去官制服，以厲名節。季世方謂立異，家老諫爲非禮，瘀傷堙鬱，非余曷徵。嗚乎，悕矣。

余與鶴亭，昔本同州，今爲鄰郡，鄙宗映碧、鏡月諸老，與鶴亭先代憲副、徵君，俱申雅素，通家世，德垂三百年。騂旄牛耳，尋往日敦槃之盟；羸瘠雞斯，閔至孝杯棬之慕。相逢季偉，拜母闕於林宗；晚遘戴良，結友愧於黄憲。

銘曰：

仁考虛止，阿母蚤鰲。折蓤徙宅，導嬰兼師。壯欽有見，耄驚夥頤。子敬升堂，公瑾入室。彤管區烈，女宗是則。四十四年，辛苦綽恤。大家隨轂，述征東南。望鄉不遠，去鬨何堪。皋復雲表，招魂江潭。哀哀嗣子，斬焉泣血。鳥翔復回，鶴臨儵掣。來歌往哭，震風烈雪。殯階祖載，言指靈丘。啓埏下綍，素驥鳴輈。一哀千載，馨芬長留。

清誥封夫人冒母周太夫人墓表

桐城　陳澹然劍潭

嗚呼，十年來喪禮廢絶，父母没，官則靦然民上，視若典常，蓋天顯民彝之滅久矣。獨如皋冒廣生，遘其母周太夫人之喪，輒抗言於當事，請去官。當事察其賢，不許，凡三請，卒終制乃已，天下敬之。

冒氏故家多廉吏，明遺老巢民先生族也。廣生曾祖諱芬，宰廣東乳源縣，捕賊死，賜祭葬，以子貴，封榮禄大夫。祖諱保泰，廣東鹽大使。父諱樹楷，提舉銜福建按經歷,擢知縣。没時廣生年六歲,析其槖,裁二百六十金。外伯祖官粵東運使,憫焉佽厥乏,合計不千金。太夫人乃居粵,植厥孤而課之讀,日劃百錢供饘粥。其後廣生就試歸如皋,則日减至六十錢云。

光緒甲午,廣生領鄉薦,再入都試春官,不第。念不官無養也,則貸金分刑部爲郎中。試經濟特科,復報罷。試商部,補平均司郎中。乃克奉太夫人於京邸,凡八年而國變作矣。

廣生性仁孝,工詩古文詞,聲名重都下。變作,棄其官,奉太夫居天津。既念故里無家,終無以爲養也。壬子再起,監督甌海關,則還謁贈公墓,誓此官當視老母爲進退,君子傷之。

太夫人山陰周氏,寄籍大梁,科名仕宦聞天下。父諱星詒,知福建建寧府,記誦淹博,實爲廣生之學所自出。太夫人讀書明大義,天性剛直,慈惠過人,輒惡言人過,人有喜慶,則樂道之。終其身自約儉勤,而與人無吝色。建寧公歸老吴門,没無後,則親往吴門,求主後扶櫬葬山陰,而命廣生置祭田於墓側,刊遺集於《冒氏叢書》後永厥傳,而其立言之奇,則尤近古所未聞者。

故事,婦女年未三十守節,至五十輒旌表於朝。太夫人守節時裁二十有六,光宣之世,廣生官京曹,籍甚,太夫人年且六十矣。廣生請旌表,太夫人嘆曰:"節者分内事,旌之是謂我可以嫁而不嫁也。"廣生懼不敢言,事輒罷。其高峻如此,而其脱然生死則尤奇。

廣生之督甌海也,凡五年,乃罷宦,槖無幾,假其妹千餘金,始於如皋贖巢民宅,奉母歸。戊午,再督甌海關,尋量移鎮江,羡入與甌海等。太夫人自念春秋高,而廣生婚嫁之累之重也,則愸然憂之。病亟,度必死,語廣生曰"今制無以憂去者,吾死,汝三年内且必官",則卧榻處後事。廣生驟聞命,不知所措,既念太夫人脱然生死者,計身死,子或官,不至於凍餒,故其心爲可死耳。苟正告之,心必不死,然後疾可爲也。乃泣對曰:"兒所爲辱身降志,求官如弗及者,以吾母在也。母亡不終制,豈惟不孝,且何以食往者誓墓之言乎?"太夫人張目視之,曰:"迂哉! 汝不官,奚食?"則又泣對曰:"賣屋盡,則坐斃耳。"太夫人良久始哭曰:"天乎,奈何以老身一人,使婦稚俱殉也!"哭極哀,於是廣生知母之心戚而生機已茁於此也。未幾而疾果瘳。

又未幾,廣生移督淮關。淮關歲入豐,廣生喜,然私計太夫人異時而病,將以何者復繫其心,則又懼。鎮江山水雄天下,金、焦、北固冠絶東南,太夫人留鎮江,廣生則時時自淮安歸省太夫人於鎮江。嘗以勝日,奉太夫人乘巨艦,載簫管,遊覽三山間,容與中流,簫管與江聲相和答,太夫人顧而樂之。

先是,太夫人屢得奇疾,其孫女三人前後三封股,三更生,至是,疾取曆書視之,不吉,復留一日。没,手足温軟,如道家所謂尸解者,辛酉冬十二月十七日也。

其生咸豐癸丑二月八日，春秋六十有九。廣生既喪母，則終棄其官以歸，其陳情之語極哀苦。君子於此益嘆太夫人之忍死踰年，以曲成廣生之志，其賢與孝，皆有出人萬萬者。

太夫人子一，即廣生，娶翰林院編修黄紹第女。往時官至四五品京堂候補，晋三品銜加級，封兩代資政大夫，妣皆夫人。女一，適福建鹽運使吴用威。孫五人，孫女五人，曾孫女一人，其已婚嫁者皆鉅族。

將合葬太夫人於如皋贈公之墓，故撮其大者表厥阡，詔諸永永無極之世。

冢婦陳氏壙誌 小三吾亭文

冒廣生

冢婦陳氏，名祺壽，字延吉，四川合江人。父光弼，頭品頂戴，三品卿銜，候補五品京堂。母劉夫人。年二十，歸吾子景璋。以今年庚申四月十九日卒，才二十五歲，傷已。

祺壽入吾門凡六年，乙卯隨吾宦温州。明年丙辰，温州變起，吾母挈之居漢口，從漢口入京師依其父。丁巳，自京師歸如皋。是年，復之京師。戊午，隨景璋居天津。己未，生一女，其秋，景璋考取外交官領事官。冬，復挈之來鎮江。

祺壽來鎮江，值吾母病，恒終夜與僕媪伺吾母興居，不自言勞瘁。母病幾殆，家人群禱於神祇，請減算益母，祺壽亦請減一年。母病起，其後景璋爲吾言祺壽去年在天津，日者謂其年衹二十六歲。嗚呼，孰意其減算一年，遂僅僅得二十五歲而遽殞折也！

祺壽之在天津也，景璋方充京奉鐵路局員，所入俸至微。戊午冬，吾赴鎮江，留天津一日，見所居在陋巷中。祺壽以吾至，執薪供爨下奔走操作，甚於貧家之婦，吾之心喜之。由今思之，則又悲其雖生長富貴仕宦之家，而曾不得享幾微之福也。

祺壽生平未嘗與人忤，有犯之者，輒隱忍不與校。未嘗逆吾一言，其賢且孝，有不能湮没之者。

其生光緒丙申年八月十七日，將以壬戌十二月十四日葬之於如皋西鄉木葉莊。祺壽之生，視吾猶父，今而後，吾不得視之猶子也，悲夫！

次女景璣壙誌 小三吾亭文

冒廣生

余年二十九，生一子二女，惟景璣生時，余得在家。今年，余將往江南，而景璣以驚風卒。

景璣生三百三十九日，中間余在蘇州一百三十六日，在揚州二十日，計景璣得朝夕依余，實祇一百八十三日。景璣豈知余父女日短，故一生一死，皆令余見耶?

嗚呼，景璣而今而後，汝饑，誰食汝也；汝寒，誰衣汝也！夜臺茫茫，汝豈解行路也！魂兮歸來，誰保抱而扶持之也！

光緒二十七年正月九日，瘞汝於城之南阡，汝又豈知余之哀也！

第十六册

詩詞曲

壽冒文瑞封翁 家譜

趙　錦

寰中慶壽稱神仙，況客皇都開壽筵。桃熟饒霑金掌露，鶴翻高拂御爐烟。持觴朱紫何紛若，贈卷琳瑯盡灑然。須到懸車渾未老，堯蓂萬葉已占先。

送兄文瑞還東皋，時兄攜子鸞應試南都 同上

冒　政

我始來江南，勞君遠相送。悠悠二載間，但具短札貢。夜雨憶舊談，春草生新夢。俄將阿戎來，要與多士鬨。長戈未曾試，詎可輕伯仲？我歌送君歸，離懷浩難控。遠樹孤蟬鳴，空山群鳥哢。月落潮正平，風細波微動，去去到故園，穩聽收梁棟。

哭伯兄文瑞 同上

冒　政

雷塘風起雲迷昊，倏聞哀訃心如擣。悵惘當年對榻時，仁薰義炙情更好。少小曾爲槐花忙，曉日西雍浴春藻。功名着手不少留，要與文樓先屬稿。刑曹有子真男兒，披衷執法公

教之。封章南下不數日，胡爲遽爾長别離。山寒月冷猿聲切，不見公歸空見碑。

廣生謹案：五世祖文瑞公諱琭，邑廪生，卒業南雍。需次銓曹者九年，未及選而卒。縣志有傳。

奉贈東皋藩伯大兄 東皋詩存

冒　良

東皋東去接滄溟，天上雲霞隱客星。社有衣冠真率會，地環山水醉翁亭。仙人夜送青藜火，稚子秋梳白鶴翎。應怪移文嘲舊事，歸來鷗鳥亦安寧。

冒廷和會試列乙榜，肄業國子，詩以勉之 縣志、泰州志

李東陽

古道陵夷繼者稀，獨予才力尚卑微。無成頗覺初心負，未老先知舊事非。今日中流須砥柱，幾年東壁仰餘輝。期君合在風塵外，千仞岡頭好振衣。

送冒少參入閩 家譜

林庭棉

吾閩参冒廷和先生，年十六舉京闈，繼登進士，歷官兩都。曩奏駕部正郎最，

制辭有曰“忠勤奉國,辛公義之勞績可嘉;清謹守官,崔元亮之名檢無忝”,縉紳咸謂足概生平。庭棉自視於先生無能爲役,而辱教最久。郊亭握手,益深惜别之懷,然海邦蒙福,又不能不爲鄉人喜也。

十年司馬託交盟,此際臨岐不盡情。白玉橋邊春萬里,紫薇堂上月三更。相思有夢憑魚雁,麗澤何人倚鑑衡。聞道海濱徵賦急,願言膏雨沛蒼生。

贈冒廷和 同上

羅 璟

冒子廷和,成化庚子,余主南畿試所取士也。三入禮闈,不第,而勵志益堅,學行益謹,其進未可量也。余在南都,數來謁余。適有閩之役,乃持紙素請留教益。佳其志之篤,書近體一章。

發解曾看丱角時,鹿鳴筵上共稱奇。大鵬已是三回息,神鯉終當一躍馳。富貴功名從倘至,詩書德義在精思。直期明道希文地,異地轟然見設施。

送冒廷和 同上

儲 巏

黄塵没車三尺深,故人遠别違寸心。都門垂柳自春色,上苑啼鶯空好音。雲山高處且拂枕,圖史竟日聊開襟。春雷不久發幽蔀,雙魚斗酒還相尋。

送冒廷和成進士歸省 同上

李東陽

眼見宫袍换彩衣，偏從文字托光輝。賓辭禁漏銅龍盡，曉散朝行白鷺稀。千里馳驅才始見，一生温飽志全非。定須不學長安孟，衹向春風得意歸。

贈冒少參移節督餉 同上

楊　旦

吾聞濱海山環峙，雞犬相聞幾千里。清時藩屏屬諸公，東皋先生應時起。楝梁之具瑚璉姿，霄漢翱翔垂二紀。竭來分陜涖建中，建人如在春臺裏。仁風披拂膏雨濡，有脚陽春非浪擬。兹晨忽報駕星軺，簡書在念那容已。移得春意向漳南，一日先聲滿人耳。轉輸無匱漢鄼侯，兵甲藏胸范老子。虎狼遠遁氛祲消，桴鼓不鳴謡頌美。坐令海徼盡回春，政成入奏天顔喜。

又 同上

劉　璋

蠢兹潢池兒，耕鑿在丘壠。如何竊干戈，跋扈人驚悚。莠草應鬮除，庶養嘉禾種。雄兵分虎羆，長劍倚天竦。龍驤水犀軍，鯨波爲洶湧。餉儲餘百萬，暫借奇才董。流馬與木牛，隨檄軒門擁。乃積連乃倉，巍然若山聳。雲鳥陣已嚴，白羽慎輕動。玉石要分明，崑岡風焰猛。妖氛墮蒼茫，凱歌荷殊寵。仰觀天上星，森森北辰拱。

贈冒少參東臯 同上

林廷玉

羊祜至荆襄,推誠接人士。至今墮淚碑,帶蘚猶穹峙。東臯實藎臣,殫心於乃事。任德不任威,頌聲隨所至。

贈冒藩伯東歸用少陵題鄭氏東亭韻 同上

楊　旦

獨占東臯勝,芳堂皆夕暉。猶存松菊徑,旋製芰荷衣。采藥穿雲去,尋詩戴月歸。一枝聊自足,霄漢任群飛。

東臯堪大隱,水木有清暉。野老閑分席,兒童笑挽衣。風流行且眺,日暮咏而歸。指點浮雲外,冥鴻一箇飛。

贈别冒藩伯 同上

方外 懷　讓

先生歸去繼兩疏,門外車馬如東都。山人亦挈酒一壺,與君話别立斯須。鴻名偉伐衆所圖,未老即休何爲乎?得非高堂慈母念子切,恐以煩劇勞清臞。不然且當輔國辦王事,未應决去青雲途。羡君有才氣不麄,羡君有德義且孚。杜陵所謂驥之子、鳳之雛,炯若青冰出萬壑,寒印琥珀光珊瑚。蟾宫桂花少小遂攀折,瀛洲早踏升仙衢。即登粉署郎,聿爲名大夫。薇垣出參期大用,忽然解組趨江湖。揚州有鶴自可呼,海上一片青山孤。東籬黄菊久莫鋤，秫田菜圃俱荒蕪。便開茆堂掃舊榻，展卷更讀先人書。《楞嚴》《法華》時在袖，浄洗心月如僧趺。萱堂早晚且得奉，甘旨兒女歡笑歌烏烏。豈無戀闕心，亦有資國謨。皋夔稷契舉在位，意有所託非迂疏。已諧塵外謀，還能訪匡廬。杖藜肯踏虎溪路，白蓮浄社來尋余。

冒東皋初度 同上

黄好信

乞得閑身早，經年懶出門。清聲冰玉署，幽夢水雲村。種藥惟延老，看花或抱孫。悠然塵世外，此意與誰論。

題冒駕部夢椿吟卷 同上

費　宏

駕部冒君，既喪其椿翁文瑞先生，哀慕不置，往往見之夢中。縉紳感而作詩，積久成帙，蓋悲君之志也。甲辰春，予及識先生於今胡秋官文謙席，追感疇昔，亦烏能已於言哉！

萱堂晚亦茂，庭桂早已榮。傷哉老椿樹，胡爲獨先零？悲風撼樹朝復暮，樹杪啼烏思返哺。孤兒繞樹日幾回，徬徨躑躅竟何怙？郎署榮恩可載馳，公痍禄養非三釜。吾翁不逮將奈何，淚滴樹枝無燥土。一經夜課挑寒燈，當年手澤尤鍾情。低徊繾綣猶就枕，枕上囈語猶悲鳴。更長漏盡始成夢，見翁鬚鬢如生平。覺來歡笑已難覓，啼痕往往霑衣纓。翁有寧馨兒，泉臺目應閉。兒哀欲報難，每夜少良寐。一樽邂逅曾陪翁，陳迹追尋與夢同。悲翁還復爲翁喜，佳兒移孝斯爲忠。

又 同上

王守仁

霜風起中夜，折此椿樹枝。上有哺子烏，驚飛無宿栖。椿折一何早，烏啼一何悲！折者長已矣，悲者何終期？烏雛化爲鳳，將母巢天池。依依懷故幹，忽忽夢見之。流光無顔色，宛若芳春時。靈根蟠厚地，變化誰能知？天池足雨露，何由發華滋？

又 同上

李夢陽

堂上白頭親，堂前緑葉椿。常歌一株老，同度八千春。霜露凄凄恨，乾坤落落身。過庭空有夢，枯樹淚沾巾。

題冒廷和先生東歸奪錦圖卷 同上

嚴　怡

東皋先生冒廷和公，幼學南畿，而領鄉薦，故其履歷圖有曰“東歸奪錦”，人多以此壯先生，怡嘗聞之鄉達德云。先生之少也，英邁夙成，其操數寸之管，盡盈尺之紙，若探囊物，於捷科也固宜。所可壯者，先生方参大藩，享厚禄，勇退急流，榮歸奪錦，以養母太夫人，得古孝子愛日之意焉。是則非當世士大夫以官爲家，惴惴焉惟失之患者所能也，誠可爲先生頌。怡管窺不足以悉先生之大雅，先生季子恭甫善怡，間視是圖，特摘前題命賦，因先述嘗聞之鄉達德者如此，乃勉成排律二十八韻，庸以寓斗仰之私云。

先生早歲隱梧岡，一感清時遊帝鄉。禮樂郁然周道盛，名聲藉甚漢儒良。壯懷欲縱登瀛步，速化都由選佛場。鳴柝不驚深鎖院，分題無語漫搜腸。令嚴頗懍秋威肅，戰苦那知晝景長？文陣出奇風虎變，筆鋒摛藻斗牛光。鴻生得意先呈卷，薦史憐才久哄堂。楮葉内簾推妙刻，榜花濃墨染前行。賢書馳奏歸鸞掖，賓燕賡歌聽《鹿鳴》。座主自矜知相馬，都人争快睹儀凰。探名簇盛雕鞍騎，獲隽輸先緑髮郎。誰謂一行能得第，自緣百發巧穿楊。擬乘桃浪春偕計，亟爲萱堂曉俶裝。西出龍江辭建業，東歸鵬海泛滄浪。劇喧鼓吹樓船進，高建檣竿錦幟張。斷岸湧沙潮水落，驚飈拂枕夢魂涼。姮娥恍忽遺靈藥，織女分明贈報章。仙棹欻移冰鏡裏，星槎宛放鵲橋旁。衫寬尚惹青雲色，酒釅猶聞金粟香。何處送飃風颯颯，連宵依槳月蒼蒼。江城楊柳初凋露，澤國蒹葭已着霜。掃榻幾時賢令待，捲簾何限美人望？故鄉桑梓清無恙，華族衣冠喜欲狂。駿足不深妨進速，蜚英偏是重年芳。趨庭有子能傳業，瀕海無公總面墻。勝事今猶傳奪錦，高情誰似薄垂黄。片言未足爲公壽，列傳期修爲發揚。

題冒廷和先生京府預宴圖 同上

許　珊

吾鄉少參冒公東皋先生，在成化中，年十六即領南畿鄉薦，故圖有所謂"京府預宴"者，蓋寫一時之盛概也。珊忝里閈之同，及見大成之雅，僭題數語以傳，而先生平日之豐功懋德，則他圖名筆揚耀之者已悉，珊故略及之。

賓興有燕歌《鹿鳴》，禮張樂設羅豪英。坐中有客方妙齡，婉孌總角誇老成。滿堂回頭顧且驚，賢書紛指識姓名。争將文字誦廣庭，一誤擲地鏘金聲。足占胸中多甲兵，禮闈春榜竟高登。受知王朝任匪輕，發軔憲部共明刑。載修戎務佐太平，拜命求賢司文衡。秉節承宣南入閩，内外倚重真長城。我言山川别有靈，儲公碩大將無朋。獨向春風占早榮，秋實尤禁霜露凝。展圖壯懷景仰增，青雲後裔還繩繩。

題冒廷和先生丹墀對策圖 同上

孫景時

丹墀者何？大廷兩階也。對策者何？東皋公也。圖而出之，公爲後人設也。廷對簡拔，姓氏勒之國學，傳之天下，流聞於後世，永永無已也，又何假於一圖之繪耶？然獨使公之子孫披玩激發，思紹先人之美，而唯恐或墜者，將不賴於是耶。因詩以張之。

初日曈曨宫漏遲，千門柳色相參差。五音離披玉音出，侍臣跼蹐傳命時。束冠衣褐走闕下，拜手稽首颺言辭。先生側身在東海，腹有經術人未知。此時感激遭聖主，萬年歷歷不足數。天機雲錦傾刻成，甲第功名等閑取。醇儒且趨賈董庭，曲學羞與公孫伍。長篇大章動帝聰，懇懇忠赤來肺腑。揣摩十年未語人，汨没一朝方始伸。姓字曾勞宸翰染，泥金已慰白頭親。慈恩曲江古來盛，瀛洲之選何彬彬。文章直欲爲世用，青雲豈徒致爾身？何時束書獻天子，佇令四海回陽春。

賀冒廷和得儁南都 同上

向　翀

冒生廷和，蜀岡秀聳，東海靈蟠。憑揮掃之三千，展扶摇之九萬。年少獨魁，才藪文章，健羡翰林。黄甲行登，彤廷擬對。月宫步返，雲錦門填。特製蕪詞，肅然申賀。

世上那般爲最好，古今都説登科。少年分外喜嫦娥。名題龍虎榜，酬聽《鹿鳴》歌。

更有長安人似蟻，争看金榜巍峨。鳳池對策沐恩波。傳臚呼姓字，髫髻上鑾坡。《臨江仙》

題冒駕部夢椿吟卷 逸園石刻

湛若水

椿樹女蘿縈，難將生死離。庭空椿樹影，身在女蘿枝。此夢誰能畫？中情我癈詩。祇應心獨苦，人亦豈能知？

夢椿爲冒廷和 陸文裕公集

陸　深

落葉不可復，離離滿庭除。云是漆園樹，嚴霜化枯枝。孝子安忍問何如，空堂清夜雙淚珠。雙淚珠，迸如霰。靈椿枝，夢中見。

題冒廷和黄榜争看圖 以下並原圖

李時芳毓庵

禮樂縱横一萬字，金殿當頭書姓氏。宫袍初襲御鑪香，燦爛宫花一時賜。玉語傳呼内使催，長安得意馬如飛。杏花影裏人如玉，曲水江頭錫宴歸。雲路天衢聲喝雄，從此沾恩食萬鍾。

題冒廷和燕市曳裾圖

泰州　張承仁一山

曲江二月東風軟，碧桃紅杏花開滿。青絲絡馬紫絨韁，年少承恩初入選。宫袍稱身宫錦裁，紅於朝霞緑於苔。飄輕裾兮曳長袖，風清輦路無塵埃。玉樓金屋珠簾外，得意郎君誰不愛？揚揚眉宇吐紅光，耿耿明珠出滄海。寢園之西行殿東，五侯七貴促歌鐘。醉歸不識來時路，盡入邯鄲夢枕中。

題冒廷和橋門釋褐圖

泰州　張承仁一山

布袍初喜换宫袍，景運千年幸所遭。義路禮門行處穩，龍樓鳳閣望中高。期將忠孝收勛業，願得臣隣托草茅。温飽若移平日志，橋門流水即波濤。

題冒廷和籍通天府圖

江都　高　相世佐

天册羅豪俊，榮名揚萬齡。芳馨緣地秀，精祲映文星。式車重士禮，拜手荷王靈。鳳去奇踪在，來儀紀帝庭。

題冒廷和孝陵恭謁圖

方　禾嘉伯

開天闢地古今雄，聖祖分明再造功。引領鍾陵瞻拜畢，英靈如見五雲中。

又

高　淪新之

瑞靄鬱凝膏，卿雲疊錦濤。地尊龍虎伏，威震鬼神操。萬代常如見，微生幸獨遭。徒存犬馬願，何以報纖毫？

又

沈　珠蜀泉

鍾山有王氣，值此五百期。嘉祥卜萬世，令典昭諸司。端拜仰威嚴，中心愿無私。彈冠誓一節，敢云今始知。

題冒廷和玄武謾遊圖

周　瀛

刑臺二月東風煖，書簿初閑逢上澣。清世遊歌訟獄稀，空林行愛晴途坦。誰疑上下慘雲多，自望東南生氣滿。落日湖邊掉鞅歸，留連不覺春光短。

又

沈 珠

湖山帝都首，玄武近刑曹。在職惟時彦，暇日恣遊遨。飛魚豁天機，香風襲輕袍。持此窮達觀，亹亹心忘勞。

又

高 淪

兩都諸府吏，叢委獨秋卿。事簡天才晚，春遊驥足勍。凝神渺空闊，即物見澄清。盻顧纖埃盡，風濤不敢生。

題冒廷和武部清戎圖

泰和 歐陽斐郁文

年來戎伍真兒戲，揮戈荷甲俱老稚。明公收拾鑑衡中，霸上棘門非所事。

題冒廷和東陵遣祭圖

吴期英南溪

當年飛去鼎湖龍，鳳輦神遊向此中。黄屋玲瓏涵夜月，翠林蕭颯起秋風。金甌萬載輿圖遠，玉醴三時俎豆隆。粉署有臣朝著久，幾番陵下拜遺弓。

題冒廷和大廷頒誥圖

謝　源士潔

聖王尚孝理，以孝激人臣。盡孝須盡忠，忠盡孝亦純。是以百辟臣，事君務致身。身致身以成，成身以及親。燦燦鸞鳳箋，炳炳金玉陳。上以敷君德，下以美臣鄰。推恩褒所自，所生榮亦均。時值三載期，或遇六載辰。裝潢出天府，涣汗頒楓宸。稽首謝明主，庶全忠孝人。忠孝樹門户，誰不踵芳塵。看君蘭桂茂，滿擬步頻頻。

題冒廷和壽慶萱榮圖

泰源①　羅欽順楚庵

白髮明珠翠，黄流滿壽觴。錦歸春未艾，萱吐晝偏長。入饌江魚美，充幃楚蕙香。短章憑鶴獻，頓首祝如岡。

題冒廷和棘闈角藝圖

歐陽斐

童年角藝膽如鐵，文錦裁成炫五色。主司入手誇天然，諸俊回頭皆吐舌。

① 按：羅欽順爲江西泰和人。“源”誤。

廣生謹案：廷和公諱鸞，成化庚子舉人，弘治癸丑進士，官至福建布政司參議。《江南通志》有傳。

送冒廷舉之富陽任 縣志

楊一清

老眼模糊病體羸，坐談清話每移時。淹留帝里予違願，騰達天衢子際期。好把設施酬素學，佇看超擢列彤墀。長孺卧治無勞日，頻寄佳音慰舊知。

又 家譜

劉　道

憶昔相逢在帝都，竹梧鳳采已驚吾。夙酣芸簡才華老，新授花封寵命殊。制劇剸繁分利器，濟時行道屬醇儒。富陽江上佳山水，公暇遥觀是畫圖。

正德癸酉春，弟鵬歷天曹，事竣，將歸而養鋭，以俟北行大捷也，且留京游學。復謂不忍相違，請書於紙以識意。予謂離合常事，烏足介懷，顧自有素志在焉耳，乃成一律以貽之 同上

冒　鸞

二月都門柳色新，謾收書卷拂歸輪。君親到老還初志，天地無窮只此身。須信功名原

有命，自將理義苦留神。何須惆悵今朝别，好效前人費苦辛。

廣生謹案：廷舉公諱鵬，由選貢官浙江富陽縣知縣。縣志有傳。

登郡樓詩 泰州志

泰州 張承仁一山

嘉靖丙申，郡樓成。七月三日，裕庵陳侯命酒登賞，同登者：郡大夫林思泉、郡博士李東嶼、劉艮山、吴巽峰、鄉士夫林定軒、方伯華南畹、光禄方玉山、轉運冒南皋、别駕袁方洲，徐香巖、李澄江進士，共十三人。

公暇相邀上郡樓，元龍豪氣已横秋。銜杯興欲吞江海，作賦才應貫斗牛。今古曠懷何處寄，乾坤清氣此中收。擊空鷹隼争飛急，俯檻怡情羨白鷗。

廣生謹案：南皋公諱良，字房卿，弘治辛酉舉人，官寧波府通判。

秋日出弔仇汝化妻喪，道經玉齋翁南莊，因悼南塘兄 石谿詩集

嚴　怡

出郭聊舒眼，情因感舊傷。西風禾黍熟，前日室廬荒。老涕無從雪，平生未忍忘。楊花橋畔路，何限憶南塘？

宿冒錫之莊，悼憶乃翁玉齋處士 同上

嚴　怡

霜寒月明烏鵲飛，田家自掩雙荆扉。買魚沽酒賴有客，揮杯擊劍歌《無衣》。今宵吾輩盡情飲，他日主人何處歸？衰遲耦耕今已晚，饑來欲采西山薇。

廣生謹案：玉齋公諱謙，官益王府引禮舍人。

送冒明府謫教杭州 宗子相集

宗　臣

匹馬天風聽暮笳，南歸尚醉故園花。尺書在袖逢江雁，萬里揚帆似漢槎。帳下談經餘苜蓿，湖中對客半蒹葭。錢塘歲歲春堪卧，莫憶魚竿返玉華。

送冒子尹興業 崔東洲集

崔　桐

燈火江城，笙歌錦席，暫駐層霄使節。曾買燕醪别鳳臺，柳條纖、那堪又折。　桂海雲長，梧峰天渺，去去雙鳧隔越。好種桃花滿縣香，舊家聲、冰清玉潔。《鵲橋仙》

冒玉華任興業索題卷子 家譜

李春芳

玉華授令興業，賦贈，復命書卷，第與高梧鳳翥意不協。然余言不協，何足計？君之當爲鳳，不當爲鶡，可慮也。其尚繹思諸君子贈言之意。

南興古治長雄越，北斗高名近屬君。出匣劍華星下吐，鳴堂琴曲水間聞。行憐孤鷁投芳遠，坐見金牛游刃分。一代循良家業存，驤龍翹首繼飛雲。

送冒恭甫謫教杭州 同上

趙　錦

先生性坦夷，志高古，少厄於場屋者二十餘年，以貢謁選。聞石塘翁以其世德之美，授廣西興業縣令。至則課生徒，修郡志，興文化，獨不能俯仰上官。乃令萬治齋翁改以杭學教授。七夕夜至余話别，飄飄有仙舉之意。余嘉先生之可以秉持師道，表正士風也，因賦之。

承家儀羽自雲霄，懸榻都門話寂寥。五斗不煩陶令屈，一氈肯讓鄭虔驕。清秋客馭揚州鶴，白日官銜浙水潮。若到吴山問遺事，幾株棠樹似前朝。

寄冒恭甫 同上

嚴　怡

西風遥憶黑貂裘，旅食京華歲已秋。一紙告身何日請，千金駿骨少人收。山川莫命相思駕，霜月空懸兩地愁。南北飄飄非我意，一尊聊欲話林丘。

玉華第七十 原注："時嘉靖壬戌孟夏。" 同上

冒　誾

家世壽文無七十，亢宗惟我弟和兄。塤箎迭奏思疇昔，鴻雁聯翩負此生。四月華辰稱慶酒，十年宦海别離情。勸酬今夕休辭醉，滿泛金巵倒玉罌。

東歸值九日，玉華兄於揚移得菊一株，載舟中，相與小酌，期過南沙 石谿詩集

嚴　怡

秋風失意買舟去，秋雨無奈征帆遲。客衣九月尚絺綌，塵世百年多路歧。黄華於人笑相向，濁酒到手醉何爲？前程欲赴杜陵老，雞黍翦燈同賦詩。

得玉華兄書 同上

嚴　怡

燕臺留滯意何如，珍重來書慰索居。旅次居應疲僕賃，迷津我正憶樵漁。禰生刺謁知無益，齊客彈歌計已疏。惆悵天涯阻魚雁，緘題終日獨踟蹰。

二月且盡，觀梅玉華亭中 同上

嚴　怡

二月明朝盡，名園始見花。自憐時太晚，何況酒難賒。早計思羹鼎，流涎笑麴車。停杯還弄筆，一倍惜年華。

陪東暘、亦沂二夫子飲玉華亭 同上

嚴　怡

公子園亭好，能來鄭廣文。酒香薰竹醉，歌響隔花聞。矢劇壺無譜，情真菽有芹。興移還促席，歸去已斜曛。

雪夜有作，因懷冒興業 同上

嚴 怡

寂寂山堂三月雪，閉門誰與話酸辛。獨尋虎穴愁無路，對泣牛衣念有人。撥盡寒罏茶未熟，喚回春夢鶴爲鄰。過家遥憶蒼梧客，吟倚紅梅賞興新。

廣生謹案：恭甫公諱諍臣，號玉華，由貢生官廣西興業縣知縣，謫浙江杭州府教授。縣志有傳。

坦齋歌 家譜

王守仁

天道坦，化自貞，四時百物常生生。居然並行復並育，不相悖害還相成。地道坦，水自流，百川浩浩歸墟收。一逢險阻便騰激，驚濤怒立翻陽侯。人道坦，心自樂，常行日用皆聖學。但將愷悌接斯人，何必從前問先覺？嗟哉人心即天地，苦將私欲自纏繫。元精闌已闕，幽暗生鬼魅。鬼魅生兮幻化多，慈良易直成消磨。從此人情不相入，笑談宴聚藏干戈。干戈日以深，鮮不及其身。孤立易以仆，骨肉無相親。猗歟東皋坦齋子，仰觀俯察猶所止。不狎人間試險塗，但向身心求正履。坦不坦分只自知，廓然天地即吾師。不須防檢安排力，清得心如赤子時。

坦齋吟 同上

劉　謨

乘車莫賦蜀道篇，蜀道難於上青天。登舟莫和滄浪曲，滄浪旋於轉地軸。人心嶮巇將奈何，岐路悲泣徒滂沱。造化升沈乃如此，居易俟命而已爾。主人看破安危機，結構幽栖悟昨非。朝耕夜讀課孫子，閑即飲兮醉即止。皇天無黨更無偏，同躋壽域歌堯年。擾擾俗情渾忘却，含哺鼓腹發真樂。

廣生謹案：七世祖敬甫公，諱闓，號坦齋，由監生官益王府引禮舍人。

贈別冒立之先生 家譜

洪孝先

瑶琴曾奏廣陵游，觀裏瓊花獨耐秋。夜雪青氊分泗水，春風絳帳洽東甌。鄉心愛聽南飛曲，座客慚非北海儔。鱣兆已知成跨鶴，古來佳麗屬揚州。

廣生謹案：立之公，諱承禮，由歲貢官江西饒州府教授。

雙橋圖爲冒光禄題 以下並雙橋圖册

晋安　鄭人達慕塘

摩訶山勢凌東海，跨望蘇門雲靉靉。依微楊柳鎖芳洲，崇墉百雉流光彩。中有二橋瞰碧流，近廛時復歌滄幽。隱玉第齋松桂長，連珠池館鷺鶿稠。主人解綬歸來早，爲愛溪橋風日好。柴扉晝掩緑蘿垂，斜陽清聽漁家傲。春來布穀催耕時，橋畔閑吟獨杖藜。不嫌滑蘚行如砥，只惜閑花踏作泥。扁舟有客日相向，拂塵譚奇醉春釀。風流倒戴習池旁，耆英結社香山上。顔如紅玉頭似霜，蘭階玉樹紛琳瑯。未論園綺相髣髴，且與燕竇相頡頏。聯翩彩袖花間舉，海上頻來青鳥使。赤松黄石應可逢，金莖玉屑爲君注。須信二橋會有神，虹流百丈駕蒼旻。蓬萊弱水如可渡，余欲從君一問津。

贈雙橋

延平　王以蒙正軒

大江以北淮以南，輿浦星分牛女野。八月觀濤自識枚，千秋獲雉還誇賈。我一分符宰兹邑，數載斌斌見風雅。宓子彈琴迥莫追，折節時從諸長者。中有皤皤冒氏翁，丹顔皓首碧爲瞳。昔曾繫籍鳴珂里，歸老雙梁東復東。年幾九十未云耄，畏壘欲穰庚桑風。姓字懶通金馬貴，步趨不籍玉鳩工。芝蘭玉樹庭階滿，伉儷齊眉日衎衎。六子峨峨冠進賢，諸孫楚楚翹林館。有孫膺薦復不群，花生彩筆氣蒸雲。鳴鞭早晚燕臺去，龍兮爲友豹爲文。翁開笑口增矍鑠，江淮幾人得相若。應知堯舜安巢由，漫道駐顔須大藥。君不見，孤南老人南極星，子孫承之俱亭亭。此星願見不願晦，人主壽考天下寧。列宿齊輝扶雲駢，吾與爾曹徼其靈。

題雙橋圖

泰州　凌　儒海樓

地擅東皋勝，雙龍古道平。虹飛山閣霽，月墮玉潭清。隱約看星渡，蒼茫笑石行。知君懷濟利，聊此見平生。

流水接層城,門開一徑清。澄潭横半月,淺渚卧雙鯨。市近知心遠,梁成頌政平。因思溱洧上,能渡幾人曾。

又

臨安　童蒙吉巽山

橋道如仁里,生材合出群。豫章深拔地,叢桂上連雲。世重千金子,予懷萬石君。向來題柱客,無乃負斯文。

又

李叢玉叔聘

聞道幽人里,雙橋鎮海陬。彩虹看夕霽,白鶴起高秋。水繞情堪適,橋多徑轉幽。何時一樽酒,落日海西頭。

又

梁　柟豫山

早辭簪紱向滄洲,卜築龍河九曲流。萬里虹橋雲外落,一峰天目鏡中浮。開樽島樹潮平岸,垂釣江煙月滿舟。昔日淮南招隱地,更誰能把桂枝幽?

又

晋安　鄭人逵慕塘

江郭柴門迥,幽人杖履閑。小橋雙水曲,茅屋幾家灣。白晝紅塵斷,緑陰黄鳥關。援琴修竹裏,垂釣碧溪湲。野鶴同疏散,高僧共往還。荷衣輕緋紫,玉樹映斕斑。悟得元中境,悠然雲外山。偓佺來海上,相對日怡顔。

又

鄞縣 董大晟嵛海

大江東皋接混茫,縹緲吹落虹蜺光。化作長橋跨遥岸,雙橫南北分流長。龍圖學士今遠矣,安定遺風在人耳。簪纓昔重王氏門,名賢世重胡公祀。冒公德閥開其間,橋傍兩賢名繼起。地靈自古鍾鬱蟠,人譽于今滋福祉。本支直似萬石君,德星方自荀門聚。宦途歸逸化日長,杖藜散步橋之旁。嘉樹駿驔風景足,庭階露浥芝蘭香。題橋有志猶慚我,爲君寫咏百尺梁。

又

蘭溪 唐邦佐中廓

甲第如雲控兩橋,名門楚楚映先朝。三槐自昔誰爲擬,萬石如今不敢驕。私第角巾還錦里,清時簪紱有高標。莫將勛伐論舟楫,芍藥曾爲玉匕調。

又

江都 沈　珠

石梁跨溪上,而有車馬通。蛟龍潛水底,銀漢遥相從。高人悟元旨,至性華其躬。惻隱自天植,博濟應無窮。閑來望橋畔,雲際飛冥鴻。天地固有憾,神禹無專功。願展胸中奇,勛業垂蒼穹。

又

同里 嚴　怡石溪

胡公名宋室，王氏復多賢。吾黨何爲者，斯文爲悵然。有人兼創守，群彦競飛騫。富矣還詩禮，家聲可並傳。

又

劉　熠東沙

栖遲獨向溪橋畔，機事相忘狎野鷗。日繞蓬門人迹少，春深花塢鳥聲幽。鳴絃調遠回山水，看劍光寒動斗牛。自覺荷衣勝簪弁，不從游子賦登樓。

又

許　昉竹溪

橋昔何人建？玲瓏聳一方。水迂環第宅，氣聚出賢良。碧路通千里，蒼龍見一雙。幽人時往返，隨處得風光。

又

姚江 倪　章憲伯

羡君心事却悠然，曾向長流賦濟川。驅石移時航海道，乘槎到處問蓬仙。雲深閣上冠裳會，花滿階前蘭桂連。爲有雙虹銀漢跨，穩同圯上老人年。

又

泰和 陳 雍養蘭

門對青山半隔塵,長虹高架楚江雲。紛紛車馬兼昏晝,機事渾淪獨羡君。

又

華亭 張思敬

拂袖飄然傲世塵,重梁深處寄閑身。高標已逼香山社,雅志猶尋潁水濱。興到烟霞堪作伴,機忘鷗鳥自相親。漁郎渡口應常遇,爲訊桃花幾度春。

又

同里 蘇 愚心泉

華堂開向學之東,萬里津頭駕玉虹。槐桂近聯王氏徑,蘇湖遥望定公風。漫誇駟馬題橋客,還羡千年化鶴翁。相國何爲溱洧上?君才自是濟川功。

又

戰 符夢竹

高人卜築蓬瀛勝,門對清波起六龍。驅石共卑秦政陋,濟川誰羡鄭僑功?月臨石隙浮雙劍,雲静磯頭見兩虹。坐愛吾民能利涉,往來無復怨西東。

又

徐州牧仰琴

世路年來半是谿,誰人驅石跨前堤。波横朝蝀雌雄卧,柳鎖長鯨左右栖。春水沙頭成共濟,秋風柱杪作聯題。分明一様平平道,日暮何須借杖藜。

又

王家沭

望裏蓬萊隔霧煙,石梁雙架海雲邊。觀魚倚檻下孤月,載酒問奇過小船。朱紱已沾天外寵,青山堪結老來緣。鷃冠鳩杖吟情劇,嘯引霜鬚搨錦箋。

又

吴　廣元谷

萬峰聳奇壁,雙龍束横流。逸勢下野塘,誰哉一葦舟。無乃太乙精,不論鴟夷儔。命達無朝夕,何心更解憂。

又

張躍鯉龍門

淮南高士侶,石室擁長吟。閑佇雙橋上,遥臨一水深。羞將干主術,乃負濟川心。見説荀龍氏,商家作歲霖。

又

南海　陳　道蘇山

安定有舊里，龍圖有新祠。河水相映帶，石梁勢参差。君家宛中央，玩樂可忘饑。多男不爲累，何況饒于貲？非才忝民社，兵凶值艱危。安得四境内，有家咸若兹？催科甘拙劣，畫簾將可垂。

又

李士元春臺

一□通北簃，萬劫滌東溟。虹並浮前渚，龍歸跨遠汀。歌風漁唱入，撫檻玉輪停。更憶初題處，年年共草青。

又

海陽　謝紹祖小滄

兩重橋影卧江流，水碧沙明宿兩收。更羡化工妝點好，森森喬木滿橋頭。
春水春江江色新，雙橋横鎖一江雲。往來車蓋知多少，閑坐橋邊有幾人？

又

陳宏祖念全

憑誰驅石雉皋東，隱隱雙龍起碧空。舟楫漫勞誇利涉，行人千載頌神功。

又

邱雲霄止山

幽澗誰考槃？寒流生静境。野色渡雙橋，晴波浩千頃。掩映斷雲光，雌雄落虹影。濯纓來清風，策杖尋芳荇。剡溪夜興發，石梁月應冷。

又

錢　藻

天畔重開百丈虹，君家甲第清流中。水光隱見蛟龍卧，岸月微茫島嶼通。最愛千巘蒼似玉，還看駟馬色如驄。怪來鶴髮雙瞳碧，圯上時招黄石公。

又

德清　嵇　鐳子佩

龍圖學士宋名臣，英風烈烈垂無垠。獨駕雙虹在皋里，至今遺澤千餘春。昂昂冒公子，卜築傍橋水。隱囊紗帽坐彈碁，不逐城中遊俠兒。藥欄花徑卧衡門，時復據梧度朝昏。擬號不尋泉與石，却羡雙橋爲古迹。龍圖風氣鍾名家，冠裳繞膝樂無涯。雙橋翁，占斷淮揚芬氣雄。濟人利物橋通津，海内風流第一人。

飲冒光禄對山亭，即席賦贈 家譜

嚴　怡

南隣邀飲對山亭，吟對山峰眼爲青。肯信畸人饒逸興，曾看五岳列真形。佳招未可無詩客，痛飲還期聚德星。千古風光纔一瞬，何妨秉燭倒銀瓶？

壽冒封翁雙橋六十 同上

王世懋

廣陵秋水好，九月未飛霜。甲子當初度，群公正滿堂。衣浮黄菊艷，酒映紫萸香。世德延祥入，靈源衍慶長。芝蘭元毓秀，袍笏舊生光。邗水遥開讌，平山對舉觴。願君拜家慶，歲歲樂重陽。

壽冒光禄雙橋翁九十 同上

周天球

懸車海上偃經綸，甘結青山甪綺隣。麗藻久增泉石重，素心不染市朝塵。由來洛社崇耆俊，誰許軒皇有外臣？霄漢鳳毛應瑞世，熙朝杖履沐恩新。

廣生謹案：八世祖履之公，諱承祥，號雙橋，由監生官光禄寺監事。

春日雨中，枉黄龍溪、冒麟郊、冒文樓、冒唯齋、劉斗衢五賢招飲石完初别墅，賦謝 石谿詩集

嚴　怡

爲憐城市有山林，竹徑茅齋静復深。已見文章成豹隱，偶從風雨聽龍吟。甄收未許士藏器，笑語不妨朋盍簪。多謝夜來情興好，玉壺花底得同斟。

廣生謹[案]：麟郊公諱承禎，文樓公諱守愚，唯齋公諱一貫。

移居前一日，得家居掘港書 玉蓮社集

冒愈昌

頗有區中累，欣開海上書。八行知健飯，數口適移居。歲暮行相聚，心安樂有餘。東皋今古意，一覽嘯堪舒。

廣生謹案：大之公諱承禕。

聞三姑母疾 緑蕉館集

冒愈昌

近得廣陵信，遥憐卧病餘。八行聊問訊，一枕復何如？喪亂經過飽，天親歲月疏。嗷嗷聽旅雁，中夜獨躊躇。

海水暴溢，漂没不少。緬憶我姑，用是寫其忡忡爾 緑蕉館集

冒愈昌

有姑安在東海頭，海水風多聞倒流。地軸天輪共震撼，鹽田廣澤争沉浮。室廬半没果何意？消息難真使我憂。安得平安一傳語，暮春聊以舒雙眸？

廣生謹案：姑適某，家譜不載。

贈繩翁叔祖 逸園吟

冒夢齡

每從家乘探河源，中葉其如一綫存。幾見海陵諸大父，居然開府令曾孫。俠腸似雪千秋擅，宗誼干雲五世敦。莫向仕途嗟偃蹇，鬱葱階樹盡瑶琨。

廣生謹案：繩齋公諱尚智，官湖廣棗陽縣糧河廳。

壬申春，余被命北徙，將發江上，桂亭冒君携酒燕子磯送别，賦此 家譜

范應期

雞鳴山下漫爲群，燕子磯頭又别君。自愧才名非北斗，那堪離思隔南雲。一官共老烏

皮几，萬里空留白練裙。回首大江春水闊，幾時樽酒共論文。

廣生謹案：九世祖伯英公諱士振，號桂亭，由監生官國子監典簿。縣志有傳。

送冒伯奇參軍還如皋 家譜

高　瀛

嶺表重逢感舊游，秋風載别賸新愁。飄蓬愧我仍三水，解紱憐君自一丘。池上有毛雙翥鳳，庭中無恙並扶鳩。由來勝事歸名閥，況復君家有勝流。

又 同上

李用賓

十月江濱花正新，故園偏憶薜蘿春。孤帆遠引七千里，何日相逢是舊人。
雲鳥何心已倦遊，吴山粤水一帆收。竹西歌吹遥相認，恰是千燈利市州。
拂衣東盡隱滄溟，世德堂開瑞氣迎。綵服婆娑雙獻壽，蓴絲莒甲薦香粳。

九月十七、十八，爲先考、先兄諱日，又二十，則余誕日也。時宗兒羈肇上，襄孫就藥崇川，卧病兀居，不禁惼憶，非故爲詩懺云 逸園吟

冒夢齡

泡影從知大幻身，何當羲馭策加頻。因悲丙夜懷遊子，翻恨丁年負病親。垂老抱痾重换甲，連朝居諱儘含辛。如蘭友共如花女，不似年年初度辰。

讀清江報德祠碑記感述 有序　自鳴草

冒起宗

按：《廉州志》，萬曆甲午間，廉之清水江有墾田北坡之議。王父時任經歷，監司二千石廉其才，檄而屬之。王父爲之築墩撑江，建梁引溉，有遂有列，井井芃芃。閲兩歲，課增於國，而民賴焉。距崇禎之戊寅越四紀矣。廉人思其德，貌之祠之，春秋俎豆之。合浦林道生明府且爲記，勒於石，真百世曠典哉！崇禎己卯，起宗始承乏嶺西，末由叱馭清江，如會昌故事，迄兹悒悒於懷。夏日曝書，讀碑記，因倣康樂《述祖德》爲詩十二章，俾來裔知所自焉。

吾祖公望，抗志雲霄。晚詘選人，授官郡僚。天涯海角，亭障名標。車瘽馬瘏，萬里炎熇。疇匪王臣，憚此迢遥。王父茂年罹倭變，遂入冑監。比卒業，歸，嘆曰："吾即不筆舌耕，胡不以菑畬學也？"郭南雉河有祖業在，王母脱簪買犢，耦耕十六年，始謁選人。

爰止于幕，紅蓮安倣？鷦鷯一枝，空庭榛莽。風雨凄其，四顧蒼莽。怡然晏然，了無悒怏。緝葦翦茨，用安俯仰。

誰謂卑栖，志在尺咫。清江浩渼，民魚瀰瀰。曷施桔槔？曷秉耒耜？河伯爲官，蟻穴可圯。砥潰湮洪，以疆以理。

乘欙乘橇，爰度爰咨。周行問水，塗足沾衣。壘谷爲陵，怒息冰夷。甽彼阪隰，刈此水

落。上上下下，厥土乃秄。

中澤飛鴻，安集桑田？此町彼疃，有陌有阡。秋爲民有，税入歲編。陸海衍沃，計畝逾千。三壤咸則，匪病于朘。

惟彼狡黠，竄籍易名。陰陽影射，法骪令衡。從横相度，鈎括虚盈。公私交賴，蠻觸胥寧。河潤芹泮，澤及孤生。王父興利剔蠹，悉破情面從事，更籍餘畝充學田。

田畯穛穛，灌溉攸資。時虞狂溢，束氾循涯。長虹垂蜺，蜿蜒崇隄。功因忌奏，福以嫉禔。多黍多稌，謳之吟之。合浦張令自居科目，每事不相下，於此獨推轂焉。蓋逆料功難卒奏，姑困之，不謂乃所以成之也。

會朝執玉，衝寒覲帝。萬六千里，氋氃裘敝。遷秩西川，退耕決計。垂橐言歸，夔夔養志。九袠高堂，垂白雙鬍。王父戊戌入計旋，親年皆八十有九，泣别曰："兒即乞歸，進九十雙壽觴也。"抵任，遷松潘，遂致其仕，還家，剛及攬揆，鄉人指爲孝感。

鯉庭恒訓，凜凜義方。筆耕舌耨，勗以縹緗。夏楚不廢，自少及强。數奇遇詘，絶涸掩芒。陟彼岵屺，涕泗沾裳。王父尊師敬友，家教森嚴。吾伯、吾父年及强，猶予杖，里中至今言之。

茂宰千秋，表章論世。觀民闡幽，風爾有位。輪焉奂焉，崇墉塗塈。渥矣榮施，類錫不匱。足裹趣疆，我心延跂。

禋祀秩秩，令德馨香。冠裳肅穆，楔棹煒煌。伯兮供匕，父兮奉觴。幽扃若揭，洋洋一堂。直道斯民，以永蒸嘗。

藐余寡昧，祖武是繩。五十年前，茂績琤琤。五十年後，頌聲砰砰。廟貌孔新，乃牆乃甍。對越靈爽，勵其冰兢。

恭題兩世真容 有序　拙存堂詩概

冒起宗

起宗每念禄不逮親，潸然淚下。今出山，補僉粤憲，爰奉兩世真容以行，識如在也。緬維王父於萬曆丁酉間官廉州幕，王母沙太君俱，則粤固其舊游地。亦越癸丑，吾先君尹會昌，則吾母宗宜人從，後廿載而會昌以名宦祀。今假道入粤，則虔州又其并州也。雖春露秋霜，暫違風木，然得竊薄禄以供時祀，無異乎侍几筵也。臨摹告竣，因系以詩。

畫裏容光兩世違，憑將妍手寫遺徽。顔開恍覺鬚眉動，面覿空憐笑語稀。粤嶺風清懷祖德，虔山雲護憶親闈。瞻依萬里馨香薦，如在猶堪效舞衣。

展祖墓 同上

冒起宗

述祖縈情遠，投艱獨力綿。幾悲風在樹，但覺日爲年。裹革知何地，全軀幸自天。陳辭釃桂醑，心已及重泉。

廣生謹案：伯奇公諱士拔，由監生官廣東廉州府經歷，調四川松潘衛經歷。

憶王母 拙存堂詩概

冒起宗

嚴母常閉閤，雋母喜平反。漢世豈獨賢，潘輿諄復言。

廣生謹案：沙孺人爲伯奇公配。

贈冒文樓明府 家譜

劉　岵

爲愛江皋多偉賢，先人宦績隔風煙。逢君入國成名日，愧我傳家繼美年。出宰已飛雲漢舄，爲郎不負孝廉船。上林春好鶯遷去，易水燕山有夢懸。

廣生謹案：文樓公諱守愚，由恩貢生官直隸高陽縣知縣，升廣東德慶州知州。縣志有傳。

同殷承麗、承宏、黄君弼、君求兄弟飲家兄別業，李花下作 緑蕉館集

冒愈昌

三月韶光無處無，城隅別業李花敷。邀賓攜酒應堪賞，值我空囊未易沽。綽約娉婷花簇簇，遥憐深處明如玉。丰神寂歷宛無言，佳客翩躚皆不速。點綴瑶華暎緑楊，殷勤玉斝對青皇。上苑聊堪當杏宴，東園安肯代桃殭？醉來紛作花前舞，興劇頻催花下鼓。已見蹊從此日成，誰言實向它時苦？報玖歌穠思未窮，冰心一片坐來通。從他大業歌中讖，不管楊花怨晚風。

君求邀陪家兄宗道飲園中，時家兄將應試金陵 緑蕉館集

冒愈昌

垂柳陰陰帶小橋，緑樽清晝暑全消。知君明日金陵道，一片秋山是六朝。

黄君求載酒同殷承宏、曹純孺、諸孫、雄飛過家兄別業，性一公適至 支提集

冒愈昌

長日清樽奈樂何？風流袁紹未應多。池通濯錦文魚戲，林奏新簧谷鳥歌。諸客競同逃暑醉，一僧閑傍晚雲過。談禪燕坐忘歸去，古寺鐘聲度薜蘿。

同石汝完、曹純孺、黄君求、郜存周、陳鉢庵、蓮宇過家兄池上看白蓮 支提集

冒愈昌

清池千挺白蓮花，重向東林社裏誇。三世見來應自證，十方擎出不曾遮。香逾薝蔔侵衣透，色鬥琉璃映水賒。暫爾經行成净土，嚶嚶鳴鳥亦頻伽。

同殷承宏、曹純孺晚過家兄別業，兼簡夢觀上人之作 玉蓮社集

冒愈昌

曲徑逶迤十畝間，晚來秋色亦閑閑。池開萍藻游魚戲，林合松蘿倦鳥還。清賞正偕幽興侶，遠心偏愛夕陽山。橋邊咫尺蓮華社，好趁鐘聲一扣關。

九月十四日，家四兄招飲看菊，諸從子侍 玉蓮社集

冒愈昌

背郭新居本自幽，招攜杯酒及深秋。黄華正喜存陶徑，高義兼傳自劍州。情洽當筵開口笑，月明如水隔衣流。竹林棠棣俱千載，莫怪樽前醉未休。

清明日同君求諸子集先兄别業 邗水篇

冒愈昌

鴒原死喪不勝哀，别業春風暫舉杯。楊柳千條徒自發，桃花獨樹好誰開？何人痛哭西州路，有伎停歌銅雀臺。世事百年纔一盼，與君沽醉夕陽回。

廣生謹案：宗道公諱一貫，廪貢生。

冒伯麐移寓西齋 來禽館集

邢　侗

槐院秋光逼，空庭夜色侵。城低通暮雁，風峭急寒砧。故國親朋思，他鄉去住心。小窗吾屬耳，仿佛動哀吟。

題梅花紙帳贈冒伯麐 同上

邢　侗

紗素豈不貴？障風借陟鼇。破霜開臘樹，暈粉出春枝。夢涉羅浮近，香殘襆被知。蟠根君自見，願訂歲寒期。

七夕過冒生 大泌山房集

李維楨

古人懷知己，一日如三秋。與君浹辰别，思若結綢繆。今夕是何夕，人言會女牛。女牛遠河漢，終古抱離愁。不知良友朋，命駕時從游。八荒及千古，坐論遞相酬。所虞駒過隙，佳會難久留。徘徊未忍去，鵲駕已歸休。
廣陵諸兒女，喧喧乞巧夕。冒生苦食貧，從之乞餘澤。授以一牽牛，副以支機石。歸與力田桑，粟布有餘積。生言少爲儒，玆事非所習。弱腕三寸舌，雲錦垂千尺。天孫頩薄怒，是夫有書癖。竊天巧已多，何能無落魄？

夜泛秦淮得"愁"字，同潘景升、冒伯麐、洪仲葦 嶽歸堂集

譚元春

十里簾中户，燈光照去舟。人人知有夜，事事不曾愁。稍傍野花岸，細看新漲流。屢宵心澹艷，皆未籍箜篌。

吴凝父七夕招泛烏龍潭，尋雨至就泊茅止生森閣，同冒伯麐、許無念、宋獻儒、洪仲葦 同上

譚元春

寒潭久不響，雷雨作其聲。野筏蒼蒼亂，秋陰汩汩生。電隨波出入，燈與閣昏明。天上重今夜，定然橋處晴。

過沈雨若蔣樹得“觀”字，同伯麐、比玉、子丘 同上

譚元春

湖上游雖遍，來兹不改觀。敗荷依水盡，落木與霜安。洲凍樓臺影，人分魚鳥寒。豫知宜雪際，光滿爾憑欄。

秋日同湯慈明、冒伯麐遊北山，分得“九青”一韻二首 五山耆舊集

范鳳翼

入林求勝友，爽吹豁巖扃。散帙憑髹几，窺窗展翠屏。古苔欺短屐，瘦石傲空庭。樹叠疑山色，雲流學水形。茶僧祠陸羽，酒伴賽劉伶。野服初裁薜，仙糧旋斸苓。秋高天欲老，夢短世誰醒。縱飲聊全適，浮生睫上螟。

結社依蘭若，哦詩上草亭。日沈蒸海色，霞起像峰形。梵唄傳清籟，鐘聲破紫冥。僧厨收墜葉，客袂坐流螢。繩縛齋頭榻，藤編屋後屏。夢酣蝴蝶醉，書飽蠹魚靈。蠶繭

箋茶譜,烏絲勒酒經。烟中穿鳥白,雲外擲螺青。斜月窺吟筆,疎花媚膽瓶。幼安終避世,阮籍不求醒。劇辯波争湧,高歌雲忽停。相期捐世累,味道此巖扃。

送冒伯麐之吴中訪丁廣文先生 同上

湯有光

先生司訓如皋時,值伯麐難作,先生違衆而顧所以解救百方,竟不能免。伯麐避難而出,又時時遣人恤其家。及伯麐事小定,而先生已拂衣去矣。伯麐將北遊,念先生老,特走吴閶謁先生里第,相見悲喜,當不勝情耳。

難後孤身喜尚存,片帆風雨入吴門。向來懷璧空羅罪,此去銜珠爲報恩。三載别離初握手,一樽相對轉銷魂。酒酣漫及當年事,陡覺高天白日昏。

同蔣子夏、冒伯麐過孫惟行園,聽何娘歌,忽風雨,得"靈"字、"何"字 同上

湯有光

步屧過苔徑,携尊至草亭。美人歌宛轉,幽客思沈冥。萬柳圍園緑,三山入座青。曲中多怨調,風雨泣湘靈。
殘暑泠然退,歡來興若何。飽餐雲子飯,醉聽雪兒歌。暝色侵花薄,秋聲入樹多。浮雲飛不去,恍忽戀韓娥。

同社中諸子携妓過北山，訪冒伯麐，晚泛城河，分得“雙”字 同上

湯有光

秋半炎蒸勢未降，懷人觸熱就僧窗。微颸乍起飄金磬，殘照斜懸映寶幢。高衲談經花作雨，美人司酒玉爲缸。寺門松暗僧歸獨，齋閣苔深鳥下雙。麗句當心驚楚調，纖歌如髮聽吴腔。諸君作賦堪追鄴，老我參禪合姓龐。蔽日藤蘿衣疊嶺，粘天波浪學長江。坐來風露侵羅袂，載得星河滿畫艭。山出城頭青點點，水流杯畔碧淙淙。雁聲歷亂過前浦，漁火依微出斷矼。已覺世情都似夢，謾誇文筆尚如扛。醉餘恍踏天台路，明月仙家吠小尨。

檢書札傷諸故人 同上

邵　潛

故人詞藻在，開卷見交期。意氣由來合，風流尚可思。豈能忘眄睞？亦復感心知。相次驚川逝，吾衰詎幾時？謂臧晋叔、阮堅之、張克雋、虞長孺、王百穀、黄又謙、王聖俞、冒伯麐諸公。

寄壽昌伯麐 東皋詩存

范志易

青溪詞客富雲烟，桃葉桃根佐壽筵。半世竟忘生處好，一身常作地行仙。近來踪迹何

須問,老去詩篇信可傳。六十沈縣仍作客,一觴遥祝更凄然。

懷冒伯麐 同上

范志易

病中强起自支持,送我河橋步履時。萬事傷心垂死日,一生落魄右文時。别來積歲全無耗,老去相看更有誰。寄語加餐須後會,死生終是踐交期。

次韻答伯麐 同上

范志易

憶昔垂髫日,相隨几席餘。十年同握手,一旦輒分裾。曠達君堪羡,羈栖我不如。年華悲老大,踪迹嘆迂疏。失路多緣拙,無謀孰爲噓。一官聊玩世,十畝可供鋤。儻得沾微禄,尋將返敝廬。碧霞山色好,遲爾賦歸與。

懷冒伯麐先生 同上

李之椿

三山寒色正蒼蒼,幾載相思水一方。大雅中原頻睥睨,奇才千古自疏狂。瓊花應發邗江夢,桃葉仍迷建業觴。試向鳳皇臺上望,浮雲東指是江鄉。

同張成倩、冒伯麐、黄君求、佘實甫、邵潛夫、許子文、兄克生、道生，姪吾鼎、元昆集指樹園，值時雨初至，即席分賦 同上

李之椿

花間快雨竹間穿，傍竹尋花醉雨筵。對酒咏歌雙澗響，隔城笑語一犂烟。庭梧洗碧深留燕，池柳(梳)[流]青浄待蟬。乘漲更新波上約，催詩雲在木蘭船。

得伯麐先生海陵消息志喜 同上

黄應徵

加餐尺素遠相將，病裏開緘喜欲狂。聞道吴公知賈誼，遂令貢禹慶王陽。幾年屈蠖憂群小，此日雕龍起大方。賦就漢廷應詔問，看君袖筆奏明光。

病呈伯麐先生 同上

黄應徵

卧病掩荆扉，貧來事漸稀。三秋惟藥裹，十月尚絺衣。生計知誰是，雄圖覺盡非。凄其正無賴，况復故人違。

寄冒伯麐先生 同上

黄應徵

浩浩浮雲翔,滔滔江水流。丈夫自多情,能不悲遠遊?昔爲膠與漆,良友何綢繆?今爲參與商,道路阻且修。相彼嚶鳴鳥,故侣聲相求。明月照我懷,涼風吹我愁。援琴不成調,對酒難爲酬。皎皎河漢女,迢迢望牽牛。穀則不同室,揮淚何時休?人生天地間,汎若水中漚。何爲自貽戚,凄其感百憂?

病起,伯麐先生、劉士曠、曹純孺招飲中禪寺 同上

黄應徵

古寺西風落木寒,良朋載酒一追歡。索居久分人間絶,乍見翻疑夢裏看。冉冉百年憐把袂,蕭蕭雙鬢勸加餐。病夫不淺淹留興,明日清尊入夜闌。

同惠上人、伯麐先生納凉先外舅園 同上、崇川詩集

黄應徵

一徑既委折,灌木何參差?禾黍紛下田,芰荷散華池。繁陰蔽白日,空林羅翠帷。開士逍遥至,蹣跌對淪漪。秋鶯猶鼓吹,玉麈見襟期。遠風清曠入,延賞不知疲。觀槿夕暉麗,聽鐘古寺遲。兹游豈不樂?懷人涕泗垂。悵望丘壑美,慷慨增傷悲。

夏日病中,呈殷承麗、冒伯麐 同上

張玉成

閑心高卧穩,暑氣索居清。負癖疑龍叔,懷才愧馬卿。祇應疎俗好,還自拙時名。雙屐看無恙,將尋五岳盟。

雪中懷冒伯麐、王翰卿 同上、崇川詩集

張玉成

萬木蕭條入暮烟,繽紛飛雪壓籬邊。爲慚仲蔚平陵宅,翻憶王猷剡水船。歲事凄凉愁共劇,風塵摇落病相憐。那堪更滯三間地,讀罷《招魂》思惘然。

寄答冒伯麐 同上

張玉成

寂寞揚雄只敝廬,故人何處曳長裾?《淮南鴻烈》含霜氣,豐獄龍文貫斗墟。託乘未堪齊八駿,加餐那自寄雙魚。年來離索疑才盡,愴恨無心賦《子虚》。

狼山同張成倩懷冒伯麐 同上、崇川詩集

殷之澤

五山秋色好，一水挂孤帆。短褐同張翰，長裾憶阮咸。畏人常作客，銷骨正憂讒。征雁聯翩去，何緣寄素緘？

成倩、伯麐歸，詩以奉送 同上

李士伯

渡口横孤棹，歸人忽啓行。路岐來未易，調合去何輕。樹鬱長隄色，鶯啼别院聲。酒闌一分手，處處愴離情。

喜成倩、伯麐見訪 同上

李士伯

穀雨歇江潯，羊求喜見尋。扶携過小渚，指點入深林。竹樹如添色，溪山自賞音。呼來一樽酒，潦倒夜還斟。

聞劉士曠、曹純孺約敏上人暨伯麐諸君結山椒社有寄 同上

李士伯

蓮社仍從惠遠看，人如元亮共交歡。樽開水榭埃氛静，樹老山椒石榻寒。握麈星河低法界，揮毫珠玉映詞壇。他時若欲招靈運，百里扁舟到未難。

晚同成倩、伯麐飲 同上

李士伯

柳市逶迤一徑荒，同人向晚到山房。雨收野寺鐘聲冷，月映疏籬樹色蒼。濁酒共延長夜興，譃談聊縱片時狂。卻愁明日河橋畔，萍梗紛紛逐去航。

贈冒伯麐秀才 甑甀洞續稿

吴國倫

淮海宗郎後，雄才更是君。少年能博物，高步獨離群。交自論文定，名緣避難聞。會須干氣象，那得困風雲?

館人王伯子，高義魯朱家。不必更名姓，相留且歲華。飲泉妨下石，抱影怯含沙。解后東吴市，何如過狹斜?

吴中聞俠骨，寂寞古人風。總欲修恩怨，還應託異同。爲君雙淚落，結客少年空。引手將排難，猶慚貫日虹。

累日江船醉,愁心漸欲無。美名留異地,大業起窮途。氣激胥濤壯,歌憐郢雪孤。天風將六翮,應不負南圖。

送冒伯麟暫歸對簿二首 同上

吴國倫

黯淡孤舟别,倉皇間道歸。美才人欲殺,亡命客誰依?不辨償金誤,翻嗟抱璧非。還如東海怨,白日慘無輝。
語罷星芒失,行驚海色寒。衆人皆右袒,吾子亦南冠。家破歸無計,機危蹈轉難。總令寃竟白,此别已辛酸。

吴門别冒伯麟 汲古堂集

何　白

寸心忽千古,愁來無一言。昔人不可見,長嘯下吴門。

吴陵歸至小園,懷家麐叔 逸園吟

冒夢齡

蠟屐籃輿日幾回,經旬作别似重來。輕風半逗新窺柳,積雪全舒欲破梅。師德亦知終傳舍,伯倫奈可有閑杯。竹林起色堪相慰,昕夕寧辭杖履陪。

哭伯麐叔父 同上

冒夢齡

竹林風雅少時同，此日詞盟失眼中。聚散六旬渾是夢，追隨卌載各成翁。祇言詩賦能傳世，不信才名善誨窮。戢木一身家四壁，更憐伯氏滯江東。

冒伯麐同吴同斁、孫子真過訪 山陽詩徵

方外 如　安心怡

遁迹秋山下，高軒薄暮尋。寒蛩喧四壁，孤月冷空林。爲究無生法，因憐出世心。宵深竟忘寐，天地幾知音。

相逢行吴司隸公治席上，同冒伯麐、姚百雉、王曰常、郭聖僕、何仙郎、何玉長、潘無隱作 白下編

西泠 張遂辰相期

秦淮水上月東出，司隸門前車馬集。華燈錦障夜張筵，爲喜四方有嘉客。升堂雅拜肅令儀，半屬知名來相識。那禁一見神飛揚？各敘馳交在篇籍。遂覺翩翩色笑深，更驚咄咄才鋒逼。雖同遊俠少年場，烏巾白面何慨慷？傳來刀槊兩横絶，醉出論議非荒唐。自言此事誇獨擅，文章且欲窮正變。使復翱翔作者庭，空同瑯玡羞北面。丈夫取友共當世，時命浮沈亦焉計？飛纓結綬豈盡材？碣石黄金久無士。但看壯迹歷江淮，磊落抑塞能推排。筵前無須百妓樂，座上盡有千秋懷。懷深夜淺殊未極，酒半仰天長

太息。吹臺往矣安在哉？我輩風流寧不惜。諸侯老客稱杜陵，友朋天下樂膠漆。韋丞房尉素所賢，朱老阮生晚尤暱。邇來論交不如昨，往往臨觴重申約。第從聲氣略心情，無怪風塵有離合。因之感動坐屢起，把臂中庭還爾汝。肯耽履舃歡錯陳，楚楚清言未云已。昔聞班荆塗路頭，嚶鳴不在十年求。況兹宴遊接良夜，憑對江山據石頭。慢嗟逆旅幸高氣，俯仰一時多古意。明朝聚散誰能期？放歌聊識相逢地。時座上劇談少陵善取友。

夜發喜冒伯麐、王伯英諸子復送别歌樓 同上

張遂辰

三日别筵再，餘歡夜復偕。上樓生海思，歸雁感春懷。酒壯城頭鼓，歌寒燭下釵。喜看新月近，孤客發清淮。

短歌四章贈别冒伯麐 玄蓋副草

安吉 吴稼登翁晋

十字巷口垂楊枯，霜風吹殺單栖烏。君今欲别胡爲乎？鷫鸘裘敝不堪贈，脱來换酒趨當壚。

與君攜手入長干，美人暮夜來新安。燈前理粧續舊歡。奈何明朝復爲别，羅帳不知江水寒。

秦淮渡口泛輕楫，長板橋頭坐明月。行樂無如不言别。有美空貽白玉環，夫君又佩珊瑚玦。

我今獨立臨大荒，淚出忽霑野草黄。冠蓋如雲擁道旁。布衣之權操不得，與爾空悲大雅亡。

寄内 绿蕉館集

冒愈昌

芳草垂楊滿緑烟，誰堪心緒轉凄然。羈人見鴈春相背，思婦嚬蛾夜不眠。花鳥漸看虚九十，關河極望渺三千。閨中錦字如相寄，定報刀頭已隔年。

寄内 绿蕉館集

冒愈昌

搔首鄉關望欲迷，入冬風日早凄凄。豪華雅負都人士，憔悴深憐蕩子妻。月照藁砧千里夢，天寒海水萬行啼。相望空有移家意，何地中原避鼓鼙。

五月二十日歸自白蒲，步朱升之先生"此日閨中酒"韻寄内，仍用以發端 支提集

冒愈昌

此日閨中酒，還應壽一巵。扁舟須發早，百里莫歸遲。僦廡居相似，餔糜願可知。他年堪慰藉，繞膝有佳兒。

五日寄内 長春園集

冒愈昌

今節朱明候,芳園緑樹陰。最憐今日酒,兒女不同斟。繫縷知長命,聽鶯感別襟。歸程應可計,猶向夢中尋。

悼亡 悼亡集

冒愈昌

我室忽成虚,我心悲有餘。幾年身似雁,今夜目爲魚。善後如何可? 謀生益自疏。却憐兒女輩,不敢淚沾裾。

二十二夜作 悼亡集

冒愈昌

澒洞憂匪細,參差事難齊。如何四旬一,乃竟亡吾妻? 嗒然耦真喪,不幸中年罹。河雎朝雙鳴,林烏夜孤栖。霜空月皎皎,靈帷風凄凄。倦兒藉草卧,嬌女挑鐙啼。悲來四無方,觸處皆端倪。心折好誰語? 魂歸毋路迷。

二十四日，折臘梅花作供，感嘆三章 悼亡集

冒愈昌

蠟梅花，花似蠟，年年花發當殘臘。今年不見惜花人，惟見花偷獻歲春。凍雨廉纖風淅瀝，枝頭仿佛泣花神。

前時卧病頻仍語，呼童好擁花根土。今日花開詎幾時，靈几軍持俄折取。兒女聞言心共苦，潸然灑涕成寒雨。安得冥冥常作主。

去年此日發江南，此日今年淚眼含。游子倦游思婦死，戢身一棺鐙一龕。梅花的的，梅蕊毶毶。樹猶如此，人何以堪？

不夢四首 悼亡集

冒愈昌

體魄既以逝，音容空自好。焉得返魂香？且求懷夢草。
兒女頻相夢，云何我獨無？豈應多病婦，遐棄一鰥夫？
枕汝前日枕，側時親半面。展轉竟寒宵，全身胡不見？
連宵不一夢，相見更何從？卻憶歲時夜，病身欹就儂。

不夢解四首 悼亡集

冒愈昌

汝目死難瞑，我目生難閉。虛疑夢不成，元自不成寐。

不見蕉萃質，如聞呻吟聲。空牀時一撫，障褥尚平生。
前後點燈光，一大分爲二。照汝熱中腸，鑒儂無兩意。
依稀申旦見，未悉是耶非。心縱能遐棄，魂寧不蹔歸？

廣生謹案：范孺人爲伯麐公配。

哭弟三首 緑蕉館集

冒愈昌

賫志悲先祖，遺書望後昆。服纔稱弟子，草即怨王孫。去住悲三世，風雲暗九原。覊魂真欲斷，何計爲招魂？
作記寧如李，行年未及顔。憐君空死去，嗟我不生還。涕泗存亡外，乾坤黯慘間。鴒原虚復咏，死喪更相關。
真同王粲後，竟與蔡邕同。少婦身焉託？雙親計已窮。壁鐙淒夜雨，衫淚濕春風。極目家園望，遥天隱斷鴻。

春日憶亡弟 緑蕉館集

冒愈昌

棣萼關心舊，年華過眼新。已知吾喪我，猶憶爾爲人。落魄且奚適，游魂不記春。傷哉兩行淚，東望灑河濱。

廣生謹案：伯□公諱愈明。"伯"字下，家譜缺，疑非"元"字即"宏"字，避廟諱挖去。

别從伯聲翁，伯有文武才而阨於數奇，雄心尚勃勃也 拙存堂詩概

冒起宗

年逾七十氣凌空，强力能操五石弓。兵甲蟠胸堪制勝，何論嘆世木皮翁？
鵲血雕弓肘後懸，龍睛寶劍斗光連。莫嗟年薄崦嵫景，渭叟輸翁尚十年。
弟勸兄酬杯酒間，逸園花鳥足開顔。家君日涉能成趣，杖履長期共往還。

廣生謹案：聲美公諱時鳴，邑學生。

舟中與冒孫壻潤野同賦 家譜

孫應鰲

木葉蕭蕭下，空江夜雨霏。秋清雲影淡，水闊雁聲微。國事日多難，羈懷胡不歸？坐憐白鷗鳥，箇箇繞船飛。

廣生謹案：潤野公諱時雨，由優貢生官魯王府長史，鄉飲大賓。

壽驤寰冒翁八十 家譜

許邦楨

在昔商山老，采芝商山傍。皤皤垂黄髮，灼灼生紫光。翁今道骨同，蘭芷濈淫芳。朝

飲松下露，暮傾北斗漿。玉樹凌霄漢，與君同翺翔。我較君頗長，君比我尤强。願結鹿門社，逍遥葛巾行。

壽舅氏冒驤翁八十 同上

黄　輔

禁方親授異人來，積有陰功八秩開。見説韓康從市隱，誰知弘景本仙才。煮將白石顔堪駐，養就元霜道未孩。庭下綵衣兼綵筆，恰宜紅杏倚雲裁。

廣生謹案：驤寰公諱夢龍。

十九日夜，門人存周、子羽、希范，姪汝一、汝七、汝旦同君求攜酒新居 玉蓮社集

冒愈昌

數椽新理足幽栖，烟樹微茫向夕迷。白屋寒多須待煖，清樽沽取各争攜。燈懸坐次千觴度，竹繞行厨片月低。諸子解傳揚子字，野人行灌丈人畦。

示部存周、桑子羽、余希范，汝七、汝旦二姪 玉蓮社集

冒愈昌

我昔挾辭賦，聲華彌帝畿。志大不可副，名高竟安歸？歸來困貧窶，寂寞但荆扉。殷勤二三子，相與謀所依。自秋徂孟冬，三月不相違。分陰果能惜，所造豈其微？老驥必千里，大鳥終一飛。吾道須爾輩，毋徒羡輕肥。

同黄君求、姪汝七過秀公房 玉蓮社集

冒愈昌

莞柳池邊合，精廬樹裏開。三春空夢想，長夏始徘徊。小坐來香飯，高臨向月臺。悠然煩暑盡，他日好重來。

送伯兄遊南雍，因憶伯父官國子時，距今四十年餘矣 逸園吟

冒夢齡

五月揚帆指石城，河干柳色映朱明。前途萬里誰先達？大業千秋自晚成。見説鳳城堪騁望，即看虎觀待蜚聲。閑時漫道趨庭處，不盡風人陟岵情。

廣生謹案：十世祖汝一公，諱夢鶴，由監生例選知縣。汝七公，諱夢斗。汝旦公，諱夢暘。

頌冒汝三贊府海澄德政詩 家譜

李茂華

誰識冰壺玉節心？風塵半點不相侵。任教海錯充庭院，依舊相隨鶴與琴。

又 同上

李甫文

早衙高放撫鳴琴，一道薰風洗競心。兩造不交閑肺石，五刑可措謝鉤金。嘉禾合穎鐮聲挃，馴雉停飛樹影深。日轉苔階應卧理，海天百里徧謳吟。

萬曆乙未上巳前二日，偕殷承麗、馬馴卿、石瀊仲暨家兄汝三飲霞山丈室 歷代詩發

冒夢齡

令節鄰脩禊，良朋偶盍簪。開尊來七子，把臂入深林。謔浪兼名理，談鋒敵梵音。雨茶清似酒，春蟹美于鱏。相顧渾如昨，重過遂及今。蘭亭偏感慨，金谷易銷沈。秉燭愁先跋，飛觴訝淺斟。醉來思女手，老去見童心。世事從飄梗，吾儕本斷金。水邊仍有約，知不費招尋。

壯秋廿日，爲仲兄初度，闊焉各天，賦此遥祝 逸園吟

冒夢齡

棣棠晚歲喜同榮，無那山川隔弟兄。憶昨懸弧臨大酉，屬今移爵指長庚。砂明沅井紅侵酒，蟹美商秋紫入羹。有妹有兒堪介壽，歌殘覺少和篪聲。

題伯父母小照二首 有序　自鳴草

冒起宗

起宗既重臨伯父母雙範，更寫小照，如晏君游息狀。但寫生則正側惟意，身後追摹，僅仿佛耳。王次霞飛翰側寫，若親見之，異矣。次霞初下筆時，起宗瞑坐作觀，恨不能揭之而出。不料逼肖若此，即次霞亦云不知何以至此，豈起宗之心早已憑乎其手耶？是夜夢侍伯母游，一園繞砌皆牙筍，長可一二尺。起宗偶移盎中草花，啓土，得一貞元通寶錢。伯母付小僮虎兒袖之，遂覺。夫竹初茁者爲孫，而祖孫多不相見。貞下起元，意取繼續，僮名虎兒，亦巧合焉。因綴二詩於其端。

光靈殊未散，仿佛苦難真。斗覺心爲手，還驚筆有神。遠能追道子，近可埒波臣。如在承先德，應無嘆析薪。

幻境開生面，隨心現化身。留歡容靄靄，杜口意津津。龍種蒙丹氣，鮫文迸緑塵。休徵應有待，聊爲減悲辛。

題世父別駕中垣公小象 有序　拙存堂詩概

冒起宗

世父別駕公爲先大夫同胞，履厚含醇，家邦有永譽而艱於嗣，享年六十有三。其生而相依爲命者惟起宗，而起宗固獨子也。繼立一事，先大夫久瀝苦心，乃强者敗德不能存，弱者又寡昧不受教。雖春秋循薦饗之故事而弗備弗虔，恐非其所歆矣。起宗目擊心恫，既勒遺範於貞珉，識不忘矣。玆奉兩世真容入粤，而更臨世父與先大夫合爲一幅，俾五千里外，歲時展祀。異地同堂，於先王因情制禮之義，或有當耳。

憶昔承顔日，翻如入畫時。分甘頻置膝，惜别每牽帷。想像情難盡，低徊淚數垂。追隨千萬里，應不恨無兒。

懷世父別駕公，萬曆甲寅，世父丞海澄，假道省王母而之官，丁巳再過會昌，同扶廣柳歸 同上

冒起宗

絶代才華擬鳳翔，哦松吏隱惠風揚。心縈藼草虚趨覲，血染鵑枝畏阻長。素韠欒欒同枕凷，棣華韡韡掖黄腸。千秋一别招魂返，屈指臨風倍感傷。

展先世父别駕公墓 同上

冒起宗

置膝情偏暱，垂堂戒未忘。彌年淪苦海，九地結回腸。呵護頻徵夢，居歆遠薦觴。摳衣趨隧道，肅拜更沾裳。

廣生謹案：汝三公諱夢辰，由廩貢生官福建海澄縣縣丞，升湖廣辰州府通判。

登泉山有懷家世父，世父昔貳海澄，多善政，閩邦諸巨公迄今有弔之者 萬里吟

冒起宗

哦松清譽沸天南，花縣當年貳子男。爲念流離傾橐笥，故傳歌咏滿衣簪。世父傾數百金賑饑，海澄士紳各有詩紀。符家千里名因愧，伯道孤踪恨自含。遥望招魂空酹酒，淋漓血淚灑寒潭。

慘淡東山入望餘，憑高揮淚幾欷嘘。飯含兩頰悲郗鑒，病起終宵憶伯魚。風韻竹林勞想像，階庭玉樹嘆孤虚。彌留握手言言淚，永悼無繇執化袪。

己卯之嶺西，吾母棄余四歲矣。今秋歸自襄州，而伯母朱安人年八十有四，尚健飯也，且觴余慶生還，余亦轉而觴母介眉壽。是日歡甚，而余有隱痛焉。即席賦此 拙存堂詩概

冒起宗

世母猶吾母，無兒視若兒。牽衣揮老淚，執手放愁眉。竹葉浮新釀，萱花謝故枝。承歡旋茹痛，交集不能持。

廣生謹案：朱安人，爲汝三公配。

送汝九姪應貢之京，雜言三章 緑蕉館集

冒愈昌

周家咏召棠，薊野分燕市。慷慨悲歌自昔然，英雄豪傑如林起。北斗金高郭隗臺，劇辛樂毅皆奇才。七十齊城若枯朽，氣壓東海無蓬萊。亦越荆卿，游俠縱横。白虹日貫，易水風鳴。文皇善繼高皇志，定鼎燕山千載事。天開閶闔與雲齊，日擁車書通道至。浪遊往歲一狂夫，遲爾於今上帝都。真操絶代雕龍技，好問千金買駿圖。
東家老宿，白髮毿毿垂兩肩，株守章句求人憐。西家儒生，于思于思被滿口，有試輒稱時不偶。二十諸生三十貢，美才洽入清時用。奚囊束就半詩書，冠蓋傾城出相送。持盃前致詞，足下好男兒。大廷行第一，天子親擢之。未能免俗聊爾爾，士所當爲未止此。一言卿相豈田生，三策天人須董子。丈夫才美復名高，要與名家作鳳毛。中丞少參遺躅在，安能輕薄隨兒曹？吁嗟乎！慎勿輕薄隨兒曹。
以人視君才，干將莫邪誰不羡？以我視君身，同學少年君不賤。得意一時，失意一時。君行我處，慎莫相疑。合浦明珠希世寶，道旁觀者争言好。照乘十二應須早，君不見，廉州道遠大父老。

病後，汝九攜尊同、承麗見過，時汝九將應貢北上 緑蕉館集

冒愈昌

病後誰開徑，愁中獨掩門。倦懷貪隱几，春色動攜尊。好客招能至，新詩坐可吟。預愁芳草路，含意送王孫。

元夕寄汝九姪 緑蕉館集

冒愈昌

遥憐客裏逢元夕，春滿都門百萬家。鼇市接天明火樹，鳳城隨地繞烟花。輕車快馬塵先動，妙舞清歌月未斜。莫是閑情今不淺，虚將時序負京華。

劉士曠、曹純孺約予結山椒社，招同蓮宇上人、石瀶仲、殷承麗、馬馴卿、張成倩、殷承宏、吴子羽、李彦長、吾家汝九 支提集

冒愈昌

山上行宫玉女神，山椒列館借嶙峋。臨文自昔愁無地，祭酒于今合有人。直恐佳期煩後命，争從慧業識前因。虎溪橋畔東林社，奕世重看事若新。

簡汝九姪乞竹 玉蓮社集

冒愈昌

籊籊何年竹？蘄君斬伐餘。無論栽借宅，且以供移居。户牖編皆是，柴荆樂自如。異時能見過，翻似入林初。

柬汝九 玉蓮社集

冒愈昌

滄浪今是百花潭，爲卜新居傍水南。詩似庾公樓畔就，《易》如王弼墓中談。林間把臂盟仍在，盃底論文興共酣。稍待春風鶯語候，緑楊深處挈雙柑。

同張成倩、姪汝九、敬甫兄弟夜集程養中叔姪座上，分得“春”字 邗水篇

冒愈昌

傾蓋忘新舊，開筵具主賓。壺觚陶子夜，歌咏鬬陽春。物外成三益，林中宛七人。自兹幽興洽，翻恐問歸津。

家姪園中紅梅同黄居求賦 悼亡集

冒愈昌

春枝籬落自横斜，紅見春梅一樹花。滿眼韶光生絳雪，數聲嬌鳥入明霞。巡簷似索飛瓊笑，點額堪將貴主誇。更是壺觴沽醉處，酡顔相對感年華。

月夜，李道生、大生兄弟見訪於舍姪園中 幽居草

冒愈昌

向夜輕舟泛不遲，懷人高館月明時。予同病後逢枚叔，君勝山陰訪戴逵。寺裏鐘聲清到枕，燈前茗碗細論詩。共憐幽興從今始，來往城隅慰所思。

答汝九刺史姪歸自吴陵園中見懷之作 幽居草

冒愈昌

吴陵雨雪苦經旬，返櫂仍憐屬仲春。園近吾廬堪日涉，詩成彩筆與時新。雲霞座外山當眼，梅柳樽前酒入唇。回首宦途君自見，何如高枕遠風塵?

初秋十日,省親墓,墓傍八桂盛開 自鳴草

冒起宗

斜風密雨暗佳城,蕭瑟先牽獨子情。無復趨庭承色笑,空餘肅拜鬱精誠。千秋閉骨誰重旦,八桂凌霜競自榮。《天台賦》:"八桂森挺以凌霜。"差勝江皋烽火日,奮飛無計只吞聲。

使節還里,奉家大人觴於逸園。因命咏達庵老人十愛詩,而各爲起句。達庵老人,則家大人解綬後之别號也。 拙存堂詩概

冒起宗

達庵老人愛種竹,碧鮮玉潤如新沐。開門風動子猷來,笑指檀欒同鳳宿。
達庵老人愛摩松,含星漏月挾蒼龍。濤聲謖謖落蒼磵,仿佛身在徂徠峰。
達庵老人愛探梅,山腰水畔古牆隈。香魂不逐羅浮去,索笑頻呼暖玉杯。
達庵老人愛玩菊,晚香秋圃黄金簇。荆潭壽客共延年,慈恩坐獻長生祝。
達庵老人愛訪雪,氍毹兜頂紅於血。月明時罷剡溪游,船頭亂觸珊瑚折。
達庵老人愛踏燈,萬斛金蓮挂錦棚。如水香車渾似晝,都忘身在月中行。
達庵老人愛讀書,牙籤三萬送居諸。紫光爛爛如巖電,深夜挑燈較魯魚。
達庵老人愛登樓,萬緑周遭瀲灩浮。月自親人杯在手,婆娑重見庾公游。
達庵老人愛調鶴,連軒月羽偕盤礴。仙禽容與大夫軒,腰纏不羨揚州樂。
達庵老人愛聽鶯,裊裊春風巧弄聲。鼓吹詩腸花樹底,耻隨鷟鸑博虚名。

雨後侍家大夫逸園 拙存堂詩概

冒起宗

脩篁灌木夾溪深，霽色初開愜賞心。地勝雅宜張曲讌，荷香偏愛濯新霖。遠山翠滌煙鬟浄，枉渚波澄碧練侵。桃李芳園餘樂事，綵衣花下酒重斟。

奉家大夫、宜人自河口渡江，夜達真州，陳白庵司馬假官舫貽老親以安，寄謝 同上

冒起宗

泛宅移親舍，江河且溯洄。波平天鏡展，雲浮綉帆開。鼉鼓隨風度，漁燈落照來。題緘寄司馬，但乏濟川才。

五月八日發東臯，呈家大夫，是日勅書適降 同上

冒起宗

遷轉家還近，晨昏色忍違。璽書嚴夙駕，劍佩耀征騑。嶽翠飛康爵，風薰眩舞衣。安車迎道左，計日侍春暉。

揚鑣擕玉節，披綉綰銀章。名器從今重，時情較昔涼。鈍材逢錯節，弱幹荷頹綱。努力酬嚴訓，清操是義方。是日，家大夫送之郭外，臨别賜以酒，曰："古人云，清則憲綱自行。且做官到底終有了時，兒但毋以墨敗，猶可歸而見爾親也。"余拜而泣曰："敢不謹受教？"

春日思親 同上

冒起宗

望望白雲飛,經年親舍違。悔將毛義檄,拋却老萊衣。山筍憐新籜,江魚憶舊磯。悠悠清夜夢,常傍竹間扉。

辭墓 同上

冒起宗

三年成窀穸,辛苦妥雙親。月黑瞻依夕,霜寒展視辰。無心擔組綬,何意遠荆榛?言别情凄惻,應慚誓墓人。

事君親所望,松檟忍相違。舉足山河異,回眸楚粵非。江雲愁裏合,宰木望中微。莫謂幽明隔,征人亦可依。

又成一首 同上

冒起宗

松楸云鬱葱,乍植如列仗。樹静風不寧,親往子莫養。五載惟克艱,卜兆營幽敞。闢堂啓隧扃,披荆芟灌莽。膴膴復芊芊,或無慚俯仰。一日宅靈丘,千春閉元壤。今兹遠行邁,王事紛鞅掌。叮嚀戒我兒,霜露肅時享。再拜神道前,一步一回想。

王至翁邀飲虎丘舫中，時至翁爲校先大夫得全堂遺集告成事矣 同上

冒起宗

新涼入酒恰初晴，桂席凝香洽友生。千頃雲開迎彩鷁，群峰夕照飲長鯨。文遺副墨悲先子，誼結當年識老成。今日殺青垂不朽，名山藏處感交情。

過十八灘，感懷先大夫往歲幾覆舟於此，因用長公南旋過此灘韻 同上

冒起宗

往事回腸倍主臣，秋風猶憶渡危津。灘聲洶湧驟風雨，石齒谽谺鼓鬣鱗。叱馭當年兼爲養，驟車今日豈因人？静思毛骨猶寒慄，何故重來試此身。

從萬安登陸趨會昌，謁先大夫祠，是日寒甚 同上

冒起宗

水落灘高盡日稽，衝寒夙駕展青蜺。驪前巒擁楓多老，渡口泉飛雨欲迷。日色溟濛風色緊，山雲崒嵂水雲低。馨香虔告先齋遬，祝史陳詞手自題。

謁童連城明府於蘭堂感贈。蘭堂在自公門内,其聯額皆先大夫所手書也。聯云"如蘭斯紉入室每懷君子,有薙必翦當門時抱嬰兒" 同上

冒起宗

華堂手澤墨淋漓,翦薙紉蘭念在兹。前事不忘昭座右,後賢自得詎人師?漫勞擁篲關門導,欲薦馨香碧幰移。珍重使君汪濊在,猶今視昔寄遐思。

名宦祠告虔禮成,别會昌諸友 同上

冒起宗

先公治行難更僕,廿載興思萬古同。石載歸舟衾不愧,棠流湘水澤還濃。馨聞聖廡酬輿頌,蔚起賢關御積風。江上臨歧無一語,惟將血淚灑秋空。

九月一日、六日爲先大夫、宜人忌辰,是日五鼓雨,旦而設奠,霽矣 同上

冒起宗

幾載承顔絶,危疆入夢頻。盡人皆是子,偏我靦爲人。婺彩悲雲散,椿靈感旭沈。百身今莫贖,血淚灑蕭晨。

陸文裕集中有爲先少參廷和公賦萝椿詩，凄然踵和 同上

冒起宗

静樹吗悲風，槭槭隕庭除。念我椿若萱，一朝摧寒株。劬兮勞兮思何如？僾乎慨乎垂淚珠。垂淚珠，霜與霰，望雲封，寤寐見。

獨鶴驛步壁間魏仲雪學憲韻 有序　同上

冒起宗

獨鶴山在恩平西北百里，如鶴立雞群，驛因以名。按，邑志云番禺張元隆從事藩司有獨鶴，見之輒起舞，他吏則否。滿役，授是驛丞，鶴實兆之。又先大夫構逸園，曾畜二鶴於其中，一忽飛去，其一時翔舞山亭間，以侑觴，遂名其亭曰一鶴。今棄藐孤者五載，鶴無恙也，每見余則嗚嗚若有所訴者。兹過是驛，感而作此。

孤栖仙驥傍平泉，娱老猶憐雪色鮮。千歲化元瞻赤羽，九皋歸表泣青田。林叢杳杳嵐煙暝，驛路蕭蕭風樹牽。目斷趨庭思往事，夜深徙倚淚潺湲。

思親 同上

冒起宗

强欲於羹見，無如静樹遲。今年惟此夜，何日是歸期？椒柏空遥薦，松楸祗夢隨。憑

教百爾念,不解寸心悲。

元旦禮先大夫、宜人遺容,琴操中分三弄 同上

冒起宗

彤雲旦旦,大車有璨。懷我二人,丹青默换。
白華蔑蔑,我行荆西。顧戀容儀,跌若崩霓。
天威咫尺,慈顔萬年。匪懈不匱,金石靡堅。

展先大夫、宜人墓 同上

冒起宗

三年臣力盡,百折子情深。每下無聲淚,難抽莫語心。忽驚黄葉舞,猶見白楊森。如在瞻埏隧,無煩岵屺吟。

送汝九姪之會昌令,兼寄信豐黄思立憲副、石城熊警玉明府 家譜

冒愈昌

虔州領邑萬山深,章貢清漣令尹心。土俗閭閻皆織葛,仁聲齋閣自鳴琴。懸知美政傳花縣,無那離情滿竹林。到日故人如問訊,爲言華髮老青衿。

同冒汝九諸君飲張園 東皋詩存

黄應徵

何處堪消夏？名園傍水濱。緑陰高障日，蒼蘚浄無塵。杖履逍遥至，壺觴次第陳。自應人境遠，寧必武陵春？

劇歡嫌漏短，屢舞見天真。絡緯傳秋早，芭蕉浥露新。烟深月影匿，坐久侍兒嗔。鄰寺鐘聲起，喧喧夜向晨。

夏日游汝九表兄逸園賦贈 同上

李猶龍

功成避賞賦歸與，結構名園樂有餘。西蜀孤忠堪竹帛，北窗伴卧只詩書。花前酌酒歡歌發，月下環池弱柳疏。銷暑更饒清絶處，亭亭緑篠映紅蕖。

七夕立秋，飲冒明府汝九逸園，分“孤”字 同上

曹　銘

近水園亭暑氣徂，主人清興晚相呼。佇看河影翻磯石，坐聽秋聲逼井梧。夜静語深風色細，天空歌徹月輪孤。共驚節序如流水，只合高陽問酒徒。

壽冒汝九先生六十 同上

邵 潛

寧海分符棄若遺，垂綸還問玉蓮池。家緣不異之官日，客鬢差强悍寇時。兩邑甘棠常蔽芾，滿籬佳菊故紛披。名成令子稱觴處，何限秋光入酒巵？

汝九姪六十壽 家譜

冒愈昌

虔州蜀國留遺愛，兩地争看棠樹在。解組飄然歸去來，滇南五馬空相待。使君儒雅復風流，歲籥如今始一周。六十臺官知甲子，八千莊叟頌春秋。乃者弄孫而課子，天倫樂事誰能比？功成身退亶其然，不然徒遣車生耳。新開别業傍招提，逸老爲名手自題。雉堞半銜城樹北，鐘聲徐度水雲西。二三知己同朝夕，松下開樽花下弈。長從日月借居諸，即有園池忘主客。我獨何爲歸未能，金陵東下又吴陵。竹林回首當年事，無數離愁暗自增。

廣生謹案：汝九公諱夢齡，由選貢生官江西會昌縣知縣，升雲南寧州知州。《江南通志》有傳。

八哀詩 手稿

冒 襃

一麾頻出守，五十早歸休。每怪花開晚，常因酒熟留。心胸同皓魄，氣節凛高秋。著述千秋在，慚余負作求。王父奉直公，寧州守。

丙寅元日試筆，前十日内子稱六十壽，本寧、眉公兩先生各有贈言，多津津余蜀中事 東皋詩存

冒夢齡

回頭六十二年身，三載前稱捍衛臣。幸脱餘生成蟄隱，喜偕老婦及雌辰。盤中柏酒將春介，門上椒圖拂曙新。雲杜雲間雙彩筆，吹嘘何意被輪囷。

先大夫、宜人域兆告成，感述四首 家譜、拙存堂詩概

冒起宗

寧親何惜買山錢，卜吉新成負郭阡。漫道尋龍憑眼界，從來結穴問心田。縈回砂水渾如帶，蓊蔚松楸漸及肩。華表未應今古異，令威鶴返是何年。
佳城鬱鬱近先賢，五葉重光況百年。世守貽謀爲孝友，人逢美地亦機緣。微茫難捉星中脉，杳渺虚談甕裏天。祇有寸心捐瀝盡，幾攀封樹思凄然。新兆在先贈公左。
元廬開處指牛眠，署榜愁題五馬阡。怙恃未繇同往紀，音容遥隔已經年。人間禄養何能及，晝裏精靈未可延。獨對斜陽哀罔極，難忘親德并高天。
白雲黯淡鎖幽阡，雙殯泉臺别有天。終古徒增烏鳥恨，三年忍廢《蓼莪》篇。低徊雙壟悲腸斷，瞻顧豐碑淚眼懸。聞説皋魚能死孝，此身應愧獨生全。

憶先宜人 拙存堂詩概

冒起宗

古木垂陰日方昃，空堂猶疑見顔色。誰言宦轍偕榮時，却是雞鳴儆旦日。熊荻空憐慈訓存，永思涕淚情惻惻。仰天南望白雲飛，白雲滿地悲風織。

電白庖人以紫茄供饌，因念先宜人晚歲茹素，常具此品也，爲之淚下輟箸 同上

冒起宗

伊蒲饌内薦青茄，陟屺仍憐口澤賒。夜翦曾傳周氏韭，朝飧何必邵陵瓜？露葵若泛晴江翠，蒟醬同浮遠嶠霞。儼侍長齋參綉佛，空陳匕箸痛無涯。

陪巡至新興，深夜聞雷感咏，先宜人晚歲患驚悸，畏聞雷也 同上

冒起宗

有雷殷殷，中夜十起。我母暮年，時掩雙耳。邈矣容徽，去日如駛。樹息風摇，空悲何恃。

有雷殷殷，我淚如雨。母豈不聞？晏然泉土。猗歟昔賢，環泣而俯。游子飄摇，欲飛無羽。

廣生謹案：宗宜人爲汝九公配。

哭姑母 有序　拙存堂詩概

冒起宗

姑與先君同胞，少三歲，後先君六歲没。先是，姑老而無子，家益落，余迎而致養焉。今余歸，姑已就窆，蓋襄兒體余志而安之也。

事姑如事父，安養愛殘年。豈意生還後，泫然痛溘先。荒原蒙宿草，斜旭隱蒼煙。無限傷心語，冥冥未可傳。
多男誰贖死？厚積不隨身。缺陷寧須嘆，全昌也是塵。善因來世受，同氣夜臺親。一滴何能到？椒漿伴淚陳。

廣生謹案：姑適李。

月夜冒汝峨偕高伯調過訪 五山耆舊集

邵　潛

中庭樹白月黄昏，剥啄俄驚客在門。科跣那能循禮數，談諧殊不雜寒温。犬聲處處啼如豹，鶴唳時時聽若猿。却怪王猷寒雪櫂，興窮剡水不通言。

廣生謹案：汝峨公諱夢璋，由監生官光禄寺署丞。

壽貞節冒母李恭人八十 家譜

王士禎

女史真堪列，江皋重母儀。天留婺宿譜，人誦《柏舟》詩。畫荻傳聲遠，和丸教子奇。而今才八十，取次問期頤。

又 同上

許嗣隆

寳婺垂光遠，坤輿毓德新。婦儀惟婉嫕，太母實嶙峋。柳絮詩初咏，椒花頌又陳。結縭歌荇菜，剪髮矢松筠。杼柚耽良夜，弓裘詔後人。雙龍潛璧水，一鳳近楓宸。吹律楳風暖，稱觴柏酒醇。翠翹團細玉，綵服簇泥銀。世澤青箱古，高名彤管真。瑶堦聊獻壽，頌祝愧懿親。

頌李恭人建坊旌節 同上

顧　溥

大書壼範溯當年，華表坊門並屹然。揚厲盡傳黄鵠操，使車重載《柏舟》篇。道經教子名登版，主績成家雪滿鈿。不愧聖朝旌節典，争看丹詔久逾鮮。

又 同上

石爲崧

射雉城邊望女嫈，芝蘭絡繹接簪裾。共知勁節垂彤管，遂有恩綸到版輿。古井冰瑩霜落後，烏頭表映日輝初。吾家大母同貞白，並日兒孫拜璽書。王母謝太孺人同疏旌表。

節坊詩爲同里冒太母賦 原注：冒蒙求孝廉母夫人。三以集

姜任脩

巃嵸蝦蟇山，蜿蜒龍游河。華表摩雲鶴，里門鬱嵯峨。丹繭炳晝日，貞白凌松柯。鳳翽雲錦爛，鹿鳴笙簧和。騂騮得路捷，蘭蕙中林多。易世載至德，鄉縣承金科。永言緬風旨，河水緜山阿。

廣生謹案：李恭人爲汝弼公諱夢相配，《江南通志》有傳。

冒孺文令安陸德政詩 家譜

楊　漣

文章海内早知名，介氣人間更有聲。不逐群情多振拔，直標高節自崢嶸。恩波寧獨流江漢，山斗由來重帝京。莫道彈丸惟百里，也須從此見生平。

送義元叔遷永平郡丞從遼陽經略中丞贊畫軍機 東皋詩序

冒超處

東隅烽火及甘泉，幕府需才屬孟堅。鄖子鳴琴推佐郡，蠻王縶組借籌邊。大夫忠擬庚寅降，贊畫官同戊己遷。早晚功成馳露布，好留餘墨勒燕然。

壽冒義元七十 家譜

王思任

碧瞳翦水映紅顔，髣髴洪厓鶴背仙。架上異書多薤葉，床頭清韻有冰弦。當年叱馭英雄氣，此日齋心文字禪。況有名山千古業，何須更覓化機元？

寄贈孺文先生 同上

魏應嘉

憶昔公車傍雁鴻，聯鑣並馬氣争雄。面如玉屑人偏俊，道有芝蘭味自同。詩酒林中今是伯，枌榆社近各成翁。酌將大斗爲君壽，極目紅雲照海東。

又 同上

張元芳

先生少負奇,芥視青與紫。眼空一世人,辭傾三峽水。弱冠登賢書,雄才聞帝里。花種楚江湄,名騰燕市裏。安邊策未行,司刑矜勿喜。尋操計部籌,芻輓如櫛比。萬口沸歡聲,九重飛俞旨。鳥盡弓自藏,歸卧江之涘。迸却世外緣,耻説囊中洗。俯仰恣所觀,勛華敝於屣。尊生不乞丹,從心無踰矩。知君古之人,忠孝馨人齒。

重訂先永平大夫文集,呈泰州顧湘靈業師,求德清蔡宗伯方麓前輩序 東皋詩序

冒春榮

吾家無長物,遺草未全湮。欲得如椽筆,才傳絶代人。不刊懸日月,相許託陳荀。再拜還相送,雙魚去海濱。
長康門下士,託業在名山。忍見藏書蝕,空譏稍食慳。夔龍言足倚,班馬使應還。墜緒茫茫久,相尋鬢欲斑。

廣生謹案:孺文公諱日乾,萬曆乙酉舉人,官湖北安陸縣知縣,升直隸永平府同知,兼山海關郎中。縣志有傳。

十一月十日之夜課兒馨作 綠蕉館集

冒愈昌

課爾寒宵讀,燈前意萬重。問年尚舞象,操技學雕龍。茗色連杯淡,霜華映月濃。漏深聊就枕,明後日高舂。

兒馨蚤赴館中喜而有示 支提集

冒愈昌

雞聲未斷即披衣,知爾孳孳意不違。好以就將酧日月,休從衣馬羨輕肥。

雨夜讀書示兒馨作 玉蓮社集

冒愈昌

性僻耽書晚愈癡,熒熒燈火坐移時。呼兒執卷傍相問,暮雨行天驟不知。繞户藤蘿秋半老,鳴寒蟋蟀夜深悲。無衣此際誰爲授? 漫憶豳風《七月》詩。

月夜讀書再示兒馨 玉蓮社集

冒愈昌

青燈明月影重重，座上披書晚興濃。韶歲固將開萬卷，九秋何必異三冬。南飛烏鵲仍啼樹，夜起隣家蚤賃舂。揚草韋經非易事，董帷匡壁好相從。

九日之夜，門人部存周邀同君求及余生希范、大兒函三小集 玉蓮社集

冒愈昌

已誤登高候，猶堪聚樂時。月明争進酒，糕字一題詩。萬感吾將付，千秋爾各期。籃輿如可問，陶令亦奚疑？

小至日示兒馨四首 玉蓮社集

冒愈昌

志在南圖，日當南至。言增爾功，毋敗我事。
謂爾蓋幼，成人以上。謂日蓋短，一綫以長。
衣褐弗備，藜藿弗供。饑寒非病，所病者慵。
我壯望彊，未出於正。爾心宜監，爾力宜勁。

十七日移居,示内及大兒馨作 玉蓮社集

冒愈昌

茆屋傍池邊,妻孥子夜還。遊囊餘舌在,家學藉言傳。長物已烏有,新居亦爽然。堦庭盈尺地,寒月故娟娟。

夜讀示兒 玉蓮社集

冒愈昌

片片連城雪,蓬蓬入夜風。酒寒仍自緑,燈閃不成紅。末路功名外,餘生典籍中。吾方悲老大,爾莫誤兒童。

別于一弟兼以寓諷 逸園吟

冒夢齡

叔氏青溪爲卜居,阿戎返侍廿年餘。竹林久抱人琴痛,桃葉空遺腹笥書。門下授徒聊自給,帷中覓侶尚成虚。來歸棣蕚貧堪倚,魂夢無煩繞故廬。

廣生謹案:于一公諱函三。

爲達夫叔卜居近郊紀事 自鳴草

冒起宗

青鞋元不戀紅塵，卜築芳郊傍隱淪。殷賑總然輸北阮，幽偏還覺勝東陳。吾家自元至正迄今，凡三百年，發迹則自東陳。家兒贏得經鋤便，良友何期棟宇鄰。從此安居成樂土，願爲永業託閑身。

癡叔當年雅自譽，伯麐諸大父以詩示先君，每自稱癡叔。風流文采幾能如？子雲寂寞賢堪守，中散交情老未疏。十畝足供終歲計，數椽穩稱逸人居。眼邊指點滄桑事，多少朱門賦《子虚》？

柴荆窄窄趣能兼，如掌平疇勝秘巖。冠著鹿皮留月性，裘披烏納傲風簷。依光巧合庚辛向，問歲閑看乙巳占。恰有東皋堪再署，不妨樣子學蘇髯。吾邑一名東皋，先少參拈爲别號，東坡晚又號老泉山人，印章有“東坡居士”、“老泉山人”並列者，以眉山先塋有老翁泉故，見葉少藴《燕語》。古人重字别號，不妨通用。

戴雪誅茅倚蓽門，吾翁古道至今存。先大夫六十時，雪中爲從叔敬川公誅茅治屋。推心敢謂傳堂構，合志猶能動弟昆。箸借馬卿追宿齒，馬元方羽長爲叔中表兄弟，皆師事諸大父者。律吹謝尚惜同根。阿咸縱老尋幽慣，乘興還來醉緑樽。

攜酒過達夫叔，得“閭”字 自鳴草

冒起宗

竹林風味近何如？爲念幽栖駕鹿車。十世書存潛德後，三門派衍大夫餘。五世澹齋公始城居，衣冠鼎盛，號三大房。余與叔皆公後。貧能鍊骨少憎命，僻自耽詩任介居。斗酒過從深慰藉，他時還見表公閭。

廣生謹案：達夫公諱尊三。

海陵道上憶季女 緑蕉館集

冒愈昌

聰明吾季女,百里隔烟波。此日猶憐爾,他時可奈何?

示女口號 支提集

冒愈昌

罐子灘頭世念灰,前身居士棄家財。漉籬自有龐公種,柳絮非無謝氏才。

廣生謹案:姑適某,家譜不載。

輓從叔北岳八十翁 自鳴草

冒起宗

濠濮優游八十春,太平休養此遺民。性逾薑桂非緣老,富有縹緗豈患貧?孤策曾看調獨鶴,長松獨自傲靈椿。叔後先君十五年没。嘉名好入《襄陽傳》,莫嘆龍蛇果不辰。

望水繪園再輓從叔 同上

冒起宗

皓髮照青瞳，人稱避俗翁。灌園隨仲子，乞米笑顔公。儉歲，余餽米於叔，却之。水繪名仍著，雷鳴迹未空。園名水繪，中有聽雷堂，吕公原解元題。渭濱與恒嶽，憑弔古今同。廣生案：此詩作於順治壬辰，至甲午，則園已歸公。集中有《偕室人飲池北新園》詩，園在洗鉢池北也。

廣生謹案：北岳公諱恒齡。宗道公諱一貫，子水繪園舊主人也。

哭冒默庵 五山耆舊集

吴世式

冒子喪何早，生前晤獨遲。干戈知我日，風雨哭君時。妻子今安在？文章久自思。當年攜手處，夢繞九龍池。

廣生謹案：默庵公諱起年，由增貢生官太常寺博士。

壽法章叔八十 巢民詩集

冒　襄

籌添八十與仙儔，茗椀爐香花木幽。繩祖壽偕諸大父，先高祖雙橋公大壽九十三，驤寰叔祖今九十二。叔祖爲高祖第十孫，叔又爲叔祖嫡姪。宜家德共五湖秋。叔母與叔齊眉。帖臨鍾傅精《宣示》，訣授雲房秘討搜。白鹿青牛雙馭好，兒孫何用紹箕裘？

法章叔無子，且僦居甚隘，壽日邀老友及族尊者過寒廬，開筵稱祝，即席再成一章 同上

冒　襄

己酉六月十一日，竹林八十映雙星。考鐘伐鼓晋康爵，奉叔偕母來家庭。薄俗寒暄堪一笑，浮生家業付飄萍。北堂老母呼兒子，共指雲霞上彩屏。

廣生謹案：法章公諱起皋。

中秋日諸孫宗起攜尊過我，同百雉、仲韋、隆父共用“秋”字 幽居草

冒愈昌

以我迹如寄，因君淚欲流。論心違四載，聚首復中秋。壺榼勞相念，賓朋款自留。坐看淮上月，千里映江流。

送諸孫宗起還京 幽居草

冒愈昌

漢節爲星使，黄華捧聖君。争看强乃仕，並羨美而文。六傳陪風厚，三如地寵分。同

時有鴛侶，天上慰離群。

贈姪孫嵩少領賢書北上 家譜

冒愈昌

之子吾宗彦，芳名蚤歲馳。丹山騰鷟鸑，渥水出權奇。思構心超忽，文成氣陸離。才元推獨步，法更倣前規。聿起成人譽，應求特達知。花生夢裏筆，桂折月中枝。上國賓無比，南宫定有期。璞同荆玉貴，價重郭金宜。宅相能成處，家聲再振時。百年論世業，發軔自今兹。

送宗兒計偕二首 東皋詩存

冒夢齡

信有雕龍技，能無逐鹿虞。十年攀祖武，兩度上公車。日月新堯曆，天人策漢儒。莫瞻親舍遠，得意慰庭趨。

吾老餐猶健，朋來餞亦頻。衆人僉屬望，爾輩詎逡巡。科第雲霄迥，文章月露新。從知周士貴，莫漫逐京塵。

曹純孺携具招同馬聖卿昆季過飲小園,時宗兒方上公車 同上

前　人

緑酒開從絳帳餘,相將勝侣過園居。山梅遲我留繁蕊,庭月窺人透綺疏。恨少酒徒能駡坐,席間有傖父。羞從兒輩問充閭。浮名得失相諳久,好趁春風夜翦蔬。

聞宗兒南宫捷 同上

前　人

杏花紅襯馬蹄來,馬上泥金特地催。蕊榜長安三日動,蓬門氣運百年回。欣逢主聖夔龍出,解道文齊錦綉裁。偶爾山僧初罷奕,呼孫但進掌中杯。
捷騎喧填晝哄堂,晚歸擁被澹相忘。兒曹好事吾何與,世路浮名人自忙。捉鼻已知驚齒折,爲箕殊覺媿弓良。明朝重對鄰翁奕,一任傍觀笑老狂。

同冒起宗五姪徂徠北上,過靈壁,弔虞美人墓 東皋詩存

李猶龍

霸王亦人傑,恨不遂雄圖。意氣自豪俊,賴有美人虞。雄姿擁奇豔,蓋世欣相符。戰敗鼓聲死,存亡判須臾。猶能作悲歌,悽斷古所無。恩深妾命賤,慷慨先捐軀。芳魂託芳草,生氣恒凛如。精誠結不散,豈爲後人娱？顧有不信者,小儒一何愚。吕氏幾覆劉,平勃寛其誅。戚姬以寵故,慘僇如屠豬。何如垓下劍,千載血模糊。所恨失天

下，有此不足孤。渠亦四百年，信仰今焉如？惟虞爲羽匹，生死與之俱。英雄挾知己，萬古歡如初。壯哉誠快事，何用復欷歔？

丁丑二月晦日，日出如血，亡光，有青如日者數千百，或聚或散，與日相摩盪，自卯至午，已陰雲四合，遂不復見，人莫考其故。晤冒考功宗起，示所記，則嘉靖乙卯臘月晦日曾有此變也。書此答之 同上

邵　潛

日異君能道，徵詩手疏中。事將乙卯並，時豈永陵同？犯闕無驕虜，登朝有鉅公。胡然天示變，吾意轉昏蒙。

同黄君求、張芝房、冒起宗、李道生讌集 同上

石函玉

魯陽不揮戈，日車豈返蹕？古人秉燭游？爲歡無時畢。涼颸振林木，寒谷動商律。蟾兔尚未升，衆星光且溢。蟬鳴有盡時，空階響蟋蟀。翳我素心人，歡會娱暇日。笑語雖紛紜，威儀自秩秩。感物悲霜露，哀時聽觱栗。餘情未及申，酣歌展書帙。纓緌豈縈懷？天路誠崒嵂。前車覆在兹，後軫又將蹪。且復輟行吟，中堂理清瑟。

冒起宗招同王芳洲、朱章華集飲，余以不勝酒力先回 宛在堂集

郭之奇

朋情欣遠聚，酒意向秋添。談鋒賓主敵，勝友東南兼。金風吹綠螘，頳玉壓晶鹽。次公難多酌，童羖易生嫌。恐貽監史恥，伐德時相砭。

冒起宗、李大生兩先生先後奉使閩洛，便道歸省，詩以訊之 五山耆舊集

邵　潛

趨庭使節爛生輝，佳士風流世所稀。名似子員看競爽，官如穆叔喜相依。閩山雪色迎征櫂，渭水晴光上客衣。詩思雅如無少異，可能聯句問漁磯。

奉寄冒起宗觀察 同上

前　人

憲府遥臨粵嶺限，遠人争識濟時才。丸分赤白風霜凛，劍説雌雄瘴癘開。鈴下畏威群吏化，軍前懷惠百蠻來。梅花繞署香浮酒，越絶書堪次第裁。

奉酬冒嵩少先生 定山堂集

龔鼎孳

海門飛櫂捲潮香，玉案遥傳白雪章。才子喜逢王大令，耆英實憶魯靈光。梅花古驛連官閣，絲竹東山抗首陽。同是貞元舊朝士，太平風物已蒼茫。

靖江奉懷冒嵩少先生及辟疆 詩觀二集

孫汧如

湖内方舟計十年，一時揮手判江天。戈鋋泣度新安嶺，風雨潛過二汃船。芝劚商山尊皓髮，蘭滋楚畹怨朱弦。青緗世業空相憶，雲斷山陰雪舫牽。

冒少參招同李翀、黄經集拙存堂，備覽著述諸書，時長公及諸季在座 崇川詩鈔、十山樓稿

范國禄

寥落吾徒任轉蓬，天涯孤劍酒杯空。梁鴻曾不因人熱，阮籍從來泣路窮。逮海名山千古上，臨風玉樹五雲中。鐙華檐影成遲暮，一夜平原十日同。

冒嵩少先生以集杜見贈，賦此答謝 東皋詩存

許納陛

十載解朝簪，留耕結静庵。雲眠松色冷，月入水聲涵。晚節吟詩細，名山貰酒探。一篇纔把讀，滿座盡烟嵐。

奉侍吴賓王舅氏讀書如皋冒僉憲逸園 崇川詩鈔

邵　幹

鍵關隨舅氏，下榻借名園。竹裏人難見，花間鳥不喧。寸心知得失，一字重淵源。倘慰高堂望，風雲起蓽門。

端午日痛先大夫用杜韻 巢民詩集

冒　襄

佳節不能名，堂惟萱草榮。續詩翻命絶，采艾覺生輕。血照石榴色，魂銷冰鏡清。去年雙進酒，悼怛此中情。

乙未中元夜，禮施食壇於定惠寺，痛哭先大夫二首 同上

冒 襄

腸斷孤兒此夕情，去年今日此親行。盤盂几杖愴如昔，笑貌聲音痛欲生。梵月聽携翻淚海，去年今夜，月甚皎，先大夫携兒孫聽施食于定惠寺殿。乳啼慘切是雛嬰。《禮》云，哭親無常聲，如嬰兒。失恃時，小季方六歲。鵑聲雁語應相弔，魂魄難收到四更。

中元歲歲扶親哭，淚眼縱横二祖筵。忽下震霆頽太嶽，獨流紅血到黄泉。痛追屢世成千古，悔得更生又數年。老母幼昆雙倚併，夜臺相望幾屯邅。

冒嵩少先生登第，疏請覃恩，遍及同榜，追紀其勝 家譜

黄周星

我聞宋初，開寶取士。一榜諸科，並賜及第。史册昭垂，千秋盛事。亦越有明，烈皇首榜。實維戊辰，群龍競爽。三百五十，雲蒸霞幌。雲蒸霞幌，多士歡忻。中有榜花，雉皋冒君。上思致主，下思顯親。乃齋乃祓，乃集多士。乃拜乃奏，乃告天子。乞恩貤封，維王孝治。天子曰咨，爾多士實賢。維王孝治，成例用蠲。錫爾貤封，予何愛焉？多士得請，歡聲雷動。百拜稽首，嵩呼祝頌。捧勑歸廬，高堂沐寵。高堂沐寵，六寓攸同。曠典異數，亘古奇逢。多士曰嘻，繄維榜花之功。維此榜花，群龍之幟。惠我朋友，佐王孝治。《詩》不云乎，孝子錫類。

又 同上

徐乾學

勝國崇禎朝，改元紀戊辰。赤手剪鯨鯤，摶挖大造春。群賢慶茅茹，萬象資陶鈞。造士三百人，一一皆王賓。連鑣翔日華，驤首躍雲津。維時涣大號，覃恩徧臣鄰。獨兹新進流，膏澤猶逡巡。一人奮袂起，碎首叩紫宸。燭龍有遺耀，何以旌皇仁？須臾鸞音下，歌咏溢簪紳。家家製翟茀，户户耀絲綸。爵釵飾裹蹄，錦罽蟠麒麟。遂令寸草心，幽翳靡不申。此事五十年，雕鐫乏貞珉。倘不急表揚，盛事將沉淪。嗚呼天地間，疇不懷仁親。興朝況教孝，錫類尤諄諄。攬筆補此詩，千載恒若新。

寄答嵩少先生 同人集

陳肇曾

方剛旅力賦經營，王事驅馳拜遠行。百世棠陰垂渤海，一時水鏡重陪京。寄來遠札多談藝，讀罷閑吟正治兵。齊魯驚聞烽火急，當年保障賴長城。
傳來世業羨承家，橘梓胸中富五車。却敵渡河同夾谷，紀功勒石在瑯琊。人如翠岫摩訶月，詩思丹山玉女霞。二十四橋相只尺，春風芍藥遍開花。

己巳清和廿五日，冒憲副前輩百歲生忌，巢民先生行事生之禮，鏘等得與駿奔，敬賦里句紀事 同上

吴　鏘

清和節序熟梅黄，捧祝明禋百歲長。四世孫曾供俎豆，一堂賓從拜冠裳。傳家共説今

徐庾,故國争傷舊李唐。是日,演《秣陵春》。俯仰漫憐先德在,可知喬木總斜陽。

又 同上

董廷榮

先生埋玉傍要離,剩水殘山事可悲。身後有碑留氣象,堂前無語識容儀。九重泉路來車馬,百歲人間捧壽巵。更喜兒孫綿世業,相應含笑對親知。

又 同上

張圯授

百歲先朝秉憲身,滄桑地下紀生辰。中堂猶作萊衣舞,末座争看台背人。時巢民先生年已八十。棨戟廢來時代改,范韓没後子孫貧。如生視死真難得,哀感何須只至親?

又 同上

許　掄

一自修文去不回,亭亭華表肯歸來。千秋淚向雙燈落,百歲人從片紙開。白髮兒郎真達孝,烏衣子弟總奇才。愾聞僾見渾如在,猶着斕斑捧壽杯。

堂上衣冠優孟傳,當場傀儡鏡中懸。新蒲細柳還今日,鐵馬金戈自昔年。俎豆應悲身後祝,松杉徒咽隴頭烟。檀槽撥盡南朝事,祭酒微詞正惋然。是日,演吴梅村年伯《秣陵春》。

又 同上

石爲崧

豸綉霜威儼在堂，笙歌猶捧昔年觴。深悲百歲成千古，殊愧鯫生武大方。太翁先生以前戊辰登第，崧今忝竊繼起戊辰。四世兒孫齊裸獻，滿庭賓客共趨蹌。華筵竟夕開元調，都作風人《陟岵》章。

送冒嵩少使閩 霞起樓詩

李之椿

人向閩天夢亦奇，雲霞歲暮尚迷離。花開不是唐宫詔，谷暖何煩鄒律吹？衣溼山煙呼買酒，舟深湖雪看彈棋。歸來故里逢春早，待我同聽緑樹鸝。

戊午，宗兒得雋，喜次志感 逸園吟

冒夢齡

輸人大物負吾生，慚愧兒曹忝占名。十六前徽堪掩映，五千同輩失縱横。焚舟不信皆天幸，折屐應知亦世情。重憶西江來覲日，滿堂歡笑獨吞聲。

攜宗兒、襄孫之吴陵，途中值風雪殷雷 同上

前　人

三日吴陵百里程，雪花如手浪如鯨。擁爐咏絮兒曹事，畏路愁霖客子情。共道遺蝗消歲沴，即看伏蟄起春晴。明年此際長安道，瑞靄遥瞻接帝城。

得宗兒捷書，時方需次行人，倡請封命 同上

前　人

使署清華軼六曹，偎誇才美復名高。金莖寧薄群英選，玉綍惟貪二老褒。疏以陳情親御扆，遊當得意侈宫袍。開緘一一君恩在，稽首颺言託素毫。

宗兒奉使送温陵楊相國還里 同上

前　人

帝遣皇華伴紫衣，閩天草木盡生輝。一官初拜辭青瑣，萬里長征指翠微。客路尋常仍嘯傲，師門咫尺得瞻依。還朝幸緩趨庭急，雨雪其雱四牡騑。二水相國與楊同里，宗兒其門下士也。

宗兒將赴南銓，治具泛舟，邀同馬聖卿、宗狄雲、武雲昆季乘春日以樂余也。是日，同觀賑粥，因賦及之 同上

前　人

淵淵伐鼓畫船開，勝日嘉賓載酒來。永夜追陪天上坐，暫時假沐日邊回。風生夾岸歌聲沸，月浸中流飲政催。道殣即看多起色，不妨行樂付尊罍。

宗兒赴南銓，送之瓜渚，賦以志勗 同上

前　人

留曹疑贅設，清要數功司。水鏡寧殊照，鈞衡亦互持。是臣堪自致，何職可容隳？況藉鶯遷寵，因全烏哺私。靖共圖報效，感激矢捐縻。素性甘恬退，流風厭詭隨。天顔雖暫隔，時局尚堪爲。憶爾逢搶攘，輕身冒險危。舉朝稱膽智，相國許肩仔。詎以投閑地，而忘起舞時？朝參稀勿懈，宴會數須辭。廟算收愚慮，軍興困巧炊。折衝非異任，甄敘是先資。竭蹷紓宵旰，旁蒐簡佚遺。逾强年政富，當要位非卑。中外隨遷轉，安攘任設施。盈盈瞻子舍，奕奕起孫枝。之子洵三樂，而翁附五知。勉旃酬主眷，甚矣忘吾衰。祖送臨江渚，陶然盡百卮。

宗兒以南銓遷兖臬，歸置酒上壽，樂余二人，飲而賦此。兒自南中，向有終養之乞，余數勉之以俟他日，并見乎辭 同上

前　人

千騎東方擁傳歸，手持大匕獻雙幃。神羊新上斑衣舞，綵燕頻穿綉幕飛。劇演沂公真相器，是日，演《百順記》。治宗渤海即官威。主恩未報親仍健，好待横金映賜緋。

冒嵩少先生登明崇禎戊辰進士，除行人，時上以登極覃恩，凡内外官員概給封贈誥敕，其未除授者，不得與。先生特疏奏請與見任同，上可其奏。敬紀以詩 世畊堂詩集

鹽城 孫一致惟一

先生初拜大行日，盛事當年紀戊辰。不謂一言能動主，頓令多士蚤榮親。六飛龍御丹書下，五色鸞回紫誥新。莫豔齊賢俱及第，恩綸未逮所生人。

陽月巽羽先生枉顧不值，余迹至冒考功嵩少宅，晤語移時，因共宴飲，即席口占 自鳴草附録

邵　潛

衡門無分一支筇，逐影追隨夢寐同。南北山公情自久，乾坤野老興偏窮。謾言世變風

波外，且喜陽回雨雪中。歡聚百年能幾見，莫嫌尊酒滯歸篷。

自題雙照圖 有序　拙存堂詩概

冒起宗

今春勉爲二親襄大事，時邊警方解嚴也。閱六旬，奉嶺西之命，擬於秋仲治舍人裝，愧不如朱徽國免喪復召，猶以禄不逮養辭也。七月既望，李山人癡和爲余寫《雙照圖》於新第之慶餘堂，因泚筆題其上。

半世只虚生，容華與歲更。齊眉差可擬，孤掌詎能鳴？憂國顰初破，思親淚幾傾。却憐霜點鬢，猶負鹿門盟。

冒兵憲脩關帝祠落成 曹州府志

劉砥柱

漢臣血食盈天地，曹國新祠又勒銘。生氣颯然森鬢髮，神威尚爾炳丹青。孤城樓櫓忽增壯，千載蘋蘩自薦馨。不是褒崇逢使者，誰明大義在麟經。

送冒嵩少赴官南吏部 倪文貞詩集

倪元璐

一官如祢子，下上從人心。水母矔蝦目，山公趨竹林。六朝聊弔古，半壁足撑今。慎勿嘆李蔡，俱能辨沈任。

三十車字去，金臺等空龕。席居末榮末，飛意南至南。盡日持夾袋，逢山采煙嵐。樂飢清溪水，畢卓無此酣。

奉酬嵩少先生 自鳴草

徐　波

對此秋霖惟悶生，手君書札一開顔。江淮引領懸孤月，詞賦通稱託小山。樂在家庭那得老，情隨花鳥不堪閑。聞聲知欲相成就，元晏何人敢自攀？

門生冒起宗以使閩過訪山中有贈，並柬長安貴同年諸公，諸公皆余門下，以韻語代八行耳 萬里吟

上饒 鄭以偉

上苑遥無雁可憑，碧山何意枉高軺。幔亭初到留新句，曲水奇遊起舊鵬。千載平臺時召對，諸公要路喜聯登。葛陽聊寄一枝雪，徧報寒姿已不勝。

送門生冒嵩少行人册封魯邸，並謁孔林及游岱 有小引 萬里吟

前　人

岱有五大夫松，已化去矣。楷上聲孔子冢蓋之樹。(周公墓植模，孔子墓植楷。)

七十二代,三封禪,及與松俱成幻迹,而萬世人楷無窮也。嵩少此游,不亦遠乎?宋人云:泰山頂上不屬泰山。嵩少須識得此意,當共砥礪極高明之域,必不以世情相期也。

采芹曾薦素王門,海岱泱泱羡税轅。履賜青郊分帝子,手披紅日揖天孫。問松蚤覺封泥幻,禮楷方知吾道尊。試上泰山頂上立,泰山頂上屬昆侖。昆侖,天形也。

八哀詩 手稿

冒　襄

父亡兒十歲,出處倩兄傳。淚盡防淮表,心傷破國年。立朝空倚傍,養志極周旋。忠孝俱無忝,深情托杜鵑。老父,前戊辰進士中憲公。

老父中憲公遺範敬題八句以代泣血 手稿

前　人

十歲孤兒頭竟白,瞻圖淚湧恨難言。已憐墜緒當陽九,況復燃萁覆本根。此日困窮人共棄,當時珍重意猶存。青箱世德貽謀遠,光大于門定有孫。

冬至前一日祀先恰值老父忌辰感賦 同上

前　人

罔極未酬頭似雪,披圖小至淚潸然。冰霜歷盡餘今日,笑貌依稀憶昔年。大厦已傾兒尚活,後人失望父應憐。祁寒酷熱無安土,怕對愁添一綫天。

霜降後三日，携大孫念祖掃墓 同上

前 人

心含萬苦來東郭，兒負深恩足敢前。五世游魂栖斷壁，百年古柏枕荒阡。孤身無托黄泉慟，大厦全傾白日穿。望爾他時成祖志，好持杯酒瀝墳邊。

壽如皋冒嵩少憲副偕配馬宜人五十，令子辟疆乞言海內爲祝，敬賦長律十四韻 茗齋詩初集

彭孫貽

江山雄奠服，真氣滿如皋。邦國推英略，安危倚俊髦。皇華馳使節，水鏡領天曹。麟鳳羅應徧，夔龍望益高。威聲下齊魯，成績表旌旄。石闕碑千口，丹顔鬢二毛。拂衣海門月，酌斗廣陵濤。婁尾收群卉，蕤賓叶八璈。青青綻梅子，的的乳含桃。眉有鴻堪並，車將鹿共操。攝提貞肇錫，服政鮮遊遨。南極星文燦，東山夢寐勞。百齡輝合璧，雙柱見擎鰲。豈羨揚州鶴，孤飛振雪翮。

寄酬如皋冒憲副嵩少 茗齋集

前 人

使君深隱舊林皋，萬里秋風捲素濤。丁卯橋過揚子渡，庚寅人續楚臣騷。園中行藥芝長餌，江上看山枕自高。何處烽煙驚燕雀，悠然物色滿蓬蒿。
端溪千里望清光，忽枉新詩寄草堂。避地定垂流寓傳，論文許拜丈人行。金焦天劃邗

溝斷，江海潮連展武長。擬過習池談治亂，尺書先報雁南翔。

祀老父六十三忌辰感賦 手稿

冒　襃

龍飛十一載，父算僅六五。討賊目如血，齒脱髪可數。仲冬泰山頹，兩孤不知苦。卵翼仗伯兄，成家立門户。章句累男兒，富貴一無補。歲歲留耕堂，玆晨盈淚雨。瞬息六十年，留耕忽易主。人鬼盡流離，豪强寔偪處。萍梗無定踪，雞栖四寒暑。爨傍陳豆觴，戰栗不能舉。繩武痛少賢，誰是趙家土？

寄贈冒少參起宗 十山樓稿

范國禄

東皋風物曉蒼蒼，吏部文章日月光。四紀功名半天下，百年詩酒一山堂。空青十二芝騰閣，太白三千雲滿囊。遥挹雙星進醽酒，冰露浮動露華香。

酬冒少參 同上

前　人

巋然魯國幾人存，東海文章吾道尊。袖拂珊瑚常把釣，花深鶗鴂不窺門。山公啓事螭頭詔，處士聲名犢鼻褌。何幸登龍欽北斗，草茅慚愧荷春温。

次韻爲冒少參舟泊黄池寄次公試周之作 同上

前　人

瑞應生猶及聖朝，七襄雲母藥香飄。節旄千里離家遠，頤笑經年入夢遥。手捉琱戈心自勝，身依神鼎力能調。樓船鼓吹黄池下，進酒還如海上潮。

壽冒嵩少起宗憲副五十詩，辟疆之尊人也 鈔本樓山詩鈔

吴應箕次尾

海上何人進壽巵，風流原自治兵時。東齊大國憑安堵，南部天鄉舊有司。老笑平津初上(相)[第]，心如蘧玉正知非。趨庭已賦靈光殿，閣筆陶然醉(可)[似]泥。

又用嵩少"然"字 變雅堂詩集

杜　濬于　皇

斗酒極知薄，故人不謂然。談侵深夜月，坐入素秋天。騷怨終歸楚，高歌往和燕。傒君商古學，離別莫經年。

寄内 自鳴草

冒起宗

春風無賴敝裘寒，小閣疏簾夜未闌。細課蠅頭追少小，閑燒鵲尾養衰殘。誰能事到皆如意，可道花開盡合歡。還夢猶然貽芍藥，願言珍重好加餐。
分途煙柳未垂絲，别後花姑幾陸離。林卧蚤從江令約，耦耕深負鹿門期。將無愛道忘迂叟，聞説鍾情憶小兒。浩浩長河今絶涸，沈吟無那且支頤。

答内寄彩漆金扇 同上

冒起宗

鼓翣期仍遠，招凉意自深。陸離輝五色，鄭重比雙金。自合同膠漆，寧惟篤藁砧。合歡人易老，莫待景風侵。

己亥冬，贈冒巢民先生，爲太母七十壽 同人集

陳維崧

昨歲仲冬日初七，陳生躡屩初入門。太母堂前正懸帨，兩旁鵠立羅兒孫。今年太母稱七十，又是仲冬日初七。生也讀書水繪庵，仰視扶桑正東出。飄然仙樂來麻姑，雙成乘鸞相與俱。青霞滿口向人嚼，手把七尺紅珊瑚。誰歟跪進五絲履，乃是海上小龍子。江妃皓齒致明璫，嬌妾如花贈端綺。陳生此時樂莫當，願隨群真稱一觴。生平只識神仙術，自幼能爲狡獪方。痛飲玉女漿，笑説人間事。人間膠漆惟兩家，世上黄金等塵膩。十年情事難細論，亂餘尚識王公孫。昂藏别有千秋在，感激非徒一飯恩。即如太母倍真摯，念我羈愁誼更敦。秋風屢送青綾被，夜雨常分白玉尊。行年七十原非

偶,霞觴爲酌瑶池酒。願借平原五色絲,綉作冒家賢太母。太母笑謂陳生前,似爾能言殊可憐。揚州有鶴騎不得,許爾射雉東皋田。

集白香山詩寄内 自鳴草

冒起宗

花香漠漠磬泠泠,漸覺塵勞愛染輕。最喜兩家婚嫁畢,不將富貴礙高情。
應接須矜疏傅老,見人忙處覺心閑。賀賓喜色欺杯酒,風月依稀想夢間。
家醖香濃野菜春,分張歡樂與交親。始知天造空閑境,安置疏愚鈍滯身。
茫茫萬事坐成空,魚戀江湖鳥厭籠。長憶小樓風月夜,兩心同在道場中。
書意詩情不偶然,六旬猶健亦天憐。四時輪轉春常少,半醉行歌半坐禪。
是非何用問閑人,一曲狂歌醉送春。阿閣鳳凰田野鶴,其間豈有兩般身?

答内穀雨前寄茶爐 自鳴草

冒起宗

枯悶憐春暮,殷勤寄雨前。雅宜蒻活火,恰好試新泉。石鼎應輸重,金罍敢競妍。緑華新破蕊,應見孟光還。

三月朔日寄内 自鳴草

冒起宗

幻住無全物,單門幸小康。總然憑燕翼,强半賴糟糠。恒易應知險,其旋自考祥。銜山鶩夕影,可道是衡陽。
老眼何曾合?歸期尚渺然。三春無駐景,一水自他鄉。每念時難得,休云樂未央。海棠紅意動,遲爾醉琱觴。

月夜登樓看梨花寄内 自鳴草

冒起宗

洗妝獨上畫樓西,又見纖纖挂玉鎞。幸得魚書曾數剖,豈同鵙性只單栖。家音刺促應無分,世態掀翻太不齊。遥憶邗江明月夜,高歌縮得玉繩低。
劍外飄零嘆轉蓬,盈盈相望判西東。逢壬恰澍崇朝雨,指卯還披明庶風。鳩杖懶扶身尚健,鹿車雙引樂誰同?算來穩著惟丘壑,豈獨槐安是夢中?

五十年,余與内子起居惟一室耳。今春偶得隙地,因拓架爲舫,與内子居而安焉。夫恢拓於周甲之後,拙矣。然非内子之賢,無以成余拙也。爲賦十章,書屏上 自鳴草

冒起宗

安常久襲古人風,歲晚纔恢半畝宫。只合幽栖寧計褊,且耽和樂豈求工?攤書雅愛南窗凈,高枕偏宜北牖通。身是飛廬心似水,道元何事乞天公。
陸可浮觴水可笻,標新巧傍蟬雲峰。蟬雲,池上石名。抽陰駢竦干霄竹,覆日交擊架壑松。曉藝薰華清燕寢,夜披蕊笈聽鯨鐘。同心黽勉渾忘老,豈但如賓繼昔踪。
全支懶慢無如我,徹底幽閑孰似卿?蠶老繭成忘等待,鵲巢鳩有謝經營。真人蓮葉堪同載,仙子芙蓉詎浪名?幾許鴛鴦乖羽翼,團欒贏得説無生。
非亭非閣亦非堂,宛轉參差用善藏。縹渺仙槎浮陸海,依稀文鷁返三湘。余昔攜家赴湖

南。齊眉恰映蛾眉月，結髮偏驚鶴髮霜。余髮已白，内子則否。有此逸妻當石友，浪言移櫂問滄桑。

窈窕房櫳俯碧流，平生欣願託河洲。雙栖到老傳交愛，偕隱非遲勝遠游。一曲早專過賀監，三摩漸入學裴休。也知亂後無寧宇，泮涣惟憑不繫舟。

宫錦争須炫大江，家林容與駕吴艭。一流泉飲心齊潔，並蒂花開影倍雙。倒瀉錦雲飛幅練，潜窺星斗宿紗窗。浯溪浪士誇陶縱，妙適還應遜老龐。

忘家非久撼崩湍，百折何如一葉寬。鷗渚凫汀清入夢，風扉水檻碧生寒。煙波釣叟輸安穩，漢曲黄姑妬合歡。飄轉浮生餘幾許，且拚宴笑竭情瀾。

規模六一更多姿，消夏延秋事事宜。静泛卧凌青雀舫，澄觀坐對影蛾池。椀疑白玉抄雲子，拍按紅牙挾雪兒。水即未窮帆已飽，承歡好趁枕流時。

婉婉延延詰且深，凌波艦内貯青林。扇摇比翼鮮飈度，簟冷雙文却影侵。懶去垂綸臨急瀨，閑來畫紙就浮陰。當年萬里牽閨思，寧似同舟愜素心。余昔有《萬里吟》。

飄泊頻驚歲月奔，全生麋鹿幸俱存。偶翻雲屋成星艇，忽徙桃源到蓽門。煖入花心窺鶴子，雨過石背數龍孫。仳傏猶記麽秦海，舉案何妨倒緑樽。

雨後同内子留耕堂賞菊 自鳴草

冒起宗

著屐看花花徧開，山堂此日破莓苔。傑推霜下吾偏老，笑倚霜前爾未頹。翦瓣垂絲翻舊譜，紫螯黄雀佐新醅。好懷莫訝年光短，興到無妨日幾回。

暇日偕室人飲池北新園示襄兒 自鳴草

冒起宗

逸老堂開積翠邊，奇峰卓立泬寥天。恢先翼後吾何有？襲蔭延歡任自然。下上雲生康樂屐,洄沿月載米顛船。餘生消受殊過分,敢向蒙莊問大年。

裴公緑野謝公山,何必周遭枕碧灣? 勝地久知天閟惜,冥心纔覺境幽閑。繙書身在冰壺内,問字人來皎鏡前。堪嘆齒摇韓吏部,九閽虎豹未忘攀。

樂觀曾咏馬扶風,窈窕清華獨此中。贏得忘機娱水石,翻將避世薄君公。軟炊烏節雲争白,細酌松花纈並紅。笑問老妻今快否,何如横槊賦湘東? 吾邑馬松澗先生有樂親堂。

靖節有兒疏紙筆,香山篤老躡崇班。勞勞萬事誰教足? 鼎鼎千秋只讓閑。萊彩紛披花鳥外,柴車頻度竹松間。蓬瀛自近飈塵遠,不用逢人説閉關。廣生案:新園即水繪也。園在洗鉢池北,逸園爲舊園,在池東。詩作於壬辰年。

寄家書 拙存堂詩概

冒起宗

出門無淚自剛腸,别久情深夢短長。爲憶愛孫添舐犢,家書多却兩三行。

廣生謹案:馬恭人爲嵩少公配。

八哀詩 手稿

冒　襄

兄弟伶仃日,劬勞仗二親。舍生全亂世,忍痛教成人。慈覆同天地,悲來泣鬼神。終身凝血淚,反哺願難申。大母馬太恭人,先慈劉老孺人。

先慈忌日感賦 手稿

前　人

没齒終天恨，孤兒百拜心。隻身餘老骨，失路爲亡金。祭倩孫曾獻，哀同歲月深。極知相見速，何用淚流襟？
莫訴連枝怨，應傷地下心。母原憐少子，兒已棄千金。痛定憂翻大，愁多愛轉深。夜臺三世在，悼往各沾襟。

八哀詩 手稿

冒　襄

王父遺姑幼，嚴君卵翼周。于歸盈百兩，夫壻忝三州。中壽悲埋玉，無兒葬首丘。夜臺饒骨肉，應念姪無儔。姑母沙安人。

午日同顧公彦、萬霽宇、從弟爾開飲署中 拙存堂詩概

冒起宗

天涯令節嘆支離，徑滿蓬蒿席屢移。偕隱有心追介子，獨醒何處弔湘纍？情深蘭蕋忘萍梗，吹協塤箎代竹枝。把臂莫言空五色，悠悠難繫故園思。
揮桴提鼓幾開懷，蒲劍同看興亦佳。采藥未尋名嶽去，浴蘭偏喜故人偕。飛鳧競渡風仍楚，窪頂尊開酒似淮。且醉且歌戎幙裏，他年應復羨吾儕。

廣生謹案：爾開公諱起東。

贈冒蒙求領甲子鄉薦 家譜

高 巖

年少論心章句中，羡君才大薄雕蟲。詩書纘述家聲舊，裘佩風流豪氣雄。幟樹江皋臺作鼎，壇登燕北柱爲銅。自慚斗檨孤城僻，騏驥塵飛未許同。

贈冒蒙求孝廉 同上

王無忝

古來聞劍俠，混迹在風塵。徜徉負遠志，不受句踐嗔。生骨易骯髒，豈有蓬萊人？我素在燕市，往往思其倫。擊筑不可見，俯仰爲傷神。蒙君投芳訊，意氣何慇懃？結交非細事，古人重其身。丈夫有俠腸，雙眉爲爾伸。

同冒蒙求先生登東皋城樓賦贈 同上

張 彪

短衣匹馬客離迷，楚岫吴雲入望低。一片舊磯春漲遠，兩行斜樹畫烟齊。花潭竹塢藏深徑，水閣星橋抱曲溪。沉醉平原留十日，消魂只在廣陵西。

予與冒蒙求俱以辛巳躋六十,口占奉贈 同上

王熹儒

初周甲子重開宴,三月應推一飯先。首夏新秋風日好,與君只算始生年。

冒孝廉蒙求暨劉恭人六十偕壽 同上

史夔

地緯天經宿抱雄,齊眉女史亦標彤。范韓偉略垂今襛,鍾郝徽音嗣古風。鵬翅佇徵戈印兆,鸞章自見翟褕隆。他年黄石成功後,好似麻姑友赤松。

壽從祖静庵 同上

冒丹書

吾家諸大父,名重孝廉船。經緯尋常異,詩書十二傳。崇祠新祖德,奉母續前賢。節孝真堪仰,千秋國史編。

最喜開芳讌,齊眉花甲同。鹿門原志合,萊綵各才雄。櫻笋清和熟,澮衡至日通。年年來進酒,雍穆見家風。

題冒蒙求寄園 同上

王熹儒

蒙求先生少擅名場，老耽栖逸，宅傍築别業，謂之寄園，日引同志談讌其中。余歲寒造訪，即蒙招飲，漫賦一章，聊作唱和之嚆矢云。

初到便將車轄迓，酒酣還唱寄園詩。眼中烟景蜉蝣似，身外榮名野馬馳。斜日圃間寒柳碧，小塘堦下老荷攲。與君同齒差先後，休負餘年享受期。

又 同上

朱廷亼

秋風嫋嫋吹晴沙，閉關兀坐如退衙。姻家好友同清曠，淵明架上植奇花。我友壯負不羈志，名場突兀籠絳紗。頓望長安休着意，老座嚚雜爲搔爬。城南半畝真適興，掃除三徑香殊葩。自號其堂爲寄園，身亦寄也寄爲家。湘簾半捲穿海燕，柳絲緑蔭啼昏鴉。面城繞有千竿竹，青葱直上無周遮。小池摇漾青蓮勝，籬菊錦辦烘雲霞。琴尊籤帙位置逸，南廊且熟鳳團茶。花甃滿注乳花重，快瀉頗勝漁陽撾。襟期磊落無點翳，恍然千仞貫月查。親串朋屐無虚日，品菊論心快莫加。我友静者意有餘，光風霽月誰與誇?

壽冒蒙求先生七十 同上

石爲崧

連袂長安道，明公方壯年。新豐沽美酒，寶劍賦佳篇。駒影鞭何速，萍踪惜屢遷。古稀稱壽日，吾鬢亦蒼然。

近築城南圃，恒多載酒人。塵應同樂衛，星復聚荀陳。階日添長至，江梅度小春。青松須手種，仍看作龍鱗。

外舅冒静庵先生偕劉夫人雙壽 同上

胡香山

中冬和風生，六管動陽律。遥指卯春近，躋堂賡有飶。憶昔石城頭，榜花名崒律。策車向帝京，喬雲數圜日。交游悉耆宿，覿面同舊暱。鳧雁出中厨，筐篚陳瑟瑟。時余甫七齡，東床懷棗栗。母也撫之喜，佩觿翁所恤。倏忽三十載，椿萱并七秩。顧瞻内外孫，玉階比如櫛。攜持從綉闥，曾孫復蘭茁。慶衍劉毅經，情寄長房術。城南一片地，小結島洲匹。異花回鹿車，長松蓋琴瑟。華嶽儲奇英，雙峰永屹屹。

壽静庵叔 同上

冒　褒

獨承曠緒奪巍科，七十齊眉保太和。開徑喜留嘉客坐，鉤簾肯放好春過。逍遥自是芝蘭茂，戩穀還因壽母多。猶子幸能霜髩滿，稱觴敢惜醉顏酡。

壽冒蒙求先生八十 同上

李四載

憑高望揚子，東有摩訶山。山中上真人，渺渺不可攀。青飯滋白髮，紫芝駐紅顏。鬱爲赤城霞，秀色堪朝餐。緊昔予童年，忻登孝廉船。偉然七尺表，燕頷兼鳶肩。玉門萬里侯，覓封奚所艱？而乃弢雄才，尚與夷皓班。雉城堞幾堵，龍遊河一灣。鋤園名以寄，寄意非言詮。秋色不放閑，况爾春華殷。笑彼石隱流，述作無一斑。既謝國史書，爰及家乘編。經以父子孫，緯以功德言。傳盛故爲後，彰美此其先。商略時及予，塵埃足嶽崙。玆集日以成，重温悟真篇。神清氣健舉，意愜肢輕便。大耋此其時，辛丑四月間。薔薇滿架馥，芍藥當堦翻。子姓跪繞膝，曾元紛羅駢。酌將大斗獻，春秋咸八千。獨有燕臺客，瞪目思藐然。愧無縮地法，介壽賓初筵。冀北及江南，化日同光天。形骸不阻心，關津何足難？丹衢風嘉薰，碧落雲斑斕。遥拜南極星，寤寐當往還。

又 同上

盧　香

元室遺臣明世臣，百年簪組又從新。烏衣巷古常懸戟，蕋榜花繁叠報春。豹隱何慚非俊物，龍潜無異作飛鱗。玉璜不兆熊羆夢，自釣靈鰲理巨綸。

生值先皇達極前，標名今代亦多年。遭逢聖世綺黄老，頤養天和箕潁仙。四傑班分隨壽杖，群雄羅立侍華筵。欲知遐算添籌數，略似椿齡歲八千。

十載前頭已古稀，况今花蕚更交輝。温公友愛誰能及，洛社風流衆所歸。不藉上池增健力，豈因秘笈得元機？由來古柏留佳蔭，節母當年有德徽。

章縫此日互縱横，領袖群材仗老成。邑有滅明士始重，鄉非王烈事難平。達尊不待今初許，加爵應容人共擎。莫謂滄桑堪意量，但於海屋記長生。

題蒙求十叔寄園 手稿

冒　褒

一丘一壑足生平，中有高人寄性情。白髮甘從閑處老，清樽須向健時傾。花深門巷塵難到，月滿苔堦鳥不驚。諸父若能憐小阮，願扶節杖侍簷楹。

上元夜入家廟侍十叔對月 手稿

冒　褒

扶杖謁先祖，清光惜遜前。父兄如在上，子弟悲求全。負罪生今日，傷心憶往年。竹林多白髮，人月兩團圓。

喜東諸孫處沖 幽居草

冒愈昌

君不見，深山大澤龍蛇生，吾宗孫子夙知名。又不見，大才晚成古所貴，新息之言良有味。君也行年四十强，看君兩度向名場。家聲國寶俱能事，一日賢書姓字香。

夏夜泛月，同冒處冲、許子文分得"一東" 霞起樓詩

李之椿

湖氣晚融融，披襟任好風。波翻螢恍惚，舟載月玲瓏。花静香如滴，林幽望若空。廣陵城市夢，誰過阮橋東？

處冲諸從偶之燕京，十日而反，賦贈 逸園吟

冒夢齡

不信人間行路難，興來匹馬走長安。風塵齊魯懷先迹，壚筑荆高結古驩。吏署淹留何□□，客途珍重且加餐。河清幾度能逢此，獻賦還期謁禁鑾。

廣生謹案：處冲公諱超處，貢生。縣志有傳。

冬日寄懷公燮、處冲兩兄 萬里吟

冒起宗

江天鴻雁滯孤翰，颯颯西風又戒寒。飽識山川耽藥裹，疾驅日月跳金丸。草色池塘憐寂寞，竹聲窗外報平安。歸期指計三冬杪，多少新詞許共看。

廣生謹案：公燮公諱起。

雨夜過雄飛 緑蕉館集

冒愈昌

漏下高齋坐不辭，深宵款語去遲遲。無端咫尺生雲雨，疑是襄城七聖時。

與雄飛舟中晚酌 鑾江集

冒愈昌

廣陵歸棹泊吴陵，過雨高秋散鬱蒸。日落霞光萬道凝，疎林隔水映歸僧。吾宗孫子興逾增，無酒良宵恐不勝。沾取高天轉玉繩，船窗委轉出篝燈。微吟緩酌兩相仍，芡實藕絲蓮房菱。倒見滄池一鏡澄，坐來詩思如清冰。

三月三日，郜存周載酒中禪寺鏡水上人房，同諸孫、雄飛小飲即事 支提集

冒愈昌

三月三日祓除好，有客載酒能相尋。逶迤蘭若入深處，爛熳桃花成小林。一談一笑無世態，自斟自酌但春心。何必永和王逸少，風流是處即山陰。

懷性上人通州同士曠、純孺、君求諸孫、雄飛分賦“遊”字 支提集

冒愈昌

高齋長夏日相求，誰道東爲海上遊。五片青山深却暑，千章碧樹早知秋。蓮華社冷虚元亮，彩筆詩成擬惠休。引領江皋登望裏，蹔時行脚莫淹留。

送雄飛、諸孫就館西鄉 觀海篇

冒愈昌

束書襆其被，問子何所之？子言患貧故，不暇患爲師。策蹇西鄉去，寒飈滿路歧。

同雄飛、諸孫、秀上人臺端望月 玉蓮社集

冒愈昌

片月當秋好，高臺騁望新。清暉來海嶠，暝色破城闉。栖鳥雲林静，啼螿露草頻。徘徊感時序，握手倍情親。

君弢攜酒馴卿館中，同雄飛、諸孫分得"天"字 玉蓮社集

冒愈昌

佳客盈樽酒，高齋薄暮天。邀將霞外侶，佐以杖頭錢。興劇論文處，杯深把菊前。風流元我輩，寧遣世人憐。

寄示雄飛十韻 玉蓮社集

冒愈昌

分襟逼歲寒，蓄意向湖干。是處皆吾適，將心與汝安。非緣詩思苦，不藉酒杯寬。遠舉鵬風待，群疑鹿夢殘。功名寧敝屣，意氣好彈冠。價羡連城璧，箴先又日盤。以文甘苜蓿，有句必琅玕。且得盟牛耳，何庸食馬肝？郢斤徒鼻運，江筆倚花看。慙我無能事，虚稱大將壇。

廣生謹案：雄飛公，家譜無考。

送冒祖蔭之新安 東皋詩存

范　霽

三月桃花水，揚舲白岳游。到時逢首夏，歸計及新秋。試水移茶竈，探囊見石榴。遺風培積厚，聲氣遠相求。

廣生謹案：祖蔭公諱印衷。

咏貞女守義 家譜、白蒲鎮志

黄　輔

如皋吴氏女，受冒稼聘，甫兩月而稼卒，女聞而哭之，斷髮以誓靡他。及至葬，母憐其志，同詣稼家成服，送喪一遵婦禮。夫以處子而甘爲未亡人，此人情所難者，況家徒四壁，而女心如鐵，洵奇節也。爰述其略，以俟采風。

吴家有女顔如花，毓秀深閨歲月賒。傷父早亡念母寡，淡粧不羡脂粉華。冒郎磊落名家子，伯麐先生仲孫名稼。不重妻房重襄祀。簡斥數輩不肯婚，德耀少君其所指。阿女舅氏有丁君，謂女擇對宜此士。儷皮作合甫六旬，姓字雖通面未親。那知郎病病不起，只道此女生不辰。女也有懷不可測，剪髮明心事奇特。水漿不入者三朝，蒙被昏昏微氣息。奔喪念切遠道輕，撫棺一慟行人惻。視郎入壙髮共埋，此髮千年朽不得。歸來拜主別家人，悲極猶能禮順則。我聞共姜守義千古名，當時曾篤男女居室情。後來敬瑜之妻截耳亦激烈，彼美識字應同穴。之子猶是處子身，琴瑟静好無所因。未讀《烈女傳》，也非《女誡》拘。率性自如此，胎骨本來殊。乾坤淑氣鍾偏厚，偶落笄幃實丈夫。於戲！人間生女盡具此至性，夫婦之倫罔不正。

貞女行 同上

周鼎星

吴家女，冒家郎，妾心如雪君如霜。冒家郎，吴家女，妾未識君君已死。君已死，妾尚生，誰謂妾無夫婦情？青銅掩光花削色，是妾于歸日。白頭老母同妾孤，妾身委土非良圖。并刀剪髮髮似鐵，此髮千年永同穴。令君見髮如見妾，先向黄泉與君結。

咏貞女 同上

吴岳峙

深閨猶未字，彤管早傳名。不識生前面，常吞死後聲。毁容爲就義，斷髮豈由情？翻笑鬚眉者，存亡頓易盟。

廣生謹案：吴貞女，爲子實公諱稼聘妻。

月夜同天季姪看菊 詩觀

冒起霞

斗室藏秋色，繁英老更新。無錢聊小飲，得句一開顰。境僻人常寂，霜寒酒足珍。比鄰誰作伴，藉爾樂閑身。

如皋冒天季自署信天翁，向予索詞，因有此贈，每句中俱暗用禽言及鳥名 湖海樓詞集

陳維崧

得過還須過。得過且過，禽言。力作音做。如何作？力做，禽言。説甚餅焦，婆餅焦，禽言。管他泥滑，泥滑滑，禽言。且圖著火。摘笆著火，禽言。任櫳山秦吉了鳥名。聰明，好瞢騰些箇。　姑惡，姑惡，禽言。誰能那。急急歸急急歸，禽言。休錯。音挫。提罷葫蘆，提葫蘆，禽言。世閑那有，鳳凰如我？鳳凰不如我，禽言。嘆連朝，行不得哥哥，行不得哥哥，禽言。信

天翁鳥名。且坐。《小桃紅》

冒天季五十書贈 同上

陳維崧

慷慨悲歌,傍若無人,進君一觴。更四弦入破,聲哀以思,三更被酒,臣醒而狂。末路崎嶇,舊游零落,哀樂縱横不可當。生平事,曾短衣匹馬,錦瑟紅牆。　歲華一去堂堂,又半百、蹉跎黯自傷。嘆醉必沾襟,是兒可念,飛而食肉,此志難忘。人道買臣,今年富貴,路鬼揶揄笑一場。重酌酒,看玉山筵上,今夜頹唐。《沁園春》

廣生謹案:天季公諱褱球。

待冒介庵不至 東皋詩存

陳　漁

秉燭坐良夜,虚窗客思深。孤城寒漏盡,遠寺夜鐘沉。消長從人事,憂疑隔此心。五更還不寐,爲爾一微吟。

壽别駕冒介庵六十 家譜

董　雲

悟徹此人寰,華胥總夢間。名爲四海重,天許一身閑。機息塵無染,花繁手自删。逍遥到六十，禽鳥任飛還。

早秋同江珉山、介庵、爰及兩弟北郭散步 手稿

冒　褒

皇亭四載未曾來，爲愛秋光步緑苔。白髮弟兄堪話舊，黑頭江令共銜杯。巍峨樓閣中天矗，迢遞山崗兩地開。能吏規模真遠大，後人誰與代栽培？

仲夏初三夜，忽聞介庵弟有悼亡之變詩以傷之 手稿

前　人

忽哭忽歌真是夢，斯人斯境别何忙？賢母宜家行路惜，仁心昌後子孫芳。蘭葉露濃新月落，羅幃風細歛衾張。西河老淚余猶滴，同氣驚傷猛悼亡。

秋祭先祠，暮雨，介庵弟治席觀劇 同上

前　人

一祖流芳十五世，清華門户佩金魚。而今莫漫嗟衰落，誰遣兒孫不讀書。
幽明異路各心傷，此地吾兄歌舞場。秋月春花如電去，僅存一老獻壺漿。
善作何須定善成，規模宏遠費經營。斯文未喪天留意，辛苦前賢盼後生。
兩家昆弟共高曾，三十年來耐久朋。今夜一尊同顧曲，斜風細雨冷紅燈。

題冒介庵新軒 書寓衙拈碧草　集杜

邵　幹吾盧

築居仙縹緲，不異在郊坰。種竹交加翠，雙崖洗更青。賦詩分氣象，高卧想儀型。竟日留歡樂，餘酣漱晚汀。

冒軒顏以芥舟復贈 集杜

前　人

無復能拘礙，乾坤到十洲。欲浮江海去，爲杖主人留。野興每難盡，會心真罕儔。看君用高意，漁艇息悠悠。

戊申季夏，壽姊六十四首。姊長余二歲，長齋綉佛已十年矣 巢民詩集

冒　襄

朱夏荷香静，女兄正六旬。里中争致頌，世外久離塵。知與仁同壽，才兼德共諄。丈夫稱女子，此日始爲真。

以女妻孤兒，先君誼足追。兩家雖富貴，半世苦撑持。内外以身任，安危只獨知。如今猶舉案，辛苦慶齊眉。

滄桑遺萬有，患難更相安。一木支傾厦，三年上逆灘。格天良未易，累弟不爲難。六月摧松勁，華堂蔭碧寒。

甲子當初度，金萲正茂時。兒孫雙獻酒，兄弟共銜巵。只有天倫樂，應同古佛慈。世

情千萬態，歷盡總吾師。

廣生謹案：大姑適同里諸生李鼎。

八哀詩 手稿

冒　襄

長姊適華冑，何堪國難騰？覆巢原素志，脱網賴多能。皓首栖茅舍，安禪悟上乘。孤墳紛宿草，誰與奠嘗烝。長姊李孺人。

陸吴州典試粤西，便道歸里，寄懷二首，兼送還朝書似雍州道兄粲正，冒襄深秋燈下。①

冒　襄

廿年踪迹慣沉淪，回憶前歡定幾春。風老浙潮催短柁，月斜隋苑裊羅巾。飛揚君作金閨客，嬾慢余爲白髮人。高誼兒寧能細説，京華頻念野夫貧。
畫省仙郎擁虎符，秋風乘傳采明珠。九天簪笏翔威鳳，萬里帆檣起夜烏。桂已成林方使粤，橘還入袖躉歸吴。極知花發朝天去，肯爲平生罄玉壺。
“巢民”白朱文　“冒襄”朱文
金箋扇行草書十六行
陸吴州舜，泰州人，康熙三年進士。其典試粤西，在十一年壬子，時官刑部郎中。第一首三句指崇禎辛巳，徵君往衡州省親，過杭州，與陸相識。或順治庚寅，欲重去鹽官，至揚州，爲同社淹留，言作詩之先一年辛亥，徵君子禾書自都門歸，故第七句云云。此扇今爲中山譚氏藏。廣生記。時年八十二。

---

① 此書原爲單頁插放本册中，今置册末。題原在詩後，今依例移前。

第十七册

詩詞曲

送襄孫赴郡試，時年十六，小字繩繩 歷代詩發

冒夢齡

少小伊誰讓達先，參藩脱穎及兹年。先少參公十六登賢書。神駒蹀躞知千里，雛鳳翱翔試一騫。但使箕裘存世業，轉從喬梓羨單傳。願思小字期無負，勉振前徽早著鞭。

別襄兒 同上　拙存堂詩概

冒起宗

忘私知義重，無累得身輕。將母心偏苦，從王事遄征。封疆難再誤，摧抗視孤撐。莫下離亭泪，英雄不世情。

襄陽軍中寄襄兒 東皋詩存

冒起宗

羽書飛日月，烽火徹霜天。巧婦嗟空釜，饑軍怯控弦。養癰成跋扈，持重久遷延。效守孤臣事，期將七尺捐。

骨似枯松瘦，心同苦藥煎。致身原本分，縱死亦長年。恩愛曾生割，英雄肯受憐。不須懸淚眼，聚散總雲煙。

襄兒寄甘家硯，蓋剞舊硯而改作者，試之，膩而堅，密而澤，真巖石也，喜而紀事 同上

冒起宗

吾兒寄甘硯，其長不盈尺。色若豬肝紫，又如火黯赤。面勒編鐘形，背鏤介圭迹。著手滑不留，津津滋玉液。才德殆且兼，邁越流輩百。我昔官端州，斧柯隸赤籍。蚌坑秘元雲，巧匠未一役。聞者盡揶揄，此公真笨伯。十載荒硯田，忽焉得巖石。雪案對故人，冷光飛大澤。寶山昔空回，萬里今几席。忘機物自携，攟拾竟何益。

輓如皋冒徵君巢民詩六章 有懷堂集

韓　菼

春光雜樹亂飛鶯，風月揚州舊主盟。人到老成常易盡，命應多難輒更生。先生屢絶復甦。暮年枯柳悲開府，天上芙蓉失曼卿。最是夜闌燈灺後，白頭往往説西京。

南朝瓊樹久埃塵，桃葉當年燕賞頻。青眼詞人高入座，紅綃狎客避逢嗔。先生曾於高會唾罵阮司馬。風流咳唾真名士，離亂滄桑一黨人。墨妙筆精餘遺興，玉山鐵笛是前身。

洗鉢池頭幸舍摧，春風入户苦爲開。野花似發去年笑，社燕還尋前度來。殘壁留詩新樂府，虚堂落月舊樽罍。谷兒菱角誰將去，不爲狂奴減愛才。先生有所愛青衣，爲客攜去，不問，待之益厚。

載得佳人字莫愁，染香亭子木蘭舟。藕絲待久方成匹，紈扇無緣得聚頭。花鳥湘中餘粉墨，染香、湘中，皆姬所居。人琴坐上亦山丘。白楊未種俱銷歇，何處春風燕子樓？

秣陵一曲即《霓裳》，詞客衰遲合斷腸。最恨飛箋傳燕子，更憐操鼓入漁陽。《燕子箋》劇爲司馬筆，先生晚年喜令大菊操《漁陽鼓》。善才不死輕投迹，謂大菊。賀老猶存久擅場。謂朱老音仙。浮世偃師從變幻，梨園散盡月如霜。

白馬迢遥但束芻，年來亦嘆歲將徂。嗚呼異物皆諸老，整頓衰門獨兩孤。華表千年悲少日，青箱一卷哭窮途。從今愁聽山陽笛，更痛黄公舊酒鑪。

哭伯兄巢民先生 東皋詩存

冒　褎

出門一望一傷心，憶昨霜天共賞音。詎料有樓成白玉，翻憐無藥鍊黄金。深情肯惜頻推解，至性真堪問影衾。此日親朋齊巷哭，中原絶意廣陵琴。

哭巢民先生 同上

許之男

髫亂成名士，膺滂記舊人。遺榮緣世變，愛客到家貧。屢卻徵書日，天生孝子身。一聞騎尾去，南國盡沾巾。

父執今誰在，江山恨獨遥。園林悲宿草，絲竹黯清宵。不復龐公拜，寧忘宋玉招。七哀知有作，觸目幾魂銷。

送巢民先生歸葬感賦 同上

許之男

白日銘旌去不停，萬花原上草青青。先生衣鉢傳誰是，愧殺鯫生淚獨零。昔先生與我云：

"余有衣鉢,欲以傳汝。"

得全堂上歌聲歇,水繪園中石塊荒。盡是羊曇情痛處,不關風雨送斜陽。

尋水繪園故址 養默山房詩録

謝元淮

雉水卸征席,霜飈滌塵鞅。言尋冒氏園,城角餘榛莽。敗屋環清渠,洗鉢池。蘭若梵唄響。雨香庵。陵谷久變遷,園名仍舊榜。公子昔全盛,豪華恣玩賞。笙歌不(壓)[厭]繁,文字還争長。同時杜茶邨與陳迦陵,翩翩競英爽。幸值干戈餘,興廢隨擾攘。營此數畝宫,留爲後世想。稚子薪落葉,寒禽弄哀吭。階基片石存,礪刃平於掌。一叟耘中庭,叩之殊惘惘。但道園主人,曾與東林黨。是非邈難知,其迹皆已往。自我傭兹圃,肥磽異他壤。揮鋤糞土中,每每獲遺鏹。昨日有狂生,栖遲至月上。不知何悲哀,徊徘對菰蔣。富貴類轉燭,乾坤容俯仰。日夕獨歸來,蓄念溯疇曩。

水繪園雜詩 頤道堂詩選

陳文述

敗葉填池水不流,更無殘礎况層樓。名園寂寞詞人老,回首人間二百秋。

翠被焚香事有之,紫雲應是勝楊枝。迦陵才子多情甚,肯賦梅花百首詩。

禊飲重脩上巳春,一時邵許盡遺民。玉壺潑乳烏絲寫,憶爾湘中閣上人。

到公石圯碧苔侵,菜圃葦籬落葉深。賴有故家老孫子,尚留一角在香林。巢民族人弼工年八十餘,贖園址復歸冒氏,有楹帖云:"香林客散花猶笑,水繪無聲月自閑。"

古樸巢空散暮鴉,魚磯鶴嶼總平沙。東風記取前朝樹,猶放紅藤一桁花。園中紫藤一本,甚古。

匳艷新編見逸才,梅庵憶語月徘徊。褪紅衫子流黄簟,曾見嬋娟小影來。

女羅字説寫温存，花月新聞對酒論。滄海遺民更誰在？當年衹有杜茶村。
秣陵高會憶河橋，黨籍清流禍不消。滿地斜陽兩人影，香南雪北語前朝。

十八夜洗鉢池看月，同用“容”字 黃瘦石稿

黃　振

洗鉢池邊古水空，梵音深處澹波容。香林隔岸青烟合，小徑平橋落葉封。白下僧歸閑醉月，閩南客老坐閑鐘。指石莊上人南廬先生。聯吟最是涼秋好，悽苦何辭答斷蛩？

冒巢民先生還樸齋樸樹歌 同上

黃　振

虬枝屈曲盤高寒，古黛陰濃青不乾。瘿瘤中空穴其頂，山鵲出入飛無端。陡如大蟒矯首向人噴毒瘴，江心石笋矗起蠻雲上。二十八宿星光炯炯寒，埽雲大葉黑聲相摩盪。古人掀髯讀書坐其根，風雨之夜往往啼鬼神。至今又過百餘載，前脩淪亡此樹存。老樹欹斜人不到，白日精靈現古廟。此地今爲别姓家廟。變化端倪不能知，刀鋸水火無可施。白蟻梢頭蝕日影，亂草罅中生枝梗。倒挂烟蘿二百丈，秋清摇盪一片冷。我聞此樹已多年，我來樹下懷前賢。精神乃與樹無二，菁葱百代仰禋祀。君不見，門前草木皆黃落，此獨後時不蕭索。豈其受於天者殊，要與南山松柏同沃若？不然文章元氣垂古今，斷非高秋肅殺之威所能侵。

上巳後一日追和王阮亭水繪園脩禊八首原韻 如皋縣續志

黄　振

水繪之園敞高閣，重山複水致歷落。一時文士會風雲，筆陣酒海氣盎若。春風吹春春水深，黄鶯啼暖青樹林。主人倒屣出門去，千里萬里迎知音。
歌童婀娜擎春壺，上日紅毹鋪青蕪。莫辭醉飲三百斛，人生合老步兵厨。漁人靄乃桃花暮，夕陽西下春不住。燃炬重續青陽游，杜宇聲聲催歸去。
邵子髮白雙睛明，潛夫。陳生倜儻饒豪情。其年。我愛王郎擅風雅，春城三月行相迎。櫻桃匀圓紅堪擘，鸚鵡杯傳題詩石。等閑一會重金蘭，感君意氣舞雙戟。
今古不無聲華友，樸巢才思天所厚。鶴骨清癯八十餘，世上文名高山斗。細雨燕子紛紛飛，纏頭博得金縷衣。卷簾坐老湘中閣，抱瑟人隨明月歸。
前年我過小浯溪，弔古懷人心情迷。花田緑破春耕雨，野雉山雞高低啼。大隱幾載異城市，留得風華詩篇裏。嗚呼先生奈爾何？青風庭院懷麈尾。
世無聞人拾寶唾，年復一年夢夢過。豈無紅燈白社祠，如對名山抱疾卧。只今麗月紛披襟，畫船寶馬揚好音。誰是揚州王司李？雙柑斗酒過香林。
有女有女嬌春嬉，輕喉宛轉如鶯啼。紅螺軟盡東風力，鮫綃香暖雪花槌。樓閣一夜可憐雨，落花瓣瓣滴春乳。勸爾高歌且莫哀，水繪而今鳴社鼓。
秋葉經霜非久紅，盛衰乘除今古通。永和之年言及此，不自今始蘭亭空。一嘯振衣出山麓，願隨落月雲中宿。蒼茫海上立多時，吹破鶯栖十萬竹。

訪水繪園故址 享帚詞

秦恩復

風流文采擅一時。待羊求、庭認履綦。轉眼是、烟雲散，看蠨蛸、窗網挂絲。　我來對此添惆悵。傍城闉，山徑水涯。趁一帶，斜陽裏，只空餘、芳草弄姿。《戀綉衾》

重過水繪園效姜白石體 同上

秦恩復

烏衣巷陌，苔草侵階碧。候館荒涼春寂寂。賸有殘碑斷壁，都是相如舊詞筆。　緬遺迹。凄然弔魂魄。畫圖畔，鼎彝側。恁豪情、盡化寒烟色。望極平蕪，漸隨流水，空憶臨江庾宅。《淡黄柳》

水明樓雜詩，樓即水繪園故址也 竹初詩鈔

錢維喬

問訊名園迹，興亡已百年。危樓長倚水，疏柳自横天。人物懷公子，謂冒辟疆。風流感昔賢。何堪吾後至，酹酒意茫然。
一檻依空碧，支牀俯夕湍。風窗吹不定，烟鳥噪無端。地積秋聲近，人隨雁影寒。登臨亦何恨，濠濮好同看。
北寺人安在？南枝客暫容。江山餘夕照，絃管付晨鐘。一水分殘榭，千秋答遠舂。蘭成蕭瑟意，難與賦哀踪。
飃泊隨人事，幽栖祇益愁。虚廊先得月，獨客易悲秋。水竹平生願，雲山終古謀。惟應結間侣，姓氏託涼鷗。

過如皋尋冒民水繪故址 澹仙詩話

吴　煊

傷心一片荆榛碧，不見水明見沙白。秋風詩客散園林，海上蕭條賸空迹。我從壇社想風騷，陳邵名繼漁洋高。黄金易盡客不盡，先生至今稱人豪。低徊遲近百年久，瓦礫中間重回首。雉皋不減舊繁華，箏笛滿城事趨走。抱琴流涕知音難，惟餘巾幗今張壇。謂熊澹仙。悲涼一曲匆匆起，鴉散江天月在水。

黄瘦石與璞莊、片石禊飲水繪園，其弟楚橋爲補作圖 同上

顧　翃

嫩紅繞檻湘中閣，淺緑沿堤洗鉢池。剩水殘山有餘恨，東風無賴是楊枝。

水繪園懷古 同上

曹若琳

一代風騷遠，亭臺已久荒。疏林落殘葉，清磬擊斜陽。水氣侵簾冷，秋聲滿院涼。路人話遺事，回首吊蒼茫。

黄瘦石與璞莊、片石禊飲水繪園,其弟楚橋爲補作圖　同上

熊　璉

避喧詞客慣尋幽,結伴憑欄俯碧流。指點當年花月地,鐘聲敲徹水明樓。
倩誰淡筆寫荒涼,落落亭臺水一方。别有滄桑無限恨,依稀舊館望斜陽。

竹醉日,同人集水繪園舊址范氏齋中,分賦　淮海英靈集

史發藻

琴亭酒榭已成塵,誰唱楊枝曲更新。只有鶯聲啼未老,水邊圓轉似詩人。
簟波簾影共參差,客坐長廊晝奕棋。竹外一聲寒玉落,午窗驚破夢蕉時。

水繪園故址　同上　愁叢集

范貞儀

蛛網烟絲户久扃,畫梁檀板黯歌塵。春歸王謝堂前燕,曾憶當年舊主人。
野草芊芊暮靄迷,鉢池春水碎玻璃。匿峰廬内無人處,月落蒼茫叫子規。

春日登碧霞山,望匿峰水繪遺址,有懷冒巢民先生 東皋詩存

許　揆

懶向高臺彳亍行,碧霞山外暮雲生。園名尚説巢中叟,詩句難尋石上盟。蔓草荒烟徒有迹,落花流水竟無聲。人歸何處頻惆悵,杜宇年年叫不平。

柳底聽歌踏月行,繁華如夢隔前生。詞壇舊好存遺老,酒社高朋半背盟。春去幾家花不謝,園荒二月鳥無聲。滄桑莫向天公問,缺陷何曾爲補平。

過水繪庵追悼巢民前輩 同上

鄧繁禔

水繪園荒牧馬嘶,斜陽猶見柳垂堤。陳蕃遺榻懸何地?有客驚心烏欲栖。

過冒辟疆司李水繪園舊址有感 同上

江自漢

老樹心空捲壽藤,假山猶在勢崚嶒。劇憐大雅遭淪没,不爲荒臺感廢興。今日那堪留倦蝶,昔年常此宴高朋。春流嗚咽夕陽下,花落高樓誰與登?

過雨香庵茶話望水繪園舊址 同上

劉鍾悦

山房移榻暫爲家,偶過曹溪細煮茶。詞障怕參龍象地,元機能落雨中花。曾傳隱玉留賢迹,惟剩茅庵傍水涯。北牖洞開春草緑,匿峰高處夕陽斜。

過水繪園故址 同上

方　基

余生恨晚未從游,蔓草荒烟幾度秋。今日樓臺同水逝,當年詩酒足風流。斷碑有字存王謝,環海何人繼白劉? 堅卧此間徵不起,長堤凝望思悠悠。

經冒巢民水繪園故址 同上

胡　驥

公子聲華動九陔,至今猶若走風雷。可堪身世成遺老,好辟園林付酒杯。片席尚餘花石在,幾人初見畫圖開。縈紆波影斜陽裏,葉捲寒風埽甃苔。

遊水繪庵 同上

胡學山

清和天氣惜芳菲，携手名園眺夕暉。踏遍山堂心似水，數聲黄鳥繞枝啼。

拜冒巢民先輩墓 同上

汪　頎

獨埽秋墳愴夕烟，余生未獲拜生前。美人幽怨黄埃盡，公子清華白日懸。水褒草塘猶作繪，梅留憶語但聞鵑。西園詞客都寥落，回首風流七十年。

十八夜，洗鉢池看月，同用"容"字 同上

劉名芳

微凹破鏡初飛上，萬里游雲不敢封。仰聽玉娥音細細，倒浮金闕影重重。枝頭三匝尋栖鵲，花外一聲出定鐘。徹底澄清魚鱉亂，毒龍自有鉢能容。

對水繪庵故址 同上

管正聲

水繪名猶昔,亭臺已作灰。祇餘藤蔓在,無復管弦來。蟬噪荒林急,蛩吟斷砌哀。憑欄何限意?欲去重徘徊。

同仲松嵐登碧霞山望水繪園故址 同上

姜掄元

城東北隅何幽偏?名園古寺相回連。昔日管弦文酒盛,而今衰草寒荒烟。我友廣陵多悲客,一棹海上當秋天。暇日邀我閑同步,古徑捫援山之顛。黑雲落日荒原上,斷雁西風空城邊。何處葭葦湘中閣?何處浯溪清且漣?小三吾内秀早稻,匿峰廬下人耘田。曾幾何時光景幻,傳言風流疑不然。巢民推爲騷壇主,三萬六千無虚筵。東南人士如水趨,瞬眼興廢年復年。遥指右偏林亭盛,花月之下鳴管弦。東消西長亦常理,傷心千古惟名賢。

東皋咏古 十四首録一 同上

吴　鎧

身世滄桑感劫灰,倦游公子擅奇才。江關詞賦同岑集,花月林泉異境開。一代風騷主壇坫,百年雲物賸蒿萊。數間茅屋留香火,無復斜陽燕子來。水繪庵

過辟彊園有感 同上

范　亶

司李琴樽地，登臨事已非。名園成棄土，亂石倒斜暉。盜賊攀蘿蔦，兒童采蕨薇。廢興天意在，聊復坐漁磯。

二月晦日偕同人游水繪庵分韻 同上

宗　範

習家池上草淒淒，野老相將望欲迷。山色空濛盤小閣，波光明滅入前溪。樓臺隔岸浮雲暮，花竹當門落日低。脩褉明朝何處好？枕烟亭北小橋西。

冒巢民還樸齋樸樹歌 同上

范全睿

巢民結屋荒城隈，中有老樸巋然百尺歷劫灰。西風蕭颯斜陽裏，黄葉隨地紛紛來。高人神遠不可接，散落千枝萬幹之間見崔嵬。龍拏虎攫勢參差，鱗爪脱盡生莓苔。精彩剥蝕星月底，魄力苦戰冰霜開。幽陰應多鬼神託，横根迸石鳴風雷。摧傷雖多意逾厲，直與天地争春回。蒼然老氣壓松柏，一空萬木皆凡材。名園傑閣總如夢，茫茫去日同飛埃。荒寒一片獨撫此，支筇俯仰重悲哀。

樸巢廢址 同上

冒殷書

寥落干戈外,荒園獨樹奇。野花開曲徑,流水漲横陂。蘚石空庭亂,清颸古榭移。不堪回首望,腸斷是當時。

樸巢歌 續東皋詩存

冒　椿

上古之民巢爲居,身雖局促心自舒。後世廣厦高數仞,終日營營恒多虞。雅人胸中具丘壑,思借一枝鄰鸛鶴。爰有樸樹河之濱,離奇蒼古全天真。就樸爲巢栖其身,先生誰與厥惟我家之巢民。巢居幾時巢民老,巢栖既老巢難保。吁嗟乎！豈但巢中無巢民？風雨飄摇巢亦倒。

史笠亭太史、程馭青司馬訪余雨香庵寓居,邀遊故水繪園作,用水部入西塞示南府同僚韻 崇川詩鈔

錢兆鵬

木落風光勁,雲浄天容爽。幽耽梵香浮,静玩爐烟上。忽聞户外屨,紛亂林中響。披氅神獨超,揮麈意更廣。前哲寄遐緬,勝境觸新賞。横塘聊展步,浯溪空涉想。言念倚禊人,湘閣舊來往。登眺復爾我,花石孰培養？人事良幻變,天懷自澹蕩。幽人此招隱,何日脱塵網？

水繪園故址三首 同上

錢兆鵬

石壁孤懸樹影交，清奇不減孟城坳。浯溪略約知何處，老幹空留一樸巢。
夾岸桃花洗鉢池，蘭橈解禊賦新詩。高原自是湘中閣，想見漁洋落筆時。
旅館桃笙興不孤，陳髯醉倩紫雲扶。烏絲詞曲渾如夢，剩有梅花三兩株。

竹醉日，同人集飲舅氏范東峰先生宅，宅係水繪園故址六首 同上

徐錫爵

澹日微薰醉竹天，招游況值好林泉。東山喜踐尋芳約，抛擲鶯花已二年。
水雲摇漾竹書光，一曲龍脣奏晚凉。絶似米家船作宅，空明無月不瀟湘。
紅燭迎人興轉濃，分曹擬聽五更鐘。醉鄉偌大不同醉，醉竹當窗合笑儂。
醉後頻呼老辟疆，騷魂合在水雲鄉。三千賓客十千酒，二百年來無此狂。
我醉且眠山竹根，竹風習習吹酒魂。何時却作入林計，及爾同翻老瓦盆。
碧天呼月夜飛觴，酒氣淋漓三日香。第一醉鄉誰占得，傲他林下十分狂。

别離廟 并序　同上

李耀曾

别離廟乃國初時女冠吴輝宗所居。輝宗，長洲人，名琪，字蕊仙，有詩才，方

伯吴挺庵孫女，適管予嘉。夫死，避亂至如皋，與閨秀范洛仙、周羽步相倡和，晚依女史宗芳，老於此廟。冒巢民率同人過訪，題其廟曰別離。所傳詩多幽秀愁怨。

別離廟，春禽叫。不見當日如花人，但見今日花含笑。春花有時落復開，玉顔一去難重來。衹今荒烟蔓草最深處，愁魂猶望姑蘇臺。黄冠羽帔遠遊屨，海上千年述流寓。日長何不誦《黄庭》，空叠花前咏愁句。回思身世感茫茫，野鳥幽花送夕陽。請看今日別離廟，傳語神仙總斷腸。

懷樸巢故址 如皋縣志

宗兆寧

一代遺民四海交，詞場到處問雲坳。冥鴻心事隨流水，放鶴山林認樸巢。藝苑飈馳行地遠，名流星聚本天教。低回不忍輕歸去，幾處鐘聲月下敲。

水繪園 同上

顧　瀛

禊日華筵水繪居，傾都名士顧厨餘。一從烏帽王郎至，四座春風總不如。

水繪園 同上

彭倚華

天間佳境小三吾，花嶼紅橋儼畫圖。想見朱王脩禊日，好詩還讓邵潜夫。
寶彝小閣剩徘徊，甲煎香凝一縷開。更有越甌新試水，魁官昨日送茶來。
江南江北路悠悠，心字燒殘思未休。可恨無情阮司馬，累他孤負染香樓。
零落游絲燕麥垂，雙橈天鏡冷河湄。巢邊剩有彎腰樹，烏雀黄昏空自悲。

冒巢民先生還樸齋樸樹歌 同上

江大鍵

巢民先生有兩樸，樸巢之樸毁已久。晚年還樸齋頭樹，蔽日參天風怒吼。雲散風流五十年，此物僅能垂不朽。烏衣巷冷爨烟稀，更無樓榭摧薪槱。盤銅拗鐵若有神，風霜不蝕蛟龍守。憶昔摩娑憇樹旁，四方名士争趨走。自稱獨樹老夫家，不忘先澤高曾手。樹木今爲人愛惜，他人入室公何有？

題水繪園 如皋縣續志

沈　慤

一代騷壇主，千秋廢苑存。蒼烟澹喬木，荒月照詩魂。勝地真難狀，寒泉薦子孫。即今圖畫裏，負郭不成村。

題水繪園 同上

蔣金和

雉皋城頭衰草霜，天寒木葉飛空塘。居人尚識冒家墅，青青野菜黄泥墻。冒家奕葉聲華盛，淮南甲第連雲峻。先人風節著三朝，公子才名傾八俊。中原烽火正黏天，江表衣冠尚晏然。湖海每留豪士飲，鶯花曾識太平年。秦淮簫鼓寒流水，鐙紅酒緑悲歌起。家運衰時國運終，黨人錮後才人死。白頭老父返郊居，敗紙零星刺血書。松菊依然鄉井在，湖山無恙劫灰餘。故園花木重蒐輯，楚王宫枕殘霞碧。綉渚芙蓉秋水庵，畫堤楊柳春風宅。玉女蓮花割數峰，雕甍翠柱簇房櫳。蝦簾晝捲文珠碧，鳳蠟宵懸火齊紅。媌娥二八青娥侍，徵歌選藝聯朋輩。擁帚能爲陶穀姬，吟詩便是康成婢。陳郎才調太流離，少日青衫一卷詞。解使阿雲慰岑寂，癡情兒女老夫知。閉門從此先生老，悽涼忍復談天寶。風月重逢全盛時，烟雲仍畫飄零稿。百年棋局小滄桑，易主園林意暗傷。香火緣深留破衲，雲鬟影散賸空床。匿峰廬下苔花緑，舊巢不認門前樸。南郡悲風種白楊，西田暮雨哀黄菊。君不見，咏懷堂廢夕陽幽，《燕子》《春鐙》瑟部愁。莫唱影梅庵樂府，月明孤鶴海西頭。

三月三日集水繪園 蓮因集

楊長年

三月三日上巳時，水繪庵中花滿枝。後賢重開修禊宴，今日猶見巢民詩。采花盛之金絡索，吹竹雜以玉參差。燕子依然尋舊主，飛飛常伴洗鉢池。

春暮經水繪園故址 同上

施　峻

古樸巢安在？經過日已斜。空留名士地，半屬老僧家。緑浄當門水，紅餘隔樹花。殷勤問田父，輸爾種桑麻。

人日新霽，與月亭登水明樓，望水繪園故址 同上

施　竣

東風偏峭寒，雲起一天翳。况復多春陰，吾心已如醉。欣逢人日佳，疏拙户深閉。忽有詩朋來，探梅愜吾意。天機不可測，欲雨驟然霽。静極古招提，登樓望無際。因何久未到，重倚客懷遂。太息名園荒，空尋斷碑字。鉢池今尚存，休問昔年事。自在老僧家，凄凉名士地。興衰亦偶然，何必(隨)[墮]雙淚？

三月三日集水繪園 同上

楊得春

江國重脩禊事時，桃花紅出一枝枝。園亭水繪三分地，絲竹漁洋七字詩。黛閣久荒金屈戌，紅樓誰唱玉參差。不知春水干何事，吹縐東風緑滿池。

水繪園懷古 同上

胡連耀

公子聲華動九州，荒園流水自千秋。幾人姓字慚青史，一代滄桑嘆白頭。鉤黨無心傳俊及，笙歌何礙作巢由？雄名不爲交游重，才大門高第一流。
鍾山王氣已蕭然，故國殘棋絶可憐。新政風流惟進曲，美人漂泊半逃禪。烟花主客烏衣夢，優孟衣冠蟻穴天。留得覆巢完卵在，海濱風月尚無邊。
畫堂春滿綺筵開，錦瑟銀箏伴舉杯。名士干雲懷璧去，郵筒如雨送詩來。瓊閨仙侍三姝媚，蓮幕詞人八斗才。清福如斯兼綺福，知公端不羨蓬萊。
我來仍向壞欄憑，絶代湖山感不勝。堂燕如談亡國恨，庵梅似識在家僧。鉢池波渺聞漁笛，湘閣烟寒上佛燈。爲有當時遺老淚，殘膏剩墨寫吴綾。

水繪園 同上

袁　高

水繪冒公子，奇才四海知。春燈人勸酒，夜月鬼談詩。小隱湘中閣，清流洗鉢池。至今遺迹在，徙倚感當時。

書冒辟疆同人集 補學軒詩集

鄭獻甫

詩編偶閲《同人集》，詞客多爲異代官。箕潁以來忘世易，滄桑之際置身難。琴尊北海窮文舉，絲竹東山老謝安。一咏一觴常事耳，末流憐爾亦登壇。

紅羊黑劫誰能免？白馬清流數特奇。九秩壽高徵士録，八厨名重黨人碑。歡悲有伴傷蠻素，倡和無情厭陸皮。遺老已亡遺構盡，樸巢留得小孫枝。集係其裔孫重刊。

宣統辛亥三月十五日，雨中冒鶴亭京卿集同人於夕照寺，爲巢民先生作生日。雨止，出游馮益都萬柳堂故址，歸途經明袁元素大將軍墓下，鶴亭囑爲製圖 後同人集

林　紓

如皋先生禮陽羨，年年定惠齋中元。今朝稍復仿此例，主人乃即如皋孫。萬曆辛亥公生日，三百年所俄朝昏。老鶴通贍得祖硯，直從水繪探詩源。壞堂咫尺説萬柳，稽摭前事鬚眉軒。野雲消歇益都襲，彼此攘奪如争墩。雨餘躡屐趣廊廡，倡條四五低頽垣。積陰聯畝矗孤塔，野水數曲環窮村。回思三月湘中閣，垂垂萬縷摇微暄。當時簪笏重遺老，龔陳沈趙恒臨存。先生抑抑念勝國，三十以後潛田園。朱明標季政顛倒，長城先壞熊與袁。梟轘東莞尤蛆酷，引妖就瞑成艱屯。斷墳殘碣邇夕照，同龕祀合招忠魂。祭罷聯鑣犯泥潦，瞑色咸睇城東門。

三月十五日，鶴亭京卿招同人集夕照寺，拜巢民先生生日 同上

曾習經

桃葉衣冠初結社，問年三百風中馬。一春陰雨罕逢晴，瓣香蕭寺從悲咤。冒生舊是文章裔，折簡邀朋置杯斝。當時水繪盛賓客，聞風色動況親炙。千場歌舞想平生，一老東南揞風雅。只今轍迹久如埽，極目江河真日下。品覈裁量兩無用，莫唶朝唏徒自

詫。縱談遺事致惋慨,略遣詞流供慰籍。僧寮冒雨有何好,歸路春泥行没輠。固知猶是聲氣事,誰信能無僮僕訝。終當萬事不挂眼,一醉千憂聊可寫。漠漠吹花滿四隣,依依風柳摇臺榭。皇天會有晴霽時,散策春林觀物化。

又 同上

温　肅

晚明公子盛東南,宜興雪苑與公三。復社東林事則已,文章煙月照江潭。江潭春雨逼清明,却從北地拜公生。公生距今三百載,甲子循環五辛亥。溯從萬曆訖崇禎,玉步卅年猶未改。綺歲陸機擅賦才,清門曹霸饒文采。等閑鉤黨起纖兒,屈指清流幾人在。桑海經來事更非,杜門卻掃返初衣。吟來朱嘴魂誰祭?寫到殘山淚幾揮。往事興亡忍回首,拜公遺像觴公酒。翻思射雉故山頭,水繪園荒今在否?萬樹影梅庵裏花,幾株洗鉢池邊柳。一從翰墨染餘芬,悴葉零柯俱不朽。萬柳堂高鄰咫尺,益都别業留陳迹。惜公北遊未到燕,薦書不就詞科辟。當年此地集徵車,竹垞西河均莫逆。倘從地下論交期,應起伽陵澆醉魄。綺語漁洋尚記無,紫雲低唱靈雛拍。諸老風流那復存,公詩誰嗣有詩孫。輕紈墨妙開遺篋,小印朱絲認舊痕。舊物摩挲良足寶,傷心我亦同懷抱。名家晚節古來難,夕照山門無限好。

又 同上

羅惇曧

清明例出郊,携客荒阡吊。督師我同郡,祭日冠蓋繞。言尋萬柳堂,便道叩夕照。兹來三月半,七日已兩到。雨歇樹含光,葦浄緑如膏。主人水繪孫,人與水繪肖。難得生同日,對客每自燿。畫壁賞高松,迂徑避深淖。拈花存廢榜,一衲親破竈。我携督師像,天人玉爲貌。大明一坏土,萬古如嶺嶠。群公吊古意,併作幽尋料。藉此答春光，安用譚嵩少？是日趙堯生、胡漱唐兩侍御均游嵩山未歸。後約積水潭，詩篇容互較。

又 同上

林思進

復社聲名四公子，諸孫俊雅一時才。當年勝事湘中閣，此日清流夕照杯。薊北春寒猶凍雨，江南花發早成堆。憑君莫話興亡恨，堂棟燒殘萬柳摧。

又 同上

梁鴻志

遺老英靈骨全朽，三百年來算誰壽。京卿與先生同日生。鈍宧好客今辟疆，豔説同生薦春酒。宣南萬柳近成髡，莫問揚州水繪園。年來屢失蓬萊股，腸斷前朝杜宇魂。

鶴亭京卿與其遠祖巢民先生皆以三月十五日生，是日，招集夕照寺，孝胥新病起未至，翌日補作 同上

鄭孝胥

鶴歸三百期不失，親與巢民作生日。分明收取舊才名，異世風流儻相匹。風雨連朝花漸稀，閉門病起報春歸。遼東劫急何人見？我亦人間丁令威。

鶴亭京卿與巢民先生同日生，辛亥三月十五日，招集同人於夕照寺，余時方遊嵩山，歸索詩補祝 同上

趙　熙

冒生鈍宦尤鈍宦，半世長安抱詩卷。所交名士半天下，一官老坐如皋館。口談國故不嫌貧，水瀉千瓶珠一貫。架中一一國朝集，叢叢馬迹蛛絲亂。徐拈禿筆細訂之，老妻旁紉綫將斷。人云夜以書作枕，取便小君一牀看。典衣買得洗桐圖，手製小詩爲傳讚。説士津津乎有味，四十老夫何灌灌？嶺南瘦公好事者，謂子撚鬚毋乃謾。偶對花枝自嫌老，顧影三薰復三盥。夜夜香匳充僕役，朝來自詡眠珠幔。此語傳人我亦信，筆筆彈文箭鋒悍。君家巢民古遺宿，奇哉與子生同旦。康成小同故事佳，或舉前身助詩案。人生歷劫想亦然，如雪自團忽自散。萬柳堂邊作詩社，是時我在嵩陽觀。置身事外宜可免，浄業今游期日旰。胡爲一札等追逋，壽詩例取生平按。詩中忘紀壽之辰，白日當天三月半。

三月十五日，雨中集夕照寺，拜先巢民先生生日，因過萬柳堂及袁督師墓，仿漁洋脩禊水繪園體，即席成十章 小三吾亭詩

冒廣生

鳳城三月春將暮，討春共向城東路。堂堂白日去苦多，有約肯爲風雨誤。長恨花時不見花，一面對酒一咨嗟。連陰漸覺足春意，桃李紛紛楊柳芽。

前年欲過萬柳堂，回車敗興空徬徨。今年垂柳似待我，故作嬝娜隨風長。寺僧閉關守岑寂，經年不見游人迹。怪我剥啄來叩門，便煮山泉爲留客。

畏廬畫手今漁山，爲我尺幅摹荆關。林琴南作圖。白頭閣學陳弢庵。更好事，脂車未肯遲珊珊。須臾裙屐座間滿，袖中各出新詩本。化作淵淵金石聲，何必彈箏兼擘阮？

三百年前水繪園，此時拓戟開金尊。巢民先生生萬曆辛亥，今宣統辛亥，恰三百年。紫雲歌板

靈雞扇，要使座客銷心魂。悠悠萬事皆如水，今日揚州明月死。誰見當時龔孝升，松間醉寫研光紙。先生三十以後，一意蟬蜕，舉博學鴻詞、山林隱逸，俱不就，故生平未一至京師。惟六十歲時，龔端毅公方典禮闈，謂先生子穀梁曰："而翁五十壽文，吴梅村作。今六十壽文，非我不可，非我而翁必不以爲可。"因於出闈日，集程周量、譚灌湘諸名士於慈仁寺松下，置酒書屏，至丙夜，遣飛騎送至如皋。

徵君墨妙稱無雙，長箋四壁縱横張。旁人嘖嘖交口羨，八十老翁精力强。玲瓏小印綢繆字，印人歲月猶能記。染香閣子枕煙亭，儻作長歌貽好事。是日，懸先生小象及手書於四壁，又出戴无忝爲先生所作小印，及許實夫爲先生姬人所作小印，座客傳觀。染香閣、枕煙亭，皆印文也。

吁嗟我生逢百六，墮地男兒先解哭。常州未買東坡田，易水空悲漸離筑。諸君相遇同新亭，且可飲酒師劉伶。未來過去不可説，一數檻外花冥冥。先生殁於康熙癸酉，余生同治癸酉，均以三月十五日生。

眼明忽見陳松松，虚堂風雨生蛟龍。安昆寫賦字椀大，腕有董鬼非凡工。寺有乾隆間陳松畫壁五松，及王安昆書沈約《高松賦》。静觀堂空餘瓦礫，我欲從之無禹迹。左安門外宏善寺、静觀堂，舊有禹之鼎畫壁，今毁。分付闍黎買碧紗，此是乾隆舊時物。

益都風流不可當，留髡東閣一千場。英靈詞客未應泯，往往詩唱秋墳旁。野雲畫圖伯元筆，强作謝墩未爲失。無人爲弔石司農，麥飯年年寒食節。益都故後，堂歸石侍郎，石始舍爲寺。寺東有御書樓，樓上石刻皆仁廟賜石侍郎物也。

觥觥督師人中龍，翦翦秋水雙神瞳。萇宏舊血化碧盡，袍色尚作殷殷紅。今日横刀誰健者，有酒便應澆墓下。家居從古壞纖兒，使我悲懷淚鉛瀉。是日，粤人攜袁督師畫象來，因過其墓。

趙香宋胡瘦棠不歸嵩山阿，鄭君蘇堪伏處因微疴。陳石遺曾剛甫阻雨最後至，呼燈便醉金叵羅。酒酣各各揮犀麈，聽話昇平舊歌舞。歸來城上月濛□，城下楊枝猶帶雨。

冒鶴亭先生出示巢民先生菊飲詩卷，爲賦長句 後同人集

陳　詩

涼秋九月天雨霜，徑過逆旅登君堂。晨曦射牖照鼾卧，邯鄲夢破炊黄粱。翩然入座恣譚笑，示我秘册驚琳瑯。縱横卷軸粲在眼，輒誇此福非尋常。就中一軸獨奇古，墨花黯澹餘芬芳。巢民先生舊詩卷，持杯正對籬花黄。頭童齒豁困寒餓，彭澤晚節同慨

慷。曩時意氣小天下，群士走集如雲翔。百萬散盡不足道，竄名黨籍爲逋亡。漢家青史紀任俠，直須列傳齊原嘗。百年烽燧照江滸，典籍一炬侔咸陽。先生此卷竟完好，翔鸞妙迹追張王。靈鶼市義頓反璧，此卷爲江建郝京卿舊藏，以歸於君。問價奚止秦城償。冷香繪師好奇者，寫生妙筆神洋洋。金冷香山人爲補圖。角巾野服意閑暇，此中人世疑羲皇。願君實此億萬劫，龍威呵護名山藏。狂歌變徵淚沾臆，落日弔古天蒼凉。河山陳迹勿復論，咄嗟東海能栽桑。

題巢民先生菊飲倡和詩卷，用卷中和董使君韻二首 同上

范當世

東林復社去堂堂，水繪亭臺亦已荒。十世頓成來復象，鶴亭自喜以巢民復生，不獨時勢同也。千秋徒爲後人狂。身前横被諸艱試，地下應無滴酒嘗。要語鶴亭還自逸，老夫專以醉爲鄉。

一卷晞嘘紙上塵，江郎情態與成陳。神州赤縣猶鉤黨，晚節黄華孰替人。世不唐虞誰洗淚，士非回憲總羞貧。洪流謝極知何似，海色天光日日新。

又 同上

程頌萬

卷幔秋心黯草堂，陶公閑醉阮公狂。百年老去有詩卷，四海歸來非故鄉。霜澀擁幮嫌酒薄，風强掃徑畏年荒。江山文藻都銷歇，曾説豪情比孟嘗。

靈鶼小印墨籠塵，返璧年時哭故人。劫外龍孫護文采，奩中鴛侶伴清貧。雉皋池館秋如昨，燕子河山迹已陳。展卷金門話桑海，一番朝市未全新。

又 同上

吴保初

逃名淮海似投荒，惆悵東皋舊草堂。蟒蟪光陰閑裏過，屠沽風味客中嘗。沅蘭湘芷思公子，縱酒酣歌類古狂。人世宛然同一夢，獨驚栖泊在他鄉。
水繪靈鶼墨尚新，百年遺事了如塵。風流定爾推先輩，身世還堪感後人。見説揮金長結客，最難委巷老耽貧。甘陵黨部多才俊，隣笛山陽迹未陳。

又 同上

夏敬觀

莽莽高天意再荒，窮秋風露到蕪堂。即今來復真成讖，漫欲招魂恣所嘗。殘菊何心叢涕淚，故山披髮事佯狂。獨嗟賃廡屠沽側，等與巢翁共井鄉。
羲農綿邈世彌新，一卷今能實蠹塵。私史感書文字獄，夢華悽弔市朝人。兵戈滿眼方投老，薇蕨充車莫療貧。黨論但聞尊復社，誰持風義匹侯陳。

又 同上

諸宗元

柴桑笠澤志何荒，寥寂東籬伴野堂。喬木百年存牒記，寒泉一綫薦烝嘗。未應託興人間世，苦遣哦詩局後狂。忍負秋光豈常語，耄年雪涕老江鄉。
長卷親題墨尚新，不教蕹駒劫中塵。甲申以後無佳日，淮海之間賸逸人。紀事書年成可憶，有花對客豈長貧？獨嗟地動河翻日，披髮難爲帝座陳。

鶴亭孝廉相遇滬上，出示巢民先生菊飲倡和詩卷。是時，恒齋自江陰來，趍齋自吴來，季直越日當自通州來，置酒客邸，話舊致樂，而胸臆炳炳，不能無聚散之感，悲念逝者，彌怛心神，念戊歲初冬，與靈鶼相見于心雲廙樓，閲畫移晷，悄然無一語。次日别去，情狀在目前，而墓草再宿矣。撫卷慨然，不知所云，因用菊飲後二首韻，題記呈教 同上

沈曾植

閑居元自惜秋光，賴遣朋樽對物芳。病客支離還命酒，神娥佳俠與添裝。鬱然懷抱向霜夜，何處江湖安筆床？莫話古藤陰下事，淚痕悽浥鵠綾香。
客帆歷落雁鴻度，噩夢蒼涼露電如。破壞大風非一相，涅槃身世故無餘。水天閑話生何賴？翰墨前緣記未疏。尊重冒家詩卷子，明年燕市要重書。

又 同上

文廷式

有客蕭然感逝光，水邊籬下惜芬芳。久同皁帽稱遺老，爲愛黄絁近道妝。陶令《停雲》還憶友，少陵漏雨欲移床。寂寥二百年間事，留與君家翰墨香。
良朋相贈等瓊琚，兩度滄桑事久如。漫擬亡弓仍楚得，可憐獲璧是秦餘。山陽聞笛心多感，漢上題襟意已疎。余於丁酉、戊戌兩遇建霞於吴楚間。己亥，復遇於滬上。三載杳然成一夢，那堪重答秣陵書？

又 同上

易順鼎

西風無淚灑宏光，投老東籬伴冷芳。佳客白衣誰送酒，美人黄土罷催妝。寒松瘦菊陶潛徑，落葉狂花庾信牀。莫道豪華貴公子，千秋晚節獨留香。
董姬已學朝雲化，合有孤亭號六如。勝國江山斜照裏，舊家文物劫灰餘。靈鶼閣下春波冷，射雉城邊古木疏。傾蓋論交還讀畫，一般惆悵秣陵書。

題冒鶴亭所藏先世巢民先生菊飲倡和詩卷 同上

吴士鑑

芳懷鄭重付深卮，夕擥朝搴有所思。一代才名王宋上，千秋文藻順康時。鬢絲禪榻中年感，憶語梅庵本事詩。賓從寂寥吟卷在，遏雲想像聽楊枝。

又 同上

王存善

嵋山故老風流在，舊卷仍歸水繪藏。江令留傳成宿草，遺民諷咏説滄桑。四家名籍南都盛。十世幽花晚節香。今日虞淵又沈没，忍揩清淚對斜陽。
每從冷醉發閑唫，惆悵題詩意不禁。鉤黨才名傾故國，煩寃身世寫秋心。匆匆顛草殊飛動，莽莽神州更陸沈。悽絶卷還剛末日，紀年此後祗辛壬。今年辛亥，明年壬子，過立春纔七日耳。

又 同上

宋伯魯

懺綺猶耽酒,看花不計年。羞將貧病骨,重使故人憐。藤卧三吾榭,春荒六憶篇。風流羡賢裔,題躞至今傳。

又 同上

梁鼎芬

花事如何到此窮,溪園九日有清風。菊苗可以供齋料,換取囊茶醒酒翁。
百年雖饗風飄還,六子驂鸞于某山。謂逢霞、恒齊、道希、西蠡、敬甫、鮮厂。拍手笑予無寤夢,要詩鐫肺酒催顔。
一時韵事靈鶼閣,後輩才名水繪孫。花面自黄人髮白,看花已過十年尊。

又 同上

徐 琪

趨庭曾訪名園勝,裙屐難忘舊日豪。卌載倍添親舍感,白雲深處望東皋。琪幼隨先人居珂里七年,今先塋俱在城東秦家巷。
少年俠氣冠詞場,老去東籬已漸荒。留得寒香對尊酒,白頭猶自爲花忙。
相如能返連城璧,長吉先成白玉樓。寄語龍孫好珍重,交情翰墨各千秋。

又 同上

何乃瑩

靈鶼已逐雲飛去，建翜閣名靈鶼。水繪空留舊日園。二百年來一彈指，霜天瘦菊夢留痕。

一棹兒時泛雉皋，揚州回首愴蓬蒿。五朝人盼昇平世，秋圃黄花月正高。余生於道光乙己，歷五朝矣。幼居揚州，咸豐三年，曾避地如皋。

綺羅金谷豔芳春，詩酒天涯若比鄰。公子豪華吾不羡，羡公書畫有傳人。鶴亭輯公年譜，並刻先德所著書。

吉光片羽落人間，何日明珠合浦還。此事足傳千古否，也如一種米家山。建翜語友人云："此事身後足傳否？"

杖履翛然但咏詩，霜天酬唱酒盈卮。松窗我亦清如水，神往先生八十時。余亦有《菊天嘯咏》卷。

又 同上

莫　棠

詩人窮老栽三徑，太史藏珍託後賢。此事足傳竟成讖，重來悽絶孝廉船。贈卷時，京卿問坐客曰："吾此事足傳否？"鶴亭述其言，再題拙句記之。

又 同上

吴用威

中年張儉家曾破，晚歲陶潛徑已荒。賴有詩心未寥落，滿腔秋意鬱清商。

射雉城邊艤畫橈，尋春偏值雨瀟瀟。鉢池恨爾明如鏡，歷歷興亡照勝朝。

又 同上

沈恩孚

水繪遺風今未歇，靈鶼舊恨不堪尋。珠還合浦偏多感，生死交情底樣深。

又 同上

吴慶坻

南朝文物飄零盡，寂歷秋花供醉哦。懺綺餘情學陶謝，不須重唱定風波。
餐英雅尚託靈均，蕙圃栽花畚臿親。湘草湘波愁望極，又逢新歲感陳人。長沙學署後蕙圃，建霞所作，余稍稍葺治，莳菊百餘本。重來蕙圃看栽花，余舊句也。
才調京卿絶代無，風流合繼小三吾。夢華一卷東京録，補入柴桑入畫圖。鶴亭京卿留滯都門，可念也。

又 同上

陳三立

花光閲世又殘秋，舉目河山無此流。獨向冥冥呼醉俠，伴彈老眼灑神州。
一吟一酌蹉跎了，國故門風三百年。起指九天薦寒菊，緜緜神理與誰傳。

又 同上

樊增祥

恁風流、晚香身世，南都遺老如在。一籬水繪秋花影，肯與香山俱買。彭澤宰。把薇蕨餘生，別立餐英派。幽芳任采。便以菊方蘭，將諍當畫，香出所南外。　桑田變，三百餘年滄海。弘光宣統同慨。欲消此酒知何物，最後南唐一蟹。緣不解。看趙璧荊弓，來去多靈怪。河山又改。嘆遼鶴歸來，靈鵝不見，空讀瞎牛畫。《摸魚子》

題冒巢民先生畫 同上

程頌萬

客歲養疴里門，購得巢民先生畫幅，滄江古木，一亭一橋，筆氣蒼渾，如有興亡之慨。自題詩曰："無主茆亭傍水隈，環江曉霧接天開。舊游徑向叢蕪認，前度人疑隔世來。雲樹經秋如病鶴，石橋咽浪急奔雷。最憐衰草殘陽裏，牽引江南庾信哀。"此畫傖估刻水繪園印以實之，極劣。又"徑向"之"向"字謬加一直畫，爲兩字，而以"徑"爲"經"。初不得其故，諦觀彌日，剔去向字中畫濃墨，并削是印，得還真面，喜不自勝，因和題一首。鶴亭方裒集先世叢書，因附記秘篋所獲，爲先德增一故事云。

新亭秋色接江隈，曉樹城闉射雉開。劫外乾坤雙鬢短，尊前江海幾人來。巖腰屐路埋雲脚，澗底琴聲轉瀑雷。三百年來見豪素，故家喬木有餘哀。

去歲作明季諸君咏，巢民徵君忠孝文章，獨爲心折。其裔孫鶴亭孝廉今之東海秀影也，邂逅吴市，書以贈之 後同人集

俞陛雲

水繪園邊打槳過，盈盈桃葉怨微波。影梅綺語丁簾夢，横竹名姬子夜歌。兵火餘生肝膽在，江山奇氣亂離多。偉元風木無窮感，白髮燈前寫蓼莪。

偶於市中購得冒巢民爲清漪上人所畫横幅，即題其後 楞華室詞

沈世良

溪藤小幨，是香温茶熟，興酣揮就。短檻回廊春曲録，有地儘栽楊柳。選樹鶯嘑，定巢燕去，十頃風漪皺。蘼蕪望遠，緑陰濃上襟袖。　想見白社留僧，紅絲洗研，妙擅荆關手。鈿軸飄零頻閲世，粉墨模糊非舊。水繪園荒，湘中閣圮，往事銷沈久。影梅窗下，一枝還似人瘦。《壺中天》

題水繪園書畫合璧册子 冒巢民楷書醉翁亭記，董小宛楷書喜雨亭記，蔡女羅、金曉珠折枝草蟲各四幀。二雲詞

況周頤

又銷殘、湖山金粉，舊家文物餘幾。中琴小瑟三姝媚，占斷才情佳麗。并平四美。最僥

倖，檀奴鳳紙銀鉤字。行閑畫裹、認公子烏衣，佳人翠袖，筆妙各遺世。　　珊瑚網，合補茗華名氏。粲兮天與明慧。東皋無恙嬋娟月，曾見緑窗清事。鬟倚翠，問捧硯、湄蘭學得夫人未。小宛侍兒扣扣，姓吴氏，名湄蘭，字湘逸，真州人。十三四能誦《文選》、杜詩，正解《晋書》意義。蚤卒，陳其年爲之傳。春華逝水。悵覆緑亭荒，畫幀有"覆緑亭"方印。影梅盦冷，誰續玉臺史。

從諸公冒園讌會詩[①] 江蘇詩徵

顔光祚

藴玉非一山，潛珠非一淵。志士期大業，粹美在群賢。濟濟名園會，翳翳春雲還。柔條敷以榮，遊鱗明且鮮。何况在野人，置酒列綺筵。拳石既云美，小山亦有泉。顧步眩流景，振衣生紫烟。興言互激越，醉舞各仙仙。應劉不足陳，屈賈有其愆。同心齊所願，幽憤亦既宣。顧念雙飛龍，天路有迍邅。愧此蠖屈人，尺水自安然。誰云歡在朝，長夜悲撫絃。何如托衡門，繁翰寄斯篇。

秋晚曲江讌集，聽冒辟彊侍兒度曲限韻 同上

易　東

緑尊今夕感流年，白袷蕭條江海前。雄劍星文侵草閣，寒香露色上花鈿。佳人晚拾金堤翠，彩鳳春栖碧樹烟。明月不來人自醉，狂歌欲問酒中仙。

① 原文有注曰："此四首已入《同人集補》。"

金陵逢辟疆大會，即席賦贈 同上

周積賢

龍盤虎踞古京華，江左烏衣舊世家。綺閣乍分歌扇影，白題新試舞行斜。浮杯夜醉秦淮水，攬轡秋看杜曲花。欲賦驪駒重惜別，鳳城分手又天涯。

寓冒巢民先生水繪園 同上

李　蘭

園扉寂静平橋接，籬逕紆回夏屋開。半壁奇峰偏映户，一溪寒水自侵臺。黄鸝坐樹遲遲囀，翠鳥窺魚數數來。累日炎蒸消欲盡，幾多風月好徘徊。

寄題冒巢民水繪圖 同上

祝善久

無數黄鸝飛碧烟，故人精舍隔江天。相思漸逐春流遠，直到桃花古岸邊。

冒辟疆輓詩 同上

黄國袍

前夜江城隕少微，驚聞鄉曲哲人萎。東山久繫蒼生望，北闕新承聖主知。一代科名歸勝國，千秋鈎黨續殘碑。慚余病卧荒村外，涕淚臨風奠酒巵。

過水繪園分韻 同上

黄　理

得得長堤似水村，依然水繪舊園門。荒城此地稱名勝，别業誰家到子孫。一代清流鈎黨重，千秋風節逸民尊。只今數畝留遺址，蔓草寒烟總莫論。

風流如見柳毵毵，一曲雲郎酒半酣。手散黄金猶結客，生傷白首已爲庵。冒巢民徵君晚年與緇侶遊，曰："我來是客僧爲主。"遂更園爲庵。坫壇寂寞吟聲斷，泉石蕭疎畫意含。雅有揚州伊太守墨卿，去年憑弔遠停驂。

水繪園懷冒辟疆先生 少山詩鈔

李　琪

公子西園負盛名，漢廷俊及數東京。中原結客黄金盡，四海傷心白髮生。菟圃終焉甘卧疾，蘭亭已矣見交情。門前羅雀無人問，落日蒼茫射雉城。

水繪園訪舊爲商丘陳藕農公子 炳賦 藕農，其年檢討五世孫，伯恭司寇子也。少山詩鈔

李　琪

習家池上乳鴉飛，衛尉園中蝴蝶稀。自古斜陽容易夕，忍從巷口問烏衣。
樸巢公子昔時豪，賓主東南盡俊髦。聞説髯翁稱上客，故人親爲著綈袍。
意氣相傾動一時，郁知日月苦奔馳。巢民大去雲郎老，剩有燈前怊悵詞。檢討有《别雲郎怊悵詞》十首。
珂峨大艑紫驊騮，此日王孫訪舊游。洗缽池頭修禊水，蕭蕭無奈是殘秋。

水繪園續修禊 咏蘭軒詩稿

汪　棨

名流會合動闗天，電火光中二百年。洗缽池頭春水長，一回凝睇一留連。
水檻山窗迹已非，碧桃如舊逞芳菲。流鶯記得當年事，唤住游人不放歸。
鶱鷺雪羽起衝波，沙尾蜻蜓掉槳過。風水相遭天籟發，中央欸乃一聲歌。
我輩何曾有不祥，也來禊祭學流觴。浯溪九折花千片，試掬殘紅水亦香。
櫻厨紅映碧琉璃，堈面仍傾玉練槌。行酒漫援金谷例，老顛攔入亦成詩。
迦陵盛藻迄今存，亦史瑰才未易論。且喜同人呼輒到，更無後至杜茶村。
詩家宗匠數漁洋，島佛前頭一瓣香。欲效邯鄲愁失步，幾番擱筆費商量。
壁間詩碣未模糊，艷説漁洋剖郡符。按部東皋能枉駕，步行來拜邵潛夫。

爲辟疆曾姪孫賦花燭 幽居草

冒愈昌

婚姻周禮候，讌賞百花朝。衣映金爲縷，音和玉是簫。南國誇雙美，名場敢自驕。仍看藜火下，相對可憐宵。

楊辛甫憶影梅庵 太鶴山人集

端木國瑚

我聞水繪園，主人勞六憶。不見古辟疆，憶此有何極。早時影梅庵，已照空中色。桃花一時休，便是青蕪國。有客蒼涼遊，經過重悽惻。翠羽夢有聲，美人魂無力。顧影剩一枝，荒江惟水墨。歲暮香草心，煙外何人識？更有碧落廬，天寒尋不得。

先巢民徵君滋蘭軒圖册爲鄧孝先題

冒廣生

圖凡三幀，第一幀爲姜實節畫，第二幀爲傅山畫，第三幀爲金夫人畫。次附宋拓米老《蘭花帖》，帖内有徵君及蔡、金兩夫人印。次附楊文驄、劉原起墨蘭各一幀。

榜書文敏致爲難，奕世猶疑墨未乾。自是衰門多掌故，有軒煩爾補滋蘭。權關五年，僅以全力復先巢民徵君故宅，宅有董文敏榜書“得全堂”，金漆如新。滋蘭軒，不見本集及家乘，舊所未聞，它日當名吾軒。得全堂南有小樓,爲陳其年舊宿處。其年集中有詩,擬名陳樓,歸當與滋蘭軒各製扁額也。

打本流傳寶米顛,硬黄帖子翠痕鮮。義熙甲子無從考,想是蘭言削藁年。諸圖皆不署年月;然蔡夫人以康熙四年乙巳三月來歸,時王貽上方修禊如皋,以輿馬鼓樂爲導,見杜茶村所賦《花燭詞》注。金夫人來歸又在蔡後數年。此圖當作於康熙十年左右。徵君所著《蘭言》,刻《昭代叢書》中。其書亦成於康熙間,手稿今歸余,順德鄧秋枚爲作緣。

姜傅丹青絶世才,不妨鼎足到妝臺。篋中檢得楊劉稿,合璧裝潢付後來。初疑蔡、金兩夫人歸日,楊龍友早已殉節,不應尚有其畫。而畫真,字真,印章真。後乃悟姜傅金所作,皆滋蘭軒圖,楊、劉所作,則僅墨蘭。必付裝時偶檢舊時投贈附後,故其次在金夫人畫後,更在《蘭花帖》後也。

紅蘭萎露愴多時,暖老閨中有畫師。小印綢繆吾解認,堂堂戴許兩冰斯。"見蘭之受露,感人之離思",吴姬扣扣致徵君書中語,見陳其年所作《扣扣傳》中。董、吴皆逝,蔡、金始先後來歸,時徵君五十歲外矣。《蘭花帖》中,徵君名號印及真賞、鑑藏兩印,皆戴務旃作。金夫人名號印,許實夫作。實夫名容,如皋人,朱竹垞曾爲其作《韞光樓印譜序》。務旃名本孝,和州戴重之子,號鷹阿山樵,知之者多。諸印今均藏余家,惟蔡含一印未見。

題金少坡畫贈水繪園箑子 續同人集

東臺 徐鳳臺欽泉

文人之園繪以水,畫工之畫繪以紙。將水繪向紙上來,繪以傳繪妙備矣。金子少坡繪事優,臨繪最喜述鄉里。當時鄉有水繪園,經營造自佳公子。翩翩濁世擅聲華,闕閱以外更築此。一樓一閣極奇觀,一泉一石具妙體。高隣雉水百雉城,下環雉水百水沚。盤盤囷囷繪難成,少坡繪來得其似。朝來開箑見此圖,客云未盡當時美。吾語客意莫苛求,繁華寓在淡泊裏。平泉欲繪繪豈真,金谷欲繪繪難擬。縱加繪工費舖張,愈失園之舊根柢。君不見,詞賦文園托子虚,何必沾沾求實理?

水繪園懷古

同里 沈志善雪竹

潛孝大名垂宇宙,每尋遺址繫神交。幽人餘韵隨流水,太古高風憶有巢。書擬鍾王參變化，詩追李杜共推敲。余生已晚空憑弔，珍重琅函不忍抛。

樸巢 許公祠支譜

許 □

城南不數武，古樸欹水坳。冒氏鄉先輩，因樹構爲巢。居鄰結魚鳥，蔭愛枝柯交。爲材匪樗散，槐國若天教。劈空幻生徑，屋角清風敲。雲烟總在眼，緣木漫相嘲。曲車本奇險，幾度春鶯捎。君字信有合，至理悟懸匏。

祝冒巢民八十 同上

許納陛

粟帛頒來下紫宸，恰逢大耋慶餘春。前朝留得稱遺叟，昭代相傳是逸民。詩畫精研堪養性，管絃細究最怡神。臨風却杖君還健，三月鶯花理釣綸。

冒辟疆招集水繪園兼送陳遜齋歸秣陵 同上

前 人

名園攬勝興無涯，萍梗相逢感髩華。書畫春燈紅燭院，琴箏秋水白雲家。幾年踪迹齊宫柳，隔代蕭條孔苑花。此去月明應悵望，揚州還有玉鉤斜。

佘羽尊移榻匿峰廬 同上

許之男蒲瑞

復此移琴劍,名園一徑斜。幾時仍客夢,何地不天涯。開閣風涼入,披襟樹影加。牢騷且未已,擊筑漫長嗟。

訪水繪園故址遂至雨香庵

吴用威

問訊名園路,經過慰旅情。荒陂春放鴨,高柳曉辭鶯。香梵鼙俱徹,天花雨亦晴。逃禪今始悟,奇想未能平。

如皋懷古 四首之一 八松庵詩集

李　御

半壁龍吟出建康,南歸於此有留良。漢朝名士原非黨,晋代徵君豈是狂。紅袖丹青關氣節,白頭風雨哭文章。捫心八十年間事,繪斷巢空鉢影涼。

拜冒巢民先生墓 同上

李　御

池館名園不一存，披榛深拜墓門前。已無隙土還松柏，空有遺書累子孫。草没石羊秋雨斷，花寒寶劍客星昏。臨風未忍重回首，往事江東已愴魂。

如春八日爲襄孫成冠禮，口占以代醮 逸園吟

冒夢齡

成人始父命，幸玆祖爲政。循禮遵三加，貽謀衍百慶。丈夫志四方，事業未易竟。要之在禔躬，一正罔不正。爲豁況有容，處錞尚無兢。直乃行三代，孝以原百行。滿兮損之招，謙爲德之柄。豪舉而跅弛，難馴詎龍性？究成輕薄子，有識所深病。繄我曁而父，世澤良以盛。爾能振吾武，豈不增輝映？然而非吾願，願以言爲鏡。庶幾鄉里稱，孫佳子復令。

客有爲襄孫賦花燭詩者，余有祖道，和以當規，時二月十有四日 逸園吟

冒夢齡

佳序近花朝，盈門百兩驕。雀屏輝晝錦，花燭艶春宵。漢許金爲屋，秦誇玉是簫。吾家何羨此？椎布賦桃夭。

問年俱十九，才貌恰相宜。合巹忻成禮，催妝競就詩。鳳雛看轉眼，鴻案祝齊眉。男

子飛揚氣，寧耽燕爾私。

而翁持節過，之子結縭歸。褕翟新承寵，絲蘿喜紹徽。雙星窺燕幕，百子綉鴛幃。好事如雲集，相看色欲飛。

樂羊資勸學，諸葛助清心。王格元交愛，關雎豈導淫？乘龍酬厚望，歌鹿待佳音。白首還同貴，寧忘昔委禽。

書花燭詩後 逸園吟

冒夢齡

二月人如花，雙星夜爲燭。嘉賓拈作題，詞藻紛珠玉。阿祖有童心，一一事貂續。或以附贊美，或以寓規勗。相將歌洞房，艷絶陽春曲。佳婦與佳孫，夫非盡人欲。寧知異人姿，不在好裝束。寶樹珊瑚枝，徒然侈繁縟。試問百兩盈，何如百行篤。條風送花氣，流蘇晃朝旭。風日美如斯，好事頻相屬。願畢喜不勝，邀賓醉醽醁。

襄孫又次齋中盆荷乍開，飲而有作 逸園吟

冒夢齡

五月薰風琴上吹，忽驚園盎錦離披。座如南海長承佛，妝比西家不姓施。絶盛無過三日景，重看又是隔年期。且寬酒戒酬花事，漫憶湖頭飽看時。宗兒方在武林。

襄孫赴南畿試，余老矣，不能攜也，詩以送之 逸園吟

冒夢齡

建業秋風上桂枝，譽髦一日滿京師。阿翁已負人倫鑑，之子行膺物色知。月露成文憑變態，風雲作合藉先資。桑弧自信男兒事，九萬從今任所之。

襄孫抱子，適屆三朝，逸園會客，小試湯餅，得"十蒸" 逸園吟

冒夢齡

兩世單傳愧纘承，羨他蕃裔若雲蒸。每思福過殊艱此，詎合揆臨得抱曾。會餅餐從饕腹果，含飴樂比壯年增。一緘西究應狂喜，無厭還期賦螽繩。

並頭茉莉和冒辟疆韻 霞起樓詩集

李之椿

獨立曾空衆麗群，何期並美夜氤氳。魂從姑射山頭合，身向蕊珠宫裏分。雙笑只愁驚伴侣，同心堅誓共夫君。最宜映月新妝好，衣是連環織錦紋。

觀冒巢民家伶演劇 緗秀園詩選

山陽 杜首昌湘草

鄉在温柔處處情，半開花裏聽新鶯。手拈紅豆何從記？留住行雲第幾聲。
臺上仙人引玉簫，碧天飛下鳳凰遥。微波蘸柳香風細，不及氍毹貼舞腰。
綻花紅燭照新粧，瑇瑁筵開錦綉場。醉裏不知身是客，一團軟玉攬温香。
主人到老更風流，只解爲歡不解愁。慣把珍珠亂拋撒，等閑那惜錦纏頭。

臘八日冒辟疆招集邗上聽鸝館 緗秀園詞選

山陽 杜首昌湘草

歲云暮矣，人隔家千里。似此雪地冰天，教那處、聽鸝是。　　醉來山可倚，晚風隨月起。今日不知何日，道臘八、佳辰耳。《霜天曉角》

陳澂之招飲寓齋，出其先少保 于庭、處士 貞慧，暨侯朝宗、吴次尾、冒辟疆諸先民遺迹見示，有感東林舊事，因賦長句 夢樓詩集

王文治

陳生逸才誰比倫，東林鈎黨之子孫。豪情直逼九霄上，健筆群詫萬馬奔。酒酣爲我展縑素，古光照案如彝尊。有明之季天紀亂，茄花委鬼煽禍根。二三君子雖過涉，正氣亦足褫奸魂。君家奇杰萃一門，鳴鳳展翼秋鶴蹲。尚書抗疏留讜論，處士結社

垂高文。維時朋友盡膠漆，風流翰墨干瑶琨。我今觀此長太息，嗚呼世亂賢才出。仲宣詞賦感從軍，開府文章泣亡國。當時天地風雲黑，諸公奔竄無留迹。義兒狎客擅刑賞，公子秀才被羅織。骫髒寧無噍殺音，悲歌頗灑淋漓筆。那知身厄名更揚，卻痛人亡邦亦滅。即今卷軸對君開，髣髴昆明認劫灰。唐明漢獻清流禍，千古英雄併可哀。

尋水繪園故址有懷冒辟疆 借竹宧詩

長白 黄海長蕙伯

水繪園荒化草萊，豪華任俠總堪哀。流傳一部《同人集》，多少黄金换得來。
結客當場盡少年，甘陵名籍黨人傳。凄涼法曲還堪聽，唱斷南朝《燕子箋》。
無數安仁拜路塵，素絲五馬滿江濱。此身不用徵君號，人道巢民是逸民。

遊水繪園 水西閑館詩

天長 程虞卿禹山

我來一眺湘中閣，渺渺蒹葭水正秋。勝境自宜新結構，前賢猶見舊風流。高歌謝客饒清興，浪迹燕雲感昔遊。謂聖農。到此懷人望天末，涼風吹入楚江愁。

周屺公大令招同白下張南村、晋安佘羽尊、虞山戴介眉諸公集水繪園限韻 杲翁詩集

行　悦

環山秋水碧，乘興訪樵漁。清晏無拘束，高情小太虚。閑庭蟋蟀滿，幽砌海棠疏。談笑年來少，今朝一爲舒。

喬木昏鴉亂，主人情未央。雲煙生别浦，燈火出鄰牆。静賞忘譙漏，悲歌聽醉鄉。那知江左士，心折四明狂。

過樸巢廢址和陳其年韻 乾隆通州志

冒丹書

扁舟特地登巢去，攜手城南興頗狂。豈知老樸徒特立，熟視古梅空斷腸。戰伐之後久如此，尊酒一夕聊相將。痛飲縱談昔年事，春風汗漫春花香。

題同人集 耽吟集

同里 吴　麐

（原缺）

過水繪園故址 曠觀樓詩存

同里 朱　霖齊橋

事如空水去無痕，一代騷壇此尚存。我到獨尋文讌地，冷庵梅影又黄昏。

冒巢民以畫梅屏索題 世畊堂詩集

鹽城 孫一致惟一

潑墨無端得老梅，一株疑是主人栽。共驚東閣吟詩罷，翻許孤山放鶴來。素豔偏能驚白雪，清英終不上蒼苔。即今海國昇平久，關月休吹玉笛哀。

水繪園看牡丹 有正味齋詩集

錢塘 吴錫麒穀人

雲霞天借作花身，玉佩斜翻錦幄新。如此色香纔絶世，平生富貴不因人。聞歌暗解欄前恨，帶酒濃酣夢裏春。占得江南佳麗地，肯教輕染洛陽塵。

秋日同葉石圃尋水繪園遺址 石圃名晋，桐城人。崇川詩鈔

李耀曾

洗鉢池邊路，名流日咏詩。至今秋水滿，舊事夕陽知。

立春日，廣陵客舍同余澹心、冒辟疆觀燈 杜稿編年

杜首昌

得火各爲容，花是有開無落。光裊虚空難定，將餘霞輕閣。　　華筵依舊照焜煌，元日俄成昨。春爲觀燈到也，尚孤踪飄泊。《好事近》

三月十五日，同人集水繪園，作冒巢民先生生日，次浸月樓主人韻 三十六峰草堂詩

歙縣 項　禧月亭

瓣香樽酒祝年年，話到當時泣杜鵑。甲子四周三月半，虎狼萬劫一身全。清流鉤黨古今憤，舊社文章淮海傳。桃葉渡頭嗚咽水，夕陽閑煞美人船。

一樣秦時月影圓，樸林無復翠燈懸。桃花記否當年扇，燕子猶歌舊日箋。人去三吾餘蔓草，我來一勺薦清泉。應知萬古詩魂在，海上雲拖月往還。

攜酒過佳酳客舍，同也木上人，因之洗鉢池看水 名月川集

石　洢

上方春色暗，執手過君家。偶挈瓶中酒，來看雨後花。客心遲歲月，詩思在煙霞。最喜清池色，汪洋未有涯。

春日冒巢民先生招同歷陽戴務旃、陽羨陳其年即席分韻得“麻”字二首 同上

石　洢

春城雨後長江沙，握手追隨古徑斜。策杖晚來依石壁，歸雲深處話桑麻。晴煙緑上孤峰竹，返照紅生半樹霞。最喜聯翩同勝友，好攜酒聽落梅花。

翦燭狂歌興未賒，酒闌還復煮胡麻。一堂撾鼓遲歸雁，時務旃將歸。萬樹燃燈起暮鴉。風雨經旬愁折柳，江天此夕恐聞笳。相逢賴有吾徒在，隨分行藏莫怨嗟。

春日登碧霞山却過水繪園訪吴周静道川 同上

石　洢

古寺登臨曲水濱，桃花深處更宜人。禪林回首煙雲杳，谷口新晴鳥語春。葉葉輕舟依石岸，雙雙高士卧松筠。過從舊識吴郎侣，拍手歌呼漉酒巾。

寄襄兒 拙存堂詩概

冒起宗

休夏相傳肇梵規,達摩面壁却何時。心珠映徹寒潭月,便入炎城也不知。
世路風波到處生,人前切莫肆譏評。伏波愛子垂明訓,聞過如聞父母名。
空明心地有餘清,何必逃虚遠市城。咫尺林端藏古刹,鐘聲夜半和書聲。

示兒 同上

冒起宗

伏枕今三月,神傷體未蘇。有懷還往迹,無夢到時塗。踵武而寧遠,趨庭我獨疏。傷悲成老大,未可負居諸。

寄襄兒 同上

冒起宗

靈運當年述祖德,至今彪炳誦遺言。盱衡接武思王父,兩世傳經慰九原。
合變斯稱讀父書,趙奢膠柱語非虚。丈夫立志期雲路,摩厲時時念倚廬。

初冬九日抵端州寄兒 同上

冒起宗

行行五千里，陽月息長征。弓冶存吾志，箕裘賴爾成。遠天空極目，夙夜每縈情。明發懷常篤，腸回淚幾盈。居恒培墓櫝，勿令長榛荆。燕雀怡堂戒，鵾鵬擊水程。三年如旦暮，萬態勿經營。泛覽疑妨業，專愚任遠名。圖書千聖對，得失寸心明。修景寧虚擲，前徽好景行。（下缺）

巢民先生小像爲鶴亭題

義寧　陳三立伯言

崩運盪祲氛，密網投儁異。伊人履貞吉，翔集雲雷會。道廣匯群流，物役擁高致。趣分嵇阮儔，迹與皤泰逝。園館寫酒悲，聲樂出憔悴。翛然癯鶴姿，遺嗅振天地。裔胄同所丁，騷辨接獨寐。潦倒歌泣場，海色黯執袂。衆醉不可群，清塵庶云嗣。

鶴亭同年命題先德巢民徵君小像

新建　夏敬觀劍丞

我聞魏子一，畫扇意殊俊。峨峨數朵峰，以比人澮峻。又聞樸巢樸，怪狀如幻蜃。徵君自記之，跋者有杜濬。畫像繄何年，遭世甘肥遯。座旁果何有，泠厲納温潤。一石一木根，二物固非閏。鼎角睹匿犀，清裁猶利刃。札産嬰向儔，主賓庶乎近。復此三百年，迍邅百六運。在胸別黑白，豈不辨蹠舜。自惟慙寒蟬，聊免殺身釁。與公遠孫遊,酒肴且湛湎。英魄會鑒兹,倘亦承獎訓。

寄題滋蘭軒爲鶴亭同年題

夏敬觀

正士值亂國,忌若當門蘭。芳香或自焚,憔悴題拂間。君家有九畹,昔以名其軒。抱薰敵群蕕,氣類遭天殘。名迹誰追收,荒階委榛菅。惟餘舊圖卷,光風與輝扇。君今慕往行,贖歸水繪園。榱桷頗新復,根葉彌滋繁。圖落鄧生手,韞櫝惜不還。但得擘窠字,爲君題軒顔。辛苦繫魂夢,寧止一青氈。妙繪出家姬,受露心共丹。儻獲更贖之,展與閨人看。幽花未比貞,美玉可滅瘢。持況君子性,寫君詩肺肝。

渡揚子江上揚州,懷故人冒襄及十弟適 茗齋集

彭孫貽

揚子江津浪卷沙,海門散出波中霞。遥看鐵甕僅斗大,雙扼金焦成虎牙。蘄王戰地漁曝網,孫吴狠石臺懸巴。帆過蒜山風脚斜,更呼水纜牽浮槎。君過揚子津,可上揚子路。聞有負情儂,揚子橋頭住。君到揚州莫浪遊,瓊花近日已堪愁。看花漫上揚州去,名花不在花多處。邗溝曲院好,花枝盡向河。橋逐飛絮江干懷,舊友冒襄今健否。别來歲序幾秋冬,如皋尺鯉訊無踪。舊時二十四橋月,思君三十六芙蓉。我家十弟多交好,新詞傳徧吴歈草。蕪城才子閣筆看,曲江歌伎銜箋惱。孫郎枝蔚今去無,令人遥憶關中道。

水繪園 手稿

吴廷燮梅原

滄桑過眼似雲烟，遺址於今仰大賢。楚國庚寅傳覽撰，晋朝甲子自書年。小蠻樊素人如在，緑野平原事宛然。莫道聲華易銷歇，文章節義此間全。
南朝宮闕已成烟，歸隱名山父子賢。廢苑鶯花悲落日，孤魂風雨泣流年。俊厨東漢終何補，冠蓋西園亦枉然。賸有鉢池瓜蔓水，荒凉只恐繪難全。

樸樹歌爲冒巢民賦 焚餘集

常熟 瞿有仲

樸巢園中樸樹真奇絶，離離光怪如精鐵。晴明時見青羊走，風雨若聞山鬼泣。瞿子涉江無一事，扁舟千里來觀此。俯仰高風未易攀，低徊獨立蒼莽裏。借問路旁人，此樹從何始。行人向余笑，君語驚人耳。伏羲以前聞結繩，誰爲樹史書甲子？此樹神奇世莫道，雖然我亦聞之矣。昆明池劫未灰年，有一先生巢其巔。玉顔修髯忘歲月，自云九皇之後無懷前。金天康老胡曾爲談玄玄，北窗羲皇人乃其後起賢。笑彼桃源亦只秦人耳，胡爲張譎侈詭誇神仙？先生最好客，客來人不識。赤霜製爲袍，白雲飛作舄。樹巔兩巢只容八九人，巢中日夕夕。詩朋酒友嘗滿百，下土蟲沙飛不到，渾如三神山之金臺銀闕，可望而不可即。淮南城頭一日天狗落，淮南城下萬里成朔漠。先生飄然去此巢，白雲一片雙黄鶴。吾聞其語爲沈吟，先生果是何如人。重登其巔覓巢處，煙籠霧起雲沉沉。劃然一長嘯，清風開余心。恍惚若有悟，毋乃此樹之德圓而神。治則耀其靈，亂則藏其形。神物變化不可測，世人那得知其情。不見大夫松，誤受祖龍封。一時失身富貴窟，千秋點污蓮花峰。不見丞相柏，受知長耳公。違天濟艱難，材大無成功。吁嗟乎！若木已摧紫桂老，托根廣莫如何道。雲臺將軍安在哉，鸞翔鵠起風悲哀。

巢民先生見酬投贈之作叠前韻奉簡 退雲集

戴　洵介眉

少小嬰患難，告戒奉師友。常承不拭唾，亦飲皆醉酒。求全動遭毁，我是人或否。砧魚與俎肉，屈指必先某。以兹三十年，知雄但雌守。倦鳥常塌翼，病驥敢驤首。墨絲途路歧，虞翻骨相醜。事怪只書空，耳熱思擊缶。中腸彭亨慣，心情瑟縮久。先生金閨彦，人比商山叟。脱屣側注冠，南陽老隴畝。胸中吞雲夢，彼哉筲與斗。馬牛而襟裾，曷足相比耦。百城擁南面，千秋期不朽。薞草榮冬春，玉樹森左右。巫峽亦溝澮，太行等培塿。鑛金不炫采，良璞不求剖。鋤地芟枳棘，理圃秧菘韭。浮雲獨掉頭，落月並招手。花如田家榮，被比姜肱厚。行藥足蹣跚，披襟神抖擻。彼或入我玄，我自守其口。不然疾惡甚，食蠅便思嘔。紛紛獐鼠輩，安得複壁走。鄒衍十八州，何事不可有？我心安如山，不信蚉能負。

水繪庵月下集桐城姚彦昭、泰興季希韓分得“枝”字 退雲集

戴　洵

亂蟬輟響鵲安枝，高興同來醉習池。夏木陰陰籠浦溆，夜山點點浸琉璃。光生草際螢千箇，波漾杯中月一規。良會天涯盡知己，科頭箕踞總相宜。

枕煙亭讌集張僧持、姚伯佑限韻 退雲集

戴 洵

一亭山向背，好友此相於。人澹秋花似，情閑野鶴如。林喧驚轍鳥，池躍避舷魚。樽酒休辭醉，窮交迹易疏。

烽煙紛海内，結隱計偏長。髪染僧頭白，眉皴妓額黄。掃花還藉草，拈韻更傳觴。指點藏鴉處，無由見泰娘。

瞿壽明翰簡招同黄九煙、冒巢民兩先生暨鄧肯堂、嚴武伯讌集春暉園，次九煙韻 退雲集

戴 洵

霜葉停車憶往年，浪游三載隔江煙。忽逢謝傅東山屐，如泛蘇公赤壁舩。落日黄侵殘菊地，亂楓紅入晚霞天。樽前一帶雲横處，指點平泉嘆逝川。

亭臺軒敞受晴暉，面對湖光背翠微。梁上燕知尋舊壘，堦前鶴遣興新扉。帽簷不向龍山落，斗數還依金谷飛。錐誦遺詩同肅拜，東方親捧日輪輝。壽明刻留守相公《東日堂》詩於壁。

水繪園 塹谿遺稿

黄國祁

一代風流世所宗，名園寂寂冷芳踪。舞衣歌扇今何在，酒陣文壇不再逢。蔓草池塘春

水涸,鶯花臺榭暮烟封。低徊惟有當時月,依舊昏黄上碧峰。

同邗江邵晴江、程竹畦、周珊生過水繪園故址 雲停詩鈔

石　渠

水榭風廊枕北城,大江南有此園名。荆關粉本尋餘幾,王謝烏衣嘆屢更。雨後荒塘迷短棹,春歸弱柳轉流鶯。多情只有斜陽好,還傍遊人立處明。

同顧蘭厓過樸巢水繪園舊址 畫雨樓稿

徐　珠

積石摧頹老樹荒,百年遺址太蒼涼。樓臺半作尋僧地,花鳥都依選佛場。碧水環流傷冒叟,青山蕪没想徐郎。斷溝遠接城根路,明月深宵上女墻。

題水繪園畫箑 畫雨樓稿

徐　珠

辟疆園廢畫圖新,文采風流映後人。昨過小三吾畔地,青青荒草半城春。
虚無指點得全堂,十載陳髯酒態狂。今日披圖憶風采,銷魂我欲惜雲郎。
復社東林事已空,巢民身老樸巢中。消他此地雲泉好,不逐桃花燕子風。
陳迹從來幾處餘,蘭亭梓澤盡丘墟。休嗟數畝存荒址,四海茆堂若箇如。巢民《冬夜宴客

詩》有句云“四海此茆堂”。

和袁北山同人過水繪園二首“冬”、“蕭”韻 畫雨樓稿

徐　珠

老屋欹頹薜荔封，當春徧發野花濃。樓臺廢景悲憐笛，歌舞塵銷易梵鐘。荒圃草深微有逕，殘山石削漸無峰。風光便此堪游賞，蝴蝶雙飛趁短笻。

百年地僻景寥寥，門外猶存舊板橋。陽羡書生曾嘯傲，新城名士慣招邀。晚花驚眼愁能入，春燕窺人語不饒。惱我吟懷如絮亂，一番萍逐自無聊。

題水繪園 畫雨樓稿

徐　珠

徵士園林昔已非，鉢池煙景認依稀。斜陽不見樓臺影，空有楊花繞地飛。

春日送戴務旃歸歷陽，集水繪園，即席得“麻”字 從游集

石　洢

擊鉢停杯興未賒，詩成金谷爛如霞。一堂急鼓回春燕，萬樹明燈起暮鴉。入目烽煙愁折柳，經旬風雨怨飛花。狂歌賴有吾徒在，隨分行藏莫嘆嗟。

八哀詩 手稿

冒　褒

吾兄天下士，南渡便栖林。海闊天空量，臨深履薄心。黨魁遺一老，急難薄千金。水繪今何處？看雲淚滿襟。長兄司李公潛孝先生。

憶長兄潛孝先生巢民 手稿

前　人

少壯隨兄玩菊花，高標逸韻景無涯。詩成擊鉢才誰敵？酒至如澠客不譁。絳蠟幾行圍錦綉，清歌一曲繞窗紗。而今思殺垂垂老，獨倚柴門看落霞。

初夏讀史留耕堂，偶檢得陳其年大兄爲亡長兄潛孝先生所著徵刻今文選親筆啓稿數紙，感賦 同上

前　人

故紙龍蛇走，依然對故人。升沉如夢幻，生死隔情親。千載雉城客，三年鳳閣臣。爾時余尚少，擊節記兄頻。

月夜過洗鉢池 霞起樓詩

李之椿

月滿池横古寺邊，幾家選勝抱霞烟。夜深處處看如水，水上亭開我欲眠。

冒巢民會伯 書寓拈碧草　集杜

邵　幹吾盦

籍籍名家孫，真氣驚户牖。好客見當時，宜與英俊厚。擊鼓吹笙竽，開筵俯高柳。當公賦佳句，皆已傳衆口。褚公書絶倫，熊掛玄蛇吼。蒼茫汎愛前，歲月亦已久。通家别恨添，知音爲回首。炳靈精氣奔，客淚迸林藪。《如皋懷舊》十二首之一

輓冒巢民先生 欣然堂集

江陰　陶孚尹誕仙

太息斯人竟蓋棺，廣陵愁絶更誰彈？樓成白玉修文易，床盡黄金任俠難。先生饒於資，以結客故，晚歲貧甚，賫志以殁。水繪園亭烟雨没，鹿門妻子杖藜單。雉皋風景重回首，落日寒冰想像看。

西園詞客半丘墳，比年騷壇故交多澌凋喪。那復天涯又哭君。千里關山《思舊賦》，十年憔悴《送窮文》。遺編寂歷空衰草，故劍蕭條掛夕曛。惆悵墓門虚執紼，銷魂還望陽江雲。

戊申仲春重過錫山三憶詩 巢民詩集

冒　襄

蕉葉從來酒不勝,與卿沽酒興飛騰。黄金叵羅酌不醉,白玉玲瓏鬆可憎。滑翠鴉鬟愁墮馬,咒桃人面喜初絙。九龍如昔二泉在,往事翻疑得未曾。憶壬午春,與亡姬董小宛歡飲錫山下。

三十六宫都是春,美人深拜問良姻。斬新一擲成拋散,絶色全身有鬼神。鵑夢夜殘空宛轉,藥房春杳憶横陳。天荒地老歌長恨,好懺應爲再世因。憶壬午春,亡姬堅欲歸,余時五木在几,祈禱神後,一擲得全六,即用全六詩爲首句。

蒙難鹽官死復回,錫山夜泊聽驚雷。此時弱綫回生意,愁對傾城撥冷灰。賴有至情扶藥裹,絶無高興酌金罍。九年一日千秋怨,腸斷衰殘抱痛來。憶乙酉冬至後蒙難庚生,履險還里時,亡姬侍藥舟中,重泊錫山下。

春日巢民先生挐舟約同務旃諸子過樸巢,並問影梅庵 庵爲董姬葬處。湖海樓詩集

陳維崧

艇子櫓摇出城去,青春白浪争顛狂。無園只喜樹經眼,有冢却愁人斷腸。野僧縛梅竟何意,老夫看竹還相將。便須痛飲一斗酒,食器頗覺蟫螆香。

壬午秋，辟疆納秦淮董姬小宛歸復寄 同人集

李　雯

廣陵公子不勝情，玉盞常教羅袖傾。曲室相聞元夜語，高樓同待月華明。北堂綵舞雙紋纈，小苑琴心連理生。共惜秋風攜手處，思君惟有董逃行。

董如君詩 同上

顔光祚

南國有佳人，耿介懷好逑。冶容妙無方，流韻清且柔。置身偶失所，流涕倡家樓。回顧陌上人，草露等悠悠。絃歌且不屑，詎媚衾與裯？眷念同心人，宛轉使我愁。一解

我愁抑何極，寢興徒反側。千里遠相知，離居限南北。何況客遊子，情思一何逼。金石固難要，鳧藻猶未得。結言在終朝，矢願同比翼。二解

比翼歡有日，疾飈起無時。辛勤孤燈下，三復行役詩。君子雖我懷，聊自歲月欺。音問無爲别，朅來顧有違。驅車金山頂，弭節江水湄。感彼行路人，誰不稱令儀？三解

令儀不可希，良會尤難期。從親千里外，握手臨路岐。中情雖有結，豈得申所私。孰知磐石心，嘉運不我移。珊珊曳裾至，白首願追隨。四解

追隨歷九秋，樂咏同晨暮。豈徒謝鉛華，織素猶如故。嬰憂浙水濱，遘患長江路。輪力竭忠貞，隕身委朝露。哀鳳起翺翔，孤雁紛來去。傷哉君子儔，零淚松楸墓。五解

辛卯冬爲辟疆盟兄傷董姬 同上

王　潢

博山篆冷爐烟歇，苔階履迹香塵絶。綺閣空留錦字詩，繐幃凄引疎窗月。廣陵公子五陵豪，停盃顧影何蕭騷。爲問傷心者誰子，俜婷知是董嬌嬈。嬌嬈家住秦淮側，文心慧質兼殊色。九載纏綿漆與膠，一朝蘭玉成摧折。由來名士悦傾城，惆悵佳人難再得。佳人名士真希有，不是尋常奉箕帚。擗琴誰更覓知音，長嘆閨中失良友。昔爲連理枝，今作單栖鳥。自是情鍾我輩多，莫訝安仁頭白早。君不見，虎丘山下塚纍纍，真孃墓上萋芳草。又不見，西陵松柏結同心，風流千載歌蘇小。

影梅庵詞爲辟疆先生悼小宛少君 同上

俞　綬

影梅庵傍元風起，頑雲絮墮沉湘水。鱗鱗萬玉瘞斜陽，是邪非邪魂來此。秋蛩泣掩石鏡昏，翠羽聲悽井梧死。玉帳默默覆卿面，髣髴金塘道中見。如箭東流江水深，分身隨影無回漩。玉辟邪香圖畫屏，金叵羅傳歌紈扇。藥鑪經卷送年華，銀蒜朱絲悄庭院。只道兩身如一身，娟娟琴瑟繞千春。可知樂事抛珠霰，日月流霞似轉輪。象牀宛轉凄欲絶，含笑含顰爲君説。萬樹梅横夜月香，此身散作千山雪。玉棺擡葬傍金仙，鎖骨玲瓏參半偈。從知陵谷理難齊，流波東去日沉西。羅浮片碣雙成墓，記是孤山處士妻。

又 同上

張文峙

美人在南國,余見兩雙成。春與年同豔,年姬秦淮絶色,小宛嗣之,姊妹行也。花推白主盟。蛾眉無後輩,蝶夢是前生。寂寂皆黄土,香風什管城。

梅意未全瘦,一枝惟影真。應知情世界,自有謫仙人。鶯既代歌哭,香仍分笑顰。金鈿長恨語,宋玉哭東隣。

讀君哀麗册,使客道心微。活火憐簫局,秦篝冷袙衣。仙家歌薤露,玉女閉靈扉。自古悼亡者,文情如此稀。

鐵網誰能舉,珊瑚爛幾柯。群花悲月墮,百鳥瘞鸞訛。落葉哀蟬曲,秋風團扇歌。人間真局促,埋玉借山阿。

又 同上

陳允衡

死别經年淚,夫君鬢欲絲。掃眉閑閣筆,擊缶强裁詩。華月清虚夜,孤花婉娩時。春來倍惆悵,燕語入空帷。

豈獨傳奩豔,高門女訓垂。風塵增涕淚,冰雪極容儀。史有持平論,善談東漢黨錮事。書耽絶妙辭。愛臨《曹娥碑》。所嗟良友喪,不是爲情癡。

又 同上

杜紹凱

衆人皆耳識,誰信有傾城。塚墨難書字,金閨空好名。六如跏槵逝,長恨海山横。獨此窺情種,茫茫問九京。
吾讀樸巢集,悼亡紀略詳。前生同慧業,半世共香光。續命寧無縷,回文和幾章。薄情休浪擬,佳句綉爲腸。
沉香鐫小像,琬琰勒穹碑。自灑蘗蕪血,如聞落葉詞。哀蟬留静處,杜宇在高枝。若及君臣際,還須用此癡。

詩畫小序 同上

張　恂

宛君以文慧事辟疆社盟兄,人咏《小星》,君歌《伐木》矣。辛卯春,忽焉乘鸞長往,辟疆哀不勝情,有《憶語》一帙,屬余作畫,豈看畫亦可以當泣耶? 爰選圖四則,各七字句一章,奉請教政。

孤舟如葉小橋西,念爾芳懷草色迷。曲檻留雲餐翠荇,輕簾着月待青藜。何人浪説章臺柳,此地齊名若耶溪。君謂舊蹊花自發,也應看畫數行啼。圖紀遇
碧紗窗下錦成初,巧錯天工任卷舒。霧縠冰綃空自在,金梭玉躡竟何如。仙郎漫守支機石,我友猶傳印指書。自古同知悲静婉,夜來明月薛羅疎。圖紀静
爲問蘅蕪夢未成,幾年書卷倚鷄鳴。官詞舊會删詩意,奩豔猶存望古情。宛君佐冒子選唐詩全集,又另録事涉閨閣者續成一書,名曰《奩豔》。似有佳辰親白雪,獨將午夜傍青萍。可憐腰瘦看楊柳,斷粉餘香浣百城。圖詩史書畫
名香半炧薦花朝,始影前身落玉簫。留説較書幽性足,尚聞揚水細烟調。桐桑有術增愁思,茗椀無心鎖寂寥。漫望江南應製曲,芳魂素解賦詩招。圖紀茗香花月。

爲辟疆盟兄悼姬人董少君四首 同上

梅 磊

此生能得幾佳人，茂苑尋歡花正春。鳳髻綰雲香欲墮，娥眉妬月黛初匀。似聞解佩贈交甫，不數凌波降洛神。今日彩雲乘鶴去，綉幃錦瑟盡沾塵。紀遇

二八盈盈出嫁初，舞衣歌扇頓教除。看山愛好私臨畫，中酒微吟細寫書。休比王郎妻道韞，居然卓女配相如。風流九載泉臺隔，月冷妝樓楊柳疎。紀詩史書畫

每當月夕與花朝，愛惜情深致更饒。雀舌春晴藏水試，龍涎霜夜辟寒燒。妝臺驪暗青銅鏡，綉閣鶯聞紫玉簫。痛哭詩篇同屬[①]和，令人重憶董妖嬈。紀茗香花月

少年夫婿老詞場，好客頻開白玉堂。刺綉争誇中婦艷，調羹不遣小姑嘗。薔薇露釀醍醐味，桃李膏成琥珀光。若使珍厨常得在，食經應笑段文昌。紀飲

春日題跋辟疆年盟兄哀董少君十紀 同上

徐泰時

玉笛鵾紘泛菊船，由欄斜視纈嬋娟。三年紅暈燈前影，八月青衫淚裹煙。裂盡蟬紗秋夜忍，裁成鴦被兔華鮮。買絲漫打同心結，更綰章臺七寶鞭。跋紀遇

畫舫如披鶴氅游，招招雪艷互凝眸。還凝龍戲鮫人出，却羡櫻分玉女羞。桃葉渡前多燕子，梅花亭畔醉羅浮。只今湖上鴛鴦影[②]，猶自雙飛烟雨樓。跋紀遊

火裹蓮花出水鮮，一枝清影草堂前。自裁德耀新裙布，不御平康舊管絃。石户燈青勤夜織，紗厨蘇碧護花眠。若非洗得鉛華盡，空有珠璣百斛圓。跋紀静敏

意前思後巧支吾，金屋能藏如意珠。鼎鼐未煩調大婦，酒漿遍已及諸姑。豪華囊不私銖錙，和粹人如美酪酥。莫向妝臺看寶串，香奩空有錦模糊。跋紀恭儉

唐風四變檢三餘，奩艷藜燃女較書。頻向寶函分亥豕，時收蠹粉注蟲魚。探奇元草看

① “屬”字下至詩末尾，底稿原脱，據《同人集》卷六補。
② “春日”至“鴛鴦影”，底稿原脱，據《同人集》卷六補。

投閣,記事紺珠不繫裾。當日右丞無内史,傍人休比輞川居。跋紀詩史書畫

從來才子悦傾城,静裏纔能見性情。箬籠半塘封茗國,薰籃東莞署香名。萬花獨愛花三友,一月嘗延月五更。如此温柔那得老,笑他私語鬼神驚。跋紀茗香花月

剪旗深翠護花鈴,本草新删譜食經。玉露瓊漿調指甲,畦蔬籬菜勑園丁。禦冬真蓄三年旨,餉客時挑百品馨。誰道幔亭無玉沆,至今空絜一雙瓶。跋紀飲食

攘攘干戈簇羽鱗,蕭然孑影獨逡巡。竟通權變稱知己,熟識安危似古人。間道不嫌青眼失,生還猶是白頭新。緑衣誰護誰能護?三語摇天動鬼神。跋紀同難

左右刀圭護藥王,破窗飄瓦夜凄凉。身非金石安能固?氣貫參苓莫不香。星曆蠟沉藤枕畔,寶奩蛛網瓦鑪旁。三年善病東陽瘦,誰復寒温慰象牀。跋紀侍藥

半釵何減玉搔頭,跳脱霞如天上流。一自朝雲先瘞夜,並無春夢獨悲秋。洪都誰復傳長恨,桃葉胡能唱莫愁?爲語黄姑休乞巧,空餘殘綫在針樓。跋紀讖

讀辟疆影梅庵憶語,爲賦五詩 同上

紀映鍾

妝閣晨開柳露乾,日長清課自生歡。洞山茶片温泉瀹,閩嶠蘭條膩指摶。香褭四窗金屈戌,簟舖三畝碧琅玕。韋編竹册居然較,轉憚幽思寫素紈。

屧響輕風送過廊,爲看白石坐谿光。花釀夕露連心静,玉抱秋橙具體香。女伴懶邀雙陸具,研山頻倣十三行。閉門夫婿兼師友,深翠堂中仔細商。

棐几甌香帙擬陶,中泠閑煮鬥松濤。名當女史儒林傳,署可冰銜水部曹。蜀錦細裁裝册典,吴鹽輕擘快并刀。伯勞啼罷闌干静,同倚雲根看月高。

薌沁元雲韗鏡邊,前身應是妙鬘仙。曾聞荀令傷才色,莫怪風人訝帝天。羅穀雙纏湘水步,苕華小字漢文鐫。最憐義禮防身慣,不弄繁絲五十絃。

澹雨閑雲過綺疏,米峰嵌曲漏窗虚。優曇花散房中曲,貝葉經繙衛女書。春冷袙衣篝潤減,香留廣袖唾華疎。無端忽夢封侯事,藝盡旃檀自懺除。

再爲辟疆盟兄悼宛君四絶句 同上

紀映鍾

優鉢羅花一見難，殊姿須用出塵看。九年莫道相從少，天竺先生訝久歡。
生游名嶽讀奇書，死有豐碑植墓廬。黄絹文章夫婿手，百年庸膴幾能如。
世間百福猶頑固，衮衮公卿未見災。獨有慧心天秘惜，不應殊色復多才。
美人顔色哲人心，早夭雖天意亦深。多少丈夫難勇退，至今空咏《白頭吟》。

悼董宛君 同上

周蓼衈

跚跚何處信能探，剩有斷腸事滿函。奉倩神傷徒論色，文君頭白況同甘。追歡未往憐猶劇，遺恨從前苦盡諳。我亦嗣宗悲不勝，傾城難負古曾談。

方響敲殘喚未收，沾衣江海一身留。豈堪閨閣銷良友，頓使文章廢好逑。掩卷痕多印脂粉，停盃話莫觸箜篌。深情再到相逢地，榜子輕偷過虎丘。

又 同上

張二嚴

無復春鶯囀上林，小星忽廢白頭吟。登樓却憶尋盟日，浮海猶存避世心。遂挈飛瓊還碧落，難看宋玉冷瑤琴。人間亦有鴻都客，夜半芳魂可召臨。

又 同上

張　遺

喜從閨閣得同心，字字能描《女史箴》。天上流霞金作釧，掌中蓮蘂月爲襟。但携研匣臨奩豔，自倚薰籠注水沉。夢斷只爲何處續，洛川波接海山深。

又 同上

吴　綺

少君字小宛，桃葉名媛也。姿穠轉玉，品貴埋金。鶴矢意于辭群，鳳有懷而慕侶。吾友辟疆聞聲晋渡，覿面蘇臺。燈下團紗，醉眼曳留仙之裾；江邊畫槳，同心借續命之絲。而雅願難諧，情波更折。三生有石，益堅匪石之心；離恨無天，欲作問天之想。轉車輪于午夜，瘦盡燈花；駕艇子以秋風，來憑月樹。遂使當時才子，競着黄衫；命世清流，爲牽紅綫。玉臺重下，温郎信是可人；金屋偕歸，汧國遂爲佳婦。閑心弄月，并囀紅簫；巧笑將花，同臨碧鏡。香分博士，貪燒鷓鴣之斑；書學夫人，戲問鴛鴦之字。扇清風于林下，静影如吹；咒桃雪于庭前，天情似浣。新橙未擘，纖手訝其香留；弱蕙初承，小唾疑於花亂。斯可謂獨秀青閨，恒芳彤琯者矣。爾乃樓通西閣，琴調大婦之心；饁進北堂，羹諳老姑之性。過華亭而聽鶴，亂中存趙氏之書；入皋廡而依鴻，病裏伴龐公之座。十年織錦，巧在絲前；五夜彈筝，韻流絃外。又不獨絡秀傳餐過客，知其宜婦；孟光饋食主人，嘆爲如賓也。而雲彩易銷，月華空老。驚鸜鵒之夢，果有不祥；葬鸞鳳之身，于焉速化。死而可忍，彌留椒蔗之辰；去必有歸，恍惚蓮花之國。余偶遊射雉，恰值騎鸞。見奉倩之神傷，爲安仁而氣盡。雲高巫嶺，不遮傷逝之愁；雨入巴山，盡是悼亡之淚。展銀鈎之遺墨，舊日鈔詩；省瑶珮于生綃，春風出畫。聞其語矣，爲之泫然。媿乏八叉之才，聊代七哀之賦。青牛帳裏，想入夢以氤氲；紫玉墳邊，或聞歌而宛轉。其辭曰：

憔悴春衫杏子紗，潘郎二月葬梨花。愁能無淚天將老，死到多情月不華。抛散真珠思鬧掃，丢殘鐵撥任琵琶。莫言蠟燭因灰盡，想斷當年油壁車。
半夜巫山結冷雲，鰥猿寡鶴不堪聞。情銷軟玉麒麐障，香碎泥金蛺蝶裠。妝爲好多都是恨，愁從想絶轉難分。可憐一片桃花土，先築鴛鸞幾尺墳。
空有迎仙八寶臺，淒涼義髻復塵埃。已無翠被容貪夢，誰向紅窗肯愛才。松柏忍看猶並結，芙蓉從此不雙開。碧翁未解憐殊色，欲倩靈均問鳳媒。
麻姑去後小姑閑，獨剩雙成又早還。此日若教居海上，當年何事降人間？青絲有結寬腰帶，白玉無心認指環。地下果容長見憶，也應愁殺舊弓彎。
折得寒梅向庾林，無人能辨惜芳心。等金身上花終始，埋玉山中樹古今。轉妒白頭能薄倖，不關紅粉失知音。此生倘遇鴻都客，閬苑還須自一尋。
帳中環珮望遲遲，腸斷春蠶死後絲。兒女何知能古處，英雄誰信不時宜。支離白月長生語，零落紅牋小字詩。莫怪東陽新病沈，十年吾亦爲花癡。
月路雲堦信渺茫，愁人夜起合歡牀。嬌心欲盡原非福，薄命無才或可長。雕玉枕沾桃瓣粉，縷金箱叠藕絲裳。癡魂倘逐梨雲去，莫向巫山魅楚王。
響屧難聞下玉除，茂陵琴倚馬相如。長憐病起能看月，最憶妝成好讀書。澹菊似人徒有影，幽蘭無語竟先鋤。年來欲譜多情恨，先爲紅顏賦子虛。

又 同上

周士章

仙史香零團扇紗，秦谿烟柳護名花。寒雲片片埋芳躅，秋水溶溶冷黛華。緑綺韻殘閑律吕，青衫濕透碎琵琶。只愁春事繚人緒，何日重聯油壁車。
捐珮凌空化綵雲，璈音縹緲半天聞。芳踪永謝吴娃屧，玉質難留趙婕裙。水竹圖書疇作伴，檏巢烟雨許平分。幽魂千載騷人筆，賡韻將來雜典墳。
澹澹烟痕鎖夜臺，柔姿冰雪不粘埃。玉樓亦召修文女，銀漢偏乖織錦才。幾度鶯聲成絶唱，一場鴛夢倏驚開。早知愁思應難掃，悔却當年月下媒。
芊草空山翠幌閑，天姝緣峻御風還。紅妝影照青燐際，金粉容銷碧樹間。術幻漢宮來李嬪，策窮蜀道折楊環。教人永憶初相見，望斷横塘月一彎。

啼殘血淚染霜林，環珮珊珊遲我心。紅綫飛空難擬昔，緑珠墜地渾同今。情慳莫續絲綸釣，響歇難知山水音。欲覓翠鬟愁渺渺，梅花清影夢相尋。

連天衰草暮雲遲，花落飛花繞斷絲。書幄空懷讐校事，妝樓猶惜喜嗔宜。閑隨明月調新韻，時逐朝雲理快詩。爲憶多情衵綉冷，幾回惆悵使人癡。

夢銷畫檻正茫茫，磁枕翛然白玉床。銀燭光寒珠淚湧，芳筵影落舞腰長。章臺弱柳羞妝鏡，湘渚殘蓉冷嫁裳。咫尺郊南同絶塞，至今青塚不悲王。

香錦叢中姓字除，文園渴病若相如。空憐隋綵千重綉，不見濤箋幾幅書。情種蔓生無可割，心苗悲發未堪鋤。小青若遇西陵路，佳麗雙傳豈子虚？

又 同上

宋之繩

翡翠琉璃付渺茫，黯然難對鬱金床。紅燈微雨蕭蕭夢，踈幔高秋寂寂香。未忍苔生網堆積，可憐桐死桂銷亡。四垂天遠憑哀夢，何處魂歸有一方？

樸巢冒先生影梅憶語，傷姬董宛君作也。碧縿雲沉，緗鈎雨散，九秋托之夢裏，一卷具見當年。雖松楸泣靈瑟之魂，埋香瘞骨；而菖蘭收宋玉之曲，緑嫩紅新。可憐舊月舊花，空刺心於芸閣；所嘆無賓無友，僅長望乎蓬丘。賦應惭玉人，聊寫春怨；歌以慰夫子，莫抱秋愁 同上

譚　篆

馥馥湘中蘭，含芳守一閣。秋風不肯情，颯颯摧殘萼。

緑珠亦已碎，空斷高樓魂。拖淚送明月，莫過杜宇村。
不願化珠玉，願生萬丈絲。有時珠玉碎，不見兔絲離。
月明三五前，月缺在望後。月自有圓夜，月知有消瘦。
蝴蝶他年夢，鸚鵡昨日聲。罷琴郎有念，知不抱秦箏。

又 同上

劉肇國

文生於情，文乃不滯，情生於文，情乃不荒。辟疆社翁，可爲兼至矣。舍弟公允爲圖四幅，因各綴以數語。

横浦風高罷釣綸，樓邊秋老石粼粼。不須落葉驚霜夢，千里寒江對面人。凝睇
米老曾留浣筆池，膩香盡浣出幽姿。寒林一帶皆吾畫，筆意全看未落時。臨畫
疎紅石上晚烟存，疑義奇文静討論。黐笑葛巾陶處士，素心只欲問南村。質疑
房櫳月好類山家，浄掃雲根待試茶。坐久不知身是月，却疑無影伴黄花。玩月

又 同上

韓　詩

余讀《影梅庵憶語》，不信人間有此人也。辛卯仲冬，招辟疆盟兄聚首潭上，凡四十五日，霜月水垠中，無時不談説少君生平，悲凉之情連於，而辟疆忠孝人，非耽情閨閣者，其言如此，必有大不解之意在中而不能去。夫君臣、朋友、夫婦間，使得一段至於不可解如少君，則又豈閨閣所得而並論乎？余故低徊流連，讀其語而敬之，益信女仕中真有人也。拈八題如左。

洗頭毛女盆中月,鍊鼎雙成黄海雲。俠骨蚤能輕俗好,神仙原不戀夫君。游黄山
入門事母周旋中,静女威儀澹足傳。孟浪卓家琴夜鼓,白頭空惜寫雲箋。伉事
蘆中人乎江上山,爲郎值得此間關。餐風飲露殊清極,不損腰圍舊指環。江行遇盗
方空還是古時妝,匪石難移九月霜。真箇梅花寒益好,人間莫貴辟寒香。陽月衣紗
飲酒何如叔也賢,長江白浪湧杯前。此時狂致誰能遏,啼鳥如歌代舞筵。汪園轟飲
曾見夫人釵脚來,墨痕如髪點梅苔。豈知太傅千年後,敗缺端從戎輅開。癈鍾太傅書
香塵寸寸布驚魂,腸斷秦山類北轅。夜半行箐狼虎穴,業拚一死答君恩。秦海行難
嘗藥春秋不予詞,奉夫如父古無之。骨柴靨蠟形聲絶,我欲加徽女德師。侍藥

讀影梅憶語,香艷婉惻,尺幅間伐毛洗髓,暈纈如覯。古有怨湘中、歌長恨者,殆庶幾焉。葉爐炙手,翻閲時畏其竟。倚案得詩數章,用呈辟疆先生,爲宛君悼 同上

黄虞稷

柔枝解識風前態,遠黛偷他月下眉。最憶湘波裙裊緑,花牋重擬比紅詩。
盤礴丹青總未真,憑將側理寓形神。還愁寫到關心處,淚漬隃麋字不匀。
引臂微聞落釧聲,墮鴉鬟髪玉鑱横。眉棱眼礎分明甚,恰是春愁畫不成。
小室箋香静夜温,玉櫳深處幌梅痕。最憐薄袖凭肩處,巧倩梨渦撥夢魂。
屶崱烟鬟几席間,茗香花月静年年。魚膏照夜無今古,合伴清娱結勝緣。
簪花解學衛夫人,穗札芝英秀出群。楮墨空殘纖甲印,一緘清淚冷香芸。
引枕先愁夢不成,愁來復作繞池行。猶憐好夢多驚覺,夢覺空殘語笑聲。
肺肝役盡只形存,魑魅林林脱噬吞。怪底髫鬟饒俠識,鬚眉隊裹截乾坤。
玉蟳花蛤佐杯觴,五月桃膠琥珀涼。最憶斷齏森碧玉,嚼殘牙齒有宫商。
珊瑚枕薄透嫣紅,桂冷霜清夜色空。自是愁人多不寐,不關天末有哀鴻。
半床明月殘書伴,一室昏燈霧閣槭。最是夜深凄絶處,薄寒吹動茜紅衫。

哀辭綴俚 有序　同上

史　惇

董白，字小宛，秦淮名姝也，歸于冒子辟疆。余未識辟疆，積耳小宛，久客石城，過張紫淀先生許，見樸巢文選一帙，讀之，則小宛哀辭也，黯然不能竟讀。先生乃出短箋，謂余曰："此雅事，子其賦之。"夫詩壇酒社，月榭花叢，余爲不坐不與之客，且年踰五十，已作出世間法。而先生一往情深，殷然見屬，將何以慰才子佳人于一生一死之際乎？漫成七章，聊以備數，固非要譽，亦豈内交。

爲探丹頭過每賒，香奩漫屬愧詞華。柔鄉粲陌非吾事，樂道人間清白家。
歷盡風波付此心，喜無孫秀難中侵。多君至性唯忠孝，贏得才情横古今。
占却郎才第一儔，不須入夜抱衾裯。君家閨閣真奇遇，嶺外西湖羨首丘。
金屋當年貯較村，何如貯以辟疆園。猶比顧園饒本色，稱君疎影月黄昏。
愛着茶烟藥息熏，牙籤玉軸瑣窗芸。誰言畫閣籠鸚鵡，恰好青門一布裙。
賤他一捻牡丹紅，收拾芳情事學鍾。欲覓香魂何處是？春蘭秋菊雪梅中。
菊影參差映色身，依稀指示畫圖人。情文雜遝無聊賴，一任癡儂索假真。

題董姬宛君小象八絶句 有引　同上

吴偉業

夫笛步麗人，出賣珠之女弟；雉皋公子，類側帽之參軍。名士傾城，相逢未嫁；人諧嬿婉，時遇漂揺。則有白下權家，蕪城亂帥。阮佃夫刊章置獄，高無賴争地稱兵。奔迸流離，纏綿疾苦。支持藥裹，慰勞羈愁。苟君家免乎，勿復相顧；寧吾身死耳，遑恤其勞。已矣夙心，終焉薄命。名留琬琰，迹寄丹青。嗚呼！鍼神綉罷，寫春蚓于烏絲；茶僻香來，滴秋花之紅露。在軼事之流傳若此，奈餘哀之惻愴如何？鏡掩鸞空，絃摧雁冷。因君長恨，發我短歌。貽以八章，聊當一慨爾。

射雉山頭一笑年，相思千里草芊芊。偷將樂府窺名姓，親擘雲璈第幾仙。
珍珠無價玉無瑕，小字貪看問妾家。尋到白隄呼出見，月明殘雪映梅花。
鈿轂春郊鬥畫裙，捲簾都道不如君。白門移得絲絲柳，黄海歸來步步雲。
京江話舊木蘭舟，憶得郎來繫紫騮。殘酒未醒驚睡起，曲欄無語笑凝眸。
青絲濯濯額黄懸，巧樣新妝却自然。入手三盤幾梳掠，便携明鏡出花前。
念家山破定風波，郎按新詞妾按歌。恨殺南朝阮司馬，累儂夫婿病愁多。
亂梳雲髻下妝樓，盡室倉黄過渡頭。鈿盒金釵渾抛却，高家兵馬在揚州。
江村細雨碧桃村，寒食東風杜宇魂。欲吊雪濤憐夢斷，墓門深更阻侯門。

巢民先生貽宛君匳中藏扇索書，再題二絶句

吴偉業

過江書索扇頭詩，撿得遺香起夢思。金鎖澁來衣疊損，空箱須記自開時。
湘君浥淚染瑯玕，骨細輕勻二八年。半折秋風還入袖，任他明月自團圓。

和梅村夫子弔宛君十絶 同上

杜　濬

南國春深人少年，香車淺草緑芊芊。蛾眉蟬鬢知多少，惟有雙成是女仙。
玉映明珠絶點瑕，誰將少婦數盧家。才郎不射城頭雉，慧女知憐筆上花。
留仙昔日那無裾，空訪城西李少君。洗鉢池邊明月夜，香魂當面化爲雲。
三匝金山競渡舟，萬人争看比驊騮。繁華江左銷沈後，誰見伊人秋水眸。
真書曾學柳誠懸，秀句耽吟孟浩然。挾册佳人來研北，掃眉才子立花前。
洞房將夕起雲波，香茗相依悄不歌。夫婿近來安樂少，妾身遑恤亂離多。
朝烟暮靄鎖空樓，溝水何曾怨白頭。若使琵琶傳此恨，青衫淚不濕江州。

隋苑東風天水村，友雲軒裏夢傷魂。青谿桃葉人何在？寒食梨花慘墓門。
楚江巫峽繪成詩，觸目銷魂過去思。總有白頭王建在，難摹扶病起來時。
微之自作《會真》篇，記是貞元第幾年。滄海桑田同一炤，綺窗惟有月仍圓。

巢民先生出吴梅村祭酒弔董少君十絶索和，勉成應教，殊慚牽率也 同上

王士禄

綺骨埋香十六年，春風墳草尚芊芊。舞時恨不教持足，歌道仙乎倏已仙。
玉顔空憶絶纖瑕，碧落黄泉若處家。歷亂影梅庵畔意，只疑孤影影寒花。
叠損泥金簇蝶裙，獨留遺挂伴夫君。洛川香至空聞雨，楚峽魂歸只似雲。
青溪如帶不容舟，猶記初回玉腕騮。薄醉乍醒鸜鵒唤，曲欄花影映回眸。
南徐競渡舊游懸，江寺榴花色欲然。腸斷當年好風景，三山如畫玉人前。
梅花亭子枕回波，滿酌黄藤細按歌。神女去來江館在，斜陽無賴晚潮多。
月來香儷賸空樓，潘岳何能不白頭？一曲哀蟬兼落葉，頓教花月黯揚州。
漫道明妃尚有村，芳堤難覓窈娘魂。凄涼何許傷心路？楊柳春風白下門。
遺扇新題祭酒詩，蘭香竹淚足人思。十年箧笥非關棄，忍憶簾邊記拍時。
砑光折叠削瑯玕，玉手持來復幾年。那及謝娘紈扇樣，團圞只似月常圓。

讀巢民先生影梅庵憶語感賦四絶 同上

宋實穎

秦淮絲管拍天明，緑酒紅燈滿院迎。余亦當年曾末座，至今猶憶小秦筝。
何堪重唱渭城詩，半似微之與牧之。名士風流都未墜，天寒翠袖不勝思。
好事誰過揚子雲，樸巢老手雅能文。遠山眉黛今如畫，未必文君勝宛君。

江南巨擘兩尚書，謂溧陽、合肥。酒扇歌旗各自舒。三十年來成一夢，挑燈話舊復誰如。

壬辰秋末，應辟彊命悼宛君，賦得七闋録寄，非敢觴哀，聊當生芻耳 同上

趙而忭

問紅花飯影，白袷衣心，結樸爲巢。七載冬哥夢，自新人如玉，翡翠蘭茗。夕陽不管天意，偏誤董嬌嬈。看洛水飛晨，緱山凍夜，宇宙無聊。　瀟瀟，歲寒信，即瘨着憂幹，堪把悲條。也莫倩玉粉，使湘君明月，空以魂招。但能綉影朱雀，生死一名橋。勸得趣癡妝，因風忽漫咒春桃。《憶舊游》，用辛稼軒韻。

惹夢千山，錯料古人紅雪。鳳桐鴛梓，但柔心九結。脂粉世界，允矣光勻元闕。銀臺而後，又逢奔月。　卜夜罷更，到於今、憾未歇。百年名姓，倩朱箋開揭。歡娱自評，失意何妨明説。憐他長在，履新佳節。《傳言玉女》。　廣生案：此用晁沖之韻，刻本失注。

孤影何憑，祇看初月，教人猶倚搔頭。彼少年才蕊，一笑吴鉤。生許鶼雲蜨露，依晝雉、子夜咸休。知此後，魂埋一夏，意讓三秋。　悠悠，巧期過眼，非緑水紅情，可任翔留。況采芝成闕，分玉爲樓。回念英雄相守，多足償、生後雙眸。銜雲外，神仙肯添，幾樣痕愁。《鳳凰臺上憶吹簫》，用周美成韻。

灌盡秋心惟筆露，容得人琴語聚。粉案誰憐取，想流螢照前依覷。　幾寫丹翹皆失緒，領受天邊薄暮。元鳥虚行處，可知魂勒風何去。《惜分飛》，用宋人韻。

古琳華，一簾秋影如天涯。如天涯，重重寫使可假鸞車。　古今名質同朝霞，表眉山色陳隋遮。陳隋遮，絶群桃葉，失影瓊花。《憶秦娥》，用李夫人韻。

寒風如切，聽砧霜後，萬響難歇。朱亭帝女花樣，相思一夜，靈尖奇發。只此秋千兩擘，認多少幽咽。想撰夢、能秘胡香，海上緑城未曾闊。　懷人惻惻猶生别。幾能消，玉菓羅衣節。封愁百計惟剩，顔色外、屋梁恩月。福慧東風偏與，藍天碧地陳設。這就裏鸚鵡深知，細向人間説。《雨霖鈴》，用柳耆卿韻。

日魂星，劫人同耐，靈雨何天能洗。見説愛、心凝煙思，總是鬚眉才氣。晝卵無靈，雕薪盡錯，夢恰從頭起。編夢時、大半卿卿，嘯亦一端，今絶聽簫人耳。　思逐情、文章作嫁，也判赤絲同繫。落葉減年，燈前綉佛，自在紅塵地。竇命如載雪，何常必在意裏。　儻不忘、燕樓鶴柱，便當逢場歡意。五願名香，三生精石，若醉深秋被。寄字

花萼側，非關好時輕棄。此柳耆卿秋夜原韻，用以譜冒子未盡之意，雪兒有知，亦恐不當麗詞歌也。

廣生案：此《十二時》詞也，刻本失注。

讀影梅庵憶語賦 同上

王士禄

往事銷凝久，把殘編重讀，香魂如迸。暎紅欄、弱柳憐人[①]，伴文匳、寒梅成媵。隨氏清娛，羊家浄婉，那堪相並。看月坐，擁書眠，雅稱夫君情性[②]。　如意珠沈，斷腸花發，人去春風病。嘆館閉雙成，綺窗深靚，紫襪碧腴空賸[③]。釧裹流霞，是他年、鴻都私證。《宣清》

影梅庵憶語久置案頭，不省誰何持去。今辟疆長兄再寄示，開卷憫然，懷人感舊，同病之情，略見乎詞矣 同上

龔鼎孳

雁字横秋卷。乍凭欄、玉梅影到，同心遥遣。東素亭亭人宛在，紅雨一巾重泫。理不出、亂愁成繭。騎省十年雙髩改，嘆薰香、遺挂痕今淺。斷腸譜，對花展。　帳中約略芳魂顯。記當時、輕綃腕弱，睡鬟雲扁。碧海青天何限事，難倩附書黄犬。藉棋日、酒年寬免。搔首瑶臺風露下，羡烟霄、破鏡猶堪典。合歡帶，再生剪。此闋得之于大常護月，故有"烟霄破鏡"之語。《賀新郎》

① "紅"，底本原奪，據王士禄《炊聞詞》卷下補。
② "雅"，底本原奪，據王士禄《炊聞詞》卷下補。
③ "空"，底本誤作"香"，據王士禄《炊聞詞》卷下改。

題巢民老年道兄影梅庵憶語次芝麓宗伯韻調寄賀新凉呈政 同上

馮愷章

綉幕閑抛卷。怕(摇)[瑶]窗,影瘦柔情難遣。一闋銷魂玉漏悄人在,畫圖悲泫。乍睡去,闗山重繭。碧落黄泉何處是,有開籠、鸚鵡呼聲淺。問安否,翠顰展。　夢回仿佛裙拖顯。似當年、枕欹痕嫩,臂勾鬟扁。欲訴離愁千萬叠,驚破花陰鳴犬。此長恨、倩誰消免。簡點殘箱遺尺素,羡題紅、怨句生生典。看梅片,又如剪。前調。　廣生案:詞有奪字。

和芝翁題影梅庵詞 彈指詞

顧貞觀

舊雨西風卷。便重經天荒地老,此情難遣。賸粉遺香留得在,兩袖三生紅泫。誰擘破、同心珍繭。分付鮫人和淚織,一絲絲、扣入冰花淺。來世作,臂紗展。　非耶立望全身顯。太愁余、十眉峰蹙,雙環雲扁。縞夜梨雲看似雪,吠影心忪粤犬。恩與怨、而今勾免。夢裏錦鞋歡分薄,上頭釵、判向生前典。緣不了,莫輕翦。前調

題冒巢民姬人董小宛墨菊 三松堂集

潘奕雋

染香小閣秋光裏,簾卷波紋,貌取烟痕。人影如花瘦幾分。　西風畫卷餘香在,雅

淡輕匀，仿佛丰神。合配眉樓九畹春。陸謹庭齋中藏顧横波蘭册，蒼秀絶倫，在薛素素、馬湘蘭之上。余借觀，留三松堂一月。　《羅敷媚》

貼梅扇子歌 竹初詩鈔

錢維喬

貼梅扇子者，以梅花綴箑頭，顏色鮮新，枝幹則以筆足之，辟疆姬人董宛君所製也。如皋以絨爲花鳥諸畫，實昉於此。貼梅，亦尚有能者。

昔有佳人董雙成，仙姿本是姑射生。偶來塵宇弄春色，却使千秋見落霙。雉皋破臘寒葩出，公子名園粲晴雪。别有芳心擬化工，不教素手愁虚折。曉日窗紗墮蕚紛，緑苔片片拾離塵。壓從湘帙香猶在，鋪向銀盤瓣自匀。一枝巧綴妝前扇，疏影暄妍生便面。細翦俄看熨貼平，徐開恰使横斜見。只知嬌額試塗黄，誰解輕羅能索倩。寫生何似生花好，不數徐熙妙偏擅。當時披拂障歌脣，此扇傳觀嘆者頻。摺處綃衣疑暈粉，揮來翠羽欲依樽。樓中玉笛吹難墮，隴畔瑶緘贈更新。只今篋笥飄零久，幾許齊紈散何有。曉月羅浮不見人，春風蛺蝶還存手。西州曲斷合歡空，餘技猶傳學唾絨。便著鉛華貌桃杏，總教懷袖怨殘紅。

董小宛貼梅扇子歌同錢竹初賦 芙蓉山館詩鈔

楊芳燦

九華宫扇裁紈綺，錯翠鈎紅世無比。寧須漢殿織麒麟，不向謝家誇麈尾。活色生香點綴工，折枝梅蕚影重重。孤山萬樹花如雪，飛入卿家便面中。奪得仙人埽花帚，收拾冰姿出塵垢。畫圖嬌面試春風，未要徐熙誇妙手。纖指拈來上碧綃，忍令香粉逐春潮。招涼曲院藏羅袖，待月西樓傍翠翹。吴儂小搯紅牙脆，掩映歌脣逞妍媚。吹到嗚嗚細笛聲，恐教顆顆冰花墜。烟魂月魄太分明，入手翩翻蟬翼輕。借問當年誰鬥巧，依稀記得董雙成。雙成家在金陵住，門前便是長干路。射雉參軍正妙年，飛梁駕就銀河渡。錦幙文窗貯粉兒，明霞爲骨玉爲肌。劇憐妾命如花薄，偏遇霜欺雪壓時。當筵曲唱家山破，高家兵馬闌江過。細雨關山正斷魂，淡妝恐被塵埃涴。歸來魚鑰鎖重門，寒食東風度好春。妝閣新翻方麯様，一枝爲贈遠游人。素英狼籍梨雲凍，一去珠宫騎采鳳。塵世難逢蕚緑華，師雄空入羅浮夢。箑頭點點淚花圓，剩墨零紈總可憐。君不見謝娘團扇曲，一般辛苦五流連。

董小宛貼梅扇子歌 小鷗陂館詩鈔

潘曾瑩

美人生小嬌羅綺，芳魂冷浸梅花裏。九華宫扇寫春風，纖指輕盈妙無比。射雉山頭一笑緣，雙成風貌本翩翩。蠙蝫窗掩圍紅雪，翡翠幬香護玉烟。雙玉臨風屢回顧，花蛾合被名花妬。看到參横月落時，只愁夢斷家山路。紅蕚拈來笑語親，生綃點綴替傳神。分明滴粉搓酥手，争羡團香鏤雪人。玉尖拂拂香初透，峭寒吹上紅羅袖。驀動班姬棄篋悲，春容病怯和花瘦。片片花飛水閣前，曲中誰唱念家山。殷勤密誓憑烏鰂，惆悵仙期跨彩鸞。妝樓一閉銅鐶澀，曾著冰綃花下立。紈扇無緣得聚頭，依稀粉淚燕脂溼。芳姿憔悴怨何堪，匳豔繙餘貯錦函。何處江城吹玉笛，東風寂寞影梅庵。

題董小宛山水 同上

潘曾瑩

雲水空濛雨乍收，白蘋風裏認歸舟。畫中洗盡閑金粉，領取荒寒一葭秋。

寂寂誰尋薜荔垣，梅花一樹伴吟魂。寒鴉衰柳添蕭瑟，可是當年水繪園。

題董小宛孤山感逝圖 後同人集

樊增祥

研粉勻箋，飛英貼扇，逋仙乞寫生綃。放鶴孤山，芳魂重返如皋。影梅憶語他年恨，花寒香、補入《離騷》。記今朝。戊子殘年，贈汝瓊瑶。　椒宫自有花如錦，怎洛陽魏紫，探到溪橋。玉骨冰肌，等閑莫污清標。袛憐春雨樓中扇，共侯生、香墜同抛。賸今宵。自熨青箋，自譜紅簫。圖作於順治五年戊子，冲人未丱，而董歸水繪久矣，異説紛紜，都係不根之論。余舊藏小宛兩扇面，穠花彩蝶，極得宋人筆意。庚子拳亂失之，至今悒悒，故詞中及之。《高陽臺》

題冒辟疆姬人董宛所畫兩兩鴛鴦綉水紋圖，圖爲陳藥洲方伯收藏 快晴小築詞

劉錫瑕

恰新晴、鉢池春漲，浴鷗波外風軟。水亭正對鴛鴦浦，獨自憑欄消遣。回望眼。指沙上、文禽證取同心伴。冰紈細展。笑巧奪鍼神，輕拈眉筆，繪出水紋亂。　風流散。難覓當年池館。尋芳恨我偏晚。江花沙鳥依然在，只是綺羅人遠。君不見，圖畫裏、依然省識春風面。星霜縱换。算才子東林，佳人南國，勝事已傳遍。《摸魚兒》

董小宛小像 靈芬館詩四集

郭　麐

前身應是董雙成，略向人間證舊盟。水繪園荒桑海换，瑶天鶴返太凄清。

叢殘遺事記南鄉，宛轉蛾眉馬上扶。指點眉間小鑿處，不應尚恨阮佃夫。
南部烟花盪作塵，憶梅影語最酸辛。絳雲詩句横波畫，可惜遺民傳裏人。

又 秦淮八豔圖題咏

葉衍蘭

玉映蟾輝，良宵並坐，影梅池館。湘簾試卷，嬌趁芙蓉露華泫。幽蘭暈碧風枝裊，愛小印、紅絲繫腕。更寶匳搜豔，搓酥滴粉，共題鴛絹。　仙眷。凌波見。記蕩槳金蕉，茜衫塵浣。銀釭鬭茗，料伊雲海游倦。畫欄香霧沾衣冷，願長作、姮娥彩伴。怕喚起、杜鵑魂，寒食桃花夢短。《月下笛》

又 同上

張景祁

就月移琴，添香讀畫，雅懷深眷。生綃翠展，誰識相思寄蘭畹。西園公子詩情醉，便抵似、金蕉汎滿。憶紫騮繫處，長堤露白，緑楊庭院。　嬌婉。雙成伴。想奏罷笙璈，謫來仙館。連江戍鼓，鈿釵無限凄怨。攓雲黄海羅衣溼，驀環珮、天風響斷。對冷雨、晴挑燈，孤閣梅花夢遠。前調

又 同上

張　倩

鏡閣吟香，琴簾貯夢，錦屏人悄。驚鴻印爪，烟水移家半塘好。黄山白嶽雲如海，盡寫入、鷗波畫稿。更麝煤輕碾，湘匳點筆，豔愁多少。　　娟妙。仙娥埽。記彩鷁臨江，萬花圍繞。簫臺鳳引，夜蟾應妬雙笑。乘鸞小扇空題句，奈詩鬢、潘郎頓老。對梅影、唤離魂，月落參横又曉。前調

又 同上

李綺青

釵影摇春，琴絲引月，半塘飛絮。鑪香静炷，畫裏風蘭寫愁句。曲欄花底驚初見，有鈿盒、同心寄與。憶彩舟江上，金焦兩點，鬬伊眉嫵。　　仙侣。瑶臺住。愛水繪園亭，襪塵微步。靈簫夢短，碧雲吹墮前浦。官匳搜盡人間豔，恰零落、銀屏綉譜。正燭黯、綺窗前，誰唤梅魂共語。前調

水繪園硯銘拓本爲韓小亭農部作 健脩堂詩集

邊浴禮

麝煤馨透琳腴紫，二百餘年堅不毀。當時龍友贈巢民，曾寘宛君懷袖裏。款識鐫摹迹可尋，蛛絲蠆尾蘚痕深。想見江南無事日，雉皋新拓好園林。齊名首數桐城彦，聯袂商丘及陽羨。遑問中原欲陸沈，排日留賓恣酣宴。侍姬第一董嬌嬈，金屋妝成戛步

摇。鴝眼涵波開鈿匣，馬肝沃雪舐銀毫。秣陵五月烽烟黑，京口参軍死鋒鏑。蛾眉也化彩雲飛，秦淮脂粉空蕭瑟。梓里徜徉夙願違，名園剩得劫餘灰。墨濃漫漬埋香恨，石爛難銷蹈海悲。池館荒涼幾朝暮，美人名士今何處。片石流傳没泐痕，可知未殉朝雲墓。裙屐風流彼一 時，章臺弱柳横波顧。蘭葉裙描縹粉綾，桃花扇染燕支露。勝國烟雲過眼消，墨池重爲洗蟠蛟。影梅庵語從頭憶，宣德爐歌試手鈔。

朱古微以水繪庵填詞硯拓本徵題 款署龍友，爲辟疆盟兄，贈宛君夫人。　小三吾亭詩

冒廣生

往事秦淮委逝波，百年人物奈君何。玲瓏一尺琉璃匣，多少胭脂眼淚磨。
供奉妝臺絶妙詞，南都名士好襟期。蟾蜍一掬殷勤贈，此是桃花寫扇時。
荆棘銅駝徧地生，揚州兵馬客心驚。填詞定是家山破，不是尋常醉太平。
荒荒水繪剩蒿萊，片石居然避劫灰。除是影梅庵畔月，當初曾照嘔心來。

影梅庵憶語題後，眎冒鶴亭 後同人集

張元奇

樸巢舊夢冷成灰，萬恨千愁撥不開。物外逍遥偏解道，鹽官夜半鬼聲哀。
宛轉相思絶妙辭，秦淮烟水尚含悲。恨無人補虞山札，失却山塘一段奇。

題影梅庵傳奇 心盦詩存

何兆瀛

桃葉渡頭風鶴警，桃花扇底笙歌併。仙雲飛去錦屏空，罡風吹斷梅花影。襄樊烽火白門潮，錦瑟詞人醉玉簫。新曲似聞秦吉了，前身誰識董嬌嬈。名士眉樓定盟日，群芳嬌捧青蓮出。盒會先傳菊部詞，壺飱只釀花房蜜。鄖西檻虎方乞哀，庸臣養寇降黄來。此際江南風月好，那愁金粉化塵埃。半塘春水移家住，遊踪郎似門前絮。翠袖朱闌轉醉眸，銷魂同在無言處。穀城降寇更磨牙，孝子趨庭遽返家。已報襄陽開鎖鑰，卻悲天屬葬泥沙。獅子峰頭雲似海，眼空雲散郎何在？知郎有父困奸謀，血灑封章訴真宰。爲郎憔悴爲郎癡，訴盡春愁婢不知。鄉里凋殘輸粟候，門庭零落賞花時。移官天語褒忠孝，尋香人返吴門棹。意外牽連繫藕絲，眼中驚喜憐花貌。簫鼓龍船競亂流，送郎京口木蘭舟。旁人争羡神仙眷，誰占神山最上頭？尋郎一葉寒潮送，定情人唱江南弄。遇盜幾沈洛水魂，遊仙才選巫山夢。白頭遠宦喜歸田，補不留郎淚湧泉。不是尚書團粉絮，争教兒女合釵鈿。影梅庵是黄金屋，檢書瀹茗雙飛宿。宛轉能教大婦憐，因緣儘占才人福。亂梳雲髻下妝樓，鈎黨重驚按籍收。恨煞南朝阮司馬，累儂盡室避揚州。鳳皇山下妖烽掃，江東無復朝廷小。舊曲偏縈怨恨多，新歡争奈年華少。射雉人歸笑語譁，秋衾影散菊横斜。憑君漫想華嚴界，卻怪司花是落花。傳奇重見云亭叟，歌場珠玉傾杯酒。買絲誰與綉卿卿，生綃兼寫青青柳。

題水繪庵填詞硯 原刻硯匣，今藏廣生家。

武林 韓泰華

莫愁艇子載如仙，妬煞楊枝一曲妍。《水調》新聲翻豔月，蘭閨韻事寫紅箋。豈知憔悴春衫後，猶有摩挲片石傳。蠆尾銀鈎鐫勒在，沈埋燕市惜經年。

又 同上

鴛湖女士 沈　菉夢蘅

玲瓏片石堅如鐵，二百年來土花碧。水繪填詞字尚存，鸜鵒凹深半殘缺。夜闌緩語向紅窗，紛擘鸞箋寫韻忙。蘸墨每嫌金釧重，吮毫常染口脂香。拍盡紅牙新舊續，誰道年華如轉轂。一朝散作彩雲飛，殘篇賸稿多零落。豔月樓空化作塵，影梅庵裏冷詩魂。美人名士今何在，款識猶留舊日痕。

靈壁石笛歌 上刻"小宛"二字，是冒巢民姬人董少君物。　曾賓谷手稿

曾　燠

石語荒煙龍泣雨，水繪園林散歌舞。梅花落盡春無主，横笛一枝誰拾取？苕華上刻嬌嬈字，石人見之應下淚。苔斑碎點胭脂痕，寒冰不得朱唇温。當時銀字聲高絶，竹不禁吹吹欲裂。泛舟夜動瓜洲風，倚樓秋入秦淮月。合歡新曲《燕子箋》，南朝金粉方争妍。豈知桑濮兆亡國，女媧有石難補天。家世飄零貴公子，每聽哀音壯心死。亦聞擇壻顧横波，畫蘭湘管今如何？

樸　巢 有序　十山樓稿[①]

范國禄

雉皋古龍游河畔，大樹名樸，虬卧簑垂，不可盡狀。冒氏藩籬爲園，倦飛息

① 原注：范十山諸詩，須檢《同人集》補。如有已登載者，删之。己丑六月記。

影，乃于其上置小橋，置屋支臺，可漁可景。張功甫四松或不能逮，有巢人氏之風，尤有取于樸也。作《樸巢詩》。

古樹飲龍河，盤螭錯石砥。偃蓋老如寤，不知幾千歲。其下横珊鐵，其上楚雲翳。日月藏精靈，春秋自榮衛。霜雪蝕不得，鬼神護無戾。高士履遐端，架霄有餘鋭。屈曲騰華顛，虹橋展衣袂。平臺起木末，置身每常憩。遠嶂停修煙，蒼暝轉空霽。徙倚振群籟，具得風雨勢。宛宛仙人姿，悠然天半際。招之如可接，望之忽焉逝。空山多隱淪，何必松與桂。冥心返吾樸，緬懷在上世。凌駕俯洪荒，天地何奠麗！浩浩一流盼，邃古渺不替。

次韻杜憲副遊如臯冒氏水繪園 同上

前　人

杜公當代彦，功名騰天章。冒生吾黨英，聲華重賓王。出處雖不同，允爲朝野光。式座屏騶從，坐據藤陰牀。抵掌謝時氛，擊節起頹唐。冰心與玉壺，掩映正相當。園以水爲繪，林蔭如含霜。境幽景自殊，静理原有常。曠覽兹名勝，優優天一方。真人會東行，窃靄照紫琅。邈予下里士，偃蹇徒自賞。生不遇元晏，負笈難出疆。況改畏多露，道路何瀼瀼。遥憶曲水間，臨波流羽觴。行厨薦素羞，移席列清薌。玉山淩影下，抗迹崦嵫傍。回看身所經，歷歷皆蘭棠。摩空眺新月，但愁雲樹妨。即此數重水，誰謂葦可杭？涼颸生遠籟，餘景耀清揚。麈尾霏碧屑，出之紫翠房。手可摘星斗，意致交軒昂。盛世徵鼓吹，治具已畢張。草莽歌太平，高風千古長。

冒大席上别畢使君 同上

前　人

東臯射雉地，疇昔我所經。窃窃水繪園，十度九不停。故人託雙魚，先期話客程。夜聞使君過,侵晨候郵亭。男兒愛結交,不必多黄金。何況園林好,文章發天馨。歌舞妙絶代,梨園有九青。浪吟惆悵詞,莫若相見親。餘光藉高矚,追隨快未曾。

水繪庵坐月 同上

前　人

池上月陰陰,園林覺更深。秋情拈不盡,露氣暗相侵。鳥自忘機宿,蟲能抱苦吟。客牀眠未穩,消受費思尋。

次韻丁日乾黄雲爲女師吴琪東皋留行二首 同上

前　人

東皋趁行役,曾爲叩園扉。却好出門早,至今音問稀。看詩當良晤,拜法想深衣。正擬重相訪,何期又奮飛。
偶然不得意,未必是沈痾。遽欲促裝去,其如惜别何。探囊無藥物,到處有巖阿。且待春風便,清江棹緑波。

水繪園同徐堯章、包琢、俞楷、徐祥麟看梅 同上

前　人

留得殘華尚有柯,春光澹宕藉消磨。移樽竟日坐其下,把臂無言唤奈何。蝶爲香濃迷

晝永,石因風静養天和。不須繞屋勤新構,刷羽還來茸舊窠。

冒襄築圃未成先集諸同人小飲 同上

前 人

是事隨緣敢認真,偷天無處試經綸。身閑不住學爲圃,客至原來若比鄰。莫待種成花始賞,但教沽得酒相親。多情月亦能探看,滿座清光洽主賓。

惆悵詞[①] 十山樓稿

范國禄

相逢記在十年前,公子初開玳瑁筵。驚見雲郎年紀小,就中有客獨流連。
生來學得女兒身,細細腰肢小小脣。定是人間情種子,臨風一曲最傷神。
好處關情不用多,春山一抹漫秋波。天涯路遠今宵近,索向人前唤奈何。
吴儂愛唱相思引,一縷清音褭褭生。多少入情人不覺,經心應只是陳卿。
陳卿家住張公洞,洞口㛹嬛宛轉多。何事吹簫恣輕薄,春風自度雪兒歌。
嘉客聯翩坐上頭,主人意氣轉綢繆。不知舞罷歌殘後,幾度消魂百尺樓。
孤身作客感知音,一片黄昏燈火深。拚取五更更漏永,借枝原不爲投林。
日長日短儘牽愁,去住分明那自由?赢得賃春情緒在,不因人熱也遮留。
一年三百六十日,一日之中十二時。誰道時時心不一,一心到底只相思。
思來情似白雲濛,繚繞巫山十二峰。地久天長終見日,高唐夢老楚王宫。
思去情如大海流,魚龍窟裏下金鉤。彌天那得珊瑚網,照夜輕將隻手偷。
香不從風静可拈,温柔幽豔合生甜。閨房消受何曾慣,莫向鴛鴦譜子添。

① 原注:此和陳其年、劉雲郎作,可補入《同人集補》内贈小史詩。

收拾仙人古錦囊，爛然流出紫金光。分將太乙青藜色，併與陳生簇酒腸。
車馬湖邊日未曛，棹歌人曳石榴裙。此來不爲西家女，貪看徐雲有十分。
月下風前白板扉，三三五五弄光輝。斷腸曲待雲郎唱，不是傷心不肯歸。
金屋端然忙緑珠，却嗤石尉太迂疏。世間才子無長物，博笑吾勞賈大夫。
書生命薄分難憑，怪我公然得未曾。若説封姨煞風景，人情到好易生憎。
江北江南幾日程，掛帆宜趁雨初晴。押衙未必真豪傑，撩亂臨時一段情。
滿載離愁欲向西，不言不語但含悽。任教水繪庵前别，送我心先入畫溪。
惆悵應多苦惱詞，不堪惆悵獨新詩。新詩讀罷增惆悵，想見當年惆悵時。

東濱解棹至如臯，後至海陵，舟中柬冒巢民四截句 宙亭詩集

方外 紀 蔭

花朝解棹自東濱，薄暮停舟向古鄖。何事少微星不見，草堂空望鎖松筠。
看花天氣東風暖，閑擁笙歌别院深。千里故人相問訊，郵筒往復特過尋。
浮沉依約共輕鷗，野薺炊香逐路留。一夜千絲楊柳雨，併將銀浪打船頭。
海陵遥望滿谿烟，應是花深當曉眠。綵筆吟箋珍重乞，可能一向瑣窗前。

歲寒懷舊 同上

前人

冒巢民諱襄

巢樸冒司理，舊望重淮南。歌散桃花扇，草荒水繪庵。緇衣稱世好，烏榜促清談。二

老風流在，來往隔朋簪。謂許侍御。

冒巢民司李八十 同上

前　人

今古乾坤等一巢，先生高卧久神交。淮南碩果推前輩，江左清華著累朝。水繪卅年懷舊事，退翁老人丙申春過水繪，司李有詩紀事。蠅頭滿路閱新抄。高陽侍御每言司李神檢精王。因出書扇，細楷彌綸，皆燈前手録。臞生更進無生曲，千載團圞道韻遥。

第十八册

詩詞曲

花燭詞四首，乙巳三月賦賀巢民盟弟 同人集

杜　濬

奕世深交締好姻，夫君姓字重雷陳。何妨却扇通言笑？不比當年射雉人。

辨琴才調世無過，況復禪心比露荷。從此春風吹碧薏，青蓮房裏子偏多。巢民先夢青蓮。

正值良宵月滿天，春衫茶色映芳鮮。鈿釵玉燕皆經眼，知有從來大婦賢。

容臺禮樂恰相將，滿路春風花草香。王儀部送輿馬鼓樂爲前導，故云。來日新妝應較早，殷勤爲補百年觴。前一日，巢民逢初度。

賀巢民伯納蔡姬 起句用唐人，乃阮亭先生命。　同上

毛師柱

名士悦頃城，盈盈兩意迎。心神欣共寫，丰格喜同賡。花蕊回燈艷，茶香入夢清。此時一相顧，無語各含情。

新得佳人字莫愁，綉幃重叠在妝樓。梁栖小燕聲猶澀，鏡舞回鸞影自幽。幼婦好辭題少女，宜男香草號忘憂。宵來同夢衾初抱，客刺侵晨莫漫投。

又 同上

陳維崧

新得佳人字莫愁，吴娘才調最宜修。枕函着水凉羅薦，細朵如花熳畫樓。夾路犢車迎子夜，一奩蛾黛寫清秋。鉢池打槳佳如許，三月風光勝石頭。

新得佳人字莫愁，緑楊甸綫映春流。情鍾大婦珠簾並，家本中郎象管酬。姬姓蔡氏。錦瑟心情宜蹴鞠，玉奴年紀怕梳頭。勝常道遍歸來晚，恰喜堦前種石榴。

丙辰首春，海陵寓園喜晤巢民先生，見示新咏，兼以兩少君所畫蒼松春燕箋扇及岕茗見貽，長歌柬謝 同上

汪懋麟

州西村原好林木，疏快真能媚幽獨。上春來遊新雨晴，主人許我藉茅屋。門前菜甲緑未齊，庭外梅花紅已足。開軒把卷正蕭爽，車馬聊以遠馳逐。東行何意逢真人，握訴襟情拭雙目。參辰十載鬢鬚换，問年忽過六十六。慨慷示我乙卯吟，悲歌欲向春風哭。先生品地本王謝，少負香名動當軸。書法遒逸類蕭引，詩筆清蒼比光禄。軒冕早棄甘松筠，陶寫中年賴絲竹。酒酣每每説往事，恍聽東京夢華録。紛紛誰復開寶人，容易高言忤流俗。此輩蠢蠢何足較？世事但可消醽醁。林泉樂事猶自多，書譜茶經得賢淑。何當貽我蒼松圖？老幹盤拏兩枝秃。白團小燕齊啄花，嬾柳三眠似新浴。閨中蔡金雙畫師，韋畢徐黄徒碌碌。洞山花蕊製最珍，分餉正值春泉熟。頭綱八餅不足貴，宣城緑雪同芳馥。施愚山大參製緑雪茶，甚佳。元祐名賢此相饋，東坡好詩累長幅。自愧飲啜如王濛，報謝却少名篇續。品茶對畫聊爾爾，眼底胸中洗塵麴。水繪庵中得真賞，我欲扁舟訪溪澳。花濃水曲鶯亂啼，細話春窗烹茗粥。廣生案：此首"哭"韻下尚有毒、辱等二韻，今據刻本《百尺梧桐閣集》删。

丙辰春日，吴陵寓中喜晤巢民先生，兼出二女史畫册扇幅，種種奇妙，因攫雙栖圖爲玩，報以長歌，以碱砆而易瓊玖，貴賤恐不相敵耳，惟先生教之 同上

汪耀麟

先生少年佳公子，結客場中作畸士。文章山水兼閨房，一代風流孰能比？昔年過我見山樓，其時不過五十爾。霜花越歷經幾秋，白髮皤然今老矣。七年不出水繪庵，我亦偶然忽來此。陳家小樓可坐卧，客來宜醉梅花底。一夕衝泥攜飣飣，種種方物厨孃技。家製油浴見風銷，蓮花十字差堪擬。夰山酪奴欲破睡，玉版禪師味尤美。座中往往説家事，奮激唏嘘髪常指。尺布斗粟古有謡，豆萁瓜蔓何多否？柳下聖人終自高，廩上都君不曾死。寸雲蔽日何足虧？但以光天銷魁壘。先生且勿發長嘆，眼前良會真知己。歌兒尚有李龜年，洞簫聲足娱人耳。宛君雖已辭上元，不少閨中二女史。蔡琰弱腕能畫松，尺幅攜來烟滿紙。老蛟欲鬥生龍盤，不信韋偃得如是。更有金姝精花卉，五色輕盈點枝蕊。春蘭秋菊皆有香，蝴蝶蜻蜓欲飛起。墨筆且能畫雙鳳，鸜鵒轉盻嬌紅觜。白團小鳥愛雙栖，夢魂䠞入花枝裏。出入懷袖那能釋？羨君樂事無窮已。佳人自古難再得，月中何幸來雙姊？已知聚會非尋常，況復丹青供驅使。絳桃柳枝非夫人，小蠻樊素終奴婢。自有萼緑與杜蘭，世上鉛華盡糠粃。人生只合老温柔，世事悠悠等流水。

辟疆道翁招飲吴陵客舍，時將暮春，群賢畢至，少長咸集，不減脩禊蘭亭，賦以紀勝，兼誌報私。庭梅方熳，得縱觀如夫人墨妙，篇中故及之 同上

李　相

世誼龍門舊，交歡此更新。酒行文若少，德飲太丘醇。三尺鵞綾素，幾枝號國春。相看多逸事，星聚説陳荀。

巢民先生屬作墨鳳行，率爾應之 同上

錢德震

赤霄長離今至無，開縑隃麋香潑膚。一朝威彩動阿閣，坐來高館聞提扶。紛紛烏雀安足數？啁啾群欲欺神羽。東海爰居祀鼓鐘，漆園老鴟嚇腐鼠。翻思應嘉一來儀，卿雲糺縵翔奇姿。高岡細泉元醴味，朝陽椅梧青玉枝。即今想見不可得，瓊窗寫出丹山色。鈿管烟匀銅爵螺，砂床波衍嬴臺墨。迴吭矯尾勢自殊，與鵬俱息胡爲乎？肯教再展芙蓉匣，添入蓬萊小鳳雛。

墨鳳行 同上

許納陛

畫墨鳳者，冒巢民先生之女史也。朱鳥窗前，居然翰墨；紫鸞屏畔，不廢吟歌。乃於女紅之餘，遊情圖繪之事。九天高峙，何用點染於朱冠；八極騰輝，唯是傳神於靈質。展來緗素，占盡千古文名；閲乃鮫綃，直空四方粉陣。僕不自揣，勉賦歌行，非敢儗韓偓之《香匲》，聊以附徐陵之《新咏》云爾。

九苞殊彩出層雲，鳴彼高岡天下聞。羽儀飄緲真難繪，野雀山雞不敢群。况乃一幅好絹素，洗盡雕華無凡羽。斯須天上真鳳來，茫然不辨梧栖處。墨筆淋漓仔細描，傅粉施朱何所慕？丹霞千仞挺挺出，陰雲四野森森布。此曹精妙誠不朽，一空人世丹青手。况乃美人是傾城，意匠慘淡善經營。烏絲染就揮毫迴，斑管拈來落紙輕。麟衫綉帶增顔色，趙瑟秦筝雜鳳笙。風移皓腕空中舉，月暎明眸物外生。焚香瀹茗堂前掛，三千賓客盡心驚。况乃主人擅非常，口吐白鳳工文章。抛卻簪纓身既隱，一枝高寄自翺翔。吁嗟鳳兮德已衰，文明斂戢樂栖遲。鈿蟬金雁無人問，一束岐陽暗自悲。君不見，弄玉吹簫作鳳鳴，隃麋善寫在雕楹。俄頃奮翅飛青昊，化作閑雲萬里横。

墨鳳歌爲巢翁老伯賦 同上

張圯授

畫工貌鳳鳳不至，五色烘染徒紛紜。一朝飛來真鳳出，屏風九叠香氤氲。卻借朱顔生羽翼，不教光彩讓卿雲。雄姿莽蒼烟中翮，佳氣龍縱領上紋。美人如花凭湘几，熨貼吴綾剪秋水。砉然數筆群鳥驚，鴛鴦鸂鶒争徙倚。此鳥相傳不世出，一見岐陽一漢室。天子宫中弄玉簫，丞相府前彈寶瑟。後來獻瑞傳不真，直至如今絶消息。是日來儀雲母屏，滿堂觀者開顔色。粉本丹青拜下風，白描高手神充實。豈無青鳥與白鵬？欲貌其形不可得。鳳兮鳳兮，翱翔千仞莫下來，恐有吹簫之美玉，引爾乘風飛去使我心悲哀。

得全堂觀畫松歌 同上

戴　洵

女羅夫人産自吴門，實中郎之愛女；歸於江左，爲絡秀之前身。幼擅丹青，長嫺詞賦。放中山之兔；筆走龍蛇；染蜀江之箋，胸抒雲錦。固應操觚而從才子，何慚執簡以侍文翁？砥石生光，碧沼之文禽並浴；曲瓊炫彩，杏梁之海翼雙栖。業已譽噪香奩，豔流彤管者已。兹者展盈丈之鵞溪，寫千尋之龍鬣。參天拔地，不承五大之封；擢幹舒枝，猶濕萬年之露。坐客既瞪視而歛容，主人乃吮豪而作贊。輒忘蕪陋，用繼俚詞。得全堂上，烟雲與翰墨齊飛；水繪庵中，鉢響共濤聲相和。匪直香閨之佳句，實爲藝苑之美譚。不揣續貂，聊資引玉。

陰厓老松骨幹古，黛色參天皮溜雨。枝如挐攫行雨龍，根似藍田蹲伏虎。老藤千尺從空懸，虚堂日午飛雲烟。排空冪兀掃一切，只許頂上留青天。何從鎔得生鐵鑄？肅拜心神但惶怖。揩摩倦眼瞪視之，始覺寒姿託縑素。畢宏韋偃不足云，筆力何啻回千鈞。枝頭蒼翠濕欲滴，葉裏松子知紛紛。馮君卷藏畫笥裏，晴空恐有蛟龍起。舒張鱗爪挾以飛,吸盡蓬萊清淺水。

題姬人畫松歌 同上

冒　襄

深閨畫松天地曠,勢矗青霄極奇宕。蒼髯古黛何淋漓,柴車之輪大無狀。陰森直欲生雨雷,滴翠尤宜置巖嶂。我聞荆浩畫松數萬樹,岩子猶云是皮相。肉腕無法筋骨薾,真景不在筆墨上。擇仁寫松松入夢,吞龍四百蟠胸臟。醉塗抹布皆鱗鬣,醒補雲烟窮意匠。生心應手奪造化,不朽不彫與天抗。可憐弱質守尺寸,藥房菌閣馮聊浪。柔荑之手運纖毫,妙氣吹蘭冰雪漾。一草一花偶然耳,胡乃驚人成獨創。老蛟拔地虬擎空,一筆劃鐵無倚傍。觀如堵墻目交瞪,雲屯梁棟胸爲盪。王李木石趙管竹,對此那能不惆悵。從今移贈杜陵歌,畢宏韋偃甘相讓。不然應有鶴來巢,仙人挾去(裁)[栽]蓬閬。

再觀畫松歌 同上

戴　洵

巢民先生自題《畫松圖歌》,倚韻再和一首。來詩遠徵荆浩、擇仁而予近取白石翁,以白石老繪圖向藏稼軒留守家,余所親見,檜亦蕭梁舊植,爲吾邑八景之一也。巢翁許恵夫人妙繪,恐其久而秘惜,更以此詩堅之。

招真星壇高且曠,老檜七株最奇宕。四株六丁取上天,三株跛扈難名狀。石田潑墨圖霜紈,勢欲排倒石城嶂。或疑長房擲杖化老龍,不然鐵柱宫中蛟變相。畊石齋頭挂此圖,烟雲繚繞飛壁上。當其揮毫盤礴時,定有精靈搜腑臟。下蟠厚地上青天,經營慘澹窮心匠。得全堂中誰掃千尺松,敢與吾鄉老檜抗?霜根鐵幹枝槎牙,頂上濤聲捲秋浪。香閨春晝刺綉餘,端溪紫石墨光漾。公然放筆貌虬龍,師心作古成開創。主人許貽一匹絹，請添薽草相依傍。歸家稱壽老母前，蓊然雲起胸襟盪。差排老檜作地主，石田見此生惆悵。松身拔地檜參天，争奇鬥險誰相讓？笑他瑶草與琪花，柔條摇曳生蓬閬。

壽辟翁先生蔡内君三十 同上

姚若翼

古來士女各有志，昧旦雞鳴分所寄。山林廊廟性獨真，性之所投情亦具。冒公華胄天下才，願向絲綸佐天吏。身世相成遂隱淪，締交性命終不匱。舉案偕臧得蔡君，胎齋嫺静閨中閟。愛是丹青伴茗香，指尖花鳥殊多緻。圖成彩鳳羽毛仙，天女潜窺駕遊戲。缮繪松圍習子昂，離披虬勢風濤異。一時更述老梅圖，遥祝余爲弟子侍。三日神思出青藍，天姿肯與凡卉比。乞畫如雲晝不停，神爲之驅形爲瘁。值今臘八三十春，丰神姑射誠天畀。四海名流盡舉觴，娱辭麗句咸休吹。媛翁又值古稀年，同歌百壽相輪次。此日牟尼成道時，無量如來應授記。

女羅篇爲蔡夫人侑觴，兼請巢民先生正 同上

汪　楫

中郎有女嬌如何，春柳濯濯垂清波。有客稱之曰名士，贈以小字曰女羅。杜于皇謂女與羅含同名，爲作字説云云。女羅牽絲正春晝，紅雨飄香催豆蔻。儀部分將綵杖迎，使君競把雲璈奏。休誇董祀得文姬，共説周家來絡秀。鉢池水暖宿鴛鴦，閑摘霜毫倚綉牀。草木無情遭刻畫，翎毛脱手待飛翔。如椽大筆移松柏，一丈生綃下鳳凰。惜問芳年今有幾，弱腕縱横能爾爾。烏衣年少嘆無雙，白髮畫師嗟莫比。記得嫁時過十七，十二年來如昨日。長齋莫不愛逃禪，設帨最宜逢浴佛。我無錦綉段，又無金琅玕。何以致殷勤？請歌《女羅篇》。歌女羅，望瓊玖，留賓不羨麻姑酒。顧我四壁少輝光，報之願出纖纖手。

辟疆老伯少君蔡女羅工畫古松，有拔地倚天之勢。丙辰臘月八日，爲夫人三十設帨之辰，時在邗上，四方諸詞人競以詩文詞畫成册爲壽。余得展玩，亦作畫松歌，以當祝嘏之辭。同上

鄧林梓

玉鏡臺前朱鳥牕，從來筆墨皆妍媚。誰能拂拭好東絹，斑管縱横寫寒翠。少君貞心比老松，千巖萬壑在胸次。四方乞畫無虚時，繚綾側理滿篋笥。每因能事苦迫促，君公墻東避不啻。戲把鵞溪唤韤材，僲去凌波疾如駛。有時青簾朝爽來，有時晚霽開孤吹。有時庭開如意花，有時啼鳥弄幽致。賞心開我琉璃匣，三臺妙瓦光細膩。石墨精好勝隃麋，中山兔毫馴且摯。頃刻丈紙揮洒竟，張之高堂邀好事。歡喜讚嘆謂希覯，謖謖如有凉風至。喬柯忽爲偃蓋形，亞枝似縛鸞尾彗。旁出一幹真奇絶，墨龍鐵色横江睡。皮中麗脂膚理潤，名曰飛節芝堪餌。畫得松實落石凹，偓佺當時作糗糒。下有千歲之茯苓，仙家不愁口腹累。其上有物如青犬，或如人形或青牸。陰森若見雲霧中，恍兮惚兮難逼視。吾聞畫松推韋偃，已欺畢宏據上位。少君更是奪天工，未許韋侯樹赤幟。洵矣妙畫通神靈，緘閉如故忽生翅。又聞自昔王凝之，閨中文筆如玉粹。咏松擬之嵇中散，頓足欲執王喬轡。少君風致亦爾爾，畫松即以松爲擬。隆冬不凋秀葉榮，雪點霜痕空浸漬。

廣陵冬日，冒辟疆前輩社集名士十有六人，出詩文及蔡少君畫彩鳳、松石等圖，合觀稱賞。述少君臘八日三十設帨，徵詩以傳勝舉，俚咏書政 同上

柳　堉

一樹詞壇幟，東南美主賓。名山藏業舊，香閣繪圖新。麯麥郇家味，蟫蠍邗水珍。風流千載合，松雪管夫人。

縞紵清芬閣，三旬設帨緣。綵毫方拂去，青鳥便飛來。福勝中郎女，名隨大令才。浴蘭逢浴佛，盛事足傳杯。

小句爲吾老友辟翁頌蔡亞君芳辰書正 同上

程　邃

何以銷雲卧？蛾眉志趣同。師心根若父，放筆壓方雄。謫月抛靈藥，分身化入宫。素甆鳴一拂，玉韻發霜空。

巢民先生招集同人，得觀蔡少君女羅圖畫。臘月八日女羅三十初度，諸公以詩詞爲壽，余漫賦此 同上

李　沂

金仙證果日，天樂鳴雲霄。無數散花女，飛舞靈山椒。女羅是日生，遂爲粉黛豪。清齋禮繡佛，風致自飄飄。夫子愛逸趣，永結林下交。豈惟嗜禪寂，頗怪才藝超。重見管夫人，緑窗揮綵毫。十圍蒼松大，幾朵秋花嬌。老梅寒未放，忽滿冰雪梢。凡禽不入眼，五色畫九苞。或用墨瀋抹，一一丹穴毛。人間獲片幅，寶惜如瓊瑶。賓客求弗得，不平生叫囂。冒君才雋拔，筆陣驚風飈。詩酒足陶寫，焉用爵位高？家有麻姑爪，背癢時一搔。

賦贈辟翁先生兼祝蔡夫人祈正 同上

宋　曹

前年曾過雉皋城，水繪園中月正明。處士論文真絶世，夫人畫竹實齊名。雙栖墨鳳連雲起，十尺蒼松破壁生。筆意由來師獨古，平山風雨任縱横。

客舍相逢宿草黄，百年縞紵歷滄桑。風流座上推耆舊，書畫船頭坐鳳凰。看去總無閨閣氣，醉來更帶芰荷香。即席畫蓮花見贈。揚州臘八虹橋酒，復羨同歸夜未央。

又 同上

宋恭貽

竹西歌吹繁華路，車馬風塵逐朝暮。我居海上嘆蕭騷，片帆偶向邗關渡。信宿祇園懶出門，聞説清流競詞賦。雉皋老叟舊耆英，四十年前名魁梧。金屏綉幕貯嬋娟，香奩色色成畫圃。閑來寫出雙鳳凰，九苞氣骨非凡羽。呼朋把酒共披觀，壁上梧桐生紫霧。雌雄顧盼見情多，百歲深心託毫素。休傳歌舞重紅顔，白氏雙姬羞羡慕。子昂閨閣畫貧簹，今古風流分逸趣。不用吹簫引鳳来，雙飛欲向雲中度。從來國士得佳人，一時盛事紛傳布。臘月梅花曉正開，青鳥銜杯助歡娱。我亦濡墨發狂歌，碔砆敢混珠璣數。金釵隊裏號多才，聲名復藉夫君樹。珍重尊前唱和情，誰家巾幗能同步？君不見道路茫茫知己難，多少幽人感際遇。

東皋有彩鳳，炤燿廣陵城。求凰大江南，百歲歡同盟。德輝既以麗，韻事轉復清。淑女丹青手，閨閣真峥嶸。嘗寫雙靈鳥，寄兹伉儷情。呼酒對圖畫，噦噦聲和平。歌咏遍邗水，索畫屨常盈。總由夫子賢，所以壽令名。

辟疆先生如君蔡女羅三十初度，女羅解詩書，尤精繪事，寫鳳凰古松，變化飛動。先生預張宴，懸之四座，集同人徵詩歌古文詞，體女羅雅意也。女羅春秋方壯，何用介眉？而景物最佳，殊堪紀勝，漫成 同上

杜首昌

碧霄仙子下維揚，放出毫端活鳳凰。烟靄數聲鳴噦噦，梧桐雙影睡萋萋。茱萸迢遞灣成路，豆蔻玲瓏瓣是香。自寫松枝還自壽，先生親爲畫眉長。

子夜歌四首，爲辟老盟翁少君蔡夫人壽 同上

蔣　易

京兆還相見，蘭亭在此時。誰憐書畫舫？名士有蛾眉。
小小生南國，盈盈坐綺窗。今朝畫眉了，花鳥自成雙。
玉杵寧須覓，金丹豈更逢？一枝青鏤管，隨手是春風。
粧臺初寫黛，含笑向兒夫。緑華三日後，猶合姊相呼。

辟疆先生招同諸名流讌集，閲如君夫人書畫，賦此爲壽，兼博莞爾 同上

吴山濤

載得班姬書畫船，玉臺湘管是香奩。隔江擇婿休嫌晚，已嫁王昌十五年。

罷銜逸少代迎婚，字説樊川杜牧存。漫道靈芸香滿路，兒家寶馬更雲屯。阮亭迎婚，茶村贈字，乙巳春于歸事也。

公子才名冒辟疆，新詞贈婦溢縹緗。雙飛本是非凡翼，不畫鴛鴦畫鳳凰。

華堂賓客盡奇才，詞賦新成阿濫堆。試問昭容妝閣上，誰人能似夜珠來。

生辰同是老瞿曇，冰月梅花共一龕。蔡夫人生于臘八日。不待棗梨餐臘粥，筵前湯餅兆宜男。是日，以湯餅啖客。

常寫英姿盜盒人，悟來大士即前身。皆畫也。陳思莫漫誇同載，恐有深閨怨洛神。君家染香閣上，更有能畫洛神者。

辟疆先生招集同人，見如君蔡夫人畫，和岱翁六首爲壽 同上

白夢鼎

香山欲放過江船，曳履歡逢書畫奩。爲憶女羅成錦字，于今記得十三年。

余家草閣有新婚，素質蠻腰風雅存。恰值吴孃來水繪，青蓮白氎彩雲屯。

東海人傳冒辟疆，西吴女出蔡中郎。兔絲能附長松上，蔡君善畫古松。更比梧桐雙鳳凰。又善畫碧梧丹鳳。

閨閣名家翰苑才，垂簾染墨古香堆。垂簾學寒玉古梅。梅花一幅凌千尺，太守親携蜀錦來。園次以吴綃拜求。

瓊花前世定優曇，彩筆禪心雪一龕。佛臘正當歡喜日，誰言生女不如男。

自是冰壺照影人，却來水繪畫中身。金閨尚有雙南侶，恐妒凌波邗水人。辟疆閨中又有金夫人，善畫，未來邗上。

丙辰冬仲，偶客廣陵，俚言奉祝 同上

蔡啓傳

蘭生幽谷本多姿，况復蒼松偃蓋時。寒暑遞更新歲月，開簾同進百年巵。

丙辰仲冬，巢翁老世翁先生招飲，出蔡夫人所[畫]鳳凰圖索題，兼祝三十初度，請政 同上

宗元豫

金屋微聞翰墨香，羞將粉黛事仙郎。遥知弄玉前身是，愛向晴窗寫鳳凰。
仙風慧業自天成，文佛生辰爾誕生。麟脯擘來渾不御，碧甌徐進紫蓴羹。
日將彤管伴夫君，書畫由來兩絶群。見説年來翻内典，禪心元自屬朝雲。
鴻詞妙墨四方聞，綉佛禪燈悟夙因。不是維摩居士室，那能邀得散花人。

巢翁先生如君蔡女羅三十詩十二首 同上

汪耀麟

春風二月海陵時，曾把丹青説蔡姬。記得白團雙鳥娟，黑甜香裏夢花枝。
冰綃三尺掛屏風，弱腕公然畫老松。堂上只今風雨夜，不時舞鬥出蛟龍。
曹氏當年世所無，毫端勝概集江湖。誰言鸞鳳鴛鴦手，不畫桃溪蓼岸圖。
端獻曾聞有令妻，但娱圖史愛吟詩。不凡胸次誰相似，淡墨還能寫竹枝。
人物清妍出筆端，江南童氏信堪傳。如今誰學王齊翰，能向深閨寫外邊。

畫樓生小懶穿針，點綴蟲魚自有情。應笑玉奴徒會舞，蓮花不向手中生。
生就長齋學散花，媚兒不羨出盧家。口中自有芙蕖味，二十年來誦《法華》。
細腰初擊鼓聲高，臘日剛逢産絳桃。塗罷口脂香滿面，梳頭正有駐顔膏。
曾買長安寶鏡圓，芙蓉自綉晚燈前。回思初嫁王昌日，鬥草于今十五年。
治饌殷勤自出房，更將十字學西洋。狼山雪酒新開甕，不比尋常一樣香。
樊素休誇口最紅，小蠻心性亦玲瓏。畫山畫水何曾減，肯讓文姬獨自雄。
鸚鵡簾櫳隔後堂，爐香幽細硯精良。妮人豈獨温柔好，羨煞先生老是鄉。

又 同上

范國禄

朱履繽紛，錦囊炤燿，美盡東南。喜龍蛇滿壁，冰綃霧擁；丹青列幛，綉閣香酣。才子司壇，天孫凑巧，風雅平分一擔擔。論閨秀，似管夫人筆，並駕同驂。　驚看女史光函。又寶婺、輝輝罥鏡奩。却水晶簾下，影摇銀蒜；珊瑚樹底，艷動金蠶。紫若千頭，黄流百盞，捧出東房慢慢添。何所爲，爲少君初度，四座分甘。《沁園春》

丙辰仲冬，巢民長兄廣招同人讌集，兼值少君初度，分賦即叠顧庵學士原韻 同上

孫繼登

朝起湘簾卷。看夫家、滿堂名士，班荆同遣。綉閣粧臺雲霧繞，筆墨淋漓如泫。玩風致、素裳繭繭。宋紙濤箋隨意適，任十洲三島烟巒淺。爐香裊，畫圖展。　詩中有畫畫中顯。想蘭閨、象管聲圓，鳳頭釵匾。最羡臨摹神不倦，懶聽五更鶏犬。紅豆夢、多情奚免。瑶圃花開常作供，笑桃根桃葉何曾典。梅欲綻，不須剪。《賀新郎》

再爲蔡夫人壽 同上

吴　綺

珊瑚插(架)[架],芙蓉擘紙,共把文姬再唤。誰知浴佛向紅窗,又占取、蓮花一瓣。　　當年筆虎,前身夢鳥,消得梁家玉案。紫綈圖就滿巾箱,却不許、劉郎偷看。《鵲橋仙》

玉簫引鳳,金籠放鴿,甲子韶華初半。水晶簾下恰梳頭,早展滿、鷰溪素練。　　雲因意起,花隨手發,笑引緑華爲伴。兒家琴曲本中郎,誰説道、夫人姓管。前調

丙寅臘八日,奉輓蔡少君女羅六章,時巢民先生客邗,於天寧藏經閣懺薦少君四十初度,偕諸同人赴齋應教 同上

丘元武

偶出蓬壺四十年,抛來金粉又生天。安仁亦是丹丘骨,乞與支公一瓣烟。
綉筆文心伴薜蘿,香消何但弔青娥。人間誤作朝雲看,漫與神仙倡輓歌。
葉葉蓮花落碧潭,移來清影照優曇。慈雲自識春風面,吹送銖衣水繪庵。
前年寫贈虬松樹,十尺龍鱗倚玉臺。歸去生綃重拂拭,滿空冰雪夜風哀。
悼亡法曲淚紛紜,千佛名經下界聞。天上多才逢小宛,玉皇雙授女修文。
臘粥香生拜佛幢,柘漿遥酹玉爲缸。梅花貼瓣傷心麗,何處吟魂繞緑窗。

書畢，客言少君割股救父，及免巢民先生於盜、於火三事甚偉，復作四章 同上

邱元武

題罷書詞滌硯初，客催濡筆渺愁予。英英綉户三奇節，彤史千秋雪涕書。
多病嚴君八十春，刲來玉腕淚盈巾。前身愧煞中郎女，不辦刀圭救老親。
寶彝閣比絳雲樓，同夢千燈繞玉鈎。驚曳元參衝烈焰，粧臺燼冷不知愁。
廿載蘭心映碧空，雙鬟教養擬當熊。可憐燭滅銷霜刃，環珮難追紫蘂宫。

蔡少君輓辭 同上

李宗孔

好將金粟憶前身，自小珠同掌上珍。若作曹娥江上伴，應留黄絹與詞人。
先生風雅重當時，才似青蓮欲殺之。驗取石榴裠上血，於今真作斷腸詩。
咏絮才高兄子作，簪花格擅美人工。小窗閒作丹青譜，身在花香百和中。
誰復多情奉倩如，鴛鴦有誓再生初。緣何望裏珊珊影，不逐行雲過别篠。

又 同上

顧道含

曾過姚江孝女祠，外孫虀臼撫殘碑。如今雉水貞珉立，并有新文弔蔡姬。
突火吹燈兩出奇，當前急智捷如機。須知劉向流傳者，不是蘭閨綺麗兒。

聞説房櫳閉冷埃，蛛絲蟲網不曾開。殘箋斷墨娱生物，却迸傷心老淚來。
花謝鶯啼黯黯傷，玉堦人去香茫茫。月明環佩歸來夢，可爲湘簧炷斷香。

悼蔡少君四斷句 同上

沈士尊

當熊衛主昔曾聞，不負閨中娘子軍。洛浦凌波親救火，肯教玉石與俱焚。
藁砧郎罷總傷神，搶地呼天豈顧身。孝女曹娥今蔡女，可憐生死爲君親。
名姝妙筆迥無倫，早是烟雲供養人。畫得九苞生彩翮，依然乘鳳向蒼旻。
遺簪墮珥祗堪悲，玉鏡臺前罷嫵眉。怪得白頭傷騎省，安仁重有悼亡詩。

又 同上

方湛蓋

生前群奉女中師，死後争傳幼婦詞。四十年來真獨立，不堪重説蔡文姬。
筆花紛落在人間，信是仙姝第一班。題起刲刀曾救父，佛前稽首淚潸潸。

又 同上

徐時夏

早辨琴聲有蔡文，可憐年少忽離群。臺前玉鏡空明月，枕上珊瑚起暮雲。臘雪飛飛迎舞袖，寒花片片濕羅裙。只今惟有龐公子，難覓同心一少君。

辟翁先生爲蔡如君誕辰設供天寧追薦，承徵輓詩應教 同上

傅　宏

銀甲絃調，蠟梅香放，綺筵高列。慘淡今朝，繁華往日，回首空腸結。奩餘殘粉，寒留半臂，風約綉簾蕭屑。最銷魂、人亡物在，畫譜彩毫精潔。　伊蒲設供，化城稽首，總爲柔娘心切。才子數奇，朱顔運促，今古同凄咽。蹁蹁却望，劉郎情種，話到潸然愁絶。且消遣、一枝爛艷，好生親熱。《永遇樂》

丙寅伏臘，巢翁老先生爲姬人蔡君禮懺天寧，雪公親爲回向，同人競作輓章，余不揣固陋，敬成二首應教 同上

費文偉

初日芙蕖，是耶非耶，文姬後身。向青門屈節，詞場老宿，紅閨染翰，金谷香塵。顔比寒梅，清同秋水，顧影臨池寫洛神。稱賢淑，更禦灾刲股，孝子功臣。　可能朝槿長新，怎夢逐梨花不駐春。怕扣來響板，鸚鵡吞血，譜將舊曲，楊柳含顰。杏裏歸雲，渡邊逝水，冷淚空貽白髮人。三生願，倘魂遊東閣，擁髻沾巾。《沁園春》

鬥草籌花，忍放春閑，孤栖女床。任呼鴛作枕，他生未卜，傳言倩鳥，此意難忘。霧(穀)縠霞裳，明璣翠羽，都繫愁人宛轉腸。真愁絶，甚因緣錯種，拈向空王。　上方梵筴悠揚，將慧業消除一瓣香。問藕絲斷否，憑師捧下；布毛吹去，休嘆琴亡。蓮界能超，火輪急跳，惹月宫中駕鳳凰。拋情劫，借枝頭一滴，證彼清凉。前調

索冒辟疆姬人畫 詩觀

張　潮

薜荔成帷蘗成房，翩翩二妙共翱翔。閨中齊鬬香匳集，寓内争誇寶繪堂。宿世畫師偏傳粉，前身金粟故慵妝。微吟敢博鵝溪絹，莫笑書生故態狂。

題蔡女羅疏篁寒雀圖 曝書亭集

朱彝尊

疏篁幾葉摇晴翠，淺暈出斷霞魚尾。恁時寒色空閨裏，偶憶得，瀟湘水。　更添凍雀黄昏睡，問同夢梅花開未。一枝已遂雙栖計，任雪壓，風扶起。《於中好》

題金圓玉蔡女羅合畫梅花畫幅 頤道堂詩選

陳文述

畫爲陽羡儲紀堂孝廉所藏，有二印，一曰"書中有女，畫中有詩"，一曰"水繪園蘭閨雙畫史"，不著款。余定爲兩女史所作。

水繪園荒咽殘瀑，芳林寂寞莓苔緑。絹素流傳又百年，如見糾枝綴寒玉。一枝瑶悦酣春紅，一枝珂雪開曉風。翠羽無聲月波冷，仿佛夢入羅浮峰。誰其作者嬋娟子，小印分明雙畫史。想見蘭閨點筆時，玉臺雙笑香生紙。素心冰雪顔朝霞，畫梅人亦如梅花。我所思兮莫瓊樹，仙之人兮萼緑華。君家居近迦陵宅，標題殘墨留陳迹。回首南都感夢華，花月滄桑幾詞客。

題蔡夫人畫松長卷用巢民徵君韻 小三吾亭集

冒廣生

我家徵君性奇曠，百年文史稱跌宕。少日膺滂一任謾，老去原嘗差足狀。即今水繪化榛蕪，滿眼烟雲换巒嶂。家國茫茫兩廢興，滄桑何者爲真相。流傳此卷二百年，生氣森森蟠紙上。縱數尺五横丈三，飲墨一升酣腑臟。想見深閨罷覆荼，拔地參天窮意匠。濃陰疾若風雨走，拗枝勢與蛟龍抗。更想妝成出閣時，鉢池春水添新漲。儀曹簫鼓導馬前，風吹仙樂空中漾。座客趨群杜與陳，兩行花燭新聲創。夫人以康熙乙巳三月來歸，王阮亭方以司李按部如皋，用鼓樂爲前導，杜于皇、陳其年各賦催妝詩。影梅庵廢寶彝成，一十二年形影傍。是歲剛稱三十觴，卷作於丙辰，夫人剛三十歲，距乙巳來歸十二年矣。綠楊城外蘭橈盪。屈指星霜又十秋，蛟門墓誌堪惆悵。夫人歿於丙寅，墓誌爲汪蛟門所作。歲闌呵手重觀摩，荆浩擇仁都退讓。忽復打窗簷雪晴，天風謖謖生蓬閬。

鈍宧京卿得其先世巢民先生姬人蔡女羅畫，裝潢成卷，手書蔡生平傳誌詩文於後，出眎因題 畫雞圖卷

趙椿年

憶語流傳董少君，當時紅袖總能文。摩抄片羽人猶惜，應爲禽經益舊聞。
三月鶯花射雉城，水温山膩畫難成。佳人獨有劉峎感，一幅殘縑萬古情。
雅音林下都成集，吳會英才亦有詩。誰向璇閨編畫史，丹青徵編女郎詩。
文采風流今尚存，三吾水繪舊名園。多君詞翰陳先德，自寫烏絲一萬言。

又 同上

呂光辰

《燕子》《春燈》事可憐,當時名士盡寒煙。輸他尺幅佳人畫,草草流傳二百年。

棗花古寺誰重説,水繪名園亦久荒。比似寧師訓雞卷,一般畫裏有滄桑。

韻事君家德不孤,尚留粉本在吴趨。他年合浦雙珠返,佳話應添藝苑無。聞楊君誦莊言,在吴市見金曉珠夫人畫,以索值昂,未購致。

裝成新帙比牛腰,排比應知數月勞。我有劉崐三尺劍,無端惆悵立中宵。

又 同上

呂　鳳

問才人,幾生脩到,添香屏列仙侣。乾坤奇氣山川秀,一例平分兒女。饒綺緒,展五色,靈毫非衹脩眉嫵。二難並處,任寫盡鶩溪,收將鳳紙,水繪丹青富。夫人與金曉珠夫人,時稱水繪園兩畫史。　情天住,消受縹緗逸趣,楊枝桃葉應妬。催妝設帨多佳話,徵編玉臺新句。耽雅素,想花底,清齋綉佛禪心悟。流傳片語,認絳幘留痕,碧紗題字,依約驚鴻睹。《邁陂塘》

得蔡夫人畫雞小幀題後 同上

冒廣生

不是深閨惜羽翰,九苞從古賞音難。縱然威鳳人間有,也作山雞一例看。

題冒巢民先生姬人蔡女羅十一鶴圖 曠觀樓詩存

朱　霖

巢民老人煙霞叟，毛羽雖豐心否否。黄冠草履百不憂，舊盟祇伴梅花守。當年水繪坐鼓琴，誰識昂昂嵇紹心。紅塵久息乘軒夢，寂壑幽巖深復深。閨人相對亦洒落，寫真譜出凌煙鶴。

换蔡女羅畫松 杜稿編年

杜首昌

蒼龍笑自腕中生，雲擁風驚。攫拏玉臂盤空舞，□孤峰、倒插霜根。外極縱横蒼莽，中偏細碎分明。　　問誰金屋貯佳人，别號巢民。巢民愛我詞如畫，换虬枝、活跳丹青。明月二分之下，常聽一片濤聲。《風入松》

换蔡女羅畫鳳凰 同上

杜首昌

從玉簫聲裹，半空飛下。德輝五色盈眸乍。信是仙人弄玉，幻此神化。盡底把、天工入畫。　　芳心驚訝，獨讓蘭閨稱霸。影茫茫碧梧陰瀉。填一曲，且聊存，這段詞話。偏换得、驪珠無價。《鳳凰閣》

蔡女羅藤花綬帶鳥爲莫楚生賦 老頤堂集

沙元炳

楚翁示我女羅畫,軸角蠅頭題墨鳳。女羅墨鳳我經見,玄冠緇裝勢矜重。眇兹帶鳥尾雙翹,引亢高託藤陰呀。似夸鳳凰不如我,大綬拖身紫絲鞚。冒夫子妾中郎女,女羅畫多鈐"中郎有女"朱文印。吕與君章争伯仲。爲誰苦愛高官職,筆端有口寓嘲弄。人中鳴鳳亦凡鳥,張目如電仍被瞢。題詩未暇步錢、張,錢武子德震、張孺子圯授皆有《墨鳳歌》,見《廣陵詩事》。廋語發君一笑鬨。

桃花石秋葉水注歌 器爲冒辟疆姬人製,背銘"巢民命姬人仿古"七字老頤堂集

沙元炳

唐溝紅葉流人間,千年化作雲根頑。膏污粉漬淘不盡,血痕片片燕支斑。坳池浴罷朱魚戲,背銘微認巢民字。玉蟲小篆兩行鐫,云是姬人親手製。豔月樓中誰第一,雙成才藝誇無匹。自編匲豔籌千秋,食譜茶經等閑緝。影梅苦語憶纏綿,待闕鴛鴦屬絳仙。定情便泣紅蘭露,應讖旋消紫玉烟。中郎有女蔡女羅畫印作此四字。丹青手,蒼松墨鳳馳聲久。玉版箋裁綉佛前,金壺汁灑添香後。温柔晚景付金張,圓玉才華復擅場。屢貌洛神泥夫壻,更摹紅綫應吴郎。當時女伴盡聰明,十友文房事事精。可憐一片桃花石,不爲侍兒識小名。侍兒若箇工剞劂,妝成自褪金條脱。花乳春嬌割紺霞,粉肌香膩霏頳雪。琢成凹凸稱郎意,研山紅瀉蟾蜍淚。神物猶能護美人,染香劫火知曾避。樓閣陰陰曉氣凉,宣罏爇徧女兒香。紫雲捧出屏山角,幾度摩挲易斷腸。洗鉢池邊石墀步,曾是嬋娟親滌處。荒園一角委寒蕪,鼎彝畫匣成塵絮。《定武蘭亭》入海虞,辟疆《定武蘭亭》,今歸海虞邵氏。大明翠瓮鬻東胡。如皋袁氏有積翠瓮,云是辟疆舊物,爲骨董購去,以五千銀鬻諸日本。蘭閨清玩些些物,留伴徵君手校書。予家有辟疆手校《史記》。流轉頤園近百年,故家胏胕憶嬋嫣。猩泥小印鈐香扇,試證朱痕字宛然。舊藏蔡女羅畫,有"巢

民命姬人仿古"朱文長印。輕鸞綉閣扃緘密,襲以文檀紫緹室。荷葉濃分翡翠盤,予家有荷葉翡翠盤,相傳爲辟疆遺物,惜無款識可考。桃枝閑浣珊瑚筆。文物風流過眼花,江南浩劫幾蟲沙。沈香筒子梅花硯,柳顧遺芳屬那家。柳如是沈香筆筒、顧横波梅花硯,均見《碧城仙館詩鈔》。彤簌一握尋薌澤,染毫還供傷心客。玉臺本事問誰知,衹有城東一拳石。

論印絶句 十二首之九,論印絶句

陳 鱣

書中有女畫中詩,此意何如倒好嬉。更向蘭閨求鐵筆,前惟何媛後韓姬。

冒辟疆姬人作畫,有小印文曰"書中有女,畫中有詩",吾子行題管仲姬墨竹上,倒用好嬉子印歸之,趙子昂見云:"他道婦人作畫,倒好嬉子耳。"何氏玉仙自號白雲道人,史癡翁姬;韓氏約素號鈿閣女子,梁千秋姬,俱工於印。

又 十二首之八

錢塘 厲 鶚太鴻

閉關頌酒屬蛾眉,匕首夫人擅巧思。不見雉皋雙窈窕,書中有女畫中詩。

宋奉華劉妃有"閉關頌酒之裔"印,予嘗見明妓徐驚鴻畫扇,印文曰"徐夫人",皆以婦人用男子事,徐更巧合。又嘗見冒辟疆姬人金玥、蔡含合筆畫紅玉茗,小印文曰"書中有女,畫中有詩"。

題水繪庵玉山女史畫册 同人集

梁清標

淺碧深紅媚藥欄，愛他獨耐曉霜寒。莫言桃李娱年少，此種偏宜老去看。《老少年》
南田花渚能臻妙，又見清溪魚藻圖。閨秀似嫌脂粉涴，偏於林下寫菰蒲。《菱花游魚》
寒花綺石破蒼烟，雨葉風枝最可憐。蟲語西堂生客思，一庭秋色暮雲天。《秋色》
冰雪閑門凍玉樓，暗香獨傍小山幽。歲寒賴有孤英在，肯使佳人怨白頭。《黄梅》

又 同上

王士禎

雪後空庭氣蕭瑟，千頭紆竹獨嬋娟。畏寒凍雀不飲啄，斜日踏枝相對眠。《緑竹寒禽》
堂堂策策百千頭，菰葉菱花滿碧流。仿佛吴興騎馬處，江南落日白蘋洲。《菱花游魚》
記得凌波微步來，明珠翠羽共徘徊。洛川日晚神人隔，空費陳王八斗才。《水仙》

又 同上

陶　澂

浥露荷花玉面新，平明初見虢夫人。不知何處青蛾女，一樣亭亭更絶塵。《白蓮》
交頸如何有别離，風中楊柳碧絲絲。孤情不定雲深黑，可似横塘月墮時。《鴛鴦》

又 同上

程　邃

多情多恨多憂者，善寫忘憂屬素蛾。觸目丹青腸百轉，無憂無恨奈情何。《萱草》

又 同上

惲壽平

吉祥亭下萬千枝，看盡將開欲落時。却是雙紅有深意，故留春色綴人思。《牡丹》
還向春烟舞絳羅，可憐長帶受風多。玲瓏何必成珠珮，窈窕偏能學女蘿。《蘿花》
碧落銖衣懸想象，夢中秦洞自凌嶒。不知何處留漁艇？空對桃花憶武陵。《桃花》
秋殘不向紫桑老，霜後還疑蔥嶺來。踏破微塵華藏路，心空長見一枝開。《僧鞋菊》
墨華成五色，點筆神韻足。難療東方饑，羨此一囊粟。《罌粟》

又 同上

吴　巖

香生姑射仙人筆，色倩薔薇露點裁。不作羅浮春夢早，檀心全爲歲寒開。《黄梅》
綽約墨花紛秀色，依稀翠羽展青鸞。風姿露骨明秋水，不入文君臉上看。《白荷花》
素影夢回縈洛浦，水香烟白曉風清。斯時運筆兼葭畔，别有伊人致與情。《白荷花》
緑笄浄野色，幽禽安勁枝。雙栖殊適義，清默閟遐思。《緑竹》

題染香閣貼瓣梅花 同上

吴 綺

夢斷羅浮玉作塵。誰認前身? 難認前身。美人夙世是花神。意到成春,手到成春。 看來點點尚鮮新。雪也如真,月也如真。不須憔悴怨黄昏。返得香魂,返得愁魂。《一翦梅》

和蔨次題染香閣貼瓣梅花 同上

冒 襄

香玉霏微雪泛塵。月下單身,夢裹單身。閨中少婦弄精神。妍手偷春,老筆藏春。 折來看去總如新。寫出真真,唤出真真。古苔緑綉碧煙昏。香草還魂,蜂蝶銷魂。《一翦梅》

題金夫人畫盜盒圖 同上

吴 綺

雪夜燒燈浮緑酒,西園賓客重來。掃眉人有不凡材。筆牀翡翠,妝罷寫幽懷。 兒女英雄誰復問? 人間多少塵埃。解圍閑煞小金釵。神仙來去,一葉墜庭階。《臨江仙》

題冒巢民先生閨畫群芳長卷 同上

錢　曾

衆香國裹散氤氲，筆底生花迥不群。慢世風懷須領略，石湖煙月尚湖雲。

乙丑端陽，玉山閨人以湘箋摹畫薛少保十一鶴貺節，為書少陵五言古詩於上，仍依韻題和一首 同上

冒　襄

華亭兩鴻鉅，寥廓得余真。宜置黄鶴背，骨相鮮纖塵。余弱冠時，陳徵君謂先師董文敏公云："辟疆仙品，若使學道，故是黄鶴背上人。而約束于祖父家訓，不得不以舉子業名，終非富貴所能縛也。"先師深然其言。故吾六十年，謬擬緱山人。薛稷十一鶴，曠邈誰為新？閨人金鏡節，縮筆摹形神。驚身警露圓，矯羽飛雪鄰。昂藏見頂脚，交讓如主賓。出入懷袖中，展玩何其頻？老我愧垂翅，渴想芝田津。倘遇葫蘆客，凌霄誰能馴？

巢翁先生以玉山夫人十一鶴屬題，即用杜起句并韻 同上

汪耀麟

薛公十一鶴，誰復寫其真？林下有殊艷，粉墨超凡塵。欲為丈人壽，集此樓居人。前驅命騏驥，各各形體新。或得蘇仙骨，或傳丁令神。或隨王子喬，日與雙梟隣。翔甸類鳳舉，中律諧鴻賓。不知軒車貴，但願變化頻。一千六百年，飲水瑶池津。嘎然上

青冥，豈若凡鳥馴？

又 同上

汪懋麟

少保青田姿，能爲鶴寫真。意思本冰雪，自然無纖塵。豈知千載後，乃有如花人。重貌十一鶴，磊落意態新。高步肆飲啄，一一傳其神。我聞水繪翁，近與猿鶴隣。閨中兩小妻，莊如舉案賓。持此前上壽，勸酒寧辭頻。飢茹黄公芝，渴飲許由津。低頭看雁鶩，齷齪焉能馴。

巢民先生命題玉山君所臨薛稷十一鶴圖 同上

顧道含

白狼東去百廿里，蓼角沙洲名海嘴。上有仙草人不識，鶴産仙雛哺于此。緑脚龜紋表殊異，相以圖經集諸美。四十年來地運移，海角坍没波濤裏。銜草不復見群鹿，蓼角嘴入海，亘南北三四百里，江海氣交，亦地脉之結根處也。上有仙草，人莫識，有鹿群，以數百來遊，浮海來去。大角鹿載草，群衆就食，泛潮如鷗鳥。舟人、樵子或見有元白者。角坍没，鹿不復至，而鶴亦種絶云。鶴乎歸飛蓬萊矣。眼前凡質空籬篊，負寵乘軒羞莫比。吕四鶴，緑脚龜紋，丹頂尤鮮，狀亦殊絶。怪哉十一青田真，何時傳入閨中史？研光摺扇布分寸，舞啄鳴食各盡理。使我遠想薛少保，千載精神復凝此。浣花老翁漫賦詩，懊恨不見此女子。播揚仙風在懷袖，繫足不須長命掎。午日綵絲，名長命縷。願君持此扇，試招滄海東。神物變化能感通，招致氣類三神峰。吹簫跨背來吕翁，與子謁帝朝金宮。

己巳六月八日，祝巢翁少君金夫人初度 同上

吴　鏘

雪藕調冰午夏寒，當年仙掌降珠盤。祥光從此應無盡，明月初弦正好看。
廿載追隨夫子賢，染香樓閣住神仙。尋常筆墨難輕傍，自寫松芝祝大年。
相對風流許共持，一邊讀盡一邊詩。鬢絲禪榻爐烟裊，應笑青春杜牧之。
京兆才華不等閑，筆牀硯匣豈人間？朝來爲掃雙蛾緑，記取江南一抹山。

和聞瑋先生原韻 同上

冒　襄

媚澤珠光映曉寒，廿年獨對水晶盤。臙脂洗盡圖松鳳，丹穴蒼巖壁上看。
慈覆春雲舉案賢，雙成仙去尚留仙。香光髩影娱人外，慚愧蠻腰累晚年。
刲股重生極護持，一春嬾慢贈卿詩。喜逢初度來瓊玖，共對芳蘭一和之。
卸却瓌姿體浄閑，共留筆墨寄人間。魚珠未便酬明月，自寫烟雲小米山。

題汪蛟門所藏冒姬鴛鴦圖 詩觀

梁清標

飛花片片趁香泥，水漲銀塘綺翼齊。何事蘭房圖匹鳥，鹿門自昔愛雙栖。

題金曉珠水墨芙蓉 曝書亭集

朱彝尊

湘江水,澧江水,木末同姿媚。露下泠花繁,風裏柔枝脆。　　玉臺匀染地,意匠應憔悴。硯滴井華新,墨吮香脣醉。《醉花間》

題冒辟疆姬人金圓玉水墨秋葵圖 原注:辟疆自題云:"余不能飲,日看畫此花,亦飲醇酒意也。" 樊榭山房集

厲　鴻

金錢横欹醉不勝,墨痕秋暈一匳冰。西園老盡佳公子,看畫花枝學信陵。

秦敦父前輩出所藏冒辟疆姬人金玥美人蕉畫册索詞 金梁夢月詞

周之琦

風光幾信。儘描出雉皋,當年花韻。自翦翠綃,點筆曾看,欹蟬鬢。碧腴乍展痕猶嫩,似人影單綃紅襯。染香亭上,憑誰遞與,畫欄芳訊。　　吟穩。蕉窗秀句,問名字尚見、金明玉潤。素月半規,小篆盈盈,芳心印。螺青寓葉春來恨,認水繪、凄涼眉暈。任教重覓秦淮,舊時黦粉。《絳都春》

冒辟彊姬人金圓玉小像 小鷗波館詩鈔

潘曾瑩

畫欄蛺蝶認春痕,月樣團圓玉樣温。洗盡燕支留粉本,綉毬花下又黄昏。
射雉山前蕩槳過,當年風月儘銷磨。一叢修竹添清影,翠袖天寒伴女羅。
團香鏤雪作生涯,想見合毫傍緑紗。誰識信陵醇酒意,冰匳看寫墨葵花。
房山筆法妙能諳,寂寞西園問孰探。別有暗香團扇上,東風更憶影梅庵。

題水繪園金姬人畫幅中寫綉毬詞一解 箏船詞

陽湖　劉嗣綰芙初

甚江心、湘中閣畔,年年水繪如畫。春來已是漫天絮,不道拋球新罷。衣正挂,恰想見、當年圓玉魂應化。定情纔話,待唤紫雲來,唱楊枝去,樹底綉還暇。　休園事,來鶴閑亭曾迓,蛟門舊日聲價。謂汪蛟門贈詩事。分明小宛重評過,值得扶來裙衩。深柳罅,聽幾處、鶯喉轉向東風罵。與誰來也,只翠蝶疼癡,紅蜻惜退,不許粉先謝。《邁陂塘》

長亭怨慢 秦敦夫太史以冒辟彊姬人金曉珠畫花卉册屬題,予題其垂楊一幀。 翠薇花館詞

戈　載順卿

訝當日,東風吹處水繪園高,緑陰如許。暈翠調脂,靚妝曾記,鬥眉嫵。染香闌檻,看

一角、垂千縷。千縷是柔情，好繫得、天涯春住。　春去。嘆湘中閣畔，只有落花飛絮。鶯啼夢醒，定重憶、玉山仙侣。便訪到、冷月池塘，怕非復、蠻腰低舞。剩舊篋零箋，同惹淒涼愁緒。太史故姬端木慈鬘工詩善畫，册中菊花，太史自題《瑞鶴仙》調，悵觸感懷，詞旨淒惻。又《享帚集》中有兩訪水繪園，及檢舊篋得慈鬘遺墨三詞，故下半及之。

辛丑晚春，久雨初霽，攜小姬吴湘逸看畫堤桃花，閉門湘中小閣。山濤過訪不值，有四絶句，戲爲和答，并付湘逸 巢民詩集

冒　襄

積雨連天損豔陽，桃花千樹退紅香。重門深掩留春色，惟許閑雲度短牆。
林坰深杳恣聊浪，小霽偎紅露寵光。癡態若雲誰得見？畫堤飛起兩鴛鴦。
小閣湘中雲水鄉，有人如玉共文房。三吾昔日應無此，贏得幽情惱漫郎。
鐍户纔知春晝長，殷勤羅袖拂花黄。眉言眼語真奇秀，始信人間别有香。

輓吴湄蘭 詩觀

范　姝

辭却人間已一年，傷心惟見草芊芊。泉臺隔斷情難斷，夢裏相逢覺後憐。
桂月年年列綺筵，花開今日最堪憐。瓊樓一别無消息，風雨青燈我未眠。

癸卯暮春雨夜挑燈，偶檢殘帙，忽得羽步詩、湄蘭書，潸然涕下，因賦 同上

范　姝

百花叢裏共論詩，燭炧香銷是此時。怪煞輕帆人去盡，一天愁恨許誰知？

冒辟疆姬人吴媚蘭菱花硯，往年得之吴中，爲施淑人匳中物。硯背銘廿五字，製鏤絶工，尾署"甲戌春叩叩作"。叩叩，媚蘭小字也 茂陵秋雨詞

王　拯

豔絶媧雲，當日雉皋，春影妝閣。冰匳巧樣新裁，翠管雙鉤纔學。隃麋恨積，認取水繪風流，南朝多少傷心魄。一片玉華寒，又尋常陵壑。　流落。桃根江畔，梅影庵中，那回梳掠。恨老蘭因，冉冉歲華飛雹。銅臺夢冷，一例瘞草銘花，同心漫擬孤生託。滄海月明時，剩脂痕殘角。《石州慢》

廣生謹案：湘逸爲巢民公侍姬，待年而卒。陳維崧爲作傳。

褎兒受業家塾感賦 東皋詩存

冒起宗

吾祖及汝褎，溯源已四世。五十有五春，家國等殊致。兹汝受學年，恰符余曩歲。余

承祖父蔭，聯行從兄弟。叔遜余兩期，同堂習文字。晨昏揖大父，温語勗余志。月朔頒楮毫，時有青蚨賜。几席見古樸，異物無所嗜。通籍遘明時，稍爲報親地。余齒已踰六，視汝在童稚。汝有我所無，情境迴然異。開徑柏森森，軒窗映蒼翠。插架富縹緗，日入青燈繼。仰訓佩師言，塤篪同和氣。六籍效前脩，二姪剖疑義。勤劬惜景光，忍令分陰棄。褒也當勉旃，躍冶非良器。

示褒兒 同上　自鳴草

冒起宗

門庭寧可恃？蹄齧未爲雄。不少金根字，難臨玉樹風。文章慚驥子，天運任陶公。他日披遺草，將無負阿翁。

如春九日爲無譽弟賦花燭三首，敬步先大夫癸巳如春十三日，寄禾兒揚州婚禮成元韻。先祖大夫曩爲余詩，寓規於喜，先大夫示禾兒，則喜而寄慨。今兹吮筆，則喜不勝悲也 巢民詩集

冒　襄

戲蝶春光上玉墀，英年小季得紅絲。弟爲太史宫紫元年兄壻。家承甲第雙金榜，人自瑶臺共錦帷。奕世此時攀月桂，先少参以十六領賢書，弟適符其歲。他年待爾振風儀。莫矜才藻耽花燭，淑慎禔躬正在斯。

一雙兩好羨娟娟，轉憶吾婚三十年。重慶齊眉膺紫誥，烈皇御極比元延。宜孫載咏揚州月，兩世珍傳祖德篇。今日暗傷難竟説，成行小雁勝從前。先君單傳，余三十四無弟。今兩弟漸次成人。

百花争笑夢寒温，三值花朝合巹樽。余婚二月十四，禾兒十三，今弟初九，咸在花朝前後。明歲

春風宜抱子，老夫老臘已添孫。簪纓勉紹前徽澤，高厚難酬慈母恩。鸞鳳自群稱大壽，叠看喜氣映吾門。弟育於老母懷抱，愛踰己生。今冬正六十，亟命先合巹而後稱觴也。

兩弟送到天竺珠數株，並插臘梅瓶中，伏枕燈下，喜賦一首 同上

冒　襄

殘臘愁兼病，含凄兩弟殊。愛兄情並切，交送檻前珠。碧與黄梅亞，紅教白雪扶。殷憂千萬種，對此一塵無。

與二弟率兒孫己未初夏得全堂賞蕙，燈下偶拈"門"字，得二首 同人集

冒　襄

無計避當門，猶然入室温。三湘春自遠，百畮樹何繁。膏潤珠垂穎，冰鮮緑滿盆。夏初肥雨澤，風轉更翻翻。

合荆兄弟好，繞砌任兒孫。聚飲開西牖，濃香發舊根。戲苕來翡翠，薄秀亞花尊。秉燭猶嫌晚，吾衰不可言。

海蝦盛於冬春，條蝦出五六月，肌腴味雋，長五寸，海上取得即食，鮮味難名，踰夕入城，非鹹即腐。恒與家人約，百里放舟就食，阻於酷熱。今年三伏夜，尚擁絮，城市忽得極鮮且大者，以五十枚餉二弟，志之以詩 同上

冒　襄

蝦鮮繁種類，風味此爲奇。拾得如蘆管，烹來勝蛤蜊。暑難攜百里，美正及兹時。急送書幃裏，無煩去海涯。

病中寄家大人 東皋詩存

冒德娟

屈指沈疴已十旬，歸期不定日思親。新齊芳草盈階緑，細雨凄涼又送春。
殘書悶展掩柴扉，獨對晴空盼落暉。安得身如新燕子，隨風常繞北堂飛。
似我曾誰話至情，自憐形影耐長更。添愁最是終宵雨，挑盡殘燈夢不成。
鴻鵠襟懷志未忘，遭逢何事不神傷。欲知眼底無窮意，一首詩成淚一行。

咏慶餘堂蠟梅，同家大人、三叔父、兩弟分賦得“十灰”　同上

冒德娟

群英落盡見黄梅，懶趁春光歲暮開。蠟染枝頭烟雪冷，香銷燈畔夢魂來。妝成偏愛孤芳近，愁破還將好句裁。美景病中容易擲，卻虚披拂立蒼苔。

九日吴陵登高，即事簡无譽延公　石月川集

石　洢

武穆祠高戰壘存，霜楓雲樹肅朝暾。一聲觱栗西江冷，鐵馬金牌總斷魂。
僧房寂寂磬音微，境僻林空暫息機。滿地黄花猶未放，西風吹動薜蘿衣。
年少吴兒白氈裘，金鞭翠帶掛銀鉤。紫騮嘶過落花去，笑指紅橋十二樓。
磴道迂回俯碧流，鄉雲旅思兩悠悠。與君爛醉金壺裏，倒插茱萸也散愁。

看小兒臨定武蘭亭　自鳴草

冒起宗

潁上《蘭亭》今第一，手追幾退瑯玡筆。從門入者非家珍，願兒毋更臨章七。

書齋壁課兒 同上

冒起宗

老吻何曾歇,風規竟若何。速成終淺薄,馴致自嵯峨。疵纇人争指,琳瑯代幾多。鳧飛寧待汝,切莫更蹉跎。

題無譽先生歲寒詩後

石爲崧五中

新詩滿握把珠璣,侵曉長吟到落暉。莫怪臨文多感慨,白頭人是舊烏衣。
風騷往製多微婉,跌宕新篇更激昂。好付鵾絃與鐵撥,一時冰炭攪人腸。
蒼狗浮雲變態多,沃焦東下竟如何。而今卒歲思良計,我枕糟丘君放歌。
中原鞭弭憶周旋,駒影飛馳二十年。寂寞陳三騎鶴去,何人同聽伯牙絃。晞古没已一載。

又

董　雲閬山

終日惟書到暮年,繁華涼薄遞推遷。燈前無數心頭事,戊子嘉平三十篇。
玩世都云近不恭,老聃當日號猶龍。如何竟出關西去,我欲容人人未容。
處世良方在學癡,此心敢復望天知。安身須到無何有,静讀《南華》是我師。
自分迂踈不屐帬,惟君憐我我憐君。經旬相見無他語,只問於今道可聞?

又

許　揆叙百

翩翩裘馬入青雲，舊日朱門半夕曛。莫把詩篇增懊惱，天公久矣厭斯文。
老去孤懷寄託深，紙窗竹屋耐閑吟。風波滿眼何堪問，一卷《楞嚴》見佛心。
霜天鴻雁倍堪哀，惆悵泉臺去不回。底事忍抛雙白髮，想緣冥主尚憐才。此首專慟家兄。
磨鍊方成物外身，那愁火劫與風輪。須知歷盡冰霜後，谷口桃花放好春。

又

吴　函西齋

臘盡寒凝欲雪天，紙窗竹屋意蕭然。新詩一卷焚香讀，恰似《南華》不是禪。
熱如爐火冷如冰，世事於今歷未曾。數仞偏嗤程九萬，鷽鳩滿地一鵾鵬。
謝家遏末尚如初，往事凄凉付子虚。還把繁華追昔夢，歌兒紅雪動欷歔。
十年以長遜風流，我亦頹唐雪上頭。三十首吟三百遍，愧無佳句寫窮愁。

又

許大儒董傅

先子同稱中表行，當年時集得全堂。韶華轉眼今非昔，獸立空庭黯自傷。
閲盡滄桑倍苦辛，先生曠達樂天真。杜門謝客孤懷迥，著述年來富等身。
頻年意興總成灰，潦倒偏驚節候催。細把新詩無限好，挑燈不厭讀千回。

參破人情冷似冰，蒲團晚興更飛騰。《楞伽》一卷真銷受，我欲逃禪尚未能。

又

沈 頜

朱炎氣候擁山岑，細讀新詩歲暮吟。陡地涼飈生几上，冰甌雪椀沁人心。
烏衣門巷舊如斯，白首閑愁賦昔時。百代流風方未歇，陳家又是不凡兒。

僕與无譽老盟仲兄事弟畜幾五十年，少小才華，頗堪伯仲，仲固非常自命，僕亦自許過當，曾幾何時，而水繪園荒，留耕人老，落落晨星，風流雲散。府中烏夜啼，太息徐孃老去；門前客不至，唯嗟燕子飛來。自非雪山老漢阿僧，祇劫修行，根身器界，徹底掀翻，未免沉香火底，銷金帳内，向六根門頭抽弄傀儡。雖然，吾仲晚年學佛，便請一刀割斷，一切放下，從那邊更那邊相見可也

張圯授茗柯

推梨讓棗自兒童，嚇煞俄成兩老翁。三十首詩懷抱惡，從今消釋酒盃中。
水繪園成兩社開，時舉詩、文二社。陳髯携妓淡生來。淡生，吴門女客字也。三吾亭上三弦子，不到雞啼不肯回。
我是癡人仲更癡，黄粱飯已熟多時。請君擊碎珊瑚枕，認取盧家大小兒。
三國人才亘古無，一時送盡好頭顱。英雄有時亦如此，何事攢眉不丈夫。余平生最喜《三

國志》，謂其人才湧出，真如坡公所云"一時多少豪傑"也。然俄頃之間，風馳浪捲，大率電光泡影，何事縈我懷抱耶？

甲申冬夜讀族祖无譽先生手書詩稿

冒廣生

家常興廢話連篇，三百年如在眼前。琴瑟壎篪誰記憶，烏衣王謝一翩翩。陳其年《婦人集》載宫夫人，又言先生琴瑟之好，亞於壎篪。

將詩排日寫窮愁，緯月經年死未休。七葉蟬嫣都有集，抵它多少爛羊頭。《江蘇詩徵》載王柳村言："先生七世人人有集。"

留耕殘榀漆重新，曾見堂前八十人。一事暮年忘不得，香光榜字化胡塵。壬午秋，過家，廳事舊懸"得全堂"榀，爲董香光書者，已爲日兵取去，後得先生舊居留耕堂榀新之。

贈海陵宫婉蘭 婦人集

吴中閨秀

雲髻偏宜試晚妝，石牀苔潤恰新涼。采蘭愛向花前立，贏得羅衣滿袖香。

贈内 詩觀

冒　襄

挑盡銀缸夢不成，秋蟲唧唧暗心驚。誰將碎雨零煙恨，斜側紅蕤話到明。

病中敬步家慈惜蘭原韻 江蘇詩徵

冒殷書

天然九畹絶纖塵，雨過香生色更新。忽訝枝頭憔悴甚，殘花却似病中人。

廣生謹案：宫孺人爲无譽公配。

内人六十初度 手稿

冒　褒

形影相依同六十，辛勤歴盡倩誰傳。成行兒女勞心計，奕葉科名耀後先。剜肉奉姑慚汝孝，逃生染翰讓卿賢。尊前漫訝吾狂減，辜負青燈佐簡編。

謝庭得句便相憐，櫻笋初齊浴佛天。清白傳家無翡翠，糟糠偕隱有書田。繁華過眼留今日，琴瑟和弦願百年。莫嘆故鄉風景異，緑陰深處月將圓。

甲申重九寄内 手稿

前　人

深秋氣候同初夏，皮骨徒存只自傷。兀坐空房知晝短，强捱單枕怯宵長。白衣不送羈人酒，黄菊羞逢秃鬓霜。細撥爐灰茶正熟，病餘心地轉清涼。

不到家鄉十四年，茱萸遍插事非前。無邊老淚憑誰滴，有限新歡孰汝憐。杖國長兄還似虎，長眠難弟痛如烟。片帆高掛行人穩，急趁西風泛小船。

作家書竟附題 手稿

前　人

餘生何幸過重九,禮佛朝朝祝瓣香。傳語故園諸骨肉,蜉蝣偶寄寔茫茫。
偕老齊年五十秋,一生磨蝎累卿憂。無端忽漫輕離別,縱欲開懷不自由。
紙窗淅瀝蟲聲咽,雨打風欺兩地知。若問老天愁絶處,五更三點未明時。
税務橋頭蟹正肥,暮年兄妹喜相依。勸卿莫話爺孃舊,多恐傷心便欲歸。

内人閏初度 手稿

前　人

清和天氣倍還人,介壽雙逢浴佛辰。兒女債償誰反哺,書生福薄少恩綸。榴花吐艷何妨閏,魯酒重斟不厭頻。莫以炎涼傷暮景,從來興廢若揚塵。
翻怪天留未死身,清和兩度惜生辰。儒冠落泊閑評史,薑桂操持懶趁人。薄命期頤休再说,傷心杯茗怕還陳。家聲掃地門衰冷,末路殷憂豈在貧?

偶從書笥得内人少時小影,遂贈數言 手稿

前　人

井臼親操五十年,誰知即是此嬋娟。寫梅因得彈琴趣,琢句還同巧綉傳。緑鬢事姑糜血肉,白頭愛子乏金錢。最憐葉葉鳴珂女,老向秋燈惜逝川。

同内人對月 手稿

前　人

二老胡爲者，蕭然對月明。乞花遮敗壁，數漏傍嚴城。竹影當窗瘦，書聲隔户清。春光行又去，慘淡伴餘生。

贈内人七十三歲初度 手稿

前　人

七十三年如夢過，兒孫成立一孤身。如花伴侣驚霜鬢，似水韶華負遠人。暮齒最憐重茹柏，世家何事忽生塵。幸逢浴佛齊眉日，同坐蒲團懺夙因。

寄内 手稿

前　人

垂老疲奔命，佳兒未忍拋。深心驅瘧鬼，十夜伴危巢。只覺人聲悄，空驚魂夢殽。我居秋水外，何異在荒郊。

立春後一日同内人過亡兒家小坐 同上

前　人

庭院蕭然花滿枝，愍孫軟語勸深巵。南宋袁粲幼孤，其祖字之曰愍孫。舉家促坐娱黄髮，一去不來惟我兒。縱有肥甘能果腹，恨無信物托相思。葉法善爲上皇尋見太真，乞一信物歸報。尋常聚散吾偏酷，獨返蝸廬益自悲。

幼子三首 東皋詩存

冒起宗

遠爾爾何辜，分明累老夫。晚生偏易長，縱好不如無。卻顧同雞肋，難言是蚌珠。前因與後果，是否盡模糊。

得力知何日，孤危卻此時。蓼蟲生自苦，蟬鳥細難持。薄俗憎駢拇，單門似累棋。千鈞制三尺，斯語未堪嗤。

阿母真如佛，而翁已著魔。心長輸疾景，髮短嬲沈痾。不信三無漏，誰云百不多。將來誰料得，且自付高歌。

九日和冒君苗先生韻 同上

鄧繁禔

路入荒涼緩步行，一年此節最多情。黄花似笑酬佳句，紅葉如愁憶舊盟。江上秋風寒尚薄，雲中旅雁字初成。杜陵老去悲歌易，我亦茫茫百感生。

同周斯盛、徐祐、冒裔集拈公浄業聽琴遇雨 崇川詩鈔、十山樓稿

范國禄

長日香林以静宜,緑陰如幄映清池。客非辟地來無次,談到開懷坐屢移。得雨亭臺分位置,親人魚鳥狎栖遲。琴心不覺沾幽溢,一任悠揚遠近之。

爲冒裔題康昕詩畫卷 同上

范國禄

康子筆墨最清健,夙爲冒子所欣羡。一日揮灑相贈遺,快得時時親展玩。我於海内論交游,冒子詩畫稱兼擅。何以佩服一至斯,兩美必合應無倦。人言此道通精神,上下千古且如見。何況當吾世覿面,騷壇酒政常游衍。豈知二子别有緣,才華義氣亦並肩。更有一般關切處,少年得意今不然。家無擔石塵生甑,所謂同病還相憐。達人志士觀寄託,惟我自適爲纏緜。或狂或狷或中道,總之齷齪何有焉。彼此一心在文事,風義高絶洵可傳。古以詩畫留名者,莫如吴顧與陶謝。大抵一代之尤物,超然流俗成聲價。品格不因富貴增,尸榮終比清華假。推此説也一卷耳,攜持不啻珠盈把。噫嘻冒子會得無,康子及爾真相於。願向二子借光賁,惠我片幅合景圖。

爲冒君苗催妝 湖海樓詞集

陳維崧

遅日嬌鶯囀。簸輕風、半欄芍藥,參差人面。珠絡流蘇犀壓角,十里龍綃微卷。料好

夢、一春曾選。節近菖蒲喧笑語，借五絲、做就同心纏。畫梁上，乳雙燕。　笙歌沸處蓮籌轉。翦銀燈、紅蕤檀暈，暗窺韓掾。小弟陸家工贈婦，春蚓花箋蟠徧。何況是、丹青能擅？百種烟巒俱易畫，遠山眉第一須葱倩。看小試，君苗硯。《賀新郎》

惠山遇冒爰及穀梁，酒間感事，並示楊枝 同上

陳維崧

細雨青山麓。野塘邊、故人忽卸，布帆一幅。失喜推篷還笑劇，難得他鄉骨肉。問那處、酒旂斜矗。我亦新年離鴻恨，艤烟航且與澆醽醁。知來日，何方宿？　樽前況有人如玉。再休提、千場錦瑟，萬堆紅燭。淪落舊人誰尚在，只剩何戡情熟。船倚在、黄蘆苦竹，落照重逢詢伴侣。也未將言應螺先蹙。長洲水，年年緑。《賀新郎》

和三叔父聞笛原韻 東臯詩存

冒德娟

誰弄山陽古調，歷歷暗聲飛到。折柳最關情，惹起離愁多少。煩惱，煩惱，留得月兒相照。《如夢令》

嵩翁留范勛卿飲，因出其少子六一，僅三歲，特異常兒。勛卿大加賞譽，余亦贈此 自鳴草附録

邵　潛

三歲若成人，酬賓禮數均。姿容今杜乂，風度古王珣。天上祥麟種，雲間彩鳳身。居然治國器，不獨是家珍。

潛夫貽詩贈三歲小兒用韻答謝 自鳴草

冒起宗

但覺多爲累，誰言幼已馴。循聲頻學語，繞膝故依人。未可班童子，何堪見大賓？五言光尺壁，應是字爲珍。

秋日寄懷三弟 手稿

冒　襄

兩年伏枕憐吾在，一旦分攜見汝稀。老至脊令誰急難？時衰騏驥戀斜暉。碧天爽氣親書卷，官舍秋聲感帶圍。慎勿怨尤傷兀坐，而今門外事全非。

立夏後一日送爰及三弟入署課蒙 手稿

前　人

形影相依五十秋，禮肥兄瘦雪盈頭。千重惡浪驚心過，萬斛離情初夏留。拈酒未能忘促膝，對花應更憶登樓。栽培何幸逢元禮，不用成家定仲謀。

和許叙百贈爰及弟原韻 手稿

前　人

盈虚相倚伏，豈敢怨摧殘？不是凌冰雪，能銷幾歲寒。在原思急難，失意漫投竿。月旦評何重？蔗漿好倒餐。

三弟移居詩 手稿

前　人

慶餘堂内少孤身，甘苦相依幾十春。清白家聲逢劫運，婆娑暮景混風塵。心安不覺居何陋，子孝寧嗟俗厭貧。二老蘧廬同遁迹，扶笻忍廢往來頻。

壽三弟六十 手稿

前 人

浩浩仲夏月，十九日初吉。舐筆前陳辭，爲爾歌六十。莽蕩天宇寬，萬物各自適。鸛鵲茂林栖，黿鼉深水輯。爾我究何辜，少小羅傾仄。甲午喪阿爺，我年甫十一。爾時方六朞，二母互卵翼。惡俗憎駢拇，青蠅毁白璧。長兄獨扶顛，憂患紛如織。課讀賴先慈，辛苦宜家室。沉痛鑠性靈，半百嬰危疾。己酉北室摧，我自攢荆棘。繞指避語穽，屈體伺顔色。奇禍從空墮，瓦全罄心力。獄具生産無，弟兄相抱泣。悲鳴别故枝，苦樂仍同域。朝氣負韶華，晚節妻孥縶。何以侑爾觴？省躬防敗德。欹紅醉濃露，肥緑侵書帙。颭颭燕新乳，亭亭荷正密。開襟惜景光，得暇即謀食。吾儕小人哉，安用長於邑。共有五男兒，粗能噉飯粒。家運既若斯，順天延喘息。大雅重庇身，志士貴獨立。屢空常晏如，被褐信胸臆。骨肉存無幾，暮齒忍疏失。曷不影隨形，剖懷相與悉。掃盡小阮愁，踢破兄迷惑。滉瀁百年中，皓首歌既翕。

秋日忍病同三弟禹兒耕研入廟觀劇 手稿

冒 褒

一旬腹内車輪轉，爲愛新聲挈伴行。詞出少年偏入聽，境當老病不貪生。摩肩齊向東廊坐，顧曲虚叨南郡名。永日淹留因合拍，掃除萬慮覺身輕。

慰爰及三弟悼亡 手稿

冒 襄

聚散本無定,何堪改歲時?老難勝此慟,貧不仗群兒。形影憑誰弔?饑軀只自知。頹年彈指盡,莫負手中巵。

九日邀三弟東城登高 手稿

冒 襄

弟兄聯袂强登高,旭日偏依兩緼袍。秋水灌河還灌恨,西風摧鬢不摧豪。籬邊菊倒空留影,陌上人歸競把螯。暮齒雙雙丁厄運,白衣絶望餽香醪。

陳自牧孝廉招同董秋萍二尹、家爰及東嶽殿前看秋色,清談永日 手稿

冒 襄

心情怕玩深秋景,蕭寺萍逢避世人。兩載思兒抛夙好,一官寄迹耐長貧。葵黄斜帶雞冠紫,籬落横陳几席新。不是太丘能結客,蹣跚那得出風塵?

輕肥滿目欲銷魂,茗椀爐香冷處存。天地何心留幾叟,主賓有意托孤根。飽吞滑麵因貧味,驚聽高談想化鯤。是日秋萍暢言海外魚龍之事。始信此間真足樂,朱門畢竟遜空門。

喜三弟返舍度歲 手稿

冒　褒

忽也無家近二旬，暮年兄弟隔風塵。嚴風積雪偷彈淚，失箸聞雷倍愴神。弟素畏雷，以數日前雨中有雷，故云。苦海聚萍真泛宅，危巢歸燕舊孤身。如何落落名臣子，不及輕肥豢養人。

上元前一日朱式屏招同張茗柯、薛脩遠、家爰及小飲，拈"燈"字 手稿

冒　褒

我有閑愁掃未能，多君折簡聚文明。繁華過眼成衰老，舊雨驚心惜廢興。幾樹梅花堪縱酒，一天寒色阻燒燈。主賓皓首真如夢，近日人情鳩化鷹。

宗于蕃表兄招同爰及弟觀梅 手稿

冒　褒

中表情親四十年，論文研北憶周旋。看花不厭招衰髩，把酒何當對霽天？近日知交春氣少，舊家風味故人憐。謇予善病難深坐，未及開懷醉綺筵。

即事慰爰及三弟 手稿

冒 褒

罡風打散脊令原，禍水横流忍片言。遺老飄蓬難托足，文人失路易消魂。傭書尚苦延朝夕，垂死安能畜子孫？如此青天如此世，從何縮地隱山村？

同三弟訪菊永日 手稿

冒 褒

鑄錯老人真錯絶，重陽未得菊花看。東籬野叟非嘉種，南圃財雄擁大觀。黄紫臨風姑眼飽，弟兄曳杖覺心寒。歸來同笑身猶健，各伴孤燈坐夜闌。

三弟户外瘦菊數株，羅羅清疏，余朝夕玩之不能去，賦以索和 手稿

冒 褒

有孫種菊樂殘年，鶴髮行吟便是仙。天假秋容何皎潔？花憐老景故娟嬋。朝光伴寫青山賣，夕影摇同度曲圓。此意俗人誰領受，汝兄來往不知旋。

九十表姊丈余自玉招同張茗柯、家爰及就胡夢白古柏山房賞菊 手稿

冒　褒

霜降去已遠，小春暖足樂。素心三五人，踐此黄花約。濟勝半期頤，美髯勁如鶴。爽景何澄鮮，幽情共領略。高館敞晴光，四壁絶丹雘。繁英高下陳，叢芳鋪錦幕。古柏十丈强，蕉陰繞籬落。鷹揚肅酒政，張燈飛羽爵。嗟余忝小户，量不任杯酌。東床情繾綣，萍踪快所托。芙蓉不肯經，臨風方吐萼。坐上香徐徐，屏間影漠漠。相賞欲忘歸，掃盡胸懷惡。小邑負海隅，恩怨日紛錯。廉吏安可爲？迂儒無地着。枯葉散蕭林，仰天笑垂橐。心迹喜雙清，寒飈行振鐸。

憶三弟他出 手稿

冒　褒

飢寒驅弟去，兄亦嘆無裘。鐵骨撑殘臘，雄心逼舊樓。閉門常獨語，繞巷孰相留？如許乾坤闊，偏摧兩白頭。

人皆親損友，我只戀同生。况此桑榆暮，兼多羈旅驚。連雞難奮翮，孤雁足哀鳴。一敗傷塗地，兒曹太薄情。

三弟貽黄蟹賦謝 手稿

冒 襃

横吞野菜到殘春,黄蟹擎來味絶倫。一物雖微通肺腑,肯從私處獨沾脣。
眼底襟懷大惱人,蕭條二老話前因。剖筐細拆深深念,何幸家亡托比鄰。

三弟從陳宅治喪歸 手稿

冒 襃

老來聚首堪同命,苦被饑驅兩月離。忽地倚門窺巷陌,無端私語傍花枝。悲歡觸目誰相共?冷暖驚心只自知。散盡黄金雙赤手,任他雨打與風吹。

立夏前三日、鄧穀貽邀同費、卞兩社長,家弟,般兒小飲食新 手稿

冒 襃

入饌江鰣貴,嘗新集舊人。盤飱驚改味,櫻笋恣沾脣。紅瘦憐春去,陰濃覺夏親。客星高會處,披豁見天真。

雨夜枕上戲贈爰及三弟 手稿

冒　襃

三條絃子勝妻兒，撥盡黄昏漏永時。墻外憐余欹枕聽，弟兄暮景竟如斯。
甘霖立沛快人心，茗苦衾單閉户吟。藜藿肥濃同一飽，人生何用溺黄金？
命不逢時各自傷，故家凋謝費商量。閑調絲肉深宵静，只當萍飄在異鄉。

同三弟展墓東郊 同上

前　人

灌河秋水連天碧，兄弟偕行展墓田。兒罪當誅徒有淚，孫枝承乏痛無賢。松杉久失横空影，風雨頻驚陟降年。墳保兩朝真不易，口碑羞聽路人傳。

佘文賓九十翁招同張茗柯、家弟爰及飲四面蓮下，即席賦贈 同上

前　人

君本神仙人，合受神仙福。佳兒養志樂期頤，歲種芙蕖滿庭緑。纔羨亭亭翠益張，旋見名花映華屋。横陳四面團圞錦，雅淡輕盈觀不足。西施薄醉理新粧，太真湯泉初賜浴。紈扇迎風透晚霞，虬髯弄月光如沐。今年盛夏似深秋，颯颯涼風驅暑溽。況逢時雨快人心，百川灌河甦菽粟。詞壇折柬召龐眉，張仲同余叨弟畜。看花對酒惜韶光，會須泥飲傾百斛。君不見，掀天白浪一舟横，過眼繁華憂反覆。世人無限風波惡，輪

與吾曹媚幽獨。願化西方佛座蓮,銷盡紅塵忙碌碌。

三弟見余滿城風雨近重陽詩,即用起句作百字令長調一闋相答,誠破家後樂事也。再賦八句索和 同上

前　人

兄吟七字弟拈詞,不惜撚鬚趁活時。白髮遺民無可戀,青箱家學有誰知? 凄風苦雨供哀怨,令節良辰悵別離。賦罷背人深夜誦,恐驚門外笑雙癡。

勗從姪衮、裒 自鳴草

冒起宗

款款占吾弟,翩翩見爾曹。參差侵謝樹,錯落燦江毫。門蔭誰能久,家風故自高。曦車揮不返,砥礪莫辭勞。
掄元傳盛事,爾幸襲佳名。韓公衮,唐狀元,袁公裒明會元。代起欽明哲,雄飛讓後生。且須先器識,莫但恃聰明。唐棣看齊穎,毋忘日暮情。

廣生謹案:衮公,字耀生。裒公,字朗生。

柬冒晉卿 東皋詩餘

張圯授

傍東牆,寒烟老樹蒼茫。向此中、鋤花灌竹,區區貧也何傷。書五車、有兒能讀,酒一石、賣賦堪償。策杖探梅,尋僧踏雪,水邊林下恣徜徉。縱博得、神仙富貴,勘破也尋常。争似作、詩家沈李,詞苑王楊。　　嘆年年、江河日下,何須潦倒風霜。招不來、青門寄傲,麾不去、白社埋狂。鶴戴書歸,鹿銜花卧,茶經丹術滿縹囊。臣本是、農家之子,所業在田桑。任没齒、藜羹藿食,豈羡膏粱。《多麗》。

廣生謹案:晉卿公,諱與晉。

贈冒慎幾六十壽 家譜

張　鵬

能酬歲月在端居,况復脩名與著書。金玉甚難全渾璞,襟顔常是見謙虚。董帷日下文應化,楚寶中含慶自餘。更羨大椿年八十,耆齡子著老萊裾。

祝慎翁冒老伯七十壽 同上

鄧宏文

春寒峭峭春風軟,晴光暗促鶯簧囀。小桃未破柳未絲,紅梅初綻南枝暖。南枝花暖易爲春,花下長吟祝地仙。仙人掌上長庚見,特晋南山酒一尊。酒晋南山杯莫釋,幾見人生能七十？掀髯笑看舞蹲蹲，一聽臣歌一浮白。君家世德冠東皋，御墨淋漓蘸彩毫。五雲石上幽貞字，萬古千秋聳碧霄。孝廉養志耽丘壑，北窗一枕無窮樂。晚來愛種寄園花，功成不上凌煙閣。翩翩公子陋春華，八代文名四海誇。年年歲歲秋江上，怪殺南宫榜不花。榜花何足爲君誤？有子臨風盡玉樹。伯氏新陪鵷鷺班，群兒應恥流俗污。盈階緑竹長孫枝，盡是荀家膝上兒。手持麟脯麻姑飯，時復含飴一弄之。先生洵是人間鐸，先生莫厭功名薄。甪里東園盡布衣，漢家社稷憑誰託？巴里謡歌敢獻君，不信今人讓古人。親題玉柱非無意，百里由來亦晚成。先生自書一聯，云"年已七十矣，丘未能一焉。"君不見，雪山萬木無枝葉，惟有虬松支離屈曲高千尋。

祝慎幾冒内母舅七十 同上

桑敏樹

同庚同硯憶肩隨，彈指古稀今屆期。愧我飄飄蒲柳質，羡君矯矯柏松姿。文章自是凌雲氣，詩賦還成白雪詞。膝下芝蘭争馥郁，斑衣次第進瑶卮。

壽慎翁叔祖八十 同上

冒允謙

吾家多壽考，此老更猶童。孝友堪垂範，模猷足亢宗。懸弧春爛熳，娱彩日從容。芝秀晴光媚，梅開湛露濃。頤顔寧籍術，健步不須笻。意氣衝天鶴，精神偃蓋松。登堂歌定保，進酒祝華封。應叶飛熊夢，徵車下九重。

同硯慎幾冒表兄壽臻大耋，因悼令似長君，概不稱觴。余詩寫祝，兼以慰之 同上

李宗綋

欒群弱冠氣如虹，潦倒俄成兩贅翁。先我杖朝三歲早，祝君强飯廿年同。休將玉樹縈心曲，且喜金蘭滿座中。珍重耆英推碩果，試開懷抱醉春風。

留别冒文學慎幾、長益二子 同上

丁宏遠

阮家倜儻二賢達，謝氏風流兩玉人。榜花望族香在史，聲華公子氣如春。謂嵩少、巢民喬梓兩先生。諸生領袖兼材藝，博士門墻重樸醇。五載交情都七十，雙雙攜手别河濱。

廣生謹案：慎幾公諱與恒。

門人冒聖開喪其配叢氏，馳弔一詩 家譜

黄　雲

圓月今秋不忍看，青春才子剩孤鸞。平生何處徵賢孝，只見翁姑淚不乾。

聖開斷絃後入泮，還家不見故人矣，又贈一詩 同上

黄　雲

牛衣對泣忽眉揚，旅舍孤燈暗斷腸。不似去冬風雪夜，還家憔悴有姬姜。

廣生謹案：聖開公諱與學。

送公儀弟廷試北上 巢民詩集

冒　襄

酌酒離亭夜未闌，送君此去向長安。金臺春曉宫鶯囀，漢苑花繁寶騎看。三策雄才應召對，五傳先代總鳴鸞。雁行駿業雲霄上，老我荷衣拂釣竿。

廣生謹案：公儀公諱儼然。

雨中同冒公履小飲宏德堂 詩觀

顧鳳彩

喜當風雨夜，奕罷對幽軒。把臂欲千古，相看無一言。淹留應白社，款曲此黄昏。樽酒頻相勸，挑燈深閉門。

清明後一日同冒公履仲、兄異羽集佘宛駒齋 同上

顧鳳彩

十年兄弟隔林丘,翦燭同登百尺樓。勝日幾逢花在眼,暮春初見月當頭。莫言寒食清明過,空憶蘭亭少長游。且盡故人一杯酒,素心好共數更籌。

東皋訪冒公履 同上

佘　昂

訪舊出郊原,呼童載一樽。層層烟樹合,處處暝禽喧。木葉弄風色,柴荆上月痕。嚴城更漏起,相别更何言?

送冒公履之三水 東皋詩存

薛　斑

露滴秋衣桂子香,送君百里駕孤航。雖無别慮經年遠,亦有離愁去路長。滿目蘆花隨地老,半堤帆影逐風狂。歸來應傍重陽節,好向臨邛典鷫鸘。

過雨香庵偶晤冒公履先生，兼悲令子彌若 同上

江自漢

兩年驚見淚痕枯，默坐心傷老態殊。已是路窮雙鬢白，更無家在一身孤。春城寄食文猶賣，野寺看花杖欲扶。每念故交悲令子，夜臺今已愧慈烏。

冒鹿樵過雨香庵看梅 同上

廣　濟

庭梅吾所愛，寧厭客頻看。日暖添春色，年深識歲寒。清標先衆卉，香氣雜幽蘭。只合依茅屋，塵氛總不干。

歸田步公履、文賓、羽尊、黄理、青若、脩若、御天見送原韻 東皋詩餘

張圯授

妾改村妝，兒挽雙鴉，竟作歸田去。儘扁舟，裝滿讀殘書，櫓摇向杏花深處。破草堂，先生自攜家住，周園幾派溪流護。任皀帽吹風，牛衣曬日，從今請學爲圃。漸晝長麥秀緑陰鋪，看野老瓜田冒雨鋤。樹下牛眠，樹上鸝鳴，都成野趣。　　笑！白首爲儒，從前已誤休重誤。所歷厭機巧，田舍翁差可語。聽款乃子喁，緑簑青笠，家家隴上犁春雨。試荷鍤其間，醉歌笑讀，甘同沮溺爲伍。况争先已一局全輸，怕老大徒傷歲月徂。趁而今、歸田堪賦。年年潘鬢如許，錯料平生事。幾番更變哀來樂往，識盈虚之

有數。清齋松下供伊蒲，了餘生、朝朝暮暮。《哨遍》

次答冒公履 昭代詩存

顔光祚

亦有稱知己，離情豈易諳？賤貧深客次，風雨夢江南。老樹花依舊，新巢燕不堪。相逢奔走路，衰鬢已藍鬖。

知君不得意，爲我重難堪。貰酒錢何有？將詩老自耽。風霜同短褐，天地只戈錟。莫漫傷淹泊，幽栖且共探。

壽冒公履五十 石月川集

石　洢

古和今，看來大概茫茫。任天公、暗中簸弄，吾曹不用憂傷。暫栖遲、閑心自遠，權寂寞、壯志終償。齒已頻添，年猶未暮，長風萬里好商量。從兹後、飛揚跋扈，樹立定非常。何須嘆、文章有馬，薦牘無楊。　念名流、盤根錯節，生平多少風霜。啓書籤、窮經作癖，對樽斝、罵座爲狂。白眼歌呼，青衫嘯咏，新詩百卷貯奚囊。任門外、煙飛雲擾，品屋更圍桑。新春後、階前砌下，遍種都梁。《多麗》

喜張念麓孝廉同佘文賓、張孺子、潘竹舫、冒公履、石含鋭、佘羽尊、賁黄理諸君見過，兼惠新詩，次韻賦謝 呆翁詩集

行　悦

半閣匏溪上，衰翁卧病初。山童驚客至，竹榻理閑書。舊識能忘禮，新交不見疏。空煩問藥餌，慚愧自躊躇。

病起懷張孺子、佘文賓、石含鋭、冒公履橋梓、范兩奇諸公 同上

行　悦

一爐沈水一瓶花，病後懷人意轉賒。爲客長安殊不遠，思歸半閣竟無涯。難降水土嘗生病，自服參苓罷煮茶。何日惠泉烹洞頂，諸君相對説《南華》。

悼兄處士公吕 手稿

冒　褒

腹藏萬卷飽虀鹽，幸有佳兒共養恬。朝露一門悲歇絶，蒼天寧不佑貞廉。

上巳冒予懋、石王香、家天民宴集 家譜

顧有章

興來載酒訪名賢，好會剛逢上巳天。風送鶯聲來客院，日隨燕影拂前筵。論文自覺清言勝，韻事誰爲往哲傳。漫羡曲江車馬盛，歸來四壁只蕭然。

壽冒予懋先生八十 同上

陳　謙

洞裏仙桃十月新，年年把酒慶兹辰。肩隨兄事兼師事，俠駕前人啓後人。椿樹一株仍矍鑠，榜花千尺自嶙峋。常慚鬓白誇君健，鐵骨今年八十春。

廣生謹案：予懋公諱勗。

己酉仲春題冒維嘉先生待漏圖 家譜

汪　機

紫禁深沈曙色微，滿身松影荷朝衣。進思不盡書思意，日過花磚未得歸。
經綸蓋世一身擔，誰説皋夔君有慚。試向榜花覘氣象，應推領袖壓江南。

廣生謹案：維嘉公諱廷騊。

壽冒母宗太夫人 家譜

沈德潛

寢門奉侍素承歡，堂斧封餘力已殫。黽勉相夫虚獻璞，辛勤鞠子俟彈冠。長齋綉佛参無量，古柏凝霜歷晚寒。花甲初周綿歲月，佇看鳳誥下金鑾。

又 同上

任蘭枝

百花如綺暮春天，甲子初周介壽筵。織柳黄鶯歌宛轉，銜芝白鶴舞蹁躚。座中賢母真鍾郝，堂上嘉賓盡偓佺。最喜盈庭蘭桂茂，鸞書好自日邊傳。

又 同上

于敏中

春色花前映酒巵，婻星光耀影娥池。卅年甘旨稱閨範，午夜書燈是母師。珙璧藍田煙羃䍥，琅玕瓊圃碧參差。杏林宴罷歸來早，正及華堂戲綵時。

又 同上

蔣　炳

彤庭旭采漾春暉，花墅芳菲簇錦幃。七色斑麟降王母，九華黄玉進安妃。六珈禮範如山重，二惠才華競爽稀。賓爲三千羅拜日，也持康爵獻朱扉。

又 同上

董邦達

榜花門第舊家聲，巾幗新傳賢母名。薦豆心誠瞻肅慎，丸熊節苦識懷清。庭前雙桂凌霄起，砌上叢蘭繞膝生。好結群仙齊介壽，留耕堂忽變蓬瀛。

又 同上

王會汾

冉冉孤生竹，秋節含凍緑。鬱鬱石上松，蟠根霜雪重。雪飛茫茫天地坼，松枝千載自孤直。石爲心兮金爲鱗，五鬣吹青不計春。茯苓雙抱大如斗，仙人來贈緑璃酒。酒光紅似東海霞，暖入北堂萲草花。

又 同上

夏之蓉

閥閲家聲舊,欣瞻母德全。節緣貞益固,年以静彌堅。髪白心猶摯,燈青子盡賢。持杯遥祝嘏,齊頌《九如》篇。

廣生謹案：宗夫人爲維嘉公配。

和吴坤庵表兄喜得阿仲蜀中寄書 東皋詩存

冒廷駒

經年方得買歸航,遥憶詩人减却狂。萬里驚心來劍閣,幾番回首醉高陽。他鄉琴瑟牽情遠,故國鶯花引興長。兩地關山休悵望,霜前佳景雁成行。

魯良弟招飲 同上

冒廷駒

但使主人能愛客,同心兄弟即良朋。聯吟曲巷看花去,共醉朱欄帶雨憑。老我閑情渾似舊,多君佳興此番增。衝泥不怯歸來晚,更上江樓第一層。

廣生謹案：魯良公諱廷駉。

哭從弟小山 東皋詩存

冒殷書

明知旦暮死,猶望數年生。朝槿苦太速,秋蟬嫌過清。本無壽者相,何有偶人形。杯酒棺前勸,爲君唱渭城。

小山叔祖挽詞 家譜

冒春榮

如此清才世所希,劉蕡未老遇偏違。只今木落淮南路,猶有行人涕淚揮。
木瓜樓下索詩來,不似伊人苦溯洄。飲勝公榮慮沈病,屐痕空憶破蒼苔。

廣生謹案:小山公諱漢書。

兩孫從師就塾賦示 拙存堂稿

冒起宗

青箱奕奕自門風,濯濯孫枝發舊叢。老去鍾情慚舐犢,年來戢翼謝冥鴻。敢將輪囷煩宗匠,賴得鑪錘似化工。爾氣方新吾日短,可能跨竈慰山翁。
海内聲名讓巨公,也曾塗抹過西東。橫金未竟千秋業,背水猶收一戰功。不道獲多皆詭遇,偏從心苦識良工。搏扶萬里尋常事,勁翮還期挾厚風。
得失都忘付楚弓,轉因後事憶前功。總饒絢爛歸平淡,未許離奇薄渾融。得力手操生熟外，忘筌神妙有無中。迎機指點憑明眼，衣鉢何當問拙翁。余别號拙翁。

夜讀示孫禾書、丹書 同上

冒起宗

幽窗相對短檠鐙，細字巾箱燼尚存。恒産吾家惟萬卷，莫嗤老叟似枯蠅。

襄兒奉母之郡，爲禾孫畢婚，余久杜門，未往也 同上 自鳴草

冒起宗

玉簫明月自揚州，笑酌屠蘇泛碧流。光覆一堂當合巹，扶攜三世美同舟。繁華莫羡流風在，雅道應從我輩留。鴻案暫時煩獨舉，歸來還見錯觥籌。

敢言養拙道常尊，十載苔封屐齒痕。五岳向平人獨老，蕪城鮑照賦空存。從知介福膺王母，豈獨頹年暱愛孫。看罷九微春正好，雙星光照翟公門。

己亥人日，喜禾兒舉子彌月 巢民詩集

冒　襄

一月俄看添一歲，恰逢人日際辰靈。李嶠《人日》詩："七日最靈辰。"瑞圖金勝迎文祿，玉樹芝蘭愧謝庭。老母七旬曾入抱，華筵四世綵爲屏。他時非分吾何望，願守青箱紹一經。

九日黑窑廠登高，同方虎、國子、康侯、青藜、緯雲、穀梁、仲調、伯紫、湘草，次康侯西山韻 定山堂集

龔鼎孳

彭澤卑栖也棄官，肯因馬棧負烟巒。天連野色浮空闊，人坐秋陰愛薄寒。餐菊飽應驕五斗，振衣輕不讓千盤。蘭皋延佇游將遠，詎必高余岌岌冠?

只有黄花共緑尊，無人不受九秋恩。百年朋好餘霜鬢，一夜江山似故園。玉塞吹笳回白雁，金溝落葉到青門。當風欲結幽蘭佩，公子何思未敢言。

年年步屧此登臺，今夕秋花喜盡開。自是歡多延暮景，那堪風急捲飛埃。籃輿敢借群賢擁，錦瑟偏逢爛醉哀。高會無錢須貰酒，狂呼不望白衣來。

江聲萬里滚岷峨，淮海魚龍白日過。盡遣金尊消歲月，幾時璧馬奠江河。寢園佳氣千山轉，宫井哀蟬一曲多。大有奏囊馳水旱，望中逸足倚明駝。

雪後古古、檗子、礎日、子壽、方虎、荆名、遥集、康侯、錫鬯、湘草、武曾、緯雲、竹濤、青藜、仲調、穀梁、武廬同集小齋，古老限杜韻，即席四首。是日，稚兒初就塾 同上

龔鼎孳

湖海銜杯總歲星，金人此口不須銘。花前紅燭垂雙穗，雪後寒光積一庭。到眼風塵高枕過，頻年聚散白頭經。呼兒誦讀從吾拙，勿遣陳咸觸睡屏。

星角冰殘似綴星，興深頌酒廢觴銘。魚從凍後來濼水，橘愛霜多摘洞庭。萬里客心歸自卜，千盤畏路老全經。藜床脱粟還投轄，却羡誰家六曲屏。

扁舟結伴已晨星，歸訪江皋《瘞鶴銘》。春水鳧鷗原傍舍，赤霄鵷鷺儘充庭。閑身送日逃三雅，薄宦傳家笑一經。風急打簷飛霰入，玉龍擊碎水晶屏。

車騎天街欲亂星，愚公只守研山銘。朋從肯使同於野，楛矢何須責不庭。已報期門回

急雪，誰將石碣補遺經。醉餘自裂巾箱草，枯坐空枝曲脚屏。

嘉平立春後二日，雪客攜具過小齋，招同古古、條侯、平子、湘草、穀梁、檗子，飲中限韻 同上

龔鼎孳

嵇阮林中一醉匀，難逢宛雒此均茵。銅盤翠滴風前淚，珠斗晴開臘尾春。扶病高朋原大藥，得閑苦海亦良辰。旗亭風日青絲騎，貰酒拋球未肯貧。

風細銅街歲鼓匀，深寒漸欲減重茵。他鄉客聚三間屋，老眼花催兩度春。書就藏山仍甲子，天容同世不參辰。玉壺攜酒忘賓主，轉笑公孫脱粟貧。

穀梁持許默公所刻圖章三枚見惠，口占謝之 同上

龔鼎孳

香嚴姓字疏狂甚，小印驚同琬琰藏。寄語黄山程穆倩，中原旗鼓一相當。

水繪庵中風雅客，攜來篆法古無倫。菊花門巷閑如許，拂素含毫更可人。

偶以羅酒一罌餉友蓀，適穀梁過飲，同竹濤各作二絶句，依韻遥和 同上

龔鼎孳

不知何處識金銀，但愛謀歡小飲真。一甕羅家錯認水，錯認水，酒名也。博來玉案十行新。

寒花幾點傍芳尊，高卧閑齋病是恩。雪壓西山飛絮滿，河干萬柳未全髠。
何須注玉與傾銀，風味全輸此夕真。君子之交歲寒色，幽蘭相對一叢新。
二客風流照玉尊，他鄉先識醉鄉恩。傳來彩筆吾難和，老矣中書罪可髠。

穀梁二哥移廣螺浮先生新園，酒中偶成十二絶 同上

龔鼎孳

一榻名園即故園，客愁休挂月中村。柴門爲鎖松筠色，長對西莊給事尊。
柳市塵開百尺居，棗林街裏一囊書。不須更問銅龍夜，金鑰因風敞禁廬。
天津不上廣陵潮，柏葉樹花客思遥。歲晚何人同送臘，楊枝歸去伴秦蕭。
滿林烟景畫營丘，此地長安足卧游。大好西山三日雪，捲簾重上一層樓。
豈有風塵點客衣，衝寒常傍雪花歸。濃青薄醉眠難穩，不許南枝烏夜飛。
老去無因再少年，羨君猶踏錦連錢。五陵到眼花如霰，韋曲人家尺五天。
披裘莫醉酒罏傍，作黍人來竟據床。獻歲登樓好風景，一泓春水白鷗莊。
才子繻應棄出關，相期獻賦及春還。老夫欲泛東臯棹，與汝同看海岸山。
茱萸灣畔笋輿回，望遠年年獨上臺。我去更從名父斂，油嫩花露一齊開。
華萼芳蘭惜袂分，後先入雒總機雲。回風誰奏關山笛，萬里青天雁一群。
簷角寒星雪後斜，客中驚説客移家。安能蹴屋長鄰並，共剪西窗絳燭花。
是處青林帶碧巖，裝貧何惜典朝衫。與君今夜連牀夢，鐘打寒山夜半帆。

青藜將南行，招同櫱子、方虎、維則、石潭、穀梁集雪客秋水軒，即席和顧庵韻 同上

龔鼎孳

簾颺微颸卷。正新秋、一泓秋水，一宵排遣。客舍高城砧杵急，清淚青衫休泫。隨旅

燕、栖巢如繭。老子逢場游戲久，興婆娑肯較南樓淺。眉總鬬，遇歡展。　　西山半角藏還顯。記春星、捫蘿孤照，來青殘扁。早雁漸回沙柳路，催起臂鷹牽犬。蝦菜夢、年年難免。且飲醇醪公瑾坐，問風流軍陣今誰典。花月外，舌須翦。《賀新郎》

送穀梁三疊顧庵學士韻 同上

龔鼎孳

雨過窗蕉卷。更關河、早鴻嘹嚦，被秋驅遣。多少客心難按捺，偏到臨岐淒泫。訝來往、芒鞋重繭。愁是吾曹萍梗散，算名場失意悲還淺。紈扇在，懶頻展。　　烏衣門第應清顯。聆詞人沈香奏曲，禁林揮扁。却向輞川圖畫卧，華子岡頭聞犬。羞獻納、吾冠須免。且共小胥談博奥，儘奚囊好句芸籤典。燒尾宴，錦綾翦。《賀新郎》

中秋有感兼送穀梁 同上

龔鼎孳

一葉驚風卷。正天街、白麻將下，青驄行遣。身世多艱誰自料，老淚蒼生頻泫。怕滚滚、沸湯投繭。皓月中秋同佇立，睠南枝烏鵲情非淺。空袖手，力難展。　　朱輪華轂争榮顯。但低頭、與時聾啞，隨人圓扁。徑欲拂衣長嘯去，何處擔琴攜犬。便狂醉、難乎爲免。羡汝歸裝煙水路，任驌驦酒盡休輕典。都市語，并刀翦。《賀新郎》

奉和合肥夫子韻，送穀梁世兄移寓張給諫園亭十二絶 海日堂集僅載第四、第七、第八首，此從同人集鈔補。

程可則

日説鄉園未有園，相過詩話竹西村。移居忽向城東去，惱我應閑十日尊。
黄門青瑱似仙居，況有牙籤百種書。好對西窗問奇字，東皋何必愛吾廬。
知君家近曲江潮，千頃銀波望總遥。給事松筠今有宅，不教橋畔憶吹簫。
梁園石上水中丘，閉户還堪放櫂游。記得李侯呼酒夜，月明人在浪西樓。
右安門巷即烏衣，日向横街蹀馬歸。纂纂棗林雖可摘，不如身繞鳳梧飛。
公子行歌正少年，錦囊寧澀阮孚錢。春風給札承明直，上苑鶯聽二月天。
書齋曾築射湖旁，彩筆紛披玳瑁床。莫謂客中無别業，故人今借百花莊。
休將明月掩松關，尚許吾曹共往還。擬趁畫簾殘雪後，提壺同看米家山。
十日何妨到九回，鉤衣齊上讀書臺。年來易覺雙眉鎖，不是逢君那得開。
曲榭飛梁一揭分，不須圖畫説瞻雲。重闈自有輕軒樂，愛爾常趨鵷鷺群。
我雖蓬户隔西斜，槐樹雙雙不是家。送臘管教蒭酒熟，還來刻燭送椒花。
回首樵西曲曲巖，十年歸夢阻征衫。何時共理南鄉檝，夜半無人天一帆。

九日穀梁招同諸子由小秦淮泛舟至法海寺，惜不與巢民先生、青若同之，漫書四作奉寄 四首海日堂集不載，見同人集

程可則

佳麗古維揚，秋花滿地香。昔年經五度，今日過重陽。褺得萸同佩，難逢菊有芳。無風亦無雨，一棹向雷塘。
蚱蜢舟雖小，居然汗漫游。金波浮緑螘，玉笛起朱樓。野鶴穿籬出，寒花接院幽。當歌傳《水調》，駐楫一遲留。

蜀岡形勝好，迤邐枕城陰。一綫秦淮水，中流碧澗深。美人宛簾閣，秋色静雲林。更過紅橋曲，時聞笙瑟音。
言登法海寺，遠望平山堂。峰影露凝翠，鐘聲到夕陽。好風吹不斷，歸路興還長。後夜江南夢，悠悠水一方。

秋日邀陸笏田、錢礎日、彭日晋、曾青藜、張桐君、朱錫鬯、李武曾、陳緯雲、冒穀梁、陸玉壘、蔡竹濤小集海日堂，酒後分賦 海日堂集

程可則

秋林莽岑寂，瑟瑟聞商風。獨居懷古歡，出户將奚從？暫焉輟簿領，置酒邀群公。雞黍不足言，燕笑披微衷。殘陽散車馬，短砌吟幽蟲。幽賞静逾愜，秉簡分詩筒。戀此宵氣佳，何論拙與工。良會古難常，歡樂恒苦終。

送冒穀梁歸雉皋兼訊辟疆 同上

程可則

三年同旅食，觸緒得情親。亦自忘朝暮，何曾辨主賓？歡偕如意舞，愁共兩眉顰。今日臨歧路，誰能不愴神？
爾本烏衣客，辛勤負劍來。逢辰嗟不易，食昴事全猜。姓字登蘭殿，詩書困草萊。行藏俱努力，歸思且悠哉。
聞道東皋下，園亭接射湖。鶯花猶似昔，賓從未全孤。命酒燒紅燭，稱詩采絳趺。一堂森四世，行樂在三吾。辟疆别業曰小三吾。

大宗伯龔公招同宋荔裳、曹顧庵、施愚山、紀伯紫、沈繹堂、姜鐵夫、王西樵、王阮亭、劉玉少、陶季深、曾青藜、冒穀梁諸子集黑龍潭樹下,即以"三儀清濁還高下,三伏炎蒸定有無"爲韻,余分得"定"字 同上

程可則

祝融盛炎德,束帶苦愁病。所思在林塘,忽枉謝公興。招我城南隔,遠踏元都勝。陂陀高下列,烟樹周遭映。宫觀何嵯峨,潭水黝而净。風雷閟地脈,厓溜泱晶瑩。似有鬼神伏,或者蛟龍定。四顧聞妙香,松篁響紛應。瀏覽非一觀,指點豁諸聽。主人敬愛客,蕭散似中聖。飲同河朔袁,講類康成鄭。羲馭不少留,巖壑儵以暝。不愁風雨來,所懼瓶罍罄。勝地難重期,塵囂况相屏。不樂將何爲?歸來發深咏。

雨後柬冒二 同上

程可則

朝來新雨下微濛,洗却東華十丈紅。遥憶故人高館在,隔河煙樹一簾風。

復陪龔芝麓先生過穀梁寓齋限韻 同上

程可則

門前垂柳緑如莎,雨後仍陪杖履過。恰是春帆天上坐,捲簾朱露下銀河。

題二冒子詩卷兼寄辟疆四首 漁洋詩集

王士禎

桃葉山前秋復春，金陵往事已成塵。當年厨顧東京客，零落如君有幾人。

林塘自闢小三吾，聱叟風流得似無。歷歷酒徒坐洲島，便教題作石魚湖。

扁舟萬里獨探奇，南紀浮湘到九疑。丘壑胸中君自有，柳州文筆謝公詩。辟疆刻康樂游山詩，柳州柳永小記，皆自評注。

伯子才華庾鮑同，中郎獨步擅江東。傳來尺許新吟卷，要使狂奴拜下風。

大宗伯龔公招同荔裳、愚山、顧庵、繹堂、湟溱、西樵、伯紫、鐵夫、穀梁集黑龍潭，分得“下”字 漁洋續集

王士禎

謝公癖登臨，南宫富清暇。城南曠瞻矚，招尋共休夏。長鬚來叩門，柴車已巾駕。數折緣陂塘，宛如陟元壩。初晴道少人，涼風吹穲稏。靈宫氣蒼鬱，藤蔓纏古瓦。蕭蕭見郊原，稍稍登臺榭。百斛好螺黛，明白若圖畫。目極西山雲，心馳東林社。夕陽下龍湫，布席俯川汊。水聲空谷裏，人影疏林下。藻密魚飛疾，樹深鳥鳴沙叶。眼中有數公，詞壇各雄伯。稱詩互犄角，論文競敖吴叶。劇飲捩觥船，起舞杖芋蔗。辟彼太白高，争挽大黄射。不知四座中，誰啖牛心炙。賤子性寡諧，入世苦聱牙叶。牀頭有《周易》，避人時枕藉。諸公張吾軍，左次願三舍。百年去堂堂，爲歡幾良夜。詎愁街鼓動，更解青絲笮。露下星斗繁，流連不知罷。

過冒穀梁寓舍，地近御河 學餘詩集

施閏章

離索情何劇，羈栖興不孤。臨高望城闕，依水當江湖。名姓君王識，篇章故舊俱。最憐清絶地，早晚一攜壺。

黑龍潭樹下晚集，分得"濁"字，呈龔大宗伯 是夕，同荔裳、顧庵、繹堂、西樵、周量、阮亭、次山、檗子、鐵夫、青藜、陶季、穀梁。 同上

施閏章

長安車馬間，何處尋巖谷？竭來帝城隅，突似春江曲。方澤横松林，西山明竹屋。晚雲薄絳霄，浮動纛百幅。徙席藉芳草，龍潭蔭喬木。窟穴深晦冥，麟角隱盤蹙。海桐鬱擁腫，枯桑炯空腹。水氣與林陰，連天漲寒緑。主人丘壑懷，金龜换醽醁。杯從魚鳥親，耳謝筝笛俗。明星懸樹顛，宵鐘響地軸。耆舊感飄蓬，聚散如轉燭。苦留永夕歡，頗嗔僕夫促。妙理在春醪，更酌不辭濁。

贈冒嘉穗二首 曝書亭集

朱彝尊

我昔齊東住，君來歷下游。客亭無奈别，樽酒未言愁。暑雨城西寺，高林棗外樓。醉歌今始得，同調日相求。

盡説移居好，投詩給事莊。松篘深不見，丘壑興何長。夜燭攤書坐，春醪並馬嘗。追

隨吾更數，知愛接輿狂。

贈冒穀梁三首 湖海樓集

陳維崧

甲午之秋我三十，臺城城下一逢君。卿年倏忽復爾爾，那不老我髯參軍？
銀濤南海水玲㻂，岸上晴螺九疊青。六歲獅兒偏跳盪，月中人在玩珠亭。穀梁六歲時，從大父憲副公登粵東七星巖。
怪底時賢枉讀書，曹劉沈謝豈關渠？愛君側帽微風裏，妙悟公然獨起予。

宿穀梁宅後小書樓，口占二絶句 同上

陳維崧

十載曾經宿此樓，燭波瀲灩裊《梁州》。如今欲覓聽歌處，只在簾根檻角頭。
斷粉零朱板不全，白頭重上此樓眠。憑誰啼醒揚州夢，惟有栖烏似昔年。

專諸巷看穀梁買鼓槌 同上

陳維崧

緑水滑如油，漲滿銅溝。柳花伴我作閑游。青漆鼓槌紅架子，别樣風流。　買了且歸休，單絞岑牟。世間定有此人不。須向金閶亭下路，打散春愁。《浪淘沙》

繆園與穀梁話舊 同上

陳維崧

鵑舌啼春冷。記并州、十年飄泊，蝶僥蜂倖。花露微蒸纔抑鮓，小閣圍香説餅。鬧多少、簾痕帽影。燭底新翻楊枝曲，字斜行寫上春衣領。只此事，君應省。　江南四月殘紅静。又逢君、斜陽一水，盈盈舴艋。暫借芳園聊話舊，坐皺緑蕪三徑。算聚散、來朝難定。鴻爪那能長留住，笑繫腰彭祖徒窺井。一彈指，三生頃。《賀新郎》

維揚旅次遇冒穀梁 甲乙友鈔

徐　倬

江樓孤客坐，驚喜故人來。各看蒙頭雪，權呼婪尾杯。春光楊柳至，人食荔支回。穀梁自閩歸。寄訊西堂草，濃愁可劃開。

共話年來事，高懷雅遜君。鯉庭徵妙舞，尊人巢民先生自教梨園娱老。寶樹策奇勛。令嗣立海上功。憐我在原鳥，翻成出岫雲。蕪城逢舊雨，愁煞鮑參軍。

冒穀梁移寓梁園，合肥公歌詩十二章贈之，屬同人和韻 燕臺小草

徐　倬

作客偏宜修竹園，花源藥嶼宛成邨。清泠池水將千頃，只與君家當酒樽。

素心人在好移居，五柳先生善讀書。何處乾坤非逆旅，難言吾亦愛吾廬。

夢裏揚州八月潮，風流往事悵然遥。梨園子弟東鄰住，愁傍宫牆聽玉簫。
結束輕裝辭故舊，一時枚馬盡同游。梁園昨夜飛深雪，白玉妝成十二樓。
遷喬公子舊金衣，坐戀柔條未忍歸。不似空林秦吉了，霜天萬里欲南飛。
久拚一醉送殘年，三百金銅沽酒錢。方朔雖饑還據地，屈平獨醒只呼天。
約到荆高燕市傍，酒胡滴瀝注糟床。却愁日落松筠閉，難叩城西給事莊。穀梁與螺浮給諫同廡。
名園日涉不須關，朗月清風任往還。問酒但宜呼北海，開窗却喜對西山。
雪後天街並馬回，相憐憔悴在燕臺。門前縱使多車轍，三徑還須爲我開。
客牀上下豈難分，君已爲龍我作雲。豕到遼東頭盡白，馬來冀北骨空群。
御苑金溝近狹邪，葳蕤深閉阿誰家。休論賣賦金多少，儘購東風第一花。
人見朱門君碧巖，嬾將紅霧污青衫。三秋有淚揮銅狄，萬古無風到石帆。

和屺瞻送冒穀梁韻四絶句 同上

徐　倬

滿江楓樹滿天雲，紫蓼黄花雁幾群。君去廣陵宜八月，寒濤如雪正遲君。
伯勞飛燕總休論，去住浮雲酒一尊。别後夢魂如識路，君來京國我鄉園。
青衫席帽此還鄉，隔歲重期入洛裝。去日枯楊珠勒短，來時芳草玉河長。
吴霜片片點征衣，到日門前秋雁飛。白紵紅牙都不羡，江郫妬殺蟹筐肥。

寓中同穀梁道兄談舊再疊韻 汗漫集

徐　倬

京華風景記如何，獵鼓岐陽手共摩。梁苑飛花隨客散，蘆溝塞雁入秋多。隋宫恰好逢衰柳，越鳥惟知戀舊柯。話到羊曇齊落淚，西州門外恐難過。

黄金空自築燕臺，東閣遲君尚未來。秋水曾題腸斷句，春飊時憶夜深杯。幾年夢冷銅溝月，此日愁飛玉琯灰。喜得靈椿無恙在，南山獻壽祝臺萊。

送穀梁 水香詞

徐　倬

别酒如波卷。望關山、雲兼愁重，天難情遣。吾輩飄流無老淚，半爲悲秋淒泫。身好似八眠柔繭。纔話傷心頭早白，縱頻斟、竹葉紅潮淺。除是夢，還方展。　邯鄲旅枕人通顯。酒初醒、曉霜歸牖，月痕横扁。依舊黄粱茅店路，一派疏籬嘷犬。料此刻淒其寧免。檢點輕裝有底物，已黑貂、破盡金難典。離亭外，朔風翦。《賀新郎》

石林招同武曾、錫鬯、二鮑、湘草、穀梁夜集寓齋，看燈上美人，用史邦卿韻 錦瑟詞

汪懋麟

翦韭韶光，落燈時節，東風今夜初暖。縷金屏内香濃，碧玉盞中春淺。鳥聲報客，正風揭、畫簾絲軟。好良宵、不飲何爲，況有玉凫銀燕。　紅燭裏、忽抛星眼。綃幕外、誰凝雪面。依稀人在瓊樓，只少歌翻閬苑。畫圖相識，又惱亂、心情如綫。最牽愁、我夢揚州，月下簫聲曾見。《東風第一枝》

秋日侍家大人招同姜湘潭、冒穀梁、徐左臣諸子游西山即景集字 賦閑樓詩集

張 晧

穿林尋野寺，落日到荒丘。對景渾忘倦，裁詩應散愁。花香深院曲，嶼色晚烟浮。莫阻登臨興，連朝許共游。香山寺

谷口探幽日，高堂興自深。招攜忘野墅，坐卧向禪林。横笛峰前落，疏鐘月下沈。輕衫籠夜色，莫遣晚風侵。功德林

贈冒二穀梁 有懷堂集

韓 菼

菅屨麻衣杖是苴，渡江來訪祗愁予。窮當詞客滄桑後，老作孤兒患難餘。四海衣冠多執友，一坏窀穸賣殘書。可堪同入扶風帳，君亦出合肥龔端毅公之門。歷歷連宵話敝廬。

冒二穀梁訃至，詩以哭之 同上

韓 菼

怨莫怨生離，悲莫悲死别。别君邗溝上，銜恤時泣血。刺刺訴窮孤，一坏未穿穴。屬我有道碑，稽顙情哀切。同泛甓湖船，相期淮浦月。我行駛風帆，而君遲鼓枻。一爾遂差池，嗚呼長兩絶。憶君樸巢翁，遺逸邦之哲。賓朋傾顧厨，亭館帶巑岏。丁年君

更豪，詞場最雄傑。才子本懸鈴，知音快讀霓。雲海胸吐吞，一切俱蠓蠛。多能事事工，命也翻成拙。盛衰局易更，門户天多孽。晚景怕酸辛，交態飽寒熱。鉢池既水枯，老人亦瑟撤。六十孺子慕，自然蘭玉折。魂魄正相隨，所痛還衰絰。諸郎遺負荷，愛弟支單孑。余游紀群間，兩世景光瞥。人欲久不死，乾坤莽騷屑。旅懷百無堪，寢門添嗚咽。紅蠟小印書，六六猶在篋。佩君青絲囊，磨君烏玉玦。更憶曩別時，執手心如結。豈其善謔兮，謬責相提挈。衡纊至輕微，視余空有舌。何以慰九原，當刊第二碣。

邗江寓樓喜冒穀梁至自都 淮海英靈集

許嗣隆

客中客到仍爲客，無意相逢意更親。十五年前雙淚眼，三千里外一歸人。正逢月好當秋夜，猶記書來是早春。秉燭相看非夢寐，開懷莫厭酒杯頻。

寄兄 昭代詩存

冒丹書

別後驚時序，天風憶汝寒。音書何阻隔，魂夢想艱難。月冷黄花瘦，秋晴雁影單。欲將消息報，猶恐客心酸。

癸卯八月，邗上寓館喜穀梁兄弟過訪，寄柬辟彊 同人集

方拱乾

把酒問家門，知是故人子。故人上有父，别時尚未死。荏苒廿年餘，存亡難舉似。昨春初入關，如皋書一紙。及報廣陵書，經年斷音紙。忽然二妙來，窮途顧衰齒。頎頎兩丈夫，老眼迷指視。自言八歲時，追隨在醉李。惠山既扶筇，毘陵復躡履。間關亂離踪，歷數如掌指。坎壈今如何，兵戈猶後矣。而翁正壯年，鬢霜胡太駛。而祖已古人，山陽痛曷已？愧我支離身，蓬梗眩行止。往既艱舟車，來亦阻道里。或者興會乘，望望秋江水。

穀梁先生招飲，恰值初度，賦贈 同上

邵　陵

高齋風雨喜留賓，恰值先生嶽降辰。學舞競看長袖子，舉觴先祝白頭親。苦吟愛擊催詩鉢，耽飲新裁漉酒巾。歌遏行雲凝不散，兩床絲竹一堂春。
恰喜逢君初度時，庭前花發小春枝。經綸何必垂簪笏，氣誼真堪並鼎彝。雲外簫聲飛蓋遠，月明松影上窗遲。慚無《天保》岡陵祝，翻向長筵醉玉巵。

再疊韻贈穀梁 同上

沈宗元

行藏落拓奈時何，中夜捫心手自摩。肝膽能披知世少，鬚眉欲動見才多。人情日日三

秋雨,君意亭亭百尺柯。把臂快談今古事,揚州烟月許同過。

移樽重話客燕臺,月浸堦除霜欲來。螺黛光分映緑酒,檀牙聲拍泛霞杯。座有較書并善歌者。銅壺未盡青燈淚,葭露還飛玉管灰。人事升沉何足問,佇看宫錦戲衣萊。

黑龍潭樹下晚集,同荔裳、顧庵、愚山、西樵、周量、阮亭、鐵夫、檗子、青藜、陶季、穀梁分得“無”字,呈龔大宗伯 續同人集

沈　荃

盛夏苦炎熇,客子心煩紆。言從河朔飲,來憩城南隅。寥曠隔市喧,水木環清都。沿溪交灌莽,夾路蔭槐榆。崇壇既東峙,疊嶂復西趨。中有古龍井,伊昔稱舞雩。陰壑窈以深,潛虬或可呼。主人耽幽賞,招邀咸吾徒。布席面空闊,城闕如畫圖。清言展諧謔,雜坐解簪裾。雅觴互酬獻,禮法寧所拘。須臾夕陽下,明霞亂菰蒲。枯桑噪初蟬,荒地鳴蟪蛄。徙倚藉芳草,洗醆傾百壺。仰視河漢高,繁暑倏已徂。回首感流電,慷慨悲隙駒。今夕不極歡,勞生一何愚。投轄固云厚,秉燭良非迂。殷勤語同好,嘉會無時無。

又分得“清”字 同上

曹爾堪

鬱鬱古柏茂,灎灎曲池平。涼颸度沙温,斜照連鳳城。黄屋丹霄閟,樹外窺飛甍。枯桑裂支理,漱壑春還生。刳腹雷火劈,何年遭劓黥。曠景不受暑,遠風來無聲。秩宗臯夔亞,夙夜懷寅清。傅巖作霖雨,莘野豈割烹?乘閑續雅頌,投契非簪纓。留客意繾綣,銅箭夜數更。盛氣凌海岳,清響調笆笙。長嘯天地闊,冥搜鬼神驚。銀槎泛嘉醴,微動江湖情。自憐偃蹇姿,授簡慚馬卿。主賓富文藻,吐納多菁英。蛟龍起深谷,

變化烏能名。

又分得"有"字

王士禄

龍潭古堞陰,幽境稔已久。不有尚書期,將毋屐齒負。方池閟靈異,高柯盤蚴蟉。入門耳目换,恍惚涉林藪。樽開遠岫左,席移餘映後。石壇清磬門,四座羽觴走。張燈接暝色,林氣幻蒼黝。旁睨閃雲電,仰視見星斗。咫尺明晦殊,至精復誰扣?縱愁雷雨至,且戀杯觥糾。佳游不易再,爛醉詎爲醜?罷飲漏向沈,蒼茫更回首。

九日龔芝麓宗伯招同紀伯紫、徐方虎、白仲調、趙國子、曾青藜、陳康侯、陳緯雲、冒穀梁黑窰廠登高 縮秀園詩選

山陽 杜首昌湘草

布袍何幸近中臺,懷抱他鄉得暫開。雲薄綉帷連絶塞,風回綺席浄纖埃。萬家砧杵臨秋急,四野蛬螿入暮哀。儼似柴桑籬下坐,寒香習習上衣來。

但堪登處當嵯峨,三尺疲驢也自過。筆湧珠璣懸陸海,群賢即席賦詩。字翻蝌蚪落天河。先生座上揮毫。星光低傍千門動,月色遥看九陌多。冀北馬群空伯樂,就中更有獨峰駝。

龔宗伯次君就外傅，集閻古古、紀伯紫、白仲調、錢礎日、陳子壽、徐方虎、曾青藜、顧遥集、蔣荆名、陳康侯、朱錫鬯、陳緯雲、李武曾、冒穀梁、鮑武盧、蔡竹濤暨予，同用工部題覃山人隱居韻 同上

杜首昌

巍巍南嶽挂文星，墨汁香浮古硯銘。堦砌玲瓏亭玉樹，蓬萊咫尺接珠庭。留歡幾客同聽漏，泛愛如予也執經。信道不衣能自煖，開筵憎用肉爲屏。

上元後八日，集喬石林。内史齋，同朱錫鬯、汪蛟門、李武曾、冒穀梁 綰秀園詞選

杜首昌

爐撥深紅，酒凝小碧，春光有甚堪惜。已㨾學劍無成，認真讀書何益。駒馳烏走，放懷抱、任他催逼。况有人、情重天涯，沉醉今宵也直。　簾影漾、條條妥席。香篆細、絲絲寫壁。月輪早上三分，銀河漫流數尺。杜陵興發，顧不得、李金吾責。怪碧紗、鐙翦佳人，偏暗把秋波擲。《東風第一枝》

送孫禾書之白下，吾老矣，襄兒攜之以行 自鳴草

冒起宗

爾父南征日，吾翁命駕時。指庚午秋。喜心生見獵，高興數題詩。堂構還如舊，功名好

自爲。歸來歌奏捷，應醉菊花枝。
月桂臨金鏡，明明在眼前。何期容色暮？忽已歲時遷。懷祖瞻庭樹，癸酉秋，吾任南銓，餞襄於垂楊池畔。攜兒泛渚煙。文園深蔓草，回首意茫然。

七夕龔芝麓宗伯移尊冒穀梁寓齋，同曹秋岳侍郎、孫北海少宰、王西樵考功 杜稿編年

杜首昌

客懷翻被良宵擾，浮雲憎看天邊巧。今夕是何年，偏教不要眠。　　尚書期晚赴，醉倒山人寓。細雨奈愁何，消愁愁更多。

簡冒穀梁、青若 石月川集

石　洢

勞勞生事淺，擾擾市廛喧。爾我堪同調，春風且閉門。清言宜嘯傲，壯志共飛翻。最喜花陰碧，歌呼月下樽。

曝書示孫 自鳴草

冒起宗

直齋未竟藏山志，獨樂仍留曝腦方。蠹簡殘編閑撿料，空龕今日更荒涼。"三十車字去，

金臺等空龕",倪鴻寶送余赴南銓句。

風雲歘吸任吾誰,千古聲華不在兹。若謂科名差可恃,狀元何未重昌黎?退之子緗、衮擢第,衮與其孫承爲狀元,名不著,史亦不載。

示孫二首 同上

冒起宗

靖節不求甚解,武侯略觀大意。旁觀得自發揮,小子談何容易!曾記楊修有言,子雲老不曉事。少年膽識幾何,矢口未容造次。

如春十三日,禾孫婚禮成賦,視襄兒己巳授室時後一日也。家大夫之言曰:"吾有祖道,詩以寓規。"余則喜而志慨云 自鳴草

冒起宗

憶昔綸書降玉墀,父兮持節子牽絲。桑榆再見輝華髮,花燭懸知映絳帷。即少筵賓循往事,寧須混俗侈多儀。慶餘善積承家語,老筆猶堪和百斯。己巳元日,家大夫受覃恩,余使閩歸。

於陵十九儷嬋娟,乃父宜家亦此年。人道門楣新氣色,吾從姚汭卜綿延。孫娶於姚。夭桃允叶于歸咏,鼓瑟還歌既翕篇。謂次孫。聚順從今饒樂事,好開雪甕醉花前。

嘉期兩度藹春温,先後花朝倒玉樽。驚電寧知仍有我,委禽何幸又看孫。雙栖暫託絲蘿庇,鍾愛還增怙恃恩。獻壽維南應計日,忍教一老倚重門。

集放翁寄禾孫 同上

冒起宗

人言世事何時了，散地閑居八九春。催老莫嫌孫稚長，一時抽得向平身。
酒擔羊腔喜色新，鶯花如海洞天春。老龐亦有兒孫念，獨往飄然覺更真。

十六夜攜孫過定慧寺，別現之上人，上人將飛錫中峰，余爲訂來春看梅之約 自鳴草

冒起宗

良宵幾向病中淹，踏月呼孫訪翠巖。光減一分仍瑩潔，規傳百丈自清嚴。驚雷作供堪湔俗，寶露同餐盡解黏。養鶴亭前花萬樹，中峰爲支道林舊地，有養鶴亭。相過還待發春尖。

示禾書 自鳴草

冒起宗

書家大小擅鍾王，虎子還能繼阿章。八法薪傳忘挹取，明窗空自貯精良。

寄兩孫 自鳴草

冒起宗

爲龍爲虎尋常事，越俗超塵自友于。賸有青編傳世業，豈因白眼效時趨。敬宏刻日非通論，逸少分甘祇細娱。父志未酬吾濩落，好將濟美答桑榆。

萬曆壬子且月，余就試句曲，世母朱暨先宜人曾以炙鱝糟蛤寄邸中，仄目三十六載矣。今夏，兩孫寓海陵，余亦以是寄之，愴焉賦此 自鳴草

冒起宗

束濕當熇暑，羈栖假一枝。倚門勞顧盼，俊味識恩慈。不道今爲祖，還憐昔作兒。他時追往事，應復繫悲思。

重午雨霽，襄兒攜兩孫歸自吴陵 自鳴草

冒起宗

崇朝鮮雨濯江城，照眼花光分外明。百歲難期逢四午，四午，謂歲次甲午，五月庚午，初五甲午，時又庚午也。一堂何意叶三庚。三庚，謂余兩人與幼兒先後皆庚寅生。已知隔轍偏宜歲，不信靈符果辟兵。時海艅倏來倏散。戲語兒孫惟晋酒，人間變態亦陰晴。

八月二十八日攜五歲孫禾書登飛來寺 拙存堂詩概

冒起宗

攜孫拾級豁吟眸，一水天回萬家收。帝子考鐘開別業，真仙飛錫卜丹丘。臣心似水由來定，龍象成灰亦是浮。萬里病身淩官海，拂衣何日縱歸舟。

攜孫登宜章釣石，石形如虎，旁有小庵 同上

冒起宗

下有伏虎石，上有回龍庵。一翁攜一孫，人將畫圖看。

夜課小孫，聞署垣外讀書聲琅琅也，因和東坡遷居之夕聞鄰兒誦書之作 同上

冒起宗

放衙吏已散，悠然聽鳴禽。展懷太冲句，山水有清音。琅琅入吾耳，誦聲滌煩襟。四時讀書樂，朱子常高吟。月弄竹柏影，庭際交陰森。乘時宜殖學，余孫勗自今。童烏與童麋，少小可捫參。隔牖彼之子，勤勸夜向深。延訪在得士，慎勿斁羊斟。爨餘多良材，治國若張琴。

送西席石夏宗應試,時襄兒亦携禾孫觀場 自鳴草

冒起宗

緑鵠翩翩泛碧油,芙蓉露濯嫩涼浮。青龍白鷺光相引,逐兔驚慳氣故遒。幸得師生同日上,敢言賓主並風流。製蓮棘院標奇瑞,金粟還看插滿頭。

西湖舟中示冒二穀梁 退雲集

常熟 戴 洵介眉

半生魂夢繞西湖,忽放閑身入畫圖。山翠濕衣真欲滴,波光鑑影只平鋪。空憐馬渡江潮易,誰信龍盤王氣無。與爾登臨摩倦眼,兔葵燕麥并荒蕪。

五日冒二穀梁招同孟津王季平,小飲廩樓 退雲集

前 人

越巫金鼓震湖濆,小閣蒲觴策醉勛。團黍可能招屈子,食魚誰更念田文?空縣續命絲千縷,不辟防秋漢六軍。酒罷倚闌同一望,亂山如赭罩浮雲。

八哀詩 手稿

冒　襄

大阮瑚璉器，鷹揚翰墨場。抽思如擢髮，吐句必生香。慟父隨朝露，疎財到鬢霜。建昌消息杳，何日得焚黄。亡姪穀梁。

燕市解羊裘送冒二穀梁從鎦公馘東游放歌

戴本孝

老夫忍寒不忍羞，乞錢賤買三尺黄。羊裘蒼毛淺作枯草色，素縫碎纈冰紋柔。表以蘭河斜理之毳布，扣以塰兒倭鉛之交彄。故人笑我忽然事邊幅，聊復爾爾非免俗。貧賤苟肆志，受凍死亦足。天馬銀鼠舍力孫，服之不衷召災辱。東冒二，呼我兄，天涯落拓猶同生。明日依劉歷事去，朔風貫背難爲情。燕京殘冬買那得，齊郊貴客偏偕行。左提裘領右挈袖，曳之上馬風悲鳴。勸爾春罏欲醉不須解，憶我結鶉計爾之孤征。吁嗟乎，孰問賤者之裘胡不輕。

第十九册

詩詞曲

戊戌三月二日，丹兒二十生日，書示 巢民詩集

冒　襄

己卯之春最殊異，獲祈母壽又生兒。兒生二十母轉健，觴我兩人兄相隨。李氏花萼稱交讓，阮家竹林咸工詩。獨恨大椿凋白日，一堂三世喜還悲。

太史南遊會稽日，賈生超拜大中年。用世不願汝早達，成家無愧思前賢。勉之萬事只恂讓，樂矣千秋是簡編。但得天倫存内美，何妨肥遯守吾元。

暮秋同青若諸子登仁壽閣 此首見詩觀・定山堂集，題作秋暮同瞿庵、蛤庵并同社諸子登仁壽寺閣。

龔鼎孳

便與人間異，空庭得老秋。轉因沙路闊，能使夕陽留。龍象初開社，雲霞共倚樓。重來雙樹下，問法亦風流。

答謝冒青若世兄 漁洋續集

王士禎

君家好林塘，最憶湘中閣。千仞碧瓓瓏，一條紅略彴。曾拏鈒鏤舟，兼載氍毹鶴。怊

帳月明時，岩花幾開落。

茗柯有實理，君能領其趣。僮豎盡茶人，鈴椎半茶具。竹塢水深淺，岩户雲來去。獨應嶰中僧，知君拍茶處。寄芥茶譜

良工濾河泥，妙製出西號。温其龙輔玉，色如馬肝石。價敵十五城，包致凡幾驛。石墨漆簡書，晚歲成三益。寄澄泥硯

同孟昭、青若過訪孺子不值 此首湖海樓集不載，見同人集。

陳維崧

主人何處去，一屋冷梅花。有筆且書紙，呼童代煮茶。蛤牆浸岸盡，魚市入城斜。愛此那能返，霜天滚暮鴉。

贈别冒青若 湖海樓集

陳維崧

紅板橋頭折柳絲，東風催唱鷓鴣詞。一江春水昏如夢，腸斷清河送别詩。

題冒青若小象 同上

陳維崧

鳳脛燈青寫練裙，來朝馬上憶離群。披圖重看鵝溪絹，十載交情見卯君。

過青駝寺感舊，寄示冒子青若 同上

陳維崧

魯山更比吳山翠，路入青駝寺。亂峰怪石甃圍牆，牆裏人家一半棗花香。　　當初有箇卿家燕，與汝天涯見。曉風殘月憶從前，不道因循過了十多年。《虞美人》

爲冒青若題廢花朝圖 原注：葉澹生畫。　溉堂集

孫枝蔚

君家愛客日開樽，况值花朝春色繁。三吾亭與蘭亭比，飲酒賦詩並難諼。孝子今年謝賓客，畫友明朝忽到門。滿幅烟雲何慘淡，久看使我傷心魂。亦無杜鵑來樹杪，亦無慈烏啼耳根。但覺樹欲静時風不寧，蕭蕭吹滿桃李園。對此不須見孝子，襟袖依稀淚有痕。乃知因母忌辰花朝廢，亦如《蓼莪》詩難存。嗚呼此圖豈可少，人誰無母忘母恩。却嘆冒生猶多幸，事母多年清且温。我昔失恃纔八齡，祖母哀憐弱復惛。與肉食之云有味，慚愧程曾昧吐吞。復聞對帕聲哽咽，張譏事。亦或見扇涕潺湲。張景胤事。諸賢皆在孩提日，萬古長看天眼昏。君今儘有趨庭樂，但當侍立花前聽笑言。何况丈人頭已白，遭逢亂世多煩寃。我詩慎勿令聞之，凄苦聲如三峽猿。與畫同藏篋笥裏，他年惟可示子孫。

擬古樂府記異聞 同上

孫枝蔚

冒孝子丹書、青若救父辟疆事，據吾友二宗子所記，刺辟疆者其族之少年兇

悍者也；據吴子薗茨，則直書其發是難者其弟也，同時而異詞如此。嗟乎，二宗子於此，其有所不忍言歟？夫傳《春秋》者四，書旨各有異，要之皆不可廢。蓋疾惡斷奸，法不厭嚴且詳也。彼其嘗爲盗賊者，雖事經千百年以後，而論者猶致其未盡之罰，非有深仇於往也，以有深懼於來也，況生當其世者乎？此又知薗茨之不得已。故予擬古樂府《悲如皋》三章，又繼之以《善哉行》，竟以吴爲據，觀者亦可知其非專諛青若云爾。至於義婢護主，已見宗、吴記中，予不暇復及也。

悲如皋，室中戈可操。假手謀何巧，今看傲象勞。
悲如皋，此世苦多悲。弑父聞前月，泰州朱姓兒。
悲如皋，既悲還復喜。救父忘其身，請看冒孝子。
右《悲如皋》

倪萌有兄，賊將啖之。請以身代，瘠不如肥。自啖其兄，如何忍爲。一解 伯武文章，相遇下邳。争市投杖，涕下漣流。杖猶難舉，亦何可施。二解 范宣挑菜，傷指大啼。曰吾四體，二人所遺。君子敬身，蓋此平時。三解 楊香救父，曾於虎口。父幸而免，兒負而走。易地皆然，惟宣可友。四解 冒家孝子，禍幾不測。如婦之容，禦虎之力。捐軀軀存，神祐于默。五解
右《善哉行》

暮春，張筵署園北樓上，大會詩人，漢陽許漱石，泰州鄧孝威、黄仙裳交山，上木朱魯瞻、徐夔攄，山陰徐小韓，遂寧柳長在，錢塘徐浴咸，吴江徐丙文，江都閔義行，如皋冒青若，彭縣楊東子，休寧查秋山，海門成涉三，家樵嵐，琴士興化陸太邱，畫士武進李左民，泰州姜尺玉，琵琶客通州劉公寅。時閔義行代余治具，各即席分賦 湖海集

孔尚任

高筵櫻笋借郇庖，四面晴光接遠郊。野燕初來黄菜圃，飛棉漸起緑楊梢。客中老淚逢

絲竹,座上遺賢到許巢。望國思鄉無限意,沈吟寫向歲寒交。

題冒青若畫像 同上

孔尚任

卯君丰度寫當年,冷眼驚逢海上煙。久愛佳篇兼謝李,冠裳果似晋唐賢。

昭陽城南晚泊分韻,同繆墨書、柳長在、冒青若、黄交山、朱大錦賦 同上

孔尚任

野水連城郭,寒烟似畫圖。一船分夜火,兩岸響秋蘆。歲月音書闊,逢迎髮鬢殊。舊山叢桂在,歸計笑奚奴。

贈冒三青若 有懷堂集

韓　菼

五步阿誰甘代死,救父被創,幾死。餘生孝子倍酸辛。千秋不滅堦前血,一綫須珍劫後身。却怪懷中無片玉,可憐藥裹作弁人。青若多病,居憂過毁。交情肯待雙魚字,鐙炧丁寧加飯頻。

奉别青若 此首徐方虎集不載，見同人集。

徐　倬

三吾文酒恣流連，興盡帆回雪夜天。千里孤程蘆雁外，五湖歸路白鷗邊。相思此後何窮已，别後如今果黯然。夢入西堂同繾綣，徵君松竹孝廉船。

題冒青若廢花朝圖 汗漫集

徐　倬

錦樹繁英掩落霞，空留枯柏勢槎枒。春風亦自添憔悴，不遣《南陔》放《白華》。
丙舍無煙白晝陰，啼烏馴兔徧香林。縱拋十里看花眼，難報三春寸草心。

奉酬青若三叠韻 同上

徐　倬

依然三徑接羊何，短褐回廊手再摩。頻到香林因路熟，重逢洗馬覺愁多。浮雲閲世無常態，庭樹無常不改柯。數往數來休我厭，滿城趙李肯經過。
無忘舊侶共吹臺，苦爲相思命駕來。老眼久無今世客，他鄉愛舉故人杯。定傾家醖三升酒，且撥寒爐五夜灰。街鼓鼕鼕分手散，滿天霜雪下蒿萊。

雨中飲得全堂，和青若韻 水香詞

徐　倬

天幕雲垂，綠陰中，烏衣人聚。消永日，膽瓶花艶，博山香炷。久客怕尋芳草徑，釀愁早做黄梅雨。怪當筵，綵筆一番新，愁霖賦。　　人並坐，雙瓊樹，歌不徹，黄金縷。喜青衫小袖，玉杯頻舉。一任香喉千萬轉，留春不住堂堂去。只簾前，花落踏如泥，傷心處。《滿江紅》

花間即事，同青若、山濤、脩遠諸子 同上

徐　倬

人困初長日，鶯喜嫩晴天。交交來往枝上，囀破綠楊烟。夾岸繁花弄色，向我齊開笑靨，似不厭華顛。小促淩波步，同上木蘭船。　　鶯鸝處，羅襪濕，錦裙湔。雙蛾低蹙，解道嗔喜總堪憐。傍晚寶鈿重整，隔座玉鉤暗送，知在阿誰邊。起看香階下，花月鬥嬋娟。《水調歌頭》

閏三月飲得全堂，席上送春，和冒青若 同上

徐　倬

貪陟名園，南塘外，橋過第五。却邂逅，高堂人在，魂銷行雨。燕子慣來花盡識，鶯兒未到春先去。惹狂奴，風景老逾顛，呼天語。　　春再閏，天之與，人再少，天還許。看重重步障，深圍春住。紅袖縱無扶老意，嫦娥可有留春處。怕來朝，蜂蝶兩相猜，將

誰主。《滿江紅》

壽如皋冒青若七衮 原注：丁亥立冬，寄范同寅。　篔谷詩選

張芳湄

如皋壇坫壓詞場，淵源家學富青箱，珠槃玉敦走四方。名園水繪繪滄浪，雕欄曲檻繞畫廊，勝流名士日徜徉。銀筝檀板雜笙簧，清（漚）[謳]麗曲譜宫商，賓朋一咏間一觴。春花秋月樂事長，陵遷谷變不可常，倏爲壁立徒空囊。意氣倜儻彌慨慷，伊昔伯仲相頡頏，二陸蜚聲噪洛陽。只今耆宿獨昂藏，朱顔華髮禿且蒼，玉鳩不用精力强。更羡先生至孝彰，孝烏銜土紛來翔，門稱通德堪旌揚。箕裘克紹後必昌，家庭歡慶樂未央，酌以大斗祈壽康。籌添海屋難測量，蘭交三世誼敢忘，殷勤祝嘏願陳章。

寄冒青若都門 百名家詩選

毛師柱

憶子别故鄉，我爲異鄉客。相送城西門，翩然事行役。揚帆背征雁，道遠音書隔。況我歸江南，秋風掩蓬蓽。朅來金陵城，逢僧話疇昔。梅岑。知爲支許遊，握手長安陌。念子亦顑頷，因嘆生理迫。天地多緇塵，青衫總蕭瑟。賴有同心彦，謂定峰、翼微、東堂、松一諸子。羈旅共晨夕。努力崇脩名，高堂早頭白。

都門送冒青若歸里 詩觀

程可則

上國觀晝罷，長江放棹歸。青門花未散，白社酒同揮。去路看榴火，還家着綵衣。三吾烟水闊，行樂愛春暉。

聽冒青若先生歌兒度曲，兼以述懷，限韻 同上

范大士

聽歌不惜漏偏長，一往深情引一觴。相對澹懷人似菊，起看清夜月如霜。吾儕放誕非無故，世路羈愁且自忘。濁酒莫辭傾一斗，微軀以外總茫茫。

冬夜小集，次冒青若 同上

佘儀曾

世間只是酒情長，何幸愁中捧一觴。促膝人如殘菊澹，開軒月變小春霜。若知天地心難測，豈可風塵恨不忘。珍重前年歡會處，再圖今日亦茫茫。

短歌贈冒青若 有欲不利青若父者，青若遇諸門，連被四創而父獲免。作短歌贈之。 淮海英靈集

李 沂

身受四刀不肯避，以身捍父死不計。父全寇退身始僵，户外淋漓血滿地。身受四刀身不死，孰云陰相非神鬼。解衣揮涕向我言，歷歷刀瘢猶在體。

廢花朝 崇川詩鈔 十山樓稿

范國禄

蘐草摧榮可奈何，北堂無復握椒過。不堪撲蝶因時會，况是啼烏向曉多。血淚暗澆花削色，春寒空怨日違和。椿陰百尺方高蔭，任廢花朝存《蓼莪》。

次韻酬冒青若送别 同上

邵 幹

樸齋風景復如何，白首相看感慨多。始信數奇應坎壈，非關才鈍少礱磨。悠悠行路三春遠，款款挑燈兩鬢皤。却怪樵蘇常不爨，還勞賒酒慰蹉跎。

淮陰舟中初度日同青若作 東皋詩存

余　瓚

今宵愁轉劇，把酒竟忘歡。世變真交少，年齒遠道難。微懷終未吐，老境漸增酸。胯下人何在，蕭蕭烟景寒。

奉贈冒青若先生移居還樸齋 同上

吴星聚

又見開三徑，緗縑咫尺移。性高因避俗，才健愈工詩。竹色侵書案，簷花落酒巵。高眠北窗月，清夢到瑶池。

懷青若三姪合肥道中 同上

冒　褒

忽復出門去，饑驅七十翁。世人嗔老賤，知己痛途窮。苦淚休輕滴，深情豈易通。平原絲綉後，惟見尚書公。

和三兄春日過李姑丈舊園原韻 同上

冒德娟

極目春光好，無端感慨侵。荒階生舊草，秃樹立新禽。事已留空迹，門衰負好吟。覆巢存大節，何必淚沾襟。

紀孝詩 同上

許嗣隆

如皋冒子青若者，西京華胄，南國名流。襲祖父之鴻聲，世稱遜、抗；揚弟昆之駿譽，人美機、雲。門無鳳字，幻傳孔、李之言；筆有龍文，長獲曹、劉之目。詩寫銀光，集英華於十子；詞題金粉，漱芳潤於六朝。瑯玡字以卯君，淝水稱爲孝子。乃洗馬既善言愁，拾遺又兼感遇。黄金有命，憐他猿臂將軍；白雪無權，嘆此鳶肩奇士。行吟楚澤，天上埋憂；舒嘯蘇門，風前寫恨。因之家計荒蕪，重以人情構鬥。伏戎卧榻，忽飛朱亥之鎚；喋血門庭，竟中隱娘之劍。身能代父，雖洞胸穿脇以無辭；心可籲天，但飲恨吞聲而何罪。實受三刀之慘，幸全一綫之生。天生孝子，兩代聲名；世有勞人，廿年荆棘。縱芳華披於異日，乃蕭槭甚於斯時。嗣誼切葭莩，交同金石，睹兹異事，聊綴微吟。爰矢秦音，深慚郢雪。

百尺樓頭七尺身，清華門第品嶙峋。詩中王粲原才子，賦裏江淹本恨人。未有末光依日月，何曾夜氣識金銀。先朝黨錮存遺老，硯北墻東侍老親。

鯉庭趨對自垂髫，零落金萱雪後凋。萬事無心看草露，百年有淚墮花朝。青若慈君以花朝仙去，同人爲賦《廢花朝》詩。彈琴傷往黄門苦，贈縞論交白雉遥。孔雀豈知牛有角，寒潭相遇輒魂銷。

何年鼉浪與盲風，忽有戈矛及老翁。孝子果然能搏虎，侍兒況復解當熊。君家侍兒碁子亦以衛主傷腹，幾死。模糊血裏三刀夢，慘澹天收一匕功。此事原關僕射福，笑他妙手遣空空。

每從痛定想殘軀，賴有原鴒急畏途。話到辛酸翻脈脈，事關恩怨亦區區。雖無貧賤韓公子，却念支離楚大夫。我意不平鳴不盡，繞樽拔劍一狂呼。

陪徐方虎先生水繪庵泛舟 東皋詩餘

許嗣隆

雲影分初夏，鶯語接殘春。渡邊春水，初漲十畝碧鱗鱗。烟外扁舟閑弄，翠袖凌風掠水，細碎動波紋。雨濕巫山夢，浪湧洛川神。有墮水者。　妝欲墮，情脈脈，最宜嗔。尊移晚興冉冉，羅襪裊香塵。盌底朱櫻射覆，簾下紅牙按板，一石更留髡。詞譜銀光紙，花醉玉堂人。《水調歌頭》

立夏日，同徐方虎先生、王公佩同年、薛脩遠、冒青若飲匿峰廬，有懷冒辟疆表兄，時辟疆客吴門 同上

許嗣隆

細麥垂花，圓荷吐葉，無計留春得住。半灣流水，一片孤城，步入夏雲深處。却喜酒座琴言，簾影浮空，斜陽暗度。暮烟生，鬢影衣香，縹緲非花非霧。　漫回首，離思縈懷，歌殘笛歇，四座停杯無語。風牀卷幔，月檻籠紗，寂寂溪山誰主。遥憶長亭短亭，芳草粘天，路迷前浦。料江南，杜宇頻啼，啼道不如歸去。《惜餘春慢》

陪徐方虎先生集冒青若深翠山房，時有校書綺雲在座　同上

許嗣隆

麥氣含風，槐陰釀雨，園林乍暖還涼。滿徑苔痕，分明緑映蘿墻。燕泥蹴落芹香。看穿簾，入幙雙雙。藏鬮送酒，添衣卜夜，人在深房。　　游縱落拓，大似旂亭，風塵高、李，詞賦齊、梁。殘陽帶月，一鉤初褪微黄。花影茫茫，傍温柔，沈醉爲鄉。總相忘，盲風噩浪，萍水滄桑。《夏初臨》

三叠韻贈冒青若　同人集

沈宗元

才華從古羡劉何，世上争知暗裏摩。問字亭因新築好，班荆情比故交多。期君北闕能分紫，勞我東人咏伐柯。更喜梁園翰墨妙，竹窗山閣欲頻過。

十洲佳處在樓臺，誰向方壺席上來。曲几憑君時握塵，仙齋許我共擎杯。深憐兩髩經寒臘，難望重燃到冷灰。異日國門懸錦字，驚傳姓氏下枯萊。

庚子秋日，晚過青若桃葉渡廨中，有懷巢民先生　同上

錢德震

柳色青溪幔，輕霞散晚紅。碧欄迷渚燕，烏榜動江鴻。憶别吴天闊，緘書楚岫空。并州疑有夢，向爾鯉庭中。

贈青若年翁 同上

吴秉謙

伯樂嘆今没,斯人雜駑駘。誰憐騏驥種,真自渥洼來。苜蓿傳青海,風雲望紫臺。龍堆應不遠,終見出群才。

夏日,同季宣放舟水繪庵。時辟疆大孝,以讀禮家居,命次公青若來陪,因晤梁溪王式九於枕烟之東榮,暨余畏友戴無忝,偶成 同上

李　向

多少名園讓辟疆,如今園果辟疆强。夜眠西子湖心月,日涉南家輞口莊。緑樹黄鸝恣我聽,青松白石笑人忙。相逢箕踞皆嵇阮,更喜風前識季方。

題務旃畫,似青若年兄博笑 戴務旃畫册

劉體仁

造化寵靈岳,衣被以青松。磊砢貞四時,遠近生山容。君子擇所依,凡草徒昌丰。

贈冒青若 石月川集

同里 石 洢月川

憶昔與君共書藪，紺帙縹囊羅二酉。萬言立就千人驚，脱帽歡呼傾玉斗。大阮鋒鋩初發硎，大陸馳驅才不偶。一門霜駿皆天生，千里横行龍爲友。君今三十赴金門，仗劍攜琴意氣尊。《大禮賦》獻聲名重，元公鉅輔命停轅。丰姿濯濯被鶴氅，清言竟日不聞喧。仲夏歸來拜家慶，畫堂燕喜笙歌繁。顧我偃仰衡門下，平生自是悠悠者。十年四舉皆無成，幾軸陳編若土苴。風塵落落少人知，葛屨蹣跚行草野。看君年壯足高飛，五陵同學肥衣馬。

由上永福寺登石笋峰，小憩僧房，有懷冒三青若

常熟 戴 洵介眉

峰尖徑仄步跉𨂿，閑策孤筇款竹扃。石筍干雲真介介，楊梅著雨尚星星。烹來苦茗分龍井，掃得枯松帶鶴翎。不是老顛風景裂，何人説與子由聽。穀梁云，惜不與家青若同遊，詩以詩之。

青若同重姪維機送重姪女于歸延陵 手稿

冒 褒

香車帶月出孤城，百兩何曾有送迎。白首祖孫親作客，黄泉兄姪痛宵征。秋風禾黍離鄉淚，落日亭臺望遠情。老大不辭頻任重，終身孝友獲全名。

寒食前四日展墓，喜青若三姪至自富安 手稿

冒　襃

白髮衝風獨掃墳，松楸斬伐欲空群。老懷慟極兒誰告，瘦骨磨穿父不聞。麥浪青迎寒食雨，桃花紅泣暮天雲。忽逢小阮催歸棹，純孝衰門見長文。陳太丘少子名群，字長文。

懷青若三姪合肥道中 手稿

冒　襃

忽復出門去，饑驅七十翁。世人嗔老賤，知己痛途窮。血淚休輕滴，深情豈易逢。平原絲綉後，惟見尚書公。謂大宗伯龔孝升先生。

孝友吾家事，危微仗爾存。艱虞摧叔姪，形影伴朝昏。禾黍天涯路，芙蓉江上村。何時燃絳蠟，雙照話寒暄。

謝青若三姪送櫻桃 手稿

冒　襃

漫勞愛我贈櫻桃，二老同心痛所遭。長日無方除骯髒，深情賴爾解貪饕。傾筐紅漲如堆錦，入手圓勻勝飲醪。一飯古人存厚意，掀髯飽食敢虛叨。

丙戌人日前一日，青若招同三弟及諸子姪聚飲還樸齋 手稿

冒　褒

四世一堂同促膝，阿咸庭院暫淹留。不辭瘦骨來深坐，欲挽澆風續舊游。破恨定須煩麯糵，逃生無計到滄州。寒威凄緊遲春色，滿眼何人是仲謀。

石五中三兄招同茗柯、脩遠、含鋭及家青若玩菊話別，步茗柯即席原韻 手稿

冒　褒

一堂皓首對花枝，欲換征衣集故知。愛菊生憎當惜別，銜杯何幸得同衰。山西老將詩成錦，林下才人夢掛絲。萬(賴)[籟]寂然清語足，任他門外竟如斯。

哭青若三姪 手稿

冒　褒

存没原平等，難堪墜緒危。周身惟見骨，到死未舒眉。天定埋文藻，人應泣路歧。七旬同曉夢，安用恤縈婺。

少小笙歌沸，中年患難滋。層雲昏白晝，業鬼嘯芳時。事静親仍健，心勞髩已絲。誰憐鄧伯道，負土竟無兒。

癡叔無聊甚，分崩獨守雌。一生心在口，半世淚交頤。行止成孤注，形骸如累棋。不

能攜手去，苟活任參差。
萬苦非言盡，父兄今已知。破家全世德，忍痛護連枝。魂繞三巴路，詩堪一字師。凋殘餘老樸，聚族哭于斯。

青若喪禮告終，老人將歸私宅，賦以誌別

冒　襃

無端憂患促餘生，淡月零風掉臂行。似水門庭惟一老，如烟魂夢接三更。孤絲曳杖環靈泣，古樸栖鴉繞樹鳴。別有一般腸斷處，建昌人杳恨難平。
人間天上總茫茫，日對遺容日暗傷。一代文章成電影，兩年父子痛滄桑。中興事業誰堪任，滿目荆榛我欲狂。喪禮已終魂未返，蕭蕭秋雨滴垂楊。

冬夜憶亡姪青若 手稿

冒　襃

花落罡風玉墜淵，滿懷哀怨挫生全。相親常在三更後，永訣深悲半載前。厚道鑄成魔世界，至情偏受惡因緣。如余面壁真無奈，人事幽明各一天。

五日憶亡姪青若 手稿

冒　襃

去年五日命如絲，今日重泉知不知。令節半生同失意，榴花再見獨銜悲。欲全付托傷

貧賤，且乞模糊泥酒巵。垂老胸懷多惡狀，臨風朗咏《黍離》詩。

丁酉嘉平除夕前四日，乃青若三姪、耕研二姪孫同合葬于治東伯兄潛孝先生之墓穆期也。慟九原之不作，幸一息之尚存，泣賦四章，以代祖道，并正濟川 手稿

冒　褒

萬事傷心土一丘，恨余晚死類蜉蝣。埋憂地下寧非福，化鶴人間更欲愁。三世祖孫依日月，兩家父子閱春秋。藐孤赤手牽雙紼，富貴何曾潤髑髏。

卯君辛苦篤天倫，後輩安能得此人。精衛有情銜積石，杜鵑無血洒迷津。蒼茫覆載終難問，浩蕩山河生不辰。落落親朋傷欲盡，西川歸騎悵沉淪。

慟到喪明方是慟，阿咸有子失承歡。半生玩世惟知我，一代閑身早蓋棺。少壯未如芳草盛，老貧堪比落花殘。平原座上人無限，絮酒乾雞孰解鞍。

水繪池邊昒曙暉，爾靈永閉我何歸。來鴻去燕無相識，浩劫狂風捲式微。觸目廢興真夢幻，等身詩賦逐塵飛。留耕天放今誰主，喜剩先園啓竹扉。

青若遊燕，其從者無老少，皆乞余詩，因各戲贈 餘生詩稿

戴本孝

少小幽燕右戰場，行將七十髩鬖蒼。老來更覺寒來蚤，却勸相如買鷫鷞。

宣武門前萬丈塵，古今污殺往來人。加餐尚借馳驅力，莫逐詩名問客貧。

日日閑來散旅愁，不聞更按《小梁州》。行厨學煮黄芽菜，還摘蒲萄記酒籌。

淶水梨花春不數，易州玉露白何來。知君呼月自堪醉，約我攜人相對開。

似恨思歸夢不成,耽眠學病嬾逢迎。應門傾耳恒微笑,亦厭長安車馬聲。
獨爾恂恂更少文,執鞭典謁亦多勤。主人翻借稱君實,好著迂書自不群。

冒三青若過淮浦寺邸,賦答原韻二首

淮濫湖難汎,離憂烟夢深。雙魚迷斷岸,羈鶴叫空林。此地一攜手,新詩能見心。浮雲横四海,自古已如今。
别爾真難别,逢人久畏逢。矢音惟伐木,託命在飄蓬。飾行敢求異,虚名慙苟同。須知贈繳意,原爲愛雪鴻。

松陵周羽步以吴蕊仙畫梅扇寄余内人,代賦一絶答之

本事詩

冒丹書

紅箋酬唱女相如,蘭若青燈讀道書。卻寄白紈明月底,梅花不信隴頭無。

廣生謹案,青若公配爲蘇孺人。

嫵婉女姪才德兼備，屢欲贈詩，嬾慢不就。辛未中秋後五日，三十初度，時目眚半載，枕上呻吟，遂得三律，不特稱其才慧，尊賢好義，直似老夫。爲述芳懿，以志殊愛。幸一屬和，并約父兄 同人集

冒　襄

世傳閫教自嬰孩，獨爾英華實再來。筐器夙操庾氏帚，晉庾衮姪女芳出嫁，美服既備，衮乃列荆爲筐器，命曰："汝往事舅姑，當朝夕温恭，灑掃庭内。姪女之事萬石君，亦如是。"雪詩生就謝家胎。義聲直比奇男子，德好兼思古異才。《女誡》自擕歸省後，冰綃侍母畫緗梅。
好詞長律送兄裁，斗折舟旋日幾回。父述祖徽咸鼎貴，母承世澤總元魁。從夫只羡梁鴻廡，是子應登市駿臺。更念老夫衰病甚，加餐餽問小嬛來。
秋光百二月佳哉，欲減仍圓正舉杯。半百翁親雙具慶，齊眉兒女四殊胎。承歡樂合明蟾下，自壽詩成折桂回。聞道季孫歸騎擁，綉麒麟更捧觴來。

廣生謹案，大家適同里貢生石巨開。

除夕和大女，賦得"霜髩明朝又一年" 手稿

冒　襄

霜髩明朝又一年，今宵追遠淚潸然。春情已透江梅早，馬齒虚叨老父光。老父六十五棄世，余明年六十有六。窮鬼揶揄麾不去，壯懷盤曲引還牽。椒花柏葉傷心物，難把重光記後賢。

病中謝大女送粥鴨 手稿

前　人

老病人皆賤,孤身安所之。雨聲心欲碎,冷氣骨偏知。粥暖緣情至,凫濃覺味宜。提携來遠道,未食已忘饑。

和德娟大女除夕原倡 手稿

冒　褒

一年又盡莫匆匆,己丑何能得再逢。急雪打窗横臘氣,老梅含蕚待春融。極知得喪皆身外,難遣悲歡此夜中。青帝欲東蘇萬物,蓬蒿誰復念文通。

大女五十贈言 手稿

前　人

猶記先慈擎掌時,而今忽舉五旬巵。父衰已甚心常繞,汝齒方增志未施。濟濟兒孫堪步武,亭亭昆弟盡連枝。莫因境遇傷遲暮,燕翼貽謀正在斯。

萬石絲蘿管鮑情,齊眉百壽慶長庚。今秋月夕光仍滿,來歲花朝木向榮。石壻于明年花朝稱五十觴。且領桂香開笑口,還依蓮界破愁城。雙親健飯非容易,咏雪堂前屢變更。

大女製衫見貽,步韻答之 手稿

前　人

老傾手澤負先賢,十載三遷世網牽。粗糲朝朝愁整咽,薄衾歲歲懶裝棉。衣能稱體心方竭,食必分甘足屨前。至性過人寧可强,中郎有女不遑眠。

過大女觀菊 手稿

前　人

半生勤苦始知非,幽谷從今獨掩扉。暖日扶衰行偶到,菊窗絮語事多違。全輪肯急殘邊劫,垂死何妨失所依。髮短心長愁見汝,一行旅雁看分飛。

喜大女歸寧 手稿

前　人

久因家禍背慈親,乍見翻疑夢裏身。老日有涯聊作客,窮冬行盡怕逢春。離愁在口心光碎,促膝無聰語亂真。如此衰殘如此境,北窗剪燭忍辭頻。

雨中送大女往泰州,爲三男議婚 手稿

前 人

東風何事太瞢騰,直送輕舠赴海陵。兒女關情忘遠道,椿萱善病屢沾膺。依依楊柳眉難展,短短桃花色不勝。老至偏多傷聚散,舉頭愁見暮雲層。

忽驚足疾妨眠食,日夕呻吟倚舊屏。人去殘春芳草緑,帆開細雨水烟青。西州慟絶生華屋,絮酒應能入窈冥。聞宫半村月内安葬。莫戀異鄉如故國,無端話舊有誰聽。

禹兒重脩倩石居,賦以志感 東皋詩存

宫婉蘭

老屋忽更新,含悲念先世。憶姑永訣年,未遂含飴志。轉盼育三男,抆淚拜天賜。愛若掌中珍,眠食何曾離。此居名倩石,一敗竟塗地。廿載委荆榛,補過在群稚。一旦汝繩武,堂構渾無異。磊磊壁間石,殘柯倚蒼翠。努力習詩書,忍使後莫繼。淡泊絶玩好,温恭歛才氣。比肩兩雁行,仗汝恩掩義。日夕侍明師,慎勿輕暴棄。長慟告吾姑,諸孫將成器。

寄懷夫子 同上

鄧繁禎

留春春不住,送春春未央。養蠶初上箔,欲采陌上桑。嗟我懷遠人,采桑不盈筐。深林聞鵑啼,鵑啼斷人腸。

題伯兄面壁圖 同上

冒殷書

秋分鶗鳴衆芳歇，摧敗零落景光瞥。譬之少壯必髦耋，陳陳相因新新勃，張目俯視蟻行垤。先生獨從壁上觀，人奴封侯若奇絶。
幼好奇服老不衰，瘦筇破笠空徘徊。相君之背非塵埃，心頭寸寸昆明灰，皇天老眼安在哉。不自我先不我後，却見斯人面壁來。
披圖了了談《易》理，京房不如董南史。董秋萍題詞談《易》理。屠狗椎埋豔羅綺，從兹季女饑方始，荷蕢荷篠而已矣。願兄竟學古瞿曇，閉目蒲團坐不起。

月夜再過玉簡弟松濤軒，同兄青若觀菊 同上

冒德娟

重陽已過尚秋清，探菊相攜小徑行。花愛重來看更好，月憐初滿較前明。霜侵衣袂忘深夜，影亂簾櫳數雁聲。聯句弟兄皆絶唱，殘毫續和祗怡情。

月夜懷弟 同上

冒德娟

小院清風翦玉流，懷人天末獨登樓。欲將心事憑楊柳，葉葉絲絲總繫愁。

廣生謹案，玉簡公諱禹書。

小滿前一日，同内人、大女、殷兒、福兒、内外諸孫，聚飲禹兒倩石居芍藥花下 手稿

冒 襄

眼前兒女喜成行，芍藥翻堦共舉觴。草是將離人已老，時逢小滿氣何涼。臨風孫壽嬌紅嫩，過雨西施膩粉香。獨殿春光消寂寞，坐中金帶有誰當。芍藥花有紅葉黄腰者，號金帶，園有時而生，則其地必出宰相。

月下同巨開、禹兒上半山亭聽歌 手稿

前 人

登臨誰肯暫遷延，天假良宵月正圓。簫鼓山腰清客思，樓臺樹杪見星纏。奔濤斗轉吞聲怒，宿鳥風平任意眠。除却老僧兒壻外，更無俗物與周旋。

明日早同巨開、禹兒遊黄泥山 手稿

前 人

暖天牽挽黄泥寺，興足探奇到此峰。急浪雷霆窗外得，草花木本座間容。無邊徑竹高低路，不斷風帆碧落踪。輪爾躋攀依峭壁，爲憐余老互扶笻。僧房有月月紅草花已成木幹，高可丈許。

禹兒送花 手稿

前　人

好花折得傍闌干，欲博愁人一笑看。已吐未開香正足，嫩紅輕紫色猶寒。故家菽水原真朴，暮齒風光付懶殘。老眼忽明還忽暗，泉臺那得幾枝歡。

鄧媳於其宅傍力置新居，并植梅菊。於立冬後一日，迎養二老，感賦 手稿

冒　褒

襆被移家路不賖，况饒叢菊傍窗紗。三間古屋容狂叟，兩袖清風對好花。地是先疇能裕後，老依鴻案省喧嘩。漫勞孝婦舒懷抱，骨肉飄零敢怨嗟。

寄長男禹書 同上

前　人

愛子驅車欲化鯤，衝寒策蹇伴朝昏。情專那惜長途凍，事急方知阿堵尊。異地極憐摧鮑叔，同懷定可覆王孫。葭灰漸轉鄒陽律，一綫能添一斷魂。

小春既望，同禹兒步月 同上

前 人

柝急天街静，携兒深夜行。凍雲清碧落，晴月湧江城。遠寺看如畫，栖雅聽有聲。我心原自得，浩蕩送殘生。

廣生謹案，玉簡公諱禹書。

丁酉春社，同費執御、冒何文、鄧穀詒即席作 東皋詩存

江文波

晴郊踏倦春分後，徑醉高齋酒百杯。野馬幾經芳草静，山鳩一唤杏花開。飛揚拇戰增豪興，卓犖詩腸愧妙才。卜夜伏鸞重有約，鼠姑花下破蒼苔。

紙鳶飄處杏花紅，良友追歡意氣融。真逸堂中饒逸興，不辭泥醉答東風。

題冒何文漁樵圖 同上

余 洋

江皋舊樵人，新銜署漁父。莫又抛漁竿，一如擲樵斧。秦淮潮拍天，嘔軋鳴雙艣。有生徇浮名，醫和所謂蠱。易惑不丈夫，百年何自苦。

次冒文足枕上韻 同上

范　邃

枕上華胥夢最安，曉風猶作麥秋寒。時臨四月春先老，雨過三更夜又闌。麟角可憐虚有得，鏖頭何者亦求官。花時車馬争相遞，誰共斯人咏《伐檀》。

法印上人挽詩，次文足韻 同上

冒禹書

不用悲歌感慨頻，此生面目總非真。雨花自古亦多事，面壁於今有幾人。只是禪心千古在，須知幻影一時新。鐘聲敲斷塵埃夢，剩有昂藏七尺身。

吴陵大雪，同家兄文足登岳王墩懷古，次家兄韻 同上

冒福書

堅冰如鐵填官河，久客懷歸歸復止。積雪盈尺新雪加，往來全没行人履。相顧無術驅旅愁，褰裳冒雪踏荒壘。凴高放眼豁心胸，飛絮撒鹽更不已。玉宇瓊樓高下迷，太素一時千萬里。墩似山溪誰築之，傳説岳家名父子。敵兵遥望避天威，難下雄城加一矢。巍然祠廟踞其顛，魂魄千秋應戀此。蒼天夢夢負孤忠，景仰不禁悲感起。翻因弔古切鄉思，明日天涯臘盡矣。

潯陽得文足家兄書，賦答 同上

冒福書

相思誰似弟兄真，書達潯陽滯四旬。楓葉雨寒前浦雁，蘆花風捲隔江蓴。遥傳築野名丁卯，近説編詩首戊辰。入夜尚能斗酒否，好緣雙鯉問精神。

題叔父何文先生宅 續東皋詩存

冒念祖

羊角哀空老，還依左伯桃。鮦魚應可餌，天馬定無槽。通德門難認，青楊老不囂。倚窗見荼蓼，秋盡未曾薅。

懷家何文先生 家譜

冒春榮

巷深風静酒帘垂，遥映荆扉識路歧。記取黄公爐下句，曉霜如雪賣蟛蜞。

廣生謹案，何文公諱般書。

中秋和冒文足 段書　原韻 隨月草堂詩

江大錫蘭野

清秋節物似詩幽，得遇詩人且唱酬。黄葉一庭意蕭瑟，仲宣此夜莫登樓。

鰣魚入市，殷兒以重價覓奉二老，賦此志感 手稿

冒　褒

少孤未及事嚴親，櫻笋年光倍愴神。忽見嘉魚新入饌，翻令老淚復沾巾。時危自覺全生苦，財盡方知養志真。何日鼎烹成祖德，撑腸塊壘一齊伸。

午日懷殷兒吴門 手稿

前　人

遊子他鄉弔屈原，蕭蕭涼雨掩衡門。肥甘未入心如擣，蒲酒初拈淚有痕。越水吴山工寫怨，清風明月易消魂。雉城斗大饒荆棘，斟酌良朋一飯恩。

殷兒從寶應病歸 手稿

前　人

覆巢落照俱難遣，重疾驚兒遠道歸。心逐曉風穿陋巷，魂隨暮雨到書帷。食新何幸天猶眷，保泰還須泣相機。蔗境每從盤錯轉，此中消息甚危微。

憶殷兒 手稿

前　人

桃葉水聲流不絶，弟兄曾此倚闌干。最憐季子身空殉，幸得孤軍膽未寒。明遠樓前孤淚笛，至公堂外獨彈冠。丈夫四十真無奈，回首家園業已殘。

殷兒送天竹 手稿

前　人

仲子手攜天竹至，紅豆離離入眼明。短景何期重得臘，寒宵賴此伴聞更。三年再洒傷心淚，半世全牽悼舊情。惟對花枝搜警句，能開懷抱破愁城。

殷兒奉鰣魚感賦 手稿

前　人

少孤虧子職，手澤未能全。有淚攤遺卷，何顔更食鮮。年衰傷我瘠，家破見兒賢。一縷千鈞繫，高秋力勉旃。

寄三兒殷書 同上

前　人

汝是吾家中立人，獨憑彩筆報雙親。長卿慢世非無意，平子多愁寔有因。舌在鵬摶終傲命，時危雌伏且潛身。伶仃弱弟煩調護，戰勝衝寒早問津。

除夜口占，示子姪索和 同上

前　人

零丁瘦影真無奈，爆竹催年懶賦詩。滚滚紅塵欺短景，蕭蕭白髮看成絲。卦期數過重添歲，子運方新待展眉。薑桂自來難入俗，袁安卧久不須疑。

閲子姪和章，枕上仍用前韻，再成一律 同上

前　人

一年忽地堂堂去，雨濕疏鐘促和詩。淑氣漸騰梅欲放，嚴寒已厭柳懷絲。故人天外聞垂死，午後，海陵人來，云叙五病甚危篤。此夕燈前獨斂眉。萬事總隨春夢斷，君平何用更稽疑。

戊子中秋，寄懷股、福兩男 同上

前　人

慶餘堂外中秋月，桃葉津頭兄弟看。老至偏驚涼信驟，旋懷深喜酒杯寬。清光照徹雙蓬鬢，丹桂香浮九萬摶。舊恨新愁芟不盡，長江憶殺路漫漫。

寄次男股書 同上

前　人

冷月顛風冰上宿，舟居非水困鵬程。甘荼自是男兒事，望遠難禁皓首情。縱近渭陽誰割宅，幸逢大阮共調羹。虀鹽狠嚙休長嘆，仲子文章舊有名。

八月初九日懷兩兒 同上

前 人

連朝風雨苦翻盆,今日何期景物暄。料是文星光正滿,故隨皓月照乾坤。
閑庭踏破舊蒼苔,側耳遥聽更漏催。夜半棘闈傳蠟燭,兩兒此際費徘徊。
科名由命不由人,况值衰門運未新。瘦骨喜能無水浸,筆花吐處恐傷神。
天子掄才大網羅,繞廊燈火聚勞歌。至公堂外秋客浄,莫負秦淮酒價多。殷兒嗜酒故。

十二日秋分憶兩兒 同上

前 人

文場再戰恰秋分,更喜晴空絶片雲。似錦匠心舒萬卷,如龍筆陣掃千軍。弟兄裘敝思彌苦,兒女情長望轉殷。獨有老夫安義命,渾忘得失任紛紜。

中秋思兒 同上

前 人

亦是中秋節,魂消明遠樓。積勞三載熟,重負一宵休。浮名原意外,皓魄縱人留。屈指憐慈母,波平好放舟。
暮年逢好景,只願共團圞。夢魘秋濤壯,顔開日色乾。金風吹短鬢,落葉响長干。良夜當三五,應問帶笑看。

殷兒扶病復之海陵 同上

前　人

蝸角虚名累病身，百川湧灌路迷津。輕舠涼熱憑誰護，遠道安危不在貧。自古英才多薄命，誰憐駿足困征塵。倚門盼殺垂垂老，難訪成都賣卜人。

中秋前四日，月下懷殷兒應試秦淮 同上

前　人

月朗風輕已六更，兒曹于役費經營。秋鷹欲擊凌雲漢，老驥登途愛晚晴。難使雙親開笑靨，須憑一戰作長城。紫薇入夜傳花信，僻姓吾家舊有名。

中秋前一日，雨中懷殷兒終試秦淮 同上

前　人

細雨連綿花逞妍，情牽桃葉濕青氈。蒼穹豈絶興衰轉，黄榜難期姓字傳。身殉三秋憐弟喪，金當百鍊喜兒堅。漫驚翁子名心熱，貧賤何曾值一錢。

中秋坐月憶殷兒 同上

前 人

沉陰忽見月當頭，鳩杖忙携爛漫游。罷戰文場江閣酒，看花荒徑陸居舟。四時惟有中秋好，百歲誰能秉燭留。白髮清輝相映碧，此間樂可薄王侯。

送殷兒歲試海陵 同上

前 人

襆被復于役，孤身三伏中。文章虧福命，跋涉播才雄。漸入吴陵路，真同磨蝎宫。兩年思弟淚，逐隊洒西風。

贈般若庵僧，時福兒讀書庵中 東皋詩存

冒 褒

城東般若寺，七十始經過。爲愛遠公静，還憐春水多。老懷牽季子，曲徑繞烟蘿。話久渾忘别，真堪託嘯歌。

憶福兒 原注：時讀書般若庵。　同上

冒　褒

萬事不稱意，方知客館閑。鳥啼叢竹碧，犬吠一僧還。此去漸佳境，何須定入山。麥畦凝望處，大可破愁顔。
身健猶勞憶，時危敢問天。孤燈蕭寺裹，細雨紙窗前。春色忽已半，梅香喜未全。一枝聊寄汝，爲占百花先。

送箕疇金陵 同上

冒禹書

三載燈窗下，窮經答聖明。秋風桃葉渡，夜雨石頭城。老至憎言别，時違多拂情。臨歧無一語，待振舊家聲。

謁方正學祠，和季弟箕疇韻 同上

冒般書

麻衣泣血痛金甌，三百年來第一流。烟冷墓門坏土碧，烏號廟樹亂山秋。九原顧命真無負，十族亡身未足愁。赤子之心君不失，宜標正學表方州。

村中答箕疇 同上

冒殷書

兩肘何曾恥捉襟,但論身世感偏深。正平路窘逢人詈,叔夜燈昏對鬼吟。藥物原無驅病力,文辭不盡送窮心。比來近市非吾意,一卧孤村直到今。

寄箕疇樂平 同上

冒殷書

春來離恨苦無窮,西望何時馬首東。千里攜家遺季女,一年負笈伴童蒙。梅花點點天涯白,荆樹枝枝夢裏紅。縱得故園消息到,不堪此日尚飄蓬。
迢迢雙鯉報平安,客裏遥知意緒寬。最快鳴琴逢宓子,不勞彈鋏嘆馮驩。遠天暮雨牀前聽,暖日晴嵐馬上看。家累暫經稽古好,官齋書史一攤氊。
翛然難得異鄉身,莫怨飄零秋復春。采杞定憂親善病,陟岡休慮我長貧。詩文甲乙多前輩,風雨追隨少故人。從古客星殊落落,鄱陽湖上好垂綸。
比因憶弟減容顔,得句何人爲我删。萬事俱從愁裏失,百年徒羡客中閑。過江米賤堪常住,負郭田荒莫遽還。一榻天涯清夢穩,笑人不寐想家山。

不得箕疇消息,悶甚,是日雪 同上

冒殷書

依人千里滯歸期,悵望經年消息遲。因斷來鴻同去鯉,每憐爾女甚吾兒。家山不入官齋夢，春雪應虚客路悲。縱是歸來各無恙，那能還似别離時。

喜箕疇自樂平歸，即和其韻 同上

冒殷書

隔年揮淚餞離堂，纔得攜家返故鄉。麥熟偏教南畝汨，春歸猶作北風涼。敢虚縞紵書經遠，得樂平令石五中前輩書，兼辱厚贈。不負山川句擅長。弟紀游詩甚佳。闕我雞豚悲叱咤，椿榮賴爾一稱觴。弟爲家君介壽歸也。

箕疇墓下作 冒氏詩略

冒殷書

七年以長不材存，對面難招弱弟魂。麥隴春雲晴似雪，行過宰木便如昏。

柬冒三 東皋詩餘

范　邃

終風狂吼，正寒深此日，江南將雪。滿地嚴寒雲氣斂，侵透木棉千叠。且自煨芋，何人送酒，念爾無休歇。日來何事，連朝爲甚離别。　　聞道病損文園，想緣積悶，愁緒知難説。半似潯陽江上客，半似雍門承睫。終日牢騷，何年得意，種種烏頭髮。一樽可戀，慰予何限凄咽。《百字令》

廣生謹案，箕疇公諱福書。

除夜得福兒初秋舉子喜音，并聞其新春旋里，喜而賦此 手稿

冒　褎

悶懷撥盡餘今夕，忽報孫生遠署中。此際嬌兒身作客，早秋佳婦夢維熊。忙開新曆看行日，漫舉椒觴送朔風。異地團圞應不寐，充閭想見燭花紅。

丙戌小至夜，福兒招宫書升、鄧穀貽，同兩老人，禹兒、殷兒，兩孫念祖、受祖，聚飲留耕室 手稿

前　人

葭灰吹管漸生陽，返照年光去大忙。觸緒悲來門似水，謀歡喜趁日初長。人因久住知甘苦，酒到方酣笑老狂。此夕團圞真不易，象天雲翼欲翺翔。

王謝堂前舊末行，半生坦腹客君鄉。景升竟受豚兒誤，翁子終能姓字揚。荒徑杯盤延皓月，深冬風景肅嚴霜。仲華顧曲還泥飲，千古興亡總戲場。

寄九兒福書 同上

前　人

兩字功名本贅旒，癡兒病向雪霜求。遠懷直似三江水，望眼思登百尺樓。運值中衰需

定力,人當老至願忘憂。月明準擬迎歸棹,細拂征塵慰倦游。

花朝携兩孫泛舟展墓,喜福兒至自般若庵 同上

前　人

半生愁過艷陽天,况值花朝掃墓田。杏臉初匀因帶雨,柳眉乍展欲籠烟。東風偏解吹華髮,流水何能返去船。便活幾春成甚事,回頭無處不堪憐。

今年寒食倍凄其,潦倒還多生死悲。老淚滴乾兒未覺,寸心折盡父應知。松杉剪伐烏誰止,庭院荒涼某在斯。我骨任從岐路朽,愧無面目奉清巵。

石久也同福兒讀書遠村,賦此寄懷 同上

前　人

陳荀原世好,避地得芳隣。失計憐兒拙,知心杖友真。挑燈同卜夜,對月各思親。夢繞蠶叢路,何年話苦辛。

憶福兒 同上

前　人

東郊芳草足,轉盼夏初臨。折桂三生願,看雲兩地心。野花烘彩筆,溪柳濯煩襟。好去沽村酒,論文共淺斟。

福兒移居詩 手稿

前 人

讓屋兄憐弟，捐金子孝親。兩家完趙璧，去住樂天真。喜極悲還大，年荒累不輕。父恨辜先德，孫能返舊庭。老桂森森茂，拳山滴滴青。繁花迎旭日，疏竹聽秋聲。守業仍同創，分飛更合荆。世事如棋局，衰門有暗塵。三緘弭貝錦，閉户絶淫朋。忠厚貽謀遠，驕奢枳棘生。發祥由種德，繼志在全身。舐犢前車鑑，輕財末路辛。俟命成君子，知幾是哲人。汝父蹈憂患，羊腸九曲行。坦懷消鬼域，堅忍定危傾。汝境亦良苦，汝勞何日寧。尚平婚嫁重，棠棣葛藤縈。藥餌終朝味，椿萱午夜燈。安貧除妄想，耐辱裕孫曾。富貴倘來物，榮華等積薪。努力清盤錯，終當獲令名。

除夜福兒添丁 手稿

前 人

曉卧聽年去，夢中聞舉孫。得來真偶爾，喜極轉忘言。弧矢今朝願，科名異日恩。一宵當一歲，柏酒正盈樽。

福兒歸窆，詩以送之 手稿

前 人

三十兒抛父，七旬父葬兒。兒死復埋玉，父活將何之。憶昔兒在日，形影不相離。憂患費調護，晨昏必問貽。奔馳風雪夜，忍痛下帷時。一訣成千古，移喪倏兩朞。今日兒歸窆,永與城郭辭。稚孤知涕泣,慈母漸如癡。單門同累卵,獨木乏旁枝。汝婦能竭力,爲汝及梩虆。兒行父未挽,父哀兒豈知。荒阡少松柏,寥天霜露霏。幸托祖隴後,兒至可有依。扶上德馨堂,哭見茂先詩。計年前癸未,思宗國事非。是時父未育,兒字已先披。塋傍德馨堂,扁額上有先朝崇川張前輩贈詩,結句有云:"從此箕疇綿五福,好斟美酒舞龍泉。"亡兒寔字箕疇,諱福書,可見死生前定矣。人謀天作合,數定鬼難違。兒其長發祥,答兆庇汝兒。笑彼蚩蚩氓,擾擾欲奚爲。

不得福兒東歸消息 手稿

前　人

鵲噪無憑甚,思歸竟未歸。眼穿朝數日,心動暮沾衣。雲影迷來雁,霜天減帶圍。幾時茅屋下,深坐話前非。

二月揚舲去,楊花正耐春。如何禾稼納,不見渡江人。菽水違兒志,儒冠誤父身。漏長渾假寐,戍鼓爲誰辛。

忽到西江棹,喧呼索好音。浪傳三伏語,難遣二親心。堅坐捱昏旦,殘年逼歲陰。庭前花未盡,作意强閑吟。

近日何多念,牢騷不可當。老難拚少子,前甫躓文場。每欲攜長鑱,長思托異鄉。折梅如有問,嬌女更牽腸。

憶福兒 手稿

前　人

短日昏昏愁裏度,柔腸一夜百千回。正當行散忽僵立,猛聽人言若遠來。新恨寄書難覓雁,敝裘遮體怯尋梅。青氈本是吾家物,笑臉終須仗爾開。

九兒婦携子女酒肴來應如是住軒中，侍二老人玩虞美人花，感賦 同上

前　人

嘉魚旨酒陳花下，只覺花前少一人。家到破時方顯孝，淚當歡處更嫌頻。嫣紅濃緑迎新夏，麗日薰風惜去春。莫怪銜杯能引滿，百年那有再來身。

九兒婦命二孫女來東侍内人疾，于其歸也，詩以慰之 同上

前　人

爾以祖爲父，余將孫作兒。相看能幾日，閣淚已多時。疾痛隨聲護，飢寒勝自知。他年稱孝婦，豈在舅姑慈。

紫泥大姪四十初度 手稿

冒　襃

男兒淪落尋常事，勵志甘荼定晚成。莫以年華過壯歲，却教父母俟河清。單門望汝如時雨，老景憐余似宿酲。差喜團圞多白髮，深杯花下聽流鶯。

憶汝生時掌上珍，煢煢吾母笑顔頻。弟兄隨抱中天恨，孫子誰知徹骨貧。繩武肯甘長拂亂，立身端在不緇磷。他年騰達光泉壤，那得雞豚逮我親。

送大姪應試海陵 同上

前　人

携手送汝去,種種極心傷。炎天裝亦苦,雁陣影分行。莫訝人情薄,惟求姓字揚。老親勤四體,能不警亡羊。

紫泥大姪移居詩 手稿

前　人

天憫衰門故晚成,二親白髮苦難名。移家未展遷喬願,創業先申反哺情。猛力更新留墜緒,閑花掃盡足平生。保身自古推明哲,衣錦終當慎夜行。

廣生謹案,紫泥公諱金書。

綉文三姪移居詩 手稿

冒　褒

群兒爾號多才技,壯歲何因萬事慵。蔗境定從勤儉得,澆風全賴朴誠容。一枝聊借宜家室,六世還應續素封。花柳莫教消日月,高堂霜髩久蓬鬆。

廣生謹案,綉文公諱□書。

冒北山典裘買畫册子 東皋詩存

姜掄元

古人韻事數不足，豪情俠舉從心欲。愛姬换得匹馬歸，别墅輸與棋一局。亦或金魚付酒家，亦或連城易片玉。亦或典去鷫鸘裘，彈與文君《求凰曲》。其最風流石季倫，易得佳人珠一斛。誰比先生事之奇，先生之奇古所獨。墨迹廣列宣和《圖》，古玩如披明誠《録》。最後示我徐熙畫，輾然一笑笑可掬。不知先生笑之由，先生笑而不我告。猩猩幾株紅杏樹，樹樹紅杏光眩目。畫杏妙腕如畫梅，一朵一瓣無重複。綬帶之鳥羽澤新，雙栖花枝情相屬。自是寶物從何來，視我同人詩一軸。縱横題贈長短歌，始知畫以輕裘鬻。頃者一笑良以此，瀟灑襟懷我所服。服君之極爲君言，君笑不休我欲哭。嗚呼，舉世誰作如君人，不如君人皆碌碌。

方羲琴、范平江、冒笙儀簣谷諸公納涼大樹堂，以"今日良宴會"分韻，得"宴"字 同上

成　岳

旱久暑倍驕，炎熇肆相煽。共爲物外游，尋涼憇深殿。户牖閉不開，灑然得清善。高樹雜叢竹，濃陰森北院。興到各賦詩，紛紛落瓊霰。嗟余病目久，銀海正摇眩。忽若得空青，光明掣巖電。沈李削甘瓜，盤飧次第薦。他日懷舊游，差抵河朔宴。

廣生謹案，北山公諱有菉。

哭仲弟中譽 原注：時己亥夏月。　家譜

冒繼祖

頻年肺病劇難瘳，不道傷心一息休。三十遭迍空躑躅，半生落拓等蜉蝣。燈昏繐帳魂何藉，塵滿荒丘志未酬。最是肝腸摧裂處，倉皇未有一言留。

腸斷西河淚不乾，趨庭無復汝承歡。箕裘已負生前望，篇牘空留死後看。冥路即今將母易，高堂自此慰親難。泉臺有恨應無已，子職孫謀事未完。

我喪慈親年十一，仲年九歲共艱辛。半窗風雨窮愁恨，廿載唏噓失恃人。豈料人琴成永訣，致虚寢被獨傷神。推梨讓棗渾如昨，想到兒時淚更頻。

殷勤課子督成人，汝死誰憐掌上珍。風木悲深人幼稚，丸熊責重事酸辛。他年門户猶堪待，此日琴書望更諄。我幾淚因獨子竭，家聲儻復見振振。

廣生謹案，中譽公諱有聲。

九月後兩耳全聾，羽尊同宸章姪作滿城風雨詩見眎，次韻 同人集

冒　襄

滿城風雨近重陽，千古悲秋此更傷。風黑一天書白雁，雨連七日咏滄浪。授衣轉冷緣衰病，對菊休開損嫩黄。秋月秋高兩無分，不堪雙耳忽茫茫。

同御天過水繪園，有懷亡友冒子彌若 東皋詩存

許之男

寒碧餘荒徑，城隅歛夕陽。幾時臺榭改，他日水雲長。風雨埋山骨，藤蘿老雪霜。與君來一眺，身世撫蒼茫。

哭族兄彌若，次盧邑侯原韻 同上

冒殷書

撒手懸崖不轉頭，一時頓釋百千憂。繞棺僅有能啼女，扣角悲無可飯牛。養志何須求阿堵，狂吟直欲撞煙樓。天涯知己捐金歛，苦憶侯芭伴旅愁。

廣生謹案，宸章公諱綸。

贈姪孫廷榮領鄉薦 家譜

冒　褒

丈夫立志豈尋常，苦盡甘來姓字揚。箭落雙鵰推國士，胸羅全史擅文章。榜花重茂春秋富，父願能酬繼述光。愧我長干曾十渡，暮年風景更徬徨。

廣生謹案，廷榮公諱天錫，康熙丁酉舉人，官雲南曲靖衛都司。

送冒廷榮孝廉北上 隨月草堂詩

江大錫蘭野

大阮文章似錦霞，才華豈獨亢君家。秋鷹正好騫霄漢，天馬由來起渥洼。岱嶽崟峨群玉小，黄河曲折衆流遐。玆行定啖紅綾餅，重見長安艷榜花。

仲冬望月色大佳，嚴寒已散，石巨開、宫伯讓、家廷榮來舍鬥葉，遂爾達旦 手稿

冒　褒

深冬作達逢良夜，促坐圍爐避晚風。共逐椿家争壟斷，斜攤葉子笑開冲。
石郎勝負都瀟灑巨開，入木三分見寓公伯讓。何事老夫聊復爾，一輪皓月在庭中。

輓陳孺人 家譜

陳　鑾

嗟哉我命特屯邅，幼病初强親喪連。脱却苫塊去燕冀，雙蹄歷落走豪氣。竽瑟相左不相投，無媒空向芳草泣。歸途淹滯到故園，螢點敗荷秋露浥。兒女牽衣强爲言，雙柩冷對銀缸碧。功名家業總茫然，惡愁傾瀉灌胸臆。遣愁抖擻向雉城，好覓舊雨話殷勤。帝臣訪我我心驚，蔴衣渾體雪紛紛。形如槁木執我手，阿母今夏痛辭塵。我聞益觸風木情，兩人嗚咽淚沾襟。袖出傳文兼詩啓，山猿野鬼號行裏。孺人性淑耽勞瘁，井臼之旁繅車北。三更疾雪洒窗紗，鋮黹耐冷伴兒讀。鷹揚早薦夫成名，帝臣舞象青

衿簇。腹貫六經廿一史，文鋒鋭斬蛟龍毒。鵬翮生時溢八荒，悵母偏駕青鸞速。問母何故駕青鸞，説與途人心亦酸。甲子孝廉秋患病，親調湯藥候温寒。累月帷床夜達旦，倦睫朦朧不解衫。夫病攝愈婦病死，蒼天施報顧如此。傳啓閲畢索我詩，哀情鬱對故遲遲。别來伸紙幾踟蹰，歌懷抑塞不成書。昨夜酒闌欹枕後，空齋風雨聲相鬭。帝臣大叫殘夢回，恍忽執簡向余催。整衣挑火叄危坐，詩思却和風雨來。愁緒亂披筆疾走，拉拉雜雜不可裁。筆停掩卷太息長，江風何處弔仙鄉。

廣生謹案，陳孺人爲廷榮公配。

輓姪孝廉鋭峰 家譜

冒廷驥

榜花誰共振家聲，百二年來始發榮。梁棟正須成大厦，風烟何忽掩長庚。姱脩自昔爲廷獻，幼學從今負壯行。寄語家園諸子姪，著鞭及早迓霓旌。

廣生謹案，鋭峰公諱嶟，雍正乙卯舉人。

將赴公車，留别諸昆弟 東皋詩存

冒　嶟

荒雞促客喜匆匆，行路蕭條值暮冬。野徑暗嫌寒月淡，敝裘冷覺曉霜濃。駑駘易躡青雲步，瓦缶難諧紫禁鐘。珍重臨歧分手意，圖南終恐困書傭。

題冒山民照 澮仙詩話

仲鶴慶

紅塵誤我幾千里,白屋埋居三十年。愁有文章窮有骨,海濱一見一回憐。
知交相許在知心,不是浮言説斷金。記得酒闌人未散,月明如水立花陰。

廣生謹案,山民公諱梁鎮。

春初攜兩兒讀書東村 東皋詩存

冒廷駒

爲避塵囂暫出城,同心師弟挈兒行。雨晴隔岸鶯簧脆,風細平疇麥浪輕。花氣曉添文藻色,梵音夜伴讀書聲。窗前願爾分陰惜,我老須知不爲名。

壽集堂兄六十二首 續東皋詩存

冒　椿

六十稱觴當首夏,槐陰深處畫堂高。疏窗揮灑新詩富,華髮飄蕭老興豪。名滿幽燕推碩彦,教施荆楚仰甄陶。欣看蘭玉階庭植,坐領薰風醉碧桃。
讀書堂裏即仙區,獨守青氊頗自娱。君有蜚聲騰藝苑,天教投老用真儒。唱酬久洽壎篪韻,絃誦曾爲子弟模。輝映門閭終倚賴,蟾宫隱隱近蓬壺。

廣生謹案，兩兒謂蕃與訓也。訓字集堂，縣志有傳。

巢民先生文孫以己亥人日彌月，長歌志喜 同人集

陳維崧

仕宦當至執金吾，生子當如孫仲謀。人生兩者難並得，不爾有兒如虎他何求。今年正月日初七，先生有孫方著膝。世間何物比佳兒，天上一年幾人日。銀屏花勝正及時，釵頭綵燕風前嬉。是日千人萬人坐，皆言此兒骨格奇。王家阿大謝家客，繈褓英英有人惜。莫道不如銅雀伎，會須直作文章伯。君不見，君家世德天下無，何人不言冒大夫。于公門户自高大，子孫衣税還食租。先生前輩我父執，一生排難壁將立。然諾須令四海驚，笑談必解千人急。兩兒與我弟畜之，穀梁鬑鬑頗有髭。作人醇謹得家法，出口謇訥無微詞。畢萬之後定爾爾，不信吾言請視此。龍文犀角漸長成，過都歷塊日千里。酌君之酒且自豪，手摩寧馨呼檀槽。男兒生世逢今日，好學文采兼弓刀。如余蹭蹬日偪側，安得小婦生枚皋。

穀梁世兄生子，以己亥人日滿月，賦此爲贈 同上

邵　潜

生兒方匝月，恰喜遘靈辰。質已毓陽德，氣仍含早春。家駒今日譽，國寶異時珍。重慶筵前色，寧誇勝作人。

廣生謹案，文孫者溥也，溥字文博。

組義曾姪孫母范氏，吾家賢孝才能婦也。以孀居，不欲稱五十觴，僕閑而敬之，贈之以詩 手稿

冒 褒

于門豈料逢中落，閨閤能將一木支。孝舅肯辭身負土，宜家何惜鬢如絲。經天片月秋容淡，介壽斑衣雨淚滋。文正芳規真不參，爲揚令德喜裁詩。

八哀詩 手稿

冒 褒

治生非細務，況值敗亡餘。强力恢先業，深心保舊廬。亂絲方就緒，修樹忽成墟。痛殺良弓冶，曾經獨起予。亡姪孫文博。

送家樸人赴閩 詩觀

冒起英

貔貅百萬擁旌旗，正是英雄射策時。阿阮祗今褰玉帳，蓮花島内醉瓊巵。

送家樸人赴閩 東皋詩存

冒起霞

笑提魏戟出淮濆，阿阮家聲總異群。幕府檄書飛海甸，轅門虎節下將軍。樸人爲金總戎特薦。瘴鄉弓抱鰲山月，蠻塞旂翻島國雲。玉帳談兵應不倦，澎湖新見著奇勛。

贈冒參戎樸人 同上

盧　香

青箱世業舊簪纓，獨負英雄材武名。閩海擒王提尺鐵，蜀山開閫建雙旌。西湖跨蹇思蘄國，東郭鋤瓜憶邵平。萬里舟車桑梓路，歸來依舊一儒生。

陳益齋、冒樸人聽周子能度曲 同上

張九鵬

柏枝椒酒度新年，賢主邀賓動十千。國士喜談天下事，幽人但説口頭禪。閑中度曲翻新調，醉裏耽吟寫素箋。我亦濫爲東郭侶，金門握手重留連。

小詩奉賀樸人老姪 同人集

張圯授

少年晋秩授元戎，督府旌麾指顧中。萬里接天鯨浪息，七閩運幄虎韜雄。出身本是名家子，報國兼收上將功。聞説枕戈曾禡纛，請纓浩氣貫長虹。
一代奇勛一日收，籌邊方略借前籌。白頭大父推詞伯，緑鬢文孫表列侯。卻憶聯吟開水繪，也思射策到延秋。豈知鐵硯終無補，徒有青藜夜照劉。

和張孺子韻，奉贈樸人、年銘世講

戴本孝

太平安得絶兵戎，老眼浮沈桑海中。忠孝有時須富貴，乾坤得意在英雄。真能奮志成家學，克振詒謀即爾功。年少封侯直底事，須知養氣更如虹。
海嶠烽烟忽盡收，澄波奇略賴良籌。雖能破産從黄石，猶自趨庭侍素侯。教子還當攻萬卷，垂名應足勵千秋。倚天長劍堪鐘鼎，惟願銷兵奏遏劉。

孺子以二詩賀渾孫，步和原韻 同上

冒　襄

綺年何意學從戎，萬里扶摇一諾中。脩綆翅垂鰲背闊，衝波礮擊虎頭雄。時逢盛世宏開創，天與男兒立大功。聞道樓船横四海，緑烟吾自下長虹。
書田屢世廢豐收，二子無由展一籌。敢謂小兒能破敵，漫從弱冠覓封侯。白波捲酒膺三錫，紫海驚瀾歷五秋。天下英雄吾輩老，笑呼孺子説曹劉。

贈樸人、世銘道兄 同上

佘儀曾

十葉科名壯帝猷，書生戎馬更千秋。三軍贊畫收青海，一品歸來是黑頭。舊宅掃除文獻出，新謨宣著鼎鐘留。祖孫父子皆名世，始信男兒勇自謀。

再和羽尊贈孫詩原韻 同上

冒　襄

節鉞屏藩壯遠猷，道人今唱感庭秋。種瓜并少田二畝，嫁女曾牽犬一頭。射虎漫勞悲不遇，奮椎何慕願封留。極知殊録非容易，貽厥慚無燕翼謀。

題冒君愛馬圖 原注：辟疆之孫。蠶尾續集僅載二首，後二首從愛馬圖鈔補。

王士禎

懸雷山前碧水潯，群賢高會似山陰。那知三十年來夢，又續幽州馬客吟。
鑿蹄驕馬五花文，赭汗蘭筋迥不群。金埒勞君勤拂拭，他年一戰立功勛。
一幅丹青滚塵馬，兩行鼓角射生天。少年自愛從軍樂，况汎瞿唐萬里船。

武子當年有馬癖，愛其神駿説支郎。誰寫驊騮開絹素，神妙絶似江都王。“支郎”二字見《世説》。

樸人年世兄乃巢民先生之孫，穀梁之子，而青若之猶子也。余與巢翁爲四世交，今樸人出其小影，索余題贈，余蓋不勝今昔之感云。己卯春日 愛馬圖卷

宋實穎

巢翁塚上白楊摧，宿學荒寒石馬哀。最喜文孫能念祖，樸人原自樸巢來。
風雨扁舟共北歸，尊君往事記依稀。到今元禮成千古，佇看霜蹄萬里飛。

又 同上

韓　菼

匿峰廬畔談詩久，余寓樸巢翁匿峰廬甚久。甓社湖邊惜别回。甲戌秋，尊君穀梁送余至淮上，不忍别。兩世人琴俱寂寞，神駒今看渥洼來。
陂池洗鉢濇於空，洗出桃花叱撥紅。從此風流傳二到，一門武達與文通。

又 同上

許嗣隆

年少烏衣屬幼君，音徽朗潤等春雲。九重一顧聲名遠，此日真空冀北群。

遠志飛騰在九垓，豈因馬癖愛龍媒。他時磨盾膚功奏，汗馬兼資倚馬才。

又 同上

施何牧

輕裝小隊赴成都，紛贈朝鞭興不孤。共道孫吴能將將，那知荀却本談儒。投壺綺席薰風轉，倚樹春原細草鋪。十尺生綃千里意，龍媒合作畫麟圖。

又 同上

石爲崧

王謝堂前玉樹枝，偶將書劍走天涯。鯨鯢窟掃前籌日，騕褭群空獨顧時。
憶昔文公與武子，雄心道骨寄龍媒。緑楊春草科頭看，何必深山射處回。

又 同上

周鼎鑑

牛耳詞場大國風，居稱孝友進稱忠。象賢欲覓封侯事，迅掃鱷鯢著武功。
一據征鞍奏凱旋，宣麻有待樂平泉。閑圖細柳調騕褭，嗣寫金城壯日邊。

辛巳春正，余校士建南，樸翁年門兄以小象命題。時年兄平爐先登，功成第一，因併及之 同上

萬 愫

豈但登壇詞賦雄，翩翩裘帶見流風。紫騮控處識飛將，共指新成第一功。
愛他掣電與追風，大宛飛來種是龍。不信但披顛老賦，霜蹄千里羡行空。

又 同上

張九昀

赤幟高騫赴遠州，瞿塘萬里息貔貅。封侯不盡文臣事，家世從今讓虎頭。
行旌初動錦官城，老子胸懷富甲兵。柳色既能青眼看，蕭蕭班馬亦多情。
客中送客苦吟哦，柳絮梅花韻事多。指顧大名垂遠塞，好從劍閣聽鐃歌。
和生馬癖古稱奇，況有文章屬鼓吹。露布只看容易草，宣麻指日到西陲。

又 同上

吴 函

當年王謝舊風流，弧矢親□海外遊。嗜馬寧同武子癖，好求駿骨覓封侯。
萬卷詩書五石弓，家聲原是舊青驄。袖中黄石誰能識，緩帶依然國士風。
君本行空天馬才，飛騰應不數龍媒。九重親識英雄面，曾向丹墀翦拂來。
長途萬里問追風，豪氣千尋欲射空。伯樂方皋安足比，貔貅百萬在胸中。

又 同上

黄　明

壯年挾策學從軍，綬帶輕裘細論文。倚馬雄才憐駿骨，鷺溪寫照勢空群。
父書熟讀諳兵機，西國巖疆藉武威。馬逐電風嘶夜月，劍横星斗耀朝輝。

又 同上

徐　深

卅載詒謀動遠思，披圖如歷大江涯。從今細柳黿叢外，肖像凌烟自可期。

又 同上

陳時行

披圖神駿墨痕鮮，年少登壇響玉鞭。不是文人偏耀武，應知前席兆凌烟。
仗劍雄才一醉歌，風流意氣座中多。丈夫應有封侯志，勛業行同馬伏波。

又 同上

孫復初

大宛昔傳天馬種，雄姿猛氣人驚寵。弄影滄波汗血流，腕促蹄高三鬣擁。五花散入楊柳烟，追風掣電誰能前。將軍金甲耀白日，甲光直射青連錢。此馬本自流沙至，功成選入天閑駟。君今繪作駿馬圖，相看一擴千里志。

又 同上

孫元衡

此公力學萬人敵，須信胸藏萬卷書。最愛功多年最少，指麾談笑薄穰苴。
細柳營邊春日遲，龍媒閒軼鬬英姿。依稀大樹論功日，髣髴瑶池弄影時。
江東文藻重耆英，三世金蘭有夙盟。六十年來滄海淚，死生不變舊交情。
海上憐君獨釣鰲，錦官高會屬吾曹。風流却羡丹青手，寫出雲霄一羽毛。

又 同上

李郃生

一顧群空來冀北，龍文鳳臆霜蹄鐵。青蒭玉粒飽秋風，細柳長嘶能汗血。玉勒金羈錦障泥，牽來御榻舞丹墀。御賜將軍大羽箭，馳驟天衢如掣電。金鋸霹靂無虚響，天顔環顧群稱善。將軍陛辭赴巖疆，輕裘緩帶白面郎。千言立就堪倚馬，十萬甲兵惟胸藏。愛馬愛骨不愛皮，羡君歷險能如夷。連雲樹，九折阪，玉門之外當不以爲遠。誰云蜀道之難，難於上青天，騁此驊騮，行將萬里息烽烟。

又 同上

郎廷槐

金印原酬上將功，輕裘脱略本儒風。邊城坐鎮閑無事，笑倚烟霞看玉驄。
説禮敦詩舊有聞，多君意氣更如雲。按圖常自思千里，一顧當初冀北群。
桓公臺畔别漁洋，看馬圖中佳句香。淡墨欹斜吟已續，從軍應羡少年郎。
幽州馬客放狂吟，神駿支郎愛最深。池北尚書今絶筆，丹青垂柳弄輕陰。

又用阮亭先生韻 同上

吴乾一

平林獨櫪碾渦潯，列駿圖神幻霽陰。不是韓生雄筆魄，霜綃難也聚珠吟。
物色神駒舊有年，懶將青眼注高天。指揮如意縑裁出，不數張家載鐵船。
追風逐日堦墀驤，緩帶輕裘殿陛郎。游泳駃啈神意迥，英雄本色肖前王。
鬣素鬃花爛錦紋，遭逢伯樂始空群。海疆名士韜鈐舊，繪簇登雲壯國勛。

又 同上

劉　謙

同袍誰是出群雄，西徼威名指顧中。一戰功成何所事，科頭閑看五花驄。

騎戰曾經萬里行,時平番欲向君鳴。摩娑宛出渥洼水,惠養偏深細柳營。
馬癖從來傳武子,群空徒爾羡孫陽。龍文虎脊君能馭,雄傑無忘試戰場。
神駿憑誰寫作圖,生平壯志未全孤。追風掣電尋常事,伏櫪銜恩自渡瀘。

又 同上

金祖誠

壯年射策對彤庭,賜餠曾叨雁塔名。儒將洵堪同緩帶,雅歌今又見鴻文。追風每愛天閑駟,逐電還空冀北群。豈止靈叢稱鎖鑰,長城萬里勒功勛。

又 同上

楊學溥

敝冠呼僕抹青驄,細展長條寫意工。牝牡驪黄經拂拭,欲高眼界別英雄。
年少華簪記像明,柳林閑聽馬嘶聲。悠游似樂邊塵靖,實厩舒懷保治平。

又 同上

遲維臺

意氣凌雲麟閣姿,柳陰秣馬欲何之。身雖伏櫪心千里,驤首天衢正有時。

又 同上

馬雲圖

人間不見真乘黄,伏櫪長鳴亦可傷。豈料丹青拂絹素,超群喜得遇飛將。好同支遁憐神駿,畫似韓幹窮殊相。秋風淅淅垂楊裏,送公歸去三千里。臨歧無由縶白駒,展卷長吟詩一紙。聞道渥洼生天馬,風鬃霧鬣神清灑。奔踶不受圉人羈,直當秣置房駟下。

又 同上

廖 賡

平生未了英雄氣,壯心日馳千里。早逞空群,老羞伏櫪,分付丹青寫意。緑楊閑倚,看金埒奔來,昂昂騏驥。神駿饒他,非關癖好似王濟。 翩翩扇巾風致,韜鈐開幕府,身手曾試。汗馬功高,圖麟夢杳,一葉浮名輕棄。林泉小憇。休矍鑠憑鞍,再矜才技。聞説天池,龍駒今降地。齊天樂

又 同上

宋 致

巢翁海内詩名舊,却喜文孫更克家。畫裏風流誰得似,一溪春水浴桃花。
雄姿逸態早騫騰,曾踏交河塞外冰。駿骨自來無肉相,知君仗此屢先登。
垂垂柳色緑於烟,小立應憐驥子妍。羈勒不施神駿别,蕭然意在《馬蹄篇》。

萬里橋邊送旆旌，題君絹素倍關情。即看春草年年長，不信驊騮地上行。

又 同上

陳大章

名士由來多馬癖，傾城曳電看如失。將軍家世舊風流，説劍論詩俱第一。雄姿屹立何飄蕭，龍文虎脊尾蒲騷。金銜玉勒空自老，即今誰是九方皋。

又 同上

陳大群

蜀江春暖桃花纈，青絲細裊垂楊埒。當軒天驥拂雲高，鐵蹄風鬃如電掣。錦衣公子雄且都，龍媒金粟絶代無。漫擊銅壺歌伏櫪，待鳴長鏑入伊吾。

又 同上

石　琮

王事勤勞數十年，功成身退儘悠然。披圖不改當年意，人自蕭騷景自妍。
東皋文物近荒唐，水繪風流耿不忘。堪羡文孫能似續，生綃十丈載琳瑯。

又 同上

高之傳

南天多澤喜乘舟,好馬將軍第一流。冰鑑遠超凡品外,駑駘怎得入雙眸。
如龍如虎復如雲,櫪下何須翦拂勤。顧盻一過行樂圃,驪黄已自喜空群。

又 同上

冒 褒

憶昔群空冀北時,聖明特簡鎮西陲。烏斯藏裏炎天少,午日臨戎把雪巵。
功名壯歲靖蠻烟,閑濯神駒柳岸邊。莫感霜蹄輕一蹶,眼前萬里敢争先。
蒲梢羇畢性偏豪,肯使雄心減二毛。世上何人愛神駿,古今漫説九方皋。
决計收韁付後人,廿年懷抱向誰陳。丈夫作事能操縱,萬里歸鞭羨絶塵。

又 同上

劉 埉

吾友樸庵少長物,開卷示余十驥圖。唐時韓幹畫入室,落筆超群至今無。此圖縱横真妙手,雄姿只合龍爲偶。猛氣未肯伏櫪下,烽煙消盡猶翹首。垂柳參差緑葉稠,將軍小像足風流。詩禮家聲傳世久,今來邊徼覓封侯。

又 同上

萬世德

將軍畫像柳陰中，滿紙烟雲八駿雄。支遁愛山兼愛馬，惟君千載繼其風。
穆滿曾驂八駿遊，王良爲馭到元丘。知君本自有仙骨，莫怪心輕萬户侯。

奉題樸翁年先生十驥行樂圖 同上

潘世銓

余於甲寅請纓南閩，丁巳佐漳浦，己未特列薦，簡督運粤潮，庚申擢令龍溪，正樸庵先生棄縹緗而服戎於東江時也。辛酉海氛盡熄，論功膺爵，樸翁榮加都督秩，授川南建昌鎮標左營昭勇將軍，蕭艾頻過，德威已遍。適遷喬而未行，竟罹蠻變之議，致有玉碎之嘆，抱膝書奇，良足異也。余更不偶，壬戌解組，既還西湖，值以多故，壬申謁主選，横遭垣中妄劾，寃削其階。戊寅始授佐江南瀨水，即唐進士崔斯立哦松處，隔樸翁邗江仙里衣帶間耳。吴樹蜀山，正殷神往，不謂辛卯又爲仇者不容，琴焚鶴去，長嘯歸林。奈以貧無負郭，承印都監理崔亞刺弓旌之頒，不以千盤九折爲懼。甲午春及抵友署，知樸翁未歸，而冢君又爲張大元戎鑒拔，題授校尉，將見糾桓出於一門矣。一日，應樸翁召，杯斝之暇，示我《十驥圖》。貴客騷人題咏甚夥，率皆從前之語。余獨以“刷滌蹄毛再策勛”之句，勉其復爲鵬奮，不得不略叙梗概云爾。

黄驄白鶴十龍媒，霧鬣風鬃在一堆。看到滚塵宜捲軸，騰空失去不須雷。
漢代馮公坐大樹，今於柳下立將軍。清泉緑草驪黄集，銜勒提戈便解紛。
緩帶科頭是阿誰，竦神凝目顧纖離。絲絲緑柳迎風細，折作珊鞭免玉羈。
自昔栽花久識君，琴焚玉碎兩浮雲。情深杯酌觀清翫，(洗)[刷]滌蹄毛再策勛。

又 同上

齊 宏

長條踠地馬行空，叱撥桃花迥不同。何事將軍閑佇立，一腔經濟不言中。
邗水家聲第一流，披圖初識抵封侯。伏波老去心猶壯，薏苡從讒莫便休。

又 同上

繆 沅

諸葛陂前芳草多，渡瀘年少負雕戈。分明一幅丹書裹，寫出元封天馬歌。
衛玠丰神冰雪姿，緑楊初映濯龍池。舊家王謝依然在，想見揮豪倚馬時。
珠履三千書五車，名園水木湛清華。只今亭榭荒煙閉，猶説原嘗四姓家。
三世論交感慨深，王韓題墨似山陰。君家名祖吾猶見，點筆江舲續楚吟。時余在湘中。

又 同上

蔣 衮

瀟灑丰姿傑出雄，輕裘緩帶本儒風。家傳文翰垂青史，天挺人豪奏蜀功。熱血滿腔流筆底，忠心一片顯圖中。鍾情久簇超凡驥，刻日徵車駕五驄。

又 同上

孟繩祖

蒼旻不老英雄氣，半百依然美丈夫。塞獵雲深清玉帳，邊笳汗溼透金符。一生勛業鳴西蜀，蓋世才華壯北瀘。最是將軍高蹈處，盤根錯節展縑圖。

又用新城王大司寇韻 同上

汪錫齡

馬立潺湲戀影潯，塵飛偃仰樂林陰。人同驥德名稱遠，點染雄姿欲嘯吟。
圖出胸襟看塞馬，功高得失付于天。穩乘款段還鄉里，宦橐蕭然不用船。
寫君壯志在戎行，馬上人誇白面郎。六印而今遺道路，肉生兩髀漢中王。
唐碑御筆畫龍紋，刻劃超騰盡軼群。若絆鹽車同覆轍，誰分駿駑别勞勛。

又 同上

朱廷亼

解甲歸來笑傲中，天閑蹀躞盡稱龍。閑中物態看生意，緩帶依然羊祜風。
上馬雄風下馬來，綸巾羽扇儘悠哉。據鞍尚有澄清志，大樹蕭蕭日幾回。
雲樹徘徊悵各天，展圖猶羡渥洼賢。多年玉葉桐孫意，伏櫪無忘汗馬年。
君今天馬御空行，暫服鹽車笑後生。爲愛里門風日好，醉中花月廣陵城。

又 同上

李四載

冒氏名家駒，爲我同門友。君齒十年長，余也瞠乎後。多君逸氣騰天衢，整肅軍容追細柳。少從大將開台灣，横掃鶏籠鹿耳山。此身報國非吾有，銜命敢辭蜀道難。蜀道難，君坐鎮，錦江波不揚，劍閣烽都燼。于今老賦歸來辭，還樸齋頭我所思。以馬喻馬之非馬，箇中竗諦誰解者。只有爾祖古巢民，三徵堅卧雲林下。吁嗟乎，供人驅策仍駑駘，不受羈靮真龍媒。

又 同上

胡香山

竹耳霜蹄欲破空，天生神駿出群雄。舉肥近日人人是，只有孫陽賞不同。
金牛玉壘奏膚功，少小登壇氣最雄。今日息肩松影下，壯心猶在畫圖中。

又 同上

冒殷書

錦官萬里亞夫營，班馬曾同畫角鳴。老去依然愛神駿，健兒爲濯一泓清。
井蛪春姿叱撥良，桃花嘶過又丁香。難辭武子呼癡叔，外阪遷延望太行。

又 同上

馬世隆

龍媒隊裏竟嘶風，萬里長征意氣雄。若許將軍乘破敵，定知所到有奇功。
科頭無事倚長楊，建業西川姓字香。卅載太平良將老，閑于馬裏選乘黄。

又 同上

黄　煒

渥洼原自有神姿，雨雪松州合戰時。此日蕭然裁白袷，晚涼森木愛吟詩。
陳荀門閥玉淵才，紫馭曾從御道回。老去蘭成賦枯樹，灞陵誰識故侯來。
叱馭坡前草似茵，蓬婆城外陣如雲。詎知千里驅鹽坂，原是麟臺第一勛。
水繪名園天下知，一門群從盡推奇。驊騮自寫《丹青引》，何異當年洗鉢池。

又 同上

王寶檀

鳳凰無凡毛，驊騮乃其族。内德備文明，外貌具華郁。冒君生清門，髫年朗如玉。文章固家傳，兵書並能讀。意氣凌雲霄，豪情邁流俗。展懷娱佳辰，壯心奮驥足。十馬縱飛騰，萬里任馳逐。科頭立蒼莽，細柳暎苔緑。曠野步徐徐，空天伏晴旭。獨行欲何爲，爽發秀眉目。儒將真風流，笑容實可掬。世態歷滄桑，水繪留古屋。累代慶簪纓，君還食天禄。華貴稱榜花，卓哉踵前躅。

又絶句二首 同上

王寶檀

戰罷蠻烟萬里歸，名垂劍閣事非微。披圖不覺雄心起，眼注神駒興遄飛。
二十年來事遞新，相憐白髮盡如銀。無端悲後還生喜，喜見圖中舊偉人。

又 同上

許　掞

展罷長圖意惘然，清流人物總荒烟。天生定遠多奇略，橫海先揮祖逖鞭。
樞府論功記姓名，御屏親簡蜀西營。胸羅兵甲威南服，儒雅風流佐太平。
銅柱勛名憶五溪，桃花春水緑楊堤。科頭獨立踟躕久，閑殺沙場駿馬蹄。
孫陽一顧馬群空，誰寫龍媒奪化工。今日歸農無薏苡，好攜卷帙聽嘶風。
落落晨星幾故人，白頭相對誼彌親。不堪生死重追憶，荒塋頻過慰苦辛。

又 同上

徐　駿

磊落權奇千里駒，白頭解組又披圖。清時不用華山馬，勝地常飛太史凫。日下鳴珂悵離別，風前宰木痛遺孤。只今髀肉消雄志，高柳涼陰卧碧蕪。

又 同上

徐陶璋

烏衣想見舊風流，舞劍揮戈愛勝游。不惜千金愛神駿，更煩好手寫驊騮。
蜀道馳驅立戰功，風生腰裹氣如虹。年來息影瀕江海，健骨猶然矍鑠翁。

又 同上

顧　瀛

射雉春場萬柳斜，蜀船如馬客還家。憐余款段交何晚，也逐連錢聽賣花。
脱銜天馬似君奇，吴坂遷延絶妙詞。可惜君家兩神駿，不教同上濯龍池。
松州雨雪試霜歸，黄帕曾經上御隄。應記三花親拂拭，百官春仗五門西。
一曲瞿唐入竹枝，桃花流水宋州詞。謂阮亭、稚佳兩先生。晚涼森木何人賦，獨倚長松自咏詩。

又 同上

吴如升

風流買駿説昭王，萬里成都一劍霜。莫道邊功雲静後，還來細柳放驪黄。

癸卯仲春，喜晤樸翁於蟦山旅次 同上

王寶檀

兄弟暌違已廿年，中間消息兩茫然。君今歸奏川南捷，我適來耕硯北田。華髮對看驚老大，素心相照話纏綿。春醪釀熟江鱸美，好向花前續舊緣。

戊戌長夏，題觀馬圖爲樸翁年世臺

金　麟

未識先生面，先觀《觀馬圖》。觀馬者是誰，巢民孫子丹山雛。聞昔騷壇建旗鼓，江東名望推詩祖。才藻風流吐鳳皇，文章揮灑題鸚鵡。一時學者共宗之，青山白社金蘭譜。龍漢灰飛小劫賒，滄桑世態一無家。縹囊緗帖歸何處，藥圃苔階自落花。先生自幼陪文讌，萬卷樓中讀幾徧。胸藏祖父五車書，學得神仙一泓劍。劍花舞起秋水寒，虎帳龍驤萬里官。先世幾遭元祐黨，平生不誤腐儒冠。夜月秋笳登蜀道，蜀江水碧蜀山峭。儒將雍容垂帶餘，囊書匣劍俱神妙。乃作將軍《觀馬圖》，凌煙畫筆形惟肖。霜蹄騄耳欲騰空，百戰龍沙血汗功。穆王駿，都護驄，豈甘轅下悲秋風。先生壯心固有在，天門跳躍如游龍。鬚眉歷落真儒者，據鞍顧盼何英雄。我觀斯圖深嘖嘖，不遇孫陽誰翦拂。展圖方始見先生，眼光燦燦猶四射。樂天詩中有句云，相逢不必曾相識。

恭祝樸翁年臺 手書直幅

宋 衡

麾旌擁節控蠶叢，萬里蠻煙静此中。緩帶風流麟閣著，揮毫嘯咏鳳樓工。吴江間氣光青史，銓鑑先猷焕碧空。枕秘有書黄石授，好攜仙粒上銅龍。

廣生謹案，樸人公諱渾，官四川成都府參將。

得樸人西川家書 手稿

冒 褒

西蜀忽傳天外信，八年萬里報平安。鐵爐戰勝方旋鎮，銅柱功標來徙官。下世難兄悲宿草，多情癡叔喜忘餐。何時策杖看旌節，促坐深杯話歲寒。

憶樸人川中，賦得"萬里未歸人" 手稿

冒 褒

寸腸將斷日，萬里未歸人。北極君恩重，南天棣萼淪。余身生若死，汝叔鬼爲鄰。願及餘光閃，長驅駟馬塵。

憶樸人 手稿

冒　襃

萬里橋西路幾千，音書欲寄勝登天。兩兄速死非關病，一叔求生諱問年。溪洞風塵王化外，蠻方消息口碑傳。秋冬憂喜常相半，春水應開下瀨船。

憶家參戎樸人 手稿

冒　襃

吾祖萬曆年，再任宰酆都。偶值奢蠻變，蕩平晋大夫。五世汝從軍，奏捷鎮川隅。宦久貝錦生，忽成伏櫪駒。妻孥更離散，東歸厄窮途。家園死喪多，骨肉罹毒痡。汝姪更孱弱，一木疇與扶。吾已迫桑榆，況憂久剥膚。常恐不及見，萬恨未由舒。人生各有託，胡爲我獨無。墜緒各能興，胡爲我獨殊。中夜始昏睡，汝叔來相呼。無言共一慟，醒後獨存吾。此景實難忍，汝其知之乎。倘能及我旋，撫臂還捋鬚。羅拜吾祖前，衰門庶無虞。

善聞樸人東歸口號 手稿

前　人

杪秋劍外傳歸信，喜懼横生恐未真。老眼望穿西去日，佳音乞盡北來人。巢空尚有枝堪借，兒在終能禄及親。地角天涯雙坦腹，好從巫峽渡關津。

廣生謹案，樸人公諱渾，官四川成都府參將。

得川中樸人姪孫婦凶問 手稿

冒　褒

一官累汝墮蠶叢，鴻案輕摧誤乃公。青髩還鄉成蝶夢，白頭揮淚哭西風。脱驂那得親朋在，開礦何如骨肉逢。時聞樸人舉奉旨開礦之役。八口盡行真鑄錯，孤墳宿草百蠻中。鶺鴒原上恨難平，孝友門庭以利傾。雁去雁來空有約，花開花謝總無情。山連鳥道天如盡，日落巴江漲又生。此際悼亡憐少女，于歸無計踐前盟。

寄贈維棟曹姪孫川中 手稿

冒　褒

萬里綿瓜瓞，崢嶸悵未逢。遥思官閣聚，應念白頭翁。南國衣冠舊，西川恩澤崇。吾生多少恨，待汝振家風。

游竟回水次，恰值耕研同許有五來舟，有五秉燭説事，蘇余疲頓，詩以謝之 手稿

冒　褒

歸途驢背惜殘春，何幸城隅揖舊人。驟酌深杯憐短髩，旋燒高燭話征塵。坦懷似爾貧

偏傲，薄命如余老更親。末世金錢難舌辨，相看無計可謀身。

哭耕研二姪孫 手稿

前　人

不信先朝露，途聞淚似泉。狂飈摧獨樹，急浪卷行船。運去天難問，堂空鬼有權。我懷傷已盡，安用此餘年。

五十爾非夭，寃哉七十翁。猿啼腸欲斷，巢毁怨無終。稚子身誰寄，孤燈晝不紅。祖孫相向泣，霧眼眄靈叢。

記得清和月，崇川共汝游。小桃臨淺岸，細雨集中流。促膝同調食，聯床各話愁。突然成永訣，況復是新秋。

夜臺多骨肉，一見一含悽。漫訴心頭恨，翻驚首面低。魂銷殘月墮，骨冷曉風迷。色笑悲如昨，從今懶杖藜。

廣生謹案，耕研公諱泓。

送冒思堂東歸 東皋詩存

吴毓賢

分索東西後，襟懷祇自知。收君游子淚，增我客途悲。明月終南影，秋風灞柳絲。天涯孤館夢，夜夜到江湄。

絶糧步冒思堂韻 同上

宗承泰

晨突烟寒豈惜薪，甑塵自笑史雲貧。蓬蒿徑已無行迹，金石歌猶泣鬼神。文字撑腸原未飽，迂疏涉世可逢辰。扣門乞食君虚恥，斯里何人許問津。

壽冒思堂七十次自壽元韻 同上

汪之珩

老健如君世所稀，優游林壑樂無違。飄風野馬拋諸慮，茗椀書籤共一帷。先業豈惟家乘重，後昆堪與古賢依。舊時門巷春光在，除却羊求孰款扉。

天與遐齡了不驚，丁寧何必用長庚。長川易逝偏難竭，老樹能枯轉發榮。縱是西河心感慨，卻欣南極算餘贏。壽杯正與華燈映，簫鼓喧闐倍有情。

兩束牛腰著述多，樸巢餘蔭老婆娑。只看心境淡如此，遑問世情濃若何。萬里天池垂羽翼，一鞭華嶽足吟哦。而今白髮拋游屐，好署詩函賦繭窩。

半世行踪汗漫游，老來安用卜梁丘。閑情只向詩中寫，好景都從畫裏留。花下酣嬉春自遠，尊前顛倒醉無休。白頭笑看斒斕舞，芝玉盈庭有底憂。

校思堂詩書後 斜陽館日記

黄　振

風雨高樓欲睡遲，孤燈校對故人詩。一生心血枯於此，十載交情我不辭。金石名成鬢鬢老，幽明路隔鬼神知。手題墨迹篇篇在，記得虚窗對面時。

篷窗對月，懷里中繆天衢、李松友、胡念詒、石進也、朱有鯤、徐瞻雲、冒聿修、葛右纏、蘇舜庸諸子三十韻

南評詩鈔

張學舉

湓湓天邊雲，經旬作雨勢。一雨遂三日，晚晴得新霽。篷窗映月華，金篦刮眸瞖。遠水明若空，流光供鼓栧。撫景蕩虚襟，遇賞成遥睇。伊人隔蒹葭，征夫違松桂。昔別歲方賒，今歸廛暫憩。同心數招邀，游踪詢端諦。芳樽爲我開，花徑爲我薙。賭碁尋故枰，射覆引囊例。索畫評皴渲，催詩責駢儷。夜幕雞喈喈，午窗蟬嘒嘒。論文龍雕鐫，得句鶴清唳。莊語雜詼諧，雄辯入元契。逸興各飛動，清歡期罔替。奈此簡書忙，莫許鄉園滯。驛程愁嶺灘，舊路指榕荔。飲餞紛載途，燈火宵仍繼。宿鷺驚蘆汀，亂蛙喧石砌。躊躕重携手，黯淡行判袂。戍荒角横弄，風長帆半曳。回首古城闉，女牆垂蘿薜。邗上過天中，蒲榴聊復綴。渡江日以南，勞鞅幾時税。相思隨路歧，枌榆邈天際。今夜舟船月，團圓無虧蔽。對此起徬徨，離愁溢榮衛。矮箋寄長唫，幽夢自孤詣。屬和瓊瑶音，雁秋幸早惠。

廣生謹案，思堂公諱念祖，縣志有傳。

送冒思亭從軍緬甸 巢南詩鈔

葉仁厚

昆池飲馬渡瀾滄，漠漠風煙接大荒。麗藻舊傳斑竹管，功名新問緑沈槍。雲開中甸陰霾掃，雪霽龍山草木黄。定勝義烏賢主簿，兩馳露布荅君王。駱賓王有《兩爲兵部奏姚州破

賊露布》,見《文苑英華》。

試燈日大孫念祖十歲,敬步老父中憲公送褒入學五言古原韻 手稿

冒　褒

吾家發祥遠,及汝十四世。三百四十年,出處各殊致。都憲挺清剛,少參榮早歲。吾父獨纘緒,中立鮮兄弟。國史載廉吏,鄉間懷撫字。兄名播八荒,孝友全素志。嗟余命不猶,未拜紅綾賜。六十老青衿,詩書尤所嗜。兹汝舞勺辰,燈月光際地。安樂何可耽,勤苦始童稚。汝境大勝余,重慶無乖異。珍比掌上珠,惜若盤中翠。望汝亟成名,前賢踵堪繼。定省盡子職,温恭培元氣。秋實自春華,戴仁還抱義。嬉游慎勿親,失檢前功棄。立身須擇交,薰蕕忌同器。勉旃佩祖訓,三十當富貴。

試燈日立春,喜遇長孫念祖初度 手稿

前　人

立春恰值張燈節,貼罷宜春復試燈。旛勝何從簪巧樣,東坡居士晚年立春日亦簪旛勝。燭龍寧足兆豐登。青陽已布寒仍戀,皓日將圓酒漸能。汝齒日增余歲短,幾時分餅賜紅綾。唐于諸進士賜宴日,各分紅綾餅一枚。

上元前三夜,同大孫念祖步月南城,縱觀大燈 手稿

前　人

萬家燈火孤明月,直上城巔俯大荒。碧認遠郊群樹漲,紅知近浦雜舟藏。横鋪一片如霞錦,湧出千層不夜光。佳節暮年難屢見,求春此會爾無忘。

愛日堂東小廳落成,賦勗長孫念祖 手稿

前　人

有志從來事竟成,困心衡慮得遷鶯。中興門第多陰德,内助才能擅孝名。莫習庸流誇喫着,須知先世本躬耕。汝身獨立煩調護,昌後光前任不輕。

念祖大孫花燭 手稿

前　人

無限經營勞汝母,一堂三世慶齊眉。雞鳴昧旦稱佳偶,養老承顔及壯時。忠孝家聲迎百兩,榜花門第得紅絲。漫因好合耽鴻案,博議將全正在斯。

立品從來先立德,成人第一在成家。熊羆入夢緜瓜瓞,題咏揚名護碧紗。君子守身如執玉,男兒吐筆欲生花。小春梅信魁南國,早惜分陰富五車。

送大孫念祖應試海陵 手稿

前　人

蕭蕭細雨促登車，何事臨歧淚似麻。遲暮采芹兒莫怨，風霜飽受定蒙芽。
書不負人人自負，休將齷齪悮韶華。凋零門户余終老，勵志甘荼續榜花。
海陵原是我并州，六十年來此地留。踏破鐵鞋無着落，千鈞一縷使人愁。
母氏劬勞最可傷，補牢辛苦爲亡羊。揚眉吐氣須堅忍，歲月堂堂去正長。

寄懷大孫念祖，時應試海陵 同上

前　人

兒登車，爺乘驢，五里一回顧，十里一牽裾。三日堅冰驛亭住，北風助虐攢肌膚。今日幸逢天帝笑，甥舅爺兒同馳驅。姜堰外家宿，來早過軍鋪。中丞墓上兩石人，滄桑閲盡如斯須。旁午便可入城市，文魔凍足當街趨。汝母魂夢繞海陵，兒其善保千金軀。堂上尚存一百三十一歲伶仃之二老，曉起看雲夕倚廬。男子立志貴遠大，偷安飽暖真凡夫。冰天雪窖何足懼，浩氣直射斗牛墟。何况彈丸小邑區區六百人，筆尖横掃如孤雛。得失都忘淡寵辱，書不負吾吾負書。白圭三復慎出話，徐行後長習冲虚。紛紛道上輕薄輩，口吐乾烟争追呼。荀龍謝鳳竟誰是，只師其智莫嗤愚。文場戰罷疾返棹，我捧爾面汝捋鬚。嘉平舊曆行漸畢，老人卒歲百物無。門可羅雀只僵卧，但願骨肉團圞度歲除。兼汝中叔能養志，每食寧復嘆無魚。肥羊雄雌大塊咽，豈知一一皆是空囊赤手之所圖。天若再能假我年，辛卯仍欲收桑榆。乘風破浪過江去，與爾爺兒竹林燕子磯頭同棄繻。

試燈日大孫念祖二十初度 同上

前　人

汝今二十宜家室，憶汝離懷祖五旬。雪月一庭宵正永，花燈四壁母方辛。怒生新笋能冲漢，初試家駒盻絶塵。對酒莫愁門户落，從來興廢定由人。

十八夜坐月最久，聞長孫念祖生女 同上

前　人

弄瓦當良夜，余懷在化鯤。冰輪光滿地，白髮坐迎門。少壯未可恃，孩提安足論。但存雙眼碧，人月共黄昏。

受祖墓下作 冒氏詩略

冒殷書

命如羊舌淚休垂，壽考原無玉雪兒。叔父至親從地下，不須重咏《蓼莪》詩。

廣生謹案，受祖字思廣。

次孫受祖出梅扇乞詩，戲題一絶 手稿

冒　褒

獨占春風第一枝，天工雨露况無私。只緣生就超群骨，穠李夭桃總後時。

九月二十六日，次孫受祖花燭禮成 手稿

前　人

杪秋壽客花方盛，重慶宜家幸及時。玉鏡臺聯秦晋好，齊眉案舉舅姑慈。守身恭儉鵬程遠，勵志詩書天聽卑。孝養德門原有種，綿綿瓜瓞育馨兒。

哭次孫受祖 手稿

前　人

三年未斷思兒淚，老眼模糊又哭孫。蕩産已憐眠食損，柔條忍受斧斤寃。亦知異日非良冶，深惜單丁少應門。朝露忽晞仍是福，存亡世事總難言。

凋零門第敢求安，履薄臨深肝膽寒。萬物經春生意足，一絲將絶死心難。黑頭華屋均埋玉，孝子賢孫定蓋棺。碧落黄泉何處是，還錢索債太無端。

重九前二日，二孫受祖奉盆荷花、葉各一，口占紀事 同上

前　人

重陽纔得見荷花，遠道携來秋色賒。翠蓋亭亭初着雨，紅英冉冉尚欺霞。喧聞鼓吹盈隣舍，右鄰陳君無日不歌。冷淡生涯足故家。霧目挑燈看不厭，金風昨已透窗紗。

穀雨後二日，送次孫受祖歸窆 同上

前　人

東郊重策杖，白髪葬青年。哀挽親朋少，分崩道路憐。依人終不免，蕩産忍求全。地下恩仇静，能無怨作緣。

南徙懸衰朽，頻來問起居。青蚨曾送進，蔬果肯留餘。醒眼何須活，當門定用鋤。誰知廉吏後，絶望是充閭。

白日昭昭在，胡爲土一丘。死應無此理，埋幸得同儔。血食憑誰寄，桑榆安所投。天帝偏逢醉，巢傾禍水留。

半世尊名教，全歸見二親。苦遭風浪惡，連慟子孫淪。耐辱綿殘緒，含悲負好春。墳成人竟去，松柏汝爲鄰。

聞玉邑修志，用冒少府韻，寄呈南村先生 玉屏縣志

周大鈞

巽水平江去，東鄰古渡濱。遥聞賢別駕，闢館禮儒臣。著述歸删定，搜羅費苦辛。山川留迹古，景物入編新。更使忠良顯，還將節孝伸。楷模昭百代，藻采耀于春。愧我塵勞縛，憐君意氣真。居恒不諱拙，北面問前津。

嶺叠七星 以下並玉屏縣志。

冒　泰

數點奇峰聳處勻，雲邊羅列若星辰。夜清北斗横天右，曙白東方浴日新。翡翠蒼茫山勢落，烟霞層叠暮光頻。黛容秀色皆殊絶，欲結支機作比隣。

巖堆前卷

萬壑群峰拱一城，如何獨擅古巖名。千層石骨憑空下，孤枕江心插水生。蝌蚪苔文交鳥迹，龍虵蟲影走山精。懸知世有黄公傳，日對靈城注遠情。

南山鳳翥

山自來儀化羽成，飛翻鳳勢復峥嶸。烟雲具有文明意，風雨時諧律吕聲。百鳥隨陽朝竹實，仙禽薄暮舞花英。巍然翠蓋横天闕，仰止虚無五色呈。

石蓮漾月

蓮峰擁霧失朝昏，初白虚開敞緑痕。素影倒翻摇石匣，青輝垂練漾華墩。峰下澄潭如練。露含碧玉光難定，翠托金盤色爲捫。追憶虹橋形勝地，芙蕖古月鬬山村。

春日同洪太史，柴、楊兩廣文遊正平山，值雨小飲二首

不識招堤境，垂鞭過野艭。燒畬明細雨，春色滿平江。心向三千界，鐘飛數百撞。祇園風景好，俗念一齊降。

祇園何所有，一枝冷梅花。簷接晴光溼，窗交疎影斜。穿籬臨水次，傍竹過隣家。心境兩俱寂，憑消佛火茶。閣後有紅梅花，正盛開。

爲南村先生寫寧瘦居圖,並題小詩

緑枝發華滋,青山有容色。白雲出無心,變化常不測。欲問幽居人,杳然不可得。

送孤孫敬祖 手稿

冒 襃

吾孤剛十歲,汝更半于吾。廢屋綿瓜瓞,遵時養鳳雛。治生真急務,躍冶豈良圖。宅相知成否,全憑舅氏扶。

上元送孤孫敬祖入學 手稿

前 人

欲繼書香延祖澤,故教佳節便從師。更憐父讀常擔病,忍使孤兒竟學箕。人定勝天酬苦志,小能事大守家規。春光似海吾衰甚,九萬鵬程肇此時。

寒食前五日，率孤孫敬祖掃福兒墓 手稿

前　人

一株綠柳對新墳，野日荒荒麥壠分。兒卧夜臺離惡況，父攜孤子不成群。數聲長哭無乾土，幾陣慈鴉噪斷雲。萬有盡同春夢短，可憐風景趁餘曛。

廣生謹案，敬祖後更名泰，字安止，官貴州玉屏縣典史。

除夕看小孫試周 手稿

冒　褒

無涯痛定餘今夕，何幸團圞笑語頻。人慶文孫初得歲，天留令節作生辰。晬盤喜共辛盤設，春酒還兼柏酒陳。爆竹聲聲墻外報，財星滿巷獨居貧。

三冬陰濕困哀翁，斗室如居水國中。踞案抄書休病足，挑燈坐雨聽哀鴻。齒牙退盡還真我，耳目無權付太空。虀韮絶無人餽歲，年來年去任飄蓬。

眉山姪孫花燭 手稿

冒　褒

爾祖同懷弟，相依六十年。汝貧花燭晚，吾老子孫牽。生計勤能足，家聲正自傳。甘荼休悵望，賢孝是良緣。

廣生謹案，眉山公諱□□。

自成都回閬中道上，咏懷古迹二十首之一 且夢山房詩鈔稿本

石爲崧

德陽再過驚心目，有客長遊竟不歸。冒于野没于館舍。仙井丹銷何處覓，招魂仍向竹林飛。德陽有許旌陽燒丹井，于野與從叔箕疇最善，余壻也，去秋謝世。

廣生謹案，于野公諱□□。

皋人巧爲風箏之製，凡人物、舟車，放之空中，無不曲肖。同顧明經仲瑜、胡劍州芳廬、范山丹向之、冒上舍鶴巢分咏，得"船"字 東皋詩存

方　基

春船天上坐，冉冉託東風。百丈牽霄漢，雙橈劃遠空。星槎何處泊，仙棹幾人同。雲路頻來往，都歸掌握中。

鶴巢邀飲范氏園林 同上

方 基

相攜步屧過名園，掃石鋪花共一樽。竹影雲迷連碧落，松陰月到破黄昏。亭臺半圮成荒趣，心迹雙清尠俗言。幽興歸來殊未愜，重期來此避塵喧。

廣生謹案，鶴巢公諱松。

呈增輝叔 萬卷樓詩存

冒國柱

祥雲瑞靄滿高門，里黨群推碩果存。身際盛朝兼盛典，恭逢覃恩，給八品頂帶。眼看曾祖及曾孫。一家自昔文章貴，五代於今壽考尊。自李恭人至叔五代，俱膺粟帛。自笑阿咸頭並白，竹林坐侍日黄昏。

廣生謹案，增輝公諱煌。

舟過柴灣，有懷冒長益、洪謙六 東皋詩存

陳 漁

鴉帶寒聲竄夕曛，秋山一碧點秋雲。無情最是東流水，能使扁舟兩處分。

舟次海岸，懷冒子長益、周子咸喜 同上

洪家謨

片帆斜挂逐輕鷗，收拾吴陵兩岸秋。今夜月明何處泊，霜林隱隱一孤舟。

廣生謹案，長益公諱允謙。

家長益移居城南 手稿

冒　襃

堂成面郭傍文峰，人是吾家陸士龍。修竹送陰來几席，新桐初引豁心胸。數年會計千秋定，八口安居萬卷從。泮水清漣才藻盛，願君努力步前踪。

霜降後二日，長益招同顧廣文、張茗柯賞菊，余以疏放未赴，偶而成咏 手稿

前　人

脾病無端減帶圍，感君愛我叩柴扉。一身久負東籬菊，十載能甘泌水飢。近作楚囚惟面壁，仰看朔雁羡高飛。途窮仗爾頻存問，任昉兒郎總葛衣。

柱兒入泮，詩以勗之 東皋詩存

冒天錫

未是文章果已優，一時針芥幸相投。後生須省千秋業，先世猶傳萬卷樓。豈以子衿酬壯志，由來父翼少詒謀。軔初莫謂功名易，鵬翮天池路正脩。

贈帝臣入泮 家譜

冒維楫

小季佳公子，蜚聲達紫垣。齊鳴三鳳美，獨探五經源。賈董饒匡略，鄒枚富綺言。佇看繩祖武，髫髫步天閽。得庵公年十六捷南省，弟年十三入泮。

和仲松嵐院長鶴慶同冒芥原先生國柱十六夜坐月 耕南詩鈔

黄　理

西風向夕吹殘雨，坐對長天興未殘。月夜不隨望後減，秋光仍在客中看。露熒叢桂香猶溼，漏静孤蛩語更寒。如此吟懷應共劇，幾人今夜倚闌干。

冒芥原先生命題舊姬桂影 同上

黄　理

省識春風鬢影斜，楊枝一去似天涯。後堂高捲扶風帳，不遣門生隔絳紗。

桂樹山中秋颯然，書緘紅淚感當年。江片石贈詩有"一緘紅淚小妻書"，謂姬也。先生老矣身猶健，今日方知大婦賢。

題冒芥原先生編年圖 同上

黄　理

半世悲歡事萬千，最難重慶一堂前。先生四歲書成誦，如此頭顱不可憐。牽衣受書

日暮空堂散學歸，半窗風雪一燈微。那知尚擁殘書坐，瘦骨崚嶒裹褐衣。雨窗夜課

路入青雲快著鞭，宫花兩朵帽簷前。豈期萬里摶風翮，老在黌門六十年。泮水芹香

堂北春萱老更生，霜侵雪壓倍關情。一聞枕上呻吟起，雙淚滂滂滴藥鐺。萱闈侍疾

邑乘蟫殘五十秋，自君脩後更誰脩。莫愁封禪成偏晚，留待文園異日求。纂脩應聘

近夜鰥魚目向晨，當年親迎忍重論。後堂帳捲笙歌散，并少糟糠不下人。秀水親迎

瓣香露禱泣呼天，果得靈椿壽又延。一樣蒼蒼偏不應，未從吾父假餘年。椿庭露禱

一自歌詩廢《蓼莪》，奈今養不逮親何。卅年廪禄非無補，要袛文章報國多。圜橋受餼

獻賦歸來老漸侵，功名大半冷秋心。酒痕花底青袍涴，用盡囊中舊賜金。獻賦承恩

柳黯江城雁獨飛，秋風别淚點征衣。到家幾日翻長逝，應悔臨岐囑早歸。城闉送别

牀頭執手共酸辛，華蕚從兹不再春。猶子長成婚始舉，傷心我亦箇中人。藐孤受託

知己關心况病貧，黄金不易此情真。門生老去猶親記，風雨官衙哭故人。尉署殯友

輓冒芥原先生 萬卷樓詩存附録

黄　理

山頽木折盡成悲，群不生離竟死離。四十五年如在目，先生時少我時兒。
功名久矣負終軍，一息存猶氣似雲。事事問心誠不愧，瓣香漫禱玉宸君。
飄然此去作仙游，冷落書窗半榻秋。想到篝燈吟徹夜，一生清福幾生脩。
年年筆削竟如何，志局開偏有障魔。轉喜蓋棺今論定，傳留耆舊得天多。

贈冒芥原 片石詩鈔

江　干

南飛遲獻到而今，芥原六秩索余詩，因循不果作，閲今八年矣。匪我愆期故懶吟。窮士恨因同病見，幽人情是不言深。重逢孤館頭如雪，聽徹寒鐘月滿林。過盡天南征雁影，風吹古壁夜沈沈。

滿庭芳草不宜男，孤影蕭蕭鬢髮毵。天下四窮惟欠一，人中六極已居三。謂疾、憂、貧也。老懷只有荼同苦，新境何曾蔗比甘。應與觀空尋自在，一龕燈火禮瞿曇。

蘆花垂老雁飛初，滿腹牢愁海不如。萬點青綃亡女篋，一緘紅淚小妻書。芥原有愛妾，遺後著《桂影圖詩》。生無我輩情何著，久在人間劫未除。天爲孤兒兼寡婦，留君辛苦策安居。芥原撫孤寡數十年。弟婦待旌節，孝姪已精舉子業。

板輿奉母憶當年，九月沈痾苦未痊。藥餌無靈生絶路，血書求代苦呼天。芥原母夫人病篤，以血書請代於天，均得無恙。四時霜露思難盡，一綫烝嘗脈幸延。芥原兄弟三人，惟有一姪。莫對枇杷門外樹，哀鳴猶似蜀山鵑。芥原母嗜枇杷，没後見輒流涕。

平生三立德功言，此外榮枯總不論。鬼遇流離全朽骨，脩城之役，城下塚被掘。芥原請於邑令，募富人捐田遷瘗之，俾免暴露。官遭零落返覊魂。縣尉薛卒於皋，貧不能歸。芥原因先世與有年誼，傾貲給其孤，得扶櫬而返。千金弗納豪强賂，豪家陷其仇，欲引芥原爲助，賂以千金，峻拒之，且爲白其寃。一飯常懷教育恩。芥原業師没，無子，求遺象懸於家塾，歲時祀之。惠迪其如偏罔吉，古風莫怪少人敦。

抗懷遥共昔人期,一飯何曾值得悲。青史文章千載永,乾隆己巳,邑令鄭聘芥原脩縣志,時稱良史。白頭名姓九重知。芥原以今夏膺恩薦。石經剥落形逾古,木必輪囷節乃奇。萬事茫茫俱斷夢,於今惟有壽相宜。

年年如草是青袍,老去陳登氣尚豪。鳥倚春風鬭絃管,馬銜晴雪試弓刀。芥原精絲竹及弓矢刀槊之技,每一爲之,時人稱絶。狂來墨汁清湘雨,醉後文瀾大海濤。閑向黑甜鄉裏住,不知顔巷日空高。

鏡中人爲苦吟癯,骨相從知與俗殊,菊燦奇英原近冷,鶴矜幽響不嫌孤。三生厚福歸餘子,一代真脩屬老儒。也擬追隨黄綺後,他年同入采芝圖。

題冒芥原編年圖 同上

江 干

風慧四齡兒,而翁受書喜。當時望而心,不意今如此。牽衣受書

愛深疑不愛,雪後未呼眠。坐使鄰家叟,逢人説可憐。雪窗夜課

十四入膠庠,行出人人豔。頭白一明經,行出人人厭。泮水芹香

九月侍湯藥,猶能展孝思。孩提余失母,未覺死堪悲。萱闈侍疾

名節本天經,主者先忽視。此局若無君,九原號女鬼。時秉筆者遺去舊志《節孝傳》一册未録。事竣,芥原於敝紙簏中檢得之,急爲補入。 纂脩應聘。

好合從兹始,歡情似此無。綉幄歸新婦,堂前不見姑。秀水親迎

天本人之父,父即人之天。號天乞父命,能不爲君延。椿庭露禱

學就無老成,空孤養士恩。相争在雞口,何物是龍門。圜橋受餼

僥倖弋科名,籍籍稱鄉里。何如一卷詩,布衣動天子。獻賦承恩

送弟不須啼,見弟不須喜。祗爲别兄歸,忍死三千里。芥原弟蕙園自京師抱病歸,不十日卒。 城闉送别

十日藐孤兒,色色今稱絶。傷哉撫孤人,枯盡心頭血。藐孤受託

世人交重生,先生交重死。今日死友歸,明日餓妻子。縣尉薛卒,芥原傾資歸其櫬,雖瓦中生塵不顧也。 尉署殯友

題冒芥原先生編年圖 澮仙詞

熊 漣

夜窗虚，嚴訓督，膝畔依依課讀。添活火，裊爐烟，宵深未許眠。　竹頻欹，風乍咽，閣外亂飄璚屑。燈影碧，紙聲酸，繙書呵手寒。雪窗夜課 《更漏子》

文壇勁敵，總角花生筆。短短春衫垂柳色，兩袖芹香應滴。　桃花馬上揚鞭，高樓捲盡珠簾。借問誰家玉樹，黌宫第一青年。泮水芹香 《清平樂》

蓼莪堪痛，榻畔雁行形影共。血是鵑啼，腸斷靈萱欲瘁時。　何曾解帶，報答劬勞剛一載。回憶心酸，長夜西風陣陣寒。萱闈侍疾 《減字木蘭花》

學識才兼始擅長，風雲月露總尋常。乾坤大義付平章。　爲念重泉埋烈魄，更搜潛德發幽光。千秋筆底姓名香。纂脩應聘 《浣溪紗》

月滿良宵，樓高秀水香塵繞。鳳簫縹緲，咫尺仙車到。　寸草同心，未得春暉照。傷懷抱，思親夢杳，淚滴鴛帷曉。秀水親迎 《點絳脣》

黑貂裘敝幾多年，一朝領袖文壇。儒生風味只清寒，鬢髮將斑。　遲暮纔霑天禄，高堂已隔重泉。回思往事益心酸，菽水無歡。圜橋受餼 《畫堂春》

搴袂處，風急雁飛遥。幾度牀前重握手，臨歧一别已魂消。永訣是河橋。城闉送别 《望江南》

榻畔記叮嚀，字字淒清。遺孤付託任非輕。累世宗祧香火繫，一脈相承。　念念孔懷情，死者如生，白頭猶自撫零丁。克盡友慈原是孝，永慰幽冥。藐孤受託 《浪淘沙》

爲芥原先生題桂影圖 藿田集

范 駒

黄鐘[畫眉序]香滿一輪秋，天地應該共長久。甚金蟇能蝕，玉斧能脩。怎仙葩吹墮人間，倏風絮飛揚春後。就中情緒難分剖，幾度花邊回首。

[前腔]人向廣寒游，攬取清芬滿懷袖。伴玉山亭館，金粟風流。已薄相妾貌桃花，奈

密約郎心荳蔻。就中情緒難分剖，幾度花邊回首。

[前腔]春水向東流，只剩當時月依舊。照誰家妝閣，此夜針樓。月還遭圓缺陰晴，人怎怪參辰昴酉。就中情緒難分剖，幾度花邊回首。

[前腔]若立意老溫柔，敢禁犯簾前也原宥。怕耽閣煞琵琶鸚䳇，生疏了琴瑟雎鳩。便明知顛倒思量，拚索性朦朧消受。就中情緒難分剖，幾度花邊回首。

[神仗兒]雲僝雨僽，雲僝雨僽，天荒地老，山遥水悠。便做而今厮守，怕也頰潮紅褪，眉峰青鬬，是十載已過頭。

[前腔]伊誰之咎，伊誰之咎，畫中孤負，盧家莫愁。正十五芳齡左右，此日徐娘半老，知他肥瘦，是十載已過頭。

[滴溜子]他誓墓楸頌山樛蘼蕪路謬，化淮柚拋坊柳芍藥歌羞。何處重尋蘼苢，蓮心苦自禁，絲牽斷藕，直恁地短夢無憑癡情未酹。

[前腔]你荼畔甌香畔篝痛心搓手，牀前綉花前酒忍淚凝眸。緑葉成陰曾否，燕山縱有枝，無緣姓竇，直恁地短夢無憑癡情未酹。

[雙聲子]心在口，心在口，我曾把青鸞扣。恩做仇，恩做仇，我曾被黄鸝呪。留怎留，留怎留，丢怎丢，丢怎丢，驀擡頭，兜上心來恰又。

[前腔]薌林茂，薌林茂，漬血生紅豆。木犀幽，木犀幽，禪冷香心透。此生休，此生休，此恨留，此恨留，驀擡頭，兜上心來恰又。

[尾聲]半生害得相思够，慘不覺相思白頭，奈箇樣相思難罷休。

爲芥原先生題令愛遺照 同上

范　駒

商調[二郎神]生如寄，不靠著雙親更靠誰。他兩眼睁睁牢看你，殷勤祝望，多少到頭算計。甫長大成人離抱攜，早心血消磨盡矣，竟何罪不分明死别生離。

[前腔]休提，生兒生女差分悲喜，那掌上擎珠非易易。愛憐嬌小，躊躇爲選門楣。願取百年家室宜，便兩老終身有倚，情加倍爲膝前一點含凄。

[囀林鶯]妝匳勉力粗整齊，夭桃催賦于歸。留不住深閨長伴倚，這其間兀自悲啼。丁寧細細，休此後嬌憨由你。幾時回，懷中奪去，顛倒夢魂飛。

[前腔]臨秋病葉風雨摧，生生葬送芳菲。怎撒手姻緣都不記，剩耶娘痛淚交揮。心頭

塊痞，咽不下如癡如醉。幾時回，至今不信，顛倒夢魂飛。
[啄木鸝]填精衛，哭子規，啼鴂聲中無限意。思則思，越鳥舊巢，慚則慚，海燕新栖。天寒翠袖難爲倚，夜深環佩歸來未。噫吁嚱，一棺冰冷，慘殮嫁時衣。
[前腔]陪月姊，伴星妃，遺象亭亭憑素几。認兒時鬢影衫痕，冷人間燭燼香灰。蔡家琴曲臨侵地，謝家庭院蒼茫裏。想成迷呼娘唤爹，時刻聽依稀。
[尾聲]没安頓殘年歲，説與旁人也淚垂。我愧劉向能將列傳題。

題冒芥原先生詩册後 家藏横幅

朱章令

余生也晚，溯名流，景仰先生久矣。小閣昔曾懸絳帳，嘗設帳家叔齋中。揮麈雄談經史。字寫烏絲，詞歌白紵，湖海欽嵜士。羡風流甚，眼前人孰如此。　怪底天負英豪，元龍豪氣，竟老空山裏。博得頭銜鄉祭酒，坐破青氊而已。境比昌黎，才高子建，獨擅雕龍技。君工三絶，儘銷磨洛陽紙。《百字令》
琳瑯十幅，展臨風，豔説榜花人傑。遮莫牢騷同宋玉，怕聽秋鴻嗚咽。草木留題，江山入咏，好句如霏屑。幾番歌嘯，高吟端的奇絶。　况復染翰臨池，顔筋柳骨，書法窺真訣。滿眼珠璣堪賞識，應有高人擊節。醉後狂歌，花前小頌，一卷攜冰雪。墨花凝楮，烟雲時見明滅。前調

乙未再至如臯，與冒芥原燈前話舊 家譜

仲鶴慶

匆匆分手後，兩載再登堂。傲眼如前白，吟髭較舊蒼。羡君閑歲月，獨我老風霜。欲問窮途況，殘箋半在箱。
同時八九輩，亦苦遠游多。牢落皆天意，炎涼奈世何。壯懷雖自歉，逸興未全磨。月

上一更後，相攜踏玉河。

贈門人冒帝臣 同上

儲傳泰

淮海晶英挺秀芝，便便經笥早年奇。東皋久擅藍田譽，南國曾誇白雪詞。顧我杯傾寒夜酒，待君花發上林枝。槐庭日麗堪吟誦，好趁靈椿正茂時。謂尊人躬蓋先生。

弱冠香名早已馳，相逢休訝下帷遲。心存愛日勤勤學，志切凌雲渺渺思。玉海高懷惟我合，金萱深痛許誰知。君弱冠失恃，故自號屺懷。讀其祝天、祭母二文，孝思可知矣。明年看爾登華榻，不負今宵立雪時。

游楚阻風龍口鎮有懷芥原從兄 同上

冒方華

纔返崇川棹，旋登江上舟。在家貧亦樂，客路幾時休。揮淚遲君別，閉門落日秋。牽裾腸更斷，不敢更淹留。發舟時聞兄歸舟將抵皋，遲別不得。

寒舍分南北，招尋自啓扉。有時慵未起，便許撿書歸。青草增春夢，衡陽少雁飛。昨看皓月滿，萬里應同輝。

我行殊偃蹇，君近亦參差。自慟人琴後，應多白髮垂。妻賢容妾惰，女弱勝兒癡。莫以愁難遣，頻吟七字詩。

石尤頻暮起，荻岸幾流連。長嘯青山外，狂吟白浪邊。江流龍口闊，人比虎頭顛。風雨瀟瀟夜，誰能獨自眠。

芥原姪五十雙壽 同上

冒 訓

悉聽旁人説。説吾儕，疏狂懶慢，居然懷葛。守著硯田三十載，閲徧寒窗冰雪。記昔日，傳經白髮。荏苒高堂何處也，到如今，剩得梅花月。服官政，猶蕭瑟。　集賢巷裏門多別。看將來，真同演劇，悲歡離合。爾我支撑人不識，賴此崚嶒瘦骨。同一笑，冠纓索絶。佳節剛逢須痛飲，慶齊眉，都是龍泉鐵。雙進酒，莫呰裂。《金縷曲》

冒芥原六十雙壽 同上

郭 健

杖鄉同慶日，祝嘏删浮詞。鶴髮添難却，牛衣老未離。艱辛撑半子，勤苦育孤兒。繩武心常切，空經壯盛時。

霜又重新白，燈還照舊青。束脩支嫁女，儀禮廢傭經。耿介全生秘，憂虞掣肘形。無聊只枯坐，謀飲是空瓶。

懶作逢場戲，關心且放歌。榜花存一綫，猶子補三多。句恨輪靈運，情憐隔桂娥。倦來須隱几，夢或早巍科。

車馬蓬門少，晨昏老伴親。同庚周甲子，共算值壬寅。桃灼芳匳錦，梅添古屋春。重陽齊獻壽，籬菊仿精神。

廣生謹案，芥原公諱國柱，恩貢生，縣志有傳。

冬日同徐荔村麟趾、冒芥原國柱、宗杏原孔思、徐弁江錫爵、吴梅原廷燮、江片石干、冒白民方華、陳小山 模集印山廬，分韻 故人遺稿

仲鶴慶

十年心迹海茫茫，白髪愁傾酒一觴。老去友朋真性命，狂來歌哭總文章。暫同夜雨聯吟社，曾踏寒雲過戰場。往事回頭都莫問，扁舟明日又他鄉。

鶯啼序 冒芥原夫子五十雙壽。 耕南詩餘

黄　理

巷冷斜陽，是王謝舊時門户。記齠齔，竹馬從遊，問字親承玉塵。賤子飄零班管擲，先生寂寞寒氈撫。忽紅顔，非昔錦瑟，年華堪數。　豔説神童，雕龍倚馬，胸次曾千古。論科名，拾芥何難，誰料鵬程多阻。到如今，落拓青衫，困諸生，饝分官庾。惜晨餐，不逮親存，南陔空補。　荆華謝矣，剩有孤兒在抱，淚濕令原土。况伯道凄凉，覓栗何人，辨琴惟女。更忍忘情，香山未老，楊枝先遣愁無語。擁萬卷，樓關今舊雨。閨中名友，孟光生小同庚，相敬甚，案齊舉。　人生行樂，取諸懷抱，富貴須何與。争得詩陳魏闕，書著名山，算是才人，眉揚氣吐。鶯啼上日，梅開十月，半生消受清閑福，任名場宦海風塵苦。我來重載村醪，鶴並南飛，曲翻新譜。

補和仲松嵐夫子同冒芥原先生十六夜坐月韻 雲亭詩鈔

石　渠

翻憐望後嫦娥見，皓魄參差尚未殘。但使常如今夜好，何須專在昨宵看。空階有露侵衣濕，孤坐無人照影寒。最憶梧桐深院裏，幾回愁絶倚闌干。

追悼冒芥原先生 國柱　雲亭詩鈔

前　人

屢世通家好，心傾長者風。置身千載上，勗我一編中。泮水蜚聲早，名山立業工。每將遺序讀，先生曾爲余作序。慰誨感無窮。

題冒芥原先生遺稿 畫雨樓稿

徐　珠

早向清時獻技能，上林賦奏湛恩承。緣何未入鵷鷺侣，老去相如卧茂陵。
感嘆孫郎霸業空，薇花深苑舊吴宫。也知詞客飄零甚，身在秋山落寞中。
行役猶同屺岵非，風塵仍染舊征衣。誰將淚眼看昆弟，惜别新詞賦柳依。
褒忠教孝詩兼史，憶弟懷人哭繼歌。想到西園當日會，圖中劍氣久消磨。余家藏雅集圖，中有先生作舞劍器狀。圖中人十存二三，而先生亦杳矣。展玩之餘，感慨係焉。
杜陵秋興漁洋柳，直欲争名到古人。别有成陰吟緑葉，樊川佳句爲傷春。
絃管春風坐落花，白頭詩卷作生涯。於今日斷成連杳，惟覓琴聲向伯牙。同里黄艮南兄係先生高弟，爲校集授梓。

悼冒芥原明經 畫雨樓詩

前 人

聞君穎悟在髫齡，腹笥便便富五經。先生幼以默誦《五經》入泮。才大不逢空悵恨，一生白眼爲誰青。先生眼多白。

仲弟蕙園完婚志喜 萬卷樓詩存

冒國柱

草閣輝朝旭，記相攜，晴窗雨榻，友于情篤。慟絶泉臺親久逝，未報深恩顧復。堪慶汝，今宵花燭。堂上畫圖空望影，喜增哀，暗裏吞聲哭。瞻屺岵，悲風木。 傳家尚有藏書屋，守清貧，儒生常境，春回寒谷。漫羡畫眉調綺瑟，但願篝燈佐讀。須説與，布荆非俗。我已白頭同伯道，望連枝，一脈能相續。蘭夢早，先人福。《金縷曲》

送仲弟蕙園入都 同上

冒國柱

聚首曾無益，離群心自酸。窮堅爲客早，兄老别家難。沙雁停鞭顧，山雲掩淚看。皇都初到日，及早報平安。

仲弟蕙園歸窆有作 同上

冒國柱

秋葉蕭蕭下喬木，丈夫埋骨空山麓。左攜孤兒右奠脯，點點淚淫墳邊土。手把長鑱親封埅，弟兄從此生死訣。黄雲堆裏叫孤鴻，白楊衰草起悲風。夢到九泉無覓處，還抱孤兒自歸去。

清明掃仲弟墓一首 續東皋詩存

冒國柱

猶記聯鑣到野坰，紙錢焚罷涕交零。今朝獨向原頭拜，愁聽聲聲叫脊令。

四憶詩和柏銘叔 家譜

冒　炯

誰使狂飇折茂蘭，蕙園身死自長安。論交俠骨交情重，舞劍雄心劍氣寒。有子何愁徒壁立，多兄能使覆巢完。名園水竹猗猗盛，不禁西風射眼酸。蕙園，茂才

喜蕙園弟舉子

冒國柱

入門何事解愁顔，乍聽兒啼一室歡。料得先人並相慶，遺書從此保無殘。

上巳日雨憶亡弟蕙園 同上

冒國柱

花蕚摧殘不忍攀，那堪檐際雨潸潸。今朝臨水愁難祓，一任青衫血淚斑。

清明掃蕙園弟墓 同上

冒國柱

柳泣花愁雨後天，自將濁酒灑新阡。可憐春日池塘草，緑到荒原馬鬣邊。

亡弟忌日 同上

燈下相扶夜不眠，每思此境倍凄然。長辭不覺經三載，深痛何堪結百年。隻手我難支大厦，承顔君好傍重泉。阿兒今已垂雙髻，吹火能來爇紙錢。

廣生謹案，蕙園公諱國棟。

題冒不波留耕堂圖 留耕堂圖

王仕勛元輔

曾讀榜花句，東皋仰昔賢。百年垂手澤，方寸見心田。祖德清芬在，孫枝高義傳。請看還璧意，堂構故依然。

又 同上

錢塘 黄鍾秀春澗

大夫曾著拙存堂，偉勣英聲澤孔長。干木式閭昭簡册，魏公遺笏表甘棠。屋烏尚爾因人愛，梁燕何堪覓主忙。且喜楚弓還楚得，萩林家乘兩輝光。

又 同上

同里 徐 珠生庵

歲月消磨古巷斜，德門堂構正無涯。者番王謝烏衣第，不屬尋常士庶家。
屋角耘鋤復帶徑，一匡烟草可中庭。春來長者車輪迹，直過集賢橋畔青。

又 同上

洪 炤少圃

榜花曾報滿城紅,甲第傳來冠雉東。想見當時投轄處,幾多珠履坐春風。
興廢銷沈二百年,才人勝地總荒烟。留耕此日堂重署,趙璧能完有後賢。
水繪園荒啼鳥散,《同人集》古蠹魚深。藉君灰裹尋遺卷,刊出巢民千古心。《同人集》年久,藏板殆盡。君重刊,海内寶之。
瀟洒襟期羨不波,甘求高隱在巖阿。風流更樹詞壇幟,花露三升白雪歌。
青眼曾邀阮藉知,轉憐傾蓋十年遲。何時洗硯池邊坐,浣筆同吟感舊詩。

爲不波叔題留耕堂圖 同上

冒冠德

留耕堂第榜花場,簪紱詩書積厚光。三百年來興廢事,海棠一樹作甘棠。堂前有太高祖嵩少公手植大海棠花。高祖鑄錯公極力培植,今三百年,餘花猶在焉。
兩朝堂構幾番新,燕翼貽謀滿縉紳。文物風流同悵望,我來花月憶前身。

題留耕堂圖 同上

冒 澄

門第署留耕,曾傳大隱名。一犂春雨足,百里德星明。圖畫王摩詰,詩才石曼卿。肯堂兼肯構,藻繪幾經營。

祖德誠堪述，虚堂猶在兹。不因一尺卷，誰識百年基。木石平泉貴，丹青故宅貽。趾徽能濟美，曁穫有餘思。

次笙林弟六十感懷原韻 萬卷樓詩存

冒國柱

鴒原歲月任推遷，凄斷冰絃我亦然。蘭玉滿庭輸晚景，詩書萬卷愧家傳。先世萬卷樓有明成祖賜額。荒江鷗冷團今雨，百里鸞栖繼昔賢。先中丞曾守武昌，令子今亦官於楚。海屋喜添籌六十，人間秋色祝年年。

枰棋賭酒不辭頻，契闊何時願始伸。地闢芳園添樂事，天留高壽付才人。攜琴月下開懷遠，倚杖花前得句新。衰老如余期買棹，白頭燈影一相親。

冒渭船宅晤鄭晴餘 澹仙詩話

顧　峥

軟塵踏徧壯心違，爲念慈親襆被歸。作客乍添新白髮，入門先檢舊斑衣。琴書事業都成夢，王謝林亭半已非。何幸海隅萍水聚，停舟同扣故人扉。

乙亥季冬十日，同人集冒馥軒先生霞映閣，觀巢民徵君遺墨分韻 蒲上題襟集

凌 霄

徵君墨妙重璠璵，飽玩疑臨水繪居。一代賓朋還我輩，百年文讌又當初。客游幸締新歡好，家學欣窺舊緒餘。登閣濫叨觴咏選，迦陵才調愧難如。

又 同上

吴廷瑞

林園水繪渺荒烟，風雅還憑翰墨傳。尺幅龍蛇留妙筆，百年風物憶平泉。池臺入夢都如畫，賓主當筵半若仙。君是烏衣王謝後，獨將觴咏繼前賢。

又 同上

鄭 棠

李膺門館集賓僚，閣外朝霞映綺寮。一代聲華餘翰墨，百年壇坫又今朝。匡峰廬憶詩千首，小户人分酒一瓢。況有江東名下士，壁間新句麗瓊瑶。時凌芝泉有贈主人聯句。

又 同上

石　珩

翰墨如新手澤垂，客來争讀壁間詞。晚霞晴入吟香座，明月荒臨洗鉢池。酬唱幾人團此夕，風騷一代仰當時。樽前同有鴻泥感，賓主相看醉不辭。

又 同上

陳佩珂

高閣氊爐雅會新，招邀鷗侣集溪漘。門前題字無凡鳥，樸上安巢有替人。主愛風騷來遠轍，園開翰墨見家珍。追陪轉覺增慚恧，舊日迦陵也姓陳。

又 同上

鄭　鑅

公子香名重榜花，樸巢壇坫舊聲華。當時文社餘流水，此日高齋尚映霞。共羨百年多妙墨，快看四壁盡籠紗。今番儻續《同人集》，觴咏依然樂事賒。

又 同上

朱章令

鷗群得得聚寒潭，覽徧琳瑯不厭貪。一代風騷餘翰墨，百年水繪剩烟嵐。光輝猶向紗籠透，憑弔重驚彩筆酣。歲暮欣聯文字讌，争傳復社又江南。

又 同上

吴世傑

烏衣王謝舊家聲，高閣登臨眼界清。妙墨香留公子筆，名園游繫遠人情。風騷自昔傳淮海，壇坫而今孰主賓。却喜文孫能繼武，開樽雪夜酒同傾。

又 同上

姚鵬春

南國詞流邂逅逢，相邀來訪謝超宗。畫圖九老摹新本，風景三吾繼舊踪。霞外高齋吟屐合，湘中遺藁墨花濃。百年壇坫期君振，集續《同人》韻事重。

又 同上

楊　炘

霞飛高閣綺窗開，款户鷗群入座來。手澤欣看留妙墨，名園休悵委荒苔。百年雅坫能繩武，一代豪情又舉杯。况有詞人新下榻，迦陵才調接鄒枚。謂芝泉先生。

戊申元夕，讌集冒馥軒先生霞映閣，分賦 同上

顧　駉

輕陰薄靄釀春寒，鷗侣相親任往還。敢向詞場執牛耳，懶從燈市看鰲山。梵宫霞映吟箋麗，酒國天容我輩閑。地主風流誇奕葉，兹游疑到樸巢間。

廛居何必讓山林，回首前塵感忽深。社燕梁間無舊侣，谷鶯花外有新音。華胥早醒丁年夢，樺燭偏催午夜吟。絲管隔鄰還送響，一樽柑酒漏沈沈。

又 同上

顧　諟

天爲良宵歛宿霾，煙雲浄掃豁幽懷。雪消門巷經春暖，月滿庭軒入夕佳。五夜笙歌喧遠陌，百年詩酒屬吾儕。柑盤席上傳應徧，蓮社依然舊雨偕。

風吹野燒滅還明，拄杖郊原夜二更。霜雪鬢邊飄鶴髮，魚龍隊裏聚鷗盟。短長各體詩争就，先後同人集並行。愧我枯腸搜轉澀，白髭撚斷兩三莖。

又 同上

姚學源

愛客招邀元夕中，芳鄰衡宇判西東。人團舊雨兼新雨，興寄詩筒又酒筒。一派歌聲歡紫陌，十分月色照花叢。良宵喜弛金吾禁，杖履流連小閣通。

閣名霞映傍層巖，客到階除草盡芟。白髮朋儕聯舊社，遥村鷗侶挂輕帆。謂湘泉。吟梅香入騷人句，賭酒痕添處士衫。水繪風流今再續，樓臺地已隔塵凡。

又 同上

季　耕

元夕晴和萬象新，招攜幾輩踏輕塵。百年雅集遵遺老，五夜高歌聚故人。小市燈紅風月麗，草堂霜冷酒杯親。良宵不怕金吾禁，漏鼓聲中語夙因。

翩翩公子夢魂交，謂巢民前輩。霞映堂開即樸巢。久矣聲華傳奕葉，依然春色上眉梢。興酣酒國愁宵短，醉返蓬門帶月敲。十日還思良讌好，平原勝地肯輕拋。

又 同上

吴經元

霽色霞光繞畫欄，良宵主客此盤桓。香山勝事盟堪續，水繪風流夢未殘。小户不堪依酒國，衰年猶自戀吟壇。况逢舊雨兼新雨，談笑能分四座歡。

六街簫鼓夜如何，也擬扶藜逐伴過。早歲空山春信淺，一年明月上元多。銀花火樹牽游屐，綺席金樽對素娥。縱是鄭莊能置驛，肯將絃管誤高歌。是日，鄭謌軒招觀演劇，未赴。

又 同上

鄭 逵

霽色遥看萬里雲，六街簫鼓聽紛紛。風花閣外迎雙屐，鷗鷺溪邊狎一群。春滿虚堂延好月，句争白雪續雄文。不須更看魚龍戲，擬共清吟到夜分。

此間歌嘯記吾曾，今夕團圞興共乘。廿載已憑蓮作社，木原昔居於此。一樽還以酒爲朋。花前按拍鶯聲遠，時鄭家演劇。座上分題紙價增。若把良宵輕擲去，笑看白髮已鬅鬙。

又 同上

朱洪寅

春入寒梅醒夢魂，尋春結客逐晴暄。笙歌競趁傳柑節，壇坫重開水繪園。異代聲華餘賦筆，良宵風月屬匏尊。酣呼喜弛金吾禁，一任青衫漬酒痕。

百尺高樓隔巷斜，前游歷歷興還賒。君家有萬卷樓，十年前曾觴咏其中。薜蘿新蔭開三徑，烟火深宵接萬家。人愛蟾光增跌宕，天教蓮社聚詞華。獨慚多病吟情減，合讓温岐手八叉。

又 同上

鄭　韶

早春鬱抱苦難開，孤負山林屋角梅。元夕清華天正霽，高齋新舊客同來。且吟島瘦郊寒句，一任瓊簫玉笛催。隔院琳宫霞掩映，月光燈影滿樓臺。

湘中高閣舊風騷，奕葉才人興更豪。市雜魚龍多變態，客攜冰雪浄揮毫。廿年前憶張文陣，向曾文讌此地。此夕驚看改鬢毛。插柳傳柑成俗例，醉餘酒國首頻搔。

又 同上

顧　峥

花團錦簇上元時，正隱風騷今在兹。角觝場邊人鬭酒，踏歌聲裏客吟詩。烟霏火樹回春早，寒勒山梅破蕚遲。四美二難端不愧，揮毫誰似虎頭癡。

昨年歲酒盞曾拈，又見冰輪碾畫檐。佳興每隨時序續，歡場渾忘鬢絲添。却愁詩罷春燈跋，可怕歸遲夜禁嚴。水繪風流知不墜，甘將彩筆讓江淹。

又 同上

顧金棻

羃䍥陰雲壓岸低，烏篷雙槳又前溪。僵梅寒勒紅初破，宿麥春回緑漸齊。鷗鷺盟聯波遠近，魚龍戲沸陌東西。劇憐水繪風流在，把臂情懷似阮嵇。

椽燭燈毬敞畫樓，踏歌燕市憶前游。王孫草誤歸時路，季子貂餘敝後裘。玉鏡長空重掩映，銀花高樹此勾留。醉看野燒還增興，裙屐良宵互唱酬。

乙亥元夕，讌集冒馥軒先生倚虹閣分賦 同上

凌　霄

倚虹高閣齊霞映，水繪風流今復盛。不夜燈明照乘珠，初圓月挂當筵鏡。昔年耆宿共銜杯，此日英髦悉俊才。一事歡過前度處，江東添得酒狂來。

又 同上

吴廷瑞

又是燈明月滿時，山齋高會續前期。座無廿八年前客，壁有當初元夕詩。簫鼓重聽喧五夜，樓臺重入倒千卮。畫圖先子留遺墨，前《霞映閣元夕圖》係先君所作。補繪猶煩顧愷之。

觴咏今宵樂更賒，倚虹高閣最清華。人來建業稱名士，詞繼迦陵屬大家。火樹光中焚柏子，金波影裏看梅花。撫今追昔情何限，風雅還教後代誇。

又 同上

吴鳴春

當時霞映集名流，火樹光中樂唱酬。末座未容參後輩，今宵何幸續前游。地追北垞鷗

群合，燈照梅花雪影浮。卅載畫圖重拂拭，先人遺墨喜長留。
倚虹高閣矗層霄，風景居然擬樸巢。酒國樽罍懷舊雨，騷壇旂鼓讓新交。此時朋輩欣聯唱，昔日詩篇合借鈔。只爲貪吟忘夜永，又看圓月下林梢。

又 同上

鄭 棠

佳辰天爲闢歡場，春引詞流聚錦堂。萬里圓輝剛入夜，千枝樺燭競飛觴。紅梅香豔生斑管，白雪詩歌繞畫梁。廿八年前饒韻事，吾儕重續興尤狂。
休從水繪感飄零，百丈龍門户不扃。賤子頻來頭半白，才人相遇眼逾青。吟壇絢爛逢燈市，山閣崚嶒列畫屏。今昔豪情歸尺幅，披圖常羨筆通靈。

又 同上

石 珩

出岫閑雲幸早歸，此番高會未曾違。主持牛耳人依舊，徙倚鰲山興欲飛。卅載年華坡老健，三更燈月畫堂輝。風流不讓湘中閣，白髮青衫四座圍。
門騰江左白藤輿，簫鼓聲喧擁客裾。對酒當歌歡復爾，撫今追昔感何如。花開火樹春忘夜，集續《同人》姓屢書。笑向燈前親問訊，好將觴咏記當初。

又 同上

沈 岱

詩壇卅載喜重開，鷗侶招邀款户來。試筆剛逢新歲月，張燈非復舊樓臺。香探東閣梅花信，醉飲西園竹葉杯。此夕藜光疑滿壁，傾心入座盡鄒枚。

名士江東傾蓋歡，早持牛耳快登壇。争傳韻事重圖繪，還締新盟續敦槃。逝水年華休感觸，倚虹高閣且盤桓。榜花家世才名遠，漫説風騷繼美難。

又 同上

吴世勛

霞飛高閣傍花谿，老輩登臨手共攜。異地重開蓬島境，春宵先上廣寒梯。名流争躡雙丁屐，樺燭疑分太乙藜。讌集元辰復元夕，江東爪迹認鴻泥。元旦，芝泉招集紫薇道院。

當頭明月喜初圓，今昔情牽思渺然。觴咏更教添我輩，風騷可許接前賢。畫欄燈照新臺榭，小部歌懷舊管絃。卅載畫圖重補繪，勝游端不讓神仙。

又 同上

陳佩珂

四時節數上元佳，廿八年前聚此齋。繼水繪園觴咏盛，登霞映閣主賓偕。詩情瀟灑人情洽，燈影參差月影篩。今日風光猶往日，又開春宴醉同懷。

同懷到此盡歡呼，半是詩狂半酒徒。虹閣欄高乘醉倚，星橋燈燦縱情娛。游人身列光明界，佳客胸羅智慧珠。不減前番稱韻事，喜將良會續成圖。

又 同上

楊蘗坪

廿八年前讌客長，而今壇坫喜重新。已無往日人分席，猶見當時月一輪。醉裏笙歌譁永夜，閣中燈火暖逢春。金樽銀燭筵開早，風雅端宜説主人。

復社當年復會文，先生家世數徵君。祖孫好客簪同盍，先後聯吟韻共分。一代才華傳水繪，七言俊逸讓參軍。明年此會先期訂，再看椒花柏子焚。

又 同上

吴瑞河

卅年文讌後先同，兩度燈光爛熳中。人聚高齋如月滿，燭燒綺閣映霞紅。黄罏舊雨思今日，白下停雲見古風。美景良辰歡會數，德星滉漾射南東。

香山壇坫集詩豪，馥軒老伯與家嚴同繪《九老圖》。圖繪西園興更高。璞原與余繪《雅集圖》。兩世因緣結文字，一家著述主風騷。上元佳話更番播，水繪歡情次第遭。歲歲相邀同玩月，酒痕應漬舊青袍。

又　同上

朱章令

最難風雅號專門，例以狂歌宴上元。廿八年重詩社結，十三人只主翁存。吾儕合接迦陵席，此會欣逢水繪園。後起豪情還似昔，寶刀銀甲又開樽。

前賢酬唱信非凡，手澤猶存古錦函。鶴去雲霄空子和，前元夕雅集，先嚴亦分元韻。人來山閣又杯銜。花燈燦爛光分月，柑酒淋漓緑染衫。醉看魚龍争變化，天池風利快揚帆。芝泉將北上。

又　同上

吴世傑

良宵高會復欣逢，傑閣頻登雪未封。地闢舍南追坨北，人牽後軌繼前踪。樽傾竹葉香千盞，燈挂梅梢影萬重。卅載風騷今又續，兩番圖繪墨花濃。

騷壇水繪久心降，又集鷗群坐夜窗。月魄團圞當第一，仙郎才調更無雙。詩歌白雪應懷舊，客訪名園早渡江。踏遍星橋重入咏，慚無健筆鼎能扛。

又　同上

姚鵬春

重見詩星聚斗南，老坡邀客譏傳柑。畫樓燈月新聯襼，高閣笙歌舊盍簪。前輩曾抽思乙乙，吟壇别啓徑三三。卅年兩度持牛耳，風雅遥追水繪庵。

六齡時記隨先祖，親見耆英韻各拈。何幸中年陪白傅，却逢遠轍到陳髯。通家四世交情摯，時攜鸞兒在座。華福三多樂事兼。雅集西園圖再補，不辭良夜飲厭厭。

又 同上

楊　炘

又向元辰啓竹關，倚虹高處喜春還。珠簾傑閣開三面，玉笋詞流换一班。香放梅花浮爵斝，燈明火樹結鰲山。追思往事新圖續，老輩風流近可攀。

水繪聲華一代超，李膺門館盛賓僚。卅年吟社盟重主，一夕金樽月又邀。訪戴人纔來雪夜，添籌客共盼花朝。是歲花朝後一日，璞原五十初度，同人共約稱觴。遥知後輩思今日，也似今宵説昨宵。

又

冒玉田

昔年宴客上元燈，几杖親操記我曾。人醉金吾不禁夜，閣登霞映最高層。紀游圖畫觀如昨，分韵詩歌愧未能。却喜椿庭今更健，每逢此夕興飛騰。

此夕娱親又盍簪，倚虹閣敞衆賓臨。鐙明夜續傳柑會，月好春生折桂心。舊社風流詩再補，故園水繪迹重尋。者番多箇江南客，千里來題海上襟。

廣生謹案，十五世祖渭舲公諱篁。

第二十册

詩詞曲

冬日徐荔村、仲松嵐、宗杏原、陳小山、徐弁江、吴梅原、江片石、家柏銘荒齋小集，分韻得"尊"字 萬卷樓詩存

冒國柱

寥落襟期孰可論，褐衣長揖見諸昆。誰憐寒士交偏好，肯信窮途道不尊。風雨一燈明草閣，乾坤雙鬢老蓬門。相逢此夕皆同調，冷雁殘雲莫斷魂。

寄柏銘弟湖南 家譜

冒國柱

一札燈前寄所思，遥心此際到天涯。落花啼鳥虞妃廟，沅芷湘蘭屈子祠。庾幕暇時身自健，禰鸚賦罷句應奇。幾時重集烏衣巷，夜雨春池共説詩。

廣生謹案，柏銘公諱方華，乾隆辛卯舉人，官浙江麗水縣知縣。

柬冒北溟長沙公署 故人遺稿

黄國豫

驚心闊别動經年，月地花天思悄然。爲問湘江千里客，卿心一日幾回旋。

仲升投筆有餘閑，萬里勛名指顧間。記取秋風來白下，石城橋畔看青山。

題冒晴石村舍讀書圖 蒲上題襟集

凌　霄

者溪山，比園名水繪，一樣好栖遲。游目於耕，隱身於讀，書田原有秋期。莫空説，幽居静僻，幾多般，村語亂吟思。村豎驅牛，村奴牧豕，村婦呼雞。　自媿年來廢學，把茅堂抛棄，奔走天涯。悔我風塵，覩君圖畫，不禁心到町畦。嘆負郭，荒蕪百畝，舊芸編，都飽蠹魚饑。便擬收羅故紙，歸去扶犁。《一萼紅》

奉題晴石先生水繪園圖 水繪園圖册

任松齡

此地猶來舊，園林尚有春。樓臺留迓客，風月想迎人。一世傳才美，千秋仰聖神。東南多勝景，都在畫中尊。

又 同上

丁金榜

地未曾經夢若邀，就中依約有紅橋。池因洗鉢波長湧，庭爲匿峰春自饒。四海名傳歸翰墨，百年地僻住漁樵。何時泛宅鄰高躅，步武芳塵豈惜遥。

又 同上

唐大沛

似是曾遊地，分明咫尺間。喬柯拂脩竹，流水匝名山。洗鉢池波浄，雨香梵刹閑。秋蓉花發日，攬勝願追攀。

又 同上

項 槭

草堂遺構尚依然，水木清華即洞天。上客昔隨流藻合，名區今賴隱君傳。樓臺更待營新築，風月由來是舊緣。千載芳徽能繼美，披圖已識裔孫賢。

又 同上

錢鴻寓

玉簫金管坐瓊筵，裘屐經過憶往年。轉眼樓臺盡陳迹，輞川賴有畫圖傳。

又 同上

李　琪

司李久不作，林巒空自春。埜花猶迓客，山鳥亦迎人。樽酒復如昨，履綦何處塵。臨風懷往事，爲摘磵中蓴。

道光甲申穀日，偕王仙圃、冒筠壑、徐生庵諸先生訪水繪園故址，擬作詩紀事，以傭春未果也。越十餘日，適晴石先生出此圖屬題，爰賦二十韻奉教 同上

唐鍾福

野水環周遭，名園惜已圮。我偕數詩老，來訪水中沚。山僧開雲窗，鉢池指剩水。春風東南吹，粼粼縠紋起。亭館雖寂寥，竹木尚清美。林霏歛夕暉，涵影空明裏。何如罨畫溪，高淡雲林子。當時水繪名，取意豈如此。撫景話前塵，主人冒司李。亂危值末運，兵戈墟朝市。心傷國步移，揮手謝禄仕。東山有絲竹，聊以娱没齒。裙屐會名流，觴咏盛文史。方之曲水游，哀樂殊意旨。其趣則不同，其迹則等爾。於今山水間，遺躅空仰跂。蓬萊水清淺，斯亦滄桑理。猶幸獲文孫，喬木未折捶。更倩繪水手，作圖緬遐軌。年年賦《招魂》，谿毛薦芳芷。

又 同上

楊廷撰

大雅不復作，風流今尚存。芳型餘翰墨，高會此林園。何日理雙槳，與君共一尊。昔

賢遺迹在,珍重雪泥痕。

又 同上

李士森

池館當年盛唱酬,碧梧翠竹護高樓。我來喜見名賢裔,幾度披圖當勝游。

又 同上

李兆洛

清游何必羡蒼波,江國菰蘆此一奇。占得野鷗閑浦漵,聚來耆舊盛文詞。闌珊幾卷《同人集》,寂寞三間老佛祠。太息繪聲空繪水,有誰論飲更論詩。

又 同上

寧雲程

園林十畝傍城隈,海内宗風雅讌開。名士果然愛山水,散仙何必近樓臺。夕陽漠漠空冥靄,流水潺潺自往回。留得一篷摩詰畫,無邊烟柳帶秋來。

乙未春，應范廉泉明府之招，居雉水講院，與水繪園相去數武。過訪遺址，因倚憶舊游一調。今覽園圖，録呈晴石四先生雅正 同上

吴 鎧

記當年此地，絲竹鶯華，占勝南州。池館亭臺際，有絶纓斷袖，射覆藏鈎。尚虞夜游難繼，萬樹綴燈球。恁碧玉嬌癡，紫雲撲朔，舞扇歌喉。 休休。好風景，怎轉瞬烟雲，滄海生愁。一卷《同人集》，算蘭因絮果，才調都收。只今夕陽朝雨，荍麥菜花稠。賸舊日長隄，垂楊曲抱春水流。《憶舊遊》

又 同上

錢 濱

茅屋三間舊草堂，西風衰柳對斜陽。園林緬想當年盛，身世懸知此地荒。洗鉢緣深歸佛刹，洗鉢池、水明樓，今屬雨香庵。霽峰名繼擅詞場。霽峰園，徐湘浦先生別墅，亦水繪園故址。可憐流水徒如繪，難寫悲酸公子腸。

又 同上

阮 亨

平泉喬木故家風，水繪名園一棹通。曲岸鶯啼春柳碧，雕梁燕語夕陽紅。樓藏萬卷書如舊，人到千秋酒不空。述德雲孫綿世澤，雉皋想像畫圖中。

戊戌清明後一日，生庵丈招游水繪園，得五古一首，即題晴石吟丈先生名園圖後 同上

黄鍾芳

名園昔傾倒，勝概淮南冠。懷之既有年，其奈道塗判。憶昨傭春來，此願釋然涣。佳日愜幽尋，一水當門斷。亭圮華木蕪，溪流差可玩。書屋餘數椽，碧草被頽岸。今作踏青游，驚心時節换。風飄柳葉舒，雨漬杏花亂。兔葵燕麥中，老圃抱甕灌。哲人去我遠，身没名益焕。豪華付劫灰，絲竹生哀嘆。賢主洎嘉賓，文翰積無算。學步笑邯鄲，風流緬雲漢。

又 同上

汪　濬

南國風流集，東皋翰墨林。有懷公子意，應見古人心。繪水依然在，斯文不可尋。披圖感遺迹，何日復登臨。

又 同上

李　震

遁迹清愁對水凫，翩翩公子智如愚。半生詩酒聯賓客，數畝林泉柘畫圖。南國風微蕉夢鹿，東皋日暮樹栖烏。當年選舞徵歌地，可有茅亭鏁緑蕪。

又 同上

沈　岐

雨香遺刹水明樓，賸有空波付白鷗。二百年來談勝迹，荒園誰弔雉城秋。
烏衣奕葉榜花香，畫裏亭臺世澤長。儻許東南文讌集，風流依舊得全堂。

又 同上

施朝榮

扶桑晨明崦嵫夕，世間何物無今昔。富貴儻來田海荒，玉津金谷皆陳迹。我自束髮受書史，下帷常慕三公子。絶景曾聞水繪園，高清不羨鳴珂里。如皋城上烏夜啼，如皋城下奔流澌。肯教水木競明瑟，喜見桃李豔舊蹊。

又 同上

李維吉

數間茅屋寄吟身，泉石優游養性真。撫世空教懷往事，披圖猶見老遺民。樓臺自昔悲荒草，弓冶於今有碩人。流水名園如繪畫，無緣載酒接清塵。

又 同上

汪承基

憑眺園林意惘然，標題水繪至今傳。神仙一片清涼福，名士三生翰墨緣。剩沼頹垣尋此日，詩天酒地樂當年。萬花塋外春如許，巢民先生葬於萬花園。景仰遺徽賴後賢。

又 同上

趙本敭

二百年來重品題，小橋流水夕陽西。風流酬唱今何在，垂柳依然緑映堤。

又 同上

王善業

我讀《高士傳》，緬懷冒司李。涉世閲滄桑，栖心樂山水。名園依城阿，吟壇執牛耳。人羅竹箭姿，地擅東南美。摩挲古鼎彝，横陳舊圖史。胡天妬斯文，水淹火復毁。風流繼者誰，墟墓木拱矣。文孫曰於虖，弗構實余恥。顧愧力未遑，姑徐徐云爾。或言水可繪，盍先繪諸紙。吴趨沈休文，丹青超元旨。披榛訪遺踪，亭臺如掌指。鬱鬱樹輪囷，泠泠水清泚。披圖擬卧游，儼乎接綦履。高咏集名賢，徵詩及小子。小子瓠落人，瓦缶慙宫徵。願采澗溪毛，瓣香薦芳芷。酹酒祝雲仍，誦芬永千紀。

又 同上

陳德培

名園勝迹重當時，此日來尋動客思。四海風騷賓客聚，千秋壇坫子孫支。梅橫瘦影嗟連理，樸老空巢謝故枝。莫作山丘零落看，辟疆兩字萬人知。

遺編誰不仰宗工，舊刻新成剞劂功。天地長留真本在，烟霞還許後人同。繪來流水懷前度，染得名香拜下風。一幅丹青珍重者，好憑爪印認飛鴻。

又 集詩。 同上

趙允恒

衡門之下，河水清且淪猗。爰居爰處，築室於兹。獻酬交錯，咏之游之。我思古人，宛在水中坻。

又 同上

談承基

渌水無今昔，瑶情相與長。風流想前輩，明月看書堂。瘦石吐寒碧，晚花開舊香。東南名勝在，不似輞川莊。

又 同上

程虞卿

我來一眺湘中閣，渺渺蒹葭水正秋。勝境自宜新結構，前賢猶見舊風流。高歌謝客饒清興，浪迹燕雲感昔游。到此懷人望天末，涼風吹入楚江愁。

又 同上

聯　璧

金粉圖中迹未荒，風流諸老擅名場。樓臺尚想當時勝，花月猶留此日香。儘有詩人酬水石，漫從詞客話滄桑。閑情剩與鷗波約，布襪青鞵待酒狂。

又 同上

伍光瑜

一丘一壑，得風流掌管，乃成韻事。隔江未覽林巒趣，馳想前蹤勝地。幾畝斜陽，百年逝水，此日猶維繫。名園名士，動人迢迢幽思。　　今秋哲嗣來游，賢豪染翰，雅咏邀同志。展看皴染雲烟處，舊日吟壇小憩。繞屋松篁，叠溪蘚石，不朽蒹葭意。夢尋題句，神往畫圖中去。《沁園春》　廣生案，此《百字令》，非《沁園春》也。平仄亦多失調，可不必存。

又 同上

陳 熙

大才人是佳公子，高隱名誇水繪園。故址尚存堪再造，那須憑弔作陳言。

又 同上

沙思祖

頻年小住露香軒，書院爲張氏露香草堂故址。咫尺城隅水繪園。仲蔚蓬蒿常滿逕，羅含蘭菊舊當門。昔賢自闢東山墅，後嗣重開北海樽。裙屐風流能繼否，數椽猶見畫圖存。

己丑四月廿有八日，過晴石先生抱素齋，出水繪圖屬題

吴存義

薜蘿招步屧，畫裏感吟身。烟水有新緑，林亭生古春。風流不可作，壇坫屬斯人。更約攜琴侍，澗香搴白蘋。

又 同上

洪　梧

小劫紅羊二百年，蒼烟喬木尚依然。填詞客去圖猶艷，顧曲人來迹未還。紅板夭桃歌舊句，白門秋柳敞新筵。未須更作平泉感，繼起風流有後賢。

髯翁綺筆極縱横，公子高風昔日傾。陳迹百年傳父老，通家五世見交情。攜圖來係藕農，即髯翁後人也。朋簪盍處重題句，漚鷺招來又結盟。聞道雲郎圖最好，要憑江總問先生。江漪塘同年處有《雲郎濯足圖》。

又 同上

吴　修

文讌當時盛，東南孰與儔。才應横一世，名已重千秋。園圮人猶問，池荒迹尚留。爲圖傳勝概，先澤想風流。

訪水繪園遺址近作二絶附録請教 同上

吴　修

花木平泉嘆刦塵，我來憑弔亦前因。畫圖曾識春風面，半憶才人半美人。

池館蕭條影亦空，填詞客去散秋風。不堪重聽雲郎曲，一片荒蕪夕照中。

又 同上

馮思澄

水繪名園傍水濱，臣心如水繪彌真。才傾滄海傳遺瀋，氣鬱寒潮洗劫塵。蘭渚賓朋千古事，桃源花木十分春。當年洗鉢人何在，幾度臨流爲寫神。

又 同上

葉　愷

巢翁遺迹久蕭然，捧檄曾經衆口傳。園擬輞川渾是水，琴賡復社已無絃。百年大雅推前輩，五斗微官笑夙緣。今日披圖應慰我，題詩欣與樸齋聯。

又 同上

楊欲仁

同膺鶚薦憶當時，此日相逢訝鶴姿。高志甘偕文豹隱，閑情祇許白鷗知。樓臺縹緲中禪寺，烟雨迷離洗鉢池。二百年前觴咏地，幾番惆悵入新詩。

又 同上

范仕義

艱危閲盡寄閑身，雅有林泉樂性真。水繪自成名勝概，巢居不愧老遺民。文章氣節千秋在，絃管風流一代新。丘壑圖中森在目，故墟何必嘆沉淪。

又 同上

何　敏

亭臺荒草卧斜曛，留得文章水繪紋。同一輞川傳勝迹，儘教詩畫續清芬。

又 同上

魏敦廉

城郭夕陽外，園林流水邊。壺觴憶裘屐，歌舞散雲烟。樹色參天起，鐘聲隔院傳。輞川有圖畫，對此亦脩然。
公子翩翩去，風流屬後人。數椽留老屋，百載想遺民。曲水堪懷古，荒畦亦絶塵。一編饒勝迹，何必嘆沉淪。

鶴亭先生命題其所藏水繪園圖册，晴石明經故物也　同上

陳如升

萬竿修竹摇波緑，名園尚留遺址。梅瘦庵荒，樸簌巢廢，不信樹猶如此。城高射雉，算當日豪華，問誰能比。金粉南都，風流應讓冒公子。　　年高衹憂老父，血書傳一紙，傾動朝士。滿目烽烟，潜踪吴越，憑仗同盟兄弟。滄桑换矣，剩憶語纏綿，怕提前事。讀罷長歌，黯然還感逝。圖中有蔣劍人七古一章。劍人，升故友也。蔣詩作於道光丁酉，距今甲子一周矣。《臺城路》

奉題晴石先生水繪園圖　手書横幅

胡　敬書農

憐才畢竟效如何，松菊雖荒迹不磨。但解黄金買歌舞，樓臺今尚竹西多。
短棹邗江憶昔游，游龍河畔夜維舟。平泉咫尺身難到，孤負蘆花萬頃秋。
舊基重葺賴賢孫，墨妙還摹傍水村。比似少陵江上宅，風流千載浣花存。
草堂從此屬盧鴻，剩水殘山寫意工。無限詩歌與風月，黯然收入畫圖中。

又

石韞玉

榜花紅處衆稱豪，一代風流屬彩毫。剩水殘山圖畫裏，賣絲欲綉冒如皋。

又

天長 戴蘭芬畹香

東南名勝説三吾,海内文星大筆濡。天禄曾尋移郡帖,荆襄兩地遂烏私。

又

通州 王廣蔭菱堂

當時水繪集名流,賦草吟花春復秋。勝事於今成想像,空餘煙月下荒丘。

廣生謹案,晴石公諱兆鯨,貢生。續縣志有傳。

笛生觀察重出晴石所贈水繪讀書第二圖命題。前已綴二律,復成四截句,專主懷人思舊,想多情人亦有同心也 菊潭詩鈔

沙增齡

釣遊尚想少同群,念舊高情義薄雲。卻怪迦陵編《篋衍》,全編遺卻冒徵君。
殘山剩水繪重重,上日鶯花每過從。記否因康方識喜,訂交初自丙辰冬。嘉慶元年,君偕芝岩舍弟枉顧。
披圖影事認前塵,宿草荒郊感故人。晴石、木華,俱歸道山。剩有少微與卿月,白頭洛社尚如新。

文孫奉命款柴關，王謝豐標軼等閑。縷述通家三世久，方知交在紀群間。

春夜感懷並憶冒生印山 東皋詩存

姜掄元

梅花瘦影一燈前，時候還如釀雪天。眼底看人都紫綬，年來笑我只青氊。江村好景應無限，時印山館南沙，濱江。海國新春亦可憐。何日扶風開絳帳，一堂歌咏倣名賢。

十五夜懷冒印山先生省覲南昌 耕南詩鈔

黄　理

望中雲樹隔江天，秋思離情共黯然。今夜百花洲上月，照人應覺十分圓。

廣生謹案，印山公，諱邦彦。

庚午三月之望，余八十稱觴。後十日，曾孫八春彌月。務旃貽詩，時戒韻，破例步和 同人集

冒　襄

世延十五蔭仍新，曾祖曾孫見育麟。客進兕觥來自遠，會連湯餅漫言貧。破家便作瓜牛寄，樂志尤耽歌舞輪。祖父單傳終不壽，愧余繁衍尚爲人。

巢民老年伯八十得曾孫，乃其適孫文博所首舉熊也。於其彌月之辰，即命以八十錫嘉名焉。憶曩本初至東皋時，穀梁以人日舉文博，亦方彌月，陽羨陳髯及同人皆有賦詩，今倏三十有三年矣。而余復續至獲與良辰勝會，豈偶然哉！安可以無詩也？爰賦其盛，以紀歲月。時庚午三月廿六日 同上

戴本孝

三十三年老眼新，綵筵又降石麒麟。曾孫湯餅真堪壽，爾祖含飴莫厭貧。英物且看紆錦紱，雄姿好待擁蒲輪。竊叨孔李私相慶，喜見君家五世人。

又 同上

顧道含

江表陳荀皆白頭，喜逢湯餅話綢繆。便須料理詩書事，足慰期頤燕翼謀。靈羽養成雛本鳳，於菟已見氣吞牛。榜花五世君家物，十五名高是阿侯。

又 同上

吴　鏘

石麟再降敞高筵，有客過從往事傳。湯餅會逢仙誕日，海籌添看長丁年。春風酒到聽

鶯話，藥榜花明側帽天。一曲南山歌未闋，彩衣三世畫堂前。

又 同上

許嗣隆

卅年前賦充閭慶，鮐背麟兒慶又同。雛鳳聲應過老鳳，非熊兆復叶維熊。八旬筵敞兼湯餅，四世堂開繼冶弓。中表如余膠漆誼，含飴深喜慰南翁。

又 同上

張圯授

八十孫枝又見孫，曾元挺秀誕名門。獅兒墮地身材異，虎子驚人氣骨存。信是鳳毛原有種，誰云芝草本無根。榜花世澤分明在，會看絲綸裕後昆。

又 同上

石爲崧

百尺靈椿蔭海隅，孫枝重得掌中珠。八旬矍鑠真龍馬，四世寧馨又鳳雛。彌月佳辰賓從盛，春風高會管弦俱。啼聲共識知英物，繼武高曾卜遠圖。

廣生謹案，曾孫者維機也，維機字組義。

組義曾姪孫重修得全堂，喜而贈之以詩 手稿

冒　襄

高曾七世流傳久，二百餘年聚此堂。德望文章光繼述，科名勛業播遐荒。吾兄力振滄桑後，汝父成家苦李傍。此日重新懷舊澤，持危保泰豈尋常。

組義姪孫花燭 手稿

前　人

研北當年偕汝祖，宜家今喜茂孫枝。況逢上國觀光日，正值秋風薦鶚時。母氏劬勞真聖善，椿庭朝氣樹崇基。催粧莫漫耽佳句，昌後承歡總在斯。

春日坐雨，同組義，拈得一東

前　人

春寒偏刻削，兀坐只書空。雨細花全潤，泥深屐懶通。飢鳥啼屋角，長劍倚墻東。閉置如新婦，門庭誤乃公。

庚寅仲秋，組義招同山溪、茗柯，爰及小飲，又次齋 手稿

前　人

杖藜兄弟兩三人，況值秋光似暮春。把酒且抛先世恨，看花肯負白頭身。爐香静受銷塵俗，茗椀閑陳對舊賓。喬木故家淪落盡，得全堂畔喜重新。

組義重修香儷園感賦 手稿

前　人

香儷園故居，昔爲老父中憲公讀書發祥地。宦成，移居慶餘堂，遂爲亡長兄潛孝先生董少君之金屋。庭前朱橘一株，每年結實纍纍。余時四五歲，來嬉遊，亡兄必擇大橘納余懷而歸。少君埋玉後，亡兄即不復顧此地。閱數十年，姪孫文博力加修葺，點石種花，頗極幽雅。自文博忽慟人琴，不轉盼而又鞠爲茂草矣。庚寅晚秋，組義不忘先烈，重爲潤色，焚香讀書于其中。余扶杖往觀，寔爲心喜。既私念四世手澤之所在，余六十年或朝或夕之所經，幸此身之未隨兄姪而續螻蟻之驅，乃頻見此園之盛衰，迭爲消長也。漫賦五章，以志余感。

百年前是讀書堂，先子名成姓字揚。節義半生清似水，《答春草》在耿難忘。先子讀書時，比鄰有就而春者。釋褐後，著有《答春草》行世。
懷橘嘗來香儷園，吾兄曾此貯仙媛。花殘月缺無消息，金屋從今晝掩門。
汝父重新列鼎茵，中流柱折復沉淪。酒闌漫訴興亡恨，我亦無從托渺身。
八年荒徑喜還開，花石依然間緑苔。孤兒潛向孤兒泣，莫負前人闢草萊。余十歲而孤，組義亦八歲而孤。
救敝非關能潤屋，須知光大貴窮經。世情險甚羊腸路，觀變沉幾及未形。

余素愛長慶集中牡丹芳歌詞，每當春盡，輒爲朗吟。辛卯杪春，組義邀看香儷園牡丹，率爾效顰，以志余感 手稿

前　人

牡丹芳，牡丹芳，殘鶯濃絲春晝長。一片輕紅霞爛慢，千層丹碧錦輝煌。沉香亭畔太真醉，響屧廊前西子粧。恰值養花好天氣，零風碎雨任低昂。此地已經傳六世，看到來孫堪舉觴。摩挲老眼當軒坐，觸景難禁淚兩行。得全堂上人何在，水繪園林蔓草荒。瞿唐劍閣音書斷，還樸小阮顛且僵。僅餘一老長貧賤，憐生痛死九回腸。牡丹酹汝一杯酒，滄桑屢换花知否。城中豪貴惜春歸，爲囑繁華須耐久。今日相逢似故人，莫矜妖艷羞衰醜。朝光月影更消魂，肯亂昏旦頻奔走。斜陽萬事總成虚，我有幾回開笑口。但願提壺挈伴再玩百千巡，無辱無榮柳生肘。

組義邀看牡丹 手稿

前　人

生平最愛牡丹芳，兒去春來兩斷腸。閉户零丁低冷面，煩伊扶掖到回廊。六傳第宅看花慣，一代文人衍澤長。我縱欲栽何地着，《黍離》歌罷日蒼黄。

組義曾姪孫舉子 手稿

前　人

七十重逢五世人，謝家微緒仗圖麟。幾年未得顔含笑，今日方堪酒入脣。堂上管絃牽昔夢，座中骨肉剩閑身。停杯猛憶陳陽羡，汝父生時咏絶倫。文博彌月時，其年陳長兄作七言古長歌紀事。

送從兄御六都督假滿之官河州 家譜

冒春榮

接閈同朱雀，鐃吹送駟車。聖朝多廟算，榮耀及吾廬。詔許來枌里，恩猶眷玉除。未能隨負弩，天鳥笑蟾蜍。

得從兄馭鹿總戎訃音 東皋詩存

冒春榮

絶域淒然杜宇酸，塞垣輿櫬路漫漫。連天鐵馬金鐃急，匝地黄沙白草寒。血戰三邊忘死易，孤魂萬里欲歸難。一從訃報傳來日，西望函關淚不乾。

廣生謹案，御六公諱重光，官河州鎮總兵。原名維樞。

送冒御六重光都督假滿之官河州 隨月草堂詩

江大錫蘭野

經略群僚首，勤王萬里行。墨縗純孝節，黄鉞冠軍營。四鎮威名在，三春别感生。漢時班定遠，寵錫到前旌。

寄懷維樞曾姪孫川中 手稿

冒　襃

少小生華屋，從親宦遠方。恨稀來往雁，難展别離腸。一命初登籍，三遷眄轉鄉。韶光催我老，捉筆淚沾裳。

送冒燮廷歸里 東皋詩存

吴毓賢

菊黄時候著歸鞭，遥數還家小雪前。宿鷺群依初退水，新蟾斜挂欲霜天。江鄉正薦長腰米，港口争持縮項鯿。燮廷居近南江。風景故園看愈足，不知還憶五陵烟。

廣生謹案，燮廷公諱緒光。

自河州復之西安，喜舟待姪至自京師，雨窗夜話，即步原韻 續東皋詩存

冒念祖

馬蹄兩載徧三秦，小阮相逢遽拂塵。爾我共成行路客，往還猶是未歸人。紛紛細雨和愁亂，款款鄉情入話頻。須仗清尊消永夜，等閑好負隴頭春。

青若三弟令子耕硯初舉男，巢民老年伯以曾祖命之曰八秋，以是九月廿二日試晬盤。余適客還樸齋中，因率以拙筆詩畫爲賀。憶去春穀梁二弟孫彌月，令子文博已先請名八春，余既以詩紀之。一門春秋之慶，皆在老年伯年開九秩之際，四世一堂，余皆幸睹其盛，良可喜也。時余大兒鉞星來迎余還山，復與文博、耕硯、樸人三昆季共講淵源所自，夫豈偶然哉？橫江距東皋五百里，兩家世好，金石不渝，寧有艾耶？時辛未菊月。鷹阿山樵，賤齒七十有一 同人集

戴本孝

八千春復八千秋，曾祖曾孫積慶流。風雅詒謀應不替，雲仍濟美更初周。盤中戈印輝江筆，門内箕裘焕海籌。我每到時逢盛事，相期世世好來游。

和戴大世銘見示曾孫試晬詩原韻 同上

冒　襄

八十孫曾春又秋，到來喜值是清流。采蘭觴罷吟彌月，觀菊圖成咏試周。餘慶一堂人四世，靈椿二老酒千籌。鷹阿雉邑連江海，只少同君三島游。

廣生謹案，舟待公諱維楫。

舟待曾姪孫花燭 手稿

冒　襄

暫辭酸楚宜家室，四世箕裘在一身。中饋多才嫻内則，藐孤肯構步前人。小春此日調琴瑟，吉兆來年抱石麟。朝氣不愁難獨立，須知勤儉是家珍。

送舟待重姪孫之海陵 手稿

前　人

孱軀不及長河水，直送孤兒到海陵。暑過新秋翻肆毒，境當極否自蜚騰。筆鋒犀利人横掃，心地清涼岸早登。一領青衿何足羡，扶摇九萬盼中興。

喜舟待移家逸園 手稿

前　人

老人同病極相憐，幸汝移家祖範前。六世重新廉吏澤，一經再振耳孫賢。三吾亭徑成荒阜，水繪山光剩暮烟。觸目更驚歌舞散，思兄憶姪淚潺湲。

濟川從姪孫二十贈言 手稿

前　人

孤兒二十逢多難，秋盡添籌感慨深。堂上無踪存寡母，室中有待結同心。欲承祖德須勤學，若慕時賢在積金。愧我因循成棄物，願君早作九臯禽。

聞周父母以米鴨餉濟川，泫然感賦 同上

前　人

人皆貪執熱，户冷有誰知。賢宰傷存没，深情慰歲時。十年敦古處，萬感寄孤兒。漫道陽春近，恩波已在斯。

春日逸園訪冒四姑 東皋詩存　愁叢集

范貞儀

脩竹千竿滌緑塵，梅飄香雪墮芳茵。眼前風物清如許，好與鶯花作主人。

聞侍者述四姑近況 同上

范貞儀

文君四壁錦城蕪，憐汝荒村壁也無。漫訝風鬟憔悴甚，當年曾是掌上珠。

四姑偶得歸寧，又急告别，作此寄恨 東皋詩餘　愁叢集

范貞儀

暫得歸來，無言清淚頻頻墮。殘妝界破，説著如何過。　且再遲遲，莫畏更樓鎖。須知麽，霜摧雪裹，惟有君知我。《點絳脣》

别四姑後作 同上

范貞儀

遂去匆匆，無言相覷惟爲别。芙蓉清絶，江上霜如雪。　綉譜牀空，留得樓頭月。依前缺，再圓時節，恨共嫦娥説。《點絳脣》

逸園賞梅，四姑以詩見寄，賦此答之 同上

范貞儀

水繪餘春，有數朵、瑶臺瓊蕊。横鉤秀月，清影緑窗雲碎。蕭疏冷韻，猶帶孤山風味。金閨裏，任香沾綉幙，妝添眉翠。　憐伊無限柔情，倩青鳥殷勤，折來相寄。新詩玉潤，誰賞謝庭風絮。當年攜手，記分韻、聯題花底。今非矣，懷人想、雕闌悶倚。《遠朝歸》

别四姑 同上

范貞儀

思量無計留君，臨岐竟讓君輕去。别酒未斟，金尊先滿，淚珠如雨。促别匆匆，欲行還止，無言空覷。縱他年依舊，相逢歡聚，能遣此，愁千縷。　無奈斜陽烟樹，送孤帆，最銷魂路。荒村寂寞，寒生四壁，總添凄楚。霧髻蓬飛，短衣泥濺，翠銷眉嫵。任勤勞，井臼親操，恐自少人憐處。《水龍吟》

春日懷兩姑 同上

范貞儀

雕闌閑倚，垂綉幙、重門幽静。記玉子頻敲，杏釵戲賭，笑看春風鬟影。踏徧蒼苔渾似夢，只掐着、花鬚思省。任蝶翅輕盈，鶯簧嬌脆，總添幽恨。　　愁凝。遥天目斷，飛瓊音信。怕别緒牽縈，愁絲團繞，惹得香肌瘦損。燕子多情，畫梁幽處，重整舊巢香沁。望畫舸，何日歸來，應唤得春風醒。《二郎神》

冒四姑將遷别墅，賦此留别 同上

范貞儀

寂寞空閨，煢煢弱息，非君孰解吾憂。況淵深冰薄，時仗卿謀。指日鹿門隱矣，持君履、暫爾相留。從今後，鳥啼花落，雨黯雲愁。　　悠悠。茫茫别緒，縱絲藕牽縈，不繫離舟。怕蘆花葦葉，已做成秋。爲問妝臺何處，江天闊、盡日凝眸。須相念，西風殘照，默倚高樓。《鳳皇臺上憶吹簫》

同四姑過先舅緑雪山房 同上

范貞儀

仙去久，重到讀書廬。紙破閑窗風淅瀝，詩留舊壁粉模糊。能不憶當初。《望江南》

循廊去，仍坐碧山蕪。霜月凄清梅影瘦，寒風峭急雁聲孤。清淚各沾襦。前調

過樸巢故址，贈次妹縏 東皋詩存

高　縏

髫年同習《鵲巢》詩，偏爾聰明記不遺。今日樸巢人已去，多才卻讓爾居之。

廣生謹案，高孺人爲舟待公配。

仲春上旬送青若次孫女出室感賦 手稿

冒　褒

花燈簫鼓惜分離，之子于歸甚我悲。如此門庭春不到，無端雷雨杖難支。伶仃寡母宵縫綫，濩落孤兒曉結褵。兒去空堂餘二櫬，蕭蕭四壁有誰思。

四憶詩和柏銘叔 家譜

冒　炯

幽明詎闊渺愁余，十載魂銷倩石居。傲志生前空氍毹，窮文死後尚贏餘。無年可慰酬親願，有子還能讀父書。記得遺言銘八字，至今涕淚滿兒裾。堅體，明經。

廣生謹案，堅體公，諱可久。

補賀冒公輔五十即次其自壽韻 藿田集

范 駒

錦瑟和鳴鼎盛年，庭榴照眼火初然。四方不負懸弧志，萬貫能纏跨鶴錢。汗漫遨游真學問，團圞眷屬小神仙。白雲窩與紅蓮幕，風景回頭各一天。
萬里來歸又七年，聲華奕奕衆交傳。敦宗誼美沿詩禮，展墓情深飭几筵。鞍馬英雄閑撫髀，山川險阻健生胼。丈夫未許菟裘老，服政催人著祖鞭。

如皋冒巢民先生水繪園擅名國初，爲南北群賢往來讌集之所。至今百有餘年，漸就零落。其四世孫妙隱復繕葺之，落成後，繪圖屬題 佇月樓琴言

吴錫麒

捲起楊花雪，儘東風，摇晴送暝，去尋春色。一様游紅窗户在，難得斜陽未歇。好重認，巢泥踪迹。燕子隔簾歌可賭，怕新愁，咽了呢喃舌。逢上巳，事難説。 黨魁名字争厨及，只流傳，豪華天性，黄金輕擲。今日名園喬木長，依舊故家標格。待推上，黄昏明月。吟徧玉梅三百樹，盪餘春，唤得雲魂熱。流水外，一聲笛。《金縷曲》

復水繪園爲冒丈妙隱賦 江蘇詩徵

李懿曾

東京俊及標名氏，文采風流誰擅美。黨魁孝子更詞人，千秋獨有巢民耳。當年水繪開

名園,小住江南紅葉村。陸瑁溪堂幽翠合,張融岸屋落花繁。靈區窈窕藏丘壑,枕烟亭與湘中閣。姬人水檻爇都梁,侍史風廊拂絃索。楊枝按拍紫雲歌,花底明珠一串多。陽羨銷魂吟緑幘,新城畫壁賭黄河。碧慮屏風棋子褥,黄金夾䌰銅虹燭。寶刀十隊履三千,鉢池春水年年緑。水緑花紅春復春,青門冷落故侯貧。鵝帖臨來聊换米,雀羅張後尚留賓。淒涼池館古苔積,酒軍詩壘成陳迹。馬家第作奉誠園,江令居爲段侯宅。誰知百載閲星霜,天意還將故物償。一片東皋烟水地,依稀猶認得全堂。好尋遺迹小三吾,退筆零牋今有無。竹林自合歸中散,蘭圃依然屬左徒。由來閥閲緜先澤,鳳毛琪樹非凡格。石上仍圍太傅棋,門前更置當時驛。

廣生謹案,公輔公,諱弼工。

題冒雅度女課讀圖 澹仙詩話

熊 漣

畫荻心同苦,挑燈夜正長。孤兒能早慧,膝下有黄香。

廣生謹案,雅度公,諱儁,太學生。是夢星曾孫,女適某,譜未詳。

次韻贈冒葚原 玉山詩鈔

項 樟

將摩健翮展清時,暫息淮南借一枝。卷裏詩篇皆峻整,客中襟抱自瑰奇。重尋舊雨連深夜,共坐疏花酌淺卮。底事寒燈蕭寺裏,相邀下榻故遲遲。

初夏送冒甚原旋里三首 同上

項　樟

相見如相忘，相別即相憶。新絲滿天涯，匆匆話行色。
幾次春風過我，千章夏木思君。遠道長歌平子，元亭莫滯揚雲。
滿貯囊中幼婦詞，言歸堤畔柳絲絲。扁舟淮海逢人處，恰好鰣魚上箸時。

追傷亡友冒甚原 淮海英靈集

朱重慶

遠道吟魂不可招，憐君孤負十圍腰。蠻箋猶記愁中擘，濁酒難忘客裏澆。老淚頻年隨夢落，昏燈此夜没心挑。頭皮手掌摩挲徧，欲助喪車力欠饒。

春仲同朱九次堂訪冒大甚原於僧舍，留飲酒酣有作，兼懷南徐李四琴夫 同上

王世錦

風吹河漢流無聲，一廬佛火迎人清。如皋才子揭來此，春釀小酌珍珠傾。廿年勝事歡相數，記否登壇建旂鼓。爾時勍敵推兩朱，君自如龍朱如虎。余家兄弟操戈鋋，四方號召多豪賢。海門李四尤翩翩，風流文雅疑神仙。其氣不可遏，光芒矗牛斗。拂袖生萬象，脱口落瓊玖。文瀾欲挽韓蘇潮，高吟共吸阮劉酒。十年變幻紛相仍，那堪生死聚散兼升沈。舊雨三人復此聚，萍花春水開層層。指點豪狂恣評議，若箇能分造物

餘。千秋許與名山事，何當便與李生俱。攜來春江花月同歌呼，悲歡衮衮逐吾徒，酒酣珍重黄公罏。廣生案，萍花下當奪一句。

六月十四夜，同冒甚原、姜倚觽、香嚴雅師在經，泛舟西河之上 東皋詩存

汪頎

月與水相得，空明湛若秋。偶於亭上合，緣檻下輕舟。舊雨二三子，清風六七甌。絺衣沾露溼，宛轉扣中流。

清明偕胡瀼西、周雲溪、冒甚原、史荀鶴、江樵所同游西城，得"橋"字 同上

陳以松

雨滯江村久寂寥，無邊光景是今朝。鶯啼古寺綠楊樹，人在春風紅板橋。

讀冒甚原"每對客中味，便思堂上餐"之句，作此寄懷 同上、皋聞集

范　捷

舍肉情彌切，循陔思不禁。天涯游子意，歲晏小人心。少賤承歡薄，長貧飲痛深。悽

然感同病，清淚落高吟。

送葚原復之揚州 同上、皋聞集

范　捷

緑酒紅亭能幾時，暫時相賞轉歔欷。風檣似燕抛人去，别夢如烟逐雁飛。秋氣泬寥摧宿莽，晚雲輕薄送斜暉。平生此恨那堪道，古道杖藜愁獨歸。

送冒大葚原之西河書塾 同上

范　捷

二月西河上，龍門羡獨登。杏花殊自好，春服正相應。童子能求學，斯文賴引繩。東君有藜火，乞作讀書燈。

答家葚原送木棉 同上

冒殷書

羊裘三十載，不抵木棉温。冬日難出户，詩人忽到門。艱難推解意，脱略有無言。何以酬衣被，應同一飯恩。

爲甚原題徐雪堂畫梅扇 同上

冒殷書

徐子詩無敵,更愛寫羅浮。紈扇休輕擲,春風何限愁。

午日同家甚原賦 同上

冒春林

瀰空霪雨似秋霖,蒲酒惟宜爾共斟。但是芳辰俱寺館,曾無令節不山林。欷歔欲奏雍門曲,憔悴真成楚澤吟。醉後相攜江上立,魚書望斷故鄉音。

同范五喬枝、家甚原夜話 同上

冒春林

雞窗燈火夜將殘,一室三人話肺肝。淡泊虀鹽忘世味,飄摇風雨耐秋寒。多愁不爲鄉關渺,有伴何曾客路難。貧賤大都緣命得,不須車馬羨長安。

與從弟葚原夜話，時葚原歸自淮北 同上

冒春林

風吹兼雨打，共此一燈殘。不盡征人苦，安知行路難。姜衾嗟獨抱，悼敷原也。馮鋏爲誰彈。莫話平生事，心中最易酸。

納涼和葚原韻 同上

冒春林

畏暑兼妨病易侵，書聯牀上廢宵吟。衣裁薜荔生秋早，酒酌藤花忘夜深。江閣濤聲清洗耳，草堂樹蔭冷澄心。山蟬也似幽閑絶，不復黄昏噪柳陰。

晚步和葚原韻 同上

冒春林

晴雲片片雨雲消，彳亍長廊意不囂。山寂有時孤唳鶴，江空何處一枝簫。苕蕘絶壁留殘照，舴艋輕橈蕩晚潮。此際唱酬誰復共，好尋張翰過松寥。時張象嵒先生消夏松寥閣中。

答冒處士萇原雨中見寄原韻 同上

成　岳

禪關原自閉，誰復肯相尋。一徑黄花瘦，三秋積雨深。妙香清世慮，孤磬入愁心。不有新詩贈，何緣寄苦吟。

寄懷冒萇原先生 同上

實　燈

故人懷久别，心迹豈相疏。不惜千山杳，傳來一紙書。夢魂雖見慰，歲月已驚除。花徑春常掃，何時顧我廬。

懷冒萇原先生 同上

續　光

撥棹韓江去，傳聞早已歸。如何許多日，踪跡此間稀。一望烟雲合，空瞻鳥雀飛。疏林明月好，深夜冷清輝。

乙亥秋，揚州寓晤冒萁原先生話舊 家譜

秦大士

君踏省門又幾秋，金臺落日悵同游。風流傳語人聯社，辛苦難忘屋打頭。自昔蛾眉怨遲暮，不應驥足慣羈留。夢迷閶闔雲深處，偶著先鞭亦可羞。

竹樹蕭森緑抱城，歸心摇動似懸旌。厭聞苦雨方占丙，驚説新秋已見庚。朋舊難分教且住，山橋有約許同行。巡廊幾度重延佇，檐鵲飛來噪晚晴。

紅橋泛舟同萁原先生 同上

仲鶴慶

青溪如帶樹如圍，畫舫輕移下夕暉。楊柳緑當公子馬，桃花紅上美人衣。高樓燈火聞歌板，曲巷松篁見酒旂。我亦逢場共顛倒，月明露重未言歸。

四憶詩和柏銘叔 同上

冒　炯

永平世業久銷魂，振拔衰宗數萁原。典貴文章充腹笥，清寒衣履傲侯門。愛名不惜家貲盡，希世能教物望存。從此風流悲歇絶，柴灣何處弔花源。萁原上舍。

次韻酬冒甚原 皋聞集

山陰 潘 寧仲寧退翁

昔有禰正平，傲性成賓主。孔楊與之交，孟德安能侮。亦有袁邵公，僵卧伏襤褸。豈無洛陽令，開雪來相睹。冒子榜花枝，宣毫猛如虎。捫腹經所充，撑腸史所拄。眼底得幾人，曠視獨天宇。幾欲溺儒冠，恨未窺秘府。幸生堯舜時，宜縣腰下組。懷刺不輕投，名家必踵武。古來賢哲士，相率皆章甫。文章亦療飢，争售雞林賈。寧也成朽株，頗遭失學苦。大耋知何如，青山亦未數。句讀有老生，名場無鮑五。感君珠玉遺，移樽勸梁柱。

喜冒甚原枉過 同上

甘泉 汪 宏青蓮藥谿

君如明月出東方，顧我江城舊草堂。千里輞飢今夕慰，十年名字寸心藏。青蒲港好田園廢，阜莢村深杜若香。他日輕舠儗相訪，結鄰有意傍滄浪。

與冒甚原夜話 同上

汪 頎維碩柏嵒

漫説家鄉勝異鄉，百年身世總荒唐。過來絶少生人樂，翻笑胡爲往事忙。書卷有情還托業，米鹽無計奈空囊。挑鐙促膝憐同病，儗覓神仙辟穀方。

同宋默夫、冒甚原存園看梅 同上

前　人

東風何事故遲遲，花結分張慰所思。殘雪尚凝千片玉，破寒才放兩三枝。羅浮幽夢殊堪憶，水部高吟不可追。迢遞隴頭明月上，暗香疏影更凄其。

喜晤冒甚原，有懷范月三、姜躬受 同上

新昌　潘西鳳老桐悔橋

別來終日鬼爲隣，瘦與梅花對愴神。不意忽逢東海客，可憐掃榻冷吟人。新詩懷我珠璣富，舊雨愁他錯落貧。屈指天涯存我輩，越從辛苦倍相親。

書冒甚原畫扇 同上

興化　鄭　燮克柔板橋

桃花扇子水晶簾，染得巴江五色牋。欲寄情人羞自嫁，不知擔擱好青年。

午日新霽，同鄭箬溪、汪藥谿、冒甚原、汪柏嵒散步存園。緑陰含潤，紅藥猶存，得四絶句 同上

通州 黄 霖月船

酒闌出郭趁新晴，緑樹紅欄眼乍明。行過河橋三四里，一園修竹正啼鶯。
嘆惜將離有未曾，雕鏤紅玉尚稜稜。何當添入劉郎譜，五月遲開艷廣陵。
濯枝雨好都成酒，醉靨勻粧粉盡無。弄舌黄鸝傳一語，朝雲定有落釵符。
移情草木賞雲烟，午日同遊事可傳。遥對竹西歌吹地，風流何必杜樊川。

寄冒甚原 同上

史 策記公

美玉久藏待價沽，才逢知己到江都。脱將錐處囊中穎，探得龍拋頷下珠。絳帳風流新領袖，榜花世系舊名儒。不知對酒聯詩候，桑梓同人憶得無。

三友詩 録一〇 同上

范景頣伽陵

來過何妥春城巷，却算離家二月初。遥憶揚州秋水闊，秀才問學近何如。冒甚原。

寄冒甚原 同上

泰州 陸大珩莘白

邗江送别意遲遲，正是愁予閉户時。用拙尊榮成我輩，消閑生活是蒙師。龍門已黸羅前席，聞設教休園。螟館深慙待舊知。予復館於徐氏。音問相通仍款囑，才名初噪慎題詩。

送戴雪舟之中州和冒甚原 同上

白岳道士 王來庭昆霞

江左丹青誰擅場，戴逵名壓顧長康。而今欲畫《南都賦》，又策征駒向大梁。
青紵紅亭江上酒，水光山色客中詩。啼鶯不解離人意，却似新翻折柳詞。

東皋吟 同上

丹徒 鮑　皋步江

丁巳七月八日夜，桂館獨居，讀《皋聞集》，有懷社中范月三、范伽陵、冒甚原、錢蒲心、姜躬受諸子，爰成短篇。

初秋涼夕風月美，佳人露坐桂樹林。縞衣素女白鸞馭，行過烟空聞笑音。瞻望弗及勞我心，絃琴却奏《東皋吟》。昔爲東皋游，夢識東皋路，落月西南流，揚之水東去。

送冒葚原歸里 同上

上虞 嚴　爵 脩亭

客裏同爲客，愁多減却愁。喜君詩滿把，慰我雪盈頭。繾綣難分手，相思易入秋。原知重有晤，怕放李膺舟。

喜冒葚原東歸，讀鮑步江見懷詩，作此答之 同上

范景頤

叢桂好風月，美人弄秋水。相思緲晴空，白鸞馭素女。濕螢散芙蓉，七星掛孤嶼。游子感秋律，蒲帆破清泚。侵晨敲我門，契嘆忘賓主。開篋走龍蛇，遥情何縷縷。思之不可見，高唱颯涼雨。

遲冒葚原不至 同上

嚴　爵

桂花有意故遲開，一徑陰陰長緑苔。此老高眠誰與語，伊人悵望未曾來。更添白髮中秋雨，怕把黄昏濁酒杯。夢裏鐘聲最無賴，君方相見又相催。

又 同上

高郵 宋學達嘿甫

一別相思苦,經旬似隔年。莫因家計累,竟負月重圓。酒薄愁難遣,情深夢易牽。東皋三百里,日日問歸船。

爲冒葚原題惲畫紫藤花 同上

姜任脩

蕊貫胡繩挂綵烟,最宜纚纚幔長筵。聽詩却笑香山老,漫把花妖謫紫仙。

又 同上

潘西鳳

紫府真妃偶謫凡,天香嫋嫋月纖纖。自憐顏色嫌脂粉,只着輕絲藕色衫。

又同上

潘　寧

漫將紫袖泥雕欄，不斷生香句裏安。天上雲藍猶一色，佛身瓔珞與同看。傾壺藉爾蒙茸易，掩瑟令人意會難。萬古藤蘿剡谿上，鶴巢長挂白雲端。

又同上

前　人

罨畫溪旁花欲然，五銖輕翦碧霞鮮。牽枝引蔓尤生色，小惲真能得所傳。
紫穗參差徑尺藤，香風冉冉匹胡繩。他時繪水如相續，花壓牛腰幾萬層。

又同上

興化 李　鱓宗楊復堂

南國移根吐異葩，烟莖露葉擁鉛華。誰將一片青霞影，寫出黄筌没骨花。
連理交枝夢未諧，亭亭小玉立芳堦。絲欄題後春情在，鬖髻斜盤紫燕釵。

又 同上

甘泉 高 翔鳳岡

蟠結虬螭勢裊斜，烟條露蔓緑陰遮。椠邊痴蝶常粘粉，香處狂蜂早放衙。一院曉風翻紫雪，半籬殘照落青霞。絲絲縛得春心住，松柏休誇閲歲華。

又 同上

江都 汪士慎近人

東風狼籍綺塵飛，一院藤花吐翠微。曉帶烟光垂寶絡，暮連霞影曳綃衣。飄來香蕊春猶駐，裊亂紅絲緑已肥。愁見空條挂檐角，披離殘粉被蜂圍。

又 同上

宋學達

萬縷千絲結翠微，年年摇曳繫春暉。花濃真比明霞艷，葉密渾如碧玉輝。照水影潜魚夢穩，迎風香引蝶魂歸。仙姿飄緲誰能繪，除却南田世所稀。

又 同上

汪　宏

百尺修藤勢盡斜，千叢寶絡影交加。只緣得地依喬木，常學騰空弄綵霞。隔葉徵歌金谷鳥，采香炊餅梵王家。如何布韤青鞋客，若若貪看紫綬花。

又 同上

嚴　爵

藤最好，串就紫瓊瑶。緑葉長齊遮架上，春光開盡到花稍。月弄影兒嬌。《謝秋娘》

又 同上

姜恭壽

一片非烟隔翠雲，北窗開處奏南薰。秋千隔院偏相妒，日着霞綃紫綺裙。
蓬蒿三畝草茸茸，欲擷流英意已慵。一任學飛雙燕子，新巢初啄紫泥封。
西河之上千章木，紫氣回瀾擁暮潮。記得曲闌同倚處，手搓香餌哺魚苗。此首載姜恭壽《臯原詩》二。
不向東風拾紫金，拂頭青繞薜蘿陰。他時藤蔓藏蛇迹，只恐重來不可尋。

重陽前一日,潘悔橋招同嚴修亭、程蘭如、蔡松原、冒葚原、宋默夫、程洛生、家弟柏嵒小集晚登城遠眺 同上

汪　宏

高城蕭颯振衣登,筋力兒年老尚能。烟抹白蘆岡蜿蜿,風疏黄葉閣層層。新詩遠近憐同社,時讀皋聞諸子寄懷同社詩册。美酒西南喜得朋。明日水關還倚棹,古墻如錦看霜藤。

前題和韻 同上

鎮江 蔡　嘉岑州松原

城北危樓一共登,登高作賦讓君能。籬邊黄菊無消息,江上青山有幾層。漫數興衰皆往事,喜同談笑得良朋。明朝佳節游何處,更挈萸樽曳短藤。

寄懷冒葚原 同上

羅　昆

聞跨揚州鶴,維時二月初。久縈孤客夢,不見故人書。賣賦金雖富,看鷗侶自疏。可憐江海畔,應共此欷歔。

晤楊朗溪太史，暨嚴修亭、冒萇原於聞角庵。出示頌東皋吴母□節壽詩，并索鄙作，走筆成此 同上

天寧退院僧 紱　屺咏堂

乾隆二年冬，十月日十九。德星聚錦堂，共祝延陵母。梅開嶺上枝，詩歌三百首。堂上歌詩人，多我文社友。武陵楊夫子，太史非下走。榜花舊名家，騷壇推巨手。長歌清而奇，桐江老釣叟。三君詩無敵，疇可分先後。效顰笑老僧，擊鉢似擊缶。難盡鑪錘功，何能掩其醜。郇厨羅珍羞，謝雪飛楊柳。聊具趙州茶，一解麻姑酒。脱稿寄東皋，歌頌恐不偶。奉觴承歡日，下箸笑粉糅。此味或不遺，淡泊同長久。

爲冒萇原畫扇並題 同上

潘西鳳

我有天台萬仞山，不曾寫同與人看。今朝小試湖州筆，莫認蠶叢蜀道難。

休園晤冒萇原話舊，兼懷姜退畊太史録二首　同上

韓嘉言

白頭遺老冒巢民，江左風流第一人。水繪園荒傳故事，至今大雅賴扶輪。
燕子還尋舊草堂，烏衣巷陌久荒涼。王孫芳草渾無主，作賦登樓倍斷腸。

閏九月九日,鄭箬溪員外招集林園登高。余年八十,蔣湘颿七十有八,潘退翁七十有七,鄭畊嵒七十有六,四人共三百十一歲。即作起句,並邀蔡松原、汪藥谿、冒甚原即席分韻共賦 同上

桐鄉 朱星渚漢原

四人三百十一歲,名園有約再尋秋。百年九日重逢閏,幾處他鄉共説愁。林樹霜摧黄葉隕,江天月擁素雲流。老人努力休辭醉,座上相看半白頭。

又 同上

蔣　衡山潭

四人三百十一歲,萍聚邗江第一園。九月秋殘仍九日,黄花霜冷對黄昏。勝於前度多風雨,難得佳辰共笑言。登罷三峰不歸去,雙螯正美須開樽。

又 同上

潘　寧

四人三百十一歲,獨我虚羸策短笻。攔入商山心局促,杜詩"知名未足稱,局促商山芝"。隨游谷口意從容。江萸再插方推閏,黄葉齊看不厭重。最是當時能好客,惜無餘力上高峰。

又 同上

鄭　昂若千

四人三百十一歲,聚首天涯老更狂。賴有吾宗能愛客,却逢佳節閏重陽。采芝漫擬商山隱,看菊還同栗里香。再上高峰身共健,鄉關極目樹蒼蒼。

又 同上

蔡　嘉

名園醉裏賞秋回,晴日重持閏九杯。曲徑苔乾分洞壑,高城木脱見樓臺。青山兩度依家望,黄菊多時待客開。同把茱萸皆老輩,當時自有少陵才。

又 同上

汪　宏

岧壑攀躋入户扃,萸囊重佩古松廳。唐鄭路有松廳。霜林待閏寒初紫,晴岫浮空遠更青。穿谷晚迷仙客霧,聚垣秋見老人星。百年此度逢佳節,菊酒真堪制弱齡。

五子歌贈范月三、范迦陵、冒甚原、錢蒲心、姜躬受 同上

鮑　皋

帝改九疑作南岳，嵩恒泰岱俱不平。東海五山出五子，青天一握同死生。生平二范錢與冒，撞鐘伐鼓聲砰訇。西河公子更清發，靈篇動我金焦行。金焦在水孤不孤，奄有北固三山成。我生其間獨落落，登高望遠空復情。大風吹山不倒地，天吴海水愁無際。城中培塿笑殺人，金鰲撇波徑孤詣。孤行逕詣廣陵城，薄遊略徧人間世。廣陵城入青雲端，廣陵城中尠所歡。耳有五子一未面，欲釣東海無長竿。清晨冒子忽相造，爲話夙昔傾懷抱。乃知數子東海濱，鮑生之名口常道。山川間之氣自通，同心同命無不同。男兒紛紛重意氣，生不讀書屠狗雄。五山聯緜山五峰，五子五子誰最工。冒子中立五子中，一吟大壑來悲風，慎莫浮沉龍伯龍。海門倚望日渺渺，倘有扁舟吾欲東。

再寄東皋五子 同上

前　人

昔遊東皋無所遇，天風吹落焦岩句。我愛簫吹大海秋，人驚酒化雙峰雨。文章交道如有神，不須相見已相親。寄言五子東皋者，皋亦皋聞社裹人。

偶畫梅花、牡丹共一器，戲題解嘲，即用贈我友萁原，以博一笑 同上

前　人

魁春獨早殿春遲，難老其才待主知。今日相知年正少，武皇休道不同時。

送萁原返里 同上

嚴　爵

揚州作客共留連，深杯明月前。看秋盡又過寒天，君歸雉水邊。　歸去好，有妻賢。斗酒娱新年。老夫獨擁敝裘眠，飄零誰更憐。《阮郎歸》

贈冒萁原 同上

曹學詩

千古風流兩辟疆，板橋舊夢已蒼茫。聽鸝有客來金谷，化鶴相思在石倉。作賦可能吞溟渤，論詩豈説占瀟湘。醉餘驢背分吟去，且取梅花雪裏嘗。

立春日送冒葚原歸里 同上

潘　寧

歲閏逢春早，關河凍已開。泛鷗三日後，杜詩："鷗泛已春聲。"射虎一時回。童子争窺句，高堂待捧杯。新年家慶足，望爾即重來。

又 同上

宋學達

歲逼良朋散，天涯次第回。未曾今日別，先問幾時來。河淺冰難釋，情深首重回。歸途風雪急，更進手中杯。

酬葚原歸自揚州以耿餅胡麻酥見餉 同上

姜任脩

風雨懷音遠，催寒蟪亂啾。淮南攀桂樹，歲莫怕淹留。烟火人間食，芝苓世外饈。引杯欣有藉，勞積數從頭。

廣生謹案，葚原公諱春榮，太學生，縣志有傳。

葚原壇長爲歷亭太史邀修象山志，事竣過揚，抱痾僧舍，出所著傳記讀之。來日復理棹望江，緣賦長句，以送其行

潘　泉蒙山

信史初成浙水旋，相逢僧舍藥爐煙。文章醇古傾醪讀，忠義鬚眉藉穎傳。皓首問津吾道重，青山多媚故人緣。望江一棹連分手，寄語親朋紙未宣。

雨中官廨種竹和葚原大哥壇長元韻併正

史鳴皋

惆悵都歸春水空，撩人清影出幽叢。心情俗到難醫處，一想披襟當好風。
好風最是月明多，自引玉簫疑放歌。會聽鳳鳴譜新曲，丹山有竹海無波。
昔年學寫竹千竿，池上淋漓墨瀋寬。此日西窗移植得，精神重向个中看。

戊寅夏日，次葚原大伯雨後種竹元韻，録呈教政

史發蘭

西園雨歇晚晴空，植取亭亭玉一叢。却似緑雲初出岫，迎人不是柳條風。
由來勁節此君多，把酒披襟發好歌。更愛月明臨檻水，瀟瀟碧葉漾微波。
傍松倚閣兩三竿，何似渭川千畝寬。聊借一枝期結實，九苞擬向个中看。

己卯夏，喜萇老世長先生見過，率賦呈政

費　冕

一别三年悵遠征，吴門重會敍平生。丹山直筆新成史，碧海狂吟舊著名。里社歸來應得意，英雄老去尚多情。憑將杯酒澆離緒，忍向河橋更送行。

萇原兄修象山志成，來廣陵，抱恙僧室，出册索詩，賦此請政並和。次日田雁門有觀荷之約，故有七句

殷成柱鶴村

兩浙名山天下奇，搜羅盡入一囊詩。煙霞大地那遺憾，梨棗平生無愧詞。僧院人來梅雨後，畫船病減藕花時。明朝緑障湖邊約，又是看花説别離。

萇原社長老先生過我不值，適余南澗還，遇於塗次。復來南屏茶話，作此請正

西湖僧　篆　玉

從不作游想，出山復入山。無人將柱杖，引我有潺湲。苔徑緑陰滿，寺門雲影閑。清言斜日下，合覓好詩還。

山舫新成，招同人詩以落之，分韻得“二蕭”

篆　玉

船子家風豈遽遥，一椽依樣駕山椒。石帆不向中流挂，烟駕何曾彼岸摇。清聽澗阿泉泱泱，疑分篷背雨蕭蕭。同岑合有尋詩興，雲海無波静可招。

拙句呈甚原大哥先生教正

畢懷圖

去水無時還，分雲有時聚。雲與雲本親，聚實誰爲主。
别君行十年，離憂路幾千。我歸君至此，此會由天全。
未見索我詩，意恐挂帆速。既見贈我書，知我平生欲。
古之狐史筆，今之遷固才。瀾回百川狂，眉驚十丈開。
泰山容培塿，滄海渺稊米。昔眷諒已然，兹遊還似此。
城西訪仲蔚，郭北看荷花。人間同感舊，地下那聞嗟。
鷗鵬不肯集，時大兄有智州之行。新篷亦暫息。圖亦不久在家。後會定何如，但願勝今日。

懷冒甚原 石渠故人遺稿

江大錫

相違只隔一柴灣，曾與嬉春日往還。記得詩成人共醉，四更殘月上松關。

留别鄭板橋、冒甚原、錢翥寰諸子 石渠故人遺稿

李士周

一盞同消十日陰，輕裝負不出寒林。北來風雨三年客，南去河山萬里心。作塚埋餘頭禿筆，充薪燒到尾焦琴。明朝匹馬長途去，雲樹江天入夢深。

桃花同黄文勛克業、冒甚原春榮、史歷高鳴皋、姜香嚴恭壽、陸書城景澄、王竹樓國棟，集生花軒分賦 隨月草堂詩

江大錫蘭野

桃花吹破曉烟空，白板橋頭柳外風。曾記雨晴村巷裹，賣餳人過一身紅。
新鶯啼上最高枝，紅粉青樓破夢時。欲把春心付春水，一溪流出碎胭脂。
嬌紅能學女兒粧，露出東邊宋玉牆。惱殺司香狂侍者，一枝偷折供空王。
渡頭婀娜棹歌新，不是尋常陌上春。分付漁郎休惹事，等閑勾引問津人。

篠園看梅，同鈕西齋汝驥、汪藥谿宏、秦磵泉大士、秦絮塘巏、冒甚原春榮、鮑海門皋分韻 隨月草堂詩

前　人

桃花驕馬木蘭舟，不到寒香冷地遊。曾記曉風偷眼處，一分開是一分愁。
野香吹醒病眠人，倚樹貪看側角巾。二十四橋紅粉淚，一時都化可憐春。
五更冷露三更月，有夢曾經卧碧苔。只恐香魂易吹散，倩人先築避風臺。

江南隨處種相思，命薄情深只自知。翻喜夜來風雨意，不教開到十分時。

題冒葚原小照 隨月草堂詩

前　人

陰陰竹樹隱茆簷，世外風光静裏天。此日羊曇亦無賴，肯容塵迹到花前。

寄懷冒葚原，兼呈同社諸子，即次秦碉泉懷葚原詩韻二首 隨月草堂詩

前　人

客思已蕭索，懷君空復情。迢迢江樹遠，葉葉海雲生。孤唱誰爲和，端居好自瑩。頻年報消息，兩地舌同耕。

作意持風雅，何人得似君。近偕威鳳侣，遥念野鷗群。詩句愁中得，江聲夢裏聞。願言寄高鳥，西北有青雲。

和葚原寄懷 隨月草堂詩

前　人

弔影方無奈，深宵一倚闌。故人懷我處，雪涕暮林端。被褐春田雨，吹簫古塞寒。窮愁都莫訴，頻仗把書看。

二月四日，同冒萇原夜坐西河之上，有懷夕、佳亭、越山、就研、西里諸子 臯原詩

姜恭壽

萬竹傳春雨，寒分兩處鐙。枯吟無厭歇，佳興或因仍。蘋草幾坪緑，烟波一夜增。明朝放船好，相與過田塍。

奉懷冒萇原夫子 手稿

姜　展東甫

數年化雨絳帷中，劣質難言道已東。三徑松筠含夙雨，一庭楊柳待春風。杏壇閑坐龍門席，蒲里羞乘鮑氏驄。放艇何時重侍立，西河尊畔雪初融。

聽箏同冒萇原 瀟湘館詩鈔

鄭　進駿初

促柱移絃曲暗更，曲中恩怨未分明。何時更對西窗雨，再遣春橋入曼聲。

題鄭駿初秋夜課子圖 瀟湘館詩鈔附録

冒春榮甚原

我讀韓公詩，居諸不虛擲。勤懇課阿符，燈火城南宅。吾友鄭蘇門，結茅列圖籍。時秋際新涼，天宇静如拭。三逕鞠有華，懷袖凝香色。佳兒各一編，誦聲出簷隙。籬外静聽之，澹月横空碧。

内人手種晚菘喜而有作 東皋詩存

冒春榮

不信拈花手，能治種菜田。殷勤學老圃，辛苦過寒天。防雪多培土，疏根更引泉。庾郎有早韭，風味許隨肩。

内子三十生辰 九月七日。　同上

冒春榮

十年舉案愧梁鴻，交謫無聞識固窮。荆布收藏勞質庫，米鹽支借諱家翁。團圞兒女東籬酒，冷淡花枝九日風。落拓半生真負汝，自慚薄技是雕蟲。
無限傷秋百感生，黔婁終日掩柴荆。誰家不貴金爲飾，獨爾能甘菜作羹。鵶柏葉紅風乍冷，茱萸節近雨初晴。燈前細讀文淵傳，畫虎如余已不成。

寄内人病中 同上

冒春榮

一病經秋晚,西風刺骨寒。致卿疏藥裹,以我太艱難。節序驚頻過,鄉愁積萬端。相思底須道,聊爲勸加餐。

廣生謹案,葚原公配爲□孺人。

秋日送葚原歸窆 東皋詩存

冒禹書

秋風瑟瑟摧黄葉,十載相依盡此時。目斷烟雲空有淚,素車敢負故人期。

過亡弟葚原墓 同上

冒春榮

斜風細雨野棠村,寒食聲銷杜宇魂。十載西堂空有夢,謝家春草阿連墳。

得敷原從弟凶問 同上

冒春榮

功名未了此生緣，夢幻無端一病捐。入世那堪旋下世，少年不信竟無年。寸腸似結何時展，雙淚如珠鎮日圓。每慟孤棺歸萬里，于野叔父卒於德陽官署。可憐季子又重泉。

式微久矣感桑田，慟哭夫人更慘然。兩世孤孀空白髮，廿年辛苦冷黄泉。關河夢斷青山外，風雨魂消翠閣前。縈翠閣，敷原書室。生此何心死何意，幾回搔首問青天。

廣生謹案，茁原公諱春澤。

過家上苑 江蘇詩徵

冒漢書

鶯聲三月盡，得此倚闌干。江柳烟雲重，海棠春夢寒。芳時真不再，佳句最爲難。殊愧故人意，殷勤致一餐。

懷從兄寄亭 東皋詩存

冒春榮

十載飄零少定踪，天涯斷梗有誰容。他時若到長安道，先對司空説士龍。

四憶詩和柏銘叔 家譜

冒 炯

强項詞壇老擅場,寄亭丰韻最難忘。好詩不襲陳言腐,趣語能教舉座狂。鄉黨品評誇月旦,人倫衡鑒任雌黄。至今夏扇冬罏夜,猶憶當年齒頰香。寄亭茂才。

初夏歸自泰州寺齋同冒上苑賦 江蘇詩徵

石寶玉

驅馬旋歸阮步兵,還從虚館度幽清。松陰半榻有山意,梅葉滿窗來雨聲。往事那能忘夢寐,故人終不負平生。閑中好共垂簾坐,細聽高枝啼亂鶯。

廣生謹案,上苑公諱春林。

曾姪孫上苑花燭 手稿

冒 褒

九萬雲程在,難逢千里駒。鶯遷宜種玉,瓜瓞看懸弧。人月團圞巧,花燈爛慢鋪。白頭王母健,三世足歡娛。

花朝宗祠會課，時孤姪侍側，凄然有感 續東皋詩存

冒國柱

一歲幾佳辰，花朝致可喜。家庭良讌會，含毫拂素紙。顧余逢兹辰，悲感由兹起。貧富何足論，盛衰亦常理。惟有骨肉摧中腸，展轉不釋憂成痞。憶昔橐筆共簪毫，雁序隨肩同大被。天奪其良人，百身誰爲贖之誰遣此。几上舒雲箋，膝前偎猶子。對此翻教血淚垂，況是佳辰增瀰瀰。死者化異物，生者安所倚。先代書香十五傳，一綫宗祊視此子。我雖無續似，我尚有猶子。古今豈無孤獨人，香山涑水曷勝紀。眼前莫負滿園花，不如且進杯中旨。

廣生謹案，孤姪謂文焕也。文焕字瞻雲。

冒孝婦詩 澹仙詩話

熊　漣

孀姑有媳稱賢孝，竭力兼能事伯翁。視寢燈挑殘夜雨，添薪藥煮曉窗風。掖扶已自忘饑凍，辛苦何曾怨困窮。白首撫孤恩義篤，天教報答在閨中。

孝婦行 爲冒介原先生姪婦陳作。 畊南詩鈔

黄　理

爲子當孝孝有幾，爲子婦孝益難矣。事姑已難況事翁，事伯翁非事翁比。吾師八十鰥

且獨，膝惟猶子文焕相依倚。猶子十月父見背，維時母少志初矢。不有伯父郵孤寡，一家骨肉同就死。猶子於伯孝當然，猶子之婦何知爾。事孀姑一似事親，事伯翁乃孝如子。伯翁卧疾動經旬，夜半呻吟聞即起。上牀親掖下牀扶，才進羹湯旋藥餌。爐火灰深撥復然，竈下晨炊愁無米。當户暫停機杼聲，負汲自勤薪與水。天寒水冰十指裂，衣裳朝朝勞澣洗。嬌小不矜在家時，憐有慈親使有婢。憔悴恐令夫姑憂，伯翁病起孝婦喜。道韞只解小郎圍，大家但續父兄史。豈無華族與素封，海内近來僅見此。

廣生謹案，陳孺人爲雲瞻公配。

題冒小謝桃源圖

沈裕本廉溪

昌黎辨駁原多事，一部《南華》本寓言。悟到地偏心遠意，結廬人境一桃源。
菱環一路水潺潺，中有詩人静掩關。戎馬風塵飛不到，武陵原只在人間。

又

嚴景華鈺卿

依舊嬴秦地，曾無漢晋人。山中千日酒，世外百年身。花鳥春長在，煙雲態亦真。仙靈不可接，空復悵迷津。

廣生謹案，小謝公，諱安石。

題冒璞原樵歸問渡圖 蒲上題襟集

凌　霄

斧丁丁。把風枝霜葉，挑出一肩輕。轉過林限，穿來山徑，厓根聊自消停。向渡口，烏篷遥唤，隔溪烟，偷眼覷娉婷。波蹴情瀾，妝明水鏡，人蕩心旌。　想是天台路近，有珠宫仙子，扶棹前迎。乍認劉晨，還疑阮肇，低聲錯唤郎名。定笑問，歸從何處，白雲中，應罷爛柯枰。儻肯相攜作伴，願號樵青。《一萼紅》

題冒樸園聽泉圖 暰南詩鈔

黄　理

白雲何閑閑，蒼松何莽莽。緬惟曠懷人，於焉恣孤賞。空山寂無聲，一道流泉響。

廣生謹案，璞原公諱玉田。

鈺兒調襄陽從事軍政，寄詩勉之 原注：時嘉慶壬戌秋日。家譜

冒　篁

聞道干戈尚未平，又從戎馬作書生。風吹鼓角愁雲散，露冷旌旂夜月明。知士運籌安社稷，男兒奮志立功名。漫云鞅掌辛勤苦，欲報君恩在此行。

過碧桃軒,次韻同葵原作 手稿

朱　琦

每過君處興偏豪,朗朗書聲入耳嘈。交契數年忘芥蔕,詩嚴一字辨釐毫。客中授業同齊傅,醉後狂歌雜楚騷。回首鄉園人面隔,不堪重話舊時桃。

再過碧桃軒,叠韻同葵原

穆克登額

久羡齋幽主更豪,入門先聽鳥聲嘈。兩心洽對千巡酒,七字詩成一管毫。客近風流才免俗,人多蘊藉合稱騷。他時此興知多少,要賞芬芳一樹桃。

元夕讌集同葵原,分得明、星

朱　琦

舊雨頻來取次迎,喜逢佳節正新晴。梅全破蕚春初透,人麗張燈月更明。地主豪情足千古,天涯良會證三生。盡歡不厭通宵坐,一任銅壺漏幾更。

年來知己等晨星,容易芳筵集旅亭。須識清閑皆是福,不分賓主總忘形。千巡酒盡憐宵短,一座詩成重性靈。臨別我還隨客去,爲愁別後倍零丁。

元夕讌集同葵原，分得開、橋

穆克登額

萬家爆竹響如雷，佳節難逢笑口開。滿巷喧聲遊客過，一庭月影故人來。獻詩聊接東皇駕，把酒深慚北海杯。舊雨重團欣作賦，主中賓亦喜追陪。

殘雪溶溶濕畫橋，荒園風景最寥寥。梅因臘去容逾瘦，柳爲春來眼帶嬌。最喜同堂皆我輩，况逢美景正良宵。湘簾半捲天光浄，不負高吟玉燭燒。

醉後步月，同葵原、煦齋

朱　琦

小步天街萬景澄，芳筵初散露華凝。月當佳色逾添豔，人憶先皇罷賞燈。敗興生憎逢俗士，敲詩相約訪山僧。煦齋擬訪慧脩上人。九衢踏遍歸何處，一夜桃軒客思增。是夕宿碧桃軒，與葵原話故鄉事。

次雲岑生日述懷韻，同葵原作

穆克登額

幾度憐君在客邊，遥聞此日志欣然。鶯花鬬麗將三月，風雨挑燈又一年。王粲登樓唯作賦，陳蕃留榻莫言旋。傾尊且作今宵樂，寧任藤陰灑牖前。

雲岑有詩致謝,復同葵原作

穆克登額

如流歲月感蹉跎,且聽鶯聲花外過。綺席今朝唯我賦,旂亭他日屬誰歌。客須華髮方成壽,人要知心不在多。此日風光同有會,稱觴何必鬢皤皤。

次韻寄懷葵原

穆克登額

風軟湘簾静不嘈,花光日影任低高。思君每日情何限,夜夜相尋夢也勞。
南北當年思若何,於今情更不消磨。只因聚會常能久,一日别來故覺多。
咫尺相思路豈遥,高齋念處手頻搔。劉郎自是多情甚,不到玄都也憶桃。

廣生謹案,高祖葵原府君諱鈺,官湖北荆門州同,縣續志有傳。

秋山帳額圖爲冒懿庵别駕作 蓮因集

沈毓村

浙東煙雨片帆開,曾向西湖打槳回。好水好山看不盡,秋風捲入夢中來。

廣生謹案,懿庵公諱際雲,浙江湖州府經歷。

題冒滋田毓麟圖 鰦田草堂詩鈔

同里 嚴景雲伯卿

人生倏忽如轉燭，萬事勞勞受縛束。鄧通銅穴鬱嵯峨，至今蔓草埋荒谷。長安貴人甲第高，丘山一慟同蕉鹿。浮雲終古自悠悠，富貴於我何榮辱。所賴克肖有後賢，繼繼繩繩能似續。君是榜花舊世家，簪纓累代稱華族。先澤緜延庇蔭多，荆珠連理排雲簇。閨中琴瑟咏好逑，衾裯共抱顔如玉。不謀榮利樂鳩居，襟期瀟灑怡花木。祇緣膝下嗟無兒，行年四十猶煢獨。畫工繪作毓麟圖，熊羆指日驗夢卜。翩翩錦襁兜珠璣，扶手相將笑容掬。心香一瓣祝蒼穹，此願能償願亦足。我今舉筆前致詞，思君雅號爲君勗。樹滋灌溉功必深，情田長養機應熟。寸衷得失須返求，百般妄想嗤流俗。古來陰隲皆耳鳴，善人有後理不惑。請看一樹瓊花枝，挺秀先由根茂育。

廣生謹案，滋田公諱□□。

冒心田招集洪稚存、孫淵如、陳桂堂、汪春田、蔡芷衫、曹澹泉、朱春生、張遠春、張寄槎、鮑野雲、程禹山、蔡琴叔、王柳村諸先生秦淮水榭，予以病未赴約，王冶城敦促成詩，率占二律 録一　江蘇詩徵

泰州 田　琳鶴舫

十年頻放秣陵舟，怕向秦淮説舊遊。弔古只餘烟月在，看山恰值雨雲收。人吟紅燭尊前句，簾捲青溪水上樓。莫怪旁觀生健羡，此閑風景最宜秋。

冒心田集同人於秦淮水榭，爲題其購復水繪園詩册。是日集四十四人 種竹軒詩

丹徒　王　豫柳村

海内論風雅，争傳丁酉年。那知百年後，賓客又華筵。依舊簾前月，垂楊欲化煙。古人不復作，淒絶是冰絃。
清澈三秋月，寒懸百尺冰。騷人怨芳草，名士託高僧。出岫雲難定，在山泉自澄。卻憐梁苑客，不共到今稱。巢民先生與雪苑絶後稱三公子。
亭以枕煙碧，池還洗缽清。泥香舊時燕，花識故巢鶯。興廢百年感，林泉此日情。相逢俱壯歲，努力事修名。
惜此良宴會，人生能幾時。垂垂白下柳，愁入曉風吹。酒外餘肝膽，花前易别離。快園與曲水，今昔感如斯。

題冒心田水繪園圖 青苔館詩

丹徒　張學仁寄槎

高樓夾道紅塵起，獨有名園愛依水。沁水亭臺藍水莊，參差影落澄潭底。雉皋公子列侯家，甲第高門道路誇。累葉貂蟬聯滿座，更兼季弟擅才華。謂鑄錯先生。奇峰片片芙蓉割，樸巢結構神工奪。一奩春水畫成紋，闌干倒影波光活。藏嬌不數鬱金堂，結客休尋紅豆莊。妙質董姬依秀影，東海秀影，本張公亮語。花間捧硯見雲郎。名流湖海争來集，商丘陽羨齊聯席。因樹樓中銀甲彈，枕煙亭畔瑶箋擘。忽聞飛檄渡江來，北掖門空鐵鎖開。璧月瓊枝餘粉黛，離宫别館盡蒿萊。銅駝陌上秋風冷，鐵騎聲中夜雨哀。漫惜彎弓朱雀桁，誰憐繫馬鳳凰臺。風流頓歇十餘載，詩人老去青山改。干戈幾處戰場多，鉤黨誰家遺業在。畫閣崩頹卧竹枝，緑窗窗𥨪罥蛛絲。已看醉石移官道，更見漁舟網習池。曲榭虚廊杳難識，蒼苔無復停車迹。一角荒城對夕陽，空餘雉水流寒碧。何期此日識王孫，握手論交白下門。丁字簾前親擫笛，辛夷樹底共攜尊。文章淋

漓英氣逼，落筆偏工述祖德。色養蘭陔屋宇新，園爲黔山先生重構。吟聯棣蕚聲名籍。張筵高會對清淮，歌板初停夜漏催。自出畫圖傳妙手，更徵詩句著新裁。我展生綃意悽哽，感舊思今復豪飲。但識東林姓字香，那知南部煙花冷。梅花百樹擁成村，過客重題盡愴魂。惟有昔時王謝燕，歸來還識舊巢痕。

如皋冒心田招集秦淮水榭 同上

張學仁

寒煙籠水月平堤，燈影花光夾岸齊。千里詞人來白下，六朝山色滿青溪。狂歌入座逢新雨，高會經年憶舊題。去秋同人集莫愁湖。結綺風流銷未盡，鄰家莫唱夜烏啼。

贈冒聖農即送南歸 水西閑館詩

天長　程虞卿禹山

君乃巢民五世孫，襟懷磊落真絶倫。元龍豪氣那足數，寶刀結客餘風存。燕市高歌發長嘯，劃然如見江南春。我本楚狂友，更耽高陽酒。歧途落拓二十年，侯門不肯輕低首。憶昨文章謁巨公，雪泥踪迹留飄蓬。忍使秋風坐蕭瑟，寒雲敗葉金臺東。送君此行勿悽切，到家好踏香林雪。香林在水繪園内。君不見，龍樓鳳闕雙徘徊，清時廊廟方愛才。明年春色上林早，馬蹄快逐東風來。

戊午，余識冒聖農於京師，示復水繪園圖，一時名公題詠已夥，余曾爲之序。庚申南旋，中道訪聖農於雉皋，留寓得全堂，並邀遊水繪園。妙隱香林乃園中第一境也，其尊公即以爲號。是處老梅猶昔，亭榭半存，餘則荒蕪殆盡。因繫以長句 同上

程虞卿

昔爲君敘妙隱詩，春風南望勞相思。今日名園一眺覽，追攀欲盡湖山奇。主人指點昔賢迹，百年忽動蒼涼悲。巢民結客擅風雅，歌童勸酒相遊嬉。金壺滿瀉鷺鷥盞，花月一爲斟酌之。老梅蹲徑若拒客，怪石點綴形支離。伽陵漁洋數名輩，曾來樹下拈吟髭。前人後人不相見，感此涕泣辭金巵。主人不語老梅笑，世間只有詩人癡。

觀冒聖農畫梅 曠觀樓詩存

同里 朱　霖 霽橋

醉墨淋漓舊有名，我來剛值怒花生。若非老筆凌雲健，争得虬枝帶雪横。半世冬心憐汝獨，孤山春色許誰争。克莊正要攜銅笛，乞取寒香與訂盟。

上九小集河北草堂，次冒聖農先生上九韻 三十六峰草堂詩

歙縣 項　禧月亭

風流司馬已傳人，我輩須當愛此身。抱負每從詩裏見，性情惟覺醉中真。有花有月招佳客，無雨無風即好辰。莫問江南烽火事，桃源深鎖十分春。

廣生謹案，心田公諱冠德，官河南開封府同知，續縣志有傳。

題冒靜安負笈圖

楊廷柱鳳橋

天定生涯一硯田，古豐浪迹已三年。門前桃李多佳種，怎得栽培箇箇鮮。
海濱西望是皋城，雉水迢迢百里清。千古才名才子得，冒家水繪有誰争。
青箱累世跨鄉閭，石室蘭臺萬卷餘。不是瓣香傳秘鑰，兒孫休語讀詩書。
冒郎丰格最翩翩，况復貽謀有大賢。正好廣陵誇繼美，因何辛苦就寒氈。
擔囊雅愛從遊志，檢點牙籤富五車。料得便便盈腹笥，睡餘書味竟何如。
青藍變幻總何常，浪説帷開瑞鳳堂。指日文章堪報國，書香暗惹御爐香。

又

喬　普雲客

水繪哲裔今人豪，志氣激昂青雲高，百里負笈肯辭勞。座上春風階前雪，金追玉琢良工別，理境融貫心源澈。汲古頻年深復深，求珠滄海材鄧林，壽世榮世君其任。

又

朱雨田硯農

《六憶》歌傳水繪園，鉢池祖澤更誰論。雲孫復起如君樣，文彩風流今尚存。
耕情義圃漱餘芳，弋志書林走異鄉。負笈試看中古意，漢家李固與蘇章。

又

冒玉鐘于閑

古豐百里海東邊，却爲尋師負笈前。造轍車從衢路合，逢時雨到坼苗鮮。雞聲共對三更月，龍漏齊趨五夜天。好待學成歸棹返，聽君辛苦説年年。

又

范　輅于山

立志勤如此,英姿不等閑。追隨輕百里,景仰重名山。榜上花常熳,秋來桂待攀。靈椿期望切,努力慰慈顔。

又

鄭文輅月潭

昌黎山斗着芳標,玉筍班成列紫霄。更有名流來雉水,扶摇直到鳳凰橋。
水繪當年擅盛名,於今蘭蕙發新英。郎君載得縹緗業,萬卷何須擁百城。
襟帶翩躚逸態多,仔肩百里遠來過。錦箱新貯藍田玉,好向崑山就琢磨。
愛從桃李占春光,馥郁争看結桂芳。天禄石渠勤校理,才名應自溢縹囊。

又

石廷棟西橋

天然珍品重璵璠,風範遥承水繪園。八載磨礱嗟往事,先君子爲尊府西賓八載,故云。三更燈火羨今番。耽書欲識真儒業,負笈須遊大匠門。待得學成攀桂日,行看榜上又花繁。

又

徐宗勳星橋

水繪傳名久，何緣到海濱。圖中真面目，疑是舊巢民。
愧我株庸質，同遊大匠門。漫言辛苦事，聊與話寒暄。
世澤東皋厚，堂開自得全。胸懷羅萬卷，端不讓先賢。
自有鵬程志，難辭百里遥。風雲欣有會，振翮上晴霄。

又

冒弼工公輔

欲繼書香奕葉傳，辛勤負笈訪高賢。人逢麗澤皆同氣，業在名山好息肩。沾雨及門宜種熟，因風入洛到花前。白頭望汝南金重，日近長安尺五天。

余與聖農大哥生長黔南，兒時嬉戲，無間朝夕。旋兩家皆歸故土，一江迢遞，音問闊疏。雖秋闈屢經謀面，而離情别緒終覺與日俱深也。甲子首夏，買棹如皋，適聖農宦遊東魯，案頭檢得負笈小影，爰題二絶，并誌數語，以見廿餘年離合之緣，亦幾如癡人説夢矣

朱　縉也娱

一行作吏正逢時，負笈當年數舊知。豈是折腰求五斗，祇因不肯負書詩。
微官偏屬讀書人，不覺論交三十春。却憶兒時騎竹馬，願隨鞭鐙踏香塵。

里言恭祝聖農詞盟大兄嵩辰，即呈教定

徐　珠生莽

氣誼文章交有神，小春佳序頌長春。游踪詩句滿天下，奇節襟懷皆古人。繩武騷壇名益大，裕昆家世業彌新。停雲爲我山亭駐，醉獻黄花重比鄰。

十月初七日賦賀更生賢姪六十有二之慶

冒西庚

天涯到處有名篇，宦海浮沉一半年。往日奇文興國史，當時大雅亦詩仙。調羹正欲棋

花放，款客欣逢橘柚鮮。子比仲謀妻德耀，何妨偕隱在林泉。

冒聖農將爲長安之行，以詩留別，次韻奉和 菊潭詩鈔

沙增齡

拋甎幾度苦無因，惠我深慳筆下春。郢曲忽聞歌楚客，巢民今果有傳人。三春花柳新詞藻，四海聲名舊角巾。自愧生平矜鑑賞，不知騏驥在東鄰。

榮名誰謂累清名，報國勛猷在此行。宦海君先尋覺路，書窗我欲借餘明。交深蘇李分襟日，望切蕭曹濟世情。鼠目獐頭休亂擬，謝公出本爲蒼生。

題冒聖農畫梅 菊潭詩鈔

沙增齡

驛使誰傳塞上春，玉門關外謫歸人。拈毫自爲清癯照，猶帶天山雪滿身。

張南周北昔同居，一別梅花廿載餘。重向歲寒尋舊友，山窗勝展隴頭書。

題冒聖農墨梅 菊潭詩鈔

沙增齡

十載奔馳塞外塵，冰霜劫裏再生人。歸來自寫荒寒境，猶帶天山雪滿身。

冬日，薛仙踪景雲、薛朗亭鏡、石芸亭渠、冒劍城玉錕、曹筠園詔小集，分體 畊南詩鈔

黄　理

我輩感别離，初非天南北。城市與村居，欲見乃不得。之子遠相期，聯袂過蓬蓽。把酒呼比鄰，扣户來舊識。回憶同學時，光景如可即。萍踪一以散，各爲生計逼。今夕更相逢，和氣滿堂室。酒冷地爐温，詩裁窗燭刻。落魄亦何常，前途各努力。願無忘此會，孟冬之一日。

廣生謹案，劍城公諱玉錕。

同薛仙踪、朗亭、冒劍城、曹筠園、黄艮男齊中分賦 雲停詩鈔

石　渠

寒漏點點將初發，寒風瑟瑟侵户闕。銀燭參差影摇紅，漏聲不止風不歇。屈指别來幾度秋，歸帆昨始休中流。萬事浮雲不堪憶，同人聚首須狂謳。汝南黄生善賓客，金樽流光照琥珀。拔劍斫地歌莫哀，慚予仰視無能役。曹子少年興復豪，挾瑟攜琴誦楚騷。家聲綉虎行見繼，舉杯一醉傾吾曹。河東有鳳復雙至，珊瑚爲文珠爲字。欲知何物擬豐神，惟有蛟螭堪驅使。水繪後人最後來，高歌慷慨逸興催。吾身頻年苦逼側，笑口當筵始一開。開口欲笑忽不豫，城頭夜烏驚寒語。風送殘更入短扉，可憐薛二凌晨去。

冒南坡至自都門雨窗夜話 東皋詩存

吴毓賢

君來京洛染緇塵,我亦征衫馬汗新。入室同爲初到客,離家俱是隔年人。他鄉風雨驚心慣,故國鶯花入夢頻。二月已過寒食近,隴頭望斷一枝春。

廣生謹案,南坡公諱燦。

己卯除夕酬尚之姪惠畫梅及松枝 冒氏詩略

冒春榮

窗櫺雪灑褐衣單,手撥柴灰夜未闌。寄我梅花千百朵,畫圖展玩一消寒。
香儷園空樹石湮,巋然松作老龍鱗。對他不改青青色,只有竹如君子人。

乙卯寒夜,菩提僧舍遥酬尚之老世臺 手稿

興化 王國棟竹樓

蒲塘冬日烟水寒,萍蓬愁入羈人顔。忽投短刺眩老眼,百年世誼情相關。我閲三世君五世,序次考核詳班班。樸巢先生丈人行,先父稱謂誰能删。二難齒序實儕輩,通家倡和常仰攀。再傳文孫擅文譽,名隸軍籍俄拜官。厥嗣從戎裕韜略,勇冠軍伍超行間。功名遞著陝與蜀,河州死事寧生還。君年弱冠返鄉里,素業彫殘亦已矣。慈母徒能課讀書,故園廢盡空流水。名列膠庠成席珍,聯翩喜有能文子。名家子弟重本根,

事關先澤那不理。祠宇何年换主人，囊空義激窮厥始。披肝瀝血控上官，竟歸其半心未已。渡江舟便泊江皋，主人爲我同招遨。謂鄭可山。酒間氣誼足千古，慷慨乃是人中豪。贈詩道故久未報，搦管意興多蕭騷。江南所事竟何似，寒夜吟望城東坳。

廣生謹案，尚之公諱兆熊。

梅花和補之弟原韻 續東皋詩存

冒書嵓

玉雕鎪喜兩株同，含蕊噴香倚化工。苔砌有人坐卧月，茅檐無價古今風。一梢乍露天爲近，幾朵深藏山不空。鳥過何須驚剥啄，清吟淺酌夕陽紅。

廣生謹案，補之公諱仲舉。

試燈日，沙竹嶼、錢介三、冒補之、家晚晴及同社諸子，集袁北山生花社分韻 雲停詩鈔

石　渠

春來吟興未全慵，徑冷蕭齋訪舊踪。方外身閑齊入社，座中人老不支筇。酒傾佳釀紅螺溢，雨濕隣園碧草封。况值今宵燈事早，何妨歸屐且從容。

冒五補之歸自汉河同北山見過 畫雨樓稿

徐　珠

疏簾風動琴，月轉半窗陰。忽覺歲華晚，方知離别深。清言發幽興，薄醉倚高吟。欲識故人意，梅花是素心。

山齋訪冒鳴茹、壽衢兩秀才，並招小飲 更生齋詩集

洪亮吉

書聲出户蟲不鳴，山鬼一足深宵行。人頭魚身慣窺户，見慣不怪心能平。昨來酷暑剛三夕，讀得好書盈一尺。鄰翁最喜文字交，夜半煮酒來相邀。

重脩水繪園卷子爲冒文學鳴作 同上

洪亮吉

記曾彌勒與同龕，園中廢爲僧舍，近始復。小劫誰從静後參。撿點樓臺及魚鳥，風光依舊壓江南。
人物當年勝永和，時時觴咏雜笙歌。更闌偶向樓頭望，天上星無座客多。
雙鬢愁同萬樹凋，閑窗話舊雨瀟瀟。桑田是處連滄海，門外時時起怒潮。
雲郎去後小楊枝，檀板都吟絶妙詞。只有夜烏還記得，冒家園裏放燈時。

初春遊梓里，贈冒大筠壑 群雅集

徐　珠

悠悠春水送舟遲，寂寂蓬窗野興隨。芳草緑侵司馬墓，杏花紅到大夫祠。重窺東閣賡新句，又過西州感舊知。棖觸吟懷殘照外，把經來問仲舒帷。

過如臯喬雲客、冒筠壑、黄楚橋、吴玉田，及同里周綺村、朱石甫，屢得生庵消息 少山詩鈔

李　琪

聞説故人徐偉長，高歌不厭李生狂。每逢河朔諸詞客，垂訊城南舊草堂。情比春潮尤覺遠，夢懸夜月恐驚凉。平生知己如君少，欲報瑶華一萬行。

小詩上冒筠壑夫子 曠觀樓詩存

朱　霖

老坐青氈閲歲情，何堪白髮困諸生。傷心却怪扶風馬，長笛吹殘便得名。

廣生謹案，雲壑公諱鳴，諸生，縣續志有傳。

懷冒篘壑 嗚 故人遺稿

陳士達

羡子才華萬選錢，揮毫爲我寫鸞箋。予納姬，篘壑欲見，立和予所贈姬絶句原韻六首。果然國士由來異，不藉巢翁亦可傳。交道笠車盟世世，論文樽酒憶年年。幾回談及風雲會，争肯蹉跎戀一廛。

集箋石齋賦得鰣魚，奉答篘壑、篔谷 故人遺稿

陳士達

明日扁舟泊水涯，買魚就訪釣人家。網縈楊柳江邊樹，籃貯玫瑰市上花。恰比得鱸藏酒待，勝如遺鯉勸餐加。河豚一死何曾值，冷眼春洲長荻芽。

正月十九日雪，同篘壑過霽峰園，成三十韻 晝雨樓稿

徐　珠

凍雪壓林阿，清氣透石骨。仄徑取危坡，躋險屐齒滑。直上凌層巔，捫樹驚栖鶻。六花眩已飛，五出綻猶發。山蘚失翠錢，溪草掩緑髪。回飇袂易舉，積素衣屢揭。石床方玉瑩，甃井圓暈闕。面隰皓已盈，眺巘神偶奪。傾耳松下清，引領厓邊豁。峰回徑轉深，路曲山還折。迹印花入泥，步淺香在襪。廊長遠響送，閣迥清輝達。九株翠濤息，九松堂九松。萬個青玉戛。小橋望漉浮，孤亭藏巇嵲。陰壑埋雲根，雪深石皴裂。凍傾仙鶴巢，冷逼鼪鼬窟。隔嶺山茶開，隱約紅可綴。池館無暮烟，園

林如皓月。登樓曠遐矚,巑岫分峻潔。玉龍仍鬬空,元陰輝朗澈。北望聳雉城,繞墅環半玦。枝高花俯攀,窗拓山傍兀。白鷴影失素,冥鴻迹已没。寥寥暮鐘沉,隱隱簷鐸咽。訪戴慵刺舟,問袁深閉闥。寒空試白戰,貧士同蠖屈。烹泉邀陸飲,遣興閲緗帙。衝雪之子去,隱几予獨孑。寒燈照孤影,風壓竹枝折。踏冷亦云歸,濡毫事筆札。

次答冒大鈞璽寄懷之作 畫雨樓稿

前　人

鴻書飛墮碧窗前,離索情深感歲年。霜氣滿簾侵獨坐,月華隨枕照無眠。吟殘晚菊容消瘦,夢入衰楊意緲綿。兩處相思同不懌,逢人遥寄短長篇。

春夜冒鈞璽、王仙圃、鑑塘上人同集水竹居 畫雨樓稿

前　人

鐘鼓沉沉玉漏低,枝頭無那睡鶯啼。風簾住捲花英墮,烟幕空遮柳色齊。春困着人三日嬾,愁心和酒一時迷。緑窗共坐挑燈話,殘月宵深欲墜西。

正月十日，馬星樵、吴蘭谷、冒筠墾、黄楚橋、李澤田、王仙圃、鑑塘上人同過霽峰園 畫雨樓稿

前　人

疾風吹桑榆，暮景潛寒光。親往忍視息，愧感情内傷。有志忽克繼，孰云承青箱。世澤每愁湮，園圃慮就荒。首春始十日，梅開含芬芳。諒友尋舊好，踐約登兹堂。高樓仰遺挂，沉痛迫中腸。愁雲暗修夜，重泉杳難望。終天懷罔極，没世悲未央。登山眄喬木，有鳥順風翔。返哺聲何哀，徒令心悽愴。援毫愧彼鳥，涕泣不成章。

雪霽，邀冒筠墾、李澤田集春暉閣，分體 畫雨樓稿

前　人

歲暮元律窮，狂飈捲穹廬。漏深客已散，時還觀我書。我書觀未竟，微霰穿窗疏。寒燈耿四壁，餘光射庭除。搴帷雪初積，在目皓瑶瑜。南樓耀清景，夜色洞涵虚。擽聲遠聞竹，枝影旁交梧。舉杯欣且酌，既醉還傾壺。一宵紛六出，我夢何蘧蘧。清曉攬衣起，拾級樓南隅。長空戀玉戲，琪花猶芬敷。琳宫等瑶砌，飛檐繚天衢。下見文峰側，美人渺愁余。揮翰託鴻足，咫尺沈鴈書。感君肯惠好，攜手來踟蹰。開我東閣門，啓我西巷閭。呼僮貰美酒，命庖烹園蔬。斗酒雖淺薄，野蔬非精腴。遣此故交意，寧與羊羔殊。山明霽暮雪，林風猶唱于。莫辭坐永夕，高吟當和予。人生幻駒隙，何爲徒嗟吁。有酒不復樂，對景將焉如。天翁倘繼雪，滕六重奔趨。大地作銀海，空江斷樵漁。詩興方勃發，千言誰能拘。

十一月十六日冬至，同篘壑、澤田，拈得“長”字 畫雨樓稿

前　人

潛於剥復逗初陽，人事天時共覺長。北陸車回衝氣轉，南枝花發破寒香。冬心似繭抽春早，短景如梭擲歲忙。皓月當頭杯正滿，呼朋同咏杜陵章。

與茗旗、篘壑聯吟 菊潭詩鈔

沙增齡

偶向花前小逗留，清磁茗盌覆詩鬮。湘東筆列金銀竹，座上龍兼腹尾頭。七字篇章聯雅集，三春風景遣離愁。明朝帆挂邗江去，可對烟波憶野鷗。

冒篘壑邀予同過水明樓，看壁間徐司馬與客觴咏之作，率占一律，即呈篘壑 菊潭詩鈔

前　人

昨宵有客集名流，集得名流在此樓。佳士詩題金鏤筆，美人歌起木蘭舟。聞席間有蘇州女校書沈素玉度曲。荒園對酒山當面，傑閣梯雲樹拂頭。我向風前讀遺稿，溪邊驚起一群鷗。

陳若泉、吳文玉小集篁韻草堂，冒筠壑繼至 菊潭詩鈔

前　人

取次芒鞵印碧苔，蓬門旋復爲君開。相看二客能從後，竟似三人不速來。如此琴樽依竹徑，何須歡聚羨蘭臺。主賓興洽詞源湧，詩就無煩擊鉢催。
吟成一字一珠璣，重剔蘭釭未燼煇。遠寺鐘聲催月上，沿街更鼓促人歸。杯停尚覺豪情劇，袂判猶餘逸興飛。相約再爲燒笋宴，還從花外款山扉。

冒筠壑遠寄見懷詩一章，即賦四律奉答 菊潭詩鈔

前　人

天末涼風句，燈前正細哦。忽君將筆札，問我近如何。兩地神交切，同心契合多。入懷比明月，吟望樂婆娑。
遍閱金蘭譜，知心有幾人。抒忱在肝膽，相賞出風塵。恬淡情偏愜，癡狂意獨真。只憐生計拙，較我更清貧。
薄俗誰青眼，任君如此寒。天心多拂亂，吾道屬艱難。丹闕慳推轂，青氈勝拜官。何當辭馬磨，努力學鵬摶。
知爾終無補，自慚仍面朋。漆膠投有分，縞紵贈何曾。轉以命途舛，頻勞憂慮增。好憑歸晤後，重剪一窗燈。

正月十日，徐德泉同冒筠壑見過，邀至霽峰園觀梅 菊潭詩鈔

前　人

何來雅契結烟霞，空谷驚傳韻事賒。偶逐春風來竹徑，相邀明月看梅花。交因舊雨聯新雨，人趁韶華樂歲華。勾引閑雲時出岫，逋仙晚共鶴還家。
滿園香雪近黄昏，路轉溪橋正到門。曲檻回廊都入韻，空山流水欲成村。今宵祇可談風月，歸去還疑繫夢魂。索笑巡檐幽興劇，芳情不用倒金樽。

雨中吴定生過訪，冒筠壑繼至 菊潭詩鈔

前　人

春陰門巷午啼雞，客至搴帷日欲西。暫喜論心憑玉麈，驚聞刮目試金鎞。時定生眼爲傖夫所傷，幾至喪明。棋敲深院當窗雨，屐想歸途没骭泥。忽報故人重接踵，羊求欣賞快招携。
鳳舉鴻軒入座齊，偶因交吕復攀嵇。東南分列扶風帳，筠壑館林梓，定生主講東亭書院。角逐雄争抉石猊。卜夜清談消積雪，堆盤早韭剪春畦。樽前痛話今宵別，雲樹江天望易迷。

掬青樓牡丹盛開，滎川倩予書致筠壑，爲賞花之讌 菊潭詩鈔

前　人

鱗鴻尺素手親裁，報道名花正怒開。蜀錦千盤新雨濯，扁舟一棹故人來。相逢握手仍詩卷，盡夜論心又酒杯。我向客中代招客，佳賓賢主兩無猜。

櫻笋厨開四月天，沉香亭畔敞瓊筵。春風拂檻霞成幄，金鏤裁詩綵作箋。才本清華徵絢爛，人能富貴即神仙。休文占得郊居福，歡會何辭斗十千。

書近况寄筠壑 菊潭詩鈔

前　人

一從分手菊花期，溷迹江村百不宜。長夜無眠將晝補，俗言污耳藉書醫。秦淮重醒鈞天夢，蕭寺孤吟下第詩。遥憶故人亦羈旅，追隨勝我有佳兒。

冒筠壑齋中看牡丹 菊潭詩鈔

前　人

名花從來如名士，文采風流嘗爾爾。精英焕發光華凝，壓倒千紅與萬紫。花中蘭蕙亦稱王，不傳其色傳其香。梅粧曾占百花頂，清極未免凌冰霜。牡丹獨似豐年玉，十色五光香氣足。鮮妍艷麗清且新，一樣富貴能不俗。東皇用盡全精神，精神并作此花身。風度端凝臺閣體，合是詞臣作相臣。我輩忝稱藝林客，班香宋豔傾茅液。梅寫豐

標蘭寫神,欲向牡丹藉福澤。春風爛漫三月中,洛陽羅綺炫成叢。輭綉天街新奪錦,意氣與花將毋同。主人聞言心俱煖,約予長作看花伴。消受如何方盡歡,花滿酒滿更月滿。

過佛山,是先曾王父舊治,訪吴荷屋中丞舊居

冒廣生

世界枯荷在,行篋携中丞贈曾王父聯,文云"長吉精神義山骨,荷花世界柳絲鄉"。堂階大樹荒。中丞筠清館片瓦無存,大樹堂,其祖居也。百年有桑海,五斗式桐鄉。炙醯還遺俗,佛山柱侯醬最有名。回車已夕陽。寂寥老孫子,賣藥學韓康。大樹堂内有賣藥者,詢之,爲中丞姪曾孫。

壬戌仲春,由雉皋移家海陵,項月亭、冒筠千餞飲於雨香庵,次韻以謝 蓮因集

上元 楊長年

鳥不争巢過别枝,自開户牖費支持。蘆汀或有鷗盟地,竹實原爲鳳食資。適館我題《黄海記》,月亭以其祖《黄海記》屬題。倚裝君出草堂詩。幾家夢裏頻來往,只在風清月白時。

題冒篘千水繪園讀書圖 水繪園讀書圖

嘉興 沈 濤西雝

狂華吹滿屋三楹，流水縈回曲繞城。歌板酒旗零落盡，夕陽影裏讀書聲。
裙屐風流彼一時，樸巢今又見孫枝。林泉亦有昆明刦，莫問當年洗缽池。

又 同上

范崇簡

名園水繪鎮江天，家學淵源一脉傳。風雅自存真面目，兒孫應振舊林泉。湘中閣上追前哲，洗缽池邊仰後賢。公子遺風應不忝，通家累世倍欣然。

又 同上

通州 朱 瑋石甫

四公子記老巢民，海内名高退隱身。半角殘山數枝柳，披圖猶有讀書人。
離愁相訪賦新詩，年少風情杜牧之。我比倦眠蠶更嬾，爲君辛苦吐春絲。

又同上

通州 李　琪少山

借園書畫幾經年，萬樹梅花盡化煙。余叔曾祖晴江先生有借園，在白下，今已荒廢。何似君家一池水，至今猶泊酒人船。
亦曾小憩雉皋城，爲訪名園趁晚晴。記得柳梢新月上，依稀知有讀書聲。
今朝過訪枉高軒，一見披圖爲細論。棖觸秋風游子夢，白沙翠竹舊江村。
文采風流自昔時，世間難得後人思。平泉竹石知多少，輸與巢民是一枝。

又同上

同里 徐　珠生庵

東陵誰問故侯園，老屋城根却種田。瓦礫荒涼蓉菊地，柳榆蕭瑟雁鴻天。江山文藻悲何在，香影眉痕憶可憐。寄語蠻蝸休觝觸，清門堂構好相傳。

又同上

通州 沙思祖淩齋

樸巢老人歸道山，遺址傾圮榛菅間。冒生弱冠繼前軌，一椽重葺依城闉。清才踔厲非等閑，丰姿倜儻超塵凡。胸羅星宿筆扛鼎，兀坐手披書百函。水繪園鄰露香館，問字之車頻往還。古木號風起遠籟，吟聲互答疑韶咸。忠孝典型述祖德，器識文藝留美談。君材杞梓兼楩柟，青箱家學宜追攀。佇見騰驤步瀛館，燃藜天禄勤搜探。

又 同上

顧畹先栩卿

豪華舊迹已迢遥,時聽書聲出小橋。如此名區堪寄讀,端因有福始能消。
庭花岸柳自精神,風月年年幾度新。珍重芳徽垂不朽,平泉金谷更何人。

次冒鹤千丈招飲虹橋村舍原韻 三十六峰草堂詩

歙 項　禧月亭

歡場切莫放匆匆,吟醉年華不合翁。月色偏欺秋鬢白,梅花恰對酒顔紅。人因避世山林好,交到忘年水乳融。幸有虹橋能愛客,斜陽零落霽峰空。斜陽館,黄氏别業。霽峰園,徐氏别業。
深鎖重簾寒不侵,圍爐團坐共閑吟。青山夢遠終酬約,白雪聲高孰賞音。萬木環成名士宅,雙橋寫出畫家心。慚余難繼風流業,枉説江南項墨林。

水繪園修禊,次冒鹤千丈原韻 同上

項　禧

修禊三吾又一時,江城半角柳千枝。今宵莫唱《桃花扇》,當日空傳《燕子》詩。山似多情青叠叠,水如有恨緑差差。來尋二百餘年迹,老樸横陰覆滿地。

穀雨後八日，招白門楊樸庵、楊柳門，雉水宗友石、冒筠千、顧樸齋先生，古香書屋賞牡丹 同上

項　禧

昨日天氣暖，花枝開已滿。今日天氣寒，勒住花不殘。昨日雨風今日晴，或暖或寒天有情。開筵盡招白頭客，與花皆是舊相識。

筠千先生招集普陀庵賞牡丹，次友石先生韻 同上

項　禧

招提枕郭二三里，籬落環溪十數家。昨夜東風施法雨，今朝西竺散天花。香來静裏香逾潔，色到空中色轉華。我是玉皇傳彩筆，詩成滿紙燦雲霞。

春分前一日飲虹亭村舍，次筠千韻 同上

項　禧

處處紅樓罷綉紋，踏青歌起隔溪聞。怪他燕子真無賴，浪把東風一翦分。

立夏日醉茶庵看牡丹,次筠千韻 同上

項　禧

結伴尋芳記去年,光陰恰是嫩晴天。花如含笑還相識,鳥亦無言似解禪。瓊島雲深酣睡蝶,玉樓春滿醉群仙。山僧何事忙難了,爲餞東風又啓筵。

立秋後三日,與筠千、樸齋北郭看白荷 同上

項　禧

曦輪碾破江天碧,濃露如雨高梧滴。披衣起趁曉風涼,碧霞山下訪詞客。示我芙蕖詩,動我蒹葭憶。虹橋老漁舊知津,行行共出北城北。方塘半畝一鑑開,柳陰小立香風逼。或疑翡翠盤,走洩水晶魄。或疑滄海波,鷗鷺群相擊。或疑陰嶺松,餘雪萬堆積。或疑緑雲錦,天孫玉梭織。憶初束髮游淮陰,二帝祠前萬株赤。紅闌十二壓清波,采蒲歌起覓無迹。又憶蕪城小西湖,一棹時向花中息。醉餘長嘯平山巔,隔江諸峰相拱揖。吁嗟乎,勝地而今半劫灰,何堪往事説平昔。吾儕行樂須及時,流光轉眼如電擲。明年再訂重來盟,花如解語應相識。

廣生謹案,筠千公諱汝翔。

冒筠千以河鰡見餉 菊潭詩鈔

沙增齡

罨靄雲陰天四垂,黄梅時節雨初絲。觀河正動臨淵羡,忽拜南嘉得旨詩。

饜飫從他筮朵頤，加餐頓覺勝平時。羞魚亦屬尋常事，水繪貽來味較奇。

平石度歲，同蔡光斗、冒哲齋 隨山館猥稿

汪　瑔

不妨除夕共天涯，且喜山村酒易賒。我輩無聊還餞歲，今宵有夢各還家。征途迢遞行剛半，歲序侵尋記恐差。賴是嶺南春信早，隔牆紅出小桃花。

秣陵答冒哲齋 粟香五筆

金武祥

水繪昔名勝，風流今嗣音。一江自洄溯，十載悵浮沈。獨有林居樂，都忘俗慮侵。難忘五嶺外，頌徧使君霖。

題冒哲齋太守僧服小象 詩群

何兆瀛

碧月光從頂上圓，聰明不入辯才天。袈裟紅澹拈花笑，應悟詩人一味禪。

懷人詩 心盦詩存

何兆瀛

匆匆棋局散，循吏賦閑居。舉世瞻高鶴，懸庭留舊魚。名園懷水繪，何處有吾廬。莫忘結隣約，六橋尋老漁。冒喆齋。

答贈冒哲齋 老學後庵自訂詩

何兆瀛

容易五年别，平生一片心。世途經曲折，雲影看升沈。難得此良友，相逢又虎林。與君數晨夕，花事及春深。

題哲齋親家僧服小象

江寧 何承僖

空山古佛憶前因，一箇蒲團萬刼身。游戲忽然到塵世，宰官原是個中人。
心上悟從梅子熟，座中静覺木樨香。何須更粲生花舌，釀得慈雲護十方。
宦遊却類打包僧，説法南來重惠能。我欲相從乞衣鉢，風旛亭上有傳燈。

廣生謹案，哲齋公諱澄，官至廣東廉州府知府。

光緒己卯仲冬，冒哲齋太守招集精舍，時梅花盡開，同集多七十老人，何青士都轉賦詩見眎和作 東塾遺集

陳　澧

雲意釀成雨，菊坡催放梅。酒同太守醉，花對老人開。戲語各徵典，食單都費才。羡君有仙骨，飛步謝追陪。青翁最健步。

癸酉重九前三日，冒哲齋太守、朱穎白司馬、周子英刺史、夏子新明府攜酒見過草堂，盡歡而別，賦此爲謝 百蘭山館古今體詩

丁日昌

空谷哦風雨，離愁不可删。披襟轉無語，捫髮已成斑。野樹因時老，青山相對閑。塵心一齊浣，田水夜潺潺。
門外秋如水，閑雲自古今。絃歌循吏化，尊酒故人心。撫劍寄遐想，落潮生遠音。漫勞車馬駐，城市亦山林。
淰淰晚涼天，滿隄開鳳仙。時花難入賞，病骨欲通禪。感事懷韓掾，題牆待米船。穎白約題壁。共驚秋已老，荷蘂尚合妍。
欲把茱萸插，驪歌已道旁。天心惜良會，風雨不重陽。事過翻疑夢，情深更盡觴。山前認行迹，紅葉擁蒼茫。

乙丑三月八日，攜重喜孫謁木葉莊祖墓

冒廣生

秋毫何者不親恩，門户中興總淚痕。收拾桑榆成晼晚，較量松菊與温存。歸田計决猶多愧，誓墓詞工未免繁。知道九原差慰藉，今來學拜有元孫。

廣生謹案，先祖文川府君諱保泰，官兩廣鹽運使司批驗大使。

茶煙次冒從齋 文治 韻 曠觀樓詩存

朱　霖

晴煙日日透疏櫺，火候純時一縷青。閑伴爐香留小院，偶隨磑雪罥空庭。吹花風起先安榻，落紙雲多更著經。衹恐煎茶妨老鶴，夕陽避去又梳翎。

廣生謹案，從齋公諱文治，諸生。

乳源行爲冒小山大令作 枕干録

陳　澧

如皋冒侯字伯蘭，咸豐二年宰乳源。勇往捕賊深入山，縣役通賊戕其官。一解冒侯垂死告小冒侯，爾記父之讎，左目下有黑子，爾斬其頭。二解小冒侯哭受命，越十餘年，復爲乳源令。三解父讎得矣，縛之如縛豕，如曰不然，視左目黑子。四解子戮父讎，何待告

上官？捧頭祭父，如薦牲牷。五解大冒侯之靈，冥冥中能殺賊，小冒侯之孝，淚漣漣而沾臆。曰：嗚呼，殺仇子之職，殺賊官之職。六解小冒侯字小山，受國恩爲好官。殺仇一事尤可傳，請付史筆垂不刊。七解

又 同上

何兆瀛

邑有神明宰，潢池敢弄兵。不教滋蔓草，急與翦榛荆。肘腋生奇變，綱常蔚大名。綸言光俎豆，靈爽式軒楹。

季也重來日，銜悲十七年。復仇因報國，子孝即臣賢。縛賊豚于苙，招魂酒在籩。平生重名義，雪涕枕戈篇。

名園懷水繪，宦海接金昆。謂哲齋、文州昆季。往事詩曾賦，新交誼共敦。烟雲談勝迹，風雨款清尊。各葆承先志，流芳逮子孫。

又 同上

陸增祥

古稱父之讎，弗與共戴天。聖知不徧物，刑暴有遺焉。生民各一本，報復隨所便。匪唯泄創痛，亦以靖愚顓。人心逐世運，譸幻滋紛然。爲治在因時，私殺不可專。有寃鳴之官，官簿按律填。豈無漏吞舟，禍機防蔓延。畫一在公府，遵道同平平。冒子鄉先生，吏治躋漢宣。詰賊儌賊擊，授命不苟全。兇渠逋天誅，幸哉有子賢。昊穹欲玉女，一官相後先。置之茇舍區，授之生殺權。一朝得甘心，銜忍十七年。申恩不黷法，忠孝兩無愆。觥觥冒先生，身死人已傳。昭忠袝舊祀，遺愛祠新墺。崇報永無斁，含笑在九泉。英英小使君，繼志奮着鞭。爲國刈稂莠，逐惡如鷹鸇。彌庸望姑篾，比擬猶戔戔。皇祚肇忠厚，祥風翱八埏。官吏浸姑息，久弛誰張弦。嶺表故多盗，群萃如

藪淵。先生昔莅事,識時捄其偏。未幾躪中土,蹀血成流川。歷載既殫痡,始與盪穢羶。方今聖神主,秉志旋坤乾。使君來湖湘,別駕驂騮騝。湖湘有伏莽,竿挺欋鉤連。行行秉麾出,舉措今猶前。尼山論寬猛,長吟商頌篇。綵競如有倚,惟和平若銓。君家有吏牘,三復心刻鐫。揚沸猶補苴,教養斯拳拳。庶頑豈無良,遠罪由善遷。何以振元氣,孝弟與力田。朝廷軫邊徼,南望思緜緜。報國以承家,使君其勉旃。

又 同上

汪　瑔

如皋冒筱珊大令之尊人伯蘭先生宰乳源,勦賊遇害,事聞,卹贈如例。其後十數年,君復宰是邑,賊適遁歸,竄名爲縣役。君廉得其實,遂擒之,併其黨數人駢斬於市,有前死者,斲棺戮其屍。時同治七年也。余聞其事,爲作此詩。

父忠臣,子孝子。孝子來,群賊死。群賊起乳源,竟害賢令君。竄伏入叢莽,久乃還舊郇。群賊如狼魁則虎,夤緣吏胥託公府。一狼已死四狼存,磨牙厲吻呼其群。忽聞新令來,群賊共私議。貌類前府君,胡不問前事。前事不問虎喜歡,群狼笑舞心大安。虞機罝網一朝集,虎與群狼皆就執。生者剖心死剖棺,家祭而告悲汍瀾。椎心泣血十餘載,今乃得膾讎人肝。吁嗟乎,一歌歌禮魂,再歌歌獨漉。白日下照霜風寒,深山草枯虎伥哭。

又 同上

廷　桂

咸豐二年歲壬子,五管群魔揭竿起。首圍桂梅次星沙,餘風煽及粵東鄙。如皋令君伯蘭公,時宰乳源勤政理。良民感德頌聲揚,莠民斂迹私謗詆。邑差五百獍雜梟,有邱標者實內宄。伺官動靜告賊知,魚肉鄉民等閑耳。其弟邱河性尤毒,與兄同惡實相濟。鄰封有警公出防，往返邑城百餘里。地經羅坑萃淵藪，兩邱伏寇静而俟。見公獲盜從容來，兄卻弟前形狀佹。白刃無端到馬前，中公額顱血如泚。從者且戰且護公，飛入縣城理瘡痏。召群公子受遺命，公子驚泣環而跪。問公剸刃究誰何，曰左目有痣者是。從者僉稱即邱河，無那逋逃踪遠徙。公因創鉅遽騎箕，公子號天歸讀禮。天網恢恢往必復，人事循環會更始。毅廟乘乾我武揚，群寇削平歲一紀。中原行省報肅清，東粵四郊遂無壘。是時公子服久除，聽鼓穗垣五國士。小山通守眉最白，捧檄乳源踵先軌。含淚之官思報仇，大難發端費研揣。同行賴有楊使君，於役雲門歌樂只。郡城定計仇莫聞，通守先歸使君繼叶。僞爲迎者見攜手，有如子房履君履。並馬回城至縣庭，胥吏從之若歸市。黑癉凶人天奪魄，同叩使君忘所以。一聲叱令拘凶人，登時禽制不移晷。賓主一堂吏獻囚，囚口無供耳先弭。但言冒公子不凡，甘心受戮無推諉。縛赴市曹梟其頭，通守提刃忿切齒。洞仇之胸攫仇心，並獻仇頭懸像祀。哭拜父靈訴父知，十六年來心事已。祭餘七日吞其心，味若苦荼翻勝薺。見者且駭且稱快，謂非純孝那有此。通守摇頭曰未未，河雖伏辜惜標死。戮屍刑典有專條，疑塚菶然誰辨似。舊部殷勤前致詞，城東五里土纔咫。通守命駕莅城東，别白仇墳類錐指。钁鋤並下掘仇棺，兩棺合葬字纍纍。出屍於木果邱標，遠近咸來萬目視。梟示其頭棄厥骸，萬衆臠割如附蟻。掠人之財奪人妻，罪逭五年今報矣。通守事畢具爰書，擅殺罪人請論抵。大吏披牘重褒嘉，孝治如斯古同揆。新章兄弟不同官，通守移官涉湘水。烹鮮赤緊幸時見，爲話前事求銘誄。我聞君言念家難，國殤五人差足比。十叔祖延右由太常汀州，堂叔祥仁甫同庫江寧，堂弟肅小田隆昌，希聲甫乍浦，貞子固迪化。就中叔祖太常公，作郡汀州歲丁巳。寇乘試士闌入城，授命堂皇飲刀匕。賁亭阿叔護所親，僑寓潮陽且栖止。陰遣諜者訪汀仇，詧厥里居及名氏。募丁百人自訓練，部勒成軍備驅使。諜馳回報賁叔聞，寇巢禁墟悉知彼。立率壯士潛入汀，若有神兮助之駛。寅夜趨風抵寇門，群凶尚在夢魂裏。破門直入按名拘，縛送公庭照律擬。大仇已復事上聞，褒忠卿秩崇祠峙。此事暗與君家同，聞新懷舊頻驚喜。長歌記事愧不文，老嫗能解頗傷俚。兩家忠孝世世同，留備采風入青史。

又 同上

彭君穀

父死賊手子能雪，天生純孝報奇節。循良有後理不誣，况乃循良有忠烈。釁兆蒼鵝倡亂初，伏莽縱横暗勾結。冒君鋭意力翦除，提干直擣狐兔穴。豈知肘腋忽變生，霜鋒飛落金蛇掣。叱咤風雲色慘澹，臨危瞋目眥俱裂。眼有黑子最兇悍，遺言在耳耳猶熱。聖朝優卹恩雖被，元惡稽誅恨未洩。含寃茹痛十七稔，喆嗣重來莅兹缺。重來喆嗣數誰行，筱珊第四尤英傑。敷布從容善政行，因革咸宜循舊轍。陽示恩信使勿疑，決計搜捕靖餘孽。諸凶廉得悉成擒，俯首伏罪毋再讞。須臾一一自手刃，祭告先靈薦腥血。有酒既清殽既馨，精誠感格九幽澈。士庶聚觀數萬人，接踵告語盡歡悦。上書請罪訴上官，上官驚嘆交稱説。臣忠子孝兩得之，後先輝映心傾折。誰謂天道果茫昧，爲善必昌惡必滅。我讀斯編三嘆息，拍案起立呼快絶。

又 同上

戴燮元

致身臣乃忠，復仇子斯孝。忠孝誰兩全，乳源賢令冒。冒氏雉皋望，榜花門第耀。明德後必昌，忠孝本家教。昔者大冒侯，作宰奉明詔。雲門治化敷，安良務除暴。時艱丁陽九，四境伏群盜。慷慨誓師行，前驅執大纛。死士三百人，斗酒親慰勞。扼險出奇兵，夾河安巨礮。屢戰挫寇氛，方冀烽烟掃。不期部下役，竟爲賊先導。變生肘腋閑，倉卒戈盡倒。侯乃負巨創，殺身報廊廟。伏波酬壯志，杲卿完貞操。白日當午昏，邑人争泣弔。大節亘古今，疆吏書以告。教孝賞延嗣，昭忠頒紫誥。丈夫子五人，克家德維肖。寢苫私相語，枕干增痛悼。君恩雖至優，父仇猶未報。元惡若不除，忘親毋乃誚。吹簫伍胥悲，卧薪句踐效。誰非人子心，默向蒼蒼禱。隱忍十七年，成敗難逆料。季侯繼前徽，舊治果再到。機洩害恐生，敢以輕心掉。下車百廢興，人文振學校。壩成水利修，義倉備糴糶。河陽花植潘，南國棠芾召。民心既傾附，計定在禁虣。從容鎮静餘，五凶得其要。相彼黑眸者，頑黠識其貌。君遂掩捕之，涣汗施大號。罪人唾手得，成例不暇較。戮市與衆棄，稱快遍海徼。含淚奠父靈，九原應含笑。惟君孝且忠，六韜嫻虎豹。夙怨一旦伸，仰不愧覆幬。乳人衽席安，感恩真再造。遺愛祠宇新，芳名留粤嶠。我今讀斯録，三百喜距躍。忠臣與孝子，後先争焜燿。願彼采風者，書以爲則效。

又 同上

馮卓懷

冒家公子戴天泣，枕干達旦常嗚唈。主名未得無奈何，十六年間伺仇急。乳源故令君先臣，當時捕賊披戎榛。半塗賊黨突劃刃，中臣要害知何人。天感血誠予奇便，令子復來筦花縣。儒生投匭名皆符，劇盜潛窺疤著面。周胠密網俄成擒，敷天讎恨雪從今。慟哭靈旗現忠影，扣呼烏几啖蠻心。更搜酋墓戮其首，萬千觀者齊拍手。此事渾疑神鬼機，盃珓計逃能脱否。復仇自古多傳奇，聽君親述淚交頤。悲風瑟瑟尚驚牖，國憲人情胥得之。

又 同上

郭崑燾

鄰烽緊急羽書馳，爲掃萑苻出誓師。變起倉皇完節義，家傳忠孝見留貽。百年水繪名宗舊，兩世雲門治績垂。憤雪戴天功報國，聽談往事有餘悲。
伏莽戎多吏治媮，潢池盜弄幾經秋。如公真可激頑懦，有子終能殄寇讎。十載枕干心獨苦，孤燈展卷淚還流。於今湘上烽烟静，牖户綢繆望我侯。

又 同上

陶　桄

嶺海曾將治譜編，恢恢游刃等烹鮮。棠陰憩後恩常溥，莠類殲時力已捐。慷慨餘生歸馬革，扶持正氣靖狼烟。姓名不特光青簡，慰藉忠魂屬象賢。

彈指星霜十七年，仙郎重理舊琴絃。慘尋碧血沈幽壤，久鬱丹忱感上天。九世仇讎連日洩，千秋忠孝一家全。他時勛業誰能測，爲有鴻才妙斡旋。

又 同上

俞思穆

洪楊竄逆趨湖湘，藍山、臨武皆陷亡。韶州土寇如蜂蟻，羅坑巢穴連曲江。乳源地僻曲江近，時如皋公爲之尹。公赴曲江縛群賊，歸道羅坑賊要截。麾兵與戰寡不敵，裹創舁歸袍血碧。遺言死賊非所惜，中有一賊最凶黠。左目下有黑子一，汝曹志之慎勿失。秋霜春露年復年，忠臣有子皆才賢。四子復尹乳源地，賊已竄身爲縣隸。不言仇賊乃得賊，左目黑子明如涅。其餘四賊同授首，一賊前死剢其骨。剖心祭告公之靈，萬人揮淚天爲青。公之死事歲壬子，越十七載賊乃死。教忠教孝盡在是，請以是書告太史。

又 同上

朱啓連

臘嶺狼烽未熄烟，前麾倉卒犯刀鋋。風塵黯淡鍾山玉，今古淒涼獨漉篇。萬死天留狂賊在，孤忠人誦使君賢。誰知手戮仇讎日，夜枕琱戈十七年。

又 同上

謝鏡澄

冒公伯蘭先生，嶺南名吏也，治迹昭然，在人耳目。其羅坑被創而没，及公子筱珊别駕殲惡復仇事，海内士大夫稱道勿衰，文詞紀之詳已，固無俟摭拾詞費。而聞風興起，不能已言，爰作歌曰：

天地大經，維忠維孝。取義復仇，千古至道。公宰於乳，克殲群盜。凶黨潛煽，要戕恣暴。裹創舁歸，切齒垂告。公子識之，矢死以報。彼蒼者天，赫赫明明。奪醜之魄，監公之誠。令子嗣宰，閲十七春。凶人厠隸，廉得其名。豈不知罪，以待典刑。天網不漏，引領受兵。五凶授首，萬姓歡心。元惡尸誅，頸血涔涔。凡諸瑰異，精爽式憑。父仇以雪，邦憲以伸。言告史氏，執簡書陳。享祀不忒，明德常馨。

又 同上

文星昭

筱珊吾至契，總角交已厚。示我《枕干録》，讀之神抖擻。咸豐歲在壬，是處皆盜藪。尊公令乳源，憤欲殲群醜。盜黨邱與傅，惡積如山阜。懼爲法不容，患頓生腋肘。肆毒逞詭謀，主名索無有。越同治六年，筱珊重綰綬。誘擒置於法，泣祭心肝剖。僉稱誠孝感，曰唯復否否。尊公歿王事，忠烈掛人口。吾子誅暴奸，乃爲民父母。獨駭事之奇，歷年十七久。蠢兹五凶徒，不殛亦不走。必待君下車，而後皆束手。其間報施巧，非人實天授。或議獲凶時，例宜上郡守。胡不少須臾，擅自與駢首。豈知司牧官，責在鋤奸莠。況爲有心人，復仇少自負。得則竟殺之，何暇計休咎。智勇能如斯，不愧忠臣後。尊公與先君，舊是同僚友。死事亦略同，嗚呼兩不朽。

又 同上

陳　坤

《枕干録》者，記外王父劉匪遇難，叔舅復讎本末，暨當道諸公題咏。坤拜受卒讀，當年盡瘁之心，此日雪仇之志，固已昭然表著行間矣。然哀痛之忱，猶不能已於言者，恭賦四絶，爰志景私。

縛虎歸來膽氣豪，狂氛狹路猝相遭。陣雲黯淡悲風起，碧血痕留舊戰袍。
嗟公馬革志平生，慷慨終成不朽名。痛煞復讎遺屬語，靨痕著頰憶分明。
奇男繼武折腰官，臘嶺雲飛淚未乾。十七年來心事了，揮戈容易枕戈難。
從古求仁自得仁，臣忠子孝見情真。千秋漫擬桓宣武，一卷重披感喟頻。

又 同上

方濬頤

天地有正氣，所重在忠孝。春秋大復讐，大義炳靈曜。如皋論世族，久推榜花冒。名園闢水繪，遺老恣嘯傲。保世遂滋大，競爽仰賢肖。鯱鯱冒明府，宇宙藴懷抱。家學承勿墜，國器閟必耀。馳驅騁皇路，珠海昂藏到。牛刀試烹鮮，蚤有神君號。乳源彈丸邑，逋逃藪群盗。莳花自雍容，拔薤戢强暴。坦蕩官無私，默化盗有道。冥頑何不靈，乃敢肆踉跳。惡莠搜伏莽，施逆竟行倒。梟獍噬父母，雛鷇困噣菢。神明自耿然，餘刃猶皎皎。左目有黑子，遺言説賊貌。五子環侍側，大讐誓必報。遲之十七年，事機未可料。季子行捧檄，復奉乳源調。沉痛切心肝，轉似眸子眊。事機苟宣露，跳遁不可徼。徐徐五閲月，翩翩援弓繳。一網得五賊，邦人走相告。今侯能復讐，先侯可含笑。賊罪既貫盈，未可濡滯稍。縶寢皮食肉，刳心享厥考。昔賢固有言，誅之不待教。詎比嚴延年，屠伯世嗟悼。三尺國有法，五倫臣有要。上臺鑒陳情，心如白日皎。頎然五丈夫，成人各有造。次公展驥足，謂哲齋二兄。鹽鐵於是傚。季非百里才，呈材且騰踔。此事快人心，國史亟屬藁。

又 同上

周星詒

冒孝子，如皋人，父知乳源縣諱芬，饑摩寒呴哀孤惸。當時粤東烟塵昏，攻城掠野何紛紛。公值艱難怒衝髪，誓清麻沸芟萑蘖。壬子大冬十二日，擒賊歸遭賊要刦。曲江寺前角噫嗚，狹路短兵卒相直。謍弁驚走勇士死，大呼屢鼓不成列。倉皇中要害，屠腸復洞肊。後十七年歲在辰，孝子復權乳源邑。仇讎七人無一脱，生剖心肝死剉骨。專殺之罪所不辭，敝屣一官奚足惜。試讀手上大府書，血淚行行迹難湼。乳源城，高峨峨。天風吹，曲江波。子報仇，父戰死。父忠臣，子孝子。同殉魏張兩義士，亦合附書備國史。孝子者，沅其名，官乳源，有政聲。姑志其大略其細，我粗讀書遵史例。題目特書冒孝子，嘉乃報仇完父志。

鶴亭尊兄以先德枕干録見眎，敬題卷後 同上

陳如升

臣忠子孝，問今來古往，幾人堪匹？十七餘年讎未復，衹是枕干而泣。膽可包身，口還飲血，終把仇頭磔。飛章入告，一時並荷殊錫。　　回憶盜弄潢池，親提一旅，滅此方朝食。肘腋患生除不易，旦夕憂形於色。節殉天南，魂歸江左，淚濺朝衣碧。芳流百世，崇祠應報明德。《百字令》

廣生謹案，小山公諱沅，官至雲南麗江府知府。

庚辰夏五，家仙裳邀同黄子晴臯、姜子浄江、婁子嘯亭諸茂才賞荼 冒氏詩略

冒長清

看花邀我到芳塘，水面亭開共納涼。滿座青衫聯白社，一池翠蓋擁紅妝。聞沽玉液心先醉，吟到蓮花字亦香。試擬登臺觴咏勝，今朝也惜少蕭娘。

廣生謹案，仙裳公諱茂錦。

十二月二十六日，謁先大夫墓，泣賦 時將之温州。

廣　生

千里一身來別墓，去年今日事難言。風前白髮孤兒淚，篋裹黄封故主恩。方寸豈能欺死父，絲毫未忍忘修門。凄涼車下巢由語，總爲巢由母尚存。

乙卯二月十七日，先大夫六十周忌，恭行事生之禮，感賦眎靈照和尚

廣　生

孤兒門户力難任，辛苦撑持直到今。事死事亡纔盡禮，營齋營奠總違心。尚餘喬木家無恙，待告中原口又瘖。萬事空王能諒我，兩年江畔獨哀吟。

廣生謹案，先君子端府君諱樹楷，官福建按察使司經歷。

題顧鶴逸畫，祝冒年伯母五十壽 後同人集

吴縣　曹元忠君直

顧君於畫理，家法追長康。圖寫列巖壑，松柏參陵岡。云括《天保》義，介壽侑兕觥。我慚同年友，拜母未升堂。安能厠其間，静對神爲往。

何以爲母壽，五十逮父事。阿翁老復丁，長生而久視。轉眼仲夏月，祝嘏亦來止。置酒上高堂，稱觴介繁祉。乃知北宫女，至老嬰兒子。

昔聞趙郎中，迎侍事謁告。當時白石生，度曲爲勸孝。吾友遠寧親，亦出長安道。仲春二月吉，奉觴敬上壽。仰視慈顔和，永錫自難老。無疆蘄萬年，我詩比工祝。

母病起，寄妹夫吴董卿三十韻 小三吾亭詩

冒廣生

自子之福州，吾母病忽作。董卿以去年十二月三日，由京口之福州，母即於五日得病。初寒若冰雪，繼熱若炮烙。熱退亦不汗，如潮日漲落。顴火既上炎，口津復内涸。痰凝不得吐，喉際聲格格。溲溺苦閉塞，關寸駭弦搏。醫云是肺炎，或云是温瘧。參苓雜刀圭，冰炭仍枘鑿。吾母對吾言，此病非藥卻。己酉與戊午，兩夢皆可噩。刲股以回生，瑑珂先後各。己酉，母大病。瑑女年十三，刲股以進。戊午，又病，珂女年十五，亦刲股以進。大福豈屢邀，吾死幸不薄。骨肉滿眼前，平生無此樂。時吾妹將之福州，遷延未發。瑋兒將赴英倫，偕婦稚歸。瑑女亦攜兩外孫歸省。秘器朝告成，夕吾返冥漠。母附身衣衾，丁巳歲以孝定景皇后所賞江綢預製，病中惟日盼董卿在福州所購木材未到。時賢方短喪，家貧米須索。待得三五年，進退兒自度。兒乍聞母言，魂魄體不著。疾病藥可醫，心死醫無藥。涕泣告阿母，全家母命託。母在兒求官，不在甘溝壑。誰能爲妻孥，尚受塵網縛。母聞大悲啼，雙淚連

珠若。寧以吾一身，衣食關老弱。明知母心悲，生機伏已略。凌晨禱於神，壽禄請自削。手持杯珓擲，詰旦吉仍昨。連日於觀音洞虔求，均得第四十五上上籤，最奇。果然病良已，漸漸進杯勺。吾誠豈格天，鬼伯未爲虐。四十一日求，母病至今年元夕，始漸痊。差蠲情緒惡。長歌遠告子，子或三百躍。

母病大痊，稍稍出門謝客。客多稱余爲孝，悚然賦此

小三吾亭詩

冒廣生

吾生盜文名，已取時流忌。何敢更盜孝，自欺欺天地。親孰不有病，病孰不求治。不能防未然，内省已罪戾。矧吾母天只，辛苦嘗備至。艱難有千萬，報答無一二。平時肝木傷，觸物易怒恚。吾雖顔色柔，不敢稍怨懟。而心終不怡，移時始能置。即此不怡心，其孝已雜僞。人言或與善，吾背若芒刺。

冒老伯母周太夫人七十壽詩 後同人集

廬江 陳　詩子言

粤嶠艱難日，時維光緒初。承先大家學，衛道子輿書。世胄看奔驥，郎官亦佩魚。謂哲嗣鶴亭郎中晋四五品卿。安仁能養志，北道走征車。

中和逢令節，弦月麗生朝。髦齒不持杖，福田曾種苗。津梁徧吴越，菽水傍金焦。孔李通家舊，稱觴阻路遥。

冒老伯母周太夫人挽詞 榮哀録

閩縣 林　棨

人事一朝盡，傷心萬古同。錦軒成往迹，彤管想遺風。馬鬣悲無已，熊丸願未空。辛勤四十載，門户有奇功。

往歲丹陽過，相逢肺腑傾。春暉頻苦短，天意悵難明。負米終何用，辭官畢此生。瀧岡嗚咽句，淮水助哀聲。

又 同上

山陰 諸宗元貞長

吾里名家推懿德，佳兒嬌婿盡才人。頗聞禄養輕三釜，早識袿徽播六親。旌節獨辭申大義，論哀何語慰鮮民。庶嬪百媛空追慕，彤管書成照古春。

又 同上

丹徒 梁鴻卓稼畦

每嗟賢孝辭難愍，冒氏於斯其庶幾。兩姓叢書光舊族，一門至性出慈幃。無親可事同憂患，何地長安獨退飛。從此年年佛生日，香花空著老萊衣。

又 同上

廬江 陳　詩子言

南海歌黄鵠，艱危毓寧馨。巢民誰繼武，伏氏此傳經。畫荻師飛白，編蒲志汗青。曰歸敝廬在，撥櫂過零丁。
驥子攀仙桂，壺冰凛義方。五雲接華日，叢竹感清湘。甌越舊遊地，金焦選佛場。遐齡倏登陟，絮酒悵升堂。

又 同上

山陽 段朝端笏林

自我交疚齋，世人稱其孝。遠近無間言，辛苦承色笑。身雖在公府，白雲遠登眺。旬日一馳視，帶水領庭誥。頗怪往還頻，孺慕難徧告。一朝風木摧，棄官如蓬蔂。捧檄等毛義，絶裾陋温嶠。焚黄貞素志，始終稟母教。
祥符五兄弟，鼎鼎有大名。篤生聖善母，實維周建寧。出行喪所天，細小提零丁。孤兒母即師，期無忝所生。學就女亦嫁，代終地道成。老父滯蘇州，客死無孩嬰。生女豈輸男，送匶返先塋。更爲置祭田，刊書存儀型。母心何豈弟，母德何高明。達人宜有後，賢哉我京卿。
婦人飭倫紀，隆替由操縱。不幸以節著，宜有旌門頌。烏頭標綽楔，朝野互推重。母意獨不然，卓識邁庸衆。大家嫺德象，奚必明堂貢。但安此心耳，食貧常自訟。莊誦《柏舟》詩，第爲蔀屋諷。榮名何足羨，敬者德之共。俯仰五十年，夢魂發深慟。
母身備百行，壽亦屆七秩。甘臨慰苦節，天道報施密。我叨賓從末，操筆願有述。薾弱慚不文，常恐被訶詰。書來督過之，勉爲紀其實。况彼再來人，孝行實無匹。慎終子職盡，撫孤母事畢。懸知京江上，隣舂聲不出。

題冒母周太夫人稽山負土圖 稽山負土圖卷

新城　王樹枏晋卿

我讀鶴亭詩，一字一滴淚。痛母所自出，至孝能錫類。直哉周太守，彊執不工媚。藏書數萬卷，漁獵徧山水。祕爲枕中寶，有力負不起。尤物天所懠，禍福遂相倚。《大易》戒慢藏，悔吝自兹始。咄咄謝國美，不食寧餓死。有甥能讀書，倒篋付與爾。忽抱羊曇慟，復遭宋綬毁。太守有賢女，是乃鶴亭母古韻。煢煢無所歸，生死一身埋。我觀負土圖，泥泥顙有泚。鶴亭感西州，况更抱罍恥。匐匍木冠山，躑躅香爐址。抔土永不乾，母淚所漸漬。回念母生平，緹縈不專美。徵詩告吾哀，聊以寫心裹。

又 同上

嘉興　金兆蕃籛孫

絜炙重携曲水隈，畫圖若與助悲哀。當年孤女葬親地，今日外孫上冢來。孝似緼荆存國志，慈能畫荻啓門材。堂崇防固闗辛苦，鬱鬱松楸盡手栽。

又 同上

膠州　柯劭忞鳳蓀

昔年宅相成佳話，衰白重來拜墓田。地下慈親收涕淚，外家尚有舊聞傳。

又 同上

山陰　周肇祥養庵

女大嫁出門，粤諺比潑水。生事與死葬，胡得復相委。吾宗有孝姑，嫠也女兼子。弱弟傷蚤逝，父兮遠依倚。阿巢能讀書，翻令老人喜。日日盼成名，名成去鄉里。寧辭郎署養，將護敢移跬。一朝遂坦化，絞衾完且美。淒涼木冠山，相度愁跋履。墓樹手親栽，冢土手自纍。三棺既永宅，魂歸得栖止。浮世悲獨録，窮泉終怙恃。豈惟孝足風，友義振薄鄙。母孝子孫賢，刲股病可起。報施竟不爽，消息見天理。疚齋述先德，圖繪兩逾紀。千卷痛焚如，酬恩僅尺紙。哀哀謁墓詩，我誦輒拊髀。頗聞五周先，恐類若敖氏。親盡情則疏，祭酹知有幾。裁詩示宗人，勿任樵牧毁。

又 同上

吉林　成多禄祝三

白楊聲蕭蕭，上有返烏哺。畢逋復畢逋，倏音而瘁羽。吾披稽山圖，賢母足千古。三棺數百里，致之力孔武。單門出孤孀，經畫仗嫠女。巋然馬鬣封，操作日旁午。想見荷鍤時，寸寸皆辛苦。空山燐火青，怪鵩叫風雨。留將萬古淚，漬此一抔土。

自來純孝人，天亦孝報之。不有歐柳母，詎生曾閔兒。兒書未讀盡，兒髮忽已絲。遺編付秦火，中心有餘悲。問君何所悲，天地忽傾隳。生存逮禄養，瞽墓今何爲。彼黍何離離，此冢何纍纍。可憐銜石禽，來往墳前飛。

吾舅威勇侯，遥遥世家胄。舅氏榮全公爲額忠毅六世孫，龍威勇侯，同治中爲伊犁將軍。巍巍戡定功，鐵券勛已舊。愧我無紀聞，《疚齋叢書》有《外家紀聞》。外家祖與舅。豈期陵谷遷，朱門换圭竇。小時讀書處，萬卷今已售。余幼時曾讀書舅氏家。昨謁清河墳，宿草緑如綉。殘碑卧斜陽，牧火燎石獸。那來負土人，但見鼯鼪鬭。深怍宅相言，當日賞已謬。君今還故園，學種南山豆。永懷龍門公，吾佩楊子幼。舅氏墳在清河。

憶昔訂交始，同客在長安。我時已鮮民，而君猶承歡。擬上君子堂，白髮勸加餐。娓娓道家常，舊聞聞數端。或及負土事，悲笑雜辛酸。瞻拜心未已，華屋秋雲寒。悲風號宰木，清露淒不溥。三復展墓詩，清淚爲君彈。此中有手澤，老人心力殫。莫教賢子孫，但作圖畫看。

又 同上

獨山 莫　棠楚生

淵聲玉立奉高談，國故朝章總熟諳。一自鏡銘題嶺别，人琴中絶望江南。季貺先生寓吴門，往還頗久。先生健談，喜述明末國初逸事，及乾嘉以來學術流别、收藏轉授之迹，多人所未聞。壬寅，余入廣州，手其子婦所拓本新莽鏡銘，題辭贈行，遂别。未幾，即聞歸道山矣。

負土成墳男子孝，經營驚見女能爲。始知傳業猶餘事，付與闌邊宅相兒。

終古詩人此一丘，清才越媛畫圖留。禹陵葱翠分山色，華表何年化鶴遊。

風韻王郎識少年，亂來頻對亦皤然。好爲落帽參軍傳，并入先親行第傳。

又 同上

新建 夏敬觀劍丞

我昔探禹穴，摩挲窆石旁。遂櫂舜水舟，載誦河女章。冥心采文獻，每嘆多散亡。三周挺星社，盛名在其鄉。竊怪李悉伯，始善終參商。君誠外家寶，遺事述之詳。輕詆不足道，世議少子將。賢母往葬父，封植稽山陽。讀君謁墓詩，一字淚一行。遺風溯娥孝，吾爲歌慨慷。

又 同上

山陰 諸宗元貞壯

留杭不安越，躑躅吾深思。足未踏里弄，媿君登會稽。君初除母服，來杭吾見之。一日晨渡江，事迫不可羈。歸來述何語，誦母孝與慈。言謁外祖墓，痛未書豐碑。記母昔營葬，女孫猶得隨。三年何日月，母也不及知。外家賸紀聞，同於洪卷施。遺書遭火厄，藏篋惟遺詩。防護付何人，謁墓難陳詞。母孝君能述，世變禮就衰。謁墓不憚遠，亦足紓君悲。乙丑歲方秋，重逢於京師。一圖狀髣髴，如母營葬時。屬題詩已成，不意成分馳。短篇今補綴，遂後三年期。鮮民吾久慟，先壠久暌離。微軀莫自賤，同爲無母兒。君近詩有"悽悽無母兒，微軀乃爾賤"，吾深慟其言，故以此廣之。

又 同上

仁和 徐 珂仲可

冒侯忠孝人，卑今必師古。聞聲卅載餘，自頃見眉宇。傾蓋新相知，發言出肺腑。相從乞定文，銜杯一笑許。肫肫非面朋，舍君我誰與。植身秉義方，寧惟善繩武。昨誦謁墓篇，墨淚哭外祖。推母孝父心，上冢陳糗糈。母婺賢且才，葬父躬負土。節孝兩足稱，巾幗有建樹。

己未除夕眎家人，時老母尚病中

冒廣生

兒女團圓樂歲聲，當杯一笑涕先零。天憐艱苦增親壽，病到膏肓乞藥靈。今夕願偕司命醉，明年多寫《度人經》。至誠金不終能格，説與妻孥制淚聽。

乞山陰何張夫人爲先太夫人補畫稽山負土圖

冒廣生

滔滔曹娥江，孝女碑字留。以彼孝女淚，化作江水流。江水無還期，孝女人人知。至今會稽山，閑氣鍾璇閨。不信請君讀《南史》，陳家有女娟娟豸。血痕萬縷出十指，養親葬親愧男子。宋會稽陳民三女，無兄弟。祖父母年八九十，父篤癃。及相繼卒，三女自營葬，爲庵舍居墓側。申屠處子家更窮，一坏之土殘年封。空山夜半聞鬼語，至性所重神明通。諸暨屠氏女，父失明，母痼疾，晝樵夜績以供養。及父母卒，負土成墳。忽空中有聲，云："汝至性所重，山神欲相驅使。汝可爲人療疾，必得大富。"屠，南齊時人，王十朋《會稽風俗賦注》作申屠。其餘巾幗未易數，岑母宋岑全母餘姚王氏，晚年全登科，有司欲上其節行於朝。王令全止之，曰："夫死守節，婦人之常，以此得名，非吾志也。"蔣妻明山陰蔣倫妻戴氏，早寡，有節行。鄉人欲上其事，輒止之，曰："常事耳，何煩官府。"心並苦。自言節孝事尋常，未肯旌門動官府。吾母事事同古人，先太夫人守節不願旌，與岑、蔣同。其負土成墳，則與陳、屠同也。王宋永興王氏女，父死，臨尸一叫，眼皆出血，亦見《南史》。張明山陰薛化龍妻張氏，幼慕曹娥殉父事，懸像事之。及父游濟南卒，張踰數千里赴之，一慟不復甦。純孝卒一身。墳頭孝杖今亦化，勁節挺挺成霜筠。明山陰俞周氏，墓前孝杖變竹成林，在天樂鄉。林下丹青聞絶代，濟尼稱王凝之妻謝道韞，神情散朗，有林下風氣。母亡私冀圖長在。吾詩所采皆越風，留續後來朱育對。吴孫亮時，山陰朱育有問土對。

先太夫人忌日，茹痛成五十六字

前　人

送死百哀猶歷歷，偷生七載太悠悠。轉思當日吾先逝，未必今時母尚留。慈孝始知難對等，人天何法得通郵。全家漂泊分三處，淒斷瀧岡一飯修。

催妝四首爲冒鶴亭作 粟香五筆

姚鵬圖

閑居無一事，手校《玉臺》詞。忽有文鴛訊，來徵却扇詩。永嘉好山色，水繪舊襟期。爲寫生花筆，沈沈有所思。
春光二三月，記上孝廉船。共有狂生譽，齊名抗議篇。良時櫻筍餞，歸路荔支天。金屋圍爐夜，端應憶舊緣。
奮衣博士席，噉餅太原牀。青眼文章貴，紅絲姓氏香。乘龍得伉儷，立雪笑荒唐。如此齊年友，風流壓輩行。
春色上眉梢，佳人正翠翹。畫眉晨蘸筆，擫指夜吹簫。此景君須惜，人言客正嬌。房中奏新樂，我亦附璚瑶。

自楊花橋夜歸，口占眎内子 小三吾亭詩

冒廣生

踆踆車走傍江干，十里歸程近轉難。長恐林間明月墮，抵家不及兩人看。

奉題甌碧夫人話荔圖 話荔圖册

沈　釗

月斜風定珠江濱，珠江女兒多絳唇。竹枝
女兒口唱摸魚歌，雙雙打槳唐園過。前調

唐園可當鹿門住，鬧紅何不攜家去。前調

又 同上

王景沂

海南春來暖雨，透芳甸。萬樹珠顆，纖白輕紅，年時茗晚香初，笑對珠孃嬌面。孤負舊約，風懷漸嬾。　　翦燈畫樓細語，簾半捲。願乞瓊漿，奈病齒、疏霞琖。茜羅夕褪，玉骨冰肌付誰管。素馨花外人遠。《荔支香近》

又 同上

曹元忠

　　是調，各本《清真詞》上半闋末句皆作"驚鴻去遠"，惟明盟漚園主人景元巾箱本作"去雲遠"。又題下注"歇指"二字，與王晦叔《碧雞漫志》"今歇指、大石兩調，皆有近拍"脗合，可從也。

似聞緑平窗絮語，色香味。忍俊如許，商略多時，教郎怎便移家，傍得芳春園子。偕隱舊約，炎天又句起。　　不關海南十載，勞夢憶叶。爲憶長安，怕誤老、紅塵裏。借伊寫出，薏爾蓮儂兩心事。話離人好歸矣。《荔支香近》

又 同上

張　鴻

此調清真有二格，一爲七十五字，一爲七十三字，存子、君直均填七十三字。行篋無書，未能詳考。然以《片玉詞》觀之，則七十五字於第四句多一韻，音節少諧，爰效西顰，藉求郢削。

一樹輕紅摘向，新雨後。誰惜十八年華，別琖浸芳酒。何時瘴海歸來，香露盈纖手。怕更比，冰盤素膚瘦。　　天似醉，又一騎紅塵走。難覓玉魚，剩有蔗漿依舊。如此天涯，鮫綃和淚忍重剖。譜中幽恨知否。《荔支香近》

又 同上

劉炳照

憶否深閨遥盼，嶺南訊。漫説日擘輕紅，銷卻羈人恨。天生玉骨冰肌，絳色羅襦褪，何似十八閩孃舊丰韻。　　圖畫裏，更填就新詞俊。屈指歸期，應是荔支天近。此物相思，絮語當窗齶雲鬌。底事干卿愁損。《荔支香近》

又 同上

洪承祺

箇中風味，有閩孃十八，卿卿同好。曾記香唇甘乍囓，儂亦翠幃年少。鴛縷閑情，蟫編雅暇，佳品重評較。緑窗絜絜，玉臺人艷雙照。　因溯尤物當時，唐家歲貢，驛鞚如飛到。海鶻鑾車多苦嘆，那抵華清一笑。供俸新聲，司勛舊句，往事悲天寶。而今何世，江南五月來早。《念奴嬌》

又 同上

費念慈

惺忪墜夢無憑準，聊寫向，生綃影。一笑堆盤珠顆迸。紫霞輕擘，煖香初暈，風味年時俊。　歸來舊譜誰重問，瑶札相思寄芳訊。閑拂鸞箋吟未穩。緑榕簾底，紅蕉庭畔，惆悵天南恨。《青玉案》

又 同上

翁之潤

玉臺前，菱鏡底，人静語聲細。話到家山，何事最堪憶。商量蘭槳同歸，茜窗雙隱，待領略、海南風味。　漫題起，寫來付與檀郎，應識箇中意。鉛白脂紅，珍重畫圖裏。記曾一盞醇醪，殷勤乞取，問羈客、渴懷消未？《祝英臺近》

又 同上

徐乃昌　馬韻芬

擘輕紅，搴膩紫，芳液政如醴積。種出情根，生小便連理淑。斷腸薦向冰盤，紺珠的歷，道都是、玉人紅淚積。　恨無寐,是誰寄與相思,芳心恁蕉萃淑。莫賦新詞,賦也夢魂碎積。同君一樣傷心,飄零嶺表,甚重話、年時風味淑。《祝英臺近》

又 同上

金武祥

山翠眉痕畫永嘉,風流水繪豔詞華。圖成並蒂筆生花。　頳玉千頭繙蔡譜,紅塵一騎説唐家。撩人香夢到天涯。《浣溪紗》

又 同上

陳如升

翠樓蟾鏡窺雙笑,争傳風味天南好。纖手剔釵蟲,倚窗情話濃。　紅塵催一騎,韻事唐宫記。沁齒待分嘗,夢回檀口香。《菩薩蠻》

又 同上

沙元炳

紅羅香裩雲膚膩,問名便識離滋味。廋語賺郎參,爲誰抛嶺南。　偷來崔宋稿,想見人雙笑。無語弄梅丸,知儂心自酸。《菩薩蠻》

又次甌碧夫人自題原韻 同上

潘飛聲

分甘同味，省識檀郎意。南食詩成裁綉綺，要寫羅襦工緻。　冰盤珠顆盈盈，薦他玉局先生。試譜紅綃豔曲，海山仙好雙聲。《清平樂》

又 同上

金　石

細參芳味，最得詞人意。手擘鸞箋吟思綺，句比輕紅工緻。　海南憶月初盈，消愁酒有蘭生。話到一枝香近，依稀風露清聲。《清平樂》

又 同上

寄　塵

櫻桃紅過，夢向炎荒墮。説著海南風露顆，閑煞緑窗人坐。　京華北望關山，如今行路艱難。回首紅塵那角，三年前住長安。《清平樂》

又 同上

宋伯魯

彩筆雙雙玳瑁牀，鷗波池館夜生涼。嶺南愁思誰相共，衹有當時十八孃。
破粵歸來致幾株，露華一掬漢宫腴。上林珍果今何似，忍看君家話荔圖。

又 同上

陳　詩

風味當年説大蘇，紅雲豪譎世間無。不須陸賈爲《新語》，五嶺終當勝五湖。
别業攜來小鳳團，清談遣日在江南。虧他蘇蕙生花筆，點綴當年水繪庵。
釣游踪迹吾能記，廿載馳驅百越間。此日披圖無限意，不堪重唱《念家山》。

又 同上

吴用威

洞庭橘柚霜初熟，西蜀櫻桃火欲然。碧藕青菱那足數，嶺南原有絳襦仙。
畫眉了却紅閨事，尤物天生説海隅。一自東坡比傾國，楓亭應唤荔支奴。
芳春園裏千千樹，一朵紅雲壓酒卮。慚媿風流花縣尹，負他十八妙齡□。

雜書十二首寄閨人 小三吾亭詩

冒廣生

五年不識相思苦，一夕微吟寄婦詩。貪看盤山好山色，妝臺抛却遠山眉。
客路眠餐强獨將，朝朝衣帶自家量。縱然略比來時瘦，却喜差裁醒後狂。
瑋兒十二枉通書，不見書來問起居。新買榴花種窗下，比來花發定何如。
米鹽瑣屑勞慈母，門户艱難憶小姑。我已離家成半月，江南還有信來無。吴氏妹時新從興化移家金陵。
阿三生小得偏憐，體弱微嫌似仲宣。一卷詩醇教與讀，可曾讀竟李青蓮。珂女六歲，方授唐詩。
平生頗不憂寒儉，落筆方知數典難。欲賦高句驪往事，《唐書》新舊寄來看。
同行有客已還家，屈指歸期十日差。想煞緑窗人未睡，坐偕小婦卜燈花。
略寫游踪寄汝知，一峰挂月盤山最高處。最嶔嵜。檀奴恃有姜維膽，萬壑千巖自咏詩。
過却天成是萬松，均寺名。枝枝鐵幹似虬龍。思量也算三生債，連夕僧房聽曉鐘。
空山麥飯當胡麻，比汝天台未必差。婦瑞安黄氏，天台、雁宕皆其舊游。幸是維摩自方丈，不然劉阮不思家。
通夢交魂事最奇，尉遲敬德要吾詩。盤山有雙峰寺，尉遲敬德所監造。余游屐所未至，遂夢敬德來索詩。其事甚奇異。吾詩未必能千古，也有英雄首肯時。
山村入夜雨聲喧，薄薄吴棉被欠温。强起挑燈寫詩句，寫來不道似隨園。

元配黄夫人悼詞

冒廣生

夫人諱曾葵，字甌碧，浙江瑞安人。咸豐丙辰進士、刑部員外郎諱體立公孫女，同治癸亥會元、翰林院編修、兵部侍郎諱體芳公姪孫女，光緒庚寅進士、翰林院編修、武昌鹽法道諱紹第公女，光緒庚辰進士、翰林院編修、湖北提學使諱紹箕公姪女。光緒甲午,編修公典試江南,廣生出門下。明年謁公京師,以夫人妻余,而爲之蹇修者,丹徒縣知縣、房師會稽王公慶埏也。夫人歸余五十年,中間在京師者十年,在温州者五年,在鎮江淮安者三年。自辛酉冬先太夫人逝世,余棄小草,從余栖林下者,迄今二十三年。其從余温州也,魚軒歸寧,戚鄙艷羡,而夫人無侈色;比歲避地海上,爲生事所困阨,而夫人無怨言,此士夫之所難,其婦德有不容湮没者。夫人有子、女各五人,孫男十五人,孫女九人。初來歸時,寓吴門,有《話荔圖》,畫者顧鶴逸,周喬年、金心蘭、吴秋農、陸廉夫、倪墨耕、林琴南、姜穎生、金拱伯,及閨秀彭鶴儔,凡十人,俞曲園爲題籤及引首,題者甚夥。自夫人逝後,欲忍痛爲一傳,冀傳將來,而執筆哀來,輒中輟不能就。勉成二詩,系以小言,存其梗概。

兒女星奔强半歸,天涯尚有泣麻衣。蓋棺頓令平生盡,入夢猶疑永逝非。百歲終須泉壤共,一貧纔覓死喪威。殯宫草草成齋奠,纖屑思量願總違。
忍淚重披《話荔圖》,名門百兩迓名姝。當時禁臠人争妬,垂老鰥魚眼已枯。左右想相從愛女,起居煩上敏威姑。沈吟命在何時語,翻羡長眠自在軀。

過黄夫人殯宫

寂寂雙扉白晝扃,紙錢隨例送清明。一棺對面人天隔,百事捫心報答輕。風燭光摇行自念,瓶花香渺落無聲。病悰抑塞誰曾省,浹月衾頭淚未晴。

冒母黄夫人輓詞

静海 潘恩元丹仲

冒疚老以光緒甲午鄉舉,出瑞安黄編修之門。次年謁京師,黄有女甌碧,方待字閨中，而編修極賞疚老之文，即倩房師王大令執柯，與之論婚焉。時疚老年少，才華藉甚，此真所謂文字因緣也。今夫人已歿，讀疚老所爲悼語，覺當時躊躇滿志者，猶躍躍見於紙上，是固非得以尋常輓詞爲也。爰成長句四首，藉道疚老與夫人此一段佳話，兼以備他日鄉乘有所采掇耳。

早年門閥少年場，甌海歸來又壻鄉。家世詩書真眷屬，婚姻吴越大文章。無慚比德蘇承馬，巢翁夫人蘇氏，其太夫人則馬氏也。直欲書名鼎與常。不算封侯便至此，未應寂寂得全堂。

抱甕相期足隱淪，老來夫壻尚如賓。雖然不是巢皇世，巢翁號巢皇外臣。終竟毋忘話荔人。銷骨才華嗟已往，比肩蘭玉可方春。纖纖歲月能多少，莫怪人閑迹易陳。

科名真得比求凰，歷歷猶傳姓字香。自此江城同海國，是誰阿大與中郎。勤脩月斧柯煩假，益壯門楣桉並莊。百世總留方志熟，儘容盛事在鄉邦。

人生何必不如仙，伉儷湖山豈偶然。林下又成廿載後，眼中半落百年前。蓋棺未使平生盡，疚老悼詞有"蓋棺頓令平生盡"句。執筆能無哀涕懸。疚老悼詞有"執筆哀來"語。白髮垂垂扶杖過，從知一集婦人賢。

又 和悼詞原韻

吴興 吴錫永仲言

當時綉幰鹿城歸，儉德偏能御澣衣。林下相從持餂敬，里中敢笑讀書非。居貧安享無憂樂，馭下寬施不怒威。五十年來佳伴侣，漫言偕老願終違。

湖上春來似畫圖，江南詞客悼賢姝。影梅憶語家聲遠，話荔追思眼淚枯。英俊一門鍾謝女，滄桑三變感麻姑。遥知奉倩傷神甚，作健還期惜此軀。

又 同上

香山 李景綗

當年百兩賦于歸，婦德曾聞咏澣衣。隨宦徧游南與北，遺容宛在是耶非。比肩永憶陸東美，雙淚終枯丁令威。荻筆尚存人不見，登堂拜母願相違。
話荔圖承舉案圖，吴門侍讀故姝姝。久同憂樂心如結，況際古稀河忽枯。佳傳終當憑孌壻，仙壇從此伴麻姑。早知奉倩神傷甚，魂繞千金投老軀。

又 同上

銅山 張從仁雲生

君自淮南解組歸，頗聞沽酒典朝衣。漫云卜宅廉泉近，卻恐求田渫井非。著作千秋傳盛業，褒譏一字振權威。人生缺陷尋常有，好德康寧願莫違。
去秋談《易》辨《河圖》，紅袖添香少麗姝。五十年前名遠播，七旬老去淚還枯。惟餘健筆探玄妙，欲向前塗問紫姑。我亦稍明消長數，祝君珍重不訾軀。

又 同上

通州 徐　駪一瓻

曾記清詩客路歸，林間明月照征衣。“常恐林間明月墮，扺家不及兩人看”，公客遊扺家示内句也。百年應悔言成讖，孤夢誰知境已非。尚得優游容歲晚，不因生死怯兵威。素旐何日臨江滸，欲奠徐芻一水違。夫人靈輿尚厝滬上。

上挹清芬莫可圖，昔傳荔味畫中姝。當年班謝才争燦，異代潘荀筆未枯。荆楚悲歌懷杜老，蓬萊飄渺住麻姑。丈人底事縈孤抱，應有優曇化佛軀。

又 同上

如皋 程月舫

榜花嘉耦沔南歸，沙磧翁贈疚公詩，有“娶婦能知沔右黄”之句。五福完人一品衣。克相夫從官政美，常皈佛覺世情非。遊燕吴越齊鴻案，教子孫曾濟鳳威。太息金婚剛待祝，西俗，結婚五十年曰金婚紀念。遺徽永播淑顔違。

名士當年咏畫圖，一時佳話媲仙姝。情難離處天還補，恩到深時海不枯。嘗擬問安親懿範，忽聞稅駕伴慈姑。敢呈俚句遥相慰，珍重儒林金玉軀。

又

元和 潘昌煦西生

詞客傷時已白頭，况聞話荔失吟儔。揚塵飽歷神仙劫，倚幌重添兒女愁。水繪園荒虚昔夢，華鬘天近訂同游。遺徽若比長離閣，文字還應待校讐。

又

汾陽 王蔭泰

偕隱名山歲月多，閉門松竹靄煙蘿。謝庭早咏三春絮，梁廡還賡《五噫歌》。鼓瑟驚絃初破夢，披圖話荔忍重摹。旅懷不盡天涯感，憔悴安仁鬢已皤。

又

通州　袁則先

名門大族海東家，春色江南意有加。青史才華誇謝女，白頭夫壻是秦嘉。千秋雅話科名貴，一望雲鄉道路賒。争奈孤山林處士，傷心此日落梅花。
忽忽流光五十年，殘豪重寫事如烟。已傷荆棘横當路，况是芝蘭半在前。少女風吹成獨往，孝廉船繫慘孤眠。如何消得夫人意，應把么絃(讀)[續]斷絃。

又

如皋　鄧應麒

干戈未息離居苦，老病忽驚生死分。劫後誰能尊伏勝，客中况復哭宣文。披圖韵事新添淚，歸骨烽烟仍作雲。寥落故園傳噩耗，聲聲鷓鴣不堪聞。

又

如皋　繆鏞樓

簪纓世胄耦名門，七十年來德著坤。今别白頭夫壻去，重提丹荔話孤村。
同在他鄉爲異客，怕聞賢子哭慈親。通家情本關休戚，况是年前失恃人。

又 和悼詞原韻

杭縣　沈祖縣

黄公擇婿賦子歸，君正榜花衣錦衣。國色佳人齊女匽，才名夫子利兹非。大家風度堪爲範，私第儀形自養威。七十稱觴還未屆，登堂拜祝意多違。

虎頭妙筆手成圖，夫人有《話荔圖》，顧鶴逸所繪。描寫名門静女姝。玉潤冰清聲是溢，心朋力合海難枯。劇憐宿座暝須女，從此神人藐射姑。太上忘情真達者，願長守旨保天軀。

張姬自京口來淮上視疾，留二日，仍遣之歸

冒廣生

風雪滿天地，難爲汝載馳。吾行免岑寂，母病孰扶持。去去休回顧，茫茫亦自悲。不因兒女累，肯受稻粱羈。

携姬人謁朝雲墓

前　人

東坡三作西湖長，兩處西湖盡屬君。欲問汀州賢太守，可曾携妾拜朝雲。

去年幾悼朝雲化，不分今來共水嬉。莫是山光禪智好，二分明月要紅絲。紅絲，姬小名也。

别　妹

冒廣生

垂老干戈别，同懷骨肉稀。自從無母日，相見益依依。行路難如此，還家計亦非。眠餐吾解慎，莫怨報書遲。

往歲臨城驛，飄流夢廣州。艱難各門户，里衖冀優游。浩劫亂方始，餘年貧可憂。茫茫家國淚，灑問海天悠。

題冒孝女奇孝動天圖 奇孝動天圖卷

江春霖

聖人論孝原平常，身體髮膚懲毁傷。後世風俗日漸薄，乃用奇行資激揚。冒家有女年十三，詩禮閨訓自幼諳。躬奉祖母疾刲股，衆憐其苦獨女甘。祖母周氏孀撫孤，貞賢操行世楷模。天佑孝女與節母，不起之疾霍然蘇。母疾既愈女未瘳，股然血肉刀痕留。裹創終日强言笑，隱忍恐貽高堂愁。嗟哉忠孝本同原，古者求忠孝子門。朝官胡不及閨女，獨以社稷憂至尊。安得此女變男兒，移孝作忠起乘時。長鎗大戟奮不顧，首冒鋒刃扶顛危。我與冒君交素疎，意氣相取非虚譽。持問畫圖畏廬子，人心世道今何如。

又 同上

袁思亮

冒家有女名阿琭，嬌小能邀祖母憐。十三詩禮已成誦，慨慕孝義非徒然。一朝祖母遘癘疫，巫醫雜遝百不痊。阿琭涕泣夜籲天，願以身代祈高年。引刀割肉血如泉，雜置糜粥同熬煎。魂魄上訴鬼神泣，藥石不到精誠穿。香甘沁入膏肓裹，二豎逃遁無流連。嗚呼道衰俗不競，小儒哆口談庸行。利害當前計較多，蹉跎一失成長恨。髮膚禀受有自來，還之所生名實正。成仁取義非外鑠，由來忠孝關天性。水繪家聲舊有光，於今閨閣復堂堂。林君之圖江郎筆，各有五色騰芬芳。我與爾父期久要，喜爾弱質能自强。爲爾作歌歌太息，眼前道理無人識。

又 同上

陳　衍

剜肉以回生，其事亦偶爾。至愛迫憂危，計窮乃出此。彼哉見義輩，剛勇視此女。

又 同上

羅惇曧

奇行果釣名，何爲出弱女。天聽不可回，何爲母疾愈。驟聞新學詆愚孝，增我悲懷淚如雨。吾生即孤恃母活，永痛母危活無藥。我罪通天無可説，隕涕對圖真媿絶。

又 同上

趙　熙

石遺大書畏廬畫，噴出玉泉一刀血。以我命易祖母命，祖母不死我仍活。祖母命危天不管，我命還天天亦泣。男兒出口譚中庸，國破家亡拜前敵。豈知人肉可醫人，請聽乃翁流涕説。

嘆之不已，重爲此言，惜不佳也 同上

趙　熙

十三齡作千秋事，不識高名祇識醫。留得而翁終世泣，披圖自痛一孤兒。
五指揄裙立鬼神，抽刀忘卻是人身。碧梧花竹香窗夜，一盞春濃味正醇。
藥進三朝病勢佳，亭亭攲足上苔階。全家淚落兒含笑，嬌寵仍依大母懷。
徵題雪夜稱心難，從此如皋重兩間。王母桃花紅似玉，千秋留表玉泉山。

又 同上

陳澹然

生我者父，父奚由生？此身誰無父，誰能代父孝其親？一解我父之母我祖母，祖母春秋高，我父舞綵萱堂後。但願祖母臻黄耇，稱觥上獻松筠壽。一解燕北多風埃，祖母罹病災。二豎揶揄繞床褥，我父蹀躞顔如灰。諸孫鵠立目相視，掀簾報導醫生來。醫生來切脈，驚急肝腸摧，縱有妙手春難回。吁嗟乎，縱有妙手春難回。一解女聞醫言心旁皇，女身雖弱膂則强。深夜焚香禱天泣如雨，袖中匕首百錬剛。但求肉爲糜，不惜腕如霜。血涔涔，沾衣裳。一解祖母中夜起，欠伸擁衾裯。病魔逃徙女勿憂，皎皎明月垂簾鈎。一解女年十三讀父書，誰其圖者林畏廬。冒氏女，真丈夫，嗚乎丈夫視此圖。一解

己未冬月，長女景璪自京師來。時兒子景瑋以外交領事官派赴倫敦使館學習，便道歸省。因攜同景瑜、景璠、景瑄、景琦、景珂、景琛、景瑗、景琮諸兒女，登多景樓賦 小三吾亭詞

冒廣生

眼前一幅團圓景，況又樓名多景。大好江天風景，只是新亭景。　　隱居愧説陶宏景，日日流連光景。且覓醫方仲景，醫可桑榆景。

揚州憶景瑋 小三吾亭詩

冒廣生

淮海重爲客，江皋有所思。文章吾命舛，世界爾生遲。得食能分姊，逢人解誦詩。平生笑劉表，豚犬一何癡。

瑋兒將赴倫敦，便道歸省，詩以勗之 小三吾亭詩

冒廣生

我年廿二領鄉舉，喜汝早達如我年。平生自期亦不薄，蹉跎至此寧非天。躬耕久分耦沮溺，所嗟門户無人肩。上爲老母下汝輩，隱忍二頃求閑田。艱難一飯匪細事，僥倖汝得皇乾憐。親恩而外有師友，未報此心常勿諼。時髦反眼不相識，涼薄不是吾家傳。吾衰汝弟盡弱小，無望及見茅茹連。汝爲主器象曰震，有開私祝令其先。西方風

俗異中土,醇疵大小須分研。齗齗夷夏信迂腐,根本未可全棄捐。家貧盡室行不易,萬里獨自愁餐眠。而翁誦詩過三百,異日專對期兒賢。

鶴亭仁兄寄示勖子詩奉答 後同人集

天門 周樹模少樸

讀君勖子詩,寔本傳家學。風義篤師友,末俗戒涼薄。庭誥累百言,諄諄如發藥。豈惟取一第,能使親心樂。郎君誠令器,軒舉雞群鶴。少誦百國書,頗通萬方略。鑿空今西遊,望氣驚海若。騶衍信閎大,吾儒有郛郭。士不患無才,而患其不愨。庶勤弟子職,勿背高曾矱。今誰聞此義,經傳束高閣。示兒君有編,説師吾良怍。

己未除夕,與元美兄守歲 冒氏詩略續編

冒景珂

別兄七載中,還家無半月。自癸丑歲隨家君甌海任,兄以留學未偕。艱難説一第,差博重闈悦。新攜嫂姪歸,入門正風雪。阿鎮歲未周,膚若柔荑滑。逢人學笑語,獨自抓棗栗。阿姊幸同來,阿姑猶未發。吴氏姑母將之福建運使任所,留潤度歲。繈褓兩外生,謂周氏通、達兩甥。頭角總英絶。正惟祖母憂,所喜病若失。晤言永今夕,樂歲聲滿室。更進酒一巵,寧辭燭見跋。却愁春水生,萬里又言別。兄時將赴英倫。

冒元美花燭詩

同里 陳　端心銘

翩翩冒公子，倜儻異凡才。水繪傳家衖，詩篇繼《玉臺》。天緣合珠璧，人影勝瓊瑰。寶鏡團圓啓，新妝子細催。鴛鴦咏多福，鶼鰈誓無猜。佳婦調羹手，郎君持節才。湖山供蜜月，車輦走輕雷。郁郁成嘉禮，庭闈笑語開。

同公約、伯臧遊牛首山，兒子景瑋侍

冒廣生

金陵兩祖庭，馨公宏戒律。至今千華社，中天懸日月。牛頭盛貞觀，宗風久消歇。我來弔嬾融，恍惚聞棒喝。石鼓不可尋，丹竈亦云滅。巖花落復開，無人鳥飛絶。

行行赤松林，松下坐田叟。辮髮顔微酡，談往醉開口。當時岳家軍，大敗烏珠走。鄂王忠孝人，牛皋亦不朽。旁有牧豬兒，相和擊瓦缶。稗官非讕言，此事於傳有。飛設伏於牛頭，見《宋史》本傳。

昔聞王茂宏，雙峰擬天闕。雜遝黄葉中，徑路滑如笏。呼兒將我行，十步尚一歇。浮圖高插空，屢轉出其末。側足牛鼻尖，下視懍毛髮。歸來傲鼴叟，是日李審言不至。吾屐亦齒折。

悼冢婦陳氏 小三吾亭詩

冒廣生

此事應歸夙世因，重談賢孝淚沾巾。竟除煩惱寧非福，曾學癡聾總不仁。病到難支求一割,算無可減愴衰親。婦在天津時,日者謂其年祇二十六歲。庚申春,吾母病,家人群禱於神,各減算,婦亦請減一年。歿時,乃僅得二十五歲,傷已。悽心異日焦巖路,説著攜家少一人。婦以四月十九日逝。十八日,尚扶病偕家人遊北固,明日擬遊焦山,而病不能興矣。

次女景璣甫周晬卒,詩以悼之 小三吾亭詩

冒廣生

吴船半月輕裝卸,憐汝依依似阿爺。一病遽悲無救藥,百年纔信有空花。縱然求食寧能語,便令歸魂那識家。凄絶銘幽三百字,已將骨肉付泥沙。

蕭縣視珂女

冒廣生

觸暑山城來見女,乍驚耶髮已全斑。當時遠嫁真非計,却顧諸孫又破顔。弱質强教操井臼,有夫常是夢刀環。九原王母偏憐慣,争怪衰翁不涕潸。

作詩一首示景璠

冒廣生

我有五男兒,璠也得吾筆。書求南北通,字解形聲别。近來頗作詩,我當示棒喝。詩家所領土,其大不可説。仁智隨各見,取舍亦多術。墨守一家言,死法豈是佛。熟典

須生用,深思要顯出。哀樂發當前,學理積平日。情有餘於文,脱手自汩汩。能令老嫗解,只在詞意達。時賢務艱晦,終是智者失。雖或霸一時,久久忽焉没。作詩貴性情,一擲一掌血。如人腹中言,在我絃上發。情真易感動,性至不磨滅。吾雖無異聞,告汝作詩訖。

恭次家大人韻

景　璠

我生百無能,所好在紙筆。頗甘皇甫淫,略識金根别。開緘發奇光,懔若西來喝。展誦既三四,妙處難言説。璠嘗謬自許,治學疑有術。規規摹古人,了知非聖佛。陳陳而相因,雄特云胡出。詩誠無益事,羌勝愒時日。但能抒吾情,赴筆應汩汩。此故亦匪他,理明辭自達。語真貴易解,晦澀乃其失。苟無驚人句,終與塵埃没。何爲作狡獪,徒取費心血。須如箭在絃,勢難遏不發。猶當加以理,垂久庶不滅。再拜大人詩,三復意未訖。

送璠兒南行

冒廣生

汝去幾時歸,吾衰難再健。何因爲遠别,吾貧使汝賤。還家纔廿日,萬里行不倦。炎荒風土異,食息汝豈慣。以吾戀汝心,汝子汝亦戀。欲謀室與偕,力薄苦不辦。中懷數日惡,愛與忍交戰。翻促汝早行,暫息吾方寸。

汝性毗於剛,未識世路歧。凡心意所造,不避艱與危。誨汝以機巧,未免父道虧。要須識力定,而以學養滋。恒思千金弩,不發鼷鼠機。懼事成好謀,孔言百世師。

青山胡四丈,今之王介甫。一身叢衆謗,卓絶耐堅苦。不因與吾私,亦嘆雲霄羽。餘事爲詩歌,沛然乃無禦。汝粗解文筆,初犢不畏虎。前賢喜後生,刮目或稱許。其言固可師，其行尤足取。汝往見自知，吾不爲妄語。努力鞭轅駒，汗流勿内沮。吾友陳協之，愛才勝愛肉。我往遊羅浮，館我梅花屋。汝今圖南行，譬若禽擇木。不恥不己知，所恥徒食粟。攀援而得官，何異俳優畜。汝觀鵾鵬逝，不在變化速。鄴侯有高架，無事可借讀。

鶴亭寄子詩有"要須識力定，而以學養滋"之句，因廣其意，次大厂韵，再贈孝魯

胡漢民

物生無静理，流光疾于矢。相因即爲病，堆粟太倉裹。詞不求獨造，世孰振頽靡。與其成而悔，曷若慎諸始。賢者掉臂去，群兒學語喜。壁壘恍一新，門户嘆同倚。尼山倡群怨，此道固未止。意識勿猶人，懷抱抑奚似。狂言有聽者，得今君喬梓。浮海爲搜奇，入穴心得子。積理既淵淵，泊來斯瀰瀰。嘗聞蒙莊喻，去以九萬里。

展文有詩賜璠兒，奉答一首

冒廣生

晋公愛昌黎，不及城南符。歐陽生徒盛，未厠斜川蘇。我有豚犬兒，日夕坎井虞。常恐世鄙棄，每嘆身羈孤。書來欲歸耕，璠兒兩年來在哈爾濱，近日書來，有"淹留無歸，爲世鄙棄，不如歸耕隴畝"語。使我意踟蹰。歸耕事誠佳，可奈田園蕪。感公故意長，贈言明月珠。勉以左史教，拔之豺虎途。士生貴知己，泉刀真區區。

得璠兒書，將從俄京往西歐謁展文，十三叠“至”字韻寄之

前　人

古人於所思，千里不憚至。本具真性情，流露到文字。能令百世後，開卷集遥思。恩私未足言，所重在氣類。嗟嗟凡今人，此義則已棄。青山峻風骨，平昔汝師事。兹行相勞苦，所出如吾意。涼薄積已深，汝今反其幟。爲吾道别來，獨客百無味。

寄璠詩之明日，得展文紐咸所作眎璠六十九叠“至”字韻，再成一首，寄展文

前　人

諴子方有書，紐咸詩已至。標題六十九，詑我碑没字。阿璠久侍公，公謂解詩思。居常果羸祝，或恐不我類。兹行敢告勞，所恃公不棄。栖栖異域人，念念中原事。佳辰展重九，得句不敗意。不知垂柳外，來詩注云：“紐咸好種柳，秋深尚未摇落。”可有酒家幟。使我想屠門，嚼復嚼滋味。

從瓶齋借法梧門摹李西涯象，命璠婦對臨，輒題一律

冒廣生

神理綿真宰，鬚眉迥異人。兩朝知遇舊，六世伯祖得庵參議，成化庚子、弘治癸丑鄉會均出公門下。一幅羽毛新。北地空門户，西涯感棘荆。鮮庵遺物盡，對此轉腸輪。天順甲申十同年

圖,黄丈鮮庵舊藏。丈歿後,圖今已易主矣。

翁覃溪舊摹西涯象,下有羅兩峰畫竹,覃溪復書西涯種竹詩於上。再借瓶齋藏本,命兒婦對臨,題一長句,用種竹詩韻

前　人

城西積水潭邊路,藉甚前朝閣老名。一別故京成世變,載瞻遺象嘆神清。蹉跎岳麓遲歸計,風雅蘇齋續舊盟。今日柯亭陳迹盡,玉堂鈴索更無聲。

久不得南中書,憶四、五兩兒

冒廣生

阿瑄十四琦十二,去家求學依兄嫂。兄往山東嫂繼之,疾痛飢寒向誰道。昨者金陵復被兵,巷戰殺人如殺草。達官民望且先去,憐汝樊籠兩嬌小。夢中鼙鼓耳儻震,望裏旌旂眼應飽。傳聞淮海幟已拔,坐視流亡滿江表。孱兵久饑豈耐戰,供億誅求但煩擾。欲歸不免行路難,有父偏令爲客早。兒曹識字有何用,老夫作事真顛倒。北來辛苦成栖栖,南望音書空悄悄。

瑄、琦兩兒自江寧至

冒廣生

獨居深念憂天墜，未曉聞聲誤汝來。喪亂但能全骨肉，田園已分付蒿萊。急謀新浴除衣垢，稍壓驚魂借酒杯。世自寡恩吾溺愛，入懷摩頂一千回。

重九日携四兒景瑄、孫懷辛登越秀山

前　人

兒時逐隊登兹山，貪借重陽逃上學。强顔白髮作人師，今秋勷勤大學聘充專經、訓詁、校勘諸科教授。依舊逢辰始休沐。菊坡已廢學海非，剩有層樓恣瞻矚。樓前無數木棉花，記得花時曾捉搦。我携辛似祖携我，辛後瑄行還姪叔。余十四歲前，每歲重陽，先祖携諸叔及余登此山。兹山於我見五世，一爾流光真箭鏃。固知宿世與山緣，垂老賃舂尚山麓。朝昏晴雨變萬千，日坐一樓飽眼福。不尋蒲澗到白雲，寧止近居便吾是。日斜漸覺行人稀，價賤姑謀新酒熟。

十二月廿三日，同心一、希穎、少弼，瑄、琦兩兒，拏舟訪荔香園，我之後至

前　人

西江歲晏路難行，不作郊遊作麽生。花外春隨潮水到，沙邊人語夕陽明。狗屠倘有吾將往，燕壘全非主幾更。且就鄰船呼進粥，餦餭粔籹佐魚羹。

攜重喜孫過水繪園

冒廣生

高柳疏疏蔭畫堤,朝來雨過輭春泥。小樓隔岸見僧舍,野菜開花香廢畦。無客任教樽寂寞,有孫能當杖扶攜。百年歷落填胸事,分付林鳥儘量啼。

丙寅九月十八日,瑋兒初得子,名之曰聯,喜賦

冒廣生

兄弟排日生,我聞如來佛。全家悉天親,共證菩提薩。爾父與爾叔,所生同四月。瑋兒與如來同四月八日生,瑜兒與如來兄調達同四月七日生。頗疑有佛緣,未是乾矢橛。前年得重喜,瑜所生子小名。九秋月十七。今年得阿聯,相隔亦一日。飛書到京華,聯生於青島,余方在京。失笑自吃吃。爾父萬事早,所遲繈褓物。今來試啼聲,吾願庶幾畢。比鄰林布政詒書,頗擅子平術。天月合德時,云此無疢疾。是日天德、月德合。城北樊山翁,八十如十八。我憶稼軒詞,輕輕添一撇。辛稼軒《品令》詞:"甚今年,容貌八十歲,見底道,才十八。又只消得,把筆輕輕去,十字上添一撇。"驅車走告翁,翁喜亦洋溢。詰朝湯餅筵,定有新詩出。稍分南極光,俾爾康而吉。

賀鶴亭得第二孫

樊增祥

君兩子皆娶,次公已得子,長公今始生男。二子以四月初七、八日生,兩孫以

九月十七、八日生，亦佳話也。

兩代蟬嫣熊驥生，明明因果出香城。兒於我佛占先甲，孫道觀音是後庚。俗以九月十九日持觀音素。吟社又添錦囊句，令妻喜弄綉綳嬰。尊閫方就養青島，至即抱孫。敢將身作君模範，佇見同堂五世并。

再賀鶴亭得第二孫

樊增祥

彭老纔生楚老生，皆東坡孫。新城喜見小新城。見《北史》。瑯玡歌有黄曇子，謂王忱。盩厔詩承白季庚。香山父。游射視吾如大父，畫圖各自戲嬌嬰。元人多戲嬰圖。燕山五桂青如玉，何止二難兄弟并。

樊山再以詩賀余得第二孫，次韻奉謝

冒廣生

不是同生與孿生，連朝仍世獲連城。傳家鏡在宜孫子，余藏有始建國二年宜子孫鏡。博古圖開見祖庚。燕翼我方慚式穀，騂鮮兒互説探嬰。潞公吉語蟬嫣睍，樊山與文潞公同生丙午。喜荷真令手口并。

送長孫女懷真往西安

冒廣生

吾母盼曾孫,所見衹及汝。常恨汝非男,聊作慰情語。汝父生汝遲,汝母棄汝苦。呱呱未兩周,一命殉黄土。今來廿二年,歲月真逆旅。遠嫁古所悲,長途况兵阻。汝壻非恒才,春華期力努。同功繭自成,同心利斯溥。到日早書來,慎旃吾眷佇。行車曛暮迫,送汝立庭户。祖孫母各亡,揮手淚如雨。

寄懷真阜陽

冒廣生

今朝汝到潁州無,聞道城西舊有湖。爲我心香燒一瓣,更沽白酒酹歐蘇。

送冒笠漁之西安 澹仙詩話

顧　翃

舉世誰青眼,論交重白頭。吾徒寧碌碌,人事嘆悠悠。足迹三千里,風塵十一州。江天涼雨後,送爾下扁舟。

廣生謹案,自此以下,世次未詳。

悼亡室冒若娟 澹仙詩話

徐　朗珠浦

愚孝堪憐出至誠,曾經刲肉報親恩。十年隱匿無人覺,到死難藏臂上痕。

悼石芸亭長媳冒婉儀、次媳金静純 澹仙詩話

熊　漣

當時一面識風華,淑慎深閨衆口誇。誰料匆匆春夢促,易枯原是蕙蘭花。

過東準提庵同冒御天時乘作 故人遺稿

許　琳

寂寂鐘魚院,頹垣半掩扉。横堦碑没字,穿牖鳥争飛。飢虱攢僧衲,牽蛛滿佛衣。禪家亦興廢,感嘆倚斜暉。

悼冒御天時乘 雲停詩鈔

石　渠

不見斯人歲屢更，低徊往事倍關情。幽憂已拚一氈老，貧病能堪雙目盲。未肯甘心爲世棄，何曾着意以詩鳴。獨憐簡篇斷殘久，安得珊瑚網鑄成。

在中二弟移居 手稿

冒　褒

高曾兄弟讓君賢，鶴立雞群孝友全。肯構肯堂光祖德，美輪美奂待春妍。深情憂我如同氣，古道交朋不重錢。燕喜堂前余意醉，辛盤柏酒正迎年。

題韶九弟小影 手稿

冒　褒

大地風波着處多，謝家兄弟嘆消磨。惠連詩思通魂夢，一葉扁舟獨嘯歌。

廣生謹案，韶九公諱□□。

天禄、富五兩姪各惠翠菊數株，喜而賦詩 手稿

冒　褒

殘生何物堪留戀，對月觀花讀杜詩。二阮争投殊色菊，一身忽置絳雲帷。美人豈待薰香好，名士何曾受俗移。肯辭静坐終朝對，來歲而今知不知。

與富五六姪索翠菊 手稿

冒　褒

聞道竹林饒翠菊，題詩乞餉兩三株。龍鍾借此蘇殘局，豈是貪花興未孤。
幽人籬落影扶疎，欲過衡門犬吠吾。倘得阿咸無宿話，平分秋色慰窮途。

廣生謹案，富五公諱東書。

蒙吉姪五十初度，索和自壽原韻 手稿

冒　褒

馬齒虚叨長十年，竹林把臂興陶然。蟠桃結子原遲暮，薄俗翻雲欲蔽天。屋後三槐能吏蔭，鏡中雙髩故人憐。承家孝友君無忝，好趁新秋泛酒船。

秋日同蒙吉過逸園，并望匿峰廬、水繪庵兩廢址 手稿

前　人

十年不傍逸園行，念祖思兄忝所生。旭日深秋尋菊到，危堂片石訝僧迎。匿峰猶見孤峰影，水繪空餘緑水情。皓首慣經滄海變，偷彈老淚洒簷楹。

步攀雲二姪哭子原韻 手稿

冒　褒

令威徒送鶴歸身，生死場中一樣辛。慧業早將騰碧落，苦思猶憶泣蕭晨。情深憐汝長依母，運蹇如余若比鄰。薤露歌成争唱和，漆園蝴蝶夢回人。

老從陋巷度陽春，撥悶常傾漉酒巾。我已無家綿氣息，兒真有志惜崩淪。阿咸書札悲遺草，季子泉臺好接茵。自古鳳毛難濟美，招魂何處覓靈均？

壽恂如姪七十 手稿

冒　褒

稱觴最喜是佳兒，家學青箱父作師。寧静果然能致遠，清高安用合時宜。榴花照眼齊鴻案，梅雨新晴燦柴芝。三世兩心同莫逆，充閭羡爾茂孫枝。

輓恂如亡姪 手稿

前　人

忽然捐萬有,凌雲薄太虚。終身無悔吝,半世委琴書。昌後償名德,沉疴痛索居。集賢相傍久,眇眇獨愁予。

繞屋兒孫泣,難招永訣魂。春風凄白晝,夜雨滴黄昏。我惜梅花好,人憐詩卷存。九原饒故舊,誰與共寒温。

壽國珍姪五十 手稿

冒　褒

四世同堂爾最賢,相依古巷托周旋。温恭情性雞群鶴,練達才華地上仙。鴻案齊眉人比玉,東床坦腹筆如椽。兒孫介壽斟佳釀,滿把荷花媚暑天。

和于野三十初度原倡 手稿

冒　褒

青草池塘想惠連,英才况復是華年。秋風薦鶚凌雲近,春日横經帶月眠。黄白僅堪驕肉食,文章造極儼神仙。前賢存笥遺編在,决計重新莫問天。

送于野姪孫入川

七十何堪唱渭城，集賢朝夕話生平。緣何一旦輕離別，兩地難全管鮑情。
男子原當志四方，況偕知己作循良。御屏他日書名姓，甘苦相同定不忘。
雲棧金雞路幾千，青山緑水馬蹄旋。若逢萬石須傳語，驥子憪憪不似前。
有客思歸未得歸，五溪三峽故人稀。弟兄握手猶疑夢，萬里橋頭勸奮飛。

于野姪孫亡櫬歸自西川老人氣短心傷，漫挽八章，以當一慟 手稿

前　人

不信汝真没，今朝竟果然。還將隔歲慟，號徹蜀棺前。鳥道傾珠樹，深山泣杜鵑。存亡雖分定，惜少首丘緣。
爾有難言苦，逢余必細傾。此行寧得已，浪死勝嚣生。密友鳴琴坐，孤魂帶月征。天時與人事，何日得分明。
玉折從來酷，斯人更未宜。雙親迎旅櫬，萬里失佳兒。少婦方生别，諸孤忽死離。蛟龍三峽怒，朽骨恐難支。
雲棧何曾險，人情險倍加。鑿空抛歲月，失計走天涯。弱質摧行路，青春委落花。更憐兄弟少，萱草日西斜。
親知行哭我，無端屢哭人。情深哀自致，老至語多辛。賢達埋荒草，輕肥活錦茵。此生真大錯，莫問夢中身。
書豈殺人物，吾兒早喪魂。一棺悲轉轂，八口類窮猿。過愛翻成薄，求全反受寃。忽傳歸汝骨，繞巷到黄昏。
别後無邊苦，愁令地下知。身充几上肉，人厭屋中尸。孤寡塵生釜，豪强利是師。絲蘿懷舊雨，能不嘆燃箕。
汝返兄仍在，謂樸人。何堪近鼓盆。萍踪誰急難，勸駕鮮危言。望斷衡陽雁，憂深通德

門。龍鍾嘗厄運，倚杖獨聲吞。

于野歸窆哀辭 手稿

惡疾如山不可撑，青郊祖餞未申情。歸田幸首吾兒路，昌後應成汝子名。片片夭桃飛血淚，絲絲弱柳綰離旌。賢豪庸碌均黄土，踢破迷團萬恨平。

廣生謹案，于野公諱志同。

九日同許鳳池、冒流原、家春載登高訪菊，感懷四首 雲停詩鈔

石　渠

朝來宿雨喜初晴，轉覺登高倍有情。遠岸頻添秋水色，近村争送打禾聲。陰凝古墅籠煙暗，寒逼孤楓映日明。欲向江樓閑注目，新愁舊感一時生。

振衣直上記年時，嘗醉閶黎酒一巵。舊夢重尋疑未遠，故人零落竟如斯。愁牽孤館挑燈夜，腸斷巴山聽雨詩。觸境低徊都是感，淡煙荒岸柳絲絲。

隔籬遥指一枝黄，意味蕭疏趣轉長。晚節何妨風雨妬，香心不受蝶蜂狂。霜飛老圃經寒豔，月滿空階照影涼。多少深情誰會得，白頭生怕負秋光。

區區我請罄微忱，知己全憑細討尋。瓜種青門原寫意，簫吹吴市豈初心。百年有限憐衰早，一事無成寄慨深。爲語同人須盡興，趁他紅日未西沉。

悼冒流源映榴、**馬星樵** 步雲　雲停詩鈔

前　人

流源饒古風，星樵亦英爽。吁嗟俗世中，傾懷時想像。

與徐補堂、冒琴堂論詩 雲停詩鈔

石　渠

神往高岡老鳳鳴，肯隨鶯燕鬥新聲。一時易滿當前願，千載誰留歿後名。煙樹迷離無定相，風花摇曳有深情。化工心思罏錘手，楮葉如何刻得成。

柳影和冒修耕 雲停詩鈔

石　渠

秋到長堤上，依依一片魂。斜陽明曲水，淡月冷孤村。莫挽風前縷，空留鏡裏痕。青青思往日，隱約不堪論。

送冒青峰 雲停詩鈔

石　渠

才是相逢手又分，年來征路悵離群。客中送客應憐我，愁裏牽愁復憶君。野渡荒煙迷短棹，官橋衰柳挂斜曛。故人把袂如相訊，謂范照亭。爲道飄零感暮雲。

懷冒師庭玉鐘　故人遺稿

陳士達

良工心苦有誰知，二十年餘一宿儒。師庭游庠最早。才子貧無千橘絹，詩人白到數莖鬚。騷壇獨霸神原旺，書法逾精手欲扶。以寫字太多，手微顫。不特廣文官職在，風雲方起壯夫圖。

懷冒翹珊繼元　故人遺稿

陳士達

當年書讀老僧庵，翹珊曾讀書大聖廟禪寺。得得來尋至再三。賦草清華推足下，榜花門第重江南。雖同立雪賢誰匹，常共吟風拙我慚。及一相逢一相别，離情無限柳毵毵。翹珊與予同執經培甫夫子之門，相得甚歡。既而雲散風流，每一聚首，不忘曩年共硯時也。

酌别薛仙踪、金琢如、黄艮叔、冒樵山、祝雙橋 雲停詩鈔

石　渠

霜寒風冷三冬日，中懷欲述不堪述。客路誰憐行路難，冰花結上生花筆。我輩從來多别離，肯惜尊前酒一巵。眼前促膝不酣醉，異地爲歡更藉誰。憶昔饑來驅我去，欲歸不得愁幾許。日昣鄉關酒旗紅，楓林歷亂渺何處。款扉一笑歡生平，荒荒白月懸高城。青眼高歌得諸子，經旬聚首怡深情。轉瞬驪歌發清曉，屏營多恐增煩惱。落筆休辭千萬言，他時尺素易沉杳。天涯落拓空吟哦，欲語無從奈若何。莫怪臨風倍惆悵，極目長途感慨多。君不見，高者山，深者水，黯然魂銷别而已。

叢罕山、顧曉瀾、冒樵山、張小顛見過，集小停雲山館，分韻得"雲卿"二字 晝雨樓稿

徐　珠

幾年湖海悵離群，落葉飛鴻迹易分。重過西州應墮淚，復開東閣細論文。先大人下世之後，吟社久荒，良朋星散，今始一聚。翰香熏座聯今雨，花氣團空散午雲。我意欲將旗鼓敵，諸公吟壘盡雄軍。

二月春寒未見鶯，夜窗賡和抵嚶鳴。樽前思舊空聞笛，花底填詞孰按笙。余近填《紅樓夢傳奇》，而家伶散盡，不可復付小紅。疏影暗香留處士，曉風殘月遇耆卿。曉讕先生工倚聲。玉山不倒還須醉，分付隣雞莫唱更。

同冒樵山雲鶴、吴篔谷月亭、石醉白遊寶峰禪院，未果，步至城南西寺小憩 菊潭詩鈔

沙增齡

昨向五琅遊，崎嶇尋山麓。乘興愜幽探，呼朋相徵逐。言訪古招提，寶峰名最熟。花木隨時新，中尤多天竹。珊網四面開，紺珠碎十斛。移步向郊坰，思往投一宿。折葦卧斷橋，欲渡心震肅。呼來一葉舟，鼓棹沿河隩。北風動地來，水吼慮舟覆。大笑賦歸與，未造遊山福。相與眺晚城，荒原聊縱目。忽聞隔溪鐘，鐘聲渡南陸。金碧間紅墻，院宇臨河築。石垣繚以長，幽邃自岩谷。携手叩禪關，一徑入竹木。僧雛前致詞，茶味頗清馥。喧囂一時澄，落葉聲摵摵。回憶來時踪，紆徐多往復。興盡復言旋，月上前村屋。

爲冒希仁表兄承襲恩騎尉紀恩 雲停詩鈔

石　渠

九重丹詔出楓宸，總爲勛勞念舊臣。五等爵崇垂制遠，百年功在歷時新。承家業已光前烈，報國恩應致此身。他日鼎鐘再銘勒，肯留遺憾負君親。

送冒慎五之襄陽幕 晝雨樓稿

徐　珠

十幅蒲帆一葉舟，故人西泝漢江流。百蠻風景多鄉思，三楚雲山繞別愁。出鎮山公還

置酒，依劉王粲又登樓。襄城好訪當時迹，幕府相隨話帶裘。

冒蓉齋招看牡丹 菊潭詩鈔

沙增齡

萬片霞光五色雲，班香宋艷子雲文。繁華似此難兼兩，富貴如君已十分。斗室頓開春世界，花天彌覺氣氤氳。老來愛把歡場逐，日日朝酣繼夕醺。

與冒冶堂話舊 菊潭詩鈔

沙增齡

髫年文戰侶，回首幾人留。老至真成耋，秋心合作愁。詐虞無爾我，來往即羊求。除却功名算，天恩荷尚優。

陳祖綬跋

壬子夏日，余自山西歸里。越明年癸丑仲春，於縣公馮念勤君座上識甌關監督冒先生。稔先生爲如皋大望，而又有詩才俠骨，固平日所心焉慕之者。然是時余第知先生字爲鶴亭，不知其別署甌隱。其來甌也，蓋有心於隱焉者也。

冒氏自元末東林先生占籍如皋，歷今閲六百年，魁彦耆碩，趾踵相接。若循吏、名臣、儒林、文苑，史策炳如，難更僕數。海内鉅族，雖謂諸城之劉、鐵嶺之高、桐城之張，殆非匹敵。然則冒氏之澤如是其遠，子孫之賢又如是其多，非所謂積厚而流光者歟?

曩甌隱先生高軒枉顧，羅致幕下，辭不獲命，乃日從事楮墨香火，詩龕與共，昕夕相處。既久，見貺《冒氏叢書》。受而讀之，知其所以導歟先德，闡發幽光，爲前哲竟所未竟者，蓋完美矣。然猶未知篋衍珍藏，有《重輯先世潛徽録》之纍纍縹帙又如是。其博麗而精當也，於戲，嘆觀止矣!

《潛徽録》者，本嵩少憲副、巢民司李兩先生手輯之書，兵火遷徙，久佚無存，存者惟憲副序文一篇，其體例無所自考。先生惄焉不安，適官京師曹署，清暇蒐羅群籍，稽覈檔册，竭十餘年披覽之力，彙集詩文一千數百家，遇有於先世關繫典故者，掇付鈔胥，日積月累，弁以制誥教令，末綴贈答詩詞，凡六十卷，手捧見眎，且命一言。

余肅然起敬，曰:“余之言何足爲斯録重? 然知先生之心，真仁人孝子之心，復何敢以不文辭?”聞先生事太夫人至孝，太夫人壽日嘗預讌，見伶人每度一曲，先生必詳告太夫人，太夫人色喜，而先生亦躍舞如童孺狀，余竊心敬之。先生於外祖周季況太守雪寃釋獄一事，義聲流播，久在人口。周太守所以有寡息托命之請，今天下耰耡德色，箕帚誶語，如賈長沙所云者，殆數見而不以爲怪，又遑論孰爲戚、孰爲族耶? 設有司牧長官能如先生，先以身教，繼之文字，家諭而户曉之，使人人知孝弟睦婣，親其親，長其長，雖平天下，猶易易耳。則斯録之成，豈惟是宗族光榮乎哉? 爰泚筆敬書，以誌欽佩之忱云爾。

甲寅九月，永嘉陳祖綬。

圖書在版編目(CIP)數據

潛徽録 / 冒廣生編纂;魏小虎,陳才點校.—上海:上海古籍出版社,2019.11

ISBN 978-7-5325-9389-7

Ⅰ.①潛… Ⅱ.①冒… ②魏… ③陳… Ⅲ.①詩集—中國—近代 Ⅳ.①I222.75

中國版本圖書館CIP數據核字(2019)第234300號

潛徽録

(全二册)

冒廣生　編纂

魏小虎　陳才　點校

上海古籍出版社出版發行

(上海瑞金二路272號　郵政編碼200020)

(1)網址:www.guji.com.cn

(2)E-mail:guji1@guji.com.cn

(3)易文網網址:www.ewen.co

常熟市新驊印刷有限公司印刷

開本787×1092　1/16　印張97.5　插頁14　字數1854,000

2019年11月第1版　2019年11月第1次印刷

ISBN 978-7-5325-9389-7

I·3438　定價:398.00元

如有質量問題,請與承印公司聯繫